Ouvrage réalisé sous la direction de Peter Boxall
Préface de Jean d'Ormesson
Avant-propos de Peter Ackroyd

LES 1001 LIVRES QU'IL FAUT AVOIR LUS DANS SA VIE

J'AI LU

Titre original :
1001 books you must read before you die

Éditeur original :
Quintessence Publishing, Ltd, 2006
Traduit de l'anglais par : Patricia Crossley-Lamin,
Lorena Lamin et Anne Marcy-Benitez.

Collaboration à la traduction française : Bernard Quiriny

Pour l'édition française :
Éditions Flammarion, 2007

Sommaire

Pour retrouver tout de suite les livres de vos auteurs préférés, reportez-vous à l'index de la page 565.

Préface

Par Jean d'Ormesson de l'Académie française

Mille et un livres ! C'est beaucoup – et c'est peu. C'est beaucoup pour une seule personne, pour vous ou pour moi. Et je doute que même les plus cultivés d'entre nous aient une connaissance approfondie des héros et des aventures de chacun de ces ouvrages. C'est peu, et même très peu, au regard des centaines et des centaines de milliers de livres qui ont vu le jour, à un rythme sans cesse croissant, depuis vingt ou vingt-cinq siècles.

Rappelons d'entrée de jeu qu'il s'agit ici de fiction. Pour ne parler que des auteurs français, Rabelais, Voltaire, Segalen, Radiguet ont leur place dans ces pages. Mais, quelque grands qu'ils puissent être, Ronsard, Malherbe, Corneille et Racine, Michelet, Rimbaud ou Lautréamont, Courteline ou Labiche, Ionesco ou Cioran n'y figurent pas : ils sont poètes, historiens, hommes de théâtre ou d'essais. Les mille et un livres qui se présentent à vos suffrages sont des romans.

Les hommes sont récents dans notre vieil univers. Un million d'années, peut-être, ou deux, à tout casser. Les livres sont bien plus jeunes encore. Sous ses formes diverses – cunéiforme ou hiéroglyphe avant d'être alphabétique – l'écriture remonte à quelque cinq mille ans à peine. Sur pierre, sur bois, sur des tablettes d'argile surtout et sur papyrus, les premières œuvres littéraires connues – *Gilgamesh*, *Textes des Sarcophages*, *Textes des Pyramides*, *Livre des Morts*, *L'Iliade* et *L'Odyssée*, les *Veda*, le *Mahabharata*… – sont des recueils religieux ou des épopées. Avec le *Satiricon* de Pétrone et *L'Âne d'or* d'Apulée en latin, avec le célèbre *Daphnis et Chloé* de Longus, avec *Les Éthiopiques* d'Héliodore, avec Lucien de Samosate en grec, le roman est le plus tardif des genres littéraires.

Le roman surgit avec l'embourgeoisement sentimental et ironique de l'épopée, avec l'expulsion des dieux au profit des hommes. Dans le monde arabo-persan paraît ce chef-d'œuvre universel : *Les Mille et Une Nuits*. Au Japon, dès les environs de l'an mille, le *Genji Monogatari*. En Occident, où Homère est le père fondateur de toute littérature, le roman moderne fait son entrée en fanfare sur la scène littéraire avec deux géants qui dépeignent en s'en moquant, dans le rire et les larmes, le monde de leur époque : Rabelais et Cervantès.

À partir de cette double explosion de comique et d'aventures, à l'âge classique d'abord, avec timidité, puis au XIXe, avec fureur, et surtout de nos jours, le roman devient un genre tentaculaire et polymorphe aux variétés les plus diverses. Au XIXe, le genre roi reste encore la poésie et le roman est un genre populaire. Au XXe et XXIe siècle, par un glissement insensible, le cinéma devient le genre populaire par excellence et le roman domine, presque sans partage, le domaine entier de la littérature. Lire consiste désormais à lire d'abord des romans.

Tout le monde – les femmes surtout – lit des romans. Julien Sorel ou Fabrice del Dongo, le père Goriot et ses filles, Rastignac, Vautrin, la cousine Bette, le comte de Monte-Cristo, Arsène Lupin, Swann, Odette, le baron Charlus et la duchesse de Guermantes, Jallez et Jerphanion, Thérèse Desqueyroux, Aurélien ou Zénon deviennent des compagnons aussi vivants, ou plus, que les personnages du monde réel. « Ce qui m'a fait le plus de peine dans ma vie agitée, s'écrie Oscar Wilde repris par Marcel Proust, c'est la mort de Lucien de Rubempré à la fin de *Spendeur et misère des courtisanes*. » Et chacun connaît le cri de

Balzac réclamant sur son lit de mort le médecin de *La Comédie humaine* : « Qu'on fasse venir Bianchon ! » On lit à la ville et à la campagne, dans un fauteuil, couché dans son lit ou à l'ombre d'un arbre, dans le métro ou dans le train, le jour et la nuit.

Tout au long des siècles, la lecture a changé presque autant que les genres littéraires. Longtemps, jusque vers le ve siècle de notre ère, la lecture ne s'effectuait qu'à haute voix. Les Anciens, Alexandre ou César, Cicéron ou Virgile, lisaient à voix haute les textes qu'ils écrivaient ou qui leur parvenaient. On raconte qu'un jour, à la Curie romaine, sur le Forum, César se mit à lire à voix basse une tablette ou un rouleau qu'un messager venait de lui remettre. Les hauts personnages autour de lui, et Caton à leur tête, réclamèrent qu'il lût à haute voix, selon la coutume. « Le veux-tu ? » demanda César à Caton. « Je l'exige », répondit Caton. Alors, César se mit à lire à haute voix le message qu'il venait de recevoir : c'était une lettre d'amour de la sœur de Caton.

Dans une page célèbre de ses *Confessions*, saint Augustin raconte sa stupeur à la vue de saint Ambroise, évêque de Milan, qui lisait à mi-voix, en remuant à peine les lèvres, un texte sacré d'un Père de l'Église. C'était le début de la lecture telle que nous la connaissons.

Avant de vous livrer à votre tour en silence à la lecture enchantée des mille et un livres qui sont ici recensés, jetez-vous donc, lecteur ou lectrice, dans cet ouvrage où vous sont présentés, sous forme d'esquisses, tant de rêves et d'aventures. Ce n'est pas encore tout à fait le paradis de la lecture qui vous est offert aujourd'hui : c'est son programme nécessaire et très précieux, ses échantillons, son délicieux avant-goût. Ouvrez le livre. Un vertige vous prend. Toute la beauté, toute la grandeur du monde, tout ce qu'il y a d'éternel dans notre vie passagère se déroule sous vos yeux. Vous tenez entre les mains ce que nos anciens Grecs appelaient, selon la formule de Thucydide κτημα εις αει – un trésor pour toujours.

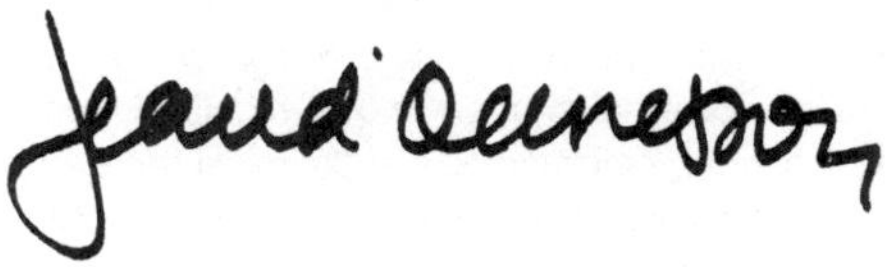

Introduction

Par Peter Boxall

Il existe un lien ancien entre la mort, le conte, et le nombre 1001. Depuis *Les Mille et Une Nuits*, ce dernier possède une résonance mythique, et mortelle. Afin de retarder le moment de sa propre mort, Shéhérazade raconte au cours de mille et une nuits des histoires au roi qui désire l'exécuter. Chaque nuit, celui-ci a l'intention de la tuer, mais elle lui offre de si beaux morceaux de prose qu'il lui laisse toujours la vie un jour de plus, irrésistiblement poussé par le souhait de connaître la suite de son conte interminable et libre. Le caractère infiniment ouvert de l'histoire que raconte Shéhérazade confère au nombre 1001 une sublimité mathématique. Ce nombre est toutefois imbu du sentiment d'urgence mortelle que lui confère l'épreuve subie par Shéhérazade. Tout autant qu'il suggère une étendue infinie, il évoque aussi la précision et une brièveté restreinte.

En dressant la liste des 1001 livres à lire avant de mourir, je me suis trouvé sous l'emprise de ce paradoxe « shéhérazadien ». L'histoire du roman, telle qu'elle apparaît ici, est longue et chaotique, déborde de rebondissements surprenants et d'intrigues secondaires improbables. Dès le départ, élaborer ce conte complexe qui fait référence à 1001 titres paraissait une tâche gargantuesque et interminable. La liste finale, qui comprendrait tous les romans que l'on doit lire et exclurait les autres, s'avère évidemment impossible à dresser, tout comme les contes de Shéhérazade ne sont toujours pas terminés et ne connaîtront jamais de fin dans cet univers. Chaque titre ici a dû se battre pour obtenir le maigre espace qui lui est accordé, chaque article possède une certaine énergie concentrée, née d'une lutte aussi désespérée que si son existence en dépendait. Chaque roman est une œuvre que l'on doit lire avant de mourir, et alors que la mort est une possibilité lointaine, elle est aussi toujours imminente, rôdant dans l'ombre de chaque instant.

Cette contradiction entre une échelle de temps ample et une autre limitée se ressent tout au long de l'ouvrage. Le roman est représenté ici dans toute sa diversité, son inventivité, son humour, depuis les textes anciens – comme Ovide – jusqu'à la fiction contemporaine d'Amis, de DeLillo ou de Houellebecq. Il est aussi à jamais inaccessible comme entité complète, car il se refuse à la systématisation, dépassant la simple somme de ses éléments. De fait, on pourrait affirmer que le roman ne peut jamais être considéré comme un objet stable et reconnaissable. Il n'existe aucun consensus entre critiques ou lecteurs sur la naissance de la forme romanesque, aucune limite définie entre le roman et la nouvelle, le poème en prose, l'autobiographie, le témoignage, le journalisme, la fable, le mythe ou la légende. Et le consensus est certainement loin d'exister quant à ce qui distingue un roman médiocre d'un chef-d'œuvre littéraire. Non, le roman en tant que forme et œuvre est une idée inspirée que l'on ne peut saisir que fugitivement, de manière fragmentée ; une idée qui rend la fiction possible, mais constitue en elle-même un genre de fiction.

La liste qui est ici offerte ne cherche donc pas à constituer un nouveau canon, ni à définir le roman de manière exhaustive. C'est une liste qui vit de ses contradictions, animée de l'esprit du roman, d'un amour de ce que le roman est et accomplit, mais qui toutefois n'espère pas le résumer, le refléter ou en faire le tour. La fiction prend de si nombreuses formes, dans de si nombreuses langues, à travers de si nombreux pays et siècles, qu'une telle liste sera toujours marquée, façonnée et déformée par ce qu'elle omet. Plutôt que de se défendre contre ce qu'il exclut, cet ouvrage s'offre comme un instantané du roman, une histoire parmi toutes celles de ce genre. Ce livre est constitué d'articles qui proviennent de plus de cent collaborateurs – échantillon de la communauté internationale des lecteurs qui comprend des critiques, des universitaires, des romanciers, des poètes et des journalistes – et la liste est née en grande partie de la situation actuelle du roman telle qu'elle est perçue par ce groupe varié de lecteurs. En tant que tel, l'ouvrage reflète un ensemble de priorités que partagent les lecteurs contemporains, une certaine compréhension des origines du roman et une passion particulière de la lecture. Mais cela est fait avec une appréciation de la diversité et des innombrables possibilités de la fiction, plutôt qu'avec le désir de séparer les œuvres de qualité de la production de masse, le grain de l'ivraie.

Cette alliance du long et du court, du complet et du partiel n'est peut-être jamais plus évidente ici qu'en examinant chaque article l'un après l'autre. Disposer de seulement trois cents mots – longueur moyenne de chacun d'entre eux – pour décrire une œuvre aussi complexe qu'un roman tient indubitablement de la folie. Même un très court roman ne peut se résumer en seulement trois cents mots ; alors que dire d'*À la recherche du temps perdu* de Proust, qui compte des milliers de pages ? Que peuvent trois cents petits mots face à un tel monstre ? C'est la question qui me taraudait au début de ce projet. Mais il me semble désormais que c'est bien la brièveté de chaque article qui fait la force de ce livre. Ces entrées ne cherchent ni à offrir une critique complète de chaque roman, ni à nous donner un aperçu de leur prose, ni même à résumer l'ouvrage. Leur objectif est simplement de démontrer ce qui rend chaque roman si fascinant, si indispensable. Je ne vois aucun autre format susceptible d'offrir une incitation plus efficace, avec une intensité plus palpitante.

La publication de cet ouvrage a soulevé d'importantes et difficiles questions. La plus essentielle d'entre elles relève de la relation entre la nationalité et le canon. Que signifie offrir une édition « internationale » de ce genre de livre ? Comment différerait-elle auprès du public tchèque, espagnol ou allemand, par rapport au public américain ou anglais ? Un ensemble d'œuvres, un canon de textes essentiels émerge-t-il d'un contexte national ou transcende-t-il la nationalité et dépasse-t-il le contexte qui lui a donné naissance ? Que signifie essayer de répondre à ces différents contextes nationaux en même temps ? Est-il possible de produire une liste qui intéressera les lecteurs turcs comme grecs, serbes comme croates ? Je pense que je serais incapable de répondre à ces questions de manière adéquate même si je disposais de 1001 pages pour écrire cette préface. Mais j'espère que la publication de cette édition élargira les termes du débat, intéressera un public plus important et plus varié. Au lieu de répondre aux questions qui portent sur le lien difficile entre la nationalité, la lecture et le canon, j'espère que cet ouvrage fera naître ces mêmes questions au sein d'une nouvelle génération de lecteurs du monde entier. Les collaborateurs de cet ouvrage n'ont pas désiré établir une liste exhaustive, une liste qui puisse atteindre un consensus transnational et transculturel quant aux livres que l'on doit lire avant de mourir…

J'ai beaucoup appris sur le roman en travaillant à cet ouvrage qui m'a aussi permis de découvrir combien l'amour des livres est contagieux, et combien ces derniers peuvent être source d'excitation, d'amitié et de plaisir. J'espère que les lecteurs de ce livre percevront ces divers éléments mais surtout qu'ils s'opposeront passionnément à la sélection effectuée ici. C'est à partir de tels désaccords sur ce qui constitue le patrimoine littéraire international, à partir de discussions critiques et fiévreuses sur les livres qui continuent à nous définir, que naîtra l'avenir du roman.

Avant-propos

Par Peter Ackroyd

« La vie est si courte, le métier si long à apprendre. » La réflexion de Chaucer convient à la lecture tout autant qu'à l'écriture de livres. Pour bon nombre d'entre nous, lire un roman constitue le plaisir suprême, et nombreux sont ceux qui s'en souviennent comme l'un de leurs premiers souvenirs et l'une des plus grandes joies de leur enfance. Les lectures imposées du lycée et de l'université ont pu ensuite ternir un peu cette joie, lorsque lire était souvent un devoir pénible plutôt qu'un délice. Mais, d'une façon ou d'une autre, le bonheur de lire est demeuré. C'est un plaisir silencieux, né de la solitude et de la concentration, qui produit rêves et réflexions, flirte avec la passion, entraîne aventures et transformations. Un roman peut littéralement changer une vie.

La lecture peut aussi tracer le cours d'une existence. Il existe de remarquables exemples de jeunes personnes qui, transformées par leur découverte de la fiction, sont devenus écrivains, comme Charles Dickens, qui, en lisant contes de fées et aventures, a été poussé à écrire ses propres romans. Les récits de chevalerie ont inspiré de nombreux chevaliers au Moyen Âge, et les Fables d'Esope ont été à l'origine de milliers d'autres contes. Des livres naissent d'autres livres dans un processus ininterrompu de pollinisation croisée, et il est parfois difficile de savoir où s'arrête l'inspiration d'un ouvrage et où débute la source d'un autre.

Le saint patron de la lecture est indubitablement saint Isidore de Séville, pour qui tout développement spirituel provient de la lecture. Cette dernière permet aussi l'expansion de l'imagination. À l'âge du DVD et de l'écran d'ordinateur, les mérites de l'écriture sont de plus en plus apparents. Il était de bon ton, à la fin du xxe siècle, d'annoncer la mort du livre et de déclarer que la littérature était dépourvue d'avenir. Ces tristes prédictions (si tristesse il y avait) se sont avérées totalement prématurées.

C'est pour cette raison que cette liste (organisée selon la date de publication des ouvrages) comprend à la fois des romans très connus et d'autres beaucoup moins, depuis les œuvres de Jane Austen et de George Orwell, universellement saluées, jusqu'aux romans de Wyndham Lewis, quelque peu méconnus. Les tendances existent dans le domaine de la lecture comme dans tout autre, mais certains romans résistent aux courants et représentent ce qui s'approche le plus d'une valeur humaine intemporelle. On compte parmi eux *Illusions perdues* de Balzac, *Les Hauts de Hurlevent* d'Emily Brontë, et *Beloved* de Toni Morrison.

D'autres romans sont symboliques d'une époque, tels que *Vathek* de William Beckford et *G.* de John Berger, *Une femme noire* de Zora Neale Hurston ou *Pleure, ô pays bien-aimé* d'Alan Paton. Il existe des romans expérimentaux comme ceux de William Burroughs, et d'autres que l'on qualifie de grand public, comme les œuvres d'Anthony Trollope et d'E.M. Forster, d'Isabel Allende et de J.D. Salinger. On doit aussi citer, bien entendu, les romans qui constituent un genre de réussite suprême : parmi eux, *À la recherche du temps perdu* de Proust et *Le Voyage du pèlerin* de John Bunyan. Mais tous les romans inclus ici valent la peine d'être cités. De Chinua Achebe à Stefan Zweig, tous nous invitent au plaisir de la lecture.

En ce qui me concerne, l'écriture de fiction m'offre toujours des surprises. Lorsque j'écris un ouvrage d'histoire ou une biographie, j'utilise évidemment le matériel que j'ai réuni. Avec un roman toutefois, les mots révèlent un thème ou un sens que je n'avais pas précédemment envisagé. Les mots deviennent source plutôt que résultat. C'est peut-être pour cela que la lecture d'un roman procure aussi un regain d'énergie et de force.

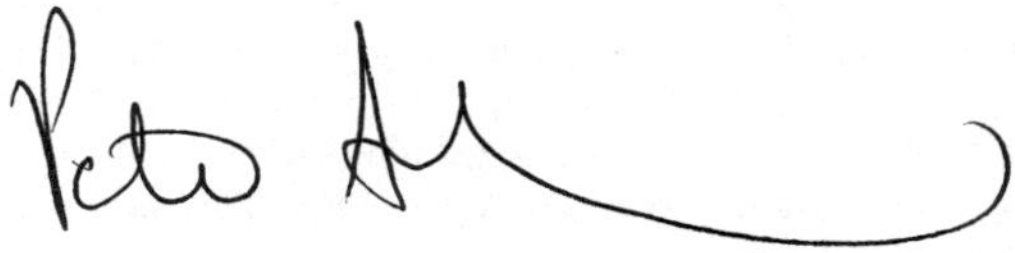

Note de l'éditeur

Ce sont 1001 romans, à quelques exceptions près, qui sont le sujet de ce livre. Le choix a été fait par une équipe internationale de spécialistes de la littérature, donnant la préférence aux ouvrages ayant fait l'objet de nombreuses traductions à l'étranger.

Dans les 1001 ouvrages proposés, une quarantaine n'a jamais été traduite en français à notre connaissance. Ils figurent donc ici sous le titre de l'édition originale, mais le lecteur français pourra les lire en anglais s'il le souhaite (le titre de la version anglaise est précisé à chaque fois) et c'est ce titre qui figure dans l'index par auteur.

Les œuvres sont présentées par ordre chronologique, à de rares exceptions près. C'est pourquoi Zola, par exemple, apparaît en différents endroits. Mais il est très facile de retrouver tous les titres d'un auteur, en se reportant à l'index des titres par auteur (voir page 565). Cette présentation chronologique constitue par ailleurs une invitation à la découverte, car le lecteur, en recherchant tel ou tel écrivain qu'il apprécie, fera des découvertes parmi les livres publiés la même année.

Index des œuvres

Pour retrouver les livres de vos auteurs préférés, reportez-vous à l'**Index des auteurs** de la page 565.
Les titres en anglais sont ceux des ouvrages non traduits en français à ce jour.

Du IXe siècle au **XVIIIe siècle**

Les Mille et Une Nuits
Anonyme

Première parution | aux alentours de 850
Source | *Hazar Afsane*
Langue originale | Arabe
Titre original | *Alf laylah wa laylah*

Les contes que nous connaissons sous le nom des *Mille et Une Nuits* sont parmi les œuvres de fiction les plus puissantes et les plus évocatrices du genre. Racontés par Shéhérazade au roi Shahryar au long de mille et une nuits, ces contes incluent des récits essentiels tels que « Sindbad », « Aladin » et « Ali Baba et les Quarante Voleurs ». L'intemporalité de ces histoires est extraordinaire. Mais bien que ces contes des *Mille et Une Nuits* soient remarquables par leur proximité et leur modernité, ce qu'ils ont sans doute de plus précieux à nous transmettre réside dans le concept même du récit qui s'en dégage.

C'est dans ces *Mille et Une Nuits* que se forge un lien sous-tendu entre la narration, le sexe et la mort – lien qui depuis lors est une source d'inspiration pour la fiction. Le roi Shahryar a la déplorable habitude de dépuceler puis de tuer une vierge chaque nuit et le récit des *Mille et Une Nuits* débute avec Shéhérazade dans le rôle d'une de ses prochaines victimes. Soucieuse de sauver sa vie, Shéhérazade s'efforce de distraire le roi avec des récits. Elle réussit si bien qu'à l'aube de chaque jour le roi est incapable de la tuer, tant son récit est captivant, érotique et délicieusement provocateur. Chaque nuit donc, il lui octroie un jour de plus afin de pouvoir connaître la fin du récit. Mais le récit que Shéhérazade invente pour sauver sa vie est une histoire sans fin, une narration sans dénouement. En effet, chaque récit est habité par un désir insatiable et par une continuité suggestive : chaque mot nous accroche et nous intrigue tout autant que le roi Shahryar. L'érotisme de ces contes, leur texture exotique et savoureuse proviennent de ce désir insatisfait, de cette excitation continuelle à la frontière entre la jouissance et la mort. **PB**

Le Conte du coupeur de bambou
Anonyme

Première parution | xe siècle
Langue originale | Japonais
Titre original | *Taketori Monogatari*

Pour *Le Dit du Genji*, *Le Conte du coupeur de bambou* est l'ancêtre de toutes les romances. C'est l'œuvre de fiction japonaise la plus ancienne qui nous soit parvenue, car si les estimations concernant sa date de conception sont partagées, sa parution est cependant située à la fin du IXe siècle ou début du Xe. L'un des écrivains les plus célèbres du Japon, Yasunari Kawabata, rédigea une version moderne de ce conte en 1998.

C'est l'histoire de Kaguya-hime, princesse d'une beauté exceptionnelle trouvée bébé par un vieux coupeur de bambou. Sa beauté enflamme les hommes. Souhaitant lui trouver un mari, son tuteur sélectionne cinq prétendants. Mais la froide Kaguya-hime ne souhaite pas se marier et assigne à ses prétendants des tâches impossibles. Ces hommes, pour la plupart fourbes, utilisent leur argent et leur rang pour faire croire à la princesse qu'ils ont accompli leurs tâches. Un prince met une équipe au travail nuit et jour pour lui offrir une branche en or ; un autre envoie un homme en Chine pour lui trouver une robe qui ne brûle pas.

Chaque initiative ratée inspire un proverbe. Ainsi, une aventure malheureuse est appelée « les prunes insensées », car le grand conseiller, incapable de rapporter à la princesse le joyau d'un dragon, remplace ses yeux par des pierres précieuses qui ressemblent à des prunes. Dans la version de Kawabata, les superbes illustrations réalisées par Masayuki Miyata justifieraient à elles seules la lecture de ce conte. **OR**

Le Dit du Genji
Murasaki Shikibu

973-1014 (Japon)
Première parution | XIe siècle
Langue originale | Japonais
Titre original | *Genji Monogatari*

Le Dit du Genji est la plus ancienne œuvre de fiction écrite en prose encore lue par pur plaisir aujourd'hui par un large public. Écrite au moins en partie par Murasaki Shikibu, une femme de la cour impériale de Kyoto, sa structure décousue raconte la vie amoureuse du fils d'un empereur, le beau et cultivé Genji. Ce jeune homme endure des vicissitudes émotionnelles et sexuelles complexes, comme sa relation avec la figure maternelle Fujitsubo, ainsi qu'avec Murasaki, qu'il adopte encore enfant et qui devient l'amour de sa vie. Exilé un temps, Genji revient et devient alors riche et puissant. Inconsolable après la mort de Murasaki, il se retire dans un temple. Puis, le conte change de sujet et fait le portrait peu édifiant de la génération suivante, pour terminer de manière abrupte. Ce manque de conclusion est-il voulu ou signifie-t-il que le conte n'a jamais été fini ? Les opinions sont partagées. *Le Dit du Genji* fait surgir un monde exotique et distant, celui raffiné et anesthésié de la cour impériale du Japon au temps médiéval. La fiction tisse sa magie et jette un pont entre le monde de Murasaki et le nôtre, si différents. La traduction gomme sans doute beaucoup, mais les lecteurs modernes sont à la fois séduits par les émotions universelles que l'on retrouve dans un cadre peu familier et fascinés par les réactions et attitudes totalement imprévues des personnages. **RegG**

Histoire des trois royaumes
Luo Guanzhong

1330-1400 (Chine)
Première parution | XIVe siècle
Langue originale | Chinois
Titre original | *Sanguó yanyì*

L'Histoire des trois royaumes est l'un des quatre romans classiques formant la pierre angulaire de la littérature chinoise. Embrassant plus d'un siècle de l'histoire de la Chine, de l'an 184 à l'an 280, cette saga épique des derniers jours de la dynastie Han est une compilation d'histoires et de légendes fondées sur les anciennes traditions du récit. Il est attribué à Luo Guanzhong, un érudit du XIVe siècle qui a su combiner sources et récits existants en une saga captivante.

Le roman débute avec l'insurrection contre l'empereur Ling menée par un sorcier taoïste, Zhang Jiao, et se termine avec la chute de Han en 220 et la fondation de la dynastie Jin. L'action centrale a lieu dans les royaumes rivaux de Wei, Shu et Wu, habités par des magiciens, des monstres, de puissants seigneurs et des héros légendaires immortels qui se disputent le contrôle de la Chine. Avec sa trame envoûtante, ses héros et scélérats classiques, ses intrigues complexes et ses scènes de bataille, *Histoire des trois royaumes* est un chef-d'œuvre du même ordre en Chine que *L'Iliade* en Europe. Traduit dans de nombreuses langues (français, anglais, espagnol, russe...), c'est encore aujourd'hui l'un des livres les plus lus dans l'Asie de l'Est, apprécié pour sa sagesse traditionnelle, ses contes de fées fantastiques, ses détails historiques et ses aperçus sur la stratégie guerrière. D'où le proverbe coréen populaire : « Après avoir lu *Histoire des trois royaumes*, on peut disserter sur la vie. » **FG**

Au bord de l'eau

Shi Nai'an & Luo Guanzhong

1296-1370 (Chine)
Première parution | 1370
Langue originale | Chinois
Titre original | *Shuihu zhuàn*

Ce roman est inspiré par les exploits de Song Jiang, bandit du début du XIIe siècle, et de son groupe de hors-la-loi. Raconté oralement au fil des siècles par des professionnels, le texte original a été édité, développé et révisé puis imprimé. La plus ancienne version conservée comprend cent vingt chapitres et remonte au début du XVIe siècle. D'où les incohérences entre les différentes versions du texte et la difficulté d'identifier date et auteur du texte original.

Dans sa première partie, le roman décrit comment les cent huit héros se rassemblent dans leur fort, dans les marais du Liangshan, sous le commandement de leur chef Song Liang. Unis par leur respect pour l'empereur, lequel est berné par des fonctionnaires corrompus, les hors-la-loi se conforment à un strict code de chevalerie : ils volent aux riches pour aider les pauvres et font preuve d'une loyauté sans bornes envers leurs frères d'armes. Plus loin dans le récit, les hors-la-loi sont amnistiés par l'empereur et ils l'aident à venir à bout d'un soulèvement. Cet exploit engendre la mort de la plupart d'entre eux.

Bien que le roman soit parfois extrêmement violent et misogyne du point de vue des normes actuelles, le lecteur est captivé par la complexité des personnages et par le langage vif et pittoresque. Interprété comme un éloge de la révolution paysanne, ce roman a été encensé dans toute la Chine après 1949 et était très prisé de Mao Zedong. **FG**

L'Âne d'or

Apulée

123-170 Madauros (Algérie actuelle)
Rédaction | IIe siècle
Première parution | 1469
Titre original | *Apulei Metamorphoseon*

L'Âne d'or est le seul roman latin qui ait survécu dans son intégralité. Le style est racé, impétueux et irrévérent, ce qui était le propre des conteurs professionnels de l'époque, mais dans le fond, c'est une histoire morale.

Lucius, jeune aristocrate romain obsédé par la magie, est accidentellement transformé en âne par une sorcière. Et c'est en âne qu'il affronte une série d'aventures qui lui permettent de constater et de partager la misère des esclaves et des hommes libres déchus qui, tout comme Lucius, sont pratiquement réduits à l'état d'animaux dans les mains de leurs riches propriétaires. Ce livre est la seule œuvre littéraire du monde gréco-romain qui examine la condition des classes pauvres. Malgré le sérieux du sujet, le ton est léger et sexuellement explicite, car Lucius passe une partie de son temps en compagnie licencieuse. Ce roman est aussi intéressant par sa description des religions de l'époque. Dans les derniers chapitres du livre, Lucius retrouve sa forme humaine grâce à la déesse Isis. Par la suite, il est initié à son culte mystérieux et se voue à la déesse. À partir de là, l'humeur paillarde des premières pages laisse la place à une belle prose tout aussi séduisante. *L'Âne d'or* est un précurseur du roman picaresque : le mélange divertissant de magie, de farce et de mythologie passionne le lecteur d'aujourd'hui autant que celui d'antan. **LE**

Tirant le Blanc
Joanot Martorell

1413-1468 (Espagne)
Première parution | 1490
Langue originale | Catalan
Titre original | *Tirant lo Blanc*

Dans ce dernier grand roman de chevalerie, encensé par Cervantès, Joanot Martorell s'inspire de ses expériences de chevalier, qu'il étaye de références littéraires (telles Raymond Lulle, Boccace et Dante), enrichissant le tout grâce à son imagination fertile, même s'il reste néanmoins proche de la réalité. *Tirant le Blanc* entend à la fois convaincre de la valeur de la chevalerie et corriger les éloges excessifs dont elle fut l'objet. Des faits de guerre et d'amour dominent des épisodes imaginaires plus courts, comme celui de la jeune fille transformée en dragon.

Tirant, lui, est de la même trempe que les chevaliers légendaires, même s'il assure ses victoires non par ses qualités surhumaines, mais par son talent de stratège, par sa sagesse et sa force d'âme. Il tombe donc de cheval, se fatigue, est blessé. Ses itinéraires permettent de reconstituer la géographie de l'Angleterre, de la France, de la Sicile, de Rhodes et de Constantinople. Ses campagnes militaires, telles le blocus de l'île de Rhodes en 1444 et la tentative pour reprendre Constantinople, sont historiques. Ce roman reste actuel par son humour et par la sensualité irrévérencieuse qui caractérise plusieurs épisodes. **DRM**

La Célestine
Fernando de Rojas

1465-1541 (Espagne)
Première parution | 1499
Langue originale | Espagnol
Titre original | *La Celestina*

Le titre des premières éditions de cette œuvre, *La Célestine : Tragi-comédie de Calixte et Mélibée*, faisait référence à deux jeunes amants, mais il fut très vite remplacé par *La Célestine*, d'après le nom de la vieille sorcière entremetteuse qui donne une potion magique à Mélibée pour qu'elle tombe amoureuse de Calixte. Là n'est pas la seule énigme du texte, car son auteur, Fernando de Rojas, un érudit d'origine juive, affirma qu'il ne faisait que compléter une œuvre existante, anonyme et incomplète, ce qui semble être vrai. De fait, tout ce mystère a contribué au succès de cette œuvre qui passionna les lecteurs et devint la propriété de tous.

La pièce prend la forme d'un dialogue censé être lu à voix haute et non pas joué sur scène : un genre connu sous le nom de « comédie humaniste ». Mais par la liberté et la franchise de ses dialogues, par la perspicacité psychologique de ses nombreux personnages et par la variété de son ton (allant du style élevé et sophistiqué au très commun), ce chef-d'œuvre a influencé le roman plus que le théâtre. Bien qu'encensé comme une œuvre morale qui explore l'amour illicite et ses châtiments, ainsi que les conséquences funestes de la sorcellerie et de l'ambition, cet ouvrage révèle une perception très aigrie de la nature humaine et souvent un nihilisme profond. Après une lecture détaillée, Cervantès en fit l'analyse suivante, résumée par un couplet maintenant célèbre : un livre de vérité divine, si seulement il cachait plus l'humaine vérité. **JCM**

Amadis de Gaule
Garci Rodríguez de Montalvo

1450-1505 (Espagne)
Première parution | 1508
Langue originale | Espagnol
Titre original | *Amadis de Gaula*

Roman primitif, roman sentimental et roman de chevalerie, *Amadis de Gaule* est la contribution espagnole la plus pertinente et la plus originale à la légende arthurienne. L'histoire remonterait au milieu du XIVe siècle. À l'origine, les aventures étaient présentées dans trois livres qui furent remaniés et abrégés par Rodríguez de Montalvo entre 1470 et 1492, ce qui lui permit d'y rajouter sa nouvelle saga chevaleresque sur le fils d'Amadis et d'Oriane. La dette d'*Amadis* envers la légende arthurienne transparaît dans les péripéties du récit telles l'investiture du chevalier, les prophéties et la présence de la magie. Par exemple, Merlin et Morgane ont leurs équivalents castillans : Urgande l'Inconnue et Arcalaüs le Magicien. Tout comme dans le genre chevaleresque, les moteurs du récit sont l'amour et le mariage. Mais *Amadis* ne reflète guère le thème troubadour de l'amour adultère pour une femme mariée, qui est au cœur des aventures chevaleresques qui ont le plus influencé Amadis : *Tristan de Leonis* et *Lancelot du Lac*. La bien-aimée d'Amadis, Oriane, était la fille, et non l'épouse, du roi de Bretagne. Le cycle d'Amadis, complété par *Les Exploits d'Esplandian*, incorpore des éléments moralisateurs. L'œuvre de Montalvo connut un immense succès en France grâce à l'entreprise de traduction initiée par Herberay des Essarts. C'est une interprétation chrétienne du code des chevaliers, qui était plus crédible pour les Rois Catholiques espagnols que le vieux modèle arthurien, usé et folklorique. **MAN**

La Vie de Lazarillo de Tormes
Anonyme

Première parution | 1554
Langue originale | Espagnol
Titre original | *La vida de Lazarillo de Tormes y de sus fortunas y adversidades*

Sans doute ne saura-t-on jamais qui a écrit cette œuvre. Pendant longtemps, l'auteur présumé fut un noble du nom de Diego Hurtado de Mendoza ; plus récemment, on avança le nom d'Alfonso de Valdés, fonctionnaire impérial, érudit admirateur d'Érasme. Personne ne pense que le récit pourrait être de la plume du protagoniste éponyme. L'histoire raconte la vie du fils d'une femme qui partagea sa vie avec un esclave noir. L'enfant devient le guide de l'aveugle, le serviteur de plusieurs maîtres, puis le crieur public de la ville de Tolède, grâce à l'influence de l'archevêque, qui était certainement l'amant de sa mère. Ce petit livre voudrait faire croire au lecteur qu'il s'agit, en toute bonne foi, d'une lettre dans laquelle Lazare explique « le cas » qui a tant attiré l'attention de l'homme ou de la femme anonyme, à qui il écrit.
Tout ce qu'il y a dans ce récit existait déjà dans le folklore ou dans le répertoire des contes anticléricaux ; mais sa radicale nouveauté réside dans le ton libre et l'habileté avec laquelle l'auteur a rassemblé ces éléments pour les transformer en l'expérience d'une seule vie. Cette œuvre marque le début du roman picaresque, mais va plus loin encore : elle est le précurseur du roman moderne en tant qu'expression personnelle du monde. **JCM**

Gargantua et Pantagruel
François Rabelais

1494-1553 (France)
Première parution | 1532
Titre original | *Grands annales tresueritables des gestes merveilleux du grand Gargantua et Pantagruel*

Héros de la littérature populaire, Gargantua avait inspiré en 1532 un ouvrage anonyme qui avait connu un grand succès. Avec *Pantagruel*, Rabelais en imagine la suite, dans la tradition carnavalesque qui, par l'exaltation du corps et des plaisirs paillards, tourne en dérision les conventions sociales, religieuses et politiques. Dernier rejeton d'une dynastie de géants, Pantagruel, fils de Gargantua, provoque en naissant la mort de sa mère, Badebec. Doté d'une vigueur hors normes, Pantagruel est éduqué par son père, qui lui inculque une culture humaniste. Il rencontre Panurge, clochard espiègle qui devient son ami. Les deux compagnons retournent au pays de Gargantua lorsqu'ils apprennent son invasion par les Dipsodes ; Pantagruel les noie dans son urine puis vainc leur chef, Loup Garou. Mélange de discours humanistes admirables (la célèbre lettre de Gargantua à son fils) et d'aventures truculentes, *Pantragruel* était conçu par Rabelais comme des « balivernes ». Le récit ne manque pourtant ni de profondeur, ni d'ambivalence ; sa créativité langagière en fait un puits de néologismes qui continue de nourrir notre vocabulaire. Devant la popularité de *Pantagruel*, Rabelais rédige et publie en 1535 *Gargantua*, dans lequel il insiste à nouveau sur le thème de l'éducation et, avec le même talent comique, raconte le rôle joué par le géant dans la guerre du roi Picrochole contre son voisin Grandgousier. **BQ**

Les Lusiades
Luis Vaz de Camõens

1524-1580 (Portugal)
Première parution | 1572
Langue originale | Portugais
Titre original | *Os Lusíadas*

Le thème central de cette épopée nationale portugaise, *Les Lusiades*, raconte le voyage pionnier de Vasco de Gama lorsque celui-ci vogua de son pays vers l'Inde en 1498. L'auteur, en homme de la Renaissance, enjolive le récit avec une profusion d'histoires mythologiques. Pourtant, *Les Lusiades* sont aussi inspirées par les propres expériences de l'auteur. Camõens perdit un œil alors que, jeune soldat, il se battait contre les Maures au Maroc où il passa plus de dix-sept ans.

Inutile de prétendre que *Les Lusiades* sont d'une lecture facile. Cependant, ses vers prolixes révèlent une imagination romanesque habitée par la conviction que les faits historiques peuvent être plus dramatiques que des exploits romancés. Vasco de Gama est un héros sans prétention, rusé et pragmatique, enclin à l'erreur et à qui la chance sourit souvent. Camõens est bien un homme de son époque : persuadé que ce voyage amenait un brin de civilisation à des barbares, il encouragea son roi à mener une croisade pour détruire l'Islam. Pourtant, il est parfaitement conscient des horreurs perpétrées au nom du christianisme, comme de la corruption engendrée par le colonialisme et de la vaine illusion des conquêtes « héroïques ». Le critique anglais, Maurice Bowra, dira que *Les Lusiades* constituent le premier poème épique qui, par sa grandeur et son universalité, parle au monde moderne. **RegG**

Les Pérégrinations vers l'Ouest
Wu Cheng'en

1500-1582 (Chine)
Première parution | 1592 (anonymement)
Langue originale | Chinois
Titre original | *Xi You Ji*

Le Singe est une traduction abrégée du roman populaire chinois *Les Pérégrinations vers l'Ouest*, attribué au poète érudit Wu Cheng'en, de la dynastie Ming. Tirées du folklore et puisant dans la religion populaire, la mythologie et la philosophie chinoises (taoïsme, confucianisme et bouddhisme), *Les Pérégrinations vers l'Ouest* sont considérées comme l'un des quatre meilleurs romans classiques de la littérature chinoise.
Le roman est inspiré par Xuanzang, le fameux moine bouddhiste qui entreprit un pèlerinage en Inde sous la dynastie Tang afin d'obtenir les textes sanskrit des sutras. Xuanzang est accompagné de ses trois disciples – le Singe, le Cochon et le Bonze des Sables – qui affrontent avec lui toute une variété de monstres et de démons avant de pouvoir enfin ramener les sutras dans la capitale chinoise. Dans sa quête d'immortalité, de sagesse, de rédemption et de renaissance spirituelle, *Le Singe* reflète plusieurs des valeurs traditionnelles de son époque.
Cette œuvre est unique par son mélange d'aventure, de comédie, de poésie et de connaissance spirituelle. Elle est à la fois une allégorie au service d'une quête spirituelle et une satire de la bureaucratie inefficace et absurde, quelle qu'elle soit, ancienne ou moderne. **JK**

Le Voyageur malchanceux
Thomas Nashe

1567-1601 (Angleterre)
Première parution | 1594
Titre original | *The Unfortunate Traveller ; or, The Life of Jacke Wilton*

Le Voyageur malchanceux est sans doute une des nouvelles élisabéthaines les plus abouties. Nashe raconte l'histoire complexe et déroutante de Jack Wilton, une jeune recrue amorale dans l'armée d'Henri VIII en France. Wilton a une série d'aventures dangereuses, qui débutent lorsqu'il s'insinue dans les bonnes grâces de Lord Misrule, marchand de cidre au service de l'armée. Il arrive à persuader Lord Misrule que le roi le considère comme un espion ennemi et reçoit ainsi beaucoup de cidre gratuitement. Finalement le marchand confronte le roi et le complot est éventé, ce qui mène Wilton à être fouetté. Wilton voyage ensuite à travers l'Europe, où il est témoin de la destruction de la communauté anabaptiste établie à Münster. Arrivé en Italie, il est le témoin d'actes de cruautés plus spectaculaires encore, notamment l'exécution de deux criminels, Zadoch et Cutwolfe. Wilton retourne en Angleterre horrifié par ce qu'il a vu, et fait le serment de rester dorénavant chez lui.
Le Voyageur malchanceux est tour à tour déconcertant et drôle : chaque description est teintée d'une ironie si percutante qu'à la fin nous ne pouvons conclure si voyager est une expérience enrichissante ou sans intérêt. Les descriptions de Nashe, notamment les scènes de violence, sont un mélange brillant et surprenant d'ordinaire et d'extraordinaire, en particulier lorsque les ongles de Zadoch, alors moribond, sont soulevés à demi et ensuite calés avec des bâtonnets pointus, comme la devanture d'un magasin de tailleur à moitié ouverte un jour férié. **AH**

Thomas de Reading
Thomas Deloney

1543-1600 (Angleterre)
Première parution | aux alentours de 1600
Titre original | *Pleasant Historic of Thomas of Reading ; or, The Sixe Worthie Yeomen of the West*

Par sa diversité, *Thomas de Reading* égale les *Contes de Cantorbéry* de Chaucer. Tous les lecteurs y trouvent leur plaisir, car l'œuvre mêle anecdotes amusantes, sagesse populaire, réjouissances, adultère, meurtre, voyage, amours impossibles, rivalité entre descendants royaux et un voleur qui évite son châtiment par la ruse. Deloney rapporte le destin de six drapiers de l'ouest de l'Angleterre et entrecoupe leurs aventures, souvent comiques, avec l'histoire tragique de Margaret, une femme noble dont le père est tombé en disgrâce et qui travaille avec l'épouse de l'un des drapiers jusqu'à ce qu'elle tombe amoureuse du frère du roi.

Thomas de Reading, collection innocente d'anecdotes, est aussi une critique sociale astucieuse. Elle célèbre les drapiers, mais dénigre la classe sociale supérieure. Quand les amis aristocrates de Margaret lui tournent le dos, celle-ci se rend compte de la valeur de la classe sulbalterne. Elle trouve le bonheur parmi les drapiers, jusqu'à ce qu'elle consente à s'enfuir avec le frère du roi et son retour dans la noblesse va être fatale aux amoureux.

Si *Thomas de Reading* est souvent considéré comme un roman, il est difficile de le faire entrer dans aucune catégorie, car l'œuvre manque d'unité générique et ne se focalise pas sur un événement ou un personnage central. Mais c'est précisément pour cela qu'aujourd'hui on le juge si original. *Thomas de Reading* a été conçu il y a quatre cents ans, mais sa célébration du mérite individuel est bien actuelle. **FH**

Don Quichotte
Miguel de Cervantès Saavedra

1547-1616 (Espagne)
Premièe parution | 1605-1615
Titre original | *El ingenioso hidalgo Don Quixote de la Mancha*

Don Quichotte a lu tant de livres sur la chevalerie qu'il en devient fou, et décide d'imiter les chevaliers d'antan. Il se procure d'abord une armure (de carton) et une monture (une haridelle) et tente de se faire adouber chevalier. Il se présente dans une auberge qu'il pense être un château, rencontre des prostituées qu'il prend pour des dames nobles et pense se faire adouber en montant la garde devant son armure toute la nuit. La transformation grotesque des rites sacrés de la chevalerie en des équivalents matériels ad hoc reflète le processus de désacralisation de la chevalerie qui avait lieu en Europe à cette époque. Tout au long de l'œuvre, c'est le lecteur averti, plutôt que les personnages ou l'action, qui est la cible implicite du narrateur. Cervantès invente ici la forme littéraire du roman en mettant en scène le lecteur. L'œuvre commence avec un prologue adressé au lecteur fainéant et cette adresse se prolonge implicitement dans tout le premier volume, alors que les amis de Don Quichotte tentent d'enrayer sa folie en brûlant ses livres pour l'empêcher de lire. Ce faisant, nous rencontrons toutes sortes de lecteurs et toutes sortes d'occasions de lire. En 1615, Cervantès publia un deuxième volume dans lequel Don Quichotte n'est plus le personnage qui lit, mais le personnage lu, car nombre des personnes qu'il a rencontrées ont lu le premier volume et sont donc familiers de son personnage. En fait, la constante juxtaposition de cette lecture passée et une continuelle réinvention absorbent le lecteur jusqu'à la fin. **JP**

Les Travaux de Persiles et Sigismonde
Miguel de Cervantès

1547-1616 (Espagne)
Première parution I 1617
Titre original I *Los trabajos de Persiles y Sigismunda, historia septentrional*

Cervantès a écrit la dédicace de cette œuvre alors qu'il recevait les derniers sacrements et il s'est éteint sans avoir vu sa publication. Il s'agit d'un roman byzantin, un genre artificiel et moralisateur en vogue dans la seconde moitié du XVIe siècle. Cervantès espérait gagner avec ce livre la gloire littéraire qui ne pouvait pas être accordée à une parodie telle que son *Don Quichotte*.

Le roman raconte les aventures de Persilès, prince de Thulé, et de sa bien-aimée Sigismonde, princesse de Finlande, durant leur long et périlleux voyage vers Rome, où le pape bénit leur amour et les unit. Se faisant passer pour frère et sœur et portant le nom de Périandre et Auristèle, nos deux héros traversent les étendues glacées du grand Nord, survivant à de nombreux périls (séparation, enlèvement, naufrages). Après quoi, affrontant encore de nombreux obstacles, ils continuent leur voyage à travers le Portugal, l'Espagne, la France et finalement l'Italie, dont la capitale symbolise l'unité et la suprématie de l'Église. Les deux protagonistes font preuve de qualités morales parfaites : honneur, vertu, courage et chasteté. Avec cette « histoire du Nord », Cervantès réalise une œuvre pionnière qui juxtapose intrigue et morale exemplaire, aventure et instruction. Il s'efforce d'y intégrer une allégorie de la vie humaine qui allie le bien et le mal, le hasard et la volonté, dans le parcours des hommes vers leur salut. **DRM**

États et empires de la Lune
Savinien de Cyrano de Bergerac

1619-1655 (France)
Première parution I 1657

La Lune est-elle un monde ? C'est la question de ce conte philosophique où Cyrano de Bergerac exploite les registres du récit de voyage et du dialogue philosophique pour poser quelques questions scandaleuses et, en la renversant comme un miroir, se moquer de la société de son temps. Après un premier atterrissage en Nouvelle-France (le Canada), le narrateur parvient à gagner la Lune, paradis où son manque de foi ne lui permet pas de faire long feu. Ayant mordu dans une pomme cueillie sur l'arbre du Savoir, il est propulsé dans un troisième monde onirique et dangereux où tout fonctionne à l'inverse du nôtre : les hommes marchent à quatre pattes et se contentent du fumet de plats qu'ils n'avalent pas, les jeunes gens sont aussi savants que les vieillards et commandent à leurs père, les rois sont choisis parmi les plus lâches afin de ne pouvoir offenser personne... Enfermé dans une volière comme un oiseau, notre héros est traduit en justice pour ses propos sur la Lune et assisté à la barre par le démon qui l'a guidé dans cet univers. S'emparant de toutes les polémiques scientifiques et philosophiques de son temps pour les mêler aux facéties d'un conte satirique, Cyrano s'inscrit dans le sillage des utopies critiques à la façon de More et Campanella tout en s'inspirant de l'*Homme dans la Lune*, roman publié quelques années plus tôt par l'anglais Francis Godwin. Classique de la libre pensée, *États et empires de la Lune* sera prolongé par *États et empires du Soleil*, publié en 1662. **BQ**

Les Aventures de Simplicius Simplicissimus
Hans von Grimmelshausen

1622-1676 (Allemagne)
Première parution | 1668
Titre original | *Der abenteuerliche Simplicissimus*
Pseudonyme | Schleifheim von Sulsfort

Ce roman palpitant pourrait se comparer à *Don Quichotte*, sauf que ce joyau picaresque est resté relativement peu connu. Il est d'ailleurs étonnant que ce portrait d'une Europe déchirée par la guerre il y a presque quatre cents ans n'ait pas encore été le point de départ d'un grand film hollywoodien.

Peut-être le premier roman véritablement allemand, il raconte l'histoire en partie autobiographique d'un garçon de ferme durant la guerre de Trente Ans (1618-1648), durant laquelle des soldats sans foi ni loi ravagèrent la campagne allemande. Les habitants furent décimés par la guerre, la violence, la famine et le feu. Grimmelshausen n'était qu'un enfant quand il se retrouva entre les feux des troupes de la Hesse et de la Croatie. Le jeune narrateur nous narre le rapt de sa famille et d'autres malheureux paysans, torturés par des mercenaires. Il ne comprend pas pleinement la gravité des scènes d'extrême violence, de viol et de pillage dont il est témoin, décrivant tout ce qu'il voit avec un humour libertin fort séduisant.

Les mésaventures de Simplicius sont haletantes et ses descriptions de la guerre sont passionnantes, écrites à la manière des dépêches d'un journaliste de guerre. Plus loin, ses quelques incursions dans le fantastique et la philosophie (à une époque où la sorcellerie, la divination et la prophétie étaient très en vogue) sont fascinantes d'un point de vue historique. **JHa**

La Princesse de Clèves
Madame de La Fayette

1634-1693 (France)
Première parution | 1678
Née | Marie-Magdeleine Pioche de La Vergne

Composée avec La Rochefoucauld et Segrais, *La Princesse de Clèves*, connut dès sa parution un succès considérable : combien de brochures a-t-on publié au cours des années suivantes, combien de pages a-t-on écrites sur l'aveu de l'héroïne à son époux ? Mademoiselle de Chartres épouse sans l'aimer le prince de Clèves, qui lui voue un amour passionné. Lors d'un bal, elle rencontre monsieur de Nemours, dont elle s'éprend aussitôt ; sa mère, mourante, l'invite à résister à cette passion naissante. Pour se prémunir contre elle-même, elle avoue son inclination à son mari. Mais cette confidence a été surprise par Nemours qui ne peut se retenir de s'en vanter. Monsieur de Clèves se persuade à tort qu'elle continue de fréquenter Nemours ; il meurt avant d'avoir été détrompé. Libre d'épouser Nemours sans manquer à l'honneur, madame de Clèves préfère demeurer fidèle au souvenir de son mari. Roman du déchirement, du conflit entre passion amoureuse et fidélité, *La Princesse de Clèves*, tout en donnant une peinture acerbe de la cour, rompt avec la vogue du roman héroïque et révolutionne le roman amoureux en plaçant l'étude psychologique au cœur de l'intrigue ; modèle de classicisme, le style est mis au service de l'analyse des sentiments et préfigure le monologue intérieur du roman moderne. Rarement le thème du renoncement à la passion sera si magnifiquement traité que chez madame de La Fayette ; Rousseau dans *La Nouvelle Héloïse* puis Radiguet dans *Le Bal du comte d'Orgel* se réclameront expressément de son art. **BQ**

Oroonoko
Aphra Behn

1640-1689 (Angleterre)
Première parution | 1688
Langue originale | Anglais
Titre original | *Oroonoko ; or, The Royal Slave*

La lecture du titre original indique la tournure prise par les faits, depuis le début fictif dans un pays d'Afrique de l'Ouest, le Coramatien, jusqu'à l'assouvissement du héros et les événements qui suivirent au Surinam et dont Behn a très bien pu être le témoin dans les années 1660. Le lecteur actuel trouvera cette chronique intéressante. Oroonoko est un guerrier princier. Petit-fils du roi, il se fâche avec ce dernier à cause de la belle Imoinda, dont Oroonoko est l'amant et que le roi aime jalousement malgré son impuissance sexuelle. Pour punir les deux amants, le roi vend Imoinda comme esclave et Oroonoko devient également esclave après une trahison du roi. Tous deux se retrouvent au Surinam, où ils portent désormais les noms de Clémène et César. Dans sa hâte de s'affranchir, César persuade les esclaves de se révolter contre leurs bourreaux. Leur tentative échoue et César est alors fouetté pratiquement à mort. Clémène étant enceinte, les amants décident de se suicider ensemble afin d'éviter l'esclavage à leur futur enfant. Le pacte prend une tournure tragique, mais pas de la manière prévue par César.

Cette longue nouvelle écrite par Behn donne à la narratrice un rôle actif inédit, car non seulement elle est le témoin de nombreux événements qu'elle présente comme historiques, mais elle s'auto-désigne aussi comme actrice dans son propre texte. En tant que femme cependant, elle ne peut sauver Oroonoko du monde obscur où il a échoué. En résulte une espèce d'incertitude générale : sur le romantisme exotique vient se greffer une description détaillée de l'esclavagisme et des relations au Surinam entre les indiens natifs Carib, les propriétaires anglais des plantations et les Hollandais. Dans ce livre, l'intérêt historique, la trame romancée et l'analyse sociologique de l'auteur se rejoignent. **JP**

Robinson Crusoé
Daniel Defoe

1660-1731 (Angleterre)
Première parution | 1719
Titre original | *The Life and Strange Surprising Adventures of Robinson Crusoe of York, Mariner, Written by Himself*

Nombre de gens considèrent *Robinson Crusoé* comme le premier roman anglais. Depuis sa parution, il n'a cessé de captiver l'imagination des littéraires et des critiques et a été ressuscité sous diverses formes : dans *Robinson suisse*, dans *Seul au monde*, le film de Robert Zemeckis, dans le roman de J. M. Coetzee, *Foe*. Robinson, naufragé sur une île déserte, doit faire face à une solitude intense et prolongée et trouver le moyen de survivre alors qu'il est privé de tous les ustensiles d'usage courant. Même les mots viennent à lui manquer dans ce silence forcé. Il tente de tenir un agenda pour maintenir un lien avec la civilisation, mais petit à petit, il arrive à bout de la maigre réserve d'encre qu'il a sauvée du bateau naufragé et qu'il avait diluée avec de l'eau. Les mots qu'il a écrits disparaîtront avec le temps, laissant les pages de son agenda aussi vides que l'horizon.

Cette rencontre avec la solitude totale ne produit en Robinson ni folie, ni repli dans le silence, ni même désespoir. Il puise plutôt dans le silence l'inspiration pour une nouvelle forme de récit, ainsi qu'un nouveau degré de connaissance de soi. De la même manière qu'il se fabrique de nouveaux ustensiles à partir de ce qu'il a sous la main, il invente une nouvelle façon de raconter sa vie et son univers. C'est cette forme narrative de récit que Robinson lègue à un monde en quête de Lumières, et que nous utilisons encore quand nous nous racontons l'histoire de notre vie. **PB**

Un amour excessif
Eliza Haywood

1693-1756 (Angleterre)
Première parution I 1719
Langue originale I Anglais
Titre original I *Love in Excess ; Or, The Fatal Enquiry*

Eliza Haywood raconte en trois volumes les aventures du comte d'Elmont. Héros élégant et libertin incurable, Elmont, par sa faute mais aussi par celle des autres, se retrouve dans une série de relations compromettantes. Sa dévotion pour la belle Melliora est un sujet de dispute permanent. Quand cette relation n'est pas directement menacée par des femmes ambitieuses comme Alovisa, c'est Elmont lui-même qui la met en péril en participant à plusieurs ménages à trois. Des courriers privés entre amants sont constamment interceptés et des personnes se substituent aux amants de façon burlesque, créant des situations tantôt comiques, tantôt tragiques. Cependant, comme le titre le suggère, Elmont et les autres ne tarderont pas à mesurer l'importance de la modération romantique dans une société où sévissent des passions excessives. Le temps et la sagesse aidant, les ambitions maritales mercenaires de sa jeunesse cèdent la place à un désir mûri d'affection conjugale, ce qui lui permet finalement de choisir sa future femme sur des valeurs sûres : la modération, la fidélité et la réserve.

Avec *Robinson Crusoé, Un amour excessif* a été l'un des romans anglais les plus populaires du début du XVIIIe siècle. La franchise avec laquelle Haywood aborde les thèmes du désir et de la passion sexuelle lui a forgé une place centrale dans la tradition féminine de la fiction amoureuse, qui débute avec Aphra Behn et comprend Delarivier Manley et des écrivains plus tardifs. **DT**

Moll Flanders
Daniel Defoe

1660-1731 (Angleterre)
Première parution I 1722
Titre original I *The Fortunes and Misfortunes of the Famous Moll Flanders, &c.*

Paru trois ans après le chef-d'œuvre de Defoe, *Robinson Crusoé, Moll Flanders* est considéré comme un précurseur important du roman moderne. Écrit à la première personne, le livre est une autobiographie de Moll Flanders, qui mène une vie mouvementée : voyages avec des gitans, cinq mariages, inceste, prostitution et vol pendant douze ans à Londres, où elle est recherchée. Finalement arrêtée, elle échappe à la peine de mort avec l'aide d'un pasteur qui l'encourage à se repentir de sa vie passée. Exilée en Virginie avec un de ses maris, elle achète sa liberté et investit dans une plantation dont les revenus viendront renflouer sa fortune. Dans son vieil âge, elle retourne en Angleterre et se résout à terminer ses jours dans la repentance, afin d'expier la vie qu'elle a menée.

Defoe peint un portrait inoubliable des dessous de la vie en Angleterre. Résolument intéressée, pleine de manigances, de connivences, la débrouillarde Moll tire parts de ses formidables talents pour éviter la pauvreté. La puissance du récit réside certes dans la personnalité attachante et forte de Moll, qui capte l'imagination du lecteur et le séduit, mais aussi dans sa morale subversive : non seulement le mal n'est pas nécessairement puni, mais de plus il est possible de mener une vie dissolue et d'en tirer profit. **JSD**

Les Voyages de Gulliver
Jonathan Swift

1667-1745 (Irlande)
Première parution | 1726
Titre original | *Travels Into Several Remote Nations of the World, by Lemuel Gulliver*

Chacun connaît au moins quelque chose des *Voyages de Gulliver*. Lu comme une histoire pour enfants, une satire politique, un recueil de voyages, un dessin animé ou une série télévisée, réécrit aussi, cet éternel classique de Swift a été transformé en texte comique, rallongé, discuté et adapté. Mais sa présence est néanmoins constante dans tout ouvrage de renom consacré à la littérature anglaise.

Le récit rapporte les aventures à l'étranger d'un innocent, Lemuel Gulliver, depuis sa jeunesse dévoyée jusqu'aux miroirs déformants de Lilliput et Brobdingnag, en passant par les îles plus énigmatiques de Laputa, Balnibarbi, Glubbdubdrib, Luggnagg, puis au Japon, et sur les terres des Houyhnhnms et des Yahoos. Swift situe ces endroits avec beaucoup d'adresse sur les blancs des cartes de son époque, incluses dans la première édition, et il épouse si précisément les conventions narratives du journal de voyage contemporain que le fantastique et le réel se confondent. Gulliver est notre unique guide, car sa confiance absolue en la supériorité des Anglais et de la culture anglaise est peu à peu remise en cause par les différents personnages qu'il rencontre lors de ses pérégrinations, certains minuscules, d'autres gigantesques, certains dévoyés, d'autres sauvages ou gouvernés entièrement par la raison. Leurs commentaires et leurs points de vue amènent le lecteur à s'interroger sur ses propres idées reçues. Il s'agit d'une satire qui peut avoir perdu de sa pertinence politique, mais qui a toujours un message à transmettre, d'autant plus efficace que Swift situe l'ambiance de son récit dans les limites de l'État-nation anglais. La véhémence avec laquelle Gulliver fuit la compagnie des hommes pour être avec ses chevaux marquera le lecteur à vie, car c'est alors que ce dernier comprend que la cible principale de cette satire n'est pas Gulliver, mais bien nous ! **MD**

Modeste Proposition
Jonathan Swift

1667-1745 (Irlande)
Première parution | 1729
Pseudonyme | Isaac Bickerstaff
Titre original | *A Modest Proposal*

Ou, plus exactement, Modeste Proposition pour empêcher les enfants des pauvres en Irlande d'être à la charge de leurs parents ou de leurs pays et pour leur donner un intérêt public.

Le titre est long, mais le pamphlet de Swift est une satire d'une concision extrême. Écrit après le retour de Swift à Dublin où il est devenu le doyen de St. Patrick's, il exprime son mépris pour la politique anglaise en Irlande et pour la docilité avec laquelle les Irlandais s'y soumettent. Écrivain prolifique, journaliste politique et bel esprit, Swift avait un don réel pour habiller son attaque d'une ironie glaciale.

La proposition qu'il avance n'a rien de modeste : alléger la charge que représentent les enfants irlandais pour leurs familles et pour l'État en les donnant à manger aux riches. Les enfants constitueraient un bétail de qualité pour les fermiers pauvres. Swift suggère que les jeunes enfants « nourrissants et sains », soient étuvés, rôtis, cuits au four ou mijotés. Les enfants plus âgés, moins « goûteux », pourraient être épargnés à des fins de reproduction. Il énonce les nombreux avantages de système : réduire le nombre de papistes, générer des fonds aux paysans, renflouer les recettes de la nation et stimuler le secteur de la restauration. Swift épingle ainsi l'insensibilité des propriétaires fonciers anglais, protestants et toujours absents, pour qui le mercantilisme est un argument économique plus important que le pouvoir des travailleurs. Dans ce pamphlet mordant, il est férocement brillant. **DH**

Le Paysan parvenu
Marivaux

1688-1763 (France)
Première parution | 1734-1735

Du large succès public du *Paysan parvenu* naît au dix-huitième siècle toute une mode d'histoires et de pastiches parmi lesquels on compte le célèbre *Paysan perverti* de Restif de la Bretonne ; l'influence de ce grand roman comique traversera même la Manche, touchant par exemple Henry Fielding dans *Tom Jones* ou *Joseph Andrew*. Composé entre la rédaction des deuxième et troisième parties de *La Vie de Marianne*, ces faux mémoires à la première personne racontent la formidable ascension d'un narrateur nommé Jacob, jeune paysan de Champagne brillant et entreprenant qui arrive à Paris à l'âge de dix-neuf ans et se transforme en affairiste par la grâce d'un mariage avec une dévote quinquagénaire riche de quatre mille livres de rente. Les thèmes de l'ascension sociale et de l'enrichissement par la femme avaient déjà inspirés à Marivaux un récit intitulé *Le Chemin de la fortune*, où un valet nommé La Verdure accédait lui aussi à l'aisance par le biais de son mariage ; avec *Le Paysan parvenu*, roman de la maturité qui précède son engagement complet dans le théâtre, Marivaux continue d'interroger l'académisme romanesque de son temps et, dans le cadre d'une quête du réalisme social dont témoignaient déjà *La Voiture embourbée* ou *Pharsamon*, donne non seulement un roman d'apprentissage plaisant mais aussi une réflexion sur la progression sociale, le mérite individuel et les barrières de classe qui structurent la France du dix-huitième siècle et tomberont quelques décennies plus tard, avec la Révolution. **BQ**

Les Mémoires de Martinus Scriblerus
J. Arbuthnot, J. Gay, T. Parnell, A. Pope, J. Swift

Nés après 1666, décédés à partir de 1745 (Irlande, Écosse et Angleterre)
Titre original | *Memoirs of the Extraordinary Life, Works, and Discoveries of Martin Scriblerus*

Les Mémoires de Scriblerus rassemblent une série de récits qui sont le fruit d'un projet qui commença en 1713 et qui continua lors de réunions informelles du Club Scriblerus dans les appartements du docteur Arbuthnot, au Palais St. James. Le projet commença à battre de l'aile quand Swift quitta Londres. Les réunions prirent fin à la mort de la reine en 1714. Cependant le projet continua sous forme de lettres, grâce au tout nouveau service postal.
Les Mémoires s'inscrivent dans la lignée abondante des œuvres satiriques d'Horace et Lucien, plus tardivement, de Rabelais,

Érasme et Cervantès. Le fantôme érudit, Martin Scriblerus, a exploré tous les arts et les sciences avec une certaine efficacité, mais peu judicieusement. Le Club Scriblerus accuse son époque d'être un foyer de jactance, de mauvais goût, de corruption et de mauvaise foi. Ils comparent la grandeur, la passion, la dignité, la raison et le bon sens de l'Antiquité avec le comportement moderne, excessif et vénal. Pour ce faire, ils ont recours à plusieurs procédés : la narration directe, l'analyse comique, l'exposition. Certaines œuvres des membres du club sont elles-mêmes liées au club. Par exemple, *Dunciad* par Pope, *Les Voyages de Gulliver* par Swift, *L'Opéra du gueux* par Gay. Ces *Mémoires* ne sont d'ailleurs pas sans filiation contemporaine, notamment *La Conjuration des imbéciles*, par J. K. Toole (1980). **AR**

Paméla
Samuel Richardson

1689-1761 (Angleterre)
Première parution | 1742
Langue originale | Anglais
Titre original | *Pamela : or, Virtue Rewarded*

Paméla s'est illustré par le débat public que l'œuvre a suscité. Le roman est constitué de lettres écrites par une adolescente de quinze ans, Paméla Andrews, la belle servante du riche Mr. B. La jeune fille repousse les avances incessantes de Mr. B., qui, purifié par sa vertu, finit par l'épouser. Le roman ne se termine pas là cependant, mais témoigne des efforts que notre héroïne doit accomplir pour être acceptée par les pairs de Mr. B.

Paméla traite du thème de l'abus de pouvoir et de la façon de s'y opposer correctement. Malgré l'insistance de Paméla sur le fait que sa vertu soit sa seule défense, elle tire sa force du langage : sa résistance à son supérieur social est un acte non seulement moral, mais aussi politique. Richardson a choisi une servante provinciale comme héroïne du livre, certes, mais sa critique des classes supérieures est timide ; après tout, la « récompense » de Paméla est de se hisser à leur niveau. Paméla elle-même suggère que le crime de Mr. B., outre son incontinence sexuelle, est de ne pas accomplir son rôle pastoral en tant que son « Maître ».

Paméla fut accueilli par certains comme un livre de référence sur le comportement vertueux, alors que d'autres le dénoncèrent comme une œuvre de pornographie déguisée. De nombreuses parodies imitèrent *Paméla* par la suite (notamment *Shamela* de Fielding). Ce sont ces ambiguïtés qui fascinent le lecteur d'aujourd'hui comme celui de l'époque de Richardson. **RH**

Clarisse
Samuel Richardson

1689-1761 (Angleterre)
Première parution | 1749
Titre original | *Clarissa : or, The History of a Young Lady*

La narration ambitieuse par Richardson de l'histoire d'une séduction tragique repose sur les centaines de lettres échangées entre Clarisse Harlowe et sa confidente Anna Howe, ainsi qu'entre Clarisse et le séduisant mais néanmoins cruel et ambigu Lovelace et des personnages secondaires membres de sa famille et de simples connaissances. Leur lecture nous familiarise progressivement avec leurs personnalités propres. Ainsi chaque lettre nous rapproche d'eux, mais c'est la séquence des lettres qui va créer la structure dramatique et la tension du récit tout au long du roman. Nous sommes confrontés aux terribles manipulations de Lovelace, ainsi qu'à ses dangereuses capacités de persuasion. De même, Clarisse claironne sa constance par les mêmes moyens, vertueuse jusqu'à la mort et pourtant dupe des illusions qu'elle nourrit par sa plume en calculant la distance qui sépare les paroles et les actions des êtres qu'elle observe. Henry James a peut-être trouvé en Clarissa un modèle pour sa propre prose de suspicion.

Comme *À la recherche du temps perdu* de Marcel Proust (1913-1927), le poids même de l'œuvre pourrait en faire un roman dont on parle plus qu'on ne le lit. Pourtant, les lecteurs qui prennent le temps de parcourir *Clarisse* sont dûment récompensés pour leurs efforts. **DT**

Histoire de Tom Jones, enfant trouvé
Henry Fielding

1707-1754 (Angleterre)
Première parution | 1749
Titre original | *Tom Jones ; or, the History of a Foundling*

Tom Jones, un roman comique picaresque, narre les pérégrinations et vicissitudes de Tom Jones, héros séduisant, enfant illégitime. On le voit grandir, tomber amoureux, être banni injustement de la maison de son père adoptif et errer de par le pays. De tempérament entier mais impétueux, Tom est constamment impliqué dans des querelles, des mésententes et des aventures paillardes. À la fin, il échappe de justesse à la pendaison et épouse son grand amour, Sophie, tandis que ses ennemis sont humiliés.

Ce livre long et compliqué est un superbe roman. Anticipant le meilleur de Dickens (qui aurait dit : « J'ai été Tom Jones »), Fielding dépeint la vie en Angleterre au XVIIIe siècle dans toute sa complexité, avec ses pauvres campagnards et ses riches aristocrates. Il écrit avec enthousiasme et gaieté, et avec un mélange de mépris satirique et de dérision humoristique à l'égard de l'héroïsme. De même que les peintures de son ami Hogarth, les descriptions de Fielding montrent l'œil attentif du moralisateur, parfaitement conscient du contraste entre les valeurs chrétiennes qui devraient gouverner le comportement social, et l'étendue de l'égoïsme, de la bêtise et du vice qui règnent dans le monde. Dans la société qu'il dépeint, rares sont les bons samaritains, et les innocents sont pris au piège encore et toujours. Néanmoins, telle une providence paradoxale mais bienveillante, Fielding guide nos amants méritants à travers les méandres de la corruption, pour leur plus grand bonheur. De même que Chaucer, Fielding appréciait les embrouilles burlesques et la comédie sexuelle. Il était un brillant innovateur et *Tom Jones* a un cachet postmoderne très séduisant : le narrateur interrompt souvent malicieusement l'action pour discuter avec le lecteur du déroulement du récit. Les critiques sont priés de « se mêler de leurs affaires ». **CW**

Fanny Hill, la fille de joie
John Cleland

1709-1789 (Angleterre)
Première parution | 1749
Titre original | Fanny Hill, or Memoirs of a Woman of Pleasure

Cette œuvre est le roman érotique anglais le plus fameux. Édité en 1749 (mais écrit en partie plus tôt), il se déroule dans le Londres du XVIIIe siècle avec un réa-

lisme qui associe sans ambiguïté l'œuvre de Fielding à celle de ses contemporains Richardson et Smollett.
Au début du récit, Fanny est une belle adolescente campagnarde. Ayant perdu son « innocence », elle apprend à exploiter sa sexualité pour survivre et pour améliorer son rang social. Ce livre controversé et illicitement populaire s'inspire de la tradition principalement française de fiction érotique et du goût de l'époque pour les « autobiographies » de prostituées. Ces récits tendent à mettre en avant la vie d'une prostituée comme un avertissement contre les misères inhérentes à une vie sexuellement débauchée. Étonnamment, Cleland ne se sent aucune obligation de punir Fanny pour ses mœurs. D'ailleurs, à la fin du récit, elle fait un mariage heureux. Conscient de ce que la pornographie est souvent répétitive, Cleland évite l'argot ou les termes « crus » pour décrire l'acte sexuel ou l'anatomie humaine, ayant plutôt recours à une pléthore intarissable de métaphores et de comparaisons éblouissantes. Même s'il n'hésite pas à nous communiquer le plaisir pris dans l'acte sexuel par ses personnages, les appétits sexuels de Fanny demeurent conservateurs : gourmande de sexe hétérosexuel, elle est perturbée par sa rencontre avec une lesbienne et affiche un dégoût réitéré pour les homosexuels.
Après avoir soulevé l'opprobre pendant deux siècles, le chef-d'œuvre de Cleland est enfin reconnu comme une étape importante dans le développement du genre romanesque. Il continue cependant de partager les opinions ; les uns apprécient sa liberté d'expression sexuelle et sa vitalité, d'autres n'y voient qu'un subterfuge pour titiller la gente masculine. **RH**

Peregrine Pickle
Tobias George Smollett

1721-1771 (Écosse)
Première parution | 1751
Révision | 1758
Titre original | *The Adventures of Peregrine Pickle*

Ce deuxième roman de Smollett traite des exploits du suffisant Peregrine Pickle. La construction épisodique et les narrations interpolées nous rappellent *Roderick Random*, mais *Peregrine Pickle* est loin d'être un clone de ce dernier. Peregrine est un héros faillible, comme nous le rappelle constamment le narrateur sur un ton souvent critique. Fils d'une brève lignée de drapiers au succès médiocre, Peregrine est méprisé par sa mère et adopté par un oncle excentrique, dont les exploits sont rapportés avec humour dans la première partie du roman. Peregrine reçoit une éducation privilégiée qui nourrit sa suffisance naturelle. Il entreprend un grand tour en Europe, voyage parsemé d'excès, d'intrigues sexuelles et de libertinage. De retour à Londres, il tente de s'insinuer dans les bonnes grâces du beau monde et des politiciens. Il espère épouser une héritière afin de se hisser jusque dans la noblesse. Pourtant, ses désirs ne se réaliseront pas : son comportement destructif et corrompu prouve son incapacité à se conduire d'une manière appropriée à ses moyens. Ce n'est que tardivement, incarcéré dans la prison de Fleet, que Peregrine s'amende. Il épouse Émilie et devient un gentilhomme de campagne, loin des tentations et des vices du beau monde.
Malgré son humour scatologique, la satire de Smollett pointe des problèmes de fond, comme la nature arbitraire de la Justice française et la menace envers l'ordre social posée par le commerce contemporain. Peregrine doit d'abord prendre en compte les

responsabilités et les privilèges de son rang avant de pouvoir pleinement apprécier sa récompense ultime : une vie tranquille et heureuse aux côtés de sa bien-aimée. **LMar**

Manon Lescaut
Abbé Prévost

1697-1763 (France)
Première parution I 1753
De son vrai nom I Antoine-François Prévost d'Exiles

C'est en 1730 que l'abbé Prévost, défroqué depuis deux ans et réfugié à Amsterdam, interrompt la rédaction de *Cleveland* pour composer en deux mois l'*Histoire du Chevalier des Grieux et de Manon Lescaut*, petit roman appelé à devenir l'un des plus célèbres de la littérature française. L'intrigue, racontée sur le mode du retour en arrière par le chevalier des Grieux au marquis de Renoncourt, se déroule sous la Régence : à Amiens, des Grieux, qui se destine à l'ordre de Malte, rencontre Manon, une jeune roturière qu'on envoie au couvent. Envoûté, il l'emmène à Paris. Après quelques semaines, Manon le trompe ; déçu, Des Grieux repart pour le séminaire, sans savoir que son chemin recroisera bientôt celui de la jeune femme, pour le meilleur, car il l'aime à la folie, et pour le pire – elle l'entraîne dans une vie de rapines et de dangers, le menant même à la prison. Avec un talent comique qui confère une dimension picaresque au récit, Prévost poursuit dans Manon son exploration du labyrinthe du cœur humain, des mystères de la passion amoureuse et des voies tortueuses de la Providence. Quoiqu'il le définisse comme un « traité de morale réduit agréablement en exercice », le livre fait scandale ; il ne manquera pour autant pas d'admirateurs de choix, de Voltaire à Flaubert en passant par Gide – pour qui Prévost a écrit l'un des dix meilleurs romans de notre littérature – et bien sûr Montesquieu qui, dans une formule célèbre, résumera son intrigue à l'amour fou « d'un fripon pour une catin »... **BQ**

Candide ou l'Optimisme
Voltaire

1694-1778 (France)
Première parution I 1759
De son vrai nom I François-Marie Arouet

Dans le château de son oncle en Westphalie, le jeune Candide, esprit simple et honnête, se laisse inculquer par son maître Pangloss que « tout est pour le mieux dans le meilleur des mondes ». Contraint de quitter le château à cause d'un baiser donné à sa cousine Cunégonde, Candide commence un voyage de trente chapitres dans lequel, d'une rencontre à l'autre, il prend conscience que l'univers n'est pas le havre de sérénité que lui a décrit Pangloss : guerre sanglante des Abares et des Bulgares, tempête au cours de laquelle meurt l'anabaptiste Jacques, tremblement de terre au Portugal, intolérance et fanatisme, assassinats en série, il perd ses illusions à mesure qu'il découvre le bruit et la fureur du réel. Au terme de son périple, Candide rachètera Cunégonde, devenue esclave en Turquie, et s'installera avec elle dans une métairie pour y « cultiver son jardin ». Comme dans *Memnon ou la Sagesse humaine*, Voltaire accole le nom du héros à celui d'une philosophie : l'Optimisme, cette conviction du « tout est bien » dont, par l'accumulation des calamités naturelles, souffrances et violences, il offre une critique en règle. Candide aura retenu la leçon : c'est au refus des systèmes et à la méfiance vis-à-vis de la métaphysique qu'invite Voltaire dans cette leçon de sagesse et de vie qui condense tous les grands thèmes de sa pensée, comme le montre sa *Correspondance* de l'époque. **BQ**

Histoire de Rasselas, prince d'Abyssinie
Samuel Johnson

1709-1784 (Angleterre)
Première parution | 1759
Titre original | *The Full History of Rasselas, Prince of Abissinia*

Le Docteur Johnson est sans doute plus célèbre pour son *Dictionnaire de la langue anglaise*, qui restera dans les annales de l'Histoire, que pour son premier et unique roman, *Histoire de Rasselas*, publié quatre ans plus tard. Il y raconte l'histoire du prince d'Abyssinie. Cet héros éponyme mène une vie heureuse dans une vallée où lui et d'autres enfants royaux sont protégés des vicissitudes de la vie. Tous leurs désirs y sont satisfaits jusqu'à ce qu'ils accèdent au trône. Mais arrivé à l'âge de vingt-six ans, Rasselas est las de cette vie trop parfaite. Avec l'aide d'Imlac, un érudit, il fuit la vallée avec sa sœur Nakayah et entreprend d'explorer le monde à la recherche du vrai bonheur.

Cette parabole dans la tradition littéraire du *Voyage du pèlerin* par Bunyan permet à Johnson, au travers des aventures et des longues conversations de Rasselas, de nous faire partager ses opinions morales sur une variété étonnante de sujets, comme la poésie, l'érudition, la solitude, la raison et la passion, la jeunesse et la vieillesse, les parents et les enfants, le mariage, le pouvoir, le chagrin, la folie et le désir.

Bien que les qualités de Samuel Johnson en tant que romancier soient un peu éclipsées par la force de ses arguments moraux, *Histoire de Rasselas* garde toute sa valeur comme témoignage des préoccupations majeures des Lumières et touche par l'humour et par l'universalité des thèmes chers à l'auteur. **SD**

Julie ou la Nouvelle Héloïse
Jean-Jacques Rousseau

1712 (Suisse)-1778 (France)
Première parution | 1761

C'est après son retrait à l'Ermitage que Rousseau compose les deux premières parties d'un roman épistolaire intitulé *Julie* ; sa rencontre avec Sophie d'Houdetot le conduit à poursuivre, donnant sa forme définitive à *Julie ou la Nouvelle Héloïse* qui, dès sa parution, connaît un immense succès. Précepteur dans une famille de Vevey, Saint-Preux s'éprend de son élève, Julie d'Étanges. Le père de celle-ci, qui l'a promise à monsieur de Wolmar, refuse leur mariage ; après une nuit d'amour, les amants sont séparés. Saint-Preux rentre à Paris avant de partir au loin avec l'expédition de l'amiral Anson, Julie épouse Wolmar. Quatre années plus tard, revenu près du Léman, Saint-Preux est invité par le couple à partager sa vie harmonieuse et ordonnée, Wolmar ambitionnant de « guérir » le jeune homme en tournant son amour en amitié. La forme épistolaire permet à Rousseau de conférer une saisissante dimension polyphonique (pluralité des points de vue, variété des styles, profondeur de l'analyse psychologique, travail du rythme et de la durée) à cette romance traversée de digressions dans lesquelles il déploie tout l'éventail de ses questionnements sur l'homme, la vie bonne et le bonheur, en écho au *Discours sur l'inégalité* qui précède et au *Contrat social*, publié un an plus tard. C'est dire la richesse politique et philosophique de ce roman d'amour lyrique et musical, sommet du préromantisme, que sa composition et ses ambiguïtés rendent étonnamment moderne. **BQ**

Émile ou De l'Éducation
Jean-Jacques Rousseau

1712 (Suisse)-1778 (France)
Première parution | 1762

Ce roman philosophique de Rousseau établit l'éducation idéale pour un élève imaginaire, Émile, depuis sa naissance jusqu'à l'âge adulte. On ne lui apprend pas à lire tant qu'il ne démontre pas une véritable soif d'apprendre et son accès à la littérature est délibérément limité. D'après Rousseau, *Robinson Crusoé* est le meilleur traité pour une éducation ancrée dans la nature ; c'est donc le premier livre qu'Émile lira.

Rousseau avait aussi une philosophie assez radicale en ce qui concerne la religion. Il préconise de retarder l'éducation religieuse des enfants afin d'éviter qu'ils soient endoctrinés. Émile ne sera d'ailleurs pas éduqué selon une seule doctrine ; on lui donnera les connaissances et le raisonnement qui lui permettront de faire ses propres choix. Puis, à l'adolescence, l'expérience immédiate étant un meilleur tuteur que le travail académique, Émile trouve les réponses à ses propres questions en développant ses capacités d'observation. Rousseau se penche enfin sur la sexualité d'Émile et sur son intégration sociale pendant sa transition de l'adolescence à l'âge adulte.

Dans le dernier tome, « Sophie ou Femme », Rousseau traite de l'éducation des filles et des jeunes femmes. Ici, il réfute le besoin de donner une éducation approfondie aux filles sous le prétexte que les vertus des hommes et des femmes diffèrent. Les hommes se doivent d'étudier la vérité ; les femmes doivent se focaliser sur la flatterie et le tact. Rousseau conclut son livre avec le mariage d'Émile et de Sophie. **LMar**

Le Château d'Otrante
Horace Walpole

1717-1797 (Angleterre)
Première parution | 1765
Titre original | *The Castle of Otranto*
Pseudonyme | Onuphrio Muralto

Le Château d'Otrante, l'unique roman de Walpole, constitue la pierre angulaire du genre gothique. La narration principale tourne autour du prince d'Otrante, le tyrannique Manfred, et de sa famille, et se développe à partir d'un incident mystérieux en début de récit : la mort de Conrad, fils et héritier de Manfred, écrasé sous le poids d'un gigantesque casque à plumes. Cet incident surnaturel déclenche toute une série d'événements qui aboutissent à la restitution du titre d'Otrante à l'héritier de droit. Ces événements se déroulent principalement dans le château familial. Truffé de voûtes et de passages secrets, il devient le théâtre de morts mystérieuses et d'apparitions fantomatiques. Le roman est une fantaisie située dans un Moyen Âge chevaleresque ; néanmoins, il met en scène des émotions violentes et soumet ses personnages à des pressions extrêmes. La cruauté, la tyrannie, l'érotisme, l'usurpation sont devenus, avec le décor de fond, monnaie courante dans les narrations gothiques.

Walpole prétend s'être inspiré d'un rêve qu'il aurait fait et avoir été assailli par des visions et des passions pendant la composition du roman. Inquiet des réactions que soulèverait son œuvre, il la publia d'abord sous un pseudonyme, et alla même jusqu'à prétendre que c'était une traduction d'un manuscrit italien du XVIe siècle. Le côté fantasque de son innovation littéraire trouve un écho dans la construction de Strawberry Hill, son château néogothique, aujourd'hui encore ouvert au public. **ST**

Le Vicaire de Wakefield
Oliver Goldsmith

1730 (Irlande)-1774 (Angleterre)
Rédaction | 1761-1762
Première parution | 1766
Titre original | *The Vicar of Wakefield*

Le Vicaire de Wakefield raconte l'histoire du docteur Primrose et de sa nombreuse famille, qui semblent mener une vie idyllique dans une paroisse rurale. Leur tranquillité est rompue par un appauvrissement soudain, qui marque le début de l'intrigue. Celle-ci, quoique mince, inclut des mariages contrariés, des enfants perdus, un incendie, la prison, des déguisements et des méprises d'identité. La situation des personnages est invariablement atténuée par leur vulnérabilité, car, comme le curé, ils sont généralement vertueux, mais ont tendance à être naïfs et sots. Le curé est le narrateur principal du roman, ce qui est en soit source de nombreuses ironies amusantes ; chaque histoire en contient plusieurs autres. Le roman contient des scènes sentimentales classiques, mais de façon générale, le ton est résolument comique. Les désastres qui s'abattent sur les personnages sont aussi amusants que les revers de fortune dramatiques.

L'un des traits remarquables de ce classique mineur est sa diversité. L'intrigue est désordonnée et digresse, mais le texte inclut des éléments qui ne sont pas de la fiction, comme des poèmes, des sermons et une variété de dissertations sur la politique, le châtiment légal et la poétique. Cette variété reflète la diversité des écrits de Goldsmith. Poète, dramaturge et romancier, il fut obligé, pour survivre, d'accepter nombre de petits travaux. **ST**

La Vie et les opinions de Tristram Shandy
Laurence Sterne

1713 (Irlande)-1768 (Angleterre)
Première parution | entre 1759 et 1767
Titre original | The Life and Opinions of Tristram Shandy, Genleman

Le titre original du livre, *La Vie* et *les opinions de Tristram Shandy, Gentleman*, suggère une sorte de biographie libre, alors que le narrateur qui donne son titre au roman se contente de nous raconter ses trois premières années et reste discret sur ses propres opinions. Le livre divulgue donc peu de sa vie, mais tisse une relation intime entre lecture et écriture. À travers des digressions et des discussions, les attentes narratives sont déjouées avec une liberté et une vivacité qui éliminent la notion même d'intrigue. Grâce à sa conversation originale qui se situe entre le langage parlé et la circonspection de l'écrit, le livre est non seulement espiègle et bienveillant, mais il se distingue par une lascivité suggestive comme aucun autre jusque-là. C'est l'archétype du roman expérimental, précurseur du roman moderne et postmoderne. Sterne s'inspire de Rabelais quand il développe la fantaisie comique, le grotesque paillard et l'humour érudit. De Cervantès, il retient l'embrasement picaresque de la narration, qu'il module en une dissection plus exaltée, mais néanmoins plus réaliste, de la bêtise humaine. Ses descriptions du père de Tristram, de sa mère, de son oncle Toby et d'autres membres de la famille tissent un portrait à la fois indirect et intime de la vie de famille. La brillante réussite du genre littéraire comique cache le réalisme psychologique profond de Sterne, son analyse presque proustienne de l'intériorité, notamment dans le cas de l'érudition bienveillante mais ridicule du père de Tristram. En dépit de l'intimité loquace du roman, Sterne laisse travailler l'imagination du lecteur. Avec une ironie toute diplomatique, il réussit une critique subtile du « gentleman » anglais sous tous les angles : celui de la propriété et de la convenance, aspects plus délicats habituellement passés sous silence. **DM**

Le Voyage sentimental
Laurence Sterne

1713 (Irlande)-1768 (Angleterre)
Première parution | 1768
Titre original | *A Sentimental Journey Through France and Italy by Mr. Yorick*

Éclipsé par *Tristram Shandy*, ce roman compact de Sterne est néanmoins un joyau. Il combine anecdote autobiographique, fiction fortuite et pastiches de journal de voyage pour élaborer la chronique du voyage de Yorick et de sa servante, La Fleur, à travers la France. Le Grand Tour, cette expérience éducative du gentleman anglais sur le continent, est ici l'objet implicite de sa satire. Mais le voyage n'a rien de « sensationnel » et nous sommes confrontés à une investigation microscopique et précise de la sensibilité.

Plus qu'une simple histoire, le mérite principal de ce roman réside dans l'utilisation enjouée du dialogue intime. La manière de raconter devient prioritaire, tandis que l'auteur-narrateur laisse différents incidents suspendus entre l'interprétation sentimentale et un réalisme plus avisé. Citons notamment le cas d'un homme qui se lamente sur la mort de son âne. Raconté sous forme d'allégorie, le cas établit un lien entre ce que nous ressentons pour les animaux et la manière dont nous traitons nos congénères. L'homme qui pleure la mort de son âne l'avait néanmoins surmené et affamé. L'auteur juxtapose ce fait avec les coups de fouet insensibles donnés aux chevaux qui le transportent, et enrichit son allégorie de doubles sous-entendus. L'écart qui existe entre le sentiment, les conditions matérielles et le point de vue narratif est toujours discrètement présent, même si les considérations financières, les passions ici-bas et un érotisme sans cesse évoqué sont finement déclinés. **DM**

Hurley, ou l'homme sensible
Henry Mackenzie

1745-1831 (Écosse)
Première parution | 1771 (anonyme)
Langue originale | Anglais
Titre original | *The Man of feeling*

La première édition de *Hurley, ou l'homme sensible*, sortie anonymement, a connu un tel succès que six semaines plus tard, il était introuvable en librairie. Un effet comparable au retentissement causé dix ans plus tôt par la parution de *La Nouvelle Héloïse* de Rousseau. Soulignant un moment culturel clé dans l'histoire de la littérature, l'éditeur de *Hurley* prétend offrir à ses lecteurs le récit historique des expériences du jeune Harley, l'homme sentimental par excellence. Chaque épisode est conçu expressément pour explorer une réaction émotive spécifique, que ce soit l'identification dénuée d'érotisme d'une prostituée de Londres ou le sentiment d'affection qui lie un père et ses enfants aliénés. Les émotions ainsi répertoriées vont de la pitié et la sympathie à l'empathie, la charité et la bienveillance.

Les revirements d'intrigue dans *Hurley* semblent secondaires par rapport à la mise en scène soignée des émotions. L'auteur a ébauché un lien très vague entre les scènes, sans trop se soucier des qualités de suspense de la narration, tandis que d'autres sections, toujours d'après l'éditeur, sont carrément manquantes ou incomplètes. Néanmoins, l'attention accordée par ce roman aux émotions, tant des personnages que du lecteur, aura été décisif pour de nombreux écrivains du XVIIIe siècle et a établi les premières fondations esthétiques du roman que les futurs écrivains considéreront ensuite comme acquis. Le lecteur de romans espère avant tout être ému et Dickens l'avait très bien compris. **DT**

L'Expédition de Humphry Clinker
Tobias George Smollett

1721-1771 (Écosse)
Première parution | 1771
Langue originale | Anglais
Titre original | *The Expedition of Humphry Clinker*

Le dernier roman de Smollett, une narration épistolaire, raconte les pérégrinations en Grande-Bretagne de Matt Bramble et de son groupe, dont fait partie Humphry Clinker, serviteur et héros appauvri. La personnalité contrastée des personnages se dévoile dans leur correspondance : Matt Bramble, misanthrope hypochondriaque, sa sœur Tabita, vieille fille en quête de mari, leur neveu, Jery Melford, étudiant exubérant d'Oxford, sa sœur Lydia, sentimentale naïve et romantique, la servante de Tabita, Wyn Jenkins, coureuse de fortune pratiquement illettrée. Ces différents points de vue enjolivent le récit et engagent le lecteur dans le décryptage non seulement des aventures du groupe, mais aussi des cibles de la satire de Smollett. Le récit suggère de multiples interprétations des événements qui ont lieu ; aucune ne sera validée, mais l'intégrité morale et la ferveur religieuse de Clinker sont des constantes tout au long du récit.

Le groupe est perpétuellement confronté à des contretemps et Clinker est toujours au centre de ces imbroglio : duels, intrigues romantiques, face-à-face jaloux, emprisonnement injuste, innombrables disputes. Finalement, les liaisons amoureuses se développent et l'intrigue se dénoue. À la différence des héros des autres œuvres de Smollett, Clinker est récompensé de façon méritoire. Sa naïveté face aux mœurs de ce monde et sa moralité soulignent des traits admirables, qui mettent clairement en relief les défauts de ses compagnons et de son environnement social. **LMar**

Les Souffrances du jeune Werther
Johann Wolfgang von Goethe

1749-1832 (Allemagne)
Première parution | 1774
Langue originale | Allemand
Titre original | *Die Leiden des jungen Werthers*

Les Souffrances du jeune Werther, roman qui établit la notoriété internationale de Goethe, racontent l'histoire d'un jeune homme affligé d'une trop grande sensibilité, un mal bien de son temps. En effet, Werther est un personnage qui dépend trop de ses émotions, de son imagination et de l'introspection. Il est envoyé à Walheim, un village fictif, pour des affaires de famille. Là, il rencontre Lotte, belle jeune femme, dont il tombe amoureux. La belle est déjà fiancée à un fonctionnaire local, l'ennuyeux Albert. Une fois l'éternel triangle établi, Werther se trouve dans une impasse. Face à cet amour impossible, il se suicide. Ce roman comporte nombre de parallèles avec des moments de la vie de Goethe : ce dernier a eu une liaison avec Charlotte Buff, la fiancée d'un ami proche, Kestner. Et un autre ami, Karl Jerusalem, s'est suicidé après un amour contrarié (il emprunta pour cela les pistolets de Kestner, qui ne se doutait de rien).

Le succès du livre tient aussi à sa forme épistolaire si réussie. Au début du récit, l'histoire se développe sur la base de lettres entre Werther et un seul correspondant. Quand l'état psychologique de Werther se détériore, un éditeur fictif intervient. Il retravaille les notes et les coupures de Werther et développe ainsi la partie finale du livre.

Le roman eut un effet retentissant à l'époque et suscita une vague de « Werther mania » : des personnes aspirant à imiter Werther portaient comme lui une veste bleue avec un gilet jaune, il y eut même de l'eau de Cologne portant son nom et des scènes du roman furent peintes sur porcelaine. Il y eut aussi certaines rumeurs de suicides « à la Werther », ce qui alarma Goethe, car sa vision personnelle de Werther était plus critique que louangeuse. Il révisa en profondeur le roman en 1787 et cette seconde version fut celle reproduite par la suite. **ST**

Evelina
Fanny Burney

1752-1840 (Angleterre)
Première parution | 1778 (anonyme)
Titre original | *Evelina ; or, The History of a Young Lady's Entrance Into the World*

Burney avait vingt-six ans lorsqu'elle écrivit son premier roman, *Evelina*, que Samuel Johnson décrit ainsi : « Cela ressemble à une œuvre écrite par quelqu'un avec une longue expérience et une grande et intime connaissance du monde. » Son sens de la psychologie des personnages et de la comédie sociale embarrassante se révèlent dans ce livre. Adaptant le roman épistolaire typique de ses prédécesseurs comme Samuel Richardson, Burney trace le destin de sa jeune héroïne venue de la campagne trouver sa place dans la société à Londres. Elle y rencontre nombre de prétendants, et des membres de sa famille dont elle avait perdu trace et dont les manières grotesques lui pèsent tant qu'elle est au bord de l'épuisement. Une des forces de ce roman vient de la manière dont Burney filtre l'agitation de la société londonienne à travers la conscience timide d'Evelina. Par ailleurs, ses sentiments naissants pour le vertueux Lord Orville sont exprimés avec subtilité et ironie. Souvent, les adolescents amoureux aiment à écrire encore et encore le nom de l'être aimé, et la manière dont Evelina mentionne Lord Orville un peu plus souvent que nécessaire donne un charme très naturel à son personnage.

La comédie de bonnes mœurs dans *Evelina* est parfois trop maniérée, surtout comparée aux romans de l'écrivain que Burney influença le plus, Jane Austen. Burney mérite les mêmes critiques que celles émises à l'encontre de Jane Austen à propos de la monochromie du contexte social qu'elle dépeint : il n'existe aucune malpropreté urbaine dans leurs textes. *Evelina* marque un point culminant dans la fiction de la fin du XVIIIe par la qualité des relations psychologiques et le réalisme du contexte social, preuve que cette qualité d'esprit et de verve n'a pas été amorcée en 1811 avec *Raison et Sentiments* de Jane Austen. **BT**

Les Rêveries du promeneur solitaire
Jean-Jacques Rousseau

1712 (Suisse)-1778 (France)
Première parution | 1782

Philosophe, théoricien social et politique, romancier et précurseur du romantisme, Rousseau était un des plus grands intellectuels du XVIIIe siècle. *Les Rêveries du promeneur solitaire* sont son dernier livre. Il y raconte avec un art merveilleusement lyrique, tendre et en même temps obsessionnel, le jugement qu'un vieil homme porte sur son passé. S'attaquant à la religion d'État et dénonçant la corruption morale de la société de l'époque, il défia non seulement les institutions, mais aussi les adeptes des Lumières qui peuplaient les salons parisiens. Rousseau devint la cible d'une longue campagne de dérision et d'humiliation et finit par s'exiler. Dans *Les Rêveries du promeneur solitaire*, nous sommes confrontés à un Rousseau « seul et négligé », partagé entre son désir de solitude et celui d'aller à la rencontre de ses semblables, tentant de soulager les terribles doutes qui l'assaillent et le besoin irrépressible de répondre à ses persécuteurs. Ce roman doit sa pérennité à la tension irrésistible créée par la juxtaposition de la facette philosophique, sobre et méditative de Rousseau et de sa rage passionnée contre les fléaux de la société. Rousseau souhaite se montrer en paix avec lui-même, complètement détaché de la société et heureux de l'être : pourtant sa fierté et son sens de l'injustice le trahissent sans arrêt.

Ce récit est donc un précurseur important des grands romans écrits sur le thème de la solitude et du désespoir par des écrivains tels que Dostoïevski, Beckett et Salinger, qui ont eu un énorme impact sur l'histoire du roman. **AL**

Les Liaisons dangereuses
Pierre Choderlos de Laclos

1741 (France)-1803 (Italie)
Première parution | 1782

La succession de films, pièces théâtrales et adaptations pour le ballet de cette œuvre suggère que cette histoire d'amour, de supercherie et d'art de la séduction a encore une emprise puissante sur l'imaginaire collectif. Écrites par un lieutenant de l'armée française, *Les Liaisons dangereuses* choquent et ravissent. L'action se situe en France avant la Révolution dans les cercles aristocratiques ; elle est centrée sur Valmont, un impitoyable et charmant libertin, et sur sa rivale, madame de Merteuil, jadis son amante et désormais sa compagne de crime. Valmont est riche, plein d'esprit. Il vit oisivement selon son propre code de vie : rechercher toujours plus de gloire en séduisant des femmes naïves de la bonne société. Madame de Merteuil est une jeune veuve sans tabous, obligée de jouer le rôle que lui attribue la société. Ensemble, ils forgent des liaisons complexes fondées sur la trahison, le mensonge et le libertinage. Leurs efforts pour surpasser l'autre ont des conséquences désastreuses, car la jalousie et la lubricité vont miner leurs principes profondément désaxés.

La forme épistolaire populaire utilisée ici par Laclos est exemplaire, car c'est précisément en nous rapportant coquinement les événements que les deux personnages principaux se font plaisir. Un plaisir partagé par le lecteur, séduit par l'éloquence et la cruauté exquise de ce chef-d'œuvre envoûtant. **AL**

Les Confessions
Jean-Jacques Rousseau

1712 (Suisse)-1778 (France)
Première parution I 1782 Deuxième volume publié en 1788

Publiée après sa mort, cette œuvre de Rousseau est un point de repère dans la littérature européenne et sans doute l'autobiographie la plus marquante jamais écrite. Son impact a été déterminant, non seulement pour le roman, mais aussi pour le développement de l'autobiographie comme genre littéraire. En prédisant qu'il n'aurait pas d'émules, Rousseau était loin de la vérité : Goethe, Tolstoï et Proust ont tous reconnu leur dette envers lui, car il a été le premier à tenter de représenter sa vie telle qu'elle était, avec ses bons et ses mauvais côtés.

Rousseau a beaucoup défendu l'idée que la société corrompt la bonne nature innée des hommes. Dans *Les Confessions*, il admet qu'il s'est souvent très mal comporté. Un incident en particulier est devenu célèbre : alors qu'il travaillait comme jeune serviteur chez un riche aristocrate genevois, Rousseau vola du ruban ancien de valeur et accusa Marion, une jeune servante, du délit. Rousseau se présente comme « la victime d'intrigues malicieuses qui l'ont persécuté toute sa vie », et reconnaît ainsi sa part de responsabilité dans ces événements tout en la reniant.

Rousseau admet pleinement le caractère contradictoire de sa nature, qu'il attribue au fait d'avoir été la victime de circonstances qu'il ne contrôlait pas. D'ailleurs, soucieux de ne pas induire le lecteur en erreur, il exagère évidemment ses péchés et ses délits, et ceci crée encore un paradoxe dans cette œuvre capitale, captivante et frustrante. **AH**

Les 120 Jours de Sodome
Marquis de Sade

1740-1814 (France)
Rédaction I 1785
Titre complet I *Les Cent Vingt Journées de Sodome, ou l'école du libertinage*

Sade écrivit cet ouvrage alors qu'il était emprisonné à la Bastille, et son unique manuscrit sembla perdu pour toujours quand les révolutionnaires envahirent la prison le 14 juillet 1789. Il atterrit dans les mains d'une famille d'aristocrates français, et y demeura jusqu'à ce qu'une édition allemande dévoyée sorte en 1904. La première publication exacte fut imprimée en plusieurs volumes entre 1931 et 1935.

L'intention déclarée du livre est de dénigrer la propriété, la moralité et la loi. Le récit se déroule à la fin du règne de Louis XIV, à une époque où les profiteurs de guerre accumulent rapidement et secrètement de grandes fortunes. Un groupe de libertins fortunés décide de mettre en commun les femmes de leurs familles et planifient minutieusement une immense vie de débauche prolongée. Des cycles de soupers consacrés à un vice sexuel particulier sont mis en place avant que les participants ne formalisent leurs perversions dans un festival d'absolue licence criminelle dans un château reculé.

Un ensemble de règles complexes sont formulées pour préserver l'ordre au milieu d'une myriade de viols et de meurtres. C'est finalement l'aspect arithmétique et permutable de la violence sexuelle qui est peut-être la clé du roman. Seul dans sa cellule, Sade a inventé une économie masturbatoire méticuleuse et purement imaginative de plaisir graduel, en établissant des images d'avilissement et de cruauté, qui ont été étudiées aussi bien par les cliniciens que par les amateurs de l'extrême. **RP**

Antoine Reiser
Karl Philipp Moritz

1756-1793 (Allemagne)
Première parution I 1785
Publication de la dernière partie I 1790
Titre original I *Anton Reiser*

D'une certaine manière, le protagoniste autobiographique de cette œuvre peut être considéré comme un « frère » moins fortuné de Wilhelm Meister, héros du fameux roman de Goethe *Les Années d'apprentissage de Wilhelm Meister*. Tous deux sont passionnés de théâtre et se font des illusions sur leurs qualités comme acteurs. Cependant, alors que Wilhelm, fils d'un riche patricien, se fait facilement des amis qui financent ses initiatives, Anton Reiser doit lutter contre la pauvreté et contre des humiliations réelles ou fictives qui sapent sa confiance en lui.

Les deux premiers volumes de ce « roman psychologique » décrivent l'enfance malheureuse d'Antoine : il travaille pour un chapelier qui l'exploite sans scrupules ; il a la chance d'intégrer une école d'État à Hanovre et y réalise de solides progrès. Pourtant, il est torturé par le fait de dépendre de la charité publique et ne supporte pas d'être la cible de moqueries de la part des autres élèves. Les deux derniers volumes racontent comment il recherche la paix intérieure dans la lecture en solitaire et comment son ardent désir de se faire connaître comme acteur l'amène à sacrifier l'avenir plus prestigieux que lui auraient procuré des études universitaires.

Antoine Reiser nous donne un précieux aperçu sur un monde jusque-là négligé par la littérature, celui des artisans urbains et de leurs apprentis, ainsi que sur leurs conditions de vie et de travail. C'est également le récit émouvant de la lutte d'un individu contre les obstacles. **LS**

Vathek
William Beckford

1760-1844 (Angleterre)
Première parution I 1786
Langue originale I Français
Titre complet I *Vathek, Conte Arabe*

Écrit en français par l'auteur à l'âge de vingt-six ans, *Vathek* est un livre inspiré par la fête somptueuse qu'il donna dans sa propriété de campagne de Fonthill lorsqu'il atteignit sa majorité, en 1781.

Vathek est à la fois farce comique et parabole tragique. L'auteur s'inspire de ses formidables connaissances pour s'adonner au « conte oriental », fort populaire en Angleterre depuis la traduction des *Mille et une Nuits*, tout en le parodiant. Le conte suit les exploits du calife Vathek et de ses divers associés grotesques pendant leur voyage inexorable vers l'Enfer. Beckford fabrique avec zèle un milieu imaginaire « oriental » afin d'y explorer le thème de la liberté individuelle, qui lui tenait à cœur à cause de ses prédilections personnelles : son intempérance sexuelle lui valut d'être exilé peu après l'achèvement du texte suite à un scandale l'impliquant avec un jeune aristocrate.

À sa parution en Angleterre, le livre fut décrit comme un amalgame entre la morosité grotesque de Dante et l'extraordinaire brillance de Milton et il influença nombre de figures littéraires (Hawthorne, Poe, Swinburne, Byron...). Il nous procure un aperçu remarquable des fantaisies orientales de l'époque ; mais sa plus grande qualité sans doute, celle qui assure sa pérennité, réside dans la juxtaposition très efficace d'une quête sexuelle et sensuelle et d'un continuel sentiment d'émerveillement enfantin, lesquels nous ouvrent des perspectives très instructives sur notre lot d'obsessions contemporaines. **MD**

Justine
Marquis de Sade

1740-1814 (France)
Première parution | 1791
Titre complet | *Justine ou les Malheurs de la vertu*

C'est le livre qui offre la définition la plus convaincante de la puissance continue que Sade déploie pour choquer et attirer. L'héroïne est toute de bonté et c'est ce qui la fait souffrir sans rédemption. Comme les premiers poèmes de Rochester, les romans de Sade s'emparent des corps et les transforment en composants d'une machine copulative. Dans le cas de Justine, son dessein est de convertir mathématiquement la vertu en souffrance, avec un reste de plaisir pour la lecture. Justine confie ses scrupules, s'enfuit, plaide pour la vie d'autrui et professe sa foi ; en retour, elle est déshabillée, mordue, fouettée et pénétrée, par la bouche, l'anus et le vagin.
Dans ce sens, Sade rend explicite ce qui restait implicite dans l'œuvre sentimentale du XVIIIe siècle de Richardson, *Clarisse* : la capacité qu'a la femme de ressentir la pureté et l'empathie en fait un objet d'absolue fascination et de dégradation, perpétuellement rabaissé et renouvelé. L'érotisme violent qui entre dans la relation entre le lecteur et l'héroïne est clairement appelé « sadique » ; Sade nous transforme en complices emplis du désir des tourmenteurs de Justine et de l'écrivain lui-même. Bien que Sade fût enfermé dans un asile et ses textes détruits, le défi continuel qu'offre *Justine* à notre libre arbitre ne peut pas être si facilement effacé. **DT**

Paul et Virginie
Bernardin de Saint-Pierre

1737-1814 (France)
Première parution | 1788

À la fin du XVIIIe siècle, le nombre d'enfants prénommés Paul ou Virginie explosa : la raison en était le formidable succès de la pastorale exotique de Bernardin de Saint-Pierre, qui répondait à un intérêt pour les mythes de l'âge d'or et de l'état de nature. Dans les terres intérieures de l'île de France (l'île Maurice), le narrateur découvre deux cabanes en ruine et s'en fait raconter l'histoire par un vieillard. C'est là qu'ont grandi Paul et Virginie, élevés comme frère et sœur par leurs mères dans l'innocence et la nature sauvage. La puberté de Virginie ruine la belle harmonie de cette communauté utopique. Jugeant prématurée la relation amoureuse naissante des deux jeunes gens, sa mère l'envoie chez une tante à Paris, qui s'efforce de lui inculquer les mœurs du monde civilisé. Virginie préfère finalement rentrer dans l'île ; le navire qui l'y ramène est pris dans un ouragan. Rendue pudique par l'éducation chrétienne qu'elle a reçue en Europe, elle refuse de se déshabiller pour nager et se laisse engloutir dans les flots. En opposant la corruption de la société à la liberté du monde naturel, Bernardin de Saint-Pierre respecte les règles de la pastorale, mais y apporte une dimension nouvelle en insistant sur les déchaînements de violence dont est capable la nature. Lors de sa parution, le succès de *Paul et Virginie* est phénoménal – réimpressions, contrefaçons, naissance d'une véritable mode inspirée de l'histoire et de ses personnages. **BQ**

Les Aventures de Caleb Williams
William Godwin

1756-1836 (Angleterre)
Première parution I 1794
Langue originale I Anglais
Titre original I *The Adventures of Caleb Williams*

Caleb Williams a été un des romans les plus importants et les plus lus pendant les turbulentes années 1790. Il propose au lecteur un mélange d'histoire personnelle et de commentaire politique. Jeune homme autodidacte et déjà orphelin, Caleb travaille pour Falkland, un aristocrate local énigmatique mais d'apparence honorable. La curiosité de Caleb l'amène pourtant à découvrir que Falkland a assassiné un noble voisin tyrannique et a laissé accuser et exécuter deux paysans innocents pour son crime. L'histoire de ces personnages illustre la critique qui est au cœur du roman et qui dénonce un système de classe sociale momifiée, qui autorise l'oppression et se moque des lois. Quand Falkland découvre que Caleb a éventé son secret, il le suit, monte une cabale contre lui et le persécute. (Incidents courants à une époque où l'Angleterre, en guerre contre la France, suspendit les libertés civiles, notamment celles d'écrivains suspectés d'avoir des opinions séditieuses.)

On a reproché à Godwin d'utiliser cette fiction pour transmettre sa philosophie politique radicale, qu'il exprime dans *Enquête sur la justice politique et son influence sur la moralité et le bonheur* (1793). Pourtant, à cause du drame psychologique au cœur de l'intrigue, l'ouvrage a aussi été catalogué comme roman gothique. Le lecteur actuel trouvera une composante kafkaïenne dans la persécution de Caleb. **ST**

Olaudah Equiano ou Gustave Vassa, l'Africain
Olaudah Equiano

1745 (Nigeria)-1797 (Angleterre)
Première parution I 1794
Titre original I *The Interesting Narrative of the Life of Equiano, Or Gustavus Vassa, the African*

Le livre d'Olaudah Equiano est un point de repère important pour comprendre la complexité des questions raciales en Grande-Bretagne et connaître la littérature afro-britannique. L'auteur raconte dans ce livre la traite transatlantique des Noirs et nous rapporte toute l'horreur de ses expériences afin de justifier et promouvoir la cause abolitionniste. Dans un climat politique et littéraire hostile, le succès et la popularité du texte ont bien servi cette cause.

Le récit raconte le voyage d'Equiano après son enlèvement en Afrique et décrit son esclavage dans la marine britannique, son travail forcé sur les bateaux esclavagistes, le rachat de sa liberté, son travail sur des plantations et finalement son retour en Angleterre. C'est une méditation explicitement religieuse qui établit en même temps l'identité britannique et africaine de l'auteur, mise en évidence par le choix de son nom. Quand il promeut l'abolitionnisme, dans ses ouvrages et en public, il porte le nom de Gustave Vassa. Dans ce texte, il met en lumière son identité africaine, alors que le narrateur est parfaitement conscient de sa double identité. Les révélations récentes indiquant que Vassa, alias Equiano, serait peut-être né en Caroline du Sud et aurait construit son identité africaine par la suite, ne font que rehausser la qualité remarquable d'un texte qui nous fait vivre toute l'ambiguïté d'une telle expérience. **MD**

Les Mystères d'Udolphe
Ann Radcliffe

1764-1823 (Angleterre)
Première parution I 1794
Langue originale I Anglais
Titre original I *The Mysteries of Udolfo*

Roman gothique essentiel, *Les Mystères d'Udolphe* sont aujourd'hui encore un classique. On y voit Émilie Saint-Aubert, emprisonnée par un gardien malfaisant, Montoni, dans son grandiose château d'Udolphe. La vie d'Émilie y est dominée par la terreur et le suspense alors qu'elle tente de résister aux stratagèmes perfides de Montoni et à son propre désarroi intérieur. Le récit a les qualités d'un rêve, reflet de la confusion et de l'horreur que ressent Émilie, et ceci accentue la bataille psychologique qu'elle doit affronter pour survivre à ses cauchemars. Les descriptions spectaculaires des paysages esquissées par Radcliffe sont en partie utilisées pour rehausser l'émotion dans le texte, en particulier la mélancolie et la terreur, mais aussi la tranquillité et le bonheur. Les personnages de Radcliffe sont variés et bien esquissés, mais sa plus belle réussite est la création d'une héroïne forte et sympathique.

Radcliffe communique un message sous-jacent sur l'importance de l'indépendance de la femme. Malgré son apparente faiblesse et ses peurs démesurées, Emilie déjoue Montoni grâce à la force de son libre arbitre et à son intégrité morale. *Les Mystères d'Udolphe* proposent bien plus que des horreurs surnaturelles, car la pire chose qu'Émilie doive affronter n'est autre que la noirceur de la nature humaine, une menace plus terrifiante que tout ce que l'esprit puisse imaginer. **EG-G**

Les Années d'apprentissage de Wilhelm Meister
Johann Wolfgang von Goethe

1749-1832 (Allemagne)
Première parution I 1795-1796
Langue originale I Allemand
Titre original I *Wilhelm Meisters Lehrjahre*

Malgré la nature sombre de Goethe, ce roman est charmant et il ne faut pas le confondre avec *Les Voyages de Wilhelm Meister*. Goethe, prolixe et mordant, raconte une histoire d'apprentissage et d'éducation, considérée comme typique du « roman de formation » (*Bildungsroman*).

Suite à une déception amoureuse, Wilhelm Meister décide de voyager. Il rejoint un groupe d'acteurs itinérants et fait avec eux l'apprentissage de la vie. Goethe présente un portrait de groupe sur la vie de théâtre, fort influencé par Shakespeare. Le livre célèbre, puis sape, la vocation théâtrale. La dimension réaliste des débuts du récit se transforme en quelque chose de plus profond et de bien plus original dès qu'il creuse sous la surface du spectacle et de la représentation en public. Des personnages mystérieux révèlent alors un symbolisme littéraire et un dessein intellectuel d'une tout autre dimension. Goethe expose merveilleusement et ironiquement le développement humain sur la base d'une intrigue délibérément peu structurée. Il réussit néanmoins à combiner l'humour ironique du *Tom Jones* de Fielding avec une reflexion philosophique. **DM**

Le Moine
M. G. Lewis

1775 (Angleterre)-1818 (en mer)
Première parution | 1796
Langue originale | Anglais
Titre original | *The Monk : A Romance*

Le livre de M.G. Lewis, *Le Moine*, est une œuvre gothique dont la noirceur extravagante est sans doute surfaite. Très controversée dès sa parution, elle choque et glace le lecteur d'aujourd'hui comme celui d'hier. Au contraire d'Ann Radcliffe, qui accompagne toujours sa fiction gothique d'explications rationnelles, Lewis côtoie le surnaturel et relate les pires actes de dépravation et de cruauté. Le moine du titre, réputé pour son admirable piété, s'appelle Ambrosio. Pourtant, nous découvrons bientôt qu'il est l'exemple le plus hypocrite et vicieux de l'Église catholique. Au début, ses méfaits sont relativement communs, mais il passe rapidement à des actes blasphématoires d'une noirceur sans pareil. Il n'est pas le seul personnage perfide – dans un couvent non loin de là, une prieure montre qu'elle aussi est capable des pires excès de cruauté. Le livre dépeint à un degré extrême la corruption absolue que le pouvoir engendre, spécialement quand il est détenu par des religieux.
Malgré une intrigue compliquée, l'histoire se déroule à vive allure et le texte se lit facilement. Si Lewis ne se prête pas à des descriptions détaillées des paysages, *Le Moine* reste un roman très visuel. Ce livre traite surtout de la destruction complète de l'innocence, sans nous offrir le moindre message rédempteur pour diluer l'horreur. Aujourd'hui, *Le Moine* continue de fasciner et de choquer, et peu de romanciers modernes seraient capables d'égaler le grotesque extrême de la vision de Lewis. **EG-G**

Camilla
Fanny Burney

1752-1840 (Angleterre)
Première parution | 1796
Langue originale | Anglais
Titre original | *Camilla ; or A Picture of Youth*

Le titre original de ce livre est *Camilla, ou un portrait de jeunesse*, et c'est exactement ce que Burney nous procure avec son troisième roman. *Camilla* raconte l'affranchissement d'une jeune femme pleine de vie et d'ardeur. Elle et ses deux sœurs, la belle Lavinia et l'angélique, mais défigurée Eugénie, vivent toutes les étapes du passage de l'adolescence à l'âge adulte : idéaux, tentations, amours, doutes et jalousies. Les portraits, surtout ceux des femmes, que dépeint Burney sont très réels et le lecteur s'identifie facilement à leurs joies, leurs peines et leurs soucis.
Le livre de Burney décrit merveilleusement les divertissements et les plaisirs savourés par le public anglais à cette époque, ainsi que les us et coutumes de cette société, notamment les restrictions sociales et même les dangers que rencontraient les jeunes femmes. Burney utilise l'émotivité exagérée de la fiction populaire gothique pour démontrer que le péril est souvent plus proche qu'on ne le pense.
Dans *L'Abbaye de Northanger*, de Jane Austen, le narrateur fait allusion à *Camilla* et à *Cécilia*, les romans de Burney, comme des ouvrages aux qualités intellectuelles remarquables dans lesquels transparaît une profonde connaissance de la nature humaine. Celle-ci est merveilleusement décrite sous toutes ses coutures, avec humour et ironie et dans un langage des plus choisis. Ces louanges de Jane Austen sont méritées et sont un argument convaincant pour lire ce roman. **EG-G**

Jacques le Fataliste
Denis Diderot

1713-1784 (France)
Première parution | 1778
Titre complet | *Jacques le Fataliste et son maître*

De sa lecture du *Tristram Shandy* de Sterne, Diderot a gardé le goût de la mise en question des conventions romanesques. « Votre Jacques n'est qu'une insipide rhapsodie de faits, les uns réels, les autres imaginés, distribués sans ordre », fait-il dire, non sans malice, à un lecteur imaginaire... Jacques, un valet versé dans la métaphysique, chemine à cheval en compagnie de son maître pour une destination, et à une époque, inconnues. Entre deux aventures s'enchâssent une multitude d'histoires, de récits parallèles et d'anecdotes, à l'image d'un jeu de poupées russes : Jacques raconte ses blessures de guerre et ses amours, une aubergiste narre la vengeance amoureuse de madame de la Pommeraye, le maître entreprend le récit de son propre passé sentimental... Au fil des scènes revient le thème central du roman : le fatalisme, conviction mélancolique que « tout ce qui nous arrive de bien et de mal ici-bas était écrit là-haut ». Pour Jacques, disciple de Spinoza, l'homme ne peut que subir son destin, sans en infléchir le cours. En lui opposant la contradiction, son maître fait du roman une véritable discussion philosophique qui, sans doute, reflète les interrogations personnelles de Diderot, révélées par sa correspondance de l'époque. Par-delà sa dimension philosophique, *Jacques le Fataliste* reste un roman étonnamment moderne par son inventivité formelle : se jouant des genres littéraires à la mode, il offre sur le statut du roman des réflexions parfaitement actuelles. **BQ**

La Religieuse
Denis Diderot

1713-1784 (France)
Rédaction | 1760
Première parution | 1796

Les origines de ce roman épistolaire, publié de façon posthume, sont étonnantes. En 1760, Diderot et ses amis écrivent une série de lettres au marquis de Croismare. Ils les signent Suzanne Simonin, prétendue orpheline forcée d'entrer en religion pour expier la culpabilité de sa mère. Échappée du couvent, elle demandait au marquis de l'aider à faire annuler ses vœux. La religieuse raconte en détail son confinement et décrit son influence sur sa perception de la religion et sur sa foi. La renommée du roman, « un succès de scandale », peut être attribuée en partie à sa description explicite et sans détour de l'expérience de la narratrice sur la cruauté qui régnait dans les institutions monastiques et de sa découverte subséquente de l'érotisme et de la spiritualité.
La Religieuse fut reçue par la suite comme une attaque contre le catholicisme et comme représentative de l'attitude française de l'époque envers la religion. En 1966, la version cinématographique du livre réalisée par Jacques Rivette fut interdite pendant deux ans. Plus récemment, *La Religieuse* a suscité de nombreuses discussions à cause de sa mise en scène du lesbianisme et de la sexualité. Censé présenter la nature oppressive et anormale de la vie dans les institutions religieuses, le destin de la narratrice face au pouvoir monastique offre un modèle frappant de narration et aussi les revirements de la vie. **CS**

Hypérion
Friedrich Hölderlin

1779-1843 (Allemagne)
Première parution I 1797 (vol. 1), 1799 (vol. 2)
Titre original I *Hyperion, oder der Eremit in Griechenland*

Ce roman de Friedrich Hölderlin est une sorte d'autobiographie sous la forme de lettres, écrites principalement entre Hypérion et son ami Bellarmin, et entre lui et Diotima. Publié en deux volumes, en 1797 et 1799, le texte est situé dans la Grèce antique et pourtant, deux cents ans après sa rédaction, les mots qui décrivent les forces invisibles, les conflits, la beauté et l'espoir sont restés d'actualité.

Il y a des raisons évidentes et d'autres moins justifiant la réussite de ce texte à créer une impression de distance dans la proximité et inversement. Il est évident qu'il s'agit là d'une réflexion philosophique sur le siècle des Lumières et sur la Révolution française. Du point de vue philosophique, le roman traite de la séparation entre sujet et objet, entre les individus, entre l'homme et la nature, présentée comme une condition à leur accord. Du point de vue politique, le livre souligne l'ambivalence entre raison et force révolutionnaire conçus comme des instruments de progrès social et historique. La critique que fait Hölderlin de la société allemande de son époque reste une description valable de la bourgeoisie d'Europe de l'Ouest aujourd'hui. Et ceux qui n'ont jamais ressenti le désir utopique d'Hypérion de vivre en harmonie avec la nature et Dieu, libre de tout sentiment d'aliénation, devraient demander des comptes à Dieu. Les raisons moins évidentes sont intimement liées à l'amour, la langue et Diotima. Mais pour les comprendre, il faudra lire le roman. **DS**

XIXe siècle

Henri d'Ofterdingen
Novalis

1772-1801 (Allemagne)
Première parution | 1802
Titre original | *Heinrich von Ofterdingen*
De son vrai nom | Friedrich Leopold von Hardenberg

Œuvre la plus représentative des débuts du romantisme allemand, *Henri d'Ofterdingen* est une fusion merveilleusement légère et profonde de roman, conte de fées et poème. Le jeune Henri est un poète médiéval qui recherche la mystérieuse « fleur bleue », qui dans ses rêves prend les traits de la belle Mathilde, qui lui est inconnue. Il part faire un long voyage pour parfaire son éducation poétique et philosophique. Le roman, en partie autobiographique et inachevé, fut publié après la mort de Novalis. Son impact sur l'histoire de la littérature allemande et, à long terme, sur la littérature européenne, a été remarquable.

Novalis envisageait son roman à l'origine comme une réponse à *Wilhelm Meister*, l'œuvre de Goethe qu'il lut d'abord avec enthousiasme, mais jugea ensuite fort peu poétique. Il n'appréciait pas la victoire de l'élément économique sur l'élément poétique que, selon Novalis, l'œuvre de Goethe célèbre si manifestement. À l'opposé du texte de Goethe, le récit simple de Novalis, émaillé de contes lyriques et de chansons finement ciselées, présente de façon ingénieuse et sous une forme littéraire le mysticisme de Johan Gottlieb Fichte. Ce mysticisme allait considérablement influencer la pensée romantique et l'auteur espérait décrire grâce à lui une harmonie universelle avec l'aide de la poésie. La fleur bleue, centrale dans la quête d'Henri, devint plus tard un emblème pour tout le romantisme allemand, symbolisant le désir ardent et la quête impossible. **LB**

Le Neveu de Rameau
Denis Diderot

1713-1784 (France)
Première parution | 1805

Diderot est l'un des meilleurs représentants du siècle des Lumières, avec Rousseau et Voltaire. Directeur de la première encyclopédie au monde, il appliqua ses multiples talents au roman, au dialogue philosophique, à l'essai scientifique, à l'art et à la critique dramatique. On retrouve sa verve et son originalité dans *Le Neveu de Rameau* : le mélange des genres (roman, essai, dialogue socratique), repoussa les frontières du possible dans le domaine de la fiction.

L'action est simple. Le narrateur, un philosophe, se promène dans les jardins du Palais-Royal où il rencontre le neveu du grand compositeur Rameau. Il entame avec lui une conversation. Leur discussion se concentre sur la moralité et la quête du bonheur, thèmes qu'ils abordent très différemment. Le prude philosophe embrasse l'idéal grec selon lequel la vertu fait le bonheur. Le neveu, un chenapan plein d'esprit, cynique et sympathique, démontre que la moralité conventionnelle n'est autre que de la vanité, que le principe directeur de la société est la poursuite de la richesse, que ce qui compte est l'image que l'on projette, et non la personne que l'on est véritablement. Pourtant, le livre n'est pas un simple conte moral. Comme son héros tragi-comique, l'œuvre est un défi complexe à toutes les formes réactionnaires de la pensée et du comportement. Trop controversé pour être publié du vivant de Diderot, *Le Neveu de Rameau* est aussi une accusation cinglante de l'hypocrisie morale, des prétentions intellectuelles et de la vacuité spirituelle de la société parisienne du XVIIIe siècle. **AL**

Corinne ou l'Italie
Mme de Staël

1766-1817 (France)
Première parution | 1807
De son vrai nom | Anne-Louise Germaine Necker, baronne de Staël-Holstein

Condamnée à l'exil par Napoléon Ier, Mme de Staël passe une partie des années 1804-1805 à voyager en Europe. Alors que la vie des idées en France lui paraît de plus en plus sclérosée, l'Allemagne – où elle se lie d'amitié avec Goethe – et l'Italie lui font l'impression d'une grande vitalité artistique et intellectuelle. C'est pour en témoigner qu'elle conçoit un roman, *Corinne*, et deux ans plus tard, un essai, *De l'Allemagne*. *Corinne* est le récit d'un voyage en Italie, un splendide portrait de femme et une passionnante réflexion sur les cultures latine et anglo-saxonne. À Rome, Oswald Nelvil rencontre Corinne, « la femme la plus célèbre de l'Italie », poète venue d'Angleterre pour fuir le sort que la société y fait aux femmes. Une idylle commence. Les deux amants voyagent à travers le pays, découvrant son art et discutant littérature. Rappelé en Angleterre, Oswald revoit Lucile, la jeune fille que lui avait destinée son père ; il finit par l'épouser. Lorsqu'elle l'apprend, Corinne accepte de se sacrifier pour leur bonheur et se retire à Florence où elle dépérit peu à peu. Regorgeant de discussions esthétiques et politiques, ce roman d'idées préfigure, après Prévost et Rousseau, les grands romans européens des décennies à venir ; Mme de Staël oppose le conformisme de la société anglaise à la créativité artistique italienne, la rigidité des structures sociales britanniques à l'égalité des sexes dans la Péninsule. *Corinne* incarne la lutte d'une conception autonome et libertaire de l'art contre l'utilitarisme et le moralisme de la conception dominante. **BQ**

Les Affinités électives
Johann Wolfgang von Goethe

1749-1832 (Allemagne)
Première parution | 1809
Langue originale | Allemand
Titre original | *Die Wahlverwandtschaften*

Le titre est à la fois précis et ambigu. Il évoque un état d'esprit riche de possibilités émotionnelles et romantiques. Pourtant, quand Goethe choisit *Die Wahlverwandtschaften* comme titre, il s'agissait d'une expression technique utilisée uniquement en chimie. Ce n'est que plus tard, grâce à ce roman puissant et élégant, que ces mots – affinités électives – prirent la connotation que nous leur connaissons. Utilisant une configuration scientifique du désir, alliée au symbolisme de la nature, cette œuvre est une exploration complexe et suavement impersonnelle et mesurée de l'amour. Il utilise le mariage de Charlotte et Édouard pour disséquer les perceptions de la moralité, de la fidélité et du développement personnel dans le cadre de l'amour. Lorsque cette union est interrompue et mise en danger par l'apparition du capitaine et d'Odile, le mariage prend une teinte pastorale, idyllique et irréelle. Par le biais de l'idylle discrète entre Charlotte et le capitaine et de la passion dévorante que vivent Édouard et Odile, le récit s'attarde sur le chaos irrésistible du désir. Ce roman a tout d'abord été condamné en raison de sa thèse « immorale » selon laquelle l'amour aurait une origine chimique. Mais le livre est surtout une réflexion mûrie sur les complications des relations humaines et il démontre comment notre expérience rend notre connaissance de l'amour et du désir fluide et inconstante. Comme l'amour ne peut être piégé et figé dans une relation maritale, le désir ne peut être confiné à une seule personne. **PMcM**

Michel Kohlhaas
Heinrich von Kleist

1777–1811 (Allemagne)
Parution partielle | 1808
Première parution complète | 1810
Titre original | *Michael Kohlaas*

Ce conte de Kleist, tiré d'une chronique véridique, raconte comment un honnête homme qui a souffert d'une injustice devient hors-la-loi et assassin. Michel Kohlhaas, marchand de chevaux, est un jour malmené par un aristocrate arrogant du voisinage. Il s'en remet à la justice pour faire réparer le tort qu'il a subi, mais le puissant seigneur utilise son influence pour rendre vaines ses démarches. Désespéré, il accepte que sa femme s'adresse à la plus haute autorité de la région, mais elle meurt après avoir été malmenée par des gardes du corps trop zélés.

L'incident banal à l'origine de ce drame devient dès lors un motif de vengeance. Kohlhaas décide que, puisque justice n'a pas été rendue, il a le droit moral de défendre sa cause par d'autres moyens. Il démolit le château du seigneur et tue ses serviteurs. Puis il rassemble une petite armée et écume les campagnes, semant le feu et la violence, aux trousses de l'aristocrate en fuite. Suite à l'intercession de Martin Luther, on l'amnistie et lui promet que justice sera faite. Mais la corruption et le népotisme sont rois et Kleist complique le récit en y ajoutant moult rebondissements.

Les thèmes de la justice, du droit à la justice et du droit de combattre la corruption sont toujours actuels ; *Michel Kohlhaas* est donc un récit d'une modernité surprenante. Il joue sur l'ambiguïté qui existe entre la justice et la vengeance, du côté officiel et politique comme du côté de l'individu impuissant. Le destin final de Kohlhaas est à la fois logique et absurde, bien ajusté et pourtant profondément injuste. **JC**

Raison et sentiments
Jane Austen

1775-1817 (Angleterre)
Première parution | 1811 (anonyme)
Langue originale | Anglais
Titre original | *Sense and Sensibility*

Comme dans les autres romans de Jane Austen, l'intrigue ici tourne autour du mariage : les protagonistes finiront par épouser les partenaires qu'ils méritent. Une conclusion pertinente, certes, mais la satisfaction principale du lecteur viendra d'ailleurs. Elinor et Marianne, les deux sœurs au cœur du récit, correspondent en apparence à la raison et au sentiment, mais il serait rapide de conclure que raison et passion sont les qualités principales de ces deux personnages.

L'auteur utilise principalement le langage pour créer une perspective et produire une transition entre des extrêmes ; elle crée ses personnages par la place et la structure précise des mots, des phrases et de membres de phrases. Sa prose épouse exactement le mouvement entre les déformations et l'aveuglement créés par la passion et le bon sens raisonnable qui semble toujours leur succéder. L'auteur s'est inspiré de *Elinor et Marianne*, un roman écrit sous forme épistolaire au XVIIIe siècle ; la précision analytique de Jane Austen résulte de son abandon de l'approche épistolaire. Le changement de titre est révélateur : ce ne sont plus deux personnes différentes qui nous « parlent ». Il n'y a plus qu'un seul narrateur – l'auteur – mais en l'occurrence, elle parle pour toutes les voix qu'elle crée en restant fidèle à une syntaxe commune pour faire passer ses idées. **DT** réussie que le lecteur est captivé par son histoire et souhaite pour elle un dénouement heureux : c'est finalement à Elizabeth que le roman doit sa popularité durable. **SJD**

Orgueil et préjugés
Jane Austen

1775-1817 (Angleterre)
Première parution | 1813
Langue originale | Anglais
Titre original | *Pride and Prejudice*

Orgueil et préjugés est le deuxième des quatre romans de Jane Austen publiés de son vivant. Autant lu aujourd'hui que de son temps, ce roman est sans aucun doute une des œuvres les plus populaires de toute la littérature classique anglaise. Écrit avec un esprit incisif et alignant des personnages merveilleusement décrits, *Orgueil et préjugés* raconte l'histoire de la famille Bennett : une mère analphabète, un père négligent et cinq filles très différentes que Mrs. Bennett voudrait bien « caser » au plus vite. Située dans l'Angleterre rurale du début du XIXe siècle, l'intrigue principale est centrée sur Elizabeth, la deuxième fille, et sur sa relation turbulente avec le beau, riche mais diablement arrogant Mr. Darcy. Offensée par le comportement de Darcy lors de leur première rencontre, Elizabeth lui voue une antipathie immédiate, ce qui n'empêchera pas Darcy de tomber amoureux d'elle malgré lui. Sa désastreuse demande en mariage est déclinée, mais tous deux apprendront à la longue à surmonter leur orgueil et leurs préjugés respectifs.

Le roman a été critiqué pour son manque de contexte historique, alors que l'existence de ses personnages dans une bulle rarement perméable aux événements extérieurs est un portrait fidèle du cercle social très fermé de l'auteur. Elle décrit ce petit monde, avec son orgueil et ses préjugés bornés, avec précision et une satire constante. En même temps, elle place au centre de cet univers un personnage principal doté d'une très fine perception critique : Elizabeth est si bien imaginée et

Emma
Jane Austen

1775-1817 (Angleterre)
Première parution | 1816
Langue originale | Anglais
Titre original | *Emma*

Lorsqu'elle publia son quatrième roman, *Emma*, Jane Austen annonça qu'elle serait la seule à en aimer l'héroïne. Comme par défi, des générations de lecteurs se sont laissé séduire par la protagoniste, malgré ses défauts. Emma est une jeune femme qui gère le petit univers social du village de Highbury. La comédie et l'intérêt psychologique du roman résident dans ce qui arrive quand les personnes autour d'elle ne réagissent pas comme elle l'entend. Elle tente d'arranger une alliance pour sa protégée, Harriet Smith, avec deux candidats qui ne font pas du tout l'affaire et reste aveugle à leurs penchants réels. Elle refuse de reconnaître la véritable nature de ses propres sentiments pour monsieur Knightley jusqu'à ce qu'il soit pratiquement trop tard. Récemment, certains lecteurs ont reproché au livre d'être trop paternaliste dans l'éducation morale qu'il suggère, mais il faut rendre justice à Austen : son but dans *Emma* était d'explorer les déconvenues fréquentes qu'il faut surmonter et d'en tirer les leçons, plutôt que d'en donner.

Austen marie la voix d'un narrateur omniscient et ironique qui parle à la troisième personne, avec un style plus indirect qui transmet des points de vue individuels. Ce dialogisme est particulièrement réussi dans ce livre. C'est une forme littéraire qui lui convient bien, démontrant à la fois les désirs individuels égotistes, mais aussi son engagement moral entier à démontrer l'importance de la franchise et de l'intelligibilité mutuelle. Avec *Emma*, Jane Austen établit les bases du « roman réaliste » de la fin du XIXe siècle. **CC**

Adolphe
Benjamin Constant

1767 (Suisse)-1830 (France)
Première parution | 1816

Benjamin Constant n'a écrit que des textes politiques lorsqu'il se lance en 1806 dans la rédaction de ce roman psychologique largement inspiré de sa vie amoureuse. Il y raconte l'histoire d'Adolphe, jeune homme distrait et timide qui, à la cour d'un prince, s'éprend d'une femme de dix ans son aînée, Ellénore. Il la conquiert puis s'en lasse, sans parvenir à la quitter ; elle, de son côté, abandonne tout pour le suivre, sacrifiant fortune, rang social et réputation. Tandis qu'elle s'ingénie à le ramener vers elle et à susciter sa jalousie en accordant de longs tête-à-tête à de jeunes rivaux, un ami de son père incite Adolphe à la quitter ; il louvoie, retarde le moment d'agir, finit par confier par écrit qu'il souhaite bel et bien rompre. On montre la lettre à Ellénore : désespérée, elle tombe malade et meurt. Loin de s'en trouver libéré, Adolphe sera lourdement condamné au remords et à la solitude. Dès sa parution, le roman est lu comme le récit caché de la liaison de Constant avec madame de Staël, dont il est l'amant depuis 1794. En réalité, le personnage d'Ellénore emprunte à plusieurs conquêtes de l'auteur, notamment Anna Lindsay, jeune mère de famille irlandaise. Quoi qu'il en soit, cette œuvre où se côtoient une facture classique parfaite et une influence romantique évidente (thèmes de la solitude, de la mort et du fossé entre les aspirations de l'homme et la réalité) fascine toujours par l'extrême finesse de son analyse psychologique. Le cinéaste Benoît Jacquot en a tiré un film remarquable, avec Isabelle Adjani dans le rôle d'Ellénore. **BQ**

Rob Roy
Sir Walter Scott

1771-1832 (Écosse)
Première parution | 1817
Langue originale | Anglais
Titre original | *Rob Roy*

Malgré son titre, cette fiction s'intéresse plus aux expériences d'un certain Francis Osbaldistone qu'à une quelconque chronique de la vie de son éponyme hors-la-loi, le légendaire « Robin Hood écossais ». Et pourtant, ce roman très écossais a joué un rôle significatif, non seulement en consolidant les différentes versions de la vie de Rob Roy MacGregor, mais aussi en mythifiant les Highlands, devenues un site d'une attraction sublime mais aussi barbare pour de nombreux touristes anglais. La rébellion jacobite de 1715 est la toile de fond du roman. Le récit de Scott trace les expériences de Frank alors qu'il se rend de sa maison familiale à Londres à la résidence de son oncle en Northumbrie, puis à Glasgow et dans les Highlands. Francis traverse la frontière écossaise pour recouvrer les biens de son père. Dans sa remontée vers le nord, il croise une série de personnages pittoresques, dont le légendaire Rob Roy, qui l'aidera à recouvrer ses biens.
L'impulsion narrative provient en grande partie des conflits et divisions qui minent la Grande-Bretagne depuis l'Acte d'Union

en 1707. Mais finalement, Scott nous offre dans *Rob Roy* une vision dans laquelle les tensions entre commerce et poésie, Anglais et Écossais, Jacobites et Hanovriens, Highlands et Lawlands, catholiques et protestants, ont été merveilleusement restituées. **DaleT**

Frankenstein ou le Prométhée moderne
Mary Wollstonecraft Shelley

1797-1851 (Angleterre)
Première parution | 1818
Titre original | *Frankenstein ; or, the Modern Prometheus*

Frankenstein a plus à voir avec *Dracula* qu'avec les romans génériques de la fin de la période gothique. Ces deux romans sont souvent cités comme des premiers exemples du roman d'horreur et les deux ont légué à la culture populaire un personnage tellement dénaturé par les adaptations successives à l'écran qu'il est devenu méconnaissable. *Frankenstein* et *Dracula* ressemblent plus aujourd'hui au genre ultramoderne du film d'horreur techno de la science-fiction qu'à la version classique du genre. L'idée motrice du récit est que nos connaissances scientifiques peuvent être utilisées afin d'arrêter la tendance qu'a la nature à se dissoudre ; ce désir impossible va nourrir « l'horreur » du récit.

Le sous-titre du roman, *Le Prométhée moderne*, rehausse le lien avec la mythologie grecque, mais de toute évidence *Frankenstein* est un roman qui regarde autant vers le futur que vers le passé. Un savant et philosophe suisse, Frankenstein, inspiré par la philosophie occulte, tente de développer une créature artificielle vivante et sensible. La notion de réanimation est au cœur de nombreux romans d'horreur : la société moderne estime naturel de tenter de dévier l'ordre chaotique des choses et de le remplacer par un ordre linéaire constant, par exemple en construisant des environnements artificiels ou en s'acharnant à retarder notre mort et notre déclin. Ce roman se consacre à ces préoccupations à une période de l'histoire qui ne laissait pas prévoir de tels développements. Par ses mille et une facettes, il fait partie intégrante de la culture, qu'il examine et prévoit, ce qui justifie que l'on continue à le lire et à le réévaluer. Une prose qui coule de source, des images fantastiques et une imagination surréaliste continueront d'assurer le plaisir que sa lecture procure. **SF**

Ivanhoé
Walter Scott

1771-1832 (Écosse)
Première parution | 1819
Langue originale | Anglais
Titre original | *Ivanhoe ; or, the Jew and his Daughter*

Ivanhoé relate en détail l'inimitié politique et culturelle entre les Saxons assujettis et leurs maîtres normands pendant le règne de Richard Cœur de lion au XIIe siècle. Le brave chevalier Ivanhoé rentre des croisades pour aider le roi Richard à récupérer son trône usurpé par son frère Jean sans Terre. Dans cette tâche, l'aide de toute une série de personnages, imaginaires et historiques, est centrale. La narration avance grâce à trois confrontations épiques : le tournoi d'Ashby-de-la-Zouche, le siège du château de Torquilstone et le sauvetage de l'héroïne, Rebecca, de Templestowe, la place forte des Templiers. Dans chaque épisode, conflit et guerre sanglante s'enchaînent. À d'autres moments, des éléments empruntés au roman gothique prennent le pas. Malgré tout le plaisir qu'il prend

à décrire la pure vitalité de la chevalerie, Scott critique subtilement la guerre.
En mettant l'accent sur l'Angleterre médiévale, *Ivanhoé* rend manifeste un élargissement du thème purement écossais des premiers romans de la série Waverley. Par son examen soutenu des pratiques politiques, chevaleresques et romantiques de l'époque, cette histoire non seulement galvanise chez nombre d'écrivains et de lecteurs leurs impressions de ce passé médiéval, mais elle fut aussi la pionnière du roman historique, la forme littéraire la plus utilisée pour l'exprimer. **DaleT**

Melmoth le vagabond
Charles Robert Maturin

1782-1824 (Irlande)
Première parution | 1820
Titre original | *Melmoth the Wanderer*

Melmoth occupe une place presque transitoire dans l'histoire de la littérature. Ultime et tardif représentant de la tradition gothique littéraire, ce roman contient de nombreux éléments du genre : des décors sauvages et isolés ou alors exotiques, une succession d'événements bizarres, des labyrinthes périlleux et le piège, dangereux pour les protestants, de l'Europe catholique. L'identité est un thème central depuis les premières pages, lorsque nous est présenté John Melmoth, jeune étudiant qui hérite de son oncle. La succession inclut un manuscrit qui raconte l'histoire d'un ancêtre du même nom et qui devient le fil conducteur du récit. Nous découvrons qu'il a échangé son âme contre l'immortalité satanique, mais il va profiter de cette durée pour essayer de s'extirper de l'éternité en poussant un autre à endosser son fardeau. Ce livre séduit le lecteur actuel non seulement par la surprise et la tension captivantes dégagées par l'action, mais aussi par la réflexion sur la nature de la tentation et de la tourmente. La nature humaine y est dépeinte comme vainqueur et comme vaincue, ce qui explique pourquoi, alors que Maturin fut rapidement oublié par sa propre génération, il servit de modèle pour les explorations crépusculaires de Poe, Wilde et Baudelaire, entre autres. Ce qui nous a permis de reconnaître enfin la contribution essentielle de Maturin à l'histoire de la littérature. **DT**

Le Chat Murr
Ernst Theodor Amadeus Hoffmann

1776-1822 (Allemagne)
Première parution | 1820-1822
Langue originale | Allemand
Titre original | *Lebensansichten des Katers Murr*

Dans ce remarquable roman de Hoffmann, qui révèle ostensiblement « la vie et les opinions » d'un félin autodidacte, une biographie fragmentée du chef d'orchestre Johannes Kreisler, écrite sur des feuilles éparses de papier brouillon, vient se greffer accidentellement : le lecteur est embarqué dans un voyage fantaisiste au cœur des mondanités de la vie quotidienne dans l'Allemagne du début du XIXe siècle. Murr, le matou, est un personnage grégaire qui tranche avec la nature anxieuse du compositeur, Kreisler. Les talents confiants et éclectiques de Murr, inspiré par le chat tigré qu'Hoffmann adorait, en font un authentique félin de la Renaissance, tandis que Kreisler, l'*alter ego* de Hoffmann, est un vrai romantique saturé de sensibilité et régulièrement ravagé par des émotions extrêmes.
Le récit bizarre de Hoffmann invoque le surnaturel, l'opéra, la musique et la psy-

chiatrie dans cette histoire peuplée de personnages qui franchissent la limite entre raison et folie, et ce dans un style narratif qui fait miroiter cette incertitude. Certains ont même suggéré que le travail de Hoffmann est à l'origine du réalisme magique. Dans la tradition de Rabelais, Cervantès et Sterne, l'œuvre de Hoffmann a été influente sur des auteurs aussi variés que Gogol, Dostoïevski, Kafka, Kierkegaard et Jung, et ses écrits ont préfiguré de nombreuses manières la pensée de Freud sur l'étrange. C'est une œuvre merveilleusement inventive et originale, qui tour à tour stimule et confond le lecteur. **JW**

Les Confessions d'un fanatique
James Hogg

1770-1835 (Écosse)
Première parution | 1824
Titre original | *The Private Memoirs and Confessions of a Justified Sinner*

Hogg conçut ce thriller métaphysique de manière qu'il soit perçu comme une histoire vraie. Il s'inclut d'ailleurs dans cette boîte à surprises narratives comme l'un des personnages mineurs du livre. Prétendant être une reconstruction historique de la vie de deux frères, George et Robert, racontée par l'éditeur du livre qui détient les confessions écrites de Robert, le roman offre de nombreuses surprises. Le récit de l'éditeur, plus d'un siècle après les faits, tranche avec la tendance religieuse du récit du pécheur. Ces différentes perspectives stylistiques donnent au livre sa structure bifocale et révèlent la face publique et l'intimité de l'assassin psychopathe qui se revendique comme un « pécheur justifié ». Abusant des doctrines calvinistes de prédestination – si à la naissance vous êtes un des élus de Dieu, vous ne pourrez rien faire de mal –, la confession du pécheur révèle une orgie insensée de zèle confus, par laquelle Hogg nous communique une satire mordante sur le fanatisme religieux. Tout au long du récit, l'extrémisme est relativisé par un bon sens plus sain, plus honorable et compatissant, notamment quand les classes populaires résistent à leurs « supérieurs ». Robert est poursuivi par un étranger dont la silhouette change constamment, ce qui peut être interprété soit comme une manifestation du diable incarné, soit comme un symptôme consécutif à un traumatisme psychologique. À la fois comédie gothique, histoire d'horreur religieuse, thriller mystérieux et portrait psychologique, ce roman est aussi terrifiant que magnifique. **DM**

Scènes de la vie d'un propre-à-rien
Joseph von Eichendorff

1788-1857 (Pologne)
Première parution | 1826
Titre original | Aus dem Leben eines Taugenichts

Un jeune homme est étendu dans l'herbe et son esprit vagabonde. Exaspéré, son père, qui rentre d'une lourde journée de travail, dit à son « propre à rien » de fils de se relever et de faire quelque chose. Sur quoi notre jeune héros prend son violon et s'en va à la découverte du vaste monde en chantant. Ainsi commence cette charmante nouvelle picaresque, *Scènes de la vie d'un propre-à-rien*, par Joseph von Eichendorff, écrivain romantique du XIXe siècle. Plus connu pour sa poésie lyrique, Eichendorff, un des derniers représentants du romantisme, s'est révélé être une figure clé de l'héritage littéraire allemand grâce

à cette histoire brève mais vibrante d'un adolescent qui atteint sa majorité.
En cours de route, le jeune protagoniste est pris par deux dames aristocrates qui l'amènent dans leur château, où il travaille comme jardinier ; puis, ses excentricités ayant attendri son entourage, comme comptable. Il tombe amoureux de l'une des deux femmes, mais, l'ayant vue en compagnie d'un autre homme, il reprend son violon et défiant une fois de plus les conventions sociales, il reprend la route, guidé uniquement par un heureux hasard et sa soif d'aventure. Finalement, sa route le conduira de nouveau au château dans les bras de sa bien-aimée.
Eichendorff, dont les poèmes ont été mis en musique par des compositeurs illustres tels Robert Schumann et Félix Mendelssohn, ajoute à sa nouvelle une qualité de prose lyrique qui est rare en dehors de quelques poèmes de très haut niveau. Son héros, l'homme romantique idéal, est un personnage très sympathique et son récit est toujours fascinant et rafraîchissant. **OR**

Le Dernier des Mohicans
James Fenimore Cooper

1789-1851 (États-Unis)
Première parution | 1826
Titre original | *The Last of the Mohicans, a Narrative of 1757*

Le sujet principal du *Dernier des Mohicans* est le massacre de Fort William pendant la guerre entre les Français et les tribus indiennes. Cooper, le premier romancier américain de renom, construit un récit irrésistible à partir d'une aventure dans la nature sauvage. Fortement attiré par la narration de la captivité des indigènes américains, il créa un modèle pour la fiction populaire américaine, plus particulièrement pour le western.
Le garde-frontière Natty Bompo a déjà été présenté comme un vieil homme dans *Les Pionniers* (1823) et il apparaît ici entre deux âges, tout comme Hawkeye, un éclaireur qui travaille pour les Anglais. Sur le devant de la scène, deux compagnons indigènes de la tribu des Delaware, Chingachgook et son fils Uncas. En chemin, ils croisent Cora et Alice, les filles du colonel anglais Muro. Pendant le reste du récit, ils les sauvent de la captivité, les escortant jusqu'à bon port ou les cherchant dans la nature sauvage.
Les idées raciales de Cooper sont conservatrices. Mais tout au long du récit, la possibilité d'une romance interraciale entre Uncas et la gentille Cora (dont la mère est noire) s'ébauche, mais l'espoir est finalement étouffé. Cooper se lamente de la destruction de la nature sauvage et des indigènes qui y vivent, mais tout finit par succomber face au progrès, un aspect typique de l'idéologie américaine du XIXe siècle. **RH**

Les Fiancés
Alessandro Manzoni

1785-1873 (Italie)
Première parution | 1827
Langue originale | Italien
Titre original | *I Promessi Sposi*

Avec *Les Fiancés*, Manzoni s'essaya à présenter un modèle qui fasse autorité pour la standardisation de la langue italienne qui permettrait l'unification culturelle et politique du pays. Il situe l'histoire dans la péninsule italienne, du temps de l'occupation espagnole au XVIIe siècle, et met en scène un manuscrit soi-disant authentique qu'il reproduit dans un style baroque parfait. Manzoni établit des parallèles historiques entre cette période et son époque, celle de l'occupation autrichienne de l'Italie.

Dans un hameau paisible en Lombardie, deux jeunes paysans modestes préparent leurs noces. Le récit nous confronte ensuite à nombre de personnages qui vont intriguer pour empêcher ou accélérer cette union. La variété des intervenants est impressionnante : puissants et impuissants, modestes et aristocrates, religieux et séculiers. Inspirés de la nouvelle tendance romantique, *Les Fiancés* s'attaquent à l'abus de pouvoir sous toutes ses formes. Des prêtres utilisent leurs connaissances du latin pour duper leurs paroissiens, des pères abusent de leur autorité pour obliger leurs filles à entrer en religion, des scélérats enlèvent une fille du peuple réfugiée dans un couvent. Et, surtout, des gouvernements étrangers obtus font peser l'oppression et le mensonge sur la population locale. Le message de ce vaste tableau historique est malgré tout positif : les personnes restent déterminées dans la poursuite de leurs objectifs, ce qui facilite la conclusion favorable de l'histoire avec le mariage des deux fiancés. **RPi**

Le Rouge et le Noir
Stendhal

1783-1842 (France)
Première parution | 1830
De son vrai nom | Henri Beyle

C'est à partir d'un « petit fait vrai » que Stendhal a imaginé l'intrigue du *Rouge et le Noir* : la condamnation à mort d'Antoine Berthet, jeune homme modeste qui, par vengeance sociale, a tué la femme riche dont il avait été l'amant. L'orgueil et l'ascension sociale sont au cœur de ce chef-d'œuvre au titre symbolique, le rouge et le noir renvoyant non seulement au sang et à la mort, mais aussi à l'armée et au clergé, les deux classes par lesquelles le héros, Julien Sorel, peut s'élever au-dessus de sa condition. Fils d'un charpentier, Julien grandit à Verrières, où règne l'industriel Rênal ; peu doué pour l'artisanat, il devient précepteur chez Rênal, et s'éprend bientôt de son épouse. Une lettre anonyme l'oblige à fuir ; il sera engagé comme secrétaire du marquis de La Mole, à Paris. Dévoré par l'ambition, il obtient d'être anobli et nommé lieutenant de hussards ; son mariage avec Mathilde, la fille du marquis, doit sceller sa réussite. Mme de Rênal dévoile cependant ses intentions, empêchant la réalisation de son plan. Ivre de fureur, il part pour Verrières et tire sur elle. Puissante étude de caractère et admirable peinture de la France sous la Restauration, cette chronique de 1830 est aussi un roman passionnant par la modernité de son style, les monologues intérieurs invitant le lecteur à pénétrer au plus profond des pensées du héros. En son temps, il est accueilli froidement par la critique ; aujourd'hui, ce monument est reconnu comme l'un des chefs-d'œuvre de notre littérature, et Julien Sorel comme l'un de ses héros les plus fameux. « Modèle des hommes pressés, écrit Roger Nimier, ayant servi de miroir à l'auteur, il est resté miroir pour ses lecteurs. » **BQ**

Notre-Dame de Paris
Victor Hugo

1802-1885 (France)
Première parution | 1831
Élection à l'Académie française | 1841
Député | 1848

C'est en découvrant le mot grec *ananké* (« fatalité ») sur un mur de la cathédrale que Victor Hugo aurait conçu ce roman médiéval qui, dans le sillage de

Walter Scott, s'inscrit dans la vogue du roman historique des années 1830 – vogue à laquelle Balzac (*Les Chouans*) et Stendhal (*Le Rouge et le Noir*) avaient déjà contribué. Son immense succès a vite fait entrer ses personnages dans l'imaginaire collectif. En 1482 (date qui servit aussi de sous-titre), l'archidiacre Claude Frollo, amoureux fou de la bohémienne Esmeralda, la fait enlever par Quasimodo, sonneur de cloches de Notre-Dame. Elle est sauvée par le capitaine Phoebus de Châteaupers. Condamné au pilori, Quasimodo est pris en pitié par sa victime : Esmeralda donne à boire au pauvre monstre, qui se prend de passion pour elle. Lorsque Phoebus est poignardé par Frollo, qui laisse accuser la jeune femme, Quasimodo l'attire à l'intérieur de la cathédrale, où elle trouve asile. Ses amis truands prennent le monument d'assaut pour la libérer, mais se heurtent aux archers. Esmeralda sera finalement pendue en place de Grève. Quasimodo précipite Frollo du haut de la cathédrale lorsqu'il comprend ses manigances, puis va lui-même mourir au charnier de Montfaucon, près du corps de la bohémienne. Flamboyante histoire d'amour aux ressorts mélodramatiques, *Notre-Dame de Paris* est aussi un roman symbolique dans lequel chaque personnage incarne une dimension de la société médiévale – l'oppression dogmatique de l'Église (Frollo), le petit peuple primitif (Quasimodo). Quant à Notre-Dame, plus qu'un décor, elle est dans le roman un personnage à part entière, épique et fantastique, véritable « bible de pierre » que l'invention de l'imprimerie, bientôt, fera passer au second plan des créations humaines. **BQ**

Eugène Onéguine
Alexandre Sergueïevitch Pouchkine

1799-1837 (Russie)
Première parution I 1833
Écrit et publié en feuilleton I 1823-1831
Titre original I *Evgenii Onegin*

Décrit par Gorki comme « le début de tous les débuts » et écrit, selon Gogol, « par la manifestation la plus singulière de l'esprit russe », ce roman en vers de Pouchkine occupe une place cruciale dans le canon littéraire russe. C'est l'histoire du dandy blasé, Eugène Onéguine, qui répond trop tard à l'amour que lui témoigne Tatiana, jeune provinciale toute simple, et qui tue son ami dans un duel qu'il provoque.

Les raisons du succès de ce roman sont controversées. Selon Nabokov, elles résident dans son langage, fait de mélodies en vers, sans pareil en Russie jusque-là. On comprend dans ce cas qu'il faille lire le roman dans sa langue originale pour vraiment apprécier sa signification séminale. Pourtant, même en traduction, *Onéguine* est un point de référence capital pour toute appréciation de la culture littéraire russe. On est frappé par la manière dont Pouchkine dit des choses graves en jouant sur l'ironie et l'enjouement. Les conventions narratives sont subverties et le projet littéraire se réfracte dans une série de digressions, d'inventions et de blagues charmantes. Cette richesse confère au conte une signification profonde, inattendue étant donné la simplicité de l'intrigue : un amour et une amitié sacrifiée.

Très amusante et profondément sérieuse, la touche légère de Pouchkine allie une liberté de langage étonnante à une forme poétique sophistiquée et strictement exécutée (Pouchkine inventa la stance de quatorze vers, le tétramètre ïambique Onéguine). Le lecteur est largement récompensé par la lecture de ce roman qui eut une influence énorme sur la littérature russe à venir. **DG**

Eugénie Grandet
Honoré de Balzac

1799-1850 (France)
Première parution | 1833

À l'instar de nombre de chefs-d'œuvre balzaciens, *Eugénie Grandet* a pour principal sujet la passion : passion de l'argent, d'abord, avec ce Félix Grandet qui, au panthéon des grands avares de la littérature, a rejoint l'Harpagon de Molière ; passion amoureuse, ensuite, avec sa fille Eugénie qui, aliénée et recluse, se consume en fantasmes inassouvis. L'intrigue se déroule à Saumur, en 1819. Félix Grandet a amassé une fortune considérable à force de coups spéculatifs ; autoritaire et cupide, il régente tyranniquement la vie de sa maison. La dot de sa fille Eugénie suscite la convoitise des Cruchot et des Grassin, qui souhaitent lui faire épouser un fils ; c'est alors qu'arrive Charles, cousin parisien dont le père, ruiné, a mis fin à ses jours. Eugénie s'éprend de lui, mais son père refuse leur mariage ; elle apprendra par la suite que Charles a une maîtresse, Annette. Prête à tous les sacrifices, elle lui offre son douzain de pièces d'or, permettant qu'il parte faire fortune aux Indes, mais déclenchant la fureur de Grandet… Contrairement au père Goriot, riche mais munificent, Grandet est l'archétype de l'égoïste calculateur qui inféode tout à la loi de l'argent. Il offre une image de capitaliste étonnamment moderne et écrase le roman par sa puissance. Eugénie, elle, nourrit pour Charles une passion presque identique à celle de son père pour l'argent. *Eugénie Grandet* est ainsi le roman des passions croisées, l'étude minutieuse de leurs effets sur ceux qui se laissent emporter par leur obsession. **BQ**

Le Père Goriot
Honoré de Balzac

1799-1850 (France)
Première parution | 1835

Avec *Le Père Goriot*, Balzac franchit une étape décisive dans la construction de sa *Comédie humaine* : c'est à partir de ce roman que sera acquis le principe du retour des personnages ; avec *Illusions perdues* et *Splendeurs et misères des courtisanes*, il constitue l'un des piliers du système. L'intrigue commence en 1819, au Quartier latin, dans la pension Vauquer. Parmi les sept pensionnaires, on trouve Eugène de Rastignac, un jeune homme venu faire son droit à Paris ; Vautrin, dont tout le monde ignore qu'il est un ancien forçat ; et le père Goriot, vieil homme triste qui, le soir, reçoit d'étranges visites. Introduit dans le monde, Rastignac découvre le secret de Goriot : fou de ses deux filles, il leur a donné sa fortune en dot et se contente d'une vie miséreuse, prenant son parti de leur égoïsme. Rastignac se lance à la conquête de l'une des deux. Accablé par l'ingratitude de ses filles, Goriot est frappé d'apoplexie et tombe malade ; il mourra dans les bras de Rastignac, à qui ce spectacle pathétique achèvera d'ôter ses illusions de jeunesse. Ce chef-d'œuvre rassemble toutes les caractéristiques du roman balzacien – descriptions, types sociaux, thèmes, ressorts dramatiques. À la fois roman d'initiation, récit d'aventures et étude psychologique (la passion monomaniaque de Goriot pour ses filles a souvent fait considérer *Le Père Goriot* comme « le » roman de la paternité), il donne aussi naissance, avec Vautrin et Rastignac, à deux personnages qui comptent parmi les plus célèbres de notre littérature. **BQ**

La Confession d'un enfant du siècle
Alfred de Musset

1810-1857 (France)
Première parution | 1836

C'est au retour d'un voyage à Venise avec George Sand que Musset entreprend le récit de leurs amours ; leurs ruptures successives en novembre 1834 puis en mars 1835 bouleversent son projet et transforment le livre en une méditation sur le vide existentiel de la génération d'après l'Empire, fondamentale pour l'histoire du mouvement romantique français. « Pour écrire l'histoire de sa vie, il faut avoir vécu ; aussi n'est-ce pas la mienne que j'écris », annonce le narrateur, Octave, avant d'analyser en trois chapitres le « mal du siècle » : absence d'idéal politique ou social, médiocrité générale, stérilité qui, après l'exaltation et l'effervescence des années de Révolution, semblent dominer le siècle nouveau. Déçu par un amour malheureux, Octave se réfugie dans l'alcool et la débauche, jusqu'au « vertige ». Après la mort de son père, il s'installe dans sa demeure campagnarde et rencontre Brigitte Pierson qui devient sa maîtresse ; la jalousie maladive d'Octave les plonge dans une atmosphère de querelles et de suspicion. À Paris, où ils projettent de quitter le pays, Brigitte s'abandonne au jeune Smith ; prêt de la tuer, Octave y renonce à la vue du « petit crucifix d'ébène » qu'elle porte à sa poitrine et, désespéré, la laisse s'enfuir avec son amant. Derrière le roman à clefs (par le biais d'Octave, Musset se rend responsable de l'échec de sa relation avec Sand), la *Confession d'un enfant du siècle* met en scène le lien intime du fiasco individuel et du fiasco historique, la tragédie du héros faisant écho à celle d'un siècle de désespérance généré par la Terreur et la défaite de Waterloo. **BQ**

Oliver Twist
Charles Dickens

1812-1870 (Angleterre)
Première parution | 1838
Titre original | *The Adventures of Oliver Twist, or The Parish Boy's Progress*

Oliver Twist débuta comme l'une des esquisses de Dickens de la série « Mudfog », écrites pour les premiers numéros de *Bentley's Miscellany*. Les deux premières esquisses mensuelles, qui décrivaient la naissance d'Oliver et son enfance dans un asile de pauvres, faisaient partie d'une série d'attaques radicales et mélodramatiques contre la réforme de la pauvreté de 1834. *Oliver Twist* est à la fois une histoire picaresque, un mélodrame et un conte de fées romancé dans lequel l'enfant trouvé s'avère être d'origine noble. C'est aussi un des premiers romans à mettre en vedette un enfant comme personnage central, mais au contraire des enfants que Dickens dépeindra plus tard, Oliver reste prépubère et les drames qu'il vit le laissent intact. Le curieux manque d'expression d'Oliver est un élément clé pour les multiples objectifs de Dickens. Cela lui permet d'être la victime passive de la violence institutionnelle dans l'asile de pauvres : même dans la scène dans laquelle il demande plus de gruau, il ne tente pas d'affirmer ses droits, il le fait parce qu'il a été tiré au sort. Il ne sera pas corrompu quand il côtoie le gang de criminels de Fagin et pourra par la suite être remodelé en enfant des classes moyennes par son sauveur, Mr. Brownlow. La conspiration entre Fagin, maître cruel du repaire d'enfants voleurs, et Monks, son demi-frère, pour faire d'Oliver un criminel, crée la tension entre l'emprisonnement et l'évasion, qui donne au récit son impulsion et son unité. Oliver s'échappe de l'asile et du repaire des bas-fonds de Fagin, mais il est repris et restera captif jusqu'à ce qu'il retrouve enfin sa tante Rose Maylie et soit adopté par Brownlow. Ce tournant dans cette triste série d'événements est dû à l'intervention de la prostituée Nancy, qui réconcilie les deux univers, mais au prix de sa vie, puisqu'elle est violemment assassinée par son amant. **JBT**

Le Nez
Nikolaï Vassiliévitch Gogol

1809 (Ukraine)-1852 (Russie)
Première parution | 1836
Langue originale | Russe
Titre original | *Nos*

L'une des histoires les plus connues de Gogol, *Le Nez*, est aussi l'une des plus absurdes. Gogol sera l'un des pionniers d'une tradition qui s'affirmera un siècle plus tard en Russie et dans toute l'Europe. Cette œuvre est aussi à la base d'un merveilleux opéra inventif et très amusant, composé par Chostakovitch.

Kovalev, un jeune fonctionnaire conscient de son importance et ayant un sens aigu de sa place au sein de la hiérarchie bureaucratique, se réveille un matin, alarmé, car son nez a disparu. En route pour signaler cette perte aux autorités compétentes, il est stupéfait de rencontrer son nez sous l'uniforme d'un fonctionnaire de rang plus élevé que le sien. Il tente d'aborder le nez errant qui le repousse parce qu'il est d'un rang subalterne. Il essaie alors de publier une notice dans le journal pour demander de l'aide pour retrouver son nez, mais il échoue. Quand finalement, la police lui rapporte son nez, le médecin ne peut le remettre en place. Plus tard, et sans raison apparente, Kovalev se réveille et trouve mystérieusement son nez à sa place. Toute l'histoire est contée avec force détails et se termine par une liste des invraisemblances de ce récit proprement incroyable. Gogol va tellement loin qu'il ose affirmer avec indignation que la plus grande de ces invraisemblances « est qu'un auteur puisse choisir un sujet pareil ». Les lecteurs peuvent s'étonner de l'idée qu'a eu Gogol d'écrire *Le Nez*, mais ils ne regretteront probablement pas qu'il l'ait fait. **DG**

La Chartreuse de Parme
Stendhal

1783-1842 (France)
Première parution | 1839
De son vrai nom | Henri Beyle

Le mouvement est le principe moteur de cette histoire, qui bascule rapidement d'un pays à un autre ou de plusieurs décades. Nombreux sont les lecteurs déconcertés par la rapidité de ces transitions, qui mettent en avant la jouissance de la narration, et perplexes aussi devant la forme générale du récit.

Le sens du mouvement du roman ne s'obtient pas par la progression mais plutôt par une éclosion constamment contrôlée des personnages, du thème, du jugement. Dès le début, on nous dit qu'il s'agit de l'histoire de la duchesse Sanseverina, alors qu'en fait le vrai héros est son neveu idéaliste, Fabrice Del Dongo. Cependant, sa bravoure de principe fait long feu : à son arrivée à Waterloo, l'idée qu'il se fait de la camaraderie en temps de guerre est minée par le vol de son cheval par des compatriotes. Certaines parties du livre alternent des périodes de plusieurs années résumées en quelques pages avec de longs passages consacrés à quelques heures. Dans les deux cas, le sens limpide du temps est égalé par une plus large perspective, que ce soit du clocher de l'église de son enfance ou de la tour Farnèse où il sera incarcéré, au cœur du roman. Avec l'emprisonnement comme thème central, la liberté que Stendhal prend avec le récit pourrait nuire à celui-ci. Chaque thème défait un autre, chaque élément de la technique narrative montre les limites d'un autre et le roman suit sa propre logique exaltante. **DT**

La Chute de la maison Usher
Edgar Allan Poe

1809-1849 (États-Unis)
Première parution | 1839
Langue originale | Anglais
Titre original | *The Fall of the House of Usher*

Pour décrire ce livre, il faudrait étirer jusqu'à ses limites extrêmes la définition de « roman ». Malgré le caractère bref de la narration, cette œuvre mérite sa place dans cet ouvrage parce qu'il serait tout simplement impensable d'imaginer le roman moderne sans l'œuvre magistrale de Poe. Ce récit fondateur a par ailleurs été traduit par Baudelaire. L'histoire est nimbée d'une atmosphère de pressentiment et de terreur, étayée par une profonde exploration de la psyché humaine.

Roderick et Madeline Usher sont les derniers d'une illustre lignée, la maison Usher, nom par ailleurs de la sombre demeure où ils vivent. Le narrateur du récit n'est autre qu'un ami d'enfance de Roderick, convoqué par lettre à rejoindre la demeure décatie, lettre qui implore son aide. Quand il arrive, il trouve son ami profondément changé et, à travers ses yeux, nous assistons à d'étranges et terribles événements. Le lecteur est mis à la place du narrateur et, dès qu'il s'identifie totalement avec le « fou » et assiste avec incrédulité à ce qui se passe autour de lui, la réalité et la fantaisie se confondent et deviennent indistinctes. L'unité de ton et la prose attrayante et sans effort hypnotisent dans un même élan le sujet et le lecteur.

Poe, qui mourut assez jeune, laisse un héritage incroyable. **DR**

La Chambre obscure
Hildebrand

1814-1903 (Hollande)
Première parution | 1839
De son vrai nom | Nicolaas Beets
Titre original | *Camera Obscura*

Nicolaas Beets étudiait la théologie à l'université de Leyde quand il publia sous le nom de plume de Hildebrand la première version de *La Chambre obscure*, recueil de contes et d'esquisses vaguement reliés. La prose de Beets est réaliste dans son style et satirique dans son intention. Son portrait amusant et ironique de la société bourgeoise hollandaise plut tout de suite à un public prêt à rire de ses propres faiblesses.

Comme celle de Charles Dickens, l'œuvre de Beets n'est jamais dénuée de sentimentalisme. Même quand l'auteur critique ses personnages, c'est avec bienveillance ; Kegge le parvenu tapageur ou l'étudiant guindé Pieter Stastok sont ridiculisés, mais sans malice. On rencontre de vrais scélérats, comme van der Hoogen dans les nouvelles de la famille Stastok, mais Beets

leur réserve le sort qu'ils méritent, car son confortable univers moral ne laisse aucune place à la vertu non récompensée ou au vice impuni.
La Chambre obscure est un classique de la littérature néerlandaise parce que ses observations du comportement humain sont perçantes et perspicaces, et que Beets utilise une prose qui satisfait pleinement son intention de présenter la langue hollandaise dans ses apprêts de tous les jours plutôt que dans son habit du dimanche. La variété de personnages date un peu mais continue d'amuser. **RegG**

Un héros de notre temps
Mikhaïl Iourievitch Lermontov

1814-1841 (Russie)
Première parution | 1840
Parution du premier chapitre | 1839
Titre original | *Geroj nashego vremeni*

Cette œuvre, collection de cinq contes unis par une structure narrative compliquée qui se focalise sur un protagoniste, met en scène deux thèmes récurrents dans la littérature russe du XIXe siècle : une aventure dans le Caucase et l'anti-héros superflu. Le héros de Lermontov, Péchorin, est un jeune officier déçu par la vie et par l'humanité. Il décrit son âme comme « à demi morte » et le bonheur comme la capacité d'avoir le pouvoir sur les autres. Au contraire d'Onéguine, héros de Pouchkine souffrant de l'absence d'une vie spirituelle significative, la déception de Péchorin vient de ce que le monde ne répond pas à ses idéaux élevés. Son égotisme est plus actif et plus vindicatif : il enlève une jeune Circassienne dont il se lassera ; il fait tout pour qu'une jeune femme de la noblesse russe tombe amoureuse de lui afin de contrarier une personne de sa connaissance et la tuer en duel.
Les aventures de Péchorin ont lieu aux frontières de la Russie, dans des contrées peuplées de contrebandiers, de tribus montagnardes sauvages, de merveilleux chevaux et de cosaques ivrognes. Le paysage caucasien est merveilleusement évoqué en toile de fond. Ce paysage et son impact sur les personnages du livre comme sur le lecteur tranchent avec le regard blasé que porte Péchorin sur les êtres et créent une tension vitale dans l'œuvre. Cette tension est rehaussée par le contraste entre les désirs ardents qu'éprouve Péchorin sur le plan spirituel et métaphysique et son comportement impitoyable, voire vicieux. **DG**

Mémoires d'outre-tombe
François René Chateaubriand

1768-1848 (France)
Première parution | 1841

L'idée des *Mémoires d'outre-tombe* vient à Chateaubriand en 1803, alors qu'il est secrétaire d'ambassade à Rome. Sa réputation littéraire est alors à son apogée : au cours des six années précédentes, il a publié *L'Essai historique sur les révolutions*, le très romantique *Atala* et le *Génie du christianisme*, paru en 1802. Les *Mémoires*, eux, seront l'œuvre d'une vie : il commence leur rédaction en 1809 et n'en termine la première version que vers 1841, après avoir noirci plus de 4 000 pages manuscrites. Divisé en quatre parties (« Ma jeunesse », « Ma carrière littéraire », « Carrière politique » et « Quatrième et dernière carrière »), ce chef-d'œuvre se tient au croisement de l'autobiographie et du compte-rendu historique : ce ne sont pas de nouvelles *Confessions* qu'a voulu donner l'écrivain (« j'y mettrai beaucoup d'histoire générale », dit-il à Augustin Thierry), mais une manière de recréation romantique du passé où la réflexion solitaire et poétique de l'individu s'imbrique à la contemplation grandiose de l'Histoire en marche. Bilan d'une vie, tableau d'un temps, galerie de portraits, ce livre de témoin et de poète, véritable entrelacs de thèmes et d'époques, est aussi et surtout une vaste méditation sur la mort, omniprésente, et le temps, implacable. « Moi qui me débats contre le temps, moi qui cherche à lui faire rendre compte de ce qu'il a vu, que suis-je entre les mains de ce Temps, ce grand dévorateur des siècles ? » Par-delà sa monumentalité et son génie visionnaire, ce texte impérissable vaut aussi pour la beauté de sa langue : « On ne vit que par le style ». **BQ**

Illusions perdues
Honoré de Balzac

1799-1850 (France)
Première parution | 1843

Illusions perdues est une des œuvres centrales des dix-sept volumes de *La Comédie humaine* de Balzac, une œuvre écrite pendant la monarchie de Juillet. Balzac s'étant auto-désigné comme l'archiviste de son époque fut donc intéressé par le « tout social », mais plus particulièrement par tous les soubresauts dus à l'argent. Les fictions de Balzac attirent notre attention sur les nombreux contrastes offerts par les différents domaines culturels : entre les royalistes et les libéraux, entre l'aristocratie et la bourgeoisie, les thésauriseurs et les gaspilleurs, les vertueux et les dépravés, Paris et la Province.
Inspirées par les images du théâtre, les trois parties des *Illusions perdues* racontent l'histoire du poète provincial Lucien de Rubempré, qui se languit à Angoulême en compagnie de son *alter ego*, David Séchard, lequel nourrit ses ambitions. Initié au monde littéraire, journalistique et politique de Paris, il connaît des désillusions successives.
Marcel Proust appréciait le style de Balzac qui parvient à « expliquer » mais regrettait « ses naïvetés et vulgarités ». D'autres critiques, même s'ils célèbrent le pouvoir d'observation de Balzac, dénigrent son « style lourd et inélégant ». Des premières jusqu'aux dernières pages, *Illusions perdues* procure une belle occasion de partager l'admiration de Proust pour cet écrivain. **CS**

Le Puits et le pendule
Edgar Allan Poe

1809-1849 (États-Unis)
Première parution | 1843 en feuilleton
Langue originale | Anglais
Titre original | *The Pit and the Pendulum*

Ce récit d'horreur et de suspense claustrophobique a assuré à Poe une place au frontispice de la tradition romantique. Comme l'un des premiers critiques littéraires sérieux en Amérique, il abandonna l'art et la littérature aux mondains, préférant s'occuper de l'inattendu et de l'embarrassant, plus spécifiquement du surnaturel. Poe était considéré comme un poète et un prosateur, mais sa vie fut jalonnée par la maladie, les problèmes d'argent, l'insanité, le tout aggravé par des problèmes d'alcool. Deux ans après le décès de sa femme, il mourra à son tour après être tombé dans un coma éthylique.
Il n'est donc pas surprenant que, souvent, ses récits mettent en scène des protagonistes désespérés que la terreur amène au bord de la folie. Cependant, de nom-

breuses critiques de Poe et de son œuvre, qui tentent de trouver les symboles d'une interprétation psycho-analytique, ont confondu le propre tourment de l'auteur avec celui de ses narrateurs. Dans *Le Puits et le pendule* règne une atmosphère surpuissante de terreur – la chambre noire exhale la putréfaction et la mort, les rats frénétiques, l'horreur paralysante des victimes sous le pendule qui descend comme le tranchant du rasoir – qui a suscité bien des discussions sur l'état mental de l'écrivain. Mais ce chef-d'œuvre, qui parcourt tant de motifs récurrents chez les auteurs de romans d'horreur, doit être lu comme l'œuvre finale et irrésistible d'une imagination douée. **TS**

Les Trois Mousquetaires
Alexandre Dumas (père)

1802-1870 (France)
Première parution | 1844

Les Trois Mousquetaires sont l'œuvre la plus fameuse des deux cent cinquante livres forgés par la plume de cet écrivain prolifique et de ses soixante-treize assistants. Dumas a travaillé avec le professeur d'histoire Auguste Maquet à qui l'on prête les prémices, voire le premier brouillon des *Trois Mousquetaires*.

Le héros, jeune Gascon du nom de d'Artagnan, représente dans tous ses aspects le stéréotype du Béarnais de l'époque, la tête près du bonnet. Introduit par une simple lettre auprès de monsieur de Tréville, capitaine des mousquetaires du roi Louis XIII, notre héros, très habile dans le maniement de l'épée, trace sa route dans le Paris du XVIIe siècle, à la recherche de la fortune. La qualité durable des textes de Dumas réside dans la vitalité de ses personnages et dans sa maîtrise du roman-feuilleton, plein d'accroches et de suspense. *Les Trois Mousquetaires* sont le roman d'aventures par excellence. La force des personnages du roman, du cardinal de Richelieu à la venimeuse Milady, sans oublier les mousquetaires eux-mêmes, n'a pas besoin, tant s'en faut, d'être soulignée, car tous font maintenant partie intégrante de la culture occidentale. Le charisme du jeune Gascon malin demeure aujourd'hui encore éclatant. **DR**

Les Âmes mortes
Nikolaï Vassiliévitch Gogol

1809 (Ukraine)-1852 (Russie)
Première parution | 1842
Langue originale | Russe
Titre original | *Mërtvyja dusi*

L'écriture des *Âmes mortes* rendit Gogol fou. Cela commença par une idée humoristique : Chichikov, un opportuniste intrigant, voyagerait à travers la Russie pour acheter les droits des serfs (âmes) trépassés qui n'ont pas pu acquitter le cens et qui pourraient donc, comme tout bien mobilier, être hypothéqués. Les aspirations de Gogol vont cependant grandir avec le roman : son but n'est autre que de ranimer l'âme noble mais assoupie du peuple russe afin de transformer le paysage social et économique de la Russie en un grand empire rayonnant, ce qui était son destin. Il ne veut plus écrire sur la Russie, il veut la sauver. Poussé par cette obsession messianique et après avoir jeté aux flammes par deux fois la deuxième partie du roman, Gogol se suicide en se laissant mourir de faim après quinze années d'un intense labeur.

Les voyages de Chichikov à travers l'immensité russe, dans une troïka, donnent l'occasion à Gogol de briller comme un portraitiste satirique et un caricaturiste de la panoplie des typologies russes. Il rend la littérature russe amusante, tragi-comique. Chichikov est un personnage intemporel qui peut rappeler certains milliardaires profiteurs de la Russie actuelle, capables d'exploiter la stupidité et la cupidité de leurs compatriotes pour s'enrichir. Même si Gogol fut incapable de livrer la clé pour le salut de la Russie, il réussit indiscutablement à écrire son grand poème épique, qui finalement, et de manière obsédante, « sauve l'énigme de son existence ». **GT**

La Mare au diable
George Sand

1804-1876 (France)
Première parution | 1846
De son vrai nom | Amandine Aurore Lucile Dupin

De son vivant, George Sand fut une célébrité culturelle, connue pour son style de vie libre et pour ses romans. Après un mariage précoce raté, elle eut de nombreuses liaisons publiques : Chopin et Musset comptent parmi ses amants. Un de ses premiers romans, le fameux *Indiana*, est une description vivante et proto-féministe de l'histoire d'une femme abusée par son mari comme par son amant.

Dans les années 1840, Sand se met à écrire des romans dépeignant la vie rurale, plus particulièrement dans le Berry, où elle vécut dans son domaine de Nohant. Le héros de *La Mare au diable*, un agriculteur veuf, s'appelle Germain. Après la mort de sa femme, il se retrouve avec trois enfants en bas âge et finit par accepter difficilement l'idée de courtiser une riche veuve, Catherine Léonard, qui habite une région voisine. Pour la rencontrer, il voyage en compagnie d'une jeune bergère, Marie, qui a trouvé du travail dans une ferme proche de la demeure de la veuve. Pendant le voyage, ils s'arrêtent près de la mare (celle du titre) et s'unissent sous son influence magique. Germain est désillusionné par la veuve, vaine et fière, tandis que Marie l'est par son employeur qui tente d'abuser d'elle. Après bien des vicissitudes, fermier et bergère reconnaissent leur amour mutuel.

Le ton et l'intention du roman sont idylliques. Sand présente consciemment à ses lecteurs mondains la province comme une échappatoire à la complexité urbaine et à la corruption. Même si elle ne cache pas les réalités sévères de la vie à la campagne avec sa pauvreté endémique et son espérance de vie réduite, elle la considère implicitement comme l'ordre naturel des choses immuables. Les romans ruraux de Sand furent immédiatement très populaires et sont considérés avec leur charme et leur authenticité comme une expression du romantisme de l'époque. **RegG**

Le Comte de Monte-Cristo
Alexandre Dumas (père)

1802-1870 (France)
Première parution | 1845

Le roman bien connu de Dumas, porté à l'écran, commence par l'incarcération du héros, Edmond Dantès, au château d'If, suite à une dénonciation de ses rivaux quant à son allégeance à Napoléon, un peu avant le retour de celui-ci de l'île d'Elbe, en 1815.

Pendant son emprisonnement de quatorze années, notre héros rencontre fortuitement l'abbé Faria, qui l'éduque et lui révèle le secret d'un trésor caché sur l'île de Monte-Cristo. En se substituant au corps de l'abbé Faria décédé, il effectue une évasion spectaculaire enfermé dans un sac, jeté à la

mer. La transformation d'Edmond Dantès en comte de Monte-Cristo commence.
Maintenant qu'il est riche, le comte décide de faire souffrir ses dénonciateurs pour leurs odieux faux témoignages et chacun d'eux va être soumis à une série de punitions imaginatives : la scène passe de Rome et la Méditerranée à Paris et ses alentours. L'ingénieux complot mélange secrets et révélations, langage des signes, poisons et *tutti quanti*. Mais outre un récit exaltant, c'est à une dénonciation de la corruption financière, politique et judiciaire de la France de la Restauration que Dumas s'attelle, y mêlant d'ailleurs des personnages marginaux comme des bagnards.
Sur la fin, le comte de Monte-Cristo se demande si son programme punitif ne le conduit pas à usurper le pouvoir de Dieu dans sa quête de justice. Ce qui semble être le récit fantastique et passionnant d'une revanche demeure cependant un ouvrage historique dans la manière de Walter Scott. Mais il va plus loin : graduellement, *Le Comte de Monte-Cristo* éclôt et offre une réflexion inhabituelle sur le bonheur et la justice, l'omnipotence et les réminiscences parfois fatales du passé. **CS**

Jane Eyre
Charlotte Brontë

1816-1855 (Angleterre)
Première parution | 1847
Titre original | *Jane Eyre*
Pseudonyme | Currer Bell

Le premier roman de Charlotte Brontë à être publié raconte une histoire semblable à celle de son roman plus tardif, *Villette* : privée d'argent, seule et sans le privilège d'être « bien née », une jeune femme doit se démener pour survivre et pour trouver le bonheur. Notre orpheline Jane est la proie d'émotions conflictuelles. De nature stoïque, discrète et pleine d'abnégation, elle est aussi passionnée, indépendante d'esprit et dissidente. Elle se rebelle face aux injustices qu'elle rencontre. Dans son enfance, Jane Eyre souffre d'abord comme pupille aux mains de sa tante, la riche Mrs. Reed, et de sa famille abusive, puis sous le régime cruel et opprimant de Lowood School, où Mrs. Reed finit par l'envoyer. Elle trouve ensuite une place de gouvernante à Thornfield Hall, mais sa classe sociale entrave son amour pour le « byronien » Mr. Rochester, avec lequel elle a forgé une relation profonde tandis qu'elle prend soin de la fille naturelle de ce dernier.
Finalement, sa classe est moins un problème dans leur relation – les deux méprisent la dictature de la position sociale – que le fait que son employeur est déjà marié avec une infâme folle séquestrée dans le grenier (la Créole Bertha Mason de Spanish Town, en Jamaïque, dont l'histoire a été intelligemment reconstruite par Jean Rhys dans *La Prisonnière des Sargasses*). Il a été dit que la cause de Bertha offre un contrepoids au sort de Jane et soulève des questions sur la manière dont les femmes étaient représentées par la fiction du XIXe siècle. Au final, l'intrigue romantique centrale est résolue, mais pour cela le hasard et le fait de prendre ses rêves pour des réalités devront intervenir. *Jane Eyre* reste néanmoins une voix importante qui revendique la cause des femmes intelligentes et ambitieuses opprimées dans le contexte patriarcal de la Grande-Bretagne victorienne. **ST**

La Foire aux vanités
William Makepeace Thackeray

1811 (Inde)-1863 (Angleterre)
Première parution | 1847-1848
Titre original | *Vanity Fair, a Novel without a Hero*

Nombreux sont ceux qui voient dans le premier chapitre de *La Foire aux vanités* « le » moment révélateur du livre. Becky Sharp, gouvernante en herbe, sort de l'académie de miss Pinkerton et jette le cadeau d'adieu qu'elle a reçu, le *Dictionnaire* du Docteur Johnson, à travers la grille qui s'est refermée derrière elle. Cet acte « héroïque » nous donne une indication du pouvoir irrévérent que Becky a sur sa destinée. Mais par ce rejet d'un travail monumental de contrôle et de classification réalisé au XVIIIe siècle, Thackeray inaugure aussi la fiction victorienne.
Ce roman est historique : situé à l'époque de la Régence anglaise, il explore les limites de ce monde et les conditions constitutives établies. La création littéraire de Becky montre les différentes possibilités offertes par cette période de transition. Aventurière et impunément calculatrice, dépourvue du moindre brin de sentimentalité, Becky est ainsi la maîtresse parfaite pour cette société dans laquelle tout est à vendre et où rien n'a de valeur durable. Pourtant, sa manière d'opérer la distingue des héroïnes satiriques de la littérature contemporaine. Elle séduit grâce à sa capacité de nous surprendre, jonglant avec des émotions conflictuelles : ambition, cupidité et égoïsme d'une part, équilibre, sollicitude et admiration de l'autre. Becky forge sa destinée dans un monde trompeur, où la bataille de Waterloo est centrale. Elle diagnostique les hypocrisies qu'elle exploite et sert de repoussoir aux rares moments de générosité rencontrés dans le texte, les siens inclus. Il en résulte qu'elle a inspiré non seulement le personnage d'Anna Karénine de Tolstoï, car ce dernier a été sous l'influence directe de Thackeray, mais aussi Gwendolen Harleth de George Eliot et Sue Bridehead de Thomas Hardy. **DT**

Les Hauts de Hurlevent
Emily Brontë

1818-1848 (Angleterre)
Première parution | 1847
Titre original | *Wuthering Heights*
Pseudonyme | Ellis Bell

La littérature moderne démontre une obsession profonde de la solitude et le roman d'Emily Brontë, *Les Hauts de Hurlevent*, est l'expression la plus violente jamais écrite des conséquences de l'austérité extrême et de l'isolement. C'est une histoire d'amour complètement psychotique et très différente des romans de ses deux sœurs et de l'adaptation cinématographique que William Wyler réalisa en 1939. Emily Brontë a été élevée en toute simplicité, ne côtoyant que son père, un pasteur irlandais, et ses sœurs, avec lesquelles elle racontait des histoires pour passer le temps dans un coin isolé des landes du Yorkshire. Dans ces conditions, elle ne pouvait pas avoir vécu une expérience amoureuse : alors comment expliquer la beauté naturelle et la folle fureur passionnelle qu'elle a introduites dans ce roman ? L'histoire de Catherine et de Heathcliff dépeint un modèle de société impitoyablement efficace, qui extorque la liberté innocente de l'enfance en faveur de la raison délibérée, et c'est cela même qui plonge les deux amants dans le désastre. Catherine parvient à sublimer sa liberté naturelle d'adolescente pour intégrer le monde adulte, mais Heathcliff, en proie à la furie, va chercher à se venger à tout prix. *Les Hauts de Hurlevent* sont un modèle de catastrophe dans laquelle plonge une femme innocente, capable d'exprimer le désespoir pur et dur. Pour Georges Bataille, c'est « l'un des meilleurs romans jamais écrits ». **SF**

La Châtelaine de Wildfell Hall
Anne Brontë

1820-1849 (Angleterre)
Première parution | 1848
Titre original | *The Tenant of Wildfell Hall*
Pseudonyme | Acton Bell

Récit captivant traitant de l'alcoolisme et de la maltraitance domestique, *La Châtelaine de Wildfell Hall* scandalisa les critiques à sa parution. Selon l'*American Review*, cette œuvre met le lecteur face à face avec le vice mis à nu, « et il contient des conversations que nous espérions ne jamais voir imprimées dans la langue anglaise ». Ce qui n'empêcha pas le livre de réaliser d'excellentes ventes. Dans une deuxième édition, Anne Brontë (écrivant sous le nom de plume d'Acton Bell) se justifia auprès des critiques en citant le devoir moral du romancier de « dépeindre le vice et les personnages vicieux tels qu'ils sont ».
La Châtelaine de Wildfell Hall défend la cause féministe et brosse le portrait captivant du mariage d'une jeune femme avec un libertin de la Régence anglaise, la lutte pieuse pour le réformer et la fuite pour protéger son fils de la corruption du père. Raconté principalement du point de vue de Hélène Huntington au travers de sa correspondance et du journal qu'elle tient, le roman narre une relation abusive à une époque où les femmes mariées avaient peu de droits légaux. Comme l'a écrit May Sinclair en 1913 : « Quand Hélène claqua la porte de sa chambre au nez de son mari, cela retentit dans toute l'Angleterre victorienne. » **VL**

David Copperfield
Charles Dickens

1812-1870 (Angleterre)
Première parution | 1850
Titre original | *The Personal History, Experience, and Observation of David Copperfield*

Le récit de la jeunesse de David, passée à travailler comme un forçat dans l'entrepôt de son beau-père, et de sa formation de journaliste et reporter parlementaire fait écho à l'expérience personnelle de l'auteur. Exploration complexe du développement psychologique, *David Copperfield* associe avec brio les éléments du conte de fées à la structure ouverte du roman d'apprentissage. L'enfance idyllique de ce petit garçon, orphelin de père, est brutalement brisée par la fermeté patriarcale de son beau-père, Mr. Murdstone. Le roman accompagne les souffrances de David au long de sa jeunesse, de son mariage avec la « femme-enfant » Dora, jusqu'à ce qu'il assume son identité d'adulte appartenant à la classe moyenne et parvienne enfin à maîtriser son cœur indiscipliné.
Le récit évoque l'acte du souvenir tout en explorant la nature même de la mémoire. L'évolution de David est comparée à celle d'autres jeunes ayant grandi sans père, tandis que le sévère Mr. Murdstone est opposé au carnavalesque Mr. Micawber. Dickens se penche également sur les tensions propres aux relations entre classe et genre : ainsi, le beau Steerforth séduisant l'ouvrière Emily ; le commis Uriah, désirant épouser l'angélique Agnès pour s'accaparer sa fortune ; ou encore, David, dans sa

quête d'une famille, passant de la sensualité enfantine de Dora à la rationalité contenue d'Agnès. **JBT**

La Lettre écarlate
Nathaniel Hawthorne

1804-1864 (États-Unis)
Première parution | 1850
Langue originale | Anglais
Titre original | *The Scarlet Letter*

Symbole de honte et magnifique objet fait de main d'homme, la lettre écarlate évoquée par le titre est une broderie au fil d'or représentant un « A », que Hester Prynne, coupable d'adultère, se voit forcée de porter par la communauté puritaine de Boston, au XVIIe siècle.

La Lettre écarlate met en évidence l'incapacité d'une communauté à établir de façon permanente signes et significations. Cette inconstance se trouve au cœur d'une série d'oppositions qui jalonnent le roman, entre l'ordre et la transgression, la civilisation et l'état sauvage, la ville et la forêt qui l'entoure, l'âge adulte et l'enfance. Plus la société s'évertue à bannir la passion volage, plus elle renforce la rupture entre les apparences et la réalité. Les membres de cette communauté qui affichent avec ostentation leur respectabilité sont souvent les plus dépravés, alors que ceux qui semblent pécher sont en fait les plus vertueux. Le roman crée avec finesse de fascinantes symétries entre l'oppression sociale et la répression psychologique. Le tourment de Dimmesdale face à son terrible secret, les manifestations physiques et mentales de ce malaise reflètent la pathologie d'une société qui éprouve le besoin d'aliéner ses pécheurs et d'en faire des boucs émissaires. La vertu individuelle et l'intégrité personnelle finissent tout de même par se libérer du contrôle social. Plus que tout autre roman, *La Lettre écarlate* incarne avec efficacité l'émergence de l'individualisme et l'autonomie des racines puritaines et conformistes de l'Amérique. **RMcD**

Moby Dick
Herman Melville

1819-1891 (États-Unis)
Première parution | 1851
Langue originale | Anglais
Titre original | *Moby-Dick or The Whale*

On parle souvent de *Moby Dick* comme du roman américain par excellence, du haut fait de l'imaginaire du XIXe siècle. Création colossale, monstrueuse et raffinée, le roman n'a cessé de déconcerter, d'envoûter, de séduire des générations de lecteurs. Raconté par Ismaël, instituteur du Massachusetts qui abandonne sa vie pour la poésie de la mer, le roman retrace le long périple marin du *Pequod*, une baleinière, commandée par le démoniaque capitaine Achab. Ce dernier recherche inlassablement la baleine blanche qui l'a privé d'une de ses jambes. Rien ne lui importe plus que cette quête obsessionnelle, pas même la sécurité de son équipage. Aucun résumé ne peut cependant rendre justice à une œuvre d'une telle ampleur et d'une telle complexité. Le roman semble se livrer un combat à lui-même, tiraillé entre le désir de pousser le récit de l'avant et celui de s'attarder, d'explorer, de philosopher. *Moby Dick* est un tumultueux océan d'idées, une des grandes réflexions sur l'état et le statut de l'Amérique – sur la démocratie, les dirigeants, le pouvoir, l'industrialisme, le travail, l'expansion et la nature. Le *Pequod* et son équipage hétéroclite se transforment alors en microcosme de la société américaine. Ce roman révolutionnaire emprunte à une multitude de styles et de traditions littéraires, passant d'un champ de connaissance à l'autre avec une incroyable facilité. Jamais auparavant la littérature américaine n'avait connu une telle intensité et une telle ambition. *Moby Dick* regorge de métaphysique obscure, de notes techniques sur la dissection du prépuce d'une baleine, et de denses passages dramatiques au goût salé de la mer. *Moby Dick* est une élégie, une critique politique, une encyclopédie et un long récit déchirant. La lecture du roman est en soi une expérience tout aussi merveilleuse et exténuante que la traversée évoquée par Melville. **SamT**

La Maison aux sept pignons
Nathaniel Hawthorne

1804-1864 (États-Unis)
Première parution | 1851
Langue originale | Anglais
Titre original | *The House of the Seven Gables*

Hawthorne s'inspire ici largement de ses racines, lui qui est originaire de Nouvelle-Angleterre. Évoquant la culpabilité qui accable une famille de génération en génération, le roman est frappé d'un déterminisme poussé à l'extrême, ponctué d'observations profondément méprisantes sur le matérialisme contemporain. Une malédiction pèse sur la maison qui donne son titre au roman, construite deux siècles auparavant par le colonel Pyncheon sur un terrain confisqué à la famille Maule : la source qui constituait la richesse de ses terres s'est tarie et la maison n'a jamais connu le bonheur. Vers le milieu du XIXe siècle, le descendant du colonel, le juge Jaffrey Pyncheon, semble avoir hérité le pouvoir, la cupidité et l'hypocrisie de son aïeul. Son locataire, le daguerréotypiste Holgrave, est un personnage crucial pour le roman, puisqu'il lui donne sa cohésion. La révélation de sa véritable identité offre l'espoir que les fautes du passé ne hantent pas inexorablement le futur.
L'étonnant sentimentalisme de la conclusion compense la sordide notion de péché héréditaire, sans pour autant l'éclipser. Pour la conscience historique aiguisée de Hawthorne, le passé n'est jamais bien loin, déterminant la texture physique, morale et spirituelle du présent. L'auteur s'oppose à cette foi, tournée vers l'avenir, en un progrès largement mesuré en termes économiques. *La Maison aux sept pignons* met en scène cette tension et explore la possibilité de se soustraire au fardeau du passé. **RH**

La Case de l'Oncle Tom
Harriet Beecher Stowe

1811-1896 (États-Unis)
Première parution | 1852
Langue originale | Anglais
Titre original | *Uncle Tom's Cabin or Life Among the Lowly*

Premier roman américain dépassant le million d'exemplaires, *La Case de l'Oncle Tom* peut prétendre au titre de fiction la plus influente jamais écrite. La promulgation en 1850 de la loi sur les esclaves fugitifs va pousser Stowe à rédiger ce que Langston Hughes a qualifié de « premier roman contestataire d'Amérique ».
Au début du roman, le doux esclave que l'on surnomme Oncle Tom est vendu après de nombreuses années passées au service de bons maîtres. Refusant la fuite, l'Oncle Tom fait preuve de tolérance et de pardon chrétiens, et garde une foi à toute épreuve jusque dans sa mort. Bien que l'Oncle Tom symbolise aujourd'hui la complicité des Noirs face à l'oppression blanche, pour l'auteur Tom incarne des vertus chrétiennes,

et sa mort, semblable à celle du Christ, en fait le principal modèle moral du roman. Au-delà des souffrances émotionnelles et physiques des esclaves, Stowe met l'accent sur la manière dont l'esclavage nuit à la moralité et à l'humanité des propriétaires blancs. Les nombreux personnages féminins illustrent la façon dont les femmes, blanches ou noires, peuvent, elles aussi, aider à conquérir l'abolition.
Stowe a atteint ses objectifs politiques avec ce roman, qui jouera par la suite un rôle important dans la guerre de Sécession, inspirant les activistes abolitionnistes et s'opposant férocement à l'esclavage. **RH**

Les Dames de Cranford
Elizabeth Gaskell

1810-1865 (Angleterre)
Première parution I 1853
Langue originale I Anglais
Titre original I *Cranford*

Dans *Les Dames de Cranford*, le lecteur est totalement absorbé par le monde que dépeint Elizabeth Gaskell avec une délicatesse digne de Jane Austen et beaucoup d'authenticité, même lorsque les personnages ne font rien de plus que vaquer à leurs occupations mondaines quotidiennes. Le roman offre un aperçu remarquable du changement social au début du XIXe siècle.
Cranford est une ville gouvernée essentiellement par des femmes, célibataires ou veuves pour la plupart. Mary, la narratrice, qui n'y vit plus et peut donc avoir un regard extérieur, décrit les arrivées, les départs et les décès occasionnels à travers leur répercussion sur les femmes. Le déclin – très digne – de la ville est manifeste, comme l'est la désertion des hommes, dont le devoir était de rester, mais qui ont préféré Drumble, ville industrielle voisine dont l'influence sur Cranford est considérable.
Ce roman est exceptionnel car, même si les personnages principaux semblent souvent mêlés à des querelles et des événements plus mesquins les uns que les autres, on ne cesse pour autant de ressentir de la compassion face à leur lutte pour joindre les deux bouts, ou à leurs incessantes tentatives de masquer la précarité de leur condition. Bien plus qu'un récit fait de petits incidents domestiques, le roman d'Elizabeth Gaskell recèle en fait un courage époustouflant. Il oblige le lecteur à prendre conscience que la disparition de ce style de vie entraîne aussi la perte de quelque chose de beaucoup plus précieux qu'une simple façade sociale. **DP**

La Maison d'Âpre-Vent
Charles Dickens

1812-1870 (Angleterre)
Première parution I 1853
Langue originale I Anglais
Titre original I *Bleak House*

La Maison d'Âpre-Vent commence dans le brouillard. Et au beau milieu du brouillard, plus trouble encore, se trouve la Haute Cour. La corruption légale infeste le roman comme une maladie, principalement le procès byzantin de Jarndyce et Jarndyce, qui relie tous les personnages du récit. Ce procès, explique le narrateur, est devenu si compliqué et si long qu'« aucun homme sur terre ne le comprend réellement ». Les gens vivent et meurent en tant que plaignants dans le procès. Construit autour des intrigues de Chancery, le récit est moins picaresque que d'autres œuvres de Dickens, mais offre tout de même cette dissection – caractéristique de l'écrivain et pleine d'esprit – des différentes couches de la société victorienne. Qu'il s'agisse du milieu aristocratique rayonnant des Dedlocks, dans le Lincolnshire, ou des quartiers pauvres de Tom-All-Alone, en plein Londres, on rencontre à toute heure une personne ayant un intérêt dans l'affaire Jarndyce.

En réalité, *La Maison d'Âpre-Vent* est une satire de la sphère publique en général. Tout ressemble à Chancery : le Parlement, l'aristocratie provinciale, jusqu'à la philanthropie chrétienne, caricaturée comme étant moribonde et intéressée. La totalité de la société est entachée de la complicité entre la classe, le pouvoir, l'argent et la loi, et la vie privée et intime n'en sort pas indemne. Le récit, partagé entre la troisième personne et l'héroïne du roman, Esther Summerson, aborde aussi bien les dispositions morales que la critique sociale. Les personnages, du mieux intentionné au brillamment superficiel, du dandy un peu bête aux vampiriques les plus dangereux, sont tous mis en lumière au cœur de l'obscurité de cet *opus* urbain outragé de Dickens. **DH**

Walden
ou la Vie dans les bois
Henry David Thoreau

1817-1862 (États-Unis)
Première parution | 1854
Langue originale | Anglais
Titre original | *Walden or Life in the Woods*

Sans être vraiment un roman, *Walden* est une pierre angulaire de la littérature. Entre juillet 1845 et septembre 1847, Thoreau mène une vie austère, solitaire et autonome dans une cabane sur les rives de l'étang Walden, dans le Massachusetts. C'est là qu'il va développer et mettre en pratique sa philosophie personnelle. Composé d'une série de dix-huit essais tirés de son journal, *Walden* relate les pensées et les expériences de l'auteur pendant cette période.

Convaincu que « les masses vivent une vie de désespoir silencieux », Thoreau cherche à « simplifier » sa vie à tous les niveaux, ne mangeant que ce qu'il trouve dans la nature ou cultive lui-même. À l'exception d'un peu d'exercice physique, comme la marche, la pêche ou la nage, il dédie le reste de son temps à l'observation du monde qui l'entoure, à l'écriture, à la lecture et à la réflexion. Son plus grand luxe est d'avoir le temps de se consacrer à la poursuite de ses fins. Il écrit que « la richesse d'un homme se mesure au nombre de choses dont il peut se passer ». Très influencé par la philosophie transcendantale d'Emerson, Thoreau rejette l'orthodoxie religieuse, recherchant plutôt un lien personnel avec Dieu à travers la nature. Mais, pour lui, la nature n'est pas simplement spirituelle : il décrit avec le même respect son rapprochement occasionnel de la sauvagerie primaire. Il refuse également d'embrasser la vision étroite imposée par la tradition, représentant le potentiel inexploité de la jeunesse par l'image de l'Occident. Cette philosophie explique l'attrait de générations d'Américains pour *Walden*, malgré son rejet du capitalisme agressif. L'expérience de Thoreau n'est ni misanthropique ni révolutionnaire. Pragmatique, honnête et poétique, *Walden* témoigne de l'effort d'un homme pour vivre « une vie de simplicité, d'indépendance, de magnanimité et de confiance ». **RH**

Les Filles du feu
Gérard de Nerval

1808-1855 (France)
Première parution | 1854
De son vrai nom | Gérard Labrunie

À première vue, il y a peu en commun entre les huit nouvelles réunies par Gérard de Nerval sous le titre *Les Filles du feu* (il y ajoute, en guise de préface, une lettre adressée à Alexandre Dumas, qui avait révélé sa démence dans la presse en décembre 1853). Très différents dans la forme, ces textes ont été écrits sur plusieurs années et publiés isolément en revue (« Corilla » dès 1839 dans *La Presse*, « Sylvie » dans la *Revue des Deux Mondes* en 1853) ; tout incite à croire qu'ils n'ont pas été composés selon un plan d'ensemble. Pourtant, par-delà l'unité factice que leur confère le titre, ils sont traversés par les mêmes thèmes : qu'il évoque le retour d'un narrateur dans le Valois, pays où il a grandi et aimé (« Sylvie », la plus célèbre des huit nouvelles), qu'il décrive le culte d'Isis et une visite au Temple de Pompéi (« Isis ») ou qu'il raconte l'histoire d'une jeune Irlandaise enlevée à son époux par les Indiens au bord du fleuve Ohio (« Jemmy »), Nerval démontre, en dépit de la variété des formes et des contextes, la cohérence et l'unité de son univers. Imprégnés d'éléments autobiographiques, littéraires et mythologiques, ses textes résonnent entre eux grâce à un style virtuose et, surtout, à un symbolisme d'une puissance incomparable, chaque récit offrant au lecteur un puits sans fond de significations et d'échos. La métaphore du théâtre et la figure de l'actrice sont partout, pour exprimer l'idée nervalienne de l'art et la sublimation de la réalité par le rêve. **BQ**

Nord et Sud
Elizabeth Gaskell

1810-1865 (Angleterre)
Première parution | 1855
Langue originale | Anglais
Titre original | *North and South*

Nord et Sud est une étude tout en contraste. Son héroïne, la fille d'un pasteur qui abandonne sa chaire parce qu'il a cessé de croire, est envoyée de Helstone, village du sud du pays, vers Milton Northern, ville industrielle fourmillante de vie, à l'image de Manchester. La ville regorge de cette nouvelle énergie issue de l'industrialisation urbaine, de cette classe capitaliste en pleine ascension, et de tout ce qui les accompagne : pollution, privations, fatigue de l'ouvrier, maladie, irréligion... Dans cet environnement, les Hale font figure d'étrangers, avec leurs habits et leurs valeurs provinciaux. C'est un roman sur « l'état de l'Angleterre », qui porte un regard stoïque sur la situation critique des ouvriers et sur les relations entre ces derniers et leurs patrons.

On retrouve donc notre héroïne, Margaret Hale, tissant des liens d'amitié avec des familles en difficulté et prônant la réconciliation entre ouvriers et propriétaires de moulin. Le roman évoque également le passage à l'âge adulte de Margaret, dont le récit se mêle et s'oppose au reste par le biais de l'intrigue amoureuse entre la jeune femme et son antithèse idéologique, Mr. Thornton, important propriétaire et *self-made man*. Margaret perd ses parents et la certitude apparente des valeurs rurales de sa jeunesse, mais acquiert une compréhension plus nuancée du changement, politique et individuel, et de ses possibilités. **ST**

Madame Bovary
Gustave Flaubert

1821-1880 (France)
Première parution I 1857

Cent cinquante ans se sont écoulés, mais *Madame Bovary* a gardé toute sa fraîcheur. Les lecteurs pour qui les romans du XIXe siècle évoquent des récits à l'intrigue chaotique, aux digressions abondantes, seront surpris de trouver ici une œuvre de ce siècle aux digressions généreuses et à l'intrigue fascinante, le tout dans une prose au style si exquis que le roman dégage une impression de fragilité et de solidité à la fois.

Flaubert banalise une histoire d'adultère en en faisant un élément prosaïque du monde petit-bourgeois et provincial tout aussi prosaïque dans lequel il évolue. Il en fait en même temps quelque chose de poétique, de sordide, de mélancolique et de gai, prenant plaisir aux émotions déchaînées et à la confusion de sentiments que les clichés ne peuvent ni dissimuler ni contenir. Emma Bovary, une beauté prisonnière d'un mariage qui l'ennuie, se languit des émotions fulgurantes dont regorgent les romans qu'elle dévore. Sa vie, son mari, son imagination ne lui suffisant pas, elle prend un amant, puis un autre, ce qui ne parvient pas non plus à la combler. Elle fait des emplettes, essayant de s'épanouir à l'aide d'une multitude de biens matériels. Lorsque même ceux-ci ne parviennent pas à satisfaire ses besoins, elle finit par mettre fin à ses jours, endettée et rongée par le désespoir.

Flaubert ne se moque pas d'Emma Bovary. Mais il ne tombe pas pour autant dans le sentimentalisme ou le moralisme à outrance ; il ne traite ni son bonheur ni son désespoir comme des actes d'héroïsme. Le narrateur impersonnel et prosaïque, maître de précision et de détachement mais néanmoins attachant, presque charmant, montre la dérision de tout en gardant ses distances et enrichit le récit de son souci foisonnant du détail. Il en résulte un contexte dense non seulement pour Emma Bovary, mais aussi pour le roman, pour l'écriture elle-même. **PMcM**

L'Arrière-saison
Adalbert Stifter

1805-1868 (Autriche)
Première parution I 1857
Langue originale I Allemand
Titre original I *Der Nachsommer*

L'Arrière-saison de Stifter défie les lois du genre romanesque. Pour un ouvrage d'une telle ampleur, son intrigue ne semble pas très passionnante et le style est délibérément plat. Le roman n'offre que peu de ces majestueux paysages des forêts et des montagnes de Bohême que l'on trouve habituellement dans les autres récits de Stifter, si familiers pour des générations d'écoliers d'Europe centrale.

La structure de l'œuvre veut que le nom du jeune narrateur, Heinrich, ne soit révélé que tardivement, après qu'il a été amené à plusieurs reprises par ses expéditions scientifiques à la maison de campagne isolée de Freiherr von Risach. Heinrich, quant à lui, ne cherche jamais à connaître l'identité de son hôte bienveillant. Tout comme Heinrich, le lecteur ignore tout de la jeunesse de Risach – seul épisode tragique qui interrompt le cours paisible du récit – jusqu'à la fin, lorsque l'amour de Heinrich et Natalie, innocemment surveillé par les parents du premier, la mère de la seconde et Risach, s'est épanoui dans le mariage.

Ce texte mérite d'être lu non pour ses révélations soudaines ou ses conflits dramatiques, mais pour les fruits du travail diligent auquel s'adonne Risach – cultiver des roses et restaurer de vieux meubles. La floraison d'un délicat cactus de la serre de Risach est l'une des scènes de la fin du roman qui récompense la patience du lecteur. De la même façon, Risach permet au sens artistique de Heinrich de mûrir graduellement, et le met à même, dans une autre scène d'« épanouissement », d'apprécier pleinement la beauté d'une statue, jamais décelée auparavant.

Ce roman n'est pas pour plaire à tous. Lors de sa parution, il ne fut pas épargné par la critique, mais il n'est pas surprenant que Nietzsche l'ait tenu pour l'un des rares joyaux de la prose allemande, dont la sérénité défie l'esprit agité de son temps. **LS**

Adam Bede

George Eliot

1819-1880 (Angleterre)
Première parution | 1859
Titre original | *Adam Bede*
De son vrai nom | Mary Ann Evans

Le roman se déroule dans les Midlands anglais au début du XIXe siècle. Le personnage qui donne son nom au roman, un charpentier, est épris de la superficielle, vaniteuse et volage Hetty Sorrel. Mais cette dernière tombe sous le charme du sympathique et irresponsable Arthur Donithorne, qui quitte la ville peu après lui avoir fait un enfant. L'émouvant récit du voyage solitaire et voué à l'échec de Hetty, partie à la recherche de son amant, de son infanticide et de l'aveu touchant à sa cousine Dinah Morris, constitue le fil principal du roman. Moment chargé de communication et de compassion, la confession offre le paroxysme symbolique et moral du livre. L'humanisme agnostique de George Eliot lui permet de garder – en l'absence de toute croyance spirituelle – la structure de l'éthique chrétienne, fondée sur la confession, le pardon et la rédemption. C'est alors que l'écriture s'éloigne de la fidélité documentaire pour aller vers une diction améliorée évoquant l'inconnu et le sublime. En effet, alors que le roman est peuplé de personnages ruraux ébauchés avec tendresse, c'est en ces instants qu'il devient vraiment fascinant, lorsque le langage du réalisme se transforme en quelque chose de plus insolite. Malgré l'éventualité d'un « au-delà » au cours des affaires humaines suggérée par l'auteur, la tendance « réaliste » de ce texte évoque plutôt l'idée qu'il faut soumettre ses désirs à l'acceptation du devoir et du moment présent. Les lecteurs contemporains auront peut-être du mal à accepter la conclusion, mais ce roman à la narration pleine de vie et convaincante sur le plan émotionnel offre toutefois bien des plaisirs. **CC**

Oblomov

Ivan Aleksandrovitch Gontcharov

1812-1891 (Russie)
Première parution | 1859
Langue originale | Russe
Titre original | *Oblomov*

Oblomov, l'un des plus grands romans jamais écrits, a fini par être considéré comme la représentation par excellence de la léthargie et de la myopie de l'aristocratie russe du XIXe siècle. L'œuvre prend pour cible l'institution du servage : comme de nombreux intellectuels russes, Gontcharov pense que l'abolition des institutions et des pratiques sociales qui nuisent tant à la Russie est la condition pour que le pays

puisse se moderniser et rivaliser avec le reste du monde.
Oblomov ne serait pas si remarquable s'il n'était que la reformulation critique d'un problème certes important mais résolu depuis longtemps. Tragi-comédie douce-amère, ce roman repose sur l'un des personnages les plus charmants et inutiles de la littérature. Oblomov est d'une nature douce mais il lui manque la volonté nécessaire pour mettre ses idées en pratique. Il se repose sur son domestique bien plus compétent, Zakhar, pour organiser son existence dépourvue de sens. Il tombe amoureux de la belle Olga mais ne prend pas les mesures nécessaires pour la séduire, et son ami Stolz, moins séduisant mais pragmatique, finit par la lui ravir. Après cet échec, Oblomov sombre dans une léthargie plus profonde encore, ne quittant sa chambre qu'en de rares occasions. *Oblomov* est un roman brillant et original sur les occasions manquées : combien d'œuvres littéraires prennent pour héros un homme qui rate la conquête de l'objet de son affection par son incapacité à agir ? Combien sont capables de convaincre les lecteurs qu'il n'en est pas moins un homme bon ? **AH**

La Dame en blanc
William Wilkie Collins

1824-1889 (Angleterre)
Première parution | 1860
Langue originale | Anglais
Titre original | *The Woman in White*

La Dame en blanc, qui s'ouvre sur le rendez-vous nocturne du héros Walter Hartright avec une mystérieuse fugitive évadée d'un asile de fous, connaît un succès immédiat dès sa parution en feuilleton. Les différents narrateurs présentent tour à tour leur version des faits. L'intrigue explore la façon dont une identité « légitime » peut être construite et déconstruite par le biais d'un ensemble de dédoublements et de contrastes. L'insipide et riche héritière Laura, épouse de l'infâme sir Percival Glyde, est remplacée par son double troublant, la femme en blanc, Anne Catherick. Tandis que Laura est droguée et internée dans un hôpital psychiatrique, Anne meurt d'une maladie cardiaque et est enterrée à la place de Laura. Imaginée par le comte Fosco, séduisant justicier solitaire, l'intrigue est narrée par la demi-sœur de Laura, la fougueuse Marian – un personnage probablement inspiré de George Eliot. Dès l'instant où Walter Hartright aperçoit sa bien-aimée Laura penchée sur sa propre tombe, scène chargée d'émotion, le récit se transforme en une tentative pour reconstruire la jeune femme. Le besoin de prouver l'identité de Laura devient une obsession croissante de Walter et aboutit à deux révélations d'illégitimité.
Cet ouvrage est un bon exemple du style de romans qui faisait fureur dans les années 1860. **JBT**

Le Moulin sur la Floss
George Eliot

1819-1880 (Angleterre)
Première parution | 1860
Titre original | *The Mill on the Floss*
De son vrai nom | Mary Ann Evans

George Eliot revisite ici des éléments de son histoire personnelle dans une poignante étude de la manière dont, dans l'enfance, les circonstances façonnent l'identité et la contraignent. Retraçant l'évolution de Tom et Maggie Tulliver, les deux enfants du meunier du moulin de Dovecote, le roman souligne les aléas de l'héritage familial. Si Tom tient de sa mère, sa sœur Maggie, impulsive et à l'imagination fertile, est plus proche de son père. Elle possède une intelligence vive et est un véritable garçon manqué. Le récit se déroule dans les années 1840, au cœur de la vaste communauté de classe moyenne provinciale de Saint Oggs, et décrit l'affrontement des forces du changement et de celles de la continuité. Tulliver est ruiné par Wakem, un avocat partisan de la modernisation. Tandis que Tom travaille dur pour récupérer la propriété familiale, Maggie s'efforce de résoudre les rivalités du passé grâce à son amitié avec Philip, fils infirme de Wakem. Le roman repose sur la relation entre frère et sœur et sur le conflit entre les exigences des liens familiaux. Dans un moment d'impulsivité, Maggie cède à ses désirs refoulés et séduit le fiancé de sa cousine Lucy, Stephen, avant de revenir vers sa famille déshonorée. Dans un dénouement tragique, Maggie se réconcilie avec Tom ; cependant, comme le remarque le narrateur après l'inondation, « la Nature répare ses ravages – mais pas tous ». **JBT**

Max Havelaar
Multatuli

1820-1887 (Pays-Bas)
Première parution I 1860
Langue originale I Néerlandais
De son vrai nom I Edouard Douwes Dekker

Lors de sa première parution, *Max Havelaar, ou les Ventes de café de la Compagnie commerciale des Pays-Bas* cause une certaine sensation. L'auteur y met au défi le gouvernement hollandais de réfuter la vérité essentielle qu'il expose : la politique coloniale à Java n'est en fait qu'une vaste entreprise d'extorsion et de tyrannie cruelle qui opprime les peuples des Indes hollandaises. Personne n'y croit à l'époque, même si, plus tard, la substance du livre se révélera être en fait très juste.

Cette notoriété et les changements positifs que le livre est parvenu à déclencher dans la région – un peu comme *La Case de l'Oncle Tom* a permis d'attirer l'attention sur l'esclavage – ne le relèguent pas pour autant au statut de manifeste valable ayant atteint ses objectifs. Au-delà du service missionnaire accompli, *Max Havelaar* demeure un ouvrage qui mérite d'être lu et savouré pour son humour satirique. Retraçant les aventures d'un administrateur colonial en mésentente avec le gouvernement qu'il sert, il s'attaque aux hommes d'affaires bourgeois et aux administrateurs coloniaux et les ridiculise.

Multatuli, qui signifie : « j'ai beaucoup souffert », est aujourd'hui le nom d'un prix littéraire aux Pays-Bas et d'un musée, et la Fondation Max Havelaar est une organisation internationale de commerce équitable. Ces hommages, justifiés, ne sont qu'une seule facette d'un roman autrement plus complexe. **ES**

Les Grandes Espérances
Charles Dickens

1812-1870 (Angleterre)
Première parution I 1861
Langue originale I Anglais
Titre original I *Great Expectations*

Les Grandes Espérances sont à la fois un conte de fées politique sur « l'argent sale », une exploration de la mémoire et de l'écriture et la peinture dérangeante de l'instabilité de l'identité.

Pip se remémore son enfance auprès d'une sœur revêche et de son doux mari forgeron, dans les marécages de la Tamise, et les conséquences fatidiques de sa rencontre avec le prisonnier évadé Magwitch, sur la tombe de ses parents. Lorsque Pip reçoit plus tard un mystérieux héritage, il déduit qu'il ne peut s'agir que d'un cadeau de miss Havisham, éternellement fossilisée dans cet instant où elle fut abandonnée par son mari la nuit de ses noces.

Plus court et rédigé plus vite que ses autres études sociales gargantuesques des années 1850, ce roman de Dickens est mené sur un rythme qui se déroule comme un rêve fébrile. Les écrivains victoriens appréciaient beaucoup les « biographies fictionnelles » ; celle-ci possède une dimension doublement ironique, puisqu'elle raconte l'histoire de quelqu'un qui s'est construit en tant que personnage de fiction. Et tandis que Pip couche honteusement son passé sur le papier, l'acte d'écrire semble la seule chose qui unisse encore ses deux identités fracturées. Idéalement, l'autobiographie devrait être un acte de reconquête, mais *Les Grandes Espérances* dramatisent au contraire l'impossibilité pour Pip de donner de la cohérence à sa vie, ou d'expier le passé. **BT**

Silas Marner
George Eliot

1819-1880 (Angleterre)
Première parution | 1861
Titre original | *Silas Marner : the Weaver of Raveloe*
De son vrai nom | Mary Ann Evans

Silas Marner tisse des éléments du conte de fées et de la ballade traditionnelle pour donner naissance à une exploration de la signification de la famille et de la nature de l'appartenance. Se déroulant il y a « fort longtemps », à une époque où « la superstition s'accrochait facilement à tout ce qui sortait de l'ordinaire », le roman accompagne la transformation morale, psychologique et sociale de Silas, le tisserand. Banni de sa communauté méthodiste primitive, située dans le nord du pays, il arrive en étranger à Raveloe, village rural des Midlands. Isolé et craint, il s'enferme dans une avarice obsessionnelle et dans la répétition mécanique. Son identité se reconstruit lorsqu'il adopte Eppie, la fille abandonnée d'un opiomane. Au cœur de ce récit de rédemption, les origines d'Eppie sont également révélées : née d'un mariage secret désastreux, elle est en fait l'enfant du fils d'un propriétaire local, Godfrey Cass, qui finit par reconnaître sa fille. Cette dernière choisit toutefois de rester auprès de son père adoptif, au sein de la communauté ouvrière. *Silas Marner* revisite ainsi le « roman familial », qui voit l'enfant découvrir ses racines nobles en même temps que sa « véritable identité », à la base de tant d'œuvres de la fiction anglaise. La famille apparaît comme un ensemble de liens émotionnels et sociaux, plutôt que comme un héritage génétique. La communauté prend la place des aspirations individuelles. Sa qualité pastorale et statique fait de *Silas Marner* une belle exploration de la manière dont se façonnent les identités sociales. **JBT**

Pères et fils
Ivan Sergueïevitch Tourgueniev

1818 (Russie)-1883 (France)
Première parution | 1862
Langue originale | Russe
Titre original | *Otti i deti*

Publié à peine un an après l'émancipation des serfs en Russie, à une époque où les jeunes intellectuels russes appellent de plus en plus à la révolution, *Pères et fils* est en tout point une œuvre de son temps, dans sa description de deux générations

aux valeurs sociales et politiques totalement opposées.
Bazarov, le personnage principal et de loin le plus mémorable, est un nihiliste autoproclamé qui affirme n'accepter aucune forme d'autorité et ne s'intéresser qu'aux idées pouvant être vérifiées par le matérialisme scientifique. Le récit suit Bazarov et son acolyte Arkady jusque chez leurs parents, où s'ensuit une confrontation entre la vieille garde des pères traditionnels, mis au défi par leurs jeunes fils idéalistes. Au-delà des résonances politiques contemporaines, cet antagonisme montre le conflit intemporel entre les aînés et la jeunesse. L'auteur explore les tensions existant au cœur de la relation entre le charismatique Bazarov et son disciple tout d'abord ébloui, leurs différences devenant évidentes lorsque tous deux tombent amoureux de la même femme.
Le talent de Tourgueniev réside principalement dans sa manière de camper les personnages : les erreurs de communication existant entre les principaux protagonistes les rendent compréhensibles et profondément humains, même lorsque leurs actes et leur rhétorique peuvent sembler erronés. *Pères et fils* reste encore aujourd'hui un classique et une étude brillante de la nécessité et du pouvoir de l'idéalisme de jeunesse, tout comme de ses embûches. **JC**

Les Misérables
Victor Hugo

1802-1885 (France)
Première parution I 1862
Élection à l'Académie française I 1841

Les Misérables sont l'un des rares romans à jouir d'une telle popularité longtemps après leur première parution. Il en existe de nombreuses versions condensées (mauvaises), réécritures, films, sans oublier, bien sûr, la comédie musicale mondialement connue. Il faut revenir au texte lui-même pour comprendre réellement la portée immense de l'œuvre de Hugo.
Comme *Guerre et Paix* de Tolstoï, le roman s'attache à la manière dont les vies individuelles se jouent dans le contexte des événements historiques qui marquent une époque. Qu'est « l'Histoire » ? s'interroge Hugo. Qui donc crée « l'Histoire » ? À qui arrive-t-elle ? Quel rôle joue l'individu dans de tels événements ? Le personnage clé des *Misérables* est ainsi Jean Valjean, un bagnard en fuite dont le besoin désespéré de rédemption à travers sa fille adoptive, Cosette, est au cœur du roman. La vie de Valjean est liée à celle de l'inspecteur Javert, qui le poursuit tout au long du récit, ne relâchant jamais ses efforts pour appliquer la loi et l'arrêter. Ce drame personnel du chasseur et de sa proie est ensuite jeté dans la marmite du Paris révolutionnaire, tandis que Cosette tombe amoureuse de l'idéaliste radical Marius, et que Valjean se débat avec la possibilité de perdre la seule chose qu'il ait jamais aimée. Le roman entraîne le lecteur au cœur de la politique et de la géographie de Paris avec une vivacité inégalée puis poursuit son chemin – tout en incorporant les méditations caractéristiques de Victor Hugo sur l'univers – jusqu'au surprenant dénouement final. Il n'existe pas beaucoup de textes pouvant aspirer au statut de classique international, *Les Misérables* en font partie et constituent l'un des moments marquants du développement du roman historique, au même titre que les plus grandes œuvres de Dickens et de Tolstoï. Sa lecture est passionnante. **MD**

Les Bébés d'eau
Charles Kingsley

1819-1875 (Angleterre)
Première parution | 1863
Titre original | *The Water-Babies : A Fairy Tale for a Land-Baby*

Souvent considéré, à tort, comme un livre pour enfants, le chef-d'œuvre de Charles Kingsley, *Les Bébés d'eau*, paraît pour la première fois dans le *Macmillan Magazine* quatre ans à peine après *De l'origine des espèces* de Darwin. Tom, un ramoneur âgé de dix ans cruellement exploité par son maître, Grimes, chute dans la mauvaise cheminée de la maison de campagne de Sir John Harthover, et atterrit dans la chambre de la petite Ellie. L'événement soulève une vive émotion et Tom, pris pour un voleur, est poursuivi et se noie dans un étang, mais ne meurt pas. Sa mémoire de Terrien disparaît et il se retrouve transformé en être aquatique. Commence alors son exploration physique et psychologique de ce nouveau monde : il redécouvre par la même occasion sa véritable identité en dialoguant avec les autres créatures de l'eau. Dans ce règne aquatique, Tom retient les leçons de Mrs. Doasyouwouldbedoneby, et le petit ramoneur se transforme en un gentleman victorien élégant.

Les Bébés d'eau abordent les thèmes préférés de Kingsley : l'impact de la pauvreté, de l'éducation, de l'hygiène publique, de la pollution et de l'évolution. À travers la régénération spirituelle de Tom, Kingsley présente une vision de la nature en tant qu'outil de la divine réalité. Cette dimension du roman, où il se montre capable de présenter la théorie évolutionniste de Darwin en une série de paraboles, place Kingsley au sommet de son art. Cet ouvrage est d'autant plus remarquable que l'auteur articule cette théorie et la fait interagir avec la notion de dégénérescence des espèces, qui n'obtiendra sa place dans la fiction qu'un quart de siècle plus tard. Une édition spéciale du roman fut publiée en 1887 pour commémorer la mort de Kingsley. Les splendides illustrations de Linley Sambourne sont aussi violentes, choquantes et inattendues que la prose de Kingsley. **VC-R**

Carnets du sous-sol
Fedor Mikhaïlovitch Dostoïevski

1821-1881 (Russie)
Première parution | 1864
Langue originale | Russe
Titre original | *Zapiski iz podpolja*

Comme le suggère le titre, le narrateur anonyme du roman de Dostoïevski est une voix qui vient du sous-sol – une conscience perturbée qui s'échappe d'une faille dans le plancher de la société russe. *Les Carnets du sous-sol* sont à la fois l'apologie et la confession d'un officier municipal misanthrope et amer vivant seul à Saint-Pétersbourg. Divisés en deux parties, ils reflètent les deux étapes clés de la vie intellectuelle russe au XIXe siècle : l'utilitarisme rationaliste des années 1860 et le romantisme littéraire et sentimental des années 1840. Le narrateur y lance une série d'attaques provocatrices et éblouissantes contre les nombreux changements qui ont jalonné sa vie – changements d'ordre esthétique, religieux, philosophique et politique. Érudit mais profondément dépourvu d'illusions, il éreinte aussi bien le romantisme « noble et beau » de sa jeunesse que les nouveaux principes socialistes qui correspondent à sa maturité. Aucune cible n'est épargnée par son dédain.

D'un côté, cette œuvre sombre et étrange est en quelque sorte une « étude de cas » – une analyse de l'aliénation et du dégoût de soi, un roman qui se situe sur la ligne de faille séparant la société de l'individu. D'un autre côté, c'est un théâtre tragi-comique d'idées qui offre une puissante réfutation à l'idéalisme de l'illumination comme à l'utopie socialiste. *Carnets du sous-sol* sont un roman plein de zones d'ombre, difficile et passionnant, qui mérite d'être reconnu pour ce qu'il est réellement – c'est-à-dire bien plus qu'un simple prélude aux œuvres plus tardives et plus célèbres de Dostoïevski. **SamT**

L'Oncle Silas
Joseph Sheridan Le Fanu

1814-1873 (Irlande)
Première parution | 1864
Langue originale | Anglais
Titre original | *Uncle Silas : a Tale of Bartram-Haugh*

L'Oncle Silas est principalement issu du genre sensationnaliste victorien et, comme les œuvres de William Wilkie Collins, associe l'intérêt d'un mystère aux contraintes d'une enquête précise. Il a cependant été prouvé que cette histoire d'héritage d'une maison de campagne dans le Derbyshire était aussi une allégorie politique de la dissolution de la société anglo-irlandaise, ainsi qu'une version métaphysique des spéculations d'Emanuel Swedenborg au sujet de la mort et de la vie après la mort.

Maud Ruthyn, la fascinante héroïne du récit, est à la fois l'enquêtrice et la victime, fouillant dans les secrets de son père avant d'en subir les conséquences dans la maison de son oncle. Son domaine, Bartram-Haugh, représente un des aspects de la paralysie venimeuse de la culture protestante, tout en étant également « un rêve romantique », peuplé de fantastique et de grotesque. Il n'y a pas de trace de surnaturel dans *L'Oncle Silas* – tous les événements peuvent être imputés à la seule méchanceté humaine. Le lecteur est amené à soupçonner les personnages à cause de leurs appétits excessifs, de leur apparence bouffie et de leurs expressions moroses et fourbes. Un lexique de la corporalité le mène à la rencontre de personnages simplement malicieux ou non conformistes, ces figures « lisses », au visage blanc, qui, comme Silas lui-même, sont des morts en visite dans le monde des vivants. En tant que telles, ces créations sont à l'origine des inquiétantes histoires de fantômes de l'ère édouardienne, tandis que le bilan que Le Fanu dresse de la société anglo-irlandaise inspirera Yeats et Joyce, faisant de *L'Oncle Silas* un des ouvrages précurseurs les plus méconnus du modernisme du XXe siècle. **DT**

Alice au pays des merveilles
Lewis Carroll

1832-1898 (Angleterre)
Première parution | 1865
Titre original | *Alice's Adventures in Wonderland*
De son vrai nom | Charles Lutwidge Dodgson

Partie intégrante de notre culture, *Alice au pays des merveilles* est un livre pour enfants avec assez de bizarrerie satirique, de jeux de mots et d'humour pour plaire à n'importe quel adulte. Le surréaliste André Breton disait que l'accommodation à l'absurde réadmettait les adultes dans ce règne mystérieux peuplé d'enfants. Loin de traiter les enfants avec condescendance, ce roman est particulièrement instructif pour les adultes blasés. Publié en 1865, il raconte certes une aventure raffinée, typiquement anglaise, dans un paysage onirique, mais il n'en possède pas moins des facettes plus obscures.

Sommeillant au bord de la rivière Isis, la petite Alice, âgée de sept ans, aperçoit un lapin blanc, vêtu d'une redingote, qui vérifie anxieusement sa montre, et elle décide de le suivre sous terre. Dans sa poursuite du lapin pointilleux, il lui arrive toutes sortes d'étranges ennuis. Elle goûte des potions et grignote quelques champignons, et voilà qu'elle se met à grandir puis à rapetisser, passant de la taille d'une souris à celle d'une maison, puis son cou s'allonge comme un serpent. Elle rencontre des personnages qui font aujourd'hui partie de notre inconscient collectif : la Souris sanglotant dans « la Mare de larmes », dont le récit est composé typographiquement sous la forme d'une queue ; la Chenille fumeuse de narguilé ; la terrible Duchesse allaitant un cochon ; le sourire évanescent du Chat du Cheshire ; le Chapelier et le Lièvre de Mars enfonçant le Loir dans une théière ; la meurtrière Reine de Cœur qui joue au croquet avec un flamant pour maillet ; et la Simili-Tortue qui lui enseigne le quadrille des homards. Alice, l'ingénue par excellence, tente d'affronter la folie avec la logique, dans un récit qui critique gentiment le puritanisme peu compatissant des principes d'éducation des bourgeois de l'ère victorienne. **DH**

Voyage au centre de la Terre

Jules Verne

1828-1905 (France)
Première parution | 1864

Fort du succès de *Cinq Semaines en ballon* et lié par un solide contrat à l'éditeur Hetzel, Jules Verne se voit confier pour mission de contribuer au *Magasin illustré d'éducation et de récréation*, revue destinée à la jeunesse, et d'écrire des romans à vocation pédagogique dont le cahier des charges précise qu'ils devront présenter « toutes les connaissances géologiques, géographiques, astronomiques et physiques de la science moderne ». Le romancier s'acquitte admirablement de sa tâche dans ce récit qui mêle avec brio les dernières découvertes de la paléontologie à des aventures trépidantes, parfois proches du fantastique. Neveu du grand naturaliste allemand Otto Lidenbrock, Axel découvre chez son oncle un parchemin du XVIe siècle en caractères runiques qui, une fois déchiffré, révèle l'existence d'un passage vers le centre de la Terre : le volcan Sneffels, en Islande. Enthousiaste, Lidenbrock emmène immédiatement Axel à la découverte du passage ; après avoir embauché un guide dans la capitale islandaise, ils se rendent au pied du volcan et, pénétrant dans son cratère en suivant les instructions du cryptogramme, découvrent tout un monde souterrain de mers cachées, de végétation luxuriante et d'animaux étranges. Mélange astucieux d'aventures et d'éléments scientifiques (Verne propose une véritable introduction à la paléontologie et à la géologie, illustrant en outre l'engouement pour la cryptologie), ce récit initiatique dans les entrailles du globe est peut-être le plus réussi de la série des « Voyages extraordinaires ». Puissance extravagante de l'imagination, rythme, thème fascinant de la naissance du monde et de la vie, tout le génie du Verne « précurseur de la science-fiction » s'y retrouve. Sa richesse visuelle a inspiré de nombreux cinéastes tout au long du XXe siècle. **BQ**

Crime et Châtiment
Fedor Mikhaïlovitch Dostoïevski

1821-1881 (Russie)
Première parution | 1866
Langue originale | Russe
Titre original | *Prestupleniye i nakazaniye*

Crime et Châtiment est un chef-d'œuvre de la littérature russe et mondiale, passionnant et mystérieux. Peu après le début du roman, Raskolnikov, le personnage principal, commet un double meurtre, pour des raisons qui restent obscures à ses yeux et à ceux du lecteur. Il passe ensuite le reste du livre à errer et à tituber dans les rues de Saint-Pétersbourg. Il doute que son crime – qu'il ne considère pas réellement comme un crime – soit jamais découvert. Le monde concret qui l'entoure se dissout en ce dont sont faits les rêves.

On a souvent dit que *Crime et Châtiment* est une étude de la culpabilité, mais cela n'est pas tout à fait exact : Raskolnikov ne ressent aucune culpabilité, plutôt une immense peur et une profonde aliénation envers le reste de l'humanité. Malgré les efforts de ses amis pour le soutenir, il est incapable d'accepter leur aide. Il est même incapable de comprendre leurs sentiments d'amour et de compassion puisqu'il se voit comme un paria – sa capacité à tuer incarne plutôt cette aliénation qu'elle n'est sa cause ou son effet.

Le lecteur est plongé dans le délire d'un homme, symbole de l'incompréhension qui peut submerger tout un chacun si l'on observe de près autrui. Bien qu'il ait été écrit en 1866, *Crime et Châtiment* apparaît comme le grand précurseur de la littérature de l'aliénation, chez des écrivains du XXe siècle comme Camus et Beckett. **DP**

Le Capitaine Fracasse
Théophile Gautier

1811-1872 (France)
Première parution | 1863

Bien qu'il l'ait promis à son éditeur dès 1836, ce n'est qu'au début des années 1860 que Théophile Gautier rend le manuscrit de ce roman dont la publication en feuilleton dans la *Revue nationale et étrangère* connaît un immense succès : ces deux décennies d'attente et de mûrissement ont sans doute modifié le projet initial, transformant le récit de cape et d'épée qu'aurait pu écrire l'auteur à vingt-cinq ans en une parodie où l'action se double d'à-côtés descriptifs qui en font toute la saveur. « C'est une lettre de change tirée dans ma jeunesse et que j'ai acquittée dans mon âge mûr », expliquera Gautier. Solitaire dans son château décrépi, le baron de Signolac, dernier représentant d'une dynastie aristocratique, accorde l'hospitalité à une troupe de théâtre ambulant ; séduit par l'une des comédiennes, Isabelle, il décide de partir avec ces saltimbanques et, bientôt, remplace au pied levé l'acteur Matamore dans le rôle du Capitaine Fracasse, le froussard de la commedia dell'arte. Isabelle, hélas, s'attire les ardeurs du duc de Vallombreuse, qui fait tout pour écarter Signolac… Aventures et rebondissements s'enchaînent dans un récit trépidant dont la vraisemblance n'est pas la préoccupation première ; tout au plaisir de la narration, Gautier laisse libre cours à sa fantaisie et à son humour et cède à son péché mignon en décrivant avec un grand luxe de détails l'époque de Louis XIII. Les plus jeunes lecteurs s'y amusent beaucoup, les plus expérimentés y repèrent un jeu habile sur le théâtre et les rapports entre apparences et réalité. **BQ**

Thérèse Raquin
Émile Zola

1840-1902 (France)
Première parution | 1867
Titre du feuilleton | *Un mariage d'amour* (1867)

Thérèse Raquin n'est pas le meilleur roman de Zola : on y ressent les tâtonnements des débuts et un dogmatisme théorique, et on est encore loin de l'envergure assurée de son chef-d'œuvre, *Germinal*. Mais ce sont pourtant ces mêmes caractéristiques d'incertitude et d'extravagance qui en font un ouvrage important. Restant dans la lignée du naturalisme naissant, Zola choisit deux « spécimens » pour expérimenter ses théories sur le désir sexuel et le remords. Thérèse et son amant, Laurent, sont cependant si lourdement investis de la responsabilité d'incarner le déterminisme mécanique de Zola qu'ils en deviennent d'étranges créatures torturées. Le résultat est un roman fait de contrastes, merveilleux amalgame d'érotisme sauvage et de détachement méticuleux. Le côté impersonnel de la troisième personne est poussé aux extrêmes lorsque le narrateur, qui se veut « scientifique », se voit forcé de fournir des explications plus élaborées sur la conduite des deux amants. Thérèse Raquin est quant à elle une création grandiose. Elle pénètre le texte comme une combinaison de désirs et de craintes silencieuses, un « animal humain » sans libre arbitre, sujet aux lois inexorables de sa physiologie mais l'histoire va lui donner, graduellement puis de façon volcanique, une voix et du mouvement, ainsi qu'une splendide conscience de sa nature de femme et des plaisirs charnels féminins. **PMcM**

La Dernière Chronique de Barset
Anthony Trollope

1815-1882 (Angleterre)
Première parution | 1867
Langue originale | Anglais
Titre original | *Last Chronicle of Barset*

Rédigés entre 1855 et 1867, les six romans du cycle connu sous le nom de *Barchester* reflètent la fascination de Trollope pour le quotidien de la vie provinciale. Ensemble, ils offrent une vue panoramique de l'Église, du mariage, de la politique et de la vie à la campagne dans l'Angleterre victorienne. *La Dernière Chronique de Barset* a toujours occupé une place spéciale parmi les œuvres de Trollope. Sa portée et son ampleur, auxquelles s'ajoute l'évocation du célèbre comté mythique de l'auteur, le placent parmi les romans les plus ambitieux de l'ère victorienne et apparaît comme la somme des œuvres de Trollope. Le roman revisite la vie de quelques-uns des personnages qui apparaissent dans les premiers romans du cycle. On y retrouve le pasteur frappé de pauvreté Josiah Crawley, dont l'humiliation, après qu'il a été accusé, à tort, du vol d'un chèque, constitue le drame principal. Crawley, orgueilleux et asocial, se complaît dans son statut de victime-martyr. Parallèlement à cette intrigue, l'héroïne Lily Dale s'accroche au souvenir de l'homme qui l'a abandonnée le jour de son mariage. Lily refuse à présent l'éventualité d'épouser un autre homme et décide, à vingt-quatre ans à peine, de rester « vieille fille ». Si l'obstination de Lily exaspéra les lecteurs de l'époque, certaines critiques récentes voient en Lily une sorte de protoféministe : son sens aiguisé de l'individualité lui permet de refuser de se marier uniquement pour se conformer à ce qui est attendu d'une femme de son temps. **AM**

Les Quatre Filles du Dr March
Louisa May Alcott

1832-1888 (États-Unis)
Première parution | 1868
Langue originale | Anglais
Titre original | *Little Women, or Meg, Jo, Beth, and Amy*

Évocation intemporelle de la vie de famille idéalisée, *Les Quatre Filles du Dr March* connaissent un succès immédiat et deviennent un classique. Le charme de cette histoire destinée aux jeunes filles à l'origine, a depuis transcendé les frontières du temps et de l'âge.

Le roman relate la vie des quatre sœurs March, en Nouvelle-Angleterre, avec la guerre de Sécession pour toile de fond. L'histoire détaille leur lutte contre la pauvreté et les privations, leurs faiblesses morales et leurs déceptions personnelles. Pendant que leur père est au front avec l'armée de l'Union, Meg, Jo, Amy, Beth et leur mère sont forcées de se prendre en charge, sous l'œil vigilant de leurs riches voisins. La routine de leur vie quotidienne est ponctuée par leurs lettres et leurs jeux, leurs incartades et leurs actes de bonté, leurs rêves et leurs aspirations. Le passage à l'âge adulte des jeunes filles est marqué par le mariage et le départ de Meg, les efforts de Jo pour devenir écrivain, la mort prématurée de Beth et l'aventure amoureuse inattendue d'Amy. En partie autobiographiques, *Les Quatre Filles du Dr March* offrent une représentation de l'auteur et de ses propres sœurs. Cette immédiateté, qui donne à ce portrait de la vie de famille au XIXe siècle une vitalité durable, le rend précieux pour des générations de lecteurs, et pour les nouvelles femmes écrivains, de Simone de Beauvoir à Joyce Carol Oates et Cynthia Ozick. **LE**

L'Idiot
Fedor Mikhaïlovitch Dostoïevski

1821-1881 (Russie)
Première parution | 1868-1869
Langue originale | Russe
Titre original | *Idiot*

Le deuxième long roman de Dostoïevski revisite le motif du « fou sacré », ce personnage apparemment naïf qui se révèle être secrètement sage. Dans ce cas, l'« idiot » est l'angélique prince Mychkine, un épileptique qui revient en Russie, après un séjour dans un sanatorium suisse, pour rendre visite à une parente éloignée, Mme Epantchine, la femme d'un riche général. Situé dans le Saint-Pétersbourg en plein essor des années 1860, le récit retrace l'impact de Mychkine sur les Epantchine et leur milieu social. Le prince apparaît comme le catalyseur du conflit entre l'hypocrisie sociale et les émotions qu'elle dissimule. Comme tout bon roman russe, *L'Idiot* bouillonne de passion et d'intrigue avec la modernité bourgeoise émergente pour toile de fond.

Au début du roman, Mychkine se lie d'amitié avec le jeune Rogojine, un dandy riche et volontaire, en tout point son contraire. Mais les deux hommes finiront rivaux, se disputant l'affection de Nastassia Filippovna. Cette dernière est une orpheline adoptée par le général Totsky qui, comme le suggère le roman, l'a violée pendant son adolescence. C'est une femme déchue, mais Mychkine, qui possède l'étrange capacité de percevoir le caractère profond des individus, voit en elle une âme en peine. Un lien spirituel se crée entre eux, contrastant fortement avec celui, inspiré par le désir féroce, qu'elle entretient avec Rogojine. Où, s'interroge Dostoïevski, se situe la spiritualité éthérée, souvent insupportable, d'un Mychkine par rapport aux pulsions plus primitives d'un Rogojine ? **DH**

Les Chants de Maldoror
Comte de Lautréamont

1846 (Uruguay)-1870 (France)
Première parution | 1868-1869
De son vrai nom | Isidore Ducasse

Alors que Lautréamont est resté inconnu de son vivant, son poème en prose *Les Chants de Maldoror* est aujourd'hui reconnu comme l'une des premières et des plus troublantes œuvres de fiction surréaliste. Le premier chant paraît anonymement à Paris, deux ans avant la mort de l'auteur, à vingt-quatre ans. Mais ce n'est qu'en 1885, quand un journal littéraire belge a l'audace de republier l'œuvre de Lautréamont, que ce dernier trouve son public au sein de l'avant-garde européenne.

Dans *Les Chants de Maldoror*, un « héros » éponyme se rebelle contre Dieu en accomplissant une incroyable succession d'actes immoraux et dépravés. Débridée, hallucinatoire, poétique et troublante, cette œuvre est radicale non seulement par son innovation stylistique mais aussi par son contenu blasphématoire. Le récit regorge de meurtres, de sadomasochisme, de putréfaction et de violence. C'est une célébration du mal, une œuvre qui dépeint le Christ comme un violeur et évoque le fantasme de relations sexuelles avec des créatures marines. Aucun des actes inhumains commis par Maldoror ne parvient à le satisfaire ni à le calmer, et sa rage augmente au fur et à mesure que le livre avance. *Les Chants de Maldoror* possèdent encore la même capacité à choquer et étonner, mais leur caractéristique la plus intéressante est sans doute le pouvoir lyrique de la prose de Lautréamont, qui donne beauté et charme même à ce qu'il y a de plus répugnant – cet effet déconcertant met au défi à la fois la morale conventionnelle et nos hypothèses sur le langage en soi. **SamT**

Phinéas Finn
Anthony Trollope

1815-1882 (Angleterre)
Première parution | 1869
Langue originale | Anglais
Titre original | *Phineas Finn, the Irish Member*

Tout comme le héros irlandais qui donne son nom au roman, Anthony Trollope avait lui aussi des ambitions politiques, s'étant présenté (sans succès) en tant que candidat libéral de Beverly en 1868. Assagi par ses expériences, il les canalise en six romans (formant le cycle *Palliser*) qui analysent la vie et les amours des ministres et de leurs familles, avec une intrigue parlementaire et des politiciens de l'époque en toile de fond. Phinéas Finn, membre du Parlement, est un héros typiquement trollopien : beau, bien élevé, émotif, mais faible et facilement flatté. Au fur et à mesure qu'il progresse dans ce monde politique semé d'embûches, attirant l'attention de puissants membres du gouvernement, sa vie privée devient de plus en plus difficile. Tout en étant déjà fiancé, Phinéas entretient une liaison avec trois femmes différentes mais tout aussi séduisantes, toutes trois d'excellents partis pour un politicien ambitieux. Cette tendance de Phinéas à hésiter avant de prendre une décision est typique des jeunes personnages masculins de Trollope, et une grande partie du roman se consacre à la manière dont il réconcilie sa conscience avec ses ambitions et sa passion pour les feux de la rampe. Capitale d'un grand empire plein d'assurance, Londres est aussi un lieu où les principes sont toujours menacés par l'opportunisme politique, et où les bonnes relations sont plus importantes que les simples aptitudes. Trollope s'intéresse plus à la psychologie et aux mécanismes mentaux qu'à la philosophie politique. Sa perspicacité aiguisée se révèle ici dans toute sa splendeur. **AM**

L'Éducation sentimentale
Gustave Flaubert

1821-1880 (France)
Première parution | 1869

« Je veux écrire l'histoire morale des hommes de ma génération ; "sentimentale" serait plus vrai », écrit Flaubert en 1864 : il lui faudra cinq ans pour venir à bout de *L'Éducation sentimentale*. Roman de l'échec individuel et historique, il symbolise le désenchantement de ceux qui ont vécu la défaite de la révolution de 1848 et la fin de ses illusions romantiques. Le 15 septembre 1840, sur le bateau qui le ramène de Paris à Nogent, le jeune bachelier Frédéric Moreau rencontre Mme Arnoux, épouse d'un petit-bourgeois affairiste. Il en tombe aussitôt amoureux et va songer à elle durant toute sa première année de droit. Incapable de la séduire, il ne parvient qu'à devenir son confident ; il décide alors de rentrer à Nogent, où Louise Roque lui offre la perspective d'une vie paisible. Il abandonne cependant Louise pour retourner à Paris, où il conquiert la courtisane Rosanette et prend pour maîtresse Mme Dambreuse, une bourgeoise riche et influente. Lorsqu'il veut retourner à Nogent pour épouser Louise, il la découvre mariée avec Deslauriers, son ami d'enfance. En arrière-plan se déroulent les événements de 1848, que Frédéric traverse en pur spectateur. De passions avortées en songeries au conditionnel, cet antihéros incarne de bout en bout l'incapacité à progresser, la fatalité du retour au point d'origine. « Ce n'est pas là ce que nous croyions devenir autrefois », constate-t-il à la fin du roman. Et c'est comme figure de l'impuissance humaine qu'il est entré dans la postérité. **BQ**

Guerre et Paix
Léon Tolstoï

1828-1910 (Russie)
Première parution | 1869 (1865-1869 en feuilleton)
Langue originale | Russe
Titre original | *Voyna i Mir*

Guerre et Paix est l'un de ces rares textes que l'on lit souvent comme une sorte d'épreuve de résistance ou de rite de passage, puis que l'on abandonne à mi-chemin ou que l'on expose comme un trophée sur une étagère, pour ne plus y toucher. Il est certes très long, mais c'est le genre de romans qui vaut la peine d'être lu et relu avec attention. À l'image des films d'Andreï Tarkovski, largement influencé par Tolstoï, une fois que l'on est entré dans cette Russie, il est difficile d'en sortir : en ce sens, la longueur du texte devient une qualité, dans la mesure où la multiplicité des éléments forme un réseau solidaire.
Reposant sur les membres de deux importantes familles, les Bolkonsky et les Rostov, *Guerre et Paix* utilise leurs histoires individuelles pour dépeindre une Russie au bord d'un conflit apocalyptique avec la France de Napoléon. Les événements les attirent rapidement vers cet inévitable conflit. Aucun auteur ne surpasse l'ampleur de cette vision épique, qui embrasse l'atmosphère de villes entières, le mouvement des armées, le sentiment d'une menace qui afflige toute une société. Les

escarmouches et les batailles sont décrites avec un étonnant sens de l'immédiateté, façonnées à partir de perspectives individuelles entremêlées. L'étroit lien qui unit le personnel et le politique, l'intime et l'épique, est exploré avec brio. Tandis que Tolstoï étudie les réactions émotionnelles de ses personnages devant les brusques changements auxquels ils sont confrontés, il s'en sert pour représenter les réponses de la société russe aux exigences de la guerre et de la paix. Un conseil : pour lire *Guerre et Paix*, mieux vaut éviter les versions abrégées. Tolstoï est certes injustement connu pour sa fâcheuse tendance à digresser, mais compromettre l'unité de la version intégrale revient à saboter l'expérience de cette lecture. **MD**

Le Roi Lear de la steppe
Ivan Sergueïevitch Tourgueniev

1818 (Russie)-1883 (France)
Première parution | 1870 (Russie)
Langue originale | Russe
Titre original | *Stepnoy korol Lir*

Dans *Le Roi Lear de la steppe*, roman court et méconnu, Ivan Tourgueniev s'approprie l'œuvre de Shakespeare. Le récit s'ouvre sur une discussion entre de vieux amis – procédé qui définit la structure narrative – à propos du style d'individus rencontrés au long de leur vie : tous ont croisé un Hamlet, l'un d'entre eux a même connu jadis un Macbeth potentiel. L'un des participants retient cependant l'attention de ses compagnons en affirmant avoir autrefois rencontré un roi Lear – comme s'il s'agissait de quelque chose d'impossible, un véritable défi pour le conteur.

Le Lear de Tourgueniev, Martin Petrovich Harlov, est un propriétaire terrien de l'aristocratie provinciale doté d'un franc-parler à toute épreuve, qui inspire la crainte et le respect à ses paysans. Harlov est incroyablement grand, avec un dos « long de deux mètres », et « aussi russe que possible ». Cette « russitude » se manifeste entre autres par des accès de mélancolie superstitieuse ; il reste enfermé des heures durant dans son bureau à méditer sur sa mortalité. Cette croyance en une mort imminente le pousse à diviser ses biens entre ses deux filles, ne leur demandant qu'une seule chose en échange : qu'elles prennent soin de lui dans ses vieux jours. Trahi, bien sûr, par ses filles et leurs intrigants de maris, Harlov est d'abord manipulé et intimidé, avant d'être chassé dans la nuit. **DSoa**

À travers le miroir
Lewis Carroll

1832-1898 (Angleterre)
Première parution | 1871
Titre original | *Alice Through the Looking Glass*
De son vrai nom | Charles Lutwidge Dodgson

Six ans après *Alice au pays des merveilles*, Carroll revient vers le personnage d'Alice avec une nouvelle idée : la suivre de l'autre côté du miroir. Comme il vient d'apprendre à la vraie Alice (Liddell) à jouer aux échecs, il va utiliser ce jeu comme procédé narratif. Le monde de l'autre côté du miroir est structuré comme un échiquier ; Alice commence comme pion et devient reine, chaque chapitre se rapprochant de cette conclusion. Suivant la progression de l'histoire, un problème d'échecs, exposé dans un diagramme au début du livre, est résolu correctement.

Plus schématique qu'*Alice au pays des merveilles*, ce roman regorge néanmoins de personnages et d'idées mémorables, dont bon nombre impliquent contradiction et inversion. Pour se rendre où que ce soit dans ce monde à l'envers, Alice doit marcher dans la direction opposée. La mémoire ne concerne pas seulement le passé : la Reine Blanche se souvient de choses « qui sont arrivées dans deux semaines ». Le langage semble lui aussi insaisissable, tout comme le sens. Le poème du « Bredoulocheux », où l'on peut voir les mots-valises de Carroll qui jouent sur les sens et les associations, en est l'exemple le plus célèbre : « frumieux », « flivoreux », « slictueux » ou « reveneure », parmi tant d'autres. **DH**

Middlemarch
George Eliot

1819-1880 (Angleterre)
Première parution | 1871-1872
Titre original | *Middlemarch, a Study of Provincial Life*
De son vrai nom | Mary Ann Evans

Dans *Middlemarch*, George Eliot se concentre sur les menus détails de la vie quotidienne d'une petite ville de province anglaise, dépeignant le monde intérieur de nombre de ses personnages comme un scientifique examine les minuscules veines entrelacées d'une feuille à l'aide d'un microscope. Grâce à sa perspicacité et à sa précision, l'auteur atteint le réalisme mesuré pour lequel est connu *Middlemarch*, considéré à l'époque de sa publication comme l'un des plus éminents romans anglais.
Dorothea, l'héroïne passionnée de *Middlemarch*, est, comme Lydgate – le jeune médecin dont l'histoire est liée à celle de Dorothea –, une idéaliste. Persuadée que l'héroïsme existe même dans les gestes les plus insignifiants, elle surestime le travail intellectuel de son premier mari. Mais le projet de Mr. Casaubon aspire en fait à réduire la diversité darwinienne, qui représente la force vitale du roman, à un principe unique et simple.
La question de l'adaptation des femmes aux rôles qui leur ont été attribués par la société est l'une des principales préoccupations de *Middlemarch*. On ne peut que s'apitoyer sur le sort de Dorothea, douloureusement consciente de son manque d'éducation et de sa dépendance financière, lorsqu'elle s'efforce de faire preuve d'héroïsme tandis que sa sœur joue joyeusement du piano. Dorothea se débat avec ses failles et ses mauvais choix, essayant de bien vivre et de bien aimer, et ses histoires avec Lydgate, qui se mêlent à tant d'autres, sont à la fois très touchantes et d'un réalisme extrême. George Eliot tisse adroitement la toile d'un suspense dense et bien ficelé, et parvient à mettre à nu les motivations de ses personnages avec tant de compassion et de compréhension que le lecteur est vite pris dans le récit, tandis que leurs vies qui se recoupent se mêlent à la sienne. **KB**

Les Eaux printanières
Ivan Sergueïevitch Tourgueniev

1818 (Russie)-1883 (France)
Première parution | 1871
Langue originale | Russe
Titre original | *Veshniye vody*

Le ton des *Eaux printanières* se situe entre l'amer regret des passions perdues de la jeunesse et la conscience ironique de leur essence illusoire. Terrifié à l'approche de la vieillesse et de la fin de sa vie plutôt insignifiante, Dimitri Sanine retrouve une « minuscule croix grenat » au fond d'un tiroir de son bureau. Cette découverte lui rappelle l'histoire honteuse et magnifique de sa double liaison trente ans auparavant à Francfort, alors qu'il revenait du Grand Tour.

Ses souvenirs intimes lui reviennent en une succession de tableaux très vivants. Il se souvient d'abord d'être tombé amoureux de Gemma, la fille d'un pâtissier italien, dotée d'un frère dévoué, d'une mère veuve et protectrice, d'une domestique loyale envers la famille, Pantaleone, et d'un fiancé allemand ennuyeux. Sanine affronte en un duel ridicule un officier qui a insulté Gemma, supplante le fiancé et surmonte même les doutes de la mère. Tout semble annoncer une fin heureuse. C'est alors que, cherchant un acheteur pour sa propriété afin de financer le mariage, Sanine rencontre un couple de Russes décadents : un vieil ami d'école, Polozov, et sa femme, l'enchanteresse et dominatrice Maria Nikolaevna. Très vite, Maria, bien plus expérimentée que Sanine, l'entraîne loin dans la forêt : « Elle s'avança impérieusement, et il la suivit, obéissant et soumis, drainé de toute étincelle de volonté et son cœur battant la chamade. »

Sanine est un homme banal et ses liaisons, avec la vierge ingénue et la femme fatale expérimentée, reprennent un schéma familier. Le traitement théâtral place au-devant de la scène l'aspect prévisible et presque absurde de la double liaison. Ses observations précises, lucides et compatissantes permettent toutefois de comprendre que, pour Sanine, qui est jeune, cette aventure est bien réelle et que rien dans sa vie future n'aura autant d'importance. **MR**

Erewhon ou De l'autre côté des montagnes
Samuel Butler

1835-1902 (Angleterre)
Première parution | 1872
Langue originale | Anglais
Titre original | *Erewhon, or Over the Range*

Comme de nombreux textes de science-fiction de qualité, *Erewhon* apparaît plus comme un commentaire sur son époque, qui se penche ensuite de façon prophétique sur les événements du futur, que comme un texte véritablement futuriste. À l'image du « sans lieu » de *L'Utopie* de Thomas More, le « nulle part » renversé de Butler est une réflexion sur le malaise social et le développement politique sous l'ère victorienne, et ses méditations sur les pratiques sociales extrêmes et contradictoires ont autant de valeur aujourd'hui qu'à l'époque. Allégorique, *Erewhon* est pondéré et dérangeant, d'autant plus, peut-être, que les peurs qu'il évoque sont encore au cœur du malaise contemporain.

Higgs, le voyageur de Butler, se retrouve dans le monde d'Erewhon, où tout est à l'envers. Les machines y sont interdites, de peur qu'elles prennent le contrôle du monde entier – thème récurrent de la science-fiction. Les criminels sont hospitalisés pour se remettre de leurs méfaits, l'éducation consiste à étudier n'importe quoi du moment que cela est sans importance, et les malades sont incarcérés.

Erewhon est un livre qui s'interroge sur les implications du darwinisme. Il transpose ces idées évolutionnistes dans un contexte social, les associant à la peur et à la méfiance. Le texte de Darwin, a profondément influencé Butler mais, comme de nombreux écrivains de science-fiction, l'auteur y saisit également l'occasion de développer ce genre de thèmes selon des critères dérangeants. **EMcCS**

Les Possédés
Fedor Mikhaïlovitch Dostoïevski

1821-1881 (Russie)
Première parution | 1872 (Russie)
Langue originale | Russe
Titre original | *Besy*

Bien que *Les Possédés* (ou *Les Démons*) soient probablement le plus violent des romans de Dostoïevski, ils débordent aussi de bouffonnerie et de satire sociale tranchante. L'histoire, qui se déroule vers la fin des années 1860, raconte le sort d'un groupe d'insurgés décidés à répandre l'anarchie en Russie. Tandis qu'une série de trahisons consume le groupe, le roman examine les conséquences fâcheuses d'une théorisation politique abstraite.

L'orgie de destruction des dernières pages a souvent été citée comme l'exemple de la tendance de l'auteur au sensationnalisme. Comme le suggère son titre, il s'agit d'un roman sur la purgation et, dans l'univers dostoïevskien, le rachat de la société se paye cher. Ainsi, Verkhovenski (psychopathe librement inspiré du chef des nechaevistes, poursuivi par la justice en Russie), le personnage le plus dangereux du récit, a la vie sauve. Le fait que les innocents sont parfois sacrifiés pour régénérer la société est un exemple des positions morales provocatrices prises ici.

La folie dionysiaque qui s'empare de l'action efface non seulement toute acception facile de la relation entre le bien et le mal, mais souligne également la fragilité essentielle d'une société de plus en plus détachée des certitudes morales de l'Église. Il faudra une génération de plus pour que la Russie se rende au changement social convulsif. Le roman offre un aperçu prémonitoire et terrifiant du futur d'une société qui a collectivement perdu son âme. **VA**

Les Diaboliques
Jules Barbey d'Aurevilly

1808-1889 (France)
Première parution | 1874

Les six nouvelles qui composent *Les Diaboliques* provoquèrent une vaste polémique lors de leur publication : on leur reprocha leur immoralité, au point que la justice ordonna la saisie du recueil. Soutenu par Gambetta, Barbey d'Aurevilly obtint un non-lieu mais ne put sauver de la destruction les exemplaires saisis ; il attendra sept ans avant d'oser rééditer le livre. Au-delà du scandale, *Les Diaboliques* restent des chefs-d'œuvre de narration, conduites de main de maître dans une ambiance qui emprunte au conte noir et au fantastique. Dans « Le rideau cramoisi », le vicomte de Brassard croit reconnaître à la fenêtre d'une demeure provinciale la femme qu'il a vue mourir dans ses bras, des années plus tôt ; dans « Le plus bel amour de don Juan », la fille d'une ancienne maîtresse du comte Ravila de Ravilès révèle à sa mère une grossesse imaginaire, provoquée par le seul fait qu'elle s'est assise dans le fauteuil de Ravilès ; dans « Le Bonheur dans le crime », on découvre le stratagème du comte de Savigny et de sa jeune amante pour se débarrasser de la comtesse et filer ensemble le parfait amour... À chaque fois, Barbey fait précéder son récit d'un préambule qui excite la curiosité du lecteur. Son génie de conteur joue pour beaucoup dans la fascination que suscitent ses personnages énigmatiques, tous entraînés dans de sombres pactes avec le Mal, le mystère, le scandale et la perversion. Comme l'a dit Léon Bloy, l'enfer n'est jamais si effrayant que lorsqu'il est montré ainsi, « par un trou d'aiguille ». **BQ**

Le Tour du monde en quatre-vingts jours
Jules Verne

1828-1905 (France)
Première parution | 1873

Après *Le Pays des fourrures*, Verne dit avoir voulu s'amuser en imaginant les aventures de Phileas Fogg, cet Anglais excentrique qui, dans son club londonien, a parié toute sa fortune (vingt mille livres) qu'il pouvait effectuer le tour du monde en quatre-vingts jours. Le 2 octobre 1871, Fogg se met en route avec son domestique, Passepartout ; persuadé qu'il est l'auteur du vaste cambriolage perpétré quelques jours plus tôt à la Banque d'Angleterre, un policier, Fix, se lance à leur poursuite. D'une péripétie à l'autre, nos deux globe-trotters atteignent l'Inde, où ils sauvent la jeune veuve Aouda du bûcher. Suivent Hong Kong, le Japon, San Francisco et New York, les manœuvres de Fix et les incidents en tous genres leur faisant perdre à chaque fois un temps précieux… « L'imprévu n'existe pas », lance Fogg au début du roman : c'est en héraut du progrès qu'il s'élance autour du monde. Le hasard place pourtant l'amour sur sa route, l'imprévu dans toute sa splendeur. Le rebondissement final, avec ces légendaires vingt-quatre heures gagnées sur le temps, lui prouvera que la raison humaine n'est pas si parfaite qu'il le pensait. La fascination suscitée par le défi de Fogg ne s'est jamais éteinte. Dès 1889, une journaliste du *Sun* refait son voyage ; dans les années 1930, Cocteau se livrera à l'exercice. **BQ**

Le Pèlerin enchanté
Nikolaï Semenovitch Leskov

1831-1895 (Russie)
Première parution | 1873 (Russie)
Langue originale | Russe
Titre original | *Ocharovanny strannik*

Leskov est le plus méconnu des géants du roman russe. Il est éclipsé par des écrivains tels que Tolstoï et Gogol, probablement parce que ses histoires sont les plus purement russes de toutes, défiant toute incorporation dans la tradition occidentale du roman réaliste ou psychologique. C'est en cela que réside une grande partie son charme : pour le lire, il faut abandonner toute anticipation de l'intrigue et toute empathie avec des personnages « réels ». Il faut se soumettre à la logique du narrateur, qui sait par cœur mais non de tête, semble-t-il, ce qu'il veut dire.
Le Pèlerin enchanté est une vaste succession d'improbables infortunes et aventures, racontées par le héros à une assemblée à bord d'un bateau. Le pèlerin est enchanté puisque, à chaque étape de sa vie, une nouvelle aventure lui tombe dessus, de la plus exotique et magique à la plus ridiculement mondaine. L'éminent critique littéraire allemand Walter Benjamin a écrit que l'art, désormais presque perdu, de raconter des histoires a toujours reposé sur des récits n'offrant pas d'explication psychologique aux actions de leurs personnages : l'absence d'explication libère l'imagination. Leskov est le grand praticien de cet art magnifique et captivant. **KS**

Loin de la foule déchaînée
Thomas Hardy

1840-1928 (Angleterre)
Première parution | 1874
Langue originale | Anglais
Titre original | *Far from the Madding Crowd*

Les contraintes de la modernité de la fin de l'ère victorienne, qui se ressentent profondément dans les œuvres plus tardives de Hardy, effleurent à peine le monde de *Loin de la foule déchaînée*. Les personnages secondaires rustiques semblent appartenir à un autre âge, et c'est ici que Hardy donne pour la première fois le nom de « Wessex » au lieu imaginaire où se situent ses plus grands romans.

La vision de Hardy embrasse déjà l'injustice et la tragédie. Fuyant son mari, Bathsheba Everdene passe une nuit brumeuse au bord d'un marécage et tremble à l'idée d'entrevoir, au lever du jour, ses « souches pourries » et les « branchies suintantes des champignons qui poussent là ». La nature a ses poisons, comme l'humanité a ses maux. Des cinq personnages principaux, deux sont pathologiquement destructeurs : le sergent Troy est séduisant mais égoïste et sans cœur, et le fermier Boldwood n'éprouve d'amour que pour son propre désir obsessionnel. Fanny Robin, innocente victime de trahison, anticipe les « femmes déchues » défendues par Hardy dans *Tess d'Uberville*, mais là où Tess se rebelle, Fanny demeure passive. Même l'inconstante Bathsheba, esprit indépendant et généreux, cause plus de peine que de joie. Seul Gabriel Oak est profondément bon, et il lui faut attendre le dernier chapitre pour se voir récompensé. L'intrigue et les personnages sont plus forts que subtils, mais la présence vivante du paysage naturel et culturel est splendide. **MR**

Pepita Jiménez
Juan Valera

1824-1905 (Espagne)
Première parution | 1874
Langue originale | Espagnol
Titre original | *Pepita Jimenez*

La polémique philosophique qui oppose l'expérience religieuse traditionnelle et les nouveaux principes moraux vitalistes et même matérialistes – dont le diplomate et romancier Juan Valera était un ardent défenseur – est l'une des conséquences de la révolution espagnole de septembre 1868. L'objectif de *Pepita Jiménez* – nom de l'héroïne – est de dresser le portrait littéraire de l'atmosphère religieuse dans laquelle évoluent les Espagnols des classes moyenne et élevée dans le dernier tiers du XIXe siècle. Au cœur d'un monde de propriétaires fonciers, Don Luis de Vargas, séminariste qui souhaite devenir prêtre, rencontre la belle Pepita, veuve d'un octogénaire et convoitée par son père, Don Pedro de Vargas. Les jeunes gens tombent amoureux et glissent dans le « péché », donnant ainsi naissance à un conflit moral aux ramifications théologiques. L'Église exige le repentir, la loyauté aux premiers vœux et le renoncement à l'amour lubrique. Pepita exige la restauration de sa vertu et épouse Luis. Dans un dernier rebondissement, Luis, fils naturel reconnu par Don Pedro, espère racheter les péchés de son père en entrant dans les ordres.

La structure narrative du roman, libre et imaginative, incorpore des procédés littéraires tels que l'insertion de documents, de la correspondance écrite et un narrateur qui vient compléter les lettres en parachevant le personnage de Pepita. **M-DAB**

Le Crime du père Amaro
José Maria Eça de Queiróz

1845 (Portugal)-1900 (France)
Première parution | 1876
Langue originale | Portugais
Titre original | *O crime do Padre Amaro*

Le premier et plus célèbre roman du plus grand écrivain portugais du XIXe siècle, *Le Crime du père Amaro*, est une attaque cinglante contre l'hypocrisie religieuse et la petitesse de la vie provinciale.
Le prêtre du titre est un jeune homme faible sans foi ni vocation, entré de force dans les ordres. Il arrive dans la ville provinciale de Leiria, lieu intolérant de vices mineurs et de commérage malicieux. Contrarié par le célibat et cédant à l'ennui, Amaro finit par trouver une solution pour soulager son désir avec une jeune paroissienne. Même si le lecteur parvient à s'identifier aux amants, Queiroz ne laisse place à aucune illusion quant à cette liaison torride à souhait mais crue et exploitatrice. Amaro est la médiocrité incarnée, un fat avide d'élévation personnelle. Il apprend les rouages de la corruption, et sa maîtresse finit par subir les conséquences de son éducation.
Au cours de l'intrigue, l'auteur fait peu à peu preuve de sympathie envers ses personnages limités et ineptes, mais n'en inspire aucune à l'égard de la société et de l'Église qui ont fait d'eux ce qu'ils sont. Le pouvoir infini qu'a ce récit de choquer, du moins dans les pays catholiques, s'est manifesté en 2002, lorsqu'une adaptation cinématographique en espagnol a causé un véritable scandale au Mexique. **RegG**

L'Assommoir
Émile Zola

1840-1902 (France)
Première parution | 1876

Septième roman du cycle des *Rougon-Macquart*, *L'Assommoir* suscita une vaste polémique lors de sa parution. Après avoir décrit l'ascension de la bourgeoisie, Zola s'intéresse à l'immense classe ouvrière pauvre qu'a générée la révolution industrielle, décrivant de manière saisissante la misère du peuple des ouvriers-artisans de Paris. Arrivée de Plassans avec ses deux enfants, Gervaise s'installe dans le quartier de la Goutte-d'Or en compagnie de son amant, le chapelier Lantier. Elle doit bientôt faire face à ses infidélités ; après force scènes de ménage, le couple se sépare. Au café L'Assommoir, elle rencontre un zingueur nommé Coupeau. Ils s'installent dans un immeuble sordide, se marient et donnent naissance à Nana. Une chute contraint Coupeau à cesser de travailler ; l'argent manque, même si Gervaise gagne honnêtement sa vie comme blanchisseuse. Oisif et ivrogne, son mari se prend d'amitié pour Lantier qui, revenu, s'installe chez le couple ; Coupeau mourra d'un *delirium tremens*. Perdant prise, Gervaise s'adonne à son tour à la boisson. Elle perd sa clientèle et s'enfonce dans la déchéance – jusqu'à la mort. Puissant tableau de la condition ouvrière à la fin du XIXe siècle (Zola s'est énormément investi en lectures et en visites), ce roman sans concessions, sorte de tragédie de l'ère moderne, fera de son auteur le héraut du mouvement naturaliste. Son style efficace, sa construction habile et ses couleurs violentes en font l'un des sommets de la série des *Rougon-Macquart*. **BQ**

Anna Karénine
Léon Tolstoï

1828-1910 (Russie)
Première parution I 1877
Langue originale I Russe
Titre original I *Anna Karenina*

Pour beaucoup, *Anna Karénine* est le plus grand roman du monde. C'est, en tout cas, l'un des meilleurs exemples du roman psychologique du XIXe siècle. Tolstoï analyse la motivation derrière les actions des personnages, sans jamais porter de jugement moral. À côté de la narration omnisciente, il emploie souvent le monologue intérieur, une innovation stylistique pour la forme du roman, qui lui permet de présenter en détail les pensées et les sentiments des personnages.

La rebelle Anna Karénine succombe à son attirance pour un séduisant officier, le comte Vronski, et abandonne son mariage sans amour pour s'embarquer dans une liaison fougueuse, condamnée dès le départ. En agissant ainsi, elle sacrifie son enfant et s'expose à la condamnation de la haute société russe. Le destin tragique d'Anna se mêle à l'histoire, bien différente, des fiançailles et du mariage de Konstantin Lévine et Kitty Cherbatski, qui ressemble de près à celle de Tolstoï et sa femme. Dans sa quête de vérité, Lévine exprime ses opinions sur la société contemporaine, sur la politique et la religion, que l'on considère souvent comme celles de l'auteur lui-même.

La qualité du roman repose sur ses aspects historiques aussi bien que psychologiques. Malgré sa longueur, *Anna Karénine* entraîne le lecteur dans un monde époustouflant, étincelant et dévorant de réalisme. **SJD**

L'Enfant
Jules Vallès

1832-1885 (France)
Première parution I 1881

En dédiant son roman « à tous ceux qui crevèrent d'ennui au collège ou qu'on fit pleurer dans la famille », Jules Vallès ne fait pas mystère de son sujet et des occasions d'oppression que devra combattre son héros, le jeune Jacques Vingtras. Dès le premier chapitre, on découvre sa mère, une paysanne sournoise et cruelle qui, aigrie par la médiocrité de sa position, ne cesse de lui infliger brimades et coups de fouet. Ce n'est guère mieux à l'école, où l'on se fait souvent punir et où l'on mange mal sans rien apprendre, sinon le mensonge et l'ennui. Ce n'est que pendant les vacances que Jacques peut jouir enfin des plaisirs du jeu et de la nature. Du Puy, sa famille déménage à Saint-Étienne, puis à Nantes ; finalement envoyé en pension à Paris, Jacques s'émancipe de l'autorité tyrannique de sa mère et, après avoir échoué dans ses études, lui annonce sa volonté de devenir ouvrier, trahissant les grandes ambitions qu'elle avait pour lui. C'est durant les mois d'exil qu'il a passés à Londres après la Commune que Vallès a écrit cette fiction réaliste construite comme une succession d'anecdotes et de saynètes, pleine d'humour et de vivacité. Condamné à mort par contumace, il fut obligé de s'en remettre à son ami Hector Malot pour démarcher les éditeurs et s'abrita derrière un pseudonyme, La Chaussarde. La dédicace, attaque frontale contre l'école et la famille, ne manqua pas de provoquer un scandale. On retrouvera par la suite le personnage de Jacques Vingtras dans les deux autres tomes de la trilogie, *Le Bachelier* et *L'Insurgé*. **BQ**

La Chambre rouge
August Strindberg

1849-1912 (Suède)
Première parution | 1879
Langue originale | Suédois
Titre original | *Röda rummet*

La Chambre rouge est souvent décrite comme le premier roman moderne suédois. S'inspirant du naturalisme de Zola et du criticisme social de Dickens, Strindberg redonne de la vitalité à une tradition éculée et conventionnelle. Comme sa satire politique et sociale est un peu criticable, sa réception initiale est mitigée, mais le roman est aujourd'hui reconnu comme marquant un grand tournant de la littérature suédoise. Dans le premier chapitre, qui offre une vue d'ensemble de Stockholm, la prose colorée de Strindberg pétille d'énergie et d'inventivité. Dégoûté de la corruption qu'il voit partout dans l'*establishment*, le héros du roman, le jeune idéaliste Arvid Falk, quitte le service civil. Il aspire à devenir écrivain et rejoint un groupe d'artistes, mais se voit forcé de lutter contre ses propres tendances guindées et puritaines. L'esprit radical et réformateur de Falk s'adoucit graduellement et il se voit tenté d'adopter la vision égoïste de la vie prônée par le journaliste conservateur Struve. Comme souvent chez Strindberg, c'est la tension entre les opposés inconciliables qui donne son énergie au récit.

Dans le roman, l'accent est mis sur l'homme dans la société, parfois au détriment de l'approfondissement des personnages. Bon nombre de personnages secondaires, du charpentier qui menace de reconquérir les couches perdues de la classe ouvrière aux femmes de la classe moyenne qui lui offrent la charité, sont remarquables dans leur excentricité toute dickensienne. **UD**

Ben Hur
Lew Wallace

1827-1905 (États-Unis)
Première parution | 1880
Langue originale | Anglais
Titre original | *Ben Hur*

Incité par une discussion fortuite sur la vie de Jésus, Lew Wallace commence à écrire son récit épique de vengeance et d'aventures avec des thèmes religieux en tête, et le résultat en est cette parabole qui contrebalance la vie de Judas Ben Hur, un juif de Jérusalem, à celle, concomitante, de Jésus-Christ.

Lorsqu'il déplace accidentellement une tuile qui vient frapper un officier romain, Ben Hur est accusé à tort de meurtre et envoyé en galère par son ancien ami Messala, dignitaire romain. Les graines de la lutte épique et de la rédemption sont semées lorsqu'un étranger offre un verre d'eau à Ben Hur et, dès cet instant, son combat pour obtenir la citoyenneté est inextricablement lié et à la mission du Christ. La popularité du péplum hollywoodien de 1959, avec sa spectaculaire course de chars, l'emporte sans doute sur le mélange de parabole religieuse et d'aventure qui s'adapte aussi bien à la scène qu'à l'écran. Mais le péplum appartient à une espèce rare de films – une adaptation puissante du texte, qui s'attache à ses motifs essentiels sans pour autant en perdre l'intensité religieuse. *Ben Hur* est traditionnellement évoqué pour des éléments qui ne composent en fait qu'une infime partie du texte lui-même : un événement plutôt qu'un récit, un tout plutôt qu'un roman épique qui se déroule au fur et à mesure. Le texte n'a rien perdu de son puissant message, tout en dévoilant le désir de l'auteur d'évaluer certaines des principales doctrines de la foi chrétienne par le biais d'un homme apparemment ordinaire. **EMcCS**

Nana
Émile Zola

1840-1902 (France)
Première parution | 1880

« Le sujet est celui-ci, écrit Zola dans ses notes : toute une société se ruant sur le cul. Une meute derrière une chienne, qui n'est pas en chaleur et qui se moque des chiens qui la suivent. » Neuvième roman du cycle des *Rougon-Macquart, Nana* est celui qui provoqua la plus grande polémique : les détracteurs de Zola se sont saisis de son titre pour railler les théories du « nanaturalisme » et imaginer des parodies « nanatomiques »... Nana est la troisième enfant de Gervaise, l'héroïne de *L'Assommoir*. Ayant fui le dénuement du quartier de la Goutte-d'Or, elle se prostitue pour échapper à la misère, avant d'être engagée au Théâtre des Variétés. Elle devient bientôt l'une des courtisanes les plus fameuses du Paris impérial, accueillant dans ses draps toute une galerie d'hommes bien placés qu'elle déshonore. L'un des personnages la qualifie de « mouche d'or sur le fumier du second Empire » : avec elle, c'est la réalité de la haute société des années 1860 que veut révéler Zola, une société décadente et viciée qui se dirige inconsciemment vers la débâcle de Sedan. *Nana*, dira-t-il, c'est « *L'Assommoir* se redressant et pourrissant les classes d'en haut » ; reprenant à son compte la figure de la courtisane, il fait de son corps malade et prostitué la métaphore de la déréliction des mœurs de l'époque – à la mort misérable de Nana, tuée par la vérole à dix-neuf ans, répondront les cadavres des soldats morts au front durant la guerre contre la Prusse. **BQ**

Portrait de femme
Henry James

1843 (États-Unis)-1916 (Angleterre)
Première parution | 1881
Langue originale | Anglais
Titre original | *The Portrait of a Lady*

Portrait de femme est l'illustration parfaite du thème « international » favori de James : la relation entre la naïve Amérique et l'Europe érudite, et le contraste entre leurs valeurs morales et esthétiques. Isabel Archer est une jeune Américaine belle et pleine d'esprit, en quête d'enrichissement esthétique en Europe. Elle n'est pas riche, mais elle refuse tout de même deux demandes en mariage financièrement avantageuses, craignant que le mariage ne vienne restreindre sa liberté intellectuelle et son imagination. Ironie du sort, c'est au moment de recevoir un gros héritage qu'elle prend conscience qu'elle ne possède aucun but dans la vie qui puisse combler son avenir. En outre, l'argent lui attire les attentions sinistres du charismatique esthète urbain Gilbert Osmond. Lorsque Isabel l'épouse, elle découvre qu'il l'a manipulée pour son argent. Fuyant la captivité des conventions domestiques imposées, elle se retrouve mêlée à une scène de fortes émotions morales et sexuelles, et cherche à les comprendre. Elle décide cependant d'accepter la responsabilité de son choix, même si cela signifie renoncer sciemment à cette liberté qu'elle aime tant. Malgré sa vanité et son aveuglement, Isabel est déterminée à vivre une vie noble. Sous le mélodrame de l'intrigue du roman, James révèle avec brio la tragédie plus subtile de l'innocence perdue et des rêves brisés. « Le monde entier est devant nous – et le monde est très grand », implore Goodward à la fin du roman. « Le monde est très petit », répond à présent Isabel. **DP**

Les Malavoglia
Giovanni Verga

1840-1922 (Sicile)
Première parution I 1881
Langue originale I Italien
Titre original I *I Malavoglia*

Ce roman constitue la première partie d'une grande entreprise ayant l'ambition de décrire le combat pour la survie à tous les niveaux de la réalité sociale, du plus pauvre au plus puissant. Verga surpasse l'engagement des naturalistes français à dépeindre fidèlement la réalité, et crée un récit où l'auteur disparaît pour laisser la place à ses personnages, qui s'expriment dans un style novateur reflétant directement leurs sentiments et leurs pensées intimes. Il s'agit de l'histoire d'une famille très unie de pêcheurs vivant dans un petit village sicilien, dont la cohésion vient de leur obéissance aux traditions anciennes et aux coutumes patriarcales. Les Toscanos incarnent les ratés, qui, comme les moules s'accrochant fermement au rocher fouetté par les flots, dans une tentative désespérée de résister aux vagues de la vie, finissent emportés par les eaux déchaînées. Propriétaires d'un bateau de pêche, Padron 'Ntoni et sa famille ne sont pas complètement démunis. La catastrophe qui les frappe apparaît donc comme un châtiment sans merci pour avoir essayé d'améliorer leur vie en s'engageant dans une entreprise malheureuse. Le message de l'auteur est clair : le changement et le progrès ne sont tout simplement pas concevables en Sicile. On a cru que l'unification de l'Italie en 1861 viendrait résoudre le problème du Sud, mais alors que le Nord prospère, le Sud est plus pauvre que jamais. Cette représentation, révélatrice et dépourvue de passion, de la vie dans le Sud exprime ce désenchantement. **RPi**

Mémoires posthumes de Brás Cubas
Joaquim Maria Machado de Assis

1839-1908 (Brésil)
Première parution I 1881
Langue originale I Portugais
Titre original I *Memórias Póstumas de Brás Cubas*

Décrit par la critique Susan Sontag comme « le plus grand auteur produit par l'Amérique latine », Machado de Assis fut écrivain de fiction romantique avant d'être propulsé par ce livre radical au premier rang des romanciers de son temps. Influencé par le récit anarchique de Laurence Sterne, *Tristram Shandy*, l'écrivain brésilien bouleverse la forme du roman réaliste du XIXe siècle tout en atteignant triomphalement l'objectif des réalistes – un tableau brutalement honnête de la société contemporaine.

À l'image du film de Billy Wilder *Sunset Boulevard*, le narrateur est mort. Sa voix d'outre-tombe retrace sardoniquement une vie faite de futilités. Brás Cubas a appartenu à l'élite privilégiée de Rio de Janeiro, vivant d'une fortune héritée. Son existence médiocre s'est déroulée sans sens ni but, illustrée à la perfection par une longue relation adultère avec la femme d'un politicien, aussi ennuyeuse que le pire des mariages conventionnels. L'acerbe humour d'outre-tombe de Machado transforme ce matériau peu prometteur en une comédie acérée. Le récit fragmenté, sinueux et digressif, laisse la place à tous les genres de fantaisies, méditations et envolées comiques. La notion de progrès humain est satirisée sans merci par le biais du personnage de Quincas Borba, positiviste amateur dont l'optimisme dérive vers la folie.

Les vignettes désinvoltes évoquant la cruauté de la société inégalitaire brésilienne font mouche à tous les coups. Au cours des dernières décennies de sa vie, Machado devient le doyen intellectuel de la société de Rio et un héros national. Le roman *Quincas Borba*, l'une de ses dernières œuvres, est un peu une suite aux *Mémoires posthumes*. Son sens de l'humour noir, sa vision pessimiste de la nature humaine et son abandon des conventions narratives font de Machado l'un des écrivains du XIXe siècle les plus actuels. **RegG**

Bouvard et Pécuchet
Gustave Flaubert

1821-1880 (France)
Première parution | 1881

Par une journée d'été, Bouvard et Pécuchet, deux employés de bureau, font connaissance sur le boulevard Bourdon à Paris, et découvrent qu'ils ont non seulement écrit leur nom au même endroit sur leur chapeau, mais qu'ils partagent aussi les mêmes opinions politiques libérales et la même soif de connaissances. Grâce à un héritage, ils se retirent à la campagne pour mettre à l'épreuve toutes les théories dans tous les champs de connaissance possibles. Au fur et à mesure qu'ils remettent en question les idées reçues, les protagonistes prennent de plus en plus conscience des incohérences disséminées dans leurs manuels. Bouvard et Pécuchet entrent alors dans un cycle répétitif d'événements : ils consultent un grand nombre d'encyclopédies et de monographies, appliquent leurs connaissances, échouent de manière catastrophique dans toutes leurs expériences, regrettent la fausseté et les défauts du domaine en question et passent au suivant. Ils étudient tous les sujets, de l'archéologie à la théologie, avant d'abandonner leur quête et de décider de redevenir copistes.

Cette « épopée grotesque », inachevée et publiée à titre posthume, embrasse une passion dramatique pour la connaissance, incarnée par l'enthousiasme des héros face à tous les problèmes. Racontées dans le style économe de Flaubert, les tentatives ferventes et les déceptions récurrentes de Bouvard et Pécuchet offrent un texte comique et dérangeant. **CS**

L'Île au trésor
Robert Louis Stevenson

1850 (Écosse)-1894 (Samoa)
Première parution | 1883
Langue originale | Anglais
Titre original | *Treasure Island*

« Si ceci n'attire pas les enfants, eh bien, c'est qu'ils se sont gâtés depuis mon époque », déclare Stevenson. Peuplée de personnages et de décors extraordinaires, *L'île au trésor* a donné naissance à maintes imitations. Des films tels que *Pirates des Caraïbes* continuent d'encourager le romantisme de la piraterie, et le classique de Stevenson demeure fidèle au genre, malgré les différentes tentatives littéraires de lui disputer son rôle au sein de la culture populaire.

Le texte de Stevenson ne contient cependant que peu des éléments qui lui sont habituellement associés. L'exubérante histoire de pirates et de perroquets est bien là, mais une partie du romantisme est dû non au héros, Jack Hawkins, mais au cuisinier de bord renégat, Long John Silver. Silver est un magnifique scélérat : erratique, détonnant et mortel ; son évidente intelligence et sa relation avec Hawkins sont à la fois prenantes et imprévisibles. Tous les éléments de l'aventure classique sont amplifiés par le trésor enfoui, les malédictions, les étranges rendez-vous, les tempêtes et la mutinerie. Mais ce récit d'une quête, d'un siège et d'une récupération offre un dernier subterfuge en son épilogue indistinct. Même si le renégat s'échappe et si le héros revient riche, le sentiment que tout ne fait que commencer perdure. **EMcCS**

Une vie
Guy de Maupassant

1850-1893 (France)
Première parution | 1883

En 1880, Guy de Maupassant a participé avec *Boule-de-Suif* au recueil publié par le groupe des soirées de Médan, ces écrivains réunis autour des théories littéraires d'Émile Zola. Trois ans plus tard, ce jeune homme imprégné de naturalisme, publie son premier roman, *Une vie*, peinture de la déchéance d'une jeune aristocrate au début du XIXe siècle. Éduquée dans un couvent rouennais où elle a passé cinq ans, Jeanne, fille du baron Le Perthuis des Vauds, retrouve la demeure familiale de la côte normande. Elle tombe bientôt amoureuse de Julien de Lamare, jeune gentilhomme séduisant mais désargenté ; une fois mariée, elle découvre que Julien est en réalité un homme irascible, infidèle et malhonnête. Il la trompe avec Rosalie, leur bonne, puis avec l'une de ses amies, la comtesse de Fourville ; déçue par leur mariage, Jeanne reporte toute son affection sur son fils, Paul. Après des études médiocres, Paul fugue hélas à Londres en mauvaise compagnie, rançonnant régulièrement sa mère. Devenue fermière et aisée, Rosalie obtient le pardon de Jeanne et revient auprès d'elle pour redresser ses affaires. C'est aux deux femmes que Paul, gravement malade, confiera sa fille. Sombre tableau de la condition féminine, *Une vie* donne une vision pessimiste du monde en général : on meurt sans cesse autour de Jeanne qui survit sans but dans le cimetière de ses rêves brisés. Fataliste et nostalgique, elle finit par perdre tout espoir, cessant de croire en l'avenir : « Oui, c'était fini d'attendre. Alors plus rien à faire, aujourd'hui, ni demain, ni jamais. » La conclusion mitigée qu'apporte sa servante Rosalie empêche malgré tout de trouver une morale à ce fleuron du roman naturaliste : « La vie, ça n'est jamais si bon ni si mauvais qu'on croit. » *Une vie* a plusieurs fois inspiré les cinéastes, d'Alexandre Astruc en 1958 à Claude Chabrol en 2005. **BQ**

La Mort d'Ivan Ilitch
Léon Tolstoï

1828-1910 (Russie)
Première parution | 1884-1886
Langue originale | Russe
Titre original | *Smert Ivana Ilyitsha*

La Mort d'Ivan Ilitch est un roman court, mais qui n'est pas modeste pour autant. Puisque la crise spirituelle de Lévine, l'autoportrait de Tolstoï, est restée irrésolue à la fin d'*Anna Karénine*, l'auteur décrit ici l'agonie de l'ambivalence qui a amené cette résolution ; pour ce faire, cependant, il recourt à l'histoire d'un homme moins compliqué – un homme moins enclin aux crises de compréhension de soi que Lévine. Ivan Ilitch, ambitieux bureaucrate, joue des coudes pour gravir l'échelle des privilèges dans une Russie corrompue, encore harnachée par l'appareil bureaucratique du tsar. Il se glisse dans les différents rôles qu'on lui offre, ajustant les attitudes et l'éthique de sa jeunesse pour répondre aux exigences de sa carrière et acceptant joyeusement le cirque des privilèges et des consolations qu'offrent la haute société et ses luxes. Il aime particulièrement jouer aux cartes, un passe-temps méprisé par Tolstoï, de même que par le philosophe allemand Schopenhauer, qui considérait cela comme le comportement le plus dégradant et « automatique » imaginable. Suite à ce qui semble être une blessure sans conséquences, Ivan devient peu à peu invalide, jusqu'à ne plus pouvoir se lever du fauteuil de son salon. Tolstoï décrit avec un zèle féroce l'intensité des souffrances physiques d'Ivan, qui le fatiguent tellement qu'il finit par cesser de parler et se met à crier sans répit, terrifiant sa famille. À la fin, ce n'est pas la mort qui est l'aboutissement du voyage spirituel tourmenté d'Ivan, mais bien la contrée dévastée qu'il laisse derrière lui, tous ses biens et ses affectations, toutes ses relations qui lui ont permis de faire croire que sa vie valait la peine d'être vécue. Il s'agit là de la déclaration de renonciation à une existence sociale prérévolutionnaire corrompue la plus condensée de Tolstoï. **KS**

À rebours
Joris-Karl Huysmans

1848-1907 (France)
Première parution | 1884

À rebours est un univers de plaisirs voluptueux. Huysmans y renverse les appétits esthétiques, spirituels et physiques de la haute bourgeoisie de la fin du siècle et célèbre leur ruine. Se délectant dans le dégoût de soi et l'amour-propre, ce roman a souvent été considéré comme « le bréviaire de la Décadence », miroir dans lequel les écrivains fin de siècle peuvent contempler leur exquise nostalgie d'un monde autre que celui qu'ils habitent, au matérialisme féroce.

D'un point de vue politique, la « Décadence » désigne l'insubordination sexuelle, met en évidence la sacralité du corps en tant que matrice sensuelle, mais reste prisonnière d'un antagonisme chronique avec le matérialisme bourgeois. Si Huysmans, Wilde et Valéry méprisent la bourgeoisie, ils en ont également besoin : c'est par le matérialisme utilitaire et le sentimentalisme de la « société respectable » que se définit leur attrait pour la débauche et l'excès.

À rebours incarne et explore ce dérapage politique. Se livrant avec passion aux extases sensuelles et spirituelles, le duc Jean Des Esseintes est un esthète délicat, unique descendant d'une famille dont les mâles sont des êtres rébarbatifs, des guerriers et des patriarches médiévaux. Des Esseintes est un « dégénéré », et ses vices solitaires apparaissent comme la conséquence de la dégénérescence de l'aristocratie. Le récit s'attarde sur ses expériences et ses désarrois. Il en résulte une étude d'une intensité foisonnante et stylisée, et le fascinant portrait d'une époque à travers le regard d'un homme qui ne veut pas en faire partie. **PMcM**

La Régente
Clarín

1852-1901 (Espagne)
Première parution | 1884-1885
De son vrai nom | Leopoldo Alas
Titre original | *La Regenta*

Clarín livre ici un récit romantique doté d'une structure naturaliste, dont l'action se situe dans la société lévitique de Vetusta (Oviedo). Comme de nombreux romans du XIXe siècle, l'adultère est au cœur de l'histoire ; mais si dans *Madame Bovary* Flaubert donne naissance à un roman antiromantique, Clarín fait exactement le contraire dans *La Régente*.

Orpheline de mère et séparée de son père athée, Ana Ozores est élevée par des tantes très strictes. Elle est déshonorée par un événement malheureux qui l'oblige à passer la nuit en compagnie d'un garçon, et le sentiment de culpabilité qui en découle est à l'origine de son hypersensibilité morbide. Le positiviste Frígilis arrange « scientifiquement » son mariage avec Quintanar, plus âgé qu'elle. Président de la cour de justice, Quintanar apporte à l'impressionnable Ana soutien et sécurité. Mais les théories positivistes échouent face aux besoins inassouvis de la jeune femme, unie à un mari inadéquat et paternel.
Ana se retrouve en proie aux tentatives de séduction de son confesseur, Fermin de Pas, chanoine qui jouit d'une grande influence et se trouve lui-même sous l'influence de sa mère avare, mais aussi de Don Juan Alvaro Mesía. La société hypocrite de Vetusta finit par assister à la déchéance d'Ana qui, après des années de fidélité et d'anxiété spirituelle, succombe au charme de Mesía. Ce dernier conclut l'affaire en assassinant le président au cours d'un duel, et en abandonnant Ana, vaincue, humiliée et rejetée par tous, à l'exception de Frígilis. **M-DAB**

Bel-Ami
Guy de Maupassant

1850-1893 (France)
Première parution | 1885

Surtout connu pour ses nouvelles, Maupassant réutilise leur structure pour ses ouvrages plus longs. Le héros de *Bel-Ami*, Georges Duroy, arrive à Paris avec la candeur de la province. Il prend conscience du pouvoir croissant du journalisme, saisissant très vite l'amoralité et la décadence au cœur de cet essor. Cette découverte, décrite d'une façon très impressionniste, offre au lecteur des images de cafés, de boulevards et de bureaux de presse. Mais tout a un prix : le héros a beau essayer de donner authenticité ou mérite à ses actes et succès, il ne fait que montrer leur absence de valeur tout en se dévalorisant lui-même.
Bel-Ami est constitué de petites intrigues individuelles, les femmes à séduire étant décrites avec une exactitude phénoménologique. Chaque femme représente également une sorte de calcul, où le désir sexuel est mesuré par rapport à ses bénéfices pratiques. Ainsi, le « lumineux kimono en soie » de Clotilde de Marelle, femme dont il faut rapidement se débarrasser, évoque le désir « brutal » et « direct », tandis que l'ample robe blanche de sa remplaçante représente le caractère permanent des appétits sociaux de Georges. Cette dernière sera également écrasée par les aspirations de son amant, qui exploite sa valeur érotique mais aussi politique. L'amour et les sentiments sincères sont inversement proportionnels aux forces cyniques de l'ambition. Maupassant encourage le lecteur à savourer ces dernières pour ce qu'elles sont, à condition de ne pas tirer de son ouvrage des leçons immuables. **DT**

Marius l'épicurien
Walter Horatio Pater

1839-1894 (Angleterre)
Première parution | 1885
Titre original | *Marius the Epicurean : His Sensations and Ideas*

Walter Pater est plus connu en tant qu'auteur d'un *Essai sur l'art et la Renaissance* (1873), à première vue un panorama de l'art et de la culture de cette période, mais en fait un manifeste pour l'existence esthétique, qui va exercer une profonde influence sur le tempérament artistique de cette fin de siècle. Oscar Wilde adoptera lui-même avec enthousiasme « l'art pour l'art », principe selon lequel l'art n'a d'autre fin que l'art en soi. Pater rédige *Marius l'épicurien* non seulement pour suggérer l'inadéquation de cette lecture wildéenne, mais aussi pour offrir un modèle global à l'expérience de l'art en tant que mode de vie.

Le sujet abordé dans *Marius* a moins d'importance que les idées qui l'intéressent. Le roman décrit l'éducation d'un jeune Romain, les différentes philosophies païennes qu'il expérimente, avec la foi et le martyre chrétiens comme point culminant. Marius n'évolue pas grâce aux événements de sa vie, mais en tant que lecteur, et la forme du roman s'efforce de reproduire cette expérience de lecteur. La lecture permet ainsi de relier passé, présent et futur, se transformant en un processus de maturation morale au pouvoir rédempteur. La simultanéité temporelle du roman de Pater permet de participer à ce parcours en tant que lecteur, tout en ayant la possibilité d'observer ses effets sur le héros. Malgré l'oubli relatif de *Marius* et si l'on tient la littérature pour un processus formateur à la fois spirituel et sensuel, respectant ainsi les deux parties de l'équation de Pater, alors sa lecture demeure essentielle. **DT**

Les Aventures de Huckleberry Finn

Mark Twain

1835-1910 (États-Unis)
Première parution | 1885
Titre original | *The Adventures of Huckleberry Finn*
De son vrai nom | Samuel Langhorne Clemens

Comme bon nombre de livres que l'on trouve au rayon des classiques de la littérature enfantine, *Les Aventures de Huckleberry Finn* ne sont pas un livre pour enfants comme on l'entend par ce terme de nos jours. Partageant avec *Tom Sawyer* (1876) la description de la vie dans une petite ville du Mississippi, regorgeant de personnages hauts en couleurs, de superstitions, d'argot et de folklore, ces aventures-ci sont d'un genre différent. Le contraste est évident dès les premières pages, lorsque le jeu sanguinaire des garçons et la rançon organisée par Tom font écho à la fuite de Huck devant son père ivrogne et violent. Pour éviter d'être poursuivi, Huck simule son propre meurtre. Dès le début de sa fugue, il rejoint Jim, un esclave en fuite, et ensemble ils descendent le Mississippi. En chemin, ils rencontrent un assortiment de gens de la région, des riverains, bons ou sournois, et fréquentent une paire d'escrocs. Bon nombre de leurs aventures sont drôles, et la naïveté avec laquelle les décrit Huck est souvent utilisée pour créer un effet humoristique. La franchise dont il fait preuve lorsqu'il raconte ses expériences permet au récit de basculer de façon inattendue de l'absurde dans une tonalité plus sombre, comme lorsque Huck assiste à la mort d'un garçon de son âge dans une querelle entre deux familles.

Ce sont ces changements soudains et les contrastes qu'ils produisent qui font de cette œuvre beaucoup plus qu'un simple roman d'aventures. Huck n'est pas nécessairement innocent, mais, lorsqu'il raconte son histoire, il a tendance à prendre la morale conventionnelle et les relations sociales au pied de la lettre. Ce faisant, il leur confère une gravité morale qui dénonce l'hypocrisie, l'injustice, le mensonge et la cruauté avec plus de subtilité et de mépris que ne le ferait une satire directe. **DG**

Germinal
Émile Zola

1840-1902 (France)
Première parution | 1885

De tous les romans du cycle des *Rougon-Macquart, Germinal* est le plus célèbre. On y retrouve Étienne Lantier, le fils de Gervaise, héroïne de *L'Assommoir* : renvoyé des chemins de fer, il se fait embaucher au puits de mine du Voreux et trouve refuge chez la famille Maheu. Catherine, l'un des sept enfants, l'initie au métier. Révolté par les conditions de travail des ouvriers et par les sanctions que leur inflige la direction, il envisage de fonder une section de l'Internationale socialiste et une caisse de prévoyance en cas de grève – laquelle éclate à l'occasion d'une diminution des salaires. La réserve d'argent est hélas vite épuisée, la faim et le froid se faisant durement sentir. La révolte finit par éclater : les mineurs détruisent les infrastructures, leurs femmes tuent l'épicier Maigrat ; après un long conflit, l'armée intervient.

Épique et foisonnant, bâti sur une documentation impressionnante, ce grand roman donne, plus encore que *L'Assommoir*, une peinture saisissante des souffrances de la classe ouvrière à la fin du XIXe siècle. Surtout, Zola fait entrer en littérature une idée qui n'avait jusqu'alors nourri que les manifestes politiques : l'opposition du capital et du travail. Tout le roman est construit autour de cette antithèse, chaque scène et chaque personnage trouvant sa place dans le plan qu'a imaginé Zola pour la décrire et lui donner vie. Tableau complet de la société et des idéologies du temps, ce sommet du roman naturaliste est animé d'un souffle qui en fait un chef-d'œuvre. **BQ**

Les Mines du roi Salomon
H. Rider Haggard

1856-1925 (Angleterre)
Première parution | 1885
Langue originale | Anglais
Titre original | *King Solomon's Mines*

Le best-seller de Haggard était destiné à rivaliser avec *L'Île au trésor*, et son héros, Allan Quartermain, s'est révélé une figure durable de la littérature populaire. Le récit en soi est classique : Quartermain et ses acolytes s'aventurent dans les régions inexplorées d'Afrique centrale à la recherche des célèbres mines du roi Salomon, qui abritent un immense trésor légendaire. L'expédition est bien évidemment semée d'embûches et d'émotions. Quartermain rencontre les Kukuanas, gouvernés par le roi Twala et la sorcière Gagool, qui deviennent de plus en plus infâmes au fur et à mesure que s'intensifie la tension entre la tribu et ceux qui cherchent à piller les mines de diamants.

Ce roman témoigne d'une profonde connaissance de la culture africaine, et notamment zouloue, que l'auteur a lui-même observée, et souvent admirée. Quartermain est un impérialiste, mais il est plus tolérant et ouvert au changement que d'autres personnages de cette époque, et il n'est pas anodin que plusieurs de ses aventures, y compris celle-ci, incluent des tentatives pour sauver des tribus vouées à disparaître. C'est probablement la raison pour laquelle les œuvres de Haggard ont survécu – elles mettent en évidence une menace plus globale pour l'humanité par le biais de la destruction d'une race entière. Les personnages principaux de Haggard sont volcaniques et impétueux, et c'est Quartermain qui émerge comme le héros aux importantes ressources culturelles, parmi des compagnons moins observateurs et faisant preuve d'une pugnacité plus stéréotypée. **EMcCS**

Le Petit Johannes
Frederik Willem Van Eeden

1860-1932 (Pays-Bas)
Première parution | 1885
Langue originale | Néerlandais
Titre original | *Der Kleine Johannes*

Frederik Willem Van Eeden est l'un des fondateurs de la clinique psychothérapeutique d'Amsterdam. Il s'intéresse aux problèmes sociaux en tant qu'écrivain et médecin. *Le Petit Johannes* paraît d'abord dans le *Nieuwe Gids* (*Le Nouveau Guide*) – revue littéraire innovatrice et qui a fait époque – lancée par les Tachtigers (« Ceux de Quatre-vingt »). Mais les idées de Van Eeden divergent des directives des Tachtigers, lesquelles penchent plutôt vers des œuvres conformes au principe de l'art pour l'art. Van Eeden se distingue par ses sympathies éthico-religieuses et se concentre plus sur le contenu que sur la forme, ce qui conduit à un clivage.

Ce roman retrace les expériences de Johannes, personnage qui présente nombre de ressemblances avec l'auteur. Enfant, Johannes a tout le loisir de jouer et de donner libre cours à son imagination débridée. Il s'intéresse surtout à la nature et aux animaux, mais il va aussi faire face aux aspects plus désagréables de la vie, tels que la maladie et la mort. Il entreprend un voyage spirituel au cours duquel il prend conscience que la vie de la plupart des gens est aux antipodes de son enfance idyllique.

Le Petit Johannes est construit comme un conte de fées, où l'imagination finit par être vaincue par le rationalisme et le matérialisme. Les sous-entendus éthico-religieux se résolvent vers la fin du roman, lorsque Johannes reçoit une mission à accomplir au sein de l'humanité. Replacé dans le contexte de l'époque, ce récit est extraordinaire et poignant. **JaM**

Docteur Jekyll et Mister Hyde
Robert Louis Stevenson

1850 (Écosse)-1894 (Samoa)
Première parution | 1886
Langue originale | Anglais
Titre original | *The Strange Case of Dr. Jekyll and Mr. Hyde*

Le roman commence par une conversation entre l'avocat Mr. Utterson et son ami, Mr. Enfield. Ce dernier raconte comment, au petit matin, il a été le témoin d'un « terrible » incident : traversant la rue, une fillette est piétinée par un homme qui la laisse pleurant à terre. « À l'entendre, cela ne semble pas grand-chose, conclut Enfield, mais c'était terrible à voir. »

Une telle réticence est caractéristique de cette interprétation de Stevenson de la notion gothique du « double », homme poursuivi par lui-même, par une seconde personnalité qui vit en lui. Stevenson dévoile petit à petit l'identité du « damné Juggernauth », Mr. Hyde, qui disparaît derrière la porte du respectable et apprécié Dr. Jekyll. Identifier Hyde ne revient pas à savoir comment interpréter le conflit, l'existence double, déclenchée par les expériences que fait Jekyll avec « le côté maléfique de [sa] nature ». En 1888, le phénomène psychologique exploré ici est invoqué pour expliquer une nouvelle forme de sauvagerie sexuelle caractéristique des métropoles, comme les meurtres de l'Éventreur. Il s'agit ici d'un exemple précoce du rôle que devait jouer l'œuvre de Stevenson dans les affaires publiques et de sa critique de la vie culturelle moderne. **VL**

enfants qui jouent : le garçon, Perucho, est vêtu avec élégance, tandis que la fillette est en haillons. **DRM**

Le Château d'Ulloa
Emilia Pardo Bazán

1852-1921 (Espagne)
Première parution I 1886
Langue originale I Espagnol
Titre original I *Los pazos de Ulloa*

Ce roman scabreux, poursuivi l'année suivante dans *Mère Nature*, est la plus belle œuvre de la comtesse de Pardo Bazán, et l'un des points culminants du naturalisme espagnol. L'auteur y oppose barbarie et primitivité de la Galice rurale aux normes qui règlent la vie civilisée. Le jeune prêtre Julián Álvarez arrive dans la demeure ancestrale de Don Pedro Moscoso, l'illégitime marquis de Ulloa et authentique suzerain féodal. La gestion efficace du domaine est l'œuvre du brutal Primitivo, dont la fille, Sabel, travaille comme femme de chambre. Le marquis cède à son attirance sexuelle envers Sabel, et de leur union naît un fils, Perucho.

Très vite, Julián, qui essaie de réorganiser la gestion de la propriété, se heurte au violent Primitivo. Julián reste au manoir et tente de racheter l'âme du marquis par le biais du mariage. Dans ce but, ils voyagent à Santiago, où Don Pedro peut choisir une épouse parmi ses quatre cousines. Il élit Nucha, la favorite du prêtre. Les premiers mois du mariage sont heureux, jusqu'au jour où Nucha donne naissance à une fille. Le marquis, qui désirait un fils, reprend alors sa relation avec Sabel. Le plan de Julián pour aider Nucha et sa fille à s'enfuir est découvert et il est expulsé de la maison. Dix ans plus tard, il y retourne et y découvre la tombe de Nucha et deux

Les Gens de Hemsö
August Strindberg

1849-1912 (Suède)
Première parution I 1887
Langue originale I Suédois
Titre original I *Hemsöborna*

Les Gens de Hemsö, conte populaire d'une honnêteté exceptionnelle, se passent sur une île de l'archipel de Stockholm, tant apprécié de Strindberg. Rédigé lors d'un pénible exil, le roman possède paradoxalement un sens aigu du pays, et apparaît comme un estivage ensoleillé et insouciant en comparaison avec certaines de ses œuvres psychologiquement plus denses.

Mme Flod, une veuve aisée, engage Carlsson pour gérer la ferme sur l'île. Étranger et marin d'eau douce parmi les loups de mer et les pêcheurs, Carlsson n'inspire pas la confiance aux gens du pays. Une lutte acharnée pour le contrôle de la ferme se déclare entre lui et son principal rival, Gusten, le fils héritier. Bien que l'on puisse détecter dans leur affrontement des signes d'une lutte nietzschéenne pour le pouvoir, le roman est bien trop léger et gai pour avoir une portée philosophique pertinente. Ce combat apparaît néanmoins comme un intelligent mécanisme pour maintenir le lecteur en haleine : Carlsson est-il un insaisissable escroc s'attaquant à une veuve solitaire, ou un honnête homme travailleur, redonnant vie à une ferme négligée ? Cette question, également débattue par d'autres personnages du roman, se pose encore dans l'esprit du lecteur contemporain. Cela explique pourquoi, grâce à des descriptions magistrales de la mer et des îles, à une atmosphère de comédie rustique et grivoise et aux rebondissements dramatiques du dénouement de l'intrigue, *Les Gens de Hemsö* figurent parmi les romans suédois les plus appréciés. **UD**

Pierre et Jean
Guy de Maupassant

1850-1893 (France)
Première parution | 1888

Situé dans Le Havre des années 1880, *Pierre et Jean* est le récit poignant et tendu de l'effondrement d'une famille. Le titre fait référence à deux frères, fils d'un ancien bijoutier, bourgeois respectable et dont les vies sont bouleversées par un héritage inattendu. Jean, le cadet, aspirant avocat, découvre qu'il est le seul bénéficiaire des biens d'un ami de la famille. À l'exception de Pierre, toute la famille est ravie de cette aubaine. Au départ, Pierre est tourmenté par un simple sentiment de jalousie, mais son humeur morose empire lorsqu'il commence à remettre en question l'honneur de sa mère, redoutant que Jean soit le fils illégitime de son bienfaiteur. Il est assailli de doutes et sa jalousie vire à la peur, à la culpabilité et à la colère. Il est de plus en plus confus, son angoisse le contraignant à sonder les profondeurs de son être, aggravant ainsi son isolement dans sa famille et dans la société. Le port du Havre et le littoral normand composent une toile de fond qui illustre les craintes, l'agonie et le vif désir ultime d'évasion de Pierre.

Considéré comme l'un des maîtres de l'art de la nouvelle, Guy de Maupassant fut un écrivain à succès prolifique. *Pierre et Jean*, son quatrième roman, illustre un virage à la fois dans son œuvre et dans la littérature française en général – il s'éloigne du réalisme social caractéristique d'auteurs comme Balzac, pour aller vers un plus grand souci des mécanismes intimes de la psychologie humaine. **AL**

Sous le joug
Ivan Vazov

1850-1921 (Bulgarie)
Première parution | 1889 (Odessa)
Langue originale | Bulgare
Titre original | *Pod Igoto*

Sous le joug est un drame historique du XIXe siècle écrit avec une ferveur patriotique et une passion fougueuse, souvent comparé aux œuvres de Longfellow, voire de Tolstoï. L'histoire se déroule en 1875-1876, aux environs de la ville de Bela Cherkva (ville natale de Vazov, Sopot), dans une région bulgare luttant pour se débarrasser du « joug » turc. Il s'agit pourtant d'un éveil fictif (la véritable émancipation n'a lieu qu'en 1886), qui se conclut par une insurrection avortée et le martyre des dirigeants patriotes lorsque l'aide provenant de Russie ne se matérialise pas.

Mais il n'y a pas que la ruine et la morosité : les héros, y compris le Dr Sokoloff, Rada l'orpheline et Boicho Ognianoff, sont tous pris dans l'enthousiasme du soulèvement. Vazov retrace leur histoire avec pour toile de fond les prés des vallées balkaniques, les cours d'eau et les moulins, les noiseraies et les poiriers, ainsi que les cafés, les monastères et les fermes. On y trouve bon nombre de passages mémorables, dont le meurtre final des bandits.

Vazov est né avant la libération bulgare et mort après la Première Guerre mondiale, sa vie s'inscrivant profondément dans l'histoire moderne de la Bulgarie. Les poèmes et la prose de ce patriote et poète national célèbrent les héros de la libération bulgare.

Cette particularité ne l'empêche toutefois pas d'être apprécié des lecteurs du monde entier. Il y a maints régals dans ce roman, qui a révélé à l'Occident le potentiel artistique de la Bulgarie. **JHa**

L'Enfant de volupté
Gabriele D'Annunzio

1863-1938 (Italie)
Première parution | 1889
Langue originale | Italien
Titre original | *Il piacere*

L'écrivain italien D'Annunzio, au sujet de qui l'on se demande souvent si ses idées politiques n'annoncent pas le fascisme de Mussolini, semble avoir rédigé ce premier roman du point de vue d'un poète romantique. Il s'agit d'un texte au style foisonnant, qui incorpore à la prose somptueuse et sans fioritures son lyrisme, par le biais du personnage principal. Les descriptions de Rome rendent la lecture de cette œuvre d'autant plus intéressante.

L'Enfant de volupté est à la fois une analyse et une critique des classes aisées italiennes et du caractère éphémère de cet univers social amputé. Andrea, le protagoniste, un jeune poète aristocrate issu d'une illustre lignée, tombe amoureux de deux femmes. Sa santé est dégradée par un duel, et il est déchiré par le désir que lui inspirent les deux femmes et par un renouveau spirituel issu de son expérience proche de la mort lors du duel. Lorsque le mari de l'une des femmes est victime d'un immense scandale, celle-ci se retrouve confrontée à la possibilité de tout perdre, y compris sa passion compromettante pour Andrea.

La force du récit repose sur l'idée selon laquelle le moteur des personnages est leur réputation, sans laquelle ils sont exclus de la vie séduisante de Rome. Leur destruction physique et émotionnelle est due en partie à ce besoin de maintenir leur réputation et d'éviter le scandale. Les personnages sont strictement confinés dans leurs conventions sociales, et leurs désirs sont l'un après l'autre contrariés. Ils sont sans cesse tourmentés par des besoins insatisfaits. **JA**

Eline Vere
Louis Couperus

1863-1923 (Pays-Bas)
Première parution | 1889
Langue originale | Néerlandais
Titre original | *Eline Vere. Een Haagsche Roman*

Publié tout d'abord en feuilleton, ce roman raconte l'histoire de la jeune et talentueuse Eline Vere et de sa découverte d'une réalité autre que celle rencontrée dans les livres. Lorsqu'elle tombe amoureuse d'un chanteur d'opéra, elle s'aperçoit que sa passion se fane aussi vite qu'elle a germé, et perd ses illusions. Peu de temps après, Eline accepte la demande en mariage d'un autre homme et partage pendant quelque temps une sincère affection mutuelle. Son cousin Vincent n'est toutefois pas convaincu. Déterministe, il pense qu'un tel amour n'est qu'un idéalisme puéril et une fuite poétique de la vérité qui veut que le libre arbitre n'existe point et que les êtres ne soient que le produit d'une époque et d'un milieu. Eline finit par mettre fin à ses fiançailles.

Comme Flaubert, Tolstoï et Wilde, Couperus utilise le réalisme psychologique pour étudier les aspirations qui menacent de consumer l'individu. Que recherche-t-on donc, sans jamais connaître la satisfaction – et s'il n'y avait simplement rien à trouver ? Qui est le plus insidieux, le cynique ou le

romantique ? Que faire lorsque l'on perd le combat face à la réalité ? Tandis qu'Eline commence à se poser ces questions, sa santé se détériore et elle sombre dans la dépression. Elle envisage le suicide mais n'est pas capable de mettre fin à sa propre vie. Lorsqu´elle meurt accidentellement d'une overdose de morphine, les questions demeurent sans réponse ; on se demande toutefois s'il ne pourrait y avoir une autre issue possible à cette tragique histoire, échappant à l'horreur de la perte, et où se trouve la vérité.
Si Couperus connaît très tôt une renommée internationale, aux Pays-Bas il fait figure de dandy et jouit d'un accueil ambivalent jusqu'à la fin de ses jours. Le XXe siècle va voir un renouveau de l'intérêt public et académique à son égard. **MvdV**

La Faim
Knut Hamsun

1859-1952 (Norvège)
Première parution | 1890
Titre original | *Sult*
Prix Nobel de littérature | 1920

La réputation de Hamsun (de son vrai nom Knut Pedersen) a souffert de ses sympathies nazies, mais ce portrait semi-autobiographique – écrit à ses débuts – de l'écrivain en tant que jeune homme affamé est un classique moderne original. Influencé par Dostoïevski, Hamsun développe ici une sorte d'individualisme nietzschéen qui se révolte à la fois contre le naturalisme et la politique littéraire progressiste associée à Ibsen. L'angoisse existentielle urbaine de *La Faim* préfigure les paysages citadins aliénés de Kafka, en insistant toutefois sur les tensions entre l'économie du quotidien et des rêveries familières dignes de James Kelman. Raconté avec l'urgence d'un présent de l'indicatif vorace, le roman retrace les diverses dégradations du narrateur alors qu'il essaie de vivre de son écriture. Parfois fébrile de faim, parfois simplement dédaigneux de l'humanité, le narrateur possède un sens surdéveloppé du mérite personnel. Les rencontres et les perceptions erronées qui en résultent sont à la fois hilarantes et d'un existentialisme sombre. La faim détruit petit à petit toute relation entre le besoin et la dignité, donnant naissance à des représentations de la folie à l'effet presque hallucinatoire. Associant ses fantaisies et ses crimes mesquins à des stratégies tout aussi mesquines de vengeance et à des rêves de respect, le roman repose sur un parfait équilibre entre l'affirmation d'un écrivain exceptionnel et la révélation d'une âme bercée d'illusions, burlesquement vouée au dépit et à la bêtise. *La Faim*, qui préfigure la déchéance intellectuelle dont parle l'œuvre de Beckett, est le parfait antidote pour quiconque souhaite faire carrière en tant qu'écrivain affamé. **DM**

Au bord de la vaste mer
August Strindberg

1849-1912 (Suède)
Première parution | 1890
Langue originale | Suédois
Titre original | *I havsbandet*

Lorsque Strindberg rédige *Au bord de la vaste mer*, il est sous l'influence de la théorie du « super-homme » nietzschéen. Il explore la biologie, la géologie et la géographie pour instaurer et authentifier la méthode scientifique et pour décrire avec acuité un homme de science puissant et intellectuel.
Les deux personnages principaux du roman sont Axel Borg, inspecteur de pêche

côtière envoyé pour enquêter sur la diminution du ravitaillement en harengs, et le paysage de la mer et des îles, source constante de fascination pour l'auteur. Snob et hautain, Borg écrase les pêcheurs, hommes simples et terre à terre, considérant qu'il est dans le droit des plus forts d'opprimer les faibles. Ayant appris par son père à réprimer son côté féminin, il domine et séduit une jeune femme, Maria, qui prend le rôle de son *anima* au cœur de son inconscient, dévoilant ainsi les sombres recoins de son esprit. Son *ego* se morcelle et sa confiance tourne à l'insécurité lorsqu'il est confronté aux pressions des gens du pays et des environs. Ses idées se font de plus en plus grandioses et il se sert de sa personne pour des expériences visant à dominer et à conquérir la nature.

Borg, *alter ego* de Strindberg, est un génie sensible et solitaire affaibli par la médiocrité de la populace. Annonçant sa crise des années 1890 qui aboutit à l'écriture d'*Inferno*, ce roman retrace l'inquiétante dégradation d'un homme intellectuel et orgueilleux en une épave persécutée, et offre un regard intéressant sur l'état d'esprit de Strindberg à l'époque. **UD**

La Bête humaine
Émile Zola

1840-1902 (France)
Première parution | 1890

La Bête humaine est le dix-septième roman du cycle des *Rougon-Macquart*, par lequel l'écrivain cherche à comprendre les effets de l'hérédité et du milieu sur une famille, faisant appel à des termes « scientifiques » au cœur du naturalisme de la fin du XIXe siècle et des théories contemporaines de la dégénérescence et de la « fêlure héréditaire ». Zola se sert aussi de *La Bête humaine* pour explorer le pouvoir et l'impact des chemins de fer sur la société, associant ainsi la fascination qu'il éprouve pour le monde du crime et pour le monde du rail. La puissance impersonnelle de la locomotive s'imbrique inextricablement dans la violence et le penchant destructeur de l'être humain. À travers le personnage de Jacques Lantier, mécanicien sur la ligne du Havre, tourmenté par un désir pathologique de tuer des femmes, Zola décrit ce qu'une génération ultérieure identifiera comme un tueur en série. Le crime et la machine deviennent indissociables, et l'accident et la psychopathologie se fondent l'un dans l'autre. Les pulsions violentes de Lantier s'éveillent lorsqu'il entrevoit le meurtre – motivé par la jalousie – de Grandmorin, président de la Compagnie de chemins de fer. « Son prurit de meurtre s'exaspérait comme une concupiscence au spectacle de ce mort tragique. » Les conséquences de ce désir meurtrier sont déclinées tout au long du roman.

Zola, à l'aide de mots, esquisse l'ombre et la lumière, le feu et la fumée qui animent les voies ferrées et ont tant inspiré les peintres impressionnistes, dévoilant ainsi la finesse de son observation. **LM**

Thaïs
Anatole France

1844-1924 (France)
Première parution | 1890
De son vrai nom | Anatole France Thibault
Prix Nobel de littérature | 1921

Thaïs, roman historique se déroulant dans l'Égypte du IVe siècle, raconte l'histoire de deux chrétiens très différents l'un de l'autre, et examine l'Église sous un angle nouveau et provocateur à ses débuts, ainsi que le conformisme répandu de

la piété. Le roman décrit les rapports de Paphnuce, pieux et ascète abbé d'Aninoë, et de la belle Thaïs, actrice et courtisane. Inspiré par ce qu'il prend pour une vision divine, Paphnuce se rend à Alexandrie pour convertir Thaïs au christianisme, elle qui a déjà reçu le baptême sans avoir jamais pratiqué depuis. Dans l'enivrante atmosphère de l'Alexandrie de cette époque, Paphnuce défend la cause du christianisme. La conversion étant couronnée de succès, Thaïs se retire dans un couvent pour y vivre une vie de pureté et d'abnégation. Croyant son devoir accompli, Paphnuce se trouve pourtant confronté de façon inattendue à une cohorte de tentations nouvelles. Dans son désir de toucher au divin, ses motivations se font de plus en plus douteuses jusqu'à ses retrouvailles avec Thaïs, dénouement dramatique où il se voit forcé de remettre en question sa foi jadis inébranlable.
Grâce à l'incursion tout en nuances qu'il fait dans la morale et volonté humaine, ce roman dévoile les contradictions inhérentes à l'idée de pureté, et bouleverse l'idée que se fait le lecteur des saints et des pécheurs. Écrit dans un style onirique et suggestif, il explore les conséquences de l'abandon de ses désirs au profit du salut spirituel et procure toutes les émotions d'un roman historique. **AB**

La Sonate à Kreutzer
Léon Tolstoï

1828-1910 (Russie)
Première parution | 1890 (Russie)
Langue originale | Russe
Titre original | *Krejcerova sonata*

La Sonate à Kreutzer profère une virulente condamnation à l'encontre de la « fausse importance accordée à l'amour physique ». Elle défend l'abstinence sexuelle (même dans le mariage) et s'oppose à la conception et aux idées sentimentalistes de la passion romantique. Ces valeurs morales sont, en bien des aspects, étrangères à l'Occident d'aujourd'hui, mais le roman ne peut cependant pas être qualifié de simple digression réactionnaire. L'idée selon laquelle l'égalité entre hommes et femmes est impossible tant que la femme sera considérée comme un objet sexuel fait écho aux débats féministes actuels. Ici, Tolstoï est au sommet de son puritanisme, qui découle de sa célèbre « conversion » tardive au christianisme. La publication du roman en Russie fit un tel scandale qu'il frôla la censure, malgré les nombreux exemplaires circulant déjà. Aux États-Unis, certains passages furent interdits et Théodore Roosevelt a qualifié Tolstoï de « pervers sexuel et moral. »
Lors d'un voyage en train, Pozdnychev raconte au narrateur comment il en est arrivé à tuer sa femme, mettant ses actions sur le compte de la philosophie sexuelle de l'époque. La signification du train qui, dans le monde de Tolstoï, symbolise souvent une modernité érodée, n'échappera pas aux lecteurs d'*Anna Karénine*. L'aspect le plus fascinant de ce court roman est sa représentation de la jalousie masculine obsessionnelle, d'une grande acuité psychologique. À l'image de l'*Othello* de Shakespeare, ce sont des broutilles qui scellent la conviction de Pozdnychev que sa femme entretient une liaison avec son partenaire musical. Le mur qui se dresse entre sa souffrance intérieure et sa façade composée et scrupuleusement polie, entre sa passion intime et le décorum public, finit par s'effondrer dans son déchaînement meurtrier final. **RMcD**

Le Portrait de Dorian Gray
Oscar Wilde

1854 (Irlande)-1900 (France)
Première parution | 1891
Titre original | *The Picture of Dorian Gray*
De son vrai nom | Oscar Fingal O'Flahertie Wills

Suite au scandale provoqué lors de sa publication dans *Lippincott's Monthly Magazine*, Wilde répond aux critiques mettant en cause l'immoralité et le caractère malsain du seul roman qu'il ait jamais écrit, par l'ensemble des aphorismes qui composent sa « Préface ». Malgré son charme transgressif, *Le Portrait de Dorian Gray* peut facilement être lu comme un roman profondément moral, et même comme un conte qui met en garde contre les dangers du vice. La chute de Dorian dans la perfidie morale n'est ni admirable, comme le montre sa rupture péremptoire avec sa fiancée, l'actrice Sybil Vain, ni enviable. En effet, le joli garçon est le personnage le moins intéressant du livre qui porte pourtant son nom.
Lorsque l'artiste Basil Hallward peint le portrait de Dorian, le souhait frivole d'immortalité de son modèle devient réalité. Tandis que son portrait vieillit et se corrompt, Dorian continue d'arborer fraîcheur et innocence, malgré une vie privée lubrique et dépravée. L'esprit mordant de lord Henry Wotton pousse Dorian dans une quête de la sensualité et de l'émotion, mais les valeurs du jeune homme pervertissent l'éthique profondément sérieuse de Wilde, à laquelle elles ne ressemblent que superficiellement. Alors que les essais d'Oscar Wilde prônent l'individualisme et la réalisation personnelle comme moyens pour parvenir à une vie plus riche et à une société plus juste, Dorian suit la voie de l'hédonisme, de la complaisance et de la réification d'autrui. Il s'agit néanmoins d'un récit qui reflète de façon poignante la vie double de Wilde et anticipe sa déchéance dans l'ignominie et la honte. Le concept sur lequel il se fonde – le portrait dans le grenier – semble être immédiatement transporté de la fiction au domaine du mythe. **RMcD**

Là-bas
Joris-Karl Huysmans

1848-1907 (France)
Première parution | 1891

Esthète cynique de la décadence fin de siècle, Huysmans s'intéresse à la vie spirituelle et à l'occulte, poussé par son dégoût du matérialisme bourgeois. *Là-bas*, son plus grand succès commercial, aborde le thème déconcertant du satanisme avec une touche de légèreté sardonique, en n'épargnant au lecteur aucune de ses horreurs et vilenies. Il en résulte une œuvre aux couches multiples, riche en imagination et humour, en informations abstruses et détails sordides. Durtal, l'*alter ego* de l'écrivain, recherche un livre sur Gilles de Rais, le « Barbe-Bleue » du XVe siècle. Il est amené à enquêter de première main sur le culte du satanisme dans le Paris de cette époque. La soif destructrice de pouvoir spirituel contraste avec la vulgarité d'une messe noire au cours de laquelle des femmes de la haute société se déshonorent avec le sinistre Canon D'Ocre.
Malgré un sujet plutôt sombre, *Là-bas* regorge d'humour, notamment dans les descriptions des turpitudes et des misères quotidiennes de la vie de célibataire de Durtal. Mais la descente aux enfers de Gilles dans son château de Bretagne finit par s'imposer dans le roman. Le passage saisissant où le paysage breton est érotisé de façon obscène par le regard concupis-

cent de Gilles préfigure Dalí et le surréalisme. Pour Huysmans, le satanisme est une étape sur le chemin de la croyance religieuse. À la fin du roman, Durtal ne parvient pas à se dévouer au christianisme ; l'auteur, lui, embrassera la vie monastique peu avant sa mort, en 1907. **RegG**

Tess d'Urberville
Thomas Hardy

1840-1928 (Angleterre)
Première parution | 1891
Titre original | *Tess of the D'Urbervilles : A Pure Woman Faithfully Presented by Thomas Hardy*

Ce roman retrace la vie de Tess Durbeyfield, victime de plusieurs hommes qui finiront par la conduire à sa perte, et est aussi célèbre pour son héroïne que pour son contenu tragique. Lors de sa parution en 1891, les critiques éludent le livre à cause de son « immoralité ». *Tess* n'épargne pas au lecteur l'amertume de la vie dans la campagne anglaise, et la passion de Hardy, souvent romancée, pour le paysage du Wessex est contrebalancée par la peinture au réalisme sinistre que fait le roman de l'injustice sociale.

Lorsque le père de Tess apprend que sa famille, les Durbeyfield, est apparentée à une puissante dynastie de la région, il accepte que sa fille contacte l'héritier, Alec D'Uberville, mais l'issue en sera tragique. Ce dernier la séduit pour l'abandonner ensuite alors que Tess porte son enfant. Elle trouve brièvement le bonheur au côté d'un autre homme, Angel Clare, mais celui-ci aussi la rejette en découvrant son passé sexuel, la laissant dans la pauvreté et la misère. Contrainte de revenir vers Alec, Tess doit sacrifier son bonheur à la survie économique, mais, lorsqu'un sentiment d'injustice la submerge dans un instant de passion, les conséquences sont dramatiques.

Dans *Tess*, Hardy décrit un monde dans lequel l'esprit humain est meurtri par les forces, non du destin mais de la hiérarchie sociale. La mort de Tess, l'une des plus célèbres de la littérature, découle directement de la cruauté humaine et représente l'une des condamnations les plus touchantes de la vie des femmes anglaises au XIXe siècle. **AB**

La Légende de Gösta Berling
Selma Lagerlöf

1858-1940 (Suède)
Première parution | 1891
Langue originale | Suédois
Prix Nobel de littérature | 1909

En 1909, Selma Lagerlöf devient la première femme couronnée d'un prix Nobel de littérature. Pétrie des traditions et des légendes locales de la province montagneuse et peu peuplée du Värmland, sa *Légende de Gösta Berling*, bien qu'elle soit rédigée à l'aube de l'ère moderne, représente un retour aux récits traditionnels de glorieux manoirs, de belles femmes, d'hommes galants et d'aventures romantiques.

Dans l'aile pour célibataires du manoir Ekeby, la charitable et hospitalière épouse du commandant offre refuge à douze « chevaliers » sans logis menés par Gösta Berling, prêtre défroqué et don Juan romantique et séduisant. Ces hommes, qui représentent les valeurs traditionnelles et surannées de la chevalerie et du romanesque, sont aussi des caractères faibles, dangereusement attachés à la bohème et aux festivités endiablées. Pactisant avec le représentant local du diable, le maléfique

Sintram, les chevaliers expulsent la femme du commandant et s'emparent d'Ekeby pendant un an, menaçant de le mener à sa ruine. Des événements fantastiques se produisent, notamment le grand bal à Ekeby, épisode classique d'un drame mouvementé.

L'intérêt accordé à la nature de la mémoire et de la réalité contrebalance le désir de recréer un âge d'or. Le roman est écrit dans un style désuet, allégorique et maniéré, mais ses premières pages, où sont décrits l'état d'esprit du protagoniste et son penchant pour la bouteille, annoncent le roman moderne en plaçant l'esprit humain au centre de ses préoccupations. **UD**

New Grub Street
George Gissing

1857 (Angleterre)-1903 (France)
Première parution | 1891
Langue originale | Anglais
Non traduit à ce jour en français

Figurant parmi les meilleurs et plus précoces romans sur la paternité littéraire, *New Grub Street* dresse le portrait du monde de l'édition à la fin de l'ère victorienne. Gissing expose le clivage entre l'écriture littéraire et le journalisme populaire, typique de revues comme la récente *Tit-Bits*, qui annonce un siècle de débats sur l'art et la culture de masse. Il offre une appréciation réaliste du marché, tout en affirmant que la fiction peut exprimer sa propre vérité. Parmi les nombreux personnages mémorables, Edwyn Reardon, dont les efforts pour terminer son roman *Margaret Home* sont amplement détaillés, est sans doute le plus approfondi de tous. Un acharnement désespéré vient à bout du livre, mais celui-ci est faible et plein de redondances et Reardon redoute les critiques. Au contraire, Jasper Milvain, ouvrier littéraire sans aucun scrupule esthétique, sagace et d'une assurance joviale, prospère. Harold Biffen est quant à lui un perfectionniste vivant de tartines à la graisse dans une mansarde. Le roman de Biffen, *Mr. Bailey Grocer*, étude hyperréaliste de l'« indécence ignoble » du quotidien, apparaît comme l'hypothèse de Gissing sur l'essence de la fiction avant-gardiste du XXe siècle. Les personnages secondaires incluent, entre autres, l'irascible Alfred Yule et sa fille Marian.

Gissing est un écrivain plus futé que Reardon ou Biffen, et plus sérieux que Milvain. *New Grub Street*, son plus grand succès artistique et commercial, prouve que la bonne fiction prospère parfois sur le marché littéraire. **MR**

Nouvelles de nulle part
William Morris

1834-1896 (Angleterre)
Première parution | 1891
Titre original | *News from Nowhere, or, an Epoch of Rest, being some chapters from a Utopian Romance*

En tant que prophétie, le rêve que propose William Morris d'un futur utopique, sans propriété privée ni gouvernement, sans système légal ni pénal et sans éducation formelle, peut sembler d'une invraisemblance burlesque. Dans *Nouvelles de nulle part* (ou *Une ère de repos*), Morris imagine la ville de Londres du futur, reboisée et où tous les vêtements, la faïence, les immeubles et les ponts sont l'œuvre de William Morris. L'idéal imaginé ici par Morris appartient bien moins au futur qu'à une fantaisie typique du XIXe siècle ancrée dans un passé agraire. La valeur de ce rêve ne repose pas tant sur sa représentation d'un futur imaginaire que sur sa compréhension des limites de l'imagination politique

contemporaine. La vision qu'offre Morris d'une vie qui ne soit pas gouvernée par un État oppressif apporte un éclairage incisif et satirique sur l'irrationalité et les contradictions de son époque – de même que sur les circonstances politiques actuelles. Morris amène le lecteur à discerner plus clairement les injustices sociales produites par la distribution inégale des richesses.
La prose lumineuse et pleine d'esprit du roman en fait à la fois un récit captivant et un manifeste socialiste. L'image de la justice sociale fusionne ici avec un ravissement érotique face aux possibilités de la beauté humaine. **PB**

Les Aventures de Sherlock Holmes

Sir Arthur Conan Doyle

1859 (Écosse)-1930 (Angleterre)
Première parution | 1892
Langue originale | Anglais
Titre original | *The Adventures of Sherlock Holmes*

Entre 1891 et 1893, vingt-quatre aventures de Holmes paraissent dans le *Strand Magazine*, dont les douze premières seront ensuite publiées dans un livre intitulé *Les Aventures de Sherlock Holmes*.
« Pour Sherlock Holmes, elle est la femme. » C'est ainsi que s'ouvre « Un scandale en Bohême », la première aventure du recueil. Irene Adler est « la » femme car elle est la seule à s'être jamais montrée plus futée que Holmes. Le roi de Bohême craint de subir le chantage d'Irene, son ancienne maîtresse, restée en possession de quelques lettres d'amour compromettantes et d'une photographie. Celle-ci parvient à retourner la situation aux dépens du détective, et garde la photographie pour garantir sa propre sécurité. « La Ligue des Rouquins », où un rouquin se voit offrir un emploi par la Ligue, dans le seul but de détourner son attention pendant qu'une bande de criminels creuse un tunnel de la cave de sa maison vers une banque, est une autre de ces aventures. Dans « L'Homme à la lèvre tordue », Holmes est engagé pour résoudre le mystère de la disparition de Mr. Neville St. Clair. Sa femme l'a aperçu à une fenêtre dans un quartier malfamé de la ville mais la police n'y a trouvé qu'un mendiant. S'ensuivent une série d'énigmes, avant que Holmes trouve la solution.
La première apparition de Sherlock Holmes en 1887 est historiquement très intéressante. Pour la première fois alors, les villes européennes ont acquis une telle taille qu'il est devenu impossible de connaître plus d'une infime partie de ses habitants. Et pourtant, le Londres de ces récits permet de résister à l'idée que la ville est sublime, qu'elle est bien trop vaste pour être comprise par quiconque. Holmes et Watson représentent le remède bourgeois de Conan Doyle à l'expansion, terrifiante et apparemment sans fin, de la civilisation urbaine et industrielle au XIXe siècle. **VC-R**

Journal d'un homme sans importance

George et Weedon Grossmith

George | 1847-1912 (Angleterre)
Weedon | 1852-1919 (Angleterre)
Première parution | 1892 (et en feuilleton)
Titre original | *Diary of a Nobody*

Figurant parmi les plus grands romans humoristiques anglais, *Diary of a Nobody* établit un pont entre l'univers de Dickens et celui de Waugh et Wodehouse. Charles Pooter, employé de bureau londonien très collet monté, relate sa vie de tous les jours, au bureau comme chez lui, dans la banlieue de Holloway : une vie qui englobe l'insolence des employés plus jeunes, sa femme Carrie, souffrante depuis longtemps, et les amours en série de son fils Lupin. La touche de génie du roman repose sur la distance ironique entre la perception qu'a Pooter de lui-même et du monde, et son aveu trouble qu'il pourrait en être autrement. Le lecteur se réjouit de voir comment les circonstances s'acharnent à faire échouer les tentatives que fait Pooter pour maintenir un certain protocole de l'élégance anglaise.

Les frères Grossmith entretiennent tous deux de fortes relations avec le théâtre, et l'influence de la comédie théâtrale est évidente dans les meilleurs passages de *Diary of a Nobody*. Plus la névrose de Pooter augmente face aux petits détails d'ordre domestique, plus la vie semble mettre des peaux de banane sur sa route, comme lorsque les nouvelles bottes qu'il achète pour un bal l'envoient s'écraser à l'autre bout de la piste de danse. Tout comme le Micawber de Dickens, Pooter est une figure comique qui transcende son contexte immédiat, en grande partie grâce à son humour déjà surréaliste. **BT**

Les Vice-Rois

Federico De Roberto

1861-1927 (Italie)
Première parution | 1894
Langue originale | Italien
Titre original | *I vicerè*

« Les vice-rois » est le surnom donné à Catane à l'aristocratique famille Uzeda parce que leurs ancêtres furent vice-rois de Sicile sous le règne espagnol. Leur histoire personnelle, caractérisée par les féroces conflits d'intérêts et l'irréductible orgueil familial, reflète environ trente ans de l'histoire de Sicile, de la période des Bourbons à l'unification de l'Italie.

Le roman n'obtient aucun succès lors de sa parution, en partie à cause du déclin du vérisme – De Roberto applique scrupuleusement ses principes, poussant à l'extrême des procédés comme la narration impersonnelle et la rigoureuse observation des faits, ralentissant ainsi le rythme narratif. D'autant plus que le pessimisme du roman et l'emploi d'un langage délibérément grossier sont alors obsolètes en un temps d'esthétisme.

Les Vice-Rois sont pourtant un roman de première classe pour la subtilité psychologique des personnages, l'ampleur de sa portée et la vivacité de ses descriptions. L'écrivain élabore une critique lucide et juste de la société sicilienne, distinguant ainsi son œuvre des autres romans siciliens de l'époque. Pas de place pour les bons sentiments ou la louange élégiaque de la vie patriarcale dans le récit de De Roberto. Son message final, qui anticipe le célèbre roman de Tomasi di Lampedusa, *Le Guépard*, suggère que le principe du fatalisme tragique est inhérent aux affaires et aux gens de Sicile et empêche tout changement dans ce pays. **LB**

Jude l'obscur

Thomas Hardy

1840-1928 (Angleterre)
Première parution | 1895
Langue originale | Anglais
Titre original | *Jude the Obscure*

Abordant les thèmes du désir et de l'exil, *Jude l'obscur* est le roman le plus expérimental et le plus courroucé de Hardy. Lorsque Jude Fawley quitte le village rural de Marygreen et Alfredston pour la ville universitaire de Christminster City, il décide de parcourir les derniers kilomètres à pied plutôt qu'en voiture. Il mesure au pas la distance qu'il parcourt, une distance ne pouvant se juger qu'à l'aune de son ambition et de son espoir, ou du magnifique enthousiasme de celui qui ignore les obstacles qui l'attendent.

Lorsque Jude, le tailleur de pierres, pénètre dans la ville, il traîne avec lui sa classe et son passé, qui l'enrichissent d'abord : lorsqu'il lit les monumentales pages architecturales des bâtiments universitaires, il le fait avec le regard de l'artisan. Graduellement, son appartenance sociale finit par définir les limites de son ambition – la lettre du maître de Biblioll College avertissant Jude de demeurer « dans sa propre sphère » est une révélation douloureusement pragmatique. Le mariage brisé de Jude comme sa relation peu conventionnelle avec une cousine libre d'esprit s'achèvent tous deux dans la tragédie, et la réaction de Jude est significative.

Le sentiment d'un exil d'autant plus violent qu'il est inarticulé se mêle au désespoir, à la rancœur, à la colère et à l'orgueil. Se voyant interdire l'accès au « monde de la connaissance », Jude est doublement exilé, socialement déraciné et empêché par ses racines de concrétiser ses désirs. **PMcM**

Effi Briest
Theodor Fontane

1819-1898 (Allemagne)
Première parution | 1895
Langue originale | Allemand
Titre original | *Effi Briest*

Thomas Mann place *Effi Briest* parmi les six romans les plus importants jamais écrits. Un témoignage encore plus important de sa force apparaît dans la pièce de Beckett *La Dernière Bande* : Krapp, le personnage principal, se « brûle » les yeux en relisant cette œuvre, « une page à la fois, les larmes aux yeux ». *Effi Briest* est en effet brûlant, et quiconque craint d'avoir les yeux rougis par les larmes se doit de prendre des précautions à la lecture de cet ouvrage.

Affranchi de jugements moraux, le roman – librement inspiré de faits réels – concentre néanmoins ses sympathies sur la situation critique d'Effi, mariée trop jeune à un homme beaucoup plus âgé. Utilisant la structure conventionnelle d'une histoire d'amour et d'adultère, Fontane donne naissance à un sentiment, délicat et allusif, de tragi-comédie individuelle et sociale. Opposant nature et culture, la naïveté d'Effi illumine le monde trouble qui est le sien. Comparable à Eugénie Grandet, Emma Bovary ou Anna Karénine, le personnage d'Effi permet l'étude de la structure historique et sociale du monde qui l'entoure. Le bouleversement de la fragile humanité d'Effi par les courants sexuels et politiques que prend en charge la critique sociale du roman est particulièrement subtil. Soucieux d'éviter de tomber dans le mélodrame, ce roman, malgré sa narration directe et sa force symbolique, est fait d'allusions indirectes, de tangentes acerbes et d'ironies dramatiques. Une adaptation cinématographique a été réalisée en 1973 par Rainer Werner Fassbinder. **DM**

La Machine à explorer le temps
Herbert George Wells

1866-1946 (Angleterre)
Première parution I 1895
Langue originale I Anglais
Titre original I *The Time Machine : An Invention*

La Machine à explorer le temps, premier roman de Wells, est une « romance scientifique » qui inverse la tendance dix-neuviémiste à considérer l'évolution comme un progrès. Le récit suit un scientifique victorien qui prétend avoir construit un appareil lui permettant de voyager dans le temps, et avoir visité le futur – plus exactement l'emplacement de la ville de Londres en l'an 802701. Il y découvre une race future ou, plus précisément, diverses races – car l'être humain a « évolué » en deux formes. Sur Terre vivent les Eloïs, créatures féeriques et douces, dont l'existence semble dénuée d'inquiétudes. Une autre race subsiste, les Morlocks, habitants souterrains qui, jadis serviles, s'en prennent aujourd'hui aux faibles Eloïs sans défense. En situant l'action près d'un million d'années dans le futur, Wells illustre le modèle darwinien de l'évolution par la sélection naturelle, avançant « rapidement » à travers le lent processus du changement des espèces, du monde physique et du système solaire.

Dans ce roman, fable sociale autant que parabole scientifique, les deux sociétés de l'époque de Wells sont refaçonnées comme étant aussi « dégénérées » l'une que l'autre. La « dégénérescence » est l'inverse de l'évolution, et la vision contre-utopique de Wells dans *La Machine à explorer le temps* apparaît comme une déconstruction des récits utopiens de la fin du XIXe siècle, notamment *Nouvelles de nulle part* de William Morris. Tandis que Morris dépeint une utopie socialiste et pastorale, Wells décrit un monde où les luttes humaines sont vouées à l'échec. **LM**

L'Île du docteur Moreau
Herbert George Wells

1866-1946 (Angleterre)
Première parution I 1896
Langue originale I Anglais
Titre original I *The Island of Dr. Moreau*

Conte prophétique de science-fiction, *L'Île du docteur Moreau* prend une dimension sinistre à la lueur des débats contemporains sur le clonage et l'expérimentation génétique, et sur les questions concernant le mode opératoire de Moreau – la vivisection.

Tout comme *La Machine à explorer le temps* et *La Guerre des mondes*, *L'Île du docteur Moreau* confronte le lecteur à l'extrapolation macabre d'une théorie darwiniste, qui reflète bon nombre des préoccupations soulevées par la publication de *De l'Origine des espèces* (1859). Moreau exprime également un ensemble de craintes fondamentales quant au rôle de la science et à la responsabilité humaine. Ici, le savant fou archétypal, qui crée avec imprudence et sans se soucier des conséquences de son travail, est aussi vil que les bêtes qu'il manipule. Cette société orgiaque de créatures mi-hommes, mi-bêtes, qui répondent à des ordres délibérément tronqués, reflète assez clairement la société contemporaine, sans que la causticité finale soit vraiment nécessaire. La barbarie des méthodes de Moreau est aussi horrible que les problèmes sous-jacents : les progrès de la science permettent au texte de choquer autant aujourd'hui que lors de sa première parution, comme lorsque Moreau écorche ses animaux vivants puis en fait des humains.

Cela est sans doute très éloigné de l'infinie délicatesse de la manipulation génétique, mais parvient néanmoins à éveiller toutes les peurs classiques relatives aux méthodes scientifiques « inconnues ». **EMcCS**

Quo Vadis ?
Henryk Sienkiewicz

1846 (Pologne)-1916 (Suisse)
Première parution | 1896
Titre original | *Quo vadis : Powieść z czasów Nerona*
Prix Nobel de littérature | 1905

Peinture épique de la cruauté et de la corruption de la Rome antique, *Quo Vadis ?* devient un best-seller. Les horribles scènes d'orgies décadentes à la cour de Néron et des persécutions des premiers chrétiens font du roman un tout très cinématographique.
L'intrigue centrale retrace l'amour malheureux entre Ligia, chrétienne originaire de la région qui est aujourd'hui la Pologne, et un officier romain, Marcus Vinicius, qui finit par se convertir à la nouvelle foi après la rencontre des apôtres Pierre et Paul. Cette histoire plutôt rebattue est égayée par la présence de l'oncle de Vinicius, l'écrivain romain Petronius, esthète cynique qui offre une vision de l'intérieur de la vie à la cour de Néron. L'empereur lui-même apparaît comme un personnage maléfique complexe, qui met délibérément le feu à la ville de Rome pour laisser libre cours à ses ambitions architecturales. Il rejette ensuite la responsabilité sur les nouveaux chrétiens, déclenchant une vague de persécutions. La foi catholique de Sienkiewicz parcourt tout le texte, l'amour et la spiritualité des chrétiens étant confrontés au pouvoir et au matérialisme de Rome. On y décèle aussi un soupçon de nationalisme polonais – à l'époque où est écrit le livre, les citoyens polonais sont encore sous le joug oppressif des trois empires voisins.
Czeslaw Milosz, autre prix Nobel polonais, a écrit que Sienkiewicz fait preuve d'un « rare don narratif », et, bien que ce genre de romans soit obsolète depuis longtemps, l'habileté de l'auteur en fait, encore et toujours, l'objet d'une lecture très agréable. **RegG**

Dracula
Bram Stoker

1847 (Irlande)-1912 (Angleterre)
Première parution | 1897
Langue originale | Anglais
Titre original | *Dracula*

Dracula est un roman d'horreur, aussi enraciné dans la réalité du monde où il se déroule que dans les forces du surnaturel qui l'envahissent. La confusion entre ces points de vue est renforcée par la narration, où les modes de communication les plus évolués de l'époque sont corrompus et transmettent un mal ancestral. L'Anglais Jonathan Harker se rend dans un château isolé de Transylvanie pour mener à bien une affaire immobilière avec le comte Dracula, dont l'appétit létal de sang se déchaîne. Tandis que le comte Dracula embarque sur un bateau pour l'Angleterre en quête de nouvelles proies, le Dr. Van Helsing met en marche un plan complexe pour contrecarrer le vampire. Le récit progresse par le biais d'une série de témoignages oculaires, entrées de journal et notes techniques des docteurs et des scientifiques. Alors que chacun de ces modes narratifs devrait représenter un certain degré de « vérité » exacte, la figure de Dracula y est constamment présente, tapie dans l'obscurité, contrariant les lois de la physique. La fascination et l'horreur de *Dracula* reposent sur l'idée que même les technologies les plus avancées, développées en quête de quelque rationalité et vérité ultimes, sont toujours aussi incapables d'éradiquer les forces de l'irrationnel.

Le comte assoiffé de sang est devenu une icône populaire, figure centrale des films d'horreur de studios tout au long du XXe siècle. Les critiques en ont fait de nombreuses lectures psychanalytiques et post-colonialistes approfondies. La force de l'œuvre en tant que roman d'horreur, et encore plus en tant que roman révolutionnaire, s'en trouve écrasée, réduite à presque rien pendant le siècle qui sépare sa création d'aujourd'hui. Il faut réagir contre cette trahison, malgré tout ce qui a déjà été accompli, de façon répétée, autour de cette œuvre. **SF**

Ce que savait Maisie
Henry James

1843 (États-Unis)-1916 (Angleterre)
Première parution | 1897
Langue originale | Anglais
Titre original | *What Maisie knew*

Lorsque Beale et Ida Farange divorcent, ils disposent de leur fille, Maisie, « d'une façon digne du jugement de Salomon... Ils la prendraient, chacun à leur tour, pour des périodes de six mois ». L'arrangement réel est plus compliqué, et Maisie est ballottée entre ses parents, leur nouveau conjoint et les amants. Mais comme tout est réfracté par le regard de Maisie, celle-ci apparaît comme l'épicentre du roman, tandis que les adultes monstrueux vont et viennent.

« Les petits enfants ont bien plus de perceptions qu'ils ont de termes pour les traduire », écrit James dans la « Préface » de l'édition new-yorkaise du roman (1909). Maisie voit plus qu'elle n'en comprend. Mais elle sait aussi bien plus que ce qu'elle sait. Le sexe et l'argent, deux sujets dont elle ignore tout, sont au cœur de la relation compliquée et peu édifiante de ses parents. Elle est toutefois témoin de leurs effets sur le comportement des adultes qui l'entourent, et en apprend ainsi énormément sur ce que signifient l'argent et le sexe.

La perception claire de Maisie, qui n'est pas aveuglée par les préoccupations des adultes qu'elle observe, et la façon dont James articule avec souplesse ce qu'elle voit, offre une peinture foisonnante du déclin d'un mariage malheureux. Les activités des adultes sont elles aussi mises en relief par la digne Maisie, qui ne sort pourtant pas indemne de cette expérience : aucun enfant en en sachant autant que Maisie ne peut être décrit comme innocent. **TEJ**

Miséricorde
Benito Pérez Galdós

1843-1920 (Espagne)
Première parution | 1897
Langue originale | Espagnol
Titre original | *Misericordia*

Miséricorde, l'un des romans les plus populaires de l'auteur, surgit à une époque de la vie de Pérez Galdós marquée par le profond intérêt qu'il porte aux questions sociales et à la possibilité d'un retour vers des valeurs morales telles que la charité et la générosité. L'univers social de ce roman, dont l'action se déroule à Madrid, tourne autour d'une famille de classe moyenne (les Zapatas, destinés à sombrer dans la pauvreté) et d'une pléiade d'individus misérables, tous victimes de la souveraineté et de la volatilité de l'argent et condamnés à jamais à mendier aux portes des églises et à errer d'un endroit à un autre en quête de nourriture.

Deux figures inoubliables surgissent parmi ces malheureux : un mendiant aveugle marocain appelé Almudena et une vieille servante, Benigna (Nina) de Casia, qui mendie dans le but secret de nourrir sa maîtresse ruinée. Ils survivent tous grâce aux rêveries qui les transportent vers une autre réalité, préférable à la leur : Almudena cède à son amour pour Benigna (qui ressemble fort à la passion de Don Quichotte pour Dulcinée), tandis que la bourgeoisie déchue vit du souvenir de temps meilleurs.

Lorsque Benigna et son bien-aimé sont finalement laissés pour compte parce que les Zapatas ont reçu un héritage inattendu, la dignité des deux personnages atteint une dimension de quasi-sainteté, typique de l'imagination radicale de l'Europe de la fin du XIXe siècle. **JCM**

Le Pharaon
Boleslaw Prus

1847 (Russie)-1912 (Pologne)
Première parution | 1897
Langue originale | Polonais
De son vrai nom | Aleksander Glowacki

L'histoire du *Pharaon* débute il y a trois mille ans, à la fin du Nouvel Empire égyptien. La nation est en plein déclin, rongée à l'ouest par le désert et à l'est par la menace croissante de l'armée assyrienne. Le jeune prince Ramsès est l'héritier officiel de son père qui se meurt. Dès qu'il accède au trône, Ramsès est décidé à restaurer les pouvoirs du pharaon, à reconstruire l'armée et à retrouver la prospérité. Mais il hérite de coffres vides et d'une population affaiblie par des collecteurs d'impôts et des prêtres cupides. Les grands prêtres contrôlent tout en Égypte et n'ont aucune intention de laisser un jeune dirigeant fougueux remettre en cause leur suprématie. Ramsès jouit du soutien de l'armée et de nobles loyaux pour mener à bien ses réformes. Les prêtres sont néanmoins de dangereux ennemis, surtout lorsque Ramsès menace de prendre possession du trésor du Labyrinthe sacré de Thèbes.

Le Pharaon, célébré comme le plus grand roman jamais écrit en polonais, est un ouvrage d'éducation pour le XIe siècle av. J.-C. La quête que s'impose Ramsès pour découvrir la meilleure façon de gouverner permet au garçon ambitieux de mûrir en un homme d'État noble et sage. Ses failles si humaines jouent un rôle dans son dévouement authentique aux réformes sociales et agraires. Riche en détails symboliques, *Le Pharaon* est une allégorie de la Pologne, ou de tout autre pays dont l'existence en tant que nation est menacée par de puissants voisins, ainsi qu'une méditation sur le caractère inévitable du processus historique. **MuM**

Les Nourritures terrestres
André Gide

1869-1951 (France)
Première parution | 1897
Prix Nobel de littérature | 1947

André Gide rédige *Les Nourritures terrestres* alors qu'il souffre de tuberculose. Le roman épouse la forme d'une longue lettre adressée à un correspondant imaginaire – Nathanaël, disciple et compagnon idéalisé – et apparaît comme un hymne aux plaisirs grisants qui ne peuvent être appréciés que par un être au seuil de la mort, pour qui chaque bouffée d'air est un miracle.

Le livre – une combinaison de didactisme et d'euphorie, incorporant vers et chan-

sons – a souvent été lu comme un gospel alternatif et est resté longtemps l'œuvre la plus populaire de Gide, en partie pour sa position radicale en faveur de l'homosexualité. Les nouvelles divinités sont la sensation, le désir et l'instinct, les objectifs sont l'aventure et l'excès. L'essence de la doctrine du roman est la nécessité d'abnégation. La possession ne procure que peu de plaisirs et le désir est émoussé une fois consumé. Les conventions sont néfastes, parce qu'elles sont contraignantes et impliquent une fausse conscience.
Cette dimension du message délivré par le livre est reprise par Sartre et Camus, et approfondie par Gide lui-même dans *L'Immoraliste* (1902). Il serait facile d'argumenter que *Les Nourritures terrestres* ne sont pas vraiment un roman, mais Gide y dévoile à l'état pur certains des principes fondamentaux de l'écriture romanesque. Dans la relation entre le narrateur et son lecteur idéal, il trouve une manière de charger une œuvre de fiction d'un sentiment d'urgence que peu d'écrivains sont parvenus à égaler. **DSoa**

Les Déracinés
Maurice Barrès

1862-1923 (France)
Première parution | 1897

Après avoir prôné l'isolement et l'analyse de soi dans la trilogie du *Culte du moi*, influencée par Schopenhauer, Maurice Barrès change radicalement de thèmes et de manière avec les trois tomes du *Roman de l'énergie nationale*, fresque balzacienne où *Les Déracinés*, dont Louis Aragon dira qu'ils sont non seulement une « leçon de langage » mais aussi le « premier roman politique moderne », constituent le deuxième panneau. À Nancy, sept lycéens suivent l'enseignement du professeur Bouteiller, qui les initie au kantisme et leur inculque que la réalisation des ambitions passe par le déracinement. Appliquant ses préceptes, ils quittent la Lorraine pour Paris et y fondent un journal, *La Vraie République*. Les difficultés de l'entreprise vont leur montrer que Paris est moins domesticable qu'ils ne le pensaient et détruire leur amitié ; selon des trajectoires diverses, leur fiasco les mène à la perte. Tableau de la vie des bacheliers dans le Paris du dix-neuvième siècle et dénonciation d'un régime à bout de souffle et de sa philosophie quasi « officielle » (parlementarisme de la Troisième République et le positivisme comtiste), *Les Déracinés* sont une passionnante réflexion sur la contradiction, qui n'a jamais cessé de hanter Barrès, entre l'attrait du voyage et l'ancrage dans une terre. Son aspect théorique l'a souvent fait considérer comme un roman « nationaliste », voire comme un moment de la genèse du fascisme français ; indéniable, cette dimension politique renforce son intérêt historique plutôt qu'elle ne le diminue, et laisse intacte sa valeur littéraire. **BQ**

La Guerre des mondes
Herbert George Wells

1866-1946 (Angleterre)
Première parution | 1898
Langue originale | Anglais
Titre original | *The War of the Worlds*

Comme nombre de textes pionniers de science-fiction de H.G. Wells, *La Guerre des mondes* introduit un thème qui sera souvent imité par la suite. Cette œuvre a été adaptée en film, en bande dessinée et même en rock progressif, mais son interprétation la plus célèbre reste sans doute l'infâme diffusion radiophonique d'Orson Welles en 1938. La panique semée par la transmission initiale en Amérique, exagérée par les médias, témoigne de la qualité de la fiction de Wells.

L'intrigue est simple : une étrange soucoupe atterrit à Horsell Common, dans le Surrey (Angleterre). L'extraterrestre qui en sort est maléfique et pulvérise tout de son « rayon de chaleur », provoquant la terreur avec son sinistre cri de guerre, « ulla ». L'humanité semble impuissante et les Martiens prennent facilement le contrôle de la campagne anglaise.

La grandeur de la vision de Wells est à la fois simple et profondément complexe, et suggère l'essence faillible et le manque de contrôle de l'être humain. En même temps, Wells introduit une série de motifs sous-jacents, qui remettent en cause les croyances sociales et morales. En fin de compte, le spectacle qu'offrent les Martiens inspire à la fois peur et respect, et le concept de l'extraterrestre a depuis été réemployé à maintes reprises. **EMcCS**

Senilità
Italo Svevo

1861-1928 (Italie)
Première parution | 1898
Titre original | *Senilità*
De son vrai nom | Aron Ettore Schmitz

Emilio Brentani, individu nourrissant des ambitions littéraires, vit à Trieste, la ville natale adorée de Svevo. Emilio est amoureux d'une belle jeune fille modeste appelée Angiolina, « le petit ange ». Bien qu'Emilio envisage leur relation comme un accord sans enjeux sentimentaux, celle-ci devient rapidement passionnelle. Elle évolue alors en une comédie d'erreurs émotionnelles, mais l'incompétence d'Emilio le pousse vers de plus grands compromis, provoquant une compétition inégale avec son ami Balli, un sculpteur. La situation difficile du protagoniste connaît une fin tragique lorsqu'il bouleverse la vie de sa sœur Amalia, avant de réaliser, trop tard, qu'elle est la seule personne qu'il ait jamais aimée. Ce roman, aujourd'hui considéré par certains critiques comme le chef-d'œuvre de Svevo, plus achevé et plus équilibré que *La Confession de Zeno*, fut un échec à sa publication. Écrit dans un style simple et parfois maladroit, qui marie un vocabulaire obsolète et l'utilisation de dialectes (l'italien est la deuxième langue de Svevo), le roman passa totalement inaperçu avant d'être « redécouvert » des décennies plus tard. *Senilità*, caractérisé par sa profonde humanité, son humour et sa perspicacité psychologique, est une brillante étude de l'amour impossible et des infortunes de l'indécision. **LB**

L'Éveil
Kate Chopin

1851-1904 (États-Unis)
Première parution | 1899
Titre original | *The Awakening*
De son vrai nom | Katherine O'Flaherty

À sa publication, *L'Éveil* est condamné par une critique outragée, plongeant son auteur dans la pauvreté et l'obscurité. Les effets durables et impitoyables de ce roman, ressuscité d'une apparente mort littéraire, persistent encore. Aujourd'hui très apprécié, *L'Éveil* est acclamé par la critique comme la version américaine de *Madame Bovary*. Lorsque Edna Pontellier commence à trouver étouffant son rôle de jeune épouse et mère de famille, son refus de vivre selon les us et coutumes de la société la conduit à s'élever contre un monde de désapprobation – le tout dans une critique provocatrice et progressiste

du mariage et de la maternité dans la société créole.
Kate Chopin offre un aperçu étonnant de ce que signifie « s'éveiller » à une meilleure compréhension de la position que l'on occupe. Le roman invite le lecteur à se demander s'il ne serait pas mieux de continuer à « dormir » toute sa vie, tout en se penchant sur la manière complexe dont se fondent l'un dans l'autre différents types de « production » et de « destruction ». Le thème et les observations de l'auteur sont captivants et totalement en avance sur leur temps. La façon dont elle oblige le lecteur à réfléchir à la notion de temps – être en avance sur son temps, ou simplement hors du temps, sans oublier le temps de la lecture – fait de *L'Éveil* un ouvrage remarquable. La lecture, comme l'éveil, est identifiée ici à un étrange présent – le lecteur n'est jamais sûr que l'éveil est en train de se produire, ou se demande tout simplement s'il n'a pas déjà commencé. **JLSJ**

Le Stechlin
Theodor Fontane

1819-1898 (Allemagne)
Première parution | 1899
Langue originale | Allemand
Titre original | *Der Stechlin*

« À la fin, un vieillard meurt, et deux jeunes gens se marient ; c'est à peu près tout ce qui se passe pendant cinq cents pages. » Voilà le commentaire laconique de Fontane au sujet de ce roman de vieillesse. Contrastant avec la motivation psychologique complexe d'*Effi Briest*, on trouve ici un nouveau genre de réalisme, où l'auteur utilise un nombre considérable de dialogues pour caractériser une société sur le point de subir de profonds changements.

Le vieillard, c'est le commandant Dubslav, que l'on surnomme le « Stechlin », propriétaire d'un château et du lac Stechlin – selon la légende, l'eau de ce lac se mettrait à bouillir dès qu'une catastrophe se produit dans le monde. Les deux jeunes gens sont Woldemar, fils du Stechlin, et Armgard, sœur moins éblouissante de la splendide et gaie Mélusine. Chaleureux, humain et sceptique face aux radicalismes en tout genre, le Stechlin est incité à se présenter au Reichstag en tant que candidat conservateur, mais son approche trop flegmatique de la politique permet à son rival démocrate de l'emporter sans difficulté. L'écroulement des anciennes élites exige que l'on redéfinisse les relations entre l'individu et la société, et le Stechlin accueille à bras ouverts le changement, même si l'arrivée de la démocratie entraîne fatalement l'abolition des privilèges dont jouissent ses semblables. C'est à Mélusine que revient la tâche de faire remarquer la relation entre le lac, mystérieusement lié au reste du monde, et l'importance de garder le contact avec un monde versatile. **MM**

Dom Casmurro
Joaquim Maria Machado de Assis

1839-1908 (Brésil)
Première parution | 1899
Fondateur de l'Académie des lettres brésilienne
Titre original | *Dom Casmurro*

Quand Machado de Assis rédige *Dom Casmurro*, il est déjà reconnu comme le maître de la littérature brésilienne, et chambre ses respectables lecteurs avec la description subtilement hostile de leurs vices et de leurs hypocrisies depuis plus de trente ans. Ce roman drôle, innovateur et dérangeant, est l'aboutissement de cet art idiosyncrasique.

Dom Casmurro, homme âgé qui raconte l'histoire de sa vie, fait construire une maison semblable à celle de son enfance, et le récit possède une fonction similaire : joindre de manière satisfaisante le début et la fin de sa vie. Mais on s'aperçoit vite que la partie manquante de son existence pose problème. L'amour du narrateur pour Capitu, la bien-aimée de son enfance qu'il épouse et qui lui donne un fils, est au cœur du récit. Capitu apparaît bientôt comme un monstre d'infidélité, l'objet de la jalousie de son mari.

Dom Casmurro est un narrateur peu fiable. Au gré d'insinuations et de confidences, il s'adresse directement à ses lecteurs à chaque instant, les suppliant d'abord de croire chacune de ses paroles, avant d'admettre qu'il souffre de pertes de mémoire. Par moments, Dom Casmurro imagine le lecteur abandonnant le livre par ennui ou dégoût. Mais Machado connaît le pouvoir hypnotique de sa propre création. Captivé par cette voix astucieuse et insaisissable, le lecteur abandonnera peut-être le livre, mais seulement pour le reprendre plus tard. **RegG**

Some Experiences of an Irish R.M.

Edith Somerville et Martin Ross

Somerville I 1858 (Grèce)-1949 (Irlande)
Ross I 1862-1915 (Irlande)
Première parution I 1899
Non traduit à ce jour en français

Ce genre de livre, ensemble d'histoires comiques de la vie anglo-irlandaise à la fin du XIXe siècle, évoquant principalement la chasse et l'équitation, ne semble pas présenter de nombreux attraits pour les lecteurs d'aujourd'hui. Les personnages pauvres n'y jouent que des rôles secondaires, tandis que le devant de la scène est occupé par les membres de l'élite et leurs parasites. Les auteurs firent toutes deux partie de l'« Ascendancy » – groupe de propriétaires terriens –, et les artifices et les conventions de leur narration reflètent l'angle et les limites de leur point de vue. Le narrateur fictif, le major Sinclair Yeates, est magistrat à Skewbawn. D'origine irlandaise, Yeates n'est donc pas vraiment anglais – mais il n'est certainement pas irlandais non plus. L'esprit et la musique de l'anglais tel qu'il était parlé dans l'Irlande rurale imprègnent le texte, et la région de West Cork est agréablement évoquée par la description des rivières, du littoral, des marais et des champs.

L'une des meilleures histoires de ce recueil perspicace et plein d'esprit, « Lisheen Races, Second-hand », raconte la visite d'un ami d'enfance de Yeates, Leigh Kelway, Anglais d'un ennui bien intentionné. **MR**

XXe siècle

Les Tigres de Mompracem
Emilio Salgari

1862-1911 (Italie)
Première parution | 1900
Langue originale | Italien
Titre original | *Le Tigri di Mompracem*

C'est dans *Les Tigres de Mompracem*, le roman le plus célèbre d'Emilio Salgari et le plus grand succès de librairie italien de tous les temps, qu'apparaît pour la première fois Sandokan, personnage fictif que l'on retrouve dans toute une série de romans. Les Tigres, pirates rebelles, luttent contre le pouvoir colonial britannique et hollandais. Sandokan, l'indomptable tigre de Malaisie, est à leur tête, accompagné de son fidèle ami, Yanez de Gomera, un aventurier portugais (l'auteur lui a donné un nom espagnol par erreur). Après avoir versé le sang et semé la terreur pendant douze ans à travers la Malaisie, Sandokan est au summum de sa puissance, mais sa chance commence à tourner lorsque le pirate apprend l'existence de la perle de Labuan.

Au cours de la douzaine de romans de la série des Sandokan, le pirate se transforme sous la plume de Salgari en un noble guerrier, une sorte de Robin des Bois de Malaisie qui fait preuve d'idéalisme, de passion et de loyauté. Très apprécié du public, Salgari a été méprisé par la critique tout au long de sa vie et durant la plus grande partie du XXe siècle. Ce n'est que récemment que l'on s'est à nouveau penché sur ses écrits et que de nouvelles traductions sont parues, provoquant un regain de popularité, notamment en Italie, Espagne et Amérique latine. Le caractère aventurier des livres a inspiré de nombreux écrivains, depuis Umberto Eco qui, enfant, explorait le monde à travers ces pages, jusqu'à Gabriel García Márquez qui les dévorait dans sa jeunesse. **LB**

Sister Carrie
Theodore Dreiser

1871-1945 (États-Unis)
Première parution | 1900
Langue originale | Anglais
Titre original | *Sister Carrie*

Sister Carrie est un roman sombre mais palpitant qui raconte le sort de trois personnages à la fin du XIXe siècle. Carrie Meeber, originaire du Midwest, s'installe à Chicago chez des parents qui se sentent obligés de l'accueillir. Elle accepte un emploi subalterne puis se met en ménage avec Charles Drouet, vendeur à l'air canaille. Elle s'en lasse cependant assez rapidement et se lie avec George Hurstwood dont la position sociale est plus élevée. Celui-ci quitte sa femme et sa famille pour elle, vole une grosse somme à ses employeurs, ils s'enfuient ensemble à New York. Là, Carrie réussit dans le monde tandis que George s'effondre. Elle trouve la célébrité en devenant actrice et danseuse mais George, lui, tombe dans la pauvreté après avoir été quittée par Carrie.

Le roman de Dreiser est un tournant qui a permis l'établissement d'une identité littéraire distinctement américaine. Son style journalistique dépouillé dépeint la réalité de la vie urbaine ordinaire à l'aide d'un langage qui semble ne rien cacher. Le roman ne sert pas de fable, aucun jugement sérieux du comportement des protagonistes n'est donné. Carrie est une femme à qui a échu un sort malheureux, mais elle est déterminée à tirer le meilleur de ce qu'elle possède, et sait se saisir des occasions qui se présentent ; Charles est un hédoniste qui présente à la fois des côtés vulgaires et attrayants. Et George, homme tourmenté et malheureux, perd tout ce qu'il possède dans sa poursuite d'un objectif modeste mais irréalisable. **AH**

Le Lieutenant Gustel

Arthur Schnitzler

1862-1931 (Autriche)
Première parution | 1901
Langue originale | Allemand
Titre original | *Leutnant Gustl*

Le jeune et égocentrique lieutenant Gustel, qui s'ennuie à mourir à l'opéra, préfère chercher du regard les jolies femmes. En phase avec l'antisémitisme croissant de son époque, il estime que l'on trouve trop de juifs dans l'armée et songe au duel qui l'opposera bientôt à un docteur, auteur d'une remarque peu flatteuse sur les militaires.

Une dispute éclate au vestiaire après le spectacle, lorsqu'un boulanger réagit en voyant que le lieutenant refuse d'attendre son tour, s'empare de son épée et menace de la briser. Convaincu d'avoir perdu tout honneur mais incapable de provoquer en duel le boulanger qui occupe un statut social inférieur, Gustel songe au suicide et passe la nuit à déambuler dans les rues de Vienne en souhaitant la mort de celui qui l'a insulté. C'est en prenant son petit déjeuner au matin, assis au café, qu'il apprend que le boulanger est mort d'une attaque cardiaque juste après leur altercation. Gustel peut ainsi abandonner ses pensées suicidaires.

Malgré sa simplicité, le roman a été rendu célèbre par le scandale provoqué par son portrait sarcastique d'un officier autrichien et sa mise en question de la rationalité du duel. Ce sont cependant sa structure novatrice et son langage qui ont assuré sa postérité. Écrit sous la forme d'un monologue intérieur, le texte emprunte sa technique narrative aux premières études de Freud sur l'association libre. L'approche de Schnitzler devait profondément influencer des auteurs tels que Joyce dans *Ulysse*. **LB**

Kim

Rudyard Kipling

1865 (Inde)-1936 (Angleterre)
Première parution | 1901
Titre original | *Kim*
Prix Nobel de littérature | 1907

Dans ce roman d'apprentissage marqué par une pensée colonialiste, le héros, orphelin irlandais, gamin des rues de Lahore, devient en grandissant un membre apprécié des services secrets britanniques. Kipling compare la maturité personnelle de Kim à une autre, culturelle et plus large : le cheminement du garçon vers la virilité reflète le passage d'une puérilité indigène à une civilisation européenne adulte. Ces deux idées sont entrelacées dans le roman, où Kim doit abandonner son éducation des rues pour un pensionnat militaire, et les langues indiennes pour sa langue maternelle. Le style de Kipling reflète cette hiérarchie car les cultures orientales présentées comme immatures s'expriment dans un langage délibérément archaïque. C'est à juste titre que l'on a considéré que Kipling faisait l'apologie de l'impérialisme britannique ; dans *Kim,* l'autorité britannique est la meilleure chose pour l'Inde. De plus, en tant que « sahib » maître du déguisement, capable d'apparaître hindou, musulman ou mendiant bouddhiste, *Kim* incarne la domination occidentale sur les cultures orientales.

Néanmoins, cette vision de l'écriture de Kipling ne rend pas justice à la complexité de sa perception de l'Inde. Il relève fréquemment des similitudes entre les cultures de l'Inde et celle des Européens qui y vivent. Les soldats irlandais qui découvrent Kim sont tout aussi superstitieux et crédules que les voyageurs indiens, et le prêtre bouddhiste chargé de l'éducation de Kim et Creighton, le topographe anglais maître de l'espionnage, partagent une vision de l'Inde remarquablement similaire. L'un des attraits de ce roman est son étude du pays, et, même s'il considère régulièrement les « Orientaux » comme une masse homogène, ses descriptions des personnages indiens pris séparément insistent sur leur intelligence et leur diversité. **LC**

Les Buddenbrook : le déclin d'une famille
Thomas Mann

1875-1955 (Allemagne)
Première parution I 1901
Titre original I *Buddenbrooks : Verfall einer Familie*
Prix Nobel de littérature I 1929

Les Buddenbrook : le déclin d'une famille font partie des dernières grandes réussites du roman réaliste européen. Le livre couvre une quarantaine d'années au milieu du XIXe siècle. Situé dans la ville hanséatique de Lübeck, il suit le destin de l'une des familles les plus importantes de la bourgeoisie commerçante, s'attachant aux trois membres d'une fratrie depuis leur enfance jusqu'à la cinquantaine. Christian Buddenbrook, à qui manque la discipline nécessaire aux affaires et à un solide citoyen, choisit plutôt d'endosser le rôle autodestructeur de l'idiot de la famille. Son frère aîné, Thomas, s'adapte parfaitement à sa position à la tête de la compagnie, et à son rôle de consul et sénateur, même si ce n'est pas sans conséquences psychologiques et physiques importantes sur lui. Leur sœur Tony fait grand cas du prestige familial mais ses expériences amoureuses et conjugales malheureuses montrent qu'elle est incapable de vivre en fille obéissante et en femme vertueuse. Les derniers chapitres sont dédiés au fils de Thomas, Hanno, qui a hérité de sa mère hollandaise son talent musical ainsi que son aversion pour la masculinité telle qu'elle est définie dans l'État hanséatique. Avec Hanno, la lignée des Buddenbrook prendra une nouvelle direction ou s'éteindra.

Composée de scènes soigneusement étudiées, la trame du roman semble inépuisable – fêtes de famille et disputes, lits de mort et naissances, mariages, vacances en bord de mer, salles de classe et mises à la mer de bateaux. L'analyse détaillée que fait Mann de l'interaction entre le moi public et le moi privé, entre le déclin d'une éthique du comportement civique ou commerçant remplacé par un nouvel esprit où prédomine une culture esthétique de soi, est remarquable, non seulement par sa subtilité et son objectivité, mais par les résonances historiques plus larges qu'évoquent les personnages et leur destin. **MR**

Le Chien des Baskerville
Sir Arthur Conan Doyle

1859-1930 (Écosse)
Première parution I 1902
Titre original I *The Hound of the Baskervilles : Another Adventure of Sherlock Holmes*

Sans doute l'un des meilleurs Sherlock Holmes et l'un des plus grands romans à énigmes de tous les temps, *Le Chien des Baskerville* possède une atmosphère morbide, pleine de peur et de suspense, et le célèbre détective n'est jamais plus brillant qu'ici. Lorsque Sir Charles Baskerville meurt soudainement d'une crise cardiaque, la rumeur court que sa mort a été provoquée par le gigantesque et spectral animal qui donne son nom au livre et qui hante sa famille depuis des générations. Lorsque l'héritier du domaine, Sir Henry Baskerville, arrive à Londres depuis le Canada, Watson l'accompagne à Baskerville Hall et demande à un Holmes sceptique d'enquêter. Le domaine est situé en bordure d'une vaste lande, brumeuse et lugubre qui abrite entre autres la tourbière mortelle de Grimpen Mire où l'on s'enfonce comme dans des sables mouvants. Ce sont principalement aux descriptions de la lande et du manoir que l'on doit l'atmosphère effrayante dans laquelle baigne le roman. Sir Conan Doyle incorpore à ce cadre les gémissements d'une femme, un mystérieux majordome et le spectre d'un chien meurtrier qui crache du feu.

Le Chien des Baskerville permet au lecteur de pénétrer non seulement dans un univers de lande brumeuse et d'événements étranges mais aussi dans l'œuvre de Conan Doyle. Il montre ici son intérêt pour l'occulte dans une histoire pleine d'atmosphère, de suspense et de rebondissements inattendus. Le lecteur demeure effrayé et dans l'expectative jusqu'à la toute dernière page, et en redemande. Probablement le plus populaire de tous les Sherlock Holmes depuis son apparition sous forme de feuilleton en 1901-1902, *Le Chien des Baskerville* a été adapté à l'écran pas moins de dix-huit fois, en commençant par un film muet allemand dès 1914. **LE**

Au cœur des ténèbres
Joseph Conrad

1857 (Ukraine)-1924 (Angleterre)
Première parution | 1902
Langue originale | Anglais
Titre original | *Heart of Darkness*

Inspiré par le voyage que fit Conrad en Afrique en 1890, *Au Cœur des ténèbres* est le meilleur de ses courts romans, et la plus brillante de ses œuvres. Éloquent, audacieux, expérimental, satirique et pourtant profondément humain, il n'a cessé depuis sa parution en feuilleton en 1899, de susciter la controverse et l'analyse. Charles Marlow, l'un des personnages « transtextuels » de Conrad (il apparaît dans *Jeunesse, Lord Jim* et *Fortune*), raconte à des amis anglais son voyage dans une partie de l'Afrique centrale que l'on peut identifier comme « l'État libre du Congo », alors propriété privée de Léopold II, roi des Belges. Marlow évoque les absurdités et atrocités auxquelles il a assisté : un navire français bombardant le continent, le traitement cruel des travailleurs noirs asservis, et l'avidité impitoyable des colonialistes blancs motivés par les profits du commerce de l'ivoire. Il est impatient de rencontrer monsieur Kurtz, idéaliste et négociant européen de talent ; mais lorsqu'il parvient à rejoindre l'aventurier, alors à l'agonie, il découvre qu'il a perdu la tête et s'est dépravé. À l'instar d'un dieu féroce, Kurtz résume sa vision de l'Afrique par un « Exterminez toutes les brutes ! ». Le lecteur comprend que le « cœur des ténèbres » n'est pas la seule jungle au centre du « continent noir » mais aussi l'âme corrompue de Kurtz, et peut-être même l'impérialisme européen. « Toute l'Europe a contribué à la création de Kurtz », et Londres est décrite comme l'épicentre d'une noirceur troublante.

Rédigé alors que l'impérialisme était « politiquement correct », cette œuvre à l'anti-impérialisme brillant, s'élevant contre le racisme, montre un Conrad au sommet de son art qui offre de manière provocatrice des idées et techniques novatrices. *Au Cœur des ténèbres* a exercé une influence immense, et *Apocalypse Now* compte parmi ses nombreuses adaptations. **CIW**

Les Ailes de la colombe
Henry James

1843 (États-Unis)-1916 (Angleterre)
Première parution | 1902
Langue originale | Anglais
Titre original | *The Wings of Dove*

Les Ailes de la colombe sont peut-être le plus sombre des drames moraux de James. Sur fond de matérialisme londonien et de beauté et déclin vénitiens, c'est le récit d'un triangle amoureux passionné entre l'énigmatique Kate Croy, Merton Densher, son fiancé secret, et Milly Theale, jeune héritière américaine condamnée par la maladie. Le désir désespéré de celle-ci de connaître « le sentiment d'avoir vécu » fait naître en Kate un mobile à la fois compatissant et intéressé. Elle souhaite que Densher séduise Milly pour remplir ses derniers jours d'amour, sachant que la fortune qu'elle lui lèguera sûrement lui permettra d'épouser Kate. James est un maître des situations morales complexes, et le mélodrame de son intrigue s'allie à des analyses nuancées. Bien que recherché, son style narratif ne manque ni de réalisme ni d'intensité. L'attraction sexuelle entre Kate et Densher, les sentiments naissants de ce dernier pour Milly, la résistance de celle-ci face à son sort, et la jalousie de Kate sont décrits de façon vivante et puissante.

Lorsque Milly apprend finalement la tromperie de ses amis mais leur lègue tout de même sa fortune, sa propre capacité à la manipulation à travers sa supériorité morale devient claire ; car en renonçant aux fruits de la corruption, Densher rejette aussi Kate au bénéfice du souvenir idéalisé de Milly, avec lequel elle sait qu'elle ne peut rivaliser. Kate réalise que le succès même de son plan a provoqué sa propre chute. « Nous ne serons plus jamais ce que nous avons été », déclare-t-elle. **DP**

L'Immoraliste
André Gide

1869-1951 (France)
Première parution | 1902
Prix Nobel de littérature | 1947

Œuvre réussissant encore aujourd'hui à remettre en cause les attitudes suffisantes et les suppositions culturelles sans fondement, *L'Immoraliste* fait le récit de la tentative d'un jeune Parisien de triompher de la conformité sociale et sexuelle.

Michel, jeune érudit puritain, s'est marié dans le seul but de satisfaire son père mourant. Il tombe malade pendant sa lune de miel en Afrique du Nord et en meurt presque. Cette proximité de la mort fait naître chez lui un désir de vivre dévorant, et sa convalescence lui procure la force d'un renouveau religieux. Vivant les choses avec une conscience accrue, il est sexuellement attiré par les garçons arabes dont il s'entoure. Ses sens en émoi, il réalise que la moralité sociale conventionnelle et les pièges de la civilisation bourgeoise – éducation, Église et culture – ont aliéné son vrai moi. Mais la poursuite égoïste dans laquelle il s'engage, à la recherche de l'authenticité et du plaisir, lui font négliger sa femme ainsi que des considérations pratiques. Lorsqu'elle tombe malade, il la persuade de partir vers le Sud, et ce seulement afin de satisfaire ses propres désirs auxquels il ne peut résister. Sa liberté, autrefois radicale, s'est transformée en esclavage indigne. Sa tentative d'accéder à une vérité plus profonde en rejetant la culture, la décence et la morale, provoque confusion et perte. En étant vrai pour lui-même, Michel a blessé les autres. Le roman demeure tout autant un réquisitoire contre les contraintes arbitraires d'une société hypocrite que contre le comportement fourvoyé de Michel. **AL**

Les Ambassadeurs
Henry James

1843 (États-Unis)-1916 (Angleterre)
Première parution | 1903
Langue originale | Anglais
Titre original | *The Ambassadors*

Henry James considérait *Les Ambassadeurs* comme son meilleur roman, et il est certainement tenu pour sa plus grande œuvre. Avec le personnage de Lambert Strether, un cinquantenaire de la Nouvelle-Angleterre confronté aux charmes sociaux et esthétiques d'un Paris captivant, son style narratif à la première personne du singulier atteint la perfection.

Strether, envoyé en Europe pour le compte de sa fiancée, la redoutable Mrs. Newsome, est chargé de mettre fin à la liaison de son fils, Chad, qu'elle considère comme dépravé par le relâchement moral européen. Mais à son arrivée, Strether découvre une aventure bien plus compliquée qui l'amène à réévaluer les cultures américaine et européenne. Même s'il échoue en tant qu'ambassadeur, sa compréhension des forces et faiblesses des deux continents est désormais bien meilleure, et il est rapidement convaincu du fait que la relation de Chad avec la très belle Marie de Vionnet est en réalité un « attachement vertueux ».

Dans l'ensemble, la vision des *Ambassadeurs* est tragique : ses personnages les plus sensibles sont victimes d'une règle sociale apparemment implacable. De fait, avec ce roman, James excelle à représenter des individus conscients de la perte de leur jeunesse et qui paraissent de plus en plus en retard par rapport au monde. Avec Strether, il a développé un personnage qui se montre capable de choisir son propre destin, même si celui-ci est loin d'être triomphant. **DP, TH**

L'Énigme des sables
Erskine Childers

1870-1922 (Irlande)
Première parution | 1903
Titre original | *The Riddle of the Sands : a record of secret service...*

Erskine Childers a écrit *L'Énigme des sables* après être revenu blessé de la guerre des Boers, où il avait combattu pour les Anglais. Le narrateur, Carruthers, qui travaille pour le ministère des Affaires étrangères, reçoit de la part d'un vieil ami une invitation mystérieuse à le rejoindre sur un yacht dans la Baltique. *Le Dulcibella* ne correspond pas aux attentes de Carruthers. Il n'y a pas d'équipage – ou plutôt, il est composé du seul Carruthers – et Davies ne fait pas une croisière de plaisir. Il dresse la carte des bas-fonds allemands des côtes de la mer du Nord, car il s'est rendu compte que l'Allemagne pouvait exploiter ces eaux impossibles à naviguer pour lancer une invasion surprise et à grande envergure de la Grande-Bretagne en utilisant des transports de troupes à fond plat.

Les activités de Carruthers et de Davies attirent l'attention des autorités allemandes, et ce ne sont alors plus seulement les mers perfides qui les menacent. Le fait que Davies soit amoureux d'une Allemande complique encore les choses : Childers a peut-être su rendre son sentiment d'écartèlement de façon aussi vivante parce qu'il reflétait son propre sens du devoir divisé entre l'Irlande et l'Angleterre (qui finalement le fera exécuter). Ce roman était une mise en garde contre un risque potentiel concernant la sécurité nationale britannique. Mais tout comme Davies et Carruthers se sont engagés dans leur entreprise par sens du devoir tout autant que par plaisir, *L'Énigme des sables* est bien plus qu'un simple objet de propagande. **TEJ**

L'Appel de la forêt
Jack London

1876-1916 (États-Unis)
Première parution | 1903
Langue originale | Anglais
Titre original | *The Call of the Wild*

Situé dans le grand Nord canadien durant la ruée vers l'or des années 1890, *L'Appel de la forêt* est l'histoire d'un chien de compagnie qui se transforme en meneur d'une meute de loups.
Ce chien, Buck, a été élevé et choyé au sein d'un foyer, avant d'être volé et de rejoindre un équipage de chiens de traîneau. C'est un univers darwinien, où seuls survivent ceux qui sont les plus adaptés. London décrit les combats de chiens, les coups qu'ils reçoivent, le goût du sang croissant de Buck, avec une touche lyrique qui souligne l'attrait romantique pour les régions reculées et la sauvagerie. Lorsque les traits qui attachaient Buck au traîneau sont coupés, le chien devient l'égal de John Thorton, son sauveteur, et demeure près de lui par amour. À la mort de ce dernier, il se rend compte que les hommes n'ont plus aucune autorité sur lui et qu'il rejette leur monde pour répondre à l'appel de la forêt.
Le don d'adaptation de Buck ne provient pas seulement de la nécessité d'affronter de nouvelles situations, mais d'instincts sauvages qui se raniment en lui. Dans le passage le plus anthropomorphique du livre, Buck a des visions d'hommes recouverts de peaux de bêtes tremblants autour d'un feu dans le noir. À cause de celles-ci, sa transformation ne paraît pas seulement instinctive : l'« appel sauvage » demeure une force mystique et spirituelle. **CW**

Mémoires d'un névropathe
Daniel P. Schreber

1842 (Allemagne)-1911 (Italie)
Première parution | 1903
Langue originale | Allemand
Titre original | *Denkwürdigkeiten eines Nervenkranken*

Daniel Paul Schreber, président de chambre à la cour d'appel de Dresde, a sombré en 1884 dans une série de dépressions nerveuses qui marqueraient sa vie et conduiraient finalement à son internement définitif en hôpital psychiatrique. À travers ces épreuves, Schreber a écrit son journal qu'il a transformé en mémoires lors de ses moments de lucidité.
Selon lui, à cause d'une fissure dans la structure miraculeuse des choses, il est le seul homme vivant, seul objet d'attention d'un dieu ignorant qui ne peut ni apprendre ni comprendre et traite les hommes comme des cadavres. Ce dieu brutal désire « émasculer » Schreber afin de repeupler le monde à partir de sa matrice. Le récit de Schreber est une autobiographie rédigée sur le seuil de la folie et un guide du fonctionnement d'un esprit créatif en train de révéler la trame de l'existence ordinaire. Il s'appuie sur une vision poétique qui insiste sur la présence de correspondances entre monde et homme, ce dernier étant à la fois une victime et un faiseur de miracles.
Ce livre est aussi un document historique de la modernité. Moritz Schreber, le père autoritaire de Paul, était un éminent expert en éducation qui conseillait, entre autres, de ne prêter aucune attention aux pleurs des bébés, de les baigner dans de l'eau froide, et de toucher les enfants le moins possible. Ces mémoires sont donc le témoignage tragique d'une génération élevée en l'absence de tout contact,

pour qui la psychose constituait la seule possibilité de toucher et d'accéder à la poésie. IJ

Les Petites Filles et la mort
Alexandre Papadiamantis

1851-1911 (Grèce)
Première parution I 1903
Langue originale I Grec
Titre original I *I Fonissa*

Œuvre d'un frère lai originaire de l'île grecque de Skiathos, ce roman sombre, éreintant mais fascinant, est une exploration sociale et psychologique de la futilité de la vie des femmes dans la société patriarcale grecque de la fin du XIXe siècle. Papadiamantis écrit dans un style dépouillé et maîtrisé, laissant la terrible dureté de son sujet s'emparer lentement du paysage. Il crée une anti-héroïne aussi primitive, anarchique et émouvante que la Médée d'Euripide.

Yannou, une sorcière-sage-femme qui ploie sous le dur labeur de toute une vie et la naissance de trop de filles, est le produit de son époque – et en particulier de l'obligation faite aux femmes de se marier en offrant à leur mari une dot. Elle surmonte péniblement une épreuve après l'autre, depuis sa dot minuscule, jusqu'à son mari affaibli, son fils criminel et ses filles impossibles à marier, jusqu'à ce qu'elle découvre un moyen simple de libérer celles qui l'entourent des injustices de leur destin de femme (le titre original est *La Meurtrière* en grec).

La réussite du roman réside dans la tension qui existe entre le rôle de rédemptrice qu'imagine endosser Yannou, les conventions sur lesquelles elle fonde sa philosophie dévoyée et la façon dont le lecteur perçoit ses actes qui font la réussite du roman. L'œuvre se déroule au sein d'un paysage âpre et rocailleux, imprégné d'une étrange magie – qui émane des herbes, des prières et des chapelles perchées sur les collines – dont les olives poussiéreuses et les huttes délabrées hanteront peut-être vos rêves. **TSu**

Hadrien VII
Frederick Rolfe

1860 (Angleterre)-1913 (Italie)
Première parution I 1904
Langue originale I Anglais
Titre original I *Hadrian The Seventh : A Romance*

Frederick Rolfe avait raccourci son prénom en « Fr » parce qu'il souhaitait qu'on le prenne pour un prêtre ; dans ce roman, il s'imagine pape. Hadrien est le premier pape anglais depuis Hadrien IV, mais c'est aussi une version de Rolfe converti au catholicisme, excentrique et indigent. Pontife, Hadrien remet l'Europe en ordre, et allie autorité religieuse et talent politique d'une manière dévoyée mais sombrement visionnaire. Germanophile à une époque germanophobe, le roman imagine une Europe fédérale sous hégémonie allemande. Hadrien est poursuivi par Jerry Sant, membre du groupe politique liblab (mélange de libéral – au sens anglo-saxon – et de *labour*). Déçu par ce pape qui refuse de soutenir le socialisme, Sant tire sur lui : « Le monde pleura, soupira, s'essuya la bouche ; et éprouva un extrême soulagement... Il aurait fait un chef d'État idéal s'il n'avait pas gouverné. »

Cette conclusion paradoxale montre qu'*Hadrien*, œuvre bizarre, ne se berce toutefois pas d'illusions. Une sensualité merveilleusement innocente mais masculine tempère le désir puritain de l'auteur de nettoyer les rangs de l'Église catholique. Au cours d'un épisode au charme inattendu, il révèle à l'un de ses jeunes gardes la clé de la photographie en couleur (alors inconnue). Cela laisse deviner l'intérêt qu'on retrouve dans le roman pour les nouvelles technologies, comme le télégraphe Marconi. Malgré tous ses archaïsmes, *Hadrien* abrite des éléments clés de la modernité. **AMu**

Nostromo
Joseph Conrad

1857 (Ukraine)-1924 (Angleterre)
Première parution | 1904 (et en feuilleton)
Langue originale | Anglais
Titre original | *Nostromo : a Tale of the Seaboard*

Expérimental par ses perspectives mouvantes, *Nostromo* décrit l'histoire d'une région de l'Amérique du Sud, depuis l'instabilité de dictatures avides jusqu'à l'ère moderne, faite de démocratie et de capitalisme florissant. Sulaco, État imaginaire, lutte pour se séparer du Costaguana et devenir indépendant. Ce roman prophétique montre comment l'impérialisme économique mené par les États-Unis est un bienfait ambivalent dans ce pays. Une nouvelle stabilité et des équipements collectifs remplacent l'ancienne insécurité, mais certains éléments indigènes sont éliminés, et le sort du nouvel État ne laisse rien présager de bon.

Grâce à sa lecture assidue de mémoires et récits mais aussi à l'amitié qui le liait à R. B. Cunningham Graham, qui avait beaucoup voyagé dans ces régions, Conrad a pu conférer à son Sulaco un réalisme très vif, bien qu'il n'ait lui-même visité l'Amérique du Sud que brièvement, et ce vingt ans auparavant. L'auteur parsème les grands événements de petites luttes politiques et tensions familiales, alliant le général à l'intime. En suivant la vie de Nostromo, contremaître des dockers, et des divers personnages qui côtoient cet individu fourbe, nous découvrons le coût de l'évolution historique. Comme l'Higuerota, la montagne au sommet enneigé qui domine la région, ce roman offre « la plus grande délicatesse d'expression et une remarquable splendeur d'effet ». **CW**

Chez les heureux du monde
Edith Wharton

1862 (États-Unis)-1937 (France)
Première parution | 1905
Langue originale | Anglais
Titre original | *The House of Mirth*

À la fois histoire d'amour et critique sociale, *Chez les heureux…* débute sur une note d'espoir et par un flirt. Lily Bart, qui a en vue un futur conjugal lucratif, se laisse aller à éprouver des sentiments pour Lawrence Selden, intellectuel distingué mais pauvre. Avec finesse et malice, Edith Wharton crée une héroïne au sommet de sa puissance sexuelle, Lily, belle et en vue.

Tout en conservant les éléments d'une histoire d'amour traditionnelle, Wharton offre un point de vue moins rassurant. Le pouvoir féminin que représente Lily est un obstacle à la liberté intellectuelle. Sa perfection en tant qu'objet de désir est présentée comme le gâchis futile de la créativité féminine et devient le symbole de la valeur marchande des femmes. Lily s'en rend bien compte au fur et à mesure que sa relation avec Selden progresse, mais, reconnaissant son manque d'imagination, elle est incapable d'agir. Paralysée par son double désir d'épanouissement spirituel et de liberté financière, Lily hésite et est perdue.

C'est la description habile des différentes facettes du personnage qui fait la force du roman. Lily est alternativement l'architecte de son propre destin et un pion malheureux dans une société gouvernée par le capital, le pouvoir et l'inégalité des sexes. Son amour du superficiel et du luxe est reflété dans la trame même d'un roman qui se délecte à produire l'une des héroïnes de fiction les plus fascinantes, dont l'alliage intense de puissance et d'impuissance, d'assurance et de vulnérabilité, anime le mythe même qu'il cherche à saper. **HJ**

Professeur Unrat
Heinrich Mann

1871 (Allemagne)-1955 (Suisse)
Première parution I 1905
Titre original I *Professor Unrat, oder das Ende eines Tyrannen*

Frère aîné de Thomas Mann, le grand écrivain allemand, Heinrich, essayiste et romancier tout aussi prolifique, différait de celui-ci par son engagement politique plutôt qu'esthétique. Exilé par les nazis à cause de ses attaques contre leur idéologie militaro-nationaliste, c'était aussi un critique passionné du capitalisme bourgeois, un défenseur ardent de la démocratie et de diverses formes du socialisme. *Professeur Unrat*, le plus célèbre de ses romans, a été adapté au cinéma avec succès, notamment par Joseph von Sternberg dans *L'Ange bleu* avec Marlene Dietrich dans le rôle principal.

Le roman met en scène un professeur autoritaire et refoulé, un inadapté social qui s'éprend d'une jeune danseuse, Rosa Frohlich. Après l'avoir rencontrée par hasard, le professeur Unrat est rapidement ensorcelé et décide que nul autre que lui-même n'aura plus jamais affaire à elle. Sa relation intime avec une femme de son genre scandalise la petite ville et il perd son emploi d'enseignant. Imperturbable, il se réinvente avec l'aide de Rosa et se transforme en joueur. Tous deux établissent une salle de jeux à succès où il se délecte de la déchéance d'anciens élèves et ennemis, qui perdent leur fortune au jeu ou leur réputation au contact de mauvaises fréquentations. C'est pourtant Unrat qui s'avilit au fur et à mesure qu'il en apprend plus sur Rosa, et laisse éclater la rage qui le consume.

Professeur Unrat est une analyse fascinante des valeurs sociales de l'Allemagne impériale, et de la capacité du désir à transformer et contrôler même les hommes dotés d'une volonté de fer. Le lent déclin d'Unrat aux mains d'une des plus grandes femmes fatales de la littérature en fait un récit édifiant et captivant. **AL**

Solitude
Víctor Català

1869-1966 (Espagne)
Première parution I 1905
Titre original I *Solitut*
De son vrai nom I Caterina Albert i Paradís

L'adoption d'un nom de plume constituait pour Caterina Albert une dissimulation audacieuse et lui offrait la possibilité de masculiniser sa voix d'auteur. À son époque, la littérature traitait en général la campagne d'une façon bucolique et idyllique, totalement fausse. Víctor Català recherchait exactement le contraire en écrivant des romans tels que *Solitude*, son chef-d'œuvre, très éloignés des goûts sirupeux de la petite bourgeoisie. La nature est ici dépourvue de compassion et s'impose sans clémence : elle établit les destinées humaines à la limite du désir, comme si

tout un chacun était régi par un pouvoir supérieur indifférent.
Caterina Albert était propriétaire terrienne, mais dotée d'une solide éducation et proche du naturalisme littéraire de Zola. Elle préférait la réalité directe que représente la voix du narrateur, et refusait d'enjoliver l'aspect difficile de la vie à la campagne. Au contraire, la solitude de ses personnages et leur sentiment d'impuissance émergent sans fard. Ceux-ci s'avèrent presque toujours primitifs, faisant partie intégrante, comme les animaux, d'une nature dominatrice. L'œuvre de cette auteur est source d'une extraordinaire richesse du langage dans une prose qui reflète la moralité de régions reculées implacablement sujettes aux lois supérieures de la nature. **JGG**

Les Désarrois de l'élève Törless
Robert Musil

1880 (Autriche)-1942 (Suisse)
Première parution | 1906
Titre original | *Die Verwirrungen des Zöglings Törless*

Entraînés dans une sinistre spirale faite d'introspection et d'expérimentation, Törless et trois de ses camarades, cadets de l'école militaire, s'intéressent à toutes sortes d'idées avant de les mettre en pratique fiévreusement. Un sentiment de pouvoir est déjà présent, bien que muet, tant à l'intérieur des structures scolaires que dans l'esprit des élèves, qui ne doutent jamais de leur destin de leaders. Le sadisme réfléchi que pratiquent les garçons retourne ce pouvoir, le rendant sauvage, âcre et enivrant. Cette exploration du pouvoir à travers l'humiliation ritualisée de l'un de leurs camarades va aussi jusqu'à inclure les concepts que sont pitié, honneur, supériorité, justice, volonté et désir ; les garçons s'utilisent mutuellement afin de mettre à l'épreuve et de définir leur identité encore vague. C'est sur cette base de froideur et de cruauté exacte qu'ils se construiront.
La beauté de l'écriture de Musil repose sur sa capacité à insuffler au roman une dualité : les événements ne se défont jamais de leur brutalité dépouillée, mais demeurent aussi des angoisses, possibilités, désirs, précisément les désarrois (les « Verwirrungen » du titre original) qu'abrite l'esprit de Törless. C'est, avec la mentalité et le monde qu'il décrit de façon inoubliable, ce qui fait toute la puissance du roman. Une fois le livre refermé, le lecteur ne conclut pas de façon banale que nous sommes tous capables de choses terribles, mais reste convaincu de la difficulté de savoir ce qu'être humain signifie. **PMcM**

Histoire des Forsyte
John Galsworthy

1867-1933 (Angleterre)
Parution du premier volume de la saga | 1906
Titre original | *The Man of Property*
Prix Nobel de littérature | 1932

Profondément ironique, exploration de « l'état de l'Angleterre » depuis les années 1880 jusqu'aux années 1920 (même si, de façon révélatrice, elle a été interrompue pendant la Première Guerre mondiale), l'*Histoire des Forsyte* permettait aussi à Galsworthy d'examiner « les problèmes que cause la beauté dans la vie des hommes ». Cette beauté contrebalance – tout en la suscitant – la soif de possession au cœur de l'histoire familiale des Forsyte. Cette tension est symbolisée par Soames Forsyte chez qui la quête de la beauté concorde violemment avec la passion de posséder (qui le mènera au viol de sa femme).

Chronique de trois générations de Forsyte, cette saga est un monument à la gloire des édouardiens, et a été perçue comme un ouvrage typiquement anglais par des lecteurs passionnés. Sa vision de l'« instinct tribal », des « nuées de hordes sauvages » que l'on retrouve au cœur de la vie quotidienne d'une famille respectable de la classe aisée, nourrit les tensions et le conflit dramatique du récit de Galsworthy : les Forsyte offrent le spectacle d'une « prospérité presque répugnante », la « représentation d'une société miniature ». En tant que tels, ils donnent aussi à l'auteur le moyen d'examiner, dans une prose extraordinaire, la violence créative de la vie familiale : « la perte et la mort de la réalité » au cœur de l'intimité domestique, l'histoire partagée qu'elle impose, et un esprit d'entreprise impitoyablement collectif. **VL**

La Jungle
Upton Sinclair

1878-1968 (États-Unis)
Première parution | 1906
Langue originale | Anglais
Titre original | *The Jungle*

La Jungle n'est pas le premier roman critique, mais c'est l'un des livres du XXe siècle ayant eu le plus d'influence. C'est une chronique brute et parfois écœurante d'incidents réels qui se sont produits au cours de la grève des employés des abattoirs de Chicago en 1904. Manifeste pour le changement social, il révèle de façon brutale comment le rêve américain s'est fourvoyé. Sinclair attaque le mythe de l'Amérique, aubaine de masses pauvres et épuisées qui aspirent à respirer librement. La terre bénie de la destinée manifeste est montrée ici comme un cauchemar à la Dickens, où les esclaves salariés arrivent à peine à survivre et où les immigrants impuissants sont dévorés par une machine capitaliste mue par la corruption et une cupidité flagrante.

Mais c'est plus qu'un réquisitoire ; c'est un récit poignant et palpitant. Jurgis Rudkus, qui a récemment quitté la Lituanie, débarque dans un nouveau pays plein de promesses afin de fonder une famille. La puanteur des déchets de l'industrie de la viande et la lutte pour le pain quotidien investissent toute sa vie. Les rêves de Jurgis et sa famille sont systématiquement réduits à néant. Empli d'amertume devant les crimes brutaux infligés à celle-ci, il sombre peu à peu dans le crime, pour finalement revenir de l'enfer. Le roman se termine sur un rayon d'espoir, le socialisme ; la dernière phrase, tout en capitales, est : « CHICAGO NOUS APPARTIENDRA ! » Il est difficile d'imaginer un roman plus important du point de vue social. **JGG**

L'Agent secret
Joseph Conrad

1857 (Ukraine)-1924 (Angleterre)
Première parution | 1907
Langue originale | Anglais
Titre original | *The Secret Agent*

L'Agent secret est un récit qui mêle politique subversive, crime et enquête dans le Londres de la fin de l'ère victorienne, métropole essentiellement sombre, froide et humide. Un groupe grotesque de révolutionnaires se réunit dans l'arrière-boutique miteuse d'Adolf Verloc, à Soho, pour s'adonner à des discussions politiques futiles. Michaelis est obèse, Karl Yundt si décrépit qu'il en chancelle, et Ossipon possède les particularités physiques

(cheveux crépus et yeux mongoliens) qui, selon son guide Cesare Lombroso, signalent un criminel dégénéré. Tous ces ennemis de la société sont paresseux, remarque l'indolent Verloc ; et, lui-même compris, se font entretenir par les femmes.
Dans une ambassade qui est clairement celle de la Russie, M. Vladamir, élégant diplomate, pousse Verloc à faire exploser l'observatoire de Greenwich. Il s'imagine qu'un tel acte de violence sera imputé aux étrangers et que le gouvernement britannique sera par la suite moins accueillant envers les réfugiés, particulièrement les ennemis de la Russie tsariste. Verloc obtient une bombe du « Professeur » (un anarchiste nihiliste) et ordonne à son beau-frère Stevie, débile léger, d'aller la poser. Mais cet acte a des conséquences inattendues et provoque des événements tragiques.
Ce chef-d'œuvre à l'ironie impitoyable rappelle les œuvres de Dickens comme *Bleak House*, et annonce le sordide *C'est un champ de bataille* de Greene. Particulièrement pertinent aujourd'hui, il anticipe l'ère des attentats-suicides. **CW**

La Mère
Maxime Gorki

1868-1936 (Russie)
Première parution | 1907
Langue originale | Russe
Titre original | *Mat*

La Mère, qui retrace la vie d'une femme du prolétariat de la Russie provinciale de la fin du XIXe siècle, évoque la cruauté, l'absurdité et l'amertume de la vie sous un régime tsariste oppresseur. Dans une ville industrielle anonyme, une mère cinquantenaire, Pélagie Nilovna, doit faire face à ce qui, selon elle, sera une vie de corvées dépourvue d'amour après la mort de son mari, un homme violent. Elle s'éveille cependant peu à peu à la présence de son fils Pavel, qui suit un style de vie sobre et modeste et passe ses soirées à lire de la philosophie et de l'économie. Pavel et sa mère se rapprochent et il commence à lui révéler son univers secret, où ces textes apparemment inoffensifs représentent des idées radicalement nouvelles, dont la diffusion signifie qu'il est presque constamment en danger de mort. Pélagie rejoint peu à peu un groupe socialiste révolutionnaire, et tandis qu'elle devient plus radicale sous l'influence des conversations de Pavel et ses amis, elle leur offre en même temps une pensée humaniste qui privilégie la bonté, la clémence et l'amour.
Souvent qualifié de réalisme socialiste, cette expression ne suffit pas à décrire l'étendue du talent de Gorki dans un roman qui, malgré son penchant idéologique, ne se transforme jamais en propagande. Objectifs politiques, beauté lyrique, humour parfois et personnages mémorables se mêlent. Émouvant et souvent douloureux, ce roman dresse un tableau important des extrêmes politiques et culturels de cette époque en Russie. **AB**

Les Immémoriaux
Victor Segalen

1878-1919 (France)
Première parution | 1907
Pseudonyme | Max Anély

« Ici comme ailleurs, la race se meurt », note Segalen lorsqu'il débarque à Tahiti, en 1903. C'est tout le sujet des *Immémoriaux*, fascinant poème en prose sur l'ancienne civilisation de cette île devenue colonie française : la disparition d'une société extra-européenne au fur et à mesure de ses contacts avec les Occidentaux, la dégradation de ses coutumes et traditions immémoriales. Au retour d'un voyage initiatique, le prêtre polynésien Térii découvre que des étrangers, « hommes à la peau blême », ont apporté leur culture sur son île, initiant les siens à des croyances nouvelles. Les « beaux parlers originels » des Maoris sont remplacés par le « nouveau parler » des évangélisateurs, les vieux rites sont abandonnés. Désespéré, banni de sa communauté, Térii ne trouve pas la force de répondre aux incitations de son ancien maître, Paofaï : lorsqu'il revient dans l'île, où la population tout entière s'est convertie au christianisme, il se fait baptiser lui aussi, devenant même prêtre sous le nom de Iakoba. Au-delà du destin de son personnage central, c'est avant tout sa langue qui fait le prix des *Immémoriaux*, entre un français classique et un langage primitif éclatant de poésie et d'étrangeté, adapté aux réalités exotiques. Très influencé par les croquis de Gauguin sur les Maoris, Victor Segalen donne ici un chef-d'œuvre méditatif et intrigant, qui l'impose comme l'un des écrivains les plus singuliers de la littérature française du début du XXe siècle. **BQ**

Un conte de bonnes femmes
Arnold Bennett

1867-1931 (Angleterre)
Première parution | 1908
Langue originale | Anglais
Titre original | *The Old Wives' Tale*

Comme de nombreux autres titres de Bennett, ce roman est principalement situé dans la région des Poteries du Staffordshire, les « cinq villes » endormies. Il décrit en détail la vie d'une expatriée à Paris au milieu du XIXe siècle, ère de perturbations politiques extraordinaires. Ce double cadre reflète le plan général de l'ouvrage, qui traite de deux « bonnes femmes », Constance et Sophia Baines, filles d'un modeste commerçant. Leur destin, déterminé par leur mariage, les entraîne dans des directions complètement différentes. La sage Constance, après avoir épousé l'assistant de son père, mène apparemment la vie conventionnelle d'une épouse et mère victorienne. En regard, la fugue amoureuse désastreuse de Sophia avec un commis voyageur qui l'abandonne, sans le sou, à Paris. Leurs vies respectives ne sont ni entièrement positives, ni entièrement négatives ; les émois d'un Paris assiégé sont contrebalancés par la lutte constante de Sophia pour survivre dans une culture étrangère hostile, tandis que l'harmonie domestique de la vie familiale de Constance souffre aussi d'un ennui étouffant.

C'est dans l'ensemble un roman plein de compassion, et la réunion touchante des deux sœurs montre l'importance de l'amour familial et de la loyauté dans des vies qui pourraient sinon paraître gâchées. **AB**

L'Enfer
Henri Barbusse

1873 (France)-1935 (Russie)
Première parution | 1908

Henri Barbusse a débuté sa carrière littéraire avec *L'Enfer*, roman captivant mais terrifiant, l'un des premiers exemples d'une littérature qui présente une humanité aliénée et dépourvue d'affect. Colin Wilson l'a cité dans son introduction à *L'Étranger* (1956), et montré son influence directe sur les existentialistes.

Un homme anonyme prend une chambre d'hôtel à Paris. Il a trente ans, est sans attaches. On sait juste qu'il est blasé, déçu, las et indifférent à la vie. Il écrit « Je ne sais pas qui je suis, où je vais, ce que je fais… je n'ai rien et ne mérite rien », et pourtant il aspire à l'inaccessible de façon obsessionnelle, presque religieuse. La première nuit à l'hôtel, des bruits provenant de la chambre d'à côté attirent son attention. Après avoir découvert un trou qui lui permet d'observer celle-ci, il demeure cloué sur place pendant des jours, observant les différents occupants. Son voyeurisme vire au compulsif ; il tire un étrange sentiment de toute-puissance et de ferveur psychosexuelle de son observation des différentes vies privées qui s'étalent devant lui : couples adultères, femmes seules se déshabillant, homosexualité, naissance et mort. Cette activité ne lui procure cependant que peu de satisfaction et son obsession finit par le détruire.

Scandaleux au moment de sa parution, le livre a toujours la capacité de choquer aujourd'hui ; franc, explicite et empli de songeries philosophiques, *L'Enfer* offre un aperçu fascinant de la lutte intérieure d'un homme. **AL**

Avec vue sur l'Arno
E. M. Forster

1879-1970 (Angleterre)
Première parution | 1908
Langue originale | Anglais
Titre original | *A Room with a View*

Dans *Avec vue sur l'Arno*, roman du passage à l'âge adulte, Forster nous présente Lucy Honeychurch, qui, en compagnie de son anxieuse tutrice, Charlotte Bartlett, protectrice à l'excès, visite l'Italie et découvre un monde plus vaste et très éloigné de la campagne de son enfance. Lucy est une pianiste pleine de passion, et à son interprétation de Beethoven, le lecteur devine sa vraie profondeur psychologique. La question centrale de ce roman est de savoir ce que choisira cette dernière : une chambre avec vue sur l'Arno, ou les murs aveugles d'une société conventionnelle ? Ce choix est symbolisé par les deux hommes qui rivalisent pour ravir son cœur. George Emerson, attentionné et passionné, comprend et apprécie vraiment ce qui l'entoure, que ce soient les Italiens ou Lucy elle-même. Cecil Wyse, arrogant et sophistiqué, la traite plus comme un objet d'art ou un projet que comme un être vivant doté d'une conscience. Ce roman traite des difficultés et des choix qui caractérisent le passage à l'âge adulte – la tentation de l'aveuglement, les tensions entre ses propres désirs et le conformisme familial.

Le roman de Forster offre une satire brillante de l'Angleterre moyenne du début du XXe siècle et de ses conventions sociales. Il est aussi sensuel – le paysage, que ce soit en Italie ou en Angleterre, est parfaitement évoqué avec de ravissants détails visuels, et lorsque Lucy joue du piano ou que le temps tourne à l'orage, on entend presque le crescendo des notes ou le tonnerre. Simplement délicieux. **EGG**

La Porte étroite
André Gide

1869-1951 (France)
Première parution | 1909
Prix Nobel de littérature | 1947

Il y a quelque chose d'irrésistible, voire une perfection séduisante dans *La Porte étroite*. C'est en théorie une histoire d'amour ; après que le réconfort familial leur est retiré, deux cousins trouvent l'un chez l'autre une source de vertu et de beauté. Jérôme perd son père avant d'atteindre sa douzième année. Fils unique, il voit sa mère entretenir son chagrin alors que le sien prend la forme d'une maturité trop rapide, d'une sensibilité déjà âgée. Sa cousine Alissa est méprisée par sa mère adultère à cause de la loyauté qu'elle porte à son père, qui la prend pour confidente. Mais ce résumé met trop l'accent sur ce qui ne constitue que le point de départ de l'histoire ; les faits relatifs à l'existence de Jérôme et Alissa – membres de la grande bourgeoisie d'une France qui semble n'être qu'une ronde incessante d'étés aux fleurs luxuriantes et qui méprise la vulgarité du changement matériel – ne sont qu'un prétexte.

C'est leur amour condamné, délicat, intense et difficile qui emplit les pages et qui, en s'imposant comme la seule réalité, explique ces deux personnages. Non consommé, et, de fait, libre de tout engagement physique, cela reste un désir, une attraction mutuelle déclarée et pourtant solitaire. C'est cette trajectoire qui fascine, prolongée et apparemment vaine, depuis l'incertitude et la précaution de la jeunesse jusqu'au rapport envisagé puis refusé. Avec une maîtrise exquise dans son exploration de l'amour, Gide arrive à refléter la nature absolue et pourtant ouverte du désir lui-même. **PMcM**

Les Carnets de Malte Laurids Brigge

Rainer Maria Rilke

1875 (Autriche-Hongrie)-1926 (Suisse)
Première parution I 1910
Titre original I *Die Aufzeichnungen des Malte Laurids Brigge*

Rares sont ceux qui, parmi les admirateurs du seul roman de Rilke, admettent que l'œuvre n'est qu'en partie remarquable ; sa capacité purement intermittente à étonner est cependant assez vigoureuse pour faire oublier que l'ensemble est un alliage maladroit de fiction narrative, de journal intime et de recueil de citations. On devrait toutefois peut-être s'attendre à rencontrer des descriptions futiles ou des passages au ton dramatique dans ce qui est censé être le journal d'un jeune esthète danois issus de l'aristocratie, désormais sans le sou, fragile et sans attaches à Paris. Les rencontres troublantes qu'il fait dans les rues de la ville (avec par exemple une vieille femme indiscrète dont « les yeux chassieux paraissaient abriter sous leurs paupières rougies le phlegme verdâtre qu'un malade y aurait craché ») rivalisent avec des souvenirs intenses de ses étranges enfance et adolescence. Le roman se prolonge par des méditations « rilkiennes » sur la foi, la maladie et l'art, ainsi que des conjectures sur la vie intérieure de figures historiques obscures qui fascinent Malte.

La prose du roman n'atteint que rarement le sublime des plus grands vers de Rilke, mais elle paraît parfois naître du même espace. Tout comme la poésie de l'auteur est parsemée de questions, il est impossible de répondre à certaines rhétoriques qu'il se pose à lui-même ou au monde entier. *Les Carnets de Malte* pâtissent de son ignorance du monde et de ceux qui l'habitent.

L'œuvre de Rilke et les pensées de son héros sont nourries d'une insatiable curiosité qui demeure délibérément insatisfaite. En dépit de ce manque de connaissances, le roman est d'une grande beauté et ne ressemble à rien d'autre : les phrases ou paragraphes avec lesquels Rilke termine chacune des parties sont souvent les plus remarquables. **RP**

Howard End
E. M. Forster

1879-1970 (Angleterre)
Première parution | 1910
Langue originale | Anglais
Titre original | *Howards End*

Réflexion sur les bouleversements sociaux de l'ère édouardienne, *Howards End* présente deux familles, les Schlegel et les Wilcox. Tandis que les Schlegel sont idéalistes et intellectuels, les Wilcox sont matérialistes et pourvus de sens pratique. Le roman décrit les liens qui se nouent entre ces familles et l'affrontement de leurs points de vue opposés.

Les deux sœurs Schlegel, Margaret et Helen, réagissent aux Wilcox de façon contrastée. Tandis qu'Helen demeure idéaliste et opposée à leurs idéaux, Margaret espère pouvoir réconcilier les deux approches et développer une appréciation pour chacune d'entre elles. À travers son écriture, elle désire « seulement communiquer » afin d'exalter à la fois sa prose et sa passion. Le livre examine ses tentatives de communication, ses succès et ses échecs – son mariage avec Henry Wilcox, les vicissitudes de leur relation, et le conflit entre ce dernier et sa sœur.

Ce chef-d'œuvre possède des moments de vraie beauté et d'optimisme. Comme dans toute l'œuvre de Forster, les personnages sont magnifiquement élaborés et les dialogues superbes. Même s'il traite d'actions et émotions extrêmes, il ne devient jamais mélodramatique ou absurde. Cela demeure plutôt le tableau bien trop réel des émotions humaines et des conséquences dévastatrices que peuvent engendrer malentendus, fierté, colère et hypocrisie. **EGG**

Impressions d'Afrique
Raymond Roussel

1877 (France)-1933 (Sicile)
Première parution | 1910

Les neuf premiers chapitres d'*Impressions d'Afrique* décrivent une série de prouesses apparemment impossibles à réaliser, dans une ville africaine imaginaire. Un tireur sépare le jaune du blanc d'un œuf avec une seule balle ; une statue faite de corsets et dont le mécanisme est actionné par une pie apprivoisée se balance d'avant en arrière. Dans la deuxième moitié du roman, on découvre qu'un groupe de passagers naufragés a été capturé par un roi africain et qu'afin de divertir ce dernier et de gagner leur liberté, les prisonniers doivent réussir des épreuves spectaculaires ou construire les machines fantastiques présentées dans la première moitié.

Dans un essai publié en 1935, après son suicide, Roussel révèle que le point de départ du roman n'est pas une impression d'Afrique mais une ressource linguistique bien particulière : la façon dont un mot peut être doté de deux significations différentes. Roussel choisissait un homonyme et s'imposait d'écrire une histoire ou d'inventer un scénario où l'on passerait des baleines (d'un corset) aux baleines (de l'océan). C'est un récit de voyage qui ne mène nulle part parce que quelle que soit la distance que l'on parcourt par rapport au terme initial, le texte arrive toujours à ramener le lecteur au point de départ – de baleines en baleines. La langue n'est plus au service de la fiction. C'est plutôt celle-ci qui est à la merci du langage ; les romans naissent de l'espace sombre qui sépare un mot de sa répétition. **KB**

Fantômas
Marcel Allain et Pierre Souvestre

Allain | 1885-1970 (France)
Souvestre | 1874-1914 (France)
Première parution | 1911

Publié pour la première fois en 1911, *Fantômas* a fait sensation en France, et bien que relativement peu connu dans les pays anglo-saxons, le roman occupe toujours une place importante dans l'imaginaire populaire européen et mondial. Le titre original a inspiré une extraordinaire série qui totalise trente et un romans, diverses adaptations cinématographiques et une bande dessinée à succès au Mexique. Cette mystérieuse création est donc toujours bien vivante.

Le « héros » éponyme du roman est un parfait criminel masqué, un génie amoral en guerre contre la bourgeoisie. Fantômas ne possède ni passé ni motif, c'est un cauchemar incarné, une énigme dont la présence physique n'est confirmée que par les cadavres qu'il laisse dans son sillage, ou par le bruissement d'une cape par la fenêtre ouverte. Il est poursuivi par Juve, inspecteur brillant mais perpétuellement frustré. Fantômas viole, assassine et dévalise la nuit à Paris, où la seule mention de son nom fait frémir les bonnes gens.

Il est étrange que ce récit violent et rudimentaire qui a aussi inspiré le dadaïsme et les surréalistes bénéficie d'une telle pérennité. Œuvre troublante qui reflète la paranoïa, la confusion et les frissons de la ville moderne, *Fantômas* évoque une morale européenne en butte aux attaques, et exploite les préoccupations de l'époque, en s'adressant à la fois au côté primaire et à l'imagination intellectuelle de tout un chacun. **SamT**

Ethan Frome
Edith Wharton

1862 (États-Unis)-1937 (France)
Première parution | 1911
Langue originale | Anglais
Titre original | *Ethan Frome*

Ethan Frome, un récit limpide, évoque l'isolement mental, la frustration sexuelle et le désespoir moral d'une communauté rurale de la Nouvelle-Angleterre au tout début du XXe siècle. Il décrit l'amour naissant de Frome pour la vive Mattie Silver, parente pauvre de sa femme Zeena, et expose la logique qui pousse les deux amants à mettre fin à leurs jours avec des conséquences inattendues et poignantes. Frome est au cœur du récit ; sa personnalité s'est flétrie au contact d'un environnement difficile et d'une communauté repliée sur elle-même. C'est un homme à la profondeur cachée, qui devine la présence d'une réalité riche sous la surface d'une vie prosaïque, et dont la sociabilité ne peut s'exprimer dans une communauté isolée. La difficulté qu'ont les personnages à s'exprimer joue un rôle central dans ce roman qui met en scène l'interaction entre l'environnement extérieur et la psyché, et dont le narrateur ne possède qu'une connaissance partielle. On en sort dérouté, habité de questions sur les choix moraux, l'action de l'environnement sur le comportement, et les conflits qui opposent mœurs sociales et passions individuelles. *Ethan Frome* analyse principalement la souffrance de son protagoniste, mais décrit aussi les conditions sociales qui permettent l'apparition d'un personnage aussi manipulateur que celui de Zeena. **AG**

Fermina Márquez
Valery Larbaud

1881-1957 (France)
Première parution | 1911

Parmi les romans et nouvelles de Larbaud évoquant enfance et adolescence, *Fermina Márquez* est le plus autobiographique et le plus beau. Il raconte l'émoi des pensionnaires d'un collège des environs de Paris devant l'apparition quotidienne dans le parc voisin d'une jeune fille de seize ans, Fermina, venue rendre visite à son frère cadet. Prêts à tout pour l'approcher, quelques collégiens bravent le règlement et la rejoignent dans les allées du parc ; le studieux et brillant Joanny Léniot est de ceux-là, qui voit en Fermina un défi amoureux à relever et l'occasion de se venger de celles qui jusque-là l'ont repoussé. La jeune fille, hélas, s'éprend de Santos Itturia, le chef de bande du collège ; Joanny rend les armes, l'arrivée des grandes vacances sonnant la fin de son combat. Des années plus tard, le narrateur reviendra au collège et découvrira l'épilogue de l'histoire, apprenant la mort précoce de Joanny et les fiançailles de Santos avec une autre femme ; pour lui comme pour eux, l'épisode Fermina Márquez aura marqué la fin de l'enfance et l'entrée dans le monde adulte. La notoriété de Larbaud est toujours restée cantonnée à la frange la plus lettrée du public, auquel ses travaux de traduction ont d'ailleurs permis de découvrir nombre d'écrivains étrangers. Ses œuvres de fiction méritent pourtant d'être plus largement connues. Ce texte est l'un des premiers romans à s'intéresser à l'adolescence, qu'il contribue à introniser comme thème littéraire. **BQ**

La Mort à Venise
Thomas Mann

1875 (Allemagne)-1955 (Suisse)
Première parution | 1912
Titre original | *Der Tod in Venedig*
Prix Nobel de littérature | 1929

Lorsque Gustave von Aschenbach se rend à Venise, il est captivé par un jeune garçon dont les boucles blondes et les proportions ravissantes semblent symboliser l'idéal de la beauté grecque. Aschenbach commence bientôt à consacrer une grande partie de ses journées, puis toute son existence, à contempler Tadzio. Sur le bateau qui l'emmène à Venise, il observe avec horreur un vieil homme au visage maquillé qui minaude au milieu d'un groupe de jeunes hommes. À la fin du récit, il est lui-même devenu cet homme, lorsque, enivré, il poursuit Tadzio à travers les passages et canaux d'une ville contaminée. *La Mort à Venise*, pour Mann, traite de la perte de la dignité, mais l'auteur y examine aussi la relation entre l'art et la réalité. Aschenbach pense qu'avec des efforts et de la discipline, il peut maîtriser la réalité et même la transformer en art. Mais le Dionysos qu'est Tadzio lui inspire des émotions violentes et une passion incontrôlée, ce qui le force à reconnaître l'illusion de cette conviction. Les éléments mythiques du roman servent de contexte à la description d'une relation homosexuelle. Écrit avec subtilité et une grande justesse psychologique, *La Mort à Venise* est le récit saisissant des émotions que l'on ressent lorsque l'on s'éprend de quelqu'un.

Le roman court n'est certes pas la forme habituelle de Thomas Mann (*La Mort à Venise* compte 70 pages) : depuis les premiers pressentiments jusqu'au paroxysme pathétique final, c'est un chef-d'œuvre. **KB**

Amants et Fils
D. H. Lawrence

1885-1930 (Angleterre)
Première parution | 1913
Langue originale | Anglais
Titre original | *Sons and Lovers*

Dans *Amants et Fils*, Lawrence dépeint de façon passionnante la campagne du Nottinghamshire et la communauté minière à laquelle il se sentait profondément lié. Ce roman, qui explore avec une honnêteté intrépide la famille, la vie domestique, la lutte des classes, les conflits entre sexes, la sexualité, l'industrialisme et la pauvreté, évoque aussi la nature avec une intensité qui frise le mysticisme.

La relation qui unit Paul Morel à sa mère, présence maternelle omniprésente qui possède de grandes ambitions pour son fils, garçon doué, constitue l'élément central du livre. Ce lien très fort existe au détriment du père, mineur à l'éducation réduite, traité avec dédain par sa femme, une attitude que le fils fait sienne lorsqu'il devient adulte. Questions de classes sociales et problèmes psychologiques se recoupent ainsi. Paul réalise les aspirations frustrées de sa mère à travers l'art et l'éducation, mais leur relation presque incestueuse menace de l'empêcher de développer sa propre identité d'adulte et d'établir des relations sexuelles matures avec d'autres femmes.

Sensible à la position sociale de femmes intelligentes telles que Gertrude Morel, prisonnière, comme son mari plein d'amertume, du monde de la mine, le roman reflète aussi les frustrations des amours adolescentes, le charme déroutant de diverses sortes de relations sexuelles et la violence des rivalités masculines. **AG**

Le Grand Meaulnes
Henri Alain-Fournier

1886-1914 (France)
Première parution | 1913

L'extraordinaire postérité du *Grand Meaulnes* n'est pas seulement liée au fait qu'il soit le seul roman d'Alain-Fournier, mort dans les tranchées au début de la guerre, à l'âge de vingt-huit ans : elle est due avant tout à la beauté énigmatique de son univers, à son atmosphère onirique et au charisme de ses héros, adolescents qui fuient l'entrée dans le monde adulte. Augustin Meaulnes, un jeune homme de dix-sept ans, vient habiter chez le narrateur, François. Un jour, Meaulnes disparaît et ne revient qu'après trois nuits, un gilet de marquis sous son habit d'écolier, sans vouloir dire où il est allé. Il racontera finalement l'étrange aventure qu'il a vécue durant sa fugue, le « domaine mystérieux » où il a trouvé refuge, la fête de fiançailles de Frantz, le fils du château, et sa rencontre avec la troublante Yvonne... Roman d'aventures imprégné de merveilleux, *Le Grand Meaulnes* est aussi un livre très autobiographique : c'est à partir de ses souvenirs d'enfance qu'Alain-Fournier a reconstitué l'atmosphère de l'école Sainte-Agathe et la lumière envoûtante des bois de Sologne, et c'est sa passion muette pour Yvonne de Quièvrecourt qui resurgit à travers le personnage d'Yvonne. Roman du bonheur perdu, exaltant le rêve et le merveilleux, *Le Grand Meaulnes* est aussi un beau récit sur le monde de l'adolescence. Adapté au cinéma en 1967 par Jean-Gabriel Albicocco, il a fait l'objet d'une nouvelle version signée Jean-Daniel Verhaeghe en 2006. **BQ**

Platero et moi
Juan Ramón Jiménez

1881 (Espagne)-1958 (Porto Rico)
Première parution | 1914
Titre original | *Platero y yo*
Prix Nobel de littérature | 1956

Le sous-titre de cet ouvrage, Élégie andalouse, et le fait que l'auteur ait choisi de le dédier à Francisco Giner de los Ríos, grand professeur (qui l'a lu avec admiration), nous procurent deux importantes clés d'interprétation. *Platero et moi* est tout d'abord une évocation personnelle d'une partie de l'Andalousie (les environs de Moguer, près de Huelva), dans laquelle l'auteur embrasse le régionalisme esthétique espagnol ; l'œuvre est aussi animée d'une volonté pédagogique : celle d'enseigner la sensibilité aux adultes comme aux enfants.

Ces deux tentatives s'avèrent réussies. C'est l'histoire apparemment simple d'un poète en vacances (« tout habillé de deuil, avec [sa] barbe nazaréenne ») et de Platero son petit âne « duveteux et doux ». Ce texte, composé de courts segments que l'on pourrait qualifier de poèmes en prose, évoque un univers joyeux d'enfants, la vie turbulente des animaux dans les champs, une série de paysans divertissants ou malicieux, et d'inoubliables paysages dont les couleurs rappellent les tableaux fauves. Mais tout n'est pas si rose : Platero et son propriétaire assistent à des scènes de cruauté gratuite, d'incompréhension et de chagrin, et le petit âne s'éteint à la fin de l'ouvrage. Peu d'œuvres littéraires espagnoles sont aussi associées au plaisir esthétique et aux impératifs éthiques que sont la beauté et la justesse. **JCM**

Tarzan
Edgar Rice Burroughs

1875-1950 (États-Unis)
Première parution | 1914
Langue originale | Anglais
Titre original | *Tarzan of the Apes*

Sur le plan idéologique, la série des Tarzan est si peu louable qu'il est étonnant que les livres n'aient pas été attaqués de façon plus vigoureuse. Il est aussi paradoxal de constater que, tandis que certains ont tendance à bannir, voire même brûler des romans plus récents, *Tarzan* occupe toujours une position de choix dans le corpus populaire et a même fait l'objet d'un dessin animé de Disney et d'une série de bandes dessinées. Sur le plan narratif, c'est un roman passionnant, dynamique, bien écrit, avec les composantes classiques des bons romans de gare – un héros qui survit contre toute attente, une terre inconnue, de féroces adversaires, de batailles spectaculaires et des femmes magnifiques. Mais dans cet ouvrage, qui prend finalement la défense de l'homme blanc, supérieur à tout autre, la pensée sous-jacente est raciste, sexiste, nourrie de stéréotypes et essentiellement impérialiste. Dans *Tarzan*, le héros fait la conquête, dans l'ordre, des singes, des lions, des éléphants, des membres d'une tribu noire, de marins dégénérés, de professeurs de théologie, de femmes et d'Anglais, avant de se tourner à nouveau contre les Africains.

Ce livre est aujourd'hui peu lu et la force de Burroughs est oubliée – sa défense de l'écologie, l'importance de ses écrits sur les textes héroïques, et ses commentaires sociaux pénétrants. Le texte original a été supplanté par la mythologie de Tarzan, qui, dans le roman, communique avec Jane Porter par notes écrites, puis en français (ce qui est très éloigné du primaire et sexuel « moi Tarzan, toi Jane »). **EMcCS**

Locus Solus
Raymond Roussel

1877 (France)-1933 (Sicile)
Première parution | 1914

Étranges, d'une difficulté sans complaisance, les romans et poèmes de Roussel, publiés à compte d'auteur, ont été tournés en dérision de son vivant. Il est désormais célèbre pour ses explorations solitaires du langage, qui ont eu un impact décisif auprès de penseurs et écrivains clés du XXe siècle, de Michel Foucault à John Ashbery, poète new-yorkais.

Locus Solus, caractérisé par une théâtralité macabre, offre des scènes toutes plus fantastiques les unes que les autres : chats, dents, diamants et danseuses apparaissent au milieu d'une série de mécanismes complexes. Le lecteur est guidé par Martial Canterel, brillant inventeur et savant qui fait faire le tour de son domaine isolé – d'où le titre – à un groupe de collègues. Une grande cage de verre constitue l'impressionnant élément central, dans laquelle se trouvent huit tableaux vivants complexes. Seulement, les huit acteurs censés jouer les morts sont réellement morts. Canterel a transformé les cadavres en automates en leur injectant un fluide de son invention : ranimés par cette « résurrectine », ils sont condamnés à revivre les moments clés de leur existence. Moments qui étaient bien entendu significatifs parce qu'ils étaient censés être uniques et impossibles à répéter. Le genre de mécanisme langagier qu'a inventé Roussel pour ce roman (et pour d'autres) opère à cette charnière où un mot peut prendre deux sens différents. Sa fiction est toujours dangereusement prête à imiter le spectacle futile au centre de ce roman, bizarre à tous les points de vue. **KB**

Le Pauvre Cœur des hommes
Natsume Soseki

1867-1916 (Japon)
Première parution | 1914
Langue originale | Japonais
Titre original | *Kokoro*

Cet ouvrage reflète les changements de mentalité qui ont eu lieu au Japon avec la modernisation rapide de la fin du XIXe siècle. S'habituant à l'occidentalisation et se transformant peu à peu en état militariste, le Japon commence à perdre l'optimisme de la « civilisation et des lumières » de l'ère Meiji.

L'intrigue se situe à Tokyo en 1910 environ. Le livre explore la relation entre un jeune homme, le narrateur, et un vieil homme qu'il appelle Sensei (« professeur »). Sensei est hanté par une tare passée. Les deux premières parties du roman traitent de la mort du père du narrateur et ami de Sensei, et des fréquentes visites au cimetière de ce dernier. Le secret de Sensei préoccupe le jeune homme, dont l'anxiété croît. Une lettre arrive, où Sensei confesse son rôle dans un triangle amoureux à l'issue tragique et exprime ses luttes intérieures. Il est déchiré entre moralité et possessivité, intellect et émotion, mort et vie. Il souffre de l'impossibilité de comprendre son *kokoro* (âme ou fonctionnement de l'esprit) et celui des autres. Dans son portrait délicat du malaise de Sensei, le livre constitue un hommage à la modernisation rapide du

Japon, mais aussi une analyse du sentiment d'échec et de culpabilité d'un personnage. Natsume est l'un des plus grands écrivains de la littérature japonaise des temps modernes. **KK**

Les Trente-Neuf Marches
John Buchan

1875 (Écosse)-1940 (Canada)
Première parution | 1915
Langue originale | Anglais
Titre original | *The Thirty-Nine Steps*

Précurseurs du roman d'espionnage moderne, *Les Trente-Neuf Marches* traitent d'un complot : l'Allemagne prévoit de déclarer la guerre à la Grande-Bretagne après une invasion secrète. Même si cette intrigue était alors d'actualité, fondée sur le violent conflit de la Première Guerre mondiale, elle reflétait aussi le dégoût profond de Buchan pour la culture allemande.

Richard Hannay, ingénieur sud-africain, sauve un espion britannique pourchassé avant de devenir lui-même l'objet d'une chasse à l'homme orchestrée par des agents de l'Allemagne. Hannay se réfugie dans les Highlands écossais, espérant se cacher au milieu de ce qu'il croit être une région reculée et déserte. Il s'aperçoit vite de son erreur et découvre que cette campagne « isolée » est en fait peuplée d'agents allemands, qui se font passer pour des piliers de la société britannique.

Ce roman a établi la formule du roman d'espionnage : poursuites en voiture, déguisements complexes, quête pressante afin d'échapper au désastre. Les divers rebondissements de l'intrigue reposent sur un sentiment de paranoïa où chaque allié potentiel peut aussi s'avérer être un ennemi. Buchan dirigeait pendant la guerre le ministère de l'Information, nouvellement formé et responsable de la propagande, et ses romans relèvent de toute évidence de cet effort. **LC**

L'Arc-en-ciel
D. H. Lawrence

1885-1930 (Angleterre)
Première parution | 1915
Langue originale | Anglais
Titre original | *The Rainbow*

Convaincu que la subjectivité humaine ne pouvait plus être décrite selon ce qu'il appelait « le vieil ego stable », et qu'il fallait désormais présenter les personnages d'une nouvelle façon, Lawrence a rompu avec les conventions romanesques établies. Parce que le « réalisme » selon lequel les personnages fictifs avaient jusque-là été présentés lui paraissait irréaliste, il a opté dans *L'Arc-en-ciel* pour une représentation des êtres humains et de leurs relations délicates fondées sur des pulsions inconscientes.

Écrit durant la Première Guerre mondiale, le roman oppose la période durant laquelle la famille Brangwen était attachée à la terre aux changements profonds qui affectent désormais l'humanité (particulièrement la destruction inexorable des communautés). Divers thèmes s'entremêlent, dont la sexualité adolescente, les relations matrimoniales, les conflits de générations, l'exil, le colonialisme, l'identité nationale, l'éducation, l'ascension sociale, la « nouvelle femme », l'homosexualité féminine et la dépression psychologique (signe avant-coureur d'une renaissance et régénération nécessaires). Sexuellement explicite et d'une honnêteté brutale quant aux relations humaines, *L'Arc-en-ciel* dépeint l'effondrement d'un ordre social établi. Se concentrant sur les rapports de force changeants entre parents et enfants, hommes et femmes, il situe en même temps les transformations d'une époque à l'intérieur d'un système de référence mythique en interprétant des scènes bibliques et des traditions panthéistes. **AG**

Servitude humaine
William Somerset Maugham

1874-1965 (France)
Première parution | 1915
Langue originale | Anglais
Titre original | *Of Human Bondage*

Le plus célèbre des romans de Maugham est fondé sur ses propres expériences. Il utilise le récit à la troisième personne, mais adopte le point de vue de son personnage central, Philip Carey. Caractérisé par un rythme tranquille et une structure épisodique, le roman narre sa vie depuis l'enfance jusqu'à l'âge adulte. Il décrit ses premières années difficiles, les conditions ardues de sa vie d'écolier (on le tourmente à cause de son pied bot), sa perte progressive de la foi religieuse, et ses expériences de jeune homme avide d'affronter le monde, selon ses propres termes.

C'est la recherche de sens dans une existence qui paraît n'en posséder aucun qui prime ici. Carey est convaincu, grâce à ce qu'il a pu entrevoir chez les autres, que l'existence est pleine de souffrance, souvent sordide et généralement futile. Ses propres expériences semblent elles aussi confirmer ce diagnostic cynique. Pourtant, il n'abandonne pas son désir d'affronter les vicissitudes de la vie ni de rechercher une philosophie personnelle. Le point de vue qu'il adopte rejette les catégories restrictives de la vertu et du vice en faveur d'une philosophie darwinienne. Les termes que sont le « bien » et le « mal » sont perçus comme des étiquettes attribuées par la société afin que l'individu se conforme aux règles – l'existence est en elle-même insignifiante et futile. La conclusion stoïque de Carey, explorée à travers divers épisodes vaguement reliés l'un à l'autre, est que l'être pensant ne peut trouver une mesure de liberté que dans l'esthétique d'événements aléatoires. **AG**

Le Bon Soldat
Ford Madox Ford

1873 (Angleterre)-1939 (France)
Première parution | 1915
Titre original | *The Good Soldier*
De son vrai nom | Ford Hermann Hueffer

Les critiques sont divisés au sujet du *Bon Soldat*. Certains le considèrent comme un roman médiocre, où le style l'emporte au détriment de la substance, tandis que pour d'autres, c'est l'un des plus réussis du XXe siècle, dans lequel Ford se demande s'il est possible de créer une narration du monde moderne à travers une expérimentation esthétique. C'est l'un des meilleurs exemples de ce que l'on appelle l'impressionnisme littéraire, dont Ford était l'un des chefs de file.

Dans *Le Bon Soldat*, il a pour objectif de démontrer combien notre perception de la réalité est modelée par les limites de notre savoir. Avec pour unique narrateur un riche Américain désœuvré, John Dowell, *Le Bon Soldat* illustre combien la conscience qu'a ce dernier de la réalité change lorsqu'il découvre de nouveaux éléments du passé et acquiert une meilleure compréhension d'événements révolus. Au cours du roman, on réalise que Florence, la femme de Dowell, vit depuis longtemps une aventure avec le « bon soldat » du titre, Edward Ashburnham. Dowell est le narrateur peu fiable par excellence car il ignore tout de la vraie nature de sa femme et de ses amours passionnés. Il décrit son amitié idyllique avec les Ashburnham, mais après avoir pris conscience de cette liaison amoureuse, il doit tout reprendre et essayer de raconter encore une fois l'histoire de cette amitié. Tout au long du roman, Dowell essaie, sans y arriver, de concevoir une méthode narrative qui puisse retracer fidèlement deux points de vue contradictoires : celui d'une innocence aveugle et celui d'un esprit éclairé et torturé. **LC**

Rashômon
Akutagawa Ryunosuke

1892-1927 (Japon)
Première parution | 1915
Titre original | *Rashômon et autres contes*
De son vrai nom | Chokodo Shujin

Rashômon et autres contes comprend six textes écrits par Akutagawa entre 1915 et 1921. L'imitation ou l'« adaptation » est un élément important de son œuvre. Dans cet ouvrage il réécrit un certain nombre de fables historiques. Akutagawa défend l'imitation contre l'idéologie de l'original, car il considère que ce n'est pas une simple reproduction, mais bien un processus subtil de « digestion » et de transformation.
L'auteur utilise dans ces récits le style et le ton de la parabole qui contrastent avec leur conclusion inattendue et créent de curieux effets émotionnels. Certaines des histoires sont charmantes, tandis que d'autres forcent le lecteur à réviser ses jugements et l'invitent à réfléchir plus avant sur la nature impulsive des êtres humains. Akutagawa est aussi un maître de la structure. « Dragon » et « Gruau d'ignames » utilisent avec efficacité la forme du compte rendu, et leur humour naît du contraste entre le point de vue étroit des personnages et celui, plus large, du monde entier. « Kesa et Morito » et « Dans le fourré » juxtaposent avec intelligence de multiples monologues presque dostoïevskiens sans aucune explication de fond, faisant ainsi chanceler notre sens des réalités. Akutawaga est l'un des auteurs modernistes japonais les plus lus. Ses récits intemporels sont autant d'enquêtes pénétrantes et pleines d'esprit sur la nature même de la littérature. **KK**

Le Feu
Henri Barbusse

1873 (France)-1935 (Russie)
Première parution | 1916
Prix Goncourt | 1916

Parmi les poilus de la compagnie à laquelle Barbusse rend hommage dans son récit de bataille au front durant les premières années de la Première Guerre mondiale, on ne compte ni un intellectuel, ni un homme de gauche. Et pourtant, ce journaliste était animé d'un objectif. Les deux années qu'il a volontairement passées dans les tranchées l'ont amené au pacifisme et au communisme, et *Le Feu* constituait la première étape de ce parcours.
Les chapitres décrivent la vie derrière les lignes ou en permission, ou encore expriment la colère des poilus envers l'arrière, où des soldats administrateurs peuvent échapper au bain de sang du front. Les anecdotes s'emboîtent les unes dans les autres, et l'on traverse accidentellement les lignes ennemies pour s'en retourner avec une boîte d'allumettes prise sur un Allemand abattu. C'est le combat qui règne par-dessus tout, dans lequel les hommes meurent de manières épouvantables : broyés, tués par balle, fendus en deux, pourris, enterrés ou non. Les récits

sont orchestrés par un narrateur participant qui dirige le regard des lecteurs comme s'ils survolaient le champ de bataille. Dans le dernier chapitre, l'escouade – désormais très réduite – entame une discussion qui décrit le nationalisme, exalte le pouvoir politique latent des soldats et reconnaît le besoin d'égalité et de justice. Ce « rêve de pensée tâtonnante » constitue le début d'un apprentissage pour ces travailleurs ordinaires, confirmé par les récits inoubliables du front que contient ce roman. **AMu**

Portrait de l'artiste en jeune homme
James Joyce

1882-1941 (Irlande)
Première parution | 1916
Publication en feuilleton | 1914-1915
Titre original | *A Portrait of the Artist as a Young Man*

Publié en feuilleton entre 1914 et 1915, *Portrait de l'artiste en jeune homme* a révélé Joyce comme l'un des talents les plus novateurs du XXe siècle.

Portrait retrace la vie de Stephen Dedalus depuis l'enfance et l'adolescence jusqu'aux premiers élans de l'âge adulte. Au fil du temps, il se rebelle peu à peu contre son éducation profondément catholique et remet en cause les valeurs de sa famille, de son Église, de son histoire et de sa patrie. Son intérêt pour l'art et la littérature s'intensifie en même temps qu'il s'efforce d'accepter l'adulte qu'il est devenu. Ce n'est cependant pas un roman d'apprentissage ordinaire. Le langage utilisé à chaque étape du récit est habilement le reflet de l'âge et de la maturité intellectuelle de Stephen. Le portrait débute par des « meuh-meuh » et se termine par le désir qu'exprime Stephen de « façonner dans la forge de mon âme la conscience incréée de ma race ».

Portrait demeure une œuvre à l'invention surprenante, d'une grande richesse imaginative, dans laquelle Joyce a commencé à affiner sa technique révolutionnaire du monologue intérieur. C'est le livre où les éléments caractéristiques de son écriture ont été véritablement établis : humour grivois, fantasmes blasphématoires, jeux de mots érudits, suppression et présentation simultanées de la personnalité de l'auteur, et relation d'amour-haine infiniment complexe avec l'Irlande et le caractère irlandais. Dans *Portrait*, Joyce redéfinit les paramètres de l'écriture moderne, mais se redéfinit aussi lui-même. **SamT**

Ceux d'En-bas
Mariano Azuela

1873-1952 (Mexique)
Première parution | 1916
Langue originale | Espagnol
Titre original | *Los de abajo*

Cette description de la révolution mexicaine a inauguré un genre littéraire qui prospère encore aujourd'hui. Chronique d'événements historiques, écrite peu de temps après que les derniers ne se soient produits, c'est aussi un poème épique qui traite des déshérités et a pour personnage central un héros fictif et idéalisé, Demetrio Macías. Victime des abus du pouvoir, il abandonne sa famille pour se lancer dans une révolte qui ne prendra fin qu'à sa mort. Deux années durant, il harcèle l'armée à la tête d'une bande de rebelles. Ce qui ne paraissait au début qu'une révolte désorganisée trouve vite une justification idéologique et une protection collective conférées dans le discours de Luis Cervantes, médecin et journaliste. Sous son aile protectrice, Macías devient un leader révolutionnaire, mais la coexistence des deux hommes est vite remise en cause par la jalousie et l'avidité. Abandonné par Cervantes, après avoir perdu le soutien des paysans et oublié l'objectif de sa lutte, qui tourne à la vengeance, il ne retrouve sa famille que pour mourir.

Le narrateur intervient directement dans ce roman à l'approche linéaire et réaliste pour dénoncer certains problèmes hérités du XIXe siècle. Mais l'agilité d'un dialogue qui change de registre lexical selon la situation de chaque personnage, les alternances de temps qui offrent à chaque scène le rythme approprié, et les descriptions impressionnistes de la nature et des personnages en font un texte moderne qui a influencé les meilleurs des romans mexicains ultérieurs. **DMG**

Pallieter
Félix Timmermans

1886-1947 (Belgique)
Première parution | 1916
Langue originale | Flamand Non traduit à ce jour en français

Durant l'entre-deux-guerres, Felix Timmermans comptait parmi les plus célèbres des auteurs flamands. Après avoir publié en 1910 *Schemeringen van de dood*, une série de nouvelles mystérieuses et mélancoliques, puis avoir souffert d'une grave maladie, il a changé de style avec *Pallieter*, un roman que l'on peut interpréter comme une ode à la vie. Il traite aussi de la hiérarchie sociale et religieuse de son époque, ce qui ne fut pas sans conséquences : l'Église catholique le poussa à adapter les passages qui évoquaient la sexualité. Ce n'est qu'en 1966 que parut la version non expurgée.

Le roman retrace l'évolution psychologique de Pallieter qui, après s'être épris d'une jeune femme, vit divers désenchantements et déceptions. Il choisit d'abandonner la ville et la société afin de se consacrer entièrement à la nature. Il recommence peu à peu à apprécier la vie et accepte joyeusement chaque jour nouveau comme un don de Dieu, ce qui fait de cette œuvre un hymne à tout ce que la Terre a de bon.

Timmermans a expressément mis en garde contre une interprétation réaliste de son roman. *Pallieter*, œuvre de son imagination, met l'accent sur les métaphores, la déformation de la réalité, une vision du monde lyrique et marque aussi les débuts de l'expressionnisme. Au premier abord, le roman semble être une merveille de simplicité, mais derrière les images se cache un univers symbolique toujours fascinant. **JaM**

La Maison et le monde
Rabindranath Tagore

1861-1941 (Inde)
Première parution | 1916
Titre original | *Home and the World*
Prix Nobel de littérature | 1913

La Maison et le monde, qui se déroule dans le contexte du mouvement swadeshi (« Inde d'abord », qui préconisait le boycott des produits anglais), examine les liens qui existent entre l'amour, la nation et la révolution. Nikhil, propriétaire terrien doté d'idées progressistes sur le rôle des femmes et le nationalisme, épouse Bimala, originaire des environs. Le couple vit heureux jusqu'à l'arrivée de Sandeep, ami d'enfance de Nikhil, habité de la ferveur radicale des swadeshis. Hypnotisée par Sandeep et sa philosophie passionnée, Bimala songe à abandonner son mari pour le suivre dans sa lutte. Nikhil, conscient de cette attirance mais large d'esprit, laisse sa femme libre de décider pour elle-même. Écrit en bengali et composé comme un récit à trois voix, le roman offre une image objective d'idéaux politiques divergents et d'un mariage en danger. *La Maison et le monde* (comme le suggère le titre) est une méditation sur l'invasion de la sphère privée par la sphère publique et politique ; le roman traite aussi de la relation des femmes à la nation. Dans le discours qu'il a prononcé lors de la remise de son prix Nobel en 1913, Tagore a critiqué les divisions arbitraires entre pays que provoque le nationalisme. Cette vision est illustrée par ce roman où l'auteur, en décrivant l'orgueil démesuré du mouvement swadeshi et les limites du nationalisme indien, suggère à travers la sérénité de Nikhil une autre voie, plus sage, vers l'unité et la liberté politique. **LL**

L'Éveil de la glèbe
Knut Hamsun

1859-1952 (Norvège)
Première parution I 1917
Titre original I *Markens grøde*
Prix Nobel de littérature I 1920

Dans *L'Éveil de la glèbe*, pour lequel il reçoit le prix Nobel en 1920, Hamsun utilise une prose simple, sans fioritures, adaptée au style de vie dépouillé de la communauté paysanne qu'il dépeint. Débutant avec l'arrivée solitaire d'un homme au fin fond de la Norvège, le roman suit ce dernier tout au long du récit alors qu'il défriche la terre, construit sa ferme, se marie et fonde une famille. Ce héros solitaire qui crée sa propre destinée procure une dimension épique à un roman qui explore les difficultés auxquelles sont confrontés ceux qui vivent de la terre, et présente la solitude ressentie au sein des petites communautés rurales. Même s'il ne compose pas un hymne à la gloire d'une campagne idyllique, Hamsun fait l'éloge dans son récit des qualités de gens travailleurs, à la pensée simple, dont la vie est rythmée par les cycles de la nature. L'idée de répétition est l'une des clés de ce roman qui ne manque pas d'éléments sombres, tels que l'égoïsme ou même l'infanticide. Il retrace sur deux générations les modifications que fait subir l'homme à la terre, et décrit les changements technologiques inévitables qui apparaissent lentement et transforment les méthodes agricoles. Saga familiale, le livre analyse aussi les problèmes, tensions et amours familiales, lorsque la jeune génération arrive à maturité et que les parents vieillissent. *L'Éveil de la glèbe* fait preuve d'une nostalgie presque romantique à l'égard de la vie simple des régions reculées, à l'évolution lente, et ce à une époque où la culture et la frénésie de la vie urbaine faisaient paraître ces communautés presque archaïques. **JC**

Le Retour du Soldat
Rebecca West

1892-1983 (Angleterre)
Première parution I 1918
Titre original I *The Return of the Soldier*
De son vrai nom I Cicily Isabel Fairfield

Le court roman de Rebecca West, publié alors qu'elle avait vingt-quatre ans, est l'une des réponses littéraires les plus fascinantes aux horreurs de la Première Guerre mondiale, narrée du point de vue de ceux de l'arrière. Les premières pages présentent Jenny, la narratrice, et Kitty, l'épouse écervelée de son cousin Chris ; elles vivent dans une splendide demeure anglaise, Baldry Court, et attendent le retour du front de ce dernier. Lorsqu'il revient, il souffre de pertes de mémoire provoquées par une psychose traumatique. Les événements des quinze dernières années se sont effacés de sa mémoire, dont son mariage et la mort de son fils en bas âge. Baldry Court et ses habitants n'ont plus de signification pour lui. Chris est éperdument amoureux de Margaret, femme de la classe populaire qu'il a connue petite fille, désormais la seule à pouvoir le réconforter dans son rôle d'amante et figure maternelle. À la fin du roman il est cruellement « guéri » lorsqu'on lui rappelle de force son enfant, fils mort dans un monde qui en est désormais peuplé. Le « retour » de sa mémoire le ramènera au front, et à une mort presque certaine dans les tranchées, ce « no man's land où les balles tombent comme la pluie sur les visages des morts qui pourrissent ». Le roman possède une ironie amère et pourtant lyrique, dans sa représentation du monde perdu où Chris s'est réfugié grâce à son amnésie, à sa « fugue hystérique ». C'est une histoire d'amour où Rebecca West explore certaines des questions les plus complexes et difficiles que pose la guerre. **LM**

Tarr
Wyndham Lewis

1882 (Canada)-1957 (Angleterre)
Première parution | 1918
Parution en feuilleton | 1916-1917
Titre original | *Tarr*

Comme *Portrait de l'artiste en jeune homme* de Joyce, *Tarr* a d'abord été publié en feuilleton avant d'apparaître en un seul volume et annonçait lui aussi une nouvelle ère de la littérature britannique. Lewis est très éloigné du courant moderniste représenté par des écrivains plus « reconnus », et pourtant *Tarr* égale tout ce que la période peut offrir en termes de radicalisme stylistique et d'envergure imaginative. Même si le roman a été réécrit plus tard, en 1928, c'est la version de 1918 qui fait autorité – avec sa ponctuation expérimentale qui rend l'œuvre si particulière. S'inspirant largement de sa propre expérience à Montparnasse entre 1903 et 1908, l'auteur fait le récit de la vie bohème des expatriés à Paris avant la Première Guerre mondiale. Le roman démonte les idéaux de l'art européen en retraçant le déclin de son personnage central, Otto Kreisler, dont les gestes prétentieux, les frustrations et les conquêtes sordides forment le fondement d'une critique iconoclaste du monde intellectuel moderne. C'est la façon dont il insiste sur l'extériorité (par rapport à la vie intérieure qui intéressait Joyce et Woolf), sur les diverses manières de voir et sur les images du langage qui rend *Tarr* passionnant. C'est un exercice d'« écriture visuelle », une tentative d'employer sur papier les principes de la peinture vorticiste. Les personnages de Lewis sont d'étranges formes abstraites – comme des gargouilles modelées à partir de matériel humain. *Tarr* est une œuvre difficile, provocatrice, extraordinaire, en marge du canon moderniste qui nous est familier. **SamT**

Orages d'acier
Ernst Jünger

1895-1998 (Allemagne)
Première parution | 1920
Langue originale | Allemand
Titre original | *In Stahlgewittern*

« Je dus sauter dans un cratère rempli d'eau et tendu de fils métalliques. Suspendu au-dessus de l'eau sur les fils qui se balançaient, j'entendais les balles qui sifflaient devant moi comme un immense essaim d'abeilles, tandis que des morceaux de fil et des éclats de métal s'enfonçaient dans les bords du cratère. » Ce passage ne provient pas d'un roman de guerre de Pat Barker, Sebastian Faulks ou Niall Ferguson. Né sous la plume d'un Allemand qui s'est engagé dès le premier jour de la Première Guerre mondiale alors qu'il était adolescent, il fait partie du journal que Jünger a tenu au cours des quatre années de ce massacre organisé. Ayant survécu aux tranchées, deux ans après, il publiait à compte d'auteur ce roman qui devait ensuite paraître dans une myriade d'éditions révisées. Dans ce qui constitue en réalité des mémoires, il fait le récit du combat sur le front de l'Ouest du point de vue d'un soldat. Tout y est : camaraderie, patriotisme, épreuves sanglantes du courage et imprudence face aux Anglais, qui constituent autant un défi personnel qu'une lutte nationaliste. C'est une description brutalement honnête de la vie dans les tranchées et de la mort au fond des cratères, racontée avec fascination, un rythme enlevé, et avec le sentiment que les tribulations allemandes annonçaient une renaissance et la victoire. Sans aucun doute la guerre a façonné l'homme, et celui-ci a créé *Orages d'acier*, qui explore magnifiquement la « normalité » de la violence mécanique de la guerre moderne. **JHa**

Femmes amoureuses
D. H. Lawrence

1885 (Angleterre)-1930 (France)
Première parution | 1920 (par souscription privée seulement)
Titre original | *Women in love*

Femmes amoureuses, l'un des plus grands romans anglais du XXe siècle, a été écrit par un auteur plein de rage et de désespoir contre une civilisation mécanique décadente. Il offre une vision apocalyptique de la société anglaise pour laquelle il ne souhaite rien de plus qu'un cataclysme purifiant. Un désir d'anéantissement anime ce texte pessimiste, vrai roman de guerre même si ce n'est pas là son sujet avoué.

Œuvre profondément dérangeante, *Femmes amoureuses* a été refusé par les éditeurs durant quatre ans, à cause de son évocation franche de la sexualité, de la violence inhérente aux rapports sexuels, de l'instabilité de l'identité (décrite comme le jouet des pulsions et des motivations inconscientes) et du cynisme apparent de plusieurs des personnages. Dans ce roman, Lawrence continuait à développer son style moderniste ainsi qu'un langage imagé afin d'évoquer le caractère indicible de la subjectivité humaine. Cette forme fragmentée reflète aussi le chaos de l'existence sociale de l'époque. Le texte est l'exploration sincère d'une lutte pour un nouveau mode d'exister, qui rejetterait en même temps les traditions culturelles dépassées et l'emprisonnement que constitue la rationalité moderne en faveur d'une ouverture vers ce que Lawrence appelait « l'âme créative, le mystère divin qui est en nous ». *Femmes amoureuses* est un texte ouvert, qui affirme cependant avec assurance la conviction de l'écrivain que « rien de ce qui provient de l'âme profonde et passionnée n'est ni ne peut être mauvais ». **AG**

Grand-Rue
Sinclair Lewis

1885 (États-Unis)-1951 (Italie)
Première parution | 1920
Titre original | *Main Street*
Prix Nobel de littérature | 1930

Grand-Rue de Sinclair Lewis fait le portrait acide d'une petite ville américaine. Satiriste le plus important de son époque, Lewis offre un commentaire social cinglant qui devient, à travers l'histoire de la protagoniste, Carol Kennicott, un manifeste humaniste réclamant un changement immédiat du style de vie américain. Carol, jeune mariée, se retrouve prisonnière d'une relation et de l'univers suffocant de Gopher Prairie au Minnesota. Face aux soupçons et à l'hostilité, elle essaie tout d'abord de transformer la ville avec de nombreux programmes de « développement » typiques de l'époque, dont le Chautauqua (programme éducatif estival pour les adultes). En même temps que Carol se débat, la ville change avec l'expansion de la culture suburbaine moderne et le déclenchement de la Première Guerre mondiale. *Grand-Rue* déborde d'exemples d'hypocrisie sociale exagérée et de cruauté pure et simple ; mais, malgré le ton satirique de Lewis, les relations humaines conservent à l'intérieur de cet univers une dignité et un aspect pathétique très émouvants. La défaite de Carol face au pouvoir des conventions mesquines pousse le lecteur à examiner le danger d'une pensée isolationniste, tout en reconnaissant la force des relations humaines imparfaites qui attachent le personnage à Gopher Prairie.

La prose de Lewis est tour à tour caustique et pleine d'émotion, dans un roman à la fois très drôle et extrêmement sérieux. *Grand-Rue* démontre l'importance de l'auteur comme chroniqueur de la société américaine du début du XXe siècle. **AB**

Le Temps de l'innocence
Edith Wharton

1862 (États-Unis)-1937 (France)
Première parution | 1920
Titre original | *The Age of Innocence*
Prix Pulitzer | 1921

Prix Pulitzer en 1921, *Le Temps de l'innocence* a été rédigé durant une époque tourmentée, après la Première Guerre mondiale qu'Edith Wharton a vécue à Paris. Newland Archer, son protagoniste, représente l'apogée du savoir-vivre. C'est l'initié par excellence de la société new-yorkaise après la guerre de Sécession. Son mariage imminent avec May Welland, jeune mondaine, unira deux des plus anciennes familles de la ville. Dès les premières pages du roman cependant, la cousine de May, la comtesse Ellen Olenska, perturbe par son intensité passionnée et son excentricité européenne mystérieuse l'univers conventionnel de New York, ville obsédée par l'ordre. L'espoir que nourrit Ellen de se libérer de son passé est anéanti lorsqu'elle est forcée de choisir entre la conformité et l'exil, et lorsque Newland est désigné par la famille Welland comme son conseiller juridique. Cela donne naissance à une histoire d'amour compliquée dont ce dernier n'aurait jamais pu imaginer la puissance.

S'inspirant du style anthropologique fondé sur l'observation, Edith Wharton nous offre une histoire d'amour condamnée par le sens du devoir dans le « vieux New York » des années 1870. Si elle possède un œil critique, attentif à la souffrance qu'inflige souvent l'imposition oppressive et dépourvue d'imagination de mœurs arbitraires, elle conteste l'assimilation d'une plus grande liberté à un bonheur total. **AF**

Jaune de chrome
Aldous Huxley

1894 (Angleterre)-1963 (États-Unis)
Première parution | 1921
Langue originale | Anglais
Titre original | *Crome Yellow*

Jaune de chrome, le premier roman d'Aldous Huxley, très réussi, serait plus apprécié et plus lu s'il n'y avait *Le Meilleur des Mondes*. *Jaune de chrome*, plus léger, spirituel et amusant reprend la satire littéraire de château explorée pour la première fois par Thomas Love Peacock dans *L'Abbaye du cauchemar*. Les portraits satiriques à peine voilés que fait Huxley de ses contemporains se situent entre les histoires d'amour de D. H. Lawrence, pleines de sincérité prospective, et l'aspérité plus acerbe de Wyndham Lewis.

L'intrigue est superficielle, mais aussi fonctionnelle, et guide le lecteur à travers les imbroglios romantiques impossibles de Dennis Stone, poète en herbe timide et sensible qui éprouve un amour maladroit pour Anne Wimbush. L'oncle de celle-ci organise une fête dans son domaine campagnard, Crome Yellow, scénario qui permet à Huxley de présenter toute une série de personnages plus ou moins ridicules, dont Priscilla Wimbush, hôtesse aux penchants occultes, Gombaud et Tschuplitski, peintres dont l'œuvre confine à la toile blanche, et M. Barbecue-Smith, gourou du développement personnel.

Cette dérision tranquille mais clairvoyante qui prend pour objet les prétentions de ses pairs, notamment leurs maladroits désordres affectifs et leurs sensibilités « modernes », caractérise les premières satires d'Huxley, qu'imitera Evelyn Waugh. Alors que la satire a tendance à encourager le mépris réactionnaire, les moqueries stylisées d'Huxley s'accompagnent d'un humour conscient des pressions sociales, une exploration existentielle et des jeux de mots. C'est le roman plein d'entrain d'un auteur légèrement découragé. *Jaune de chrome* l'emporte légèrement sur le roman suivant d'Huxley, *Antic Hay* (1923), peut-être parce que la comédie y est plus rude et plus délibérément absurde, mais les deux sont très amusants. **DM**

Histoire du Christ
Giovanni Papini

1881-1956 (Italie)
Première parution | 1921
Langue original | Italien
Titre original | *Storia di Cristo*

Giovanni Papini, un grand maître selon Henri Bergson, loué comme ami et disciple par William James, était journaliste, critique, poète et romancier. Ses polémiques d'avant-garde en ont fait l'une des figures littéraires italiennes les plus controversées de la première moitié du xxe siècle. Après des années de turbulence religieuse et d'athéisme, cet enfant terrible de l'avant-garde florentine s'est tourné vers la simple foi du Christ. En 1921, Papini a officiellement annoncé sa conversion au catholicisme en publiant le plus gros succès de librairie italien des années 1920, qui a rapidement connu le même succès sur la scène internationale après avoir été traduit en plus de trente langues.

Histoire du Christ, en partie roman religieux, en partie essai historique, est aussi un exemple ravissant de littérature dramatique. Son plaidoyer poétique en faveur d'un retour à une religion de l'amour lui a valu une réputation internationale. Papini a éliminé les enjolivements et les aspects cérémonieux qui, à travers la littérature, la théologie et les critiques sceptiques, voilaient la vie du Christ et son époque. La simplicité du style a permis à cette histoire de pénétrer dans tous les esprits, et sa passion brûlante dans tous les cœurs. Son extraordinaire richesse de langage a aussi contribué au succès du livre. Le ton énergique, vivant et coloré de Papini, son amour des images et son penchant pour les paradoxes et la provocation distinguaient sa prose de celle de tous les écrivains de style académique de son époque. **LB**

Ulysse
James Joyce

1882 (Irlande)-1941 (Suisse)
Première parution I 1922
Langue original I Anglais
Titre original I *Ulysses*

Ulysse est l'une des œuvres les plus extraordinaires de la littérature anglo-saxonne. Sur le plan strictement narratif, le roman présente les aventures de deux personnages, Stephen Dedalus et Leopold Bloom, au cours d'une journée à Dublin. Mais ce n'est qu'un prétexte pour explorer le concept du monologue intérieur, où les sujets vont de généralités telles que la vie, la mort et le sexe jusqu'à la situation de l'Irlande et son nationalisme. On retrouve dans tout le livre des allusions à *L'Odyssée*. Parfois très éclairantes, ces allusions semblent à d'autres moments devoir contraster ironiquement avec les préoccupations sordides et souvent mesquines de Stephen et Bloom, qui ne cessent de les détourner de leurs ambitions et objectifs.
Le roman fait naître un Dublin dense, débordant de détails, dont bon nombre sont – vraisemblablement délibérément – soit faux, soit au moins discutables. Mais tout cela ne constitue que le décor. L'auteur, qui refuse d'adopter la belle ordonnance et les certitudes de la philosophie classique, s'attache à explorer le fonctionnement de la conscience. Joyce essaie ici de reproduire le caractère apparemment aléatoire des pensées, puisqu'un raisonnement clair et droit s'avère impossible dans la réalité.
Ulysse a ouvert la voie à une nouvelle littérature, dans laquelle la fiction reconnaît que les règles morales selon lesquelles nous essayons de mener notre vie sont constamment à la merci d'accidents, de rencontres, et de détours de l'esprit. Est-ce là l'examen d'une caractéristique expressément irlandaise ou un problème universel ? Le roman établit sans arrêt un équilibre délicat entre les deux, notamment parce que Bloom est juif, et donc un « étranger », même – voire particulièrement – dans la ville et le pays qu'il considère comme siens. **DP**

Babbitt
Sinclair Lewis

1885 (États-Unis)-1951 (Italie)
Première parution I 1922
Titre original I *Babbitt*
Prix Nobel de littérature I 1930

Après le succès de *Grand-Rue*, Lewis s'est penché sur une figure emblématique de la vie américaine, l'homme d'affaires de la classe moyenne, immortalisé sous les traits de George F. Babbitt. Agent immobilier, il vit et travaille à Zenith, ville fictive du Midwest. Son histoire est celle des quartiers résidentiels d'une ville, remplie « non de citadelles ou d'églises mais franchement et magnifiquement d'immeubles de bureaux ». Le roman de Lewis décrit dans les détails, de manière satirique mais pleine de tendresse, la routine et les rituels de Babbitt, qui se rend au travail et en revient, fréquente diverses personnes, joue au golf, et participe à la vie politique locale. C'est cette vie satisfaite et prospère qu'interrompt un événement qui l'oblige à réexaminer son existence confortable. Ses vacillements d'une incertitude à l'autre permettent au lecteur de découvrir derrière les tours scintillantes de Zenith un style de vie américain plus réaliste, mais aussi finalement plus humain, qui pousse à la réflexion.

Le succès de Lewis provient du fait qu'il a conçu un personnage que personne ne peut aimer – suffisant, conformiste et agressivement sectaire – et qu'il l'évoque avec un humour acéré, mais aussi un sentiment humain très vif. *Babbitt* met à mal la suffisance du capitalisme américain de l'entre-deux-guerres, mais le roman transcende la simple satire. La vie de Zenith possède une surprenante profondeur et l'ouvrage nous rappelle combien il est rédempteur de dépasser la simple idéologie pour examiner les relations humaines qu'elle cache. **AB**

La Maison de Claudine
Colette

1873-1954 (France)
Première parution | 1922
De son vrai nom | Sidonie Gabrielle Colette

Dans ce récit semi-autobiographique, l'auteur la plus adorée de France se souvient de son enfance champêtre en compagnie de sa sage et merveilleuse mère et de Dame Nature. Ce sont les observations d'une petite fille qui perdra bientôt son innocence, situées dans un décor magique de bois et sous-bois. L'évocation des énigmatiques activités de la nature est omniprésente : « Le chat ronronne comme le grondement d'une usine lointaine », des hirondelles apprivoisées atterrissent dans ses cheveux et une araignée descend régulièrement de sa toile pour collecter des gouttes de chocolat dans la tasse que sa mère a posée sur son chevet. Mais le monde des adultes n'est jamais loin, villageois ou visiteurs de la ville, et Colette décrit ces deux univers avec sa sensualité caractéristique, se souvenant des bruits, odeurs, goûts, textures et couleurs de son passé.

Paradoxalement, cette enfance idyllique était aux antipodes de ce qu'elle vivait au moment où elle a écrit cet ouvrage. L'innocente petite fille s'était transformée en libertine parisienne, en danseuse de music-hall qui jouait les travesties, et en femme habituée aux commérages, aux plaisirs de la chair et aux scandales. Sa carrière littéraire a débuté bizarrement lorsque son premier mari l'a forcée à écrire les quatre romans de la série des Claudine, incroyablement populaires, et qu'il a signés Willy. Malgré son titre, *La Maison de Claudine* n'appartient pas à cette série. **JH**

Vie et mort de Harriett Frean
May Sinclair

1862-1946 (Angleterre)
Première parution | 1922
Titre original | *Life and Death of Harriett Frean*
De son vrai nom | Mary Amelia St. Clair

Bref, dépouillé, d'une ironie cruelle, ce roman, un virage dans la carrière de Sinclair, reflète son intérêt pour la psychanalyse et pour les conflits entre sexualité et identité sociale. C'est d'une certaine manière le récit d'un cas particulier : le lecteur est invité à partager la conscience de Harriett Frean, littéralement du berceau à la tombe. On la trouve au début dans son lit d'enfant où ses parents la distraient avec des comptines et s'émerveillent de son rire : « Chacun l'embrassait à son tour, et le bébé Harriett cessa soudainement de rire. » C'est un moment qui ne présage rien de bon dans un livre qui revient de façon compulsive sur la destruction, partie intégrante de l'amour parental, ainsi que sur l'exigence d'abnégation qu'abrite leur désir que leur fille « se comporte magnifiquement ».

Fascinée par l'image que lui projettent ses parents, Harriett se lance dans une vie de renoncement. Son effet destructeur est le thème clé de Sinclair ; sa critique de la vertu révèle l'attaque fondamentale contre le désir et la vie même sur laquelle se fonde le comportement « magnifique » de la classe moyenne victorienne. La relation complexe de Sinclair à la réalité et au modernisme littéraire est au cœur de ce roman qu'elle utilise pour explorer la « vie » d'une femme qui n'a pas la force de détruire l'enfant de ses parents. **VL**

Les Thibault
Roger Martin du Gard

1881-1958 (France)
Première parution | 1922 à 1940
Prix Nobel de littérature | 1937

Il aura fallu vingt ans de travail à Roger Martin du Gard pour venir à bout des huit livres des *Thibault*, modèle du « roman-fleuve » à la façon de Romain Rolland. Mélangeant chronique familiale et fresque socio-historique, ce cycle est aussi bien la description d'une classe sociale que le tableau d'une crise culturelle et politique, un roman du « moi » qu'un roman du monde. L'intrigue s'organise autour de trois membres de la famille Thibault : le père, grand bourgeois parisien, catholique, imperméable au libéralisme ; Antoine, le fils aîné, étudiant en médecine ; Jacques, le cadet, insoumis que son tempérament libertaire pousse à fuguer avec un camarade, Daniel de Fontanin. Les chemins différents des deux frères (Jacques est envoyé en maison de redressement puis s'engage dans le socialisme, Antoine se tient en marge de la politique et, tenaillé par des interrogations intimes, se voue à ses malades) se rejoindront lorsque éclatera la guerre, qui laissera exsangues les familles Thibault et Fontanin. « Je souhaite que mes livres sur L'Été 1914 soient lus, discutés, et qu'ils rappellent à tous la pathétique leçon du passé », dira Martin du Gard en recevant le prix Nobel de littérature, en 1937 : le tableau qu'il donne des ravages de la Grande Guerre est l'un des aspects les plus saisissants de cette vaste méditation sur la condition humaine, chaque personnage entrant en résonance avec le monde qui l'entoure pour incarner ses valeurs et révéler sa crise. **BQ**

Siddhartha
Hermann Hesse

1877 (Allemagne)-1962 (Suisse)
Première parution | 1922
Titre original | *Siddharta*
Prix Nobel de littérature | 1946

En tant que fils de brahmane, à l'abri de son village natal, Siddhartha jouit à la fois de confort et de privilèges. Plus âgé, il brûle d'envie d'acquérir sagesse et nouvelles expériences. Après avoir annoncé ses intentions à son père, il abandonne la sécurité de la maison familiale en compagnie de son ami d'enfance, Govinda, pour rejoindre les Samanas, un groupe d'ascètes itinérants. Au fil du roman, on le suit dans sa quête continue de vérité et de sens dans un monde empli de chagrin et de souffrance.

S'inspirant des enseignements hindous et bouddhiques, *Siddhartha* explore la tension qui existe entre les préceptes doctrinaux de la religion et les mouvements intimes de l'âme. Siddhartha vieillissant, une vérité fondamentale lui apparaît peu à peu : il n'existe pas de voie unique vers l'épanouissement personnel, aucune formule sacrée selon laquelle vivre sa vie. Que signifie mener une vie spirituelle, rechercher et atteindre un développement personnel valable à travers une adhésion aveugle à une religion, une philosophie, voire même n'importe quelle croyance ? nous demande Hesse. Nous devrions plutôt chercher à saisir la réalité de chaque moment, toujours neuf, vivant, et à jamais changeant. L'auteur utilise le symbole puissant qu'est la rivière pour transmettre ce sentiment de vigueur et de changement continuel.

La manière dont son message est transmis à travers une prose aussi fluide et scintillante que la surface de la rivière près de laquelle Siddhartha passe ses dernières années constitue le génie de ce roman. **CG-G**

L'Énorme Chambrée
E. E. Cummings

1894-1962 (États-Unis)
Première parution | 1922
Titre original | *The Enormous Room*
De son vrai nom | Edward Estlin Cummings

Cummings et son ami B. (William Slater Brown) préféraient, lorsqu'ils étaient en France en 1917, la compagnie des soldats français à celle des américains. Ils étaient ambulanciers volontaires de la Croix-Rouge américaine lorsqu'ils ont été arrêtés et détenus dans une maison d'arrêt de Normandie. B. avait écrit des lettres à sa famille, au Massachusetts, où il évoquait des rumeurs de mutineries françaises. Elles ont été interceptées par les autorités, et Cummings a été impliqué. La chambrée qui donne son titre au roman est celle où vivent ces prisonniers temporaires, leur matelas à quelques centimètres du seau d'urine.

Cummings célèbre la bizarrerie et la singularité des autres prisonniers qu'il dote de surnoms extraordinaires. Il aime le vagabond, Mexique, le zoulou, et surtout Jean le Nègre. Il n'aime ni le juif au pardessus ni Bill le Hollandais. Contre ces personnages se dresse « la justice inexorable du gouvernement français ». Selon cette structure anarchiste, les individus s'élèvent contre toute forme d'autorité. Cummings défend les valeurs d'un nouvel art moderniste qui exigerait « le vaste et douloureux processus de la non pensée, qui pourra résulter en un minuscule fragment de Sentiment purement personnel. Ce minuscule fragment, c'est de l'Art. » Durant le reste de ses jours, un Cummings plus déterminé encore devait demeurer un anarchiste instinctif dans son art. **AM**

Christine Lavransdatter
Sigrid Undset

1882 (Danemark)-1949 (Norvège)
Première parution | 1920-1922
Titre original | *Kristin Lavransdatter*
Prix Nobel de littérature | 1928

La fière et indépendante Christine Lavransdatter est l'héroïne de cette saga immense ancrée dans les anciens contes folkloriques, les luttes de pouvoir monarchiques et le langage de cour. Son père, un riche fermier et pieux chrétien, adore Christine. Elle doit épouser Simon Darre, héritier du domaine voisin, mais s'éprend du beau Erlend Nikulausson, propriétaire

irresponsable du manoir d'Husaby. Dans un style digne d'un feuilleton mélo, ce dernier a pour maîtresse Eline, avec qui Christine rivalise pour attirer l'attention d'Erlend – dans l'une des scènes, Christine suggère « Allons-nous jouer notre homme aux dés ? ». Christine, que motivent l'amour et la loyauté, est emportée dans un tourbillon de meurtres, mariages, intrigues contre la monarchie et d'épreuves. C'est une femme forte mais qui s'est sacrifiée.
Publiée à l'origine en trois volumes (*La Couronne, La Maîtresse de Husaby, La Croix*), *Christine Lavransdatter* est une évocation puissante du Moyen Âge (le père de l'auteur était archéologue et le foyer baigné de légendes et de folklore). Undset s'est convertie au catholicisme en 1924 et la religion est l'un des thèmes constants de ses romans. L'auteur dépeint merveilleusement le paysage scandinave, mais sa plus grande réussite réside dans la psychologie de son intemporel personnage féminin. Christine, comme Anna Karénine, Tess et Emma Bovary, compte parmi les plus grands personnages féminins de la littérature. Elle possède, à n'en pas douter, un attrait universel et intemporel, et cette trilogie demeure le chef-d'œuvre immortel d'Undset. **JHa**

Amok
Stefan Zweig

1881 (Autriche)-1942 (Brésil)
Première parution | 1922
Langue originale | Allemand
Titre original | *Amok*

Stefan Zweig était romancier, biographe, traducteur et voyageur prolifique. Pacifiste notoire, il a fui son Autriche natale en 1934 pour rejoindre Londres puis le Brésil où, désabusé devant la montée du fascisme, il s'est suicidé avec sa femme.
Amok est le récit, court et intense, d'un docteur tourmenté qui perd la tête dans les tropiques. Le narrateur, un voyageur expérimenté, rencontre le docteur sur un bateau rejoignant l'Europe depuis Calcutta. Ce dernier, qui possède un secret effrayant à confesser, éprouve un besoin de contact humain désespéré. Rédigé comme le compte rendu d'une conversation, qui, tout comme le cadre colonial de l'histoire, rappelle Joseph Conrad, c'est le récit passionnant d'une passion, du devoir moral et de forces inconscientes incontrôlables.
Le docteur a été obligé de se rendre en Asie à la suite d'une incartade dans un hôpital allemand où il était l'esclave d'une femme très belle mais dominatrice. Parti empli d'idéaux romantiques sur l'apport de la civilisation aux populations indigènes, il se retrouve isolé dans un poste reculé, et sa situation se détériore peu à peu lorsque la torpeur tropicale et la solitude deviennent difficiles à supporter. Abattu, il s'éloigne de son identité européenne. Lorsqu'une Anglaise arrive pour lui demander un avortement, il se sent provoqué par son arrogance et son attitude dominatrice, à un point tel qu'il perd le contrôle de sa volonté consciente. Il lutte d'abord pour l'emporter dans un scénario sadomasochiste voilé, mais lorsqu'elle lui rit à la figure, il ne peut que la poursuivre dans la tentative folle d'apaiser son amour obsessionnel.
Exploration freudienne du pouvoir de l'inconscient et de la sexualité latente, *Amok* est un récit finement construit, d'une grande finesse psychologique, qui constitue l'introduction idéale à l'œuvre impressionnante de Stefan Zweig. **AL**

Le Diable au corps
Raymond Radiguet

1903-1923 (France)
Première parution I 1923

Écrit cinq ans seulement après la Grande Guerre, ce récit d'une liaison entre un garçon de seize ans et une jeune femme mariée à un soldat se battant au front a choqué. Radiguet a lui-même renchéri sur la polémique en publiant un article sur le roman quelques jours à peine après sa parution, dans lequel il affirmait que l'aspect imaginé de sa « fausse autobiographie » ne la rendait que plus réelle. La jeunesse de l'auteur, ses promesses et le contenu scandaleux de l'histoire ont vite fait le succès du *Diable au corps*.

Avec sa vie tumultueuse et sa mort précoce, on compare souvent Radiguet à Rimbaud. Mais l'auteur a refusé l'étiquette de « jeune prodige » dans le style brusque qui lui est propre, tout en admettant l'attrait artistique qu'exerçaient sur lui Rimbaud et Baudelaire. Le protagoniste anonyme et sa maîtresse sont ainsi réunis au départ grâce à leur amour des *Fleurs du mal*. Malgré sa fréquentation des surréalistes et sa relation amoureuse avec Cocteau, on peut faire remonter les influences de Radiguet jusqu'au classicisme français. *Le Diable au corps* est élégant et concis, offrant sous forme de courtes maximes une analyse psychologique sur les rouages d'un amour malheureux. Le roman est aussi un réquisitoire contre la morale petite-bourgeoise, à cause de laquelle des générations entières se sont retrouvées désarçonnées face à la logique de l'amour et de la guerre. **IJ**

Suzanne et le Pacifique
Jean Giraudoux

1882-1944 (France)
Première parution I 1922

« Je vais écrire un roman sur toi », avait dit Giraudoux à Suzanne, la jeune femme qu'il épousera en 1921, un an avant que *La Revue de Paris* publie *Suzanne et le Pacifique*. En réalité, c'est le sillon ouvert deux siècles plus tôt par le *Robinson* de Daniel Defoe que creuse l'écrivain diplomate dans ce roman où il raconte les aventures de Suzanne, une jeune femme de Bellac qu'un concours propulse sur un bateau à destination de l'Australie. Un naufrage, hélas, la laisse seule sur une île à la végétation luxuriante. L'écho des canons et la découverte de cadavres sur la plage annoncent une guerre au loin ; des hommes débarqueront enfin sur l'île, qu'elle quittera avec un mélange de soulagement et de regret. La romancière Catherine Voillez avait déjà eu l'idée d'une robinsonnade féminine dans *Le Robinson des demoiselles*, en 1835 ; non content de changer le sexe du héros, Giraudoux, lui, ironise avec humour sur le personnage de Defoe (« le seul homme, peut-être, que je n'aurais pas aimé rencontrer dans une île ») et, en exaltant la générosité de la nature, calque le comportement de Suzanne sur celui de Vendredi qui, contrairement au rescapé écossais, recueillait les fruits du monde sauvage sans chercher à le domestiquer. Pour surmonter la solitude et vaincre la folie à quoi mènent les rêves, Suzanne s'efforce de redécouvrir ses classiques, évoquant « Mallarmé, Claudel et Rimbaud » ou « Phèdre, Tristan et Yseult » : c'est la culture qui la sauve et, surtout, qui lui fait « redécouvrir, en même temps que l'écriture et le langage, l'éventail des sentiments humains ». **BQ**

La Forêt des pendus
Liviu Rebreanu

1885-1944 (Roumanie)
Première parution I 1922
Langue originale I Roumain
Titre original I *Padurea spânzuratilor*

La Forêt des pendus est le premier roman psychologique de la littérature roumaine. Il examine la situation des soldats roumains de Transylvanie au cours de la Première Guerre mondiale : citoyens de l'empire austro-hongrois, ils ont été obligés de se battre contre leurs compatriotes. Le roman est inspiré de l'histoire véridique d'Emil Rebreanu, frère de l'auteur, pendu en 1917 pour avoir essayé de rejoindre le camp roumain. Le héros du roman, Apostol Bologa, lieutenant de l'armée austro-hongroise, subit le même sort ; Rebreanu illustre la lutte entre loyauté et devoir.

Durant la guerre, les déserteurs étaient punis de pendaison, la plus humiliante et infâme des morts, et l'image du gibet, souvent improvisé dans un arbre, hante le roman de Rebreanu. Bologa change radicalement au cours du roman. Entièrement dévoué à son devoir militaire au début, il appartient à un jury qui condamne un déserteur à mort ; envahi d'un sentiment de culpabilité inexplicable à la vue du pendu, sa conscience nationaliste roumaine se réveille et ses idéaux militaires lui paraissent dénués de sens. Incapable de prendre les armes contre ses compatriotes une fois sur le front de Transylvanie, Bologa choisit la potence et devient le déserteur qu'il avait méprisé au début du roman.

La Forêt des pendus, témoignage de guerre de portée universelle, impressionne encore les lecteurs contemporains. **AW**

Nous autres
Eugène Zamiatine

1884 (Russie)-1937 (France)
Première parution I 1924
Langue originale I Russe
Titre original en russe I *My*

Premier roman interdit par le bureau de la censure soviétique en 1921, *Nous autres* constitue l'archétype du roman qui dénonce les dangers des utopies, semblable à d'autres parus plus tard. Il est composé d'extraits du journal de D-503, mathématicien et citoyen on ne peut plus orthodoxe d'un État autoritaire et futuriste. Il débute comme un éloge de la doctrine d'État selon laquelle le bonheur, l'ordre et la beauté ne se trouvent que dans le manque de liberté et les principes rigides de la logique mathématique et du pouvoir absolu. Le journal et le roman progressant, cependant, D-503 se retrouve sous l'influence subversive d'une belle dissidente appelée I-330. Pris d'un désir fou, D perd sa foi en la pureté de la logique mathématique, et dans la capacité d'une société collective parfaitement ordonnée à satisfaire tous les besoins humains. Il est peu à peu attiré par l'irrationalité poétique de V-1 et par l'anarchisme d'un amour personnel. Il ne s'identifie plus au « nous », mais se pense comme un « je ».

C'est la subtilité intellectuelle de son analyse de l'autoritarisme qui fait l'originalité de *Nous autres*. Le roman n'est pas une dénonciation directe du communisme mais un examen émouvant, à l'humour noir, de l'opposition entre liberté et bonheur qui naît du socialisme d'État. **PB**

La Montagne magique
Thomas Mann

1875 (Allemagne)-1967 (Suisse)
Première parution | 1924
Langue originale | Allemand
Titre original | *Der Zauberberg*

La Montagne magique débute par le voyage que fait Hans Castorp depuis Hambourg jusqu'à un sanatorium dans les montagnes suisses. Les trois premières semaines de ce qui ne devait être qu'une visite temporaire se déroulent avec une lenteur insupportable. Mais il est bientôt séduit par l'existence répétitive, étrangement enchantée, des patients. Son imagination est captivée par une série de personnages, qui viennent se rétablir ou mourir sur la montagne.

Ce récit appartient à la tradition du *Bildungsroman* (roman d'apprentissage, NDT), même si ce n'est pas à l'univers de l'action et des événements qu'est initié Castorp – la clameur de la guerre qui approche ne monte pas jusqu'au tranquille sanatorium – mais à celui des idées. Mann utilise les débats entre patients pour explorer les préoccupations philosophiques et politiques de son temps : l'humanisme contre le danger très réel de l'absolutisme. Castorp doit aussi lutter pour comprendre ce que signifie s'éprendre dans un lieu marqué par la mort et la maladie – le souvenir que Clawdia Chauchat accorde à son amant est une radiographie de ses poumons voilés, objet d'une intimité troublante.

La perspective de son retour dans la plaine est repoussée, et les semaines se transforment en mois puis en années, le temps semble arrêté. Nous découvrons avec Hans Castorp l'intensité des moments formateurs – tragiques, érotiques, banals, absurdes, de ses sept années au sanatorium, tous suspendus dans un présent exacerbé. **KB**

La Conscience de Zeno
Italo Svevo

1861-1928 (Italie)
Première parution | 1923
Titre original | *La Coscienza di Zeno*
De son vrai nom | Ettore Schmitz

Dans la vie d'Italo Svevo, l'écriture ne s'est jamais transformée en profession, mais est demeurée la passion secrète qu'il poursuivait lorsqu'il n'était pas au bureau ou en train de jouer du violon. Deux éléments ont marqué sa vie : son amitié avec James Joyce et sa connaissance de la psychanalyse à travers Freud, dont il avait traduit *Über der Traum*.

Ce roman-ci est l'autobiographie de Zeno, écrite à l'instigation du docteur S. comme élément de sa psychanalyse. Loin de rendre hommage à la science de Freud, son récit permet de montrer le caractère éphémère des désirs humains. Antihéros typique, Zeno ne possède aucune volonté et tourne en dérision son incapacité à contrôler son existence. Lorsqu'il décide que le mariage pourrait le guérir de son mal-être, il demande sa main à la belle Ada, mais épouse accidentellement sa sœur, la laide Augusta. La névrose de Zeno devient apparente dans le récit de ses tentatives répétées et infructueuses de s'arrêter de fumer. Incapable de se défaire de cette habitude, Zeno se résout mille fois par jour à abandonner la cigarette. Les dates significatives de sa vie lui rappellent magiquement la possibilité d'une nouvelle vie libre de tout tabac : « le neuvième jour du neuvième mois de 1899 », « le troisième jour du sixième mois de 1912 à 24 heures ». Zeno a besoin de se donner des interdits qu'il transgresse rituellement. Son inconstance et son manque de caractère font que chaque dernière cigarette devient l'avant-dernière, tandis qu'il se délecte du plaisir que lui procure son propre échec. **RPi**

Route des Indes
E. M. Forster

1879-1970 (Angleterre)
Première parution | 1924
Langue originale | Anglais
Titre original | *A Passage to India*

Le dernier roman de Forster possède une certaine gravité, qui était moins présente dans les précédents. Tandis qu'il représente les Anglais d'Inde comme des caricatures guindées pleines de préjugés, ce ne sont pas les parodies que l'on peut retrouver dans *Howards End* ou *Avec vue sur l'Arno*. Le vide immense des grottes tonitruantes de Marabar, site présenté par Forster comme plein d'ambiguïté et d'incertitude, se trouve au centre de cette étude progressiste des relations anglo-indiennes. Les visiteurs de ces grottes ne sont jamais sûrs de ce qu'ils y ont vu, si tant est qu'ils aient aperçu quoi que ce soit. Adela Quested, Anglaise qui vient d'arriver en Inde, est accompagnée dans ces grottes par le docteur Aziz, indien, et ce qui s'y déroule entre eux n'est jamais clairement établi. Même si les Anglais présument qu'elle a été attaquée par Aziz, Adela elle-même ne le confirme jamais. De fait, elle dément ces allégations devant le juge, s'attirant ainsi l'opprobre de ses concitoyens. Cependant, même cette rétractation ne clarifie pas l'incident, et cette indétermination caractérise l'esthétique moderniste de Forster.

Si le procès pour viol est au cœur de l'intrigue, l'amitié qui lie Aziz à Mrs. Moore et Cyril Fielding, humanistes britanniques bienveillants, représente la possibilité d'un lien entre nations. Pour certains, le roman est un portrait bienveillant des premières campagnes nationalistes en Inde. D'autres ont relevé l'incapacité de l'auteur à éviter les fantasmes exotiques dans sa représentation des Indiens. **LC**

La Maison du professeur
Willa Cather

1873-1947 (États-Unis)
Première parution | 1925
Langue originale | Anglais
Titre original | *The Professor's House*

La première et la dernière section de *La Maison du professeur* font chacune le récit de la vie privée et professionnelle de Godfrey St. Peter, professeur d'histoire. Elles encadrent une confession autobiographique que lui a faite des années plus tôt son étudiant, Tom Outland. Lorsque celui-ci décrit sa découverte d'une ancienne civilisation sur Blue Mesa, au Nouveau-Mexique, une révélation d'une intensité presque religieuse, il transmet la clarté lumineuse et aride de son Sud-Ouest américain natal. Les aptitudes scientifiques et spirituelles apparemment illimitées d'Outland, et l'affection presque paternelle que lui porte St. Peter le sacralisent en un personnage d'une perfection lyrique que complète sa mort précoce au cours de la Première Guerre mondiale.

La maison du professeur est en réalité double. D'un côté, il y a la demeure simple et perpétuellement délabrée, désormais le plus souvent déserte, où St. Peter a élevé ses enfants et bâti sa carrière. De l'autre, la maison qu'il a fait construire pour sa retraite, financée par un prestigieux prix académique, représentative du futur confortable qu'il avait refusé jusqu'à récemment. Lorsqu'il a rencontré Outland pour la première fois, St. Peter était un jeune universitaire peu orthodoxe accablé de soucis financiers et professionnels, mais il est désormais célèbre et même riche grâce à ses recherches qui, des années plus tôt, étaient pourtant jugées impubliables. La fille de St. Peter, fiancée à Outland au moment de sa mort, tire profit sans aucun scrupule de l'histoire tragique et des inventions lucratives de ce dernier. Même s'il a souffert, il a toutefois échappé aux indignités mesquines endurées par St. Peter lorsque son sens du moi est lentement usurpé par des forces institutionnelles contre lesquelles il ne peut rien. **AF**

La Maison Artamonov
Maxime Gorki

1868-1936 (Russie)
Première parution | 1925
Titre original | *Delo Artamonovic*
De son vrai nom | Aleksey Maksimovich Peshkov

La Maison Artamonov, l'un des romans les plus longs et les plus ambitieux de Gorki, retrace sur trois générations l'histoire d'une famille commerçante. Ilya Artamonov, serf libéré, bâtit une usine et essaie de transmettre à son fils Piotr et son neveu Alexis le sens de l'effort et de l'humilité, valeurs bourgeoises à ses yeux. L'accès à la classe moyenne n'est cependant qu'un désastre pour les Artamonov, car la faiblesse de Piotr et le froid sens des affaires d'Alexis ne sont accompagnés ni de l'humanité ni du caractère chaleureux qui caractérisaient la génération d'Ilya. La troisième génération est quant à elle frappée par ce qu'elle considère comme une calamité, lorsque les ouvriers s'emparent de l'usine au cours de la révolution d'Octobre. Mais comme le montre clairement Gorki, le processus de dégénération qui a accompagné l'ascension sociale de la famille rend sa chute nécessaire. Une chute qui ouvrira la voie à la possibilité d'un monde meilleur.

Gorki présente ici une vaste saga familiale dans la tradition de *Guerre et Paix*, mais remplace le décor historique de Tolstoï par un autre, plus contemporain et impérieux. Les protagonistes, que ce soient les Artamonov, ou la série changeante d'ouvriers qui coexistent à leurs côtés, sont tous vivants et vrais. Comme toujours, l'auteur échappe au piège de la propagande politique, traitant les personnages – ouvriers comme capitalistes – d'un point de vue à la fois sardonique et compatissant. Le lecteur obtient ici un aperçu de la ferveur de la Russie révolutionnaire qui a poussé de nombreuses personnes, dont Gorki, à se laisser emporter par une vague d'espoir. *La Maison Artamonov* demeure un roman précieux, né d'un moment poignant de l'histoire russe et d'un grand talent littéraire. **AB**

Le Procès
Franz Kafka

1883 (Autriche-Hongrie)-1924 (Autriche)
Première parution | 1925
Langue originale | Allemand
Titre original | *Der Prozeß*

Comme dans *La Métamorphose*, sa longue nouvelle, qui débute par : « En se réveillant un matin après des rêves agités, Gregor Samsa se retrouva, dans son lit, métamorphosé en un monstrueux insecte », Kafka annonce tout le récit du *Procès* dans la première phrase. Le protagoniste, Josef K., ne découvre jamais de quoi on l'accuse, et n'arrive jamais à saisir les principes régissant le système judiciaire dans lequel il se retrouve pris au piège. Le roman fait le récit de sa détermination à comprendre et à clamer son innocence, en l'absence complète de toute doctrine lui expliquant ce qu'est la culpabilité, voire même ce dont on l'accuse en réalité. En suivant la lutte de Josef K. pour obtenir son absolution, le roman nous fait comprendre de manière incroyablement émouvante ce que signifie naître nu et sans défense dans un système complètement incompréhensible, armé

seulement de la conviction fervente de sa propre innocence.
La lecture de cette œuvre produit des effets très particuliers. Si la lutte de Josef K. face aux autorités procure tout d'abord un sentiment de familiarité, on assiste rapidement à une étrange inversion, où notre monde ne fait que ressembler à celui de Kafka. Nos conflits ne sont qu'un faible écho de la lutte essentielle que nous révèlent les difficultés incessantes de K. C'est pour cette raison que *Le Procès*, avec son manque de conclusion, son impossibilité et sa difficulté, est un livre furieusement grisant, où l'on pénètre au cœur même d'un univers fait d'épreuves quotidiennes poussées à l'extrême. **PB**

Les Faux-Monnayeurs
André Gide

1869-1951 (France)
Première parution | 1926
Prix Nobel de littérature | 1947

Il n'est pas peu paradoxal que Gide ait appelé « roman » ces *Faux-monnayeurs*, alors que ses autres livres sont qualifiés de « soties » ou de « récits » : c'est en effet à une vaste mise en question du genre romanesque qu'il se livre dans cette construction littéraire où, tout en reprenant ses thèmes de prédilection, il s'autorise toutes les libertés. Les « faux-monnayeurs » renvoient ainsi à la fiction traditionnelle, incapable de rendre compte de la complexité de l'existence et, par là, s'apparentant à une tromperie. Très sophistiqué dans sa composition, le livre se soustrait aux exigences de la chronologie et de l'unité de l'intrigue (autour d'une histoire centrale gravite une myriade d'histoires secondaires), du genre et du point de vue. De fait, résumer *Les Faux-Monnayeurs* tient de la gageure ; tout au plus peut-on relever, parmi son entrelacs d'intrigues, celle de Bernard Profitendieu, un lycéen qui, après avoir découvert que l'homme qui l'a élevé n'est pas son père biologique, fugue et se réfugie chez son camarade Olivier Molinier, garçon timide qu'attire son oncle Édouard – alter ego de Gide. Bernard est engagé comme secrétaire par Édouard et part avec lui ; Olivier, déçu, se laisse séduire par le comte de Passavent, littérateur cynique qui le manipule jusqu'à la dépression. Complexe, théorique, volontiers ironique, cette œuvre révolutionna les techniques d'écriture dans les années 1920, anticipant les recherches formelles du nouveau roman. Un an plus tard, Gide publie *Le Journal des Faux-Monnayeurs*, où il commente ses partis pris. **BQ**

Gatsby le magnifique
F. Scott Fitzgerald

1896-1940 (États-Unis)
Première parution | 1925
Langue originale | Anglais
Titre original | *The Great Gatsby*

Gatsby le magnifique est un classique de la littérature américaine. Le récit que fait Nick Carraway de l'ascension et de la chute de son charismatique voisin au cours d'un seul été évoque les excès de plaisir et les fausses promesses de toute une décennie. Les motifs visuels du roman – yeux songeurs de l'affiche, terrain vague couleur de cendre séparant New York la métropolitaine de Long Island l'hédoniste, bleus et ors de l'hospitalité nocturne de Gatsby – s'associent à l'iconographie de l'âge du jazz et aux anxiétés qui l'accompagnaient, nées d'un ordre social fluctuant et du modernisme américain. *Gatsby*, créé à partir d'une « conception platonique de

lui-même », est devenu synonyme du rêve américain.
On apprend rapidement que son style de vie hédoniste est une construction érigée afin de séduire Daisy, son amour de jeunesse perdu, mariée à Tom Buchanan, un millionnaire. La facilité avec laquelle Fitzgerald fait apparaître le monde imaginaire chatoyant de Gatsby n'a d'égale que sa présentation de réalités plus sombres et terribles. Le roman fait souvent allusion à la corruption sur laquelle repose la richesse de Gatsby, et Tom est dépeint comme un mari adultère et grossier. L'intensité du roman en fait un réquisitoire accablant contre les excès inconsidérés des très riches, mais sa conclusion reste ambivalente. **NM**

Mrs. Dalloway
Virginia Woolf

1882-1941 (Angleterre)
Première parution | 1925
Langue originale | Anglais
Titre original | *Mrs. Dalloway*

Mrs Dalloway, roman de Virginia Woolf, se déroule sur une seule journée et constitue l'un des textes déterminants du Londres moderniste. Il retrace les mouvements étroitement liés des deux protagonistes principaux autour de Regent's Park : Clarissa Dalloway, épouse de Richard Dalloway, député conservateur, appartient au Tout-Londres, tandis que Septimus Warren Smith, ancien combattant de la Grande Guerre, souffre de psychose traumatique. Dans ce roman, le passage du temps, ponctué par les coups périodiques d'un Big Ben géant et phallique, finit par nous mener à un double paroxysme : le succès de la soirée illustre de Mrs. Dalloway et le suicide de Septimus Warren Smith, qui se trouve incapable de vivre dans cette ville d'après-guerre.
Une grande partie de l'effet produit par cette œuvre dérive de l'incompatibilité des deux moitiés, reflétée par l'espace urbain lui-même. Différentes personnes vaquent à leurs occupations, préparant leur dîner ou leur suicide, et il est impossible, suggère le livre, de bâtir un pont entre eux. Septimus et Clarissa sont séparés par leur classe, leur sexe, la géographie, mais en même temps la capacité du roman à passer d'un point de vue à l'autre suggère une sorte de lien intime et clandestin, né de la réponse de Clarissa à l'annonce de la mort de Septimus. Un espace poétique, qui ne correspond pas à l'espace temporel rythmé par Big Ben, sous-tend la ville et suggère une nouvelle façon de penser les relations entre hommes et femmes, entre une personne et une autre. *Mrs. Dalloway* est un roman de contradictions – entre hommes et femmes, riches et pauvres, la mort et la vie. Mais malgré celles-ci, avec la possibilité ténue d'une union poétique entre Clarissa et Septimus, l'œuvre indique la possibilité d'une réconciliation dont nous attendons toujours la réalisation. **PB**

Chaka
une épopée bantoue
Thomas Mofolo

1875-1948 (Lesotho)
Première parution | 1925
Langue originale | Anglais
Titre original | *Chaka the Zulu*

Thomas Mofolo écrivit *Chaka, une épopée bantoue*, chef-d'œuvre incontesté de la littérature sesotho dès 1910. Chaka, le fils illégitime d'un chef sud-africain, est celui qui, au début du XIXe siècle, a créé la nation zoulou après dix ans de guerre continue. Renvoyé du palais de son père en compagnie de sa mère, Chaka connaît une enfance brutale. À cause du rejet de son père et de ses pairs, il ne considère la vie que comme une épreuve de force permanente. Banni par sa tribu, Chaka rencontre dans le désert un sorcier, Isanusi. Avec l'aide de ce dernier, il prend la tête de sa tribu et obtient l'amour d'une très belle femme. Mais sa soif de gloire s'avère trop importante et, dans un pacte diabolique passé avec Isanusi, il tue la femme qu'il aime afin de devenir le plus grand chef de tous les temps. Mofolo, auteur chrétien particulièrement conscient du péché, a méthodiquement présenté la détérioration de l'âme de son protagoniste. Chaka en arrive à être incapable de distinguer la guerre du meurtre ; il a sacrifié sa conscience afin de devenir dictateur. Mais, étant donné que son histoire débute avec une enfance difficile, le lecteur peut tour à tour le percevoir comme un adolescent brillant et rejeté ou comme un tyran cruel. Mofolo, en mêlant vérité historique et histoire d'amour, crée un roman fascinant qui met en lumière l'Afrique précoloniale. **OR**

Le Meurtre de Roger Ackroyd
Agatha Christie

1890-1976 (Angleterre)
Première parution | 1926
Langue originale | Anglais
Titre original | *The Murder of Roger Ackroyd*

Tous les romans policiers ont des rebondissements, mais ce chef-d'œuvre d'Agatha Christie les dépasse tous en retournant certains des principes fondamentaux du genre dans son dénouement surprenant. On y retrouve bon nombre des éléments qui ont fait la célébrité d'Agatha Christie : deux cadavres, un manoir, un petit groupe de suspects et le détective belge, Hercule Poirot, qui se lisse les moustaches. Narré par le docteur des environs, Sheppard, le roman offre de nombreux suspects : est-ce la servante, le commandant à la retraite, le beau-fils d'Ackroyd ou un mystérieux étranger qui rôde dans le parc ? Cette liste (incomplète) suggère l'intérêt annexe de ce roman qui reflète la structure sociale de l'Angleterre rurale des années 1920. Tout le monde, selon Poirot, possède un secret, et l'œuvre nous titille en dévoilant un fils illégitime, un mariage secret, un chantage et une addiction comme motifs possibles de l'agression au couteau. Les diversions et les alibis douteux abondent : l'heure réelle du meurtre a été ingénieusement dissimulée, la voix d'Ackroyd se fait entendre depuis l'outre-tombe, enregistrée sur un dictaphone dont la disparition offre à Poirot un indice essentiel. Pour le lecteur, il est presque impossible de déduire qui est l'assassin ; c'est l'un des rares romans policiers qui poussent à une seconde lecture pour observer comment les traces du meurtrier sont aussi magistralement masquées. **CC**

Un, personne et cent mille
Luigi Pirandello

1867-1936 (Italie)
Première parution | 1926
Titre original | *Uno, nessuno e centomila*
Prix Nobel de littérature | 1934

Il peut parfois s'avérer surprenant d'être examiné de très près par un ami ou un parent, si celui-ci fait preuve de franchise en soulignant certaines de nos imperfections physiques mineures. Pour Moscarda,

protagoniste du roman de Pirandello, le commentaire inattendu de sa femme au sujet de son nez, légèrement incliné vers la droite, provoque un changement sensationnel. L'image qu'il a de lui-même est en complète opposition avec celle de sa femme. Il réalise soudain qu'il vit avec un étranger dont il ne peut se séparer et que, pour les autres – femme, amis et connaissances –, il n'est pas du tout ce qu'il est pour lui-même. Il est obligé de cohabiter avec des milliers d'étrangers, les milliers de Moscarda que perçoivent les autres, inséparables de son identité et que, de façon dramatique, il ne connaîtra jamais.
La relativité de la perception, thème favori de Pirandello, et la fragmentation de la réalité en segments incompréhensibles constituent le noyau philosophique de l'œuvre. Étroitement liée à cela se trouve une réflexion sur le langage et l'impossibilité d'une communication objective et satisfaisante entre interlocuteurs, puisque chacun change les mots en leur donnant une signification propre. La tentative de Moscarda pour contrôler son propre moi est vaine, et le sacrifice de soi constitue sa seule porte de sortie, en commençant par son refus de regarder les miroirs. **RPi**

Sous le soleil de Satan
Georges Bernanos

1888-1948 (France)
Première parution | 1926

Le premier roman de Georges Bernanos, écrivain catholique, est une profession de foi passionnée que le cadre fictif a peine à contenir.
Le roman débute avec l'histoire de Mouchette, adolescente de la campagne que révoltent l'hypocrisie et la stupidité de son milieu social. L'assassinat de son amant compte parmi ses nombreux péchés. C'est après ce meurtre que Bernanos fait entrer en scène son héros, le père Donissan, jeune prêtre maladroit et dépourvu de culture, qui pratique la flagellation. Sur une route, la nuit, celui-ci lutte avec Satan qui a pris la forme d'un maquignon. Le prêtre rencontre Mouchette et s'aperçoit qu'elle est sous l'emprise du démon. Son sort lui inspire une réaction extrême qui, à son tour, incite les autorités ecclésiastiques et laïques à s'unir pour le déclarer malade mental. À la fin du roman, le prêtre a atteint une sainteté subtilement martyrisée. Bernanos réussit à doter ces événements surnaturels d'une réalité concrète et imaginative. Son rejet agressif du monde « bourgeois » lui a permis de séduire un public d'incroyants qui se reconnaissaient dans ses œuvres. Cependant, même si ses tendances politiques tenaient plutôt de l'extrême droite à un moment donné, ses romans nient de façon explicite tout lien entre la revendication de la foi catholique, presque sous sa forme médiévale, et le soutien de l'ordre social existant. **RegG**

Alberte et Jacob
Cora Sandel

1880 (Norvège)-1974 (Suède)
Première parution | 1926
Titre original | *Alberte og Jakob*
De son vrai nom | Sara Fabricius

La première partie de la trilogie d'Alberte a été qualifiée de chef-d'œuvre par le mouvement d'émancipation de la femme. Situé dans une petite ville du nord de la Norvège, le roman traite d'une jeune fille de classe moyenne, Alberte. Incapable de poursuivre ses études ou de se rendre à Christiania, ville plus au sud, joyeuse et animée, Alberte n'a rien de plus intéressant à faire que le ménage, le ravaudage ou que de participer à des sorties ennuyeuses. Le roman explore le vide étouffant de sa vie, ses espoirs et ses craintes, ses désirs secrets et sa révolte intérieure.

Le récit est accompagné de descriptions évocatrices des intenses contrastes saisonniers norvégiens, depuis la faible lumière du début de l'hiver, lorsque l'univers d'Alberte se réduit aux confins de sa maison. Au fur et à mesure que les jours rallongent, son univers s'élargit pour englober fêtes et sorties. Alberte, qui s'imagine manquer de beauté et de statut social, demeure en marge de presque tous ces événements, observatrice incapable d'agir. Lorsque les jours raccourcissent à nouveau, elle est toujours prisonnière.

Contrairement à elle, son frère extraverti et rebelle, Jacob, se bat pour obtenir le droit de prendre la mer et parvient à échapper à sa famille. Au final, lorsque même Beda Buck, la meilleure amie d'Alberte, est obligée de se conformer aux règles sociales, cette dernière songe au suicide. Mais au dernier moment, son instinct de vie est plus fort, et elle se traîne chez elle, déterminée à « vivre malgré tout, vivre du mieux qu'elle pourra ». **CIW**

Le Brave Soldat Chvéïk
Jaroslav Hašek

1883-1923 (Rép. tchèque)
Première parution I 1926
Première parution en quatre volumes I 1921-1923
Titre original I Osudy dobrého vojáka Švejka

Le Brave Soldat Chvéïk est une série monumentale, inachevée d'aventures comiquement épiques d'un soldat enrôlé malgré lui dans l'armée austro-hongroise durant la Première Guerre mondiale. Le génie du roman provient de son personnage central, Chvéïk, infortuné mais bien intentionné, qui vit aux marges de l'histoire ne cesse pourtant de la bouleverser. Il y arrive en faisant précisément ce qu'on lui a demandé, envers et contre tout, tout en contrecarrant les attentes du système en demeurant toujours et entièrement lui-même.

Avec *Chvéïk*, Hašek – qui avait lui-même été soldat, voleur de chiens, poivrot et artiste de cabaret – a inventé et mis au point un type romanesque. Forrest Gump avant l'heure, Chvéïk, qui arrive à mettre au jour les mensonges du pouvoir grâce à son apparente ingénuité, a été considéré comme un héros national en Tchécoslovaquie. Ordonnance d'un lieutenant tchèque, il est contraint de servir dans l'armée à cause de remarques oiseuses lancées dans une taverne au sujet de l'assassinat de l'archiduc Ferdinand. Tout au long de ses aventures, et peut-être à cause de leur multiplicité, on ne sait jamais quelle est la part de calcul et celle d'innocence naïve. Il arrive au cours du roman à attaquer la propagande, la façon dont la bureaucratie sert ses propres intérêts, et l'omniprésence du secret d'État. **DSoa**

Le Château
Franz Kafka

1883 (Tchécoslovaquie)-1924 (Autriche)
Première parution I 1926
Langue originale I Allemand
Titre original I *Das Schloss*

Preuve du talent de Kafka, le fait qu'il n'ait jamais terminé *Le Château* n'entame en rien son efficacité. Contrairement au *Procès* et à *La Métamorphose*, l'intrigue n'est pas tout entière contenue dans la première phrase ; il est impossible de savoir si cela est dû à l'état inachevé du roman, mais

Le Château est certainement une œuvre encore plus insaisissable. À cet égard, le manque de conclusion semble approprié car les événements rapportés semblent former un élément d'une série infinie dont seule une fraction a pu être insérée dans les pages d'un roman.

Le géomètre K arrive dans le village qui entoure le château, et découvre qu'il n'y est pas le bienvenu. Il ne peut donc pas rester. Voici l'intégralité de l'intrigue, mais la progression entre ces points relativement clairs est typiquement cauchemardesque. L'intégration de l'absurde et du réalisme n'est jamais plus subtile qu'ici chez Kafka ; les événements ne s'éloignent jamais des faits tout en demeurant complètement étrangers. Malgré l'apparente stabilité des personnages sur la page, un sentiment de détachement et l'impression que tout le monde joue volontairement un rôle s'imposent inéxorablement. Plus qu'un simple récit, *Le Château* évoque une atmosphère de malaise perpétuel. La peur rôde en permanence, tapie, tandis que tout est masqué par les obstacles interminables de la bureaucratie. Tout le roman ressemble au moment final d'un rêve où le temps s'est ralenti à l'infini et où l'on essaie de parler sans pouvoir trouver l'air qui porterait la voix. **SF**

Tarka la loutre
Henry Williamson

1895-1977 (Angleterre)
Première parution | 1927
Langue originale | Anglais
Titre original | *Tarka the Otter*

Une loutre naît, grandit dans les canaux du Devon, est chassée par les hommes et les chiens, fait face à divers dangers créés par l'homme, qui lui donne probablement la mort à la fin. C'est l'essentiel du roman, mais ce n'est pas son intégralité. *Tarka* est remarquable pour son manque d'anthropomorphisme et ses descriptions méticuleuses, parfois arides, de la vie pastorale observée du point de vue d'un animal sauvage.

Ce n'est pas le récit réconfortant d'animaux rendus humains, ni d'une vie idyllique à la campagne, même si le roman exploite ce genre littéraire avec talent. C'est l'aliénation de Tarka, qui naît et reste à jamais sauvage, qui fait la grande force de cet ouvrage. Ce refus de succomber à la personnalisation, reflet puissant du sentiment d'introversion qu'a éprouvé Williamson à la suite de la Première Guerre mondiale, fait toute l'originalité de *Tarka* par rapport à ses successeurs. La loutre fait souvent preuve de dédain pour les interventions humaines et mécaniques ; le métal et les fusils sont ses ennemis. Ce n'est pas une existence simple ou facile, et pourtant elle est constamment interrompue par l'homme ou ses créations ; pièges, collets, et le grand chien de chasse « Deadlock », qui poursuit Tarka tout au long du livre. Ce mépris du métal et de l'homme témoigne du dégoût qu'éprouvait Williamson après la guerre pour ses semblables, un désenchantement reflété plus tard dans son roman de guerre, *The Patriot's Progress* et dans sa série épique, *The Chronicles of Ancient Sunlight*, où il retrouvait les êtres humains. **EMcCS**

Blindness
Henry Green

1905-1973 (Angleterre)
Première parution I 1926
De son vrai nom I Henry Vincent Yorke Non traduit à ce jour en français

Green a acquis une réputation « d'écrivain d'écrivains », et tous ses romans sont en quelque sorte « expérimentaux ». Son style singulier inverse l'ordre conventionnel des mots, utilise de curieuses constructions avec parenthèses, emploie des démonstratifs non nécessaires, et omet toute une gamme de termes normalement utilisés pour relier des propositions. Son premier roman, *Blindness*, révélait déjà la fascination qu'il éprouvait pour le langage comme moyen de communication et son désir moderniste de le façonner différemment.

Le roman raconte l'histoire de John Haye, devenu aveugle par accident qui doit apprendre à vivre avec la perte de sa perception visuelle. Il réalise peu à peu qu'il existe d'autres façons pour le cerveau de traiter les sensations, de les ressentir et d'interpréter la réalité. Haye est intéressé par la nature du langage et par les écrivains qui possèdent une réputation de stylistes littéraires originaux. Cette préoccupation le rend incapable de se contenter de l'aspect superficiel de la vie mondaine ; les phénomènes observés depuis l'extérieur et acceptés comme des « réalités » sont démasqués comme les produits d'une cécité plus profonde que celle qui affecte le protagoniste. Narré depuis divers points de vue, *Blindness* fait usage de la technique du monologue intérieur pour les représenter. Green explore ici l'univers intime de l'esprit et suggère que la perte de la vue présage peut-être de l'apparition d'une forme d'expérience plus intense et d'un mode de connaissance plus profond. **AG**

Le Soleil se lève aussi
Ernest Hemingway

1899-1961 (États-Unis)
Première parution I 1926
Titre original I The Sun also rises
Prix Nobel de littérature I 1954

L'ironie cynique du titre – référence indirecte à la mystérieuse blessure infligée à Jake, le narrateur, au cours de la Première Guerre mondiale, et à ce qui ne se dresse plus à cause d'elle – donne le ton de ce roman de la « génération perdue ». Un groupe d'expatriés qui prennent la vie à bras-le-corps tourbillonne comme un ouragan autour de Jake. Dans sa description du voyage qu'effectue ce groupe du Paris de l'entre-deux-guerres jusqu'à Pampelune pour la fiesta de juillet, *Le Soleil se lève aussi* fait le portrait d'une culture bouleversée par la guerre, qui se perd dans l'alcool et dans le drame. Avec son irascibilité à la Don Quichotte, Robert Cohn représente la descente finale dans l'absurde du héros romantique ; il cultive un amour obsessionnel et perturbateur pour Brett, ancienne maîtresse de Jake, qui n'adhère ni à sa passion ni à sa vision du monde lourde de signification (même si elle partage sa couche). Jake, lui, constitue le centre spirituel du groupe grâce à son affabilité stoïque et sa capacité à supporter la plus intense des agitations, se contentant d'admettre en son for intérieur qu'il va « sacrément mal ». Condamné à demeurer perpétuellement en marge, il voue une admiration torturée à l'esthétique et aux valeurs culturelles espagnoles. **AF**

L'Amérique
Franz Kafka

1883 (Tchécoslovaquie)-1924 (Autriche)
Rédaction | 1912-1914
Première parution | 1927
Titre original | *Amerika*

À seize ans, Karl Rossman est exilé au Nouveau Monde où sa famille l'a envoyé car il a engrossé une servante. Malgré sa solitude et sa vulnérabilité en terre inconnue, il a pour lui un optimisme juvénile et une bonne humeur exubérante. Karl décide de chercher fortune et est engagé comme liftier dans un hôtel. Finalement renvoyé, il part à la dérive, fait la rencontre d'une série de personnages bizarres et rejoint enfin un mystérieux théâtre ambulant. La vision de Kafka de l'Amérique désoriente. À son arrivée, Karl observe la statue de la Liberté levant une énorme épée vers le ciel. Allié à d'autres détails curieux – un pont au-dessus de l'Hudson relie Boston à New York –, ces incohérences révèlent peut-être que Kafka n'a jamais visité l'Amérique, mais elles créent aussi un monde paradoxal à la fois fascinant et sinistre, en même temps ouvert à l'infini et d'une claustrophobie troublante. Un monde où le succès peut procurer richesse et demeures luxueuses, mais où l'échec, lui, peut mener à la misère et à l'errance.

Les thèmes kafkaïens familiers étaient déjà présents ici – danger implicite d'une autorité anonyme, peur d'être distingué parmi d'autres, le sentiment d'une identité qui disparaît peu à peu. *L'Amérique* n'a jamais été terminé mais est assez riche pour nous intriguer, en particulier par sa conclusion. La scène finale, dans laquelle Karl part pour l'Ouest en train et traverse un paysage spectaculaire, est une ode au rêve américain. Kafka avait-il l'intention de donner à son roman une fin heureuse ? **TS**

Le Cas du sergent Grisha
Arnold Zweig

1887 (Pologne)-1968 (Allemagne)
Première parution | 1927
Langue originale | Allemand
Titre original | *Der Streit um den Sergeanten Grischa*

Le Cas du sergent Grisha est une étude complexe des forces sociales qui engendrent la guerre. Son protagoniste, Grisha, est un soldat russe capturé à la fin de la Première Guerre mondiale par les Allemands et emprisonné. Désireux de rejoindre sa femme et l'enfant qu'il n'a jamais connu, Grisha s'échappe dans l'espoir de rejoindre la Russie. Pour masquer son identité, il revêt un uniforme allemand qu'il a découvert abandonné dans la forêt. Rattrapé, il est pris pour l'homme dont il a endossé les habits. Grisha apprend que ce soldat est un déserteur et en tant que tel condamné à mort. Il ne semble pouvoir échapper au sort d'un autre.

Même si Grisha s'avère finalement capable de prouver son identité et son innocence, il s'aperçoit que les soldats qui ont bien compris sa situation ont si peur de désobéir aux ordres qu'ils sont prêts à l'exécuter. La futilité de sa condamnation en vient à représenter les innombrables innocents, hommes et femmes, tués pendant la guerre, au combat ou ailleurs, par des soldats qui se contentaient de suivre les ordres ; ces derniers ne sont jugés ni bons ni mauvais par Grisha, mais se trouvent sous le joug d'une chaîne de supérieurs, chacun doté de ses propres motifs. Zweig réussit à analyser ce système complexe de façon presque scientifique et à en tirer une vision tragique de la moralité et de la nature humaine. **JA**

Promenade au phare
Virginia Woolf

1882-1941 (Angleterre)
Première parution | 1927
Langue originale | Anglais
Titre original | *To the Lighthouse*

Promenade au phare est le roman le plus autobiographique de Virginia Woolf, dans lequel elle a représenté ses parents, Julia et Leslie Stephen, sous les traits de M. et Mme Ramsay. Le roman est composé de deux journées à dix ans d'intervalle. Dans la première partie, « La Fenêtre », les Ramsay et leurs invités sont décrits au cours d'une journée dans une île des Hébrides où ils possèdent un pavillon d'été. La section centrale, « Le Temps passe », est un essai de narration moderniste dans lequel Woolf inclut les formes représentatives que lui suggérait l'art cinématographique nouveau. Mme Ramsay meurt et la guerre mondiale intervient pour fracturer l'histoire et les expériences. Dans la dernière partie, « Le Phare », l'artiste Lily Briscoe termine le portrait de Mme Ramsay dont l'image lui échappait auparavant, et M. Ramsay et ses deux plus jeunes enfants, James et Cam, atteignent le phare, réalisant ainsi l'excursion prévue dès les premières lignes du livre.

Ce roman est une sorte d'histoire de fantômes, dans laquelle Woolf explore l'impact de la mort, en ne la représentant qu'indirectement alors qu'elle résonne dans toute l'œuvre. L'auteur renverse les priorités habituelles du roman en regroupant mort et mariage dans la partie centrale et en s'intéressant aux changements que provoque le temps sur la matière. C'est une exploration en profondeur du temps et de la mémoire, des conventions victoriennes en matière de virilité et de féminité, et de la relation entre l'art et ce qu'il cherche à refléter. **LM**

Thérèse Desqueyroux
François Mauriac

1885-1970 (France)
Première parution | 1927

Thérèse Desqueyroux est, avec *Le Baiser au lépreux* et le *Nœud de vipères*, l'un des plus célèbres romans de Mauriac ; il en retrouvera plusieurs fois l'héroïne dans ses textes des années 1930, notamment dans *Ce qui était perdu* et *La Fin de la nuit*. Accusée d'avoir voulu empoisonner son mari, Bernard, Thérèse a obtenu un non-lieu ; sur le chemin qui la ramène à leur demeure d'Argelouse, elle se remémore son passé et reconstitue l'itinéraire qui l'a poussée à commettre son geste – son amitié pour Anne, demi-sœur de Bernard, son mariage de convenance avec cet homme qu'elle n'a jamais aimé, le « jour étouffant » de ses noces, sa jalousie pour Anne qui connaît la passion auprès de Jean Azévédo. Incapable de se confesser à son mari, Thérèse se voit condamnée à une vie recluse ; Bernard ne consentira à la laisser partir qu'après le mariage d'Anne, sans jamais lui faire entrevoir la possibilité du pardon et en l'abandonnant à ses insolubles questionnements sur elle-même. Les grands thèmes de l'univers mauriacien sont rassemblés dans ce chef-d'œuvre dont l'héroïne annonce d'autres figures romanesques majeures, notamment le Louis du *Nœud de Vipères* : poids oppressant des conventions et de la famille bourgeoises, opacité de l'âme, quête de l'authenticité et de la pureté dans un environnement qui les rend impossibles. Riche en symboles, sondant au plus près les mouvements de la conscience par une construction très élaborée, ce classique donne à voir le style de l'écrivain dans toute sa somptuosité. **BQ**

À la recherche du temps perdu
Marcel Proust

1871-1922 (France)
Première parution | 1913-1927 en sept volumes
Prix Goncourt | 1919

On a souvent dit que l'importance du roman de Marcel Proust résidait dans son influence omniprésente sur la littérature du XXe siècle, parce que les écrivains ont essayé soit de l'imiter, soit de le parodier en discréditant certaines de ses caractéristiques. Mais les lecteurs ont aussi apprécié que le roman soit lui-même un dialogue avec ses prédécesseurs littéraires et ce point s'avère tout aussi important. *La recherche* est une « histoire de la vocation littéraire », intimidante, longue de trois mille pages, sur laquelle Proust a travaillé toute sa vie. Il y explore les thèmes du temps, de l'espace et de la mémoire, mais cette œuvre est surtout un condensé d'innombrables possibilités littéraires, structurelles, stylistiques et thématiques. La plus frappante d'entre elles est le procédé structurel selon lequel les fortunes fluctuantes de la bourgeoisie et de l'aristocratie sont narrées du milieu des années 1870 au milieu des années 1920, à travers la mémoire défaillante d'un écrivain en herbe, Marcel, qui succombe à de nombreuses distractions. Ce défaut de mémoire entraîne toutes sortes d'images faussées, corrigées en partie, le pouvoir de la mémoire « involontaire » provoquant de rares moments de joie. Ces liens directs avec le passé naissent de rencontres fortuites qui réveillent des sensations, perceptions et souvenirs longtemps perdus. Ce sont ces moments qui donnent sa structure unique au roman, qui, sans aucun doute plus que toute œuvre, demande une lecture attentive. C'est une bonne chose que la publication de ce roman épique soit toujours en pleine évolution, les chercheurs continuant à étudier notes et ébauches. La « masse d'écriture » de Proust, comme on l'a parfois décrite, continue à grandir. **CS**

Le Loup des Steppes
Hermann Hesse

1877 (Allemagne)-1962 (Suisse)
Première parution | 1927
Titre original | *Der Steppenwolf*
Prix Nobel de littérature | 1946

Henry Haller, le protagoniste du *Loup des steppes*, est douloureusement partagé entre deux personnalités diamétralement opposées. L'une est associée à son intellect et aux nobles idéaux auxquels il aspire, tandis que l'autre se fonde sur des instincts plus vulgaires et les désirs de la chair. *Le Loup des steppes* analyse la tension qui domine la vie intérieure de Haller depuis trois points de vue distincts, représentés par le neveu de sa logeuse, un traité de psychanalyse et son propre récit autobiographique. Aidé par les autres personnages du roman, Haller apprend peu à peu que « chaque ego, loin de former une unité, est un univers infiniment varié, un paradis constellé, un chaos de formes… ». Il décide d'explorer les multiples aspects de son être par l'expérience de la sexualité, la fréquentation des clubs de jazz où il apprend à danser le fox-trot, et la rencontre avec des groupes qu'il jugeait auparavant avec condescendance et dérision. Il comprend ainsi que ces activités sont aussi appréciables que la découverte intellectuelle. La nature déconcertante et très expérimentale de cette conclusion explique en partie pourquoi c'est là le plus incompris des romans d'Hesse.

Voici non seulement une méditation brillante et stimulante sur le processus tumultueux de la découverte de soi, mais aussi une critique cinglante et prémonitoire de la suffisance de la classe moyenne allemande devant le militarisme croissant qui a permis à Hitler d'accéder au pouvoir. **CG-G**

Nadja
André Breton

1896-1966 (France)
Première parution | 1928

Nadja, exemple célèbre et mémorable du « roman surréaliste » et œuvre plus ou moins autobiographique, fait le récit de la relation de l'auteur avec une jeune femme, étrange et originale, à Paris. Nadja est une présence énigmatique et envoûtante, à la fois matérielle et immatérielle, moderne et appartenant au passé, affectée et charnelle, folle et saine d'esprit. C'est un état d'esprit, une projection qui perturbe les structures de la réalité quotidienne, une métaphore de « l'âme dans les limbes ». En utilisant le personnage de Nadja, peut-être de manière discutable, Breton fait intervenir tous les éléments clés de la pensée surréaliste : accident, choc, désir, érotisme, magie et liberté radicale. Le récit se compose d'une série de rencontres fortuites à travers la ville, sautant d'un point à l'autre avec sa propre logique inconsciente. Théoriquement « roman d'amour », *Nadja* est en réalité une réflexion sur le surréalisme comme mode de vie, qui renverse les distinctions entre art et monde, rêve et réalité. Collage littéraire, la prose est complétée par des images (esquisses de la main de Nadja, gravures de tableaux surréalistes et photos). C'est une surface d'idées à la texture riche, une mine de ce que le critique Walter Benjamin appelle des « enluminures profanes ». Du courant dominant à l'avant-garde, de la littérature à la publicité, son influence se fait encore ressentir. **SamT**

Quicksand
Nella Larsen

1891-1964 (États-Unis)
Première parution | 1928
Langue originale | Anglais Non traduit en français à ce jour

Helga Crane est la protagoniste de *Quicksand*, roman fascinant et en partie autobiographique de Nella Larsen. Née d'une mère danoise blanche et d'un père antillais, Helga est un personnage indocile qui erre en quête d'acceptation sociale et sexuelle. Le roman débute dans l'atmosphère étouffante de « Naxos », collège noir du Sud, avant de se poursuivre à Chicago puis à Harlem, où Helga est tout d'abord accueillie par la classe intellectuelle naissante. Elle se rend ensuite au Danemark, où sa négritude est célébrée avec un exotisme et un érotisme problématiques. Dans chacun de ces lieux, Helga est forcée de rejeter à la fois les avances d'amants qui ne lui conviennent pas et son propre désir grandissant. Elle finit par épouser un pasteur et retourner dans le Sud américain où elle s'enfonce dans un « bourbier » de durs labeurs domestiques et reproductifs.

Quicksand examine avec honnêteté les promesses contradictoires qu'offrait aux femmes l'Amérique du XXe siècle. Helga Crane est vulnérable sur le plan social, mais pourtant capable d'exprimer d'une voix hésitante son désir de plaisir et d'accomplissement de soi. Les difficultés spécifiques des mulâtresses qui ne peuvent se réclamer d'aucune communauté sont clairement montrées ici. Les descriptions des plaisirs de l'anonymat urbain et des relations entre sexe et désir montrent un espoir futur possible, mais l'impossibilité du désir à se réaliser et le sacrifice aveugle qu'accepte Helga rendent la conclusion amère. **NM**

Grandeur et Décadence
Evelyn Waugh

1903-1966 (Angleterre)
Première parution | 1928
Langue originale | Anglais
Titre original | *Decline and Fall*

Premier roman de Waugh, *Grandeur et Décadence*, a fait découvrir aux lecteurs le style acerbe et hilarant qui allait faire sa célébrité. C'est l'histoire de la « mystérieuse disparition » de Paul Pennyfeather, jeune Monsieur tout-le-monde, dans « d'extraordinaires aventures » absurdes et saisissantes. L'intérêt du roman ne provient pas de son intrigue mais de son esprit caustique implacable, et de sa satire mordante qu'il fait de pans entiers de la société britannique.

Parmi les gouffres qui parsèment la « disparition » de Paul, on trouve un renvoi ridicule d'Oxford, une affectation comme professeur dans un internat carnavalesque du Nord du pays de Galles, des fiançailles avec une riche mondaine et un passage en prison. Tout un ensemble de personnages récurrents et grisants par leurs absurdités entourent la grandeur et la décadence de ce protagoniste infortuné. Depuis un poivrot pédophile à la jambe en bois jusqu'à un « homme d'Église moderne » qui finit par se faire trancher la tête par un visionnaire religieux fou, *Grandeur et Décadence* fourmille de personnages inoubliables.

Sous cette incroyable abondance se cache une critique nette de nombreuses cibles. Depuis les vicissitudes de l'architecture moderne jusqu'à la turpitude morale des classes supérieures, Waugh lance ses piques satiriques avec une cruelle précision. Même si un sentiment de désespoir parait le sous-tendre, il est impossible de critiquer la moralité de ce roman qui demeure inlassablement superbe dans son intensité comique. **DR**

Le Goût des orties
Jun'ichiro Tanizaki

1886-1965 (Japon)
Première parution | 1928
Langue originale | Japonais
Titre original | *Tade kuu mushi*

On a souvent rapproché ce roman du mariage raté de Tanizaki, de son départ de Tokyo après le tremblement de terre de 1923 et de son installation dans la région de Kyoto et Osaka, plus traditionnelle.

Le désir qu'il éprouve pour une prostituée eurasienne, incarnation de « l'autre » occidental, pousse Kanamé à rompre son mariage. Sa femme, Masako, à la recherche d'un épanouissement extérieur, se défait elle aussi de son rôle traditionnel, prend un amant, embrasse les idéaux occidentaux de la beauté et écoute du jazz. Face à ce fossé apparemment infranchissable qui définit la crise de la modernité, c'est le père de Masako, un traditionaliste, qui tente de résoudre la situation en poussant le couple à l'introspection et au retour aux formes d'art classiques ainsi qu'aux valeurs esthétiques japonaises.

À travers le bunraku, art japonais traditionnel du théâtre de marionnettes, et les gestes précis de la geisha du père de Masako, Tanizaki dépeint une alternative au Japon moderne et présente le retour au passé comme une possibilité de réinventer le présent. Ses images du théâtre, ses réflexions au cours de promenades et son évocation de la nature suggèrent la possibilité d'une réconciliation entre deux personnes et deux traditions. *Le Goût des orties* est célèbre pour sa prose dépouillée, son traité de beauté et sa réévaluation de la culture japonaise. C'est cependant par-dessus tout une méditation sur la fragilité des relations, la difficulté de lâcher prise et la paralysie de l'indécision. **HH**

Finies les parades
Ford Madox Ford

1873 (Angleterre)-1939 (France)
Publication du dernier volume de la tétralogie | 1928
Publication de la tétralogie en un seul volume | 1950
Titre original | *Parade's End*

Finies les parades de Ford Madox Ford, l'un des classiques sur la Première Guerre mondiale, est souvent considéré comme « le meilleur roman de guerre ». C'est peut-être parce qu'il est à la fois l'un des plus complets et l'un des plus simples, Ford faisant usage de son modernisme caractéristique pour dépeindre un monde qui verse dans la tromperie. Tout en retraçant le service de Christopher Tietjen durant la guerre et l'érosion de son mariage avec l'ignoble Sylvia, Ford examine les préoccupations et les activités des civils.

Il est difficile de séparer l'auteur de son double fictif (Ford est demeuré en partie sourd après qu'une bombe a explosé près de lui dans les tranchées). Les derniers volumes de *Finies les parades* ont été publiés légèrement avant que les diatribes les plus agressives contre la guerre ne forment un chœur apparemment uni. En tant que telle, la guerre de Ford est peut-être « plus courtoise ». Le choc qu'éprouve Tietjen face à ce qui lui arrive et qu'il ne comprend pas est caractéristique des réactions désorientées des vétérans, et l'atmosphère impressionniste de la série participe à l'impossibilité de comprendre réellement l'impact de la guerre sur ne serait-ce qu'un seul individu. Et pourtant, l'œuvre de Ford constitue aujourd'hui une enquête assez dense, même si son message indirect est perçu moins clairement par la génération actuelle, habituée à une vision plus stéréotypée de boue, boyaux et coquelicots. « Plus d'espoir, plus de gloire, ni pour la nation, ni pour le monde oserais-je dire, plus de parades. » **EMcCS**

Le Puits de solitude
Radclyffe Hall

1880-1943 (Angleterre)
Première parution | 1928
Titre original | *The Well of Loneliness*
De son vrai nom | Marguerite Radclyffe-Hall

Lorsqu'il est paru en 1928, *Le Puits de solitude* a déclenché l'un des plus célèbres procès pour obscénité dans l'histoire juridique britannique qui s'est soldé par une interdiction de vingt ans. En même temps, il a porté l'existence des lesbiennes à l'attention du public d'une manière inégalée jusque-là.

Le roman raconte l'histoire de Stephen l'« invertie » (baptisée par un père qui souhaitait désespérément un fils), douloureusement consciente de son homosexualité dès son jeune âge. À la suite de sa première aventure amoureuse, Stephen est chassée de la maison de famille adorée des Midlands, une région tranquille et riche, et rejoint Londres, puis Paris, pour y devenir un écrivain à succès. Ambulancière sur le front durant la Première Guerre mondiale, Stephen rencontre une jeune femme,

Mary, dont elle s'éprend – la dernière partie du roman traite de leur relation.
Pour certains lecteurs contemporains, le roman est daté avec son mélodrame presque gothique, ses théories du XIXe siècle sur l'orientation sexuelle, et son profond pessimisme quant au sort de ceux qui choisissent des amants parmi leur propre sexe. Mais pour d'autres, le livre résonne toujours douloureusement aujourd'hui. Sa force tient à sa perception infaillible et peut-être troublante de la société hétérosexuelle, ainsi que des effets dévastateurs de ses préjugés et de ses normes. **SJD**

L'Amant de Lady Chatterley
D. H. Lawrence

1885 (Angleterre)-1930 (France)
Première parution | privée en 1928
Langue originale | Anglais
Titre original | Lady Chatterley's Lover

L'histoire de la publication de *L'Amant de Lady Chatterley* est digne d'un roman. Publié de façon privée en 1928 et longtemps disponible dans des éditions étrangères, la première édition intégrale n'est apparue en Angleterre que lorsque Penguin en a pris le risque en 1960. Poursuivi sous le coup de la loi des publications obscènes de 1959, Penguin a été acquitté après un célèbre procès, au cours duquel de nombreux éminents écrivains de l'époque sont apparus comme témoins de la défense.
À cause de cette notoriété, le roman est principalement connu pour ses descriptions explicites de rapports sexuels. Ceux-ci ont lieu dans le contexte d'une intrigue tournant autour de Lady Constance Chatterley et de son mariage insatisfaisant avec Sir Clifford, riche propriétaire terrien des Midlands, écrivain et intellectuel. Constance se lance dans une liaison passionnée avec le garde-chasse de son mari, Oliver Mellors, un homme éduqué. Enceinte, elle quitte son époux et, à la fin du roman, les deux amants sont momentanément séparés dans l'espoir d'obtenir chacun le divorce, afin de pouvoir entreprendre une nouvelle vie ensemble.
Ce n'est pas seulement son examen honnête de la puissance du lien sexuel entre un homme et une femme qui fait la force de ce roman, mais le fait que même au début du XXIe siècle, cela demeure l'une des rares œuvres de la littérature anglaise qui traite du désir féminin. Et si cela ne suffisait pas à faire de *L'Amant de Lady Chatterley* l'un des vrais grands romans anglais, il contient aussi une réflexion profonde et prolongée sur l'état de la société moderne et le danger que pose pour la culture et l'humanité la marche incessante de l'industrialisation et du capitalisme. **SJD**

Orlando
Virginia Woolf

1882-1941 (Angleterre)
Première parution | 1928
Langue originale | Anglais

Aucun autre roman de Woolf ne démontre comme *Orlando* la vitalité de son écriture. C'est une exploration dérangeante de l'identité sexuelle et de l'histoire, ainsi que de la nature même de l'autobiographie.
Retraçant les aventures d'Orlando au cours d'une vie de quatre cents ans faite de folles péripéties, d'histoires d'amour et d'un changement de sexe, le livre aurait été inspiré par Vita Sackville-West, l'amante de Woolf. Dans la cour exubérante d'Elizabeth Ire, Orlando est un aristocrate de seize ans

d'une beauté ravissante. Suit une kermesse sur la Tamise gelée, où une histoire d'amour avec une princesse russe prend naissance pour se terminer dans le chagrin. Orlando est ensuite mandaté par Charles II comme ambassadeur à Constantinople, où il se transforme en femme avant de rentrer en Angleterre pour y résider avec Pope et Dryden. Un mariage au XIXe siècle lui donne un fils, le sacre écrivain, et l'histoire se termine en 1928, année de la publication du texte de Woolf.

Ce récit est complété par des ornements littéraires qui remettent en cause notre conception de l'histoire, des sexes et de la « vérité » biographique. Si ce sont des constructions, qui en est responsable ? Que signifient-elles pour les individus qui vivent leur vie et la racontent ? Woolf utilise une série de procédés pour faciliter ce type de conjecture : les vêtements occupent une place importante, leur rôle étant de former notre perception des sexes ; la voix narrative est aussi remarquablement consciente d'elle-même ainsi que de nous, lecteurs. C'est un texte extraordinaire. **MD**

Histoire de l'œil
Georges Bataille

1897-1962 (France)
Première parution | 1928
Pseudonyme | Lord Auch

Ce classique de la pornographie littéraire est aussi un roman surréaliste important. Bataille – bibliothécaire, penseur marxiste à ses heures et critique littéraire – a aussi écrit une étude sur l'érotisme, devenue un classique. *Histoire de l'œil* fait la synthèse des traditions de la pornographie littéraire française, et abandonne les complexités des intrigues libertines ou l'encyclopédie légendaire de parties du corps et orifices que l'on associe au marquis de Sade. Bataille, lui, offre un rêve pornographique plus vif. On y trouve des rapports sexuels et diverses profanations, mais ce roman érotique est bien plus dominé par la mort, le langage et l'analyse littéraire que par l'action.

Narré à la première personne du singulier, l'intrigue de ce court roman balance entre fantasmes et mises en scène de diverses obsessions érotiques, qui impliquent toute une gamme d'objets, depuis la soucoupe d'un chat jusqu'à une armoire ancienne. L'histoire rend ces objets plus significatifs que les personnages eux-mêmes, tandis que les situations narratives apparaissent comme des expressions brillantes et rhétoriques qui relient les objets à différents cadres dans une série de déplacements métaphoriques, caractéristiques du surréalisme littéraire. La prose poétique de Bataille possède cependant une clarté et une rigueur très éloignées des rêveries arbitraires habituelles chez les autres écrivains de ce mouvement. Le roman est aussi parachevé par l'analyse que fait Bataille de son récit confessionnel, où abondent les coïncidences entre souvenirs et images obscènes. **DM**

Belle de jour
Joseph Kessel

1898 (Argentine)-1979 (France)
Première parution | 1928

Femme d'un jeune interne des hôpitaux nommé Pierre Sérizy, Séverine mène une vie bourgeoise tranquille, rythmée par les thés de l'après-midi et les dîners entre amis. L'entente est presque parfaite entre les deux époux, Séverine aimant Pierre avec tendresse et sincérité ; ce dernier souffre cependant beaucoup de leur manque d'harmonie sexuelle, la jeune femme consentant à lui offrir son corps sans y prendre véritablement plaisir. L'un de leurs amis s'amuse à la courtiser ; play-boy amateur de jouissances tarifées, il révèle à Séverine l'adresse d'une maison de rendez-vous. Poussée par une inexprimable curiosité, elle ne résiste pas à l'envie d'y faire une visite et se prend d'une fascination trouble pour le monde de la prostitution, jusqu'à passer de l'autre côté du miroir. Bientôt, Séverine devient la troisième fille de Madame Anaïs, la tenancière des lieux ; chaque après-midi, de deux à cinq heures (d'où son surnom, « Belle de jour »), elle recommence sa quête du plaisir en foulant aux pieds son éducation bourgeoise et ses principes moraux. Lors de sa parution, le roman fut accusé de pornographie ; en réalité, Joseph Kessel traite d'un thème plus classique : le conflit intérieur d'une femme prise entre amour pur et désir charnel, vérités supérieures du cœur et exigences animales des sens, sur fond d'Années folles. En 1967, Luis Buñuel adaptera librement le roman au cinéma, confiant le rôle principal à Catherine Deneuve. **BQ**

Les Enfants terribles
Jean Cocteau

1889-1963 (France)
Première parution | 1929
Élection à l'Académie française | 1957

Les Enfants terribles sont une histoire d'amour et d'attirance qui se transforment en malveillance et jalousie, un commentaire sur la nature instable et destructrice des relations humaines écrit dans le sillage des découvertes sur l'inconscient réalisées par Freud. On peut le lire comme le cauchemar d'un enfant. Presque tout le récit se déroule dans une chambre, après la légendaire scène d'ouverture du roman où Paul, un jeune homme sensible, est blessé par une boule de neige lancée par Dargelos, petite brute au fort charisme sexuel, dont il est épris. Paul est contraint de garder le lit dans la chambre encombrée et étouffante qu'il partage avec sa sœur, Élisabeth. Lorsque cette dernière invite son amie Agathe à les rejoindre, il s'éprend d'elle à cause de sa ressemblance avec Dargelos, ce qui enflamme la jalousie d'Élisabeth.
On pense souvent que ce portrait d'une adolescence blessée et obsessionnelle annonçait les jeunes Européens et Américains d'après la Seconde Guerre mondiale. Paul et Élisabeth, peu liés à l'extérieur, se réfugient dans un monde imaginaire où ils s'entredévorent avec leurs émotions surchauffées et leurs besoins effrénés. Ce sont à la fois des personnages tragiques qui symbolisent le destin de l'humanité et des jeunes immatures, irritants, au comportement comique et ridicule. Cocteau a aussi écrit le scénario du légendaire film de Jean-Pierre Melville (1950). **AH**

Berlin Alexanderplatz
Alfred Döblin

1878 (Pologne)-1957 (Allemagne)
Première parution | 1929
Langue originale | Allemand
Titre original | *Berlin Alexanderplatz*

Berlin Alexanderplatz, où Döblin essayait de renouveler le genre romanesque, compte, avec les œuvres de Dos Passos et Joyce, parmi les grandes épopées urbaines des années 1920. Ce roman, dont la structure est fortement influencée par le montage cinématographique, traite autant d'un lieu que d'une « histoire ».

En partie conte moral, il s'agit du récit de Franz Biberkopf, ancien prisonnier, et de sa vaine tentative pour se transformer en être humain « décent ». C'est un « homme du peuple » à la naïveté typique, autour duquel le narrateur élabore une histoire complexe de crime, tentation et trahison. Franz s'essaie à toute une série de métiers, perd son bras dans une tentative de vol, devient proxénète, tombe amoureux, et est finalement trahi par son ennemi, Reinhold, à la place duquel il est accusé de meurtre. Döblin rassemble dans son Berlin-Est populaire une série de personnages plus ou moins louches, sensible à la fois à leur façon de parler et au déroulement de leur vie.

On se souvient cependant principalement du roman pour son style. Il intègre et évoque les sensations de la ville, suggérant un sentiment de vitesse, de contrastes et de simultanéité déroutante. Dans un rejet conscient des conceptions habituelles du roman, ce récit à plusieurs niveaux donne libre cours aux discours contradictoires de la métropole. Le lecteur découvre des articles de journaux, des échanges entre personnages pris au hasard, des panneaux d'affichage ou de rue (littéralement, sous la forme d'illustrations), et des couplets de chansons populaires. De plus, des allusions classiques et bibliques suggèrent, toujours d'un ton badin, le désir de Döblin de créer une épopée moderne. L'effet est grisant, et ce qui ne devrait que former le décor – la ville de Berlin – devient le centre d'intérêt principal du livree. **JH**

À l'Ouest rien de nouveau

Erich Maria Remarque

1898 (Allemagne)-1970 (Suisse)
Première parution I 1929
De son vrai nom I Erich Paul Remark
Titre original I *Im Westen nichts Neues*

Selon l'épigraphe d'*À l'Ouest rien de nouveau*, l'intention de l'auteur n'était d'écrire ni un réquisitoire ni une confession, mais de faire le récit d'une génération dont les survivants étaient « détruits par la guerre ». Mais plus qu'une mise en garde ou même une autodéfense, cette épigraphe que caractérisent la simplicité et la clarté déclare en une seule phrase, toute tranquille qu'elle soit, que ce qui suit est une histoire de destruction.

Dans les grands débats politiques de la République de Weimar, la question de la Grande Guerre n'était pas un simple sujet mais la pierre angulaire à partir de laquelle s'établissait la conception globale que chacun avait de l'histoire et de l'avenir. Étant donné ce contexte, le pacifisme du roman ne pouvait donc satisfaire ni les critiques de gauche, ni ceux de droite en Allemagne. Mais le texte de Remarque ne milite pas en faveur du pacifisme ; il lui donne simplement vie, comme une réponse consternée à l'efficacité quotidienne du massacre organisé. C'est cette démonstration tranquille, assurée, et pourtant visionnaire de l'inhumanité totale de la guerre qui constitue la splendeur d'*À l'Ouest rien de nouveau*.

La voix de Paul Bäumer, narrateur âgé de dix-neuf ans, s'avère essentielle. Il appartient à un groupe de soldats de première ligne, dont l'expérience de la guerre met à nu la mythologie de l'héroïsme, ne laissant que l'ennui, la peur stupéfiante, la solitude et la colère d'hommes dont les corps ne sont ni protégés ni honorés par l'uniforme militaire. Le roman se termine par la disparition de la voix de Bäumer, remplacée par la brièveté polie du communiqué de sa mort, un jour où rien de nouveau ne s'était produit sur le front de l'Ouest. **PMcM**

Les Indifférents
Alberto Moravia

1907-1990 (Italie)
Première parution | 1929
Titre original | *Gli indifferenti*
De son vrai nom | Alberto Pincherle

Ce chef-d'œuvre de Moravia a été écrit alors qu'il n'avait que dix-huit ans, à la suite de l'assassinat de Matteotti, qui s'était ouvertement opposé à Mussolini alors que le régime fasciste bénéficiait encore d'un consensus populaire. Même si l'œuvre ne fait pas directement allusion à la situation politique italienne, cette histoire d'une famille de la classe moyenne, victime impuissante de la corruption de son entourage, abrite clairement un message politique. Le motif central du roman souligne les insuffisances des personnages et leur incapacité à faire face à la réalité, marqués qu'ils sont par une faiblesse congénitale et indélébile. Mariagrazia, son fils Michele et sa fille Carla, bien qu'ils traversent une crise financière importante, maintiennent les apparences et le train de vie ostentatoire de riches bourgeois. Ils sombrent lentement mais inexorablement dans la misère. Michele, le personnage central, est aveugle au drame qui l'entoure, indifférent à une réalité qui se désintègre sous ses yeux. Il est incapable de suivre les règles sociales de sa classe ou de trouver l'énergie morale pour réagir et se rebeller. Il essaie d'éliminer Leo, l'amant détestable de sa mère – puis de sa sœur –, mais (et c'est risible) son pistolet n'est pas chargé. Avec ce roman, Moravia débutait son long examen de la situation existentielle de l'homme. Il devait explorer les thèmes du conformisme, du dédain et de l'ennui tout en dressant le portrait d'une classe sociale en fin de parcours historique, et pourtant profondément incapable de se transformer. **RPi**

Living
Henry Green

1905-1973 (Angleterre)
Première parution | 1929
Langue originale | Anglais
Non traduit à ce jour en français

Green était un écrivain précoce. Il a commencé son premier roman, *Blindness*, alors qu'il était encore lycéen et l'a terminé à l'université. Le suivant, *Living*, a été publié en 1929 avant son vingt-cinquième anniversaire. Il évoque une communauté ouvrière de Birmingham, ou plutôt de la façon dont elle se définit elle-même, à travers l'esprit d'invention de son langage familier, y compris sur le lieu de travail, et le comportement des travailleurs, amical et optimiste ou au contraire antisocial.
Green s'est pour cela astreint à créer un style de prose qui puisse exprimer les difficultés d'expression. C'est par conséquent la plus audacieuse de ses œuvres sur le plan linguistique, où les omissions d'articles définis et la disparition étrange de certains noms peuvent surprendre au premier abord. Cette prose saccadée, comme rédigée sous la contrainte d'une limite verbale artificielle, évite le décorum de la grammaire. Green cependant, n'avait pas l'intention de refléter la vie des travailleurs mais plutôt de suggérer – à travers la compression grammaticale – le manque d'attentes et de désirs caractéristique de la classe ouvrière, et sa sujétion à la simplicité

de l'expression. Il y parvient avec efficacité et émotion, et ce langage limité est transcendé tout du long par le récit. **KS**

Les Sept Fous
Roberto Arlt

1900-1942 (Argentine)
Première parution | 1929
Langue originale | Espagnol
Titre original | *Los siete locos*

Remo Erdosain, caricature pathétique de l'antihéros, est à la recherche d'argent afin de cacher le détournement de fonds auquel il s'est livré dans la compagnie où il travaille. Il entre ainsi en contact avec un groupe de conspirateurs aussi allégoriques que fous : l'Astrologue, le Maquereau mélancolique, le Joueur, Bromberg et le Commandant. Erdosain offre de kidnapper et tuer Barsut, dont la petite fortune permettrait à leurs activités révolutionnaires de débuter immédiatement. Mais ce dernier (et Erdosain ne le sait pas encore) sera pardonné et associé au complot. D'autres personnages sont aussi bizarres : Ergueta le visionnaire, Hipolita sa femme, une prostituée éclopée, Elsa, la femme d'Erdosain, les Espila, des passionnés d'alchimie qui l'aident à créer de la pyrite, et de faux mystiques fascinés par la possibilité de l'émerveillement dans un monde désenchanté.
La vraie lutte d'Erdosain l'oppose à la détresse et à la haine, à la méchanceté et à la tromperie.
Ses acolytes et lui désirent saper les fondations d'une ville qui, pensent-ils, est en train de les écraser. Cette vision de la ville constitue l'un des éléments les plus frappants du roman. Son réalisme apparent est emporté par des images expressionnistes intrépides et par-dessus tout par la présence d'un narrateur omniscient. Même si la conclusion n'apparaît que dans un second récit, *Les Lance-flammes* (1931), ce roman marquait le début d'un renouveau du langage narratif, leçon qui ne serait exploitée que des décennies plus tard. **DMG**

L'Adieu aux armes
Ernest Hemingway

1899-1961 (États-Unis)
Première parution | 1929
Titre original | *Farewell to Arms*
Prix Nobel de littérature | 1954

L'Adieu aux armes se déroule en Italie et en Suisse durant la Première Guerre mondiale. Frederic Henry, le narrateur, y décrit le front italien dans un style dépouillé, réaliste et sans fioritures. Ses récits de combat, caractéristiques de l'écriture qui symbolisera les œuvres suivantes du romancier, forment un contraste marqué avec le langage sentimental de sa liaison avec Catherine, une infirmière anglaise qu'il rencontre alors qu'il se remet de ses blessures à Turin.
Le roman a été particulièrement loué pour son tableau réaliste de la guerre, ce que l'on a souvent attribué à l'expérience personnelle de l'auteur. Cependant, même s'il contient d'importants éléments autobiographiques, Hemingway a moins combattu que son protagoniste. Il a bien été ambulancier sur le front italien, mais pour la Croix-Rouge, et seulement durant quelques semaines en 1918. Il a lui aussi été amoureux d'une infirmière, Agnès von Kurowsky, mais, contrairement à Frederic Henry, ses avances ont été repoussées.
L'Adieu aux armes a fait d'Hemingway un écrivain à succès et l'a imposé comme porte-parole de la « génération perdue », groupe d'intellectuels américains qui vivaient à Paris dans les années 1920 et 1930

et dont l'attitude – déterminée par leur expérience de la Première Guerre mondiale – était à la fois cynique et pessimiste. **BR**

Passing
Nella Larsen

1891-1964 (États-Unis)
Première parution | 1929
Langue originale | Anglais
Non traduit à ce jour en français

Ce roman de Nella Larsen explore les complexités de l'identité raciale à New York au début du XXe siècle. Son personnage central, Irene Redfield, appartient à la bourgeoisie afro-américaine de plus en plus reconnue et visible durant la Renaissance de Harlem, dans les années 1920. Épouse d'un docteur, elle consacre sa vie aux causes charitables. Cependant, sa rencontre fortuite avec Claire Kendry – une amie d'enfance qui a depuis caché son héritage mixte de façon à vivre en tant que femme blanche – révèle les insécurités et anxiétés que cache cette vie apparemment confortable.

Au premier abord, c'est une satire des mœurs, des prétentions et des ambitions de la renaissance de Harlem, qui a pour principal objectif d'étudier les conséquences de la subversion délibérée entreprise par Claire Kendry face au désir de pureté raciale imposé de toutes forces par l'Amérique du XXe siècle. Cette dernière se joue ainsi du système tout en démontrant son pouvoir. Claire a épousé un Américain blanc, riche et raciste, et plusieurs événements de sa vie comme de lui donner un enfant ou de lui présenter Irene – lui font courir le risque de voir révélée son identité « réelle ». Larsen explore ce difficile terrain, où abondent les idées toutes faites sur l'authenticité, la pureté et le savoir, tout en laissant deviner en filigrane ce qui ne peut être dit. Finalement, il semble que ce soit l'ambivalence profonde d'Irene à l'égard de Claire qui constitue la plus dangereuse et la plus instable des forces en jeu. **NM**

L'Ange exilé
Thomas Wolfe

1900-1938 (États-Unis)
Première parution | 1929
Titre original | *Look Homeward, Angel : A Story of the Buried Life*

Au premier abord, *L'Ange exilé*, dont l'intrigue se déroule dans une petite ville riche de Caroline du Nord, est *Portrait de l'artiste en jeune homme* poussé à l'extrême. Wolfe n'était toutefois pas un moderniste et ne possédait ni le ton ironique et subtil de Joyce, ni son contrôle flaubertien de la matière. L'expression exubérante qui remplace tout cela constitue pourtant sa qualité particulière. Wolfe est un écrivain à l'ancienne, dans la tradition de Whitman et de Melville. Il essayait « plus que tout autre de dire le plus », a écrit Faulkner, qui le considérait comme l'un des plus grands auteurs de sa génération.

Le narrateur, Eugene Gant, artiste en herbe est un jeune homme idéaliste doté d'une imagination fertile et d'un désir de transcendance. Pourtant, il est incapable de croire en l'idée de Dieu, qu'il juge trop conventionnelle, et tout aussi impuissant à se défaire d'une vision déterministe de la condition humaine. Son passage de l'enfance à l'âge adulte est caractérisé par sa quête de la connaissance de soi ainsi que par la solitude et la frustration qui en résultent. Ce n'est cependant pas sa lutte pour trouver sa place dans le monde qui fait l'intérêt du roman, mais le récit détaillé et très vivant de ceux qui l'entourent, et notamment la tension fascinante entre les parents du protagoniste ; son père, qui boit beaucoup et court les femmes, est pourtant très sympathique, tandis que sa mère, dotée du sens pratique, travaille dur pour faire vivre les dix membres d'une famille que son mari essaie de détruire à tout prix. **AL**

Le Faucon maltais
Dashiell Hammett

1894-1961 (États-Unis)
Première parution | 1930
Langue originale | Anglais
Titre original | *The Maltese Falcon*

C'est, avec Raymond Chandler, à Hammett que l'on doit la transformation du roman policier : l'ancien modèle du maître détective qui s'attaque à un crime insondable est remplacé par une approche plus « quotidienne ». Cette transition a été de toute évidence influencée par la croissance rapide de l'espace urbain, des grandes entreprises et de la corruption, facteurs qui semblent tous caractériser les années 1920 et 1930 en Amérique du Nord.

Tout en brossant une vaste fresque, Hammett présente dans son œuvre divers protagonistes, des lieux à la fois réels et fictifs et des descriptions très « ouvertes ». Ses intrigues alambiquées offrent une série apparemment interminable de rebondissements, en opposition aux miasmes de corruption qui enveloppent l'œuvre de Chandler.

Sam Spade est l'un des nombreux détectives créés par Hammett. Il se meut dans un univers violent et sordide, où tout un chacun s'avère égoïste, malhonnête et traître. Ce héros qui bluffe les voyous comme un vrai archétype de roman de gare est tout aussi amateur de bagarres et de jurons que des coups de génie, dans la veine d'un Sherlock Holmes ou d'un Dupin. C'est cette nature composite qui prime dans *Le Faucon maltais*, fusion de romans policiers où certains éléments historiques de ce genre littéraire se mêlent à des scènes d'action et d'aventure, dans un univers où l'on se fera soit voler soit tuer si l'on respecte les règles. **SF**

Nous étions des hommes
Frederic Manning

1882-1935 (Angleterre)
Première parution | 1930
Titre original | *The Middle Parts of Fortune*
Pseudonyme | Soldat de 2e classe 19022

Selon la rumeur, la version non censurée (et originale) de ce roman a vu le jour lorsque l'éditeur Peter Davies a enfermé son auteur récalcitrant et ivre dans son bureau en exigeant qu'il écrive un roman de guerre avant de le laisser sortir. Parmi toute une série d'œuvres qui ont modifié à jamais la façon dont la guerre est décrite en littérature, avec des textes imagés, sans complaisance et scandaleux, celle-ci est l'une des plus lucides.

Ce roman de Manning a été publié en deux volumes sous son numéro de matricule : soldat de 2e classe 19022 (son nom n'est apparu sur la couverture qu'en 1943). Contrairement à la vie de sous-officier que les écrits de Graves, Sassoon et Blunden ont rendue populaire, le texte semi-autobiographique de Manning retrace la vie du soldat Bourne, poivrot, pique-assiette et conteur. C'est peut-être cette attention aux hommes de troupe qui a permis le succès ininterrompu du livre, tout autant que son exploration de l'aspect pratique et des désagréments de la vie dans les tranchées. Contrairement à d'autres romans de guerre à la construction plus dynamique, il ne semble pas se passer grand-chose dans un livre qui s'attache principalement aux heures d'après la bataille et à la préparation progressive du combat suivant, dans lequel la plupart des compagnons de Bourne seront tués. *Nous étions des hommes* constitue de la sorte un portrait bien plus juste de la vie au front, et s'avère toujours aussi subversif aujourd'hui. **EMcS**

The Apes of God
Wyndham Lewis

1882 (Canada)-1957 (Londres)
Première parution | 1930
Langue originale | Anglais
Non traduit à ce jour en français

Œuvre moderniste anglaise monstrueuse, exhaustive et parfois épuisante, *The Apes of God* possède une énergie exubérante et excessive. Ce portrait de groupe satirique s'attaque aux prétentions artistiques de la classe supérieure londonienne, à l'illusion que constitue le « monde de l'art » et à ceux qui s'imaginent y appartenir. Lewis, qui rappelle Pope et Swift, revisite la satire du XVIIIe siècle avec force exagération physique, faux actes de bravoure et éléments absurdes. L'auteur invente ici un style littéraire inhabituel, presque une narration cubiste, où son art, évident, dépasse aisément l'imitation passive.

Le roman retrace le parcours à Londres d'un jeune innocent impressionnable, Dan, depuis son premier contact avec son guide, Horace Zagreus, jusqu'à ses rencontres avec une série de personnages grotesques. Une fois le lecteur familiarisé avec le style de Lewis, l'intrigue s'emballe avec la réunion des divers protagonistes au cours d'une soirée de carnaval chez Lord Osmund. Lewis fait usage de préjugés idéologiques avec un entrain qu'il est difficile de pardonner, notamment en ce qui concerne ses continuels stéréotypes racistes (et particulièrement antisémites) ou sexistes. Il est souvent difficile d'apprécier la sévérité de cet auteur qui ne laisse aux hommes qu'une chance minime de se différencier des « singes » (*apes* en anglais, NDT) idéologues. On trouve tout de même beaucoup à admirer dans son style et dans ses provocations satiriques. **DM**

Regain
Jean Giono

1895-1970 (France)
Première parution | 1930

Après *Colline* et *Un de Baumugnes*, *Regain* est le troisième volume de « la Trilogie de Pan », en référence au dieu Pan qui, dans la mythologie grecque, représente l'incarnation de l'univers tout entier (« Pan » signifie « tout »). Dans le livre *Présentation de Pan* qu'il écrit en marge de la trilogie et publie à la demande de son éditeur suite à son succès, il donne une manière de résumé de l'intrigue de *Regain* : « Il faudra que je parle de celui-là qui était tout seul au fond du plateau et puis qui a acheté une femme avec les soixante francs d'un âne et qui, de ça, a fait revivre toute sa terre. » Dans le vieux village déserté d'Aubignane, près de Manosque, ne vivent plus que trois irréductibles : Panturle, le forgeron Gaubert et la veuve du puisatier, une piémontaise nommée Mamèche. Appelé par son fils à l'automne, Gaubert part ; au sortir de l'hiver, Mamèche convainc Panturle de trouver une femme, puis disparaît. C'est alors qu'un rémouleur et sa compagne s'égarent par accident du côté d'Aubignane ;

la jeune fille, Arsule, tombe bientôt dans les bras de Panturle. C'est une véritable renaissance pour notre homme et pour son village, sorte de résurrection miraculeuse provoquée par une simple femme grâce à qui « une herbe nouvelle a poussé, et on a pu faucher le regain ». Emblématique de l'univers poétique éclatant et dionysiaque du premier Giono, *Regain* accentuera l'image de conteur et de chantre de la nature que lui avaient forgée ses deux précédents romans. Marcel Pagnol en tirera un film savoureux avec Fernandel dans le rôle de Panturle. **BQ**

L'Inassouvissement
Stanislaw Ignacy Witkiewicz

1885 (Pologne)-1939 (Ukraine)
Première parution I 1930
Titre original I *Nienasycenie*
Pseudonyme I Witkacy

Décrit par Czeslaw Milosz comme « une étude du déclin ; une musique folle, dissonante, une perversion érotique », *L'Inassouvissement* est le deuxième roman de Stanislaw Witkiewicz ; il y diagnostique l'état de la Pologne avant la Seconde Guerre mondiale. Le pays s'est transformé en dictature militaire, régie par des aristocrates cyniques et hédonistes ; dépourvus de morale, ils représentent une décadence intellectuelle et sont condamnés. La Pologne est aussi le dernier rempart européen contre un ennemi insatiable, une horde de communistes chinois qui a déjà conquis la Russie. Ces chinois doivent leur invincibilité au Murti-Bingisme, un culte mystique dont les disciples absorbent des pilules qui procurent le contentement, et provoquent la passivité et l'obéissance.
Le héros du roman, le baron Genezyp Kapen, officier jeune et beau qui déborde de vie, a soif d'aventures et d'expériences et ne peut accepter la réalité quotidienne. Après avoir été initié à l'érotisme par la princesse di Ticonderoga, vieillissante mais magnétique, il est à la fois fasciné et dégoûté par la sexualité. Dépouillé de ses illusions romantiques et politiques, Genezyp se lance dans une série d'assauts qui se terminent par le meurtre de sa jeune épouse – une aristocrate d'une pureté virginale, disciple fidèle du Murti-Bingisme – lors de leur nuit de noces. La façon dont le jeune officier sombre dans la folie reflète la soumission de la Pologne face à l'invasion chinoise et son acceptation de la panacée que représente Murti-Bing. **MuM**

Les Vagues
Virginia Woolf

1882-1941 (Angleterre)
Première parution I 1931
Titre original I *The Waves*
De son vrai nom I Adeline Virginia Stephen

Œuvre la plus expérimentale de Virginia Woolf, *Les Vagues* sont d'une grande richesse. On y retrouve de nombreuses préoccupations de ses autres romans : l'expérimentation sur le temps et le récit, les identités qui se défont et la représentation de diverses vies à travers une écriture biographique. Elle pousse aussi le monologue intérieur dans de nouvelles directions : plutôt qu'une technique narrative, il devient une exploration de la relation entre la vie intérieure et les éléments « impersonnels » naturels que représentent les vagues et l'eau.
Woolf explore la temporalité de la vie sur une période de vingt-quatre heures – le mouvement des vagues définit le passage de l'aube au crépuscule et structure l'ouvrage. Des « monologues dramatiques »

représentent les six personnages et sont entremêlés d'« interludes poétiques » décrivant le passage du soleil dans le ciel et les rythmes des marées.

Les Vagues retracent six vies depuis l'enfance jusqu'à la cinquantaine, et cherchent à montrer la continuité d'une vie plutôt qu'à décrire des événements précis. « Nous ne sommes pas uniques », remarque Bernard (chroniqueur principal du roman). Les personnages offrent leurs pensées en tant qu'êtres distincts, rarement au sein d'un dialogue, et pourtant le roman les rassemble en prêtant l'oreille à des moments synchrones de leur vie et en les regroupant à divers stades. Woolf s'intéresse ici à l'expérience et à la définition de l'identité à travers un discours fascinant qui n'est ni de parole ni de pensée. **LM**

La Nuit du carrefour
Georges Simenon

1903 (Belgique)-1989 (Suisse)
Première parution | 1931

Le carrefour des Trois-Veuves regroupe trois maisons : celle de Carl Andersen et de sa sœur Else, celle des époux Michonnet, assureurs, et celle qu'occupent le garagiste Oscar et sa femme. Un dimanche, Carl trouve dans son garage la voiture de son voisin Michonnet ; Michonnet, lui, a hérité de celle de Carl. Dans l'une se trouve le cadavre d'un diamantaire d'Anvers, Goldberg. La veuve du défunt arrive sur place le lendemain, mais est aussitôt assassinée. Une enquête difficile commence pour le commissaire Maigret, d'autant qu'Andersen, parti à Paris, semble avoir disparu. Le gouailleur Oscar, ancien boxeur, n'a-t-il rien à cacher ? Et que penser de la troublante Else, dont le charme n'a d'égal que le mystère ? Profond, fouillé, complexe, ce personnage féminin est sans aucun doute la plus grande réussite de *La Nuit du carrefour*, l'un des huit romans écrits par Simenon en 1931. Son héros fétiche, Maigret, avait fait son apparition quelques mois plus tôt dans *Pietr le Letton* ; il allait révolutionner la manière de mener les enquêtes policières en cherchant à comprendre le criminel pour mieux résoudre le crime, en s'imprégnant des lieux et des gens plutôt qu'en rassemblant mécaniquement des faits. À ce titre, *La Nuit du carrefour* est exemplaire de la méthode Maigret, savant mélange d'investigation psychologique, d'intuition climatique et d'observation passive. Un an à peine après la sortie du livre, Jean Renoir en tire un film qui, pour de nombreux critiques, reste l'un de ceux qui ont le mieux restitué l'inimitable atmosphère des romans simenoniens. **BQ**

L'Introuvable
Dashiell Hammett

1894-1961 (États-Unis)
Première parution | 1932
Langue originale | Anglais
Titre original | *The Thin Man*

C'est le détective, ou dans ce cas-ci les détectives, qui distinguent *L'Introuvable* de la grande majorité des romans policiers. L'enquêteur des anciens temps, comme Sam Spade ou Marlowe, n'est défini qu'en creux par les crimes dont il s'occupe ; en leur absence, il est réduit à une invisibilité presque complète : de retour au bureau, il attend que le téléphone sonne pour lui procurer l'affaire suivante. Ici au contraire, les enquêteurs, Nick et Nora Charles, sont mariés, possèdent un schnauzer adoré, et leur riche vie sociale est décrite en détails par l'auteur. Très éloignés des solitaires mythiques des enquêtes conventionnelles du genre noir, ils mènent grand train dans une luxueuse chambre d'hôtel et participent à des soirées somptueuses, toile de fond de l'affaire sur laquelle ils travaillent. Hammett était conscient de l'omniprésence de la corruption, y compris au sein des classes sociales les plus aisées, élément caractéristique selon lui de l'Amérique, et qui doit être représenté comme tel. C'est un roman où la tromperie, l'erreur d'identité et l'extrême complexité narrative du genre ne forment pas l'univers tout entier mais sont relégués au-delà de ses paramètres, en juxtaposition avec les relations mondaines et personnelles. On doit considérer cette œuvre comme l'apogée de l'écriture de Hammett, où le monde des durs à cuire croise la dynamique ville américaine imaginaire de F. Scott Fitzgerald. **SF**

Voyage au bout de la nuit
Louis-Ferdinand Céline

1894-1961 (France)
Première parution | 1932
De son vrai nom | Louis-Ferdinand Destouches

Voyage au bout de la nuit est un chef-d'œuvre révolutionnaire qui n'a en rien perdu de sa puissance saisissante ni de son aptitude à choquer. Ce récit à la première personne retrace les expériences du jeune narrateur, Bardamu, depuis le début de la Première Guerre mondiale, lorsqu'il s'engage à vingt ans, jusqu'aux années 1930 où il devient médecin diplômé. Il fait entre-temps une dépression nerveuse, voyage en Centrafrique et aux États-Unis, puis rentre en France pour y terminer ses études de médecine. Le roman est caractérisé par sa prose impertinente, vivante et réaliste, son humour sardonique, son cynisme cinglant. Lyrique et éloquent, il déborde d'argot, d'obscénités et d'expressions familières. Bardamu a une vision très sombre de l'être humain – « L'humanité est composée de deux races très différentes, les riches et les pauvres », déclare-t-il – et même s'il se consacre surtout à ces derniers, il n'éprouve guère plus que du mépris pour les deux catégories. Seules la douleur, la vieillesse et la mort sont certaines. Céline tire un humour incroyable d'une philosophie dépourvue de concession, et ne cesse de nous divertir.

L'influence de ce roman original, anarchique et corrosif est inestimable. Dans ce portrait mordant que fait Céline des voyous, on ne peut que reconnaître les précurseurs des antihéros pessimistes de Beckett. Ce livre est essentiel à notre compréhension du développement du genre romanesque. **AL**

Emmeline
Elizabeth Bowen

1899 (Irlande)-1973 (Angleterre)
Première parution | 1932
Langue originale | Anglais
Titre original | *To The North*

Avec ses personnages maniaques, consumés par une nouvelle ère de locomotion, et son intrigue propulsée par la voiture, le bus et l'avion, ce roman offre un aperçu des effets de l'accélération technologique sur la vie quotidienne. Depuis la première scène (dans une maison d'Abbey Road située avant un « entonnoir de circulation et de bus »), jusqu'à la conclusion du récit, Emmeline Summers semble partisane des modes de transport les plus destructeurs, et rejette toujours la stabilité en faveur de l'inconnu. Cet attrait pour le danger la pousse à s'abandonner aux griffes de Mark Linkwater, un sadique – elle n'échappe à une forme de claustrophobie

domestique que pour une relation qui s'avère glaciale, et même d'une cruauté insupportable. Sa belle-sœur, Cecilia, étouffe, victime d'un sort tout aussi inéluctable, ce qui ne fait que souligner « combien sa solitude avait été précieuse ».
Bowen nous ouvre les portes d'un univers dénaturé et nous montre les conséquences les plus intimes de la mécanisation sur ses personnages. Au fil du récit, ceux-ci s'éloignent de plus en plus les uns des autres. *Emmeline*, qui anticipe le désenchantement de la modernité envers la machine, évoque la sinistre réification du transport, force positive par nature. Sur le plan stylistique, le ton austère complète ce motif d'envahissement. Cette voix narrative impersonnelle semble personnifier la pression nocive de réseaux mécaniques sur la volonté humaine. **DJ**

La Marche de Radetzky
Joseph Roth

1894 (Ukraine)-1939 (France)
Première parution | 1932
Langue originale | Allemand
Titre original | *Radetzkymarsch*

La Marche de Radetzky est un des plus grands romans historiques européens du XXe siècle. Pour évoquer un milieu spécifique – les provinces de l'Empire Habsbourg durant ses dernières années de grandeur et d'instabilité politique –, l'auteur s'est inspiré de son enfance à la périphérie de l'Empire et de ses souvenirs d'une fierté supranationale où l'« Autriche » était presque une conception abstraite. La marche de Strauss, autrichienne par excellence, sert de leitmotiv. Elle symbolise la tradition, l'ordre et l'appartenance – qualités qui se perdent peu à peu lorsque l'infrastructure de l'Empire commence à s'effondrer.
Quand le lieutenant Trotta sauve la vie de l'empereur à la bataille de Solferino, il devient le « héros de Solferino ». Ni lui ni les générations suivantes ne sont capables de se montrer à la hauteur des attentes créées par cette légende. Son petit-fils, Carl Joseph, est un soldat quelconque qui préfère la Galicie, région reculée de l'Empire où la définition étroite de la nationalité et de l'identité semble sans importance. Sa mort sur le front de l'Est au cours de la Première Guerre mondiale représente moins une tragédie personnelle que la fin d'une ère. Ce roman, qui explore les complexités de la famille et de l'amitié, exprime la nostalgie d'une ère révolue dans un récit historique dépourvu de tout sentimentalisme. L'atmosphère de l'Autriche impériale a rarement été aussi convaincante ou évoquée avec autant de tendresse. **JH**

Le Royaume défendu
J.-J. Slauerhoff

1898-1936 (Pays-Bas)
Première parution | 1932, by Nijgh & Van Ditmar
Langue originale | Hollandais
Titre original | *Het verboden rijk*

Les œuvres du romancier et poète J.-J. Slauerhoff constituent une manifestation tardive de la tradition romantique décadente, où l'artiste apparaît en marge de la société et dont l'errance sur terre s'avère futile – rôle que Slauerhoff a littéralement endossé en devenant médecin dans la marine marchande. De technique novatrice et d'imaginaire original, *Le Royaume défendu* présente la relation difficile de l'auteur avec lui-même et avec l'impérialisme.
C'est l'histoire de deux hommes que séparent les siècles. L'un d'entre eux est Camões, poète portugais du XVIe siècle, un

barde qui parcourait les mers de l'Empire, l'autre le radiotélégraphiste anonyme d'un navire marchand, alter ego évident de l'auteur. Ces deux vies sont étrangement parallèles : le radio fait naufrage tout comme le poète puis se rend à Macao, colonie portugaise où Camões a vécu en exil durant des années. Le radiotélégraphiste, seul, y perd son identité, se libérant ainsi à sa grande satisfaction d'un moi qu'il déteste.

Tout comme *Au Cœur des ténèbres* de Conrad, *Le Royaume défendu* traite de l'angoisse face au colonialisme, de la désintégration de la certitude et de la morale européennes dans un environnement étranger. Mais c'est une désintégration dont l'auteur se réjouit. L'intrigue et la psychologie des personnages laissent parfois à désirer, mais la façon dont Slauerhoff s'identifie à ceux-ci leur donne un caractère obsédant et hallucinatoire. **RegG**

La Ferme de Froid Accueil
Stella Gibbons

1902-1990 (Angleterre)
Première parution I 1932
Titre original I *Cold Comfort Farm*

La Ferme de Froid Accueil, roman à l'humour brutal, est le plus célèbre de ceux qu'a écrits Gibbons. Publié en 1932, c'est une parodie du roman rural, en particulier de l'œuvre de Mary Webb, mais aussi de nombreux auteurs considérés aujourd'hui comme des classiques de la « littérature anglaise ».

Flora Poste, jeune mondaine londonienne, découvre après le décès de ses parents les Starkadder, une branche de la famille depuis longtemps brouillée avec les autres membres. Le roman est peuplé d'une série de personnages fantastiques, depuis Mrs. Smiling qui collectionne les soutiens-gorge jusqu'à l'ennuyeux Mr. Myburg et à la merveilleuse ménagerie qu'est la ferme de Froid Accueil. Avec les Starkadder, l'auteur a fait preuve d'une inventivité remarquable, depuis l'obsession de Judith pour son fils, Seth le provocateur, jusqu'au tempérament sauvage d'Elfine et aux sermons de Reuben, et bien entendu, à cette « ignoble chose dans le bûcher ». Loin d'être intimidée par la rusticité de sa nouvelle famille et de son nouveau lieu de vie, Flora entreprend de les transformer, un par un, ce qui donne lieu à des scènes toutes charmantes sans exception. Parmi les cibles de cette satire mordante, on compte les intrigues sociales de Jane Austen, les destins mélodramatiques de Hardy et le romantisme ampoulé de Lawrence. L'irrévérence et l'esprit du livre sont éternellement attachants. **DR**

Le Meilleur des mondes
Aldous Huxley

1894 (Angleterre)-1963 (États-Unis)
Première parution I 1932
Langue originale I Anglais
Titre original I *Brave New World*

La contre-utopie futuriste de Huxley dépeint un monde où le pouvoir d'État s'est imposé de façon si profonde et efficace à la psyché de ses citoyens que les limites de l'exploitation et de l'épanouissement semblent irrémédiablement floues. L'idéal de stabilité sociale défendu par l'État mondial a été atteint à travers le développement de la consommation et une myriade de technologies sophistiquées dont un nouveau mode de procréation, monopole d'État, fondé sur la contraception obligatoire et faisant une vertu de la promiscuité sexuelle. Les cinq castes sociales classées par ordre hiérarchique subissent

un conditionnement pré et post-natal qui encourage leur épanouissement. Le désir de progression sociale a été éliminé chez les castes inférieures, permettant à la classe supérieure de garder le pouvoir.
La philosophie hybride de l'État mondial s'inspire en partie de la *République* de Platon, univers stratifié, ainsi que du concept de bonheur tel qu'il est défini par l'utilitarisme. L'action de l'État en faveur du plaisir peut sembler contraire à l'instinct, étant donné la véhémence avec laquelle le sexe est présenté aujourd'hui comme l'expression ultime de l'individualité. Et pourtant, en le séparant des tabous et de la reproduction, on met à bas sa signification affective, ce qui permet à l'État d'éliminer les allégeances privées qui ne participent pas au renforcement de sa domination. Finalement, la poursuite effrénée d'activités « pour adultes », comme la drogue et le sexe, rend ces dernières complètement inoffensives. Pour des citoyens infantilisés, l'ordre, codifié par la consommation organisée de biens et de services, est une fin en soi. Les lecteurs contemporains devraient se reconnaître dans ces individus convaincus d'avoir atteint l'expression la plus complète des aspirations humaines, et trembler d'effroi. **AF**

Le Nœud de vipères
François Mauriac

1885-1970 (France)
Première parution | 1932
Prix Nobel de littérature | 1952

Riche avocat d'affaires et d'assises bordelais, Louis est un « crocodile », pour reprendre le titre que Mauriac avait initialement songé donner au roman : une variante de l'avare provincial de Balzac, reclus dans sa belle demeure de Calèse et ne songeant qu'à mettre sa fortune à l'abri de la convoitise de ses proches. À soixante-sept ans, sentant que la maladie l'emporte, il rédige une lettre que sa femme, Isa, ne devra lire qu'après sa mort. Plus qu'un simple adieu, c'est un véritable récit autobiographique – « un journal interrompu, repris » – dans lequel il raconte son enfance, ses études mises à mal par la tuberculose, sa rencontre avec Isa et, surtout, l'aveu qu'elle lui fait après l'avoir épousé : lui pensait avoir fait un mariage d'amour, elle n'est devenue sa femme que par intérêt. Cruelle, sa déception s'est rapidement muée en « haine » (le terme revient sans cesse sous sa plume), sa réussite matérielle et professionnelle n'étant pas un exutoire suffisant pour apaiser ses rancœurs – contre Isa, bien sûr, mais aussi contre les deux enfants qu'elle lui a donnés et qu'il envisage de déshériter au profit de son fils naturel, Robert. La mort inattendue d'Isa dénouera le « nœud de vipères » qu'était son cœur, le poussant à la fois à poser un regard apaisé sur sa propre vie et à s'ouvrir aux autres avec bienveillance. Exploitant toutes les techniques du discours intérieur (lettre, monologue, souvenir), Mauriac donne avec *Le Nœud de vipères* un grand roman introspectif où la quête du salut et la libération finale passent, non sans paradoxe, par le long chemin de la haine. **BQ**

L'Homme sans qualités
Robert Musil

1880 (Autriche-Hongrie)-1942 (Suisse)
Parution du dernier volume complet | 1933
Langue originale | Allemand
Titre original | *Der Mann ohne Eigenschaften*

Long d'environ deux mille pages mais composé de courts chapitres de lecture aisée, *L'Homme sans qualités* de Musil, jamais terminé, est souvent classé aux côtés des chefs-d'œuvre de Proust et de Joyce. Il fait référence par son évocation de l'Empire austro-hongrois peu vant sa fin.

Étant donné la longueur du roman, l'intrigue est remarquablement fine. Ulrich, le protagoniste, a fait des études de mathématiques mais il lui manque un objectif dans la vie. Son père – même un homme sans qualités possède un père qui, lui, en est pourvu, nous rappelle Musil – le pousse à trouver une place utile dans la société. Ulrich y échoue invariablement, et se lie à diverses maîtresses comme on attrape des rhumes successifs. Grâce à l'intervention de son père, il rejoint le Parallelaktion, entreprise qui a pour but de déterminer la manière adéquate de célébrer le soixantième anniversaire du règne de l'empereur. Les délibérations du comité organisateur, dans leur niaiserie, reflètent la vacuité plus grande encore qui les entoure. Ulrich forme finalement une liaison incestueuse avec sa sœur, Agathe, et accède de la sorte à un nouveau niveau d'existence, qui, selon les interprétations, soit mène au totalitarisme, soit constitue une critique immoraliste du rationalisme totalitaire.

Quel que soit le jugement porté, le style de Musil est unique et fascinant, et son « essayisme » tout simplement l'incarnation d'une philosophie. **DS**

Fromage
Willem Elsschot

1892-1960 (Belgique)
Première parution | 1933
Titre original | *Kaas*
De son vrai nom | Alfons-Jozef de Ridder

Willem Elsschot est le pseudonyme d'Alfons de Ridder, qui dirigeait une grande agence publicitaire et écrivait en secret des nouvelles et romans devenus des succès de librairie. L'auteur considérait *Fromage*, rédigé en quinze jours, comme son chef d'œuvre. C'est l'histoire tragi-comique d'un employé de bureau de cinquante ans, Frans Laarmans, qui décide de quitter le poste qu'il occupe depuis des décennies pour se lancer dans le commerce du fromage. Son obsession de l'opinion des autres dicte le moindre de ses mouvements, qu'il s'agisse de choisir entre se tenir debout et s'asseoir près du lit de mort de sa mère ou de se tourner vers le fromage.

Puisque les amis de Van Schoonberg (un avocat qu'il vient de rencontrer) ne lui marquent que de l'indifférence, Laarmans tente d'améliorer sa position. Il accepte l'offre de Van Schoonberg de se lancer dans la vente de fromage. Laarmans se plonge dans l'organisation de son bureau, commande le papier à en-tête voulu, et choisit un nom pour son entreprise. Mais lorsque la première grosse cargaison de gouda arrive, il est surpris et ne sait qu'en faire. Ses tentatives pour réussir dans un domaine auquel il ne connaît rien, en vendant un produit qu'il trouve répugnant, sont narrées avec un humour puissant et une émotion discrète. Dans cette prose laconique, Elsschot a brossé un portrait des années 30, des classes moyennes obsédées par leur position sociale aux désespérés qui tentent de devenir représentants en fromage. C'est aussi une satire des dangers de l'arrivisme. **CIW**

Mademoiselle Cœur-Brisé
Nathanael West

1903-1940 (États-Unis)
Première parution | 1933
De son vrai nom | Nathan Weinstein
Titre original | *Miss Lonelyhearts*

Mademoiselle Cœur-Brisé, le protagoniste masculin de ce roman, répond aux questions désespérées des lecteurs d'un journal, qui vont du légèrement amusant au véritablement grotesque, et se sent émasculé par cet emploi. Le vaste fossé qui sépare ses aspirations chrétiennes de l'hédonisme du New York des années 1930 lassé de la Grande dépression, ne lui permet d'offrir que les clichés les plus piètres à ses lecteurs. Il aimerait leur offrir la vision d'une vie à laquelle le pouvoir rédempteur du Christ donne un sens, mais il est réduit au silence par son rédacteur en chef, Shrike, qui ridiculise la croyance religieuse et lui recommande d'un ton sarcastique d'autres solutions telles que l'art, le sexe et la drogue. Le comportement de Mademoiselle Cœur-Brisé passe d'un extrême à l'autre tout au long du roman. Il tente timidement de stabiliser sa vie, par exemple en demandant la main de Betty, sa petite amie (qu'il évite ensuite pendant des semaines), mais se lance aussi dans des fredaines fort peu judicieuses, y compris en rencontrant certains de ses lecteurs.

Son manque d'empathie pour ces derniers révèle son échec à imiter le Christ : les confessions de leurs secrets les plus sombres et les requêtes ferventes de prières que renferment leurs lettres ne sont plus qu'au service des intérêts financiers de la presse. *Mademoiselle Cœur Brisé* offre une analyse intéressante du rôle problématique du christianisme dans le monde moderne. **AF**

La Condition humaine
André Malraux

1901-1976 (France)
Première parution | 1933
Prix Goncourt | 1933

Dès le début des années 1920, ses recherches archéologiques avaient conduit André Malraux en Extrême-Orient ; avec *La Condition humaine*, il met un point final à la trilogie que lui a inspiré cette région du monde, commencée cinq ans plus tôt dans *Les Conquérants* et *La Voie Royale*. Le roman prend la révolution chinoise pour toile de fond et, avec Shanghai en guise de décor, décrit le triomphe du Kuo-min-tang de Tchang Kaï-Chek et la cruelle répression des insurgés qu'ordonne ce dernier après être entré dans la ville. Malraux met en scène ces bouleversements politiques à travers une douzaine de personnages qui incarnent les forces en présence – les insurgés de Shanghai, les puissances coloniales d'Occident, l'influence du communisme russe, la police « gouvernementale ». Pour tous, la révolution tient lieu d'expérience fondatrice et les révèle à eux-mêmes en les confrontant à leur destin. Malgré le réalisme du tableau et l'omniprésence des idéologies politiques, *La Condition humaine* dépasse le cadre du reportage romancé ou du roman à thèse : la psychologie ambiguë des personnages, le recours au monologue intérieur, le broyage des individus par la roue de l'Histoire, le titre même du roman, tout concourt à exprimer les réflexions philosophiques de l'auteur, tout tend vers le questionnement de ce « mystère poignant de l'être » qui est le vrai sujet du livre. Malraux coule la tragédie antique dans les formes contemporaines du roman avec une écriture nerveuse et moderne qui emprunte volontiers aux techniques du cinéma. **AF**

Joseph et ses frères
Thomas Mann

1875 (Allemagne)-1955 (Suisse)
Première parution en quatre parties | 1933-1943
Langue originale | Allemand
Titre original | *Joseph und Seine Brüder*

Thomas Mann s'attendait à ce que son interprétation de l'histoire de Joseph, tirée de l'Ancien Testament, soit l'apogée de sa carrière littéraire. Lorsque le premier volume est paru en 1933, les nazis étaient déjà au pouvoir en Allemagne et l'écrivain fut forcé à l'exil. Sans avoir accès au lectorat de son pays natal, il n'a trouvé que peu de lecteurs étrangers pour ce roman biblique épique sans références évidentes aux problèmes intellectuels ou politiques de son époque.
Les quatre volumes – *Les Histoires de Jacob, Le Jeune Joseph, Joseph en Égypte* et *Joseph le nourricier* – suivent fidèlement le plan du récit biblique. Joseph, onzième fils de Jacob, est chassé par sa famille, devient le bras droit du pharaon puis retourne finalement vers son peuple pour le guider. La version épique de Thomas Mann transforme de brefs épisodes bibliques en récits détaillés, illuminés par une profonde psychologie des personnages et par des touches d'humour. Les denses méditations de l'auteur sur les mythes et l'histoire peuvent sembler rébarbatives, mais elles laissent toujours la place à de nouveaux délices narratifs quelques pages plus loin. L'œuvre abrite d'innombrables renseignements sur les anciennes civilisations, mais l'analyse complexe de la vie qu'on y trouve s'avère intemporelle plutôt qu'historique. Joseph est finalement selon Mann l'homme éclairé par excellence, qui allie une intelligence sophistiquée au respect de la tradition, l'inspiration visionnaire de l'imagination du rêveur au réalisme scientifique critique. **RegG**

Autobiographie d'Alice B. Toklas
Gertrude Stein

1874 (États-Unis)-1946 (France)
Première parution | 1933
Langue originale | Anglais
Titre original | *The Autobiogrphy of Alice B. Toklas*

C'est l'ouvrage le plus vendu et le plus accessible de Gertrude Stein. Cette « autobiographie » rédigée depuis le point de vue de sa compagne de longue date est une œuvre au modernisme sublime, où l'auteur explore la nature de l'objectivité, le concept de la voix et du point de vue, mais c'est surtout une narration extraordinairement peu fiable.
Alice déclare n'avoir rencontré que trois génies au cours de sa vie ; le plus éminent d'entre eux est Gertrude elle-même. C'est une déclaration étonnante si l'on considère que ces deux femmes ont croisé pratiquement tous les grands personnages du début du XXe siècle. Stein était à l'avant-garde du modernisme, et on pourrait même soutenir qu'elle a accompagné la naissance de ce mouvement. Son atelier de la rue de Fleurus constituait le point de rencontre des arts et idées de cette époque où l'on pouvait le matin hésiter entre l'achat d'un nouveau Gauguin et celui d'un pot de confiture. Picasso et ses diverses épouses sont omniprésents tout comme le jeune Hemingway. Juan Gris apparaît aussi, à la traîne de Picasso. Apollinaire (à qui l'on doit le terme de « surréalisme ») est un ami intime, et l'on découvre au fil des pages Cocteau, Lytton Strachey, Erik Satie, Ezra Pound, Man Ray… C'est une époque délirante, et ce témoignage, avec toutes ses contradictions, ses paradoxes et répétitions est captivant. Gertrude était la mère poule du cubisme et du fauvisme. Elle a nourri la renaissance des lettres, a assisté

à la naissance du dadaïsme, à l'arrivée du futurisme, mais aussi à la première représentation du *Sacre du printemps*, dansé par Nijinski.

Cet acte espiègle de ventriloquisme reflète aussi les digressions fébriles d'Alice, compagne des épouses de génies. Mais au sein du couple que formaient les deux femmes, elle est très peu présente tandis que Gertrude occupe beaucoup plus de place. **GT**

Les Hommes de bonne volonté
Jules Romains

1885-1972 (France)
Première parution | 1932 à 1947
De son vrai nom | Louis Farigoule

La rédaction des vingt-sept tomes des *Hommes de bonne volonté* demandera vingt ans de travail à Jules Romains qui, ainsi qu'il l'explique dans une préface de 1932, y porte à son aboutissement l'esthétique et l'ambition « unanimistes » qui présidaient déjà à sa recherche poétique. Son projet est celui d'une « vaste fiction en prose qui exprimerait dans le mouvement et la multiplicité, dans le détail et le devenir, cette vision du monde moderne » qu'exposait son recueil poétique *La Vie unanime*, paru en 1908. L'intrigue commence le 6 octobre 1908 dans un volume inaugural où, sur fond de première crise dans les Balkans, apparaissent les principaux personnages ; elle s'achèvera le 7 octobre 1933 après que Romains a déployé au fil de plusieurs milliers de pages un véritable panorama du monde au début du vingtième siècle. Toutes les couches sociales, tous les courants d'idées, tous les microcosmes sont explorés : monde ouvrier et aristocratie, sphère politique et univers littéraire, franc-maçonnerie et Église, France et Europe ; idéologies politiques ou artistiques, événements historiques, du bolchevisme russe à la Guerre, de la naissance du fascisme à celle du surréalisme. Personnages réels et fictifs se croisent dans cette saga qui, au lieu d'éclater l'étude du monde en multiples romans comme l'ont fait Balzac ou Zola, préfère l'embrasser dans un geste unique et colossal. Ce tour de force littéraire s'impose à qui en accepte la démesure comme une mise en scène passionnante des destins individuels dans le tourbillon de l'Histoire. **BQ**

L'Or de la terre promise
Henry Roth

1906 (Ukraine)-1995 (États-Unis)
Première parution | 1934
Langue originale | Anglais
Titre original | *Call it Sleep*

Longtemps sous-estimé jusqu'à sa redécouverte dans les années 60 lorsqu'on s'est penché sur les questions de l'identité culturelle aux États-Unis, *L'Or de la terre promise* est désormais célébré comme l'un des chefs-d'œuvre de la littérature américaine du XXe siècle. C'est le portrait exubérant et brut d'une enfance dans les bas quartiers du Lower East Side de New York au début du siècle, dominé par la conscience en plein développement de David Shearle, garçonnet juif qui vient d'arriver d'Autriche-Hongrie en compagnie de sa mère pour rejoindre son père, immigré lui aussi. Le roman retrace ses premières années durant lesquelles David, confronté à des relations familiales difficiles, apprend à vivre au sein d'une culture étrangère et à affronter ses peurs. Le changement radical que constitue le passage du yiddish à l'anglais, les problèmes d'assimilation qui lui sont associés et le sentiment d'être pris au piège entre deux cultures constituent les éléments clés du roman, reflétés par un réalisme urbain et par une concentration toute moderniste sur la conscience. La prose de Roth reproduit brillamment la peur constante et l'impression de désorientation (et aussi de magie) qu'éprouve l'enfant face à un environnement inconnu. L'un des récits les plus authentiques et émouvants de la terreur enfantine, *L'Or de la terre promise*, poignant, lyrique et passionnant, en décrivant la découverte brutale d'un univers radicalement nouveau constitue une contribution essentielle à notre compréhension de l'histoire sociale américaine. **AL**

Les Boutiques de cannelle
Bruno Schulz

1892 (Autriche-Hongrie)-1942 (Pologne)
Première parution | 1934
Langue originale | Polonais
Titre original | *Sklepy Cynamonowe*

Dans ce recueil de nouvelles, Schulz fait renaître ses souvenirs d'enfance à Drohobycz, en Galice autrichienne, dans une série de récits labyrinthiques qui allient prosaïsme fascinant et absurdité fantaisiste. La demeure familiale qui donne sur la place du marché – dotée d'innombrables chambres louées à des pensionnaires et de nombreuses autres oubliées et abandonnées pendant des mois d'affilée – sert de décor à cette évocation d'une éducation non conventionnelle, aux mains d'une mère indolente et d'un père absent sur le plan affectif.
Les longs « sermons » complexes qu'offre son père au public amusé et en même temps fasciné de la maisonnée anticipent de nombreuses préoccupations du modernisme. Et tandis que ces conférences deviennent de moins en moins cohérentes, elles servent de fil narratif car on les retrouve dans diverses nouvelles. Tout au long du livre, Schulz décrit la santé déclinante de son père, sur le plan mental et physique, ainsi que l'impact de cet étiolement sur la famille ; cependant, son humour léger permet à un réalisme dépourvu de sentimentalité de côtoyer aisément une sensibilité plus surréaliste.
Schulz a été influencé par le surréalisme et l'expressionnisme, et en tant que tel peut aisément être comparé à des auteurs tels que Gogol et Kafka. Il n'a laissé derrière lui que deux recueils de nouvelles publiés, qui, jusqu'à récemment, n'ont pas reçu toute l'attention et les louanges qu'ils méritent. **JW**

Les Destinées sentimentales
Jacques Chardonne

1884-1968 (France)
Première parution | 1936
De son vrai nom | Jacques Boutelleau

Jacques Chardonne, c'est entendu, est « le romancier du couple » – formule commode qui, tout en révélant la profondeur psychologique de ses romans, rend mal justice à la diversité de ses sujets et aux dimensions de son œuvre. *Les Destinées sentimentales* le montrent bien : plus qu'un roman sur le couple, ce chef-d'œuvre à la composition sophistiquée, le plus ambitieux sans doute de ses livres, raconte la vie de trois générations françaises, « ce que j'ai vu près de moi entre les années 1905 et 1938, modifiant à peine des personnages qui m'étaient si familiers ». En Charente (la région natale de l'écrivain), Jean Barnery, pasteur et fils d'un riche fabricant de porcelaine, tombe amoureux de Pauline, nièce d'un producteur de cognac. Malgré un premier mariage malheureux, il l'épouse et coule avec elle des jours paisibles dans un village suisse. La mort de son oncle l'obligera à sortir de sa retraite pour prendre les rênes de la fabrique familiale, mais la guerre et les conflits sociaux freineront ses grands desseins industriels. Autour de Jean et Pauline, c'est la grande bourgeoisie entreprenante qu'a voulu peindre Chardonne, non sans admiration pour son œuvre économique et ses valeurs, et à contre-pied de la « galerie de monstres » qu'ont donné à voir nombre d'écrivains du XIXe siècle. Ce roman magnifique, célébré par les « hussards » des années 1950 pour son style admirable, a inspiré un beau film au réalisateur français Olivier Assayas en 2000. **BQ**

Merci, Jeeves
P. G. Wodehouse

1881 (Angleterre)-1975 (États-Unis)
Première parution I 1934
Langue originale I Anglais
Titre original I *Thank You, Jeeves*

Les gens ne savent pas comment lire Wodehouse. ils ont tendance à le considérer comme un comique et s'attendent à des plaisanteries – mais il n'y en a aucune, tout comme sont aussi absentes l'intrigue ou la psychologie des personnages. Wodehouse est désormais passé de mode, car le monde qu'il a fait naître, celui d'un été anglais éternel, qu'aucune des deux guerres mondiales n'aurait affecté, peuplé de personnages dotés d'une psychologie prépubère, a disparu depuis longtemps. Le caractère réactionnaire de ses romans n'a pas résisté à l'épreuve du temps. Et donc si l'on se tourne vers cet auteur pour son aspect politique, ses intrigues, ses personnages ou ses plaisanteries, on est assuré de ne pas saisir le miracle même de sa prose. C'était un écrivain au talent inégalé dont la créativité littéraire touchait comme aucun autre un public populaire. Sa capacité à transformer un rien en une métaphore au comique suprême n'a toujours pas d'équivalent en littérature.

Il est bien entendu principalement reconnu pour la série des Jeeves et Wooster (dont *Merci, Jeeves* est le premier roman complet). Wodehouse devait rencontrer un grand succès avec Jeeves sous la forme romanesque, mais les intrigues sont quasiment impossibles à distinguer les unes des autres, avec pour point de départ l'aversion de Jeeves pour les goûts de Wooster en matière de vêtements ou de musique. Ce dernier semble toujours fiancé par erreur à une jeune personne effroyablement sérieuse et intelligente, à la suite de quoi il devient victime du prétendant violent qu'il a évincé. Ces événements sont généralement déclenchés par la juxtaposition désagréable d'une ceinture rouge et de chaussettes violettes, ou par la possession d'un pot à crème volé. Au-delà de toutes ces sottises, on découvre la prose absolument inimitable de Wodehouse. **VC-R**

Tendre est la nuit
F. Scott Fitzgerald

1896-1940 (États-Unis)
Première parution I 1934
Langue originale I Anglais
Titre original I *Tender is The Night*

F. Scott Fitzgerald, qui s'est inspiré de sa propre expérience pour décrire la fête interminable des Années folles américaines où l'alcool coulait à flots, est reconnu comme le chroniqueur par excellence de cette ère qui précède la Grande

Dépression. *Tendre est la nuit*, aux ventes considérables, a généralement été loué par les pairs de l'auteur, dont Hemingway. Rosemary Hoyt, jeune étoile du cinéma d'une grande beauté, est en vacances sur la Côte d'Azur en compagnie de sa mère lorsqu'elle fait la rencontre de Dick Diver, psychologue américain, et de sa riche femme Nicole. Nicole, après avoir été molestée par son père et enfermée dans un asile, a été délivrée par Dick, son médecin, qui l'a ensuite épousée. Lorsqu'elle pénètre dans cet univers sophistiqué et huppé, Rosemary s'éprend de Dick et lui de même. Ils sont parfaitement heureux pendant un moment avant que la tragédie ne s'abatte lorsqu'un ami des Diver tue un homme en conduisant en état d'ivresse et que Nicole fasse une dépression nerveuse. La vie idyllique des Diver se désagrège tandis qu'une série d'événements malheureux est révélée.

C'est la plus autobiographique des œuvres de Fitzgerald, inspirée de son expérience au sein des expatriés noceurs de la Côte d'Azur. Les Diver ont été inspirés par Gerald et Sara Murphy, couple américain glamour que fréquentaient Fitzgerald et Zelda. On découvre aussi ici le même genre de traitement psychologique dont avait bénéficié Zelda, schizophrène, en Suisse ; son coût élevé poussa l'auteur à abandonner l'écriture de romans pour celle de scénarios à Hollywood, où il se mit à boire en quantité et mourut jeune. Contrairement au roman, il n'y eut pas de fin heureuse : Zelda ne guérit jamais et demeura dans un asile jusqu'à sa mort en 1948. **EF**

Tropique du Cancer
Henry Miller

1891-1980 (États-Unis)
Première parution | 1934
Langue originale | Anglais
Titre original | *Tropic of Cancer*

Ce célèbre roman autobiographique de Henry Miller a été publié pour la première fois dans les années 30 par Obelisk Press, à Paris. Le livre fut banni des États-Unis au cours des trente années suivantes comme en Grande-Bretagne pour la crudité de son langage et son approche de la sexualité. Lorsqu'il parut finalement dans ces deux pays, en 1961 et 1963 respectivement, le roman devint l'objet d'un véritable culte. Miller y explore les bas-fonds parisiens, où il vécut, expatrié sans le sou, avec une sensualité et une liberté uniques au monde. Libre de toute convention morale ou sociale, il parsème son œuvre de réflexions philosophiques, de fantasmes et de descriptions explicites de ses rencontres amoureuses.

Le roman a représenté, comme le remarquait Samuel Beckett, « un événement capital dans l'histoire de la littérature moderne », et a sans aucun doute énormément contribué à briser les tabous en matière de sexe et de langage. Il a ensuite inspiré la génération beatnik, qui rejetait les valeurs de la classe moyenne américaine pour rechercher sa vérité en se livrant à des expériences extrêmes. Les critiques féministes, notamment Kate Millet, ont toutefois relevé la misogynie flagrante de l'œuvre. Les femmes y sont souvent représentées comme des réceptacles passifs et anonymes, dont le seul rôle est de satisfaire les désirs physiques des hommes. La violence pure de la prose de Miller éclipse tout érotisme auquel le lecteur pourrait s'attendre étant donné la réputation de l'ouvrage.

Même si l'œuvre de Miller bénéficie d'une grande popularité, c'est peut-être plus le résultat de sa réputation d'auteur de livres « salaces » que de sa qualité « littéraire », au sujet de laquelle la critique est par ailleurs divisée. **JW**

Le Facteur sonne toujours deux fois
James M. Cain

1892-1977 (États-Unis)
Première parution I 1934
Langue originale I Anglais
Titre original I *The Postman Always Rings Twice*

Ce chef-d'œuvre du roman de gare, récit gothique des sombres conditions de vie en Californie durant la Grande Dépression, raconte l'histoire d'un amour voué à l'échec. Cain se demande à quel point ses protagonistes, Frank et Cora, sont capables d'agir indépendamment des forces politiques, économiques et sexuelles qui semblent déterminer leur vie. La capacité d'introspection de Frank est limitée ; même s'il se veut libre de toute attache, il se laisse vite entraîner dans une relation passionnée et destructrice. Les aspirations petites-bourgeoises de Cora la poussent à assassiner son mari pour hériter de son café. Dépourvu de toute moralité et de sens du moi, Frank accepte rapidement de l'aider dans son dessein. Sur une route au bord d'une falaise, ils font boire le mari de Cora, l'assoient derrière le volant et l'envoient à sa mort.

Lorsque les amants se retournent l'un contre l'autre, ils sont à la merci de la loi qui se révèle plus amorale qu'eux encore. La conclusion souligne comme l'existence humaine, voire le bonheur, est à la fois fugitive et arbitraire. *Le Facteur sonne toujours deux fois* a été filmé à trois reprises, et l'influence de Cain est immense dans le cinéma ; il est par exemple difficile d'imaginer les frères Coen sans cet auteur. **AP**

Les Cimes du désespoir
Emil Cioran

1911 (Roumanie)-1995 (France)
Première parution I 1934
Langue originale I Roumain
Titre original I *Pe culmile disperarii*

Écrits alors que l'auteur n'avait que vingt-deux ans, après des mois d'une dépression débilitante accompagnée d'insomnie, *Les Cimes du désespoir* sont plus un cri qu'une œuvre de réflexion philosophique. Au long de soixante-six courts essais, dont certains ne dépassent pas un paragraphe, dotés de titres suggestifs tels que « Le non-désir de vivre », « Le monde dans lequel rien n'est résolu », « De la solitude individuelle et cosmique », « Extase » et « La beauté des flammes », Cioran explore les thèmes de la futilité, de l'irrationalité et de l'angoisse de l'existence.

Cette série de méditations sert de support au désir de suicide de l'auteur, qui, paradoxalement, résulte d'un trop plein de plénitude : « Je pourrais mourir de vivre. » La solution réside dans la confession : la nécessité pousse à l'expression. Un philosophe devenu poète écrit donc pour induire en erreur, non pour organiser la compréhension, mais pour exposer sa vulnérabilité sordide, son existence quotidienne monotone et implacable. Au cours de ce passage de la préoccupation philosophique à l'expression poétique, ce « drame » révèle des paradoxes, qui offrent à leur tour une sphère accueillante où il est possible de faire preuve à la fois d'honnêteté et d'ironie. Livre sombre traitant des mérites respectifs de la vie et du suicide,

Les Cimes du désespoir sont empreints d'un humour inattendu qui chérit par-dessus tout l'incompréhensibilité de la vie. **IJ**

Les Cloches de Bâle
Louis Aragon

1897-1982 (France)
Première parution | 1934

Malgré leur titre, une grande partie des *Cloches de Bâle* se déroule à Paris. Il s'avère toutefois approprié, puisque le dernier chapitre, passionné et enflammé, est situé à Bâle au cours du Congrès international contre la guerre de 1912, ce qui procure au roman son énergie politique, et nous instruit, en réalité, sur la façon d'interpréter les descriptions de la vie parisienne bourgeoise qui précédaient.

Les Cloches de Bâle se concentrent sur deux personnages féminins, forts, dont les vies sont vaguement liées : Diane de Nettencourt, l'élégante femme du financier Brunel, apparemment amorale et maîtresse de Wisner, magnat de l'automobile, et Catherine, belle émigrée géorgienne déchirée entre son éducation bourgeoise et sa prise de conscience croissante de l'injustice sociale. Aragon dépeint à travers ces deux vies la société d'avant-guerre parisienne, corrompue, dépravée et désespérément cynique, où les relations humaines ne servent que de façade au flux et reflux capitaliste des pertes et profits. Le mouvement syndical, de plus en plus conscient et militant, sert de toile de fond et passe au premier plan avec le congrès de Bâle et l'apparition de Clara, une communiste qui a déjà dépassé la quarantaine. À travers l'attitude révolutionnaire et le militantisme assumé de cette héroïne, si différents de la beauté manipulatrice de Diane et de Catherine, Aragon décrit la femme moderne. En grande partie sardoniques et discrètes, *Les Cloches de Bâle* se terminent sur une touchante note d'espoir. Si le roman présente inlassablement la décadence au cœur de la société française, il présente aussi les moyens de la transformer. **AB**

Les Neuf Tailleurs
Dorothy L. Sayers

1893-1957 (Angleterre)
Première parution | 1934
Langue originale | Anglais
Titre original | *The Nine Tailors*

Dans *Les Neuf Tailleurs*, qui dépassent en envergure et ambition son œuvre précédente, Sayers campe une riche gamme de personnages tout en dressant un décor très vivant. L'action se déroule dans un village de l'est de l'Angleterre, autour d'une église paroissiale, Fenchurch St. Paul. Tandis que le concept de la communauté fermée est caractéristique des romans policiers de l'« âge d'or » des années 1920 et 1930, Sayers échappe au piège du pittoresque anglais en décrivant un monde rural sur lequel planent le secret et la culpabilité, et un paysage dont les plaines inondées ont des connotations bibliques. Le roman utilise aussi l'art du carillonnement de façon très ingénieuse, vis-à-vis du contenu comme de la structure, en l'entremêlant à l'intrigue et au dénouement qui s'ensuit.

Sayers n'a malheureusement jamais achevé sa biographie de Wilkie Collins, l'auteur de *Pierre de lune* souvent considéré comme le premier roman policier anglais. Grande admiratrice de ce « maître de l'intrigue » qui alliait histoires d'amour et réalisme, Sayers s'est inspirée de son exemple. *Les Neuf Tailleurs* rappellent souvent *Pierre de lune*, non seulement par les détails du crime, lié ici aussi à un vol de bijoux, mais par l'orchestration intelligente des intrigues secondaires. C'est ce roman qui a assuré la réputation grandissante de Sayers comme l'un des meilleurs auteurs de romans policiers du XXe siècle. **LM**

Auto-da-fé
Elias Canetti

1905 (Bulgarie)-1994 (Suisse)
Première parution | 1935
Titre original | *Die Blendung*
Prix Nobel de littérature | 1981

Ce chef-d'œuvre méconnu du modernisme allemand est une analyse mystérieuse et indirecte des dangers que présentent l'amour de l'étude et la métamorphose soudaine d'un rat de bibliothèque. Ce bûcher des vanités tentait de façon prophétique de disséquer la folie en train d'engloutir le monde germanophone. Peter Kien (qui fait écho au K de Kafka) est une créature de l'esprit décidée à résister à la vie en société pour lui en préférer une autre consacrée à l'étude, mais il manque de défenses. Le roman raconte dans le détail ses rencontres avec des créatures dont les intérêts rapaces donnent naissance à une extraordinaire comédie d'illusions contradictoires.

Peter Kien, sinologue passionné, possède une vaste bibliothèque. Terrorisé à l'idée que ses livres ne disparaissent dans un incendie, il épouse Thérèse, la gouvernante intrigante qu'il a engagée afin d'en prendre soin. Lorsqu'il se met à souffrir d'hallucinations, sa femme le chasse de sa librairie et il pénètre dans un univers clandestin cauchemardesque. Après diverses mésaventures aux mains de Fischerle, nain bossu et véreux qui s'imagine champion du monde d'échecs, Peter Kien croise Thérèse et Bendikt Pfaff, concierge pro-nazi et policier à la retraite. Le frère de Kien, un psychologue parisien, ajoute sa touche de folie à ce sombre mélange avant que la logique violente du livre ne provoque l'enfer final. Sombre, terrifiant, dérangeant et drôle. **DM**

On achève bien les chevaux
Horace McCoy

1897-1955 (États-Unis)
Première parution | 1935
Langue originale | Anglais
Titre original | *They Shoot Horses, Don't They ?*

Sous-estimé à sa parution, *On achève bien les chevaux* a été réhabilité dans les années 1940 par Marcel Duhamel, fondateur de la Série noire, pour qui McCoy soutenait la comparaison avec Hemingway. Les deux protagonistes du roman, Robert et Gloria, rêvent d'une célébrité hollywoodienne, mais ne trouvent que monotonie et vanité avant de mourir dans le Los Angeles médiocre et morne de la Grande Dépression. Le marathon de danse, une forme de spectacle où les concurrents circulent interminablement autour d'une piste plusieurs jours d'affilée dans l'espoir de résister plus longtemps que tous les autres constitue une métaphore parfaite de l'absurdité de la vie et de son caractère aléatoire.

Après avoir combattu l'épuisement, Robert et Gloria échouent dans leur poursuite du prix lorsqu'un coup de feu accidentel met bizarrement fin à la manifestation. Gloria, qui part alors à la dérive, persuade Robert de réaliser son ambition suicidaire en arguant que la vie est dépourvue de sens.

À travers le marathon de danse, l'auteur critique la nature abusive des divertissements populaires, et l'avilissement qu'entraîne le capitalisme. Contrairement à la banalité doucereuse des films hollywoodiens, le marathon de danse s'avère imprévisible, douloureux, violent et nihiliste. Les concurrents ne sont que du bétail, des chevaux que l'on peut abattre une fois que l'on a fini d'en tirer profit. Ce sont là les germes de la critique sociale de McCoy, qui, comme le marathon de danse, ne mène nulle part et ne produit rien. **AP**

sinats et de passages à tabac donne lieu à une prolifération fiévreuse de rumeurs et de ragots. Alors que Berlin sombre dans la guerre civile, Bradshaw ne se défait jamais de son détachement – il adopte une position d'observateur perplexe, témoin qui assiste depuis les coulisses obscures du théâtre de l'absurde à l'effondrement d'une civilisation. **TS**

M. Norris change de train
Christopher Isherwood

1904 (Angleterre)-1986 (États-Unis)
Première parution | 1935
Langue originale | Anglais
Titre original | *Mr. Norris Changes Trains*

Ce roman fascinant décrit une série de rencontres à Berlin dans les années 1930 entre le narrateur, William Bradshaw, et le mystérieux et sinistre M. Norris. Lorsque William le rencontre dans un train qui se dirige vers l'Allemagne, il remarque que ses yeux sont ceux « d'un écolier surpris en train de déroger à une règle ». Constamment en déplacement, toujours impliqué dans des affaires louches, M. Norris parvient à échapper à l'attention des autorités, pour finalement courir à sa perte en faisant chanter le ministre Schmidt.

Le ton de ce roman est comique, parfois burlesque, mais l'essor du nazisme forme un contraste menaçant avec l'univers insouciant que décrit l'auteur. Cette évocation d'une société au bord du gouffre est peuplée d'âmes damnées, prisonnières de la ville, pourchassées par un nouvel ordre impitoyable déterminé à les dénoncer et à les éliminer. Les affiches qui apparaissent sur les murs de la capitale exhortent les Berlinois à « voter Hitler », et lorsque les communistes sont forcés d'entrer dans la clandestinité, le nombre croissant d'assas-

Gens indépendants
Halldór Laxness

1902-1998 (Islande)
Première parution | 1935 (Reykjavík)
Titre original | *Sjálfstætt fólk*
Prix Nobel de littérature | 1955

Perdu dans un blizzard, proche de la mort, Bjartur, le héros fier, têtu, brutal et souvent stupide de ce roman extraordinaire, commence à halluciner. La tempête qui le malmène devient Grimur, démon mythique des sagas islandaises. Il se débat pas à pas, en récitant toute la poésie et les ballades dont il se souvient afin d'essayer désespérément de rester éveillé. Finalement, proche de l'effondrement, il rejoint la sécurité de la hutte d'un autre petit paysan, épuisé mais victorieux. Ce roman est essentiellement une reconquête du passé mythique de l'Islande, une tentative de redéfinir le sentiment national et historique à travers ceux auxquels on ne prête généralement pas attention. Il donne une voix aux collectivités rurales, à leur esprit, leurs souffrances et leurs conflits. D'un réalisme âpre, les pages du roman empestent la crotte de mouton, la fumée, la pierre et la neige des interminables et profondes congères. On suit la lutte de Bjartur pour préserver son indépendance financière, depuis la prospérité des années de la Grande Guerre jusqu'à la crise économique et à l'essor du socialisme des années 1920. Dans une prose poétique et rude souvent splendide, Laxness évoque la famille de Bjartur, la mort de ses deux femmes, ainsi que les rêves et les désirs insatisfaits de ses trois enfants.

Laxness, qui avait passé une grande partie de sa jeunesse dans des fermes similaires à celles qu'il décrit ici, a rédigé plus de soixante œuvres ; il est considéré comme le maître incontesté de la littérature islandaise. **JM**

La Guerre des salamandres
Karel Capek

1890-1938 (République tchèque)
Première parution | 1936
Langue originale | Tchèque
Titre original | *Valka s mloky*

Ce récit de science fiction débute par la découverte de salamandres singulières par un capitaine de navire. Ces amphibiens sont très intelligents, peuvent se tenir debout et sont capables d'apprendre à parler. Le capitaine, qui a pu les dresser, parcourt le Pacifique en leur compagnie pour y pécher des perles.

Ces animaux se multiplient vite et l'entreprise du capitaine fait bientôt l'objet de préoccupations internationales. En quelques années, le nombre de salamandres dépasse celui de la population humaine, certaines d'entre elles ont obtenu leur diplôme universitaire et les eaux peu profondes où elles habitent commencent à manquer. Ce sont des esclaves, des citoyens de deuxième classe, jusqu'à ce qu'un jour elles présentent au monde leurs revendications.

Capek était célèbre en Tchécoslovaquie pour ses articles de journaux, ses pièces de théâtre et ses romans. *La Guerre des salamandres* est considéré comme le meilleur d'entre eux. À une époque où l'Europe assistait avec consternation à l'essor du nazisme, Capek était un antifasciste convaincu qui éprouvait aussi une grande antipathie envers le parti communiste. Le roman parodie ces deux mouvements politiques tout en critiquant aussi l'égoïsme des États-nations et les relations qui existent entre eux. L'auteur traite les interactions humaines et les machinations politiques avec un mélange d'intérêt compatissant et d'ironie comique. Poignant, drôle et d'une grande intelligence politique, la mise en garde morale de *La Guerre des Salamandres* résonne encore aujourd'hui. **JC**

Le Bois de la nuit
Djuna Barnes

1892-1982 (États-Unis)
Première parution | 1936
Titre original | *Nightwood*
Introduction à l'édition originale | T. S. Eliot

Le Bois de la nuit a la réputation d'être un magnifique roman écrit par un poète, et ce grâce à T. S. Eliot qui suggérait que le livre attirerait principalement les amateurs de poésie. On y retrouve un humour raffiné et une sorte de style baroque moderniste qui semble plonger ses racines dans la poésie dramatique jacobéenne. Représentation novatrice d'un amour entre femmes, *Le Bois de la nuit* s'avère une lecture inconfortable pour qui recherche une image positive de l'identité lesbienne, mais demeure tout de même une œuvre élégante et hilarante.

Situé principalement à Paris et à New York, le roman suggère l'existence d'une dérive d'exilés et bohèmes cosmopolites en Europe. Robin Vote, personnage central et dangereux, provoque plus ou moins la perte de son mari, Felix Volkbein, de leur fils Guido, et des deux femmes qui s'éprennent d'elle, Nora Flood et Jenny Petherbridge. Le docteur Matthew O'Connor, qui fait contrepoids au charme destructeur de Robin, apaise son entourage de ses monologues distraitement saugrenus. Ce qui ne semble de prime abord n'être que de l'art oratoire apparaît peu à peu comme un exutoire à la souffrance qui menacerait sinon d'exploser. Fable sombre, ce livre mérite d'être relu de nombreuses fois. **DM**

Les Montagnes hallucinées
H. P. Lovecraft

1890-1937 (États-Unis)
Première parution en feuilleton | 1936
Langue originale | Anglais
Titre original | *At The Mountains of Madness*

Ce roman débute comme le récit d'une exploration, à la pointe de la découverte scientifique. Des avions et engins de forage sont envoyés en Antarctique au début des années 1930, alors que l'on commence tout juste à dresser la carte du continent. Mais ce « lieu terrible », plus ancien que n'importe quel autre, ne se prête pas si facilement que cela à l'exploitation. Tout un nouveau pan de l'histoire de la planète est rapidement découvert et ébranle les théories scientifiques en révélant de vastes cités extra-terrestres enfouies sous la glace et les terrifiants survivants de cette civilisation.

Au cours des premières pages, Dyer, le narrateur, géologue positif et efficace, détaille avec patience et sur un ton didactique de nouvelles merveilles technologiques. Ce n'est que lorsque le premier groupe d'explorateurs rapporte par radio ses découvertes hautement inhabituelles dans une grotte souterraine que les choses commencent à se déliter. Dyer et Danforth, un étudiant, sont alors entraînés dans un tourbillon de découvertes qui remettent en cause toutes leurs notions du temps, de l'espace et de la vie jusqu'à ce que le discours de ce dernier se réduise à des fragments décousus dont il se souvient en rêve. Profondément influencé par Poe, Lovecraft a tendance à suggérer les événements les plus terrifiants plutôt qu'à les décrire, ce qui ne rend que plus présent encore le sentiment d'horreur des protagonistes. On peut redécouvrir ce mélange fascinant de terreur gothique et de vision d'un monde perdu dans de nombreux récits contemporains, particulièrement au cinéma. Lovecraft n'a remporté qu'un succès limité de son vivant, mais son œuvre déborde de thèmes qui ont inspiré les générations suivantes d'auteurs de science-fiction ou d'épouvante. Notamment grâce à sa série des Cthulhu, dont le célèbre *Necronomicon*, Lovecraft est désormais un auteur culte. **JS**

Absalon, Absalon !
William Faulkner

1897-1962 (États-Unis)
Première parution | 1936
Titre original | *Abaslom, Absalom !*
Prix Nobel de littérature | 1949

Récit répété cinq fois se déroulant de 1835 à 1910 (pendant que Sutpen, le protagoniste, fait une pause dans la chasse à l'homme qu'il mène avec une bande d'esclaves à la poursuite de son architecte français), c'est l'histoire d'un paysan devenu planteur, de sa propriété et de Bon, son fils potentiel qui, s'il est noir et reconnu comme tel, provoquera la perte de la maisonnée.

Les lacunes et contradictions de cette narration multiple posent des questions d'ordre épistémologique : comment savons-nous ce que nous savons en matière d'histoire ? Mais étant donné que dans *Absalon, Absalon !* ces questions naissent d'un problème spécifique à une région – celui du corps noir, nié, qu'abrite un corps blanc, et dont le travail forcé définit le visage, la peau, le sexe et la terre des propriétaires blancs –, elles prennent ici une autre forme. « Qui sait quoi, et comment ? » se transforme en « Comment, sachant qu'ils doivent leur visage, peau, sexe et terre au labeur des Afro-Américains (le bien qu'abritent leurs biens), peuvent-ils continuer à nier ce qu'ils savent ? » La réponse de Faulkner semble être que s'ils reconnaissent ce qu'ils savent (ou, pour Supten, s'il convient que Bon est son fils), ils cesseront d'être eux-mêmes. Le fait que William Faulkner s'autorise ici à abriter de telles pensées, inacceptables, au sujet de ses propres ancêtres alors que la région dépendait toujours de travailleurs noirs (désormais victimes du métayage plutôt que de l'esclavage), explique peut-être la structure de ce qui constitue l'un des plus grands romans modernistes. **RG**

Mort à crédit
Louis-Ferdinand Céline

1894-1961 (France)
Première parution | 1936

Deuxième roman de Céline après *Voyage au bout de la nuit*, *Mort à crédit* fut accueilli par des critiques violentes et généra une vaste polémique. Craignant que les passages les plus obscènes ne lui valent des poursuites judiciaires, son éditeur, Robert Denoël, demande à l'écrivain de les modifier ; face à son refus, il se résout à les supprimer. Malgré une structure identique, *Mort à crédit* va beaucoup plus loin que le *Voyage* : Céline bannit les imparfaits du subjonctif utilisés par Bardamu, joue la carte de l'anti-académisme en recourant à loisir au vocabulaire argotique et, surtout, cherche à restituer la vigueur de l'oralité (le lecteur, dit-il, « doit avoir l'impression qu'on lui parle dans la tête ») en bouleversant la syntaxe et en imaginant une utilisation inouïe des points de suspension. Médecin de banlieue, le narrateur, Ferdinand, se remémore son enfance miséreuse aux côtés de parents dont il dresse un portrait impitoyable. Renvoyé des emplois qu'il occupe, prêt à tuer son père lorsque celui-ci l'accable pour avoir perdu ses courses dans une émeute aux Tuileries, il rencontre finalement Courtial des Pereires, inventeur farfelu et petit escroc qui l'engage dans ses folles entreprises. L'extrême violence du regard porté par Céline sur l'humanité dans ce chef-d'œuvre, sordide et foisonnant, choqua beaucoup ses contemporains. Soixante-dix ans après, *Mort à crédit* n'a rien perdu de sa puissance ni de son souffle et, tout en constituant un roman de transition entre le *Voyage* inaugural et l'œuvre d'après-guerre, est peut-être le plus grand texte de son auteur. **BQ**

Et vive l'aspidistra !
George Orwell

1903 (Inde)-1950 (Angleterre)
Première parution | 1936
Langue originale | Anglais
Titre original | *Keep The Aspidistra Flying*

George Orwell se déclarait déçu par cette œuvre, à cause des changements que son éditeur lui avait imposés, mais aussi des défauts qu'il y voyait. Cela demeure cependant un portrait fort, férocement satirique, du monde littéraire.

Roman très londonien, très représentatif des années 1930, *Et vive l'aspidistra !* décrit la lutte de l'infortuné Gordon Comstock. Dans sa condamnation du capitalisme, l'accès à la culture, la richesse et les privilèges vont de pair, tandis que la domination de la publicité sur la vie contemporaine démontre une marchandisation généralisée du quotidien. Ce sont là les signes d'une existence futile, d'une civilisation qui se meurt ; la menace d'un cataclysme imminent – thème qu'Orwell développerait dans *Un peu d'air frais* – plane de bout en bout.

Comstock paraît cependant pris au piège de sa propre faiblesse de caractère tout autant que du système qu'il déplore. Il rejette la respectabilité de la classe moyenne, représentée par la fleur du titre, qui, à ses yeux, symbolise « la bienséance radine des classes populaires ». Et pourtant il rejette la révolution comme outil de changement, et sa propre tentative d'épouser la pauvreté en vivant comme un anachorète parmi les indigents ne fait que soulager son sentiment de culpabilité. L'auteur, qui ne fait preuve d'aucune tendresse pour le personnage ambigu qu'est Comstock, s'interroge : la colère et le désespoir de ce dernier doivent-ils être considérés comme un apitoiement sur soi-même ou comme un rejet réel de l'exploitation capitaliste ? **AG**

Autant en emporte le vent
Margaret Mitchell

1900-1949 (États-Unis)
Première parution | 1936
Titre original | *Gone With The Wind*
Prix Pulitzer | 1937

La guerre de Sécession et la Géorgie de la Reconstruction de l'Union, décrites de façon romantique par *Autant en emporte le vent*, son personnage central, la fougueuse et belle Scarlett O'Hara et son fringant mari, Rhett Butler, sont entrés dans la mythologie américaine. Même si le film de David O. Selznick, qui date de 1939, a participé à l'immortalisation du roman de Mitchell, celui-ci avait déjà bénéficié de ventes phénoménales à sa publication, avant de remporter le prix Pulitzer l'année suivante. Saga historique, le roman suit Scarlett, ses parents et amis durant une période de bouleversements économiques et sociaux majeurs aux États-Unis. Elle retrace la transition de la société agricole des années 1860, représentée par Tara, la plantation familiale, aux débuts de l'industrialisation du Sud dans les années 1880. Connu pour son triangle amoureux entre Scarlett, Rhett et Ashley, *Autant en emporte le vent* est aussi une déclaration d'amour à la ville d'Atlanta. Mitchell y est née et a grandi bercée d'histoires d'avant la guerre de Sécession et de récits de batailles de l'armée confédérée. La société d'Atlanta, changeante et en expansion, y est décrite en détails dans des passages qui révèlent l'étendue des recherches historiques de l'auteur. Ce roman est toutefois sujet à controverse ; la sympathie que montre Mitchell à l'égard des propriétaires d'esclaves du Sud et son portrait idyllique des plantations ont provoqué un débat culturel de grande envergure qui a lui-même donné naissance à une analyse critique, à des protestations et même à des parodies qui existent toujours à l'heure actuelle. Cela demeure malgré tout un roman ambitieux et fascinant, et, plus important encore, un phénomène culturel incontesté qui a non seulement influencé la littérature mais aussi considérablement marqué la façon dont l'Amérique populaire perçoit son histoire. **AB**

Le Roseau pensant
Rebecca West

1892-1983 (Angleterre)
Première parution | 1936
Titre original | *The Thinking Reed*
De son vrai nom | Cicily Isabel Fairfield

Rebecca West a été reconnue au XXe siècle pour son engagement progressiste et féministe. Son cinquième roman, *Le Roseau pensant*, examine avec sensibilité les limites auxquelles étaient confrontées de nombreuses femmes de la classe moyenne dans les années 1920. On y découvre Isabelle Torrey, une jeune veuve américaine intelligente plongée soudainement dans la bonne société européenne. À la suite d'une liaison amoureuse déçue, elle épouse de façon impulsive Marc Sallafranque, Français doté d'une immense fortune ; dans cette relation violente et passionnée elle passera de l'amour à la haine et vice-versa. *Le Roseau pensant*, qui retrace leur rapport en évolution constante, avec, pour décor, la décadence sociale des très riches, présente, comme *Tendre est la nuit* de Fitzgerald, la désintégration d'une classe sociale mais aussi d'un style de vie. Les grèves et les tensions sont chaque jour plus violentes dans l'usine automobile de Marc alors que le krach boursier menace de l'autre côté de l'océan. Le mode de vie insouciant du couple est clairement condamné, mais le roman suggère que la perte de leur fortune leur procurera la dimension humaine qui faisait défaut à leurs manigances sociales vides et de plus en plus désespérées. Isabelle n'éprouve plus que répugnance pour le cercle d'amis insipide et cruel qu'elle avait autrefois rejoint avec enthousiasme.

Le Roseau pensant demeure une exploration sérieuse des relations, des classes sociales et du mariage. **AB**

Les Jeunes Filles
Henry de Montherlant

1895-1972 (France)
Première parution | 1936
Élection à l'Académie française | 1960

« Les propos et les actes de ce personnage ne sauraient être, sans injustice, prêtés à celui qui l'a conçu », prévient Montherlant à propos de Pierre Costals, le héros des quatre romans qu'il a regroupés sous le titre du premier, *Les Jeunes Filles*. Il faut dire que ce Don Juan célibataire a tout pour déplaire et choquer : égoïste, cynique, volontiers mufle et parfois odieux, cet écrivain célèbre oscille entre les plaisirs faciles de la séduction et le refus de s'engager au nom d'une indépendance à quoi rien ne le fera renoncer. Le premier roman du cycle est centré sur Andrée Hacquebaut, dont il laisse souvent sans réponse les lettres enflammées, et sur Solange Dandillot, qu'il entreprend de séduire sans y parvenir tout à fait. On retrouve Solange dans *Pitié pour les femmes*, où elle se donne à Costals sans ignorer qu'il ne l'aime pas, puis dans *Le Démon du bien* où Costals, répugnant à l'idée de l'épouser, fuit à Gênes Il manquera de se laisser convaincre dans *Les Lépreuses*, croyant avoir contracté la lèpre et être promis à la mort ; puis, se découvrant indemne, il changera d'avis et rompra avec Solange. Les ligues féministes de l'entre-deux-guerres attaquèrent durement le cycle des *Jeunes filles*, faisant à Montherlant une réputation d'auteur misogyne qui ne le lâchera plus. En réalité, c'est de la difficulté des sentiments qu'il traite dans ces romans d'un moralisme ambigu et d'un humour sarcastique. La variété des formes (lettres, journal intime, narration traditionnelle) et la splendeur classique de la langue en font un régal pour les amateurs de grand style. **BQ**

Journal d'un curé de campagne
Georges Bernanos

1888-1948 (France)
Première parution | 1936
Grand Prix du roman de l'Académie française | 1936
Adaptation cinématographique | 1952

Après l'abbé Donissan de *Sous le soleil de Satan*, le jeune curé d'Ambricourt est la deuxième grande figure sacerdotale de l'œuvre de Bernanos – un héros pur, souffrant, angoissé, comme un saint qui s'ignore. Pour pénétrer son trouble intérieur et restituer ses doutes, le romancier a choisi la forme du journal intime. Jeune et zélé, le narrateur prend possession de sa cure à Ambricourt, où son inexpérience et ses maladresses lui valent l'hostilité des paroissiens ; à ses échecs s'ajoutent une vie matérielle difficile et, surtout, une santé fragile. La fréquentation de la famille du châtelain du village accroît ses désillusions : le père a la gouvernante pour maîtresse, la fille hait ses parents, la mère ne parvient pas à sortir de la mélancolie où l'a plongée la mort de son premier enfant. Sa santé défaillante conduit le curé à consulter un médecin lillois ; il se rend par erreur chez un morphinomane qui lui révèle la gravité de son mal. Il mourra peu après chez son ancien camarade de séminaire, Dufréty. Exalté dans un monde où la spiritualité se meurt, en butte à l'indifférence – voire à la sournoiserie – de ses ouailles et au prosaïsme d'une Eglise qui veut des gestionnaires plus que des propagateurs de la foi, le curé d'Ambricourt, pris entre la confiance dans l'amour de Dieu et la désespérance face aux souffrances humaines, revit à son niveau la Passion du Christ. Mauriac, Camus, Malraux, tous ont salué la puissance et la profondeur de cette méditation douloureuse et magnifique, portée à l'écran en 1952 par le cinéaste Robert Bresson. **BQ**

Le Pousse-pousse
Lao She

1899-1966 (Chine)
Première parution | 1936
Titre original | *Luotuo xiangzi*
De son vrai nom | Shu Qingchun

Critique sociale, ce roman décrit le déclin physique et moral de son jeune protagoniste, un tireur de pousse-pousse nommé Xiangzi. On a loué le langage vivant du roman qui reflétait la langue vernaculaire de Pékin, ainsi que le portrait qu'il brosse de la lutte de Xiangzi face à une société injuste.

Après avoir rejoint la ville depuis la campagne du nord, ce dernier a pour seule aspiration de posséder un jour un pousse-pousse. Son zèle est récompensé, mais son gagne-pain est volé par les milices d'un seigneur de guerre en maraude qui le recrute de force comme coolie. Après s'être échappé, Xiangzi réussit à dérober puis revendre trois chameaux, ce qui marque la première étape de son déclin moral et physique : il est à son tour escroqué par un détective rusé, forcé d'épouser Liu, fille tyrannique d'un loueur de pousse-pousse et succombe à la boisson et au jeu après la mort en couches de cette dernière, il trahit finalement l'organisateur du syndicat des tireurs de pousses en le dénonçant auprès de la police secrète. Cette tragédie est accentuée par le suicide de Fuzi, forcée à la prostitution, que Xiangzi voulait épouser. Certaines éditions chinoises ont censuré cette fin après 1949 et la première traduction anglaise se terminait même bien. Mais c'est précisément la description réaliste et sans complaisance des conditions de vie des travailleurs – qu'ils s'infligent en partie à eux-mêmes, mais qui sont aussi imposées par une société hostile – qui fait du *Pousse-pousse* une parabole du sort du peuple chinois au XXe siècle. **FG**

La Ferme africaine
Karen Blixen

1885-1962 (Danemark)
Première parution I 1937
Pseudonyme I Isak Dinesen
Titre original I *Den afrikanske Farm*

La Ferme africaine est le plus célèbre des romans de Karen Blixen, à la fois mémoires de la période où elle a vécu dans une plantation de café au Kenya et portrait du début du déclin de l'impérialisme européen.
Blixen décrit sa lutte pour faire de la plantation une exploitation rentable dans les années qui précèdent et suivent la Première Guerre mondiale, son combat contre la pauvreté et les désastres naturels, tandis que l'ombre de l'échec plane constamment au-dessus d'elle. Ses souvenirs sont émaillés de références à Dieu, aux lions, à la violence de l'Afrique, au racisme et à la décence. Blixen s'était éprise du paysage africain, et les descriptions de cette œuvre sont ravissantes tandis que certaines de ses références aux Africains gêneront les lecteurs contemporains. Elle fait allusion aux différences qui départagent les cultures européennes et africaines – selon elle, les hommes sont plus en accord avec eux-mêmes en Afrique – et explique comment elle, une femme, a essayé de combler le fossé. Elle perd finalement sa ferme et part pour l'Europe mais ne cesse jamais d'aimer le pays qu'elle a considéré comme le sien vingt ans durant. Voici un roman qui traite de la disparition de l'impérialisme et de déplacement, de sauvagerie, de beauté et de lutte humaine. Célébré comme l'une des plus grandes élégies pastorales du modernisme, c'est par-dessus tout un livre sur l'Afrique. **EF**

Milady
Paul Morand

1888-1976 (France)
Première parution I 1936
Élection à l'Académie française I 1968

C'est dans la collection « Renaissance de la nouvelle » dont il vient de prendre la tête chez Gallimard que Paul Morand publie en 1936 un recueil intitulé *Les Extravagants*, où il rassemble *Milady* et *Monsieur Zéro*. Les deux textes témoignent de la transformation progressive de sa manière : après s'être fait le chantre de la vitesse et des uppercuts stylistiques dans ses nouvelles des années 20, il adopte un style plus classique – suivant à quinze années de distance le conseil de Marcel Proust qui, dans la préface de *Tendres Stocks*, lui suggérait d'utiliser moins de métaphores. *Milady* raconte l'histoire du commandant Gardefort, ancien écuyer du Cadre noir de Saumur (« seize ans de vie d'écuyer, quatre cent quatre-vingts chevaux dressés par moi, dont dix-neuf en haute école »), homme à ce point passionné par les chevaux que son épouse, jalouse, l'a quitté. Il découvre Milady, une jument refusée par l'armée, et voit en elle la perle rare qu'il cherche depuis toujours ; il commence à la dresser, dévoilant à travers sa relation à l'animal une sensibilité que sa nature austère et inflexible avait tendance à voiler. Une dette l'oblige hélas à vendre le cheval ; il la retrouvera trois mois plus tard, transformée en un pathétique « canasson de saltimbanque ». Cette longue nouvelle est l'un des plus célèbres textes écrits sur les relations de l'homme et du cheval. C'est aussi l'occasion pour Morand de démontrer à ses détracteurs qu'il a plus d'une corde à son arc, et de surprendre par un récit profond, écrit dans un style limpide et dépouillé. **BQ**

Ferdydurke
Witold Gombrowicz

1904 (Pologne)-1969 (France)
Première parution | 1937
Adaptation cinématographique | 1991

Ce roman extraordinairement drôle, cru et subversif, interdit par les nazis et les communistes, est désormais étudié dans la plupart des lycées polonais. Il traite de l'identité, des effets du temps et des lieux sur l'être humain, de l'adolescence et de la brutalité de l'enfance.

Joey Kowalski, âgé de trente ans, narre sa transformation en adolescent, ou du moins en homme qui, aux yeux du reste de la société, demeure un adolescent. En effet, même si un étrange professeur l'amène à l'école du quartier et qu'il se mêle à cet univers, Joey conserve toujours ses souvenirs et opinions d'adulte. Cela lui procure un point de vue unique sur les complexités sociales, politiques et culturelles des univers conflictuels des professeurs et des élèves. Frustrés par ses désirs, traité avec condescendance par les adultes qui l'entourent, il est obligé de participer aux jeux et rituels de la cour de récréation. Ce récit puissant, d'un humour et d'une sophistication philosophique remarquables, explore les zones sombres, réprimées et souvent meurtries de la psyché humaine que l'on trouve à la frontière de l'immaturité et de la maturité. Son usage et abus du langage, ainsi que son pastiche des romans à l'eau de rose, nostalgique d'une enfance perdue, sont presque jubilatoires. Écrit à une époque de grand changement et de crise en Pologne comme en Europe, le roman en reflète les incertitudes et frustrations. Gombrovicz est désormais reconnu comme l'un des plus grands écrivains polonais du XXe siècle. **JM**

La Chouette aveugle
Sadeq Hedayat

1903 (Iran)-1951 (France)
Première parution | 1937
Langue originale | Perse
Titre original | *Bouf-e Kour*

Ce court récit est narré par un jeune artiste tourmenté, prisonnier de limbes hypnagogiques, entre sommeil et alerte, raison et folie. Il décrit un univers d'hallucinations troublantes, nourries par le vin et l'opium, qui évoquent les miniatures perses classiques qu'il peint sur des plumiers pour gagner sa vie. Une femme sensuelle et intimidante, qui est à la fois source d'inspiration et de désespoir, y côtoie un sombre cyprès, un ruisseau sinueux et un yogi accroupi. L'artiste, qui éprouve une fascination morbide pour ces motifs récurrents et s'avère incapable d'échapper à son désir obsessif et à sa terreur, ne peut communiquer qu'avec son ombre qui ressemble à celle d'une chouette projetée sur le mur.

C'est l'œuvre en prose la plus connue de Sadeq Hedayat. Interdite de publication durant le régime oppressif de Reza Shah, elle n'a paru en Iran qu'après l'abdication de ce dernier en 1941, sous forme de feuilleton dans un quotidien. Hedayat était spécialiste de l'histoire et du folklore perses mais son œuvre a été influencée par

Maupassant, Tchekhov, Edgar Allan Poe et Kafka. Il a passé les dernières dix années de sa vie en exil à Paris où il étudiait la philosophie avec Sartre.

La Chouette aveugle, son héritage littéraire, est une exploration magistrale du plus sombre des paysages intérieurs – voilé d'un sentiment d'horreur et se moquant sinistrement de la mort, mais illuminé de descriptions éblouissantes et d'aperçus profondément émouvants. **TS**

Bilbo le Hobbit
J. R. R. Tolkien

1892 (Afrique du Sud)-1973 (Angleterre)
Première parution | 1937
Langue originale | Anglais
Titre original | *The Hobbit : or, There and back again*

Même s'il provient d'histoires que Tolkien avait écrites au sujet de la Terre du Milieu, au cours de la décennie précédente, *Bilbo le Hobbit* est la première œuvre qu'il ait publiée, et qui devait être suivie dix ans plus tard par *Le Seigneur des anneaux*. L'intrigue et les personnages mêlent les anciens récits épiques anglo-saxons et scandinaves que Tolkien avait étudiés à Oxford à l'Angleterre rurale de la classe moyenne où il vivait et qu'il appréciait.

Bilbo Baggins, le héros, est un hobbit – êtres de petite taille possédant des pieds velus et amateurs de bonne chère et de boissons. Encouragé par le magicien Gandalf, Bilbo quitte sa région, la Comté, et part à l'aventure avec un groupe de nains qui ont l'intention de récupérer leur trésor auprès d'un dragon. Après avoir rencontré Gollum, Bilbo se retrouve en possession de l'anneau magique qui rend invisible celui qui le passe au doigt. Après diverses péripéties, Bilbo et Gandalf rentrent au village mais le premier est désormais rejeté, car son comportement aventureux semble contraire au caractère hobbit. C'est un héros déconcertant, qui se métamorphose grâce à des réserves de force intérieure qu'il ignorait posséder. Certains critiques ont essayé d'y voir une métaphore de l'héroïsme anglais durant la guerre ou du caractère diabolique inhérent à certaines nations. Mais l'on sait que Tolkien n'aimait pas l'allégorie, et c'est probablement simplement l'histoire héroïque d'un être, petit et charmant, qui ne sait quelles ressources il abrite jusqu'à ce qu'elles soient mises à l'épreuve. **EF**

Une femme noire
Zora Neale Hurston

1903-1960 (États-Unis)
Première parution | 1937
Langue originale | Anglais
Titre original | *Their Eyes Were Watching God*

L'expérience de l'esclavage pousse la grand-mère maternelle de Janie à la marier à un homme respectable à l'âge de seize ans. Elle espère ainsi éviter à sa petite-fille le lourd fardeau qu'elle a dû supporter en tant que femme noire. Janie, idéaliste, courageuse, abandonne son mari, avare de ses émotions, pour Joe, rêveur extravagant avec qui elle s'enfuit vers le Sud pour y fonder une bourgade noire, qui prospère à partir de sa seule ambition et d'un terrain en bord de route. Grâce à Joe, Janie bénéficie d'un meilleur statut socio-économique, mais elle devient le symbole de sa réussite plutôt qu'un partenaire à part entière. À la mort de Joe, Janie est une femme mûre assez sûre d'elle pour résister aux commérages persistants de la ville et placer sa confiance en Ptit-four, un mystérieux jeune homme. À la fin du roman, même si elle a tout perdu, sa vision d'un amour

qui ressemblerait à un poirier en fleurs s'est réalisée grâce au lien intense et explosif qu'elle a partagé avec Ptit-four.
Le père de Zora Neale Hurston était maire d'une bourgade noire-américaine, et cette expérience politique et sociale de l'autonomie afro-américaine a offert à l'auteur un point de vue unique sur les problèmes de races. Elle a aussi suivi des études d'anthropologie, et étudié le folklore afro-américain et la culture orale dans sa Floride natale. Les dialogues d'*Une femme noire* reproduisent principalement le dialecte afro-américain du Sud (encadré par une narration en anglais ordinaire) dont Hurston a reproduit la prononciation, le rythme et l'enjouement avec force détails, en utilisant une orthographe presque phonétique. Cette glorification du langage familier a été durement critiquée par certains de ses contemporains, tels que Richard Wright, mais Zora Neale Hurston est désormais considérée comme l'une des figures majeures de la littérature afro-américaine. **AF**

Des souris et des hommes
John Steinbeck

1902-1968 (États-Unis)
Première parution | 1937
Titre original | *Of Mice and Men*
Prix Nobel de littérature | 1962

Le titre de ce qui constitue probablement l'œuvre la plus célèbre de Steinbeck fait allusion à un vers de Robert Burn, mais aussi à la tragédie qu'abrite le récit. Dans ce court roman, George et Lennie, deux migrants, ont été déposés à des kilomètres du ranch californien où ils travaillent. George est un « petit homme aigu » et basané, à qui est tout dévoué Lennie, un doux colosse arriéré mental qui dépend de sa protection et de ses conseils. Après avoir installé leur camp pour la nuit, ce couple étrange évoque son rêve de bâtir une ferme. Une fois de retour au ranch, ils rencontrent Slim, un muletier qui admire leur amitié. Celui-ci offre l'un de ses chiots à Lennie et convainc les deux hommes de l'inclure dans leur projet. Le rêve est toutefois brisé lorsque Lennie tue accidentellement le chiot, puis, involontairement, une femme du ranch. Fuyant une mort atroce aux mains de lyncheurs, Lennie retrouve George, qui lui décrit à nouveau, plein de douceur, la vie idyllique qu'ils partageront avant de lui tirer une balle derrière la tête. Lorsque les lyncheurs parviennent sur les lieux, Slim comprend que George a fait preuve de clémence en tuant son ami et l'entraîne au loin.
L'amitié et la dure réalité d'un monde qui interdit des relations aussi idéalisées entre hommes sont au cœur de ce roman. Le lien unique entre George et Lennie s'approche de cet idéal, mais leur amitié est incomprise par les autres qui préfèrent amoindrir leurs semblables et exploiter la faiblesse où qu'elle se trouve. C'est toutefois la description de la disparition du grand rêve américain qui constitue la vraie tragédie du roman. Ce rêve n'est rien de plus qu'un mirage. **EF**

Murphy
Samuel Beckett

1906 (Irlande)-1989 (France)
Première parution | 1938
Titre original | *Murphy*
Prix Nobel de littérature | 1969

Parmi de nombreux chefs-d'œuvres, *Murphy* est peut-être l'œuvre la plus enchanteresse et la plus détachée de Beckett. Presque un roman conventionnel, dépourvu de l'austérité rigoureuse de ses

romans suivants, *Murphy* est plus proche du caractère joueur et de la pseudo-érudition de *Tristram Shandy*. On y retrouve aussi une large pincée d'humour joycien et de matérialisme rabelaisien. Dès les premières lignes, le roman attaque de façon lapidaire la pompe paresseuse du narrateur omniscient. Des phrases sans vie sont examinées avec un mépris amusé – « Et la vie de son esprit lui donnait du plaisir, un tel plaisir que plaisir n'était pas le mot qui convenait ». Entre référentiel obscur et jeux lexicaux, les plaisanteries abondent.
Le roman raconte les aventures londoniennes de Murphy, avec une précision géographique urbaine inhabituelle dans l'œuvre de Beckett. Murphy, qui, dans son fauteuil à bascule, aspire à la liberté et à une sorte d'immobilité, essaie de diverses manières d'éviter de participer à quelque intrigue que ce soit, mais se retrouve néanmoins au cœur de mésaventures invraisemblables. Il abandonne entre autres sa promise, se met en ménage avec une prostituée, et trouve un emploi relativement lucratif dans une institution psychiatrique où il joue à un genre très particulier d'échecs pacifistes. Murphy meurt dans un accident, dont la révélation gâche seulement le peu de suspense et d'optimisme final qu'offre le roman. Parmi les nombreux passages narratifs, on se souviendra notamment de la description de « la pensée » de Murphy, mais c'est peut-être le brio avec lequel ce roman comique résiste aux tentations et à l'ennui littéraire de ses tendances les plus sombres qui reste le plus longtemps à l'esprit. Une merveilleuse façon de pénétrer dans l'œuvre de Beckett puis d'en sortir. **DM**

U.S.A.
John Dos Passos

1896-1970 (États-Unis)
Première parution | 1938
Trilogie | *42e Parallèle* (1930) ; *L'An premier du siècle* (1932) ; *La Grosse Galette* (1936)

Cycle de trois romans, cet ouvrage constitue la plus réussie des tentatives d'écriture d'une histoire globale de la vie américaine au XXe siècle. Dos Passos s'attache à la période 1900-1930, et à l'essor du mouvement ouvrier, les fonctionnements internes du capitalisme, la vie en mer, la Première Guerre mondiale du point de vue américain, la naissance d'Hollywood et le naufrage que fut la Grande Dépression. Ces événements sont évoqués à travers les vies de douze personnages, six hommes et six femmes. L'auteur établit fermement le rôle central de la violence, lorsqu'il rapporte les attaques dont sont victimes les ouvriers qui essaient de fonder un syndicat.
« Mais *U.S.A.* c'est avant tout la parole du peuple », a écrit Dos Passos, et son oreille sensible aux diverses voix de l'Amérique met ces dernières en conflit, en collusion ou en concurrence, pour brosser une vue d'ensemble qui est aussi une critique sociale. Dos Passos n'est pas un naturaliste du XIXe siècle mais un moderniste, et la parole du peuple est enchâssée dans un récit influencé par Joyce, Gertrude Stein et Hemingway. Les segments autobiographiques reprennent le style de Joyce dans *Portrait de l'artiste...*, tandis que les parties « d'actualités » qui citent les « unes » réelles des journaux constituent un procédé documentaire satirique. Le texte principal suit le modèle du présent continu de Stein, et transmet ainsi de la même manière les espoirs politiques des travailleurs, l'innocence sociale d'hommes et femmes encore jeunes, et le caractère

inévitable des événements lorsque le pouvoir s'interpose. Cette méthode permet aussi aux consciences de s'exprimer par intermittence, ce qui fait progresser le récit. L'irruption de voix américaines donne naissance à un mélange complexe mais indéniablement réussi. **AMu**

Le Rocher de Brighton
Graham Greene

1904 (Angleterre)-1991 (Suisse)
Première parution | 1938
Titre original | *Brighton Rock*
Adapatation cinématographique | 1947

Ida, détective amateur, et Pinkie, le meurtrier, un catholique qui préfère l'enfer au paradis, sont les deux personnages principaux de cette fascinante réflexion sur la nature du mal. Responsable de deux meurtres, Pinkie est contraint d'épouser l'infortunée Rose afin qu'elle ne témoigne pas contre lui. Catholique fervente, Rose semble représenter l'innocence perdue de celui-ci. Même si Ida est censée être l'héroïne du roman, son héroïsme appartient à la moralité neutre du roman policier, où un personnage est jugé à sa capacité à résoudre un mystère. Par comparaison, parce que Pinkie envisage sa propre damnation, son caractère maléfique atteint une sincérité morale que l'agnosticisme d'Ida ne peut jamais égaler. Rose est le double de Pinkie : catholique comme lui, elle est prête à se dépraver afin de protéger l'homme qui, selon elle, l'aime. Pinkie, lui, est convaincu que sa participation à la corruption de Rose assurera sa damnation plus encore que les meurtres qu'il a commis tout au long du roman.

Le Rocher de Brighton a vu le jour comme roman policier, et la façon dont Ida poursuit Pinkie le classe bien dans cette catégorie. Le dilemme moral dépasse cependant bien largement ce genre littéraire. Le contraste qui existe entre la moralité théologique de Pinkie et ses doubles chimériques est renforcé par l'utilisation de divers procédés narratifs. Le langage qu'emploie celui-ci lorsqu'il s'imagine l'enfer est en opposition marquée avec les considérations frivoles d'Ida et des autres personnages. Ce qui distingue finalement le personnage tragique de Pinkie des modèles habituels du roman policier, c'est la critique d'une culture populaire commerciale dans laquelle, à l'exception de Pinkie, presque tous les personnages sont associés à l'imaginaire limité de la culture de masse. **LC**

Les Trafiquants d'armes
Eric Ambler

1909-1998 (Angleterre)
Première parution | 1938
Langue originale | Anglais
Titre original | *Cause for Alarm*

À la fin des années 1930, Eric Ambler réinventait le roman à suspense anglais, genre littéraire qui grouillait alors de coupables peu convaincants contre lesquels se dressaient, expliquait-il, des héros « d'une stupidité épouvantable ». Son premier roman, *La Frontière des ténèbres* (1936), était à l'origine une parodie. Un savant reprend connaissance après un accident de voiture, convaincu d'être un héros endurci, et déjoue le plan ignoble d'une comtesse charismatique. Cinq autres romans devaient suivre en cinq ans, notamment *Les Trafiquants d'armes*, le meilleur d'entre eux.

Nicholas Marlow – ingénieur, comme Ambler – perd son emploi le jour où il demande sa main à sa fiancée. Dix semaines plus tard, toujours au chômage, il accepte un poste dans la branche milanaise d'une société britannique qui fabrique des machines pour la production d'obus. En Italie, il est contacté par divers espions concurrents à la recherche d'informations sur la politique d'armement du gouvernement fasciste. Empêtré dans des affaires d'espionnage et de contre-espionnage, Marlow a aussi des démêlés avec les autorités. Coincé du mauvais côté d'un continent qui court vers la guerre, sa tête mise à prix, il doit s'enfuir. Une chasse à l'homme à travers l'Italie du Nord, intense et palpitante, occupe le dernier tiers du roman. C'est donc l'histoire d'un homme qui découvre que son innocence constitue une sorte de culpabilité, et est obligé de réévaluer sa loyauté envers son employeur, son pays, la science et le monde en général. **TEJ**

Alamut
Vladimir Bartol

1903 (Italie)-1967 (Slovénie)
Première parution | 1938
Langue originale | Slovène
Titre original | *Alamut*

Les œuvres de Vladimir Bartol sont restées épuisées ou inédites durant des années. Tellement de son époque qu'il la transcendait, cet auteur a été brutalement censuré sous le régime communiste. Et pourtant *Alamut*, son chef-d'œuvre, compte parmi ces riches œuvres qui acquièrent une nouvelle signification au fil des ans. Ce qui constituait une satire des mouvements fascistes naissants qui encercleraient son auteur un an seulement après sa parution devait acquérir une nouvelle signification, plus profonde encore, face au militantisme islamiste.

Alamut réinterprète l'histoire de Hasan ibn Sabbah, leader ismaélien du XIe siècle, surnommé « le Vieux de la Montagne » à qui l'on doit l'apparition des « assassins » – premiers auteurs d'attaques suicides que motivaient la passion religieuse et une vision du paradis qui les attendaient. Situé à Alamut, forteresse perchée sur une cime, le récit soulève d'importantes questions au sujet de la foi, des croyances et de la rhétorique, ainsi que de la nature et de l'objet du pouvoir.

Ce ne sont pourtant pas seulement ses aspects historiques et politiques qui font l'intérêt de ce roman qui explore aussi la vie des filles et des femmes âgées dans un harem tout d'abord idyllique. Les complexités morales au cœur de l'ascension au pouvoir de Sabbah sont soigneusement analysés, et l'auteur fait preuve d'une imagination intense dans ses descriptions du paysage contrasté de l'Iran médiéval et de la beauté sauvage d'*Alamut*. **TSu**

Rebecca
Daphne Du Maurier

1907-1989 (Angleterre)
Première parution | 1938
Titre original | *Rebecca*
Adaptation cinématographique | 1940

Rebecca captive toujours les lecteurs près de soixante-dix ans après sa parution. Succès de librairie immédiat, ce roman a inspiré de nombreuses adaptations et d'autres récits. Ce caractère intemporel naît de la façon dont Du Maurier a marié des éléments de conte de fées, de roman d'amour et de suspense.

La timide narratrice est devenue la femme d'un riche veuf mystérieux qui l'a ainsi délivrée de son emploi de dame de compagnie auprès d'une Européenne désagréable. Elle s'installe à Manderley, vieux manoir anglais qui déborde de pièces interdites, de meubles recouverts de draps et de passages labyrinthiques, et découvre que la demeure et son propriétaire, l'aristocratique Maximilien de Winter, sont hantés et accablés par le souvenir de la première madame de Winter, Rebecca. Maxim ressemble fortement au monsieur Rochester de *Jane Eyre*, et comme pour ce dernier, c'est son « moi secret » qui détient la clé du roman. La folle du grenier de *Jane Eyre* est remplacée ici par le corps d'une femme assassinée qui flotte dans la mer et refuse de se laisser entraîner au large. La narratrice de *Rebecca*, victime de pensées névrotiques, rompt avec la tradition victorienne du roman, et elle soulève plus de questions qu'elle n'en résout. La loyauté que le lecteur ressent envers cette narratrice jalouse et peu sûre d'elle constitue l'un des accomplissements de l'auteur. L'adaptation cinématographique a été réalisée en 1940 par Alfred Hitchcock et interprétée par Laurence Olivier et Joan Fontaine. **SN**

La Nausée
Jean-Paul Sartre

1905-1980 (France)
Première parution | 1938
Prix Nobel de littérature | 1964 (décliné)

La Nausée de Sartre est un objet rare dans l'histoire de la littérature : c'est un roman « philosophique » aussi réussi pour sa narration que pour la réflexion qu'elle suscite. À la fois manifeste de l'existentialisme et œuvre d'art à part entière, si accomplie qu'elle efface la frontière entre littérature et philosophie, *La Nausée* décrit en détail les expériences d'Antoine Roquentin, universitaire qui s'est installé dans le port de Bouville (on reconnaît aisément Le Havre) après des années de voyage. En se fixant, il met en branle une série d'effets de plus en plus étranges. Sa perception du monde et de sa place dans celui-ci est fondamentalement transformée bien qu'il ne se livre qu'à des activités simples et quotidiennes. La solidité rationnelle de son existence ne lui semble plus qu'un vernis fragile. Il est pris de « nausée » face à la réalité, « un écœurement douceâtre », un vertige à ras du sol. Consterné par l'indifférence absolue des objets inanimés, il est cependant pleinement conscient que toutes les situations dans lesquelles il se trouve portent la marque irrévocable de son être. Il prend conscience qu'il ne peut échapper à sa propre présence, accablante.

C'est un examen délicatement maîtrisé de la liberté, de la responsabilité, de la conscience et du temps. Influencé par la philosophie d'Edmund Husserl et par le style littéraire de Kafka et de Dostoïevski, *La Nausée* annonçait au monde la naissance de l'existentialisme – système de pensée qui deviendrait l'un des développements les plus significatifs de la philosophie et de la culture du XXe siècle. La notion que « l'existence précède l'essence » apparaît ici pour la première fois en toutes lettres, plusieurs années avant que Sartre ne « formalise » ses idées dans *L'Être et le néant* (1943) et avant que l'horreur de la Seconde Guerre mondiale n'intensifie leur impact. **SamT**

Cette sacrée vertu
Winifred Watson

1907-2002 (Angleterre)
Première parution | 1938
Titre original | *Miss Pettigrew Lives for a Day*
Adaptation radiophonique | 2000 (BBC Radio 4)

« Miss Pettigrew poussa la porte de l'agence de placement et y pénétra alors que l'horloge marquait neuf heures et quart. Elle n'avait, comme d'habitude, que peu d'espoir… » Ainsi débute le récit enchanteur de Winnifred Watson, récemment redécouvert. Il décrit vingt-quatre heures de la vie d'une vieille fille abandonnée, Guinevere Pettigrew. Lorsque cette gouvernante est envoyée à une adresse erronée par son agence de placement, Miss La Fosse, une chanteuse de cabaret glamour la prend pour sa nouvelle femme de ménage. Propulsée dans un univers où l'on boit des cocktails avant midi, où elle doit faire disparaître de la cocaïne et assister à des pugilats entre prétendants séduisants, Miss Pettigrew est surtout choquée par les frissons scandaleux que lui procure le maquillage. Le lecteur s'inquiète d'abord pour l'effarouchée Guinevere, mais les choses sont plus complexes qu'elles ne le paraissent. Tout au long de la journée, grâce à une série d'interventions habiles, de malentendus spirituels, et de réparties brillantes, tout en avalant une quantité de gin qui abattrait une femme de moindre calibre, Guinevere se révèle indispensable. Roman enchanteur et intelligent, *Cette sacrée vertu* nous rappelle qu'il n'est jamais trop tard pour une seconde chance, jamais trop tard pour vivre. **MJ**

Gilles
Pierre Drieu la Rochelle

1893-1945 (France)
Première parution | 1939

Si son format n'est pas représentatif de l'œuvre de Drieu la Rochelle, adepte de la forme brève, tous ses thèmes se retrouvent dans ce roman : le point pivot qu'a constitué la guerre de 1914 dans la conscience d'une génération d'hommes, l'opposition entre le front et l'arrière et le sentiment profond de la décomposition de la civilisation occidentale – sentiment qui mènera Drieu au fascisme. En 1917, le sous-officier Gilles Gambier quitte le front pour Paris. Il rencontre Myriam, fille d'une riche famille juive, les Falkenberg ; il l'épouse mais, au lendemain des noces, le couple se déchire. Plus tard, durant les années 20, Gilles fréquente Caël (en qui on reconnaîtra André Breton) et Cyrille (Louis Aragon), leaders d'un groupe d'avant-garde nommé « Révolte » – décalque du groupe surréaliste. Une complexe affaire impliquant le fils du président de la République conduira Gilles à se séparer de ces « Tartarins de la Révolution ». La dernière partie du roman le montre aux prises avec l'invention d'un système qui régénérerait politiquement et spirituellement la France ; la mort de sa deuxième femme, Pauline le conduira en Espagne, où il combattra avec les phalangistes. L'écrivain règle ses comptes dans ce roman à clefs qui témoigne de son itinéraire, des enjeux politiques et de la crise idéologique de l'entre-deux-guerres. Décrié à cause de son engagement, Drieu reste l'une des consciences les plus aiguës de son temps, et l'un de ses plus grands stylistes. **BQ**

Le Grand Sommeil
Raymond Chandler

1888-1959 (États-Unis)
Première parution | 1939
Langue originale | Anglais
Titre original | *The Big Sleep*

Le Grand Sommeil est un virage dans le genre littéraire du roman policier, et reflétait nécessairement le monde dans lequel il avait été écrit. Les réseaux de corruption, explicitement criminels ou théoriquement officiels, définissent chez Chandler la période qui suit la Prohibition, et ce sont les zones mal définies qui les séparent qui permettent au détective Philip Marlowe d'exister. L'espace urbain, gris et claustrophobe est un élément majeur de son œuvre ; même si l'action se déroule ici dans le sud de la Californie, on pourrait s'imaginer dans n'importe quelle grande ville tant l'extérieur est absent. Chambres, voitures ou cabines téléphoniques représentent une série de compartiments séparés où l'histoire se développe, autant de points dépourvus de tout rapport.

C'est le premier roman de Chandler où apparaît Marlowe, mais, loin de nous présenter le personnage, l'auteur nous plonge au cœur de l'enquête. C'est là le propre de cet univers et de ce personnage, un nouveau genre de « héros » qui ne semble actif que lorsqu'un crime doit être résolu. On ne sait rien de son passé, et sa trace se perd dès qu'il retrouve son bureau. Comme *L'Homme sans nom* de Sergio Leone, Marlowe allie une fragilité minable – il boit beaucoup et semble constamment recevoir des coups – à une autorité quasi surnaturelle grâce à laquelle il semble accepter sereinement les complexes rebondissements de l'enquête, se contentant d'observer et de suivre les indices et la providence au hasard jusqu'à ce qu'une solution soit finalement atteinte. Cela forme un tel contraste avec le travail de détective à la Sherlock Holmes, où l'immense intelligence de l'enquêteur est essentielle à l'intrigue car elle lui permet de se contenter d'étudier longuement les faits afin de résoudre l'énigme, que c'est peut-être ce qui fait là toute l'importance de l'ouvrage d'un point de vue littéraire. **SF**

Adieu à Berlin
Christopher Isherwood

1904 (Angleterre)-1986 (États-Unis)
Première parution I 1939
Langue originale I Anglais
Titre original I *Goodbye to Berlin*

« Je suis une caméra, écrit Isherwood, obturateur ouvert, passive, qui enregistre mais ne pense pas. » Ce sont des instantanés ou des actualités filmées de Berlin durant les derniers jours de la République de Weimar qu'il nous offre ici. La ville qu'il décrit est plongée dans le calme sinistre qui précède un ouragan apocalyptique, durant ce court interlude qui sépare la Première Guerre mondiale du tonnerre lointain de l'indomptable Troisième Reich. Isherwoood, le narrateur, est détaché, comme abasourdi par le choc – ce à quoi il assiste n'a jamais été observé auparavant. Le demi-monde qu'il fréquente est une mêlée fataliste, qu'alimente un désespoir si gigantesque que la seule réponse possible est une danse de renoncement, le dernier morceau de l'orchestre du *Titanic*, alors que l'iceberg menace. C'est un monde d'âmes perdues, où les grands sont tombés, où les bons font ce qu'ils peuvent pour joindre les deux bouts, où tout est à vendre et la vertu un luxe inabordable. D'anciens mondains sont contraints d'accepter des pensionnaires, les prostituées côtoient des chanteurs d'opéra, et Isherwood trébuche au milieu de tout cela en compagnie de Sally Bowles, chanteuse de cabaret en herbe expatriée. Celle-ci symbolise son époque : personnage tragique, capricieux et vorace, elle s'abrutit d'alcool et de sexe. C'est le récit mélancolique mais dépourvu de sentimentalité d'un univers qui n'existera bientôt plus. L'hédonisme de Weimar s'efface et sera bientôt éradiqué. Sally devient distraite et désagréable et la sécurité ténue des Landauer, une famille juive, est bientôt détruite. Quant à l'idéalisme de Rudi, le jeune communiste, il s'avère fatal. L'innocence est perdue.

Avec une prose discrète et objective, Isherwood met en relief les événements terrifiants du Berlin des années 1930 ; son génie fait froid dans le dos. **GT**

Les Raisins de la colère
John Steinbeck

1902-1968 (États-Unis)
Première parution | 1939
Titre original | *The Grapes of Wrath*
Prix Nobel de littérature | 1962

Il est courant ces temps-ci de considérer *Les Raisins de la colère* comme un roman profondément ancré dans la conscience collective américaine, et pourtant aucun autre écrivain n'a fait la chronique de la période catastrophique qu'était la Grande Dépression avec autant de passion et d'engagement politique. La place en littérature de ce chef-d'œuvre de Steinbeck, est confirmée par le prix Pulitzer qui lui fut conféré en 1940 (année de son adaptation cinématographique) et par le prix Nobel de littérature que l'auteur reçut en 1962. La famille Joad, qui a perdu sa ferme dans l'Oklahoma, se dirige vers l'Ouest dans l'espoir d'une vie meilleure en Californie. Au fil du voyage, elle rejoint des milliers d'autres travailleurs agricoles migrants sur la route 66. Tous partagent des récits d'injustice et se réjouissent à la perspective de ce qui les attend, mais ne découvrent en Californie qu'exploitation, cupidité, bas salaires, faim et mort. Dans ce réquisitoire remarquable contre les divisions sociales brutales que les nantis cherchent à étendre à leur profit, Steinbeck montre le désespoir d'une famille que rongent la violence qui menace, la faim et la mort. Ce ne sont que la colère, une solidarité rebelle et un sacrifice constant qui lui permettent de préserver sa dignité.

On a parfois critiqué Steinbeck pour ce que l'on percevait comme du sentimentalisme dans son portrait des Joad, mais tandis que le lecteur s'identifie inévitablement à leur situation dramatique, ils restent les acteurs d'une tragédie qui les dépasse. Ce roman est par-dessus tout une œuvre politique, où les défaites, la boue, la faim et les mauvais traitements sont tous porteurs d'un message : la condamnation de l'injustice (et de ceux qui la créent) et l'approbation de la colère tranquille et du stoïcisme digne des petites gens face à celle-ci. **MD**

Bonjour minuit
Jean Rhys

1890 (La Dominique)-1979 (Angleterre)
Première parution | 1939
Langue originale | Anglais
Titre original | *Good Morning, Midnight*

Le titre du cinquième roman de Jean Rhys provient d'un poème d'Emily Dickinson. *Bonjour minuit* est situé dans l'entre-deux-guerres, et son personnage principal, Sasha, la cinquantaine, retourne à Paris où elle a vécu jeune. Ce récit sombre, fragmenté et elliptique, glisse du présent au passé tout en explorant les limites paradoxales d'une femme qui a cherché à se libérer des conventions.

Alors que Sasha tente de retrouver ses marques parmi les lieux célèbres de la ville, le lecteur est inondé des souvenirs doux-amers de sa jeunesse. On apprend comment elle a échappé aux contraintes de la classe populaire londonienne en épousant Enno, jeune homme aux penchants artistiques, et en le suivant sur le continent. Le peu d'empressement que met celui-ci à protéger sa femme de contraintes économiques et sociales dégradantes fait comprendre à cette dernière le peu de valeur que lui accorde la société. Au fil du roman, comme l'on pénètre plus profondément dans le passé de Sasha, on découvre les événements traumatisants – la mort de son enfant en bas âge et l'abandon de son mari – qui ont poussé même la société non-conventionnelle à la rejeter. Le déclin rapide et poignant de Sasha, son alcoolisme et sa dérive d'un emploi à l'autre semblent tous valoriser avant tout la jeunesse et la beauté féminine, ce qui constitue une continuité entre le passé et le présent. À la fin du roman, elle accepte à contrecœur l'inévitable et dure réalité de la pauvreté et de l'âge qui l'ont rendue encore plus vulnérable. **NM**

L'Âge d'homme
Michel Leiris

19901-1990 (France)
Première parution | 1939

Après avoir rompu en 1929 avec les surréalistes, Michel Leiris opère à partir des années 1930 un retour sur lui-même et sur sa vie à travers la psychanalyse puis la littérature : de ce travail autobiographique dont témoigne déjà *L'Afrique fantôme*, journal de bord d'une expédition anthropologique sur le continent africain paru en 1934, naîtront *L'Âge d'homme* et, dans une perspective et avec des enjeux plus vastes, les quatre récits qui forment *La Règle du jeu*. « Il ne peut, tout compte fait, s'agir d'écrire que pour combler un vide ou tout au moins situer, par rapport à la partie la plus lucide de nous-mêmes, le lieu où bée cet incommensurable abîme », écrit-il : au gré d'un parcours en neuf parties, l'écrivain brasse les faits de son existence et tente de se mettre au jour sans rien cacher afin qu'advienne la vérité sur lui-même mais aussi sur l'Homme en général. Enfance, « galerie de souvenirs », figures féminines, premiers essais poétiques, mariage, Leiris égrène les clefs et les mythes intimes de son existence en se jouant de la chronologie, comme pour mener une enquête en lui-même plutôt que pour souscrire au genre classique de l'autobiographie. La sinuosité virtuose et envoûtante de la phrase confère un aspect proustien à cette méditation sur l'écriture et sur sa relation dialectique à la vie. Sept ans plus tard, Leiris ajoutera au texte une préface intitulée « De la littérature considérée comme une tauromachie », dans laquelle il dévoile en partie ses conceptions littéraires et constate que son « véritable âge d'homme reste encore à écrire ». **BQ**

Un enfant du pays
Richard Wright

1908 (États-Unis)-1960 (France)
Première parution | 1940
Langue originale | Anglais
Titre original | *Native Son*

Le roman de Richard Wright a explosé sur la scène littéraire américaine comme un avertissement à la société blanche de la violence qu'abritait le pays. La première scène présente son personnage central, Bigger Thomas, en train de battre un rat à mort sous les yeux effrayés de sa sœur, intimidés de sa mère et admiratifs de son frère. Le parallèle qu'établit Wright entre le rat et Bigger Thomas nous permet de percevoir ce dernier comme tortionnaire et victime, et c'est depuis cette perspective difficile que le lecteur assiste aux troublants événements qui suivent.

Dans ce roman réaliste composé de trois parties, la première décrit la découverte de la classe moyenne par Bigger chez les Dalton et son meurtre accidentel de leur fille Mary. Dans la deuxième, il est poursuivi à travers Chicago, et le roman montre la façon dont toute la communauté afro-américaine est punie pour son crime. La dernière, où Wright tente de défendre l'humanité brisée de son personnage, traite du procès.
La violence explicite et sexuelle du roman, notamment la décapitation et la crémation du cadavre de Mary Dalton, a fait la célébrité de l'œuvre. Wright, encensé pour son honnêteté courageuse, était critiqué pour avoir offert à l'Amérique blanche le stéréotype qu'elle adorait craindre. Tout en tentant d'éviter tout sentimentalisme dans son portrait de l'Amérique noire, Wright réfléchit à la signification de la liberté. Son engagement en faveur du nationalisme noir et du communisme est nuancé par sa poursuite du désir existentiel de se connaître soi-même. **NM**

L'Invention de Morel
Adolfo Bioy Casares

1914-1999 (Argentine)
Première parution | 1940
Langue originale | Espagnol
Titre original | *La invención de Morel*

Selon Jorge Luis Borges, le genre littéraire qu'est le « roman d'imagination raisonnée » est apparu pour la première fois en espagnol dans cette œuvre. Un homme qui fuit la justice fait naufrage sur un île isolée. Déserte de prime abord, elle abrite en réalité des personnes qui répètent inlassablement les mêmes actions, et semblent ne pas remarquer la présence du personnage principal. Tout d'abord effrayé, celui-ci s'éprend d'une des femmes et désire rejoindre les autres, au risque d'être exécuté et de mourir.
Ce roman qui triomphe de l'association habituellement établie entre la fantaisie et la brièveté, explore une thèse unique : la possibilité d'enregistrer les sentiments et les événements d'une vie puis de les reproduire mécaniquement pour tous. Le personnage principal, Morel, a accidentellement inventé un appareil improbable, tandis que l'auteur, lui, a créé une machine verbale inlassable qui, sans en avertir le lecteur, transforme en fiction tout ce qui l'entoure. La fantaisie joue ainsi sur l'approche littéraire. Fable qui traite de l'immortalité et du désir de préserver les souvenirs du bonheur, *L'Invention de Morel* est aussi un conte humoristique sur la perception erronée de soi, une parodie de l'ambiguïté et de la fidélité en amour, ainsi que l'un des premiers exemples littéraires situés aux confins de la fiction. Le roman finit par prendre le lecteur au piège de son intrigue parfaite, ce dernier constituant la destination suprême et peut-être la seule victime de cette histoire à dormir debout. **DMG**

Le Désert des Tartares
Dino Buzzati

1906-1972 (Italie)
Première parution | 1940
Langue originale | Italien
Titre original | *Il deserto dei Tartari*

Dans ce roman mystérieux et inquiétant, les soldats d'une garnison attendent d'un jour à l'autre l'attaque de l'ennemi tartare, qui doit provenir du Nord. La forteresse où se déroule l'action appartient à un passé vague. Située au pied de rudes montagnes inaccessibles, au bord d'un désert caillouteux, elle est suspendue entre rêve et réalité. Les soldats se préparent constamment à cette attaque même si nul ne sait quand et comment elle aura lieu. Personne non plus ne connaît réellement l'ennemi. C'est le destin qui guide ces vies, dont celle du lieutenant Drogio qui se trouve là contre son gré, après un voyage épuisant assombri par l'énigmatique forteresse et par la dureté menaçante du paysage. Dans l'atmosphère surréaliste de la garnison, la vie est régie par une stricte routine militaire. Des sentinelles patrouillent on ne sait quoi pour défendre la forteresse d'on ne sait qui. Les manœuvres militaires sont dépourvues de tout sens apparent, tandis que la vie irréelle des soldats est dominée par une attente absurde.

Ce roman qui explore des thèmes très existentialistes demeure toujours insaisissable aujourd'hui, mais il semble paradoxal que, peu après sa publication, un conflit ait mis fin à la longue attente des soldats, un conflit plus important encore que ce qu'ils auraient pu imaginer. **RPi**

La Puissance et la gloire
Graham Greene

1904 (Angleterre)-1991 (Suisse)
Première parution | 1940
Titre original | *The Power and The Glory*

La Puissance et la gloire, où l'on découvre la fuite désespérée d'un prêtre qui peut être arrêté puis exécuté d'un jour à l'autre, se déroule dans le cadre de la persécution de l'Église catholique au Mexique dans les années 1920. L'environnement que décrit Green, – géographique, social ou psychologique – est à juste titre désolé. Le protagoniste, décrit mais jamais nommé, est un « prêtre à whisky », père d'un enfant illégitime qu'il rencontre brièvement au cours de son voyage. Les choix psychologiques ou spirituels qui lui permettraient de donner un sens à sa destinée semblent aussi réduits que sa possibilité d'échapper aux autorités laïques. En effet, sa tête est mise à prix et ses poursuivants menacent d'exécuter les villageois qui lui viendraient en aide. Au cœur de son désespoir, et malgré l'absence de diverses formes intangibles de rédemption, se trouve le discernement vague de la bonté de Dieu. Le prête s'aperçoit finalement que la souffrance et le péché sont peut-être les seuls moyens grâce auxquels la présence de Dieu peut se manifester dans ce monde.

De nombreux triomphes personnels apparaissent dans ce roman : l'incarcération du prêtre dans une prison bondée toute une nuit durant ; sa quête pour du vin de messe ; la façon dont le zélé lieutenant joue avec lui au chat et à la souris, sur le plan idéologique comme personnel. Greene a réussi ici à donner naissance à un monde déchu marqué de façon saisissante par une intense claustrophobie et un vide illimité. **RMcD**

Pour qui sonne le glas
Ernest Hemingway

1899-1961 (États-Unis)
Première parution | 1940
Prix Nobel de littérature | 1954
Titre original | *For Whom The Bell Tolls*

Situé en 1937, au cours de la guerre civile espagnole, *Pour qui sonne le glas* retrace les tribulations d'un professeur d'université américain qui a rejoint les Républicains. Robert Jordan, envoyé de Madrid par les autorités républicaines, prend la tête d'une troupe de guérilleros qui fonctionne dans un état de crise permanente. Pablo, leur leader apparent, est pris de doutes face aux épreuves de la guerre et rêve de retrouver une vie paisible. La lutte qui rassemble ces soldats ainsi que l'amour sombre et agité que leur porte Pilar, compagne superstitieuse et à moitié gitane de Pablo, a empêché l'éclatement du groupe. Dès son arrivée, Jordan éprouve des sentiments pour Maria, une jeune femme violée par les soldats fascistes qui a trouvé refuge dans le camp républicain.

L'Américain fait preuve d'une ambivalence croissante envers la cause républicaine, et d'un sentiment d'aliénation lorsqu'il doit affronter l'horreur que lui inspire la violence. Son incapacité à réconcilier ses convictions est illustrée par sa relation avec Maria, pour laquelle il éprouve un amour d'une intensité douloureuse mais qu'il fuit cependant en mettant sur pied une dangereuse mission consistant à faire sauter un pont. Il sera obligé de réexaminer ses valeurs personnelles, politiques et romantiques lorsqu'il devient impossible d'exiger que ses convictions observent une hiérarchie cohérente et ordonnée. **AF**

L'Homme qui aimait les enfants
Christina Stead

1902-1983 (Australie)
Première parution | 1940
Langue originale | Anglais
Titre original | *The Man Who Loved Children*

Comme l'ouvrage lui-même, le titre de ce roman magistral de Christina Stead situé dans les environs de Washington dans les années 1930 indique une honnêteté affective et une ironie amère. L'auteur y examine la vie de famille avec une acuité douloureuse qui reflète le réalisme d'auteurs comme Zola, qu'elle admirait. En résulte un riche ensemble de scènes qui passent du comique à l'épouvantable avec une rapidité qui reflète les prompts changements psychologiques de la réalité. La famille Pollit est le produit d'un mariage désastreux entre Sam, naturaliste de la classe populaire, et Henny Collyer, héritière grincheuse de Baltimore. Les personnages nés sous la plume minutieuse de Stead sont à la fois vraisemblables et fascinants. Sam, qui déclare aimer les enfants, émerge comme la force dominante du livre, un mélange charismatique mais exaspérant de bravade égocentrique et de créativité, que le lecteur observe, fasciné, alors qu'il tente de contrôler et de manipuler ses enfants, ses sœurs, sa femme et ses collègues au service de ce qu'il considère comme le bien moral et politique. Henny, malheureuse en amour et obligée d'affronter des finances en déclin constant, constitue pour ses enfants un contrepoint amer à l'optimisme de leur père. Au fil du texte, une lutte s'engage entre Sam et Louie, sa fille adolescente et gauche. Les tentatives d'indépendance de cette dernière et l'éveil de sa conscience adulte mèneront directement à la conclusion choquante du roman. Lucide et impitoyable, ce livre offre le portrait intime d'une famille et ne ménage ni ses personnages ni ses lecteurs en révélant les vérités inconfortables qui se cachent derrière des images inoffensives. **AB**

Vaste est le monde
Ciro Alegría

1909-1967 (Pérou)
Première parution | 1941
Langue originale | Espagnol
Titre original | *El mundo es ancho y ajeno*

Comme le suggère le titre emblématique, ce roman narre les errances interminables des déshérités. Le village de Rumi, qui abrite des indiens et métis sans instruction mais surtout pauvres gêne l'expansion avide de grands propriétaires terriens. À travers les souvenirs du vieux Rosendo Maqui, les origines de cette communauté sont décrites en préambule à l'histoire principale, le procès qu'engage Alvaro Amenábar afin de se saisir des terres. La loi n'est qu'une imposture qui masque la cupidité et force les indiens à se regrouper sur un territoire plus réduit où ils continueront de toute façon à se faire exploiter. Les leaders sont annihilés, le paisible Rosendo meurt en prison et Fiero Vásquez, le bandit qui aurait pu prendre la tête d'une résistance armée, est décapité. L'horreur croit encore avant la fin du livre lorsque l'auteur décrit la situation d'autres parties du Pérou où règne l'oppression (notamment dans les mines et les plantations de caoutchouc). La cause que défend le récit apparaît aussi de plus en plus clairement : Benito Castro, rebelle messianique, s'installe dans le village et désire se lancer dans la résistance armée mais échoue lui aussi.

Malgré une approche formelle quelque peu archaïque déjà à l'époque de sa parution – un narrateur omniprésent présente trop longuement les événements et les parallèles historiques – Alegría fait naître toute une série de personnages dans un paysage naturel, et crée un roman convaincant dans son traitement de la lutte contre l'injustice. **DMG**

Des morts et des vivants
Patrick White

1912 (Angleterre)-1990 (Australie)
Première parution | 1941
Titre original | *The Living anf the Dead*
Prix Nobel de littérature | 1973

Situé à Londres au cours des sombres années 1930, ce roman explore la relation tendue entre Catherine Standish et ses deux enfants, Elyot et Eden. Abandonnée par son mari, Catherine est une mère distante. Elyot, écrivain et critique, utilise consciemment la littérature pour s'isoler du monde tout en regrettant son aliénation. Eden, sa sœur, qui apparaît de prime abord comme le personnage le plus expansif, cherche à s'épanouir dans l'action politique et les aventures amoureuses, pour ne finalement rencontrer que la déception. Bien que ce résumé fasse paraître ce roman implacablement morne, les passages où White pénètre au plus profond de l'esprit de ses personnages qui lui ont valu, à juste titre, sa réputation d'écrivain remarquable. À travers ces aperçus fidèles mais compatissants des doutes de soi et des aveuglements qui motivent toute vie, White aborde certains des thèmes qui dominent ses œuvres postérieures : quelle est la valeur du sacrifice de soi dans un monde de plus en plus indifférent à la souffrance humaine ? Quelle est la fonction de l'imagination dans un univers abandonné par Dieu ?

Certains lecteurs pourront trouver pesantes les longueurs fréquentes. Et pourtant la noblesse de White n'est jamais forcée dans ce récit émouvant de la lutte que mènent les timides, incapables de laisser s'éclore leur propre vision. **VA**

Par chez nous
Cesare Pavese

1908-1950 (Italie)
Première parution | 1941
Titre original | *Paesi Tuoi*
Publié en France dans *Avant que le coq ne chante*

L'intrigue de *Par chez nous* est intimement liée à la nature – une chaleur oppressante est interrompue par de gros orages, un soleil brûlant contraste avec un clair de lune surnaturel. Dans les collines calcinées de la campagne de l'Italie septentrionale existe le sentiment que le pays même est une réalité naturelle, éternelle et stable au milieu d'un univers de danger, passion et mort.

Pavese débute son récit après que ses deux personnages principaux ont été libérés d'une prison fasciste. Talino convainc Berto de l'accompagner jusqu'à la ferme familiale pour la moisson. Celui-ci y découvre un univers étranger à sa ville natale, Turin, où la moralité est voilée et la réalité n'est pas ce qu'elle paraît. L'intrigue se déroule sous forme de demi vérités et mensonges, avec des histoires, inachevées ou jamais débutées, que Berto a du mal à saisir. En arrivant à la ferme, celui-ci rencontre une grande famille, brutalisée et pauvre, et est rapidement attiré par Gisella, l'une des quatre sœurs de Talino. Ils partagent une brève aventure mais Berto commence à peine à saisir la vraie nature de la relation du frère et de la sœur avant que la tragédie ne frappe.

Pavese fréquentait le milieu antifasciste mais s'est toujours senti déchiré, désireux de rejoindre la lutte mais incapable de le faire. Son œuvre exprime ce conflit intérieur, qui reflète peut-être celui du pays entier à l'époque. Salué après la guerre comme le modèle de la pensée antifasciste, ce roman dépeint une humanité en proie aux épreuves. **RMu**

L'Homme pressé
Paul Morand

1888-1976 (France)
Première parution | 1941
Élection à l'Académie française | 1968

À trente-cinq ans, l'antiquaire Pierre Niox est un homme fougueux et impatient, obsédé par la vitesse. Son train d'enfer épuise ses proches, y compris son meilleur ami, Placide, et son serviteur, Chantepie. Volant en avion au-dessus du Var, Pierre découvre une vieille chartreuse qu'il rachète aussitôt, faisant au passage la connaissance des trois filles de son propriétaire. Fricotant tour à tour avec deux d'entre elles, il porte finalement son choix sur Hedwige, qui se laisse épouser. Elle tombe enceinte, suscitant chez Pierre une impatience telle qu'il voudrait provoquer l'accouchement deux mois avant terme... Excédée, elle l'abandonne à son tour. « À quoi reconnaître que l'on est arrivé si l'on ne s'arrête jamais ? », soupire-t-elle. Victime d'une crise cardiaque, Pierre se voit annoncer par son médecin qu'il n'a plus que quelques mois devant lui ; dans un ultime défi, il s'acharne alors à survivre au ralenti, jusqu'à la naissance de son enfant.

Beaucoup ont vu dans *L'Homme pressé* un autoportrait de Morand, styliste voltigeur et grand adepte de la vitesse. En réalité, c'est plutôt une caricature des Années folles qu'a voulu donner l'écrivain diplomate, en mettant à distance sa propre image de chien fou des années 20 et en adoptant un style plus sobre que celui des nouvelles qui l'ont rendu célèbre. Angoissé, superbe et solitaire dans sa course effrénée vers la mort, l'étonnant Pierre Niox reste l'une de ses créations les plus réussies. Il sera interprété par Alain Delon dans l'adaptation cinématographique du roman par Édouard Molinaro, en 1977. **BQ**

L'Étranger
Albert Camus

1913 (Algérie)-1960 (France)
Première parution I 1942
Prix Nobel de littérature I 1957

L'Étranger est un roman au ton résolument monocorde. Les événements du récit, bien qu'ils comprennent un meurtre et le procès qui s'ensuit, semblent ne jamais peser, mais simplement flotter au fil des pages. On s'aperçoit rapidement que ce procédé est absolument essentiel à l'objet narratif, au lien, souvent débattu, qui existe entre le roman et l'existentialisme, et, curieusement, à sa lisibilité. La simplicité scrupuleuse de Camus ancre le récit à la fois dans le quotidien et dans la fable, et c'est au lecteur qu'il incombe de résoudre cette ambiguïté.

Ce roman fait preuve d'une discipline inébranlable dans son portrait d'une vie où la maîtrise de soi conventionnelle est minée. On n'y trouve aucune « astuce » technique dans l'illustration de ses thèmes ; l'auteur présente simplement au lecteur la tranche de vie d'un homme neutre, Meursault, paria qui choisit de mener une existence privée et solitaire. Durant cette période, un certain nombre d'événements significatifs ont lieu – le décès de sa mère, le meurtre d'un homme, un procès qui le condamne à mort – mais aucun d'entre eux ne parvient à faire naître la réponse affective qu'on attendrait de sa part.

Au premier abord, certains parallèles apparaissent avec l'œuvre de Kafka, comme la suggestion que de vastes complexités se cachent derrière un style apparemment dépouillé, et le détachement rêveur général qui l'entoure. Mais il n'y a rien de surréaliste dans le monde de Meursault, qu'il ne contrôle qu'à peine ; tout y est banal. Éloigné des autres ainsi que de sa propre vie, le personnage de Meursault démontre le caractère futile de l'existence, au-delà du sens que l'on est prêt à lui conférer. C'est la prise de conscience et l'acceptation de cette futilité essentielle qui constituent l'absurde pour Camus, thème qu'il développera plus avant dans ses œuvres suivantes. **SF**

Les Braises
Sandor Marai

1900 (Hongrie)-1989 (États-Unis)
Première parution I 1942
Langue originale I Hongrois
Titre original I *A gyertyák csonkig égnek*

Les Braises, trésor de la littérature d'Europe centrale, désormais redécouvert et publié à l'origine à Budapest en 1942, ont été traduites pour la première fois en français en 1958. Contre toute attente, ce roman est désormais un succès de librairie international, même si son auteur, qui s'est suicidé en 1989 alors qu'il était exilé aux États-Unis, n'aura jamais bénéficié de cette soudaine popularité.

En Hongrie, juste après la déclaration de la seconde Guerre mondiale, dans un château isolé au pied des Carpathes, Henri, un général à la retraite de soixante-quinze ans, dîne avec un vieil ami, Conrad, qu'il n'a pas revu depuis plus de quarante ans. De nombreux problèmes irrésolus les séparent, et c'est un duel merveilleusement contrôlé qui suit – fait d'une série d'anecdotes, de souvenirs, de silences, de réfutations, de dénégations et de faux-fuyants. L'œuvre est rythmée de façon précise et habile : chaque révélation émerge au moment où l'on sent qu'une réconciliation est possible entre les deux personnages.

Ce roman bref mais d'une intensité remarquable, imprégné de l'atmosphère et des usages de l'Empire austro-hongrois, abrite de longues ombres et des vins millésimés, des chandeliers, des forêts ancestrales et le bruit de l'acajou qui craque. Marai parvient à maintenir cette atmosphère sans jamais recourir à des effets faciles. Malgré son ambiance « vieille Europe », ce roman demeure une analyse fine des rapports de classes, de l'amitié, de la trahison et de la fierté masculine. **SamT**

Le Joueur d'échecs
Stefan Zweig

1881 (Autriche)-1942 (Brésil)
Première parution | 1942
Langue originale | Allemand
Titre original | *Schachnovelle*

Sur un paquebot, un jeune joueur d'échecs, champion du monde illettré mais au talent remarquable, joue pour de l'argent contre un parfait inconnu. La science de ce dernier est détaillée et complète, mais il n'a que rarement joué devant un échiquier. L'intrigue naît de ce déséquilibre apparent, contexte d'un tournoi surprenant et tendu. Publié à titre posthume en 1943, un an après le tragique suicide de Zweig et de sa femme, *Le Joueur d'échecs* est l'une des œuvres les plus célèbres de cet auteur également reconnu pour ses biographies, essais, pièces de théâtre et poèmes, qui a côtoyé Freud, Thomas Mann et Romain Rolland. Juif autrichien, il a été poussé à l'exil dès 1934 par l'influence croissante des nazis ; il a obtenu par la suite la nationalité britannique mais est mort au Brésil, désespéré par la situation européenne.

Le Joueur d'échecs est un texte court et puissant qui met en scène de vastes thèmes, dont la torture des mains de la Gestapo, la nature de l'obsession, la sottise de l'orgueil démesuré et de la cupidité, et la manipulation politique. Les échecs représentent dans ce récit un poison, une dépendance psychologique dangereuse, mais peuvent aussi offrir la gloire et s'opposer à la stérilité mentale de l'isolement cellulaire. Le narrateur de Zweig demeure anonyme, mais c'est à travers son regard que le lecteur observe la partie, et c'est à lui seul que l'étranger révèle son curieux secret. *Le Joueur d'échecs* est un bijou court, mais fascinant, et au rythme enlevé. **JC**

Le Jeu des perles de verre
Hermann Hesse

1877 (Allemagne)-1962 (Suisse)
Première parution | 1943
Titre original | *Das Glasperlenspiel*
Prix Nobel de littérature | 1946

Le Jeu des perles de verre est la biographie fictive de Joseph Knecht, membre d'une élite intellectuelle européenne du XXIIIe siècle qui vit et travaille isolée du reste du monde. Le roman retrace la vie de Joseph depuis ses premières années d'études jusqu'à son obtention du titre vénéré de Magister Ludi, ou « maître du jeu ». Le jeu des perles de verre est la raison d'être de la communauté intellectuelle dont Knecht prend la tête. Même si sa nature exacte n'est jamais révélée, il est clair qu'il fait la synthèse de divers aspects de la connaissance humaine, dont la philosophie, l'histoire, les mathématiques, la musique, la littérature et la logique. Malgré la nature exquise du jeu, Knecht est de plus en plus gêné par le détachement complet des joueurs vis-à-vis des affaires de ce monde. Rédigé au début des années 1940 alors que l'Europe vivait des événements dramatiques, *Le Jeu des perles de verre* est une méditation éloquente sur les liens qui existent entre la sphère politique et la vie contemplative. Hesse plaide passionnément en faveur d'une relation plus symbiotique entre la pensée et l'action. Dans une illustration puissante de cette philosophie, Knecht quitte la communauté isolée afin de découvrir certains aspects de la vie que son existence studieuse lui avait cachés. On retrouve donc dans ces pages l'un des thèmes constants de Hesse : l'importance de l'examen de conscience qui permet de discerner le chemin, toujours changeant, de la réalisation de soi et du renouveau. **CC-G**

La Veuve Couderc
Georges Simenon

1903 (Belgique)-1989 (Suisse)
Première parution | 1942

Fraîchement sorti de la prison où il a passé cinq ans pour un assassinat que son avocat a maquillé en accident, Jean Passerat-Monnoyeur trouve refuge dans une petite ferme du Gué-de-Saulnois, dans l'Allier, tenue par une veuve d'une quarantaine d'années, « Tati ». Entrée au service des propriétaires à l'adolescence, Tati a épousé le fils de la famille à dix-sept ans, lui a donné un fils parti en Afrique et, désormais veuve, assure la direction de la ferme où elle vit avec son beau-père. Françoise et Amélie, ses belles-sœurs, n'ont de cesse de lui reprendre ce qu'elles estiment être leur bien. Engagé comme valet de ferme, Jean se prend d'affection pour cette aînée sévère et directive, qui fait de lui son amant. Il la soignera lorsque, blessée à la suite d'une dispute violente avec ses belles-sœurs, elle doit garder le lit durant plusieurs semaines ; mais il en profitera aussi pour se lier avec sa nièce, une fille-mère de seize ans dont Tati comprend vite qu'elle est devenue une rivale. Une terrible jalousie s'insinue dans sa relation avec Jean, jusqu'au drame. La finesse de l'analyse psychologique dont fait preuve le romancier belge dans ce roman donne une nouvelle fois raison à Gide qui, quelques mois plus tôt, lui écrivait ce mot : « Vous passez pour un auteur populaire, et vous ne vous adressez nullement au gros public. Les sujets mêmes de vos livres, les menus problèmes psychologiques que vous soulevez, tout s'adresse aux délicats ». Cette poignante étude de mœurs a été adaptée au cinéma par Pierre Granier-Deferre en 1971, avec Alain Delon et Simone Signoret dans les rôles principaux. **BQ**

Le Petit Prince
Antoine de Saint-Exupéry

1900 (France)-1944 (Disparu en vol)
Première parution | 1943

Cette fable fait le récit de la rencontre d'un adulte avec l'enfant qu'il abrite en lui. Ce narrateur, un pilote d'avion, se retrouve isolé au cœur du Sahara lorsque son moteur tombe en panne et qu'il doit résoudre cette « question de vie ou de mort ». Au cœur du conte se trouve l'interrogation suprême : comment vivre sa vie ? La relation entre l'homme et l'enfant se développe dans une situation d'urgence, et sa nature est celle d'un questionnement profond, celui du petit prince qui pose à son guide adulte « de nombreuses questions ». Le dialogue entre le narrateur et l'enfant est une sorte de monologue intérieur : l'adulte s'adresse à l'enfant qu'il a été à travers les rêves et exigences libres de toutes entraves propres à cet âge. C'est le dessin qui rapproche au début l'aviateur et le petit prince, lorsque ce dernier apparaît pour la première fois et demande « s'il vous plaît, dessine-moi un mouton ».

Le conte surréaliste de Saint-Exupéry défie les conventions de la réalité et pénètre dans le royaume du rêve. Le narrateur est doucement amené à redécouvrir sa capacité d'imagination. Ainsi débute le renversement des rôles, où l'enfant enseigne à l'adulte l'art sacré de l'émerveillement. Écrit un an avant la disparition tragique de Saint-Exupéry, *Le Petit Prince* peut être considéré comme un manifeste qui montrerait comment l'on peut et l'on doit mener sa vie. **SB**

Un homme en suspens
Saul Bellow

1915 (Canada)-2005 (États-Unis)
Première parution | 1944
Titre original | *Dangling Man*
Prix Nobel de littérature | 1976

Premier roman de Saul Bellow, *Un homme en suspens* a établi sa réputation de grand écrivain américain. Son protagoniste, Joseph, dont nous lisons le journal, a quitté son emploi à l'agence de voyage interaméricaine, et cet homme « en suspens » attend dans sa pension de famille de Chicago d'être appelé sous les drapeaux. Il quitte rarement sa chambre et choisit de se plonger dans les œuvres du siècle des Lumières. Son style de vie de plus en plus replié sur lui-même lui aliène sa femme Iva, ainsi que ses amis intellectuels.

La recherche de sens de Joseph dans cette vie « en suspens » témoigne de l'influence de l'existentialisme français sur les intellectuels américains des années 1940. Certains passages du journal de Joseph laissent découvrir un dialogue avec un interlocuteur imaginaire, qu'il dénomme l'Esprit des Alternatives ou Tu As raison Aussi (en français, NDT). Les préoccupations existentielles de cette œuvre peuvent être examinées en regard de celles présentées dans *La Nausée* de Sartre et *L'Étranger* de Camus. Elles annoncent aussi la juxtaposition du quotidien et de la culture dans ses œuvres suivantes ; le journal de Joseph mêle la banalité de la vie quotidienne aux références à Goethe ou Diderot. Dans les déambulations solitaires de son personnage à travers la ville, Bellow commence à allier les intérêts de la littérature européenne à une expérience urbaine authentiquement américaine. *Un homme en suspens* témoigne donc de la naissance d'une des voix les plus importantes et les plus influentes du roman américain moderne. **BR**

Le Fil du rasoir
William Somerset Maugham

1874 (France)-1965 (France)
Première parution | 1944
Langue originale | Anglais
Titre original | *The Razor's Edge*

Satire sociale, roman philosophique et hagiographie, *Le Fil du rasoir* décrit la quête spirituelle d'un Américain extraordinairement jeune. Après avoir assisté à la mort de son meilleur ami qui lui sauve la vie alors qu'il sert dans l'aviation pendant la Première Guerre mondiale, Larry Darrell s'interroge sur le sens de l'existence. De retour en Amérique, il éprouve le besoin de mieux comprendre la nature du bien et du mal, et abandonne sa maison, sa fiancée et son cercle d'amis. Après avoir fait la rencontre d'un maharishi dans les montagnes indiennes, Larry fait l'expérience de la transcendance. Le narrateur de Maugham rapporte cette quête d'un ton détaché, parfois de seconde main, « avec de longs intervalles ». Il retrace aussi la vie de divers personnages liés à Larry.

On devrait lire *Le Fil du rasoir* non seulement avant de mourir mais aussi avant d'atteindre l'âge de vingt ans, pendant que l'on est encore pleinement capable de s'éprendre d'un personnage fictif. Plus âgé, on appréciera peut-être plus encore l'art de Maugham : l'ironie subtile, acérée et pourtant indulgente avec laquelle il (ou plutôt son narrateur) traite ses personnages et leur entourage – à l'exception de Larry, décrit avec simplicité. On comprendra aussi probablement mieux le contexte philosophique et culturel des discussions du roman qui portent sur la nature de Dieu, l'existence du bien et du mal et le sens de la vie. Mais on enviera moins la pure gentillesse du protagoniste. Pleinement apprécier cette œuvre de fiction présuppose la foi, ou du moins une aspiration à la foi – et l'on pourrait certainement dire pire chose au sujet d'un roman. **DG**

Transit
Anna Seghers

1900-1983 (Allemagne)
Première parution | 1944
Langue originale | Allemand
De son vrai nom | Netti Reiling

Transit, chef-d'œuvre de la littérature allemande moderne traitant de la fuite et de l'exil, est un mélange de documentaire et de fiction. Ce roman, que Seghers a écrit alors qu'elle fuyait les nazis (juive, elle était aussi communiste), a été commencé en France et terminé au Mexique, où il a été publié pour la première fois en espagnol (la version allemande n'est parue qu'en 1948). À cette expérience vécue, l'auteur mêle le récit du destin d'Ernst Weiß, médecin et auteur autrichien. Ce dernier, qui ignorait qu'un visa américain avait été établi à son nom grâce à l'intervention de Thomas Mann auprès de Roosevelt, s'est suicidé dans sa chambre d'hôtel. Les frontières sont floues et on ne sait jamais quelle part du vrai Weiß abrite le personnage fictif.
Le narrateur, Seidler, fuit un camp de concentration allemand pour se retrouver interné une fois arrivé en France. Il s'échappe à nouveau et rejoint Marseille, en zone libre, où maintes personnes essaient de toutes les manières possibles de s'embarquer pour l'Amérique. Seidler tente de faire parvenir un message à l'une de ses connaissances, un écrivain du nom de Weidel, mais apprend que ce dernier s'est tué la nuit précédente. Parmi les effets du mort se trouve un visa pour l'Amérique ; Seidler endosse son identité afin de l'utiliser. Les choses se compliquent lorsque la femme de Weidel arrive sur les lieux. Seidler, qui s'est rendu compte que son identité est en train de s'éroder, rejette finalement cette occasion de s'embarquer et choisit de rejoindre la Résistance française. **MM**

Fifi Brindacier
Astrid Lindgren

1907-2002 (Suède)
Première parution | 1945
Langue originale | Suédois
Titre original | *Pippi Långstrump*

Fifi, petite fille de neuf ans, a un sacré caractère. Avec ses tresses rousses qui rebiquent, sa force « qu'aucun policier au monde ne peut égaler », et son manque de supervision parentale, Fifi Brindacier, héroïne de littérature pour la jeunesse, s'installe dans une grande maison bordée d'un magnifique verger. Elle est riche (elle possède une grande valise remplie de pièces d'or), indépendante (sa mère est au paradis, son père a fait naufrage chez les cannibales), et son singe, Monsieur

Nelson, son cheval et ses voisins lui tiennent compagnie. Les enfants de la maison voisine, Tommy et Annika, bien élevés, ne font jamais de caprices, ni ne se rongent les ongles. Il n'est donc pas surprenant qu'ils soient fascinés par cette héroïne qui les entraîne dans des équipées où ils défient les conventions et se moquent des adultes. L'histoire qu'elle avait inventée afin de distraire sa fille, clouée au lit par une pneumonie, a incité Lindgren à écrire *Fifi Brindacier*. Celle-ci a fait irruption dans la littérature enfantine en 1945, avec son attitude aussi non-conformiste que ses vêtements, et ce alors que l'on commençait à remettre en cause en Suède les principes d'une éducation où les enfants devaient « être vus mais pas entendus ». Lindgren écrivait depuis le point de vue des enfants mais elle a aussi doté Fifi d'un esprit fougueux et excentrique qui a vite séduit une multitude d'enfants. **JHa**

Notre-Dame-des-Fleurs
Jean Genet

1910-1986 (France)
Première parution | 1943

C'est en récupérant des morceaux de papier destiné à fabriquer des sacs que Jean Genet, incarcéré à la centrale de Fresnes, a composé ce texte scabreux et fascinant qui prend appui sur son expérience de la détention pour la subvertir par le fantasme et l'invention. Aux murs de sa cellule, le narrateur a accroché les portraits d'assassins guillotinés, supports de ses rêveries masturbatoires. Il construit un univers imaginaire autour de la figure de Divine, travesti montmartrois dont il relate le parcours, entre histoire d'amour juvénile, maison de correction et prostitution masculine. Autour de lui surgissent d'autres travestis, dont un jeune criminel de seize ans, Notre-Dame-des-Fleurs... Marginalité, sexualité non-conformiste, monde interlope de la criminalité : ce premier roman de Jean Genet pose les fondations de son univers et dessine les principes d'une éthique personnelle, celle de la révolte et de la glorification du Mal. Provocateur et volontiers outrancier, ce récit éprouvant et fascinant est une sorte de « vie de saint » renversée, le pathétique travesti Divine accédant à la sainteté non pas par la vertu mais par le vice, la souffrance et la dégradation : « Je veux la dépouiller de toute espèce de bonheur pour en faire une sainte », annonce l'auteur. Manifeste du refus de l'ordre dominant et exaltation quasi sacrale de la beauté, *Notre-Dame-des-Fleurs* est publié clandestinement au milieu de la guerre par Robert Denoël et Paul Morihien, alors secrétaire de Cocteau. Celui-ci qui, quelques mois plus tard, interviendra auprès des tribunaux pour sauver Genet de la relégation perpétuelle. **BQ**

La Ferme des animaux
George Orwell

1903 (Inde)-1950 (Angleterre)
Première parution | 1945
Titre original | *Animal Farm*
De son vrai nom | Eric Arthur Blair

Cette fable d'Orwell où les animaux s'emparent de la Ferme du Manoir avant d'être trahis par leurs leaders est une parabole sur la liberté après la Seconde Guerre mondiale. Elle avait pour objectif de mettre à bas un autre mythe, selon lequel l'Union Soviétique était un État socialiste. L'auteur s'est inspiré de ce qu'il avait observé durant la guerre civile espagnole lorsque les milices de gauche ont été impitoyablement éliminées parce qu'elles n'étaient pas communistes.

Dans *La Ferme des animaux*, chef-d'œuvre d'ironie, Orwell s'intéresse aux étapes de la mise en place du régime soviétique, tout en utilisant sa connaissance du monde rural. Pour Sage l'Ancien, vieux cochon inspiré de Karl Marx, les animaux ont pour devoir « de montrer en toutes circonstances [leur] hostilité envers l'homme et ses façons de faire ». Lorsque la révolution triomphera, tous les animaux seront égaux. Mais le cochon Napoléon (Staline) et ses chiens féroces (la police secrète) s'emparent du pouvoir, font travailler jusqu'à épuisement le cheval de trait Malabar (le peuple russe) et exilent Boule de Neige (Trotski). Lorsque Malabar se rend compte que les sept commandements fondateurs ne se réduisent plus qu'à un seul désormais (« Tous les animaux sont égaux mais certains sont plus égaux que d'autres ») le moment est pathétique. Une telle ironie confirme le soutien qu'apportait l'auteur à une véritable révolution. **AMu**

Le Pont sur la Drina
Ivo Andrić

1892 (Bosnie)-1975 (Yougoslavie)
Première parution | 1945
Titre original | *Na Drini ⊠uprija*
Prix Nobel de littérature | 1961

Le Pont sur la Drina raconte l'histoire turbulente du célèbre pont Mehmet Pasha Sokolovic à Visegrad, en Bosnie, depuis sa construction au XVIe siècle jusqu'au début de la Première Guerre mondiale et à la dissolution complète de l'empire austro-hongrois.

À proprement parler, c'est plus une chronique qu'un roman, organisée en une série de vignettes qui décrivent la vie des habitants de Bosnie-Herzégovine et ses transformations au cours des siècles. Étant donné l'effusion de sang à laquelle on a récemment assisté en Bosnie, le roman offre un aperçu fascinant des relations et tensions qui ont existé au fil du temps entre les populations chrétiennes, musulmanes et juives. D'une grande qualité littéraire, cette œuvre, ancrée dans le riche dialecte local, se transforme en histoire du langage même. Les changements sociaux et culturels qu'ont amenés les régimes successifs de l'empire ottoman puis austro-hongrois sont reflétés par le vocabulaire, les pensées, les corps et les attitudes de la population. Le pont, lui, survit comme symbole de continuité.

Même si le roman se termine en 1914 avec la retraite des forces austro-hongroises, le pont a été témoin d'un autre conflit historique au cours des années 1990. Cela incitera peut-être à une lecture plus circonspecte de ce texte d'Andrić, pour laquelle le pont ne constitue pas tant une métaphore de la coexistence possible des nations que simplement la scène du flux incessant de l'histoire. **IJ**

Aurélien
Louis Aragon

1897-1982 (France)
Première parution | 1944

C'est entre 1942 et 1944 que Louis Aragon, alors entré en clandestinité, a rédigé ce roman qui s'inscrit dans le cycle du « Monde réel » – une peinture de la France bourgeoise du début du siècle qu'il voulait conforme aux canons du réalisme socialiste. Le roman raconte l'itinéraire d'Aurélien Leurtillois, jeune rentier ennuyé dont la guerre a confisqué la jeunesse et qui, à trente ans, évolue indifféremment dans le Paris des Années folles. Il rencontre Bérénice Morel, épouse d'un pharmacien provincial dont il tombe amoureux, mais qu'il échoue à aimer vraiment ; après avoir constaté l'impossibilité de leur couple, Bérénice s'enfuira avec le poète surréaliste Paul Denis puis rejoindra son mari. L'épilogue, dix-huit ans après, élargit le fossé que le fiasco de leur relation avait creusé entre les deux amants : Bérénice, appelée à mourir lors d'une attaque aérienne, ne peut que constater ce qui la sépare désormais d'Aurélien, devenu père de famille et tenté par le fascisme – « il n'y a vraiment plus rien de commun entre vous et moi, mon cher Aurélien, plus rien »... Roman de l'échec d'un amour, *Aurélien* est aussi, avec ses portraits à clefs (Drieu, Éluard, Picabia, Crevel...), une peinture de la vie artistique parisienne de l'entre-deux-guerres et un puissant tableau sociologique imprégné d'éléments autobiographiques. Le romancier le rapprochait de son poème « Il n'y a pas d'amour heureux » ; on peut aussi le lire en parallèle au *Gilles* de Drieu, où Aragon était mis en scène sous les traits de Cyrille Galant et dont il constitue l'écho négatif. **BQ**

Arcane 17
André Breton

1896-1966 (France)
Première parution | 1945

Le surréalisme, mouvement dirigé par André Breton, n'était déjà plus à son apogée en 1944 tandis que l'Europe était encore plongée dans la guerre. Écrit au Québec dans les mois qui suivirent le débarquement en Normandie, *Arcane 17* examine le rôle de l'artiste en temps de guerre, et l'impact du conflit sur les œuvres qui naîtront dans son sillage. Le texte de Breton n'est pourtant ni sombrement pessimiste ni nostalgique ; il offre un optimisme tranquille bien que circonspect quant au futur du continent et de ses artistes, état d'esprit que reflète le titre : l'arcane 17 est l'étoile dans le tarot de Marseille, carte majeure qui dépeint une jeune femme en train de déverser à terre deux urnes baptisées respectivement amour et intelligence.
Arcane 17 n'est ni un essai ni une narration, bien que l'ouvrage mêle réflexions et opinions sur l'art et la guerre à divers thèmes littéraires. On y retrouve des anecdotes sur la vie de Breton et sa maîtresse pendant la guerre ainsi que des descriptions poétiques et évocatrices du spectaculaire paysage canadien. Son leitmotiv littéraire est la légende de Mélusine, demeurée fidèle à un homme dont la curiosité l'a bannie du royaume des humains. Breton s'en inspire pour demander que les femmes reprennent les rênes du pouvoir des mains destructrices des hommes. Cette exploration poignante de la perte personnelle et européenne témoigne de la maturation fascinante d'un penseur dont les écrits de jeunesse étaient à l'avant-garde du changement artistique en France. **JC**

Retour à Brideshead
Evelyn Waugh

1903-1966 (Angleterre)
Première parution | 1945
Langue originale | Anglais
Titre original | *Brideshead Revisited*

Probablement le meilleur roman d'Evelyn Waugh, *Retour à Brideshead* brosse le portrait d'une famille aristocrate, les Flyte, depuis les Années folles jusqu'à la fin de la Seconde Guerre mondiale. Charles Ryder, le narrateur, rencontre à l'université d'Oxford Sebastian Flyte, un esthète issu d'une famille catholique et avec qui il noue une amitié intense. Charles est un étudiant sérieux, mais une tension existe entre la scholastique de ses poursuites universitaires et ses ambitions artistiques. Son amitié avec Sebastian lui permet d'abandonner quelque peu les valeurs conventionnelles qui avaient jusque-là défini sa vie, et le style de vie décadent des deux étudiants encourage le développement artistique de Charles. Ils passent leurs vacances ensemble au château de Brideshead, où vivent les Flyte, et Charles s'aperçoit finalement qu'il ne peut comprendre la foi de Sebastian qui lui paraît naïve et incohérente.

L'alcoolisme de Sebastian creuse un fossé entre les deux amis, mais la relation de Charles avec la famille Flyte demeure forte. Des années plus tard, après qu'ils ont tous deux fait un mariage malheureux, Charles s'éprend de la sœur de Sebastian, Julia, avant que la foi catholique de cette dernière ne se transforme finalement en obstacle insurmontable à leur relation.

Waugh s'était converti au catholicisme en 1930, et de nombreuses manières *Retour à Brideshead* exprime ses propres croyances et présente la grâce divine. L'auteur y explore l'interdépendance complexe des relations, en particulier l'importance primordiale de la foi, qui, même si elle ne paraît pas toujours dominer, finit toujours par l'emporter. **JW**

La Chronique de Travnik
Ivo Andri☒

1892 (Bosnie)-1975 (Yugoslavie)
Première parution | 1945
Titre original | *Travnicka hronika*
Prix Nobel de littérature | 1961

La Chronique de Travnik appartient à la trilogie bosniaque d'Andric, publiée en 1945, le cadre constituant le seul élément commun des trois romans. *La Chronique de Travnik*, comme *Le Pont sur la Drina*, l'autre chef-d'œuvre d'Andric, traite de la Bosnie et de son histoire. Le roman décrit la rivalité qui oppose le consul français et le consul britannique dans une petite ville bosniaque reculée, Travnik, au début du XIXe siècle. Ces deux hommes autrefois talentueux se disputent l'attention du vizir turc tout en sabotant avec mesquinerie les plans de leur rival. Ces consuls, qui possèdent de nombreuses caractéristiques communes, sont poussés à revivre dans un microcosme la guerre qui oppose loin de là leurs deux nations. Andric, comme Tolstoï, explore le vaste domaine politique et psychologique qui constitue le cadre de son roman. Le mécontentement gronde dans les bazars de Travnik et les paysans serbo-croates se révoltent. Musulmans, chrétiens et juifs prennent les armes. La tension croissante explose enfin, cependant que les deux consuls sont peu à peu détruits par la rude vie qu'ils mènent à l'est.

Andric dépeint magistralement ces deux hommes qui sont comme deux poissons hors de l'eau. Il montre aussi les liens qui unissent l'orient et l'occident, mais, plus important encore, indique que la Bosnie sera toujours étrangère aux consuls. De façon tout aussi poignante il met l'accent sur leurs similarités, et sur la tragédie que constitue leur incapacité à se réconforter mutuellement. À un niveau plus général,

La Chronique de Travnik est une méditation dense, lyrique et épique sur l'histoire et la situation du pays natal de l'auteur. À un niveau plus intime, c'est le portrait émouvant d'un malentendu culturel et d'une énergie inutilement réprimée et gâchée. **OR**

Bonheur d'occasion
Gabrielle Roy

1909-1966 (Canada)
Première parution | 1945

Bonheur d'occasion, premier roman de Gabrielle Roy, auteur francophone canadienne, a pour personnages centraux Florentine Lacasse et sa mère, Rose-Anna, habitantes des quartiers pauvres de Montréal dans les dernières années de la Grande dépression. Il peint un portrait réaliste et rude de la lutte quotidienne des pauvres et de leur désir d'une vie meilleure. Avec abondance de détails, Roy fait le récit plein de compassion des épreuves que traverse la famille pour se nourrir, se vêtir, se loger, et trouver la dignité

Florentine, seul membre qui bénéficie d'un emploi régulier, voit en sa mère ce qu'elle est déterminée à éviter à tout prix. Désespérée lorsqu'elle se retrouve enceinte et abandonnée, Florentine se défait de ses rêves romantiques et épouse un homme qu'elle n'aime pas. Ce n'est qu'au cours des dernières pages du roman, lorsqu'elle aperçoit l'homme dont elle était autrefois amoureuse, qu'elle se rend compte qu'elle a échappé à la pauvreté et est désormais aimée, choyée et en sécurité.

Bien qu'ils communiquent et vivent ensemble, les personnages semblent prisonniers de leur propre lutte intérieure. L'auteur révèle les contradictions qui résident en chacun d'entre eux. L'âpre réalisme du *Bonheur d'occasion* et l'attention qu'il prête à la vie urbaine constituaient un virage remarquable dans la littérature québécoise de l'époque en s'éloignant de l'image sentimentale et romantique de la Belle Province qui avait dominé la littérature canadienne francophone au cours des trois siècles précédents. **CIW**

Le Christ s'est arrêté à Eboli
Carlo Levi

1902-1975 (Italie)
Première parution | 1945
Langue originale | Italien
Titre original | *Cristo si è fermato a Eboli*

On a qualifié *Le Christ s'est arrêté à Eboli* de journal, de roman documentaire, d'étude sociologique et d'essai politique. Son auteur est tout aussi difficile à classer. Médecin de formation, Carlo Levi s'est consacré à la politique, la littérature et la peinture. Entre 1935 et 1936, durant la guerre d'Abyssinie, il a été exilé à Gagliano, bourgade reculée du sud de l'Italie, en raison de son opposition à Mussolini et au régime fasciste. Le récit de cet exil fait référence dans son titre à Eboli, ville principale de la région où il avait parfois l'autorisation de se rendre.

Le titre symbolise aussi l'isolement de la population de cette région, sa pauvreté et ses privations dont le parti fasciste, principalement lié à la classe moyenne, se soucie peu. Levi décrit sa vie dans un village hanté par le paludisme, tout en brossant sans aucun sentimentalisme le portrait de ses habitants, depuis le maire fasciste jusqu'à Giulia, enceinte plus d'une douzaine de fois d'autant d'hommes différents. L'auteur représente pour cette communauté paysanne stoïque une figure de pouvoir vers laquelle elle se tourne dans sa lutte quotidienne contre la maladie et la pauvreté. Mais les efforts de ce dernier, qui n'a que peu de matériel médical à sa disposition, s'avèrent presque vains. Dans un monde qui ignore l'existence du stéthoscope, ses connaissances en médecine sont insignifiantes. Son roman a toutefois fait sensation sur la scène internationale et a attiré l'attention du public italien sur toute une partie de sa population, trop longtemps délaissée. **LE**

La Mort de Virgile
Hermann Broch

1886 (Autriche)-1951 (États-Unis)
Première parution | 1945
Langue originale | Allemand
Titre original | *Der Tod des Virgil*

Chef-d'œuvre du modernisme européen, cette exploration de la relation entre la vie et la mort, tel un long poème en prose, est composé de quatre parties intitulées « eau », « feu », « terre » et « air ». L'auteur a débuté ce roman durant son emprisonnement en camp de concentration et l'a continué lors de son exil, après avoir quitté sa Vienne natale.

Il se déroule au cours de vingt-quatre heures de la vie de Virgile, principalement dans le palais d'Auguste à Brindisi. Virgile est rentré en Italie afin de mourir en ramenant avec lui *L'Énéide*. Alors qu'il s'approche de la mort, il débat avec lui-même, l'empereur et ses amis de l'usage de la poésie, de la relation entre la religion et l'État, et de la nature du totalitarisme. Sa décision de brûler son manuscrit reflète les préoccupations de Broch cependant qu'il s'embarquait pour l'Amérique.

Le roman est composé de phrases presque interminables et fluides, chef-d'œuvre de construction. Le style, que l'on a décrit comme « une pensée, un moment, une phrase », permet à l'auteur d'explorer magistralement des pensées complexes sans pour autant tomber dans l'essai. Il englobe un univers et un discours entier avec une immédiateté profonde et sensuelle qui donne accès au lecteur à des discussions d'une complexité intellectuelle considérable. Repoussant les limites du langage, Boch permet au lecteur de vivre une expérience littéraire qui n'a pas son semblable en littérature. **JM**

Nada
Carmen Laforet

1921-2004 (Espagne)
Première parution | 1945
Langue originale | Espagnol
Prix Nadal | 1945

Lors de sa parution, le thème de ce roman paraissait neuf et audacieux, car il recréait l'environnement sordide et hostile de la grande ville et les relations de famille marquées par la suspicion et l'égoïsme. On a souvent qualifié cette œuvre d'alarmiste, et même si l'intrigue et le point de vue sont simples, voire monotones, la jeune auteur, à l'âge de vingt-trois ans, faisait preuve d'un talent remarquable en créant une atmosphère de passions sordides, de cruauté et de haine qui laissait perplexe Andrea, le personnage central.

Celle-ci rejoint Barcelone, pleine d'espoir et de rêves, afin d'y étudier la philosophie et la littérature. Elle réside dans la maison de sa grand-mère avec sa famille maternelle, dont les membres sont incapables d'affection et possèdent un équilibre moral et mental limité. Román, l'amateur de musique, est un fou sinistre mêlé à des affaires de contrebande qui provoqueront son suicide. La maisonnée abrite aussi un

peintre raté qui maltraite sa femme et la déséquilibrée Angustias qui cherche à se défaire de ses frustrations au couvent. Tous sont peu accueillants, et rappellent à Andrea l'étendue de sa dette envers eux.
L'expressivité du style et la description du cadre ont poussé les exilés espagnols à interpréter ce roman comme une dénonciation sociale, ce qui n'était pas l'intention de l'auteur. Aujourd'hui, il se démarque encore par sa puissance narrative naïve (récompensée par le prix Nadal en 1945) et par son rôle essentiel dans le renouvellement du roman espagnol de l'après-guerre. **M-DAB**

Titus d'Enfer
Mervyn Peake

1911 (Chine)-1968 (Angleterre)
Première parution | 1946
Langue originale | Anglais
Titre original | *Titus Groan Gormenghast*

Le gigantesque et sombre château de Gormenghast, demeure de la lignée des comtes d'Enfer, constitue le personnage principal de *Titus d'Enfer*. Tombant en ruines, inquiétant, doté de couloirs, tours et ailes oubliées où vivent des habitants perdus, c'est un univers vivant et plein de rage. Ses habitants – prisonniers d'une routine ennuyeuse dont on a depuis longtemps oublié la signification – accomplissent dans la précipitation une série ininterrompue de rituels.
Les personnages forment une délicieuse ménagerie d'archétypes et de caricatures. Lord Tombal, le 76e comte d'Enfer, est morose, épuisé par ses obligations permanentes. Sa femme, Gertrude, est de plus en plus détachée, heureuse seulement en compagnie des oiseaux qui nichent dans ses cheveux et de la multitude de chats qui l'entoure. Les deux bibliothécaires sont les gardiens du rituel et Lenflure, le démoniaque cuisinier porcin, règne en despote sur l'enfer fumant de la Grande Cuisine. Craclosse, le majordome de Lord Tombal, est prêt à défendre la tradition jusqu'à la mort tandis que Finelame, personnage opportuniste de basse extraction, ne recule devant rien dans son implacable désir d'ascension sociale. C'est dans cette maisonnée que naît Titus, 77e comte d'Enfer.
Roman à l'écriture superbe qui abonde en humour et intrigues, c'est une allégorie cinglante de la société britannique. On ne trouve ici ni potion magique ni créatures mythologiques. Les monstres nous sont familiers : l'ennui de la routine, un égoïsme impitoyable, et une vanité ridicule. **GT**

Alexis Zorba
Nikos Kazantzakis

1883 (Grèce)-1957 (Allemagne)
Première parution | 1946
Langue originale | Grec
Titre original | *Vios kai politia tou Alexi Zormpa*

À la fois Sancho Panca et Falstaff moderne, *Alexis Zorba* est l'une des créations littéraires les plus exubérantes de la littérature contemporaine. Ce Grec captive complètement le narrateur dans un café du Pyrée ; c'est un « cœur vivant, une grande bouche vorace, une âme brute qui n'a pas encore été séparée de la terre mère. »
C'est grâce à son appétit de vivre (et à la révélation qu'il a été contremaître dans des mines) que Zorba est invité à diriger les travailleurs d'une mine de lignite. Au cours de leur amitié et de leurs aventures picaresques sur l'île resplendissante de Crète, le robuste Grec provoque autant de dégâts qu'il inspire de sympathie, et pousse

le narrateur à remettre en question son approche orthodoxe et studieuse de la vie. Le livre est essentiellement un combat philosophique entre Zorba, doté d'une spontanéité extraordinaire, et le narrateur qui a adopté la vision plus rationnelle et mesurée des anciens Grecs, décidant de ce qui est bon ou mauvais, juste ou pas. Que l'on ajoute à cela la chaleur et l'accueil de la Grèce, sa lumière, son air, ses couleurs et ses odeurs, et l'on obtient un superbe festin littéraire. Kazantzakis, qui n'a perdu le prix Nobel que d'une voix derrière Camus en 1957, était un auteur incroyablement productif, depuis ses guides de voyage jusqu'à ses traductions. Mais c'est bien *Alexis Zorba* ainsi que *La dernière tentation du Christ* (1960) qui ont placé la littérature grecque moderne sur la scène internationale. **JHa**

Monsieur le Président
Miguel Ángel Asturias

1899 (Guatemala)-1974 (Espagne)
Première parution | 1946
Langue originale | Espagnol
Titre original | *El señor presidente*

Ce portrait du régime tyrannique d'Estrada Cabrera au Guatemala (1898-1920) inaugurait le genre du roman de dictateur, qui trouverait son apogée avec Roa Bastos, Carpentier et García Márquez. Certains thèmes forts sont présentés ici : la corruption des relations humaines au contact du pouvoir absolu et la capacité du dictateur à changer la réalité.

L'assassinat d'un officier par un mendiant sert de prétexte à la persécution d'hommes politiques ennemis – incarnés par le personnage d'un autre officier – tâche dont le dictateur charge son protégé, Michel Visage d'Ange. Suivent des scènes de torture, d'enlèvement, de tromperie et de corruption. Les personnages se retrouvent vite mêlés à un complot de terreur et de trahison. Mais Michel Visage d'Ange s'éprend de Camila, la fille du militaire qui fait l'objet de représailles. La rédemption que cet amour pourrait amener est impossible parce que le dictateur y voit une menace et une trahison. De manière mystérieuse, il cause la destruction de son favori afin de préserver le statu quo.

L'importance historique de ce roman, écrit à la veille du grand renouveau de la littérature latino-américaine, repose sur son narrateur omniprésent et sa structure (de la précision chronologique du début à l'incarcération sans fin). Son expérimentation de divers moyens d'expression et son mélange des impressions d'avant-garde (née de la longue gestation du texte), des traditions populaires et des légendes indigènes sont aussi remarquables. **DMG**

Le Sentier des nids d'araignées
Italo Calvino

1923 (Cuba)-1985 (Italie)
Première parution | 1947
Langue originale | Italien
Titre original | *Il sentiero dei nidi di ragno*

Le fait que ce soit le premier roman d'Italo Calvino, écrit alors qu'il n'avait que vingt-trois ans, à l'aube d'une carrière littéraire prodigieuse, devrait suffire à le recommander. On y trouve les frémissements de ce qui se transformerait en un style et une subtilité inimitables ; le récit représente aussi la tentative d'un jeune écrivain de méditer sur les conséquences de la Résistance italienne. Pim est un enfant précoce que l'on suit dans l'univers adulte de l'Italie rurale déchirée par les troubles et les tensions civiles.

Orphelin, paresseux, grossier, il assez vécu pour savoir tirer profit des rumeurs locales ; c'est aussi un enfant qui a soif de l'attention des adultes mais ne sait qu'imparfaitement l'attirer ou la retenir. Paradoxalement, les deux domaines qui demeurent un mystère complet pour Pin – la politique et les femmes – sont ceux qui laissent aussi perplexes la plupart des autres personnages. Lorsque leur village est occupé par les Allemands, les habitants rejoignent la Résistance, même si Calvino montre bien qu'ils sont plus motivés par une peur du changement que par un engagement politique. Il est intéressant de noter que même si *Le Sentier des nids d'araignées* lui a valu un prix, Calvino a refusé sa réédition pendant près d'une décennie. L'édition définitive, la troisième, est parue en 1964 accompagnée d'une préface aux révélations précieuses. Cette répugnance, a admis l'auteur, était liée à la façon dont il avait utilisé et caricaturé les camarades qui avaient lutté à ses côtés. Bien qu'il ne possède pas l'obsession de la symétrie et de l'ordre que l'on trouve dans ses œuvres suivantes, *Le Sentier des nids d'araignées* est magnifiquement écrit et représente la réponse d'un des écrivains italiens les plus célèbres du XXe siècle à un moment singulier de l'histoire de son pays. **JC**

Au-dessous du volcan
Malcolm Lowry

1909-1957 (Angleterre)
Première parution | 1947
Langue originale | Anglais
Titre original | *Under the Volcano*

Le chef-d'œuvre de Lowry l'a propulsé sur la scène littéraire internationale après qu'il a tiré le diable par la queue pendant des années. Il a plus tard déclaré que ce roman était le premier volume d'une trilogie inspirée par *La Divine Comédie* de Dante, *Au-dessous du volcan* représentant sa vision de l'enfer. C'est le récit de la dernière journée de Geoffrey Firmin, consul britannique alcoolique de la ville fictive de Quauhnachuac au Mexique. De façon symbolique, cette journée correspond à la célébration macabre du Jour des morts. Le roman est narré sous forme de retours en arrière par l'ancien voisin de Firmin, Jacques Laruelle, qui a vécu une aventure avec l'ex-femme de celui-ci, Yvonne. Cette dernière retourne à Quauhnachuac pour essayer de renouer avec le consul, et en compagnie de son beau-frère, Hugh, assiste aux festivités hantées par la menace croissante de violences. Lorsque Geoffrey est séparé d'eux par une violente tempête, la journée prend fin avec la mort du couple – Yvonne est tuée par un cheval emballé, et Geoffrey est assassiné par des voyous fascistes qui le jettent dans un fossé au-dessous du volcan.

Ce sont plus son symbolisme puissant et sa prose poétique que ses personnages qui font l'intérêt de ce livre. Le contexte du jour des morts, fêté au-dessous du volcan, annonce le décès inévitable du protagoniste autodestructeur, mais suggère aussi la corruption d'une culture en crise – le roman, situé en 1938, a été écrit durant la Seconde Guerre mondiale. La mort de Firmin aux mains de fascistes anticipe un ordre mondial violent que l'on ne contiendra que difficilement. Comme toute l'œuvre de Lowry, *Au-dessous du volcan* est autobiographique et retrace la fin de sa relation avec son ex-femme, Jan Gabrial, provoquée par les obsessions et excès de l'auteur, en particulier l'alcool qui mènerait finalement à sa mort. **AH**

Si c'est un homme
Primo Levi

1919-1987 (Italie)
Première parution | 1947
Langue originale | Italien
Titre original | *Se questo è un uomo*

« J'ai eu la chance de n'être déporté à Auschwitz qu'en 1944. » Ainsi débute *Si c'est un homme* de Primo Levi, récit désormais classique des dix mois qu'il a passés dans le camp de la mort allemand. Cette première phrase illustre bien son style si particulier parmi les récits de l'Holocauste. Les chapitres de *Si c'est un homme*, qui débutent avec sa capture par la milice fasciste en décembre 1943, ont été écrits, explique l'auteur, « avec un sentiment d'urgence ». Il reconnaît écrire pour expliquer à ses lecteurs à quoi ressemblait la vie à Auschwitz, mais aussi pour mettre de l'ordre dans ses expériences de « la vie dans la mort », que constitue la réalité du *Lager* (« La vie d'un Ka-Be est une vie de limbes »).

Qu'est-ce qu'un homme à Auschwitz ? Quel est l'effet d'une atrocité telle qu'Auschwitz sur l'idée d'humanité ? Levi répond par ce que l'on a qualifié de poème en prose à cet « épisode exceptionnel de la condition humaine » – des milliers d'individus, parqués ensemble derrière des barbelés, et pourtant « farouchement seuls ». L'auteur présente ici un certain nombre de thèmes et catégories importantes qui réapparaîtront au fil de son œuvre, notamment celles des « naufragés et des rescapés ». Il révèle la division impitoyable qui domine l'univers du camp : on est « Organisator », « Kombinator », « Prominent » ou, plus bas que tous les autres, « musulman ».

Il n'existe aucune alternative – c'est-à-dire, aucune vie ordinaire – dans le camp, où Levi découvre l'image du mal qu'il cherche ensuite à transmettre dans ce livre : celle d'« un homme émacié dont le visage et les yeux ne reflètent nulle trace de pensée ». Pas de pensée et pas d'histoire : Auschwitz s'attaquait à la vie de l'esprit, attaque qui a produit ce que Levi décrit comme le besoin élémentaire de raconter « l'histoire qu'on n'a pas écoutée ». **VL**

Exercices de style
Raymond Queneau

1903-1976 (France)
Première parution | 1947
Édition révisée | 1963

Lorsqu'*Exercices de style* est paru en 1947, il a valu à Queneau d'être immédiatement élu à l'académie Goncourt. Rien de semblable n'avait jamais paru, que ce soit en français ou dans une autre langue, et l'exploit n'a jamais été égalé depuis. Queneau débute avec une anecdote apparemment sans importance. Dans un bus à l'heure de pointe, un homme qui porte un chapeau de feutre en accuse un autre de l'avoir bousculé. Finalement un siège se libère et il s'assied. On le retrouve plus tard devant la gare Saint-Lazare en compagnie d'un ami qui lui suggère d'ajouter un bouton à son pardessus. Queneau raconte quatre-vingt-dix-neuf fois la même histoire : sous forme de rêve, d'ode, de sonnet, de compte rendu, de réclame, en anagrammes, en argot, et ainsi de suite.

On a tendance à penser que le style est secondaire à l'histoire, fenêtre à travers laquelle le lecteur peut percevoir une réalité donnée et irréfutable. Queneau révèle qu'il ne peut jamais être transparent, que le langage façonne et définit la réalité sous-jacente que nous percevons. Son œuvre nous force à confronter cette perception de diverses manières, amusantes et éblouissantes. Elle nous rappelle toute une tradition de l'antiroman, de Laurence Stern à James Joyce ou Alain Robbe-Grillet, selon laquelle ce n'est pas l'histoire qui prime, mais la manière de la raconter. **PT**

La Peste
Albert Camus

1913 (Algérie)-1960 (France)
Première parution | 1947
Prix Nobel de littérature | 1957

On a souvent critiqué le « sombre existentialisme » du roman, et pourtant, ce faisant, on laisse passer l'essentiel de ce chef-d'œuvre de Camus. Ce qui ressort ici, malgré sa vision stoïque de la souffrance humaine et du désespoir, c'est le sentiment primordial d'une humanité partagée. On aurait toutefois du mal à le percevoir dès les premières lignes, qui décrivent la mort de milliers de rats dans les rues d'Oran. Lorsque la population commence à tomber malade et à mourir, malgré le manque d'organisation et le démenti initial des autorités municipales, il devient évident que la peste bubonique touche la ville. Une quarantaine stricte est imposée, et c'est dans la claustrophobie suffocante de cet isolement forcé que les hommes sont contraints de se confronter à l'approche en apparence inexorable de la mort, et que les liens qui existaient au sein de la communauté se défont. Mais même au moment le plus sombre, tout espoir n'est pas perdu. Après s'être réfugiés dans une solitude pensive qui semblerait suggérer la nature unique et solitaire du désespoir humain, divers personnages parviennent par leurs efforts à rapprocher les membres de la communauté, dans une reconnaissance collective et graduelle de leur situation critique.

La sensibilité et l'empathie dont fait preuve Camus en créant ses personnages sont absolument fascinantes et nous rendent Oran vivant. C'est aussi ce qui différencie *La Peste* de *L'Étranger*, l'autre grand roman de Camus, et en fait un livre toujours d'actualité aujourd'hui. **MD**

Le Docteur Faustus
Thomas Mann

1875 (Allemagne)-1955 (Suisse)
Première parution | 1947
Langue originale | Allemand
Titre original | *Doktor Faustus*

Dans *Le Docteur Faustus*, Serenus Zeitbloom narre l'ascension et le déclin de son ami, le musicien Andrian Leverkühn. Thomas Mann, qui a adapté ici le mythe de Faust, suggère que son personnage doit son immense talent musical à son pacte avec le diable. L'auteur entremêle à ce récit son analyse des raisons pour lesquelles l'Allemagne a choisi de s'allier aux forces de l'ombre en embrassant le fascisme et Hitler.

Mann fait ici appel aux idées de nombreux philosophes européens tout en élaborant une vision toute personnelle. Ses réflexions sur l'évolution de la théorie musicale au cours des XIXe et XXe siècles sont particulièrement brillantes, notamment en ce qui concerne l'avènement du système dodécaphonique de Schönberg, compositeur dont Leverkühn est en partie inspiré. Les exigences impitoyables de la création, thème cher à Mann, sont aussi présentes. Leverkühn vit de longues périodes d'une souffrance insoutenables, interrompues par de brefs moments de génie époustouflant. Les passages où Mann explore le lien qui existe entre la créativité et la maladie sont particulièrement réussis.

Sa synthèse éloquente d'idées complexes sur l'art, l'histoire et la politique ainsi que sa réflexion profonde sur la relation entre l'artiste et la société constituent les accomplissements majeurs du roman. La description finale du sort de Leverkühn est influencée par le désespoir et l'isolement dont Mann a lui-même souffert lorsqu'exilé en Californie il s'interrogeait sur le futur de son Allemagne natale. **CC-G**

Impasse des deux palais
Naguib Mahfouz

1911-2006 (Égypte)
Première parution | 1947
Titre original | *Zuqaq al-Midaqq*
Prix Nobel de littérature | 1988

Romancier le plus célèbre d'Égypte, lauréat du prix Nobel de littérature en 1988, Mahfouz a écrit quarante romans, au cours d'une carrière prolifique, variée et controversée. Les lecteurs occidentaux connaissent surtout ses portraits réalistes du Caire au début du XXe siècle, c'est-à-dire ses premiers romans, dont le style narratif et les personnages rappellent les maîtres européens du XIXe siècle, tels que Dickens, Balzac ou Zola.

Impasse des deux palais se déroule dans le vieux Caire, au cours de la Seconde Guerre mondiale. Son évocation humoristique de la routine quotidienne des habitants d'une impasse est charmante, mais la vision du roman est rude et critique. On ne trouve aucune complicité de l'auteur vis-à-vis de personnages tels que Kirsha, propriétaire de café et revendeur de drogue homosexuel qui abandonne sa femme à la nuit tombée à la recherche de jeunes hommes, ou le sinistre Zaita, dont le métier est de mutiler les plus déshérités pour les transformer en mendiants. Mahfouz dépeint une société en crise, où la seule possibilité d'échapper à la frustration, la pauvreté et la stagnation réside en une modernisation hasardeuse concrétisée par la présence de troupes américaines et britanniques. Lorsque Hamida, beauté sans cœur du quartier, se prostitue auprès des Alliés, séduite par les charmes de la modernité, elle précipite l'issue du roman. Les Occidentaux qui visitent l'Impasse des deux palais ont l'occasion rare d'observer le monde moderne depuis la perspective arabe. **RegG**

L'Écume des jours
Boris Vian

1920-1959 (France)
Première parution | 1947

Chef-d'œuvre surréaliste, *L'Écume des jours* a été adapté au grand écran comme à la scène. Colin, jeune dilettante riche doté d'un domestique et d'une souris qui parle comme animal de compagnie, désire éperdument tomber amoureux. Chloé apparaît, et l'amour s'épanouit. Mais on découvre que Chloé souffre d'un « nénuphar dans le poumon droit », et que pour guérir, elle doit s'entourer d'une myriade de fleurs afin de respirer leur parfum, ce qui ruine Colin. Il a déjà dépensé vingt-cinq-mille « doublezons » pour la noce de ses meilleurs amis, Chick et Alise, mais la vie des jeunes époux se désintègre à cause de l'obsession de Chick pour Jean-Sol Partre, dont il collectionne les ouvrages. Alise se livre à des homicides ; la police n'est pas en reste, et le style devient franchement chandlérien dans le dénouement de l'histoire – on ne sera pas surpris d'apprendre que Boris Vian avait traduit les œuvres de Raymond Chandler en français.

Cette œuvre surréaliste, qui rappelle la science-fiction, est parfois une histoire d'amour très drôle, mais c'est par-dessus tout une interprétation poignante de la façon dont les rêves optimistes et frivoles de la jeunesse sont ternis par la pensée orthodoxe et le conformisme. Vian, qui offre ici des jeux de mots très poétiques, a aussi publié des pastiches de romans noirs, dont le célèbre *J'irai cracher sur vos tombes*. On dit qu'il est mort d'une crise cardiaque en regardant l'adaptation cinématographique de ce roman, un film qu'il détestait. **JHa**

Le Lac noir
Hella Haasse

1918 (Java)
Première parution I 1948
Langue originale I Néerlandais
Titre original I *Oeroeg*

Hella Haasse est l'un des écrivains néerlandais les plus estimés, vénérables et prolifiques, même si la traduction de ses œuvres s'effectue lentement. Le Lac noir fut sa première œuvre en prose, écrite à l'âge de trente ans et qui a fait sa renommée. Le livre fut écrit alors que les opérations controversées de l'armée néerlandaise contre la lutte d'indépendance de l'Indonésie débutaient. Ce récit maigre et incisif de quatre-vingt-dix pages raconte l'amitié entre un jeune Néerlandais et un jeune Indonésien. La narration est à la fois émouvante et engagée ; c'est une fable historique, un traité sur les « différences irrévocables et incompréhensibles ».

Le titre original en néerlandais est *Oeroeg*, du nom du jeune Indonésien qui est l'ami du narrateur (pas nommé) néerlandais. Le récit couvre leur enfance inséparable jusqu'à leur adolescence, une époque d'aliénation croissante et de changement, régie par l'immuable jugement « un jour tu devras vivre sans Oeroeg… tu es un Européen ! ». Les implications de cette différence se succèdent jusqu'à la confrontation finale : « Serai-je toujours un étranger dans le pays où je suis né ? »

Le Lac noir est une narration avisée des manières dont le langage, les identités personnelles et les destins nationaux s'entrecroisent et sont brouillés. Si les points les plus fins de ces qualités ont disparu dans la transposition du récit sur grand écran (*Oeroeg/Le Retour à la maison*, 1993), la force persistante du récit de Haasse sur la culture néerlandaise est évidente. **MS**

Voyage en Alcarria
Camilo José Cela

1916-2002 (Espagne)
Première parution I 1948
Titre original I *Viaje a la Alcarria*
Prix Nobel de littérature I 1989

Ce livre a rafraîchi un genre littéraire que les écrivains de la génération suivante adoptèrent aussi afin de dénoncer le retard et l'abandon de la campagne espagnole. Futur prix Nobel de littérature, Cela désirait préserver les caractéristiques originales des lieux et de leurs paysages au sein de récits d'une grande qualité littéraire. Les descriptions de coutumes, traditions et légendes locales abondent dans *Voyage en Alcarria*, ainsi que des personnages inconnus et inhabituels, au comportement et aux noms extravagants.

Les critiques ont eu tendance à mettre Cela au pilori. Ils critiquaient en particulier son style fleuri, et regrettaient qu'il ne s'intéresse pas plutôt aux conditions de vie du peuple et n'adopte un point de vue plus humaniste. L'auteur n'a toutefois jamais eu l'intention d'écrire une critique sociale, ni de se lancer dans la sociologie ; il désirait simplement écrire un texte marqué par son style singulier : « La toile cirée de la table est jaune, la couleur délavée par endroit et les bords quelque peu effilochés. Un calendrier de charme fait la réclame d'une marque d'anisette au mur. » Écrit à la troisième personne et délibérément phénoménologique dans ses descriptions, ce texte fait usage à répétition de la formule rhétorique qu'est « le voyageur » (la personne qui va et vient, qui lit et interroge), procédé efficace qui remplace le récit à la première personne. Aux yeux du lecteur contemporain, le roman offre un point de vue faussement modeste et quelque peu pénible, mais cela reste malgré tout l'un des meilleurs livres de Cela. **M-DAB**

La Désobéissance
Alberto Moravia

1907-1990 (Italie)
Première parution | 1948
Langue originale | Italien
Titre original | *La disubbidienza*

Alberto Moravia, figure littéraire éminente du siècle dernier, a bénéficié d'une carrière prolifique. Une grande partie de son œuvre traite des obsessions et des complexes de la bourgeoisie romaine, en particulier des thèmes jumeaux que sont le sexe et l'argent, conçus comme des agents de pouvoir plutôt que de plaisir. Elle est aussi caractérisée par une clarté d'expression presque clinique, une approche candide de la sexualité et un fort élément psychologique.

La Désobéissance aborde le passage à l'âge adulte avec beaucoup d'originalité. Luca, fils unique d'un couple respectable, adolescent insatisfait, rejette tout ce qu'il chérissait jusque-là. Il se lance dans ce qu'il considère comme une désobéissance calculée en renonçant à l'amour et à toutes ses possessions. Il tombe malade et doit garder le lit pendant plusieurs mois, durant lesquels il est sujet à des hallucinations inquiétantes. Lorsqu'il recouvre la santé, sa convalescence s'accompagne de son initiation sexuelle par son infirmière. L'expérience est hautement symbolique, car aux yeux de Luca, cette « renaissance » lui permet de surmonter un sacrifice de soi destructeur et de parvenir au sentiment presque mythique de ne faire qu'un avec la réalité. Œuvre complexe, chargée d'émotions, traitant de la rébellion adolescente, de la sexualité et de l'aliénation, *La Désobéissance* est le portrait psychologique fascinant d'un éveil œdipien. **AL**

Cendres et diamant
Jerzy Andrzejewski

1909-1983 (Pologne)
Première parution | 1948
Langue originale | Polonais
Titre original | *Popiól i diament*

Cendres et diamant, qui débute le dernier jour de la Seconde Guerre mondiale en Europe, suit les pas de trois hommes – Szczuka, secrétaire du parti communiste du district, Maciek, tueur réticent de la résistance et Kossecki, collaborateur – au cours des jours suivants. Kossecki espère oublier son passé dans les camps de concentration où il faisait partie des gardiens haïs, et souhaite retrouver son ancienne existence de magistrat travailleur et père de famille. Son fils aîné a rejoint la résistance qui combat désormais les communistes, tandis que le plus jeune appartient à un groupe anarchiste et se fait le complice d'un meurtre. Szczuka a pour tâche d'inculquer la justice et le respect de soi à un conseil municipal avide de devises, tout en pleurant en silence la mort presque certaine de sa femme dans les camps. Le groupe de résistance de Maciek lui a ordonné d'assassiner Szczuka. Mais peut-il continuer à tuer après s'être épris de Kristina, servante de l'un des hôtels de la ville ? C'est un portrait vivant d'une Pologne en proie au chaos, moralement et économiquement anéantie, au lendemain de la Libération. Tout le monde est touché : les jeunes désenchantés, rendus brutaux par la guerre, les générations plus âgées, compromises par les choix qu'elles ont effectués pour survivre. Même la foi socialiste sincère de Szczuka est mise à l'épreuve par la foire d'empoigne du banquet municipal où l'on se partage le pouvoir. La présence de l'armée d'occupation soviétique, pendant ce temps, plane sur le passé, le présent et l'avenir de la Pologne. **MuM**

Pleure, ô pays bien-aimé
Alan Paton

1903-1988 (Afrique du Sud)
Première parution I 1948
De son vrai nom I Alan Stewart Paton
Titre original I *Cry, the Beloved Country*

L'un des plus grands romans d'Afrique du Sud, *Pleure, ô pays bien-aimé*, d'abord publié aux États-Unis, qui narre le périple d'un père depuis la campagne sud-africaine jusqu'à Johannesburg, à la recherche de son fils, il a permis au monde entier de découvrir l'histoire tragique de l'Afrique du Sud. Le lecteur ne peut s'empêcher de ressentir de la compassion envers le personnage central, Stephen Kumalo, un pasteur zoulou, et sa difficile entreprise. C'est en prison qu'il retrouvera finalement son fils, Absalon, accusé du meurtre d'un blanc – un homme, qui, paradoxalement, se préoccupait infiniment du triste sort de la population indigène d'Afrique du Sud, et incarnait la voix du changement jusqu'à sa mort prématurée. On rencontre aussi un autre père, celui de la victime, dont le cheminement personnel à la découverte de son fils permet finalement à son destin et à son chagrin de se retrouver étrangement entremêlés à ceux de Kumalo.

Le roman reflète les extrêmes des émotions humaines, et la foi que montre Paton en la dignité humaine dans les pires des circonstances est poignante et exemplaire. Le roman dénonce aussi la brutalité de l'apartheid, mais, en dépit de son portrait sans concessions du désespoir sud-africain, il offre l'espoir d'un avenir meilleur. C'est un cri en faveur de l'Afrique du Sud, aimée malgré tout, un cri pour son peuple, sa terre, et l'espoir timide de sa libération des chaînes de la haine, de la pauvreté et de la peur. **EG-G**

Bi-levav yamin
Samuel Joseph Agnon

1888 (Autriche-Hongrie)-1970 (Israël)
Première parution I 1948
Titre original I *Bi-levav yamin*
Prix Nobel de littérature I 1966

Ce roman, avec lequel Agnon a remporté le prix Bialik, en a fait l'un des auteurs les plus importants de la littérature hébraïque moderne. Situé à la fin du XIXe siècle, ce court récit de quatorze chapitres entraîne le lecteur en compagnie d'un petit groupe de juifs hassidiques pieux depuis la ville de Buczacz, dans l'est de la Galice (Ukraine aujourd'hui), à travers la Pologne et la Moldavie jusqu'à Constantinople, puis, en traversant la mer, à Jaffa et Jérusalem. Ces compagnons « au bon cœur » surmontent en chemin dangers et difficultés, et triomphent des tentations de Satan par la force de leur foi et leur amour éclatant de Jérusalem et de la terre d'Israël. Ce récit picaresque est aussi une autobiographie symbolique d'Agnon. Rédigé dans un style très personnel et original, il mêle le judaïsme traditionnel, le langage des Écritures Saintes et des textes rabbiniques, et les influences de la littérature allemande pour créer un langage unique, moderne et complexe. Dans le discours qu'il a prononcé à l'occasion de la remise du prix Nobel de littérature qui lui a été octroyé en 1966 (ainsi qu'à Nelly Sachs), l'auteur a résumé ainsi sa vision du monde : « C'est en vertu de Jérusalem que j'ai écrit tout ce que Dieu a placé dans mon cœur et sous ma plume. » À ce jour, il demeure l'écrivain le plus étudié de la littérature moderne israélienne, et *Bi-levav yamin* a été traduit en de nombreuses langues. **IW**

Querelle de Brest
Jean Genet

1910-1986 (France)
Première parution | 1947

Quatrième roman de Genet, *Querelle de Brest* prolonge la morale négative de la beauté et du Mal inaugurée avec *Notre-Dame-des-Fleurs*. Après ce livre, Genet écrira essentiellement pour le théâtre. Son obsession du criminel resplendissant se coule ici dans le cliché du marin homosexuel et mystérieux. Georges Querelle, matelot sur le Vengeur, débarque dans le port de Brest. Dans un bordel nommé « La Féria », il rencontre son frère jumeau, Robert, amant de la tenancière des lieux ; Querelle, lui, satisfait les fantasmes de son mari, Nono. Dans des descriptions érotiques d'un lyrisme époustouflant, Genet glisse une intrigue policière proche de l'anecdote, voire de la parodie ; même si « l'idée de meurtre évoque souvent l'idée de mer, de marins », cet arrière-plan policier semble surtout être pour le romancier une manière de pousser son personnage au plus profond de l'abjection en lui faisant expérimenter le meurtre, l'amitié coupable et, pour finir, la trahison. On retrouve dans *Querelle de Brest* les thèmes centraux de l'œuvre de Genet : vertiges des identités à travers la gémellité de Robert et Georges, apologie du Mal et, surtout, exaltation inconditionnelle de la beauté – cette beauté qui justifie tout, y compris le pire. L'influence de Cocteau est palpable dans tout le roman ; il illustrera l'édition originale d'une série de dessins pornographiques qui lui vaudront d'être convoqué par la police, à qui il rétorquera qu'ils sont l'œuvre d'un faussaire de talent… **BQ**

L'Arrêt de mort
Maurice Blanchot

1907-2003 (France)
Première parution | 1948

Maurice Blanchot a exercé une grande influence sur la littérature française du XXe siècle, tout en observant une réserve scrupuleuse, à la fois dans sa vie et dans son œuvre. Les mots du titre, *Arrêt de mort*, font à la fois penser à une condamnation à mort, et à l'interruption de la mort, soit à un jugement final et définitif et à un sursis indéfini. Ce court roman existe dans la suspension de sens générée par son titre. Le premier segment narratif décrit dans le détail la lutte et le traitement médical d'une femme en phase terminale, baptisée simplement J. Elle meurt, ressuscite mystérieusement pour être tuée à nouveau par une overdose administrée par le narrateur. Le deuxième segment retrace les interactions de ce dernier avec trois autres femmes durant l'Occupation et les bombardements de Paris dans les années 1940. De nombreux parallèles et répétitions existent entre les deux récits, multipliant et compliquant les interprétations. Alors que le narrateur lutte pour se remémorer les événements qu'il relate, il a le sentiment que le monde revient toujours sur ses pas, et consume ainsi le protagoniste ainsi que la vérité qu'il essaie de transmettre. Pour lui, cette lutte est au cœur de toute écriture ; face à l'incapacité totale des mots à refléter de façon adéquate un événement dans toute sa complexité, il est envahi du désir insatiable de raconter, condamné à explorer les limites de ce qui peut se dire en recommençant encore et encore. **SS**

1984
George Orwell

1903 (Inde)-1950 (Angleterre)
Première parution | 1949
Langue originale | Anglais
De son vrai nom | Eric Arthur Blair

1984 est l'un des romans les plus politiques d'Orwell, remarquable mise en garde contre les dangers de l'utopie et de la société totalitaire. Winston Smith est membre de base du parti au pouvoir à Londres, dont tous les habitants sont surveillés en permanence par des télécrans. Où que se rende Winston, le leader omniscient du parti, Big Brother, le regarde. Le parti essaie d'éradiquer toute velléité de rébellion politique en éliminant du langage tous les mots qui s'y réfèrent et en créant la « novlangue ». « Le crime-pensée » (commis par qui abrite des pensées rebelles) est illégal. Winston, qui travaille pour le ministère de la Vérité en modifiant les archives pour le bénéfice du parti, est frustré, opprimé par les interdits en matière de pensée libre, de sexe et d'individualité. Il achète illégalement un journal afin d'y noter ses réflexions et passe ses soirées à déambuler dans les quartiers pauvres où vivent les « prolos », relativement libres de toute surveillance. Winston entame une liaison illicite avec Julia, autre employée du parti, mais ils sont découverts par un espion et Winston est contraint de se confronter à ses peurs les plus terribles dans la pièce 101. Terrorisé, il renonce à son amour pour Julia, puis est libéré, homme brisé qui accepte désormais totalement le parti.
En 1949, à l'aube de l'ère nucléaire et alors que la télévision ne pénétrait pas encore dans les foyers, l'invention d'un univers surveillé par écrans dans un futur proche était terrifiante. Ce roman occupe une place importante non seulement pour sa sombre mise en garde contre les abus d'autorité (et son regard critique à l'égard des programmes télévisés modernes), mais aussi pour sa perspicacité dans les domaines de la manipulation du langage et de l'histoire, de la psychologie de la peur et du contrôle. Ces aspects sont peut-être plus pertinents encore aujourd'hui. **EF**

L'Homme au bras d'or
Nelson Algren

1909-1981 (États-Unis)
Première parution | 1949
Titre original | *The Man with the Golden Arm*
Adaptation cinématographique | 1955

On se souvient probablement du meilleur roman d'Algren grâce à son adaptation cinématographique dans laquelle Frank Sinatra jouait le rôle de l'antihéros, Frankie Machine, trafiquant drogué.

C'est sous-estimer Algren tout autant que de ne voir en lui, grâce à une biographie de sa maîtresse, Simone de Beauvoir, que celui qui a permis à l'auteur du *Deuxième Sexe* d'atteindre l'orgasme pour la première fois. Le roman allie la curiosité qu'éveillent les crimes des romans de gare et de la presse à scandale au zèle d'une enquête sociologique : un mélange vendeur de luxure et de noblesse que le talent poétique constant de l'auteur place nettement au-dessus de ses nombreux rivaux dans ce domaine. Sa prose, où s'affrontent violemment divers registres et où sa voix poétique résonne encore aujourd'hui, est marquée de façon indélébile par l'influence de T. S. Eliot et de James Joyce.

Chicago est le sujet principal de l'œuvre d'Algren qui a saupoudré ses bars délabrés, ses asiles de nuit humides, ses réservoirs de stockage crasseux et ses trottoirs trempés d'un langage digne, exigeant, qu'il savait partager avec ses personnages principaux. Si le style d'Algren peut parfois se révéler ampoulé, Frankie Machine, Sparrow Saltskin, Sophie, Molly et tous les policiers fatigués de Chicago survivent dans nos mémoires, leur intensité éloquente intacte, même lorsque ce lot de petits malfaiteurs est entraîné dans un engrenage sans fin né de la dépendance, de la violence et d'une inévitable pauvreté. **RP**

Le Royaume de ce monde
Alejo Carpentier

1904 (Cuba)-1980 (France)
Première parution | 1949
Langue originale | Espagnol
Titre original | *El reino de este mundo*

Avec ce livre, Carpentier déclarait la guerre au surréalisme européen qui n'avait désormais plus rien à offrir, et produisait en même temps l'un des textes fondateurs du réalisme magique, mouvement alors émergent. C'est un récit historique relativement simple qui retrace les événements de la seule révolution d'esclaves réussie. Situé à Saint-Domingue, île qui devait se transformer en 1803 en Haïti, première république noire d'anciens esclaves, le roman suit le destin de Ti Noël, son personnage principal. Servant de l'une des grandes familles blanches avant la révolution, il noue une amitié intense avec Macandal, leader mandingue d'esclaves marrons avant d'assister à son exécution et à son apothéose vaudou. Après l'avènement de la révolution, Ti Noël est à nouveau esclave au sein de l'immense main-d'œuvre que le dictateur noir, Henri Christophe, a conscrite afin d'ériger son palais au sommet d'une montagne. Le roman se conclut par le récit fantasmagorique de la chute de Christophe, le sac de Sans-Souci et la mort de Ti Noël.

Lorsqu'il a rédigé cette œuvre, Carpentier était désespéré par la nature selon lui stéréotypée de la littérature fantastique. Toutefois, dans ce court chef-d'œuvre de facture délicate, l'auteur mêle à une histoire étudiée avec minutie une série de transformations anthropomorphiques et de juxtapositions métaphoriques, qui atteignent constamment son idéal d'une « réalité merveilleuse », pour donner naissance à une nouvelle forme de fiction du « merveilleux au sein du réel ». **MW**

La Chaleur du jour
Elizabeth Bowen

1899 (Irlande)-1973 (Angleterre)
Première parution I 1949
Langue originale I Anglais
Titre original I *The Heat of the Day*

On souhaiterait ne jamais terminer *La Chaleur du jour* d'Elizabeth Bowen, et demeurer à jamais prisonnier de l'équilibre et de la clarté de son monde. Cette histoire d'amour se déroule à Londres pendant la guerre. Stella découvre que son amant, Robert, est suspecté d'être un espion nazi. Il confesse lui-même son attirance pour l'ordre et la loi allemande. L'univers délicatement érigé de Stella s'effrite peu à peu.
Cette histoire et les teintes étranges d'une ville estivale en temps de guerre font toute la structure et la dynamique du roman. Une autre histoire d'amour se déroule aussi à un autre niveau, et fait naître une mélancolie intense et douloureuse. Inexprimable, elle ne se devine qu'à un sentiment de perte, le deuil de ce que l'on a aimé et qui a disparu. Ce qui est pleuré par *La Chaleur du jour* n'a été que peu regretté à l'époque ou même depuis. Le roman anticipe en effet la disparition de la suprématie culturelle et sociale des propriétaires fonciers anglais. De nombreux fils de cette classe ont été massacrés lors de la Première Guerre mondiale, et durant l'entre-deux-guerres la Grande Dépression a réduit son capital tandis que l'existence du Labour diminuait son pouvoir et son prestige politique.
Bowen a commencé à rédiger *La Chaleur du jour* en 1944, un an avant la victoire écrasante du Labour aux élections générales britanniques. L'élégie d'une ère qui avait déjà presque complètement disparu enrichit donc ce roman en rendant ces histoires de deuil personnel encore plus poignantes. **PMcM**

L'Amour dans un climat froid
Nancy Mitford

1904 (Angleterre)-1973 (France)
Première parution I 1949
Titre original I *Love in a Cold Climate*
Langue originale I Anglais

L'Amour dans un climat froid nous fait pénétrer dans la société aristocratique anglaise de l'entre-deux-guerres. Polly Montdore, héritière qui vit entourée de privilèges, de richesse et de raffinement, choisit un mari fort peu conventionnel, ce qui choque non seulement sa famille, mais cause un tel scandale que cela devient le seul sujet de conversation de toute la bonne société. Racontée par son amie Fanny, la narratrice sensée de nombreux romans de Mitford, l'histoire de Polly s'élargit pour se transformer en commentaire sur les éléments comiques et tragiques propres à la vie mondaine. D'un ton léger et spirituel, le roman décrit ce qui n'apparaîtrait habituellement que comme une série d'obligations sociales dans un univers où l'ordinaire constitue un phénomène étonnamment rare. Les personnages de Mitford frisent souvent l'excentricité ; « Oncle Matthew », inspiré du père de l'auteur, représente l'aristocrate fantasque, tandis que l'insupportable Lady Montdore, dont la rencontre avec Cedric, son neveu canadien, esthète par excellence, est décrite de façon hilarante, offre le portrait cinglant d'une matrone dominatrice mais crédule. Les romans de Mitford, comme ceux de Jane Austen, se penchent sur les intrigues mesquines d'une famille huppée et de son entourage. Comme Austen, elle utilise la satire pour se moquer gentiment de ces derniers, tout en invitant le lecteur à se préoccuper de leur sort. **AB**

L'Affaire Toulaev
Victor Serge

1890 (Belgique)-1947 (Mexique)
Première parution I 1949
De son vrai nom I Victor Lvovich Kibalchich

L'Affaire Toulaev traite du totalitarisme et donc de défaite, d'interdits et de paranoïa systématique. Dans sa détermination à rendre hommage à la multiplicité et aux excès de la vie quotidienne, l'ouvrage diffère du *1984* d'Orwell et du *Zéro et l'infini* de Koestler. Il a pour sujet principal les grands procès et les purges du stalinisme. Serge avait vécu l'optimiste révolution de 1917 ainsi que sa transformation en stalinisme, système de pouvoir bureaucratique généralisé. Il s'était dressé contre cette évolution en tant que membre de l'opposition trotskiste et avait été déporté en Asie centrale entre 1933 et 1936. C'est alors que la Grande Terreur, une longue série de purges, a commencé.

Ce roman, traversé par l'Histoire, va bien au-delà du stalinisme pour incorporer, à travers les souvenirs, anecdotes et associations d'idées, les multiples variétés de la réalité russe. Voici la vie des soldats de la Grande Guerre, des paysans sans terre, des activistes politiques exilés ou cachés, des érudits, des employés, voyageurs et enthousiastes.

Tandis que l'intrigue se noue avec une froideur et une clarté choquantes, le récit de Serge est riche de voix, la Russie est une arène qui grouille de vie. Même si règnent la terreur, la mort, la trahison et une douloureuse confusion, travail, fraternité, conversation et espoir sont aussi présents. **PMcM**

Moïra
Julien Green

1900-1998 (France)
Première parution I 1950
Élection à l'Académie Française I 1973
De son vrai nom I Julian Hartridge

À dix-neuf ans, Joseph Day débarque dans une université américaine pour y étudier les lettres classiques ; cheveux roux, allure austère et pudeur maladive, il s'attire les moqueries de ses camarades, qui le surnomment « l'ange exterminateur ». Affectant de les ignorer, il se réfugie dans la lecture solitaire du Nouveau Testament. Son puritanisme strict – « Je hais l'instinct sexuel » – l'empêche de prendre conscience de l'amour que lui porte Simon, son voisin de chambre ; ce dernier, de dépit, se suicide. Dans la deuxième partie du roman, Joseph apprend par sa logeuse que le lit qu'il occupe appartient en réalité à la jeune Moïra (« destinée », en grec) ; l'information réveille ses obsessions. À l'instigation de ses camarades, décidés à lui faire perdre sa virginité, Moïra s'introduit un jour dans sa chambre et le séduit ; Joseph cède à ses pulsions, puis regrette sa faiblesse : honteux et torturé, il la tuera le matin venu. Refusant de prendre la fuite, il affrontera la punition qui l'attend, sacrifiant sa liberté et renonçant à jamais à la sexualité. Publié dans la revue *La Table Ronde*, *Moïra* marque une étape dans l'œuvre de Julien Green : l'aspect philosophique et spirituel de ses romans de jeunesse y prend une dimension nouvelle, l'écrivain explorant le sentiment de culpabilité, la conscience du bien et du mal et le débat intérieur de son héros. En 1956, il imagine une transposition théâtrale du roman, qu'il ne terminera qu'au début des années 90 et qui demeure inédite. **BQ**

I, Robot : le cycle des robots
Isaac Asimov

1920 (Russie)-1992 (États-Unis)
Première parution | 1950
Langue originale | Anglais
Titre original | *I, Robot*

I, Robot constitue l'un des grands classiques de la science-fiction. Bien qu'en apparence l'ouvrage soit constitué d'une série de nouvelles, le fait qu'elles soient liées par leur exploration de sujets inséparables pour Asimov, la robotique et la philosophie, lui garantit de figurer sur une liste de grands romans. C'est ici qu'Asimov a inventé le terme « robotique » et présenté les principes du comportement des robots intitulés les Trois Lois de la robotique, respectés par tous les écrivains de science-fiction depuis. Selon ces lois, 1) un robot ne peut blesser un être humain ni, par son inaction, permettre qu'un humain soit blessé ; 2) un robot doit obéir aux ordres donnés par les êtres humains, sauf si de tels ordres sont en contradiction avec la Première Loi ; 3) un robot doit protéger son existence tant que cette protection n'est pas en contradiction avec la Première ou la Deuxième Loi.

Le docteur Susan Calvin, robopsychologue, travaille pour la compagnie qui fabrique ces robots intelligents, et les interviews qu'elle accorde à un journaliste relient les nouvelles. Elle revient sur l'évolution des robots et explique combien l'humanité a du mal à comprendre l'intelligence artificielle qu'elle a créé. Chaque nouvelle illustre un problème différent né de l'interprétation des trois lois fondamentales par un robot. Si *I, Robot* a été publié dans les années 1950 et comprend des nouvelles qui datent des années 1940, alors que l'informatique n'en était qu'à ses balbutiements, les prédictions d'Asimov dans le domaine des logiciels s'avèrent justes et pénétrants. Son écriture n'est pas de tout premier rang, et la psychologie des personnages est souvent faible, mais son style scientifique, le mélange de réalité et de fiction, et ses étonnantes perspectives sur l'univers de la robotique en font l'un des ouvrages les plus importants de la science-fiction. **EF**

Vaincue par la brousse
Doris Lessing

1919 (Iran)
Première parution |1950
Titre original | *The Grass Is Singing*
Prix Nobel de littérature | 2007

Le premier roman de Doris Lessing, écrit en Afrique mais publié seulement alors qu'elle vivait en Europe, débute par le meurtre de la femme d'un fermier blanc aux mains de son domestique africain en Rhodésie. Le récit rétrospectif progresse donc irrévocablement vers la mort. Dès les premières pages, il est clair que l'on nous demande d'assister à des relations humaines qu'un système judiciaire colonial refuse de reconnaître. Dick et Mary Turner sont tous deux possédés par le besoin et par une idée fausse de l'autre. Lorsqu'ils s'épousent, Mary la citadine rejoint la ferme isolée et pauvre de son mari. Peu à peu désenchantée, elle succombe à la torpeur et à l'hystérie dans la chaleur accablante du veld. Seul Moïse, le dernier en date d'une série de domestiques maltraités par Mary, semble capable de répondre à son malheur. Mais ses actes de gentillesse violent le tabou colonial – les différentes races ne sont pas autorisées à reconnaître l'existence des autres en tant qu'êtres humains. Le désir et la peur sont inextricablement mêlés tandis que Mary sent qu'elle s'abandonne à l'autorité d'un homme qu'elle associe au bush environnant qui menace toujours de reconquérir la terre défrichée par les fermiers blancs. La douloureuse intensité de ce portrait de vies détruites n'est allégée que par les descriptions de la beauté âpre du veld africain. *Vaincue par la brousse* était la première parution d'une figure littéraire majeure ; c'est une dénonciation féroce de l'hypocrisie d'un système colonial que Lessing a connu au cours de sa jeunesse en Afrique du Sud, et une analyse détaillée de la mentalité coloniale et des déformations qu'elle inflige à la fois aux colonisés et aux colonisateurs. **VM**

Le Testament
Nevil Shute

1899 (Angleterre)-1960 (Australie)
Première parution | 1950
De son vrai nom | Nevil Shute Norway
Titre original | *A Town like Alice*

Le Testament de Nevil Shute, acclamé sur la scène internationale, est devenu un classique australien. Histoire d'amour qui se déroule en Asie durant la Seconde Guerre mondiale puis dans le bush australien, c'est un récit sur le changement des sociétés sous l'impact de la guerre. Le roman est inspiré d'un événement réel : lors de l'invasion de Sumatra, les Japonais ont capturé quatre-vingts femmes et enfants hollandais et les ont entraînés dans une marche forcée longue de deux ans et demi autour de l'île. Le narrateur raconte l'histoire de Jean Pagett, une secrétaire anglaise qui vit en Malaisie. Capturée en compagnie d'autres femmes et enfants anglais, elle passe les trois années suivantes dans une « marche funèbre » autour de la péninsule. Elle se lie d'amitié avec un prisonnier de guerre australien, Joe Harman, et est ensuite amenée à croire qu'il a été tué. Après la guerre, en retournant en Malaisie, Jean découvre qu'il n'est pas mort. Elle le rejoint en Australie où leur histoire d'amour renaît, et le couple transforme le hameau de Joe en communauté prospère sur le modèle de la ville d'Alice Springs. *Le Testament*, qui possède tous les aspects d'une grande histoire d'amour, a été écrit par un auteur qui en vivait une avec son nouveau pays, l'Australie. **LE**

La Lune et les feux
Cesare Pavese

1908-1950 (Italie)
Première parution | 1950
Langue originale | Italien
Titre original | *La luna e i falò*

Le dernier roman de Pavese (le meilleur dit-on) invite à une promenade lyrique dans la région des Langhe au Piémont. L'histoire est minimale, comme si l'auteur s'était refusé à créer une intrigue complexe ou à explorer la psychologie des personnages. Après que l'Italie a été délivrée du fascisme, Anguilla, qui vient de passer vingt ans en Amérique, retrouve son village natal. Il a assez voyagé pour savoir que tous les pays du monde se ressemblent et que l'on a bien besoin de finalement s'installer quelque part. Il rentre donc dans les Langhe parce que « ces villages l'attendaient ». Dans un récit qui passe du passé au présent (et vice versa), Anguilla, accompagné par son ami et guide Nuto, redécouvre sa patrie. Il désire comprendre qui il est en s'appropriant Gaminella, l'endroit où il a passé son enfance, et Mora, où il a travaillé adolescent. Son village, idéalisé, a acquis les couleurs symboliques d'un paradis terrestre, mais il découvre rapidement que les arbres ont été coupés, et que Santa, qui était encore petite fille lorsqu'il est parti, a été tuée. Nuto, qui croit tout autant qu'Anguilla en la résistance et en la nécessité d'une révolution sociale, aide son ami à se rendre compte du caractère illusoire de sa quête. Il lui fait aussi découvrir l'essence mythique du changement social en affirmant sa croyance dans les traditions et les superstitions paysannes ainsi que dans le pouvoir régénérateur des feux de joie. **RPi**

Gormenghast
Mervyn Peake

1911 (Chine)-1968 (Angleterre)
Première parution | 1950
Langue originale | Anglais
De son vrai nom | Mervyn Lawrence Peake

Deuxième volume de l'extraordinaire trilogie de *Gormenghast* et son apogée, c'est aussi un exploit littéraire. *Gormenghast* reprend l'histoire là où elle s'était arrêtée à la fin de *Titus d'Enfer*. Lord Tombal est mort, Lenflure a été vaincu par Craclosse et Finelame, devenu chauve dans l'incendie qu'il a volontairement allumé – les cicatrices qui le défigurent reflètent la pourriture progressive de son âme –, continue à s'élever dans la hiérarchie. C'est désormais une force avec laquelle il faut compter. Titus approche de la période de l'adolescence, et s'oppose en digne adversaire aux machinations de Finelame, de plus en plus puissant. L'immense et maléfique Gormenghast poursuit sa vie.

La galerie de personnages de *Titus d'Enfer* réapparaît avec vitalité. On retrouve leurs courses dans le labyrinthe que forment grandes salles et antichambres, caves poussiéreuses et bibliothèques. On redécouvre la triste Fuschia, les tantes jumelles qui ne cessent de jacasser et organisent des thés dans les rameaux sous leurs fenêtres, le docteur Salprune et sa sœur Irma dont la vanité complaisante n'est en aucun cas méritée. Peake reprend son allégorie cinglante de la vie britannique et l'élargit en attaquant avec son humour sublime habituel de nouvelles cibles, en nous offrant par exemple une analyse hilarante de l'éducation de Titus au sein d'un système étonnamment familier. Le roman se termine par une inondation apocalyptique alors que Titus et Finelame luttent pour le cœur même de Gormenghast. Nouvellement conscient de l'existence du monde extérieur, Titus décide de quitter les créneaux escarpés de son château pour explorer ce qui se trouve au-delà.

La prose de Peake est magistrale, ses personnages si étranges qu'ils en deviennent hyperréalistes. *Gormenghast* est aussi complexe et sombre qu'un triptyque de Bosch. **GT**

Les Treize Horloges
James Thurber

1894-1961 (États-Unis)
Première parution | 1950
Langue originale | Anglais
Titre original | *The 13 Clocks*

Les Treize Horloges sont composées des éléments essentiels d'un conte de fées palpitant : un prince déguisé en ménestrel déguenillé, une princesse emprisonnée dans un château par un duc maléfique, et une tâche difficile qui doit être accomplie en un temps impossible. Cette contrainte est l'élément clé de l'histoire car le duc déclare avoir « dompté » le temps et les treize horloges du château marquent, figées, cinq heures moins dix. Le prince doit découvrir un trésor inestimable et le présenter alors que les horloges sonnent l'heure. Golux, minuscule sorcier doté d'une étrange logique, est son seul espoir.

Le château est un lieu dangereux que patrouillent d'immenses gardes et que contrôlent les espions du duc, coiffés de capuches de velours. Des créatures cauchemardesques guettent dans les recoins sombres des donjons les plus profonds. Des touches d'une joyeuse absurdité contrebalancent ces éléments terrifiants. Des balles de couleurs vives dévalent les escaliers à l'improviste – sont-ce les fantômes d'enfants assassinés qui jouent à l'étage ? Les éléments habituels des contes de fées ne manquent pas non plus : l'amour finit toujours par l'emporter, le temps reprend son cours, et le mal est vaincu. Dans les dernières pages, le duc est poursuivi par une « mare de beurk, qui sent le renfermé et pousse des cris de lapins ».

Le langage est brillamment inventif, le ton malicieusement ironique – caractéristiques de l'humoriste américain le plus admiré et le plus controversé de la première moitié du XXe siècle. Thurber était en train de perdre la vue lorsqu'il a écrit *Les Treize Horloges* et les descriptions de personnages entraperçus dans l'ombre, de traits de lumières transperçant des pièces obscures, ou de fourrés de nuit qu'illuminent des éclairs créent des paysages hallucinatoires qui suggèrent combien sa cécité préoccupait l'auteur. **TS**

Le Labyrinthe de la solitude
Octavio Paz

1914-1998 (Mexique)
Première parution | 1950
Titre original | *El laberinto de la soledad*
Prix Nobel de littérature | 1990

Un livre composé de neuf essais sur divers aspects des attitudes mexicaines peut sembler un choix bizarre pour une liste de romans indispensables, mais *Le Labyrinthe de la solitude* marque aussi une avancée dans la fiction. C'est un roman d'apprentissage analytique et intensément poétique qui montre le développement non d'un individu mais de l'identité d'une nation. Paz comptait déjà parmi les plus grands poètes mexicains du XXe siècle lorsqu'il a écrit cet ouvrage en 1950. C'était aussi un personnage public important : il avait combattu aux côtés des Républicains en Espagne, c'était un diplomate réputé et il devait se voir décerné le prix Nobel de littérature en 1990. *Le Labyrinthe de la solitude* a été sujet à controverse au sein de l'establishment mexicain, car il tendait un miroir à une nation qui n'appréciait pas toujours ce qu'elle y découvrait. Le livre décrit le Mexique à un moment crucial de son épanouissement personnel, mais critique aussi certains aspects de l'identité mexicaine : son machisme, sa dissimulation, sa dureté et les rôles immuables des deux sexes.

Paz est ici mi-anthropologue mi-sémiologue ; il analyse les signes à travers lesquels s'est construite la culture mexicaine, depuis les codes vestimentaires des bandes de jeunes Mexicains-Américains rebelles jusqu'aux rituels publics du Jour des morts. Mais il traite ces sujets avec son éloquence profonde de poète, et chaque page fait preuve d'une perspicacité instinctive et d'une grande finesse verbale. **MS**

L'Abbé C.
Georges Bataille

1897-1962 (France)
Première parution | 1950

L'Abbé C., court roman de Georges Bataille, présente les liens dangereusement enchevêtrés qui relient deux frères jumeaux : Robert, qui est prêtre et vit une vie si vertueuse qu'elle lui vaut le sobriquet d'abbé, et son frère, l'antipathique Charles, dont la vie dissolue est consacrée au plaisir. Divers narrateurs interviennent dans ce roman, dont un ami commun qui, dès les premières pages, découvre un Robert angoissé par la grave maladie de son frère. Au fil du récit, on découvre à quel point la vie affective des deux frères est liée. La liaison de Charles avec Éponine, qui partage son style de vie décadent, est compliquée par l'attrait qu'elle ressent pour Robert, et, plus surprenant encore, par le désir anxieux que ce dernier éprouve pour elle. Ce triangle douloureux menace de rompre le lien fraternel et provoque le déclin constant de la santé mentale de Robert et en même temps la détérioration de l'état physique de Charles.

Ce roman, qui démontre la fascination habituelle de Bataille pour la relation étroite qui lie l'érotisme, la mort et la sensualité, explore aussi la frontière étroite entre désir sexuel et morbidité. En se concentrant sur ce qui sépare la vérité de la conscience individuelle et le code moral qu'exigent les observances religieuses, il explore une dimension fascinante de l'expérience humaine. Les lecteurs trouveront peut-être son goût de la provocation un peu trop excessif et cru, mais cela reste malgré tout une œuvre passionnante et inhabituelle. **JW**

Les Irresponsables
Hermann Broch

1886 (Autriche)-1951 (États-Unis)
Première parution | 1950
Langue originale | Allemand
Titre original | *Die Shuldlosen*

Recueil de nouvelles vaguement reliées entre elles, *Les Irresponsables* de Broch brossent le portrait, sombre et menaçant, de la société européenne de l'entre-deux-guerres. Ces histoires situées entre 1913 et 1933 décrivent des personnages non seulement détruits par l'impact de la Première Guerre mondiale, mais aussi apparemment déterminés à détruire eux-mêmes tout vestige de certitude morale.

On y retrouve à plusieurs reprises Monsieur A, jeune homme apparemment sans attaches qui loue une chambre dans le palais dilapidé d'une baronne vieillissante, et le roman décrit une série de désastres sociaux auxquels il assiste ou qu'il provoque. Les relations sexuelles virent à la trahison et à la violence ; la vie de famille devient la parodie grotesque des conventions inexistantes de l'avant-guerre. Broch insère des « explications » avant chaque ensemble de nouvelles, et montre de plus en plus clairement que les fausses valeurs de cette société décadente annoncent les normes bien plus inquiétantes du nazisme. Aucun des personnages n'est ouvertement politique, mais leurs actions inhumaines posent les fondations de l'acceptation passive du fascisme.

Les Irresponsables, qui mêlent de façon saisissante une prose d'une élégance discrète à des vers satiriques demeure aujourd'hui un roman puissant et obsédant qui force le lecteur à admettre que, comme le remarque trop tard l'un des personnages « notre responsabilité, comme notre cruauté, nous dépasse. » **AB**

Barabbas
Pär Lagerkvist

1891-1974 (Suède)
Première parution | 1950
Langue originale | Suédois
Prix Nobel de littérature | 1951

Voleur condamné mais libéré à la place du Christ, Barabbas n'apparaît que fugitivement dans le Nouveau Testament. Sous la plume talentueuse de Pär Lagerkvist, il devient toutefois un personnage énigmatique et hanté, un paria qu'une force intérieure pousse à rechercher un Dieu, qu'il ne peut pleinement accepter ni rejeter. Incapable de reprendre son ancienne existence après avoir assisté à la mort du Christ, il erre puis devient esclave, tout en s'approchant le plus possible des chrétiens, où qu'il les trouve, dans une dangereuse danse d'incompréhension mutuelle. Construit autour de trois crucifixions, Barabbas offre une gamme de parallèles et contrastes changeants – entre Barabbas et Jésus, le doute et la foi, l'ombre et la lumière.

Lagerkvist, qui avait perdu la foi jeune homme, était intéressé par l'angoisse de ceux qui, dépourvus de certitudes, recherchent un sens à leur vie dans un monde qui en est apparemment dénué. *Barabbas*, où la foi apaisante et inconditionnelle des premiers chrétiens côtoie la solitude épouvantable d'un homme aux doutes persistants, permet d'explorer ces thèmes.

Lagerkvist a reçu le prix Nobel de littérature en 1951, en partie grâce à ce roman. Au lendemain de la Seconde Guerre mondiale et des ses atrocités, il n'est pas étonnant que celui-ci ait profondément ému le jury par ce cri : « Quel est le sens de tout cela ? ». *Barabbas* est une œuvre d'une profonde modernité, qui place au premier plan un sentiment grandissant d'angoisse existentielle. **RMa**

La Fin d'une liaison
Graham Greene

1904 (Angleterre)-1991 (Suisse)
Première parution | 1951
De son vrai nom | Henry Graham Greene
Titre original | *The End of the Affair*

Situé à Londres au cours de la Seconde Guerre mondiale, ce livre est l'histoire torturée d'une liaison amoureuse entre Maurice Bendrix, un romancier, et Sarah Miles, mariée à un autre. Les amants se rencontrent au cours d'une soirée puis se libèrent mutuellement des contraintes du devoir. Après plusieurs années, alors que leur aventure continue, le bâtiment où ils se retrouvent est frappé par un missile durant le Blitz de Londres et Bendrix est assommé par le choc. Terrifiée à l'idée qu'il est peut-être mort, Sarah supplie Dieu et promet de mettre un terme à sa liaison s'il laisse la vie à son amant. Bendrix se remet, et Sarah, fidèle à sa promesse, le quitte sans aucune explication. Malheureux et confus, ce n'est que des années plus tard que Bendrix découvre le serment.

Greene est célèbre pour son catholicisme, mais aussi pour son questionnement de la foi à la lumière de ses propres adultères. C'est le plus autobiographique de ses romans, probablement inspiré par la liaison qu'il a vécue pendant la guerre. Cette histoire d'amour, de passion et de foi explore la façon dont l'amour de soi, de l'autre et de Dieu peuvent entrer en conflit. La tension du roman, omniprésente, provient de l'interaction du doute et de la foi, et du message sous-jacent de Greene selon lequel l'amour humain et la passion ne peuvent alléger la souffrance – pour cela, croit-il, on doit se tourner vers Dieu. **EF**

Molloy
Samuel Beckett

1906 (Irlande)-1989 (France)
Première parution | 1951
Langue originale | Français
Prix Nobel de littérature | 1969

Beckett est connu pour ses pièces de théâtre, mais ses romans constituent son plus grand accomplissement. C'est la prose la plus drôle que l'on puisse lire. *Molloy*, écrit en français, est le premier volume d'une trilogie (avec *Malone meurt* et *L'Innommable*), romans qui ne parviennent pas à mettre fin au thème du déclin qui débute dans *Molloy* et qui devait se rtrouver dans tout ce que Beckett écrirait par la suite.

Nul autre que lui n'a su aussi bien explorer ses divers aspects et en tirer un tel humour. *Molloy* est la plus amusante de ses œuvres, composée de deux histoires, chacune le double de l'autre. Dans la première, Molloy, un invalide misérable, trébuche d'un épisode à l'autre, au fil desquels on fait la connaissance de sa mère, dépourvue de toute sensibilité, d'une pléthore de personnages comiques, et d'une ravisseuse grotesque du nom de Lousse, avant que Beckett n'abandonne son protagoniste dans un fossé. Il cède alors la place à Moran, que l'auteur envoie en compagnie de son fils à la recherche de son prédécesseur, quête que Moran poursuit avec une inertie furieuse pour seulement découvrir que Beckett a refusé d'organiser une rencontre entre ses deux personnages. Il se traîne chez lui pour y découvrir que ses abeilles ont été réduites en cendres.

Beckett réunit à la perfection tous les éléments de la fiction puis les enterre. Ses histoires sont autant de confessions d'un drogué de la syntaxe dont la « dose » fantôme est en total désaccord avec lui-même. **KS**

L'Homme révolté
Albert Camus

1913 (Algérie)-1960 (France)
Première parution | 1951
Prix Nobel de littérature | 1957

« L'homme est la seule créature qui refuse d'être ce qu'elle est. » Écrit entre 1943 et 1951, *L'Homme révolté* fait grand bruit lors de sa parution et isole Camus sur la scène intellectuelle : de nombreux compagnons de route de l'Union soviétique – à commencer par Sartre et Beauvoir – s'offusquent que, sous prétexte de penser la révolte, il embrasse dans un même geste les crimes du nazisme et le totalitarisme stalinien. Camus explique dans *L'Homme révolté*, ancré dans le temps des idéologies et de la révolte collective, que le seul problème de la morale est le meurtre. Au gré d'un vaste parcours philosophique où se bousculent toutes les figures modernes de la révolte, qu'elle soit « métaphysique » (Nietzsche, Sade, Lautréamont, le surréalisme) ou « historique » (révolution française, révolution russe, terrorisme nazi), Camus dénonce la folie politique par laquelle la révolte se transforme en « alibi de nouveaux tyrans » et, à la démesure criminelle des mouvements révolutionnaires, oppose une « pensée des limites » qui rend à la révolte ses lettres de noblesse. Puissant, dense, difficile et parfois confus, ce texte majeur pour la critique des idéologies et la compréhension du « siècle de la politique » anticipait, avec vingt-cinq ans d'avance, le mouvement des « nouveaux philosophes » et la grande mise en question du révolutionnarisme de la fin des années 1970. **BQ**

L'Attrape-Cœurs
J. D. Salinger

1919 (États-Unis)
Première parution | 1951
Langue originale | Anglais
Titre original | *The Catcher in the Rye*

L'Attrape-Cœurs, fausse autobiographie d'un adolescent américain, Holden Caulfield, retrace ses rencontres avec l'univers « bidon » qui l'entoure. Hanté par des anxiétés apocalyptiques (« J'suis presque content qu'ils aient inventé la bombe atomique. S'il y a une autre guerre, je vais m'asseoir juste au-dessus de cette foutue bombe »), le livre est aussi une étude du deuil refusé ou impossible, celui d'Holden pour son jeune frère décédé, Allie. Alors qu'on lui demandait « qui était le meilleur poète de la guerre, Rupert Brooke ou Emily Dickinson », Allie a indiqué cette dernière. Le roman de Salinger est un genre de poésie de guerre. Holden est en conflit avec les valeurs adultes « bidons » (c'est-à-dire celles des Blancs américains, riches et patriarcaux) mais aussi avec lui-même : il brocarde brillamment ceux qui l'entourent mais se rend lui aussi ridicule par la même occasion.

Hilarant et troublant, satirique et poignant, *L'Attrape-Cœurs* est écrit dans un style familier à la simplicité trompeuse : « Ce qui me sidère c'est un bouquin où, une fois qu'on a fini de le lire, on aurait envie que l'auteur qui l'a écrit soit un super ami à soi, et qu'on puisse l'appeler au téléphone chaque fois qu'on en aurait envie. » La voix de Salinger est cachée de façon énigmatique dans celle d'Holden. On y devine l'aisance fascinante et l'intimité d'une personne qui s'adresse directement au lecteur, mais celui-ci éprouve simultanément l'impression que seul le frère mort peut réellement percevoir le ton de l'œuvre entière. **NWor**

Le Rivage des Syrtes
Julien Gracq

1910 (France)
Première parution | 1951
De son vrai nom | Louis Poirier
Prix Goncourt | 1951

Œuvre étrangement sombre et raffinée, *Le Rivage des Syrtes* se déroule dans la principauté d'Orsenna, pays fictif et décadent depuis longtemps engagé dans une drôle de guerre avec le Farghestan, état barbare voisin. Dans ce conflit en sursis où la bataille a cessé depuis trois cents ans, aucun des deux côtés ne peut se permettre ni de s'avouer vaincu ni de continuer, ni n'est prêt à négocier la paix. Et pourtant les légendes de bataille ont poussé les poètes à écrire bien plus que ce que la situation aurait dû leur inspirer. Aldo, jeune aristocrate dissipé, est malheureux en amour et las des plaisirs de la capitale ; il rêve d'exil et d'ascétisme. Il accepte donc le poste d'Observateur dans une forteresse depuis longtemps abandonnée sur la frontière, où sa présence n'est que purement symbolique. C'est là que ce poète solitaire tente de se défaire de sa torpeur et de revigorer sa patrie en déclenchant une manœuvre navale qui relance les hostilités avec un effet désastreux.

Les images somptueuses du roman ralentissent son allure jusqu'à atteindre une intemporalité qui évoque le mythe. L'écriture de Gracq rappelle le surréalisme de Breton, bien qu'il n'ait jamais appartenu à ce mouvement littéraire, ni à aucun autre d'ailleurs.

Gracq, tout comme son protagoniste Aldo, méprisait le milieu culturel décadent des centres urbains – dans ce cas, Paris. S'il ne l'avait pas catégoriquement refusé, *Le Rivage des Syrtes* aurait obtenu le prix Goncourt en 1951. **ES**

Le Cycle de Fondation
Isaac Asimov

1920 (Russie)-1992 (États-Unis)
Première parution | 1951
Langue originale | Anglais
Titre original | *Foundation*

Le Cycle de Fondation d'Isaac Asimov, qu'il a débutée à l'âge de vingt et un ans et dont celui-ci est le volume 1, est l'une de ses œuvres les plus célèbres. Son mélange homogène de réalité scientifique et de fiction a redéfini le genre littéraire qu'est la science-fiction. *Fondation* est situé dans le futur, alors que la Terre est presque oubliée et que les hommes ont colonisé la galaxie. On y découvre Hari Seldon, visionnaire et psychohistorien qui utilise les mathématiques et les probabilités pour prédire l'avenir. Incapable d'empêcher le déclin de l'humanité qui s'annonce, il rassemble sur une planète excentrée les meilleurs savants et érudits de la galaxie, puis entreprend de préserver les connaissances accumulées par l'humanité et de bâtir une nouvelle civilisation fondée sur l'art, la science et la technologie. Ce sanctuaire baptisé Fondation est conçu afin de résister à une période d'ignorance, de barbarie et de conflits qui devrait durer au moins trente mille ans selon ses prévisions. Mais même Hari n'a pu deviner la barbarie qui menace dans l'espace et la naissance d'une créature dont l'intelligence mutante détruira tout ce qui lui tient à cœur. Avec cette Fondation peuplée de savants, Asimov est devenu l'un des premiers écrivains à annoncer que l'ère atomique révolutionnerait la société. En décrivant comment la Fondation répond aux problèmes annoncés par Seldon, l'auteur soulève certaines questions telles que le rôle de la religion traditionnelle comme opium du peuple, et l'essor de la science comme nouvelle religion de l'humanité. **EF**

Malone meurt
Samuel Beckett

1906 (Irlande)-1989 (Paris)
Première parution | 1951

Pan central de la trilogie commencée avec *Molloy* et achevée en 1953 avec *L'Innommable*, *Malone meurt* porte à son point d'incandescence la logique folle d'un monologue intérieur générateur de lui-même, privé de toute réalité tangible et abolissant les frontières entre la littérature et la vie. Sénile, alité et condamné à une mort prochaine, Malone n'a pour horizon que les menus objets qui l'entourent et qu'il attire au moyen d'un bâton ; cahier et crayon aidant, il commence à écrire et dérive de la description de lui-même vers l'invention, évoluant par allers-retours entre imaginaire et réalité. « Vous me direz que c'est dans ma tête, et il me semble souvent en effet que je suis dans une tête ». Malone invente d'abord le personnage de Sapo, puis de nouveaux personnages surgissent de son imagination, comme autant de ramifications du Sapo originel, ou d'incarnations décalées du narrateur lui-même. Les métamorphoses successives de Malone achèvent d'effacer les lignes de démarcation entre l'écrivain fictif et ses créatures ou, tout aussi bien, entre Beckett et son héros. À la fois difficile et comique, obsessionnel et formidablement inventif, *Malone meurt* est une méditation sur le néant et l'acte d'écriture, une réflexion sur l'opposition entre fiction et autobiographie, littérature et réalité. En deçà de sa dimension métaphysique, Malone nous emporte par le torrent des mots. **BQ**

Le Hussard sur le toit
Jean Giono

1895-1970 (France)
Première parution | 1951

Le Hussard sur le toit a marqué un tournant dans l'œuvre de Giono. Le roman était initialement conçu pour s'insérer dans un « cycle du Hussard » qui en comprenait trois autres – *Angelo, Mort d'un personnage* et *Le Bonheur fou* –, mais il peut être lu isolément. Sous la monarchie de Juillet, Angelo, jeune colonel de hussards fuyant l'Italie pour raisons politiques, chevauche à travers la Provence. Il y découvre les ravages provoqués par le choléra : rues des villes jonchés de cadavres, mort omniprésente. Avec un jeune médecin qu'il surnomme « le Petit Français », il tente de sauver la vie de quelques malades, n'hésitant pas à les toucher. À la maladie s'ajoutent les rumeurs et la peur. À Manosque, la foule le prend pour un empoisonneur et tente de le lyncher ; il lui échappe par les toits. Seul et hors-la-loi, il rencontre Pauline, une femme mariée qui se sacrifie pour la toilette des cadavres. Ensemble, ils fuient l'épidémie ; après diverses aventures, la maladie rattrapera néanmoins la jeune femme. En faisant se côtoyer tragique et comique, Giono a composé un roman décalé et picaresque, et une somptueuse méditation sur la condition humaine et la mort. Décrite dans un style très évocateur, l'épidémie est une sorte d'allégorie du mal absolu qui désorganise la société des hommes et les ramène à leur condition animale, révélant leur nature primitive. Le roman a été adapté pour la radio dès 1953, avec Gérard Philipe et Jeanne Moreau, et le cinéaste Jean-Paul Rappeneau en a donné une honnête adaptation cinématographique en 1994. **BQ**

Mémoires d'Hadrien
Marguerite Yourcenar

1903 (Belgique)-1987 (États-Unis)
Première parution | 1951
De son vrai nom | Marguerite de Crayencour
Élection à l'Académie française | 1980

On se souviendra toujours de Marguerite Yourcenar comme de la première femme élue à l'Académie française, en 1980. Et c'est à des œuvres de la qualité de *Mémoires d'Hadrien* qu'elle doit sa réputation. Ces mémoires prennent la forme d'une longue lettre que l'empereur mourant adresse à Marc Aurèle, alors adolescent (et qui devait lui succéder à la tête de Rome après le règne intermédiaire de son père adoptif, Antonin le Pieux). Le récit décrit les deux décennies du règne d'Hadrien, qui transmet au jeune homme tous les conseils qu'il a acquis de son expérience du monde. Ses réflexions sur les principes essentiels auxquels nous sommes tous confrontés – les mystères de l'amour, les exigences du corps, la question de la destinée humaine – rendent ce roman bien plus accessible à un lecteur contemporain que ce que l'on pourrait attendre des pensées d'un Titan du IIe siècle.

La réussite de Marguerite Yourcenar est fondée sur la qualité de ses recherches. On oublie aisément le style philosophique adopté par cet homme d'action qui examine et évalue son existence. *Mémoires d'Hadrien* a été admiré aussi bien par les spécialistes de l'Antiquité classique que par les critiques littéraires, et a établi dès sa parution la réputation de l'auteur sur la scène internationale. **ES**

La Ruche
Camilo José Cela

1916-2002 (Espagne)
Première parution | 1951
Titre original | *La colmena*
Prix Nobel de littérature | 1989

Le titre fait référence à la diversité bourdonnante de Madrid, la grande ville où les gens qui essaient de gagner leur vie convergent, telles les abeilles d'une ruche. Le roman ne possède ni sujet ni protagoniste principal ; trois cents personnages y apparaissent, généralement issus des classes moyennes ruinées par le dur après-guerre espagnol. Leurs vies sont ordinaires, criblées de dettes, rongées par la maladie (tuberculose). Les personnages sont obsédés par le sexe, et leurs conversations font allusion à la guerre – peloton d'exécution, prison – ou aux principes conservateurs (la notion de « classe » est directement liée à celle du sang ; l'on doit être espagnol ou catholique, etc.). C'est une Espagne obsédée par la dénonciation et la méfiance. Les épisodes, relatés par « le narrateur » qui se déclare objectif, sont reliés par des lieux et personnages qui se répètent – le café de Doña Rosa et « l'intellectuel » en fuite, Martín Marco. Le roman a influencé les écrivains de la « génération des années 1950 » qui ont entrepris la critique et la dénonciation sociale que Cela, lui, n'a jamais tentées. L'auteur en effet ne décrivait pas le caractère sordide des habitants de la ruche, ne montrait ni causes ni coupables ; il avait tendance à tout observer avec fatalisme, considérant la piété compatible avec la trahison ou la cruauté. Avec une maîtrise magistrale du langage, Cela se limite ici à relater les faits d'une réalité avilie, et dresse ainsi un portrait accablant, qui a été lu avec avidité malgré son manque de caractère critique. **M-DAB**

La Sagesse dans le sang
Flannery O'Connor

1925-1964 (États-Unis)
Première parution | 1952
Langue originale | Anglais
Titre original | *Wise Blood*

Depuis sa parution en 1952, *La Sagesse dans le sang* de Flannery O'Connor compte parmi les romans américains qui ont défini ce que l'on appelle la « littérature du Sud de style gothique ». C'est une œuvre profondément ancrée dans la ferveur religieuse et l'humidité intense du vieux Sud. Un jeune homme, Hazel Motes, élevé au sein d'une famille résolument conservatrice, rentre chez lui après un court séjour à l'armée. Son expérience de la guerre a éradiqué sa foi et, afin de surmonter ce nouveau sentiment de perte, il crée sa propre secte : l'Église sans Christ, où « les sourds n'entendent pas, les aveugles ne voient pas, les boiteux ne marchent pas, les idiots ne parlent pas et les morts le restent ». Hazel se transforme en antiprêtre hérétique, prédicateur des rues rebelle que motive une soif de délivrer de la rédemption chrétienne ceux qui l'entourent. Plus il essaie de s'éloigner de la foi, plus son besoin d'être sauvé s'approfondit.
La Sagesse dans le sang est peuplée d'une série excentrique d'inadaptés, voleurs, arnaqueurs, ordures et faux prophètes. Allégorie théologique, méditation sur la place de Dieu dans la culture moderne, c'est aussi une comédie délirante et grotesque, un roman fait de miracles et de meurtres, de chair lascive et de pur esprit, de cécité et de discernement, de violence et de guérison. O'Connor présente une vision complexe du Sud rural dans lequel elle a été élevée. Le roman démonte de nombreux mythes et préjugés, tout en rendant hommage aux traditions et au caractère rebelle

de ce milieu. Sa prose dépouillée s'émerveille du plus petit détail, pleinement sensible au pouvoir transformateur de la foi et du doute. L'univers de *La Sagesse dans le sang* est rude, avili et brut, mais il est aussi effleuré par la grâce. **ST**

Le Vieil Homme et la mer

Ernest Hemingway

1899-1961 (États-Unis)
Première parution | 1952
Titre original | *The Old Man and the Sea*
Prix Nobel de littérature | 1954

La critique est divisée au sujet du *Vieil Homme et la mer*, dont le style diffère des œuvres précédentes d'Hemingway. On retrouve pourtant dans ce court récit parfaitement élaboré bon nombre des thèmes chers à l'auteur. La vie quotidienne d'un village de pêcheurs cubains est évoquée dans les premières pages avec son économie de langage caractéristique. L'existence dépouillée de Santiago le pêcheur est décrite dans un style sobre et élémentaire aussi éloquemment dédaigneux que le haussement d'épaule de ce vieil homme encore fort. L'âge et la chance désormais contre lui, Santiago sait qu'il doit ramer « plus loin que les autres », jusqu'à atteindre les eaux profondes du Gulf Stream. Un dernier acte doit se jouer dans une arène vide faite de mer et de ciel.

Hemingway était fasciné par les hommes qui prouvent leur valeur en affrontant les défis de la nature et en en venant à bout. Lorsque le vieil homme attrape un espadon plus long que sa barque, il dépasse ses limites : il « travaille » la ligne de ses mains sanglantes en essayant de s'approcher assez du poisson pour pouvoir le harponner. Il démontre ainsi la capacité de l'esprit à supporter souffrance et épreuves pour l'emporter. Ce sont aussi sa connaissance et son amour profond de la mer, de sa cruauté impassible et de sa bienfaisance qui lui permettent de s'imposer.

Le caractère essentiellement physique du récit – les odeurs de goudron, de sel et de sang de poisson, les crampes, la nausée et l'épuisement total du vieil homme, les spasmes terrifiants du poisson au moment de mourir – est contrebalancé par les qualités éthérées de l'eau et de la lumière aveuglante, par l'isolement et par la houle. Comme la ligne de pêche, le récit tire constamment sur le fil narratif, puis se déroule un peu avant de se raidir à nouveau. C'est un livre qui exige d'être lu d'un seul trait. **TS**

Homme invisible, pour qui chantes-tu ?

Ralph Ellison

1914-1994 (États-Unis)
Première parution | 1952
Titre original | *Invisible Man*
Prix National Book Award | 1952

Ce roman, le seul d'Ellison, est l'un des plus importants de la littérature afro-américaine. L'invisibilité du protagoniste évoque celle de son identité et ses divers masques, confronte son expérience propre et la force des illusions de la société. Que signifie d'être un homme noir ?, interroge l'auteur.

La valeur du roman réside dans sa façon habile de combiner exploration existentielle de l'identité – que signifie être invisible d'un point de vue social ou racial ? – et allégorie plus sociopolitique de l'expérience afro-américaine au cours de l'histoire. On suit le narrateur pendant qu'il passe de la réalité surréaliste du Sud raciste à l'univers aussi inhospitalier de

New York. Si ce livre soutient la comparaison avec les romans existentiels de Sartre et Camus, il décrit aussi l'élaboration d'une identité personnelle au sein de la lutte de tout un peuple qui cherche à se définir par lui-même. Le narrateur-protagoniste analyse les possibilités limitées offertes aux Afro-Américains, depuis la vie de ses grands-parents esclaves jusqu'au système éducatif du Sud, en passant par le modèle d'intégration type Booker T. Washington, le premier Noir invité à la Maison-Blanche au tout début du XXe siècle, ou encore le système politique complet de Harlem. Ellison fait preuve d'une clairvoyance presque sociologique lorsqu'il montre son personnage passant d'une possibilité à l'autre, dans un roman qui traite de personnes, situations et événements bien particuliers, de l'univers cauchemardesque de l'usine de Liberty Paints aux intrigues marxistes-léninistes de la « Confrérie ». L'auteur offre une critique à la fois compatissante et sévère des ressources idéologiques de la culture noire, qu'elles proviennent de la religion ou de la musique. Virulent, rebelle et profondément drôle, Ellison mêle divers idiomes et registres dans cette enquête passionnée au cœur de la politique de l'être. **DM**

Le Juge et son bourreau
Friedrich Dürrenmatt

1921-1990 (Suisse)
Première parution | 1952
Langue originale | Allemand
Titre original | *Der Richter und sein Henker*

Rédigé alors que Dürrenmatt prospérait dans l'Allemagne d'après-guerre comme dramaturge, romancier, essayiste, directeur de théâtre et peintre, *Le Juge et son assassin* est le récit plein de suspense d'un meurtre dans un lieu isolé de la Suisse. Le dépouillement habituel des œuvres théâtrales brechtiennes de l'auteur est contrebalancé par ce roman évocateur qui dépeint de façon menaçante et palpitante l'enquête du commissaire Bärlach à la suite du meurtre d'un de ses collègues, Schmied. Bärlach, homme âgé, en train de mourir, dont les capacités d'investigation ne sont pas encore entravées pas sa fragilité physique, confie la majorité des recherches au policier Tschanz. Ils se lancent tous deux dans une enquête extrêmement pénible (Bärlach est la tête, Tschanz les muscles) mais les indices sont peu nombreux : une balle sur le bas-côté, près de la voiture où Schmied, en habit de soirée, a été assassiné, et la lettre G inscrite dans le journal intime de la victime le soir où il a été tué. Ce dernier indice mènent les deux enquêteurs jusqu'au domicile de Gastmann, mystérieux, froid et brillant.
Ce roman s'intéresse aux méthodes d'investigation modernes tout autant qu'au meurtre. La critique des méthodes de la police est inextricablement liée à l'intrigue, ainsi qu'à une étude de l'imperfection humaine. C'est en cela qu'il se distingue des romans policiers habituels. **JuS**

Nuée d'oiseaux blancs
Yasunari Kawabata

1899-1972 (Japon)
Première parution | 1952
Titre original | *Sembazuru*
Prix Nobel de littérature | 1968

Premier auteur japonais à remporter le prix Nobel de littérature en 1968, Yasunari Kawabata tisse ici une toile délicate de relations sexuelles derrière le voile de la traditionnelle cérémonie du thé japonaise. Lorsque son père s'éteint, Kikuji est attiré

par son monde et sa maîtresse, madame Ota, avec qui il débute une liaison, tout en étant sous le contrôle de Chikako, l'amante éconduite de son père. En retrouvant ce dernier à travers les femmes de sa vie, Kikuji refuse de choisir un nouvel amour, bien qu'une jeune fille insaisissable et la fille de madame Ota soient des candidates potentielles.
Tout comme les biens sont transférés d'une génération à l'autre, l'affection et les passions passent aussi par les mêmes mains, mais à travers des relations illicites et des ambitions suspectes. Kawabata a expliqué qu'il ne désirait pas évoquer la beauté mais « la vulgarité dans laquelle la cérémonie du thé est tombée ». La frontière qui sépare le propre du sale et le désir du dégoût apparaît et disparaît constamment dans une recherche futile de la pureté.
L'ironie du titre reflète les lamentations de Kawabata devant l'érosion des traditions et la difficulté de l'épanouissement physique et spirituel. Une nuée d'oiseaux blancs, symbolise traditionnel d'un mariage long et prospère, n'est qu'un rêve inaccessible. Kawabata a subi le même sort que l'un de ses personnages en se suicidant, mais son œuvre a permis à un large public occidental de découvrir l'esthétique japonaise, et a contribué à la construction d'une identité moderne au sein de la littérature nippone. **HH**

Les Semailles et les moissons

Henri Troyat

1911 (Moscou)-2007 (Paris)
Première parution | 1953 à 1958
De son vrai nom | Lev Tarassov
Élection à l'Académie française | 1959

C'est en 1940 qu'Henry Troyat, tout juste démobilisé, commence la première des grandes sagas romanesques qui feront son succès : durant dix ans, il travaille aux trois volumes de *Tant que la terre durera*, vaste épopée basée sur la vie de ses parents et de leurs proches, des Russes qui ont fui la révolution bolchevique pour se réfugier à Paris. Plusieurs autres cycles suivront, tous inspirés par les turbulences de l'histoire et habités par un remarquable souffle feuilletonesque : *La Lumière des justes* (1959-1963), *Les Eyglantières* (1965-1967), *Les Héritiers de l'avenir* (1968-1970) ou *Le Moscovite* (1974-1975). Parmi ces suites, *Les Semailles et les moissons* tiennent une place de choix. En cinq tomes, le romancier y retrace l'histoire d'une famille française, de 1910 à la fin de la Seconde Guerre mondiale. Les deux premiers épisodes racontent la destinée d'Amélie Aubernat, fille d'un maréchal-ferrant et d'une épicière. La guerre de 1914 vient bouleverser sa vie et, son mari parti au front, l'oblige à quitter le petit village de la Chapelle-au-bois pour Paris. À partir du troisième tome, *La Grive*, c'est à la fille d'Amélie, Elisabeth, que s'intéresse Troyat : à son tour, elle subit les revers du destin et les turbulences de l'histoire, en particulier la défaite de 1940, l'exode et l'occupation. Reprenant le principe balzacien de la récurrence des personnages, Troyat donne avec cette saga une puissante peinture de la société française de la première moitié du XXe siècle, et s'inscrit dans la tradition des grands romanciers réalistes du XIXe siècle. **BQ**

La Conversion
James Baldwin

1924 (États-Unis)-1987 (France)
Première parution | 1953
Langue originale | Anglais
Titre original | *Go Tell It on the Mountain*

Ce roman d'apprentissage semi-autobiographique explore les liens complexes et souvent fragiles qui unissent son héros, John, au monde. La nuit de son quatorzième anniversaire, il subit un rite d'initiation décisif dans l'église de Harlem où prêche Gabriel, qui, contrairement à ce que croit John, n'est pas son père biologique. De caractère volatile, Gabriel représente une force dominante. Après une jeunesse agitée, il a eu la révélation de la foi, qui le pousse à prêcher l'ire de Dieu. Et s'il a épousé la mère de John pour lui épargner les souffrances d'une vie de mère célibataire, il ne cesse de condamner l'amour qu'elle porte à son fils, un sentiment pour lui impudique en raison de l'illégitimité de John et de la relation qu'elle eut avec le père du garçon, son premier amour. Gabriel a lui aussi conçu un enfant illégitime au cours de son premier mariage – fait qu'il a toujours caché sous prétexte de repentir. Il passe sous silence l'existence de son fils orphelin, qui eut une enfance malheureuse et fut victime, jeune, d'une mort violente. Bien que John ignore la plupart de ces faits, c'est un garçon intuitif qui comprend exactement les dangers que pose Harlem aux adolescents noirs, particulièrement à ceux qui ne sont protégés par aucune institution, notamment par l'Église. Le soutien aimant que lui offre Elisha, l'un des jeunes leaders religieux, résonne d'un homo-érotisme jubilatoire qui permet à John d'imaginer un futur au sein de l'Église. Cependant son beau-père, responsable de l'exégèse et de l'instruction doctrinale, y impose un caractère vindicatif et cruel qui force les croyants à une obéissance aveugle. L'épuisement affectif et physique né de la conversion hallucinatoire de John lui offre au petit matin un moment de répit triomphant, tout bref qu'il soit. **AF**

Casino royale
Ian Fleming

1908-1964 (Angleterre)
Première parution | 1953
Langue originale | Anglais
Titre original | *Casino Royale*

Les films d'Albert « Cubby » Broccoli adaptés des romans d'Ian Fleming ont franchement déçu. On a pu retrouver, chez Sean Connery, la froideur et les lèvres pincées du James Bond littéraire, mais toutes les adaptations cinématographiques souffrent d'un refus de prendre les choses trop au sérieux, qui a culminé avec le regard moqueur de Roger Moore. Si les producteurs de cinéma avaient le moindre bon sens, ils feraient de *Casino Royale* un pur film années 1950. Tout dans le roman évoque cette époque, depuis l'ambiance de la guerre froide, désormais obsolète, jusqu'à l'exotisme, surprenant de nos jours, de l'avocat vinaigrette, commandé par James Bond dans une ville de jeu surannée du nord de la France.

L'intrigue est simple, voire simpliste. Le traître de l'histoire est Le Chiffre, un espion russe qui opère en France, a détourné des fonds du KGB et s'est tourné vers le jeu pour payer ses dettes. Bond, joueur le plus accompli des services secrets, est chargé de le battre au casino pour causer sa perte et faire tomber son réseau français. On attente à la vie de James, une partie de baccara occupe plus de vingt-cinq pages, suivie d'une poursuite en voiture, d'une scène de torture grotesque décrite dans les détails et d'un sauvetage. Les derniers chapitres sont consacrés à la convalescence de Bond en compagnie de Vesper Lynd, la première des « Bond Girls » ; le roman se termine dans un excès gratuit de trahison et de misogynie. Le style est rude et impitoyable, les détails minutieusement fétichistes (on apprend au fil des pages comment préparer – exactement – le célèbre vodka-martini de Bond). L'écriture se laisse aller seulement lors des descriptions du jeu et de la flagellation – deux des passe-temps préférés de Fleming. Sinon, le livre ressemble à son héros : « taciturne, brutal, ironique et froid. » **PMy**

Junky
William Burroughs

1914-1997 (États-Unis)
Première parution | 1953
Titre original | *Junkie : Confessions of an Unredeemed Drug Addict*

On se souvient de Burroughs pour diverses raisons : iconoclaste littéraire, il était vénéré pour le caractère expérimental de son œuvre, pour son influence sur toute une génération d'artistes, de réalisateurs et de musiciens, et pour sa toxicomanie légendaire. Il est aujourd'hui réduit à une image simpliste. Son héritage se limitant désormais à un univers psychédélique futile et à une « expérimentation » frivole, l'envergure de son écriture est devenue presque sans importance. Mais Burroughs demeure un auteur qui, loin d'employer de simples astuces, écrivait d'un point de vue autobiographique en utilisant la technique qui lui semblait la plus appropriée. Si, dans *Le Festin nu*, il fait preuve d'un haut degré d'abstraction pour décrire l'environnement polyglotte et paranoïaque du Tanger des années 1950 et l'état de manque de l'opiomane, dans d'autres œuvres, notamment *Junky* puis *Queer*, ses méthodes narratives sont nettement plus simples.

Junky semble transformer l'univers intérieur du *Festin nu* en une réalité extérieure et contemporaine. Œuvre semi-autobiographique, elle retrace la relation de l'auteur avec les opiacés depuis les premières expériences jusqu'à une dépendance totale. De fait, Burroughs n'a pu trouver la discipline nécessaire à l'écriture qu'à l'aide d'une injection quotidienne de morphine. Le Burroughs de *Junky* est inévitablement humain, contrairement à la caricature qu'en a fait le folklore branché. Il décrit ouvertement le cercle vicieux de la dépendance, tout en démontrant comment la société fait de ses drogués des boucs émissaires afin de masquer ses propres échecs et dépendances chroniques. C'est cette candeur qui fait l'importance de l'ouvrage, la façon dont il étaye le mythe qu'est Burroughs avec une simplicité véridique qui sape les tentatives de transformer cet auteur en Mickey Mouse d'une contre-culture facilement commercialisable. **SF**

Jim la Chance
Kingsley Amis

1922-1995 (Angleterre)
Première parution | 1953
Langue originale | Anglais
Titre original | *Lucky Jim*

Amis avait publié plusieurs ouvrages de poésie lorsqu'il a remporté un grand succès avec *Jim la Chance*, son premier roman, qui a influencé toute la fiction anglaise après la guerre. C'est une œuvre iconoclaste, satirique, très drôle, qui ne respecte pas les normes de la société conservatrice. Son personnage principal, Jim Dixon, maître assistant d'une université provinciale, médiocre mais à l'esprit prompt, s'aperçoit qu'il s'est terriblement mépris dans son choix de carrière. Son sujet d'étude, l'histoire médiévale, lui paraît terne et aride. Il ne peut supporter les prétentions atroces auxquelles il se heurte à l'université et dans la ville sinistre qu'il est forcé d'habiter. Il prend de plus en plus de risques, déguisant à peine son dédain pour ses collègues, particulièrement le professeur Welch, jusqu'à perdre son emploi en faisant cours sur « l'Angleterre du bon vieux temps » sans aucune préparation, complètement saoul et en s'amusant à parodier les instances universitaires. Malgré cela, il obtient un meilleur emploi ainsi que la fille de ses rêves.

On considère généralement *Jim la Chance* comme un roman très anglais. Son héros est intelligent mais, refusant de répondre aux attentes de ses supérieurs, il est tout prêt à se frourvoyer. C'est bien en réalité un roman d'ambitions frustrées, qui dénonce la morne jungle qu'est l'Angleterre où règnent de fades charlatans. *Jim la Chance*, écrit avec une verve considérable et un esprit satirique, abrite de nombreuses descriptions et séquences d'un humour splendide, particulièrement lorsque, au cours des premières pages, Jim médite sur la valeur de ses recherches totalement dépourvues d'objet. Le passage le plus célèbre est son récit d'un week-end culturel chez Welch, le professeur, qui se conclut par ce qui est probablement la meilleure description de gueule de bois de toute la littérature anglaise. **AH**

Le Partage des eaux
Alejo Carpentier

1904 (Suisse)-1980 (France)
Première parution | 1953
Langue originale | Espagnol
Titre original | *Los pasos perdidos*

Le Partage des eaux, troisième roman de Carpentier, cubain né à Lausanne, représentait un changement d'approche ; c'est l'une de ses rares œuvres qui ne se déroulent pas dans les Caraïbes et qui ne soient pas historiques. Carpentier y fait le récit d'un pèlerinage moderne à la recherche de son identité personnelle et des origines de la civilisation. C'est aussi le plus autobiographique de ses ouvrages. De fait, il n'est pas absurde de voir un reflet de l'auteur en son personnage central, un musicologue et compositeur américain qui abandonne un poste confortable en Europe pour partir à la recherche d'instruments primitifs dans les profondeurs de la jungle vénézuélienne. Sous la forme d'un journal artificiel, ce périple permet au narrateur de fuir la stérilité créative et la relation ingrate qu'il entretient avec sa femme et sa maîtresse. Il découvre dans la forêt les instruments qu'il recherche ainsi que Rosario, métisse tellurique qui le complète à la perfection. Il retrouve aussi l'inspiration qui lui permettra de terminer l'écriture d'une cantate, ce qui se serait avéré impossible dans une ville moderne. La passion et l'art étant désormais à sa portée, seule une chose lui manque : une raison de demeurer dans la jungle. Céder à la tentation du retour serait une erreur fatale, mais durant son séjour la nature a barré la route, et le retour s'avère de toute façon impossible. La dernière scène, où l'érudit erre près d'une rivière qui ne peut rien lui apprendre, reflète la situation difficile de l'artiste contemporain perdu entre deux univers irréconciliables. **DMG**

Das Treibhaus
Wolfgang Koeppen

1906-1996 (Allemagne)
Première parution | 1953
Non traduit à ce jour en français
Titre anglais | *The Hothouse*

Situé à Bonn durant les premières années de l'Allemagne de l'Ouest, *Das Treibhaus* décrit les derniers jours d'un politicien idéaliste, Keetenhueve, avant qu'il ne se suicide en se jetant dans le Rhin. Le roman a provoqué un scandale à sa parution en Allemagne, à cause du regard implacable de Koeppen sur les coulisses d'un pouvoir encore très récent, et sur ce qui, selon lui, constituait déjà un réseau grandissant de compromis, de cynisme et même de corruption.

Koeppen déclarait lui-même que c'était « un roman sur l'échec », mais l'échec de Keetenhueve émeut le lecteur parce que l'idéalisme et la justice y sont vaincus à part égale. Le roman débute par la mort de la jeune femme de Keetenhueve, Elke, qui, hantée par son héritage familial, délaissée par son mari, plonge dans l'alcoolisme et la débauche. Tous les personnages du roman éprouvent des difficultés à se réconcilier avec le passé ; leur culpabilité par rapport au nazisme entrave tout effort de changement de la société allemande. Malgré tous ses échecs, Keetenhueve possède un caractère héroïque puisqu'il lutte contre la remilitarisation du pays et défend la paix. Même si ce débat se termine par sa défaite, la façon dont le roman de Koeppen le présente avec éloquence et passion en fait un texte essentiel sur l'Allemagne d'après-guerre et sur les effets du pouvoir politique sur la personne. **AB**

Sur un air de navaja
Raymond Chandler

1888-1959 (États-Unis)
Première parution | 1953
Titre original | *The Long Good-Bye*
Adaptation cinématographique | 1973

Œuvre de maturité de Chandler écrite dix ans après que Philip Marlowe est devenu célèbre, *Sur un air de navaja* constitue probablement son roman le plus accompli. Avec *Le Grand Sommeil* (1939), l'auteur avait commencé à donner au roman de gare une certaine sophistication littéraire et *Sur un air de navaja* peut, lui aussi, être considéré comme une œuvre majeure de la littérature américaine.

Après avoir aidé Terry Lennox à s'enfuir au Mexique, Philip Marlowe, détective privé, s'aperçoit qu'il s'est peut-être fait le complice d'un meurtrier ; Terry semble de plus s'être suicidé, ce qui laisse Marlowe face à un nœud d'énigmes déconcertantes et de responsabilités posthumes. Les mystères de Chandler sont souvent prétexte à des observations plus larges et désabusées, ce qui est particulièrement le cas ici ; pendant que la quête de Marlowe l'entraîne dans le monde corrompu et oisif d'Idle Valley, le propos satirique du roman se dessine. Loin des « rues vicieuses » du centre-ville, Chandler peut explorer plus avant le caractère cultivé de son détective privé (il n'était pas courant de citer Flaubert dans les romans noirs des années 1950). Et il est normal que l'intrigue passe légèrement au second plan : dans l'univers de Marlowe, le fait de résoudre un crime ne ramène pas à l'innocence. Si l'on trouve désormais dans le genre policier des objectifs littéraires plus sérieux, c'est grâce à l'exemple laconique et pince-sans-rire de *Sur un air de navaja*. **BT**

Le Messager
L. P. Hartley

1895-1972 (Angleterre)
Première parution I 1953
Titre original I *The Go-Between*
Adaptation cinématographique I 1971

Ce roman en partie autobiographique de Hartley a pour narrateur Leo Colton. Âgé, il se souvient de son enfance et de l'été qu'il a passé chez un camarade d'école. Durant son séjour chez les riches Maudsley, Leo se trouve mêlé à une relation inacceptable entre la sœur de son ami, Marian, et Ted, fermier de la région.

Leo, le « messager » du titre, facilite une liaison illicite qui défie les conventions sociales restrictives de l'Angleterre du début du XXe siècle. Le désir sexuel, qu'il découvre ainsi pour la première fois, lui inspire un mélange de fascination et d'horreur. Sa participation à cette relation précipite la perte de son innocence d'enfant et le fait basculer dans l'adolescence. Lorsque, adulte, il évoque ces événements, sa désapprobation à l'égard de Marian et Ted est claire. Mais ses regrets ne se limitent pas à la perte de son innocence : le roman est fortement influencé par la dynamique de classe de la société édouardienne, et l'on découvre dans les réflexions de Colton la nostalgie d'un style de vie où les différences sociales fonctionnaient à son avantage. Dans ce roman typiquement anglais, un match de cricket est une révélation pour Leo car il représente, pour l'enfant qu'il était, « la lutte entre l'ordre et l'anarchie, entre le respect de la tradition et son mépris, entre la stabilité sociale et la révolution ».

Non seulement son point de vue inhabituel sur le thème familier de l'amour empêché par des obstacles d'ordre social qui fait l'intérêt de ce livre, tout autant que l'honnêteté délibérée du récit de Leo. **JW**

L'Enfant noir
Camara Laye

1928 (Guinée)-1980 (Sénégal)
Première parution I 1953

Chinua Achebe, père de la littérature africaine moderne, a critiqué *L'Enfant noir* de Camara Laye, selon lui « trop idyllique ». Il se référait sans doute aux méditations apolitiques de son narrateur, Fatoman, tout d'abord enfant dans un petit village musulman, puis jeune homme qui découvre la ville. Pour le public occidental, le roman était l'un des premiers exemples de la littérature francophone africaine, qui décrivait la vie tribale quotidienne, dont les cérémonies de circoncision et le travail d'orfèvre.

Écrit alors que Camara étudiait la mécanique à Paris, le roman est autobiographique et retrace sur un ton particulièrement nostalgique son enfance en Haute-Guinée. Enfants de parents réputés posséder des pouvoirs surnaturels, Camara appartenait à la tribu des Malinkés et a grandi dans la communauté musulmane, loin de l'influence française. Ce n'est que lorsqu'il s'est rendu à Kouroussa, puis à Conakry et à Paris, qu'il a découvert les dichotomies village/ville, Afrique/Europe.

Camara est rentré en Afrique en 1956, a occupé une position importante au sein du gouvernement, qu'il a quitté à cause de son opposition à Sékou Touré, président de la Guinée indépendante, qui l'a finalement fait emprisonner puis exiler. Cette incapacité à se réadapter à la vie africaine est le sujet de *Dramouss* (1966), la suite de *L'Enfant noir*, au ton ouvertement politique, et qui, en tant que tel, renforce le caractère unique de son roman d'enfance. **JSD**

Une journée de printemps
Ciril Kosmac

1910-1980 (Slovénie)
Première parution | 1954
Langue originale | Slovène
Titre original | *Pomladni dan*

Quelques jours après la fin de la Seconde Guerre mondiale, le protagoniste de Kosmac se réveille un matin de mai chez lui, pour la première fois après quinze ans d'exil et de combat. Redécouvrant les paysages et objets de sa jeunesse, il vit des moments emplis d'émotion où les souvenirs, qui ont préservé la pureté des expériences à vif, se mêlent à un présent teinté de nostalgie, comme observé par le mauvais bout de la lorgnette. Un portrait poignant et délicat en résulte, où vitalité et chagrin se mêlent.

Cet homme flotte entre deux univers – l'un, un monde d'exil, muet et étranger même après quinze ans, l'autre, celui de la vie du village, à l'ombre d'une colline au pied de laquelle coule l'Idritsa. Cet état de suspension a pour cadre les incertitudes plus générales et les ajustements requis par un contexte social plus large, où la Slovénie gagne en partie son indépendance vis-à-vis de l'Empire austro-hongrois après la Première Guerre mondiale, avant de quitter le giron de l'Italie pour rejoindre la Yougoslavie après 1945. C'est tout à l'honneur de Kosmac que son récit ne tombe jamais dans l'allégorie, tout en préservant un certain symbolisme : la sphère politique est si intimement liée à la sphère personnelle qu'elles en deviennent indifférenciables, et le destin personnel se mêle à un avenir partagé et commun. **MW**

Le Mépris
Alberto Moravia

1907-1990 (Italie)
Première parution | 1954
Langue originale | Italien
Titre original | *Il Disprezzo*

Comme souvent dans l'œuvre de Moravia, *Le Mépris* est une accusation politique : la culture capitaliste réduit l'intellectuel à un simple producteur de biens. Ricardo Molteni, le protagoniste, intellectuel raté, trahit son ambition de devenir dramaturge et vend son âme à la société de consommation en écrivant des scénarios. Il se persuade qu'il le fait afin de payer l'appartement qui rendra heureuse sa femme, Emilia. Aveugle à ce qui l'entoure et incapable de s'apercevoir que sa femme ne l'aime plus, il perd de plus en plus de vue la réalité. Avec nostalgie et regrets, il continue à aimer un reflet ou un fantôme d'Emilia.

Molteni se réfugie dans les mythes grecs dont les héros vivaient dans un monde où la relation à l'extérieur était simple et sans détours. Chargé d'adapter *L'Odyssée* au cinéma, il découvre qu'un texte tel que celui d'Homère détient la clé de l'existence. Ulysse et Molteni sont unis par un destin similaire. Leur femme, que ce soit Pénélope ou Emilia, méprise leur passivité et leur assurance. Molteni est excessivement sûr de la fidélité de son épouse et fait peu de cas du producteur qui la courtise. Blessée, celle-ci a l'impression d'être vendue à peu de compte afin d'assurer la position de son mari. Son mépris pour lui croît, et elle le lui lance finalement au visage avant de l'abandonner sur l'île de Capri. **RPi**

Histoire d'O

Pauline Réage

1907-1998 (France)
Première parution | 1954
De son vrai nom | Anne Desclos

Pauline Réage est un masque complexe. C'est le pseudonyme de Dominique Aury, à son tour nom de plume d'Anne Desclos, journaliste et traductrice française, devenue l'une des pornographes les plus célèbres de tous les temps en publiant *Histoire d'O.* Jean Paulhan, l'amant de « Pauline Réage » – un nom inventé pour ce livre –, lui avait apparemment prétendu qu'aucune femme ne pourrait jamais écrire de roman érotique. Celui-ci est l'une des ripostes les plus réussies et les plus provocantes qu'on n'ait jamais lancées au cours d'une querelle d'amoureux.

C'est moins l'intrigue qui distingue ce roman que son style, et particulièrement le contrôle dont fait preuve Réage dans sa description des rêveries et réflexions privées d'O avant et après qu'elle ne se soumette à des actes de torture et d'humiliation. Cet érotisme intense naît d'une sorte de décalage entre le langage et son contenu psychologique. Si le premier avait reflété la violence des souffrances mentales et physiques d'O, il aurait été bien souvent fragmenté et réduit à un cri incohérent. Au lieu de cela, le style est retenu et se poursuit, imperturbable, à un rythme invariable, au long d'épisodes sexuels avilissants qui mènent finalement à la disparition d'O derrière un masque (encore un), celui d'une chouette. C'est cependant le style qui constitue le masque le plus ajusté. *Histoire d'O* est un roman à la fois choquant et magistralement ennuyeux. La joie profondément érotique de la souffrance, nous dit-il, plonge ses racines dans la terreur de l'ennui. **KS**

Sous le filet

Iris Murdoch

1919 (Irlande)-1999 (Angleterre)
Première parution | 1954
Langue originale | Anglais
Titre original | *Under the Net*

Premier roman publié par Iris Murdoch, *Sous le filet* reflète l'esprit de liberté qui s'est emparé de l'Europe au lendemain de la Seconde Guerre mondiale. Jake Donaghue, narrateur truculent, est un jeune écrivain déraciné et pauvre qui savoure sa liberté. Sans domicile, ni obligation ni emploi permanent, il ne s'engage dans une relation que si sa partenaire est capable de lui offrir un toit et de lui ouvrir son lit. Mais la chance, l'infortune et une série de malentendus hilarants l'obligent à s'apercevoir que les autres possèdent une existence en dehors de sa seule perception, et que le monde abrite des mystères qu'il peut à peine concevoir. Une dépression et une réévaluation candide de sa vie amoureuse s'ensuivent. Jake devient alors un romancier déterminé à produire une œuvre qui traite du monde dont il a enfin découvert l'existence.

Ce récit au rythme enlevé abrite une pléthore de questionnements philosophiques : Murdoch conteste les conceptions existentialistes de la liberté ; elle examine l'état amoureux et s'interroge sur ce qui fait un bon écrivain et ce qui constitue l'art avec un grand A. Avec quelle précision peut-on traduire les pensées en langage (le langage est le « filet » du titre) ? L'art nous éloigne-t-il de la réalité plutôt que de nous en rapprocher ? Voilà les questions qu'elle nous pose. Toutefois, lorsque Jake va admirer *Le Cavalier souriant* à la Wallace Collection de Londres puis la fontaine Médicis à Paris, on s'aperçoit que, selon Murdoch, l'art n'est pas séparé de la réalité et que, dans ce cas particulier, « l'art et la moralité ne font qu'un ». **AR**

Sa Majesté des mouches
William Golding

1911-1993 (Angleterre)
Première parution | 1954
Titre original | *Lord of the Flies*
Prix Nobel de littérature | 1983

Sa Majesté des mouches est une analyse palpitante de deux pulsions opposées qui coexistent en nous tous. D'un côté, le désir de vivre en paix, de respecter les règles et de placer le bien moral au-dessus de la satisfaction immédiate des envies. De l'autre, l'instinct d'établir sa suprématie à travers la violence en sacrifiant le groupe à l'individu.

De jeunes écoliers se retrouvent seuls sur une île déserte après que leur avion a été pris pour cible pendant la guerre. En l'absence de tout adulte, les garçons élisent leur chef de bande, Ralph, qui l'emporte de peu sur Jack (ce dernier est élu à la tête des chasseurs). Le conflit moral au cœur de l'ouvrage (entre le bien et le mal, l'ordre et le chaos, la civilisation et la barbarie, la loi et l'anarchie) est représenté par les personnages opposés que sont Ralph, raisonnable et équilibré, et Jack, violent et charismatique. Lorsque le groupe se divise en deux factions rivales, cette société insulaire est plongée dans le chaos. Tandis que certains font preuve de calme et s'entraident afin d'atteindre des objectifs communs et de maintenir l'ordre, d'autres se rebellent, faisant naître terreur et violence. Effrayés, les garçons se persuadent que l'île abrite un monstre, et lorsque l'un d'entre eux, Simon, comprend que ce dernier n'est pas réel mais habite en chacun d'entre eux, il est assassiné.

Cette exploration du pêché originel et de la nature humaine malfaisante reflète la société de l'époque et est ancrée dans les expériences qu'a eues Golding de la Seconde Guerre mondiale, lorsqu'il a assisté à la barbarie d'hommes isolés et désespérés que ne gouvernaient plus les règles d'une société civilisée. Même si ce récit palpitant ne concerne qu'un petit groupe de garçons sur une île, il examine des questions essentielles de l'expérience humaine. **EF**

Les Mandarins
Simone de Beauvoir

1908-1986 (Paris)
Première parution | 1954
Prix Goncourt | 1954

Henri, l'écrivain au centre de l'œuvre qui tire le diable par la queue, débute son nouveau roman en se demandant : « Quelle vérité est-ce que je veux exprimer ? Ma Vérité. Mais qu'est-ce que cela signifie vraiment ? » Ses mots reflètent le questionnement sur lequel est fondé le roman de Beauvoir, qui explore les conceptions changeantes de l'identité et de la pratique artistique dans l'après-guerre.

Avec pour personnages un groupe d'intellectuels parisiens, *Les Mandarins* explorent, à une échelle presque épique, les répercussions de l'acceptation du terrible héritage de la guerre et de l'Occupation, et les nouvelles préoccupations nées de la reconstruction de l'Europe et des débuts de la guerre froide. Henri, directeur de *L'Espoir*, un magazine de gauche, et son ancienne maîtresse, Paula, qui accepte mal leur séparation, sont au centre du roman. On y retrouve aussi Anne, psychanalyste et mère de la nouvelle maîtresse d'Henri, Nadine. Une brève aventure extraconjugale et un sentiment grandissant de vide personnel

et politique la poussent presque au suicide. Le roman s'intéresse aux interactions d'Henri, Paula, Anne et Nadine, ainsi qu'à une pléthore de personnages mineurs.
Les Mandarins, où l'auteur fait preuve d'une détermination inébranlable à exposer des vérités parfois inconfortables sur la société d'après-guerre, forment un portrait épique et enrichissant, qui mêle le personnel et le politique, à tous les niveaux. **AB**

Bonjour Tristesse
Françoise Sagan

1935-2004 (France)
Première parution | 1954
De son vrai nom | Françoise Quoirez

Lorsque Cécile, adolescente précoce de quinze ans, quitte son pensionnat pour aller vivre avec son père Raymond, un veuf libertin, elle pénètre dans un univers décadent très éloigné de son strict couvent. Entre Paris et la Côte d'Azur, ce duo à la peau dorée adopte une existence hédoniste composée d'aventures rapides, de personnages brillants et de tout le luxe imaginable. Cette frivolité joyeuse est menacée deux ans plus tard lorsque Raymond se croit amoureux d'Anne Larsen, ancienne amie de la mère de Cécile qui appartient à un cercle intellectuel et plus guindé. Cécile, enfant terrible par excellence qui craint pour sa liberté, supplie son amant, Cyril, et l'ancienne maîtresse de son père, Elsa, d'intervenir. Mais ses manigances auront des conséquences tragiques et son futur bonheur sera à jamais teinté de tristesse.
Écrit alors que Françoise Sagan n'avait que dix-huit ans, ce premier roman s'est instantanément transformé en succès de librairie international. Avec ses descriptions d'une sexualité non réprimée, son éloge de la richesse et de l'opulence, et sa suggestion du désir homosexuel, ce roman qui a choqué et émoustillé annonçait l'avènement d'une société française plus permissive. Sous une apparence d'ingénue blasée se cache le portrait troublant d'une enfant qui ferait tout au monde pour préserver le style de vie que lui a offert le seul parent qu'elle ait jamais connu. **BJ**

La Mort à Rome
Wolfgang Koeppen

1906-1996 (Allemagne)
Première parution | 1954
Langue originale | Allemand
Titre original | *Tod in Rom*

La Mort à Rome, dont le titre fait référence à *La Mort à Venise*, est une satire effrayante du texte de Thomas Mann. Malgré le cadre choisi, ce roman examine ce que deviendra l'Allemagne d'après-guerre. Ce pays y est représenté par quatre membres d'une même famille. Le patriarche, Gottlieb Judejahn, est un ancien officier SS qui s'est enfui d'Allemagne afin d'échapper à la justice. Son fils, Adolf, est en train de devenir prêtre. Le beau-frère de Gottlieb, Friedrich Wilhem Pfaffrath, bureaucrate aux responsabilités importantes, et son fils, Siegfried, un compositeur, complètent le groupe. Siegfried, dont la famille incarne l'horreur d'une guerre qu'il désire oublier, est le narrateur, et Koeppen se concentre sur son incapacité à échapper à son enfance dans l'Allemagne nazie, même à travers sa musique. Adolf est tout aussi épouvanté par les actes de son père qu'il est impuissant à obtenir l'absolution qu'il recherche pour ses propres actions au cours de son enfance.
À travers les interactions de ces quatre personnages dans la Rome chaotique de l'après-guerre, Koeppen dépeint un

sombre tableau des séquelles du Troisième Reich. Tous sont paralysés dans un état d'inaction apparemment permanent ; paradoxalement, seul le monstrueux Judejahn s'avère capable de trouver le réconfort dans la violence ininterrompue.

La Mort à Rome présente peut-être un univers insupportable, mais c'est un monde où la justice, à défaut de la clémence, est célébrée et où l'on ne peut jamais oublier le poids des péchés du passé. **AB**

Le Tumulte des flots
Yukio Mishima

1925-1970 (Japon)
Première parution | 1954
De son vrai nom | Hiraoka Kimitake
Titre original | *Shiosai*

Cette simple et intense histoire d'amour, située sur une île japonaise isolée, a pour protagoniste Shinji, un pêcheur pauvre, et Hatsue, très belle pêcheuse de perles. Les amoureux font l'objet de commérages jaloux, et Shinji est accusé d'avoir défloré Hatsue. Le père de celle-ci, furieux, la confine à la maison et lui interdit de revoir Shinji. Il promet sa main à l'un des rivaux de ce dernier, Yasuo, fils arrogant et rustre d'une riche famille. Mais le père d'Hatsue finit par céder et organise une épreuve au cours de laquelle les deux prétendants doivent affronter une tempête en mer. C'est Shinji, noble et travailleur, qui l'emporte, retrouvant ainsi le respect des villageois en même temps que sa bien-aimée.

Même si l'histoire se déroule probablement dans la péninsule de Shima, terre des célèbres pêcheuses de perles japonaises, elle a été écrite après la visite de la Méditerranée et sa découverte de la littérature de l'Antiquité grecque et romaine. *Le Tumulte des flots* est une fusion de styles intéressante – l'intrigue est construite aussi délicatement qu'une miniature japonaise, mais les descriptions lyriques de la vie sur l'île et du pouvoir apaisant et rédempteur de la mer suggèrent une tradition plus romantique. Beaucoup moins violent et sexuellement explicite que les œuvres suivantes de Mishima, ce roman reflète les sentiments d'un premier amour avec une douceur évocatrice qui révèle le côté tendre de celui que l'on a considéré comme l'un des écrivains japonais les plus importants du XXe siècle. **TS**

Soldats inconnus
Väinö Linna

1920-1992 (Finlande)
Première parution | 1954
Langue originale | Finlandais
Titre original | *Tuntematon Sotilas*

Linna a écrit un récit brutal et réaliste d'une compagnie de mitrailleurs finlandais, prise dans un combat voué à l'échec contre les tanks et l'infanterie de Staline, qui envahissent leur patrie en 1941. Corps déchiquetés, balles perçantes, guerre de tranchées, combat à mains nues, exécutions sommaires, officiers supérieurs tyranniques, bref répit offert par l'alcool et les femmes – tout cela fait éclater le mythe du combat honorable. Le langage cru et le comportement souvent lâche et terrorisé des soldats issus de la classe ouvrière ont rebuté hommes politiques, critiques littéraires et patriotes finlandais, plus habitués à un portrait héroïque de la guerre. De plus, Linna osait demander pourquoi les Finlandais avaient d'abord combattu aux côtés des nazis

Le réalisme dont fait preuve l'auteur dans ses descriptions de combats provient de son expérience de chef d'escouade d'une unité de mitrailleurs sur le front de l'Est. Le fait qu'il ait aussi été ouvrier d'usine lui a permis de doter ses pittoresques deuxièmes classes de peurs et de manies très humaines. Le dialogue truculent sonne juste, comme par exemple : « Je suis finlandais, je mange du métal et je chie des chaînes ». Rokka, le nom de l'un des personnages, est désormais synonyme en finlandais de « soldat insubordonné mais très intelligent ». Cela n'empêche pas les personnages de rencontrer une mort inutile et terrifiante – c'est la nature du champ de bataille. *Soldats inconnus* est devenu le roman le plus vendu en Finlande et a été adapté deux fois à l'écran (55 et 85). **JHa**

Stiller
Max Frisch

1911-1991 (Suisse)
Première parution I 1954
Langue originale I Allemand
Titre original I *Stiller*

Max Frisch, plus grande figure littéraire suisse du siècle dernier, était romancier, dramaturge, mémorialiste et journaliste. *Stiller*, roman populaire et loué par la critique, est un récit très soutenu combinant humour et angoisse qui explore les questions de l'identité et du dégoût de soi, ainsi que le désir profond de liberté que l'on trouve chez tout un chacun.

Le roman s'ouvre par l'arrestation à la frontière suisse d'un homme qui voyage sous une fausse identité. Il dit s'appeler Mr. White et être américain, mais les autorités suisses sont convaincues qu'il s'agit d'Anatol Stiller, célèbre sculpteur zurichois qui a disparu depuis six ans. En prison, on lui demande d'écrire son autobiographie afin de prouver son identité. Ce faisant, il raconte non seulement les dernières années de sa vie mais aussi ses rencontres, dans le présent, avec Julika, sa femme, et d'autres personnages importants de son passé. On apprend ainsi quelle était sa vie avant sa disparition, et ce personnage tourmenté se dessine peu à peu. Stiller parle de lui-même comme s'il était un autre – un moi qu'il a essayé de fuir mais qu'il doit à nouveau affronter lorsqu'il est peu à peu contraint d'accepter son passé et son identité réelle.

Exploration ironique d'une crise existentielle profonde, c'est aussi le portrait touchant d'un mariage raté et une critique sociale du conformisme suisse. Complexe, d'une psychologie profonde, et stimulant sur le plan intellectuel, ce roman parvient à être tout à la fois intéressant, amusant et poignant. **AL**

Les Ragazzi
Pier Paolo Pasolini

1922-1975 (Italie)
Première parution I 1955
Langue originale I Italien
Titre original I *Ragazzi di Vita*

Ragazzi di vita, qui signifie littéralement « garçons de vie », traite d'un groupe de gamins des taudis de Rome au lendemain de la Seconde Guerre mondiale. L'édition italienne comprenait un glossaire de mots du dialecte romain pour les lecteurs qui ne le parlaient pas. Les amateurs de cinéma néoréaliste de l'époque savent déjà que Rossellini, De Sica, Fellini et autres faisaient souvent intervenir dans leurs films des dialectes régionaux ainsi que des acteurs amateurs. Pasolini, marxiste peu orthodoxe, pensait que la dénonciation de l'exploitation, de l'aliénation et de la marginalisation devait s'accompagner d'une analyse du mécanisme d'intégration dans les démocraties libérales modernes, d'où l'ambiguïté de la condition sociopolitique du sous-prolétariat dans ses romans de la fin des années 1950. La classe inférieure occupe une position unique : elle court simultanément le risque d'une intégration complète ou d'une marginalisation totale. La réussite majeure de Pasolini est sa présentation, dépourvue de tout sentimentalisme, d'un choix crucial : rejoindre le courant dominant et sa banalité, ou accepter de vivre en marge dans une tristesse désolante. La renommée littéraire de Pasolini, aujourd'hui plus célèbre comme réalisateur, a été établie dès *Les Ragazzi*, plus que dignes des meilleures aspirations du mouvement néoréaliste. **DSch**

Les Reconnaissances
William Gaddis

1922-1998 (États-Unis)
Première parution | 1955
Langue originale | Anglais
Titre original | *The Recognitions*

À la recherche de la vérité, cet immense roman explore les manières de forger ou contrefaire les produits culturels. Les tableaux sont des faux, les idées de roman volées, les pièces de théâtre plagiées, les critiques de livres achetés et quelqu'un, dans un café parisien, a « un faux numéro de camp de concentration tatoué sur le bras gauche ». Wyatt Gwyon est un artiste de talent qu'utilisent un marchand de tableaux sans scrupules et un directeur de galerie afin de produire de faux van der Goes. Lorsqu'il se sent devenir irréel, Wyatt explique à sa femme Esther qu'être moral « est la seule façon de savoir que nous sommes vrais ». Elle lui demande d'un ton plein de sous-entendus si les femmes peuvent se le permettre. Ici, aucune pensée ne prend effet, aucune discussion ne se conclut et aucun narrateur n'intervient pour défendre la vérité.

Presque tous les personnages sont américains, mais le contexte est européen et intellectuel. On doit connaître le latin, l'espagnol et l'italien pour comprendre de nombreuses plaisanteries. Des conversations embrouillées donnent l'impression que la réalité prédomine, mais les personnages ne cessent de trébucher et de chuter, prouvant ainsi combien cette réalité est corrompue. L'incompétence physique finit par s'étendre aux bâtiments lorsqu'un hôtel s'effondre et qu'un organiste provoque l'écroulement d'une église tout entière. *Les Reconnaissances* ont été une révélation essentielle : Thomas Pynchon est l'équivalent plus américain de Gaddis. **AMu**

Le Lliano en flammes
Juan Rulfo

1917-1986 (Mexique)
Première parution | 1955
Langue originale | Espagnol
Titre original | *El Llano en llamas*

C'est avec cette série de quinze nouvelles (dix-sept dans une édition ultérieure), que Juan Rulfo a été reconnu comme l'un des maîtres de la littérature latino-américaine. Les scènes post-révolutionnaires de l'État de Jalisco dépassent les limites habituelles des récits de la révolution mexicaine. Le langage populaire est ici développé avec art et la campagne paraît représenter un archétype d'abandon, en marge du folklore.

Les nouvelles de Rulfo traitent de ce qui s'est passé et ne peut être changé (comme dans « L'homme » et « Dis-leur de ne pas me tuer »). L'auteur explore aussi les mécanismes du pouvoir et les visages de la violence, souvent dans le cadre de relations familiales en plein déchirement (« Tu n'entends pas les chiens aboyer », « L'héritage de Matilde Arcángel »). La plupart des personnages sont seuls et animés d'un sentiment de culpabilité (« Macario »), ce qui les pousse à voyager ou errer sans but (« Talpa », « On nous a donné la terre »), et à parler sans cesse face à des interlocuteurs idiots ou inexistants (« Luvina », « Souviens-toi »). Le traitement subtil de la structure temporelle et des voix narratives, allié à un équilibre adroit entre réalité et rêve, loin de tout réalisme magique, signifie que la seule originalité de ces récits et de leur auteur suffirait, avec son unique autre roman (*Pedro Páramo*) à en faire l'un des plus grands écrivains de son époque. **DMG**

Un Américain bien tranquille
Graham Greene

1904 (Angleterre)-1991 (Suisse)
Première parution | 1955
Titre original | *The Quiet American*
Adaptations cinématographiqes | 1958, 2002

Ce roman est d'une certaine manière une allégorie de la fin du colonialisme européen paternaliste en Indochine et du début de l'impérialisme américain zélé. Situé au Viêtnam au début des années 1950, il décrit la rivalité de Fowler, journaliste anglais blasé, et de Pyle, espion américain idéaliste, tous deux amoureux de Phuong, jeune Vietnamienne avide d'épouser un Occidental pour fuir pauvreté et prostitution. Phuong est constamment associée aux paysages et à la flore vietnamiens, mais aussi à l'ivresse de l'opium et à une aura d'inintelligibilité. Pyle, jeune et riche, représente la promesse d'une sécurité financière tandis que Fowler, vieux et las, n'offre que la perspective d'une union informelle et donc peu satisfaisante. C'est en cela que l'on a souvent considéré ce livre comme prophétique et critique du rôle des Américains au cours de la guerre du Viêtnam. Il n'est toutefois pas limité par les contraintes du genre littéraire auquel il appartient. Prenant pour départ cette allégorie centrale, c'est une étude de la virilité et de la responsabilité. L'auteur cherche à percer les faux actes de bravoure des soldats, et par extension des journalistes, pour s'élever contre l'exaltation du courage physique que l'on trouve habituellement dans les romans à suspense. Il remet aussi en cause le désir de désengagement de Fowler face au conflit, suggérant ainsi qu'un homme doit accepter la responsabilité morale des événements. **LC**

Les Occasions perdues
James Plunkett

1920-2003 (Irlande)
Première parution | 1955
Langue originale | Anglais
Titre original | *The Trusting and the Maimed*

Les nouvelles des *Occasions perdues*, qui partagent les mêmes personnages et décors et ont été à l'origine publiées dans des magazines dublinois, brossent un portrait mélancolique et satirique de l'Irlande indépendante. Dublin y occupe une place de choix. Cité de rues, bureaux et pubs, c'est aussi une ville aux banlieues délabrées qui incite aux excursions à la campagne. Ce mélange de moments lyriques et évocateurs et de vignettes détaillées de la vie quotidienne dresse le tableau d'un pays désemparé, en stagnation. La dureté de la conclusion et la douceur de sa méthode rendent ce roman mémorable.

L'Irlande des années 1940 et 1950 est déprimée, repliée sur elle, blessée ; Plunkett reflète bien cette mélancolie. Tandis que la structure épisodique des nouvelles ne requiert pas de point central, on y trouve un ton dominant né du caractère répétitif des vies d'employés. Jeunes, frustrés, agités, les personnages croupissent dans des emplois sûrs. Ils économisent pour le « péché » que sont les week-ends d'alcool, de sexe et d'humour paillard qui leur permettent de survivre pendant la semaine. Le livre est empreint d'une atmosphère de déclin palpable, d'une religion réduite à ses vestiges et à l'autoparodie, et d'un patriotisme limité à des obsessions disciplinaires et à des chansons à boire. Il exprime avec éloquence l'apitoiement et le ressentiment qui caractérisaient la culture de l'Irlande postcoloniale. **PMcM**

Mèmed le faucon
Yasar Kemal

1922 (Turquie)
Première parution | 1955
Titre original | *Ince Memed*
De son vrai nom | Kemal Sadik Gökçeli

Mèmed le faucon est situé dans un village pauvre de l'Anatolie. Propriétaire terrien tout-puissant, Ali Safa Bey dérobe aux métayers du village la plus grande partie des fruits de leur labeur. Le héros du récit, Ince Mèmed, se rebelle contre cette tyrannie et s'enfuit dans la montagne, où il rejoint un groupe de bandits. Il devient un Robin des Bois anatolien, défendant les pauvres dans leur lutte contre l'oppression. Premier roman de Kemal, *Mèmed* s'est transformé en succès international. Sa connaissance intime de la Turquie rurale – il y a grandi – lui a permis d'évoquer les paysages, les odeurs et les goûts du village et de la rude campagne avec une précision saisissante. Le roman appartient à la tradition du réalisme social, plutôt qu'au réalisme magique, et pourtant le mythe et de le conte folklorique enveloppent le tout.
Les lecteurs dotés d'une conscience politique penseront peut-être qu'une histoire d'oppression paysanne ne devrait pas s'avérer aussi charmante. Kemal, marxiste convaincu, a décrit l'art « bourgeois » comme « le rameau pourri de l'arbre de l'humanité. » L'auteur soutient en principe la lutte collective des métayers par rapport à la révolte individualiste du bandit, politiquement ambivalente, mais son instinct de conteur l'emporte constamment sur sa conscience politique. Le livre demeure ainsi très agréable à lire, grâce à sa chaleur humaine et à sa superbe force narratrice. **RegG**

La Dernière Tentation du Christ
Nikos Kazantzákis

1883 (Grèce)-1957 (Allemagne)
Première parution | 1955
Titre original | *Ho teleutaíos peirasmós*
Adaptation cinématographique | 1988

Si Kazantzakis était chrétien, il admirait aussi Nietzche et la nature, et le Jésus de son roman, homme fait de chair et de sang, est pleinement conscient de son environnement en Palestine. L'appel divin qui le transformera en Messie le tourmente tout autant que le désir qu'il éprouve pour Marie-Madeleine.
Les descriptions de la vie de Jésus sont en grande partie fondées sur le Nouveau Testament. La prose se transforme parfois ici en une sorte de réalisme magique, comme par exemple lorsque des fleurs s'épanouissent autour des pieds du messie. Lors de

la crucifixion, apogée du roman, Jésus s'imagine sauvé par un ange qui le guide vers le bonheur terrestre, au cours duquel il épouse Marthe et Marie, devient père, et jouit d'une vie agréable. Des années plus tard, il s'aperçoit que cet ange était en réalité Satan, et que ce paradis terrestre n'est qu'un rêve. Il se réveille pour se rendre compte qu'il est toujours sur la croix, puis s'éteint. C'est là, dans sa dimension spirituelle et non naturelle que semble résider le mérite de Jésus selon l'auteur. Malgré cela, le livre a été condamné par le Vatican, qui a mis le roman à l'Index, car il trouvait le Christ trop charnel et assailli par le doute, tandis qu'en Grèce, l'Église Orthodoxe a assigné Kazantzakis en justice, retardant ainsi la parution du livre. **PM**

Diadorim
João Guimarães Rosa

1908-1967 (Brésil)
Première parution | 1955
Langue originale | Portugais
Titre original | *Grande Sertão : Veredas*

Lorsqu'il pratiquait la médecine dans l'État du Minas Gerais, Rosa, qui devait devenir plus tard diplomate et politicien, a découvert la dure réalité des habitants de ce vaste territoire brésilien. Et pendant que Riobaldo, le personnage central du roman, narre sa vie, le lecteur devient auditeur et spectateur des rythmes de l'arrière pays. Tandis que les personnages du roman tissent toutes sortes de relations, l'auteur analyse leurs expériences personnelles et collectives. Ce sont des hommes qui aiment et tuent avec la même intensité. Riobaldo, déchiré entre un amour charnel et un amour platonique, éprouve aussi un impossible attrait pour son compagnon d'armes.

C'est le langage qui frappe d'emblée ici. Même lorsqu'il décrit un épisode choquant, son originalité pleine de vivacité lui confère une puissance poétique. En utilisant néologismes, aphorismes, archaïsmes, onomatopées et allitérations, l'auteur fait naître une atmosphère musicale, presque ondoyante, qui confère à son œuvre un caractère filmique.

Le roman présente simultanément les détails les plus spécifiques de la vie dans les terres les plus reculées du Minas Gerais et tout ce que la condition humaine a de plus universel. En témoignant de la situation critique de personnes contraintes d'examiner de près leur existence, ce livre se transforme en un cheminement métaphysique qu'on ne peut qu'accompagner. **ML**

Lolita
Vladimir Nabokov

1899 (Russie)-1977 (Suisse)
Première parution | 1955
Langue originale | Anglais
Titre original | *Lolita*

La passion érotique violente qu'éprouve le protagoniste et narrateur du roman, Humbert Humbert, pour Lolita, douze ans, ainsi que leurs relations sexuelles demeurent profondément choquantes aujourd'hui, particulièrement dans une culture qui se soucie des abus faits aux enfants et de la façon dont on les sexualise. Écrit dans le style impeccable habituel de Nabokov, ce roman violent pose de fascinantes questions sur le rôle de la fiction. Est-il possible de trouver de la beauté et de l'humour dans un récit répugnant d'un point de vue éthique ? Peut-on suspendre son jugement moral en faveur de l'appréciation esthétique d'une phrase joliment tournée ou parfaitement équilibrée ? Les réponses demeurent incertaines, mais en opposant le fond et la forme, en maintenant un équilibre aussi ténu entre l'éthique et l'esthétique, Nabokov invente un nouveau genre de fiction littéraire. La façon dont Humbert enlève Lolita et traverse les États-Unis avec elle dans une tentative folle pour échapper aux autorités fait de ce roman la première œuvre postmoderne, ainsi qu'un genre de road movie avant l'heure. Humbert appartient à la vieille Europe, c'est un amateur de Rimbaud et Balzac qui ne trouve pas sa place dans l'Amérique des années 1950, et demeure en extase devant une Lolita qui mâche du chewing-gum et boit des sodas. L'histoire de cette rencontre entre un âge vénérable et une jeunesse maladroite, entre l'Europe et l'Amérique, l'art élitiste et la culture populaire, a inspiré de nombreux romans et films. Sans *Lolita*, il serait difficile d'imaginer *Vente à la criée du lot 49* de Pynchon ou *Pulp Fiction* de Tarantino. Après autant d'imitations, le fait que ce roman soit toujours aussi troublant, neuf et émouvant témoigne de son originalité et de sa force. **PB**

Le Talentueux Monsieur Ripley
Patricia Highsmith

1921 (États-Unis)-1995 (Suisse)
Première parution | 1955
Titre original | *The Talented Mr. Ripley*
De son vrai nom | Mary Patricia Plangman

Tom Ripley est l'une des plus grandes créations de la littérature de gare du XXe siècle, personnage schizophrène à la fois charmant, ambitieux, impossible à connaître, dépourvu de moralité et sujet à des accès de violence extrême. De fait, la frontière que trace Highsmith entre la psychose, d'une part, et la jalousie de classe et le désir sexuel, de l'autre, fait qu'il est possible de lire son comportement déviant d'une manière relativement simple, comme le symptôme d'une maladie mentale, ou comme la manifestation complexe d'ambitions bourgeoises et d'un désir homosexuel refoulé. Le roman tourne autour de la relation de Tom et Dickie Greenleaf, riche mondain qui s'est installé à Mongibello, village de la côte italienne, avec sa petite amie, Marge. Tom est immédiatement attiré par le style, la fortune et la beauté de Dickie, mais aussi consterné par ses tentatives artistiques maladroites et par son affection « inexplicable » pour Marge, dont il n'est clairement pas amoureux. Ces sentiments contradictoires se heurtent de façon explosive lorsque Tom assassine Dickie et s'empare de son identité à des fins lucratives.

Le Talentueux Monsieur Ripley aurait pu être le récit agréable de personnages jouant au chat et à la souris, où Tom est pourchassé par la police italienne, Marge, puis le père de Dickie à travers une série de décors plaisants. Mais Highsmith instille à son roman toutes sortes de complexités morales, psychologiques et philosophiques. Comment distinguer entre diverses catégories de désir – sexuel et matériel ? Comment peut-on parler de l'identité comme d'un concept fixe ou essentiel si Tom peut « devenir » Dickie avec autant de facilité et de succès ? Comment le désir sexuel est-il lié au dégoût ? Et, pour les lecteurs, est-il moralement aberrant de prendre silencieusement le parti d'un meurtrier sans pitié ? **AP**

Le Seigneur des anneaux
J. R. R. Tolkien

1892 (Afrique du Sud)-1973 (Angleterre)
Première parution I 1954-1956
Langue originale I Anglais
Titre original I *The Lord of the Rings*

Le Seigneur des anneaux est en réalité une trilogie – *La Communauté de l'anneau*, *Les Deux Tours* et *Le Retour du roi* – qui poursuit le récit entrepris dans *Bilbo le Hobbit*, que Tolkien avait publié plus de dix ans auparavant, et explore plus avant le monde de la Terre du Milieu et un conflit qui devrait sceller le sort de l'humanité. Tout comme *Bilbo le Hobbit*, c'est l'histoire d'un être improbable – Frodon, jeune hobbit modeste – promis à un grand avenir. Au début de la trilogie, les elfes, nains, hobbits et hommes se réunissent sous l'œil vigilant de Gandalf le magicien et se lancent dans une expédition dont le but est de détruire l'anneau magique que Bilbo avait trouvé dans *Le Hobbit*. Cet objet abrite l'essence du mal et doit donc être détruit avant que Sauron ne le trouve et ne plonge la Terre du Milieu dans l'obscurité. À la suite d'une série de péripéties, les membres de cette communauté meurent ou sont séparés. Seuls demeurent Frodon, Sam, son fidèle ami, et Gollum – une créature atrophiée qui est tombée sous l'emprise de l'anneau il y a des années et en est désormais l'esclave – pour aller jeter l'anneau dans les flammes de la Montagne du Destin.

Le livre traite de pouvoir et de cupidité, d'innocence et d'édification. C'est une bataille entre le bien et le mal qui oppose la bonté et la confiance à la suspicion, la camaraderie à la soif de pouvoir individuel. Le mal chez Tolkien est une force intérieure – illustrée par la personnalité divisée de Gollum. *Le Seigneur des anneaux* est aussi un récit de combat, sans aucun doute inspiré par l'expérience personnelle de Tolkien, qui montre comment les ennemis sont finalement unis dans la mort. Si l'ouvrage abrite un message, c'est bien que la guerre est futile, tout comme la recherche du pouvoir absolu dans un monde où la solidarité l'emportera toujours (mais de justesse). **EF**

The Lonely Londoners
Sam Selvon

1923 (Trinidad)-1994 (Canada)
Première parution I 1956
Langue originale I Anglais Non traduit à ce jour en français

On découvre dans *The Lonely Londoners* l'une des premières descriptions de la vie des caribéens noirs à Londres durant la vague d'immigration massive des années 1950. C'est un roman picaresque moderne, doté d'une structure en épisodes, où la négritude est normalisée, et les rares personnages blancs que l'on rencontre sont perçus comme étranges ou exotiques, notamment grâce à une utilisation novatrice du langage – le livre est presque entièrement écrit en créole de la Trinité. Selvon ne tente jamais de le traduire en anglais standard, et, dans ce sens, on peut penser qu'il annonce des romans ultérieurs tels que *Trainspotting* d'Irvine Welsh. L'œuvre examine aussi l'expérience noire en érigeant un Londres monumental, fantasme des habitants des colonies de l'empire britannique.

Bien que les personnages soient en très grande majorité masculins et issus de la classe ouvrière, le livre tente de soulever des questions portant sur la politique des sexes. La violence domestique et le rôle des femmes à l'intérieur des structures familiales sont essentiels à la représentation des effets étourdissants de la migration, et l'absence relative de femmes noires dans le roman est en définitive intimement liée à un sentiment généralisé de perte et de nostalgie. **LC**

Les Racines du ciel
Romain Gary

1914 (Lituanie)-1980 (France)
Première parution | 1956
Prix Goncourt | 1956
Adaptation cinématographique | 1958

Le cinquième roman de Gary, doté d'un humour et d'une perspicacité remarquables, est aussi son premier prix Goncourt (il a remporté le deuxième sous le nom d'Émile Ajar), et démontre l'importance qu'il accordait à la dignité et à la compassion.

Curieusement contemporain, presque prescient, il est situé en Afrique équatoriale. Des personnages d'une moralité complexe – prêtres dévorés par le doute, révolutionnaires en herbe, chasseurs de gros gibier, administrateurs coloniaux et marchands d'armes – gravitent autour de Morel, figure énigmatique qui lance une campagne de sauvegarde des éléphants, les seules créatures terrestres réellement libres selon lui. Ceux-ci symbolisent la camaraderie à laquelle aspire Morel en l'absence de Dieu, lorsqu'un chien ne suffit plus à combler son besoin d'amitié. Sa lutte pour surmonter le désespoir, son « idéalisme juif » – c'est ainsi que le commandant nazi du camp de concentration où il fut interné qualifiait sa foi en de nobles conventions et en la primauté de la spiritualité – attirent les pragmatiques, les excentriques, les hommes de bonne volonté ainsi que les intrigants de toutes sortes qui essaient d'exploiter la cause de Morel afin de servir leurs propres intérêts.

Les Racines du ciel, qui méritent largement leur renommée, rendent hommage à une gaieté ancienne, impérissable et désespérée, qui constitue une forme de subversion et un moyen de survie. Le livre a été adapté au cinéma en 1958. **ES**

Nedjma
Kateb Yacine

1929 (Algérie)-1989 (France)
Première parution | 1956
De son vrai nom | Mohammed Khellouti

Né en 1929 à Constantine, Mohammed Khellouti a quinze ans lorsqu'il participe à la grande manifestation anticoloniale de Sétif, le 8 mai 1945. Cette expérience, qui lui vaudra plusieurs mois de prison, est l'une des sources d'inspiration de *Nedjma*, premier roman aux allures de révolution stylistique qu'il écrit en français et publie au plus fort de la guerre d'Algérie, sous le pseudonyme de Kateb Yacine (*Kateb* signifie « écrivain » en arabe). D'une grande audace formelle, le roman raconte la passion de Rachid, Lakhdar, Mourad et Mustapha pour la même femme mariée, Nedjma (« l'étoile »), fille d'un Algérien et d'une Française. C'est à travers les récits des quatre prétendants, à la fois amis et rivaux, qu'est racontée cette femme muette par laquelle le romancier a voulu incarner son pays, l'Algérie. L'intrication des voix et l'enchâssement des temporalités confère une grande modernité à ce texte qu'on a parfois inscrit dans le sillage du Nouveau Roman, mais où l'on pourrait aussi bien chercher l'influence des digressions de la littérature arabe, celle de l'œuvre de William Faulkner – ou un renversement ironique de *L'Étranger* de Camus. Livre-clef dans l'histoire des littératures nord-africaines, *Nedjma* tient une place importante dans celle, politique, des rapports entre la France et l'Algérie, avec une vision qu'explicite la lettre de l'écrivain à son ami Camus, en 1957 : « Exilés du même royaume, nous voici comme deux frères ennemis, drapés dans l'orgueil de la possession renonçante, ayant renoncé à l'héritage pour ne pas avoir à le partager »... **BQ**

La Chambre de Giovanni
James Baldwin

1924 (États-Unis)-1987 (France)
Première parution | 1956
Langue originale | Anglais
Titre original | *Giovanni's Room*

David, narrateur blanc de *La Chambre de Giovanni*, lutte contre son besoin d'approbation sociale, ce qui l'amène à rejeter les normes conventionnelles du succès. Ce membre de la classe moyenne fuit son environnement pour vivre sans but à Paris, loin de la pression muette de son père qui souhaite qu'il s'établisse. Confronté à des difficultés financières, David demande sa main à Hella, jeune Américaine qui quitte Paris afin de réfléchir. Pendant son absence, David accompagne un ami dans un bar homosexuel où il se lie instantanément avec Giovanni, mystérieux barman italien. David s'installe dans la chambre minuscule de Giovanni mais espère le retour d'Hella, qui, pense-t-il, le libérera de son amour désespéré pour ce dernier. Le jeune Américain quitte cette chambre pour poursuivre cette fausse relation hétérosexuelle, et les conséquences sont tragiques pour tous les membres de ce triangle amoureux.

La prose dépouillée de Baldwin expose sans sentimentalisme la cruauté et le cynisme qui animent la terreur de David face au désir. Selon Giovanni, le dégoût de soi de David a pour source le culte de la propreté des Américains et la répugnance que leur inspire le corps. Finalement, l'empressement que montre David à se protéger en faisant usage de l'autorité irrésistible du mâle blanc américain l'isole bien plus que la chambre solitaire dans laquelle il écrit. **AF**

Justine
Lawrence Durrell

1912 (Inde)-1980 (France)
Première parution | 1957
Langue originale | Anglais
Titre original | *Justine*

Ce premier volume du *Quatuor d'Alexandrie* de Durrell brille par ses passages d'une prose poétique remarquable. L'auteur traite en impressionniste ses descriptions d'une ville qui refuse de se transformer en un tout uni pour le protagoniste du roman. Le récit paraît adhérer à une théorie suspecte mais romantique des causes physiques lorsqu'il perçoit une symbiose entre le paysage, le climat et les femmes de la ville : tous ces éléments sont étouffants, énigmatiques et décevants. Dans ce récit à la première personne, un intellectuel anglais, indolent et déclassé qui essaie de comprendre une ville méditerranéenne et ses habitants, attribue les personnalités et histoires personnelles de ces derniers à l'influence de l'endroit où ils habitent. Poussé par son insatisfaction, le narrateur considère ces autochtones d'Alexandrie comme un ensemble de prédispositions intrinsèques déterminées par leur patrimoine racial, tandis que ses propres actions et émotions sont imputées à sa situation financière désastreuse et à un manque de motivation éhonté. Promiscuité sexuelle, prise de haschisch, références constantes à Cavafy et aux romans décadents français de la fin du XIXe siècle distinguent ce livre des romans anglais de l'époque. Récit de voyage d'une qualité supérieure, au langage extraordinairement vivant et pictural, il déconcerte par ses opinions datées en matière de sexe et de races. **RP**

Abeilles de verre
Ernst Jünger

1895-1998 (Allemagne)
Première parution | 1957
Langue originale | Allemand
Titre original | *Gläserne Bienen*

On a dit que *Les Abeilles de verre* étaient une contribution majeure à la science-fiction et annonçaient le réalisme magique, mais l'œuvre est trop singulière pour entrer dans la moindre catégorie. Le protagoniste, le capitaine Richard, a combattu au cours des deux guerres mondiales, et le livre consiste principalement en une réflexion sombre sur l'aliénation des anciens combattants dans un monde moderne.

L'intérêt du lecteur est piqué lorsque Jünger s'intéresse à la compagnie dans laquelle son héros essaie de se faire embaucher. Dirigée par le sinistrement affable Zapparoni, c'est un empire mondial de la communication et de la cybernétique, qui fabrique des robots miniatures et se spécialise dans le divertissement virtuel. Certains des robots effectuent des tâches domestiques, d'autres sont liés à d'inquiétants programmes militaires. Le roman atteint son sommet dans le jardin de l'établissement de Zapparoni. Dans un passage qui doit beaucoup aux expérimentations de la drogue hallucinogène auxquelles Jünger s'est livré dans les années 50, le capitaine Richard observe en détail les abeilles du titre en action, et est horrifié de découvrir des oreilles, tranchées, éparpillées dans une mare. L'histoire est presque dérisoire, mais le texte déborde d'idées qui nous fascinent par leur prescience et paraissent annoncer Internet, la nanotechnologie, le réchauffement de la planète, et un monde dominé par des ploutocrates qui maîtrisent les dernières technologies mais sont dotés d'une morale ambivalente. **RegG**

Le Docteur Jivago
Boris Pasternak

1890-1960 (Russie)
Première parution | 1957
Titre original | *Doctor Zhivago*
Prix Nobel de littérature | 1958 (refusé)

Le roman épique de Pasternak, où l'on découvre l'histoire d'amour de Lara et Youri dans l'immensité géographique et historique de la Russie révolutionnaire, a été banni en URSS dès sa publication en Italie et ce jusqu'en 1988. Tandis que le régime soviétique lui imposait le silence, Pasternak a été encensé à l'Ouest et s'est vu proposer le prix Nobel de littérature en 1958.

Ironie amère, cette divergence des réactions occidentales et soviétiques a très profondément influencé la façon dont on lit ce roman. Pasternak a été caricaturé des deux côtés du Rideau de fer comme un écrivain qui s'intéressait plus à la liberté individuelle, un concept romantique occidental, qu'aux cruautés de l'État socialiste. En réalité, loin de s'avérer simplement contre-révolutionnaire, ce roman est une analyse subtile des diverses façons dont les idéaux peuvent être compromis par la réalité du pouvoir politique. La relation de Youri et Lara, l'une des plus passionnantes de la littérature d'après-guerre, naît de leur fascination commune pour les possibilités d'une justice révolutionnaire et lui demeure profondément liée. C'est cette lutte

pour une sorte de vérité parfaite, en termes politiques comme personnels, qui constitue le moteur du roman, dont le caractère pathétique provient de l'échec de cette recherche d'idéal et de l'extraordinaire difficulté de demeurer fidèle à des principes personnels, politiques ou poétiques.
L'un des éléments les plus saisissants du livre est le paysage russe, d'une grandeur et d'une beauté extraordinaires. C'est grâce à cette rencontre élégiaque avec la nature que *Le Docteur Jivago* offre un extraordinaire sentiment de bonheur et de possibilités humaines et historiques infinies. **PB**

Pnine
Vladimir Nabokov

1899 (Russie)-1977 (Suisse)
Première parution | 1957
Langue originale | Anglais
Titre original | *Pnin*

Ce court roman comique a valu à Nabokov d'être nommé pour le prix du National Book Award pour la première fois, l'a fait connaître du grand public et lui a apporté son premier succès commercial. Dans ce roman, l'un des premiers des années 1950 à avoir pour cadre un campus universitaire, on découvre le professeur Timofey Pnine, infortuné émigré russe. Il enseigne sa langue à Waindell College, univers étrange et désinvolte auquel il essaie de s'adapter. Gauche et pédant implacable, son plus grand malheur est son incapacité à maîtriser l'anglais, et une grande partie de l'humour du livre naît de son utilisation singulière de la langue. Cependant, à cause de sa conduite digne, il est impossible de réduire Pnine au stéréotype qu'en fait un narrateur peu indulgent. Lorsqu'on le compare à ses autres collègues étrangers, c'est indubitablement un homme bien.
Ce livre possède comme point de départ diverses nouvelles publiées à l'origine dans le *New Yorker* entre 1953 et 1955, et on lui a parfois reproché d'être plus une série de vignettes qu'un vrai roman. C'est une critique injuste car – et on retrouve là l'intérêt habituel de Nabokov pour la cohérence du thème plutôt que de l'intrigue – le roman examine toujours l'incapacité de Pnine à se sentir « chez lui », physiquement ou linguistiquement, dans la culture nord-américaine. Par-dessus tout, le style de Nabokov, indéniablement adroit avec ses longues digressions linguistiques et son humour décalé, fait de ce livre un chef-d'œuvre comique et un vrai plaisir. **JW**

Sur la route
Jack Kerouac

1922-1969 (États-Unis)
Première parution |1957
Langue originale | Anglais
Titre original | *On the Road*

Sur la route est devenu l'un des classiques de la contre-culture littéraire américaine. Le récit que fait Sal Paradise de ses voyages en Amérique au lendemain de la Seconde Guerre mondiale est devenu emblématique d'une lutte en faveur de la liberté qu'abrite le rêve américain. Le périple que Paradise entreprend entre la côte Est et la côte Ouest en compagnie de l'insouciant et libre Dean Moriarty (inspiré de Neal Cassady, autre aventurier de la Beat generation) est une célébration de la vitalité et de l'esprit de la jeunesse américaine. Leur rejet du conformisme économique ou domestique en faveur d'une recherche d'expériences individuelles aiguës et de communautés libres et diverses était l'un des éléments essentiels de la culture Beat alors naissante, que Kerouac – et d'autres figures littéraires comme Ginsberg et Burroughs – devait rapidement représenter. Écrit en trois semaines selon la légende, sur un rouleau de papier unique et dans une explosion de créativité nourrie par la benzédrine et la caféine, ce roman en partie autobiographique est aussi célèbre pour la façon dont il a été produit que pour ce qu'il abrite. Et pourtant l'auteur y reconnaît les limites de son univers, et le déclin progressif de Dean montre peu à peu qu'il est quelque peu absurde que Sal en fasse le héros qu'il aspire à devenir adulte. **NM**

Une histoire de corde
Veijo Meri

1928 (Finlande)
Première parution | 1957
Langue originale | Finlandais
Titre original | *Manillaköysi*

Joose, soldat naïf de la classe ouvrière, qui combat au front au cours de la Seconde Guerre mondiale, bénéficie d'une permission afin de rendre visite à sa famille. Avant son départ, il découvre une corde dans son campement et décide de la ramener chez lui pour y étendre le linge. Il la cache en l'enroulant autour de son corps et manque de mourir lorsqu'elle se resserre et l'étouffe au cours de son long voyage en train.

Le roman brosse un portrait entièrement neuf de la guerre, qui apparaît incompréhensible, notamment dans le cas de la guerre (1941-1944) qui opposa la Finlande à la Russie. Les divers narrateurs qui accompagnent Joose dans son voyage en train relatent leurs expériences de guerre, qu'elles soient physiques ou psychologiques. Le ton du récit est humoristique, voire hilarant, mais les événements évoqués sont souvent terrifiants et macabres. La guerre est décrite comme destructrice et vaine, et les soldats, passifs, dépourvu d'héroïsme, ne se considèrent que comme de la chair à canon. Presque tous essaient de tirer avantage de la guerre d'une façon ou d'une autre, mais leurs tentatives échouent invariablement. Joose devient lui-même victime puisque sa recherche de profit, toute triviale soit-elle, n'a provoqué qu'angoisse et nausée.

L'humour noir et l'absurdité de cette œuvre de métafiction rappellent Gogol, Kafka et Hašek. Une histoire de corde met en question non seulement la guerre et la destinée humaine, mais aussi le récit et l'histoire, le fait et la fiction. **IP**

La Modification
Michel Butor

1926 (France)
Première parution | 1957
Prix Renaudot | 1957

En 1957 paraissent aux éditions de Minuit quatre livres emblématiques du « Nouveau Roman » : *La Jalousie* d'Alain Robbe-Grillet, *Le Vent* de Claude Simon, *Tropismes* de Nathalie Sarraute et *La Modification* de Michel Butor. On sait combien l'originalité de l'écriture de ce dernier – un monologue intérieur à la deuxième personne du pluriel, renouvelant par l'interpellation le rapport du lecteur au texte – a accentué sa notoriété, faisant de lui le roman expérimental le plus célèbre de l'époque. Le narrateur, Léon Delmont, voyage en train de Paris vers Rome ; sa femme et ses quatre enfants sont en France, sa maîtresse, Cécile, en Italie. Parti pour rompre avec la première et ramener la seconde, il est pris par le doute : est-ce Cécile qu'il aime, ou bien l'ensemble qu'elle forme avec la ville qu'elle illumine, et qui disparaîtrait si elle venait en France ? Arrivé à Rome, il repartira sans avoir vu Cécile. Tout le roman se déroule dans un wagon, métaphore de l'esprit du personnage : les images s'y associent et s'y dissolvent à mesure que les passagers se croisent dans la rame ou que les paysages défilent. Froides et obsessionnelles, les descriptions se mêlent aux souvenirs et aux attentes dans un magma de conscience en perpétuelle recomposition. Par-delà l'emploi du « vous », les jeux sur les strates temporelles et la mise en abyme finale du texte, qui n'est autre que le roman emporté par le narrateur pour occuper son voyage, font de *La Modification* une expérience de lecture déconcertante, à l'esthétique un peu datée mais à la puissance d'envoûtement inaltérée. **BQ**

Homo Faber
Max Frisch

1911-1991 (Suisse)
Première parution | 1957
Langue originale | Allemand
Titre original | *Homo Faber*

Homo Faber est le récit tragi-comique d'un homme moderne face aux dangers du rationalisme. Walter Faber, un émigré suisse de cinquante ans, travaille pour l'Unesco. Homme aux habitudes pointilleuses, il est convaincu que la science et la raison peuvent tout expliquer. Lorsque le roman s'ouvre, l'avion qu'il a pris pour le Venezuela fait un atterrissage forcé dans le désert mexicain. Cette perturbation dans sa vie rangée et sa rencontre fortuite avec le frère de son ancien meilleur ami ne sont que le commencement d'une série d'événements qui le forcent à affronter son passé.

Avant la guerre, Faber a eu une liaison avec une juive allemande, Hanna, qui est tombée enceinte. Il a offert de l'épouser, elle a refusé et il l'a quittée, convaincu qu'elle avorterait. Mais il apprend au Mexique qu'elle en a épousé un autre. Cette découverte choquante perce son armure rationaliste qui s'effrite complètement une fois qu'il retrouve Hanna et sa fille dont il n'avait jamais soupçonné l'existence. Mais cette réunion est gâchée par son impossibilité à écouter ses émotions et sa conviction dogmatique qu'il peut contrôler son environnement grâce à la logique. Frisch était un maître de l'ironie, qu'il a merveilleusement utilisée ici pour produire une œuvre troublante et ambivalente. Le lecteur en ressort déchiré entre la compassion et le mépris envers Faber, parfaitement campé mais profondément imparfait. **AL**

Le Bleu du ciel
Georges Bataille

1897-1962 (France)
Première parution | 1957

Bien qu'il ait trouvé la femme idéale en « Dirty », riche, belle et débauchée, Troppmann, le narrateur du *Bleu du ciel*, est impuissant, ce qui le force à explorer ses appétits insatiables par d'autres moyens. Cette impuissance sexuelle est en harmonie avec le sentiment d'impuissance dont est empreint ce roman écrit en 1935 et publié en 1957. Troppmann, au cours de ses voyages en Europe en 1934, découvre les premiers signes de la montée du nazisme, et se résigne à son triomphe ultime. Convaincu de l'échec de la politique, il demeure libre de toute activité révolutionnaire, mais se lance dans une autodestruction volontaire en compagnie de Dirty. Bataille a écrit ailleurs au sujet de la « souveraineté », qu'on l'atteint précisément lorsque le moi se perd dans un instant qui dépasse tout usage potentiel, toute « expérience » de récupération. Troppmann essaie de parvenir à cet état à travers des actes transgressifs répétés, en reniant certaines valeurs et en violant divers tabous. En créant des protagonistes dont le corps malade et pourrissant reflète la façon dont l'Europe sombre dans le fascisme, Bataille montre la façon dont le nazisme exploite la fascination qu'exerce une sexualité abjecte et mortelle. Le roman saisit l'attrait de la violence enthousiaste du marxisme tout en suggérant qu'il est possible de retourner ces forces contre elles-mêmes. Peu d'auteurs sont capables, comme Bataille, de rechercher le degré zéro, la poursuite vertigineuse du néant absolu accompagnée de la conscience aiguë de son inaccessibilité ultime. **SS**

Les Coucous de Midwich
John Wyndham

1903-1969 (Angleterre)
Première parution | 1957
Titre original | *The Midwich Cuckoos*
Adaptation cinématographique | 1960

Midwich est un minuscule village ordinaire où il ne se passe pas grand-chose jusqu'à ce qu'une mystérieuse force l'enveloppe et que tous ses habitants perdent connaissance. Lorsqu'ils reviennent à eux, tout paraît normal, mais il apparaît bientôt que toutes les femmes en âge d'avoir des enfants sont enceintes. Les enfants, lorsqu'ils naissent, sont extraordinaires : semblables, bien développés, ils possèdent un don de télépathie qui permet à tous de savoir ce que l'un seul d'entre eux a appris. Bien évidemment, ils provoquent un profond sentiment de malaise dans le village et, comme dans tout roman de science-fiction qui se respecte, un professeur vient enquêter sur le phénomène. S'ensuit une lutte passionnante entre les enfants, les villageois et les autorités qui prend bientôt des proportions mondiales. Ce résumé peut paraître familier puisque, même si elle a rencontré le succès au départ sous la forme de roman, l'histoire est probablement plus célèbre encore pour les deux films qu'on en a tirés, intitulés, de manière superfétatoire, *Le Village des damnés*. Le roman a aussi eu une influence durable sur les générations suivantes d'auteurs de science-fiction. Même s'il est indéniablement daté, il illustre parfaitement les préoccupations des écrivains au lendemain de la Seconde Guerre mondiale et durant la guerre froide, comme c'est d'ailleurs souvent le cas dans les romans de Wyndham – dont *Le Jour des triffides* est le plus célèbre. La peur que provoque à Midwich la possibilité d'une invasion, d'une infiltration, puis d'une pollution est magistralement exploitée par Wyndham dans les domaines de l'intime, de la famille et du corps. Cet ouvrage reflète aussi brillamment l'intrusion de la propagande et des tensions politiques de la guerre froide dans le plus troublant des décors – la paisible Angleterre. **MD**

Voss
Patrick White

1912-1990 (Australie)
Première parution | 1957
Langue originale | Anglais
Prix Nobel de littérature | 1973

Ce roman, qui a rendu Patrick White célèbre dans le monde entier, est à la fois une histoire d'amour et un récit d'aventure, et pourtant aucun des deux en même temps. Au milieu du XIXe siècle, Johann Ulrich Voss mène une expédition au centre du vaste continent australien, pendant que croît le lien qui l'unit à Laura Trevelyan, la fille de l'un de ses financiers. Tout comme les autres membres de la société coloniale à laquelle elle appartient, Laura ne s'éloigne jamais de la lisière du continent, mais elle accompagne par la pensée Voss qui s'enfonce toujours plus profondément au cœur du pays. Cette relation qui avait débuté de façon relativement glaciale dans les salons de l'Australie coloniale atteint une intensité passionnée et fiévreuse dans les terres intérieures, dures et étranges.

Cette histoire d'amour et d'exploration possède de nombreux antécédents. L'acharnement que montre Voss à pénétrer dans les terres rappelle le voyage de Marlow dans *Au Cœur des ténèbres* de Conrad. Le soin porté à évoquer le XIXe siècle donne aux scènes de salon une ambiance à la Jane Austen, et l'intensité des relations personnelles fait parfois songer à un Lawrence que l'on aurait transporté dans le bush australien. Bien que l'on retrouve tout cela dans le périple de Voss et dans sa difficile relation avec Laura, c'est la discordance et l'étrangeté du roman qui constituent ses éléments les plus remarquables. La terre en est la présence la plus imposante, et la grandeur mortelle de cet intérieur dont on n'a pas encore dressé la carte exerce une extraordinaire influence sur la culture européenne des colons. Cette culture est ainsi transformée par la terre silencieuse que *Voss* essaie de pénétrer, tout comme la forme romanesque est remaniée par cette confrontation avec les profondeurs cachées du désert. **PB**

La Jalousie
Alain Robbe-Grillet

1922-2008 (France)
Première parution | 1957

La Jalousie de Robbe-Grillet est l'un des exemples les plus célèbres du Nouveau Roman, courant littéraire qui essaie de repousser les limites de l'approche réaliste de l'intrigue, du cadre et de la psychologie des personnages. Son style est celui d'une objectivité rigoureuse qui se limite à la description visuelle des plans et surfaces observables ainsi que des gestes et positions des personnages. Le lecteur se voit refusé tout accès direct aux pensées du narrateur anonyme ou des personnes que celui-ci observe. À travers la jalousie d'une persienne, il contemple sa femme qui paraît vivre une aventure avec son voisin, Franck. Le narrateur ne tente jamais de commenter ce qu'il voit – de fait, il n'utilise jamais le pronom « je ».

La vraie originalité du roman est sa capacité à transmettre la force de la jalousie, malgré les contraintes que lui impose son style objectif. Le lecteur s'aperçoit peu à peu des répétitions et variations minuscules du texte, jusqu'à ce que naisse l'impression d'une conscience constituée et dévorée par la jalousie. Le style narratif reflète magistralement le comportement de l'amant jaloux, qui, obsédé par les détails, parvient à voir en chaque regard en coin et geste inconscient la preuve d'une trahison cachée. Le mode narratif plat et filmique perfectionné ici par Robbe-Grillet devait énormément influencer les écrivains postmodernes qui tenteraient de décrire le curieux manque de profondeur d'un monde observé principalement à travers l'objectif d'une caméra. **SS**

Les Oiseaux
Tarjei Vesaas

1897-1970 (Norvège)
Première parution | 1957
Langue originale | Norvégien
Titre original | *Fuglane*

À ne pas confondre avec la nouvelle de Daphné du Maurier et le film d'épouvante d'Hitchcock, voici un récit – beaucoup plus sobre et poignant – écrit par l'un des écrivains scandinaves les plus importants du XXe siècle. *Les Oiseaux* comptent parmi ses meilleurs romans avec *Palais des glaces*.

Le roman évoque la relation de Mattis, un garçon simple d'esprit, et de sa sœur aînée, Hege, qui lui prodigue des soins physiques et affectifs. Ils vivent ensemble au cœur de l'arrière-pays norvégien, près d'un lac, mais Hege est lasse de son univers clos et de son abnégation. Lorsque Jørgen, un bucheron itinérant, pénètre dans leur univers, il est à l'origine d'un changement radical. Ce dernier a besoin d'un toit pour la nuit, notamment parce que son sac à dos s'est mouillé dans le bateau de Mattis, qui prend l'eau. À la grande consternation de ce dernier, Hege est troublée et attirée par le nouveau venu. La relation du frère et de la sœur est analysée avec perspicacité, et le dénouement, qui révèle en partie la signification du titre, s'avère particulièrement obsédant. Vesaas était le principal représentant d'un courant baptisé landsmål ou « langue de la campagne », puis nymork ou « nouveau norvégien ». Rédigés sous forme de dialogues totalement crédibles, *Les Oiseaux* décrivent des relations et expériences très tendues au sein d'un paysage merveilleusement primitif. On peut aussi donner à ce roman une dimension allégorique ou symbolique – un plaidoyer sincère en faveur de la tolérance à l'égard des étrangers. **JHa**

La Quête du roi Arthur
T. H. White

1915 (Inde)-1964 (Grèce)
Première parution | 1958
Langue originale | Anglais
Titre original | *The Once and Future King*

Le récit complexe et brillant que fait White de la légende arthurienne a été écrit sur vingt-cinq ans, dans une série de quatre volumes. C'est le premier d'entre eux, *Excalibur, l'épée dans la pierre*, qui est le plus célèbre, grâce au dessin animé plutôt sirupeux qu'en a tiré Walt Disney (parution en 1939, adaptation en 1963). *La Quête du roi Arthur* est fondée sur *Le Morte d'Arthur*, ouvrage ambitieux de Thomas Malory écrit au XVe siècle au sujet de la cour du roi Arthur. White ne modernise pas l'histoire mais demeure conscient des parallèles que l'on peut établir entre la brutalité du Moyen Âge en train de s'éteindre et la montée du fascisme de son époque. Au fil des quatre volumes, Arthur, jeune homme nerveux et dégingandé, se transforme en vigoureux chevalier. Afin d'essayer de préserver l'innocence de l'Angleterre, il est finalement obligé d'imiter les actions des troupes celtes assemblées par son ennemi, Mordred. Le résultat est désastreux et, alors qu'il s'avance vers sa mort, Arthur conclut que l'humanité ne peut être heureuse qu'en l'absence de nations. On trouve ici des épisodes magnifiques, comme lorsque Arthur, transformé en perche par Merlin, est presque dévoré par un brochet qui le met en garde : la seule réalité est celle du pouvoir. L'auteur le reconnaissait : les divers romans ne se suivent pas toujours très logiquement, mais *La Quête du roi Arthur* demeure une œuvre puissante et troublante, qui traite du mal que peuvent causer les hommes, et de la lutte désespérée pour maintenir certaines valeurs dans un monde hostile. **AH**

Les Cloches
Iris Murdoch

1919 (Irlande)-1999 (Angleterre)
Première parution | 1958
Langue originale | Anglais
Titre original | *The Bell*

L'un des meilleurs premiers romans d'Iris Murdoch, *Les Cloches*, appartiennent clairement à ce que l'on appelle la « littérature de manoir » anglo-irlandaise, et traitent des relations tendues au sein d'un groupe de personnages en retraite dans une abbaye bénédictine, Imber Court. Ils espèrent résoudre les problèmes auxquels ils sont confrontés dans leur vie quotidienne. Ces personnages sont représentatifs d'une humanité faible et déconcertée ; leurs besoins spirituels les ont empêchés de bien s'intégrer à la société mais leur soif de vie ne leur permet pas d'accepter une existence contemplative coupée du monde. Michael Meade, ancien prêtre et instituteur qui refoule son homosexualité, en est le personnage central, tenaillé par la culpabilité et la frustration. La restauration d'une cloche fêlée de la communauté religieuse, labeur interminable et futile, est au cœur de l'intrigue. Le groupe commence à se désagréger avec l'arrivée de deux personnes. Dora Greenfield est l'épouse malheureuse de Paul, un professeur qui étudie les documents qu'abrite l'abbaye et ne sait s'il doit mettre fin à leur mariage. Toby Gashe, un jeune homme, est attiré par Dora comme par Michael. *Les Cloches*, qui ont établi Iris Murdoch comme figure majeure de la littérature britannique, explorent de façon poignante les interactions tragiques d'un groupe de personnes qui éprouvent le besoin de juger leurs besoins et désirs par rapport à ceux des autres, mais aussi de comprendre à quel point on peut vivre en fonction d'idéaux spirituels. **AH**

Un peuple partisan
Brendan Behan

1923-1964 (Irlande)
Première parution | 1958
Langue originale | Anglais
Titre original | *Borstal Boy*

Un peuple partisan est le récit vibrant de colère, généreux et paillard de la vie d'un Irlandais dans une maison de redressement anglaise. Né à Dublin dans une famille républicaine de la classe ouvrière, Behan a été arrêté à Liverpool en 1939 en possession d'explosifs de l'IRA. Condamné à trois ans de détention, il en a accompli deux avant d'être chassé d'Angleterre à l'âge de dix-huit ans. Une partie de la beauté d'*Un peuple partisan*, écrit dix-sept ans plus tard, réside dans son talent à refléter les contradictions de ce « jeune délinquant ». Behan abrite en lui fierté, peur, solitude et agressivité. Ce garçon qui a le mal du pays critique aussi les sermons moralisateurs du nationalisme irlandais et de l'impérialisme anglais ; très à l'aise avec ses poings dans la culture macho de la prison, les corps et la force de ses camarades de détention lui inspirent toutefois douceur et désir.

Magistrats, matons, détenus, amis, ennemis, prêtres – les portraits font toujours preuve de respect envers les différences qui séparent les personnages et celles qui rapprochent. En résulte une excellente histoire sociale de l'Angleterre de l'entre-deux-guerres, ainsi qu'un classique de la littérature carcérale. Mais c'est la libéralité de la colère de Behan et son talent d'écrivain lorsqu'il expose les diverses manières dont la prison déshumanise tous ceux qu'elle touche qui placent ce livre au-dessus des autres. **PMcM**

Gabriela, girofle et cannelle
Jorge Amado

1912-2001 (Brésil)
Première parution | 1958
Langue originale | Portugais
Titre original | *Gabriela, Cravo e Canela*

En 1930, le nouveau président élu du Brésil, Getulio Vargas, brûlait en public les six premiers romans de Jorge Amado – avec l'intention de prévenir les intellectuels brésiliens des conséquences auxquelles ils seraient confrontés s'ils exprimaient des opinions politiques dissidentes dans leurs œuvres littéraires. Amado remportait un peu plus tard un siège de député pour le parti communiste, mais décidait finalement qu'il « servait mieux le peuple comme écrivain qu'en se dédiant aux activités du parti. »

Amado a grandi sur la plantation de cacao de son grand-père, à Itabuna, dans la province de Bahia. Amado a pu y observer le malheur des travailleuses, et l'a utilisé comme contexte pour son portrait de Gabriela, sensuelle, enivrante et toujours heureuse, dont la peau couleur de cannelle sent la girofle.

Gabriela est un texte moderniste, qui remet en cause le système traditionnel de deux poids deux mesures, selon lequel les Brésiliens doivent honorer leur virilité tandis que les Brésiliennes doivent fidélité à leur mari. Cette discrimination est illustrée par l'histoire de Gabriela et Nacib, qui l'engage afin qu'elle cuisine dans son bar. La jalousie qu'éprouve celui-ci lorsqu'il la découvre au lit avec un autre le pousse à la demander en mariage, mais ce « piège » menace d'annihiler l'innocence et la liberté qui font la force de Gabriela.

La situation de cette dernière permet à l'auteur de dénoncer l'inégalité des femmes (qui, selon la constitution brésilienne, ne sont les égales des hommes que depuis 1988). Le personnage de Gabriela a renforcé le stéréotype du Brésil comme pays du tiers-monde, mais, comme femme en marge d'une société dont elle symbolise tout de même l'essence, elle évoque les citoyens les plus invisibles du Brésil et s'adresse aussi à eux. **JSD**

Samedi soir, dimanche matin
Alan Sillitoe

1928-2010 (Angleterre)
Première parution | 1958
Titre original | *Saturday Night and Sunday Morning*
Adaptation cinématographique | 1960

Dès le début de sa carrière littéraire, Alan Sillitoe a trouvé en Nottingham, ville qu'il connaissait intimement, un catalyseur puissant pour son imagination. Et pourtant, son premier roman, *Samedi soir, dimanche matin*, dépassait de loin le simple exercice de réalisme régional. Dans un récit qui exécute d'habiles transitions entre le naturalisme et le mythe, Sillitoe retrace les pas d'Arthur Seaton, depuis le monde de l'usine jusqu'à sa vie amoureuse pleurnicharde, offrant ainsi au lecteur un roman picaresque pseudo-autobiographique dépourvu de sentimentalisme. Le plaisir dissipé que prend Arthur à boire dans les pubs et à courir le jupon est un « violent préambule à un sabbat prostré ». Lorsqu'il évoque la façon dont, selon Arthur, Nottingham et son environnement, autrefois synonymes de force, sont en train de changer au quotidien, Sillitoe décrit parfaitement la région et ses habitants, dressant scrupuleusement la carte d'un paysage urbain qui résiste à peine aux « empires » parasites de la banlieue. Tel Balzac, Sillitoe est retourné à cette « saga de Seaton » en 2001 avec

Birthday, en élaborant au fil des décennies ce qu'il appelait récemment sa « comédie humaine de Nottingham ».

Centrale pour ce projet en cours, la géographie imaginée de Sillitoe a enrichi l'envergure stylistique et thématique du roman régional de l'après-guerre. En utilisant sa connaissance personnelle de la cartographie de Nottingham, il décrit avec une extraordinaire précision ce que le comté pourrait devenir. La fiction de Sillitoe n'est jamais complètement réaliste : elle mêle souvent une vraisemblance urbaine à des conjectures visionnaires afin de démontrer comment un écrivain peut laisser sa connaissance de lieux indigènes modeler la fable des possibilités sociales qu'abritent ceux-ci. **DJ**

Le Monde s'effondre
Chinua Achebe

1930 (Nigeria)
Première parution | 1958
Titre original | *Things Fall Apart*
De son vrai nom | Albert Chinualumogu Achebe

Chinua Achebe a écrit son premier roman, *Le Monde s'effondre*, en réponse aux représentations négatives des Noirs dans les classiques de la littérature anglaise, tels qu'*Au Cœur des ténèbres* de Conrad ou *Missié Johnson* de Joyce Cary. Vendu à plus de huit millions d'exemplaires et traduit dans plus de trente langues, ce roman décrit la tragédie historique que constitue l'arrivée des Anglais en pays Ibo, à l'est du Nigeria. La première partie montre la complexité et le dynamisme de la culture locale, vierge de toute intervention européenne. La deuxième révèle les transformations sociales imposées par les missionnaires et les premiers impérialistes. La dernière partie traite du silence africain, conséquence directe du régime colonial britannique. Le protagoniste, Okonkwo, est pris au piège de ces vastes courants historiques.

Le Monde s'effondre est un roman anticolonial dont de nombreuses scènes représentent le silence ou l'absence des Africains face au discours ou à la présence des Européens. Tout en dénonçant cette façon de réduire les autochtones au silence, le roman se dresse contre le colonialisme et célèbre le caractère bruyant du monde Ibo non colonisé, sa tradition orale faite de cérémonies, proverbes, contes, discussions, commérages et conversations, le tout dominé par la présence des tambours d'Afrique occidentale, omniprésents. **SN**

Le Lion
Joseph Kessel

1898-1979 (France)
Première parution | 1958

De la soixantaine de livres de Joseph Kessel, c'est ce roman qu'il pensait destiné au jeune public, qui obtint le plus grand succès. L'histoire se déroule au Kenya. Au pied du Kilimandjaro, un voyageur rencontre le directeur d'une réserve naturelle, John Bullit, sa femme Sybil et leur petite fille, Patricia. Enfant farouche et étrange, celle-ci entretient des rapports quasi fusionnels avec les animaux sauvages, en particulier avec le lion King, qu'elle a recueilli lorsqu'il était lionceau. Avec elle, le narrateur fait l'expérience d'une surprenante symbiose entre l'homme, l'animal et la nature, redécouvrant les pouvoirs de l'enfance. Cette harmonie magique prend fin lorsque Patricia, enivrée par l'autorité qu'elle exerce sur son environnement, dresse le lion contre Oriounga, un jeune guerrier masaï qui cherchait à la séduire.

Le jeu dégénère, King dévore le guerrier, le père de la fillette abat l'animal ; anéantie, Patricia fuira son Éden brisé et partira avec le narrateur pour une pension, à Nairobi. Plus que dans l'intrigue, c'est dans la somptuosité du décor et la puissance d'évocation du style de l'auteur que réside la magie du roman. Sous la plume de Kessel, le Kenya sauvage devient un paradis perdu où règne l'innocence virginale à laquelle aspire inconsciemment chacun d'entre nous. À l'heure où le genre romanesque entre en révolution (la fin des années 50 marque l'heure de gloire du Nouveau Roman), Kessel l'individualiste donne un récit aux allures traditionnelles, simple et émouvant, dont le succès auprès d'un très large public ne s'est jamais démenti. **BQ**

Le Guide

R. K. Narayan

1906-2001 (Inde)
Première parution | 1958
Titre original | *The Guide*
De son vrai nom | Rasipuram Krishnaswami Narayan

Ce roman compte un personnage mineur : Raju, un avocat qui peut parler pendant des heures sans jamais terminer une phrase. C'est le secret de son succès, car il peut tenir un jury en haleine au sujet du moindre petit détail. C'est aussi la raison pour laquelle il réussit toute une série de malversations. Il acquiert une immense renommée comme guide touristique, car il peut inventer des légendes locales pour des touristes qui s'ennuient. Grâce à cet emploi, il rencontre Nalini, femme délaissée de Marco, un universitaire qui se moque de sa passion pour la danse. Raju, lui, l'encourage, et Nalini rejoint le guide une fois que son mari l'a répudiée. Son succès de danseuse et le sens des affaires de Raju leur permettent de s'enrichir, mais, piégé par Marco, Raju est envoyé en prison. Une fois libéré, il est pris par erreur pour un saint homme. Endossant ce rôle, il atteint encore une fois la renommée grâce à la duperie. Mais il est victime de son propre succès lorsqu'il suggère par mégarde qu'il pourrait jeûner afin d'apporter la pluie à un village qui souffre de la sécheresse. Affamé, affaibli et plein de ressentiment, Raju se résout finalement à terminer son jeûne, par sincérité. Le onzième jour, il s'évanouit, mais il semble possible que la pluie soit sur le point de tomber.

Le Guide est l'un des romans les plus populaires de Narayan, situé dans sa ville fictive, Malgudi. Son succès est dû à l'humour dont il fait preuve lorsqu'il décrit le besoin irrépressible d'inventer une histoire et de la poursuivre aussi loin qu'elle peut vous mener. **ABi**

Le Guépard

Giuseppe Tomasi di Lampedusa

1896-1957 (Italie)
Première parution | 1958
Titre original | *Il gattopardo*
Adaptation cinématographique | 1963

Paru de façon posthume, un an seulement après la mort de l'auteur, *Le Guépard* a obtenu un succès international inattendu. Traduit en de nombreuses langues, c'est devenu le sujet d'un film épique de Visconti en 1963. Ce roman, qui rompait complètement avec la tradition narrative du néoréalisme tant d'un point de vue stylistique que thématique, laissait deviner une nouvelle sensibilité. Tandis que le néoréalisme s'intéressait aux classes inférieures et dévoilait la réalité crue de l'Italie fasciste,

Le Guépard est la saga d'une famille aristocratique sicilienne (dont l'écusson est orné d'un guépard). De 1860 à 1910, une série d'événements touchent le microcosme du protagoniste, le prince Fabrizio, et de sa famille, ainsi que la nation italienne tout entière. Dans le Sud, le règne des Bourbons s'effondre sous les coups que lui porte Garibaldi, et le royaume des Deux-Siciles rejoint le reste du pays ; cela coïncide avec la disparition de l'aristocratie, longtemps bénéficiaire du système féodal et désormais supplantée par la bourgeoisie. *Le Guépard* dépeint la mélancolie qu'engendre cette perte. Les pages les plus poignantes sont celles où le prince Fabrizio pleure le rude paysage sicilien et ses habitants qui se sont protégés derrière un sentiment d'indifférence et de futilité afin de pouvoir survivre à d'innombrables colonisations étrangères. Le nouveau cours de l'histoire n'affectera pas la Sicile, prédit Don Fabrizio, car l'unification nationale en marche ne représente pour les Siciliens qu'une nouvelle forme de domination. **RPi**

Les Fleuves profonds
José María Arguedas

1911-1969 (Pérou)
Première parution | 1958
Langue originale | Espagnol
Titre original | Los ríos profundos

Dans *Les Fleuves profonds*, Arguedas explore la réalité de l'identité péruvienne à travers un personnage autobiographique, Ernesto. Il prend pour sujet la perte de l'innocence et de l'identité provoqué par le sort malheureux des populations indigènes. Après avoir voyagé des années durant en compagnie de son père, petit avocat de campagne, Ernesto est envoyé au séminaire à Abancay. C'est là que se nouent toutes les tensions du roman, depuis le conflit personnel (recevoir une formation dans un environnement raciste) jusqu'au conflit universel (la lutte contre la peste qui, à la fin du roman, menace la ville) et enfin au conflit social (la révolte des femmes indigènes).
Au séminaire, Ernesto découvre la loi de la violence et de l'assujettissement. Il reconnaît aussi l'assimilation de la culture indienne, la révolte à laquelle elle peut conduire, ainsi que la possibilité de se racheter en aidant les victimes de la peste. Il quitte finalement la montagne pour rejoindre ceux dont il a choisi de partager le sort. Les points de vue de l'adolescent, de l'adulte et du linguiste spécialiste des questions culturelles se fondent en une seule conscience, qui trouve un sens à son expérience à travers les souvenirs et l'imagination. Arguedas, qui s'intéresse particulièrement ici à la nature, au chant quechua, au rôle de la magie et des rituels, ainsi qu'à certains symboles très connus, plaide en faveur des Indiens du Pérou, au sein d'une œuvre d'une grande qualité artistique. C'est son meilleur roman, et l'un des plus importants du mouvement indigène. **DMG**

Petit Déjeuner chez Tiffany
Truman Capote

1924-1984 (États-Unis)
Première parution | 1958
Titre original | *Breakfast at Tiffany's*
De son vrai nom | Truman Streckfus Persons

Petit Déjeuner chez Tiffany est une charmante fable coquine qui symbolise une époque radieuse de New York, le dernier souffle de l'innocence américaine. Cette histoire cristalline est constituée des réminiscences d'un écrivain à New York durant la Seconde Guerre mondiale. Avec le personnage de Holly Golightly, Capote nous a offert l'une des héroïnes les plus inoubliables de la littérature. Holly est une femme-enfant espiègle, à la sexualité libre, hédoniste, une demi-mondaine qui repousse les limites et ouvre la voie à la révolution qui se dessine. Elle vit dans l'instant en se moquant des conséquences, et invente sa morale au fur et à mesure. Tout comme son chat qu'elle n'a jamais baptisé, elle est sans entrave, indomptable. Le narrateur du roman, dont on ne découvre jamais le nom, rencontre Holly lorsqu'elle pénètre chez lui par la fenêtre afin d'échapper à un client trop empressé. Ils se lient rapidement d'amitié et le narrateur est emporté dans un style de vie entièrement dédié à la recherche de frissons et de moyens de subsistance. Au fond, tous deux désirent trouver le bonheur et l'intimité ; ces rêves ressemblent à un destin pour ceux qui sont encore assez jeunes pour espérer. Mais on devine que certaines ténèbres menacent à l'horizon.

Ce roman a été décisif pour Capote. Le Sud gothique et lyrique de ses premiers romans a disparu. L'auteur prend ici place au sein des célébrités new-yorkaises. Osé à l'époque – l'auteur y aborde avec franchise l'homosexualité et la liberté sexuelle –, le livre choque moins aujourd'hui, mais son charme demeure entier. Une brise fraîche sur l'East River – à une époque où cela était encore possible. **GT**

Arrachez les bourgeons, tirez sur les enfants
Kenzaburo Oe

1935 (Japon)
Première parution | 1958
Titre original | *Memushiri kouchi*
Prix Nobel de littérature | 1994

Arrachez les bourgeons, tirez sur les enfants montre ce que la guerre peut infliger aux victimes les plus innocentes. Narré du point de vue d'un garçon vulnérable déterminé à vivre, le roman nous offre une expérience personnelle du Japon à la fin de la Seconde Guerre mondiale. Alors que les bombes pleuvent sur les villes, la fin prochaine se profile. Un groupe de garçons abandonnés par leurs parents et incarcérés dans une maison de redressement trouvent refuge dans un village de montagne. Étrangers, ils sont traités de façon inhumaine par les villageois mais leur solidarité demeure forte. On découvre à travers la voix individuelle du narrateur qu'ils sont déterminés à se transformer en un « nous » collectif et à survivre. Lorsqu'une épidémie mortelle se déclare, les villageois abandonnent les enfants et s'enfuient en bloquant toutes les portes d'accès au village. Même s'ils se retrouvent à nouveau prisonniers à l'intérieur, les garçons gagnent une liberté transitoire. Ils occupent les maisons des villageois et créent une société paradisiaque. Leur bonheur est toutefois de courte durée car la peur de la maladie entraîne conflits et disputes. Le retour des villageois constitue le coup de grâce. « Écoute, quelqu'un comme toi devrait être étranglé dans son enfance. Nous écrasons la vermine quand elle est encore jeune. Nous sommes des paysans : nous arrachons les bourgeons tôt. » Le paradis est sur le point de disparaître. **KK**

Les Deux Sacrements
Heinrich Böll

1917-1985 (Allemagne)
Première parution | 1959
Titre original | *Billard um halb zehn*
Prix Nobel de littérature | 1972

Cette saga familiale, qui a pour personnages trois générations d'architectes dans une ville catholique de l'Allemagne de l'Ouest, se déroule sur une seule journée, le 6 septembre 1958. Plus de soixante ans d'histoire allemande sont révélés ici – depuis l'époque du Kaiser jusqu'au Troisième Reich et au miracle économique allemand des années 1950.

Les Deux Sacrements traitent du refus d'oublier et de pardonner la complicité de l'Église catholique pendant la guerre devant la persécution et la torture, ainsi que l'échec de civilisation que cela a représenté. Lorsque le premier grand projet d'architecture de Heinrich Fähmel, un monastère érigé en 1907, s'écroule sous les charges explosives de Robert, son fils, expert de la Wehrmacht, c'est en réalité un acte de protestation contre la civilisation. Le petit-fils, Joseph, qui s'occupe de la restauration du monastère après la guerre, est troublé lorsqu'il découvre cette histoire. Les tensions familiales et les contradictions nées d'une société trouvent une solution étrangement rédemptrice dans un acte de violence symbolique. L'humanisme du roman est remarquable, et appelle les lecteurs à partager la répulsion morale des personnages et leur refus d'oublier. **DG**

Les Blancs-Becs
Colin MacInnes

1914-1976 (Angleterre)
Première parution | 1959
Titre original | *Absolute Beginners*
Adaptation cinématographique | 1986

Le roman le plus célèbre de la trilogie de Londres de Colin MacInnes a bénéficié d'une deuxième vie grâce à la comédie musicale de David Bowie, *Absolute Beginners*, filmée dans les années 1980, qui reprenait de longs passages du texte original. Il apparaît régulièrement sur les listes des « dix livres les plus cools » en compagnie de *Sur la route*, de Kerouac, superficiellement similaire. La vedette du livre n'est pas son personnage central, un photographe bohème « à la recherche de rêves et de frissons », mais Londres, dans toute sa gloire frénétique. Narré dans un style caractéristique des années d'avant-guerre, ce récit du passage à l'âge adulte révèle cependant une société aux prises avec une transformation radicale.

C'est le Londres des suites de la crise du canal de Suez, de l'année des émeutes de Notting Hill : les anciennes certitudes sur la destinée divine de l'Empire britannique et l'homogénéité ethnique de son centre métropolitain sont désormais dépassées. La ville qui émerge est absolument incompréhensible pour les « vioques » au pouvoir. C'est aussi une cité qui bouillonne d'excitation et de tension – ethniques, générationnelles, sexuelles. Lorsque les émeutes éclatent enfin, ce ne sont pas seulement l'ordre, la loi et les liens sociaux qui commencent à se désintégrer, mais bien la ville elle-même. Toujours d'actualité et essentiel, *Les Blancs-Becs* présentent avec une clairvoyance extraordinaire les origines de la société contemporaine ainsi que celle qu'elle a remplacée. **MD**

Rosie ou le Goût du cidre
Laurie Lee

1914-1997 (Angleterre)
Première parution | 1959
Langue originale | Anglais
Titre original | *Cider With Rosie*

Description vivante et semi-autobiographique d'une enfance dans un petit village des Cotswolds au début du xxe siècle, Rosie ou le Goût du cidre décrit un univers qui allait bientôt disparaître, où le transport se limitait à la charrette et au cheval, et où les raisons de s'éloigner de son lieu de vie étaient limitées. C'est la richesse luxuriante de ses descriptions qui fait sa force, et qui lui a permis de compter parmi les livres préférés de nombreux lecteurs depuis sa parution. Le jardin du cottage, par exemple, observé du point de vue d'une enfant qui mobilise tous ses sens, devient son propre monde. De nombreux épisodes sont très drôles, mais un sentiment de tragédie flotte, car la certitude et la routine qui dominaient autrefois la vie du village se sont désormais évanouies. La mère de la narratrice, abandonnée par son mari avec deux familles à charge, mène une vie pénible, et pourtant elle ne cesse jamais de désirer et de reconnaître ce qui est réellement important. Laurie Lee n'essaie pas d'enjoliver la vie campagnarde ; bien que l'on trouve des merveilles dans les champs et les haies, une brutalité banale y règne aussi, dont l'inceste, des relations sexuelles violentes et même le meurtre. Un sentiment de tradition et d'appartenance contrebalance cette violence, sentiment qui a disparu alors que la modernité atteignait toute l'Angleterre. **DP**

Le Tambour
Günter Grass

1927 (Pologne)
Première parution | 1959
Titre original | *Die Blechtrommel*
Prix Nobel de littérature | 1999

Oscar Matzerath est détenu dans un asile psychiatrique pour un crime qu'il n'a pas commis. Son gardien le surveille et lui procure le papier sur lequel il rédige son autobiographie. Oscar le considère comme son ami simplement parce que le marron de ses yeux est de la teinte qu'il aime. Oscar est un nain : il déclare avoir volontairement arrêté de grandir à l'âge de quatre ans. Sa voix peut briser du verre à cinquante pas. Il appartenait, au cours de la Seconde Guerre mondiale, à une troupe de nains itinérante qui divertissait les troupes. Il bat l'histoire de sa vie sur son tambour de fer-blanc. Ce récit est aussi celui de la Pologne et de l'Allemagne, de l'ascension de Hitler, de la défaite de la Pologne, de l'attaque de l'Europe par les nazis, puis de leur défaite et de la partition de l'Allemagne.

Livre essentiel de l'exploration de l'identité allemande après la guerre, le roman de Grass est d'une beauté déchirante. La voix d'Oscar hante le lecteur longtemps après qu'il a refermé l'ouvrage. C'est celle d'un « asocial », dont, selon les nazis, « la vie ne méritait pas d'être vécue » (comme les criminels, les homosexuels et les vagabonds). Grass s'inspire de la tradition picaresque pour retracer le périple de ce tambour nain durant une époque violente de l'histoire européenne, mais réinvente aussi les traditions d'une culture populaire méprisée par les nazis comme « art dégénéré ». Les contes de fées, le carnaval, Arlequin, l'illusionnisme mythologique – tout se bouscule et s'entremêle dans *Le Tambour* pour dénoncer l'inhumanité mortelle de la rationalisation de l'hygiène raciale. Le résultat n'est pas une fétichisation de l'irrationnel mais une expansion et une transformation de la normalité, jusqu'à ce que la vie qu'habite Oscar atteigne des proportions grotesques et d'autant plus douloureusement humaines. **PMcM**

Le Festin nu
William Burroughs

1914-1997 (États-Unis)
Première parution | 1959
Langue originale | Anglais
Titre original | *The Naked Lunch*

On a souvent salué Burroughs comme le chantre des plaisirs de la drogue et des excès (homo)sexuels, mais ses meilleurs livres, et notamment *Le Festin nu*, constituent une analyse de la culture occidentale qui va bien au-delà. Selon celle-ci, la drogue n'est pas un problème accidentel ; la notion de dépendance est profondément enracinée dans une société obsédée par la consommation. De plus, la frontière est ténue entre les drogues « délivrées sur ordonnance » et les substances illégales, peut-être manipulées par ceux qui, au pouvoir, désirent bénéficier de profits toujours plus importants.

Ces arguments ne pourraient à eux seuls faire du *Festin nu* un grand livre ; ce statut lui est conféré par l'énergie et la vivacité extraordinaires de ses scènes de violence et de chaos. Ses personnages se heurtent constamment aux murs de la cellule qu'est devenue leur vie ; ils sont en partie conscients du « système » en place mais sont trop paralysés par la dépendance pour y échapper. Burroughs invente aussi son propre style dans ce roman (puis dans d'autres), fondé sur ce qu'il appelait la technique du « cut-up » (ou collage, NDT), grâce à laquelle le lecteur est lui aussi incapable de comprendre entièrement son environnement. Les récits commencent, s'entremêlent, se perdent et se retrouvent ; on aperçoit les scénarios avant de les voir disparaître.

De nombreux textes postmodernes ont des narrateurs peu fiables, mais Burroughs va plus loin en créant un univers qui semble dépourvu de toute coordonnée reconnaissable. Perdu dans le monde du junky, le lecteur est parfois douloureusement conscient du fait que les visions paranoïaques provoquées par la drogue sont peut-être plus vraies que les contes rassurants dont nous nous berçons en revendiquant l'indépendance de la volonté individuelle. **DP**

Billy le Menteur
Keith Waterhouse

1929-2009 (Angleterre)
Première parution | 1959
Titre original | *Billy Liar*
Adaptation cinématographique | 1963

Lorsqu'on mentionne les « jeunes hommes en colère » de la littérature anglaise des années 1950, c'est le plus souvent Jim Dixon, personnage de Kingsley Amis, qui vient à l'esprit, ou Joe Lampon de John Braine, Joe Lunn de William Cooper, et Jimmy Porter de John Osborne. Billy Fisher, l'antihéros inepte de Keith Waterhouse, est souvent oublié. Il serait le premier à ressentir pareille injustice : Billy est tout aussi contrarié et furieux qu'eux, et ce roman aussi révélateur sur la crise des classes et de la masculinité d'après-guerre que *Lucky Jim* ou *Les Chemins de la haute ville*. Billy, la vingtaine, vit chez ses parents à Stradhoughton, petite ville cancanière du Yorkshire, où il est employé de pompes funèbres et rêve de s'échapper. Doux rêveur invétéré, il a créé l'univers imaginaire d'Ambrosia où il peut être Premier ministre, amant, révolutionnaire et écrivain tout à la fois. Alors que sa vie est devenue un nœud de mensonges, ce roman fait le récit de la journée où tout s'écroule. La plupart des événements sont pleins d'hystérie mais drôles car ils reflètent l'impuissance d'une génération masculine anglaise née trop tard pour être définie par la guerre, mais trop tôt pour bénéficier de la mobilité sociale née de l'après-guerre. Une fois l'ouvrage terminé, le lecteur a le cœur noué en songeant que finalement il n'existe aucune échappatoire pour Billy. **PMy**

Le Planétarium
Nathalie Sarraute

1900-1999 (France)
Première parution I 1959

Paru en 1939, *Tropismes*, premier livre de Nathalie Sarraute, avait posé le principe de sa recherche littéraire – la recherche permanente de formes neuves – et le principal motif de son œuvre : les « tropismes », ces petits mouvements de l'âme insensibles qui commandent secrètement nos gestes et sont selon elle le vrai moteur de la vie humaine. Publié vingt ans plus tard, *Le Planétarium* s'inscrit dans l'exacte continuité de cette œuvre inaugurale, dont il développe les thèmes et les procédés d'écriture. Dépourvu d'intrigue au sens strict, le roman explore les visions subjectives des quelques bourgeois modernes qu'il a pris pour héros, d'une vieille demoiselle obsédée par les plus petits détails de la décoration de son appartement à son neveu, romancier en puissance qui songe probablement à l'expulser des lieux. « Dans *Le Planétarium*, tous les personnages sont agités de tropismes », explique Sarraute ; « ils se meuvent à l'intérieur d'un univers factice, le planétarium, qui est un petit univers construit par eux à leur mesure, un univers de lieux communs, une imitation d'un univers vrai ». Après des débuts confidentiels, la romancière avait gagné la reconnaissance de la critique au milieu des années 1950, associée malgré elle à l'école du « Nouveau roman » dont elle avait largement préfiguré les recherches. Cette notoriété soudaine, fondée sur un malentendu relatif, fera de la publication du *Planétarium* un véritable événement. Il demeure l'un des livres les plus emblématiques de l'œuvre de cet auteur controversé et novateur. **BQ**

La Promesse de l'aube
Romain Gary

1914 (Lituanie)-1980 (France)
Première parution I 1960

Hommage à la femme qui l'a élevé seule d'une main énergique pour qu'il devienne le grand artiste qu'elle croyait être elle-même destinée à devenir, *La Promesse de l'aube* contient les mémoires de jeunesse de Romain Gary à Vilnius et à Nice. Ce double autoportrait reflète les deux cultures qui l'ont façonné, en Europe de l'Est et en France.
Avec un humour contagieux et une profonde affection, il retrace les expériences déterminantes que lui a offertes sa mère. Ce n'est que justice si l'on considère à quel point elle a créé le destin de son fils, ses années de lutte étant décrites ici avec une retenue qui leur donne une immédiateté poignante bien que souvent comique. Son désir inébranlable que son fils grandisse français et non russe était l'un des nom-

breux objectifs qu'elle s'était fixés – et qu'il a atteint.

Toute la vie de cette mère, tous ses efforts ont été dédiés à l'enfant qu'elle adorait et à ses triomphes futurs. Elle a prévu toutes ses réussites en tant qu'auteur, officier et diplomate ; en retour, il a fait tout son possible afin de satisfaire ses désirs et de récompenser sa confiance. C'était la promesse qu'il lui avait faite tacitement à l'aube de sa vie. Sa dévotion inlassable a nourri Gary au cours de ses études de médecine, de sa formation militaire, de son service pendant la guerre et de ses premières tentatives de publication. L'amour que lui porta sa mère fut tel que l'auteur rechercha toute sa vie un sentiment qui pût s'en approcher, mais il lui inspira aussi son courage et sa défense de la justice.

L'histoire se termine à la fin de la Seconde Guerre mondiale, lorsque la phénoménale, infatigable et parfois embarrassante mère de Romain Gary, dotée d'une âme romantique et passionnée, montre une autre facette du génie artistique qu'elle était réellement. **ES**

Cœur de lièvre
John Updike

1932-2009 (États-Unis)
Première parution | 1960
Titre original | *Rabbit, Run*

Dans *Cœur de lièvre*, son deuxième roman, Updike présente l'un des personnages les plus importants de la littérature américaine de l'après-guerre. Harry « Rabbit » Angstrom était au lycée un basketteur vedette, célèbre dans toute sa ville natale. Maintenant qu'il approche de la trentaine, il vit dans un petit appartement, dans l'un des quartiers les plus pauvres, avec sa femme, Janice, enceinte, et leur jeune fils Nelson. Il fait du porte-à-porte pour vendre des éplucheurs à légumes. Aliéné, détaché, désirant s'échapper, il prend le volant un soir et s'éloigne sans avertir personne, mais il perd bientôt courage et retourne à Brewer. Son vieil entraîneur de basket, l'un des rares à ne pas avoir oublié son heure de gloire, lui présente Ruth, avec qui il commence une aventure.

Le récit d'Updike est au présent : si c'est désormais un lieu commun, cette technique était novatrice à l'époque. Le roman est aussi raconté à la troisième personne : même si une grande partie du récit concerne les pensées de Harry, ce n'est pas la voix de ce dernier que l'on entend, du moins pas exactement. Dans une prose sensuelle, élégante et très éloquente, Updike représente la conscience de Harry dans un langage que celui-ci utiliserait si son esprit avait la même grâce qu'autrefois son corps sur un terrain de basket.

Harry n'est pas tant un citoyen lambda qu'un rien du tout : son comportement impulsif et maladroit a des conséquences épouvantables. La compassion du lecteur lui est cependant acquise grâce à la façon soigneuse dont Updike décrit les complexités de son caractère. Avec ses différentes suites – *Rabbit rattrapé* (1971), *Rabbit est riche* (1981) et *Rabbit en paix* (1990) –, *Cœur de lièvre* offre un extraordinaire portrait d'un Américain ordinaire de la seconde moitié du XXe siècle. **TEJ**

Ne tirez pas sur l'oiseau moqueur
Harper Lee

1926 (États-Unis)
Première parution | 1960
Titre original | To Kill a Mockingbird
Prix Pulitzer | 1961

Situé dans l'Alabama durant la Grande Dépression, ce livre de Harper Lee, lauréat du prix Pulitzer, est à la fois un roman d'apprentissage et un sombre drame traitant des origines et des conséquences du racisme, tout en examinant comment le bien et le mal peuvent coexister au sein d'une même communauté. Scout, l'héroïne, est élevée avec son frère aîné Jem par leur père veuf, Atticus Finch. Cet avocat réputé s'adresse à ses enfants comme à des interlocuteurs intelligents et les encourage à se montrer miséricordieux et philosophes, plutôt qu'à se laisser emporter par la superstition née de l'ignorance. Atticus se montre à la hauteur de ses convictions lorsque Tom Robinson, l'un des habitants noirs de la ville, est faussement accusé de viol. Il accepte d'être son avocat, bâtit une défense qui offre une interprétation plus que plausible des événements, puis se prépare aux tentatives d'intimidation de la ville qui voudrait le voir abandonner son client aux lyncheurs. La fureur s'intensifie, Tom est déclaré coupable et Bob Ewell, le plaignant, essaie de punir Atticus d'une manière très brutale.

Les enfants, pendant ce temps, sont acteurs de leur propre mini-drame où interviennent préjugés et superstition : Boo Radley, personnage local légendaire, vit enfermé dans la maison de son frère. Scout et Jem ne peuvent résister à l'envie de s'introduire chez les Radley. La déshumanisation les a encouragés à s'imaginer les choses les plus folles au sujet de Boo ; Atticus les réprimande et encourage une attitude plus sensible. Boo indique sa présence aux enfants par une série d'actions bienveillantes et finit par intervenir dans une situation dangereuse afin de les protéger. L'éducation morale de Scout est double : elle doit s'abstenir de blesser les autres par une négativité injustifiée, mais doit persévérer lorsque les valeurs auxquelles elle croit sont inévitablement et violemment attaquées. **AF**

Le Magicien de Lublin
Isaac Bashevis Singer

1904 (Pologne)-1991 (États-Unis)
Première parution | 1960
Titre original | Der Kunstnmakher fun Lublin
Prix Nobel de littérature | 1978

Dans ce roman, situé en Pologne à la fin du XIXe siècle, Yasha Mazur est un magicien sans le sou. Il est également expert dans l'art de fuir le judaïsme, et (lorsque cela est nécessaire) sa femme stérile et pieuse, ainsi que les femmes qu'il convoite. Handicapé par sa pauvreté et son manque de courage moral, il ne s'intéresse qu'à la poursuite artificielle de l'argent et des femmes. Sa vie se retrouve sens dessus dessous lorsque échoue le vol qu'il avait organisé afin de financer sa nouvelle vie avec l'une des femmes qui l'adore, et que Magda, sa fidèle assistante, se suicide à cause de son infidélité. Arrivé sur les lieux, Yasha « toucha son front : il n'était ni chaud ni froid mais au-delà de toute température ».

Tourmenté par ses actes, Yasha retourne auprès de sa femme, mais se produit alors l'un des rebondissements typiques de Singer. Son protagoniste se fait emmurer comme pénitent à l'intérieur d'un cellier muni du strict nécessaire – bougies, cruche d'eau, paillasse, pelisse, livres, et une pelle pour enterrer ses excréments. Alors qu'au début cela n'est perçu que comme l'un de ses spectacles de magicien, au bout de trois ans Yasha est devenu un ermite célèbre que les gens consultent afin de résoudre leurs problèmes. C'est une résolution curieuse, mais qui paraissait de toute évidence convenir à Singer, qui ne cesse au long de son œuvre (située en grande partie avant l'holocauste) d'étudier le rôle du judaïsme dans la vie de ses personnages polonais harcelés par les passions, la magie et la dévotion religieuse. *Le Magicien de Lublin* a été adapté au cinéma en 1979 avec Alan Larkin dans le rôle de Yasha. **JHa**

Halbzeit
Martin Walser

1927 (Allemagne)
Première parution | 1960
Non traduit à ce jour en français
Titre anglais | *Halftime*

Halbzeit (« *mi-temps* » en français, NDT) est le premier volume de ce que l'on a baptisé la « trilogie » d'Anselm Kristlein, où le déclin social et la chute du protagoniste accompagnent les développements historiques de la république fédérale d'Allemagne des années 1950 et 1960, dont l'explosion économique et la société de consommation.

Anselm Kristlein, trente-cinq ans, marié et père de trois enfants, trouve un emploi dans le milieu de la publicité après avoir interrompu ses études. En l'espace d'un an, c'est devenu non seulement un expert admiré et payé en conséquence, mais aussi un arriviste de talent. Comme sa famille constitue selon lui un obstacle à sa carrière, il préfère passer son temps avec ses amis, ses collègues ou ses maîtresses. Grâce à son poste, il a rapidement accès à la haute société dans laquelle il se fond aisément. Bientôt, les lois fondamentales de la société de consommation, particulièrement celle d'une compétition impitoyable, régissent sa vie. Il lui semble parfaitement justifié de tenter de séduire la fiancée d'un ami, et il utilise pour cela toutes les astuces et techniques de l'expert en marketing qu'il est devenu.

Le roman est constitué d'une série de souvenirs. La narration rétrospective d'Anselm est entrelacée d'associations d'idées, où les événements extérieurs ainsi que les méditations et flash-backs du protagoniste se fondent en un flux verbal dynamique dépourvu d'intrigue linéaire (la distance critique, dérivée de l'ironie du narrateur, est elle très présente). Malgré quelques allusions critiques, il n'est pas certain qu'Anselm choisisse sa famille plutôt que son ambition qui a fini par le rendre malade – sur le plan physique et métaphorique. **LB**

Les Filles de la campagne
Edna O'Brien

1932 (Irlande)
Première parution | 1960
Langue originale | Anglais
Titre original | *The Country Girls*

Lasses des privations et du caractère oppressif du couvent où elles sont pensionnaires, Caithleen, la narratrice des *Filles de la campagne*, et sa meilleure amie, Baba, rédigent une lettre obscène qui vise l'une des religieuses et l'abandonnent là où elles savent qu'on la trouvera. Elles sont évidemment renvoyées, et lorsque le père de Caithleen vient les chercher, furieux, il gifle sa fille. Ce premier roman d'Edna O'Brien s'intéresse aux jeunes filles qui grandissent à l'ombre de l'Église et d'une famille patriarcale, puissances qui dominent une petite ville cancanière. Le tempérament irrévérencieux et hédoniste des héroïnes est inconciliable avec les limites de cet univers claustrophobique, et leur départ pour Dublin est inévitable.

L'auteur cache subtilement sa propre vision des choses, plus complexe, pour laisser la place à l'impulsivité naïve de sa narratrice. Le récit de Caithleen, impressionniste plutôt que réfléchi, s'attache aux souffrances et aux plaisirs quotidiens : l'aspect répugnant de la soupe au couvent, le plaisir que lui procure *Tendre est la nuit*, la façon dont elle s'habille avant de sortir en ville. Contrairement à Baba, Caithleen se berce d'illusions romantiques, notamment au sujet de « Monsieur Gentleman », homme aux mains moites qui la poursuit de ses attentions dans sa petite ville et essaie de la séduire une fois dans la capitale. Elle doit encore découvrir que la recherche du bonheur à travers l'amour, le sexe et les hommes n'est pas forcément couronnée de succès, ce que montreront les deux romans suivants d'O'Brien, qui closent cette trilogie. **MR**

La Ragazza
Carlo Cassola

1917 (Italie)-1987 (Monaco)
Première parution | 1960
Langue originale | Italien
Titre original | *La ragazza di Bube*

Comme la plupart des œuvres de Cassola, *La Ragazza*, son roman le plus connu, traite des conséquences de l'ère fasciste au lendemain de la Seconde Guerre mondiale. La jeune héroïne, Mara, est fiancée à un jeune résistant et héros de l'antifascisme, Bebo, qui a rejoint la lutte armée dans les villages de la campagne toscane. Même si le parti communiste auquel il est affilié choisit rapidement une politique de compromis avec la bourgeoisie, le jeune résistant poursuit sa lutte jusqu'à se transformer en meurtrier pour venger la mort de l'un de ses camarades. Mara doit alors choisir de l'oublier pour refaire sa vie ou de l'attendre, fidèle, pendant qu'il purge sa peine de quatorze ans en prison. Elle préfère la voie de la dignité, honorant ainsi la tragédie qu'a affrontée sa génération, celle qui consiste à avoir combattu pour la justice sociale avant de se la voir refuser.

Cassola, qui montre comment l'ordre émergent de la nouvelle république italienne a trahi la génération de Mara, ne condamne pas les actes de Bebo sur le plan politique. Au contraire, l'auteur se demande pourquoi le parti communiste italien n'a pas informé ses leaders en puissance, tels que Bebo, des complexités des forces qui s'unissaient afin de vaincre le communisme. L'écriture de Cassola, au style dépouillé mais riche en détails, a fait de lui le précurseur du nouveau roman français. **LB**

Les Bouts de bois de Dieu
Ousmane Sembene

1923-2007 (Sénégal)
Première parution | 1960

Inspiré par la grève des cheminots sénégalais de 1947-1948, *Les Bouts de bois de Dieu* abritent le récit passionnant d'une communauté en transition, galvanisée et en lutte contre l'injustice. On n'y trouve aucun héros, mais plutôt une série d'acteurs, depuis Bakayoko, leader idéologique de la grève, jusqu'aux partisans fidèles, en passant par ceux qui retournent leur veste, les collaborateurs, et la classe blanche dirigeante dont l'univers bascule soudain. La conscience sociale naissante des femmes

de la ville, dont la docilité traditionnelle disparaît devant le danger qui menace leur famille, constitue un élément remarquable du roman. C'est l'engagement croissant de ces femmes qui structure le récit, et leur confiance en elles grandissante qui propulse le roman vers son apogée.
Sembene a toujours cherché à décrire les changements sociaux auxquels ont fait face les Sénégalais à la veille de la décolonisation. Les Occidentaux qui ont étudié la période postcoloniale ont vu en ce roman un texte essentiel, mais il est aussi largement lu et respecté en Afrique occidentale. C'est en effet l'un des premiers (et des plus impressionnants) à avoir soutenu que c'était aux Africains de déterminer leur propre sort, et à avoir contesté les présomptions habituelles sur leur dépendance vis-à-vis du pouvoir européen ou sur les profiteurs qu'abritaient leurs rangs. Ce roman s'est rapidement transformé en modèle pour les écrivains engagés africains grâce à son rejet du *statu quo* colonial et à son évocation enivrante de la solidarité qui unit les pauvres. **RM**

La Route des Flandres
Claude Simon

1913-2005 (France)
Première parution | 1960
Prix Nobel de littérature | 1985

Évoquant la déroute de l'armée française en 1940, *La Route des Flandres* est une vaste anamnèse dans laquelle les couches de souvenirs se superposent. Le narrateur, Georges, vit une nuit d'amour avec sa compagne, Corinne, dans une chambre d'hôtel. Les mouvements de sa conscience le font glisser vers une remémoration des débuts de la Seconde Guerre mondiale, à laquelle il a participé comme cavalier. Surgissent aussi des bribes de souvenirs d'enfance et l'interrogation sur la mort de son cousin, le capitaine de Reixach, qui commandait son régiment. Passé et présent, rêve et réalité, épisodes historiques : tout se mêle dans une narration déroutante où les repères volent en éclats, comme si le chaos de l'Histoire contaminait le récit en lui communiquant sa complexité. Dans la lignée du *Vent*, paru trois ans plus tôt, Claude Simon pousse à son paroxysme l'écriture de la fragmentation expérimentée depuis ses débuts. L'incertitude du lecteur est permanente, la désorientation absolue et le flux de l'écriture fascinant, avec ses incidentes et ses digressions en cascade. Novateur et exigeant, le travail de Claude Simon, rattaché par commodité au Nouveau roman, est longtemps resté confidentiel. L'attribution du prix Nobel de littérature à son œuvre, en 1985, a provoqué la surprise générale : certains critiques s'en sont scandalisés, à l'image d'Angelo Rinaldi pour qui Simon est « l'écrivain le plus ennuyeux et le plus artificiel qui ait existé depuis la disparition de Casimir Delavigne ». La controverse est toujours d'actualité. **BQ**

Catch 22
Joseph Heller

1923-1999 (États-Unis)
Première parution | 1961
Langue originale | Anglais
Titre original | *Catch 22*

Publiée en 1961 pour la première fois, cette satire frénétique de la folie de la guerre et des excès de la bureaucratie est désormais un livre culte. Le capitaine Joseph Yossarian appartient à une escadrille de bombardiers basée à Pianosas, île méditerranéenne, au cours de la Seconde Guerre mondiale. Indifférent aux idéaux patriotiques ou à la notion abstraite du devoir, il considère que la guerre constitue une attaque personnelle et devient convaincu que l'armée essaie délibérément de l'envoyer à une mort prématurée. Il passe donc une grande partie du livre à concocter des moyens de plus en plus créatifs d'échapper à ses missions – il feint diverses maladies, oscille entre la raison et la folie, pris au piège de la logique circulaire de l'article 22 qui stipule que « quiconque veut se dispenser d'aller au feu n'est pas réellement fou ». Heller introduit une série de personnages caricaturaux et survoltés dans l'environnement compétitif de l'île.

Heller présente le combat comme une folie institutionnelle, une psychose qui s'empare des rouages de la vie publique et privée. *Catch 22* tourne le dos aux notions conventionnelles de l'héroïsme afin de placer la guerre dans un contexte psychologique, sociologique et économique beaucoup plus large. La clairvoyance de ce roman hilarant est aussi on ne peut plus sérieuse, dépassant de loin les limites de la propagande beatnik. C'est un virage marqué par rapport à l'approche réaliste et austère qui a dominé la littérature américaine jusqu'aux années 1960. Aux côtés des œuvres de Roth, Vonnegut et Pynchon, *Catch 22* ouvrait la voie à une vague de romans américains où la guerre était représentée avec une nouvelle sensibilité, proche de la contre-culture, et un langage aussi délirant, grotesque et bizarre que le combat. **SamT**

Solaris
Stanislaw Lem

1921-2006 (Pologne)
Première parution | 1961
Titre original | *Solaris*
Adaptations cinématographiques | 1972, 2002

La science-fiction a toujours été un genre littéraire âprement débattu. Pour Stanislav Lem, auteur d'une grande franchise qui a passé une partie de sa carrière à critiquer la science fiction américaine, selon lui commerciale et kitsch, ses lacunes étaient par trop évidentes. Il est donc plus qu'ironique que *Solaris* soit devenu l'un des classiques incontestés du genre, adapté à deux reprises au cinéma (par Tarkovski en 1972 et par Soderbergh en 2002). Comme on pouvait le prévoir, Lem les a toutes deux traitées avec mépris.

Le principe de départ est un modèle du genre : des savants essaient de contacter les extraterrestres provenant de la planète Solaris mais échouent. Celle-ci est recouverte d'un organisme semblable à un océan, dont l'intelligence l'emporte constamment sur celle des savants. Ces derniers échouent dans leurs tentatives de compréhension : leurs expériences se contentent de révéler leur faiblesse psychologique. Kris Kelvin, le héros, est peu à peu détruit par les souvenirs de sa maîtresse suicidaire, dont l'image, régénérée par Solaris, le hante. Les autres protagonistes souffrent à leur tour de traumatismes non spécifiés. C'est peut-être le ton du livre que les films n'ont jamais réussi à saisir : un langage scientifique froid qui décrit des phénomènes inexplicables sur une planète que les personnages ne peuvent jamais espérer comprendre. En révélant le caractère absolument étranger de ce monde fantastique, Lem crée un nouvel hybride littéraire. Rappelant Kafka et Huxley, il s'agit là d'une mutation de la science-fiction passionnante justement parce qu'elle refuse qu'on l'explique. **ABI**

Le Chat et la souris
Günter Grass

1927 (Pologne)
Première parution | 1961
Titre original | *Katz und Maus : eine Novelle*
Prix Nobel de littérature | 1999

Avec *Le Chat et la souris*, volume central de la trilogie de Danzig (les autres étant *Le Tambour* et *Les Années de chien*), Günter Grass, né dans cette ville en 1927, essayait de saisir précisément son passé et de comprendre quel y avait été l'impact des nazis. Le roman présente de larges événements historiques du point de vue d'un petit groupe d'enfants, ce qui permet à l'auteur d'ancrer le récit dans la mémoire de la ville et de ses habitants. Personnage central et insaisissable, Joachim Mahlke, qui rêve de devenir clown, se transforme en héros de guerre. En marge des autres, peut-être polonais, il refuse de s'incliner devant le régime qui veut le contraindre à rentrer dans le rang et à adopter ses valeurs. Sa vie mystérieuse est une satire de l'obsession des nazis pour le culte du héros ; les autres enfants éprouvent pour lui le plus grand respect, tandis qu'il méprise presque le régime. Son désir de devenir clown naît de son envie de jouer devant les autres, d'être regardé et admiré, ce qui permet à Grass d'explorer les contradictions que l'on trouve chez bon nombre de ceux qui ont été érigés en héros durant l'ère nazie.

Le récit, narré par Pilenz, l'ami de Joachim, prend la forme d'une confession, genre qui reflète délibérément une tentative d'« avouer » un passé nazi et donc de recevoir l'absolution. Le roman passe de la fantaisie comique à la brutalité, au réalisme et au mythe, de moments de beauté presque lyrique à d'autres d'une violence atroce. Il est aussi en dialogue constant avec son propre récit, avec le pouvoir de distorsion de la mémoire et l'impossibilité de la réconciliation. **JM**

Les Belles Années de mademoiselle Brodie
Muriel Spark

1918 (Écosse)-2006 (Italie)
Première parution | 1961
Titre original | *The Prime of Miss Jean Brodie*
Adaptation cinématographique | 1966

Les qualités du roman le plus célèbre de Muriel Spark, *Les Belles Années de mademoiselle Brodie*, ont été masquées par la popularité de ses adaptations théâtrales et cinématographiques. Certaines de ses expressions sont entrées dans l'anglais courant sans que le texte original, très sophistiqué, reçoive la même reconnaissance. Depuis la déclaration jésuitique de mademoiselle Brodie – « Confiez-moi une fille encore impressionnable et elle m'appartient à jamais » –, qui fait froid dans le dos, jusqu'à la conclusion sombre du roman, l'auteur soulève des questions difficiles sur l'éducation, la féminité et l'autoritarisme. Le charme et la rudesse de mademoiselle Brodie tranchent avec la sévérité élégante du style de Muriel Spark. Malgré les pièges mineurs du prestige, la manière illusoire dont l'héroïne embellit la vérité permet à l'auteur de questionner l'autorité de sa narratrice omnisciente. Tout en maintenant une forme narrative très agréable, le roman est conscient de sa construction, conformément aux aspirations de tout auteur formaliste.

L'histoire recoupe un certain nombre de cadres temporels et de points de vue, notamment les jugements rétrospectifs de diverses personnes entourant l'héroïne à différents moments. Le lecteur obtient ainsi plusieurs indices sur le déroulement final de la chute de Jean Brodie, professeur enthousiasmant mais dangereux. Elle enseigne avec une sévérité réductrice mais stimulante qui frise la propagande en faveur de l'autoritarisme. En exploitant les fantasmes sadomasochistes des béguins entre élèves et professeurs et des tensions sexuelles qu'abritent les salles de classe, le roman explore les conséquences inefficaces de cette « éducation » sur les élèves de Jean Brodie, observées par Sandie Stranger, l'une d'entre elles. Comédie satirique, diagnostic politique, le livre met en relief la morale de l'enseignement et du récit : une merveille. **DM**

Une tête coupée
Iris Murdoch

1919-1999 (Irlande)
Première parution | 1961
Langue originale | Anglais
Titre original | *A Severed Head*

Martin Lynch-Gibbon, qui se prélasse un après-midi dans l'appartement de sa maîtresse, réfléchit à sa vie. Il n'a aucune intention de quitter sa femme, Antonia, plus âgée que lui, mais se délecte de sa liaison avec Georgie. Vaguement conscient des besoins affectifs de sa maîtresse, malgré sa politesse et son comportement bienséant, Martin est un personnage obtus et suffisant, qui a grand besoin d'une éducation morale. Celle-ci se présente sous la forme de Honor Klein, anthropologue fascinante et démoniaque qui possède un certain aspect primitif mais défend la vérité. Martin est choqué d'apprendre que sa femme désire le quitter pour Palmer, le demi-frère de Honor, mais se fait une raison en acceptant que le couple devienne son substitut parental. Honor, elle, dénonce l'hypocrisie et la fausse civilité de cet arrangement. Lorsque Martin apprend qu'Antonia a aussi eu une aventure avec son frère, et que Honor révèle le lien qui l'unit à Georgie, son monde s'écroule.

Une tête coupée possède la sexualité bouffonne d'une comédie du XVIIe siècle, mais résonne des échos de la révolution sexuelle et morale des années 1960. Ce roman, qui utilise la surprise et le suspens, contient des éléments de farce et de mélodrame, et incorpore à sa structure réaliste des images et des éléments symbolistes, parvenant à offrir de sages commentaires sur la stupidité des relations humaines. **RMcD**

Franny et Zooey
Jerome David Salinger

1919-2010 (États-Unis)
Première parution | 1961
Publié sous forme de nouvelles | *Franny* (1955), *Zooey* (1957)

La renommée de *L'Attrape-Cœurs* a éclipsé les autres œuvres de J.D. Salinger ainsi que la qualité de son écriture en général : tout est dans les détails, loin de l'aliénation et de la désaffection brossées à grands traits. Récit en deux parties dont les protagonistes sont deux enfants de la famille Glass, *Franny et Zooey* fait presque penser à une œuvre mineure, ou à une esquisse, en raison de sa structure déformée et du caractère apparemment flou de la narration. Et pourtant, y sont traités des sujets que l'on retrouve dans les autres livres de Salinger, dont l'égocentrisme et le manque de franchise de personnes qui, sous l'influence en particulier de l'intellectualisme ou de la religion, s'imaginent pouvoir atteindre des absolus et ne plus se préoccuper de leur vie au quotidien.

L'intérêt de l'auteur pour la religion orientale – notamment son rejet de vérités absolues et garanties – n'est jamais plus évident que dans *Franny et Zooey*. Les deux derniers enfants des Glass sont tourmentés par l'idée que l'érudition, la religion et même le bonheur constituent désormais des marchandises, ce qu'ils comprennent au fil du roman. Tous les choix, dans quelque domaine que ce soit, peuvent être positifs ou négatifs. Dans une société contemporaine où nombreux sont ceux qui refusent de réfléchir à leur vie, les parallèles avec cette œuvre en apparence mineure de Salinger sont malheureusement trop clairs. **SF**

Pas de lettre pour le colonel

Gabriel García Márquez

1928 (Colombie)
Première parution | 1961
Titre original | *El coronel no tiene quien le escriba*
Prix Nobel de littérature | 1982

Deuxième publication de García Márquez, ce court roman est un récit de violence et d'injustice, de solitude et de stagnation. Au début du xxe siècle, un colonel anonyme, ancien combattant de la guerre civile, vit affamé et apparemment oublié dans un petit village de Colombie, en compagnie de sa femme asthmatique. Seul l'anime l'espoir de recevoir un jour sa retraite, impayée depuis quinze ans, ce qui mettrait fin à sa pauvreté et aux difficultés de son existence. Chaque vendredi, ses espoirs d'une vie meilleure sont anéantis lorsque le facteur prononce sa phrase hebdomadaire : « Pas de lettre pour le colonel. »

L'ironie de sa situation malheureuse – il montre une foi aveugle en une révolution qui n'a servi qu'à appauvrir la population, lui y compris – s'allie au dilemme principal auquel il est confronté : vendre ou non le seul héritage de son fils, un coq de combat qui pourrait un jour lui apporter la fortune. Ce fils a été assassiné à cause de ses activités clandestines (il faisait circuler des livres interdits), mais au fil du temps le coq en vient à symboliser une victoire potentielle. Il incarne aussi la possibilité d'un autre type de champ de bataille, où les citoyens sont payés pour espérer, et quittent leur apathie née de leur solitude – cette solitude allait devenir, on le sait, caractéristique de l'inspiration de García Márquez. **JSD**

Visages noyés

Janet Frame

1924-2004 (Nouvelle-Zélande)
Première parution | 1961
Titre original | *Faces in the water*
De son vrai nom | Janet Paterson Frame Clutha

Visages noyés est une description mémorable de la maladie mentale. Ce roman a été inspiré par le séjour que Janet Frame a effectué dans un hôpital psychiatrique de Nouvelle-Zélande, après avoir été, à tort, l'objet d'un diagnostic de schizophrènie.

Istina Mavet, le personnage principal, raconte ce qu'elle a vécu dans les hôpitaux de Cliffhaven et de Treecroft, dans un style lyrique et décousu. On découvre à travers son regard les conditions déplorables de ces institutions, les effets secondaires des électrochocs, les comas provoqués par l'insuline, les lobotomies, ainsi que les cruautés ou les actes de bonté des infirmiers psychiatriques.

Ce livre est une critique mordante des disparités de pouvoir qui séparent les membres du corps médical et les patients. Tandis que l'habileté avec laquelle le livre dénonce cet état de fait suffit à le rendre important, la qualité de la prose l'élève au rang des grands romans. Les pensées et les descriptions narratives d'Istina allient un lyrisme accompli aux digressions décousues – symptomatiques d'un traumatisme psychologique. On ne peut se méprendre sur le déséquilibre d'Istina, mais sa capacité à narrer ses expériences la distingue des autres patients qui, la plupart du temps, ne parviennent pas à s'exprimer. Frame a pu être libérée de l'asile où elle était soignée après huit ans, ce qu'elle attribue à la publication de son livre *Le Lagon et autres nouvelles*, paru en 1951. **CG-G**

Le Chantier
Juan Carlos Onetti

1909 (Uruguay)-1994 (Espagne)
Première parution | 1961
Langue originale | Espagnol
Titre original | *El astillero*

Première partie d'un diptyque – complété en 1964 par *Ramasse-vioques* qui décrit en profondeur le contexte, seulement évoqué ici –, *Le Chantier* a pour héros Larsen, homme vieillissant qui vient de retourner à Santa Maria, la ville dont il avait été expulsé, un univers peuplé d'ombres familières. Il est engagé comme administrateur d'un chantier naval délabré qui appartient à Jeremías Petrus, ancien magnat qui vit avec sa fille, Angélica Inés, qu'il adule, et sa servante Josefina. Le chantier n'est qu'une entreprise absurde et fantastique, dirigée par Gálvez et Kunz qui ne savent si Larsen est un danger ou un allié alors qu'ils font face à un dilemme : soutenir l'imposture qu'est le chantier ou provoquer son effondrement.

Le roman, composé de courts chapitres, nous transporte de la ville au chantier en faillite, à la petite maison de Gálvez et de sa femme enceinte (que Larsen, s'il en avait eu la volonté, aurait désiré séduire), au port où Larsen retrouve Angélica Inés, et à la maison où ce dernier couche – une seule fois, avec Josefina avant de disparaître. Le narrateur, un témoin oculaire, offre des renseignements et se livre à des conjectures, parfois avec ironie, dans des phrases pleines de méandres. Sa maîtrise de l'histoire est telle qu'il finit par proposer deux fins possibles. Récit apparemment traditionnel de rencontres déçues, *Le Chantier* possède une audace qui ne devait être explorée que plus tard dans la fiction espagnole. **DMG**

En terre étrangère
Robert Heinlein

1907-1998 (États-Unis)
Première parution | 1961
Titre original | *In a Strange Land*
Prix Hugo | 1961

Livre étrange et troublant qui a remporté le prix Hugo de la science-fiction, *En terre étrangère* a non seulement fait connaître ce genre littéraire au grand public mais est aussi devenu symbolique de la contre-culture des années 1960 qui prônait l'amour libre et une vie sans contraintes.

Valentine Michael Smith, orphelin des premiers explorateurs sur Mars, a été élevé par les Martiens avant d'être ramené sur Terre par une deuxième mission spatiale. Il n'a jamais vu de femme, ne sait rien de la civilisation humaine ni de la religion. Il se met à prêcher la spiritualité et l'amour libre, et enseigne la télépathie qu'il a apprise sur

Mars. Au fil du temps, il convertit de nombreuses personnes à sa philosophie et se transforme en messie avec des résultats explosifs.

Ce récit est une réflexion sur les vanités de son époque, une satire de la condition humaine qui s'attaque à l'amour, à la politique, au sexe et, par-dessus tout, à la religion en tant qu'institution, considérée comme une imposture. Le fait que, dans la réalité, diverses sectes ont été inspirées par la lecture du livre a dû alarmer son auteur dont le message semble révéler la frustration face à ceux qui désirent suivre causes et prophètes. **EF**

Fictions
Jorge Luis Borges

1899 (Argentine)-1986 (Suisse)
Première parutio | 1962
Langue originale | Anglais
Titre original | *Labyrinths*

Borges n'a jamais écrit de roman. Au lieu de cela, il nous a offert les « épisodes » de *Fictions*, ouvrage qui regroupe certaines de ses nouvelles les plus importantes. Le lecteur y découvre la façon dont un individu ou un moment infime peut être bouleversé à jamais par une idée de grande envergure, ou encore le point de vue d'une personne qui découvre l'infini pour la première et la dernière fois. La prose lucide de Borges, à la fois mélancolique et scientifique, est parfaitement adaptée à des récits de bibliothèques interminables, de rêveurs qui sont à leur tour sujets de rêves, et d'hommes que paralyse l'incapacité à oublier quoi que ce soit. Fictions, essais, paraboles – l'ampleur des lectures et inspirations de Borges est évidente tout au long de son œuvre. Pascal, Kafka et Bernard Shaw y sont tous cités. André Maurois disait : « Borges a tout lu, et particulièrement ce que plus personne ne lit plus. » Des anciennes sagas nordiques à la philosophie arabe, l'auteur argentin nous pousse à lire entre les lignes, établit des rapports inédits et découvre des implications immenses et parfois terribles. Tous les écrits de Borges opèrent au même niveau. On y retrouve un émerveillement constant devant les possibilités de l'humanité et de l'univers, une certaine ironie face aux actions des hommes et une tristesse indéfinissable lorsque les choses arrivent à leur fin. En un sens, chez Borges, toute la lecture et toute l'écriture du monde ont déjà eu lieu. **JS**

Le Carnet d'or
Doris Lessing

1919 (Iran)
Première parution | 1962
Titre original | *The Golden Notebook*
Prix Nobel de littérature | 2007

Lorsqu'en 1972 Margaret Drabble a qualifié Doris Lessing de « Cassandre d'un univers assiégé », elle a attiré l'attention sur ce qui est désormais un truisme concernant l'écriture de cet auteur : à savoir que nous la lisons pour découvrir « ce qui se passe », pour une analyse indépendante des dilemmes de nos vies collectives et individuelles. Publié en 1962, *Le Carnet d'or* a immédiatement été interprété comme une intervention essentielle dans la guerre des sexes, un plaidoyer littéraire en faveur d'un changement psychologique et politique dans la vie des « femmes libres » ; cette interprétation n'était qu'une réduction, selon l'auteur. Ce roman complexe est narré à travers quatre carnets qui divisent et contiennent la vie de son héroïne, Anna Wulf. Écrivain qui tire le diable par la queue, mère célibataire liée au parti communiste tout au long des années 1950, c'est le personnage à travers lequel Doris Lessing explore le thème de l'effondrement, omniprésent, mais aussi les conflits qui existent entre la sexualité et la différence sexuelle, entre la politique et la créativité. La crise de conviction politique qui a plané sur le parti communiste britannique dans les années 1950 et la paranoïa due à la guerre froide sont reflétées par le manque d'inspiration qui afflige l'écrivain qu'est Anna Wulf et par le malaise de la relation entre les sexes qui préoccupe tant cette femme « moderne ». **VL**

La Ville et les chiens
Mario Vargas Llosa

1936 (Pérou)
Première parution | 1962
Langue originale | Espagnol
Titre original | *La ciudad y los perros*

Ce premier roman de l'auteur éblouit par son expérimentation formelle et par les risques qu'il prend pour s'attaquer à la dissection d'une société contemporaine. Cette histoire de cadets d'un collège militaire est inspirée de l'expérience personnelle de l'auteur mais transcende l'autobiographie grâce à l'assimilation de modèles littéraires (Flaubert, Faulkner et Sartre) et à une construction rigoureuse fondée sur la fragmentation et la multiplicité des voix narratives. Depuis le vol de sujets d'examen jusqu'à la mort de l'un des cadets, le lecteur découvre tout d'abord l'organisation raciale et sociale du collège où les relations sont gouvernées par la violence et la tromperie. Puis le roman progresse, telle une enquête criminelle, pour dénoncer l'étendue de la corruption morale et les conséquences d'une éducation perverse.

C'est là une fable sur la responsabilité et le déterminisme, résultat fondamental d'une structure formée par des personnages divisés entre le monde du collège et celui de la ville. Les personnages principaux existent dans ces deux univers (les cadets que sont Alberto, Ricardo et le Jaguar, ainsi que le lieutenant Gamboa). Dans cette position intermédiaire, ils sont attirés par l'évanescente Teresa ainsi que par leurs amis et familles, tout en éprouvant en même temps une certaine répulsion. Ces éléments sont réunis dans la dernière partie afin de révéler le vrai visage de la tromperie et d'une vérité précaire. **DMG**

Feu pâle
Vladimir Nabokov

1899 (Russie)-1977 (Suisse)
Première parution | 1962
Langue originale | Anglais
Titre original | *Pale Fire*

Face à ce mélange de folie, de rapports de bon voisinage, d'homosexualité, d'aristocratie en exil, de meurtre et de critique littéraire, il est difficile d'imaginer qu'un monde stable existe en dehors du roman de Nabokov. L'auteur explore à l'infini la notion selon laquelle l'écriture n'a besoin d'autre objet qu'elle-même. Le roman est divisé en deux parties : les quatre chants du poème intitulé *Feu pâle*, attribué à John Shade, auteur fictif, suivis de leur exégèse annotée et rédigée à la mort du poète par son ami, voisin et éditeur, Charles Kinbote. Le poème, ses notes, la préface explicative de Kinbote et l'index forment le corps du roman. Le poème de Shade est apparemment une simple réflexion sur sa vie, sur le suicide de sa fille et sur la nature de l'ordre divin. Les notes de Kinbote suggèrent qu'il se prend pour Charles le Bien-Aimé, roi de

Zembla, un pays européen peu connu. Après avoir fui aux États-Unis pour cause de révolution, Charles accepte sous un faux nom un poste à l'université de Wordsmith, où enseigne son poète préféré, John Shade, avec qui il se lie d'amitié et dont il déclare comprendre l'œuvre. Selon lui, *Feu pâle* est en réalité une histoire déguisée de Zembla. Kinbote est-il un éditeur, un obsédé, un fou ou un universitaire ? Ou bien encore est-ce un personnage de fiction créé par Shade pour rédiger ses propres annotations ? Le jeu de miroirs se perpétue à l'infini. **DH**

L'Orange mécanique
Anthony Burgess

1917-1993 (Angleterre)
Première parution | 1962
Titre original | *A Clockwork Orange*
Adaptation cinématographique | 1971

L'Orange mécanique, œuvre la plus célèbre de Burgess, est devenue instantanément célèbre en 1971 grâce à l'adaptation cinématographique de Stanley Kubrick. Inspiré par un groupe de blousons noirs brutaux que Burgess avait rencontré à Saint-Pétersbourg, ce roman est narré par Alex, un vandale adolescent qui, en compagnie de ses amis et admirateurs, mène une existence consacrée à la violence – battre un vieil homme et violer sa femme sont chose courante au cours de leurs virées nocturnes. Lorsque Alex, pris au piège, est envoyé en prison, il est sélectionné comme cobaye d'un nouveau traitement pavlovien des comportements violents. Bientôt, il suffit qu'une pensée agressive traverse son esprit pour qu'il soit pris de malaises, et l'on considère que sa thérapie est considérée réussie. Lorsqu'il est remis en liberté, incapable de se défendre, il est battu et laissé pour mort dans un champ jusqu'à ce que l'homme qu'il avait roué de coups au début du roman vienne à son secours. À la suite d'une tentative de suicide, les psychologues du gouvernement inversent le traitement Ludovico. Alex retrouve un moment la violence mais, à la fin du livre, il paraît avoir décidé de se maîtriser. Le dernier chapitre a été supprimé de l'édition américaine – contre la volonté de l'auteur – parce qu'il a été jugé trop sentimental.

Ce commentaire sur la volonté d'éliminer la liberté individuelle est aussi une critique de l'essor de la culture populaire au début des années 60 qui a produit un nouveau conformisme faussement rebelle. Burgess proteste contre les techniques de conditionnement psychologique de l'époque qu'il jugeait odieuses. Le choix que fait librement Alex d'abandonner la violence lui permet d'accéder à un niveau moral infiniment supérieur à l'état inoffensif produit par son conditionnement – une liberté totale. **EF**

Vol au-dessus d'un nid de coucou
Ken Kesey

1935-2001 (États-Unis)
Première parution | 1962
Titre original | *One Flew Over the Cuckoo's Nest*
Adaptation cinématographique | 1975

Le roman de Kesey décrit un hôpital psychiatrique où les tentatives répétées de diagnostiquer la folie chez les patients font partie d'un complot qui vise à produire des sujets dociles dans tous les États-Unis. Texte essentiel de l'opposition à la psychiatrie des années 1960, il traite des liens qui unissent raison et folie, conformisme et rébellion. Le roman est toujours en équilibre. On ne sait jamais clairement s'il existe un

réel pouvoir illimité conçu afin d'assurer le contrôle de la population entière ou si c'est une chimère de l'imagination paranoïaque du narrateur, Chef Bromden. De plus, l'ouvrage soulève bien la question de la folie qui pourrait, pour citer R.D. Laing, « être une réponse sensée à un environnement social fou », ou au moins une forme appropriée de rébellion sociale.
Dans l'univers stérile et hermétiquement clos de l'asile pénètre Randall P. McMurphy, « cow-boy » des Temps modernes doté d'« une démarche fanfaronne » qui sème la confusion dans l'ordre bien établi du pavillon et conteste l'autorité de Mrs. Ratched, une infirmière inflexible. Les tentatives de mobilisation politique du roman ne sont pas entièrement réussies car les actes de rébellion de McMurphy sont surtout à son avantage personnel, et les relations entre sexes ou races provoquent un certain malaise : le « cow-boy » McMurphy sauve l'« Indien » Bromden, et, à une époque de droits civils et de féminisme, les patients masculins blancs sont dépeints comme les victimes d'un matriarcat, assisté par des garçons de salle noirs. Mais la tentative d'affronter la nature informe du pouvoir moderne – pouvoir pas nécessairement lié à des leaders ni même à une institution – fait de ce livre un ouvrage prescient et menaçant. Si le sort de McMurphy attend quiconque essaie de contrecarrer le système, la raison de Bromden n'est sauvée que lorsque celui-ci confronte l'injustice et l'exploitation. **AP**

Jeunes Filles seules
Edna O'Brien

1932 (Irlande)
Première parution | 1962
Titre original | *Girl With Green Eyes*
Prix Kingsley Amis | 1962

Jeunes Filles seules est le deuxième volume de la trilogie des *Filles de la campagne* narrée par Caithleen Brady, une naïve pensionnaire de couvent. Après s'être installée à Dublin avec Baba, son amie d'enfance, Caithleen (la plus timide et la moins dégourdie des deux), se lie avec Eugène, réalisateur plus âgé et séparé de sa femme. C'est, inévitablement peut-être, une histoire d'amour profondément déséquilibrée au sein de laquelle Eugène exerce un contrôle disproportionné. La vive désapprobation de la famille de Caithleen force cette dernière à confronter les valeurs catholiques de son éducation aux attitudes culturelles changeantes des années 1960. Son désir de poursuivre une relation sexuelle est en contradiction avec les strictes mœurs religieuses irlandaises de l'époque, mais le conflit moral avec lequel elle se débat forme un contraste marqué avec l'incapacité d'Eugène à comprendre toute observance religieuse.
Lors de sa parution en 1962, le roman a été loué pour son portrait franc, neuf et sans prétention d'une jeune femme. Toutefois, le sujet et la façon dont Edna O'Brien le traite ont par la suite été mal perçus en Irlande, et la censure a interdit la trilogie tout entière. C'est son empressement à traiter les questions difficiles de son époque qui fait l'importance de cet auteur. Sa sensibilité aux réalités de l'expérience humaine à l'intérieur d'un milieu social défini rend la lecture de ce roman indispensable. **JW**

La Mort d'Artemio Cruz
Carlos Fuentes

1928 (Mexique)
Première parution | 1962
Langue originale | Espagnol
Titre original | *La muerte de Artemio Cruz*

Tandis qu'il agonise, Artemio Cruz se multiplie en prenant la forme de trois voix et trois temps strictement alternés : la première personne, « je », parle au présent et fait le récit de son agonie. La deuxième personne, « tu », est son jumeau imaginaire, dont les souvenirs sont exprimés dans un futur immédiat et peut-être repoussé à jamais ; finalement, la troisième personne, « il », est le protagoniste de douze épisodes ou étapes de sa vie. Dans chaque cas, d'autres voix et d'autres temps apparaissent de façon très variée.

Cet arrangement complexe forme une biographie complète : celle d'un magnat mexicain qui, de 1889 à 1959, représente l'histoire de son pays. C'est un récit situé pendant la révolution et nourri par les réalisations de cette dernière. On trouve dans son sillage des amours détruites par le combat, la lâcheté et la trahison, la maltraitance, l'humiliation et la corruption. À la fin, Cruz souffre d'une attaque cardiaque. Entouré de sa famille, de sa secrétaire, d'un prêtre et des médecins – chacun offrant une image différente de l'homme en train d'agoniser –, le magnat affronte les carrefours d'un passé et d'un futur où sont mêlées imagination et mémoire. La trame complexe du roman, son exubérance de style et sa densité historique et psychologique sont inhabituelles pour son époque. Son caractère exigeant pousse le lecteur à lire d'une nouvelle manière, comme c'est le cas pour toute œuvre d'avant-garde. **DMG**

Le Procès-verbal
Jean-Marie Gustave Le Clézio

1940 (France)
Première parution | 1963
Prix Renaudot | 1963
Prix Nobel de littérature | 2008

J.-M. G. Le Clézio n'a que vingt-trois ans lorsqu'il publie ce premier livre qu'on hésite presque à qualifier de « roman » tant il bouscule les règles du genre ; l'auteur lui-même parle de « roman-jeu » ou de « roman-puzzle » à propos de ce labyrinthe complexe qui recourt aux registres et aux techniques les plus divers (lettres, poèmes, coupures de journaux, collages, ratures, formules mathématiques…) Dans une ville côtière du Sud, Adam Pollo occupe une maison abandonnée sur une colline. Il erre et fainéante, attentif au moindre détail du monde qui l'entoure. Le narrateur, dont on ignore l'identité, évoque sa vie intérieure, rêveuse et angoissée. Un jour, Adam provoque un scandale sur la voie publique et se retrouve dans un asile, soumis à la curiosité d'un psychiatre et de ses étudiants, coupé des autres et retranché en lui-même. « Il est dans l'huître, et l'huître au fond de la mer ». Déroutant et fascinant, imprégné de références bibliques qui révèlent l'importance des mythes dans l'univers de l'auteur, *Le Procès-verbal* laisse le lecteur dans l'expectative : a-t-on affaire à un conte philosophique, à un roman sur la folie, à la chronique d'une révolte contre le monde ? Lors de sa parution, ce texte saisissant ne laissa en tous cas pas indifférent – au scepticisme des uns répondant l'enthousiasme des autres, à l'image du philosophe Michel Foucault. Son succès critique et public consacre d'emblée Le Clézio comme l'un des romanciers les plus singuliers de son époque. **BQ**

Le Jardin des Finzi-Contini
Giorgio Bassani

1916-2000 (Italie)
Première parution | 1963
Titre original | *Il giardino dei Finzi-Contini*
Adaptation cinématographique | 1970

Récit émouvant de l'Italie des années 1920 et 1930 alors que le fascisme commence à s'implanter et à envahir la vie quotidienne, le roman de Bassani a pour narrateur un habitué du splendide jardin des Finzi-Contini, une riche famille juive cosmopolite de Ferrare. Cette ville prospère était alors un bastion du fascisme, ironie qui échappe au narrateur. Il adore et admire l'excentrique et élégante famille, et se consacre de plus en plus aux plaisirs qu'offre le jardin, cependant que le monde extérieur devient plus menaçant ; bientôt son univers s'est réduit à cet espace encerclé de murailles. Il est amoureux de la belle et mystérieuse Micol, dont le frère, Alberto, dépérit avant de mourir d'une étrange maladie. Micol, qui comprend qu'elle ne possède aucun avenir, est obligée de renoncer à toute forme de vie publique et à la brillante carrière qu'elle imaginait. Finalement, même ce narrateur aveugle s'aperçoit de ce qui est en train de se dérouler, et le roman arrive à sa triste et inévitable conclusion. Récit d'innocence corrompue, de talent et de possibilités gâchés, c'est un réquisitoire contre les citoyens trop aveugles pour percevoir le danger d'un autoritarisme rampant. Tout en soutenant les valeurs que sont l'amitié et la bonté, il montre ce qui est arrivé à l'Italie lorsqu'elle a commis l'erreur de s'allier à l'Allemagne nazie – produisant un vide moral qui a rendu vulnérables la beauté et l'intelligence de la culture italienne. **AH**

Une journée d'Ivan Denissovitch
Alexandre Soljenitsyne

1918-2008 (Russie)
Première parution | 1963
Titre original | *Odin den Ivana Denisovicha*
Prix nobel de littérature | 1970

Ce classique littéraire est littéralement ce qu'annonce le titre : une seule journée dans la vie d'un prisonnier d'un camp de travail stalinien en 1951. Ivan Denissovitch Choukov est condamné à trois jours d'isolement cellulaire pour n'avoir pas quitté son lit, mais la menace est vaine, et on ne lui impose que de laver les sols avant de pouvoir prendre son petit déjeuner. Au fil de la journée, le lecteur découvre la souffrance et la solidarité des travailleurs ainsi que la coexistence malaisée entre gardes et prisonniers. À la fin de cette journée, Ivan a la chance de recevoir quelques bouchées supplémentaires de la part d'un autre prisonnier et remercie Dieu de lui avoir permis de survivre vingt-quatre heures de plus. Cette journée n'est que l'une des trois mille six cent cinquante-trois qu'Ivan passera au bagne. Celui-ci est un protagoniste inattendu dans la littérature russe de l'époque, un paysan, citoyen lambda peut-être analphabète. Il représente les masses sans instruction et persécutées de la société soviétique. Malgré cela, Ivan développe une dignité intérieure, fait sens de son existence concentrationnaire dégradante et transcende son environnement grâce à une spiritualité intense. La déshumanisation désespérée des prisonniers ne cesse de résonner tout au long de l'œuvre ; les punitions injustes et les règles arbitraires les réduisent à de simples numéros. Malgré cette dégradation luit une note d'espoir, car la camaraderie et la foi aident les hommes à survivre.

Soljenitsyne a été arrêté en 1945 pour avoir critiqué Staline dans sa correspondance privée, puis a passé huit ans dans un camp de travail similaire à celui qu'il décrit ici. Il a atteint la célébrité en 1963 grâce à la publication de ce roman. C'était la première fois que l'existence du goulag et les conditions atroces de ses prisonniers étaient reconnues. **EF**

Le Troisième Anneau
Cóstas Taktsis

1927 (Grèce)
Première parution | 1963
Langue originale | Grec
Titre original | *To trito stefani*

Le roman retrace l'histoire de deux Athéniennes, Nina et Ekavi, au milieu du xxe siècle, et s'intéresse particulièrement aux trois mariages de Nina, à l'amitié des deux femmes et à la façon dont elles réagissent aux événements historiques majeurs de la Grèce, avant et après la Seconde Guerre mondiale, dont l'occupation allemande et la guerre civile. Le récit se conclut au début des années 1960 par le troisième mariage de Nina. Dans cette allégorie de la vie même, les aventures et les souffrances des personnages sont fondées sur les expériences des Grecs moyens en matière de guerre, de crime, de fidélité, de trahison et d'amour.

Taktsis fait usage d'un langage simple, en enrichissant ses longs monologues d'expressions et de mots courants pour donner naissance à un style d'écriture très vivant et parfaitement reconnaissable. Son registre lexical rappelle le vaudeville et le cinéma populaire grec des années 1950 et 1960. Le récit, composé de nombreuses histoires inextricablement entrelacées dans un désordre apparent, semble avoir été écrit d'un seul et long trait de plume.

Le livre déborde d'un peu trop d'informations sur la Grèce moderne, mais l'auteur présente son récit avec aisance et y incorpore les détails les plus importants de l'histoire du pays. Inspiré par les aventures et mésaventures de citoyens ordinaires, *Le Troisième Anneau* célèbre la vie telle qu'elle est vécue par tous. Taktsis est maître dans l'art de s'effacer afin de la laisser parler. **SMy**

Les Années de chien
Günter Grass

1927 (Pologne)
Première parution | 1963
Titre original | *Hundejahre*
Prix Nobel de littérature | 1999

Troisième volume de la trilogie de Danzig, *Les Années de chien* poursuivent l'examen critique obsessionnel de l'histoire récente de l'Allemagne entrepris par l'auteur dans *Le Tambour* puis dans *Le Chat et la souris*. Une fois de plus, le point de vue troublant d'enfants anormalement mûrs est utilisé afin d'éclairer de façon subversive l'univers des adultes, même si le texte finit par embrasser une gamme beaucoup plus vaste de perspectives.

Le récit a pour point de départ l'amitié de Walter Matern et d'Eddie Amsel, fabricant d'épouvantails, à Danzig, avant la guerre. Même si l'œuvre s'amplifie et se diversifie dans une profusion d'histoires, cette relation constitue son ossature. D'autres lignes narratives passent au premier plan, dont celles qui concernent Harry Liebenau, amant épistolaire, et Prinz, le chien de meute préféré d'Adolf Hitler. Lorsque Prinz s'enfuit du bunker berlinois du Führer, il nous offre l'un des moments les plus comiques du roman.

Les Années de chien sont une œuvre encore plus audacieuse que les deux volumes précédents grâce à un entrelacement répétitif de mythes, de faits et de fantasmes. La façon dont l'auteur expérimente le langage, y compris en parodiant la diction complexe de Heidegger, est souvent très drôle, mais finit par embrouiller la vision surréaliste de Grass. Il en résulte un livre hypertrophié et souvent frustrant, qui déborde cependant d'humour, d'idées neuves et de surprises. **RegG**

La Cloche de détresse
Sylvia Plath

1932 (États-Unis)-1963 (Angleterre)
Première parution | 1963
Titre original | *The Bell Jar*
Pseudonyme | Victoria Lucas

Dans une lettre à sa mère, Sylvia Plath décrit avec désinvolture *La Cloche de détresse* comme une œuvre alimentaire. Ce roman est pourtant devenu l'un des plus célèbres portraits de dépression nerveuse de la littérature américaine. Publié en 1963 sous le pseudonyme de Victoria Lucas, il est le récit à peine déguisé de l'adolescence de l'auteur. Il décrit la vie d'Esther, depuis son court rôle de rédactrice invitée d'un magazine pour adolescents jusqu'à sa tentative de suicide ratée et aux soins rudimentaires que lui offre la psychiatrie au milieu du XXe siècle. Loué initialement pour son honnêteté impitoyable et son autodénigrement pince-sans-rire, ce livre est désormais considéré comme une critique accablante de la politique sociale des années 1950. Sylvia Plath établit un lien clair entre la conscience que prend Esther du rôle limité des femmes et son sentiment croissant d'isolement et de paranoïa. Sa guérison est fondée sur sa capacité à rejeter les versions dominantes de la féminité que représentent les faux modèles peuplant le roman. Et pourtant cette analyse de l'atmosphère étouffante des années 1950 ne se limite pas aux différences de sexe. La première phrase – « C'était un été étrange et étouffant, l'été où ils ont électrocuté les Rosenberg » – place très précisément le roman dans le contexte de la guerre froide et du maccarthysme, établissant un lien implicite entre ce que vit Esther et les paranoïas et trahisons caractéristiques de l'époque. **NM**

Monsieur Enderby
Anthony Burgess

1917-1993 (Angleterre)
Première parution | 1963
Titre original | *Inside Mr. Enderbyr*
Pseudonyme | Joseph Kell

Dans ce roman, premier d'une trilogie, Anthony Burgess se révèle être le plus grand auteur comique des années 1960 et 1970. Sa substance et sa longévité dérivent de son intérêt intense pour le langage, qu'il soit littéraire ou oral, et d'une ingéniosité technique inspirée. Son sens du dialogue permet à des malentendus de se transformer en conséquences surprenantes, toujours au préjudice d'Enderby, poète dérouté qui parle trop mais montre une belle résistance. Monsieur Enderby prête une grande attention à ses intestins : il éructe et a constamment des vents, dont les sons sont fidèlement retranscrits par Burgess. L'aspect répugnant du corps est évoqué sur le mode rabelaisien, tout comme la saleté dans laquelle vit l'écrivain. Il se préoccupe aussi de poésie, qu'il écrit aux toilettes. Une série d'accidents le font passer de la poésie au mariage puis à un hôpital psychiatrique. Une épigraphe de Jules Laforgue (« Tout le monde est dehors ») lui indiquait qu'il devrait sortir plus souvent, et *Enderby Outside* est donc paru en 1968, suivi de *Testament de l'orange* en 1974. Burgess étant un écrivain catholique, la culpabilité en matière de sexe et de masturbation abonde, tout comme la satire des femmes. Lorsqu'il est proche de la mort, les éructations physiologiques d'Enderby réapparaissent, évoquées avec un dégoût stupéfait : « Enderby était suffoqué par les odeurs : hydrogène sulfuré, aisselles non lavées, mauvaise haleine, fèces, urine stagnante, viande en putréfaction – tout cela envahissait sa bouche et ses narines. » **AMu**

Demoiselles aux moyens modestes
Muriel Spark

1918 (Écosse)-2006 (Italie)
Première parution | 1963
Langue originale | Anglais
Titre original | *The Girls of Slender Means*

D'une construction brillante, ce court roman allie une grande ironie à plusieurs niveaux de récit allégoriques développant les possibilités narratives que suggère le titre. À partir des aventures de jeunes demoiselles plus ou moins modestes qui affrontent l'austérité de l'après-guerre, l'auteur offre une adaptation remarquable du *Naufrage du Deutschland* de Gerard Manley Hopkins. Le fait que ce modèle, inattendu pour un roman amusant, y figure de manière aussi discrète et efficace, manifeste le sérieux avec lequel Muriel Spark mêle comique et religieux. Des détails anodins démontrent des faits fondamentaux, sans que l'intrigue perde sa séduction ni son esprit.

Situé au milieu des gravats de Londres à la fin de la Seconde Guerre mondiale, le roman paraît traiter du monde insouciant d'une résidence pour jeunes femmes en quête d'aventures amoureuses. C'est à travers ce contexte particulier que l'auteur en explore un autre, plus large. La plume satirique de Muriel Spark est prompte à démonter les objectifs romantiques de la jeunesse, qu'elle soit féminine ou masculine, et à nous offrir des passages d'une ironie cinglante où elle s'adonne au pastiche. Plus d'une jeune fille se lie avec un certain Nicholas Farrington, et parmi les rivalités féminines et une corruption en plein essor une fois la guerre terminée, l'intrigue progresse vers une conclusion apocalyptique. La façon dont certaines circonstances mènent ici à la mort semble suggérer qu'il vaut mieux demeurer modeste plutôt que devenir riche, tout en nous rappelant que même au beau milieu de la vie nous sommes toujours près de la mort. Les lecteurs moins résolus préféreront méditer sur l'ingéniosité formelle de l'auteur qui nous offre une parabole métaphysique aussi construite que légère et amusante. Un régal pour les amateurs de littérature blasés. **DM**

L'espion qui venait du froid
John Le Carré

1931 (Angleterre)
Première parution | 1963
De son vrai nom | David John Moore Cornwell
Titre original | *The Spy Who Came in from the Cold*

Avant Le Carré, le roman d'espionnage anglais était dominé par un modèle d'espion brillant, homme d'action qui symbolisait une civilisation sûre d'elle – tel que Richard Hannay ou James Bond. Avec *L'espion qui venait du froid*, Le Carré introduit un point de vue nettement plus sombre, un univers dépourvu du sentiment clair de la supériorité morale de l'Ouest démocratique sur l'Est communiste.

Situé en grande partie dans l'Allemagne de la guerre froide, c'est un récit de tromperies successives. Consterné par la capture de l'un de ses agents par les services secrets de l'Allemagne de l'Est, Lamas, qui dirige une opération britannique à Berlin, accepte de se transformer en agent double afin de semer la confusion chez l'ennemi en insinuant que son directeur est à la solde du Royaume-Uni. Lamas devient donc dissolu, quitte « le service » – MI6, les services secrets britanniques à l'étranger – et est finalement recruté par les Allemands de l'Est qui espèrent en tirer des informations sur les opérations anglaises. Le Carré parvient à montrer le caractère miteux de l'espionnage tout en maintenant une tension constante et un merveilleux sens de l'intrigue. L'espionnage est ici un jeu complexe qui consiste à essayer de se montrer plus malin que son adversaire. Dans cet univers où l'on ne parvient pas toujours à distinguer la réalité des leurres savamment placés, Lamas découvre qu'il n'est qu'un pion.

Ce roman offre une excellente critique de la façon dont les services secrets manipulent leurs propres citoyens afin qu'ils se livrent à des jeux d'espionnage, mettant ainsi en doute ce qu'ils sont censés protéger. Le coût est élevé du point de vue de l'humanité, et l'on ne sait jamais si les informations sont vraies. Lamas finit par le reconnaître, et son refus d'abandonner une innocente provoquera sa mort. **TH**

Manon des Sources

Marcel Pagnol

1895-1974 (France)
Première parution I 1963
Adaptation cinématographique I 1986

Manon des Sources, qui, avec *Jean de Florette*, forme *L'Eau des collines*, est une tragédie épique impliquant trois générations de paysans provençaux. César Soubeyran et son neveu Ugolin sont les derniers descendants d'une famille qui a souffert un malheur après l'autre. Pour César, surnommé le Papet, Ugolin le simplet est le dernier espoir de la « race des Soubeyran ». Lorsqu'un « bossu de la ville », Jean de Florette, hérite d'une ferme voisine, le Papet fait appel à la connivence des autres villageois pour lui cacher l'existence d'une source sur les terres de la ferme. Conscients que l'acquisition de cette ferme leur permettrait de restaurer la richesse et le nom des Soubeyran, l'oncle et le neveu conspirent patiemment pour provoquer la chute de l'intrus. La fille du bossu, Manon, grandit dans l'intervalle et Ugolin tombe désespérément amoureux d'elle. Cette dernière, loin de lui rendre son amour, ne songe qu'à venger son père. Les conséquences de cet amour non partagé sont dramatiques, mais Ugolin n'est pas le seul à en souffrir.

Marcel Pagnol est né dans les collines qui entourent Marseille et où se déroule le roman. Il y a passé de longues vacances enfant, au milieu des gens qui allaient inspirer ses personnages. Son histoire est entremêlée de savoureux dialogues et d'expériences ancrées depuis longtemps dans les traditions paysannes. On sait qu'il fut réalisateur et dramaturge, et c'est peut-être son côté très visuel qui a permis à la prose simple de *Jean de Florette* et de *Manon des Sources* d'être aussi bien transposée à l'écran par Claude Berri. Ses deux films accompagnent merveilleusement les romans, mais il faut revenir à ces derniers pour trouver le tableau le plus détaillé de la vie rurale en Provence durant la première moitié du XXe siècle. **PM**

Le Lauréat
Charles Webb

1939 (États-Unis)
Première parution | 1963
Titre original | *The Graduate*
Adaptation cinématographique | 1967

L'adaptation cinématographique, tournée en 1967 avec Anne Bancroft et Dustin Hoffman, a tellement éclipsé ce roman de 1963, qu'il faut rappeler que les moments les plus emblématiques existent déjà dans le texte de Webb. Si le conseil de « se lancer dans le plastique » n'est pas dans le roman, la scène du scaphandre, l'embarras qu'éprouve Benjamin lorsqu'il réserve une chambre d'hôtel pour y retrouver sa maîtresse, l'absence de Mme Robinson, et la façon dont Benjamin se défend des parents et amis d'Elaine à l'aide d'un crucifix font tous partie du roman. Attaque légère des valeurs de la classe moyenne blanche américaine, *Le Lauréat* est désormais une satire populiste très admirée.

Écrite au début des années 1960, la satire de Webb offrait une critique sociale nécessaire sur laquelle seraient fondées les attitudes plus radicales de la fin de la décennie. La prose discrète mais expressive du *Lauréat* est remarquable, et tout tourne autour de la différence qui sépare « Quoi ? » et « Quoi ». Le point d'interrogation marque l'angoisse ou l'indignation et signale une détresse imminente. « Quoi », sans le point d'interrogation que l'on attendrait habituellement, marque un intérêt sincère envers l'autre et annonce des conséquences positives. Lorsque Elaine et Benjamin fuient ensemble l'église où cette dernière devait se marier, dans le bus qui les emmène, elle dit « Benjamin ? » et il lui répond « Quoi ». Alors que le bus s'éloigne, personne ne dit plus rien. **AMu**

Le Berceau du chat
Kurt Vonnegut

1922 (États-Unis)
Première parution | 1963
Langue originale | Anglais
Titre original | *Cat's Cradle*

On ne peut rien reprocher à Felix Hoenikker, le père de la bombe atomique. La rationalité l'emporte sur les notions abstraites telles que la moralité. C'est un homme de science. Qu'il s'intéresse aux armes nucléaires ou aux tortues, son esprit vrombissant a besoin d'être occupé. Qu'on lui ôte ses tortues et il peut faire sauter Hiroshima. C'est lorsque la science dure se retrouve entre les mains d'êtres humains trop mous que les problèmes naissent. La plus grande création de Hoenikker est cependant la glace 9, un isotope d'eau qui gèle à température ambiante en provoquant une réaction en chaîne – comme la bombe A – élégante, infinie et finalement vaine. Là où la bombe n'atteignait pas l'annihilation totale, la glace 9 fonctionnera. John, le narrateur, qui a pour objectif d'écrire un ouvrage sur le bombardement de Hiroshima, découvre au cours de ses recherches les « Livres de Bokonon ». Le bokononisme est une religion qui avoue être « un tas de mensonges éhontés » ; la vérité n'y joue aucun rôle, mais ce culte peut pour le moins offrir un certain réconfort. Vonnegut a créé cette doctrine afin de se moquer de toutes les religions. Il prend aussi pour cible la technologie, qu'il désigne comme le mensonge le plus important et le plus destructeur du XXe siècle. Les implications sérieuses du roman ne taraudent le lecteur qu'après que celui-ci a retrouvé son souffle, après qu'il a refermé le livre. **GT**

V.
Thomas Pynchon

1937 (États-Unis)
Première parution | 1963
Titre original | *V.*
Prix de la fondation William Faulkner | 1963

V. a marqué l'arrivée sur la scène littéraire américaine de l'un de ses talents les plus exigeants et les plus imaginatifs. Le roman est construit autour de deux récits séparés mais liés. Le premier d'entre eux a pour héros Benny Profane, ancien marin qui erre le long de la côte Est, au milieu des années 1950, à la recherche de petits boulots, d'aventures et de son identité. Au cours de ses déambulations, Profane fait la rencontre d'un étrange personnage, Herbert Stencil. Celui-ci est obsédé par la mystérieuse V., qui se manifeste sous différentes formes, à divers instants violents du XXe siècle. Cette quête durant laquelle il tente de décoder les incarnations de V. – qui devient de moins en moins corporelle au fil du roman – donne lieu à un deuxième récit qui se déroule entre 1880 et 1943. Cette vaste fresque évoque l'Égypte durant la crise de Fachoda, des expatriés vénézuéliens qui provoquent une émeute à Florence, l'occupation allemande dans l'ouest de l'Afrique australe, etc. Stencil recherche au milieu de la violence et des conflits un ordre unificateur, que Pynchon baptise « la cabale principale du siècle », « l'intrigue dépourvue de nom ». Cependant, le réel danger se trouve peut-être dans le « temps présent » du roman – une Amérique moderne transformée par la Seconde Guerre mondiale, et sur le point de basculer socialement et culturellement avec la « révolution » des années 1960. *V.* présentait déjà de nombreux thèmes qui continuent d'intéresser Pynchon : l'utilisation et l'abus du pouvoir, les répétitions de l'historiographie, le statut des communautés marginalisées et les états hallucinatoires. Cette écriture grandiose et architecturale se révèle aussi intime et humaine. *V.* rappelle Joyce, Beckett, Kafka et le surréalisme européen, mais finit par former un nouveau genre, remarquable, de fiction contemporaine américaine. **SamT**

Herzog
Saul Bellow

1915 (Canada)-2005 (États-Unis)
Première parution | 1964
Titre original | *Herzog*
Prix Nobel de littérature | 1976

Le roman qui a rendu Bellow célèbre est une comédie de mœurs et d'idées, de perte et de rédemption partielle. Moise Herzog, universitaire cocu, est possédé d'une agitation névrotique, un état pathologique qui le pousse à écrire des lettres aux grandes figures passées et présentes, missives qu'il n'envoie jamais (« Cher Doktor Heidegger, j'aimerais savoir ce que vous entendez par la "chute dans le quotidien". Quand cette chute a-t-elle eu lieu ? »). Le lecteur suit les songeries de Herzog sur les événements qui l'ont amené jusque-là, notamment la trahison amoureuse de Valentine Gersbach, mais aussi lors de son périple à Chicago où il tente en vain d'exercer une vengeance sanglante. Évidemment, il finit par être arrêté en possession d'une arme à feu ; toutefois, on aura appris dans l'intervalle que sa vie reprend un tant soit peu son cours normal (« Il n'avait à ce moment précis de message pour personne »). De fait, l'expression « pas de message » pourrait servir d'épigraphe à *Herzog* car, malgré sa façon de tout intellectualiser, ce roman n'offre pas de discours convenu. Il fonctionne comme un tout ; la vie intérieure agitée du personnage et ses errances comiques font partie d'une exploration plus vaste des limites du choix humain (« Il y a quelqu'un en moi. Je suis sous son contrôle »). La force du roman de Bellow ne provient pas seulement de sa prose légendairement imaginative, mais aussi de tout ce que ces exercices de l'esprit peuvent révéler ; c'est tout à l'honneur de *Herzog* que le lecteur finisse par réfléchir plus sur ce que sont et font les personnages que sur ce qu'ils « représentent ». Herzog se rend finalement compte que la vie dépasse toujours les formes qu'on essaie de lui imposer, et en suivant son exemple, on vivra peut-être une expérience similaire. **BT**

Le Ravissement de Lol V. Stein

Marguerite Duras

1914 (Viêtnam)-1996 (France)
Première parution | 1964

Lol Stein, dix-neuf ans, est une légende locale. Elle est fiancée à Michael Richardson, lorsque deux femmes ravissantes, Anne-Marie Stretter et sa fille, pénètrent dans la salle de bal où se trouve le couple. Richardson, transporté, abandonne sa fiancée et passe le reste de la soirée à danser avec Anne-Marie, sous le regard de Lol. Le couple nouvellement formé quitte le bal à l'aube, et Lol laisse percer un cri. La question qui plane sur le reste du roman est de savoir si les événements de cette soirée constituent un moment de ravissement pour Lol ou s'ils représentent en réalité une rupture.

L'action commence bien après que Lol s'est remise de ce que l'on suppose être un traumatisme, alors que, mariée et mère de trois enfants, elle retourne dans sa ville natale. Elle retrouve ses souvenirs du bal puis fait à nouveau défiler les événements de la soirée : cette fois-ci, elle se contente d'observer, et le couple victime est composé de sa vieille amie, Tatiana, et de son amant, Jack Hold (qui dévoile alors qu'il est le narrateur). Jack tombe amoureux de Lol, mais, plutôt que de l'inciter à quitter Tatiana, elle le persuade de continuer à l'aimer et les pousse ainsi tous les trois au-delà de la géométrie habituelle du désir.

Pour les psychanalystes, le triangle amoureux comporte toujours des rivaux et ne peut se résoudre que par l'élimination de l'un d'entre eux. Il est intéressant de noter que Marguerite Duras en composait un avec son mari, le poète Robert Antelme, et Dionys Mascolo ; lorsqu'elle attendit l'enfant de Mascolo, Antelme (qui avait aussi une ou deux liaisons extraconjugales) l'a finalement quittée, mais cette relation ne devait pas durer non plus. Le roman explore la possibilité de surmonter la difficulté de maintenir le désir sans rivalité. Il offre ainsi au lecteur l'un des mythes anti-œdipiens les plus puissants de la littérature moderne. **PT**

La Flèche de Dieu
Chinua Achebe

1930 (Nigeria)
Première parution | 1964
Titre original | *Arrow of God*
Prix de la paix des libraires allemands | 2002

Ce roman raconte comment, au Nigeria en 1921, Ezeulu, grand prêtre ibo âgé et polygame, s'évertue à s'adapter aux autorités coloniales blanches (dont le messager, noir, le traite de « sorcier »). Dans une amère comédie des méprises, la tentative d'un fonctionnaire anglais bien intentionné d'en faire un chef de village accrédité entraîne son humiliation aux mains d'un adjoint blanc et de son émissaire noir. Ezeulu cherche par la suite à rabaisser son village en repoussant une moisson ; les villageois se tournent donc vers la mission chrétienne qui les encourage à moissonner comme prévu, et Ezeulu se retire dans « la splendeur hautaine d'un grand prêtre dément ».

L'intérêt de *La Flèche de Dieu* tient à son intrigue subtile et à son portrait des complexités d'une société indigène en train d'évoluer, où les réactions aux difficultés du colonialisme sont très diverses. Le village d'Ezeulu poursuit ses célébrations traditionnelles et ses rituels intimes, mais approuve aussi l'exploitation permanente des femmes par les hommes ; les lépreux sont méprisés ; la religion oscille entre intuition profonde et superstition idiote. Le regard d'Achebe s'étend aussi à la communauté anglaise. Si l'un des fonctionnaires est naïvement arrogant, un autre essaie de se montrer juste. Si les colons anglais perturbent la culture indigène, ils mettent aussi fin aux guerres tribales, construisent écoles, routes et hôpitaux. L'auteur nous rappelle que l'impérialisme anglais, tout coupable qu'il fut, s'est montré plus constructif que la dynastie béninoise du XIXe siècle.

Achebe écrit avec esprit et humour, avec un réalisme acéré et une compassion imaginative. Sa prose possède une originalité vivifiante, parsemée d'expressions idiomatiques épicées (« Sauf si le pénis meurt jeune, il mangera sûrement de la viande barbue »), d'une ironie insolente. **CW**

Trois Tristes Tigres
Guillermo Cabrera Infante

1929 (Cuba)-2005 (Grande-Bretagne)
Première parution | 1964
Langue originale | Espagnol
Titre original | *Tres tristes tigres*

Premier roman de l'auteur, ce livre a remporté un prix en Espagne en 1964, mais n'a été publié qu'en 1967, après avoir été censuré. La version définitive n'est parue qu'en 2005. C'est l'histoire d'une mélancolie féroce combattue avec ingéniosité. Ses protagonistes ne sont pas les nombreuses personnes qui déambulent au cours d'une nuit luxuriante, mais leurs voix multiples. La traduction se frotte aux aventures de cinq amis (Cué, Códac, Silvestre, Eribó et Bustrófedon) et des femmes qu'ils rencontrent à La Havane dans les années 1950, tandis que le changement constitue le sujet et la méthode du roman.

Dans le sillage d'une séance de psychanalyse (l'histoire d'un chanteur de boléros et des errances nocturnes de deux autres personnages), le livre est construit comme un collage ou un palimpseste, parsemé de monologues écrits ou oraux, pouvant se lire indépendamment, et d'allusions ouvertes ou voilées à la littérature, à la musique et au cinéma. Étalage littéraire baroque, le livre énonce sa propre poésie : jeux de mots ingénieux, parodies de styles appliquées à

des événements historiques, expériences typographiques (pages en noir, en blanc, imprimées en images inversées, illustrées de dessins).
Trois Tristes Tigres emportait ce genre littéraire vers des motifs plus complexes, se plaçant à l'avant-garde du renouveau de la fiction dans les années 1960. **DMG**

Sometimes a Great Notion
Ken Kesey

1935-2001 (États-Unis)
Première parution I 1964
Adaptation cinématographique I 1971
Non traduit à ce jour en français

Le deuxième roman de Ken Kesey a défini une période de l'histoire américaine du XXe siècle avec originalité, passion et talent. Situé dans un camp de bûcherons de l'Oregon, il explore les relations d'une famille, les Stamper, en désaccord avec leur ville, avec leur syndicat, et avec eux-mêmes. Le roman se concentre sur le conflit qui oppose les deux frères, Hank et Leland, deux modèles opposés de masculinité dans un environnement qui rappelle la « frontière » américaine. Hank, grand, impertinent, dévoué, est habitué à diriger son petit monde, et le récit s'ouvre sur le désaccord qui le dresse contre son syndicat. Son demi-frère, Leland, plus jeune, fumeur de haschisch éduqué dans une université de la côte Est, arrive sur ces entrefaites. Leland refuse de se conformer à la notion de masculinité de Hank, franche et fruste, ou aux attentes de sa famille.
Kesey explore avec habileté la dynamique de leur relation – leurs similarités, leur respect et leur fidélité, ainsi que leurs différences destructrices, lorsqu'ils sont rivaux en amour. Sa façon de passer d'un narrateur à l'autre contrebalance la sympathie que l'on ressent pour Leland, en montrant à quel point Hank lutte pour sa famille et pour respecter sa conscience. Exploration à l'état brut de la survie du rêve américain, fable mythique de l'homme contre la nature, la communauté et le capitalisme, ce roman est injustement oublié de la littérature américaine. **MD**

La Passion selon G. H.
Clarice Lispector

1920 (Ukraine)-1977 (Brésil)
Première parution I 1964
Langue originale I Portugais
Titre original I *A paixão segundo G. H.*

Née en Ukraine mais élevée au Brésil, Clarice Lispector écrivait en portugais. *La Passion selon G. H.* n'est pas un roman conventionnel. Le décrire selon les concepts littéraires habituels que sont l'intrigue et les personnages n'aurait pas vraiment de sens ; il s'agit d'une enquête existentielle. Ainsi doit-on lire avec attention ce texte qui met le lecteur au défi en posant et en explorant certaines questions fondamentales qui apparaissent plutôt dans la prose souvent aride des philosophes. L'héroïne, que l'on connaît seulement sous ses initiales, G. H., estampillées sur ses bagages, est emportée dans un tourbillon de pensées et d'émotions lorsqu'elle pénètre dans la chambre de son ancienne bonne qui a laissé un curieux dessin au mur. Il y a aussi une rencontre avec un cafard en train de mourir, image symbolique centrale autour de laquelle s'organise ce récit circulaire. Chaque chapitre est merveilleusement relié à l'autre grâce à la répétition de la dernière ligne de la section précédente, et l'écriture transmet le sentiment d'un monologue intérieur profondément personnel, qui englobe des questions et dissertations sur l'amour et sur la vie, sur le rôle du passé et celui du futur. Adressé à un « toi » personnalisé mais aussi mystérieusement non défini, c'est une expérience de lecture très intime. **JC**

Terug naar Oegstgeest
Jan Wolkers

1925-2007 (Pays-Bas)
Première parution | 1965
Non traduit à ce jour en français
Titre anglais | *Back to Oegstgeest*

La sexualité est l'un des thèmes principaux de l'œuvre de Jan Wolkers. Elle sert d'échappatoire et de contrepoids à la solitude. Les scènes explicites y sont nombreuses et ont souvent valu des critiques à l'auteur. Parmi ses autres thèmes dominants, on compte l'amour de la nature et la critique de la religion.

Tous ces thèmes apparaissent dans son roman autobiographique, *Terug naar Oegstgeest*, qui décrit son enfance puis ses premiers pas dans le monde des adultes. Le narrateur grandit dans une famille de dix enfants dont le père, membre strict de l'Église réformée hollandaise, possède une épicerie dans le village d'Oegstgeest ; il lit la Bible trois fois par jour à sa famille. Au cours de sa jeunesse, le narrateur occupe divers emplois, dont l'un dans un laboratoire où il s'occupe d'animaux et assiste à des expériences que mènent sur ces derniers des étudiants. Surviennent ensuite la mort de son frère et la Seconde Guerre mondiale. L'expérience qu'il fait de la mort coïncide avec l'éveil de sa sexualité et avec la perte de foi.

Malgré les nombreux revers dont souffre le protagoniste et les scènes atroces auxquelles il assiste, le roman ne condamne jamais la vie. Et sa tentative acharnée de sauver un monde disparu rend ce livre fascinant. En résulte un portrait impressionnant et évocateur de l'avant-guerre, qui comprend bouilloires, trains à vapeur, costumes de bain masculins, épiceries, et ambiance calviniste. **JaM**

Trains étroitement surveillés
Bohumil Hrabal

1914 (Moravie)-1997 (République tchèque)
Première parution | 1965
Langue originale | Tchèque
Titre original | *Ostre sledované vlaky*

Milos Hrma, jeune apprenti maladroit, travaille dans une gare de Bohême en 1945. La Seconde Guerre mondiale touche à sa fin et Milos vient juste de rentrer d'un congé forcé après s'être tailladé les veines. C'est un jeune homme sensible, et son incapacité à consommer son amour Masha, le préoccupe.

Le roman décrit les événements d'une journée qui culmine avec le passage à l'acte de Milos et d'un collègue qui préparent le sabotage d'un train allemand. Malgré l'antipathie qu'éprouve le protagoniste pour les Allemands, Hrabal met l'accent sur le caractère humain tout autant que guerrier des soldats allemands qui traversent la ville. Milos est surpris par le fait que deux soldats SS ressemblent à des poètes ou à des rentiers. Il aperçoit ensuite un soldat allemand blessé qui appelle la mère de ses enfants et reconnaît que des similitudes unissent les gens, qu'ils soient tchèques ou allemands.

À cause de la guerre, puis de la normalisation de la culture sous le régime communiste, Hrabal, autrefois poète, avait déjà quarante-neuf ans lorsque son talent de romancier a été découvert. *Trains étroitement surveillés*, roman narré avec un humour et une humanité rares, constitue l'un des meilleurs exemples de son talent. L'œuvre a été adaptée au cinéma par Jiri Menzel en 1967, et récompensée par l'oscar du meilleur film étranger. **OR**

La Rivière de vie
Ngugi wa Thiong'o

1938 (Kenya)
Première parution I 1965
Langue originale I Anglais
Titre original I *The River Between*

La Rivière de vie, deuxième roman de Ngugi, lui a permis d'être reconnu comme l'un des grands écrivains africains. C'est, à un certain niveau, une simple histoire d'amour située en période coloniale, un *Roméo et Juliette* africain où deux jeunes originaires de villages opposés tombent amoureux et tentent de transcender le fossé qui sépare leurs communautés. À un niveau plus complexe, le roman traite de l'histoire précoloniale et coloniale du Kenya. Il montre l'infiltration lente mais continue du pays par les Britanniques, la façon dont les indigènes sont chassés de leurs terres, les effets négatifs de la mission chrétienne sur les structures de pouvoir locales, les rituels et les relations, mais aussi les rivalités profondes qui opposent les diverses factions africaines et précèdent la lutte anticolonialiste des années 1950.

Au centre du livre se trouve le débat sur l'excision et la façon de la réconcilier avec les pratiques européennes et chrétiennes. Elle en vient à symboliser la pureté culturelle et la résistance au colonialisme des Kikuyu à un point tel que l'« impureté » de la jeune héroïne, Nyambura, décide du sort du jeune couple. Malgré ses conséquences tragiques, l'excision est montrée comme un élément important de l'identité kenyane, un rituel essentiel face aux avancées du colonialisme. En décrivant les origines mythologiques des Kikuyu et en situant son récit dans les collines kenyanes encore vierges de tout colonialisme, Ngugi s'efforce de préserver les différences culturelles africaines au sein même d'un roman en langue anglaise. **SN**

Jardin, cendre
Danilo Kis

1935 (Serbie)-1989 (France)
Première parution I 1965
Langue originale I Serbe
Titre original I *Basta, pepeo*

Jardin, cendre est le portrait d'une famille hongroise de la classe moyenne durant la Seconde Guerre mondiale. Observée par le fils cadet, Andi Scham, l'histoire se concentre sur son père Édouard, juif, cependant que la famille parcourt l'Europe pour fuir la persécution. Personnage excentrique et haut en couleur, Édouard est fascinant et énigmatique, mais il est taraudé par l'alcool et la dépression. De plus en plus obsédé par le manuscrit qu'il désire terminer, *Guide de voyage en bus, bateau, train et avion*, il adopte un comportement de plus en plus fantasque. On ne sait si c'est à cause de la guerre, de son existence itinérante bizarre, ou s'il est tout simplement fou.

Dans son exploration des souvenirs d'enfance d'Andi, Kis utilise un style dense et poétique, riche en détails. Le récit contient des évocations si intenses et si puissantes de l'enfance que l'histoire semble souvent verser dans le lyrisme. Mais Édouard disparaît finalement, et l'on présume qu'il a été envoyé en camp de concentration.

Jardin, cendre, premier roman de Kis, est en partie autobiographique – son père, un juif hongrois, est mort à Auschwitz en 1944 alors que l'auteur était enfant. Le roman ne se résume pas simplement à un récit de l'Holocauste ; son attrait est plus universel. Auschwitz et les camps de concentrations, concepts impossibles à saisir pour le jeune Andi, ne sont jamais mentionnés. L'émerveillement et l'euphorie de ses expériences d'enfant, même s'ils sont voilés par la pauvreté et la guerre, sont beaucoup plus présents pour lui et pour le lecteur que les difficultés de sa famille en temps de guerre. *Jardin, cendre* est donc l'histoire poignante d'une famille qui vit à la périphérie de la guerre, et de la façon dont un enfant tente de comprendre le monde et d'affronter la perte de son père **RA**

Mon mal vient de plus loin
Flannery O'Connor

1925-1964 (États-Unis)
Première parution | 1965
Langue originale | Anglais
Titre original | *Everything That Rises Must Converge*

Comme le parfum doucereux des fleurs de magnolia tombées à terre, les notions de classe et de couleurs volatiles, les fossés générationnels et les convictions sont omniprésents dans ces nouvelles qui datent d'une époque où le Sud américain respectable s'accrochait encore de façon ténue à ses conventions et à ses préjugés datés. C'est un univers manichéen débordant de grotesque et d'explosions d'une cruauté inattendue. Les personnages se soulèvent et se retrouvent grâce à la lutte pour les droits civils ou à une clairvoyance religieuse. Avec la révolte vient la connaissance, avec la convergence la collision – choc d'idées dépassées, des images de soi que l'on n'a jamais remises en question, et de la dure réalité. Dans ces nouvelles, les révélations peuvent être dangereuses. Parfois, trouver la grâce n'est pas agréable ; d'autres fois, afin de trouver Dieu, on doit recevoir une balle dans la poitrine, se faire battre avec un manche à balai ou se faire encorner par un taureau. Dans l'une de ces nouvelles, dans un bus depuis peu ouvert aux Noirs, Julian, éduqué et souffrant d'un sentiment de culpabilité par rapport aux plus défavorisés, accompagne sa mère à son cours de gymnastique. Celle-ci est embourbée dans la tradition et les préjugés et la tension s'élève d'un cran lorsqu'une femme noire, qui porte le même chapeau neuf qu'elle, monte dans le bus avec son propre fils. Julian est si aveuglé par la rage lorsque sa mère offre un penny au garçon noir qu'il ne peut saisir combien celle-ci est finalement punie pour son geste. O'Connor est drôle, tranchante, brutale. Les ignorants sont punis et plus encore ceux qui sont pourvus de bonnes intentions ; parce qu'ils sont décrits trop faibles pour agir. Le génie de l'auteur réside dans ses nouvelles profondément morales où c'est au lecteur qu'il incombe de juger ce qui est juste et ce qui ne l'est pas. **GT**

Les Choses
Georges Perec

1936-1982 (France)
Première parution | 1965
Titre complet | *Les Choses : une histoire des années 60*
Prix Renaudot | 1965

Auteur de quatre romans non terminés ou rejetés lorsqu'il a véritablement surgi sur la scène littéraire en 1965, Georges Perec a remporté le prix Renaudot pour *Les Choses*, premier roman qu'il ait jamais publié. C'est l'histoire du déclin d'un couple de jeunes et sympathiques sociologues, Jérôme et Sylvie. Leur quête du bonheur, encouragée par une société d'abondance, les transforme imperceptiblement en couple frustré et résigné de la classe moyenne. Le récit a choqué le public à l'époque, qui y voyait une représentation purement sociologique de la société de consommation – sujet inapproprié pour une œuvre littéraire. Perec a reconnu qu'il désirait décrire l'évolution de son propre milieu – celui des étudiants qui s'étaient violemment opposés à la guerre d'Algérie, mais, qui, à la fin du conflit, avaient perdu toute confiance et tout espoir en la politique. Il voulait aussi illustrer les *Mythologies* (1957) de Roland Barthes, où celui-ci utilisait des concepts sémiologiques afin d'étudier les mythes et signes de la culture de l'époque. Le caractère inhabituel des *Choses* provient en grande partie du détachement du narrateur-témoin qui refuse de critiquer, de juger et d'interpréter l'attitude des protagonistes. Il se contente de décrire les objets dont ils rêvent et qu'ils accumulent dans leur appartement, tels les « signes » ou « images » de slogans publicitaires. **JD**

De sang-froid
Truman Capote

1924-1984 (États-Unis)
Première parution | 1966
Titre original | *In Cold Blood*
De son vrai nom | Truman Streckfus Persons

L'œuvre la plus célèbre de Truman Capote a inventé le genre du « roman-vérité ». Elle retrace le meurtre de la famille Clutter, au Kansas, en 1959, par deux inadaptés sociaux, Dick Hickock et Perry Smith, le procès qui s'ensuivit et l'exécution des assassins. Capote utilise aussi comme point de départ ce cas particulier pour examiner les valeurs de l'Amérique de la fin des années 1950 et du début des années 1960 ; la famille Clutter est si parfaite, si typiquement américaine qu'on jurerait qu'elle a été inventée, tandis que Smith et Hickock ressemblent à des versions plus brutales du personnage de James Dean dans *La Fureur de vivre*. L'univers des victimes est soigneusement reconstruit, mais c'est la psychologie de Perry et Dick qui intéresse vraiment Capote : il tente de comprendre ce qui a pu les conduire à des excès meurtriers. De fait, selon certains, Capote était aussi fasciné par Perry Smith parce qu'il reconnaissait en lui quelqu'un qu'il aurait pu devenir. Étant donné que l'auteur a publié des articles au sujet du crime tout au long du procès, il est possible que son portrait des meurtriers ait influencé le verdict final. *De Sang-froid*, comme *Le Chant du bourreau* (1979) de Norman Mailer, soulève diverses questions quant au rôle des faits, de la fiction, des recoupements et des différences qui existent entre les responsabilités éthiques des journalistes et des romanciers. **BT**

Le Derviche et la mort
Mesa Selimovic

1910 (Bosnie)-1982 (Serbie)
Première parution | 1966
Langue originale | Serbo-croate
Titre original | *Dervis i smrt*

Le cheikh Ahmed Nuruddin est un derviche (ascète musulman) en Bosnie, alors occupée par les Ottomans. Il a vécu la plus grande partie de sa vie reclus dans son couvent, et son monologue intérieur constitue une partie essentielle du roman épique de Selimovic. L'arrestation puis la mort de son frère mettent fin à son style de vie volontairement éloigné des troubles de la vie quotidienne. Ce décès l'amène à remettre en question ses certitudes passées et à affronter les autorités locales. Acteur du système politique, incapable d'agir de façon décisive, il trouvera une mort prématurée.

Le Derviche et la mort contient peu de dialogues, et Selimovic narre son histoire apparemment dépouillée à travers la voix du très introspectif Ahmed. Parfois exaspérant, ce personnage est fort heureusement entouré d'une série de seconds rôles merveilleusement excentriques, dont son ami Hassan, la brebis galeuse de la famille qui s'est épris d'une chrétienne dalmate.

Selimovic, dont la prose serbo-croate a énormément influencé la langue bosniaque contemporaine, a incorporé au roman l'angoisse qu'avait fait naître en lui la mort de son frère. Même s'il s'est inspiré des événements politiques de son époque, *Le Derviche et la mort* évoque une autre ère et, dans son portrait kafkaïen d'un homme détruit par un régime répressif, traite de thèmes universels qui dépassent la patrie de Selimovic, alors en proie à de graves troubles. **OR**

Silence
Shusaku Endo

1923-1996 (Japon)
Première parution | 1966
Langue originale | Japonais
Titre original | *Chimmoku*

Le romancier Shusaku Endo constituait une singularité culturelle au Japon : il était catholique. Influencée par des écrivains européens catholiques tels que Graham Greene ou Georges Bernanos, son œuvre exprime une foi angoissée qui frise l'incroyance, ainsi qu'une horreur de la cruauté qui fait partie intégrante de l'histoire du Japon. On s'accorde à reconnaître en *Silence*, situé au XVIIe siècle, son chef-d'œuvre.

Le shogunat japonais a entrepris d'éliminer impitoyablement le christianisme par la torture et le massacre. Le Vatican apprend qu'un missionnaire jésuite très respecté, le père Ferreira, a renoncé à sa religion sous la contrainte. Sebastian Rodrigues, prêtre portugais qui considère Ferreira comme son guide spirituel, est envoyé au Japon pour prendre contact avec lui. Trahi et livré aux autorités par Kichijiro, personnage qui rappelle Judas, Rodrigues est emprisonné et torturé. Pour se sauver, il doit renoncer à sa religion de façon symbolique en foulant une image du Christ. Lorsqu'il refuse, d'autres chrétiens sont martyrisés devant lui. Il finit par rencontrer Ferreira qui l'implore de commettre un acte apparent d'apostasie.

Le récit, sobre et tendu, présente avec une puissance austère les atrocités de la persécution et le dilemme du prêtre. Endo a réussi à faire de Rodrigues un homme bon, crédible et sympathique, incarnant la vision d'un christianisme qui s'intéresse plus à la souffrance de Jésus qu'à sa gloire. **RegG**

À chacun son dû
Leonardo Sciascia

1921-1989 (Sicile)
Première parution | 1966
Langue originale | Italien
Titre original | *A ciascuno il suo*

Leonardo Sciascia a grandi en Sicile, sous l'influence du fascisme. Il a débuté comme instituteur avant de devenir l'un des hommes politiques les plus controversés d'Italie, puis député du parti radical aux Parlements italien et européen. L'amour qu'il portait à sa patrie, sa haine du crime organisé et de la corruption politique l'ont poussé à écrire et ont été ses principales sources d'inspiration.

Dans *À chacun son dû*, un pharmacien de village, Manno, reçoit une menace de mort par courrier, s'imagine que c'est une plaisanterie, avant d'être assassiné avec son compagnon de chasse, le docteur Roscio. L'enquête se concentre sur la mort de Manno, alors que l'on imagine que le docteur a simplement joué de malchance. Laurana, un instituteur du village, entreprend de résoudre le mystère, après avoir découvert un indice dont on n'a pas tenu compte jusque-là. Son enquête commence à porter ses fruits, mais ses découvertes se révèlent problématiques, car c'est bien le pharmacien qui se trouvait là par hasard et le docteur qui était visé. Avec habileté et un peu de ruse, Laurana révèle et démonte un réseau de tromperie érotique et de calculs politiques agiles.

Roman policier qui tente de comprendre la mainmise psychologique et les influences puissantes de la Cosa Nostra, jamais nommée mais toujours visée, *À chacun son dû* est la critique poignante d'une société plongée dans une tradition de silence nourrie par les mensonges, la complicité et l'effusion de sang. **SMu**

Vente à la criée du lot 49
Thomas Pynchon

1937 (États-Unis)
Première parution | 1966
Titre original | *The Crying of Lot 49*
Prix de la Fondation Rosenthal | 1966

Très bref comparé aux longs feux d'artifice des romans plus épais de Pynchon, c'est le parfait thriller de l'écrivain postmoderne, certain de laisser perplexes les limiers dépourvus d'imagination, habile dans sa présentation de diverses interprétations possibles. Là où de nombreux romans sont impossibles à résumer, cette œuvre tisse une riche trame de fils narratifs. Comme il convient à un roman dont l'héroïne s'appelle Œdipa, cette série d'énigmes offre ses mystères avec le sourire d'un sphinx. Situé dans un endroit qui ressemble à la Californie, le roman déborde de noms qui sont autant des indices que les éléments d'une comédie de connotations. Du groupe de rock intitulé Sick Dick and the Volkswagens à une série de personnages dont Mike Fallopian, Dr. Hilarius, Genghis Cohen, et le professeur Emory Bortz, Pynchon repousse les limites de l'invention littéraire. La façon dont il joue avec les noms de ses personnages reflète la structure d'un récit ludique qui entremêle les thèses du complot, une critique sociale plus structurale et des touches de comédie bouffonne, dont le pastiche d'une tragédie jacobéenne et la parodie d'un groupe de musique pop, The Paranoids. Les textes de ces derniers, par exemple, sont suffisamment convaincants pour que l'existence imaginaire du groupe soit aussi crédible que celle des modèles réels dont il est inspiré. Ces oscillations entre absurdité idéologique et superficialité des médias dessinent un désert de signes apparemment vides mais qui prolifèrent, et le récit passe à toute allure d'expériences de la pensée aux miracles anarchistes. On y découvre une justification fascinante des collections de timbres et une histoire du monde moderne rappelant Borges. Modèle d'une génération de romans alliant sensibilité intellectuelle et culture populaire, ce roman-ci en offre comme une clé. **DM**

L'Enfant-bouc
John Barth

1930 (États-Unis)
Première parution | 1966
Titre original | *Giles Goat-Boy ; or The Revised New Syllabus*

L'Enfant-bouc commence par diverses lettres d'éditeurs qui expriment leurs inquiétudes (ces missives retracent leur détérioration mentale) et par une fausse lettre d'introduction attachée à ce manuscrit orphelin – mais pas sauvage. Le monde de l'édition n'est que l'une des cibles de l'humour acerbe de Barth, tout comme la technologie, les mœurs sexuelles, le chauvinisme et la notion de noble sauvage. Billy Bockfuss est délivré bébé des entrailles d'un super-ordinateur et élevé au pis d'une chèvre. Au temps turbulent de l'adolescence, il éprouve des sentiments ambivalents mais ne désire pas abandonner son magnifique statut de bouc pour devenir un être humain incertain, avec des poils aux mauvais endroits. Cependant, les chèvres ne lui montrent aucun intérêt et ses besoins sont incessants. Il choisit donc de devenir homme, tout d'abord sous la forme de George l'Étudiant, puis du messianique George l'Héroïque Grand Professeur, sauveur du New Tammany College. En réinventant les mythes et légendes de l'humanité – depuis le Nouveau Testament jusqu'aux luttes internes de la guerre froide – avec force bizarreries verbales et néologismes, il corrompt le langage, le transmue en un dialecte de terminologie universitaire désormais *lingua franca*. Le campus universitaire reflète l'organisation géopolitique du globe : le secteur Est représente l'URSS, le Grand Fondateur est Dieu tout-puissant, la copulation est obligatoire lors de la remise des diplômes et Enos Enoch est Jésus-Christ. Sous la plume de Barth, ce récit devient une entité vivante. C'est à la fois une satire et une célébration du langage dont on garde longtemps les phrases sous la dent, comme des berlingots : délicieux, à savourer lentement. Il est probable que vous n'ayez jamais rien lu de ce genre. **GT**

Pièces d'identité
Juan Goytisolo

1931 (Espagne)
Première parution | 1966
Langue originale | Espagnol
Titre original | *Señas de identidad*

Trois pensées désespérantes ouvrent ce roman : l'une de Quevedo (« Hier n'est plus, demain n'est pas arrivé »), une autre de Larry, et la troisième de Cernuda (« mieux encore, la destruction, le feu »). Le personnage principal, Alvaro Mendiola, bourgeois espagnol antifranquiste, raconte sa vie tout en finissant une bouteille de fefiñanes. Alvaro évoque ses souvenirs d'enfance durant la guerre civile, son engagement antifranquiste, les résistants espagnols qu'il a rencontrés pendant son exil en France, son expérience de la révolution cubaine (passages largement supprimés dans les éditions suivantes, après que l'auteur s'est éloigné de Castro), sa vie amoureuse agitée et ses nombreuses ruptures, sa découverte de l'homosexualité et sa recherche du peu d'esprit de rébellion qui ait survécu en Espagne dans les années 1970.

Le monologue intérieur de Mendiola et ses emportements sarcastiques, l'utilisation du récit à la deuxième personne comme objectivation de la prise de conscience morale et même l'aisance des vers libres forment une mosaïque étourdissante. Ce roman est le premier volume d'une trilogie qui devait continuer avec *Don Julian*

(1970) et *Juan sans terre* (1975). Interdites en Espagne, *Pièces d'identité* est devenue la bible d'une génération et le symbole de la rupture de l'auteur avec l'identité catholique, traditionnelle et répressive de son pays. Si on l'applique au besoin de découvrir les secrets du passé, ce titre devient emblématique de la transition politique espagnole. **JCM**

Le Vice-Consul
Marguerite Duras

1914 (Viêtnam)-1996 (France)
Première parution | 1966

On peut classer *Le Vice-Consul* dans le genre littéraire du Nouveau Roman, car il rejette les conventions traditionnelles de la fiction réaliste, telles que morale et psychologie, en faveur d'une description visuelle, voire cinématique, de l'action. Deux récits se mêlent. Le premier décrit le périple solitaire d'une jeune paysanne cambodgienne chassée par sa mère lorsqu'elle tombe enceinte. Dans le deuxième, on découvre divers personnages associés à l'ambassade française de Calcutta, dont le vice-consul de Lahore. Ce dernier provoque un scandale qui préoccupe la communauté diplomatique française lorsqu'il tire au hasard sur les lépreux et les chiens qui vivent dans les jardins de Shalimar. Il s'éprend aussi de l'énigmatique Anne-Marie Stretter, l'épouse aux mœurs légères de l'ambassadeur. Duras traite de son style minimaliste les thèmes que sont amour, désir, jalousie, maternité, faim, violence, attente et ennui avec une subtilité exceptionnelle. À travers l'histoire des tirs scandaleux du vice-consul, elle explore ce qui se produit lorsqu'on rencontre la souffrance humaine, la maladie et la pauvreté, de telle sorte qu'une réaction rationnelle paraît profondément suspecte, voire frauduleuse. La trame et les différentes couches narratives comptent parmi les aspects fascinants de ce roman. Sa structure place le lecteur dans une position troublante, lui inspirant des questions telles que « Qui écrit ? » et « De qui lisons-nous l'histoire ? ». Duras s'assure qu'il n'oublie jamais qu'il est face à une construction littéraire et non à une représentation de la réalité. **PMB**

Le Mage
John Fowles

1926-2005 (Angleterre)
Première parution | 1966
Langue originale | Anglais
Titre original | *The Magus*

Même si ce n'est pas la première œuvre qu'il ait publiée, *Le Mage* était bien le premier roman de John Fowles, commencé dans les années 1950. Ce roman passionnant évoque un Londres gris et en état de délabrement, ainsi qu'une Grèce resplendissante, et retrace la mascarade dans laquelle est emporté son héros, Nicholas Urfe. Nicholas est un personnage fondamentalement désagréable. Anglais de la classe moyenne, ce prédateur sexuel est égocentrique et naïf. Il est pourtant impossible de ne pas ressentir de la compassion face à son humanité et à la rude épreuve qu'il subit. De fait, les événements qui entourent sa rencontre avec Conchis et les splendides jumelles sont aussi fascinants et enivrants pour le lecteur que pour Nicholas. La psychologie jungienne est omniprésente, l'effet général puissant mais ambigu, qui questionne les idées de liberté, de pouvoir absolu, de savoir et d'amour en tant que concept et vécu. Le roman n'essaie pas de répondre aux questions qu'il soulève ; il est en cela grisant et troublant, bien que parfois frustrant. Pourtant, son exploration du désir de transcendance de l'humanité est fascinante, dans le domaine de l'art comme dans la vie quotidienne. La préface que Fowles a rédigée pour l'édition révisée de 1977 évoque son rapport malaisé au texte, selon lui profondément défectueux. Dans ce débat, il est impossible de ne pas prendre le parti des lecteurs qui ont fait la popularité durable du *Mage*. C'est un roman difficile à mettre de côté et à oublier. **DR**

Le Maître et Marguerite
Mikhaïl Afanassievitch Boulgakov

1891 (Ukraine)-1940 (Russie)
Première parution | 1966
Langue originale | Russe
Titre original | *Master i Margarita*

En 1966, presque trente ans après la mort de l'auteur, le mensuel *Moskva* a publié la première partie du *Maître et Marguerite* dans son numéro de novembre. Le livre avait circulé sous le manteau durant de nombreuses années avant d'apparaître au grand jour. S'il avait été découvert du vivant de Boulgakov, il fait peu de doutes que l'auteur aurait « disparu » comme tant d'autres – malgré le privilège discutable d'avoir été nommé un temps dramaturge préféré de Staline. *Le Maître et Marguerite* a survécu contre toute attente et est désormais reconnu comme l'un des plus grands chefs-d'œuvre de la littérature russe du XXe siècle. Des phrases du livre se sont transformées en dictons dans ce pays : « Les manuscrits ne brûlent pas » et « la lâcheté est le plus terrible des vices » ont une résonnance particulière pour les générations qui ont souffert des pires excès du totalitarisme soviétique. Son influence s'étend plus loin encore – du réalisme magique latino-américain à Rushdie, Pynchon, et même aux Rolling Stones (selon la rumeur, leur chanson *Sympathy for the Devil* a été inspirée par Boulgakov). Le roman est composé de deux récits distincts mais liés. L'un se situe à Moscou au XXe siècle, l'autre dans l'ancienne Jérusalem. Boulgakov y insère des personnages étranges et surnaturels dont Woland (Satan) et son entourage démoniaque, un écrivain anonyme désigné comme « le maître » et sa maîtresse adultère, Marguerite. Chacun d'entre eux est complexe, moralement ambigu, et leurs motivations varient cependant que le récit prend des directions surprenantes et inattendues. Oscillant entre la satire mordante du régime soviétique, l'allégorie religieuse à la manière du *Faust* de Goethe et la fantaisie burlesque débridée, c'est un roman de rire et de terreur, de liberté et de chaînes – un livre qui anéantit les « vérités officielles » avec la force d'un carnaval déchaîné. **SamT**

La Prisonnière des Sargasses
Jean Rhys

1894 (La Dominique)-1979 (Angleterre)
Première parution | 1966
Titre original | *Wide Sargasso Sea*
De son vrai nom | Ella Gwendolen Rees

La Prisonnière des Sargasses constitue la réponse littéraire de Jean Rhys au roman de Charlotte Brontë, *Jane Eyre*. L'auteur prend pour point de départ la description animale et sexualisée que fait Charlotte Brontë de Bertha Mason, la première femme d'Edward Rochester, dangereusement folle. En récrivant ce classique, Jean Rhys donne la parole à Antoinette (Bertha est le nom que lui a imposé son mari), et explore les peurs et désirs qui ont dominé les relations des Caraïbes et de l'Europe. Le roman est divisé en trois parties : dans la première, Antoinette fait le récit de son enfance malheureuse ; dans la deuxième, Rochester décrit son premier mariage ; dans la troisième, on découvre les rêves et pensées d'Antoinette une fois qu'elle est emprisonnée en Angleterre. Cette structure permet à Jean Rhys d'établir des liens explicites entre *Jane Eyre* et l'histoire coloniale. L'auteur place *La Prisonnière des Sargasses* dans le contexte de la fin de l'esclavage dans les Caraïbes et Antoinette – dont la mère était martiniquaise – à équidistance des communautés européennes et noires. Sa vulnérabilité sociale est utilisée par Jean Rhys afin d'explorer les relations coloniales de désir et d'identité, auxquelles Charlotte Brontë ne pouvait que faire allusion. Le mariage arrangé d'Antoinette et Rochester est parcouru d'énergie sexuelle et pourtant instable à cause de l'incompréhension et de la méfiance dont font preuve les deux époux. Dans ce récit parallèle, Antoinette n'est plus une folle vengeresse, mais la victime tragique d'un moment historique complexe. **NM**

Le Troisième Policier
Flann O'Brien

1911-1966 (Irlande)
Première parution | 1967
Titre original | *The Third Policeman*
De son vrai nom | Brian O'Nolan

Il existe une certaine fascination pour la bicyclette dans les romans expérimentaux irlandais. Le chef-d'œuvre cocasse de Flann O'Brien, *Le Troisième Policier*, écrit en 1940 mais publié en 1967, étudie cet objet avec un intérêt philosophique obsessionnel à la fois absurde et comiquement plausible. Le roman commence dans un univers banal, fait de pubs irlandais, de fermes et d'ambitions limitées. À la suite d'un meurtre brutal, le narrateur pénètre dans un monde incompréhensible, à deux dimensions. Il se retrouve devant un bizarre commissariat où il découvre deux policiers, MacCruiskeen et Pluck, et où on lui présente la « théorie atomique » et son lien avec les bicyclettes. Le troisième policier du titre, le sergent Fox, ressemble étrangement à l'homme que le narrateur a tué et fait fonctionner la machine qui génère « l'éternité ». Le narrateur est obsédé par De Selby, philosophe fictif, qui doute de toutes les lois connues de la physique. Ses idées sur la nature illusoire du temps et de l'espace sont exposées dans des notes de bas de page, parodie des recherches universitaires et de la prétention intellectuelle. Le roman appartient à un courant d'écriture comique typiquement irlandais que l'on associe le plus souvent à Jonathan Swift, au sein duquel la scholastique et un raisonnement intérieurement plausible produisent des conclusions bizarres. Pour ceux qui découvrent cet auteur, la fin surprenante jette une nouvelle lumière sur les événements de ce roman à l'intelligence profonde. **RMcD**

Miramar
Naguib Mahfouz

1911-2006 (Égypte)
Première parution | 1967
Titre original | *Mîrâmâr*
Prix Nobel de littérature | 1988

Miramar décrit une tranche de vie égyptienne après le coup d'État de juillet 1952. « La Révolution », qui change la vie des gens, fait ou annihile leur fortune, est l'un des nombreux personnages du roman. L'action se déroule autour d'une pension baptisée Miramar sur le front de mer d'Alexandrie – ses habitants appartiennent à diverses générations et classes sociales, et épousent différentes idéologies reflétant la diversité et le caractère hybride de l'identité égyptienne.

L'intrigue est constituée de monologues oscillant entre le passé et le présent pour nous offrir les histoires des narrateurs et de leur communauté. Les détails s'accumulent pour donner corps au récit et résoudre l'énigme de la mort de Sarhan El-Beheiry, symbole de l'espoir et des promesses de la révolution. Le portrait de Mahfouz dévie de la version officielle d'une Égypte postrévolutionnaire qui bénéficierait des fruits de la liberté, de l'égalité et de la stabilité. Il décrit une société terrifiée par « les uniformes », les arrestations et détentions arbitraires, les confiscations soudaines et les emprisonnements aléatoires.

La façon dont le roman dépeint les attitudes émergentes vis-vis des questions de sexe, de classe, de politique et de religion dans une période turbulente de l'histoire égyptienne constitue l'une de ses réussites majeures. Ces attitudes ont évolué pour donner forme aux réalités sociales et politiques présentes aujourd'hui. C'est un portrait pénétrant, bien que sombre, de la trame riche et complexe de la société égyptienne. **JH**

Z
Vassilis Vassilikos

1934 (Grèce)
Première parution I 1967
Titre original I *Z*
Adaptation cinématographique I 1969

Ce roman politique à suspens allie le journalisme d'investigation à la dénonciation sans complaisance de la Dictature des colonels grecs des années 1960. Vassilikos démontre sans ambages comment un régime corrompu a orchestré l'assassinat de Gregoris Lambrakis, populaire homme politique de gauche. Héros d'un peuple silencieux, il était considéré par la droite comme un agitateur procommuniste et antiaméricain. Il a été assassiné dans la rue à Salonique en 1963 et quatre cent mille personnes ont assisté à son enterrement dans une protestation silencieuse. Très peu de temps après, des Z ont fleuri sur tous les murs d'Athènes – *zei* signifie « il vit » en grec.

Dans ce récit à peine voilé (les noms ont été changés), l'auteur retrace les quelques secondes qui entourent la mort suspecte d'un homme politique renversé par une voiture qui a disparu aussitôt. À travers son examen des documents de l'enquête et sa connaissance de Salonique, sa ville natale, où le meurtre a eu lieu, l'auteur découvre un assassinat organisé où des voyous sont payés pour battre un homme au vu et au su de la police et de divers civils. Le roman met notamment en avant le courage des gens ordinaires qui tremblent devant une dictature brutale ayant recours de façon routinière à un réseau de corruption, d'illégalité et de violence afin de faire taire l'opposition. Vassilikos devait aussi écrire le scénario du film éponyme dirigé par Costa-Gavras – aussi fascinant aujourd'hui qu'à sa sortie en 1969. **JHa**

Pèlerinage
Dorothy Richardson

1873-1957 (Angleterre)
Première parution | 1967
Langue originale | Anglais
Titre original | *Pilgrimage*

Pèlerinage est l'œuvre d'une vie dans tous les sens du terme. Les treize volumes du cycle de Dorothy Richardson narrent les événements des années 1891 à 1912 du point de vue de son personnage fictif/autobiographique, Miriam Henderson. Dans le premier volume, elle est sur le point de partir, à dix-sept ans, pour l'Allemagne, où elle sera professeur stagiaire. Les pertes financières de sa famille (qui reflètent celles de sa créatrice) la plongent dans le monde du travail. Dans les volumes centraux de la série, Miriam, qui survit à Londres avec une livre par semaine, est l'une des suffragettes qui profitent des libertés personnelles et intellectuelles qu'offrent la ville et le nouveau siècle. À la fin du cycle, Miriam quitte Londres pour rejoindre la campagne où elle poursuit son parcours personnel et l'aventure de l'écriture.

Lorsqu'elle a commencé à écrire *Pèlerinage* en 1913, à l'âge de quarante ans, Dorothy Richardson savait que son héroïne devait être la seule narratrice. Nous ne disposons que du point de vue de Miriam, même si le récit oscille entre la première et la troisième personne. Le lecteur est ainsi immergé dans son univers, touche, ressent, entend et voit avec elle. La publication d'un coffret des treize volumes n'a pas persuadé l'auteur que sa série était complète. Comme elle l'écrivait au sujet de cette œuvre : « Continuer à rechercher, plutôt qu'à décrire, me semblait nécessaire dès la première minute. » **LM**

Le Manoir
Isaac Bashevis Singer

1904 (Pologne)-1991 (États-Unis)
Première parution | 1967
Titre original | *The Manor*
Prix Nobel de littérature | 1978

Saga historique (complétée par *Le Domaine*), *Le Manoir* décrit les épreuves d'un marchand polonais et de sa famille à la fin du XIXe siècle. Singer présente un juif astucieux, Calman Jacoby, marchand de grain en charge du manoir éponyme – ancien domaine d'un comte polonais confisqué par le tsar après la rébellion polonaise avortée de 1863. Jacoby prospère à une époque où les juifs commencent à jouer un rôle important en Pologne dans l'industrie, le commerce, les arts et la société. Mais comment tirer avantage des occasions qu'apportent la révolution culturelle, l'urbanisation et l'esprit d'entreprise tout en demeurant fidèle à des coutumes juives et à des rituels religieux profondément ancrés ?

La sphère spirituelle et la sphère sociale ne coexistent pas paisiblement pour Calman, en particulier lorsque sa femme Zelda exige un certain statut social et que leurs quatre filles doivent se marier. Le mariage et la dot sont essentiels – « Si les enfants naissent dans la douleur, les petits-enfants, eux, n'apportent que du profit » – mais ne sont pas facilement résolus, et Calman se retrouve prisonnier de nombreuses péripéties, tiraillé entre les restrictions du judaïsme et les attraits du dieu Argent.

Écrit entre 1953 et 1955, en yiddish, comme la plupart des romans de Singer, *Le Manoir* est paru sous forme de feuilleton dans le quotidien juif *Daily Forward* où l'auteur était journaliste après avoir quitté Varsovie pour les États-Unis en 1935. **JHa**

Cent Ans de solitude
Gabriel García Márquez

1928 (Colombie)
Première parution | 1967
Titre original | *Cien años de soledad*
Prix Nobel de littérature | 1982

Reconnu comme le meilleur roman de García Márquez, *Cent Ans de solitude* est l'histoire d'une bourgade colombienne fictive, Macondo, et de l'essor et du déclin de ses fondateurs, les Buendía. Décrits à travers des cycles temporels fascinants, les personnages héritent de leur famille leur nom et leur caractère selon des motifs qui se répètent. José Arcadia Buendía, l'intrépide et charismatique fondateur de Macondo, finit par perdre la tête et par errer à la lisière du village. Macondo lutte contre l'insomnie, la guerre et la pluie. Des mystères surgissent de nulle part. Cette saga, d'un pittoresque captivant, est aussi une allégorie politique et sociale – parfois trop surréaliste pour être plausible, parfois plus réelle que n'importe quel réalisme convenu. Exemple de ce qu'on appelle le réalisme magique, le roman abrite un sens de l'étrange, du fantastique et de l'incroyable. Le fait sociopolitique le plus marquant est peut-être le massacre par l'armée de plusieurs milliers de travailleurs en grève, dont les cadavres semblent avoir été empilés dans des trains de marchandises avant d'être jetés à la mer. Derrière le rideau de fumée de la version officielle, le massacre se transforme en cauchemar perdu dans le brouillard de la loi martiale. L'histoire vraie des disparus se pare d'un caractère réel plus étrange que n'importe quelle fiction conventionnelle ; il est nécessaire de recourir à la fiction si l'on veut exposer la vérité. Tandis que l'on peut lire ce roman comme une histoire alternative, non officielle, le récit inventif met en relief sensualité, amour, intimité et diverses sortes de privation. Imaginez l'esprit et le mystère des *Mille et Une Nuits* et du *Don Quichotte* racontés par un narrateur capable de se transformer de Hardy en Kafka au cours d'un seul paragraphe. Ce roman de García Márquez est un étrange et émouvant récit de solitude. **DM**

En jouant le jeu
Angus Wilson

1913-1991 (Angleterre)
Première parution | 1967
Langue originale | Anglais
Titre original | *No Laughing Matter*

Lorsque Angus Wilson a donné à lire le manuscrit de *En jouant le jeu* à son éditeur, celui-ci a été suffisamment amusé pour lui demander de proposer un résumé thématique qui guiderait une deuxième lecture. Selon Wilson, c'est l'histoire de « trois frères et trois sœurs d'une famille pauvre mais digne ». Mais à la fin du résumé ont été mentionnés Guernica, Hitler, Staline, la crise de Suez, Kandinsky, Ben Hur et le défi qui consiste à nourrir décemment toute une maisonnée d'amants marocains de même sexe. Ce n'est clairement pas une saga familiale conventionnelle. On peut deviner l'envergure du livre à la liste de « personnages principaux », « seconds rôles » et « distribution supplémentaire » qui sert de préface. Et pourtant l'un de ses aspects les plus jouissifs est son évocation des liens et rivalités au sein de la famille Matthews ; Wilson illustre un siècle de changements sans jamais sacrifier ses observations aiguës des questions de classe, de sexe et de sexualité. Plus que cela encore, la famille Matthews, composée de Britanniques moyens qui s'adaptent à la perte de l'empire, *est* le XXe siècle. On peut rétrospectivement considérer que ce livre constitue l'apogée du roman anglais traditionnel fondé sur la famille et qu'il marque aussi le début du réalisme magique. Ce chaînon manquant de la fiction britannique, qui mêle le naturalisme, l'hyperréalisme et la fantaisie, relie Alan Hollinghurst à Jane Austen et E. M. Forster. **VQ**

Un animal doué de raison
Robert Merle

1908 (Algérie)-2004 (France)
Première parution | 1967

Dans ce roman à suspens, situé aux États-Unis au début des années 1970, moralité, sens de la justice et humanité semblent avoir déserté les personnages. Les effets accumulés de la guerre du Viêtnam, des développements technologiques et de la course à l'armement ont engendré cynisme et lassitude au sein du gouvernement et des services secrets.

Robert Merle place au centre de cette corruption le professeur Sevilla, océanographe biologiste qui étudie les possibilités de communication entre humains et dauphins. Dans leur innocence, ces animaux sont le seul espoir d'un monde corrompu. Lorsqu'il tente de communiquer avec Ivan le dauphin et sa compagne Bessie, « l'humanité des dauphins » (terme ironique de l'auteur) rappelle à Sevilla l'existence de l'altruisme, de l'espoir et de l'amour. Cet univers idyllique est cependant inévitablement menacé lorsque les deux camps de la guerre froide en viennent à considérer les dauphins comme d'utiles « sous-marins indétectables et torpilles intelligentes ».

Un animal doué de raison, qui allie l'invention de la science-fiction au suspens d'un roman d'espionnage, soulève de graves questions sur la nature fondamentalement bonne ou mauvaise de l'homme. Fascinant, parfois troublant et dans l'ensemble profondément émouvant, ce roman nous encourage à remettre en question le fondement des décisions politiques, et celui des thrillers conventionnels. **AB**

Acid Test
Tom Wolfe

1931 (États-Unis)
Première parution | 1968
Langue originale | Anglais
Titre original | *The Electric Kool-Aid Acid*

Acid Test est l'un des exemples les plus célèbres du « nouveau journalisme » américain – qui, dans les œuvres de Wolfe, Hunter S. Thompson, Norman Mailer et Joan Didion efface les frontières entre la fiction et le reportage. Wolfe essaie, en racontant l'histoire de Ken Kesey, le romancier, et de son groupe d'artistes itinérants, les Merry Pranksters, de « recréer l'atmosphère mentale ou la réalité subjective » de cette expérience d'*art performance*. Cependant que le bus des Pranksters roule en laissant dans son sillage une série de trips au LSD et de « happenings » improvisés, le récit de Wolfe se déroule comme un tableau de pop art verbal. Il offre un extraordinaire collage représentatif de l'univers des Pranksters, composé d'argot hippie, d'impressionnisme de bande dessinée et de séquences filmiques. Wolfe a ici adapté son style afin de nous montrer ce que devait être cette époque psychédélique, et de nous offrir un documentaire indispensable sur l'essor et le déclin d'une ère singulière. *Acid Test* est tellement réussi d'un point de vue stylistique que l'on ne sait pas toujours où l'histoire se termine et où les inventions journalistiques de Wolfe commencent. C'est une expérience grisante et épuisante ; toutefois, comme le film de Woodstock, elle ne peut définir une époque mais seulement y répondre. **BT**

Eva Trout
Elizabeth Bowen

1899-1973 (Irlande)
Première parution | 1968
Langue originale | Anglais
Titre original | *Eva Trout*

Eva Trout est le dernier chef-d'œuvre d'Elizabeth Bowen, et, peut-être le plus difficile. On retrouve dans ses descriptions de personnages et de lieux, de sentiments et d'idées, d'amour et de perte, l'humour et la perspicacité de ses œuvres plus anciennes, mais elle atteint ici une nouvelle profondeur étrange. C'est un livre merveilleusement louche. Il semble appartenir à l'ambiance sociale et au langage des décennies précédentes, mais c'est aussi l'une des œuvres littéraires les plus étrangement représentatives des années 1960. Dans ce récit remarquable et indéfinissable, une jeune femme plus que corpulente hérite d'assez d'argent pour faire tout ce qu'elle désire. Elle « acquiert » un enfant aux États-Unis, un sourd-muet du nom de Jeremy, puis une fois rentrée en Angleterre s'éprend du jeune Henry, étudiant à Cambridge. Au cours des passionnantes et surréalistes dernières pages situées à la gare de Victoria, elle est sur le point de partir pour un faux mariage et une lune de miel avec Henry lorsque Jeremy tire sur elle et la tue. Tout le livre donne l'impression d'un caractère diffus, d'une recherche de nouveaux moyens de communication, de nouvelles façons de ressentir, faisant naître des réflexions bizarres, comiques et fascinantes au sujet du sentiment exprimé par l'un des personnages : « La vie est un antiroman. » **NWor**

La Place de l'étoile
Patrick Modiano

1945 (France)
Première parution | 1968
Prix Roger Nimier et Prix Fénéon | 1968

Premier roman de Patrick Modiano et volet inaugural d'un triptyque consacré aux débuts de l'occupation allemande, *La Place de l'étoile* pose d'emblée les bases de l'œuvre à venir, même si sa forme kaléidoscopique le rend tout à fait original au sein de la bibliographie modianesque. Angoisse de la solitude et de l'abandon, fascination pour les milieux interlopes et pour le flou provoqué par la guerre, réflexion sur l'identité, sensation de n'avoir pas de liens avec les autres ni avec la société : tous les thèmes fondateurs de l'univers de Modiano se retrouvent dans la succession d'hallucinations du narrateur, Raphaël Schlemilovitch, jeune juif désorienté et vindicatif qui, dans sa folie, rédige des pamphlets anti-goy, « rêve de ruiner toute la paysannerie française et d'enjuiver le Cantal », se vante d'avoir reçu la Croix pour le mérite des mains d'Adolf Hitler et affirme avoir été l'amant d'Eva Braun. À travers les fantasmagories de ce personnage déconcertant, le lecteur est entraîné à la rencontre d'une myriade de destinées : collaborateurs de tous poils, écrivains réels (Maurice Sachs, Robert Brasillach, Pierre Drieu La Rochelle) ou imaginaires (Louis-Ferdinand Bardamu), assassins gestapistes, dignitaires pétainistes, dirigeants nazis, militaires déserteurs… Époustouflante plongée dans les bas-fonds et les coulisses d'une époque que la France des années 60 avait tendance à occulter, *La Place de l'étoile* révéla Modiano comme l'un des auteurs les plus singuliers de sa génération. **BQ**

Kes
Barry Hines

1939 (Angleterre)
Première parution | 1968
Titre original | *A Kestrel for a Knave*
Adaptation cinématographique | 1969

Plus lyrique qu'un simple documentaire sociologique, plus impressionniste que le laisse imaginer la scène d'ouverture dans une petite ville du Yorkshire accablée par la monotonie de la mine, le portrait que fait Barry Hines d'un adolescent sauvé par son rapport avec un faucon crécerelle défie toute catégorisation. L'auteur divise ambitieusement le roman en deux périodes : un difficile présent et des souvenirs qui resurgissent soudain. On suit donc Billy Casper dans sa tournée matinale de distributeur de journaux, puis à l'école. Ces événements sont entrecoupés de retours en arrière qui évoquent la découverte du faucon auquel Billy deviendra dévoué en réaction contre la futilité et la dureté du quotidien. Hines se fait guide de l'austère communauté minière, et décrit la tendresse avec laquelle le garçon apprivoise son faucon. La fauconnerie offre à Billy un fragile espace de résistance face aux nécessités quotidiennes de Barnsley. D'oisillon, Kes passe à la laisse, puis à l'entraînement à l'aide d'une proie lorsque, adulte, ce rapace peut voler librement.

Kes a été porté à l'écran par Ken Loach en 1969 dans une adaptation remarquable. Sa méthode à l'époque évoquait une sorte de néoréalisme italien, et le film refuse d'enjoliver l'économie de style déjà si essentielle dans le roman. **DJ**

Sucre de pastèque
Richard Brautigan

1935-1984 (États-Unis)
Première parution | 1968
Langue originale | Anglais
Titre original | *In Watermelon Sugar*

Être dans le sucre de pastèque est un état d'esprit. Ou un état de grâce. Ou une hallucination. La plupart des personnages vivent à PenseMORT, un village qui prend constamment de nouvelles formes. C'est un endroit qui déborde de statues surprenantes, où le soleil brille d'une couleur chaque jour différente, et où tout le monde a un emploi (qui peut consister à écrire un livre sur les nuages, à s'occuper des champs de pastèques, ou simplement à planter des fleurs). Tout ici est en sucre de pastèque, pins et pierres. Ou en truite. Il y avait autrefois au village des tigres qui parlaient merveilleusement, mais ils devaient manger les habitants ou mourir. Très aimables, ils aidèrent cependant le narrateur avec ses problèmes de maths – tout en dévorant ses parents. Mais tout n'est pas parfait à PenseMORT. Margaret, le cœur brisé par le narrateur, se retrouve sous l'influence d'un alcoolique mécontent qui a quitté le village et a commencé à distiller du whisky. Avec une bande de congénères du même acabit, il décide de prouver aux autres qu'ils ne savent pas ce que PenseMORT symbolise vraiment. Une fois arrivés au vivier de truites, ils se castrent et meurent après avoir perdu tout leur sang. Ce qui paraissait au départ complètement farfelu commence à sembler logique. Le style de Brautigan envoûte. Répétitive et hypnotique, sa prose candide est un mantra transcendantal. Peu à peu, le lecteur parvient à se retrouver en sucre de pastèque. Plus qu'un simple témoignage sur les années 1960, ce roman nous permet de revisiter cette époque. **GT**

La Leçon d'allemand
Siegfried Lenz

1926 (Allemagne)
Première parution | 1968
Langue originale | Allemand
Titre original | *Deutschstunde*

Siggi Jepsen, jeune délinquant détenu dans une maison de correction, doit rédiger une dissertation sur « les joies du devoir ». Il y évoque son père qui, durant la Seconde Guerre mondiale, était chef de police dans un village du nord de l'Allemagne. Selon le récit de Siggi, il était chargé de mettre en œuvre la politique nazie contre l'« art dégénéré » ; ce faisant, il avait pour mission d'interdire les tableaux d'un peintre des environs, Nansen (personnage inspiré d'Emil Nolde, peintre expressionniste, 1867-1956), son ami de jeunesse. Jepsen obéit aux ordres, allant même jusqu'à détruire certaines des œuvres de Nansen. Siggi, lui, refusa d'aider son père, devint l'allié du peintre, cacha ses tableaux et le mit en garde lorsque le danger menaça.

Une fois la guerre terminée, une étrange dynamique s'installe. Même si Jepsen ne possède plus l'autorité que lui conférait son poste, il est incapable d'arrêter sa persécution contre l'artiste et Siggi se révèle tout aussi impuissant à abandonner son rôle de protecteur. Lorsque des tableaux de Nansen sont détruits dans un incendie et que Siggi soupçonne son père, sa frustration l'amène à voler d'autres tableaux dans une exposition, avant d'être envoyé dans une maison de correction.

Ce que Siggi accomplit dans sa « leçon d'allemand » personnelle – l'examen de l'histoire privée – est aussi applicable, à une plus large échelle, à l'objectif de la littérature allemande dans sa globalité : selon Lenz, elle doit analyser le passé afin de comprendre le présent. Ici, l'auteur s'intéresse à la notion de devoir : comment affecte-t-elle le père, qui doit obéir aux ordres, Nansen, guidé par sa conscience et sa vocation, et Siggi, qui se débat entre les deux ? *La Leçon d'allemand* est donc un plaidoyer en faveur de la remise en question de l'autorité. **MM**

Christa T.
Christa Wolf

1929 (Allemagne)
Première parution | 1968
Langue originale | Allemand
Titre original | *Nachdenken über Christa T.*

Christa Wolf est sans aucun doute l'écrivain le plus important à avoir vécu et travaillé en République démocratique allemande. Socialiste convaincue, membre du parti au pouvoir, elle semblait toutefois consciente de certaines contradictions du système. La difficulté de sauvegarder une identité personnelle et un sentiment de probité dans une société qui donne constamment la priorité au collectif apparaissent souvent dans son œuvre.

Ce roman présente un récit dense et non linéaire organisé autour de la tentative de la narratrice de reconstruire la vie de son amie, Christa T., récemment morte de leucémie. Cette dernière a toujours lutté pour trouver un juste équilibre entre son excentricité profonde et le conformisme politique que l'on attend d'elle, entre une existence privée et son désir de servir sa communauté. La narratrice, *alter ego* évident de l'auteur, mêle ses souvenirs fragmentés de Christa T. à des extraits de lettres, journaux intimes et autres documents. Dès le début, elle admet que son projet ne peut aboutir puisqu'il est impossible de « connaître » parfaitement une autre personne ; en ce sens, le sujet du livre est autant une découverte de soi que celle d'une amie décédée. L'enquête de la narratrice se transforme en méditation sur la politique et la moralité, sur la mémoire et l'identité, ainsi que sur l'objectif de l'écriture, thèmes chers à Christa Wolf. On ne sera pas surpris d'apprendre que le livre a été très controversé en Allemagne de l'Est, et que les autorités en sont même venues à recommander aux libraires de ne le vendre qu'aux spécialistes reconnus de la littérature. Malgré cela, ou peut-être grâce à cela, ce roman a fait de Christa Wolf une figure importante de la vie culturelle du bloc soviétique. **JH**

Les androïdes rêvent-ils de moutons électriques ?
Philip Kindred Dick

1928-1982 (États-Unis)
Première parution | 1968
Titre original | *Do Androïdes Dream of Electronic Sheeps ?*
Adaptation cinématographique | 1982

Les romans de Philip K. Dick sont une source d'inspiration continue pour Hollywood. *Total Recall* (1990), *Minority Report* (2002), *Paycheck* (2003) et *A Scanner Darkly* (2006) ont tous été de grands succès commerciaux à l'écran. La complexité des *Androïdes rêvent-ils de moutons électriques ?* a inspiré le révolutionnaire *Blade Runner* de Ridley Scott (le livre est désormais traduit sous ce titre-là en France, NdT), sorti en 1982, mais le film n'est qu'un pâle reflet du roman. L'auteur s'interroge sur la nature humaine à travers le personnage de Rick Deckard, un homme qui traque les « réplicants », des androïdes conçus afin d'être « plus humains que les hommes ». Les « moutons » du titre sont des créatures artificielles dont la mort est provoquée par la négligence de Deckard – à la grande honte de celui-ci. Sujet de débats interminables, ce manque d'empathie, qui se révèle fondamental dans la distinction qu'établit Deckard entre humains et réplicants, suggère qu'il pourrait être lui-même l'un des androïdes qu'il chasse. Les questions d'ordre éthique qu'il se pose de plus en plus quant à sa mission sont rehaussées par des accents presque religieux de persuasion et d'empathie par procuration. La religion qu'est le mercerisme – interdite aux réplicants – est une invention caractéristique de l'auteur. Mercer, en fait, est une fausse idole et le roman nous interroge non seulement sur la nature humaine mais aussi sur ce qu'est la réalité. **SS**

2001, l'odyssée de l'espace
Arthur Charles Clarke

1917 (Angleterre)
Première parution | 1968
Titre original | *2001 : A Space Odyssey*
Film | 1968

« Livre du film » réalisé avec autant d'art que l'œuvre éponyme de Stanley Kubrick, *2001, l'odyssée de l'espace* n'a pas été écrit après le film mais conjointement au tournage. Film et texte sont donc enchevêtrés, Clarke et Kubrick ayant collaboré pour créer l'une des œuvres de science-fiction les plus influentes et les plus durables qui soient. Le roman de Clarke paraît parfois un peu trop spécifique dans ses détails techniques, notamment parce que certains des développements futuristes qu'il a imaginés ont mal vieilli. Il est cependant important (et remarquable) de rappeler le nombre de ses prédictions qui sont devenues réalité, et combien Clarke est respecté non seulement en tant qu'auteur mais aussi comme l'un des visionnaires les plus importants de l'ère futuriste. C'est dans la dernière partie du roman que son génie est le plus apparent. Hal 9000, l'ordinateur tout-puissant qui contrôle le vaisseau spatial d'exploration Discovery, retourne les émotions de ses créateurs contre eux pour se transformer en psychotique terrifiant. Le magnifique apogée du livre permet au lecteur de comprendre pourquoi on le considère comme l'un des meilleurs de ce genre littéraire et pourquoi il a joué un rôle aussi essentiel dans la façon dont nous imaginons le futur. **DR**

Belle du Seigneur
Albert Cohen

1895 (Grèce)-1981 (Suisse)
Première parution | 1968
Grand Prix de l'Académie française | 1968

Presque aussi divertissant que tragique, *Belle du Seigneur* est avant tout une histoire d'amour. Le ton est posé d'emblée, lorsque le héros, Solal, tel un don Juan, déclare dès la première scène son intention de séduire la femme d'un autre, la vaniteuse impénitente qu'est Ariane d'Auble. Le mari en question est Adrien Deume, arriviste patelin qui travaille sous les ordres de Solal et que celui-ci manipule habilement en tirant avantage de son poste de sous-secrétaire général à la Société des Nations. Il réussit dans son entreprise non sans conséquences, et une liaison passionnée (mais qui manque de naturel) s'ensuit lorsqu'il s'enfuit avec Ariane. Leur bonheur initial semble toutefois s'éteindre lorsque l'ennui qui pointe, ainsi que leurs sacrifices respectifs révèlent la fragilité de leur amour. Les deux amants paraissent destinés à une fin malheureuse.

On découvre les points de vue des différents personnages au cours de monologues intérieurs qui offrent au roman son épaisseur et son ironie. Grâce à l'incorporation de certains détails autobiographiques, ce qui pourrait ne sembler qu'un vernis joyeux cache en réalité une critique aiguë des mœurs sociales.
Même si l'on fait grand cas du roman en France, et que l'on reconnaît sa contribution majeure à la littérature juive du pays, Cohen est largement oublié du reste du monde, sans doute injustement. **TW**

Le Pavillon des cancéreux
Alexandre Soljenitsyne

1918-2008 (Russie)
Première parution | 1968
Langue originale | Russe
Titre original | *Rakovy korpus*

Principalement autobiographique, *Le Pavillon des cancéreux* est situé en 1955, au début de la déstalinisation, dans un hôpital provincial de l'Asie centrale. Il a été publié à l'étranger en 1968 après que l'auteur s'est longtemps efforcé, mais en vain, de le faire paraître dans *Novyi Mir*, magazine littéraire soviétique. Le roman, qui change de point de vue sans transition en passant d'un personnage à l'autre, construit tout un univers social. Il semble cependant moins intéressé par les questions politiques et philosophiques que soulèvent l'oppression soviétique et l'existence des camps que par les effets d'une société dévoyée sur la vie des individus. Kostoglotov, personnage principal, est un ancien prisonnier politique affligé d'un cancer grave nécessitant une radiothérapie qui pourrait avoir des conséquences dévastatrices sur sa vie sexuelle. C'est un coup terrible pour cet homme libéré depuis peu et condamné à un exil intérieur. Il voit s'effondrer l'avenir qu'il avait imaginé après que le goulag lui a dérobé sa jeunesse et une partie de son âge adulte. Un lien inattendu se noue entre Kostoglotov et Véra Gangart, un médecin solitaire. L'intrigue principale explore cette intimité affective hésitante et finalement inaboutie. La façon dont leur histoire personnelle s'entremêle à celle des autres personnages et à leurs voix donne au livre un effet de choc. Il nous parle d'aveuglement, de carriérisme, de désir, de l'innocence de la jeunesse, de colère, de foi et de résignation. Surtout, il nous permet de découvrir les vies brisées d'une société encore influencée par le goulag. **DG**

Myra Breckinridge et Myron
Gore Vidal

1925 (États-Unis)
Première parution | 1968
Titre original | *Myra Breckinridge*
Adaptation cinématographique | 1970

Myra Breckinridge est un chef-d'œuvre hilarant, une attaque de front grivoise contre la décence et la politesse. Choquant à l'époque de sa parution – pour son contenu et ses grossièretés –, il le paraît encore plus si l'on considère que huit ans auparavant Gore Vidal s'était présenté aux élections législatives. Myra est une création sublime : dominatrice vorace, superhéroïne effrontée, marie-couche-toi-là, omnivore voluptueuse – « Myra Breckinridge est une nana canon ; ne l'oubliez jamais, fils de putes, comme les enfants le disent de nos jours. » Myra était autrefois Myron, critique de films docile, mais après un acte radical – un changement de sexe à Copenhague –, elle se rend à Hollywood pour s'en prendre aux forces de la domination masculine et se transformer en « femme triomphante ». Plus féminine qu'une vraie femme, plus masculine qu'un homme encore intact, elle est tellement libérée qu'elle tourne le féminisme en ridicule et remet en question les stéréotypes sexuels et la moralité primaire. L'objet de son combat est son oncle, Buck Loner, un macho qui dirige une école pour futures vedettes et starlettes hollywoodiennes. Elle essaie de se faire passer pour la veuve de Myron afin de pouvoir hériter de Buck. Convaincante, elle possède des renseignements que seul Myron pouvait connaître. Buck cependant ne la croit pas car, insiste-t-il, Myron était homosexuel. Buck, qui refuse de se séparer de son argent, évite qu'elle l'assigne en justice en l'engageant : elle enseignera les matières que sont l'empathie et le maintien. Telle une amazone lâchée dans un magasin de porcelaine, elle cause des ravages dans l'école. Mais, souffrant de complications médicales, elle doit se résoudre à redevenir Myron. Elle n'a peut-être pas réussi à incarner la femme triomphante, mais elle a forcé l'hypocrisie et l'égocentrisme américains à capituler à jamais. **GT**

Le Premier Cercle
Alexandre Soljenitsyne

1918-2008 (Russie)
Première parution | 1968
Langue originale | Russe
Titre original | *V kruge pervom*

Publié à l'origine sous une forme expurgée dans l'espoir d'éviter la censure soviétique, ce roman de Soljenitsyne est finalement paru dans une version « révisée » finale, dix ans plus tard. C'est à la fois un portrait des dernières années du stalinisme et une enquête philosophique sur la nature du patriotisme. L'intrigue se déroule à l'intérieur d'une prison réservée aux ingénieurs, savants et techniciens forcés d'inventer des gadgets pour la police stalinienne. La société est décrite non seulement du point de vue des prisonniers, mais aussi de leur famille, de leurs collègues en liberté et de leurs gardiens. Soljenitsyne possède le talent unique de créer diverses voix de manière convaincante et de nous plonger dans l'univers intime de chacun des personnages.

Le « premier cercle » du titre fait principalement référence à la nature privilégiée de cette prison particulière, qui constitue le premier cercle dantesque de l'enfer qu'est le goulag. Dans la version définitive du roman, l'expression possède aussi un deuxième sens, lorsque l'un des personnages désigne son peuple ou sa nation comme « le premier cercle » et le reste du monde comme « le [cercle] suivant ». La relation entre l'intérieur et l'extérieur et la fidélité due à l'un ou à l'autre sont essentielles à l'intrigue. Mais le fait que les personnages ne se transforment jamais en porte-parole lorsqu'ils débattent de ces questions, et demeurent des êtres humains complexes et complets qui habitent des univers reliés les uns aux autres, est la plus grande réussite de ce roman. **DG**

La Disparition
Georges Perec

1936-1982 (France)
Première parution | 1969

Lipogramme prolongé – exercice littéraire où l'on doit écrire sans utiliser une certaine lettre de l'alphabet –, *La Disparition* ne cesse d'indiquer ce qui manque (même si c'est de façon indirecte). Écrire sans jamais utiliser la lettre *e* exige de maîtriser diverses techniques de parades ; Perec démontre ici sa virtuosité en mobilisant les ressources oubliées du français. Mais son roman est bien plus qu'un simple exercice linguistique. Il prouve que l'on peut se passer du *e*, et cette démonstration des possibilités d'expression de la langue (même défectueuse) qui se révèle profondément troublante. Quelque chose nous manque, un vide, un trou noir qui menace d'engloutir toutes les lettres. Une voyelle indispensable, que Perec qualifie de « support de base », est en réalité dispensable. Qu'est-ce qui, alors, ne peut disparaître ? La question inspire un sentiment d'urgence lorsque l'expérience de la suppression d'une voyelle est reflétée par l'anéantissement de tout un peuple. La lettre manquante est la clé non seulement de la genèse d'un roman mais aussi de la série de disparitions qui parsèment l'intrigue. Le *e* interdit se transforme en malédiction, une marque corporelle invisible qui condamne les personnages à la mort, un par un. Exercice de style brillamment exécuté, c'est aussi un exemple de littérature policière ludique où la clé du mystère est visible partout et nulle part. **KB**

Eux
Joyce Carol Oates

1938 (États-Unis)
Première parution | 1969
Titre original | *Them*
Prix du National Book Award | 1970

Écrit au début de la prolifique carrière littéraire de Joyce Carol Oates, *Eux* demeure l'une de ses œuvres les plus originales et les plus abouties. Elle retrace la vie de Loretta Wendall, membre de la classe ouvrière, et de ses deux enfants, Maureen et Jules, à Détroit entre 1937 et

1967. La façon dont cette œuvre repousse les limites de la représentation naturaliste constitue l'un des éléments les plus exigeants du roman. Il commence par une note célèbre de l'auteur qui déclare que le texte est inspiré de la vie de l'une de ses étudiantes à l'université de Détroit. Suit un récit naturaliste qui juxtapose un portrait psychologique convaincant de chacun des Wendall et les réalités violentes de leur vie quotidienne. À mi-parcours cependant, le récit principal s'interrompt de façon inattendue, et laisse la place à diverses lettres de Maureen adressées à « Melle Oates ». Elle interroge son professeur qui leur a enseigné que la littérature, donnait forme à la vie. Maureen, qui s'est prostituée et a été battue par l'un des amants de sa mère, demande dédaigneusement si la forme littéraire peut réellement apporter ordre et cohérence dans une vie telle que la sienne. Ses lettres passionnées expriment une rage irrépressible envers le genre de littérature qui ne peut être compris et apprécié que dans l'univers sûr qu'habitent Melle Oates et ses semblables. À travers le simple fait d'écrire, cette dernière ne partage plus les expériences de la classe ouvrière qu'elle décrit – elle n'est plus l'une d'entre Eux. **SA**

Ada ou l'Ardeur
Vladimir Nabokov

1899 (Russie)-1977 (Suisse)
Première parution | 1969
Langue originale | Anglais
Titre original | *Ada*

Ada ou l'Ardeur est un roman à l'inventivité irrépressible, qui, faute d'une meilleure description, peut être qualifié de chronique familiale. En utilisant Tolstoï comme pierre angulaire culturelle et point de départ, Nabokov se lance dans une extraordinaire aventure épique et littéraire, invoquant, utilisant et élargissant un réseau intertextuel diffus. Tout comme *Lolita*, *Ada* traite d'une relation sexuelle intense mais interdite. La relation incestueuse d'Ada et Van, élevés comme cousins mais en réalité frère et sœur, est présentée de telle sorte que, contrairement à ce qu'on pourrait attendre, le lecteur n'est pas encouragé à les condamner.

C'est indubitablement l'un des romans les plus difficiles de Nabokov, qui, au-delà de son sujet, embrouille, déroute et ravit le lecteur. Complexité et ingéniosité de l'écriture mises à part, le roman déconcerte les attentes de temps et de lieu. Ce n'est pas sur terre qu'il se déroule mais sur Antiterra dont la géographie est différente. L'auteur joue ainsi avec nos perceptions de ce qui est réel et réaliste. Lorsque Ada et Van, vieillissants, réfléchissent à leur relation, le récit est compliqué par des changements temporels continus mais jamais signalés.

Récit d'une histoire d'amour interdite qui dure plus de quatre-vingts ans, ce mariage unique de mythes et de contes de fées, d'érotisme et de romantisme, présente une singularité qui n'a d'égale que celle du style de Nabokov. **JW**

Le Parrain
Mario Puzo

1920-1999 (États-Unis)
Première parution | 1969
Titre original | *The Godfather*
Sortie de la trilogie au cinéma | 1972, 1974, 1990

Peu de romans ont pénétré l'imaginaire commun avec autant de force que *Le Parrain* de Mario Puzo. Il est apparu sur les listes des meilleures ventes à un moment critique de l'histoire des États-Unis, lorsque les institutions politiques et les pratiques sociales étaient examinées à la loupe et remises en cause comme jamais auparavant. Le roman examine les origines et la légitimité du pouvoir en prenant pour point de départ la célèbre phrase de Balzac selon laquelle « derrière chaque grande fortune se cache un grand crime ». L'auteur déclare montrer comment les choses « fonctionnent vraiment », tout en manipulant le lecteur. Il redéfinit le genre littéraire en faisant passer des personnages répréhensibles pour de braves gens. Cette stratégie d'inversion rhétorique, qui bouleverse les présuppositions morales conventionnelles sur le bien et le mal, met en lumière une nouvelle compréhension des capacités manipulatrices du langage. En faussant les distinctions entre héros et scélérats, l'histoire des « affaires de famille » des Corleone et de la culture des immigrés italo-américains dénonce le caractère hors la loi des États-Unis en général. Même si *Le Parrain* a pénétré dans la culture de masse principalement grâce à la trilogie cinématographique, le roman demeure la force motrice de l'industrie culturelle qui a pour thème la Mafia. C'est lui qui nous a offert les phrases légendaires « Je lui ferai une offre qu'il ne pourra refuser » et « Un avocat peut voler plus avec son porte-document que cent hommes armés ». Par-dessus tout, malgré son style clair et accessible, le roman témoigne de la capacité de l'écriture contemporaine à créer des mythes. Le portrait que fait Puzo des Italo-Américains a été perçu comme élogieux et diffamatoire en même temps : quoi qu'il en soit, *Le Parrain* demeure une œuvre influente et passionnante. **JLSJ**

Portnoy et son complexe
Philip Roth

1933 (États-Unis)
Première parution | 1969
Langue originale | Anglais
Titre original | *Portnoy's Complaint*

Lorsque *Portnoy et son complexe* est paru en 1969, il a immédiatement été jugé scandaleux. C'était en partie dû à son contenu explicite, considérable et inventif, mais aussi à la sexualité qui y est évoquée, liée à une sorte de diagnostic du mâle américain de l'époque. La situation de Portnoy – sa fixation sur sa mère, ses difficultés avec les membres du sexe opposé, son apitoiement sur soi parfois larmoyant – décrivait et définissait un syndrome qui était connu de nombreux lecteurs (masculins) de Roth. À cela s'ajoute la judaïcité de Portnoy, décrite ici comme une exacerbation des orthodoxies répressives contre lesquelles s'élèvent le livre et son héros. En fait, le roman ne raconte pas une histoire, mais dépeint un état. Portnoy est prisonnier d'un monde qui ne peut satisfaire ses fantasmes extrêmes et bizarres. Le lecteur ne le blâme pourtant pas ; au moins, il montre de brefs éclairs de lucidité, et Roth écrit avec esprit et panache. À la lumière de la présence de plus en plus explicite de la sexualité depuis les années 1960, *Portnoy et son complexe* nous paraît peut-être aujourd'hui moins extrême qu'à l'époque. Sa capacité à embarrasser profondément, si ce n'est à choquer, demeure cependant intacte. Finalement, ce sont le personnage central et le caractère universel de ses complexes et de ses humiliations qui font la force réelle du livre. **DP**

Jakob le menteur
Jurek Becker

1937 (Pologne)-1997 (Allemagne)
Première parution | 1969
Langue originale | Allemand
Titre original | *Jakob der Lügner*

L'auteur de *Jakob le menteur*, qui s'est en grande partie inspiré de son enfance dans un ghetto juif, parvient à réaliser l'impossible : évoquer l'Holocauste avec humour. Le roman retrace les souvenirs de l'unique survivant d'un ghetto, qui se sent tenu de raconter non la tragique déportation de ses amis et de sa famille, mais les moments de calme qui ont précédé la tragédie. Le récit se concentre sur Jakob Heym, qui, afin de donner espoir à ses amis, les convainc qu'il possède une radio clandestine qui capte les émissions des Alliés. Tandis que son mensonge lui échappe – à un moment, Jakob est obligé d'improviser un discours complet de Winston Churchill –, Becker montre les effets de ce nouvel espoir sur la population. Même si les rumeurs sont fausses, les habitants du ghetto parviennent à continuer à vivre, à créer un réseau de liens émouvant, à tomber amoureux, à s'occuper de leur famille et à retrouver leurs amis. Tandis que le lecteur est en permanence conscient de l'impossibilité d'une fin heureuse, l'horreur des wagons vides attendant d'être remplis avec les habitants de la ville est atténuée par la force des liens qui les unissent.
Scénario de film à l'origine, *Jakob le menteur*, écrit dans un style lucide, clair et souvent humoristique, possède des passages d'une beauté touchante. La façon dont Becker aborde le thème de l'Holocauste laissera les lecteurs pensifs, mais aussi conscients de la capacité humaine de trouver le bonheur même dans les pires circonstances. **AB**

Sarah et le lieutenant français
John Fowles

1926-2005 (Angleterre)
Première parution | 1969
Titre original | *The French Lieutenant's Woman*
Adaptation cinématographique | 1981

Dans *Sarah et le lieutenant français*, John Fowles entreprend de concilier l'envergure et l'enthousiasme du réalisme victorien avec le cynisme et les incertitudes d'un récit expérimental et introspectif. Il y parvient parfaitement en mêlant l'histoire (avec un petit et un grand H) et la critique littéraire. Ce pastiche du réalisme victorien mine la prétention de ce mouvement à la globalité et à la vérité en attirant l'attention sur ce qui était inexprimable à l'époque à cause du respect des convenances. Le récit se montre pourtant très fidèle, voire enthousiaste, envers ces principes fondamentaux du réalisme du XIXe siècle : la réalité humaine est représentable, et le roman possède une fonction explicative ainsi que le devoir moral de se montrer aussi honnête que possible.
Dans ce récit, qui a pour sujet Charles Smithson, gentilhomme du XIXe siècle épris de l'énigmatique Sarah Woodruff, abandonnée par son amant, le narrateur, l'un de nos contemporains, joue avec nos attentes. Il méprise l'illusion de l'omniscience et de la toute-puissance narratives, et joue avec les infinies possibilités d'interprétation. Il utilise la même licence narrative que Dickens en s'adressant au lecteur comme s'il s'agissait d'un ami intime. L'auteur attend de ce « cher lecteur » qu'il tolère une série de stratagèmes – voire qu'il s'en réjouisse. Des notes de bas de page procurent des informations sur les sources utilisées, tout comme le ferait un universitaire ou un gentilhomme. À cela s'ajoutent des digressions

historiques, de copieuses citations tirées des classiques victoriens, et des piques contre les suffisances du xxe siècle. Tout comme Dickens ou George Eliot reconnaissaient chez leurs lecteurs une capacité à s'intéresser aux autres et à les comprendre, Fowles lui aussi nous révèle les liens qui nous unissent tous. **PMcM**

Abattoir 5
Kurt Vonnegut

1922 (États-Unis)
Première parution | 1969
Titre original | *Slaughterhouse Five*
Sous-titre | *La Croisade des enfants*

Abattoir 5 est une œuvre indispensable de la littérature du xxe siècle, qui jongle avec des thèmes vastes et des complexités structurelles. Le récit allie avec une aisance et une fluidité remarquables l'autobiographie et l'histoire d'extraterrestres qui voyagent dans le temps, tout droit sortis d'un roman de science-fiction particulièrement imaginatif.

Dans ce récit classique de l'absurde, Billy Pèlerin, Américain d'origine allemande et ancien éclaireur d'infanterie pendant la Seconde Guerre mondiale, se « détache du temps » après avoir été enlevé par des extraterrestres. Qui est donc ce célibataire pour prendre des décisions qui concernent l'univers tout entier, voire pour nous déranger avec ses réflexions ? Le temps, la mémoire et le mariage littéraire de l'invention et de l'expérience sont au cœur de l'ouvrage, mais Vonnegut rejette tout artifice de langage excessif. Les absurdités de la guerre paraissent égaler celle des extraterrestres dans l'esprit de Billy, que l'on suit au cours des nombreuses étapes de sa vie dans un roman qui rejette toute manifestation d'une autorité rigide. L'auteur a combattu au cours de la Seconde Guerre mondiale, a été emprisonné, a vu mourir des milliers de personnes et a assisté au bombardement dévastateur de Dresde : il représente ici littéralement ce qui se produit lorsque de telles autorités sont simultanément lâchées. **SF**

L'Aveugle au pistolet
Chester Himes

1909 (États-Unis)-1984 (Espagne)
Première parution | 1969
Langue originale | Anglais
Titre original | *Blind Man With a Pistol*

Dernier roman d'une série où l'on retrouve deux détectives noirs de Harlem, Ed Cercueil Johnson et Fossoyeur Jones, *L'Aveugle au pistolet* repousse les limites du genre policier jusqu'à la rupture. Dans ses romans précédents, Himes parvenait à concilier sa rage brûlante face à la discrimination raciale et à l'injustice avec les explications et la conclusion exigées par ce genre littéraire. En prenant pour sujet New York alors qu'il vivait à Paris, il obtenait souvent un mélange fascinant de violence surréaliste, de protestation politique et de procédures policières. Mais dans *L'Aveugle au pistolet*, il ne tente plus de se livrer à de telles contorsions. Les effets débilitants de la vie au sein d'une société raciste contrôlée par les Blancs signifient qu'Ed Cercueil et Fossoyeur, déjà pris entre la communauté noire où ils patrouillent et le système judiciaire blanc qu'ils servent à contrecœur, ne peuvent plus remplir leurs fonctions de détectives.

Ayant pénétré dans le roman anonymes et invisibles, ils en sortent frustrés et impuissants, cependant qu'un aveugle noir tire au hasard dans une rame de métro bondée.

Marginalisés à l'intérieur du service de police contrôlé par les Blancs, ils finissent par tirer sur des rats dans un terrain vague de Harlem. *L'Aveugle au pistolet* est un sombre antidote aux espoirs de la lutte pour les droits civils. **AP**

La Flûte de Pan
Robert Coover

1932 (États-Unis)
Première parution | 1969
Langue originale | Anglais
Titre original | *Pricksongs and Descants*

Coover prend pour source les fables et mythes de notre psyché collective, les contes relayés par programmes de télévision et nourrissant ces anxiétés indéfinissables qui nous tiennent éveillés la nuit. Maître de l'illusion, il joue avec le familier, le déforme jusqu'à en faire quelque chose de plus sinistre encore que le plus sombre des contes de fées. On découvre des bois à la Disney et des sentiers parsemés de miettes de pain où le chant des oiseaux se joint celui des enfants pour célébrer l'amour de Dieu. Pourquoi ces enfants chantent-ils ? À cause de leur naïveté ? Pour réconforter un vieil homme ? Que contemple celui-ci avec tant de tristesse ? Ses regrets ? Sa destination ? De petits détails brûlent d'une énergie sexuelle mal définie. Une attraction de cirque constitue un univers délirant et fermé où la dame obèse mincit et l'homme mince se remplume par vanité, créant un chaos de voix multiples et d'une anarchie absurde. Le langage est réfracté par un prisme ; les phrases semblent neuves ou familières selon ce que nous montre Coover. Les significations et chronologies deviennent des éléments fondamentaux qui se mêlent comme un fondu-enchaîné rapide dans un film – un montage de couleurs, un son dans un cadre vide. Chaque chapitre représente un fantasme de l'aliénation contemporaine. L'auteur est le meneur d'un univers qui opère selon la logique sombre du sommeil le plus profond. **GT**

La Boutique aux miracles
Jorge Amado

1912-2001 (Brésil)
Première parution | 1969
Langue originale | Portugais
Titre original | *Tenda dos milagres*

C'est là la satire politique la plus ambitieuse de Jorge Amado, le plus grand romancier brésilien du XXe siècle, mais aussi sa défense la plus riche de la complexité de la culture afro-brésilienne. Situé dans le labyrinthe des ruines coloniales de Pelhourinho, quartier noir au cœur de Salvador de Bahia, le roman explore l'héritage de Pedro Archanjo, personnage séduisant et ambigu : métis, autodidacte, auteur de livres de cuisine, poète, ethnographe à temps partiel, roi de carnaval, défenseur des droits de la population noire, homme qui voue un culte aux femmes et amant. Pour l'élite culturelle blanche, Archanjo est aussi ivrogne, séducteur, libertin, crapule et charlatan intellectuel.

Lorsque le roman commence, il est en train de mourir dans le caniveau, saoul et seul au petit matin, alors que la Seconde Guerre mondiale fait rage. Cinquante ans plus tard, James D. Levenson, universitaire de la côte Est américaine et lauréat du prix Nobel, découvre les écrits d'Archanjo désormais tombés dans l'oubli, et se rend à Bahia pour y exploiter la mine culturelle qu'il vient de découvrir. Amado poursuit avec une explication de l'importance de la culture noire brésilienne et des diverses manières dont l'Amérique du Nord et l'Europe la perçoivent à travers des stéréotypes, la parodie et la condescendance. L'approche d'Amado est tolérante et célèbre le croisement des races, qu'il soit culturel ou sexuel. Les Blancs et les Noirs « continueront à naître et grandir et se mélanger et faire encore plus de bébés, et y'a pas un fils de pute qui pourra l'empêcher ! ». Qu'ajouter à cela ? **MW**

Le Visiteur
György Konrád

1933 (Hongrie)
Première parution I 1969
Langue originale I Hongrois
Titre original I *A látogató*

Le Visiteur raconte la journée très occupée d'un assistant social, son sentiment d'écartèlement et d'impuissance face à l'extrême misère. Ce premier roman de György Konrád a immédiatement été condamné par le pouvoir hongrois pour son rude réalisme et son portrait d'un des aspects les plus sombres de la société hongroise de l'époque.

L'auteur a lui-même exercé cette profession pendant sept ans, et son expérience a largement inspiré cet ouvrage. Le narrateur et héros rédige des rapports sur les enfants dont il s'occupe pour les services sociaux de l'État. Ses dossiers sont remplis de cas d'enfants négligés, maltraités, abandonnés, délinquants et arriérés, ainsi que de parents qui se sont suicidés. Il devient vite vain d'essayer de préserver son humanité tout en occupant cet emploi. Au fil du récit se dégage une image puissante et très troublante d'une couche sociale représentative de Budapest mais aussi des métropoles du monde entier.

Le roman allie des préoccupations littéraires et sociologiques. Le sombre réalisme de la dégénérescence physique, morale et intellectuelle des villes est accompagné d'un langage lyrique. Défenseur de la liberté individuelle, Konrád a été interdit de publication pendant les années 1970 et 1980. Ce n'est qu'avec l'effritement du communisme en Hongrie que ses livres ont commencé à paraître à Budapest en 1989. Cet extraordinaire roman lui avait cependant assuré une position importante sur la scène littéraire internationale bien avant cela. **AGu**

Moscou-sur-Vodka
Vénédict Eroféiev

1938-1990 (Union soviétique)
Première parution I 1969
Langue originale I Russe
Titre original I *Moskva-Petushki*

Il était difficile de trouver de l'alcool de qualité en Union soviétique mais le court roman culte d'Eroféiev montre comment on pouvait y remédier. Il déborde de recettes de boissons alcooliques, de diagrammes (parodie de la planification économique soviétique) illustrant la consommation moyenne d'alcool par journée de travail, de réflexions lyriques – « Premier amour ou dernier chagrin, y a-t-il une différence ? » –, de descriptions de liaisons amoureuses condamnées entre komsorgs (secrétaires du bureau du komsomol) et honnêtes travailleuses, et de discussions sur la littérature russe, l'homosexualité et autres exigences de la vie quotidienne sous un régime soviétique. C'est un roman à boire, Eroféiev étant le seul instigateur de ce genre littéraire.

Tout comme un *road movie*, c'est l'histoire d'un périple physique (en train) et intérieur où le personnage passe d'une réflexion mélancolique à l'autre. Dès le départ, celles-ci ne sont destinées à mener nulle part. En chemin, il rencontre une pléthore de Russes prêts à partager avec lui leurs expériences furieusement absurdes qui ne correspondent en aucun cas aux idéaux supposés d'un État soviétique. Eroféiev, qui fut renvoyé de cinq universités pour « inaptitude idéologique », nous offre, dans un récit drôle et affligeant, la critique d'une idéologie qui déclarait posséder toutes les réponses. La recherche de vérité du narrateur prend la forme d'un questionnement incessant et, finalement, dans un retournement théologique, d'une souffrance christique. **IJ**

Le Plus Beau Tango du monde

Manuel Puig

1932 (Argentine)-1990 (Mexique)
Première parution | 1969
Langue originale | Espagnol
Titre original | *Boquitas pintadas*

Ce récit complexe de jalousie et de méchanceté s'ouvre sur l'avis de décès de Juan Carlos Etcheparé en 1947, mais ses événements principaux culminent à la fin des années 1930 dans la petite ville fictive de Coronel Vallejos. L'intrigue est composée de triangles amoureux parfaitement orchestrés. Nélida et Mabel se disputent l'amour de Juan Carlos, mais l'abandonnent lorsqu'elles le découvrent pauvre et tuberculeux ; Pancho, l'un de ses amis, s'éprend d'une servante, Raba, qu'il engrosse et quitte pour séduire Mabel, ce qui lui coûtera la vie. Interviennent aussi dans cette géométrie amoureuse la mère de Juan Carlos et sa sœur perfide, Celina, puis la veuve avec qui ce don Juan souffrant finira ses jours. Le roman se termine en 1968, à la mort de Nélida qui emporte dans la tombe les secrets reliant toutes ces histoires.

Puig a élaboré une nouvelle forme de littérature populaire en employant des ressources kitsch à souhait telles que bande dessinée et vers de tango. Ce faisant, il crée une panoplie de voix éblouissantes (surtout les voix féminines) : lettres, extraits de journaux intimes, notes médicales et casiers judiciaires ; slogans publicitaires et réclames de radio ; confessions, conversations pleines de sous-entendus, dialogues téléphoniques ; et enfin monologues intérieurs à la troisième personne, censée être objective. Jouant avec le goût inné de ses lecteurs pour les commérages, Puig sait comment assener une critique virulente de l'hypocrisie profonde qui dévore les petits cercles humains. **DMG**

Saison de la migration vers le Nord

Tayeb Salih

1929-2009 (Soudan)
Première parution | 1969
Langue originale | Arabe
Titre original | *Mawsim al-hijrah ila'l-shamal*

Durant son séjour en Angleterre, Mustapha Saïd a réussi dans ses études universitaires, mais est aussi passé par la prison, après le décès de plusieurs de ses maîtresses anglaises. De retour au Soudan, marié, il meurt de façon soudaine, apparemment en se suicidant. La reconstitution fragmentée de la vie de Mustapha par le narrateur dresse le portrait d'un personnage déchiré. Il a en lui les pulsions violentes qui animaient autrefois les colonisateurs, qui ont été intériorisées par les colonisés sur plusieurs générations et qui explosent désormais chez les décolonisés.

Il semble que le narrateur dissimule peut-être aussi sans le vouloir une violence coloniale. Celle-ci surgit à nouveau lorsque la veuve de Saïd tue son nouveau mari puis se donne la mort, événements que le narrateur aurait pu empêcher, sous-entend-il. Sa complicité avec une situation qui échappe à sa volonté l'amène finalement à tenter de rompre le cycle de violence dans lequel il a été emporté.
La façon dont le roman présente la violence coloniale à travers la violence sexuelle en fait un récit sans complaisance, mais ce lien de cause à effet permet de saisir de façon troublante comment différentes sortes de brutalités peuvent se fondre dans une nation postcoloniale. Interdit par le gouvernement soudanais en 1989, ce roman est considéré comme « le roman arabe le plus important du XXe siècle » par l'Académie de littérature arabe basée en Syrie. **ABi**

Vie de Jesusa
Elena Poniatowska

1933 (France)
Première parution | 1969
Langue originale | Espagnol
Titre original | *Hasta no verte, Jesús mío*

Personnage créé à partir d'interviews réalisées par Elena Poniatowska, Jesusa Palancares résume à elle seule l'histoire du XXe siècle mexicain. Elle symbolise aussi toutes les femmes qui ont assez souffert dans leur vie pour aspirer à un peu de bonheur. L'auteur est l'enquêtrice silencieuse qui filtre le monologue ininterrompu de Jesusa, au cours duquel celle-ci explique comment elle en est venue à maîtriser sa propre vie. Orpheline de mère, elle voyage enfant en compagnie de son père avant de rejoindre les forces révolutionnaires. Ayant survécu à la guerre, elle occupe divers emplois – serveuse de bar, domestique, ébéniste et lavandière, toujours emportée par les événements historiques dont la révolte des Cristeros (contre l'anticléricalisme d'État, NDT) et les expropriations terriennes de la réforme agraire de 1940.
Indomptable, Jesusa refuse de se soumettre aux hommes ou au sort, mais son caractère n'est bien souvent que la pierre de touche d'une réalité désespérée. Sa vie est marquée par l'ésotérisme après sa découverte de l'Obra Espiritual, une sorte de secte qui prêche la présence immédiate de l'au-delà. Rien n'arrête Jesusa, fataliste et rebelle ; seuls l'âge et la fatigue mettent fin à son style de vie et à son discours. Grâce à un maniement subtil du langage oral et à l'assemblage ingénieux de séquences pas toujours linéaires, le livre reflète magnifiquement l'essor du Mexique moderne. **DMG**

L'Objet du scandale
Robertson Davies

1913-1995 (Canada)
Première parution | 1970
Titre original | *Fifth Business*
Premier volume de la *Trilogie de Deptford*

L'Objet du scandale, premier volume de la célèbre *Trilogie de Deptford* de Robertson Davies, a fait découvrir ses qualités de conteur sur la scène internationale. Le roman est particulièrement remarquable par la façon dont il incorpore les théories spirituelles et psychologiques jungiennes, selon lesquelles nous interprétons le monde à travers des archétypes : nous avons tous nos coupables et nos saints, et comprenons notre rôle par rapport à eux.
Dunstan Ramsay, le protagoniste du roman, sait qu'il n'est « ni un héros ni une héroïne, scélérat ou confident », mais qu'il est essentiel au déroulement de l'histoire.

À l'âge de dix ans, il a esquivé une boule de neige qui lui était destinée et a frappé à la place la femme du pasteur baptiste. Elle accouche prématurément et perd la tête, avant de faire scandale et de ruiner la réputation de sa famille. Boy Staunton, qui a lancé la boule de neige, est autorisé à garder le secret et échappe au blâme jusqu'à ce que, des années plus tard, ce secret l'ensevelisse. Dustan, lui, croule sous la culpabilité jusqu'à la cinquantaine. Au fil du temps, diverses rencontres lui apportent la sagesse – une apparition divine, un jésuite hédoniste et l'assistant d'un magicien. Tout cela l'amène à comprendre que Dieu est un concept psychologique qui allie le bien et le mal qu'abrite notre inconscient et que l'on doit confronter afin de mener une vie morale. **MaM**

Le Roi des Aulnes
Michel Tournier

1924 (France)
Première parution | 1970
Prix Goncourt | 1970
Membre de l'académie Goncourt | 1972

Les romans baroques de Michel Tournier ont apporté un souffle d'air frais sur la scène littéraire française dominée alors par l'austère Nouveau Roman. *Le Roi des Aulnes*, mélange capiteux de récit de guerre, de mythes et de perversion sexuelle, est le deuxième roman de Tournier.

On découvre son personnage principal, Abel Tiffauges, à travers son journal qui occupe un tiers du livre. Mécanicien à Paris dans les années 1930, il se considère comme un monstre doté d'obscurs pouvoirs surnaturels, même s'il se rend bien compte que cela signifie peut-être simplement qu'il est fou. En conflit avec une société qu'il méprise, il n'est sauvé d'un procès pour viol que par le déclenchement de la Seconde Guerre mondiale. Le reste du roman décrit ses aventures souvent bizarres durant la guerre. Prisonnier en Allemagne, il devient garde forestier dans le domaine de Hermann Goering, puis, dans la dernière partie du livre, rejoint les SS et vole des enfants pour les nazis. Il meurt finalement en sauvant la vie d'un enfant juif. Le récit est presque submergé par les réflexions sur la pédophilie obsessive de Tiffauges et sur le contraste entre le mythe du roi des Aulnes, qui dérobe les enfants à leurs parents, et la légende de saint Christophe, qui transporte un enfant sur son dos pour lui offrir la sécurité. Tournier déploie avec majesté son style et son imagination pour évoquer magie, mythe et réalité. **RG**

Une année dans la vie de Gesine Cresspahl
Uwe Johnson

1934 (Allemagne)-1984 (Angleterre)
Première parution | 1970
Titre original | *Jahrestage : Aus dem Leben von Gesine Cresspahl*

C'est là le chef-d'œuvre d'Uwe Johnson, qui, après nous avoir offert une formidable vue d'ensemble de l'histoire allemande depuis le règne du Kaiser, se conclut à New York dans les années 1960. Né dans une région de l'Allemagne de l'Est qui a été rattachée à la Pologne après la guerre, Johnson a quitté la RDA pour la RFA avant de finalement s'installer dans le Kent en Angleterre. Là, alors qu'il se remettait d'une dépression nerveuse provoquée par la découverte que sa femme l'espionnait pour le compte des services secrets de la RDA, il a terminé cette série de quatre volumes.

Gesine Cresspahl, que l'on suit sur trois cent soixante-cinq jours tout au long de la série, vit à New York avec sa fille Marie, née d'une relation avec Jakob Abs qui apparaissait dans un roman précédent de l'auteur. Marie, âgée de dix ans, interroge Gesine sur le passé : dans le récit qui suit, une année à New York devient le prisme à travers lequel l'histoire allemande est réfractée. Gesine remonte le temps, lorsque sa famille habitait un petit village du Mecklembourg. À cette histoire s'entremêlent les événements de l'essor puis de la chute du Troisième Reich, ceux de l'époque de Guillaume II et de la République de Weimar, avant que le roman ne nous ramène au présent et à une Allemagne coupée en deux. Marie accepte ces informations sans se décontenancer ; Gesine s'aperçoit qu'elle restera une étrangère à jamais aux États-Unis mais préfère l'exil à un retour en Allemagne. Si la longueur imposante du texte a découragé de nombreux lecteurs, une version cinématographique récente de Margarethe von Trotta (2000) a permis à Johnson de retrouver la place qui lui était due au sein des écrivains allemands les plus importants d'après-guerre. **MM**

Un monde pour Julius
Alfredo Bryce-Echenique

1939 (Pérou)
Première parution | 1970
Langue originale | Espagnol
Titre original | *Un mundo para Julius*

Un monde pour Julius est essentiellement un roman d'apprentissage. Âgé de cinq à douze ans, le cadet d'une famille de la classe supérieure de Lima qui perd son père peu après la naissance découvre réellement le monde. C'est un univers où les vieux palais fanés des descendants des vice-rois espagnols côtoient d'éblouissants nouveaux édifices érigés par des spéculateurs qui passent leurs journées à festoyer et à jouer au golf, et des écoles onéreuses où l'on apprend les plaisirs de la musique et des caresses, mais aussi la douleur des coups et des humiliations ; un monde, enfin, où les servants vivent dans des taudis et la classe moyenne, appauvrie et aliénée, dans des immeubles. Son existence privilégiée n'épargnera pas à Julius la découverte de la mort (celle du père qu'il n'a jamais connu, de sa sœur préférée et de la plus maternelle des servantes), de l'amitié et de l'amour (limité, dans le cas de sa mère, de son beau-père et de ses frères et sœurs ; sincère et parfois émouvant dans celui des domestiques).
Le roman se termine sans déterminer lequel de ces mondes sera dominant pour Julius, celui qu'il choisira adolescent, ni s'il a finalement appris à en supporter le poids. L'auteur démontre ici un sens du dialogue très libre, passe hardiment d'un point de vue à l'autre, et son ton autobiographique oscille entre l'ironique et le sentimental. Ces caractéristiques, indicatrices d'un nouveau style d'écriture à l'époque, lui ont assuré une position d'importance au sein de la génération du boom latino-américain. **DMG**

Je sais pourquoi chante l'oiseau en cage
Maya Angelou

1928 (États-Unis)
Première parution | 1970
Titre original | *I Know Why The Caged Bird Sings*
De son vrai nom | Marguerite Ann Johnson

Je sais pourquoi chante l'oiseau en cage est le premier des cinq volumes autobiographiques de Maya Angelou et constitue l'une des pierres angulaires de la littérature afro-américaine. Dans son style lyrique inimitable, l'auteur raconte son enfance perturbée dans l'Amérique des années 1930 et ses relations changeantes. Lorsque ses parents se séparent, Maya et son frère Bailey, âgés de trois et quatre ans, quittent le domicile familial en Californie pour rejoindre le Sud profond, où ils vont vivre avec leur grand-mère (Momma), à la campagne, dans l'Arkansas. Momma, personnage central de leur vie, leur offre une morale stricte. À l'âge de huit ans, Maya repart chez sa mère à Saint Louis où elle est molestée et violée par son compagnon. Elle retourne ensuite chez Momma avec son frère, avant de rejoindre une fois de plus sa mère et son mari en Californie. Le livre se termine avec la naissance de Guy, premier enfant de Maya. Sur fond de tensions raciales, Maya Angelou confronte les traumatismes de son enfance et explore l'évolution de son identité de femme afro-américaine. Son sentiment de déracinement personnel et culturel est exprimé à travers sa passion de la littérature qui l'apaise et la rend forte à la fois. **JW**

L'Œil le plus bleu
Toni Morrison

1931 (États-Unis)
Première parution | 1970
Titre original | *The Bluest Eye*
Prix Nobel de littérature | 1993

Le premier roman de Toni Morrison retrace la vie de la famille Breedlove après qu'elle a quitté la campagne pour s'installer à Lorain, dans l'Ohio (ville natale de l'auteur). Ce bouleversement et la façon dont leur fille, Pecola, sombre dans la folie illustrent avec force les difficultés de se forger une identité noire qui ne fasse pas déjà partie de la mythologie raciste.

Le roman suggère que les catégories de sexe, race et classe sont entremêlées et déterminent le sort de sa tragique héroïne de onze ans. Le désir obsessionnel qu'éprouve Pecola de posséder les yeux les plus bleus qui soient n'est qu'un symptôme de la façon dont le corps de la femme noire est désormais dominé par la culture masculine blanche. Morrison critique le fait que la subjectivité noire continue à être réprimée dans la culture de masse. La structure temporelle complexe du livre et les changements de point de vue incessants font partie d'une tentative d'imaginer un modèle de subjectivité fluide qui puisse offrir une certaine résistance à la culture blanche dominante. Les sœurs noires adolescentes qui narrent ce récit, Claudia et Freda MacTeer, constituent un contrepoint à la famille Breedlove, opprimée, car elles servent d'intermédiaires et exercent une certaine autorité.
Dans ce roman des débuts, Toni Morrison non seulement saisit les cadences cachées du discours oral, mais elle fait aussi preuve d'une grande sensibilité face au caractère changeant des mots. Elle offre une poésie empreinte de la promesse d'autres manières d'être au monde. **VA**

La Mer de la Fertilité
Yukio Mishima

1925-1970 (Japon)
Première parution | 1965-1970
Titre original | *Hojo no umi*
De son vrai nom | Kimitake Hiraoka

Publiée en quatre volumes, *La Mer de la Fertilité* est la dernière œuvre de Mishima, parue en feuilleton dans le magazine littéraire japonais *Shincho*. Le premier volume, *Neige de printemps*, est situé dans l'univers isolé de la cour impériale à Tokyo aux alentours de 1910, et décrit l'amour impossible d'un jeune aristocrate, Kiyoaki Matsugae, pour Satoko. Kiyoaki garde ses distances par rapport à celle-ci jusqu'à ce que ses fiançailles avec le fils de l'empereur rendent évidente l'impossibilité de leur amour. Commence alors une liaison désespérée mais passionnée, dont est témoin le meilleur ami de Kiyoaki, Shigekuni Honda. Lorsque Kiyoaki meurt, son ami se lance à la recherche de sa réincarnation.

Les personnages des volumes suivants (*Chevaux échappés* et *Le Temple de l'aube*) rappellent vaguement Kiyoaki – un fanatique politique des années 1930, une princesse thaïlandaise avant et après la Seconde Guerre mondiale, et dans le dernier volume (*L'Ange en décomposition*), un orphelin malfaisant des années 1960. L'idée de cette réincarnation nourrit l'espoir de Honda jusqu'au dernier récit, dont la conclusion suggère que la vie est irréparable, sa fin inévitable. Dans une dernière scène saisissante, Honda comprend l'impossibilité de revivre le passé et de ramener les morts à la vie. Le roman, parfois comparé à *La Recherche du temps perdu* de Proust, nous offre un aperçu fabuleux de la vie et des souvenirs. **KK**

Rabbit rattrapé
John Updike

1932-2009 (États-Unis)
Première parution | 1971
Titre original | *Rabbit Redux*
Prix Pulitzer | 1982, 1991

Rabbit rattrapé, le deuxième roman de la série des « Rabbit » d'Updike, qui en contient quatre, se déroule en 1969, dix ans après la fin de *Cœur de lièvre*. Situés dans la petite ville de Brewer en Pennsylvanie, ces livres retracent la vie de Harry Angstrom, surnommé Rabbit, basketteur vedette au lycée, puis jeune marié et jeune père, jusqu'à la cinquantaine puis à la retraite.

Ce monsieur Tout-le-Monde, qui a ici la trentaine, est conscient d'arriver à la moitié de sa vie. Avec en arrière-fond le surréaliste alunissage d'Apollo 11, le roman décrit, par l'intermédiaire de la vie personnelle chaotique de Rabbit, les changements positifs ou négatifs qu'a produits dans l'Amérique profonde le choc des valeurs et hiérarchies traditionnelles d'un côté et de l'irrésistible essor de la contre-culture des années 1960 de l'autre. Lorsque son mariage apparemment conformiste commence à s'effriter, Rabbit doit ouvrir les yeux sur les événements qui se produisent autour de lui et le dressent contre ses racines de la classe moyenne du Midwest. Ses certitudes s'effondrent, ses relations avec sa famille et ses collègues sont menacées. Toutefois, un développement spirituel inattendu lui est accordé qui va transformer sa vie.

Rabbit rattrapé décrit parfaitement l'atmosphère des années 1960 et plonge le lecteur dans un univers caractérisé par une sensualité confuse et le chaos politique, mais aussi par un espoir profond et émouvant dans l'avenir. **AB**

Cataracte
Mykhaylo Ossadchy

1936 (Union soviétique)-1994 (Ukraine)
Première parution | 1971
Langue originale | Russe
Titre original | *Bilmo*

Texte majeur de la littérature soviétique clandestine des années 1960, *Cataracte* décrit l'arrestation et l'emprisonnement de l'auteur, Mykhaylo Ossadchy, journaliste et poète ukrainien accusé d'activités antisoviétiques et pro-ukrainiennes – « crimes »

qu'il n'était pas conscient de commettre jusqu'à son arrestation.
En général, la littérature clandestine ukrainienne a eu moins d'impact sur la scène internationale que des œuvres similaires russes. C'est en partie dû à la difficulté de la faire sortir en contrebande, mais aussi parce que les défenseurs des droits de l'homme ainsi que les soviétologues considéraient que leur analyse devait se concentrer sur le « centre », c'est-à-dire Moscou et Leningrad. La puissance de l'identification ethnique ainsi que du désir d'autonomie culturelle et d'indépendance politique dans les républiques non russes est donc passée largement inaperçue.
Cataracte (le titre se réfère au trouble de la vue qui peut provoquer la cécité) ne se contente pas de faire le récit de l'arrestation et du procès de l'auteur, il évoque aussi ses rêves et ses fantasmes une fois emprisonné – rêves que certains lecteurs interprètent comme les symptômes d'une folie naissante, mais qui servent surtout d'allégorie à la dégradation et au dénigrement de la psyché individuelle au sein du système soviétique, tout autant dans la vie quotidienne qu'en prison ou au goulag. Brillamment écrit, *Cataracte* renseigne sur une situation historique spécifique et proclame la force de l'esprit humain dans l'adversité. **VR**

Portrait de groupe avec dame
Heinrich Böll

1917-1985 (Allemagne)
Première parution | 1971
Titre original | *Gruppenbild mit Dame*
Prix Nobel de littérature | 1972

C'est un ensemble d'identités transitoires qu'a créé ici Böll. Le roman nous entraîne dans l'histoire allemande de 1890 à 1970. Les divers points de vue des personnages offrent des perspectives psychologiques différentes mais toutes convaincantes. On rencontre ainsi de jeunes intellectuels, une religieuse juive, une résistante, un arriviste notoire, un opportuniste politique et des nazis abrutis. Un personnage cependant demeure absolument énigmatique : Leni Pfeiffer. C'est la « dame » autour de laquelle est organisé ce portrait de groupe brossé à travers une série d'entretiens, de lettres et d'histoires personnelles. On découvre Leni du point de vue du narrateur, qui a tendance à rendre perplexe la protagoniste blonde et supposée naïve. Cependant, son personnage résiste aux clichés ; son obstination à dépasser les frontières sociales et raciales semble indiquer une personne intelligente et subversive.
L'écriture de Böll répond aux exigences du Groupe 47 – association littéraire fondée par Alfred Andersch et Hans Werner Richter en Allemagne de l'Ouest en 1947. Ces auteurs réagissaient au fossé qui les séparait des intellectuels allemands ayant fui le régime nazi. Ils avaient l'intention de débarrasser leur langage des vestiges de la propagande nazie en préconisant un réalisme dépouillé. Dans *Portrait de groupe avec dame*, le récit naturaliste expose la complexité de la réalité, particulièrement vers la fin lorsque le narrateur révèle sa partialité en participant activement aux événements. **MC**

qui risque de se passer. C'est un travail de démolition hilarant et tonifiant de la ville postmoderne, qui suggère que la meilleure façon de résister aux exigences rapaces de Las Vegas est de se défoncer juste avant de l'atteindre et à un point tel que l'on sera absolument incapable de leur répondre. **RP**

Las Vegas Parano
Hunter S. Thompson

1939-2005 (États-Unis)
Première parution I 1971
Titre original I *Fear and Loathing in Las Vegas : A Savage Journey to the Heart of the American Dream*

« Nous étions quelque part dans le coin de Barstow aux abords du désert quand les drogues ont commencé à nous travailler. » Le roman de Thompson possède l'une des premières phrases les plus reconnaissables de la fiction moderne. Le narrateur entreprend avec son avocat survolté un séjour à Las Vegas au cours duquel ils fonctionneront aux substances illicites. Chargés de couvrir une compétition automobile dans le désert pour un magazine new-yorkais et ayant déjà dépensé leur avance pour un coffre rempli de drogues, les amis démarrent leur aventure à un rythme infernal après avoir abandonné toute responsabilité personnelle. Cette frénésie s'accroît lorsqu'ils atteignent la ville, et décident de s'installer dans un hôtel où se déroule un congrès sur les narcotiques et drogues dangereuses qui réunit tous les représentants du ministère public du pays. Les débauches du héros ne correspondent qu'à la surconsommation américaine augmentée de quelques crans dans une imitation parodique d'un consumérisme irréfléchi. Ce périple est aussi une célébration extrême, mais admirable par certains côtés, des libertés traditionnelles américaines au cours du premier mandat de Nixon, alors que la guerre du Viêtnam fait rage et que l'on distribue des sentences scandaleusement lourdes à ceux qui brûlent leurs papiers militaires et fument de la marijuana. *Las Vegas Parano* est constitué d'impressions fugaces, si fantastiquement instables que l'on ne sait jamais vraiment ce qui s'est passé, ce qui est en train de se passer et ce

Le Livre de Daniel
E.L. Doctorow

1931 (États-Unis)
Première parution I 1971
Titre original I *The Book of Daniel*
De son vrai nom I Edgar Lawrence Doctorow

Le Livre de Daniel se penche sur la nature et l'efficacité de diverses formes de protestation politique aux États-Unis, ainsi que sur le passage de l'ancienne gauche des années 1940 et 1950 à la nouvelle gauche des années 1960. Le narrateur, Daniel Isaacson, a du mal à accepter l'héritage politique et familial de ses parents – sosies d'Ethel et Julius Rosenberg –, exécutés après avoir été accusés de fournir des secrets nucléaires à l'Union soviétique en 1953. Comment le pouvoir politique se manifeste-t-il lorsqu'il est entre les mains de personnes ou d'institutions, et comment empêcher sa concentration ou son abus par des gouvernements ou sociétés ? s'interroge Doctorow. Entre le radicalisme « courageux et pathétique » de son père et les déclarations grandiloquentes et inefficaces d'Artie Sternlicht qui promet de « renverser les États-Unis grâce aux images », Daniel ne rencontre que désenchantement et impasses. La première attitude est naïve et aisément écrasée par l'État, la deuxième trouve sa réalisation à Disneyland, un univers de fête foraine qui propose « une culture *a minima* pour les masses ». Daniel doit assembler différents fragments de sa vie afin de réconcilier l'héritage politique de ses parents activistes et sa propre vision du monde désenchantée. Ce récit émouvant ne sombre jamais dans l'optimisme, qui voudrait nous faire croire que la lutte personnelle finit toujours par l'emporter, ni dans le pessimisme, selon lequel toute lutte politique est futile. **AP**

Dans un État libre
Vidiadhar Surajprasad Naipaul

1932 (Trinité-et-Tobago)
Première parution | 1971
Titre original | *In a Free State*
Prix Nobel de littérature | 2001

Lauréat du prix Booker en 1971, *Dans un État libre* contient deux nouvelles et un court roman encadrés par un prologue et un épilogue en forme de journal intime. Ce livre, l'un des plus célèbres de Naipaul, est une analyse profonde du déplacement, et de la signification et des limites de la liberté dans ce contexte.

Dans la première nouvelle, un domestique indien se retrouve à Washington où a été muté son employeur, un diplomate. Devenu immigré clandestin, il doit se marier afin d'obtenir sa naturalisation. Dans la deuxième, un habitant des Antilles britanniques suit son frère en Angleterre et s'y retrouve abandonné. Dans les deux cas, la liberté n'est possible qu'avec la perte des repères qui conféraient signification et sécurité au pays natal.

Le plus long des récits, *Dans un État libre*, se déroule dans un pays africain anonyme qui n'est indépendant que depuis peu. Bobby, un fonctionnaire colonial homosexuel qui aime séduire les jeunes hommes noirs, et Linda, la femme d'un animateur de radio blanc que les Africains dégoûtent, voyagent en voiture jusqu'au Collectorat Sud, région autonome toujours contrôlée par le roi. Durant le parcours, une série de rencontres hostiles se produisent avec les habitants de la région, et l'on passe des insultes au vandalisme puis à la violence physique. La vieille assurance coloniale qui régnait au début s'effrite peu à peu, et la réalité brutale de ce qu'implique le nouvel état pour la communauté expatriée se fait jour. **ABi**

R.A.S Infirmière-Chef
B.S. Johnson

1933-1973 (Angleterre)
Première parution | 1971
Langue originale | Anglais
Titre original | *House Mother Normal : A Geriatric Comedy*

La « comédie » de Johnson est une parodie acerbe des hospices pour personnes âgées où la cruauté est routinière, banalisée, dans des services de soins faiblement supervisés. La structure de ce roman est celle d'une descente en spirale, du point de vue psychologique et moral. Il se déroule sous la forme de monologues, depuis celui de la résidente la plus lucide, Sarah Lamson, principalement handicapée par ses rhumatismes, jusqu'à Rosetta Stanton, quatre-vingt-quatorze ans, dont les maux physiques et cognitifs sont trop nombreux pour qu'on en dresse la liste. Selon les autorités, son cas ne mérite même pas la pitié car « elle a tout ce que les autres ont aussi », et ses paroles parsèment la page, comme placées au petit bonheur la chance, vides de toute intention ou référence.

Le lecteur se retrouve dans une position inconfortable mais stimulante. Johnson lui offre un accès privilégié, presque scientifique, aux pensées de chacun de ses locuteurs. On s'aperçoit que presque rien n'est inévitable dans cet hospice anarchique, cependant que l'on découvre les vicissitudes des souvenirs des patients, interrompus seulement par un jeu du furet sinistre, organisé par l'infirmière-chef pour son seul plaisir sadique. Johnson pousse le lecteur à reconnaître sa liberté d'observateur qui peut continuer à penser et à spéculer – la liberté, peut-être, de choisir de ne pas être à la merci des mauvais traitements institutionnels –, tandis que les narrateurs s'enfoncent dans la peine et le sommeil. **DJ**

Malina
Ingeborg Bachmann

1926 (Autriche)-1973 (Italie)
Première parution | 1971
Langue originale | Allemand
Titre original | *Malina*

La narratrice viennoise anonyme traverse une crise professionnelle et personnelle. Elle participe aussi à un triangle amoureux composé de son amant, Ivan, passionné et dont elle tente vainement d'être la compagne, et de son *alter ego*, Malina, dont elle devient dépendante et qui la phagocyte, conduisant peu à peu à son meurtre.

De forme extrêmement expérimentale, *Malina* (conçu au départ comme « l'ouverture » d'une trilogie, jamais complétée et intitulée *Façons de mourir*) est doté d'une intrigue intériorisée, entièrement fondée sur la réponse affective de la narratrice à des événements que le lecteur ne découvre qu'indirectement. En utilisant un style fragmenté et parfois sibyllin parsemé d'instants profondément lyriques, Ingeborg Bachmann désirait explorer l'incapacité du langage à exprimer nos émotions les plus profondes. À cette fin, elle s'est efforcée de créer une nouvelle prose globale. Le roman est un examen courageux, très ambitieux, des limites personnelles, telles que le rôle du sexe dans l'identité et la personnalité, l'énigme du temps et les impuissances du langage. Il revisite ainsi les thèmes majeurs de la littérature autrichienne depuis le début du XXe siècle et en particulier la philosophie de Wittgenstein. La place de *Malina* est désormais reconnue à l'intérieur du canon autrichien moderne et de la littérature féminine. **LB**

Faire surface
Margaret Atwood

1939 (Canada)
Première parution | 1972
Titre original | *Surfacing*
Adaptation cinématographique | 1981

On retrouve dans *Faire surface*, le deuxième roman de Margaret Atwood, des éléments du roman noir, des histoires de fantôme, de récit de voyage et de journal de pionnier. L'auteur y dose parfaitement le suspens et l'analyse intellectuelle. Une narratrice dont on ne découvre jamais le nom retourne, après la disparition mystérieuse de son père, sur l'île québécoise isolée où elle est née. Elle est accompagnée par trois citadins endurcis : son compagnon, Joe, et un couple marié insupportable, Anna et David. Après leur arrivée sur l'île, de sombres secrets « font surface », comme les objets engloutis dans le lac qui les entoure. L'isolement fait lentement resurgir les faiblesses, les vanités et les préjugés de chacun des personnages. Alors que le passé et le présent se font de plus en plus pressants, la narratrice régresse dans un état paranoïaque et animal pour finir par s'imaginer en communion avec la nature après avoir découvert une grotte sous-marine peinte de motifs amérindiens.

L'auteur se penche ici sur le thème des limites : du langage, de l'identité nationale, de l'identité sexuelle et du corps. L'un des attraits principaux du livre demeure pourtant sa description d'un Canada rural transformé par la commercialisation et le tourisme. Ce ne sont pas seulement les armées ou les réfugiés qui traversent les frontières, mais la gigantesque machine du capitalisme et des médias. Ce roman d'appartenance et de déplacement est narré dans un style remarquable, précis et dépouillé. **SamT**

G.
John Berger

1926 (Angleterre)
Première parution | 1972
Titre original | *G.*
Prix Booker | 1972

G. est la chronique des exploits amoureux d'un héros sans nom (que le roman identifie comme « le protagoniste ») à la fin du XIXe siècle. Ce roman où interviennent Garibaldi et la révolution avortée des Milanais en 1898 décrit dans le détail les nombreux badinages de ce Don Juan qui semble aveugle aux calamités en train de se dérouler à quelques mètres de sa chambre. Berger explore ici la façon dont l'expérience privée peut en fin de compte amener à la reconnaissance d'une appartenance sociale plus vaste.
C'est son style narratif expérimental qui frappe de prime abord. L'histoire étant principalement narrée depuis le point de vue de son protagoniste et des femmes qui succombent à ses avances, le héros est le produit d'impressions accumulées plutôt qu'un personnage bien défini dès le départ. Le roman ne prête pas seulement attention à ce qui se passe durant les rapports amoureux ; il s'attache aussi à la manière dont l'expérience est structurée par une impression d'intersubjectivité. L'érotisme naît de la façon dont les personnages prennent conscience de cette expérience au moment même où ils la vivent. Cette obsession de l'empire des sens, au lieu d'isoler plus avant le héros réticent, constitue le moteur principal d'une prise de conscience de l'injustice et de l'oppression qui l'entourent. **VA**

Le Livre d'un été
Tove Jansson

1914-2001 (Finlande)
Première parution | 1972
Langue originale | Suédois
Titre original | *Sommarboken*

Tove Jansson, artiste et écrivain, est avant tout connue pour avoir créé la série des *Moumine*, ouvrages de littérature pour la jeunesse. *Le Livre d'un été* compte parmi les dix romans qu'elle a écrits pour les adultes et est considéré comme un classique en Scandinavie.
Plus ou moins autobiographique, il se déroule au cours d'une saison estivale que passent ensemble une artiste vieillissante et sa petite-fille de six ans, Sophia, sur une minuscule île du golfe de Finlande. C'est un livre magique, élégiaque, à l'humour tranquille, où le lecteur découvre lentement la vie de la petite fille (dont la mère vient de mourir), de sa grand-mère et de son père, largement absent. La profonde et vivante manière dont sont campés les personnages sert de moteur au roman, même s'il ne se passe pas grand-chose. La vieille femme et la petite fille occupent leurs journées autour de leur maison estivale, sur leur île minuscule et idyllique, ramassent du bois flotté, parlent de la mort, plantent un nou-

veau gazon, et s'exaspèrent mutuellement. Les descriptions, telles celle de la mousse que l'on a foulée trois fois, détaillées avec précision et calme, permettent au lecteur de saisir le lien unique qui existe entre les deux héroïnes. Le style de Jansson est dépourvu de sentimentalisme, et, l'été filant, ses protagonistes apprennent à s'adapter aux peurs et particularités de l'autre, permettant ainsi que naisse un amour profond et pudique qui s'étend au-delà de la famille pour englober l'île et la saison. **LE**

Les Années du crépuscule
Sawako Ariyoshi

1931-1984 (Japon)
Première parution | 1972
Langue originale | Japonais
Titre original | *Kôkotsu no hito*

Le roman poignant et profondément humain d'Ariyoshi traite d'un sujet de plus en plus pressant dans des sociétés où l'espérance de vie ne cesse d'augmenter : l'impact des personnes âgées sur leur famille. Avec un talent achevé, Ariyoshi fait pénétrer le lecteur dans la vie d'Akiko, mère de famille qui travaille dans le Japon des années 1970. Sa routine quotidienne, déjà chargée, est bouleversée par la mort soudaine de sa belle-mère qui lui laisse la charge de son beau-père, Shigezo. Ce dernier, qui devient peu à peu sénile, est un égocentriste méprisant et colérique, mais Akiko n'a d'autre choix que de s'en occuper. Ariyoshi ne manque pas de propos sur les relations entre sexes ou générations dans un Japon en pleine évolution, mais se concentre surtout sur l'expérience insupportable du déclin mental et physique des personnes âgées. En brossant un portrait stoïque de la déchéance et de l'horreur de la vieillesse, Il parvient miraculeusement à terminer sur une note optimiste. Akiko découvre une certaine fierté et un sentiment d'accomplissement dans son engagement à maintenir le vieil homme en vie, tandis que Shigezo, à l'esprit désormais vide, semble découvrir au seuil de la mort une sérénité qui, jusque-là, lui avait toujours été refusée. *Les Années du crépuscule* comptent parmi ces livres profondément utiles qui affrontent le pire et convainquent le lecteur que la vie demeure toujours valable, malgré les apparences. **RegG**

Les Résistants du Cap
Alex La Guma

1925 (Afrique du Sud)-1985 (Cuba)
Première parution | 1972
Titre original | *In the Fog of the Season's End*
Prix Lotus | 1969

L'œuvre d'Alex La Guma possède de forts accents politiques. Membre du parti communiste, il était président de l'organisation sud-africaine des gens de couleur, et a été jugé pour trahison en compagnie de Nelson Mandela. *Les Résistants du Cap*, quatrième d'une série de cinq romans, traitent de l'oppression et de l'Apartheid en Afrique du Sud.

L'auteur y décrit les activités de deux groupes de résistants clandestins dans une intrigue qui entremêle trois éléments distincts : un récit simple, vivant et parfois brutal, un dialogue réaliste, bref et tonique, et des images poétiques évocatrices. Le roman dépeint la réalité quotidienne du régime – violence et misère noire, paranoïa et absurdité –, y compris à travers une longue description choquante et émouvante du massacre de Sharpville. Ses images poétiques permettent un examen plus approfondi et plus optimiste de la fierté,

de la dignité et de la ténacité des Noirs, Asiatiques et gens de couleur d'Afrique du Sud.
Le sentiment de paranoïa et de découverte imminente dont le livre est empreint évoque, à un degré moindre, l'effroi que l'on ressent à la lecture de *1984*. Les deux romans se concluent de façon brutale par des scènes de torture en prison, mais tandis que la dystopie d'Orwell n'offre que peu d'espoir de rédemption, le roman quasi autobiographique de La Guma se termine sur une note émouvante et subtilement triomphante. **GMi**

Les Villes invisibles
Italo Calvino

1923 (Cuba)-1985 (Italie)
Première parution | 1972
Langue originale | Italien
Titre original | *Le città invisibili*

Les Villes invisibles abritent une série d'anecdotes de voyages racontées par Marco Polo, l'explorateur, à Kubilay Khan, empereur des Tatars. Cinquante-cinq vignettes décrivent autant de villes fabuleuses qui représentent chacune une énigme philosophique ou conceptuelle ; Zemrude, par exemple, change selon l'humeur de celui qui la regarde. Elle est divisée en deux niveaux : celui du haut, où l'on trouve des appuis de fenêtre et des fontaines, et celui du bas, où il y a le ruisseau et les détritus. La Zemrude du haut n'est décrite qu'à travers les souvenirs de ceux dont les yeux restent désormais fixés au sol. À Diomira, les visiteurs jalousent ceux chez qui la ville suscite une douce mélancolie. Zoé, une ville « à l'existence indivisible », où chaque activité est possible en tout lieu, devient floue : « Pourquoi, alors, la ville existe-t-elle ? »

Entre certaines des descriptions se trouvent de brefs épisodes révélateurs où se développe la relation entre les interlocuteurs. Le grand Khan découvre dans les récits du Vénitien un élément qui transcende son empire terrestre et temporel. Il y discerne, « à travers les murs et tours destinés à s'effondrer, la trace d'un motif si subtil qu'il pourrait échapper au rongement des termites ». Pour sa part, Marco Polo invente des villes à des fins de rédemption. « Je collecte les cendres d'autres villes possibles qui disparaissent pour laisser la place, des villes qui ne peuvent jamais être reconstruites ou inscrites dans la mémoire. » **DH**

L'Arc-en-ciel de la gravité
Thomas Pynchon

1937 (États-Unis)
Première parution | 1973
Titre original | *Gravity's Rainbow*
Prix du National Book | 1974

Il serait aussi vain d'essayer de résumer l'intrigue de *L'Arc-en-ciel de la gravité* que de déclarer qu'*Ulysse* traite de la journée de deux hommes à Dublin. De fait, le roman de Pynchon est déjà célèbre pour son expérimentation linguistique, ses systèmes de connaissance ésotériques et la façon dont il démantèle le temps et l'espace. Cependant, on peut révéler qu'une grande partie du livre se déroule en Europe durant les années qui précèdent la Seconde Guerre mondiale et celles de paix fragile qui la suivent. La construction de la fusée V2, un missile allemand que l'on n'entend qu'une fois qu'il a frappé sa cible (sa vitesse dépasse celle du son), relie les divers éléments du roman. Le V2 devient un objet mystique, un texte cabalistique, un phallus apocalyptique, un symbole du « suicide mondial ». Dans l'ombre, des entreprises qu'on devine à peine telles que IG Farben et Shell forment une autre sorte de pouvoir – comme si la guerre n'était là que pour développer leurs marchés.

Il est impossible de transcrire l'envergure du style de Pynchon en quelques mots. *L'Arc-en-ciel de la gravité* est une œuvre encyclopédique, qui prolifère et possède divers points d'entrée et de sortie. On y trouve des milliers d'allusions et d'énigmes dans lesquelles on peut se perdre : bandes dessinées, films de série B, musique classique ou populaire, drogues, magie et occultisme, ingénierie, physique, psychologie pavlovienne et théorie économique apparaissent, et la liste n'est pas exhaustive. Cela demeure un jalon de la littérature américaine, un roman épique, carnavalesque, d'une ambition folle, qui retrace le réalignement du pouvoir global à travers le théâtre de la guerre. Malgré la complexité et le caractère sombre du livre, c'est la fidélité de l'auteur aux opprimés et aux sans-voix, son engagement en faveur de la justice et de la communauté qui brillent. **SamT**

Le Consul honoraire
Graham Greene

1904 (Angleterre)-1991 (Suisse)
Première parution | 1973
Langue originale | Anglais
Titre original | *The Honorary Consul*

Charley Fortnum, consul honoraire britannique, alcoolique, a été enlevé par erreur dans la région isolée du nord de l'Argentine où il réside. Des rebelles venant du Paraguay voisin avaient en effet l'intention de s'emparer de l'ambassadeur américain. Fortnum n'était peut-être pas leur cible mais il est désormais leur otage, et mourra dans les quatre jours si des prisonniers politiques ne sont pas libérés au Paraguay. Le général – Alfredo Stroessner qui a dirigé le Paraguay de 1954 à 1989 – n'est au pouvoir que grâce aux Américains. Fortnum, lui, est une gêne pour les autorités britanniques, et de toute façon l'influence politique de ce pays est négligeable.

Le seul ami du consul est le docteur Eduardo Plarr, qui s'est réfugié en Argentine vingt ans auparavant. Enfant, Plarr a côtoyé sur les bancs de l'école deux des kidnappeurs, et lorsque les somnifères qu'ils ont donnés à leur otage interagissent avec l'alcool qu'il a dans le sang, ils demandent son aide au docteur. Mais la motivation de ce dernier est suspecte, même à ses propres yeux : son père est l'un des prisonniers que les rebelles veulent libérer ; il vit aussi une aventure avec la femme de Fortnum.

Comme souvent dans l'œuvre de Greene, *Le Consul honoraire* traite des interactions entre politique, religion et sexe. Contrairement aux romans précédents, ce n'est pas le protagoniste qui est accablé d'un sentiment de culpabilité catholique, mais le chef des kidnappeurs, un prêtre défroqué. Et si Plarr paraît inhabituellement las du monde pour un homme qui n'a pas encore atteint la quarantaine, son cynisme peut être attribué non seulement à l'âge de l'auteur (Greene avait alors presque soixante-dix ans) mais aussi à l'époque à laquelle il vit : *Le Consul honoraire* a été publié l'année où le gouvernement Allende a été renversé par le général Pinochet et la CIA. **TEJ**

Crash
James Graham Ballard

1930 (Chine)
Première parution | 1973
Titre original | *Crash*
Adaptation cinématographique | 1996

Crash raconte la relation du narrateur avec Vaughan et l'obsession de ce dernier pour l'actrice Elizabeth Taylor. Le désir contemporain a un nouvel objet : la voiture. Il y a du corps partout ; sexe et châssis, métal et peau. Photos, émissions de radio, appareils photo, expositions automobiles, tout fait partie du nouveau contenu manifeste de nos rêves éveillés. Chose inquiétante, les personnages ne paraissent posséder aucune vie intérieure dans le sens romanesque traditionnel, puisque chaque excès est exposé sur pellicule, ou, finalement, révélé par les actes. Des gestes d'une apparente intimité se transforment en recherche de nouvelles blessures, les barrières sont réduites en miettes et les dégâts sont sanctifiés.

« Premier livre pornographique dominé par la technologie du XXe siècle » (selon Maxim Jakubowski), ce roman de Ballard constitue une exception dans une œuvre exceptionnelle. On n'y retrouve aucune des catastrophes mondiales plus explicites de ses romans précédents. Nous pouvons tous nous identifier à cet effondrement ; il s'est déjà produit en chacun d'entre nous. Étant donné que le narrateur s'appelle Jim Ballard, les frontières entre fiction et réalité sont floues et l'on peut aisément établir un lien avec les autobiographies romancées que l'auteur allait écrire, particulièrement *La Bonté des femmes* où l'on peut identifier certains personnages de *Crash*.

Cela demeure toutefois un Ballard classique ; sa perspicacité psychologique est infaillible, les perversions sont intensément personnelles et sensées. Tout semble effroyablement logique. Tout le monde n'apprécie pas de tels sentiments. « L'auteur de ce livre est au-delà de toute aide psychiatrique », a déclaré l'un des lecteurs d'une maison d'édition. Ballard considérait ce commentaire comme « le plus grand compliment qu'on pût recevoir ». **JS**

Le Château des destins croisés
Italo Calvino

1923 (Cuba)-1985 (Italie)
Première parution | 1973
Langue originale | Italien
Titre original | *Il castello dei destini incrociati*

Dans sa collection d'essais, *Leçons américaines : aide-mémoire pour le prochain millénaire*, Calvino défendait les qualités littéraires que les générations à venir devraient chérir : légèreté, rapidité, exactitude, visibilité et multiplicité. On les retrouve toutes dans *Le Château des destins croisés*, la visibilité peut-être plus que les autres. Comme l'a déclaré l'auteur : « Ce livre est d'abord constitué d'images – des cartes du tarot – puis de mots écrits. » Les deux courts récits qui constituent *Le Château des destins croisés* suivent le même modèle : un voyageur arrive à destination (un château dans l'un, une taverne dans l'autre), pour découvrir que tous ceux qui s'y trouvent, lui-même compris, semblent avoir perdu la parole. Les hôtes s'échangent leur histoire par l'intermédiaire de cartes de tarot. Les récits qui en résultent semblent être la distillation de toutes les histoires jamais racontées. On y trouve l'alchimiste qui a vendu son âme, Roland fou amoureux, des histoires concernant saint Georges et saint Jérôme, Faust, Œdipe et Hamlet. *Le Conte de l'irrésolu* raconte l'histoire d'un homme incapable de choisir dans un monde qui ne cesse de lui infliger cette torture. Dans les jeux de tarot de Bonifacio Bembo et de Marseille, Calvino découvre ou redécouvre la plus ancienne des mécaniques narratives. **PT**

Le Siège de Krishnapur
J.G. Farrell

1935 (Angleterre)-1979 (Irlande)
Première parution | 1973
Titre original | *The Siege of Krishnapur*
Prix Booker | 1973

Situé au cours de la mutinerie indienne de 1857, *Le Siège de Krishnapur* est peuplé d'un grand nombre de personnages. On peut même le considérer comme un pastiche du XIXe siècle, mais il est plus étrange et plus drôle que cela. Le roman a pour point de référence l'Exposition universelle de 1851, qui a assemblé à Londres toute la nouvelle technologie du monde victorien. Le percepteur de Krishnapur, Mr. Hopkins, est un enthousiaste qui rapporte certains exemples de cette technologie en Inde, même si la plupart d'entre eux sont finalement criblés de balles lorsque les cipayes assiègent les colons anglais.

Le combat est prétexte à des débats entre le prêtre, qui défend l'existence de Dieu alors même qu'il aide à tirer un coup de canon, le magistrat rationaliste qui croit en la phrénologie, et deux médecins dont les avis divergent dans le domaine de la recherche médicale. C'est une mosaïque de discours victoriens qui s'opposent. Celui de la croyance religieuse, celui du scepticisme rationaliste et une poésie assez mauvaise symbolisent de nouvelles (et d'anciennes) philosophies. Comme libérées par l'état de siège, les femmes se modernisent ; Lucy, prise au piège à Krishnapur, devient experte dans la fabrication des cartouches, et pleure lorsqu'elles ne sont plus nécessaires à la fin du siège. La révolte anti-impérialiste provoque un débat autour de l'occupation des pays qui est toujours d'actualité. **AMu**

Questions de pouvoirs
Bessie Head

1937 (Afrique du Sud)-1986 (Botswana)
Première parution | 1973
Langue originale | Anglais
Titre original | *A Question of Power*

Questions de pouvoirs interroge le lien entre la fiction et l'autobiographie. Tout comme Bessie Head, Elizabeth, la protagoniste de ce roman, a fui l'Apartheid de l'Afrique du Sud pour le Botswana ; fille d'un Noir et d'une Blanche enfermée dans un asile de fous, elle a été élevée par une femme qu'elle a prise pour sa mère jusqu'à l'adolescence. Tout comme l'auteur encore, elle vit au Botswana, ce que l'on peut interpréter au choix comme une découverte spirituelle ou une dépression nerveuse.

Le roman passe constamment d'un récit à l'autre. Le premier concerne la vie d'Elizabeth dans un village du Botswana, l'autre ses visions débilitantes d'un personnage qui rappelle un moine, Sello, et d'un séducteur sadique, Dan. L'auteur ne nous permet jamais de savoir si ce sont les apparitions surnaturelles de personnages ayant existé ou les inventions d'un esprit dérangé. L'une des présences les plus envoûtantes est celle de l'Afrique du Sud, dans un roman qui traite principalement de ce que l'auteur appelle « le problème du mal ». Lorsque Elizabeth se débat avec ses visions, elle réfléchit aussi à la nature du mal. À la fin de son long périple personnel, elle comprend que la vie est sacrée. L'une des grandes réussites de ce roman est que le lecteur sent lui-même qu'il est en train de perdre légèrement l'esprit, après avoir abandonné toutes ses certitudes quant aux frontières qui séparent la fiction et l'autobiographie, la réalité et l'irréel, la folie et la guérison. **VM**

Le Complexe d'Icare
Erica Jong

1942 (États-Unis)
Première parution I 1973
Langue originale I Anglais
Titre original I *Fear of Flying*

Récit d'une libération sexuelle et d'une découverte de soi, texte volontairement féministe dépourvu de toute inhibition, *Le Complexe d'Icare* est l'histoire d'Isadora Wing, par deux fois mariée, psychanalysée à satiété, qui prend pour modèle Mary Wollstonecraft et Virginia Woolf, et quitte son psychiatre de mari durant une conférence internationale pour s'enfuir avec un amant. Ils parcourent ensemble l'Europe, hébétés par l'alcool, font autant l'amour qu'ils se laissent aller à des crises de culpabilité, jusqu'à ce que son amant abandonne Isadora. Celle-ci rejoint son mari après avoir appris, en l'espace de vingt-quatre heures de solitude, à voler de ses propres ailes.
Héroïne imparfaite mais intelligente, Isadora est incapable d'incorporer complètement le féminisme à sa vie. Elle rêve d'évasion, fantasmes qui, selon elle, sont intimement liés à la condition féminine. Le roman est parsemé de flash-back sexuels explicites et de déclarations féministes didactiques, alliage qui ne fonctionne pas toujours. Tandis qu'Erica Jong tente de représenter l'infidélité comme libératrice, la dépendance affective d'Isadora envers les hommes atténue ce message. *Le Complexe d'Icare* brise de nombreux tabous mais l'institution du mariage sort finalement intacte du roman. C'est son ambivalence envers le féminisme qui rend ce texte essentiel dans le canon de ce courant de pensée. **HM**

Moi, le Suprême
Augusto Roa Bastos

1917-2005 (Paraguay)
Première parution I 1974
Langue originale I Espagnol
Titre original I *Yo el Supremo*

La biographie de José Gaspar Rodríguez de Francia (1766-1840), qui a dirigé le Paraguay entre 1814 et 1840, a inspiré cette œuvre monumentale, probablement le plus remarquable des romans traitant de dictateurs. Ce n'est pas tant la biographie fictive d'un personnage historique que la variété des événements rapportés et la riche galerie de personnages qui font la complexité de ce texte. Les innombrables informations (qui proviennent de sources historiques et littéraires comme de la tradition orale) donnent lieu à une réflexion sur la nature du lien entre l'écriture et l'histoire : « Écrire ne signifie pas transformer la vérité en mots mais les mots doivent être vrais. »
Divers personnages façonnent ce matériel verbal (dont le secrétaire Patiño et le compilateur anonyme), le présentent ou reflètent ses multiples formes : transcriptions de conversations ; un Prospectus Perpétuel, la leçon de l'histoire et du code légal ; le Carnet Privé du dictateur ; ainsi que d'innombrables notes, lettres, communiqués officiels et affiches satiriques – comme la fausse parodie supposée apocryphe qui annonce la profanation du cadavre du Suprême, ce qui devient un fil narratif. Agglutination incroyablement dense de fragments multiples, amalgame baroque

de citations et d'allusions, ce torrent verbal établit une histoire et une littérature, puis leur donne le niveau le plus élevé de visibilité à une époque où cela n'était particulièrement pertinent. **DMG**

Les Oracles
Margaret Laurence

1926-1987 (Canada)
Première parution | 1974
Titre original | *The Diviners*
De son vrai nom | Jean Margaret Wemyss

À sa parution, ce roman a reçu le prix du Gouverneur général, prestigieux prix littéraire au Canada. Il a aussi été critiqué du haut des chaires, interdit par les conseils d'administration de certains établissements scolaires, accusé de blasphème, de pornographie et d'atteinte à l'institution du mariage.

Ce dernier roman de Margaret Laurence est désormais une lecture obligatoire dans les classes. Son héroïne, Morag Gunn, est un symbole imposant de courage et d'indépendance qui défie les mœurs raciales et sexuelles de son époque. La façon dont *Les Oracles* explorent la signification de l'« identité » est aussi emblématique d'une génération. Morag est une orpheline qui essaie de se forger un héritage à partir de ses souvenirs fugitifs de ses parents et des récits épiques de son père adoptif au sujet de ses ancêtres écossais. Mais elle est aussi fascinée par l'héritage culturel d'autres personnes déracinées, et découvre la compréhension et une étrange sorte d'amour auprès d'un garçon métis, dont les ancêtres indiens ont été repoussés par ceux de Morag. Au fil des ans, leurs vies se croisent, divergent puis se retrouvent à nouveau, elle devenant écrivain et lui chanteur, tous deux se tournant vers le passé pour y trouver un sentiment d'appartenance. Ils partagent finalement un enfant qui partira plus tard à la recherche de son identité, porteur de la même douleur. Il est impossible d'oublier la prose pleine de bon sens des *Oracles*, les descriptions brutalement honnêtes de la vie de village, et l'héroïne émouvante et spirituelle. **MaM**

L'Honneur perdu de Katharina Blum
Heinrich Böll

1917-1985 (Allemagne)
Première parution | 1974
Titre original | *Die Verlorene Ehre der Katharina Blum*
Prix Nobel de littérature | 1972

L'Honneur perdu de Katharina Blum est peut-être aujourd'hui plus célèbre pour son adaptation cinématographique, filmée par Volker Schlöndorff et Margarethe von Trotta en 1975. De prime abord, cela paraît être un conte moral sur les conséquences néfastes du sensationnalisme dépourvu de scrupules des médias. Böll a en effet écrit ce roman après avoir été l'objet d'une campagne de dénigrement virulente de la part de *Bild*, tabloïd populiste de droite, qu'il avait critiqué dans *Der Spiegel*, hebdomadaire de gauche.

Katharina Blum est une jeune femme normale qui vit recluse et travaille comme femme de ménage. Elle rencontre au cours d'une soirée Ludwig Gotten, recherché par la police pour un crime indéfini et dont elle tombe amoureuse. Ils passent la nuit ensemble dans l'appartement de Katharina, et lorsque la police surgit dans son immeuble le lendemain, il a disparu. La vie de Katharina est disséquée quatre jours durant, et son nom traîné dans la boue par un journal à sensation clairement inspiré de *Bild*. Elle accorde une interview au journaliste responsable de cette campagne, et lorsqu'il lui fait des avances, elle lui tire dessus et le tue. Le texte de Böll est bien plus qu'une réponse indignée aux excès d'un tabloïd particulier. Il est conscient du pouvoir du langage et met en garde contre la violence des mots si le respect des faits ne s'accompagne pas de celui des personnes. **DG**

Terres de crépuscule
John Michael Coetzee

1940 (Afrique du Sud)
Première parution | 1974
Titre original | *Dusklands*
Prix Nobel de littérature | 2003

Ce roman est composé de deux courts récits, dont le premier, « Le Projet Viêtnam », traite des efforts d'Eugene Dawn pour concevoir et analyser des mythographies qui permettront à l'Amérique de justifier sa position dans ce conflit et de saper la résistance vietnamienne. Le deuxième est le récit brutal de Jacobus Coetzee, l'un des « héros qui se sont les premiers aventurés à l'intérieur de l'Afrique du Sud et en ont rapporté la nouvelle de ce dont nous avions hérité ».

Entre les deux récits, les parallèles troublants et les croisements se répètent. Les frontières qui séparent les méthodes physiques, psychologiques et culturelles de la domination coloniale sont floues, tandis que la mentalité de l'impérialiste est exposée de façon inquiétante. Derrière cette exploration fascinante, jamais réellement visible, se cache un questionnement de la construction de l'histoire. Malgré la densité des allusions théoriques, le texte n'est jamais stérile. La prose de Coetzee, comme à son habitude directe et vivante, conjure des visions d'horreur et de compassion, de vérité et de mensonge. Depuis les vingt-quatre photos de la guerre du Viêtnam que Dawn transporte avec lui dans une gamelle, jusqu'à l'horrible « vengeance » impartie par Jacobus Coetzee, *Terres de crépuscule* est viscéralement palpitant. C'est un roman qui parvient à attaquer directement ses cibles et qui rappelle de façon perturbante l'emprise tentaculaire de la complicité, et la présence dans toutes nos histoires de choses que nous préférerions passer sous silence. **DR**

Au plaisir de Dieu
Jean d'Ormesson

1925 (France)
Première parution | 1974
Élection à l'Académie française | 1974

1974 est une année faste pour Jean d'Ormesson : nommé directeur du *Figaro* et reçu à l'Académie française au fauteuil de Jules Romains, il publie avec *Au Plaisir de Dieu* l'un de ses meilleurs romans, une vaste fresque sociale et familiale qui brasse l'histoire du monde en y nouant celle de sa propre famille. Dernier représentant de la dynastie des Plessis-Vaudreuil, grande famille française dont la devise est « Au Plaisir de Dieu », le narrateur raconte la destinée de la lignée dont il est issu, des croisades aux temps modernes, et décrit les blessures que l'avènement de la modernité inflige aux traditions, avec ses idées révolutionnaires et ses mœurs nouvelles. Conservateur farouche, le duc Sosthène de Plessis-Vaudreuil s'accroche au passé et à son « château de gloire et de pierre » où, contre les vents et marées du siècle neuf, rien n'a changé depuis des siècles. Le château imaginaire de Plessis-lez-Vaudreuil constitue le point nodal de cette chronique de la fin d'un monde, où le romancier prend à bras-le-corps un thème central de son œuvre : la contemplation de l'histoire en marche, la mélancolie liée à l'inexorable fuite en avant du temps. « J'ai quelques idées fixes, confessera-t-il, et l'une de ces idées fixes est le temps. Le temps est au cœur d'*Au plaisir de Dieu*, dans la mesure où j'y dépeins la fin d'une époque ». Cette fresque possède les qualités que le grand public apprécie chez son auteur : une gravité secrète déminée par un humour brillant, une modestie masquée derrière les références incessantes aux grands écrivains du passé. **BQ**

La Storia
Elsa Morante

1912-1985 (Italie)
Première parution | 1974

Commencé en 1971 et publié trois ans plus tard dans une édition à petit prix, *La Storia* apporte à Elsa Morante un succès populaire phénoménal mais divise la critique italienne. Comme le remarqua Pasolini, tout le sujet de cet épais roman épique est dans son titre : l'Histoire, sa manière « scandaleuse » de broyer les vies des petites gens, les millions de victimes qu'elle fait à chacun de ses soubresauts. L'action se déroule en Italie, entre 1941 et 1947, à travers le regard d'une famille romaine du quartier populaire de Pietralata, bousculée par l'horreur de la guerre : Ida Ramundo, une jeune institutrice d'origine juive ; Nino, son fils aîné, qui se laisse embrigader dans les chemises noires avant de devenir partisan ; Useppe, son cadet, né de son viol par un soldat allemand un jour de janvier 1941, garçon épileptique promis à une fin tragique. La romancière recourt à de nombreux procédés pour défendre son point de vue sur les événements qu'elle décrit, s'épanchant à travers le personnage de Davide Segre, un jeune intellectuel, et plaçant ironiquement en tête de chacun des huit chapitres la version « officielle » des faits, scandaleuse d'abstraction et de neutralité au regard des drames individuels subis par les personnages. Délibérément populaire et accessible (Morante l'écrit en toutes lettres sur la page de garde : « Por el anafabelto a quien escribo »), cette fresque réaliste témoigne de l'engagement politique de l'auteur et exprime avec une remarquable intensité la tragédie des vies minuscules ballottées par l'Histoire. **BQ**

Ragtime
E. L. Doctorow

1931 (États-Unis)
Première parution | 1975
Langue originale | Anglais
Adaptation cinématographique | 1981

Le premier paragraphe de *Ragtime* s'étend sur plus de deux pages. N'oubliez pas de respirer. Les phrases culbutent les unes sur les autres, comme emportées par un torrent. Relisez ce passage et vous remarquerez qu'il est composé de courtes déclarations, presque toutes au passé du verbe être : « C'était… », « il était… », « elle avait été… ». L'objectif est de fixer les éléments décrits dans un passé irrévocable : les phrases s'assemblent, tels les fragments d'une mosaïque, pour former un portrait de l'Amérique du début du XXe siècle – une époque où les sensibilités, semble suggérer Doctorow, appartiennent désormais au passé. Cependant que l'histoire se développe, de vraies figures historiques – Henry Ford, Theodore Roosevelt, Emma Goldman, Freud, Houdini et de nombreux autres – croisent les destins fictifs d'une famille bourgeoise blanche américaine, composée de Mère, Père, Jeune Frère de Mère, etc., et d'une famille émigrée juive tout aussi emblématique qui regroupe Mameh, Tateh et La Petite Fille. L'une des histoires marquantes est celle de Coalhouse Walker, pianiste de ragtime noir dont la Ford T est vandalisée par des pompiers racistes. Il abandonne sa voiture au milieu de la route, mais ses protestations se font de plus en plus véhémentes, et l'affaire se termine par une pluie de balles devant la demeure de Pierpont Morgan, l'homme le plus riche d'Amérique. Les histoires de ce roman sont riches, vivantes et passionnantes, mais c'est de l'écriture qu'on se souvient : la prose est comme un jazz tourbillonnant. **PMy**

The Commandant
Jessica Anderson

1916 (Australie)
Première parution | 1975
Prix littéraire Miles Franklin | 1978, 1980
Non traduit à ce jour en français

Le commandant Patrick Logan, très strict en matière de discipline, convaincu qu'il ne peut gérer sa colonie pénitentiaire isolée de Moreton Bay que d'une main de fer. En l'espace de quelques mois en 1830, il est obligé de remettre en question ses valeurs dans un pays où les changements politiques et sociaux sont en marche, inspirés par une presse libre. Comme on ne peut atteindre la colonie pénitentiaire que par bateau, les nouvelles se propagent lentement, mais une fois arrivées à destination, elles ne satisfont pas Logan. Des prisonniers, après s'être échappés, ont rejoint Sydney où les journaux ont publié leurs récits qui accusaient la barbarie du commandant. Logan ne se soucie pas des manœuvres qui s'organisent entre la presse, le gouverneur et les intérêts britanniques. Mais lorsque des visiteurs, dont le capitaine Clunie (chargé d'évaluer la situation) et Frances O'Briene, sa belle-sœur, plus progressiste, arrivent à la colonie, le récit prend un aspect d'urgence et de controverse.
En réalité, les deux protagonistes sont en marge de la société ; Frances, avec ses idées radicales, refuse de se plier aux normes de la classe supérieure coloniale, tandis que le commandant est coupé du milieu politique de Londres et Sydney. C'est désormais un homme qui ne correspond ni au lieu ni à l'époque, ce qui provoquera sa mort. Mais rien n'est simple chez Jessica Anderson, et le lecteur finit par mettre en doute les motifs et la morale de tous ceux qui se préoccupent d'une terre qu'ils comprennent à peine. **JHa**

Le Lièvre de Vatanen
Arto Paasilinna

1942 (Finlande)
Première parution | 1975
Langue originale | Finlandais
Titre original | *Jäniksen vuosi*

Kaarlo Vatanen, la quarantaine, journaliste las du monde, est hébété par l'ennui extrême de sa routine quotidienne, cynique et malheureux. En rentrant un soir d'un reportage avec son photographe, il heurte un lièvre en voiture. Vatanen suit l'animal dans les bois et découvre qu'il s'est cassé une patte. Ému, il décide de veiller sur la pauvre créature. Ce couple improbable entreprend un voyage qui se transforme en extraordinaire aventure dans la nature. La détresse de Vatanen disparaît au fur et à mesure qu'il est libéré par son vagabondage dans les bois, tandis que le style fluide de Paasilinna semble gommer toute difficulté d'ordre pratique susceptible de surgir. Cette odyssée à travers la Finlande réveille son appétit de vivre, fait naître une amitié qui se passe de mots et une dépendance mutuelle. La campagne, échappatoire à la stupidité et à la bureaucratie rigide de la ville, est un paradis pour qui diffère des autres. Paasilinna évoque souvent les absurdités qui se produisent lorsque la norme essaie de neutraliser l'étrange, amenant le lecteur à rire tout haut.

L'auteur utilise un sens de l'humour burlesque pour aborder des sujets délicats, tels que la mort, la maladie mentale, le suicide, le chômage, la rébellion et l'alcoolisme, sans jamais tomber dans la banalité. De là vient sa popularité non seulement en Finlande mais dans le monde entier. **TSe**

Le Don de Humboldt
Saul Bellow

1915 (Canada)-2005 (États-Unis)
Première parution | 1975
Titre original | *Humboldt's Gift*
Prix Nobel de littérature | 1976

Lauréat du prix Pulitzer en 1976, ce roman est narré à la première personne. C'est principalement un portrait de l'artiste : Charlie Citrine, un auteur à succès que la mort de son ami, Humboldt, pousse à méditer sur son maigre talent. C'est un récit épisodique plutôt que séquentiel des difficultés de Citrine : il est non seulement l'esclave d'un gangster de Chicago mais aussi accablé par son divorce et finalement abandonné par sa maîtresse.

Cependant, l'admiration qu'éprouve Citrine pour Humboldt transforme ce roman en élégie prolongée des hommes sensibles, écrasés par le credo de cupidité et d'autoglorification, et débordant de testostérone, caractéristiques de la société américaine. Citrine, qui perd de plus en plus ses illusions, commence à comprendre comment il a lui-même été façonné par ces forces. Bellow n'éprouve aucune timidité à désigner les coupables : Kinsey le gourou sexuel, le capitalisme, un discours philosophique intellectuellement malhonnête et l'essor du féminisme composent un cocktail explosif.

Bellow espérait que son roman servirait de « miroir à notre société urbaine et montrerait son bruit, ses incertitudes, son sentiment de crise et de désespoir, sa standardisation des plaisirs ». Armé de son style éblouissant et de son don pour la satire sociale, Bellow y parvient avec conviction et intelligence. **VA**

Ferdaous, une voix en enfer
Nawal El Saadawi

1931 (Égypte)
Première parution | 1975
Titre original | *Imra'a'ind Nuqtat al-Sifr*
Langue originale | Arabe

Ferdaous, une voix en enfer est un beau roman plein de rage, un réquisitoire contre la condition des femmes en Égypte. Il retrace la vie de Ferdaous depuis son enfance au village. Molestée par un oncle, elle est forcée d'épouser un mari violent, puis de se prostituer. Elle est finalement arrêtée pour avoir assassiné un souteneur et condamnée à mort.

En un peu plus de cent pages, le roman crée un sentiment étouffant d'implacabilité et de désespoir. Bien qu'il soit narré depuis la prison, c'est l'enfance de Ferdaous plutôt que son incarcération et les événements qui la provoquent qui paraît la plus accablante et la plus brutale. Les causes de sa douleur peuvent changer mais elle demeure prisonnière d'un univers où elle n'est qu'une marchandise sexuelle échangeable. La répétition de passages clés du roman, où seuls certains personnages sont substitués à d'autres, souligne le caractère remplaçable de Ferdaous. Il est ironique et troublant à la fois que sa mort, qui conclut le roman, soit considérée comme préférable à toute possibilité de remise en liberté.

Ce sentiment claustrophobe est accentué par l'omniprésence du regard dans l'ouvrage. L'existence de Ferdaous est en effet subordonnée au regard menaçant de ceux qui s'attaquent à son corps ou le convoitent. La possibilité de relations sexuelles non possessives est bien entendu suggérée, mais celles-ci semblent distantes et fugaces, comme appartenant à un passé inaccessible. **ABi**

Willard et ses trophées de bowling
Richard Brautigan

1935-1984 (États-Unis)
Première parution | 1975
Titre original | *Willard and His Bowling Trophies : A Perverse Mystery*

Dans *Willard et ses trophées de bowling* – sous-titré « Un mystère pervers » –, Richard Brautigan, auteur de San Francisco, s'aventure dans un nouveau genre littéraire. Comme « mystère », le livre est assez marginal, mais sa perversité ne fait aucun doute.

Bob, dont l'existence et la psyché sont dévastées par une éruption persistante de verrues vénériennes (nous sommes, à n'en pas douter, dans le San Francisco des années 1970), se livre au sadisme amateur afin de sauver sa relation avec Constance. Celle-ci, qui lui a transmis les verrues, pleure l'ancien Bob, frustrée par celui qui ne ressemble plus qu'en apparence à son mari. Willard est un grand oiseau en papier mâché, peint de couleurs exotiques. Les trophées de bowling (volés en réalité) sur lesquels il préside sont situés dans l'appartement du dessous, celui de Pat et John, dont la vie sexuelle est satisfaisante. À l'insu des deux couples, une vague criminelle de plus en plus violente effraie l'Amérique, propagée par les frères Logan à la recherche de leurs trophées volés. Ces hommes, propres sur eux, à l'image des anciens canons de la virilité américaine – sains de corps, respectueux des lois et doués pour le bowling –, sont mus par une rage et une obsession qui les fait passer du délit mineur au vol à main armée, puis au meurtre. Ils mettront trois ans – « L'Amérique était très grande et les trophées de bowling très petits par comparaison » – avant de débarquer à San Francisco.

Roman qui traite de la dévastation arbitraire que produit le destin, et de la désintégration du sens et des objectifs au point le plus bas de l'histoire américaine, *Willard et ses trophées de bowling* s'avère hypnotique grâce au style unique de Brautigan. Ses phrases courtes, factuelles et stériles servent de métronome rythmique et laissent le lecteur à bout de souffle, hypnotisé. Et mort de rire. **GT**

Être sans destin
Imre Kertész

1929 (Hongrie)
Première parution | 1975
Titre original | *Sorstalanság*
Prix Nobel de littérature | 2002

Tout d'abord rejeté par les éditeurs, *Être sans destin* a été publié en 1975 alors que la Hongrie était encore communiste.

À sa parution, ce roman auquel, l'auteur doit en grande partie le prix Nobel en 2002, a été accueilli dans le silence. C'est indubitablement dû à son sujet, la lutte individuelle face à la brutalité anonyme de l'histoire, thème qui a préoccupé Kertész tout au long de son œuvre. György Köves, un adolescent juif de quinze ans, est tout d'abord envoyé à Auschwitz puis à Buchenwald. Il ment sur son âge à son arrivée au camp, ce qui lui évite, à son insu, la chambre à gaz. Écrit à la première personne, le roman décrit les mécanismes de la survie.

Kertész, lui-même rescapé des camps, assure que le roman est autobiographique de forme seulement. Le caractère linéaire du récit et l'usage fréquent du présent plongent le lecteur dans la vie du camp de concentration, dans son ennui, sa douleur physique et, comme le déclare de façon choquante Köves de retour en Hongrie, son « bonheur ». *Être sans destin* évite l'objectivité et tout jugement moral simpliste.

Le roman pose au lendemain d'Auschwitz des questions auxquelles on doit répondre aujourd'hui, puisque, comme insiste Kertész, on ne peut écrire au sujet de l'Holocauste au passé. Que signifie être juif ? Comment devenons-nous libres ? Auschwitz constitue ici le point zéro de la culture européenne – il marque la fin de l'existence de Dieu, le début de la solitude, et, étonnamment, la possibilité de satisfaire un espoir de liberté. **IJ**

Le Père mort
Donald Barthelme

1931-1989 (États-Unis)
Première parution | 1975
Titre original | *The Dead Father*
Prix Jesse H. Jones | 1976

Œuvre essentielle de la littérature postmoderne, *Le Père mort* est de prime abord le récit du périple d'un père mort (qui « n'est mort que dans un certain sens ») à la recherche d'un objet baptisé la Toison d'or. Ce père monolithique (d'une longueur de 3 200 coudées, imposante et ridicule) est tiré par une équipe de dix-neuf hommes. Il est convaincu que la Toison d'or le rajeunira, et lui permettra de retrouver son ancienne autorité de père de toutes les cultures. Tyrannique et fantasque, il passe son temps à séduire les femmes, à pleurer sa jeunesse perdue, et, lorsque cela lui chante, à massacrer les malheureux qui se trouvent à portée de main. Il apparaît rapidement cependant que ce n'est pas vers son rajeunissement mais vers son enterrement qu'on l'emmène.

Dans cette attaque impitoyable de l'« autorité », Barthelme s'en prend de façon systématique aux figures sacrées de la culture occidentale : les théories de Freud sont tournées en dérision, les grands prêtres du modernisme tels qu'Eliot et Joyce parodiés, et toute notion de « vérité » objective rejetée. Son récit libre est composé de digressions apparemment sans conséquence qui ne se fondent que provisoirement en une intrigue significative. Ce roman qui accorde une grande importance à la textualité tout en rejetant totalement la raison et le naturalisme s'avère grisant. Le lecteur curieux de comprendre pourquoi la fiction postmoderne est aussi controversée peut se limiter à ce livre exubérant et difficile. **VA**

Un instant dans le vent
André Brink

1935 (Afrique du Sud)
Première parution I 1975
Langue originale I Afrikaans
Titre original I *'n Oomblik in die wind*

Roman historique aux échos intemporels, ce récit palpitant et poignant d'une femme blanche de bonne famille et d'un esclave noir perdus dans la brousse sud-africaine constitue une exploration émouvante de l'apartheid à un niveau remarquablement personnel. Situé en 1749 dans l'arrière-pays du cap de Bonne-Espérance, il a pour personnage principal Elizabeth Larson, blanche et cultivée. Blottie dans son chariot, c'est la seule rescapée d'une expédition malheureuse guidée par son mari, un explorateur suédois. Leur guide s'est tué, les porteurs hottentots se sont enfuis et son mari a disparu. Le destin lui fait rencontrer Adam Mantoor, esclave noir en fuite qui la force à affronter les questions de race, d'éducation, d'amour et de sexualité cependant que les deux personnages explorent un terrain géographique et affectif complexe dans leur tentative de rejoindre la « civilisation ».

L'œuvre de Brink a fait découvrir à un public international la façon dont les séparations radicales de l'apartheid corrompaient et désintégraient la vie quotidienne des personnes qui en souffraient et ce, à un moment où les voix dissidentes étaient rares en Afrique du Sud. Sa prose sombre dénonçait l'absurdité et la banalité d'un système racial à deux étages. Des romans tels que *Rumeurs de pluie* (1978) et *Une saison blanche et sèche* (1978) ont été interdits en Afrique du Sud, accusés d'être pornographiques, de tendance communiste et blasphématoires, mais ont été salués à l'étranger. **JHa**

La Ronde de la musique du temps
Anthony Powell

1905-2000 (Angleterre)
Première parution I 1951-1975
Langue originale I Anglais
Titre original I *A Dance to the Music of Time*

Cette série de douze romans, chacun assez court pour être lu en une seule journée, et que l'on peut aborder séparément, est la réponse anglaise à *La Recherche du temps perdu* de Proust. Nick Jenkins, le doux héros de l'œuvre maîtresse de Powell, comme le narrateur de Proust observe les manigances de ses contemporains, depuis les années 1920, lorsqu'il est écolier à Eton, jusqu'à la vieillesse dans les années 1970. Les trois premiers volumes (parfois publiés ensemble sous le titre de *Printemps*) traitent de l'école, de l'université et de sa vie de jeune adulte à Londres. Les trois suivants (*Été*) se déroulent durant la guerre et évoquent, entre autres, l'amour. Le troisième ensemble (*Automne*) examine les événements grotesques et fascinants des années 1939-1945 du point de vue personnel d'un officier subalterne. Les trois derniers volumes (*Hiver*) décrivent les péripéties de l'âge mur, que ce soit au cours d'une conférence littéraire à Venise ou dans la campagne anglaise.

Ce ne sont cependant pas les intrigues de ces romans qui les rendent aussi agréables ni le portrait qu'ils font d'un demi-siècle d'histoire de la classe supérieure anglaise. La réussite de Powell réside dans son humour, la psychologie des personnages et son style – les deux premiers éléments étant inséparables du troisième. Merveilleusement écrites, ses évaluations des expériences intimes de son héros nous confortent dans notre vision du monde. Tout, dans cette prose discrète mais élégante, est sujet à comédie et étonnement. Le personnage de Kenneth Widmerpool, égoïste monstrueux qui apparaît dans tous les romans, est particulièrement réussi. Il semble toujours plus répugnant au fur et à mesure que progresse la série, symbole parfait d'un siècle devenu fou. Nick Jenkins, qui persévère malgré tout, rétablit quelque peu l'équilibre. **PM**

W, ou le souvenir d'enfance
Georges Perec

1936-1982 (France)
Première parution | 1975

La fascinante autobiographie fictive de Georges Perec alterne entre deux récits très différents et apparemment sans rapport. Dans le premier, on raconte au narrateur une histoire curieuse au sujet d'un garçon perdu en mer et d'une île baptisée W, où une société fictive s'organise autour du sport. Le deuxième est autobiographique : Perec, fils de juifs polonais né en 1936, raconte toujours à la première personne des épisodes de son enfance et de ses années de pensionnat dans le Sud. Les coutumes et l'organisation de la société olympienne imaginaire sont présentées avec la précision d'un récit factuel, tandis que les faits relatifs à la vie de Perec paraissent eux sujets à révision et à mutation tout autant que la fiction. Perec déclare ne posséder aucun souvenir d'enfance. Les faux souvenirs, le doute et l'incertitude assaillent sa mémoire. Les dates, mesures, statistiques, certificats et autres, bien que précis, ne peuvent aucunement décrire l'horreur inexprimable d'Auschwitz où sa mère fut envoyée en 1943. Le récit imaginaire de la vie sur W, où les athlètes sont identifiés à l'aide d'un insigne brodé sur leur chemise, où l'échec est puni par la privation de nourriture, où une sorte d'utopie se révèle peu à peu être un camp de concentration nazi, apporte quelques précisions. Avec *W, ou le souvenir d'enfance*, Perec a offert au XXe siècle une nouvelle forme autobiographique. **KB**

L'Automne du patriarche
Gabriel García Márquez

1928 (Colombie)
Première parution | 1975
Langue originale | Espagnol
Titre original | *El otoño del patriarca*

L'Automne du patriarche, le roman le plus exigeant et le plus expérimental de García Márquez, est aussi le plus sous-estimé – éclipsé par ses succès plus commerciaux, il a semé la confusion parmi les critiques. Selon son auteur, c'est « un poème sur la solitude du pouvoir », dont le personnage central est un dictateur anonyme d'Amérique du Sud dont le génie politique est contrebalancé par un profond sentiment de solitude et de paranoïa. Le « patriarche » est une synthèse de tous les fous et autocrates qui ont régné au cours du XXe siècle. Être de pure cruauté et de désespoir absolu, il tient sous son emprise une population d'une patience à toute épreuve grâce à l'aura mythique qu'il s'est forgée. Après que des révolutionnaires ont découvert le cadavre du patriarche dans son palais, un lieu fantastique qui déborde de richesses inimaginables, García Márquez donne libre cours à un torrent verbal, reconstruisant la vie privée et publique du tyran à partir des fragments qu'il a laissés derrière lui.
Le roman, composé de six segments d'une prose presque dépourvue de ponctuation, rappelle souvent le monologue de Molly Bloom dans *Ulysse* de Joyce. Le temps et

l'espace sont constamment interrompus tandis que le récit effectue des détours inattendus parmi des événements historiques réels et de pures inventions. C'est une étude remarquable du charisme, de la corruption, de la violence et du fonctionnement du pouvoir politique. **SamT**

Trame d'enfance
Christa Wolf

1929 (Allemagne)
Première parution | 1976
Langue originale | Allemand
Titre original | *Kindheitsmuster*

Au cœur de *Trame d'enfance* se trouve la question de la relation entre l'adulte et l'enfant qu'on a été autrefois. Peut-on jamais vraiment abandonner cette enfant ? Et une enfant qui a reçu ses premières impressions dans l'Allemagne nazie pourra-t-elle jamais se libérer de son influence ?
Nelly Jordan, la narratrice, entreprend d'examiner ces questions lorsqu'elle visite sa ville natale, L, désormais polonaise et rebaptisée G. La dernière fois où elle a vu L, à l'apogée de la Seconde Guerre mondiale, elle fuyait devant l'Armée rouge. Cette visite provoque un flot de souvenirs douloureux : des images qu'elle avait effacées resurgissent lorsqu'elle se penche sur cette enfance sous le règne nazi du point de vue d'une citoyenne adulte de la RDA. Nelly en arrive à la conclusion choquante que le fascisme désinvolte et quotidien de sa famille et de son entourage n'est pas si éloigné de la lâcheté et de l'hypocrisie de la RDA socialiste à l'époque où elle écrit. Une nation de nazis ne peut du jour au lendemain se transformer en un pays de héros socialistes. Le changement, s'il se produit, sera progressif. *Trame d'enfance* est remarquable, parce que l'auteur y reconnaît qu'il est nécessaire d'examiner le passé allemand avec honnêteté, quel que soit le malaise que cela entraîne. La fermeté dont Wolf a fait preuve en défiant l'idéologie de l'Allemagne de l'Est lui a valu admiration et respect au-delà des frontières allemandes. **MM**

Les Enfants sont une bénédiction
Buchi Emecheta

1944 (Nigeria)
Première parution | 1976
Langue originale | Anglais
Titre original | *The Joys of Motherhood*

Buchi Emecheta explore ici le rôle des femmes traditionnelles dans les villes nigérianes de culture ibo. Comment élève-t-on ses enfants dans une société qui passe d'un modèle traditionnel et patriarcal à un autre plus moderne – et comment le fait-on avec détermination ? Fiancée depuis l'âge de onze ans, mariée à dix-sept, Emecheta a fait appel à sa propre expérience de mère ayant élevé seule cinq enfants. La protagoniste du roman, Nnu Ego, subit la violence domestique, la pauvreté, et un mari qui quitte le foyer pour y revenir en compagnie d'une deuxième épouse. Durant tout ce temps, elle lutte afin d'assurer la survie et la subsistance de ses enfants.
Dans la culture ibo inégalitaire que décrit Emecheta, « Nnu Ego comprenait que la fierté maternelle consistait en partie à paraître un peu démodée et à pouvoir roucouler de joie ». Les garçons ayant la priorité, le fils aîné de Nnu Ego, Oshia, bénéficie d'une bonne instruction, et son mariage avec une Américaine blanche lui est pardonné. Mais cette même culture contraint les filles de Nnu Ego à rester illettrées et provoque l'isolement de cette der-

nière, même si la tradition stipule qu'un fils aîné doit subvenir aux besoins de sa mère – les conséquences de la décolonisation ont ici donné naissance à une nouvelle génération d'écrivains africains cyniques et ironiques. **JSD**

Fin de fiesta à Santa Barbara
Newton Thornburg

1929 (États-Unis)
Première parution | 1976
Titre original | *Cutter and Bone*
Adaptation cinématographique | 1981

Chef-d'œuvre oublié de la guerre du Viêtnam, ce roman retrace les répercussions aux États-Unis d'une période de contestation qui promettait une révolution sociale et politique, mais ne s'est soldée que par un changement minime. Le roman tourne autour du lien qui unit Alex Cutter, ancien combattant alcoolique, désabusé et handicapé, et Bone, un gigolo intéressé. Lorsque ce dernier aperçoit quelqu'un se débarrasser du cadavre d'une femme dans une poubelle et qu'il identifie le tueur comme J. J. Wolfe, un important homme d'affaires, les deux hommes décident de poursuivre ce dernier à des fins lucratives. Ici, le lecteur n'est jamais sûr de rien. Cutter est-il aussi intéressé qu'il le prétend ou son antipathie pour Wolfe cache-t-elle une motivation politique ? L'incendie qui a tué sa femme et son bébé est-il dû à la négligence de Cutter ou à sa poursuite de Wolfe ? S'apitoyant sur lui-même et sur son pays qui a vendu son âme aux grandes entreprises, Cutter se donne pour mission de faire tomber Wolfe ; dernier geste d'un héros qui n'a plus rien à perdre, ou produit d'un esprit dérangé ? *Fin de fiesta à Santa Barbara* est une longue lettre de suicide dans laquelle le désenchantement de Cutter n'est atténué que par le fait que le monde est aussi perdu qu'il l'imagine. **AP**

Entretien avec un vampire
Anne Rice

1941 (États-Unis)
Première parution | 1976
Titre original | *Interview With the Vampire*
De son vrai nom | Howard Allen O'Brien

Tout au long d'une série de romans, Anne Rice a réinterprété de façon substantielle les anciennes légendes de vampire et les a modernisées. Même si ses créatures possèdent de nombreuses caractéristiques de Dracula, leur univers est plus érotique et violent que celui de Bram Stoker, et elles vivent à La Nouvelle-Orléans, ville natale de l'auteur.

Louis, le personnage central d'*Entretien avec un vampire*, bénéficie (ou pâtit) depuis deux cents ans de l'immortalité. Au fil de son histoire, le lecteur comprend ce que peut signifier une telle vie. Les vampires perçoivent le monde à l'aide de sens différents des nôtres – leur univers est plus brutal mais aussi plus vivant qu'il ne le sera jamais pour les êtres humains. Louis est cependant assailli de doutes quant à sa transformation en vampire. Dans quelle mesure le bien et le mal se sont-ils combinés pour assurer sa condition ? C'est de plus un vampire doté d'une conscience. Refusant de se nourrir directement sur le dos des humains, il essaie d'apaiser son appétit incontrôlable par d'autres moyens. Preuve de la force du livre, cette situation improbable ne vire jamais à la mièvrerie ou au sentimentalisme ; le lecteur comprend le caractère terrifiant et attrayant à la fois du statut de paria, non seulement vis-à-vis de l'humanité mais aussi des autres vam-

pires qui forment nécessairement l'unique communauté de Louis.
Les lumières vives et les ombres de La Nouvelle-Orléans sont omniprésentes, et la ville, à la fois moderne et ancienne, révèle un paganisme troublant et une contemporanéité tape-à-l'œil. *Entretien avec un vampire* nous plonge dans un univers nocturne qui semble parfois le parfait négatif du monde que nous percevons à l'aide de nos sens humains limités. **DP**

La Femme gauchère
Peter Handke

1942 (Autriche)
Première parution | 1976
Langue originale | Allemand
Titre original | *Die linkshändige Frau*

Peter Handke, enfant terrible de la littérature autrichienne à la fin des années 1960 et des années 1970, a exploré des questions d'ordre politique, esthétique, psychologique et philosophique sans aucune hésitation, voire même avec agressivité, dans ses nombreux romans. Ce court récit d'une crise existentielle, narré dans une prose dépouillée et froide, est un parfait exemple de son modernisme rigoureux. Marianne, femme au foyer malheureuse, dans un moment d'affirmation de soi spontané, décide de se séparer de son mari, avec qui elle a un fils de huit ans. Au cours de plusieurs jours d'isolement, elle tente de redécouvrir son sens de l'indépendance et son identité au-delà de sa condition d'épouse et de mère.
Handke décourage l'identification aux personnages. Le narrateur se réfère ainsi à Marianne par un simple « la femme », à son fils Stefan par « l'enfant ». Il évite les monologues intérieurs et les détails descriptifs, et traduit la confusion intérieure des personnages en un récit fait de dialogues décousus et de silences gênés. L'identité personnelle est donc fragile et difficile à maintenir. Le simple fait de nommer et décrire les choses au quotidien la menace. Le symbole que constitue le fait d'être gaucher évoque ce désir d'individualité, le droit d'être différent, et le texte se termine sur une légère note d'optimisme lorsque Marianne déclare : « Tu ne t'es pas trahie. Et plus personne ne t'humiliera plus jamais. » **JH**

Le Baiser de la femme-araignée
Manuel Puig

1932 (Argentine)-1990 (Mexique)
Première parution | 1976
Titre original | *El beso de la mujer araña*
Adaptation cinématographique | 1985

Le Baiser de la femme-araignée, roman le plus célébré de Manuel Puig, est aussi le plus original malgré sa simplicité. Deux prisonniers partagent une cellule dans l'Argentine de la dictature militaire : Molina, étalagiste homosexuel, personnage frivole et égocentrique, emprisonné pour corruption de mineur, et Valentín, accusé de « subversion » et obsédé par la femme qu'il a abandonnée pour s'engager dans la lutte révolutionnaire. Pour oublier les séances de torture auxquelles ils sont régulièrement soumis, Molina commence à raconter à Valentín les intrigues des vieux films romantiques qu'il adore. Réticent au départ, Valentín rejoint Molina à l'intérieur de cet univers glamour et sentimental, attendant la prochaine histoire avec impatience. Molina, lui, finit par embrasser la cause de Valentín.
Le cinéma devient ici une métaphore puissante, la situation des personnages

des scénarios de Molina reflétant la relation entre les deux hommes, qui passe de l'indifférence à l'amitié, de la compassion à l'amour. Le roman examine aussi la rencontre fascinante entre la question du « compromis », essentielle aux débats politiques des années 1970, et les prérogatives de la fantaisie et de l'imagination. **SR**

Bleu presque transparent
Ryu Murakami

1952 (Japon)
Première parution | 1976
Langue originale | Japonais
Titre original | *Kagirinaku tomei ni chikai buru*

D'une description clinique insoutenable parfois répugnante, *Bleu presque transparent* de Murakami décrit la vie quotidienne d'un groupe d'adolescents nihilistes qui vivent près d'une base de l'armée américaine dans une ville portuaire japonaise. Le narrateur, Ryu, et ses amis ont rejeté le style de vie des « gens ordinaires » – sécurité de l'emploi, famille et contraintes morales. Leur existence est consacrée à la drogue, aux orgies sexuelles et à la musique. Apparemment dépourvu d'intrigue, le roman souligne l'ennui, l'aliénation – et la perversion qui en découle – d'une génération dépourvue d'objectif.

Écrit alors que Ryu Murakami n'avait que vingt-trois ans, *Bleu presque transparent* refuse d'épargner la sensibilité du lecteur. Celui-ci est contraint d'observer un catalogue de violence sexuelle explicite et de délires provoqués par la drogue, incapable de détourner le regard. Mais derrière ces descriptions méticuleuses du grotesque se cache le portrait sombre d'une solitude universelle qui rappelle Camus ou Kafka. S'éloignant de la tendance introspective de la littérature d'après-guerre, cet enfant terrible du monde artistique nippon annihile le Japon des sommets enneigés et des cerisiers en fleurs, pour révéler le point vulnérable d'une société en transformation. Le public et la critique sont divisés au sujet de ce roman qui a remporté le prix Akutagawa en 1976 et s'est instantanément transformé en succès de librairie. **BJ**

Au cœur de ce pays
J. M. Coetzee

1940 (Afrique du Sud)
Première parution | 1977
Titre original | *In the Heart of the Country*
Prix Nobel de littérature | 2003

Deuxième roman de Coetzee, *Au cœur de ce pays* fait le récit de la folie, du désir et du fantasme dans le veld sud-africain. Magda, célibataire, vit avec son père, fermier veuf et blanc dans leur exploitation isolée. Quand celui-ci séduit la jeune épouse de leur domestique africain, Hendrik, Madga devient jalouse tout en éprouvant un désir ambivalent pour l'amour et la sexualité qu'elle n'a jamais connus. Se sentant desséchée, stérile, asexuée et inutilisée, elle s'imagine gâchée à jamais par l'isolement qu'elle partage avec un père distant et oppresseur – détérioration qui dans ses fantasmes se transforme en viol paternel.

La prose sombre et dépouillée de Coetzee atteint une grande poésie cependant que Magda lutte pour combler de mots le vide de son existence. Éloignée de force du cours de l'histoire, elle observe le temps qui s'étend devant et derrière elle sans signification ni interruption, et, à travers son entrelacement incessant d'histoires, elle essaie de donner un certain sens à sa vie. Le langage lui faisant défaut, elle commence à perdre l'esprit. *Au cœur de ce pays* est donc l'histoire d'une femme que l'histoire a abandonnée, mais le livre, lui, n'abandonne pas l'histoire dans sa découverte de la psyché. Choquante, exigeante et troublante, c'est l'une des premières explorations littéraires, de la part de cet auteur, des nœuds d'oppression raciale et sexuelle que le règne colonial a légués à l'Afrique du Sud. **VM**

L'Ingénieur des âmes humaines
Josef Skvorecky

1924 (Tchécoslovaquie)
Première parution | 1977
Langue originale | Tchèque
Titre original | *Príbeh inzenyra lidskych dusí*

Le protagoniste de *L'Ingénieur des âmes humaines*, Danny Smiricky, écrivain tchèque en exil au Canada, a vécu sous les régimes nazi et communiste. Controversé et semeur de troubles selon les autorités tchèques, il est continuellement pourchassé par la police secrète. L'intrigue alterne entre le passé et le présent, car divers événements de la vie de Danny provoquent des flash-back sur la Tchécoslovaquie durant l'occupation allemande. Il adopte divers déguisements au cours de ses aventures et fuit finalement pour échapper à la persécution.

Comédie satirique d'un humour noir hilarant, le roman est aussi un sombre portrait de la vie d'un immigré tchèque dans le Canada d'après-guerre. Les sept chapitres sont intimement liés aux écrivains sur lesquels Danny enseigne à l'université de Toronto – Poe, Hawthorne, Twain, Crane, Fitzgerald, Conrad et Lovecraft – et qui occupent tous une place importante dans le roman.

Skvorecky est né en Bohême en 1924. Son premier roman, *Les Lâches*, écrit en 1958, a été condamné par le parti communiste. Après l'invasion soviétique de 1968, Skvorecky et sa femme se sont exilés au Canada où il a enseigné et fondé une maison d'édition, Sixty-Eight Publishers, qui publiait des livres tchécoslovaques censurés. Il a reçu de nombreux prix ainsi que l'Ordre du Canada en 1992. **RA**

L'Épouse américaine
Mario Soldati

1906-1999 (Italie)
Première parution | 1977
Langue originale | Italien
Titre original | *La sposa americana*

C'est l'histoire d'un homme et de deux femmes : Eduardo, professeur d'italien qui enseigne aux États-Unis, sa femme Edith et Anna, l'amie de celle-ci, dont Eduardo s'éprend – classique triangle amoureux. Si Edith représente la complétude d'une relation fondée sur une affection mutuelle, Anna symbolise une séduction charnelle irrésistible. C'est à travers des souvenirs d'événements qui se sont déroulés huit ans auparavant que l'on découvre leur liaison. L'intérêt principal (et la prouesse technique) du texte réside dans la prise de conscience progressive du protagoniste – depuis le moment où il s'éprend d'Edith et l'épouse, jusqu'à son attraction fatidique pour une autre, sa trahison, la dégradation de son couple et le bonheur matrimonial final juste avant que celui-ci ne lui échappe avec la mort de sa femme, alors enceinte.

L'intrigue, qui se noue autour de suspicions, mensonges et manipulations psychologiques diverses, se déroule aux États-Unis, un pays que Soldati admirait profondément. Pour lui, le rêve américain était réel, constitué de liberté et d'espace. Des passages d'un grand lyrisme interrompent fréquemment le récit ; ce sont des éclairs de créativité inspirés par des tableaux ou par la nature. Le style de Soldati est caractérisé par une clarté et une agilité totales ainsi qu'un manque de domination de la part de l'auteur ; Pasolini décrivait merveilleusement ce style comme « la légèreté incarnée ». **LB**

L'Heure de l'étoile
Clarice Lispector

1920 (Ukraine)-1977 (Brésil)
Première parution | 1977
Langue originale | Portugais
Titre original | *A Hora da estrela*

Clarice Lispector est mondialement connue pour ses nouvelles dont la délicatesse, l'évanescence et l'intensité inlassable ne se prêtent pas aisément à des formes narrativess plus longues. Dans son dernier roman, *L'Heure de l'étoile*, elle atteint ses limites formelles. Elle opère ici en territoire familier en retraçant la vie tragique et la mort soudaine d'une jeune Brésilienne pauvre et noire, Macabéa, qui quitte Alagoas, un lieu isolé, pour Rio où elle vivote grâce à un emploi de secrétaire où elle s'avère à peine compétente. Lispector prouve encore une fois ici sa capacité remarquable à évoquer la vie intérieure des femmes opprimées, sans instruction et ayant du mal à s'exprimer. Elle parvient à leur donner une voix avec un humour constant qui naît d'un désespoir profond et s'avère parfois laconique. Ce récit frémissant évoque un jeu de vie et de mort, à l'intérieur duquel le rôle sacré de l'auteur est de sauver ses personnages de l'oubli. Narratrice, elle évoque sa relation avec Macabéa et la fragilité passionnée avec laquelle elle aborde sa tâche : « En tant qu'auteur, je suis la seule à l'aimer. Je souffre pour elle. Et moi seule peut lui dire "Que veux-tu de mes larmes que je ne pourrais te donner par le rire ?" » Lispector a dédié ce livre à divers grands compositeurs, clairement consciente que son œuvre est aussi intraduisible que la musique. On doit lire Lispector et non écrire à son sujet. **MW**

Le Chant de Salomon
Toni Morrison

1931 (États-Unis)
Première parution | 1977
Titre original | *Song of Solomon*
Prix Nobel de littérature | 1993

Le Chant de Salomon débute par la tentative d'envol d'un homme désespéré et solitaire, qu'observe une femme sur le point d'accoucher. Le roman nous fait ensuite découvrir l'histoire de ce premier enfant noir né à Mercy Hospital. Sa mère, en pleines contractions, n'a été autorisée à y pénétrer qu'à cause du chaos qui a suivi la tentative de décollage depuis le toit de l'hôpital, et parce que son père était le premier médecin de la ville. Les circonstances de cette naissance – les désirs, déceptions et dépossessions qui l'entourent – sont autant d'énigmes que l'enfant résoudra en grandissant.

Ce dernier, Macon Dead Jr., descend de la famille noire la plus riche de cette ville du Midwest, et bénéficie d'une enfance privilégiée bien que privée d'affection. Ses parents sont depuis longtemps brouillés. Ce n'est que lorsque Macon fait la connaissance de la famille de sa tante paternelle qu'il découvre une histoire riche en secrets et récits qu'il désire démasquer. Cette quête l'entraîne dans le Sud et vers le folklore dont il a toujours été tenu éloigné.

Macon découvre une histoire familiale qui lui permet finalement de comprendre qui il est et d'assumer son nom. Ce n'est que lorsqu'il rentre chez lui cependant et qu'il prend conscience des dégâts causés par son ancienne désinvolture de privilégié qu'il saisit de quelles responsabilités s'accompagne ce nouveau savoir. **NM**

Guerres
Timothy Findley

1930 (Canada)-2002 (France)
Première parution | 1977
Titre original | *The Wars*
Prix du Gouverneur général pour la fiction | 1977

Troisième roman d'une série de onze, *Guerres* a été un succès de librairie. L'enfance canadienne de Finley a été marquée par des conflits familiaux, la Seconde Guerre mondiale et ses conséquences, et la prise de conscience de son homosexualité. On peut attribuer les thèmes récurrents de son œuvre – maladie mentale, sexualité, guerre et souffrance des plus vulnérables – à ces expériences majeures.

Guerres est un récit postmoderne composé d'une série de témoignages personnels, lettres et extraits de journaux intimes entremêlés des réflexions d'un historien qui les a regroupés pour tenter de construire une histoire cohésive de Robert Ross, un Canadien qui, à dix-neuf ans, s'est enrôlé comme officier au cours de la Première Guerre mondiale. Un texte convaincant de style documentaire en résulte.

Finley décrit la souffrance d'un garçon sensible de la classe moyenne qui a brutalement perdu son innocence à travers une série d'événements traumatisants. Au milieu du carnage, l'amour naît, non seulement pour un autre officier et une fille glamour au Canada, mais aussi pour les plus innocentes des victimes – les animaux. Le viol de Robert aux mains de ses camarades est emblématique de la nature de la guerre en général, un viol de l'humanité. Finalement brisé par la folie qui l'entoure, Robert commet un dernier acte désespéré et ambigu, vers lequel le récit s'emballe inexorablement. Est-ce un signe de folie lâche ou d'héroïsme clairvoyant ? Un rejet de la vie ou une affirmation magnifique ? **GMi**

Putain de mort
Michael Herr

1940 (États-Unis)
Première parution | 1977
Langue originale | Anglais
Titre original | *Dispatches*

Putain de mort retrace les années que Herr a passées au Viêtnam (1967-1968) où il a assisté à certains des combats les plus violents et à certains des événements les plus significatifs de la guerre, dont l'offensive du Têt et le siège de Khe Sanh. Récit très structuré qui rappelle parfois des mémoires, il possède l'impact et l'intensité d'un reportage sur le vif. Loin du journalisme conventionnel, c'est un compte rendu franc et cru de ce que l'on ressentait sur place.

Herr ne fait pas preuve de sentimentalisme mais de compassion dans le portrait qu'il brosse des soldats de 2e classe. Il saisit parfaitement la verve et l'humour de leur argot ainsi que leur peur, leur ennui, et la folie nourrie de drogues de la guerre du Viêtnam. Sa prose époustouflante va du cynisme grossier d'un soldat – « c'est juste une cargaison mec. On est là pour tuer les Viets. Point barre » – aux évocations lyriques de la jungle où « vos cigarettes ont le goût d'insectes qu'on aurait roulés et fumés vivants, crépitants et humides ». Dans cette exploration du besoin de frissons apparemment infini de l'homme, la vérité la plus terrible est que la guerre constitue la dose d'adrénaline suprême. Le livre n'évite pas l'horreur absolue du combat, mais montre aussi que rien ne peut jamais surpasser le sentiment d'être en vie. Le fait troublant que ce livre soit aussi passionnant montre bien au lecteur comme son propos est vrai. **AL**

Shining
Stephen King

1947 (États-Unis)
Première parution | 1977
Titre original | *Shining*
Adaptation cinématographique | 1980

L'adaptation de *Shining* par Stanley Kubrick, avec Jack Nicholson, est l'un des classiques du cinéma. L'immense popularité du film a toutefois en partie éclipsé le roman de Stephen King, un récit exceptionnel. Lorsque Jack Torrance accepte un emploi de gardien dans un hôtel isolé pour l'hiver, il s'imagine que ce cadre parfait lui permettra d'apaiser sa relation tendue avec Wendy, sa femme, et Danny, son fils, et de terminer l'écriture d'une pièce de théâtre entamée depuis longtemps. Rien ne pourrait être plus faux. Les tensions de couple, l'alcoolisme, l'aspect destructeur des sentiments de culpabilité, la peur de la page blanche, la télépathie – sans parler de nids de guêpes –, tout cela se combine en Jack Torrance sous la plume de King de façon encore plus subtile et troublante que ce que Kubrick a montré à l'écran. L'un des aspects les plus impressionnants du roman est probablement la façon dont l'auteur narre cette expérience depuis le point de vue d'un télépathe de cinq ans qui jouit d'un lien direct avec la folie grandissante de son père.

L'équilibre que crée le roman entre le monde intérieur et extérieur est tout aussi fascinant que la question qu'il soulève quant à la folie : prend-elle sa source à l'intérieur pour se manifester extérieurement ou vice versa ? C'est aussi un roman de voix ; voix télépathiques que reçoit et transmet Danny mais aussi voix qui prennent la forme d'histoires, telles que celle du couple de Wendy et Jack ou encore celle, sinistre, de l'hôtel que Jack découvre dans un album au sous-sol. Ces récits deviennent dangereux et destructeurs. *Shining* compte indubitablement parmi les plus sophistiqués des romans de King et abrite certains de ses personnages les plus troublants et intrigants. **PM**

Vénus Erotica
Anaïs Nin

1903 (France)-1977 (États-Unis)
Première parution | 1977
Langue originale | Anglais
Titre original | *Delta of Venus*

Vénus Erotica est une série de nouvelles érotiques très freudiennes rédigées pour le compte d'un collectionneur vieillissant mais riche, à raison d'un dollar la page. Chaque nouvelle constitue un épisode érotique indépendant, mais le tout donne l'impression d'un roman, puisque divers personnages, notamment Bijou, la prostituée, apparaissent à plusieurs reprises. L'action se déroule toujours dans un Paris stylisé, urbain et suburbain aussi distinct et amorphe que celui de Baudelaire dans *Le Spleen de Paris*. L'évocation de soirées passées dans les ateliers froids d'artistes sans le sou, des vapeurs de la drogue, de la musique populaire et de la pluie dans les gouttières fait de ces récits de rencontres sexuelles une sorte de poème en prose impressionnant.

Contrairement aux formules de la pornographie de masse, l'œuvre de Nin aborde l'homosexualité, l'hermaphrodisme, les liaisons interraciales, le fétichisme, l'inceste et la pédophilie. Ses descriptions de l'acte hétérosexuel sont remarquables pour ce genre de littérature. Tous ceux qui participent à ce cycle érotique de tension et de libération, et les prudes qui essaient de s'en éloigner, se dirigent vers une pathologie personnelle ou en reviennent. Les personnages sont esclaves d'amours obsessionnelles, de répressions, de haines profondes qui ne peuvent être soulagées que brièvement grâce à l'orgasme. Bijou, cependant, la création la plus remarquable de Nin, est un symbole voluptueux, en partie propriétaire de son corps exposé en permanence et qui attire continuellement hommes et femmes. Son immersion totale dans l'acte sexuel lui permet à peine une vie intérieure, mais l'inaccessibilité de la « vraie » Bijou, en contraste avec sa totale disponibilité sexuelle, s'avère bien plus fascinante que l'introspection et les motivations conventionnelles des autres personnages. **RP**

Le Fou du tzar
Jaan Kross

1920-2007 (Estonie)
Première parution | 1978
Langue originale | Estonien
Titre original | *Keisri hull*

Le héros de ce roman est le colonel Timotheus von Bock, aristocrate balte du XIXe siècle qui rentre des guerres napoléoniennes débordant d'idéaux romantiques et du désir de voir naître un monde meilleur. Il refuse d'épouser celle qui lui était destinée et s'éprend de sa femme de chambre, une serve qu'il prend pour femme au grand scandale de la société. En 1818, il libère tous ses serfs, puis, ayant juré de toujours dire la vérité, envoie au tsar une missive où il critique son règne tyrannique. Immédiatement banni de son domaine et emprisonné pendant neuf ans, il est libéré par Nicolas Ier mais déclaré fou et renvoyé sur ses terres désormais désolées.

Le beau-frère de Bock, un paysan, écrit ce récit principalement sous la forme d'un journal qui tente de rétablir la vérité quant à la « folie » de Timo, et essaie de comprendre pourquoi ce dernier a défié l'autoritarisme d'un tsar qui fut autrefois son ami d'enfance. Cela permet à l'auteur d'analyser et d'attaquer le régime soviétique dont l'emprise sur la communauté littéraire estonienne était légèrement plus relâchée qu'à proximité immédiate du pouvoir. La première moitié du XIXe siècle a été témoin d'une renaissance nationaliste dans les États baltes, et la prise de conscience croissante de leurs différences culturelles et linguistiques ainsi que la comparaison avec l'Union soviétique des années 1970 ne sont ici jamais loin. Kross a été nommé à plusieurs reprises pour le prix Nobel de littérature et est aujourd'hui l'un des plus grands écrivains estoniens. **JM**

Un vol de courlis
Maarten't Hart

1944 (Pays-Bas)
Première parution | 1978
Langue originale | Hollandais
Titre original | *Een vlulht regenvulpen*

Un vol de courlis fut un succès dès sa parution, et ses descriptions de la nature, pleines de tendresse, ont été appréciées au-delà des frontières néerlandaises. Trois ans après sa parution, le roman a été adapté à l'écran et traduit en de nombreuses langues.

Maarten't Hart peint un tableau où la nature et les émotions s'entremêlent avec fluidité. Le narrateur et héros du roman, Maarten, est le fils unique d'un couple calviniste strict qui vit à la campagne. Sans amis, il passe son temps à étudier la faune et la flore. Lorsque sa mère meurt d'un cancer, Maarten observe un vol de courlis qui s'éloigne, ce qui ne fait qu'aviver son obsession pour la nature. Vingt ans plus tard, et professeur de biologie cellulaire, il clone des cellules dans l'espoir de vaincre la mortalité et de se venger du dieu qui a fait subir à sa mère une fin cruelle.

Les conflits intérieurs de Maarten sont reflétés avec délicatesse. Rêvant d'intimité, il lutte contre son agoraphobie, ses obsessions et sa peur profonde de montrer sa vulnérabilité. Pourtant, à l'âge de trente ans, sa vie est toujours dominée par son amour pour sa mère, par la frustration née de son décès prématuré et par un amour adolescent non partagé pour Martha qui se mue en une amertume tangible.

En soulevant des questions aussi sérieuses, controversées et universelles que le clonage, la vulnérabilité dont s'accompagne l'amour et les doutes quant à l'existence de Dieu, l'auteur s'adresse de façon magistrale à l'intelligence de ses lecteurs ainsi qu'à leurs émotions. **ALL**

L'Étreinte de Singapour

J. G. Farrell

1935 (Angleterre)-1979 (Irlande)
Première parution | 1978
Langue originale | Anglais
Titre original | *The Singapore Grip*

Située à Singapour avant l'invasion japonaise au cours de la Seconde Guerre mondiale, *L'Étreinte de Singapour* est le dernier volume de la trilogie de l'Empire, après *Troubles* et *Le Siège de Krishnapur*. Dans chacun d'entre eux, Farrell observe l'Empire britannique d'un point de vue critique et évoque sa disparition à travers une série de personnages à la fois fictifs et historiques dont la vie est irrévocablement transformée par des événements qu'ils ne peuvent contrôler.

L'argent du prix Booker que Farrell a reçu pour *Le Siège de Krishnapur* lui a permis de se rendre à Singapour en 1975 pour des recherches méticuleuses sur l'histoire et les personnes de l'époque qu'il voulait décrire. Pour les Blackett, Singapour est en 1939 un tourbillon de cocktails et de matchs de tennis. Mais Walter Blackett, qui dirige l'entreprise de caoutchouc la plus ancienne et la plus puissante de Singapour, lutte pour éviter que ses travailleurs ne se mettent en grève. Les signes du changement sont partout évidents, les frontières qui séparent classes et nations commencent à s'effriter. Dans le récit qu'il fait de la chute de Singapour face aux Japonais et de la fin de la domination britannique dans la région, Farrell brosse un portrait vivant de l'île à un moment critique de son histoire. Le roman est long, mais déborde de suspense et d'humour. Tout en critiquant tranquillement les conventions et l'idéologie de l'Empire, Farrell annonce un style d'écriture postcolonial qui serait incarné par des auteurs tels que Timothy Mo et Salman Rushdie. **LE**

La Mer, la mer
Iris Murdoch

1919 (Irlande)-1999 (Angleterre)
Première parution | 1978
Titre original | *The Sea, The Sea*
Prix Booker | 1978

Charles Arrowby, vieil acteur fatigué, se retire dans une maison délabrée au bord de la mer pour y écrire ses mémoires. D'anciens collègues et amantes envahissent son refuge et font resurgir des souvenirs malheureux, mais c'est lorsque entre en scène Mary Hartley, avec qui Charles a vécu une histoire d'amour non consommée de nombreuses années auparavant, que les choses menacent de virer au tragique. Alternativement pathétique et absurde, l'égocentrisme d'Arrowby est tourné en ridicule par le narrateur. Ses efforts pour échapper au passé sont voués à l'échec et, afin de se transformer en personnage digne de notre compassion, Arrowby doit passer par une découverte de soi douloureuse.

La mer évoquée dans le titre est non seulement source principale des images du roman mais aussi un « personnage » d'importance. Force naturelle d'indétermination et de fluctuation, elle sert de contrepoint aux efforts narcissiques et illusoires d'Arrowby pour figer le passé en une image de son invention. La façon dont Arrowby (qui rappelle Prospero dans *La Tempête* de Shakespeare) prétend orchestrer la vie de ceux qui envahissent son île provient d'une tyrannie égocentrique qu'il devra abandonner avant le dénouement de l'histoire. Iris Murdoch avait le don de soulever des questions d'ordre éthique et philosophique à partir du plus banal des événements, et ce n'est jamais plus vrai que dans ce roman, œuvre d'un auteur au sommet de son art. **VA**

La Vie mode d'emploi
Georges Perec

1936-1982 (France)
Première parution | 1978
Prix Médicis | 1978

L'œuvre de Perec, qui écrase les romans contemporains comme « un centre Pompidou au milieu d'abris d'autobus » selon la déclaration d'un critique, a remporté le prix Médicis en 1978. Ce roman décrit les menus détails de la vie quotidienne tout en offrant un récit attrayant. C'est aussi un extraordinaire exercice de style, et le portrait d'un immeuble parisien. On y explore le bâtiment, chaque pièce ayant droit à un chapitre. Grand amateur de puzzles et de jeux, Perec utilise des formules mathématiques pour générer des listes d'objets que chacun des quatre-vingt-dix-neuf chapitres devrait comprendre, tandis qu'un complexe problème d'échecs détermine le cours du récit.

L'intrigue est tout aussi labyrinthique. Un riche Anglais, Percival Bartlebooth, entreprend d'organiser sa vie sur cinquante ans « autour d'un projet unique dont la nécessité arbitraire n'aurait d'autre fin qu'elle-même ». Cette entreprise artistique suppose la production puis la destruction d'un certain nombre de tableaux. Au cas où l'on penserait que cette absence totale de résultat final reflète le geste esthétique de Perec, rappelons que son écriture est expérimentale et non existentielle. Membre de l'Oulipo (Ouvroir de Littérature Potentiel) depuis 1967, Perec observe les règles du mouvement qui essaie de réunir la littérature et les disciplines dont elle a été séparée, comme les mathématiques ou la théorie du jeu. **DH**

La Chambre du fond
Carmen Martín Gaite

1925-2000 (Espagne)
Première parution | 1978
Langue originale | Espagnol
Titre original | *El cuarto de atrás*

Ce roman qui gagna le Prix national espagnol de litterature en 1978 marque le début d'un nouveau cycle pour l'auteur : voyage intime teinté de souvenirs autobiographiques. Sans pour autant rompre avec ses romans précédents, elle prend ici une direction nouvelle. Le mélange de fiction et de réalité, la coexistence d'une présence mi-fantastique, mi-satanique (« l'homme en noir »), avec des souvenirs personnels et la structure formelle d'un récit riche en dialogues, donnent des résultats innovants et imaginatifs. Écrit à la première personne et dédié à Lewis Carroll, le roman débute avec une louange du « monde des rêves ». Mais nul ne sait s'il s'agit de la réalité ou de l'imaginaire de l'écrivain quand un personnage mystérieux vient déranger la narratrice alors qu'elle essaye d'écrire un roman par une nuit d'orage et qu'elle s'entretient avec lui de ses souvenirs, de ses écritures, de ses peurs, de l'amour et de la littérature. Martín Gaite reformule l'imprécision irrationnelle de la vie telle qu'elle se déroule, souvent incomprise, dans une suite d'histoires reliées entre elles. À l'aube, l'écrivain désorientée est réveillée par l'arrivée de sa fille ; elle n'est plus sur le divan, mais sur son lit... Qui a téléphoné ? Qu'est-il donc arrivé ? Dans sa chambre, elle trouve une petite boîte dorée laissée par le visiteur, ainsi que des feuilles de papier portant le titre « La chambre du fond ». Le roman est terminé. C'est la quadrature du cercle : le roman commence avec les mêmes mots que nous venons de lire. Est-ce pure fiction, une vie rêvée ? Le mystère est sans réponse. **M-DAB**

La Vierge dans le jardin
A.S. Byatt

1936 (Angleterre)
Première parution | 1978
Langue originale | Anglais
Titre original | *The Virgin in the garden*

La Vierge dans le jardin est le premier tome d'une tétralogie achevée en 2002. Les quatre romans couvrent la période allant de 1950 à 1980 et racontent la vie de Frederica Potter, de sa famille et de ses amis. Le premier tome débute dans le Yorkshire en 1953, année du couronnement de la reine Elizabeth II, et de la majorité de Frederica. Au cœur du roman, la mise en scène d'*Astraes*, un drame en vers par Alexander Wedderburn, sur la Reine Vierge écrit pour célébrer le couronnement. L'esprit de compétition pousse Frederica à vouloir le rôle principal de cette pièce. Sa sœur, Stephanie, bien qu'intellectuellement aussi capable qu'elle, opte pour la vie de famille en épousant le vicaire du coin. Les efforts de Frederica pour perdre sa virginité, tout comme l'illusion de lieu et de temps donné par Byatt, donnent une comédie pertinente et amusante. La légèreté de la comédie sociale liée au personnage de Frederica contraste avec la lourdeur de l'intrigue secondaire qui retrace la détérioration mentale de son frère cadet, Marcus. Maints critiques ont été frappés par la ressemblance entre la relation de Frederica et Stephanie et celle qui existait entre Byatt et sa propre sœur, l'écrivain Margaret Drabble. Byatt change de perspective dans la tétralogie, mettant moins l'accent sur la partie historique et sur la touche comique (le troisième tome, *Babel Tower*, se lit plus comme un thriller que comme une comédie). Avec *Possession* (1990), son quatrième tome, elle développe un modèle plus sophistiqué de roman historique. **VC-R**

Le Jardin de ciment
Ian McEwan

1948 (Angleterre)
Première parution I 1978
Langue originale I Anglais
Titre original I *The Cement Garden*

Comme dans beaucoup de romans de McEwan, *Le Jardin de ciment* retravaille des nouvelles publiées dans deux collections inaugurales de l'auteur : *First Love, Last Rites* (1975) et *Sous les draps et autres nouvelles* (1978). Dans ces nouvelles comme dans ce roman, McEwan explore la maturation sexuelle et l'initiation, l'inceste et le viol. Pourtant, la continuité thématique est moins significative que celle de la forme et de la structure. *Le Jardin de ciment* partage l'économie de la nouvelle avec ses présomptions calibrées, son intrigue trépidante et sa prose claustrophobe.
L'histoire a lieu par un bel été d'après-guerre et raconte les actions inexplicables et pourtant inévitables de quatre enfants suite à la mort de leurs parents. Dans une atmosphère lourde, d'une intimité troublante, les enfants explorent leur sexualité d'adolescents, en privé et ensemble. McEwan procède par juxtaposition plutôt que par justification ou par de longues explications. Les événements sont tout simplement affichés avec leurs conséquences, laissant un vide déconcertant là où une explication rassurante aurait pu se glisser. Dans cet univers, la moralité n'est pas simplement anticipée : elle forme un dialecte qui est un peu décalé avec le langage du récit. Les événements suivent plutôt leur propre logique et, de l'extérieur, nous ne pouvons que la traduire. Ainsi l'accouplement incestueux de la fin devient une célébration perverse qui provoque la reconstitution non seulement des souvenirs partagés par les enfants, mais aussi de leur famille. **DT**

Le Guide du voyageur galactique
Douglas Adams

1952 (Angleterre)-2001 (États-Unis)
Première parution I 1979
Langue originale I Anglais
Titre original I *Hitchhikers' Guide to the Galaxy*

L'œuvre d'Adams débute sous forme d'une série de la BBC à la radio en 1978. Une première partie mélange la science-fiction à un humour désopilant et une satire voilée qui s'attaque à tout, de la bureaucratie à la politique et de la mauvaise poésie au destin de tous ces Bics... Quand la Terre est détruite pour laisser le passage à une future voie express intergalactique, l'infortuné monsieur Tout-le-monde, Arthur Dent, se retrouve arpentant la galaxie avec son ami Ford Prefect, qui apparemment n'est pas de Guilford comme il le pensait, mais de Betelgueuse Five. Ford est un écrivain qui travaille pour le compte de l'éponyme *Guide du voyageur galactique*, mélange brillant de guide de voyage et de guide électronique. Des extraits du guide ponctuent le récit d'explications géniales sur le fonctionnement de l'univers. Le courant qui passe entre les personnages excentriques et le très perplexe Arthur produit une fiction originale et déjantée, qui est bien ficelée, bien rythmée et étonnamment sophistiquée.
Adams combine un extraordinaire esprit d'invention avec une base scientifique dont il fait fi sans vergogne au nom d'un humour loufoque. Il se moque gentiment de la planète tout en lui donnant la place d'honneur, au centre de l'univers. **AC**

Si par une nuit d'hiver un voyageur
Italo Calvino

1923 (Cuba)-1985 (Italie)
Première parution I 1979
Langue originale I Italien
Titre original I *Se una notte d'inverno un viaggiatore*

Si par une nuit d'hiver un voyageur évoque les sentiments d'urgence, de désir et de frustration qui accompagnent la lecture d'un roman. Calvino met en scène une étagère de bibliothèque sur laquelle ne figurent que des œuvres incomplètes : il nous présente ainsi des extraits alléchants de romans imaginaires, interrompus par les contingences d'une mauvaise reliure ou des pages manquantes. Car ce roman explore aussi tout ce qui peut mal se passer entre un écrivain et son lecteur, lorsque celui-ci s'assied pour lire un roman. Ce lecteur, c'est moi – peut-être vous. Mais c'est aussi Le Lecteur, un personnage qui au début veut à tout prix s'emparer d'un exemplaire intact du dernier roman d'Italo Calvino, *Si par une nuit un voyageur*, et qui se déconcentre par la suite, désorienté par le désir qu'il éprouve pour Ludmilla, une autre lectrice. Leur histoire forme l'ossature de cette œuvre, entremêlée d'extraits des romans qu'ils lisent et nous avec eux. Cette organisation permet à Calvino de nous délecter avec dix extraits sublimes, tirés de dix romans très différents, ce qui nous vaut un parcours émaillé de genres, de périodes, de langages et de cultures très variés.

Ce roman est surtout un manifeste en faveur des plaisirs et des aventures qui attendent le lecteur solitaire, aussi bien qu'une célébration de la satisfaction ressentie par deux lecteurs qui découvrent qu'ils ont tous deux lu et adoré le même livre. **KB**

Une si longue lettre
Mariama Bâ

1929-1981 (Sénégal)
Première parution I 1979

L'infidélité est de mise dans la fiction occidentale, mais *Une si longue lettre* n'est pas un roman occidental ordinaire. Car ici la trahison n'est plus simplement une tragédie personnelle, mais provient aussi du fait que le public lui donne un caractère officiel en l'acceptant comme une partie intégrante de la structure familiale. Passionné, mélancolique et gentiment moqueur, *Une si longue lettre* est une déclaration d'amour autant qu'une dénonciation de la polygamie. À travers une longue lettre à sa meilleure amie, Ramatoulaye, une musulmane au Sénégal décrit un mariage long et heureux fracassé par la trahison et par la mort, et partage ses pensées sur la société postcoloniale au Sénégal, où l'éducation et les droits des femmes se heurtent aux traditions religieuses.

Mariama Bâ était la fille d'un politicien qui l'obligea à poursuivre ses études malgré les objections de ses grands-parents maternels qui l'avaient élevée après le décès de sa mère. La lutte entre la modernité et la tradition faisait déjà partie de la jeunesse de Bâ et fut une constante dans sa vie, qu'elle dévoua à l'enseignement, à l'écriture et au féminisme.

Une si longue lettre est un des portraits les plus énergiques de la condition des femmes dans la littérature africaine. Il est donc de grand intérêt pour ceux qui cherchent à mieux comprendre les problèmes des femmes en Afrique dans la période post-coloniale en pleine évolution. Le roman fut couronné par le premier Prix Noma de Publication en Afrique en 1980. **RMa**

Fille de Burger
Nadine Gordimer

1929 (Afrique du Sud)
Première parution | 1979
Titre original | *Burger's Daughter*
Prix Nobel de littérature | 1991

Dans *Fille de Burger*, Gordimer explore l'impossibilité d'avoir une vie privée. Dans l'Afrique du Sud de la fin des années 1960 et des années 1970, la vie privée est un luxe qui n'appartient qu'aux seuls Blancs et ceux-ci refusent de reconnaître que leur « normalité » se gagne sur le dos d'autres personnes. Avoir une vie privée devient pourtant une nécessité pour Rosa Burger, une stratégie de survie après le décès de son père en prison, un moyen pour elle de refuser d'être compromise par la réputation de ce dernier.

Les parents de Rosa étaient tous deux des Afrikaners marxistes partisans de l'intégration raciale ; à leurs yeux, la politique ne respectait pas l'inviolabilité de la vie privée avec ses frontières ténues. À la fin du roman, Rosa se retrouve elle aussi en prison. Mais l'échec de ses pénibles efforts pour se définir une vie à elle est étrangement libérateur.

Les histoires jamais racontées, mêlées à l'histoire de son combat personnel, sont celles de mineurs immigrés, d'ouvriers d'usine, de serviteurs sans maison et d'agriculteurs sans terres. Histoires qui minent toute sympathie et font que le lecteur se doit de terminer le livre, d'être heureux que le livre existe et de regretter qu'il ait été nécessaire de l'écrire. **PMcM**

À la courbe du fleuve
V.S. Naipaul

1932 (Trinité-et-Tobago)
Première parution | 1979
Titre original | *A Bend in the River*
Prix Nobel de littérature | 2001

À la courbe du fleuve se passe dans un pays anonyme en Afrique centrale, modelé sur le Zaïre de Mobutu. Le narrateur est Salim, un musulman d'origine indienne qui quitte la maison familiale sur la côte en Afrique de l'Est pour ouvrir un magasin d'articles divers dans une ville délabrée, à la courbe d'une grande rivière. Les Européens sont pour la plupart déjà tous partis ; il se retrouve donc en territoire inconnu et dangereux.

Salim est entouré par des personnalités très diverses : une femme des tribus qui visite son magasin et vend des amulettes et des potions ; un vieux prêtre belge collectionneur de masques et de sculptures africaines ; des entrepreneurs en plein essor, dont un compatriote indien qui ouvre un fast-food en ville sous l'enseigne de Bigburger. Salim a un protégé, un jeune Africain du nom de Ferdinand. Il l'envoie à l'école et observe sa transformation d'un moins que rien en un gouverneur et administrateur politiquement engagé. Les événements turbulents d'une nation en quête d'identité (actions de guérillas, corruption, meurtres) se font sentir, mais ne sont jamais au premier plan du récit. Le Président, que l'on appelle toujours « the Big Man », forge son propre mythe très « Afrique noire » avec l'aide d'un historien blanc dont la femme entretient une liaison passionnée avec Salim.

Les vies de tous se mêlent et sont soumises à des forces plus grandes : le choc des cultures, le poids de l'histoire. *À la courbe du fleuve* partage avec les autres œuvres de

Naipaul un profond scepticisme sur le futur de la civilisation en dehors de l'Europe, mais ce qui accroche le plus le lecteur, ce sont les histoires individuelles et les calamités humaines qu'elles déclenchent. **DSoa**

Une saison blanche et sèche

André Brink

1935 (Afrique du Sud)
Première parution | 1979
Titre original | *A Dry White Season*
Adaptation cinématographique | 1989

Ben Du Toit, un gentil instituteur sans prétention, est un Afrikaner de classe moyenne qui apprécie la vie privilégiée des Blancs sous l'apartheid des années 1970. Mais son monde commence à s'écrouler quand, en toute innocence, il accepte d'aider son jardinier à retrouver son fils qui a disparu lors d'une manifestation à Soweto, en compagnie d'autres écoliers noirs.

Alors que son enquête devient de plus en plus pénible, Ben est entraîné dans un monde corrompu, plein de dissimulation, de sectarisme et de meurtres, où l'entourage du pouvoir est impliqué. Pendant ses recherches, Ben comprend qu'il se met à dos de nombreuses personnes de sa communauté, voire sa famille, par son refus de laisser cette histoire aux oubliettes, alors que les Noirs qu'il essaie d'aider ne lui font pas confiance. L'investigation est compliquée et Brink dépeint la marche inexorable de la répression par l'État, qui s'attaque aux personnes sur le plan personnel et humain, broyant finalement notre héros. Il finit par dénoncer les iniquités de la politique de l'apartheid en Afrique du Sud.

André Brink savait fort bien ce que signifiait être controversé lorsqu'il écrivit ce roman. Ses premiers romans en afrikaans (sa langue maternelle) avaient commencé à explorer l'effondrement des valeurs humaines provoqué par les injustices du système de l'apartheid. Cela ne le rendit populaire ni auprès des Afrikaners, ni auprès du gouvernement, qui interdit ses ouvrages. Brink fut forcé de traduire et écrire ses livres en anglais afin de toucher un lectorat plus grand. *Une saison blanche et sèche* fut à ce niveau une belle réussite internationale et fut porté à l'écran en 1989, avec à l'affiche Donald Sutherland, l'actrice sud-africaine Janet Suzman et la star Marlon Brandon. **JHa**

Le Livre du rire et de l'oubli

Milan Kundera

1929 (Tchécoslovaquie)
Première parution | 1979
Langue originale | Tchèque
Titre original | *Kniha smíchu a zapomnení*

Kundera compare la structure de ce roman avec les variations d'un thème musical. Il s'agit d'une analogie appropriée, car le roman répond profondément à nos attentes formelles. Divisé en sept sections que l'on peut assimiler aux conventions d'une narration linéaire ou cohérente, le récit entremêle aussi information historique et souvenirs autobiographiques de l'auteur.

Le personnage principal du livre, Tamina, quitte la Tchécoslovaquie avec son mari pour échapper au régime communiste. Quand, peu après, son mari meurt, Tamina lutte contre la peur accablante de l'oublier. L'importance du souvenir est une préoccupation majeure de ce roman, mais aussi d'autres œuvres de Kundera. Pour lui, effacement et oubli sont des instruments politiques exploités par l'État communiste et, ce, parfois littéralement – comme quand des membres dissidents du parti sont gommés sur les photos de propagande. Les événements de ce roman se déroulent avec comme toile de fond la période de l'après-guerre en Tchécoslovaquie. Sous la houlette d'Alexandre Dubcek, le pays tentait alors de rendre le socialisme plus « humain ». L'invasion soviétique de 1968 mit fin à cette ambition et généra la désillusion.

Le Livre du rire et de l'oubli est typique de l'œuvre de Kundera, avec son étrangeté ineffable, à la fois provocatrice et interdite. Comme d'autres de ses écrits, ce roman pose la question de la représentation des personnages féminins et suscite des accusations de misogynie latente. Ce sont des objections valides, qui peuvent engendrer des considérations fructueuses. Il n'en reste pas moins que ce roman est autant un document historique qu'une fiction expérimentale. **JW**

L'Or des fous
Maro Douka

1947 (Grèce)
Première parution | 1979
Langue originale | Grec
Titre original | *E Archaia Skoura*

Ce premier roman de Maro Douka prend comme point de départ le coup d'État de 1967 en Grèce avec en toile de fond la dictature des Colonels. Myrsini Panayotou, jeune Athénienne, apprend l'existence des Colonels et s'engage dans la résistance souterraine. Douka s'appuie sur ce scénario pour nous présenter un éventail de personnages provenant d'un milieu social très différent de celui de Myrsini. Celle-ci est issue d'une famille de bourgeois élégants, qui courent d'aventure amoureuse en aventure amoureuse et reçoivent des personnes importantes, tout en s'enthousiasmant pour les dernières modes.

Le roman de Douka est bien entendu très politique et l'auteur utilise autant son humour tranchant contre les gauchistes et les bourgeois que contre la dictature. Son écriture reflète le point de vue de Myrsini, mais cela ne l'empêche pas de parler à la première personne quand elle dépeint un personnage autre que sa protagoniste, présentant les monologues intérieurs des personnages secondaires comme Myrsini se les imagine. Elle donne au lecteur un aperçu intéressant, quoiqu'un peu surfait, des classes sociales grecques et de ceux qui en sont le plus représentatifs.

Mais *L'Or des fous* ne se penche pas uniquement sur les thèmes de la classe sociale et de la politique. C'est un roman d'apprentissage, car il retrace l'éducation spirituelle et politique de Myrsini. En fin de compte, ce sont ses sentiments pour son fiancé qui l'empêcheront de réconcilier sa philosophie idéaliste avec ses instincts humains. **OR**

Les Gens de Smiley
John Le Carré

1931 (Angleterre)
Première parution | 1979
Langue originale | Anglais
Titre original | *Smiley's People*

Les Gens de Smiley évoquent le monde sombre de l'espionnage des derniers jours de la guerre froide. Le Carré démontre une fois de plus son art de l'intrigue et son sens du rythme. George Smiley, agent secret britannique à la retraite, est rappelé pour enquêter sur le meurtre d'un transfuge politique soviétique. Le roman raconte la chasse à l'homme mise sur pied pour détruire Carla, grand maître de

l'espionnage russe, aussi implacable que surdoué, qui apparaissait déjà dans *La Taupe*. Smiley découvre progressivement une toile aux multiples ramifications, qui lui permet de comprendre que Carla a un point faible : sa préoccupation pour sa fille, une malade mentale. À plusieurs points de vue, ce roman est celui de Le Carré qui dépeint le portrait le plus noir de ce monde qui semble avoir perdu tous ses repères ; on n'espionne plus que pour des motifs personnels. Parallèlement, il dépeint des personnages politiques destitués qui ont été honteusement traités dans leur quête de justice. Le livre établit très efficacement l'influence que les personnes intègres peuvent malgré tout faire prévaloir dans un monde moralement anarchique.
Le Carré est surtout fasciné par le coût humain de la guerre froide ; les deux parties ont créé un environnement qui induit l'instabilité psychologique. Smiley a d'autant plus de mérite qu'il semble ne pas vouloir réussir : il reconnaît que faire chanter Carla a quelque chose de répugnant et qu'en faisant cela, il s'abaisse à utiliser des méthodes que les valeurs occidentales sont censées proscrire. **TH**

Les Mers du Sud
Manuel Vásquez Montalbán

1939 (Espagne)-2003 (Thaïlande)
Première parution | 1979
Langue originale | Espagnol
Titre original | *Los mares del sur*

Nous sommes à Barcelone, à la veille des premières élections municipales démocratiques. La haute bourgeoisie retrouve son orgueil à un moment où être dans les affaires semble être une honte, comme le fait remarquer un de ses membres. Le détective privé Pepe Carvalho, gauchiste sentimental, hédoniste éhonté, gastronome compulsif, lit avidement malgré son sentiment de culpabilité (il brûle les livres qu'il a lus). Il déclare à son tour que les détectives privés sont les baromètres de la moralité ambiante et que cette société est pourrie : elle ne croit en rien. Mais l'homme d'affaires sur la mort duquel il enquête, Carlos Stuart Pedrell, croyait, lui, en quelque chose : il voulait s'exiler dans les mers du Sud sur les traces de Gauguin.
L'investigation sur la mort de Pedrell mène Carvalho dans l'univers sophistiqué de la haute bourgeoisie, tout comme dans le monde des immigrants prolétaires, car le secret de ce décès réside dans une de leurs cités-dortoirs, San Magin. Le roman est parmi les meilleurs (peut-être même le meilleur) des ouvrages de Carvalho, dans la plus pure tradition des films noirs d'Hollywood. Il crée également un portrait de Barcelone à cette époque, difficile à surpasser. **JCM**

Le Nom de la rose
Umberto Eco

1932 (Italie)
Première parution | 1980
Titre original | *Il nome della rosa*
Adaptation cinématographique | 1986

Avec son mécanisme narratif complexe et merveilleux, *Le Nom de la rose* offre au lecteur une défense limpide de l'étude des signes et une histoire policière intrigante. Ces deux facettes du récit sont structurées autour d'une histoire inachevée, une sorte de pré-narration, celle d'un étudiant qui trouve dans nombre de manuscrits une histoire qui vaut la peine d'être racontée. Est-ce parce que l'espace de cette pré-narration est ténue par comparaison avec la densité de ce qui suit, ou

est-ce le ton de l'étudiant, qui font que ces quelques premières pages restent dans l'esprit du lecteur alors que le texte retourne à la source des manuscrits au début du XIVe siècle ?
Un jeune novice bénédictin, Adso de Melk, raconte son voyage avec un franciscain érudit, Guillaume de Baskerville, jusqu'à un monastère de son ordre. Celui-ci se révèle une arène de conflits et de secrets cruelle et fermée. Les bénédictins vivent pour et par les livres. Six d'entre eux meurent successivement : Guillaume de Baskerville cherche à percer le secret de leur lutte intestine et muette en trouvant et décryptant les signes de jalousie, désir et peur.
Le Nom de la rose demande à ses lecteurs de partager le travail d'interprétation de Baskerville et de respecter la polyphonie des signes.
C'est dans ce sens qu'Eco montre le miracle de l'interprétation par soi-même. **PMcM**

La Claire Lumière du jour
Anita Desai

1937 (Inde)
Première parution | 1980
Titre original | *Clear Light of Day*
De son vrai nom | Anita Mazumdar

De père indien et de mère allemande, Anita Desai dit qu'elle porte l'Inde dans son cœur, mais que, dans sa tête, elle l'observe de l'extérieur comme une étrangère. Ce roman fascinant et finement observé se passe dans le vieux Delhi, dans un grand manoir qui tombe en ruines. Il dépeint les relations tendues et hargneuses d'une famille très divisée, avec pour cadre des événements déterminants pour l'histoire de l'Inde : la partition, la mort de Gandhi et la lutte pour le pouvoir politique qui s'ensuivit.
Les deux personnages principaux sont deux sœurs en froid, Bim et Tara, qui se retrouvent à l'occasion du mariage de leur nièce. Bim, l'aînée, est restée s'occuper de son frère cadet autiste et de sa tante alcoolique. Tara a fui la maison familiale et ses traditions en épousant un diplomate. Les deux femmes évoquent leur enfance et tentent de trouver un terrain d'entente malgré les chemins très différents qu'elles ont pris. Néanmoins, Tara s'aperçoit vite que Bim est aigrie et sur la défensive et qu'elle ne lui pardonne pas d'avoir, à ses yeux, trahi sa famille.
Anita Desai a un jour décrit l'histoire comme « une sorte de poids lourd », et dans beaucoup de ses romans, ses protagonistes sont balayés par des forces historiques et sociales qu'ils essaient vainement de contrôler. Dans *La Claire Lumière du jour*, Desai examine les conséquences d'événements historiques complexes pour la société indienne contemporaine, et leur impact sur les vies de ces deux femmes. **TS**

La Conjuration des imbéciles
John Kennedy Toole

1937-1969 (États-Unis)
Première parution | 1980
Titre original | *Confederacy of Dunces*
Prix Pulitzer | 1981 (à titre posthume)

Jonathan Swift a dit : « Quand un vrai génie apparaît en ce bas monde, on peut le reconnaître à ce signe que les imbéciles sont tous ligués contre lui. » Dans ce roman burlesque de John Kennedy Toole, le génie inattendu est le corpulent Ignatius J. Reilly, excessif dans ses appétits et très érudit. Alors qu'il ne demande pas mieux que de rester dans sa chambre à fulminer et enregistrer ses rêvasseries dans une pile désordonnée de bloc-notes, un concours de circonstances malencontreux l'oblige à s'aventurer dans le monde du travail. Il tente d'affronter les horreurs de la vie moderne, mais se trouve piégé par une série de malentendus et de mésaventures. Les imbéciles autour de lui sont les habitants excentriques des bas quartiers de La Nouvelle-Orléans, superbement évoqués. L'atmosphère de délabrement produit une note discordante dans cette comédie qui donne aussi un aperçu troublant de l'hypocrisie et de la discrimination qui se cachent derrière le masque souriant de carnaval arboré par la ville.

John Kennedy Toole essaya en vain, des années durant, de se faire publier. Ce n'est qu'après son suicide que sa mère persuada le romancier Walker Percy de lire le manuscrit de *La Conjuration des imbéciles*. Son enthousiasme pour le livre fit qu'il fut publié et devint rapidement un best-seller. Le lecteur y trouvera un humour débridé et intemporel, un univers déjanté et original dans lequel, d'après Ignatius J. Reilly, les dieux du chaos, de la folie et du mauvais goût ont pris l'ascendant sur l'humanité. **TS**

Rituels
Cees Nooteboom

1933 (Pays-Bas)
Première parution | 1980
Langue originale | Néerlandais
Titre original | *Rituelen*

Nooteboom a pu être comparé à Nabokov ou Borges. *Rituels* n'est ni clairement postmoderne, ni particulièrement réaliste ; néanmoins, l'œuvre n'est ni linéaire, ni prévisible.

Concernant le personnage d'Inni Wintrop, un intellectuel privilégié qui jouit d'une vie prospère et qui ne sait que faire de son temps, le roman fait apparaître un paysage littéraire impressionniste, dans lequel les événements et les personnes se reflètent sans jamais être vraiment bien définis. Serait-ce que le dilettantisme de Wintrop ne laisse pas de place aux réponses et n'admet qu'un questionnement continu et interminable ? Pourtant, ce n'est pas de sa vie qu'il s'agit dans ce roman, mais bien de celles de deux hommes portant le nom de Taads : le père Arnold et son fils Philip. Tous deux finissent par se suicider. Nooteboom utilise les circonstances divergentes de leur vie et de leur mort pour explorer comment différentes générations affrontent des crises intellectuelles et spirituelles similaires.

L'approche philosophique et anthropologique de Cees Nooteboom n'est pas profonde ; ses réflexions sur Dieu et sur l'existence sont agrémentées de descriptions fantaisistes et macabres d'une circoncision ou de réflexions satiriques sur le marché de l'art. Le langage est lui aussi majoritairement vif, poétique et précis. *Rituels* fut le premier grand succès de Nooteboom dans le monde anglo-saxon. Vu le caractère très européen du roman, cela ne peut être qu'un gage de succès durable. **ABI**

Geur der droefenis
Alfred Kossmann

1922-1988 (Pays-Bas)
Première parution |1980
Non traduit à ce jour en français
Titre anglais | *Smell of Sadness*

Geur der droefenis (« Une odeur de tristesse ») est l'œuvre maîtresse d'Alfred Kossmann, écrite après qu'il eut exploré les frontières des mondes littéraire et journalistique. En 1946, il débuta sa carrière de poète avec *Het vuurwerk* (« Les feux d'artifice »), poursuivant ensuite une carrière

de romancier et de journaliste. Il publia également de nombreux livres de voyages très complets qui juxtaposaient ses observations personnelles et des réflexions autobiographiques.
Geur der droefenis est un amalgame de tous les aspects de ses œuvres, et inclut de nombreux éléments autobiographiques. Le roman raconte quarante ans de la vie de l'écrivain Thomas Rozendal, qui, adolescent, prétendait : la vie « n'est pas dure, seulement extrêmement ennuyeuse ». Des décennies plus tard, il se voit contraint d'accepter le fait que l'existence n'a pas de sens. La mort se glisse entre les lignes : un personnage se suicide, un autre devient fou, un troisième meurt écrasé par un camion. Et Thomas ? Toujours spectateur passif devant la vie, il fait preuve d'une résignation incompréhensible et se révèle toujours aussi incapable de vivre pleinement. Tous ses personnages ont grandi pendant la guerre et la plupart d'entre eux ont connu des vies tragiques suite à des événements et des rebondissements incompréhensibles. Kossmann tisse son histoire dans un enchevêtrement de souvenirs, d'inventions et de rêves. La réalité est dénaturée par un impressionnant mélange littéraire, d'où émane « une odeur de tristesse ». **JaM**

Avril brisé
Ismail Kadaré

1936 (Albanie)
Première parution | 1980
Langue originale | Albanais
Titre original | *Prilli i Thyer*

Le roman se déroule en Albanie, pays aux confins de la modernité européenne, entre les deux guerres mondiales. Le récit se concentre sur Gjorg Berisha, pris au piège d'une inimitié sanglante, dont les règles sont édictées par le kanun, un ancien code d'honneur qui a dominé la culture albanaise pendant des générations. La famille de Gjorg est plongée dans une vendetta vieille de soixante-dix ans avec une famille voisine, les Kryeqyqe. Le roman débute par l'assassinat perpétré par le personnage sur un membre de cette famille, en réponse à celui de son propre frère. Ce meurtre fait de Gjorg la prochaine victime. Le kanun décrète une période de trêve de trente jours après qu'un meurtre a eu lieu et avant que l'on puisse se venger. C'est cette période de trêve que retrace le roman, entre le meurtre commis par Gjorg en mi-mars et le moment, à la mi-avril, où il sera livré à la justice implacable du kanun. Pendant cette période, Gjorg n'est ni vivant, ni mort, mais suspendu dans un temps intermédiaire.
Ce récit obsédant et obsédé est écrit avec une extraordinaire simplicité et beaucoup d'élégance. L'espace entre vie et trépas que dessine le roman est empreint d'une structure de rêve dans l'esprit d'Homère, Dante et Kafka.
Kadaré est formidablement original dans son invention d'un langage qui lui permet d'exprimer les contradictions de la vie contemporaine en Europe de l'Est. **PB**

Les Enfants de minuit
Salman Rushdie

1947 (Inde)
Première parution | 1980
Titre original | *Midnight's Children*
Prix Booker | 1981

Les Enfants de minuit ont pour narrateur Saleem Sinai, né à minuit le 15 août 1947, jour de la proclamation de l'Indépendance de l'Inde. La vie de Saleem symbolise le développement de la jeune nation. Mais Rushdie ne se contente pas de laisser son protagoniste représenter le pays : il explore les complexes fantaisies et échecs que contient le mythe du nationalisme. Tous les enfants nés autour de minuit ont un don exceptionnel ; plus proche de minuit est leur naissance, plus puissant sera leur don. Cette alliance de fantastique et de réel – des enfants qui voyagent dans le temps, qui multiplient les poissons, qui deviennent invisibles – symbolise le riche potentiel de l'Inde. De ce groupe d'enfants, deux sont nés sur le coup de minuit et sont donc potentiellement les plus forts de ce groupe : Saleem, qui peut lire dans les cœurs et dans les esprits des autres, et Shiva, qui détient le don opposé, celui de la guerre, et deviendra un meurtrier brutal. L'antagonisme entre les deux est capital pour ce récit tentaculaire, qui se passe lors des premières années de l'indépendance. Saleem vient d'une famille privilégiée et bien introduite, tandis que Shiva, l'orphelin des rues, n'a rien. Vers le milieu du roman, on découvre que les deux enfants ont été échangés à la naissance : ni l'un ni l'autre n'est ce qu'il pense être. Cette découverte suscite des anxiétés relatives à la paternité, la dépossession, l'authenticité et la confiance qui résonnent tout au long du récit et qui sont constamment soulevées par l'histoire de la partition de l'Inde. Ce roman génial fascine le lecteur par l'étendue de son imagination, par son humour, ses jeux de mots étourdissants et son pathos à fendre le cœur. Cet hommage de Rushdie à son pays natal est un mélange excitant de réalisme magique et de réalité politique. **NM**

En attendant les barbares
J. M. Coetzee

1940 (Afrique du Sud)
Première parution | 1980
Titre original | *Waiting for the barbarians*
Prix Nobel de littérature | 2003

Les critiques essaient souvent d'interpréter les narrations denses et elliptiques de Coetzee comme autant d'allégories sur l'État sud-africain pendant et après l'apartheid. *En attendant les barbares* se prête certainement à une telle interprétation. Le roman se passe dans un empire sans nom, anonyme, à une époque qui n'est pas spécifiée, et raconte l'histoire d'un magistrat qui se heurte à la brutalité de l'appareil étatique en essayant de récompenser une fille « barbare » qui a été torturée par l'impénétrable colonel Joll. Le magistrat collectionne, dans le désert, des bouts de bois qui portent des inscriptions anciennes illisibles. Il conclut que ces fragments constituent une allégorie formée non pas par les inscriptions elles-mêmes, mais par l'ordre et la manière dans lesquels elles sont lues. *En attendant les barbares* est donc une réflexion plus générale sur l'écriture en soi et sur son incapacité occasionnelle à communiquer son sens. Les « barbares » ont ici apparemment une valeur symbolique : ils sont là pour témoigner d'une souffrance qui ne peut être articulée. La femme sauvée par le magistrat parle peu ; il argumente donc à sa place, tentant de lire dans ses blessures le récit de l'Empire. Parallèlement, à travers la mortification du magistrat, Coetzee peint un portrait de l'engagement politique comme total et pourtant vide d'idéologie. **LC**

Un été à Baden-Baden
Leonid Tsypkin

1926 (Biélorussie)-1982 (Russie)
Première parution | 1981
Langue originale | Russe
Titre original | *Leto v Badene*

Ce roman extraordinaire a été publié pour la première fois en 1981, juste avant la mort de l'auteur. La critique Susan Sontag attira l'attention du public sur cette œuvre, avant de mourir elle aussi.
Le livre dramatise la relation orageuse entre Fiodor et Anna Dostoïevski en se focalisant sur un voyage à Baden-Baden qu'ils entreprirent un été. Tsypkin insère leur histoire dans un compte rendu autobiographique de ses propres voyages et y glisse des scènes tirées des œuvres de Dostoïevski et plus globalement de l'héritage littéraire russe.
Au fur et à mesure que le lecteur se perd dans le dédale du réel et de l'imaginaire, de la beauté et de la laideur, la prose sauvage et indomptable de Tsypkin prend le dessus et finit par produire sa propre réalité loufoque. Car la prose de Tsypkin ne ressemble à aucune autre, c'est une invention nouvelle frappante. Par le rythme de ses écrits, alors qu'il s'imagine le parcours de l'amour insensé de Dostoïevski pour Anna, il arrive à capter l'évolution de la pensée de l'écrivain, sa paranoïa, son désespoir et son génie.
Un été à Baden-Baden nous présente Dostoïevski sous un angle nouveau et ce faisant, promet de retracer les frontières de la fiction contemporaine. Qu'une femme en fin de vie ait sauvé cette œuvre des oubliettes dans un élan d'amour pour la fiction littéraire est d'une étrange pertinence. **PB**

La Véranda aveugle
Herbjorg Wassmo

1942 (Norvège)
Première parution | 1981
Langue originale | Norvégien
Titre original | *Huset med den blinde glassveranda*

C'est dans un petit village de pêcheurs en Norvège, pas encore remis de son occupation par les nazis, que l'auteur situe l'histoire de Tora, une petite fille de onze ans. Fille illégitime d'un soldat allemand décédé, Tora partage un appartement délabré avec sa mère et son beau-père, un alcoolique. Stigmatisée à cause de la honte de sa naissance, Tora est aussi régulièrement abusée sexuellement par son beau-père quand sa mère est au travail.
La prose fragmentée de Wassmo retranscrit le désespoir croissant de Tora alors qu'elle tente de faire face à sa pénible situation. Elle a un besoin désespéré d'être protégée, mais n'ose pas accabler sa mère avec la vérité. Aussi se réfugie-t-elle dans un monde imaginaire où elle se sent protégée, et imagine que son vrai père va venir la sauver. Wassmo allège la brutalité du récit et le côté cru du contenu par une prose douce et mélodique.
La Véranda aveugle est le premier tome d'une trilogie dont Tora est le personnage principal. Ce roman est loin d'être un récit de malheurs uniquement, car avec l'amitié et l'aide de quelques voisines, Tora trouve la force de survivre. Le thème central est la persécution des femmes, mais *La Véranda aveugle* célèbre aussi le triomphe de Tora. C'est un récit puissant sur la solidarité des femmes qui, ensemble, affrontent l'inégalité des sexes, la pauvreté et la dépression d'après-guerre. **RA**

Ailes de plomb
Zhang Jie

1937 (Chine)
Première parution | 1981
Langue originale | Chinois
Titre original | *Chenzhong de chibang*

Ce roman raconte l'histoire d'un groupe de personnages appartenant à Dawn Motor Works, grand groupe industriel chinois. Le thème central est le changement radical apporté par la modernisation et ses conséquences pour la société du pays. La finesse d'observation du quotidien de la Chine moderne met à nu l'impact de la révolution culturelle et politique sur les personnages périphériques de la société industrielle, dressant un portrait unique de la vie des ouvriers en usine et de leurs femmes et enfants.

Jie utilise le dialogue et un manque de conclusion narrative qui nargue le lecteur, pour développer des histoires courtes avec une fin ouverte, qui reflètent, par fragments, l'évolution de la culture. Malgré les progrès réalisés, les préjugés ancrés dans un passé féodal se maintiennent. Les réformateurs doivent faire face à de formidables obstacles de la part d'officiels qui ont construit leur carrière sous l'ancien régime. On se demande quel va être le sort des différents personnages, mais le roman livre une connaissance profonde de leur malaise social et politique.

En pleine Révolution culturelle, Zhang Jie fut obligé de participer à des cours de rééducation dans une école spéciale à Pékin. Elle travailla plus tard pour le ministère de l'Industrie, pour l'Ingénierie mécanique et ne se mit à écrire qu'après la Révolution culturelle. Ce roman a été un des premiers de cette ère à être traduits en Occident. **RA**

La Guerre de la fin du monde
Mario Vargas Llosa

1936 (Pérou)
Première parution | 1981
Langue originale | Espagnol
Titre original | *La guerra del fin del mundo*

Ce huitième roman de Vargas Llosa aborde encore les différentes faces du mal, dans un récit remarquable et apocalyptique. Cet ouvrage est un tournant dans l'œuvre de l'auteur péruvien, qui abandonne son pays natal pour raconter des événements réels, qui se déroulèrent au Brésil à la fin du XIXe siècle. Il relate l'expérience messianique d'Antonio Consejero, un saint homme visionnaire qui prêcha contre la République et la modernité, se faisant le porte-parole des dépossédés du Nord-Est brésilien. Il défie le gouvernement républicain, qui lui envoie l'armée. Celle-ci détruit Canudas, la ville dans laquelle Consejero et ses adeptes espéraient instaurer un royaume pour mille ans.

Vargas Llosa a créé un roman remarquablement documenté et fort, inspiré par une œuvre qu'il considère comme fondamentale, *Hautes Terres*, d'Euclides da Cunha. Il organise son histoire sur un modèle strictement structurel qui consiste à alterner des récits parallèles. Il en résulte un compte rendu méticuleux de l'ascension, de la carrière et de la destruction d'un monstre fascinant. Par cette véhémente critique du fanatisme et de l'utopie, Vargas Llosa retrouve l'ambition qui marque ses romans des années 1960. Cette œuvre a donné une incroyable impulsion à un nouveau traitement du récit historique, qui commençait à atteindre une certaine reconnaissance dans le monde hispanique. **DMG**

Lanark
Alasdair Gray

1934 (Écosse)
Première parution | 1981
Langue originale | Anglais
Titre original | *Lanark : A Life in Four Books*

Lanark marqua un tournant dans le ton de la fiction écossaise. Gray doit son goût pour l'innovation typographique à Jonathan Swift et Joyce, tandis qu'il hérite de Blake sa vision des possibilités sociales radicales, latentes dans le quotidien à Glasgow. Passant de Unthank à Glasgow, le récit décrit deux bas-fonds urbains, où Lanark et Duncan Thaw se débattent pour échapper au train-train journalier.

D'un bout à l'autre, l'agencement matériel du livre focalise l'attention du lecteur sur la matérialité du livre. Chapitre après chapitre, les gravures iridescentes de topographies imaginaires contrebalancent le cynisme qui accable les jeunes Écossais. Ce portrait écrit du mécontentement urbain engendre des illustrations qui présagent le renouvellement de l'Écosse. Les deux villes sont présentées comme des zones de transit perpétuelles, qui alternent entre stagnation et restitution, tandis que les protagonistes mûrissent dans leur connaissance de soi. C'est cette interactivité qui démontre que la page imprimée est indispensable. **DJ**

Rabbit est riche
John Updike

1932-2009 (États-Unis)
Première parution | 1981
Titre original | *Rabbit is Rich*
Prix Pulitzer | 1982

Rabbit est riche, le troisième des quatre romans de la série « Rabbit », fait un bond de dix ans jusqu'en 1979. Situé dans la petite ville imaginaire de Brewer en Pennsylvannie, le roman reprend l'histoire de Harry Angstrom, surnommé « Rabbit » : celui-ci est désormais âgé de quarante ans et jouit d'une situation prospère comme vendeur de voitures d'occasion. Heureux en ménage et renouant avec son fils, Rabbit s'est apparemment transformé en « citoyen solide », raillé par le « Babbitt » de Sinclair Lewis, qui sert d'épigraphe au livre. Avec en toile de fond la crise pétrolière de la fin des années 1970, l'action du roman entame une réflexion sur l'ascension sociale – Rabbit a d'abord été un linotypiste de la classe ouvrière. Le fait de vendre des Toyota à des conducteurs de la classe moyenne conscients depuis peu des problèmes pétroliers est devenu le ticket d'entrée de Rabbit dans le monde des country clubs et des cocktails. Son plaisir de faire partie des riches – voir le titre du livre – est contrebalancé par le portrait sensible des ouvriers américains qui perdent leur travail.

La prose lyrique et le choix réfléchi des personnages d'Updike sont toujours aussi percutants. Alors que Rabbit vieillit, le portrait nuancé de la vie quotidienne atteint une nouvelle acuité. **AB**

Couples, Passants
Botho Strauss

1944 (Allemagne)
Première parution I 1981
Langue originale I Allemand
Titre original I *Paare, Passanten*

Dans cette collection de six portraits, des couples récents comme anciens, frustrés par leur vaine et interminable quête de sens, se raccrochent l'un à l'autre, mais ne s'en trouvent que plus seuls et plus désespérés.

La perte d'humanité, le solipsisme et l'égoïsme profond, produits de l'histoire et de la technologie, sont des thèmes récurrents dans l'œuvre de Strauss, conservateur social par excellence. Profondément mécontent de ce qu'il pense être la dérive culturelle de son pays, il ne trouve aucun intérêt au mode de vie de la nouvelle Allemagne. Ses personnages aliénés ont une forte chance de se heurter l'un à l'autre brièvement, sans raison, ou violemment.

Les histoires de cet ouvrage dressent le portrait d'un peuple qui perd son humanité sous les pressions de la modernisation et du passé ; elles décrivent des personnalités robotiques avec des trous à la place de l'âme, qui s'acquittent de leurs tâches journalières dans un environnement dépourvu de vie spirituelle ou intellectuelle. En peignant ainsi l'absence de vie dans l'Allemagne moderne, Strauss tente d'ouvrir le chemin pour un mode de vie et d'expression plus vrai, plus authentique. Le poids du passé de l'Allemagne dans ce XXe siècle confère un angle évident à son œuvre et dirige l'intérêt du lecteur vers sa vision esthétique. Ses mini-portraits et ses esquisses couvrent un éventail qui va du peuple anonymement coupable sous le Troisième Reich aux individus de la guerre froide. **LB**

Ceux de July
Nadine Gordimer

1923 (Afrique du Sud)
Première parution I 1981
Titre original I *July's People*
Prix Nobel de littérature I 1991

Ce roman apocalyptique prend place lors d'une guerre civile imaginaire qui suit l'invasion du Mozambique par l'Afrique du Sud en 1980. Villes et foyers sont en feu lorsque Maureen et Bam Smales partent en camionnette avec leurs enfants et July, leur domestique, pour se mettre à l'abri dans son village lointain.

Confrontés aux dures réalités de la vie dans ce village, Maureen s'épanouit alors que Bam, perdu sans son fusil, se sent frustré. Dans le cadre de cette nouvelle dépendance, la relation avec July devient de plus en plus difficile au fur et à mesure que le couple blanc perd de jour en jour contact avec sa culture. Le désir et le devoir sont dorénavant façonnés par le facteur économique, et la présomption libérale de l'homme blanc selon laquelle la nature humaine est universelle est remise en question. La prose complexe de Gordimer atteint des sommets vertigineux dans sa manière de relier, par allusions et insinuations, des certitudes du passé au doute du présent ; presque aucun paragraphe ne se situe dans un présent paisible. Ces questions profondes resteront sans doute sans réponse. Quand un hélicoptère atterrit, Maureen court à sa rencontre, sans savoir s'il appartient à l'armée ou aux révolutionnaires, et le roman prend fin, laissant le lecteur lui aussi sans réponses. *Ceux de July* n'est pas véridique historiquement, mais l'analyse de la vulnérabilité de l'homme blanc sonne néanmoins juste. **AMu**

Les Jumeaux de Black Hill
Bruce Chatwin

1940 (Angleterre)-1989 (France)
Première parution | 1982
Langue originale | Anglais
Titre original | *On the Black Hill*

Les Jumeaux de Black Hill sont un livre surprenant de la part d'un auteur qui a passé une grosse partie de sa courte vie à voyager et à écrire sur ses voyages. Il concerne quatre-vingt-huit ans de la vie de Benjamin et Lewis, des jumeaux qui vivent au Pays de Galles. À l'exception d'une très courte période dans l'armée, de laquelle Benjamin est exclu pour conduite déshonorante, ils échappent à la conscription pendant la Première Guerre mondiale, ne se marient pas et, suite au trépas de leurs parents, décident de dormir ensemble dans le lit parental.

Le roman revient sur le passé des jumeaux dans une prose d'un réalisme prononcé. Chatwin préfère les phrases courtes qui en disent long aux structures plus longues et complexes. Il relègue aussi la complexité de l'intrigue au profit de portraits détaillés des personnages, sans jamais tomber dans le simplisme cru, ni dans l'excès de sentiments. Le roman a tous les atouts du drame rural traditionnel : un père soupe au lait qui maltraite sa femme et déjoue ses efforts pour élever leurs jumeaux, des querelles rurales entre familles qui deviennent violentes, un suicide, la brutalité de l'armée, la déchéance d'une famille noble pour cause de corruption. Mais le livre fait aussi l'examen de la vie sédentaire et rurale et des tensions créées dans des modes de vie traditionnels par l'action et la fuite : on en trouve un exemple dans l'intérêt que Lewis porte à l'aviation et au sexe opposé ou dans les moments de séparation – fort brefs – que connaissent les jumeaux. **ABi**

La Maison aux esprits
Isabel Allende

1942 (Pérou)
Première parution | 1982
Langue originale | Espagnol
Titre original | *La casa de los espíritus*

L'imagination débridée de ce conte fantastique ne peut être qualifiée que de magique. Le roman se joue des frontières entre le réel et l'imaginaire sans jamais perdre de vue ses racines dans l'histoire et la réalité politique du Chili.

La Maison aux esprits est un roman profondément intime. Il s'ouvre sur une lettre écrite au grand-père mourant d'Allende, qui raconte l'histoire de la famille Trueba, et a pour toile de fond la montée au pouvoir de l'oncle d'Isabel, Salvador Allende (*Le Candidat* dans le texte), jusqu'à sa mort tragique dans la sédition de 1973. Les atrocités qui marquèrent cette époque sanglante sont évoquées de façon saisissante, et ce qui commence comme un conte de fée enchanteur devient peu à peu un récit sombre et puissant. La chronique de ces événements est sans doute l'élément le plus frappant du livre et a contribué de manière significative à son succès bien mérité.

Mais le cœur du récit est la présentation exubérante du clan Trueba. Allende dépeint des personnages identifiables d'une plume tendre et sentimentale, caustique et mordante. L'histoire passionnante de cette famille extraordinaire incite à la compassion, et la plume d'Allende engage profondément le lecteur jusqu'à la fin tragique, barbare et émouvante du récit. **DR**

La Liste de Schindler
Thomas Keneally

1935 (Australie)
Première parution | 1982
Titre original | *Schindler's List*
Prix Booker | 1982

La Liste de Schindler commence avec un mot de Thomas Keneally qui décrit sa rencontre fortuite avec Leopold Pfefferberg, un « survivant de Schindler ». C'est lui qui l'a poussé à écrire l'histoire d'Oskar Schindler, un bon vivant spéculateur et charmeur, industriel et membre du parti nazi, mais qui risqua sa vie pour protéger les juifs de Pologne sous l'Occupation.

Publiée en 1982, *La Liste de Schindler* fut immédiatement primée par le prix Booker. C'est un roman solidement ancré dans le traumatisme de l'histoire moderne de l'Europe et qui – Keneally insiste sur ce point – s'efforce d'éviter d'introduire une composante fictive. Tâchant de comprendre ce qui poussait Schindler à sauver des vies et de résoudre l'énigme qui hante encore « les juifs de Schindler », le livre juxtapose la recherche historique et une reconstruction imaginaire pour réaliser le portrait de cet homme complexe et provocateur qu'était Oskar Schindler. Ce faisant, Keneally implique le lecteur dans l'univers de ceux que les nazis avaient condamnés comme des sous-hommes. Il explore la violence politique comme le sadisme sexuel et soulève une question troublante : qu'est-ce qui pouvait embarrasser les SS ? En décidant de représenter l'Holocauste, Keneally suscite la controverse autour de son projet : quelle est la véracité du portrait qu'il fit de Schindler et de quel droit peut-on témoigner de cette époque ? Quelle forme littéraire peut immortaliser la réalité de ces événements ? Primé, le film de Spielberg sortit en 1993 et renforça le débat. Ce dernier reflète plus particulièrement, aux yeux de certains critiques, la sentimentalité sereine mais profondément troublante du récit de Keneally, qui réalise un portrait romanesque de l'Histoire à travers la vie d'un seul homme. **VL**

Lumière pâle sur les collines
Kazuo Ishiguro

1954 (Japon)
Première parution | 1982
Langue originale | Anglais
Titre original | *A Pale View of Hills*

Lumière pâle sur les collines a pour narrateur Etsuko, une veuve de Nagasaki dévasté par la guerre qui habite en Angleterre. Les souvenirs du passé et de sa fille Keiko, qui se donna la mort, sont avivés quand son deuxième enfant, Niki, la rejoint. Etsuko essaye vainement de trouver une réponse sensée au suicide de sa fille et le lecteur n'est jamais vraiment sûr des événements qui eurent lieu à Nagasaki durant l'été torride auquel son récit se réfère encore et encore. Ishiguro cherche moins à dresser un compte rendu du traumatisme qui façonne l'identité d'un personnage, qu'à démontrer que le fait même de raconter son histoire n'est jamais une simple affaire.

Au fur et à mesure que le passé et le présent s'entremêlent de manière de plus en plus énigmatique, le livre soulève plus de questions qu'il n'en résout. Le style narratif d'Ishiguro pousse le lecteur à considérer que la subjectivité est à la fois provisoire et improvisée et que l'identité, plutôt que les histoires du passé que nous nous racontons à nous-mêmes, est peut-être toujours en évolution. L'horreur de Nagasaki plane sur le récit sans jamais être mentionnée ouvertement. L'interaction entre mémoire, identité et traumatisme remet en question toute conception naïve de la langue comme instrument limpide de compréhension de l'univers. **VA**

Le Neveu de Wittgenstein
Thomas Bernhard

1931 (Pays-Bas)-1989 (Autriche)
Première parution | 1982
Langue originale | Allemand
Titre original | *Wittgensteins Neffe : eine Freundschaft*

Dans *Le Neveu de Wittgenstein*, un intellectuel, malade et obsessionnel, réfléchit sur la vie tragique et la mort déplorable d'un ami proche, qui était également un intellectuel malade et obsessionnel. Le narrateur n'est autre que Bernhard lui-même et, dans ce roman très personnel, il montre une compassion absente de ses œuvres en général.

Le roman prend la forme d'un hommage à l'amitié entre l'auteur et Paul Wittgenstein, le neveu de l'illustre philosophe autrichien. Au début du récit, Paul et Bernhard sont dans le même hôpital viennois. Paul souffre d'une maladie mentale récurrente et Bernhard d'un problème pulmonaire. À partir de là, Bernhard construit un compte rendu de la vie de Paul brutalement honnête, et met en scène sa lente dégradation et sa propre réaction devant celle-ci. Il s'interroge sur la maladie, sur la ferveur intellectuelle et artistique et sur la haine des deux hommes pour la complaisance de la société autrichienne. Bernhard voit en Paul une victime du conformisme suffocant de sa famille patricienne et du provincialisme borné de la société du pays. Il considère Paul comme un intellectuel de la même envergure que son oncle, qui d'après lui aurait sans doute partagé le même sort s'il ne s'était enfui en Angleterre.

Le Neveu de Wittgenstein est une réflexion sur la valeur de l'amitié et une méditation sur le lien périlleux entre l'énergie intellectuelle et la folie. Il explore les thèmes de l'isolement, de la maladie et de la mort, sans sentimentalité ni morosité. **AL**

La Couleur pourpre
Alice Walker

1944 (États-Unis)
Première parution | 1982
Titre original | *The Color Purple*
Adaptation cinématographique | 1985

La Couleur pourpre détaille le triomphe progressif de Celie, une jeune Afro-américaine élevée dans la campagne isolée de Georgie, quand elle commence à se dégager de l'image de soi paralysante que lui renvoyaient ceux qui la dominaient.

Celie est sans cesse violée par son père. Deux enfants naissent de ces relations forcées, mais son père s'en débarrasse secrètement. Il lui impose ensuite un mariage tout aussi abusif. Sa sœur Nettie s'enfuit alors de la maison, rejoint d'abord Celie et son époux, puis part pour l'Afrique avec un couple de missionnaires afro-américains. Elle découvre rapidement qu'ils sont les parents adoptifs des enfants de Celie. En Afrique, Nettie vit avec la tribu des Olinka, dont la société patriarcale et l'indifférence envers le rôle joué par les Africains dans la traite des Noirs soulignent la force de l'exploitation.

Celie raconte sa vie dans des lettres à Dieu. Elle lui écrit, car son père lui intimait de ne parler « qu'à Dieu » quand il l'engrossa pour la deuxième fois, à l'âge de quatorze ans. Elle écrit à Dieu avec l'honnêteté naturelle de quelqu'un qui pense que personne ne l'écoute. En tissant des relations avec d'autres femmes noires, notamment avec celles qui se battent avec détermination contre l'oppression, Celie puise des forces et des perspectives nouvelles et comprend qu'elle a le droit de se définir elle-même. Son indépendance se développe d'abord grâce à l'expérience des autres, avant qu'elle ne soit en mesure de construire ses relations dans le cadre de ses propres valeurs. **AF**

Un jeune Américain
Edmund White

1940 (États-Unis)
Première parution I 1982
Trilogie I *Un jeune Américain* (1982), *La Tendresse sur la peau* (1988), *La Symphonie des adieux* (1998)

Un jeune Américain est un roman sur la révélation de l'homosexualité, significatif parce qu'il est en avance sur son temps, et aussi parce qu'il dresse le portrait honnête de la prise de conscience d'un jeune adolescent gay dans l'Amérique des années 1950. C'est en partie l'histoire personnelle de White. La précocité du jeune garçon, qui va de paire avec le dégoût que lui inspire son propre corps et la honte qu'il ressent face à son ambivalence sexuelle, fait d'*Un jeune Américain* le roman par excellence de l'angoisse existentielle adolescente et de la découverte de soi.

L'exploration sexuelle définit le passage de son adolescence à l'âge adulte, dans un climat où l'homosexualité est jugée pathologique. Même s'il ne doute jamais de son orientation sexuelle, le garçon fait une psychan-lyse pour essayer de guérir son ... e désir d'aimer un homme sans ... xuel ». Cet impossible désir est ... souvi dans les pages finales ... rahit alors un professeur en l'attirant dans une liaison sexuelle. Un événement qui marque de façon dramatique l'entrée du garçon dans un monde adulte de sexe et de pouvoir.

White évoque avec lyrisme le désir poignant d'amour et souligne le manque troublant de récits romantiques destinés aux homosexuels. Au moment de sa publication, cet ouvrage affichait une histoire et une présence matérielle pour la communauté homosexuelle qui traversait alors une crise avec l'apparition du virus du SIDA. **CJ**

Maintenant ou jamais
Primo Levi

1919-1987 (Italie)
Première parution I 1982
Langue originale I Italien
Titre original I *Se non ora, quando ?*

À sa mort en 1987, Primo Levi avait déjà établi sa réputation comme écrivain de l'Holocauste. Inévitablement peut-être, l'importance de son œuvre (science-fiction, poésie, pièces de théâtre) en a été quelque peu négligée.

Considéré comme le roman le plus conventionnel de Levi, *Maintenant ou jamais* raconte l'histoire d'un groupe de partisans juifs et leurs actes de résistance face aux Allemands, alors qu'ils traversent l'Europe de l'Est pour se rendre en Italie, entre 1943 et 1945. D'après l'auteur, les événements qu'il décrit ont pour la plupart réellement eu lieu. Levi continue ici son témoignage, mais cette fois par le biais d'un roman : personnages fictifs et narrateur omniscient lui permettent de brosser le portrait de l'époque. Levi considère son œuvre comme une histoire d'espoir, malgré le massacre omniprésent. En fait, à des moments clés, Levi refuse de mettre en scène l'histoire de la mort et de l'extermination : les personnages disparaissent (perdus de vue derrière un rideau de neige, ils s'évanouissent du récit) et certains événements ne sont pas détaillés (ce qui arrive dans la cour du monastère de Novoselki n'est pas raconté). Même si Philip Roth affirme que *Maintenant ou jamais* fait preuve d'une technique moins imaginative que celle des autres œuvres de Levi, l'auteur défendit son livre en le décrivant comme un exposé de la civilisation ashkénaze. Il avoua son ambition à être le premier Italien (et peut-être le seul) à décrire l'univers yiddish. **VL**

Le Livre de l'intranquillité
Fernando Pessoa

1888-1935 (Portugal)
Première parution | 1982
Langue originale | Portugais
Titre original | *Livro do Desassossego*

Le Livre de l'intranquillité est présenté comme l'autobiographie sans événement de Bernardo Soares, un comptable solitaire que Pessoa rencontre dans un restaurant de Lisbonne. Dans un texte fragmenté en centaines de sections courtes – qui évoquent par exemple l'art de rêver efficacement pour ceux qui ont un cerveau métaphysique –, Soares médite sur l'art, la vie et les rêves et observe le temps qui change et les scènes de rue dans le centre de la capitale. Il réfléchit sur la futilité de l'existence et recommande des techniques pour vivre une vie inutile.

Pessoa est mieux connu comme le poète moderniste qui publia ses poèmes sous la plume d'« hétéronymes », des pseudonymes dotés de biographies fictives et écrivant dans des styles radicalement différents. Soares est lui-même un « hétéronyme » qui est plus proche de l'auteur que les autres. L'œuvre publiée fut construite à partir de fragments de prose gribouillés sur des bouts de papier et sur le dos d'enveloppes trouvés dans une malle sept ans après la mort de Pessoa. Plusieurs versions existent, fondées sur différentes sélections et assemblages du matériel ; en principe, les lecteurs peuvent créer leur version du livre en suivant leur propre chemin à travers le texte. Comme l'auteur adopte une philosophie de rejet de la vraie vie et de l'action en faveur de rêves et de sensations, il n'y a pas vraiment d'action. Mais la vie du cerveau est célébrée par des textes vigoureux, riches, aphoristiques et paradoxaux. **RegG**

Le Dieu manchot
José Saramago

1922 (Portugal)
Première parution | 1982
Titre original | *Memorial do Convento*
Prix Nobel de littérature | 1998

Nombre de romans « réalistes magiques » sont décevants tant pour le réalisme que pour la magie, mais *Le Dieu manchot* de Saramago crée avec succès un monde imaginaire dans lequel les rêves les plus fous ressemblent à la réalité du quotidien, tandis que des événements historiques font penser à un conte de fées ou un cauchemar.

Le roman se situe au Portugal au début du XVIIIe siècle. Une monarchie absolue exploite sans scrupule une population appauvrie, sur laquelle l'Inquisition exerce un règne de terreur. Baltasar est un soldat qui a perdu une main dans une des guerres du roi, et sa femme Blimunda, dont la vie joyeuse et indépendante contraste cruellement avec la vie des femmes de la famille royale, a des pouvoirs magiques. La description que fait Saramago de la relation de ce couple est une merveille de portrait d'amour érotique.

Deux projets historiques dominent la structure du roman. L'un concerne la construction, sur ordre royal, du vaste couvent de Mafra, pour laquelle des milliers d'ouvriers furent employés dans des conditions pratiquement d'esclavage. L'autre s'intéresse aux efforts d'un prêtre jésuite, Bartolomeu Lourenço de Gusmão, pour inventer le vol piloté, autre fait historique.

En fin de compte, aucun des personnages principaux ne peut se dérober à la réalité historique. Les amoureux sont condamnés d'avance. Pourtant Saramago, un humaniste de gauche, ne nous laisse aucun doute sur le fait que, malgré leurs échecs, leurs vies méritaient d'être vécues. **RegG**

Le Chagrin des Belges
Hugo Claus

1929-2008 (Belgique)
Première parution | 1983
Langue originale | Néerlandais
Titre original | *Het Verdriet van België*

Ce roman intense et vif couvre les années 1939 à 1977, dans une Flandre occidentale antisémite, qui voit émerger le jeune Louis Seynaeve de son enfance et de son adolescence, au milieu des privations et des conflits moraux de la Seconde Guerre mondiale.

L'histoire commence au collège, où Louis et ses amis forment une société secrète pour résister aux règles sévères établies par les bonnes sœurs. Son imagination y rivalise avec son incapacité à satisfaire sa faim de connaissance et de compréhension du monde, un ensemble de loyautés fragmentaires, de rumeurs de guerre et d'invasion imminente par les Allemands. La première partie, « Le Chagrin », comporte une perspective enfantine confuse, présentée étrangement comme une comédie involontaire. La deuxième partie, « Des Belges », raconte la saga de la famille Seynaeve pendant l'occupation nazie. Des amis et des parents se rendent complices du nouveau régime, comme les parents de Louis qui y participent activement, son père comme éditeur de propagande et sa mère comme secrétaire et maîtresse d'un officier allemand. Cette chronique en temps de guerre est un roman riche et dense, inhabituel par ses personnages excentriques et ses dialogues vivants. C'est aussi le portrait de l'artiste : Louis devient écrivain à la fin du livre.

Claus est l'un des rares écrivains belges à pouvoir bien vivre de son art – poésie, théâtre, scénarios – pour le cinéma, nouvelles, fictions plus longues, essais, traductions ainsi que livrets d'opéra. **ES**

La Pianiste
Elfriede Jelinek

1946 (Autriche)
Première parution | 1983
Titre original | *Die Klavierspielerin*
Prix Nobel de littérature | 2004

Jelinek s'intéresse à la critique de la société capitaliste et patriarcale, ainsi qu'à la construction de l'intimité humaine. Sa prose mène un combat permanent contre le voyeurisme, dont elle explore la sexualité latente tout en affirmant les droits de la femme de prendre un plaisir sexuel par le regard.

Dans ce portrait déroutant et pénible de la sexualité d'une femme, la protagoniste, Erika Kohut, aime vivre les plaisirs incertains du voyeurisme – que ce soit en regardant un peep-show ou un film porno ou en épiant un couple dans les prés du

Prater à Vienne. Mais Jalinek rattache le voyeurisme à l'expérience hétérosexuelle du sadomasochisme dans sa pratique la plus violente. Erika recherche la douleur qui lui donnera la mort. Pendant que son personnage tente de négocier les termes de sa propre torture avec son amant, l'étudiant Walter Klemmer, Jelinek enracine sa sexualité dans sa relation troublante avec sa mère, mettant en exergue une forme d'amour maternel qui demande par-dessus tout la soumission de la fille : Erika ne pouvait en aucun cas se soumettre à un homme après s'être soumise à sa mère pendant tant d'années.

Jelinek met ses lecteurs face à l'anxiété des féministes devant le sadomasochisme féminin. Refusant de condamner les désirs d'Erika comme de les célébrer, Jelinek maintient un œil critique qui s'en prend même aux plaisirs de la lecture et de l'écriture. Elle veut porter des coups durs pour que rien ne puisse pousser là où ses personnages sont passés. **VL**

Michael K, sa vie, son temps
J.M. Coetzee

1940 (Afrique du Sud)
Première parution | 1983
Titre original | *The Life and Times of Michael K*
Prix Nobel de littérature | 2003

Ce roman utilise l'idéal champêtre sud-africain pour remettre en question les mythes qui ont soutenu le régime de l'apartheid. Michael K est un « non-Blanc » avec un bec-de-lièvre, qui travaille comme jardinier dans le district de Sea Point au Cap, où sa mère est employée comme domestique. Alors qu'elle est mourante, il essaye de la ramener dans sa ferme natale, dans le Karroo où elle est née, mais elle meurt en chemin. Michael continue seul son voyage pour éparpiller les cendres de sa mère sur la ferme abandonnée. Il s'y installe, cultivant des potirons et vivant de la terre. Pendant ce temps, la guerre civile fait rage. Accusé d'avoir aidé les insurgés, Michael est arrêté et interné dans un camp de travail où il refuse de manger. Il s'en échappe et revient à Sea Point, où il vit comme vagabond.

La seconde partie du roman est un journal tenu par l'officier médical du camp de travail. Il y raconte ses efforts pour persuader Michael de se livrer. Mais rien de significatif ne passe par ses lèvres déformées : il mange rarement et parle tout aussi rarement. Son refus de ne faire partie d'aucun système sape les certitudes de l'officier médical et la richesse du roman réside dans l'énigme que pose Michael et sa résistance vis-à-vis des autorités et du lecteur. **ABi**

Femmes
Philippe Sollers

1936 (France)
Première parution | 1983
De son vrai nom | Philippe Joyaux

Pour qui connaît la vie littéraire et intellectuelle des années 1970 à Paris, *Femmes* offre l'incomparable plaisir du roman à clés, chaque personnage campé par Sollers cachant une célébrité de l'époque : son épouse, Julia Kristeva (Deborah), Jean-Edern Hallier (Boris Faguer), Louis Althusser (Laurent Lutz), mais aussi le psychanalyste Jacques Lacan ou l'écrivain Roland Barthes. De fait, *Femmes* est une longue chronique de la décennie qui aura vu triompher le structuralisme, les expérimentations littéraires et le révolutionnarisme gauchiste ; persuadé que « le monde appartient aux femmes », Sollers l'organise autour d'une myriade de figures féminines dont beaucoup sont les maîtresses du narrateur. Après avoir été l'un des chefs de file de l'avant-gardisme des années 1970 à la tête de la revue *Tel Quel*, inépuisable vivier de théories absconses et d'engagements maoïstes, Philippe Sollers change radicalement de manière dans ce roman au style rythmé, usant volontiers d'effets faciles et de tournures à la mode. Ce virage lui permet de rencontrer un vaste succès et fera de lui un personnage médiatique, omniprésent et controversé, supérieurement brillant et souvent irritant. Ses détracteurs soulignent la disproportion entre sa notoriété et une œuvre finalement modeste, ses défenseurs voient en lui l'un des grands écrivains français de son époque. Quoi qu'il en soit, *Femmes*, qui demeure son roman le plus célèbre, aura marqué la vie littéraire des années 1980 et constitué une étape majeure dans sa carrière. **BQ**

Le Pays des eaux
Graham Swift

1949 (Angleterre)
Première parution | 1983
Langue originale | Anglais
Titre original | *Waterland*

Lorsque Mary, la femme du narrateur Tom Crick, kidnappe un enfant dans un supermarché, l'affaire ne tarde pas à prendre de l'ampleur. Crick passe alors en revue sa propre histoire et son enfance en se demandant comment et quand les choses ont si mal tourné. Il se rappelle son frère, silencieux, impénétrable et mentalement handicapé, qui a fini par se suicider, son sentiment de culpabilité après la mort inopinée d'un garçon du voisinage et les mauvais moments que lui et Mary ont passés alors qu'adolescents, ils ont dû recourir à un avortement après leur premiers ébats sexuels. L'opération – à laquelle il fait allusion comme un rite effrayant, quasi-religieux, présidé par la grande prêtresse Martha Clay, communément suspectée d'être une sorcière – rend Mary stérile et la traumatise à vie. Même le lyrisme de l'histoire d'amour entre les parents de Crick n'échappe pas à l'ombre sinistre d'un crime silencieux et à ses répercussions tragiques. Crick, qui est professeur, voit en l'histoire non pas la marche du progrès, mais quelque chose qui relève plus de la bataille constante et cyclique contre les eaux envahissantes du Fens. Quand il débat de la valeur de l'histoire avec un étudiant particulièrement insistant, il avance l'idée qu'il n'est pas possible de parler en faveur de la narration et de ses bienfaits, car inévitablement, celle-ci exercera son propre pouvoir endémique pour contrer le néant, la seule ressource que nous ayons pour combattre le désespoir. **AF**

L'Oratorio de Noël
Göran Tunström

1937-2000 (Suède)
Première parution | 1983
Titre original | *Juloratoriet*
Adaptation cinématographique | 1996

Applaudi en Suède et popularisé par l'adaptation cinématographique de Kjell-Äke Andersson, *L'Oratorio de Noël* est un drame ciselé et majestueux. Comme dans ses autres romans, notamment *Le Voleur de Bible*, Tunström explore dans un style lyrique et sobre les thèmes de l'enfance perdue et de la quête d'identité, dans le contexte d'une famille élargie.

L'Oratorio de Noël est une succession de tragédies qui s'étendent sur trois générations de la famille Nordensson, sur trois continents. Comme une musique figée qui prend longtemps pour se délier, leurs vies sont totalement changées par les répercussions d'un seul événement tragique, le drame fondateur.

Cet événement a lieu dans les années 1930 : Sidner, le personnage central, raconte à son fils comment sa mère fut écrasée devant lui par un troupeau de vaches dans un accident insolite. Elle se rendait à bicyclette à une église en pleine campagne pour y chanter dans *L'Oratorio de Noël* de Bach. Cette partie du récit a lieu dans la région du Värmland, lieu de naissance de Tunström. Le père de Sidner, Aron, abandonne son fils pour s'enfuir seul en Nouvelle-Zélande (où Tunström a lui-même vécu à un moment de sa vie), où il commence une nouvelle relation, hantée par le souvenir de sa femme morte. Pendant ce temps, Sidner tombe sous le charme d'une femme plus âgée. Ces histoires d'amour tragiques, captivantes et compliquées, ainsi que les portraits de la relation entre père et fils, sont merveilleusement esquissés par cet auteur qui mérite un lectorat plus large. **JHa**

Fado Alexandrino
António Lobo Antunes

1942 (Portugal)
Première parution | 1983
Titre original | *Fado Alexandrino*
Prix Jérusalem | 2005

En portugais, le mot *fado* évoque à la fois un style musical et le destin de chaque individu. Composé de trois parties, de douze chapitres chacune, *Fado Alexandrino* joue sur les deux significations du mot pour évoquer le destin de l'Angola avant, pendant et après la révolution du 25 avril 1974. Lobo Antunes, ancien psychiatre, est envoyé au front en Angola en 1971. Pendant les deux années passées là-bas en tant que lieutenant et médecin de l'armée, il appréhende la réalité de la guerre et, plus particulièrement, la façon dont ses compagnons la perçoivent. Grâce à la prose de l'écrivain, la guerre devient un processus omniprésent qui évoque un certain sentiment d'aliénation de soi et d'autrui chez ceux s'y trouvant directement engagés. Chaque individu s'acharne à retrouver ce qui se perd du quotidien pour donner un sens à cette expérience collective.

Fado Alexandrino dresse un impitoyable scénario contre-utopique de l'impuissance, qui demande une prédisposition émotionnelle de la part du lecteur. Pourquoi ? Parce que l'auteur nous guide à travers ce qu'il y a de plus banal dans une nation qui tente d'accepter son identité juste avant, pendant et après l'un des événements les plus importants de son histoire. En surface, le roman retrace le dîner de cinq anciens militants qui évoquent leur vie professionnelle, sociale et personnelle entre 1972 et 1982. En entremêlant espace et temps, Lobo Antunes élabore toutefois une structure complexe, souvent à l'intérieur même du dialogue, qui aborde des questions telles que la race, la classe et l'argent, et surtout dénigre l'effort de guerre par le biais des histoires individuelles. **ML**

L'Ancêtre
Juan José Saer

1937 (Argentine)-2005 (France)
Première parution | 1983
Langue originale | Espagnol
Titre original | *El entenado*

En apparence roman historique, *L'Ancêtre* est en fait une fable existentialiste sur la conscience de la vie. Le récit évoque l'histoire d'un orphelin ayant vécu dix ans

prisonnier d'une tribu de cannibales et qui, une fois libre, place cette expérience au centre de son existence. Il s'agit d'une allégorie de l'étrangeté fondamentale de l'être humain et de la responsabilité du sujet face au monde. Le cannibalisme cesse d'être un monstrueux signe d'aliénation pour devenir la métaphore du devoir des peuples indigènes envers un univers dont l'équilibre doit être préservé. L'exposé s'achève comme un traité anthropologique et l'horreur cède la place à la compréhension : l'essence de l'être humain est problématique et l'existence n'a de sens que grâce à la conscience subjective.
Le narrateur anonyme est responsable de la préservation de la mémoire de ces Indiens. Si différent d'eux, il s'en rapproche grâce à sa condition d'orphelin, celle d'un homme qui ignore tout de ses origines, sujet soumis au hasard et réduit à ne se connaître que par sa propre expérience. Le souvenir de l'éclipse de lune qui clôt le roman apparaît comme une allégorie de cette opacité totale. L'équilibre entre l'objectivisme et le lyrisme, la liberté du traitement de la vérité linguistique et du point de vue, tout comme les changements de rythme de cette œuvre, illustrent parfaitement une nouvelle dimension du roman historique. **DMG**

La Honte
Salman Rushdie

1947 (Inde)
Première parution | 1983
Langue originale | Anglais
Titre original | *Shame*

S'inspirant de la division de l'Inde qui a donné naissance au Pakistan, *La Honte* est un roman de frontières. Enfant de trois sœurs séquestrées qui le considèrent toutes comme leur fils, le héros « périphérique » du roman, le déshonorant Omar Shakil, observe à partir des coulisses. Le roman se déroule dans la petite ville frontalière de Q, dans un pays qui n'est pas tout à fait le Pakistan mais plutôt un lieu où l'imaginaire se superpose à la réalité. Le récit est fréquemment interrompu par des apartés et des articles de journal, violant ainsi la frontière entre la fiction et l'histoire et créant une satire du Pakistan de Zulfikar Ali Bhutto et Zia ul-Haq par le biais de leurs avatars, Iskander Harappa et Raza Hyder.
La Honte accompagne la querelle entre le Premier ministre, Iskander Harappa, joueur et coureur de jupons, et Raza Hyder, qui usurpe son pouvoir lors d'un coup d'État. Au milieu de ce combat politique, les familles Hyder et Harappa se retrouvent inextricablement liées dans une série d'intrigues sexuelles et maritales largement axées sur les personnages féminins, en particulier Sufiya Zinobia, la fille de Harappa, qui finit par épouser Omar Shakil. Zinobia incarne ce nom ourdou à peine traduisible, *sharam*, qui signifie « honte ». Fille démente qui aurait dû être un fils, elle symbolise ainsi le Pakistan, ce miracle qui a mal tourné. La honte bestiale enfouie en Zinobia finit par faire surface pour châtier tous les personnages du roman.
Mélange osé d'essai historique, d'allégorie politique et d'un style narratif fantastique qui doit beaucoup à Gabriel García Márquez, *La Honte* est le digne successeur de l'énorme succès des *Enfants de minuit*, faisant preuve de cette même habileté dans l'excès comique, la complexité narrative et la critique politique acerbe. **ABi**

Money, money
Martin Amis

1949 (Angleterre)
Première parution | 1984
Langue originale | Anglais
Titre original | *Money : A Suicide Note*

John Self, le dérisoire monsieur Tout-le-Monde de *Money, money*, est l'une des créations de Martin Amis les plus mémorables et les plus fortes. Au début du roman, qui se déroule pendant l'été 1981, Self s'envole pour New York, fuyant à la fois l'idylle nationale d'un certain mariage royal et sa propre histoire d'amour, violente et agonisante. Sur place, il s'embarque dans une débauche de drogues, d'alcool, de pornographie, de violence et de sexe.

Le roman offre une satire sombre de la cupidité insatiable et pourtant vertueuse de l'Amérique de Reagan et de la Grande-Bretagne de Thatcher. *Money, money* invite également le lecteur à s'identifier à John Self, héros parfaitement ignoble que l'on finit pourtant par apprécier. La promesse d'une célébrité hollywoodienne attire Self loin de l'Angleterre et d'une carrière prometteuse dans la publicité – l'industrie archétypale des années 1980 –, et c'est l'argent des producteurs de films qu'il dépense avec insouciance tout au long du récit. Mais l'on comprend rapidement que la perte de contrôle de Self va se traduire par un hédonisme humiliant. Tandis que le récit approche de son dénouement, on comprend que Self est en fait victime d'un énorme canular qui le dépouille de tous ses biens. À la fin du roman, le lecteur s'aperçoit que Self a perdu son ambition, sa vivacité, son père et ses amis, mais le salut lui est offert par son improbable maîtresse au pouvoir rédempteur. Ironie finale, qui n'offre cependant pas de réconfort à Self, celui-ci déjoue par inadvertance la mystification qui l'a ruiné. Sa participation limitée au long-métrage destiné à ne jamais voir le jour implique l'embauche d'un modeste romancier britannique, Martin Amis, dont la réécriture du scénario irréalisable déclenche la suite d'événements qui mènent au dénouement. **NM**

Le Perroquet de Flaubert
Julian Barnes

1946 (Angleterre)
Première parution | 1984
Titre original | *Flaubert's Parrot*
Pseudonyme | Dan Kavanagh

Cocasse et érudit, ce roman évoque la passion silencieuse et le délire de la célébrité académique. Il s'agit d'une histoire d'amour unilatérale entre un savant amateur et solitaire et l'objet de ses désirs, Gustave Flaubert. Il s'agit également d'une intrigue policière, plus proche de Borges que de Chandler.

Geoffrey Braithewaite se retrouve confronté à un « grand » mystère de la littérature : lequel des deux perroquets empaillés est celui qui siégeait sur le bureau de Flaubert, mentionné dans *Un cœur simple* ? Ce roman – finalement dépourvu de sens – est une parodie de la stérilité de l'académisme et de la spécialisation hermétiquement vicieuse. Il explore la nature de la créativité, de la critique et de la création des héros. La beauté peut être fragile : peut-on la démonter en ses moindres ressorts, au risque de la détruire, ou la magie de la beauté repose-t-elle plutôt, en partie du moins, sur ses mystères ? Le roman porte moins sur Flaubert (et encore moins sur le perroquet) que sur Braithewaite qui, en se rapprochant trop de ses héros, court le danger d'une déconcertante rencontre avec lui-même. Braithewaite est une figure tragique : son vide est tel qu'il doit se consacrer, non pas à un autre être humain, mais à quelque chose de beaucoup plus rassurant.

Un vieil érudit retraité et anéanti par un écrivain français mort ne constitue pas, à première vue, un terrain favorable à l'humour, mais le roman est plein d'esprit et de clairvoyance. Il déborde de détails, tels que les biographies de Flaubert (une complaisante, une critique et une objective), l'apparition d'Enid Starkie, une spécialiste de Flaubert qui a réellement existé, ou encore un faux examen universitaire. Il contient également des éléments insolites comme le *Dictionnaire des idées reçues* de Braithewaite. Ce roman est un fascinant casse-tête. **GT**

Le Département du professeur Martens
Jaan Kross

1920 (Estonie)
Première parution | 1984
Langue originale | Estonien
Titre original | *Professor Martensi ärasõit*

En 1907, F. Martens, professeur de droit international et officier du ministère russe des Affaires étrangères, quitte sa résidence d'été dans son Estonie natale pour rentrer à Saint-Pétersbourg. Au cours du voyage, la trajectoire d'une vie débutant à l'orphelinat pour s'achever dans la renommée internationale se dessine à travers ses souvenirs, ses rêveries et ses conversations avec des compagnons de voyage réels et imaginaires. Cette vie est étrangement entremêlée à celle d'un autre Martens, lui aussi célèbre avocat, ayant vécu en Allemagne presque un siècle auparavant. Une vie dominée par l'apprentissage, l'ambition et l'amour-propre blessé d'un homme qui s'est frayé un chemin parmi ceux qui ne l'ont jamais accepté comme l'un des leurs. Kross n'a pas eu à inventer l'amertume, l'orgueil blessé et le dédain qui caractérisent Martens, ni sa réaction lorsqu'il ne reçoit pas le prix Nobel de la paix – tous ces éléments figurent dans les journaux du vrai Martens. Mais c'est bien à Kross que l'on doit de voir Martens conclure un « contrat d'honnêteté » imaginaire avec sa femme et de confronter sa vanité et sa suffisance à une tentative prolongée d'autoanalyse. Et donc de montrer que la conscience de soi n'apporte aucune différence, que la vanité, l'ambition et la compromission des idéaux peuvent coexister et même se nourrir de la capacité de voir à travers ses propres mensonges. **DG**

Sang et stupre au lycée
Kathy Acker

1947 (États-Unis)-1997 (Mexique)
Première parution | 1984
Langue originale | Anglais
Titre original | *Blood and Guts in High School*

Sang et stupre au lycée revisite le classique roman d'initiation. Il en résulte un récit qui associe la vie perturbée de Janey (adolescente américaine qui déteste l'école, s'ennuie dans son job à mi-temps et a des ennuis avec la police) avec le profane, le choquant, le surréel. Le ton du début du roman est celui d'un talk-show familièrement banal qui décrit Janey et son père comme deux adultes en proie à la culpabilité et à la responsabilité face à leur relation sexuelle avortée. Le lecteur est incapable de déterminer l'âge de Janey, ni de distinguer les commentaires métaphoriques sur la politique sexuelle d'une évocation de l'inceste, à la fois littérale et monstrueusement normalisée.

Cette incapacité caractérise l'expérience profondément dérangeante qu'offre ce livre.

Au fil du roman, la description de la vie de Janey se fait de plus en plus grotesque, effrayante et comique. Le récit de sa libération sexuelle et de l'esclavage qui s'ensuit est parsemé de dessins faits à la main de ses rêves, de fragments de ses devoirs d'école et de traductions enfantines d'arabe rudimentaire. Ce texte indiscipliné et stimulant est un affront à l'hypothèse selon laquelle les textes littéraires doivent être organisés, complets et, dans une certaine mesure, vrais. Acker oppose à cela l'énergie sexuelle et anarchique d'une jeune femme en profond désaccord avec l'ordre patriarcal étouffant qu'elle caricature si littéralement. **NM**

Larva : Babel d'une nuit de la Saint-Jean
Julián Ríos

1941 (Espagne)
Première parution | 1984
Langue originale | Espagnol
Titre original | *Larva : Babel de una noche de San Juan*

Issu du structuralisme français et de la contre-culture, le mouvement de néo-avant-garde des années 1970 trouve dans *Larva* son meilleur produit, tout en atteignant ses limites. Les distorsions affectent l'écriture ainsi que l'agencement graphique du texte. De ce fait, l'histoire triviale est à peine visible sous l'imbroglio dense des jeux de mots plurilinguistiques et des constantes allusions à la religion.

S'inspirant de *Finnegans Wake*, Julián Rios emploie, tout comme James Joyce, une technique de base qui consiste à combiner un ou plusieurs mots aux effets le plus souvent humoristiques. Ainsi, Herr Narrator est un ventrilocuelo (jeu de mots sur le terme « ventriloque ») et les protagonistes Milalias et Babelle escriviven (« écrivivent ») leurs aventures érotiques, enflammées par l'alcool, lors d'une nuit d'été à Londres. Aux métamorphoses carnavalesques et enchevêtrements de mots, au débordement de références cachées et à l'alternance de narrateurs à la façon de Cervantès, il faut ajouter la singulière division du texte : les pages paires racontent les événements de façon ironique et obscure, les pages impaires contiennent les notes et les réflexions que ces derniers suscitent. Le roman se clôt sur les « notes sur l'oreiller », qui renferment les commentaires de Babelle à propos de l'histoire de Milalias. Cet ouvrage de Julían Rios constitue un véritable hommage à l'hétérodoxie structurale de la *Marelle* de Cortázar. **DRM**

Des nuits au cirque
Angela Carter

1940-1992 (Angleterre)
Première parution | 1984
Titre original | *Nights at the Circus*
De son vrai nom | Angela Olive Stalker

Au cœur de ce roman qui explore les étranges frontières de la géographie se trouvent la charmante acrobate Angela Carter et l'implacable et séduisante Fevvers, femme ailée qui défie la gravité et l'idéologie sexuelle. Le lecteur accompagne le journaliste Jack Walser, chargé de suivre secrètement les destins de la carnavalesque communauté de cirque de Fevvers, au cours d'un périple qui part de Londres vers Saint-Pétersbourg, pour atteindre les vastes plaines de la Sibérie. En tant que commentateur, Jack est à la fois chaleureux et satirique.

Des nuits au cirque regorge de frénésie burlesque, un carnaval chaotique de voix, dialectes et histoires à travers lequel Carter explore la réalité de cette mascarade perpétuelle avec une ingénieuse discrétion. Chaque nuit, les artistes du cirque se montrent perturbés, usés par le moi de façade qu'ils sont obligés d'endosser. Angela Carter donne une touche de rationalité et de réticence subtile à sa narration, ce qui lui permet d'exploiter les pouvoirs d'autodérision du réalisme magique. Mais, dans sa peinture du déguisement de soi, l'auteur ne met pas en cause le pragmatisme planifiant le voyage accidenté de Fevvers, « femme se métamorphosant, bon gré mal gré, en idée ». Défiant sans cesse la cohérence générique, ce roman invite le lecteur à goûter une tranquillité agréable et pourtant désarmante, qui oscille entre complicité et détachement. **DJ**

Neuromancien
William Gibson

1948 (États-Unis)
Première parution | 1984
Titre original | *Neuromancer*
Adaptation en jeu vidéo | 1988

Neuromancien est un roman phare pour la science-fiction, mais aussi pour l'imagination contemporaine en soi. Doté d'une grande clairvoyance, William Gibson a inventé le concept de cyberespace (représentation tridimensionnelle de données informatiques grâce à laquelle les utilisateurs communiquent, font des affaires, et se livrent à toute une gamme d'activités douteuses) bien avant que l'Internet et les technologies virtuelles ne fassent partie de la vie quotidienne. Ce livre a inspiré une génération de technophiles.

L'intrigue est centrée sur un pirate de la matrice appelé Case – un voleur de données qui pénètre illégalement dans les systèmes, jusqu'au jour où son système nerveux est détruit par un client qu'il a doublé. Incapable d'établir le contact avec une « plateforme », il survit comme il peut dans les basfonds de Chiba City, au Japon. Le mystérieux Armitage, un homme d'affaires dont les motifs sont obscurs jusqu'au dénouement grisant de l'histoire, offre à Case la possibilité de recouvrer ses anciens pouvoirs. Gibson donne naissance à un monde de crépuscule télévisuel et de chocs de fibres optiques, dans un foisonnement de détails et un vocabulaire d'argot si riche qu'il est parfois désorientant. C'est un monde de techno-escrocs, de junkies défoncés, de sous-cultures bizarres, d'assassins chirurgicalement améliorés et de « mégacorps » sinistres – un monde qui ressemble de plus en plus à certaines parties du nôtre.

Neuromancien est une œuvre impérissable qui associe le rythme et l'urgence des meilleurs thrillers à la portée, l'inventivité et la rigueur intellectuelle d'un Orwell ou d'un Huxley. Sa caractéristique la plus inquiétante reste cependant le refus de Gibson d'établir une distinction claire entre la vie virtuelle et organique, entre humains et cyborgs, programmes informatiques et réalité. **SamT**

Le Seigneur des guêpes
Iain Banks

1954 (Écosse)
Première parution | 1984
Langue originale | Anglais
Titre original | *The Wasp Factory*

Comme bon nombre des romans de Iain Banks, une grande partie de la force du *Seigneur des guêpes* vient de sa conclusion surprenante et des qualités hyperboliques de son contenu. Il y livre une histoire de cruautés infligées aux animaux comme aux hommes. Le narrateur, Frank Cauldhames, passe son temps à effectuer des rituels idiosyncrasiques : tuer de façon originale des animaux et assassiner capricieusement ses frères et sœurs et ses cousins. Hanté par son apparente castration par le chien de la famille, Frank a fondé sa vie sur une étrange exagération de la masculinité. Il s'imagine un corps non mutilé, celui d'un chasseur svelte à la peau et aux cheveux sombres, méprise les femmes, fuit le sexe, mais prend un plaisir enfantin aux jeux et beuveries adolescents imaginés par son ami Jamie. Le père de Frank est un libertaire excentrique qui, n'ayant pas reconnu Frank à sa naissance, n'a pratiquement aucun contrôle sur lui. Ce n'est qu'à la fin du roman que l'on comprend que Frank et son demi-frère Eric sont le fruit des expériences et de la cruauté impersonnelle de leur père. Le dénouement cataclysmique du roman offre une révélation surprenante lorsque le dément Eric rentre chez lui avec un troupeau de moutons en feu.

Le roman développe une mythologie à différents niveaux fondée sur une série de clichés virils : le pouvoir des fluides corporels, la supériorité cosmique de l'homme sur la création, qui se manifeste sous la forme de violence envers les animaux et de l'efficacité totémique de leurs cadavres. Malgré certaines fantaisies parfois outrancières, le style et la qualité de l'écriture de Banks donnent sa vraie valeur au roman, à la fois sublime et fascinant. Quant à son talent, il ne fait aucun doute dans sa caractérisation des personnages et sa peinture de Frank, à la fois totalement psychotique et on ne peut plus banal. **LC**

Empire du Soleil
J. G. Ballard

1930 (Chine)
Première parution | 1984
Titre original | *Empire of the Sun*
Adaptation cinématographique | 1987

Au long d'une carrière de quarante ans, Ballard a publié un vaste ensemble de livres de science-fiction et de romans futuristes. *Empire du Soleil* semble traiter, à première vue, d'un sujet très différent, notamment l'incarcération de l'auteur lui-même, enfant, dans un camp de concentration japonais à Shanghai pendant la Seconde Guerre mondiale. Le livre retrace l'occupation de Shanghai par les troupes japonaises, la capture du protagoniste, Jim, et les stratagèmes qu'il doit échafauder pour survivre dans le camp de Longhua. Bien que le point de vue dominant soit celui du protagoniste, le roman contient des moments effrayants, lorsque Jim et les autres prisonniers du camp expriment et comprennent la folie qu'ils portent en eux. Le livre atteint son point culminant lorsque la première bombe atomique tombe sur le Japon, enflammant le monde. Ensuite, Jim s'échappe.

Empire du Soleil tire son intensité de la façon dont les lecteurs, terrifiés, sont attirés vers Jim, un jeune homme qui, se retrouvant confronté à des situations de dégradation chronique, doit mûrir avant l'heure. Jeune, il est peut-être plus résistant que les autres, ce qui ne met pas en cause le traumatisme de son emprisonnement. Il est intéressant de constater que plusieurs motifs présents dans ce roman – l'explosion atomique, les vies et les morts solitaires des pilotes de l'avion, les corps mutilés et dépecés – resurgissent dans l'œuvre de Ballard. *Empire du Soleil* est une clé pour déchiffrer les inquiétudes sous-jacentes aux œuvres d'anticipation de Ballard. **DP**

L'Amant
Marguerite Duras

1914 (Indochine)-1996 (France)
Première parution | 1984
Prix Goncourt | 1984
Adaptation cinématographique | 1993

Clairement autobiographique, ce roman, qui se déroule dans l'Indochine française pendant les années 1930, retrace la relation d'une jeune Française âgée de quinze ans, Hélène Lagonelle, avec un riche Chinois de douze ans son aîné. Cette relation charnelle transgressive se déploie dans un milieu familial instable et déchiré. Hélène mène une vie de misère avec sa mère dépressive et deux frères plus âgés, conséquence des vices du frère aîné qui s'adonne à la drogue et au jeu. Le traitement sadique qu'il lui inflige et le plaisir déconcertant que lui procurent les abus commis par la mère à l'égard d'Hélène confèrent au roman une dimension troublante que la voix adulte de la narratrice permet d'atténuer. Bien que la famille d'Hélène condamne cette relation interraciale, elle en bénéficie financièrement, et les étranges réunions avec l'amant relâchent les tensions créées par le régime colonialiste français et par les différences sociales et culturelles. Défiant les stéréotypes sexuels, Hélène cultive cette relation : elle est la partenaire capable de séparer le physique de l'émotionnel. Certes, il s'agit d'une enfant dont la situation financière est hasardeuse, mais c'est elle qui contrôle la relation amoureuse.

Influencée par le Nouveau Roman des années 1950, caractérisée par l'alternance de la première et de la troisième personne, les retours en arrière et le style impressionniste et discontinu, l'écriture de Duras est cinématographique. *L'Amant* a été adapté au cinéma en 1993 par Jean-Jacques Annaud. **JW**

L'Année de la mort de Ricardo Reis
José Saramago

1922 (Portugal)
Première parution | 1984
Titre original | *O ano da morte de Ricardo Reis*
Prix Nobel de littérature | 1998

Ricardo Reis est l'un des hétéronymes du poète portugais Fernando Pessoa (1888-1935) à qui l'on doit, par exemple, le recueil de poésies *Odes de Ricardo Reis* (1946). Dans le roman de Saramago, Reis, médecin et poète inconnu, retourne à Lisbonne après avoir passé plusieurs années au Brésil, un an après la mort de Pessoa. Il rencontre alors le fantôme de l'écrivain avec lequel il s'entretient de tout et de rien. Tout en évoquant l'expansion du fascisme en Europe et le régime oppressif de Salazar, Saramago utilise une vaste panoplie de procédés littéraires qui lui permet d'examiner plusieurs questions, dont la plus importante est celle de l'identité : qui est Ricardo Reis et quel est son rapport avec Pessoa ? L'auteur suggère, de façon subtile mais péremptoire, qu'entre monarchisme, conservatisme social, stoïcisme de Reis et succès de Salazar, il n'y a qu'un pas.

Malgré la complexité des préoccupations sous-jacentes au roman de Saramago, ce dernier demeure remarquablement lisible. Le ton de la narration est intimiste, presque conversationnel. L'intrigue est parsemée d'éléments conventionnels : Reis a une liaison amoureuse avec une femme de chambre et tombe amoureux d'une aristocrate de Coimbra. Le roman évoque à plusieurs reprises de longues promenades dans les rues de Lisbonne, ce qui lui donne en quelque sorte le statut d'*Ulysse* à la portugaise. Et, comme dans le chef-d'œuvre de Joyce, *L'Année de la mort de Ricardo Reis* semble plus riche à chaque nouvelle lecture. **ABi**

Contontes de la montagne d'ordures
Latife Tekin

1957 (Turquie)
Première parution | 1983
Langue originale | Turc
Titre original | *Berci Kristin Çöp Masalları*

Ce roman parle de la résstance humaine. Il se concentre sur une petite communauté gitane démunie qui vit sur une montagne d'ordures juste à l'extérieur de la ville. Le titre original associe le nom d'une bergère provinciale à celui d'une prostituée urbaine, tout comme le roman décrit un lieu qui se situe entre province et ville. Ses personnages n'ont de racines nulle part et sont sans cesse transbahutés, remontant le temps pour reconstruire ce qui a été démoli.

Construit comme un ensemble de contes populaires se fondant les uns dans les autres, ce roman ressemble à une rumeur, une séance de clabauderie à plusieurs voix. Les potins colportent des événements se déroulant au sein de la communauté : l'arrivée d'une usine de l'OTAN, les vents qui arrachent les toits des cahutes, les propriétaires de l'usine qui exploitent et empoisonnent les habitants avec leur eau bleue et tiède, et les luttes contre le gouvernement. Ctte œuvre s'inscrit dans la lignée du postmodernisme multilingue de Salman Rushdie, tout en étant plus intimiste et plus tendre. À une époque qui voit surgir une ribambelle de textes poststructuralistes carnavalesques racontant les déboires d'écorchés de la vie, Tekin approche de plus près encore ses personnages. Au lieu de créer un fossé entre eux et le lecteur, son réalisme magique transporte celui-ci au cœur d'un espace intime où l'on peut ressentir la vie, les odeurs de la montagne d'ordures. **LL**

Le Poinçonneur Hines
James Kelman

1946 (Écosse)
Première parution | 1984
Langue originale | Anglais
Titre original | *The Busconductor Hines*

Avec ce premier roman, Kelman abandonne la nouvelle, genre dans lequel il s'est d'abord fait remarquer, pour s'attaquer à ce qui est sans doute son œuvre la plus drôle et la plus sympathique. Robert Hines, son héros éponyme, est un poinçonneur au bord de la crise existentielle, dont les tribulations baignent dans un mélange innovateur de langage familier et d'idiomes, offrant ainsi une représentation très juste du parler argotique de Glasgow, qui passe habilement de la focalisation interne à la focalisation externe.

Le monde de Hines est fait d'incidents domestiques, d'une vie de famille démunie, d'ennuis professionnels et de rêveries occasionnelles qui dévoilent une imagination intellectuelle en phase avec la réalité de sa situation, sans tomber dans les pièges d'une idéologie populiste. Hines a vite fait de rejeter les stratégies typiques du bon sens capitaliste, offrant plutôt une perspective sceptique et drôle des vies envisageables. En effet, le livre est remarquablement dépourvu de l'univers médiatique et de ce qui passe pour de la culture populaire. Le temps passé devant le petit écran y est évoqué comme s'il s'agissait d'un simple meuble dont l'inspection constitue une sorte de perte de conscience épuisante. **DM**

Le Dictionnaire khazar : roman-lexique
Milorad Pavi⊠

1929-2009 (Yougoslavie)
Première parution | 1984
Langue originale | Serbe
Titre original | *Hazarski Recnik*

Encyclopédie, puzzle intellectuel, déconstruction, mythe et fatras de toute sorte, *Le Dictionnaire khazar* n'est pas un roman traditionnel qui respecte la structure conventionnelle « début / milieu / fin ». Entre autres bizarreries, il a été publié dans une édition masculine et une édition féminine que dix-sept lignes seulement différencient l'une de l'autre. L'auteur lui-même encourage ses lecteurs à en faire ce qu'ils veulent, sans aucun souci de chronologie.

Il est presque impossible de rapporter l'abondance effervescente d'un tel « non-récit », même s'il se construit néanmoins sur une sorte d'intrigue : trois érudits des temps modernes tentent de localiser les derniers exemplaires d'un lexique détruit pendant l'Inquisition. Ce dictionnaire se compose de trois versions distinctes mais reliées entre elles par un jeu de références croisées, une pour les chrétiens, une pour les musulmans et une dernière pour les juifs, qui évoquent le destin des Khazars, peuple turc des Balkans disparu depuis longtemps, et les biographies des individus mêlés à la prétendue polémique.

Ce sont toutefois les entrées du dictionnaire qui font de ce livre une lecture si plaisante. On se régale de l'imagerie inventive et fantaisiste, de la complexité surréaliste et des délices offerts par l'utilisation du langage, lui-même d'une imagination débordante. Personne ne saurait accuser Pavic de manquer de générosité. **ES**

L'Insoutenable Légèreté de l'être
Milan Kundera

1929 (République tchèque)
Première parution | 1984
Titre original | *Nesnesitelná lehkost bytí*
Adaptation cinématographique | 1987

L'Insoutenable Légèreté de l'être est un roman de l'exil et de la persécution, écrit par un homme qui en sait long là-dessus. Il parle de la légèreté, de la pesanteur, de la philosophie nietzschéenne, de l'éternel retour.

Prague, 1968. Tomas, chirurgien adepte de la légèreté, volontairement libre de toute pesanteur, évite les étiquettes et les idéaux. Sabina est la légèreté incarnée, une artiste qui croit en un individualisme sans entraves. Quant à Teresa, elle incarne la pesanteur. Fuyant une vie provinciale, elle croit en un idéal romantique de Tomas. Son amour apparaît contraignant. Elle est également pleine d'idéaux politiques, alors que Tomas n'en possède aucun. Lorsque leurs trois vies se croisent, la viabilité de la légèreté est remise en question.

Lorsque les chars soviétiques arrivent pour mettre fin au Printemps de Prague, Tomas et Teresa fuient vers la Suisse. Mais la jeune femme décide de rentrer au pays, laissant Tomas face à un choix. Il accepte alors la pesanteur et la suit vers la persécution certaine, refusant d'être le pion des communistes comme des insurgés. L'idée que chaque choix ne peut être fait qu'une seule fois et ne possède qu'un seul résultat possible est insupportable, tout comme l'idée qu'il nous est à jamais impossible de savoir ce que d'autres choix auraient donné. Roman qui encense la primauté de la liberté individuelle au détriment d'une dimension plus politique, cette œuvre apparaît comme une célébration douce-amère de l'individu, urgente et nécessaire. **GT**

Légende
David Gemmell

1948-2006 (Angleterre)
Première parution | 1984
Langue originale | Anglais
Titre original | *Against the Horde*

Druss la légende, le héros vieillissant de David Gemmell, est un des grands personnages de l'heroic fantasy. Avec pour figure centrale un homme à la fin de sa vie, le livre de Gemmell est une méditation sur un guerrier qui a perdu depuis longtemps sa fraîcheur et un exubérant récit fantastique. Malgré une histoire en apparence linéaire, le recours à des perspectives alternatives et le morcellement complexe du récit en font néanmoins un classique du genre.

Légende, premier livre de la fresque fantastique de Gemmell, « Drenaï », semble constamment conscient de ses prédécesseurs, avec une touche de Robert E. Howard et d'Edgar Wallace, tout en étant sous bien des aspects un roman typique des années 1980, cherchant toujours à présenter les événements sous un angle plus réaliste. Le texte est un exemple classique de récit simple rédigé à la manière d'un roman. Druss n'est pas toujours sympathique au lecteur, sans jamais cesser d'être héroïque, et son humanisme lui confère une puissante empathie. Druss illustre les complexités d'un homme poussé à devenir guerrier par les circonstances plutôt que par pure volonté. C'est pourtant le code tacite qui l'accompagne toute sa vie qui en fait une figure puissante et souvent paternelle, remplissant ainsi le rôle traditionnel du héros réticent qui l'est par défaut plus que par envie. D'un bout à l'autre, *Légende* offre une perspective originale dans ce genre littéraire, mettant l'accent sur la banalité des héros plutôt que de recourir à d'invraissemblables actes d'héroïsme. **EMcS**

Le Jeune Homme
Botho Strauss

1944 (Allemagne)
Première parution | 1984
Langue originale | Allemand
Titre original | *Der junge Mann*

L'anéantissement de l'humanité sous la pression de l'histoire et de la technologie est un thème récurrent chez Botho Strauss, conservateur social perspicace qui réprouve profondément ce qu'il perçoit comme la dérive culturelle de son pays et le style de vie de la nouvelle Allemagne. En conséquence, le jeune homme en question, Léon Pracht, qui a quitté le théâtre pour s'adonner à l'écriture, est contemplatif, maussade et aliéné, à la fois de la société en général et de ceux qui devraient lui être proches. Pracht évolue avec un air hébété de rencontre en rencontre, dont les protagonistes se réveillent en un lieu où les lois du temps changent sans cesse, et où ils deviennent victimes de métamorphoses érotiques ou spectateurs de leur propre histoire refoulée.

Caractérisé par une grande subtilité stylistique et une ambition avant-gardiste, ce roman est à la fois un roman d'éducation, un roman allégorique et une fantaisie romantique. Son personnage principal est un voyeur en plein cœur de la cohue de la vie, dont l'observation précise du quotidien comme du fantastique est mise en lumière par son détachement croissant. Ses réflexions et ses réactions dressent le portrait fascinant de la société contemporaine et de la lutte individuelle pour se faire une place en elle (ou en dehors). *Le Jeune Homme*, œuvre où Strauss dévoile les vérités occultées et la misère sous-jacente d'une société écrasée sous le fardeau technologique et historique, est généralement considéré comme l'un des rares romans postmodernes allemands. **LB**

L'Amour sorcier
Louise Erdrich

1954 (États-Unis)
Première parution | 1984
Titre original | *Love Medicine*
Prix du National Book Critics Circle | 1984

Ce récit complexe couvre une période de cinquante ans au sein et aux alentours d'une réserve du Dakota du Nord. Débutant dans les années 1930, alors que la communauté chippewa souffre du chômage et de la pauvreté et lutte pour préserver ses pratiques sociales et culturelles, il suit des personnages issus de deux familles jusqu'aux années 1980. Il retrace les vies croisées des personnages, unis dans le mariage et l'infidélité par de puissants liens de sang, ainsi que les alliances peu conventionnelles qui émergent en des circonstances difficiles.

Assimiler *L'Amour sorcier* à un recueil de nouvelles mettant en scène les mêmes protagonistes, traduirait comme une totale incompréhension de la nature même de l'œuvre – un récit métafictionnel qui prend l'art de raconter des histoires comme structure et thème central. L'exquise peinture que fait Erdrich de voix uniques et puissantes prend pour référence une culture orale impétueuse et invite à une réflexion sur la politique de la représentation.

Louise Erdrich ne se penche pas directement sur les tensions entre la population indienne et le gouvernement fédéral. Ses voix narratives offrent plutôt des perspectives multiples sur les influences biculturelles dont les expériences des Chippewa portent les marques. Elle explore les identités que confère le catholicisme, opposant les expériences des religieuses blanches à celles des catholiques d'origine indienne et soulignant avec subtilité la différence entre l'investissement des unes et des autres dans leur foi… **JW**

Bruit de fond
Don DeLillo

1936 (États-Unis)
Première parution | 1985
Titre original | *White Noise*
Prix de l'American Book Award | 1985

La culture consumériste américaine postmoderne parcourt le roman de DeLillo comme une montée d'adrénaline. Le livre présente un monde détaché et « mass-médiatisé », où l'épiderme des humains est « d'une couleur que j'appellerai ton-de-chair », où la télévision fait partie de la famille et où l'on peut murmurer sur un ton de prière « Toyota Celica » dans son sommeil. Les personnages ne sont pourtant pas dupes du système, puisqu'il s'agit d'analystes professionnels. Situé dans une ville universitaire du Midwest, le roman a pour personnages centraux Jack Gladney, professeur d'études hitlériennes, sa femme Babette et leurs enfants, issus de leurs précédents mariages. Les enfants, remarque DeLillo, ont plus de bon sens et sont plus adaptés à la culture moderne que les adultes, tout en ayant perdu toute illusion : Heinrich, âgé de quatorze ans, joue aux échecs par courrier avec un tueur en série en prison. Raconté du point de vue de Jack, l'essentiel du roman possède une dimension domestique, détaillant des fragments d'informations et de conversations dans un style à la fois dérangeant et réconfortant. On ne comprend jamais vraiment si DeLillo prône une capacité humaine à créer des relations intimes et significatives à partir de matières peu prometteuses ou s'il regrette la disparition en bloc de « l'authenticité ». *Bruit de fond* investit l'hyperréel de sagacité et de chaleur, tout en se penchant sur une réalité plus sombre qui s'abat sur la fin du livre, une ombre qu'aucun bavardage ne peut freiner. **DH**

La moitié de l'homme, c'est la femme
Zhang Xianliang

1936 (Chine)
Première parution | 1985
Langue originale | Chinois
Titre original | *Nanren de yiban shi nüren*

Roman autobiographique, une des rares œuvres chinoises des années 1980 qui ont connu le succès commercial et attiré l'attention de la critique en dehors de la Chine, *La moitié de l'homme, c'est la femme* poursuit l'histoire d'un intellectuel emprisonné, Zhang Yonglin, entamée dans *Mimosa*.

Comme l'auteur, le protagoniste est victime, en 1955, du mouvement « anti-droite » et emprisonné dans un camp de travail. Zhang Yonglin est envoyé surveiller une rizière, où il aperçoit un jour une jeune prisonnière d'un camp de travail féminin se baignant dans le champ inondé. Il se cache derrière les roseaux de la rive, et ne parvient pas à détacher son regard du corps nu de la femme. Huit ans plus tard, tous deux se croisent une nouvelle fois dans une ferme d'État. Ils se marient, mais Zhang s'aperçoit le soir de leur nuit de noces que des années de dénégation l'ont laissé impuissant. Tourmenté par cette défaillance, il assiste à la liaison de sa femme avec un secrétaire du parti. Lorsque, lors d'une inondation, il colmate une brèche, il est loué pour son courage et retrouve sa virilité face au regain d'affection de sa femme.

Publié pendant une période de détente politique, ce livre examine un système politique qui a rendu une partie de la population mentalement et physiquement impuissante. Les dialogues du protagoniste avec des philosophes, des figures mythiques et des animaux révèlent l'influence du réalisme magique de certains écrivains d'Amérique latine, et le désir des écrivains chinois de renouer avec leurs racines. **FG**

Des raisons de vivre
Amy Hempel

1951 (États-Unis)
Première parution | 1985
Langue originale | Anglais
Titre original | *Reasons to Live*

Dans les histoires qui composent cet ouvrage, les tragédies surviennent en coulisses. Comme dans la réalité, elles sont rarement fatales et la vie continue. Et c'est de cela dont parlent ces nouvelles, de la grâce qui permet de continuer à vivre malgré tout. Dans l'une d'elle, une veuve s'occupe d'un refuge d'animaux lorsque son mari vétérinaire décède. Les cendres du titre (*ashes*) sont celles du *saluki* (chien des temples égyptiens) adoré de son mari. Ce chien aurait dû porter un nom égyptien, mais le plus beau chien de la portée ayant été baptisé Memphis, il a été appelé… Nashville par le couple ! Plongée dans les détails du quotidien, la narratrice prend le lit de son mari afin de ne plus s'apercevoir qu'il est vide.

Dans une autre nouvelle, la narratrice attend un rendez-vous galant dont elle ignore tout. L'histoire s'achève avant le rendez-vous puisqu'elle évoque en fait le lien solide qui unit la narratrice à son amie Holly, à la dérive dans les limbes ensoleillés des communautés des plages de Los Angeles, où « ce n'est pas parce que l'on ne coule plus que l'on n'est plus sous l'eau ».

Ce sont les histoires d'individus qui font face du mieux qu'ils peuvent, occupant leur temps par les détails absurdes du quotidien. Ils illustrent à la perfection ces complexes écrans de fumée de minutie qui masquent le flot de chagrin qui risquerait sinon de les engloutir. Aussi fragiles que la tension de surface sur l'eau, si passionnants et si drôles que l'on en oublierait presque leur délicieuse tristesse. Presque. **GT**

La Servante écarlate
Margaret Atwood

1939 (Canada)
Première parution | 1985
Titre original | *The Handmaid's Tale*
Adaptation cinématographique | 1989

L'auteur met en scène un futur contre-utopique où la population est devenue dangereusement infertile et où les femmes sont réduites à leurs capacités reproductrices. Le patriarcat prend alors une dimension nouvelle et extrême, qui opprime au nom de la préservation et de la protection, et où la violence est perpétrée par le langage de la propriété et l'apparence physique. Les femmes ne peuvent pas avoir de travail ou d'argent et sont assignées à différentes castes : les Épouses chastes et sans enfants, les Marthas maîtresses de maison et les Servantes reproductrices, qui transforment leur progéniture en Épouses. La protagoniste du récit, Offred, ainsi nommée pour indiquer le maître auquel elle appartient, expose sa situation en portant une attention clinique à son corps, qui n'est plus maintenant qu'un instrument de reproduction. Des aperçus fugaces de sa vie passée, souvenirs de son amour sensuel pour sa famille perdue, offrent un contraste évident. Se déroulant dans la ville future de Cambridge et s'inspirant de la société puritaine de la Nouvelle-Angleterre, le livre transforme les institutions et les immeubles d'un paysage familier en une république appelée Gilead. Sa prose est visuelle, parvenant à atteindre le sentiment que tous les plaisirs charnels du passé ont été réduits à des actions mécaniques, revalorisant ainsi à la baisse le désir. À travers ce monde imaginaire, l'auteur montre l'oppression sexuelle, pas vraiment poussée à l'extrême, mais plutôt en tant que sexualité oblitérée du corps frémissant de désir, un acte aussi violent qu'un viol. Lorsqu'elle décrit les tensions intemporelles suggérées par les besoins immédiats du corps et notre capacité à dépasser le désir pour atteindre des fins politiques plus importantes, Atwood cerne habilement les différentes formes que prend le pouvoir au cœur des dilemmes émotionnels des Servantes. **AC**

L'Architecte assassin
Peter Ackroyd

1949 (Angleterre)
Première parution | 1985
Titre original | *Hawksmoor*
Prix Whitbread | 1985

L'Architecte assassin, premier succès de Peter Ackroyd en tant que romancier, se passe à Londres à deux époques différentes, le début du XVIIIe siècle et la fin du

XXe. Il s'agit d'un roman policier qui subvertit tous les concepts cohérents sur le travail de détective ou sur l'histoire. Dans le récit se déroulant au XXe siècle, le détective Nicholas Hawksmoor est chargé d'enquêter sur une série de meurtres lorsque les corps de clochards et de jeunes garçons sont découverts dans sept églises de la ville. À Londres, il existe six églises réelles dessinées par l'architecte Nicholas Hawksmoor, mais dans le roman, l'architecte des églises de Londres est appelé Nicholas Dyer. La ventriloquie à laquelle s'adonne Ackroyd dans sa réinvention du XVIIIe siècle est l'un des coups de maître du roman. Il retrace l'élaboration et la construction des édifices tout comme les meurtres semblables commis par Dyer qui, comme le révèle le récit, a dessiné des églises représentant de façon voilée l'occulte.

L'histoire, plutôt que d'être représentée de façon purement linéaire, apparaît ici comme possédant une dimension spatiale. Le temps et l'histoire sont réunis dans les voix de deux des personnages. Chaque chapitre est relié aux autres par la répétition des derniers mots du chapitre précédent. Le récit tourne en effet autour de la notion de répétition qui, à son tour, aboutit à l'un des dénouements les plus spectaculaires et singuliers de l'histoire du roman. **VC-R**

Le Parfum
Patrick Süskind

1949 (Allemagne)
Première parution | 1985
Titre original | *Das Parfum, die Geschichte eines Mörders*
Adaptation cinématographique | 2006

Situé dans la France du XVIIIe siècle, ce roman raconte l'histoire de Jean-Baptiste Grenouille, doté d'un odorat surnaturel mais totalement dénué d'odeur corporelle. L'originalité du style narratif se caractérise par l'emphase mise sur les odeurs : chaque scène du *Parfum* est comme un voyage olfactif complexe. Süskind décrit de façon élaborée les odeurs des objets du quotidien (l'intensité et la variété des arômes dégagés par le bois, par exemple) et leur manipulation par les parfumeurs de l'époque, il se concentre sur la psychologie des personnages, évitant ainsi de faire du *Parfum* une simple trouvaille littéraire. Authentique psychopathe, Grenouille est persuadé que son odorat exceptionnel le place au-dessus de l'homme ordinaire. Il conçoit alors la fantaisie de devenir un capricieux tyran accordant aux masses les plus délicats des parfums avant de s'abandonner à son assouvissement personnel. Dans un monde bâti sur les odeurs, Grenouille devient obsédé par son absence d'odeur, particularité qui fait de lui un simple chiffre, capable de discerner la substance de toute chose mais ne possédant pas de substance propre. Décidé à se créer une odeur, il s'embarque dans le projet meurtrier de capturer les plus belles odeurs : celles de jeunes femmes. Et pourtant, même les arômes les plus exquis ne parviennent qu'à masquer son absence essentielle d'odeur et son insignifiance dans un univers parfumé. **LC**

Le Château blanc
Orhan Pamuk

1952 (Turquie)
Première parution | 1985
Titre original | *Beyaz Kale*
Prix Nobel de littérature | 2006

L'œuvre controversée de l'auteur turc Orhan Pamuk, *Le Château blanc*, est, comme celles de Borges et de Calvino, un lieu où nos concepts de réalité et d'identité sont remis en question par l'acte de lecture et d'écriture. Le récit onirique retrace la vie d'un jeune érudit italien du XVIIe siècle dont le navire est pris d'assaut par des pirates turcs qui le capturent et l'emmènent à Istanbul. Le jeune savant parvient à conquérir les faveurs de ses ravisseurs en se faisant passer pour un médecin et est finalement présenté à un officier de haut rang qu'il parvient à guérir. En récompense, le jeune homme reçoit l'autorisation de travailler au service de la Cour et est chargé de mettre sur pied un énorme feu d'artifice pour la ville.

Croyant qu'une telle entreprise lui vaudra la liberté, il est surpris d'apprendre qu'on lui offre en fait une femme et une situation dans la société turque s'il accepte de se convertir à l'islam. Il refuse et est condamné à mort. Son exécution est empêchée à la dernière minute par un homme qui est son sosie et qui le prend comme esclave à son service à condition de lui apprendre tout ce que sait le jeune homme. L'érudit et celui qu'il voit de plus en plus comme un miroir de sa personnalité développent d'étranges théories astronomiques et une arme gigantesque pour l'armée turque. Au fur et à mesure que progresse le récit, les identités des deux hommes s'entremêlent de telle manière que le lecteur ne parvient plus à discerner s'ils existent réellement en tant qu'entités distinctes. **JA**

Contact
Carl Sagan

1934-1996 (États-Unis)
Première parution | 1985
Prix Locus | 1986
Adaptation cinématographique | 1997

Carl Sagan, astronome dont la vie est liée à la recherche d'intelligences extraterrestres, est l'un des vulgarisateurs scientifiques les plus célèbres du siècle dernier. Il a conçu une plaque destinée à être fixée sur l'extérieur d'engins spatiaux de la NASA. Cette Plaque arbore un message universel pour les engins destinés à voyager en dehors du système solaire, pouvant être compris par n'importe quelle forme d'intelligence extraterrestre qui croiserait sa route. Il est également l'un des premiers scientifiques, aux côtés de Frank Drake, à utiliser un radiotélescope pour rechercher des signaux délibérés en provenance de galaxies proches, estimant que notre galaxie abrite plus d'un million de civilisations.

Contact, roman qui connaît un grand succès et a été adapté au cinéma un an après son décès, est la plus célèbre incursion de Sagan dans le monde de la fiction, et rend accessible à tous des principes scientifiques. Il n'est pas surprenant que le thème central du livre soit le contact avec des extraterrestres. La protagoniste, Ellie Arroway, détecte un signal provenant d'une étoile voisine, une séquence répétitive des deux cent soixante et un premiers nombres premiers, et en déduit qu'il ne peut provenir que d'une civilisation dotée d'intelligence. En fin de compte, le message est encore plus complexe et contient les plans d'un engin spatial très avancé. Les fondamentalistes religieux, la communauté scientifique et les gouvernements débattent sur la construction de la machine, avant qu'une équipe multinationale ne décide de faire le voyage. Tout au long du récit, Sagan parsème la fiction de mathématiques complexes, et ses rebondissements suggèrent en fait de profondes interrogations sur le sens de la religion et de la spiritualité, de l'humanité et de la conscience sociale. **EF**

Simon et les chênes
Marianne Fredriksson

1927-2007 (Suède)
Première parution | 1985
Langue originale | Suédois
Titre original | *Simon och ekarna*

Simon Larsson, âgé de onze ans lorsque débute le roman, est abandonné par sa mère biologique trois jours après sa naissance. À moitié juif et de père inconnu, il est élevé par Karin et Erik Larsson dans leur foyer de classe ouvrière. La guerre menaçant l'Europe, il se lie d'amitié avec Isak, jeune garçon juif amené en Suède par son père pour fuir les nazis. Lorsque Isak commence à se souvenir de son passé traumatisant, Karin l'empêche de sombrer dans une profonde dépression. Simon et Karin se réfugient souvent dans un taillis de chênes, seul endroit leur permettant de soulager leur colère et leurs anxiétés. Le jour où Simon découvre qu'Erik et Karin ne sont pas ses vrais parents mais son oncle et sa tante, il quitte l'enfance à jamais.

Les personnages sont en proie à des sentiments paradoxaux, où la culpabilité côtoie la bonté, où la solitude se ressent en compagnie des autres et où les solutions faciles sont difficiles à trouver. Prenant pour thème central la relation mère-enfant, l'auteur analyse les causes de leurs émotions et actions. Son point de vue est plutôt psychanalytique et religieux, sans pour autant invoquer un dieu quelconque. Elle dévoile ainsi le mysticisme enfoui dans la vie et les luttes des gens ordinaires.

Marianne Fredriksson, journaliste et rédactrice en chef renommée, a fait ses débuts littéraires à l'âge de cinquante-trois ans et figure aujourd'hui parmi les auteurs les plus populaires de Suède. **TSe**

L'Œuvre de Dieu, la part du Diable
John Irving

1942 (États-Unis)
Première parution | 1985
Titre original | *The Cider House Rules*
Adaptation cinématographique | 1999

L'Œuvre de Dieu, la part du Diable explore les questions de l'avortement, de la drogue, du racisme et de l'exclusion. Le docteur Wilbur Larch, obstétricien éthéromane sans enfants, est le propriétaire de l'orphelinat St. Clouds, dans le Maine des années 1920. Après avoir vu pendant des années des enfants abandonnés et des avortements bricolés mal finir, il fonde au sein de l'orphelinat (« l'œuvre de Dieu ») une clinique illégale et sûre où il pratique des avortements (« la part du Diable »). L'un des orphelins, Homer Wells, est un jeune garçon brillant et débrouillard qui revient sans cesse à l'orphelinat après plusieurs adoptions ratées. Larch décide de lui enseigner sa profession pour qu'il puisse un jour devenir lui-même l'avorteur illégal de St. Clouds.

Homer refuse pourtant et décide plutôt de partir en voyage. Il ne reviendra jamais. Larch se voit forcé d'accepter que Homer refuse de suivre ses traces sur le plan professionnel et de rentrer à St. Clouds, tandis que ce dernier connaît des difficultés lorsque l'amour et la Seconde Guerre mondiale s'en mêlent. Le titre original du roman, qui évoque le racisme de l'époque, vient de la liste de règles qu'affiche Homer dans le verger de pommes, censée maintenir ordre et sécurité au sein des travailleurs noirs saisonniers qui viennent en cueillir les fruits. Mais Homer ignore que les travailleurs sont en fait indignés par ces règles. Tout comme Homer, ils finissent par comprendre que les vraies règles du verger, et de la vie, ne sont jamais couchées sur le papier. **EF**

Annie John
Jamaica Kincaid

1949 (Antigua et Barbuda)
Première parution | 1985
Titre original | *Annie John*
De son vrai nom | Elaine Cynthia Potter Richardson

Débordant de l'énergie et des contradictions de l'adolescence, *Annie John* est un roman d'apprentissage qui se passe sur l'île caribéenne d'Antigua. Intelligente et d'une curiosité insatiable, Annie est fascinée par les pratiques de ses voisins dans la petite communauté littorale. Inondée par l'amour et la tendresse de sa mère, l'enfance d'Annie est heureuse et paisible, jusqu'à ce que des points de discorde surgissent peu avant que la fillette n'entre au lycée. À l'aide d'une prose mesurée et dépouillée, Kincaid dépeint les atrocités d'une relation mère-fille en chute libre, la déception d'Annie face aux occupations et aux amitiés respectables, et sa dérive vers la délinquance et la crise psychosomatique. Comme la plupart des œuvres de Kincaid, *Annie John* est influencée par sa propre enfance à Antigua. L'auteur a fait l'expérience d'un style de vie caribéen, avec ses médecines traditionnelles et sa croyance en l'impatience des morts et le pouvoir des rêves. Kincaid a aussi dû lutter contre les contraintes de l'Empire britannique, le rôle réduit attribué aux femmes et un système d'éducation borné par les conventions.

Annie John est un exemple brillant de l'écriture féminine des Caraïbes, qui aborde avec clarté des thèmes que l'on retrouve traités, avec plus ou moins de succès, par d'autres auteurs, entre autres la problématique relation mère-fille qui reflète les difficultés entre colonisés et colonisateurs, la détresse psychique des femmes dominées, et le besoin vital de s'envoler de la cage par le biais de l'expatriation. **RM**

La Chute des aveugles
Gert Hofmann

1931-1993 (Allemagne)
Première parution | 1985
Langue originale | Allemand
Titre original | *Der Blindensturz*

Il se dégage de *La Chute des aveugles* (ou *La Parabole des aveugles*), de Pieter Bruegel, une sensation dérangeante : on y voit six aveugles marchant en file indienne, mais le premier d'entre eux a trébuché dans un étang et est étendu sur le dos en attendant que les autres aveugles approchent. Rédigé à la première personne du pluriel – le « nous » collectif exprime la pensée de ces aveugles –, ce roman raconte le grand jour de la visite des aveugles au célèbre artiste afin qu'il les peigne. En route, ils perdent à plusieurs reprises leur chemin avant de trouver, meurtris et désorientés, la direction de l'étang près duquel vit le peintre. Face à ces hommes fragiles et vulnérables, le lecteur est confronté de près à la vie telle qu'elle est. Le récit est d'autant plus poignant que les aveugles misent tous leurs espoirs sur cette rencontre avec l'artiste mais ne le rencontrent jamais face à face. Ils se voient même contraints de s'aventurer encore et encore dans l'étang afin de permettre à l'artiste de les peindre dans une situation qui exacerbe leur impuissance face à cette situation difficile.

Sous la plume habile de Hofmann, le tableau de Bruegel devient une parabole non seulement des aveugles – qui représentent ici l'homme ordinaire – mais aussi de l'ambiguë relation de pouvoir entre l'artiste et ses modèles. En imaginant les circonstances qui ont abouti à la peinture de ces pauvres bougres, Hofmann s'attache en permanence à l'univers étrange et changeant de ceux qui ne voient pas au cœur d'un monde où seule compte la vue. **PT**

L'Amour au temps du choléra
Gabriel García Márquez

1928 (Colombie)
Première parution | 1985
Titre original | *El amor en los tiempos del cólera*
Prix Nobel de littérature | 1982

Le jour des funérailles du mari de Fermina Daza, Florentino Ariza – poète, amant prodigieux et président de la Compagnie fluviale des Caraïbes – réitère son amour éternel et sa fidélité à la fiancée de sa jeunesse. Consternée, Fermina le repousse, cinquante et un ans, neuf mois et quatre jours après son premier refus, lorsqu'elle lui avait ordonné de ne jamais plus montrer son visage. Le corps du texte propulse le lecteur plus de cinquante ans en arrière, juste au début de la relation de Florentino et Fermina, puis accompagne leurs vies, auxquelles se mêlent celles d'une multitude d'autres personnages. Le chapitre final retourne au présent et raconte la deuxième tentative de Florentino pour séduire sa bien-aimée.

L'Amour au temps du choléra est une histoire d'amour épique. C'est aussi un roman dépourvu de sentimentalisme, laissant au lecteur l'intuition profonde de la capacité qu'ont la patience et la détermination à surpasser tous les obstacles, plus encore que le pouvoir éternel de l'amour. Peuplé d'apparitions fantomatiques, de poupées maudites et de perroquets sinistres, le livre contient assez d'instants délicieux de l'irréalité quotidienne pour confirmer la place de Márquez parmi les plus grands écrivains du réalisme magique. Faisant preuve d'une plus grande conscience du poids de l'histoire et des calamités de la vie urbaine, il s'agit d'un roman plus sombre mais tout aussi fascinant que *Cent Ans de solitude*. **SJD**

Le Domaine de Toorberg
Etienne van Heerden

1954 (Afrique du Sud)
Première parution | 1986
Langue originale | Afrikaans
Titre original | *Toorberg*

Les morts traversent librement les pages de ce roman, dans lequel les péchés des pères reviennent hanter leurs descendants dans l'aride paysage du Karroo. Mi-thriller, mi-roman à l'eau de rose, *Le Domaine de Toorberg* retrace la déchéance des Moolman, famille de pionniers afrikaners qui cultivent les terres abondantes de Toorberg depuis un siècle. Lorsque l'unique petit-fils du patriarche meurt dans un trou de sonde creusé pour tenter, en vain, de trouver de l'eau, un magistrat arrive en ville pour enquêter.

Il se retrouve à juger non seulement les vivants, mais aussi les morts. Cette tragédie s'explique par la pulsion dominatrice des hommes de la famille Moolman. À chaque génération, ils excluent ceux qui prennent un chemin différent. Floris est le premier à sombrer, lorsqu'il commet l'irréparable erreur de transgresser le code de couleur pour fonder la « Skaamfamilie », la Famille de la Honte. Ironie du sort, c'est de cette même famille que descend le véritable héritier de la force motrice du fondateur Abel, le pasteur Oneday Riet, à la tête des gens de couleur dépossédés.

La malédiction des Moolman est illustrée par un symbolisme évocateur et puissant. Personne n'échappe à la honte des injustices qui s'amoncellent sur le mouton noir de la famille. Etienne van Heerden entrelace les fils du passé et du présent pour offrir une vision lucide de l'héritage afrikaner au crépuscule des années d'apartheid. **LD**

La Jolie Madame Seidenman
Andrzej Szczypiorski

1924-2000 (Pologne)
Première parution | 1986
Langue originale | Polonais
Titre original | *Poczatek*

Varsovie sous l'occupation nazie est un lieu de mort soudaine et de rédemption inattendue, où les juifs vivent prisonniers dans le ghetto ou mènent une existence fugitive dans les rues. Tous possèdent une nouvelle identité. Henio, jeune juif en fuite, renonce à la sécurité pour retrouver ses parents dans le ghetto. Sœur Weronika baptise des enfants juifs et les accueille dans la foi catholique. La belle Irma Seidenman, veuve d'un docteur juif, mène une vie paisible avec de faux papiers dans le secteur aryen de la ville, jusqu'au jour elle est dénoncée à la Gestapo et où sa vie ne dépend plus que de la loyauté d'inconnus.

Dans *La Jolie Madame Seidenman*, Szczypiorski se penche sur l'énigme de l'appartenance humaine : qui décide ce que nous devenons ? Des enfants convertis par sœur Weronika s'installent en Israël, d'autres deviennent patriotes polonais et antisémites. Mme Seidenman, qui a renoncé à sa judaïcité pour survivre, est poussée à l'exil par les purges antijuives de 1968. Bien qu'elle choisisse de vivre comme une Polonaise, elle ne parviendra jamais à l'être assez pour assurer sa sécurité. Peut-être Henio, qui choisit librement sa propre mort dans le ghetto, a-t-il fait un choix plus judicieux ? Vingt ans après la guerre, les soldats juifs renouvellent le cycle de meurtres et de haine dans les populations arabes de Palestine. Le masque de violence, suggère Szczypiorski, est peut-être la seule identité humaine qui soit immuable. **MuM**

Les Naufragés et les rescapés
Primo Levi

1919-1987 (Italie)
Première parution | 1986
Langue originale | Italien
Titre original | *I sommersi e i salvati*

Publié un an avant sa mort, *Les Naufragés et les rescapés* marque le retour de Primo Levi à la question qui le tourmente : comment écrire sur l'expérience d'Auschwitz, cet « abîme de vilenie » ? Il revient sur le thème exploré dans *Si c'est un homme* (1947) : comment apporter un témoignage sur ces camps de la mort alors que les « véritables témoins », ceux que l'on a exécutés, ont été supprimés ? Dans son chapitre sur la « honte », Levi constate que les survivants sont une « minorité aberrante », ceux qui, par leur capacité, leurs malversations ou simplement par chance, n'ont pas touché le fond.

Au fil du livre, Levi puise dans la mémoire, l'anecdote et la réflexion pour aborder les questions de la survie, de la communication et du jugement, partie intégrante de l'héritage des camps d'extermination. « Presque tous, insiste Levi, se sentent coupables de ne pas avoir offert de l'aide », déclaration qui plonge les lecteurs en plein cœur du drame de l'accusation, de soi et des autres. Il s'agit d'un fardeau de culpabilité qui, suggère Levi, est vital pour le système totalitaire. Les *Sonderkommandos* des camps d'extermination, unités spéciales de prisonniers choisis pour travailler dans les fours crématoires, en sont l'exemple le plus extrême. La tâche de Lévi consiste à forcer le lecteur à faire face à la paralysie du jugement qui découle de la tentative d'entendre le message transmis par les atrocités innommables commises dans les camps. **VL**

Les Gardiens
Alan Moore & Dave Gibbons

Moore 1953 (Angleterre), Gibbons 1949 (Angleterre)
Première parution | 1986
Titre original | *The Watchmen*
Prix Hugo | 1987

Méditation sur le Surhomme de Nietzsche. Policier sanglant. Épopée de science-fiction au cœur d'un monde alternatif. Étude psychologique du pouvoir et de la corruption. Bande dessinée.
L'année 1986 est un tournant important pour le roman graphique. Avec le *Batman* de Frank Miller surgit la saga en douze parties d'Alan Moore mettant en scène une bande de super héros. L'action se déroule en Amérique en 1985, Nixon en est à son troisième mandat tandis que les justiciers costumés ont été mis hors la loi par la loi Keene de 1977. Deux restent pourtant opérationnels : le Comédien, soldat au lourd passé, violent et dur, et le Dr Manhattan, victime d'un accident atomique et dont les pouvoirs offrent à l'Amérique un avantage décisif lors de la guerre froide. Les autres super héros semblent heureux dans leur retraite, à l'exception de Rorschach, le sociopathe, qui a répondu à la loi Keene en livrant à la police le cadavre d'un violeur en série avec un message, « Jamais ». Le Comédien est assassiné et quelqu'un semble suivre un plan. La guerre froide n'est pas finie mais s'intensifie plutôt. Qui donc peut s'élever au-delà ? À quel prix ?
Avec leur galerie de personnages, *Les Gardiens* conservent un cœur humain face à l'Armaggedon. Moore s'y connaît en bande dessinée, ses atouts et ses pièges, et ne se contente pas d'une simple histoire de bons et de méchants. Aux multiples récits de Moore s'ajoute l'art lucide de Dave Gibbons, capable d'émouvoir les lecteurs. *Les Gardiens* restent l'œuvre à égaler, un défi à relever. **JS**

Extinction
Thomas Bernhard

1931 (Pays-Bas)-1989 (Autriche)
Première parution | 1986
Langue originale | Allemand
Titre original | *Auslöschung : ein Zerfall*

Extinction, dernier roman de Thomas Bernhard, est un monologue sur la famille, l'Autriche, les stigmates du nazisme et l'impossibilité d'échapper à l'héritage culturel.
Franz-Joseph Murau est un intellectuel autrichien vivant à Rome, fuyant l'Autriche et sa famille dans ce « paradis infini » de la littérature et des arts. Le récit démarre lorsque Murau reçoit un télégramme l'informant que ses parents et son frère aîné ont succombé dans un accident de voiture, faisant de lui l'héritier du domaine familial, Wolfsegg. Alors qu'il se prépare à se rendre aux funérailles, il médite sur sa famille, la haine qu'il ressent envers elle, et son absence de remords face à sa disparition prématurée. La seconde moitié du roman se déroule à Wolfsegg, où Murau est forcé de confronter le poids de l'histoire individuelle à celui de l'histoire collective. Il accuse à la fois sa famille et une grande partie de la société autrichienne de complicité dans les crimes nazis, et leur reproche leur conception complaisante et hypocrite du passé. Grandiloquent mais jamais bien-pensant, Murau est conscient à tout instant de ses échecs, et ses tirades amères ne tombent jamais dans le moralisme facile. De telles diatribes véhémentes font partie d'une tentative provocatrice pour éveiller son pays de son amnésie historique. Loin d'une simple affaire de clocher, cette mise en examen violente de l'Autriche s'adresse à toutes les formes de dogmes répressifs et incite les cultures à demeurer ouvertes à une réévaluation continue. **AL**

Un artiste du monde flottant
Kazuo Ishiguro

1954 (Japon)
Première parution I 1986
Langue originale I Anglais
Titre original I *An Artist of the Floating World*

Ishiguro se penche ici sur le « monde flottant » du Japon d'après-guerre, alors que le pays s'efforce de se faire une raison face aux soulèvements sociaux et aux valeurs culturelles en plein changement. Le roman analyse l'histoire avant guerre du pays et les difficultés qu'il rencontre en essayant d'admettre les erreurs du passé, par le biais du récit de Masuji Ono, artiste et propagandiste favorable à l'impérialisme japonais pendant la Seconde Guerre mondiale.

Le récit débute trois ans avant la défaite du Japon. Suite au meurtre de sa femme et de son fils, Ono remet en question son rôle dans le mouvement impérialiste qui a mené le pays au désastre. Il se retrouve pris dans les négociations concernant la proposition de mariage faite à sa fille cadette. La famille du fiancé a brusquement annulé le mariage de son autre fille l'année précédente et Ono finit par se demander si son soutien artistique au Japon impérial a mis en danger le futur de ses filles. Malgré ses tentatives pour garder secrète sa vie privée, il a du mal à abandonner ses valeurs d'avant-guerre.

Ishiguro avait cinq ans lorsqu'il a quitté Nagasaki pour la Grande-Bretagne. Son style reproduit celui de la littérature japonaise classique, sa prose rigide reflétant l'inflexibilité de l'artiste vieillissant. Dans *Les Vestiges du jour*, il créera un individu expressif forcé par les circonstances à refouler ses sentiments. Il écrit comme le peintre du titre, et crée une toile sur laquelle ses personnages sont disposés au cœur d'une abondance de détails complexes. **LE**

Mémoire du feu
Eduardo Galeano

1940 (Uruguay)
Première parution I 1982-1986
Langue originale I Espagnol
Titre original I *Memoria del fuego*

Galeano, essayiste et journaliste uruguayen, a mis neuf ans pour écrire la trilogie *Mémoire du feu*, composée des *Naissances*, des *Visages et les masques* et du *Siècle du vent*. Ni poème, ni chronique, ni essai académique, ni anthologie, ni roman, il s'agit plutôt d'une œuvre qui puise dans de nombreuses formes littéraires, et qui constitue un récit personnel et incisif sur l'histoire des deux continents américains.

Galeano recrée l'histoire de l'Amérique dans une série de chapitres courts et poignants. La succession d'événements et d'intrigues politiques coupe le souffle. Chacun de ces récits enrichit de nouveaux détails révélateurs cette mosaïque historique globale qui s'étend sur plusieurs siècles. Les personnages historiques que l'on y rencontre sont nombreux : Christophe Colomb, Moctezuma, Charles V, Simon Bolívar, Napoléon, Darwin, Washington, Voltaire, Lénine, Allende, Rockefeller, Rigoberta Menchú, Frida Kahlo, Chaplin et Evita sont ramenés à la vie et s'expriment individuellement.

Cette œuvre n'a rien d'impartial ou d'objectif. Toutes les scènes, importantes ou non, sont racontées intégralement avec acharnement. Sans contrition, Galeano se place du côté des conquérants. Il rappelle brillamment à ses lecteurs les fondements de l'Amérique moderne, qui a échangé un riche passé indigène pour l'injustice, l'oppression, la pauvreté et le sous-développement. En 1989, Galeano a remporté l'American Book Award pour cette trilogie, élevée au rang de chef-d'œuvre. **AK**

Les Vieux Diables
Kingsley Amis

1922-1995 (Angleterre)
Première parution | 1986
Titre original | *The Old Devils*
Prix Booker | 1986

Les Vieux Diables sont considérés comme l'un des meilleurs romans de Kingsley Amis, le seul à rivaliser avec la popularité de *Lucky Jim* en 1954. Peter, Charlie et Malcolm, les « vieux diables », un groupe d'Écossais vieillissants qui passent leur temps à jaser et à boire en compagnie de leurs femmes, sont les cibles de cette satire. Lorsque Alun Weaver, « Écossais professionnel », et sa séduisante femme Rhiannon entrent en scène, les « vieux diables » sont forcés de remettre en question leur style de vie et de faire face à la dure réalité quant à leur statut au sein de la communauté. Comme toujours, le réalisme discret d'Amis et son œil pour les menus détails de la vie bourgeoise donnent naissance à un roman parfois dérangeant où toute prétention et toute solennité sont immédiatement exposées à la moquerie. Pourtant, le lecteur est également poussé à sympathiser à contrecœur avec les bouffonneries mesquines des vieux diables, et c'est bien là que réside le vrai talent d'Amis. Ce roman férocement comique exprime pourtant une grande sympathie envers l'être humain, et les personnages burlesques gagnent inévitablement l'admiration du lecteur. Vers la fin de sa carrière, Amis s'est maintes fois éloigné de sa célèbre misanthropie et de son conservatisme souvent offensif. Dans *Les Vieux Diables*, il dévoile la fausseté de cette accusation en associant l'équilibre et le contrôle de ses satires de jeunesse avec une gentillesse et une humanité qui font de cette lecture un vrai plaisir. **AB**

Matigari
Ngugi Wa Thiong'o

1938 (Kenya)
Première parution | 1986
Non traduit à ce jour en français
Titre anglais | *Matigari*

À son retour des montagnes après des années de combat acharné contre les colons, Matigari retrouve son pays natal abandonné aux héritiers des ennemis qu'il a vaincus. À la place d'un retour victorieux et fier, il fait face à un ordre néocolonial oppresseur et corrompu et à une population consentante. Le combat pour la justice doit reprendre et Matigari se fait l'instigateur d'événements qui deviennent de puissants mythes dans les récits qui en sont faits. Matigari éveille le goût pour la rumeur qui délie les langues des plus démunis. La vérité et la réalité sont devenues difficiles à distinguer, et la « voix de la vérité » du Président, qui jaillit sans cesse de la radio, commence à être remise en question.
Évitant de définir une époque ou un lieu précis, Ngugi situe son roman écrit en kikuyu dans un pays sans nom, à une époque inconnue. Les allusions à l'histoire récente du Kenya, imbriquées dans les idéaux de préindépendance issus de la tradition orale des Kikuyu, créent un sentiment de perte et d'obligation historique qu'accompagne une critique acérée du Kenya postcolonial. Quelques mois après la parution de ce livre, des rapports des

services secrets kenyans firent état d'un individu connu sous le nom de Matigari qui voyageait par le pays en prêchant la paix et la justice. Son arrestation fut immédiatement ordonnée. Cette situation reflète étrangement la dernière partie du roman, où c'est l'incapacité à attribuer un sens quelconque à Matigari qui empêche sa capture et son assimilation. **ABi**

Anagrammes
Lorrie Moore

1957 (États-Unis)
Première parution | 1986
Titre original | *Anagrams*
De son vrai nom | Marie Lorena Moore

Ce premier roman écrit par l'un des plus grands nouvellistes américains rappelle le génie de ses premiers récits. Il s'agit d'une fable sur des vies ordinaires bouleversées par le fait qu'elles n'ont rien d'extraordinaire. Il s'ouvre sur une anagramme littéraire malicieuse : l'auteur offre au lecteur des versions successives du premier chapitre, chacune légèrement différente, jusqu'à ce que Moore trouve la bonne version. Il ne s'agit pas là seulement d'une astuce de réflexion sur soi, et la manœuvre parvient à saisir l'essence du récit : les personnages essaient de réarranger les détails de leurs vies, de leur apparence et de leurs partenaires afin de leur donner un sens. Benna est tour à tour chanteuse dans un bar, professeur d'aérobic au chômage et professeur d'histoire de l'art. Gérard est son ami, son voisin, son ancien amant et son élève. Comment les personnages s'ajustent-ils dans leur vie, comment s'ajustent-ils le mieux ? Comment faire pour se créer une identité, une vie réussie ? Dans une prose complexe et cependant désinvolte, *Anagrammes* parle d'amitié, de relations, de relations ratées de peu, d'amour et de solitude. Les personnages essaient de faire partie des choses mais ne trouvent pas le courage d'insister. Pas de grands maux ici, seulement les indignités négligentes de la vie de tous les jours : pathos simple, qui ressemble plus à un hochement d'épaules qu'à un cri. Et, au cœur de tout cela, l'humour incisif de Lorrie Moore associé à une grande compassion. **GT**

Le Langage perdu des grues
David Leavitt

1961 (États-Unis)
Première parution | 1986
Langue originale | Anglais
Titre original | *Lost Language of Cranes*

Début littéraire remarquable, le premier roman de David Leavitt explore les terribles secrets que se cachent les membres d'une famille. L'action se déroule à New York, avec pour toile de fond l'épidémie de sida, et raconte la révélation de l'homosexualité de Philip Benjamin à ses parents, Owen et Rose. Son aveu a un impact immédiat sur leur vie confortable. Sa mère ressent une espèce de « chagrin », motivé par le sentiment du danger sexuel auquel son fils s'expose en tant qu'homosexuel. Pour son père : « C'est la fin du monde. » Confronté à ce que lui apprend son fils, Owen est complètement inconsolable, accablé par son incapacité à accepter sa propre homosexualité refoulée, qu'il n'assouvit que lors d'escapades clandestines dans des bars pornographiques gays le dimanche après-midi. Le roman évolue au fil du développement émotionnel et sexuel de la relation de Philip avec son amant, Eliot, contrarié par le caractère féminin du désir de Philip. L'aspect le plus prenant du roman est de loin la façon dont change le mariage d'Owen et Rose lorsque celle-ci comprend qu'ils vivent un mensonge depuis trente ans. Sans jamais tomber dans le cliché comme l'auraient fait d'autres écrivains, le style assidu et scrupuleux de Leavitt véhicule les fissures qui peuvent trop facilement naître entre deux générations et au sein d'une famille. **VC-R**

Le Roman d'Oxford
Javier Marías

1951 (Espagne)
Première parution | 1989
Langue originale | Espagnol
Titre original | *Todas las almas*

Trois ans après avoir reçu le prix Herralde de Novela pour *L'Homme sentimental*, Javier Marías publie cet ouvrage, roman original et puissant, réflexif et flexible, à la fois enclin à la spéculation et penchant vers un semblant de vérité autobiographique.
Dès le départ, le décor est suggéré par la distance entre le narrateur qui raconte l'histoire et le « je », individu distinct, qui l'a vécue. Le livre est dédié à ses prédécesseurs (Vicente Molina Foix et Félix de Azúa, entre autres) et Marías s'inspire ouvertement de son expérience comme professeur à l'université d'Oxford pour recréer un monde presque privé, peuplé de personnages aux cultes et histoires secrets (peut-être parce « qu'à Oxford personne ne dit jamais rien clairement »), aventuriers en tenue de soirée. Certains de ces éléments réapparaissent dans l'un ou l'autre de ses romans suivants, mais on trouve déjà ici de solides principes pour la construction d'histoires autour d'identités fictives, du poids des mots et de la mémoire utilisée dans la construction de l'identité. La flexibilité poreuse du langage permet de dévoiler les différents fragments de connaissance, tandis que la quête de tel ou tel ouvrage dans les librairies de seconde main, les conversations pondérées et les débats théoriques sur la poésie ou la peinture s'unissent dans un roman sans difficulté apparente. Doté d'une densité de sentiments insaisissable, ce livre est assurément énigmatique. **JGG**

Ballade pour Georg Henig
Viktor Paskov

1949 (Bulgarie)
Première parution | 1987
Langue originale | Bulgare
Titre original | *Balada za Georg Henih*

Ballade pour Georg Henig est une fable douce-amère sur l'amour avorté et le pouvoir de la musique. Située dans la Bulgarie des années 1950, l'histoire est racontée par Victor, dix ans, enfant prodige raté dont le trésor le plus précieux est un violon construit par Georg Henig, luthier tchèque, à présent vieux et agonisant, seul et délaissé par ses anciens élèves et clients.
Les parents de Victor ont fait un mariage d'amour mais la vie sur le salaire modeste d'un musicien a détruit leurs illusions. La mère de Victor rêve de posséder un buffet, symbole du bonheur domestique. Le père de Victor, trompettiste au Théâtre musical, ne comprend pas le désir de possession de sa femme. Pour sauver leur mariage, il décide de construire un buffet dans l'atelier de Henig. Le jeune Victor se prend d'affection pour le vieil homme et apprend à poser de nouvelles questions : qui est Dieu, que signifie la pauvreté, et ce nouveau buffet est-il en train d'éloigner plus encore ses parents ?
Le roman évite le sentimentalisme grâce à la peinture que fait Paskov du mal dans

toute sa banalité : l'alcoolique qui menace ses enfants avec une hache, les ignobles voisins dont le chien attaque sauvagement Henig. Paskov se demande comment l'intégrité artistique et éthique peut survivre au cœur de sociétés fondamentalement philistines. Victor pose la question fondamentale du roman : si un maître comme Henig ne parvient pas à construire un bon instrument en six jours, comment Dieu peut-il encore espérer que le monde soit une réussite ? **MuM**

L'Énigme de l'arrivée
V. S. Naipaul

1932 (Trinité-et-Tobago)
Première parution | 1987
Titre original | *The Enigma of Arrival*
Prix Nobel de littérature | 2001

Le paysage d'une vallée du Wiltshire, au cœur du « Wessex » de Hardy : voilà qui est typique de l'imagination littéraire anglaise. Au début du roman, cette ruralité idyllique est obscurcie par une pluie incessante et par l'image romantique qu'a le narrateur de l'Angleterre, héritée de ses études littéraires à Trinité. Une autre image de l'Angleterre apparaît peu à peu à travers les cinq parties où s'enchevêtrent espace et temps, image qui perturbe sérieusement la vision originale du narrateur d'une culture harmonieuse. À chaque moment, l'apparence de pureté ancestrale de l'Angleterre est contaminée par le changement, et il en ressort une impression durable d'incongruité. Même Jack, le propriétaire dont parle la première partie du roman, se révèle moins enraciné dans l'apparente antiquité du lieu : c'est en fait, comme le narrateur, un arrivant de fraîche date.

Entre autobiographie et fiction, *L'Énigme de l'arrivée* appartient à cette tradition de romans comme *À la recherche du temps perdu* de Proust ou *Portrait de l'artiste en jeune homme* de James Joyce. Il raconte l'histoire de l'arrivée du narrateur en Angleterre, son aboutissement à une compréhension de ce pays nécessairement tamisée par son héritage colonial, et l'éventuelle rédaction de ce roman. On aperçoit ici la compréhension que les changements apportés au paysage et au style de vie anglais sont essentiellement identiques à la recréation que fait le narrateur de l'Angleterre à des fins littéraires : les colonies se sont déjà enracinées dans les colonisateurs. **ABi**

Au bout du monde
T. Coraghessan Boyle

1948 (États-Unis)
Première parution | 1987
Titre original | *World's End*
Prix PEN/Faulkner | 1988

Boyle situe l'action de son grand roman, *Au bout du monde*, dans la vallée de l'Hudson, où le lien à la terre – et aux ancêtres – étouffe encore et toujours le présent. Le récit raconte l'histoire des Van Brunt, une famille victime du destin, et commence par un aïeul lointain, Harmanus Van Brunt, qui, victime de l'illusion d'une vie meilleure, s'embarque pour La Nouvelle-Amsterdam. Loin de trouver la terre promise, il est assailli de difficultés qui feraient douter le Dieu de l'Ancien Testament lui-même. Ainsi commencent la malédiction, la malchance et les souffrances physiques. Ces Van Brunt ne sont pourtant pas innocents. Ils trahissent leurs propres fils, pères, épouses, cousins et beaux-parents. Ils succombent à la passion et au caprice. Ils sont humains, ils sont américains. Le futur est dessiné par le passé, le passé tire profit du futur. Il ne peut pas y avoir de perdants

sans vainqueurs et les vainqueurs, ce sont les Van Wart. Employeurs et bourreaux des Van Brunt au XVIIe siècle, ils leur sont liés par leurs origines. Ils dominent, et il en sera toujours ainsi. Le roman s'achève sur une lueur d'espoir, ou du moins la possibilité de mettre fin aux dégâts.
Dans *Au bout du monde*, Boyle s'attaque à trois cents ans d'histoire et de mythe en Amérique, et le fait avec habileté verbale et un esprit malicieusement subversif. Une prouesse de prose à couper le souffle. **GT**

Le Pigeon
Patrick Süskind

1949 (Allemagne)
Première parution | 1987
Langue originale | Allemand
Titre original | *Die Taube*

Ce roman court sans fioritures est investi d'une intensité sombre. Süskind est admiré pour son exploration de thèmes psychologiques et possède la capacité de peindre en détail les individus en marge de la société et leurs bizarreries. Jonathan Noel, monsieur Tout-le-monde cinquantenaire quelque peu excentrique, est un agent de sécurité dans une banque qui mène une vie presque automatisée, d'une uniformité monotone. Il a réduit ses interactions sociales au strict minimum. Au lieu de dépendre des autres, qui l'ont systématiquement déçu ou abandonné dans sa jeunesse, Noel trouve sa stabilité dans la simplicité d'une vie sans incidents et la sécurité d'un environnement et d'une routine familiers. Le roman se déroule sur vingt-quatre heures, et commence par une rencontre matinale avec un pigeon à l'extérieur du studio que Noel occupe depuis plus de trente ans. Lorsqu'il regarde l'oiseau dans les yeux, qui semblent dépourvus de vie, Noel est précipité dans ce que l'on appelle couramment la crise de la cinquantaine. Cet événement va profondément bouleverser non seulement sa routine, mais aussi son équilibre intérieur maintenu avec soin. Pour la première fois de sa vie, il fait preuve d'inattention au travail et est incapable de rentrer chez lui. Pour la première fois, il s'interroge sur le sens de l'existence qu'il s'est bâtie. D'une universalité potentielle qui fait sa force, ce court récit est également une analyse persuasive de la manière dont un incident apparemment trivial peut forcer l'individu à adopter de nouvelles perspectives. **JC**

D'amour et d'ombre
Isabel Allende

1942 (Pérou)
Première parution | 1987
Langue originale | Espagnol
Titre original | *De amor y de sombra*

Née au Pérou, Isabel Allende s'installe au Chili au divorce de ses parents. En 1973, lorsque Pinochet assassine son oncle, le président Salvador Allende, et que commence une dictature militaire qui a vu onze mille Chiliens périr dans les chambres de torture, elle hérite du legs politique de sa famille. Elle se lance dans l'humanitaire qui va lui permettre d'enregistrer des entretiens avec les survivants du régime, et déclare que « le jour viendra où nous retrouverons la démocratie et ces preuves permettront de traîner les meurtriers et les bourreaux devant la justice ».
D'amour et d'ombre fait référence à la découverte des corps des *desaparecidos* (personnes disparues) dans un puits de mine en 1978. L'intrigue du roman – une jeune journaliste de mode tombe amoureuse d'un photographe avec qui elle découvre

le corps des victimes des forces de sécurité de Pinochet – ressemble à l'évolution qu'a connue Isabel Allende elle-même, depuis le journalisme frivole jusqu'à une carrière plus imposante de romancière et d'activiste politique.
L'histoire d'amour de ce roman est aussi essentielle que les questions politiques qu'il évoque, ne serait-ce que parce que l'auteur s'en sert pour s'approprier ce genre littéraire sentimental exclusivement féminin de la *novela rosa*, ignorée par la critique mais lue par les masses. L'association de politique et de populisme concrétise la mission d'Allende, qui consiste à évoquer une page de l'histoire absente des manuels scolaires et à honorer le sentiment final qui se dégage du roman : « Nous reviendrons. » **JSD**

Beloved
Toni Morrison

1931 (États-Unis)
Première parution | 1987
Titre original | *Beloved*
Prix Nobel de littérature | 1993

Beloved marque une étape cruciale dans la façon qu'a l'Amérique d'envisager – avec horreur – son passé esclavagiste. Au cœur absent du roman se trouvent les conséquences des actions de Sethe, une mère qui commet un infanticide plutôt que de permettre que l'on condamne son enfant à l'esclavage auquel elle vient d'échapper. Au début, Sethe et l'enfant qui lui reste vivent dans la maison où a été commis le crime, à présent hantée par la tristesse de l'enfant mort. L'apparition de Paul D., qui a partagé l'expérience traumatisante de l'esclavage avec Sethe sur les terres de la ferme ironiquement appelée « Tendre foyer », semble bannir le fantôme, qui resurgit cependant comme la femme qu'elle aurait été si on lui avait permis de vivre. Sa présence physique maléfique oblige Paul D. à s'éloigner de la famille et commence à punir Sethe. À la fin du roman, la communauté, présentée comme complice du meurtre, se regroupe autour de Sethe et lui permet d'être enfin libre et de retrouver son amant.
Le roman a été encensé par la critique pour avoir trouvé une façon appropriée d'évoquer la violence inhumaine de l'esclavage. Le souvenir graduel et partiel du traitement subi par Sethe pendant son esclavage, les blessures physiques et morales qui l'ont amenée à cet infanticide défensif sont essentiels au rétablissement permis par le récit. En n'ayant recours ni aux sentiments ni à l'identification, Morrison a fait de ce roman l'un des livres les plus puissants de la littérature américaine du xxe siècle. **NM**

La Chaîne des monts Taebaek
Jo Jung-rae

1943 (Corée)
Première parution | 1987
Langue originale | Coréen
Titre original | *Taebaek sanmaek*

La Chaîne des monts Taebaek est une épopée en plusieurs tomes écrite par l'un des écrivains sud-coréens les plus respectés et les plus vendus. Elle couvre une période de l'histoire de la Corée qui a vu naître d'intenses conflits idéologiques entre la droite et la gauche, suite à la création du gouvernement sud-coréen en 1948.
L'auteur se concentre sur le sort de Beolgyo, petite ville du sud-ouest de la Corée, entre 1948 et 1950. Il s'agit d'une époque trouble pour les civils, alors que le contrôle

de la ville passe de faction en faction. Les combats sont violents : chaque fois que le pouvoir change de mains, les villageois en pâtissent.
Avec presque cinq cents personnages, la saga accompagne un grand nombre de protagonistes. Parmi ceux-ci, Yeom Sang-ku, inspecteur général belliqueux qui prend la tête de la lutte pour l'éviction des gauchistes, son frère Yeom San-jin, dirigeant d'un parti militaire de gauche, Kim Beom Woo, centriste et anticommuniste, Seo Min-young, propriétaire terrien qui décide de partager ses terres avec ses locataires, ou encore So-hwa, chaman coréen qui représente les valeurs traditionnelles du pays. Le roman raconte avec brio les drames personnels qui se jouent dans un climat de méfiance et de terreur.
La Chaîne des monts Taebaek s'est vendue à plus de six millions d'exemplaires. Quand on demande à Jo quelle est la part de fiction et de réalité dans ses romans, il répond « avec un sourire, que dans un bon roman il n'y a pas de différence entre les deux ». **HO**

Trilogie new-yorkaise
Paul Auster

1947 (États-Unis)
Première parution | 1987
Trilogie | *La Cité de verre* (1985), *Revenants* (1986), *La Chambre dérobée* (1986)

Dans ces trois romans, Auster se sert des conventions du récit policier pour émettre l'hypothèse que les coïncidences, la nécessité et les accidents peuvent avoir un sens caché. *La Cité de verre* met en scène un écrivain de polars, Daniel Quinn, passionné du genre et de son artificialité, qui, après avoir reçu par erreur deux appels pour l'agence de détectives Paul Auster, décide de se faire passer pour Auster et d'accepter l'affaire. Il se retrouve complètement ruiné par cette poursuite monomaniaque d'un homme qui a essayé à coups de poing de forcer son enfant en bas âge à abandonner le langage humain « dérivé » au profit du divin. Pourtant, le désespoir inévitable et les difficultés semblent s'accompagner, chez Quinn, d'une nouvelle conscience « zen », éclairée, alors que le monde qui l'entoure semble diminuer considérablement. Les personnages de *Revenants*, pris dans un jeu sophistiqué et surréaliste de filatures croisées, ont des noms de couleurs, donnant un air quasi allégorique à l'action. La passivité de Noir pousse Bleu, l'homme engagé pour le surveiller, à dévorer des livres tout en le rendant presque fou. *La Chambre dérobée*, dont le nom suggère un sous-genre du polar, accompagne le narrateur anonyme parlant à la première personne tandis qu'il s'approprie petit à petit la vie d'un ami d'enfance disparu. Il épouse la femme de ce dernier et supervise la publication de son chef-d'œuvre littéraire inconnu auparavant, avant d'être contacté par ledit ami et informé que le scénario a en fait été soigneusement orchestré.
Trilogie new-yorkaise regorge de moments où l'on frôle le point zéro, qui est à la fois le potentiel et l'effondrement intégraux de l'identité. L'effet de privation forme un thème intrigant sous-jacent aux trois récits, tout en respectant le langage économe et la brièveté qui leur sont propres. **AF**

La Boîte noire
Amos Oz

1939 (Jérusalem)
Première parution | 1987
Titre original | *Kufsah Shorah*
Prix Femina | 1988

Une série de lettres, notes et télex constituent les données contenues dans la « boîte noire » de l'effondrement d'un mariage. Le lecteur doit décoder à l'aide de sentiments réels la dégradation de la relation entre Ilana et Alec en Israël et leur combat pour assagir leur fils capricieux, Boaz. Michel, le second mari d'Ilana, un juif fanatique drôle et triste à la fois, se retrouve entraîné dans une relation confuse, complétant ainsi un clan dysfonctionnel uni par le mariage ou la profession. La forme épistolaire permet à Oz d'utiliser plusieurs voix et tons différents pour saisir la fragilité, l'absurdité et l'ambivalence de l'existence humaine au cœur d'un environnement imprégné de culture religieuse, de politique et de social. Le ton du livre est parfois désespéré, parfois comique et lyrique.

À l'image de ses autres récits de la vie juive moderne, dont le plus célèbre est *Mikha'el Sheli* (*Mon Michaël*), Oz utilise les relations de ses personnages – et les complexités, la culpabilité et les sentiments de persécution qu'ils entraînent – pour évoquer l'histoire, la politique et les problèmes religieux récents de son pays. Oz ne s'en excuse pas, et laisse ses personnages interpréter cette vision ironique de la vie israélienne moderne et ses déchirures et tensions. Écrivant en hébreu (comme dans toutes ses œuvres), Oz porte un regard honnête et souvent désabusé sur les conflits inhérents à la nationalité israélienne. À l'instar d'une grande partie de sa génération, Oz est sceptique face aux certitudes optimistes des colons fondateurs. Ayant servi dans l'armée israélienne, enseigné à mi-temps, vécu dans un kibboutz et étudié à Oxford et en Amérique, il apporte sans aucun doute une perspective inhabituellement large aux sujets qu'il aborde. **JHa**

Le Bûcher des vanités
Tom Wolfe

1931 (États-Unis)
Première parution | 1987
Titre original | *The Bonfire of the Vanities*
Adaptation cinématographique | 1990

Roman-fleuve ambitieux, la première incursion de Tom Wolfe hors de l'univers du journalisme et dans le roman est une mise en examen débridée des excès du capitalisme du Wall Street des années 1980. Sherman McCoy, élite de la haute finance dans une prestigieuse société, se retrouve mêlé à un accident de voiture dans le sud du Bronx lorsque sa maîtresse Maria Ruskin renverse et blesse mortellement un jeune homme de couleur, Henry Lamb. Le roman retrace la chute du jadis tout-puissant Sherman et les intérêts cachés qui contribuent à sa disgrâce publique, l'acte d'accusation et le procès. Même si certains personnages émergent triomphalement de ces événements, il n'y a aucun vainqueur sur le plan moral. Wolfe suggère avec cynisme que le système légal et politique de la ville et les médias sont tous complices dans les structures de la guerre des classes et des races qu'il décrit. La conversion posthume de Lamb en un « élève modèle » idéalisé, par exemple, découle des ambitions de carrière du journaliste louche Peter Fallow, qui gagne célébrité, fortune et un Pulitzer pour son reportage sur l'accident.

Quelle que soit notre opinion sur les vues politiques de Wolfe, il est difficile de ne pas admirer sa prose. Sa description minutieuse des appartements de Park Avenue, le dédale des rues du Bronx où se perd un Sherman affolé, la voix traînante de Maria et les accents passionnés de l'activiste des droits afro-américains basé à Harlem, le révérend Bacon, traduisent la variété de la ville de New York avec beaucoup d'authenticité. Cette ville regorge d'hostilités ethniques et de jalousies de classe, motivées par le désir de s'enrichir rapidement. Ici, l'argent, le sexe et le pouvoir règnent sur presque tout le monde. Wolfe livre ici un roman digne de rivaliser avec les grands succès victoriens de Dickens et Thackeray. **CC**

Le Dahlia noir
James Ellroy

1948 (États-Unis)
Première parution | 1987
Titre original | *The Black Dahlia*
Adaptation cinématographique | 2006

Le Dahlia noir, premier d'un quatuor de romans qui dévoilent les dessous de la pègre de Los Angeles entre la fin des années 1940 et le milieu des années 1950, est à la fois une procédure policière directe et une méditation complexe sur le voyeurisme et l'obsession sexuelle. Au cœur du livre, le meurtre historique d'Elizabeth Short, alias le Dahlia noir, une jeune femme venue à Hollywood en quête de célébrité et d'amour et qui n'y trouve que la prostitution, la pornographie et la mort. Pour retrouver son assassin, le détective Bucky Bleichert reconstitue les derniers jours de sa vie, un acte qui le confronte à des individus puissants de la police et du monde des affaires, mais aussi à ses démons personnels à peine refoulés.

Plus tard, la découverte par Bleichert de la scène du crime, dans un immeuble qui soutient, littéralement, une partie des fameuses lettres qui ornent une des collines de la ville, amène le récit vers ses principaux thèmes : pornographie, spectacle et industrie du bâtiment. Tout comme la reconstruction de Los Angeles après la Seconde Guerre mondiale implique de laisser balafrer le paysage de Los Angeles, la mutilation spectaculaire d'Elizabeth Short est liée aux ambitions commerciales d'un promoteur immobilier au comportement sexuel déviant. Bleichert ne parvient pas, au contraire du détective archétypal de Raymond Chandler, à faire preuve de détachement sexuel et émotionnel : sa propre obsession de la jeune femme assassinée détruit à la fois son mariage et sa carrière. La scène où il attire une prostituée dans une chambre de motel parsemée d'horribles photos du cadavre mutilé et oblige la jeune femme terrifiée à s'habiller comme le Dahlia noir est aussi dérangeante qu'efficace. Même si le tueur finit par être pris, la saturation de violence, de dépravation sexuelle et de corruption persiste. **AP**

Après-midi d'un écrivain
Peter Handke

1942 (Autriche)
Première parution | 1987
Langue originale | Allemand
Titre original | *Nachmittag eines Schriftstellers*

L'« après-midi » du titre est d'abord une catégorie temporelle définie : l'écrivain achève sa journée de travail dans une maison baignée des rayons de soleil mélancoliques d'un après-midi d'hiver. Mais le terme est aussi à prendre au sens métaphorique : c'est le contrecoup du labeur, une période et une sensibilité marquées par une certaine liberté, ainsi qu'une certaine fatigue qui transpose cette liberté en quelque chose de semi-conscient, retour précieux et pourtant difficilement endurable à un moi débarrassé d'objectifs ou de motivations externes.

L'écrivain de Handke est un homme qui vit, travaille, mange et marche seul, mais cet isolement physique protège à peine l'intimité qu'il entretient et chérit. Séduit et repoussé à la fois par le babillage abstrait des mots et des images qui envahissent une rue en ville, l'écrivain s'embarque dans une promenade, hésite, fonce, et se perd. Se qualifiant timidement d'écrivain, il s'agit d'un homme pour qui l'art est une activité quotidienne et éprouvante et un objectif orgueilleux partagé par tout le monde. Confronté à la profondeur de la solitude de l'écrivain et à la richesse conséquente de sa relation au langage et à l'observation, le mot « dehors » ne peut que perdre de sa splendeur. Handke encourage en effet une telle opposition en refusant de nommer la ville où marche l'écrivain : ses rues sont anonymes et les langues qui y sont parlées ne sont jamais spécifiées. Une opposition n'est toutefois pas un fossé impossible à combler, et ce qui rend ce livre si magnifique est sa capacité à rendre l'écrivain – et le lecteur – avide des choses du monde. **PMcM**

La Voie radieuse
Margaret Drabble

1939 (Angleterre)
Première parution | 1987
Langue originale | Anglais
Titre original | *The Radiant Way*

Ce célèbre roman de Margaret Drabble est le premier d'une vaste trilogie retraçant la vie de trois femmes qui, comme elle, se sont retrouvées à Cambridge dans les années 1950. S'ouvrant sur une fête de fin d'année en 1979, *La Voie radieuse* analyse la vie de Liz Headland, dont l'apparent succès sur les plans familial, professionnel et social a abouti à vingt ans d'un contentement mesuré. Les années 1980 s'annonçant, les certitudes de Liz commencent à s'effondrer et elle se remémore son enfance dans le nord de l'Angleterre, avant que Cambridge ne lui offre un passeport vers la sophistication de Londres. L'histoire de Liz se mêle à celle de ses deux amies de Cambridge : Alix, que les convictions politiques naïves et le romantisme joyeux rendent vulnérable à l'inconstance émotionnelle et financière de la vie adulte, et Esther, dont la réserve mystérieuse a basculé dans des extrêmes qui inquiètent ses amies. Toutes trois sont des femmes heureuses et pleines d'assurance, mais les événements bouleversants des années 1980, qui culminent avec la suggestion d'une violence jadis inimaginable au sein de leurs vies confortables, les obligent à remettre en question leur succès dans la vie et à revaloriser leur amitié de longue date. Comme d'habitude, l'auteur explore ici avec une subtilité et une ironie débordante d'humour les thèmes de la liberté, de l'ambition et de l'amour auxquels font face les femmes qui travaillent. Les détails habituellement banals de la vie des personnages sont mêlés au décor surréaliste qu'offre Londres pendant une époque de changement culturel et d'incertitude politique. Roman d'éducation féministe et ironique et magnifique constat de la situation de l'Angleterre, *La Voie radieuse* demeure à ce jour l'un des ouvrages les plus captivants et merveilleux de la littérature anglaise. **AB**

Kitchen
Banana Yoshimoto

1964 (Japon)
Première parution | 1987
Langue originale | Japonais
Titre original | *Kitchin*

Dans les deux courts romans qui composent *Kitchen*, l'écrivain japonais Banana Yoshimoto (pseudonyme de Mahoko Yoshimoto) explore l'inextricable lien entre désir et deuil. Lorsque, dans le récit qui donne son titre au livre, Mikage Sakurai perd sa grand-mère et reste seule au monde, elle accepte la proposition d'un camarade de classe, Yuichi Tanabe, et de sa « mère » Eriko (un père transsexuel), d'emménager temporairement chez eux. Au cœur d'un monde d'étranges boîtes gays, d'opérations de changement de sexe et d'expérimentation culinaire, tous trois tentent de former un noyau familial alternatif. Un meurtre tragique menace cependant de détruire la sérénité nouvelle de Yuichi et Mikage, et les unit dans le désespoir, le chagrin et, finalement, l'amour.

La frontière fragile qui sépare la mort du désir est également analysée avec subtilité dans le deuxième récit, « Moonlight Shadow ». Accablée par la mort prématurée de son amant Hitoshi, Satsuki commence à courir pour oublier sa perte. Elle ne parvient toutefois pas à refuser la proposition d'une femme mystérieuse rencontrée sur un pont de mettre fin à son chagrin. Écrit dans une prose simple, élégiaque, « Moonlight Shadow », tout comme « Kitchen », dépeint des personnages qui se trouvent soudainement à la dérive au cœur d'un univers froid et étranger, et la quête de sens qui s'ensuit.

Banana Yoshimoto, fille du célèbre philosophe de la nouvelle gauche des années 1960 Ryumei (Takaaki) Yoshimoto et sœur de la mangaka Haruno Yoiko, a été acclamée par la critique dans son Japon natal comme à l'étranger. Écrit alors qu'elle n'avait que vingt-trois ans et travaillait comme serveuse à Tokyo, ce premier roman a reçu deux des plus prestigieux prix littéraires du Japon et a depuis été traduit dans plus de vingt langues. **BJ**

Dirk Gently, détective holistique
Douglas Adams

1952 (Angleterre)-2001 (États-Unis)
Première parution | 1987
Langue originale | Anglais
Titre original | *Dirk Gently's Holistic Detective Agency*

Dirk Gently, détective holistique évoque les grandes questions déjà abordées par l'auteur dans sa série *Le Guide du voyageur galactique*. Le mélange comique et espiègle de science-fiction, d'histoires de fantômes et de thrillers masque en fait un ensemble de thèmes bien plus sombres et inquiétants.

Le détective privé Dirk Gently entreprend de pourchasser l'assassin du millionnaire fondateur d'un empire informatique en employant sa méthode holistique. Sa croyance en une interconnexion sous-jacente de toutes choses porte ses fruits. Les conventions du genre sont ici inversées : les indices suivent Dirk Gently et se révèlent à lui l'un après l'autre. Il lui reste tout de même beaucoup à faire car le mystère principal qu'il essaie de résoudre n'est autre que l'origine de la vie sur terre et les forces qui donnent son cours à l'histoire. Même si Gently est dépeint comme un individu absurde et légèrement tragique, c'est grâce à lui qu'Adams accède à quelques-uns des courants de pensée des années 1980. Il s'agit de l'un des rares romans qui se penchent sur la théorie du chaos ou de la complexité. En réduisant sa toile de l'intergalactique *Guide du voyageur galactique* à une échelle terrestre, Adams reflète la conscience populaire émergente d'une interconnexion d'un monde en pleine globalisation. Tandis que ses personnages sont aux prises avec un ennemi maléfique, ils prennent conscience que leurs choix ont un impact involontaire mais considérable. **AC**

Cigarettes
Harry Mathews

1930 (États-Unis)
Première parution | 1987
Langue originale | Anglais
Titre original | *Cigarettes*

Harry Mathews est le seul membre américain de l'Oulipo, ce groupe de littérature expérimentale qui invente des combinaisons littéraires, par le biais de règles mathématiques. La plus célèbre contribution de Mathews au forum est l'Algorithme Mathews, une façon de recombiner aléatoirement les éléments d'une intrigue afin de découvrir des séquences jamais auparavant essayées. Il s'agit peut-être, ou peut-être pas, du principe organisateur qui se cache derrière *Cigarettes*, dont l'action se déroule sur une période de trente ans au sein de la haute société généralement oisive de New York, le genre d'individus auprès desquels Mathews a grandi. Chaque chapitre est une subtile transformation de ceux qui l'entourent, où des événements semblables sont racontés selon des points de vue différents, et chacun est dédié au jeu de pouvoir entre une paire de personnages en particulier – Owen, qui fait chanter Allen, dont la fille Priscilla a une liaison avec Walter, qui est le mentor de Phoebe, qui falsifie un portrait d'Elizabeth, que tout le monde aime. Les malentendus et les impostures se multiplient, entre amants, associés, parents, enfants, et les objets talismaniques circulent dans le texte, d'une personne à une autre, les reliant les unes aux autres. Il est impossible d'éviter le sentiment, typique chez Mathews, qu'il y a quelque chose de complexe sous la superficie. Mais même cette superficie est extrêmement riche, et arbore une vaste gamme de formes et de registres, toutes élaborées avec une précision sans faille. **DSoa**

À fleur de peau
Tsitsi Dangarembga

1959 (Zimbabwe)
Première parution | 1988
Langue originale | Anglais
Titre original | *Nervous Conditions*

À fleur de peau est un mémoire haut en couleur, tout en offrant un aperçu clairvoyant de la Rhodésie coloniale des années 1960. Les membres de la famille de Tambu sont des fermiers, et son enfance à la ferme est marquée par le dur labeur et un profond sens de l'injustice. Elle observe avec circonspection le patriarcat de Shona mais ne se résigne pas, comme sa mère, à la pauvreté inhérente à la couleur de sa peau d'une part et au fardeau de la féminité d'autre part. Son père estime qu'il est inutile d'envoyer Tambu à l'école, puisqu'elle ne peut pas cuisiner des livres pour nourrir son mari. Elle comprend toutefois très vite que l'éducation est sa seule échappatoire, et va réussir grâce à la chance et à sa détermination, et non grâce à son intelligence pourtant évidente.

Le titre du roman est tiré de son épigraphe, une citation de l'introduction de Sartre à l'œuvre de Fanon, *Les Damnés de la terre*, sur la condition des indigènes. Une fois à l'école de la mission, Tambu pénètre dans un univers différent : celui de son oncle prospère et de sa famille, dont chaque membre est marqué par le temps passé en Angleterre. Prisonnière entre deux mondes, Tambu est témoin des troubles alimentaires de sa cousine Nyasha, du contrôle nerveux et excessif qu'exerce son oncle, des tensions causées par le colonialisme. Tel est le terrain miné sur lequel Tambu doit évoluer et acquérir son éducation formelle, exacerbée par des questions plus vastes sur l'identité de la femme noire, articulée à travers l'expérience unique des quatre femmes de ce roman captivant. **ST**

Le Premier Jardin
Anne Hébert

1916-2000 (Canada)
Première parution | 1988

Le Premier Jardin a pour épigraphe la phrase de Shakespeare, « le monde entier est un théâtre », que la protagoniste, l'actrice sur le déclin Flora Faranges, prend au pied de la lettre, interprétant sa vie à travers une succession de rôles dramatiques. Après des années passées en France, elle reçoit une proposition pour un rôle et retourne dans son Québec natal, où le souvenir de son passé trouble et de sa relation problématique avec sa fille reviennent la hanter, malgré son succès apparent. Alors qu'elle répète son rôle, elle commence à passer de plus en plus de temps avec le très jeune Raphaël, relation qui déclenche une succession d'événements qui la ramènent aux moments traumatisants de sa petite enfance.

Les scènes courtes et oniriques d'Anne Hébert transmettent au lecteur les complexités de la conscience de Flora avec une immédiateté qui est presque troublante : le roman se promène dans le temps et l'espace, et le lecteur découvre, tout comme Flora, les souvenirs au fur et à mesure par le biais d'associations psychologiques et de rêves. *Le Premier Jardin* décrit les menus détails d'une vie de famille ratée : l'échec de Flora avec sa fille Maud fait écho à sa propre relation difficile avec ses parents adoptifs, dont la façade bourgeoise a masqué une terrible vérité concernant sa petite enfance.

Court et sauvage, *Le Premier Jardin* offre un regard impitoyable sur la façon dont les êtres humains « jouent un rôle » aux dépens d'autrui, et évoque les répercussions que cela peut avoir. **AB**

Le Dernier des mondes
Christoph Ransmayr

1954 (Autriche)
Première parution | 1988
Langue originale | Allemand
Titre original | *Die letzte Welt*

Le roman de Ransmayr commence avec le bannissement d'Ovide de Rome et l'aventure de son ami Cotta, parti à sa recherche dans le port de Tomi sur la mer Noire. Le récit se transforme vite en une alternative visionnaire à l'histoire lorsque le paysage incarne le poème disparu d'Ovide, *Les Métamorphoses*. Cotta rencontre ou entend parler des habitants de Tomi, qui se révèlent être les contrepoints modernes des figures mythiques du poème. La prostituée du village, qui répète les mots que lui disent ceux qui lui parlent, se nomme Écho. Dis et Proserpine, dieux de Hadès, sont à présent Thies, un fossoyeur allemand réfugié, et sa fiancée querelleuse. La tisseuse sourde-muette se nomme Arachné et

Fama est une commère qui dirige le magasin local. Ces rencontres fournissent les pièces d'un puzzle que Cotta transforme en une histoire dramatique et envoûtante. Acclamé comme un chef-d'œuvre moderne, *Le Dernier des mondes* a été applaudi pour l'abondance de ses images magiques et denses, qui lui a valu des comparaisons avec García Márquez. Mais cette parabole faite d'images vivantes et d'une force troublante surpasse l'affirmation que les grands auteurs ne peuvent être réduits au silence et que le mythe imprègne nos vies. L'univers de Ransmayr n'est pas qu'une métamorphose des *Métamorphoses*, mais aussi un monde poétique intemporel, une fable politique qui permet à l'auteur d'aborder subtilement et de façon indirecte des thèmes tels l'exil, la censure, la dictature et la menace d'un désastre écologique. **LB**

Oscar et Lucinda
Peter Carey

1943 (Australie)
Première parution | 1988
Titre original | *Oscar and Lucinda*
Prix Booker | 1988

Peter Carey est sans doute l'écrivain postcolonial le plus célèbre d'Australie. L'action d'*Oscar et Lucinda* se situe dans l'Angleterre et l'Australie du XIXe siècle. Oscar Hopkins est le fils d'un pasteur, Anglais efféminé atteint d'hydrophobie. Lucinda Leplastrier est une héritière australienne qui, luttant contre les attentes de la société qui prône le confinement de la gent féminine, achète une usine de verre avec l'argent de son héritage. Tous deux souffrent de traumatismes d'enfance, celle d'Oscar marquée par sa relation avec un père dominateur et religieux et celle de Lucinda centrée sur une poupée, cadeau de sa mère. À l'âge adulte, les deux protagonistes développent une passion pour le jeu, et c'est cet amour du risque qui va les unir lorsqu'ils se rencontrent enfin, à bord d'un bateau en route vers la Nouvelle-Galles du Sud. Une affection timide se noue entre eux. Ils décident finalement de transporter un vitrail d'église à travers un territoire isolé, et l'amour qui se crée entre eux se confine sous leur peau au lieu de s'épanouir.

Plusieurs thèmes importants traversent le livre, et l'idée de l'amour en tant que jeu ultime n'est pas des moindres, un risque que ni Oscar ni Lucinda ne sont capables de prendre. Carey explore le thème du confinement du sexe féminin à une époque et dans un contexte historique où la société était plus heureuse avec des rôles strictement définis. Lucinda découvre à maintes reprises que sa fuite des limites que lui impose la société aboutira à son exclusion. Enfin, le roman offre un commentaire acerbe sur le colonialisme lorsque le couple tente de transporter un vitrail sans l'abîmer à travers des terres indigènes. C'est ce vitrail (si semblable à l'eau que craint tant Oscar) qui, bien que faisant la fortune de Lucinda, va finalement jouer un rôle dans la mort d'Oscar et dans la destruction de la campagne australienne. **EF**

La Piscine-bibliothèque
Alan Hollinghurst

1954 (Angleterre)
Première parution | 1988
Titre original | *The Swimming-Pool Library*
Prix Somerset Maugham | 1989

Lorsque Hollinghurst publie *La Piscine-bibliothèque*, il est déjà présent sur la scène littéraire depuis un certain temps avec deux recueils de poésie et une place dans l'équipe du supplément littéraire du

Times. Ce premier roman est un récit exubérant de l'homosexualité telle qu'elle est vécue en 1983 et reflète l'hédonisme du dernier été du genre, avant que la crise du sida ne se déclenche réellement. Alternant sentiment de satisfaction face au présent et nostalgie du passé, le roman se complaît dans la compagnie d'hommes et dans le sexe homosexuel, tout en conduisant le lecteur vers un dénouement bien ficelé.

Deux vies sont opposées, celle de Lord Nantwich, ancien administrateur colonial en Afrique, et celle de William Beckwith, jeune homosexuel indépendant. Après avoir sauvé la vie de son aîné, William accepte d'écrire sa biographie et prend possession de ses journaux. Ceux-ci offrent un récit parallèle et les ressemblances dérangeantes qui unissent la vie des deux hommes, malgré la différence de génération, deviennent de plus en plus évidentes. Le racisme et les insultes persistent. Quinze ans après la légalisation de l'homosexualité, les homosexuels sont toujours persécutés et l'arrestation du meilleur ami de William par un policier en mission clandestine, lui-même gay, fait écho aux circonstances qui ont valu à Nantwich un séjour en prison dans les années 1950. Malgré toute sa liberté licencieuse, la machine oppressive n'est jamais très loin dans ce roman, et le soupçon de nostalgie vis-à-vis de cette dimension érotique qu'offre l'illégalité met en évidence la complexité du désir. Le bémol mis à la libération homosexuelle contemporaine par les dangers de pratiques homosexuelles illicites nous rappelle que, loin de sombrer dans l'autosatisfaction, nous devons tant aux défaites passées qu'aux victoires présentes. **CJ**

Les Versets sataniques
Salman Rushdie

1947 (Inde)
Première parution | 1988
Titre original | *The Satanic Verses*
Fatwa | 1989

Ce livre a soulevé des émeutes dans le monde entier en 1988-1989, provoqué une fatwa (condamnation à mort) lancée sur son auteur par l'ayatollah Khomeiny d'Iran, et obligé Rushdie à se cacher pendant plus de dix ans. L'« affaire Rushdie » est un moment crucial de l'histoire littéraire, où une multitude de tensions religieuses et politiques se cristallisent de façon explosive autour d'un roman et de son auteur.

Écrits dans un style enjoué proche du réalisme magique, *Les Versets sataniques* offrent une vue transculturelle du monde perçu par deux migrants indiens, Saladin Chamcha et Gibreel Farishta. Au moment de la genèse qui ouvre le roman, les deux hommes chutent sur la Grande-Bretagne, tels deux anges venus du ciel, lorsque leur avion est détruit par des terroristes. Le racisme britannique et l'héritage colonial affectent ces personnages, poussant Gibreel dans des rêves psychotiques où il apparaît en ange Gabriel apportant des révélations divines au prophète islamique. Entretemps, Saladin, l'anglophile flagorneur, subit une mutation physique qu'il ne peut contrôler et devient de plus en plus diabolique. Une multitude de personnages britanniques, noirs ou asiatiques, explorent l'expérience des migrants postcoloniaux.

Au cours des rêves de Gibreel, qui se déroulent à La Mecque et dans ses environs, Rushdie se demande ce qui permet à une « nouvelle idée », l'islam, de prendre si vite, alors qu'une ribambelle d'autres idées ne parvient pas à séduire l'imagination. La réponse à cette question repose sur la conviction « droite comme un piquet » de Mahomet que son idée est absolue et pure. En romançant la vie du Prophète et en donnant à un personnage psychotique le rôle de l'ange, Rushdie a cependant offensé des millions de musulmans à travers le monde et suscité un sentiment d'outrage qui persiste aujourd'hui encore. **SN**

La Maîtresse de Wittgenstein
David Markson

1927 (États-Unis)
Première parution I 1988
Langue originale I Anglais
Titre original I *Wittgenstein's Mistress*

Voilà un fantasme que la plupart d'entre nous avons eu un jour dans notre vie : être la dernière personne vivante sur la Terre. C'est ce qui arrive à Kate, l'héroïne de *La Maîtresse de Wittgenstein*. Mais est-ce bien réel ? « Au début, je laissais parfois des messages dans la rue », dit-elle, mais le lecteur n'apprend jamais rien de ce qui a précédé ce début, si ce n'est par le biais du monologue intérieur de Kate. L'histoire offre deux possibilités. Soit Kate est digne de confiance et, dans ce cas, a perdu son fils dans un incendie qu'elle a probablement causé et est maintenant, pour une raison inconnue, la dernière représentante de l'humanité. Soit elle ne l'est pas, et a perdu son fils dans un incendie qu'elle a causé, avant de perdre la raison et de s'imaginer être la dernière représentante de l'humanité.

Le thème de la confiance, en soi et en autrui, et de sa relation avec le langage, justifie le titre : ce roman n'est autre qu'une interprétation fictionnelle de la pensée de Wittgenstein. Le tourment et l'agitation de la voix de Kate se lisent comme un écho troublant de ce qui se cache derrière les textes du philosophe. Tandis que sa connaissance du passé et sa mémoire deviennent de moins en moins fiables, le lecteur comprend qu'il ne peut y avoir de connaissance du présent ni de conscience de soi sans cette connaissance. Avec subtilité, le doute s'insinue et finit par engloutir le lecteur lui aussi. **DS**

Les Paradis aveugles
Duong Thu Huong

1947 (Viêtnam)
Première parution I 1988
Langue originale I Vietnamien
Titre original I *Nhung thiên duong mù*

Ce roman évocateur est un voyage au cœur du Viêtnam communiste : sa portée est telle que l'œuvre de Huong est encore aujourd'hui interdite dans son pays natal. L'histoire est racontée par Hang, jeune ouvrière d'une usine de textile russe qui traverse la Russie pour retrouver son oncle communiste, dont les actions ont causé des souffrances profondes et impardonnables, mais qui demeure, grâce à la force des liens du sang, au centre de la vie familiale.

Détaillés avec tendresse, mais pénibles par leur honnêteté douloureuse, *Les Paradis aveugles* apportent une intensité sensuelle à la vie dans le Viêtnam rural et la dure routine de ceux qui vivent aux abords de la ville. On peut presque sentir les offrandes de l'autel familial, goûter la texture de la crème de sang de canard, ou toucher la vase de la lenticule qui encrasse les étangs du village. La mère veuve de Hang, sa tante vieille fille et son oncle communiste font tous de leur mieux, chacun à sa façon, pour respecter les règles conflictuelles d'une société paysanne projetée la tête la première dans la révolution culturelle, et à quel prix. Huong creuse bien en deçà des images de carte postale de rizières, bambous et buffles, chapeaux coniques et bicyclettes, et dévoile un pays de religions anciennes, de haines passées et de transition. Un roman d'une merveilleuse force élégiaque, qui offre un aperçu puissant d'un Viêtnam en plein changement. **TSu**

Le Pendule de Foucault
Umberto Eco

1932 (Italie)
Première parution | 1988
Langue originale | Italien
Titre original | *Il pendolo di Foucault*

Tout, dans ce roman, est ouvert à l'interprétation, et c'est pour cette raison qu'il ne faut pas oublier que le narrateur est l'homonyme du mari érudit de Dorothea dans *Middlemarch* de George Eliot. Le Casaubon d'Eco veut, lui aussi, réécrire l'histoire du monde, qu'il juge confuse, pour en faire un récit unique et cohérent, mais, à l'opposé du Casaubon d'Eliot, convaincu de la vérité de son projet, le personnage d'Eco est bien conscient que son histoire n'est qu'une version parmi d'autres.

Le Pendule de Foucault est un roman ample et puissant sur le désir de sens. Casaubon, Belbo et Diotallevi travaillent à l'imprimerie Garamond et recherchent un livre sur l'histoire des sociétés secrètes. Tout commence par une blague complexe, et les voilà qui commencent à introduire toutes les explications et les données qu'ils trouvent dans l'ordinateur de Belbo, et finissent par recréer le Plan des Templiers. Le Plan est la théorie de la conspiration par excellence : chaque événement apparemment indépendant prend une dimension nouvelle dans le contexte d'une histoire synthétisée où tout explique tout le reste. Jeu dangereux qui finit éventuellement par rattraper ceux qui y jouent. *Le Pendule de Foucault* est un roman qui contient tous les éléments d'un thriller sauf le dénouement. Un récit à la fois envoûtant et frustrant où tout penche vers une vérité suprême, mais cette vérité n'est en fait que la fiction elle-même. **KB**

Gimmick !
Joost Zwagerman

1963 (Pays-Bas)
Première parution | 1989
Non traduit à ce jour en français
Titre anglais | *Gimmick !*

Après un premier roman très remarqué à l'âge de vingt-trois ans, c'est avec *Gimmick !*, trois ans plus tard, que Zwagerman perce vraiment dans l'univers de la prose. Dans ce livre, dont l'action se déroule à Amsterdam en 1989, l'auteur laisse son personnage, Walter « Raam » van Raamsdonk, raconter au lecteur sept mois d'un style de vie contemporain dans une société consumériste décadente. Raam et ses amis Groen et Eckhart sont de jeunes artistes de l'élite hollandaise. Passant leurs soirées dans la boîte de nuit Le Gimmick, Groen et Eckhart produisent leurs œuvres pour se payer sexe, drogues et rock'n'roll – puisque tout a déjà été fait, pourquoi pas ? De son côté, Raam est incapable de créer quoi que ce soit depuis que sa petite amie l'a quitté. Lorsqu'il tente de ne pas être mis hors jeu dans un monde gâté, Raam s'effondre.

Avec des commentaires narquois, Zwagerman s'attaque à la culture yuppie, s'efforçant de dévoiler la vie réelle et crue qu'elle cache. Associant spontanéité et raffinement littéraire à son sens de la nuance très apprécié, Zwagerman laisse ses personnages s'exprimer. L'univers de Raam, où la cocaïne, l'argent, les amours déçues et les affaires ratées se mêlent, est intrinsèquement lié à la question de l'authenticité personnelle dans un monde postmoderne, à la peur de se perdre dans l'amour de quelqu'un, et à l'inévitable perte de l'innocence. Ce qui est fabriqué par l'imagination a-t-il moins de valeur que l'expérience réelle ? Y a-t-il vraiment une différence ? Que sommes-nous et que voulons-nous ? **MvdV**

Obabakoak
Bernardo Atxaga

1951 (Espagne)
Première parution I 1989
Langue originale I Basque
De son vrai nom I Joseba Irazu Garmendia

Ce roman d'Atxaga, dont le titre a été librement traduit par l'auteur lui-même par « Histoires d'Obaba », a reçu le Prix national de littérature en Espagne une année après sa publication en basque. L'œuvre est constituée d'une série de nouvelles, toutes issues de la mémoire et de l'imagination des habitants d'Obaba, un lieu mythique dans le Pays Basque. Ces récits d'une compassion délicieuse, drôles et souvent touchants, guident le lecteur dans un voyage à travers un paysage imaginaire du monde et de l'esprit humain, de la Bavière à Bagdad. On y rencontre en chemin une tribu indigène de haute Amazonie, des alpinistes en Suisse ainsi qu'un assassin fanatique en Chine, de même que l'on découvre les souvenirs d'enfance des narrateurs et protagonistes.
Le charme d'*Obabakoak* réside non seulement dans sa diversité narrative, mais également dans la juxtaposition de thèmes personnels et universels : la difficile situation personnelle de l'auteur et l'histoire de la littérature, le Pays basque avec sa langue minoritaire et le reste du monde avec sa pléthore de langues anciennes et répandues. À une époque où le nationalisme et le séparatisme basques sont au cœur d'une controverse qui dure depuis des années, la vision qu'offre Atxaga révèle une absence de politique rafraîchissante, se concentrant plutôt sur les relations individuelles avec la terre et la communauté, tout en gardant cette universalité invoquée par les envols de l'imagination des protagonistes. **LBi**

Inland
Gerald Murnane

1939 (Australie)
Première parution I 1989
Langue originale I Anglais
Non traduit à ce jour en français

Inland appartient au genre de la métafiction, une méthode littéraire initiée par Laurence Sterne dans les années 1700 et adoptée par des écrivains tels que John Barth, Robert Coover et John Fowles à la fin du XXe siècle. Mode d'écriture qui s'interroge sur son propre processus de création, la métafiction ose se référer à la fois à l'auteur et au lecteur, à l'inévitable instabilité de sa « vérité » et à son allégeance à des écrits extérieurs qui affirment sa propre existence.
Au lieu d'une intrigue linéaire et d'un narrateur tangible, le roman agit comme une fenêtre sur plusieurs mondes changeants. Empruntant plusieurs personnalités, de l'auteur magyar solitaire à l'adolescent australien, le narrateur explore des thèmes humains tels que la vie, la mort, les instincts sexuels, la nature et la marque qu'y laisse

l'homme, ainsi que l'importance de tout enregistrer par le mot écrit.
Autobiographique par endroits, *Inland* dévoile les mécanismes internes de l'art de l'auteur, démontrant comment imagination et mémoire fusionnent pour donner sa forme au roman. Si l'on s'en réfère à l'existence de Murnane, qui a passé la plus grande partie de sa vie sans sortir d'Australie (d'où le titre qui signifie « à l'intérieur des terres »), ce livre illustre la possibilité de traverser frontières et océans par l'acte d'écriture. Par ses détails et ses omissions, *Inland* offre une philosophie alternative, qui insiste surtout sur le pouvoir littéraire de créer des vies parallèles par le biais d'une imagination contrôlée. **LK**

Une prière pour Owen
John Irving

1942 (États-Unis)
Première parution | 1989
Langue originale | Anglais
Titre original | *A Prayer for Owen Meany*

Les romans d'Irving se caractérisent par des intrigues complexes et des personnages comiques mémorables, situant ainsi son œuvre à mi-chemin entre le littéraire et la fiction populaire. *Une prière pour Owen* est considéré comme son plus bel exploit. Récit dense et profondément comique sur la foi, le doute et les souvenirs, le roman se penche également sur la culture américaine et est probablement le roman le plus autobiographique d'Irving. En 1987, à Toronto, John Wheelwright, personnage perturbé et obsédé par le passé, raconte l'histoire de sa jeunesse et se remémore le temps passé en compagnie de son ami Owen Meany dans les années 1960 et 1970. Il se souvient d'Owen comme d'un étrange nain à la peau lumineuse, dont les cordes vocales sous-développées ont donné naissance à une voix nasale bizarre qui lui vaut de nombreuses plaisanteries cruelles. Il se souvient aussi qu'Owen est l'homme qui a accidentellement tué sa mère.
Sur la première page, John écrit qu'Owen Meany est la raison pour laquelle il est chrétien. Le reste du livre expose le pourquoi et le comment d'une telle affirmation, les circonstances qui ont permis à John de découvrir sa propre foi spirituelle. Le thème principal du livre est la relation entre la foi et le doute dans un monde – du moins dans le monde selon John – où il n'y a aucune preuve concrète de l'existence de Dieu. Owen apparaît comme le symbole le plus important du récit, qui incarne la relation entre le naturel et le surnaturel au cœur du roman. En dépit de son étrangeté, Owen représente la condition spirituelle de l'humanité mais, à la différence du commun des mortels, Owen sait qu'il est l'instrument de Dieu. Sa foi fataliste est centrée sur la conscience prophétique de sa propre mort héroïque, à laquelle il se prépare tout au long de sa vie. **EF**

Chocolat amer
Laura Esquivel

1950 (Mexique)
Première parution | 1989
Titre original | *Como agua para chocolate*
Adaptation cinématographique | 1993

Chacun des douze chapitres de cette délicieuse histoire d'amour située au Mexique porte le nom d'un mois et commence par une recette. La combinaison des ingrédients donne naissance à un livre aussi terre à terre et savoureux que la cuisine qu'il décrit. Les recettes deviennent ainsi partie intégrante de *Chocolat amer*, comme la nourriture dans notre vie. Le ro-

man raconte l'histoire de Tita, fille cadette de la famille exclusivement féminine de la Garza, à qui la matriarche Mama Elena a interdit le mariage pour respecter une tradition mexicaine qui veut que la plus jeune s'occupe de sa mère jusqu'à sa mort.
Inévitablement, Tita tombe amoureuse de Pedro, qui décide ensuite d'épouser sa sœur aînée, plutôt laide, afin de pouvoir être près de son véritable amour. Le mariage marque le début d'un conflit qui durera vingt-deux années faites de passions, de trahisons, d'amours et de haines, durant lesquelles les deux amoureux sont forcés de s'approcher sans jamais consommer leur passion. Cuisinière en chef de la ferme familiale, Tita produit des aliments imprégnés de ses propres sentiments d'amour et de désir, qui affectent à la fois ceux qui les mangent et le dénouement de l'histoire.
La toile de fond culinaire du récit des deux jeunes gens offre des recettes alléchantes pour la confection d'un gâteau de mariage, d'une sauce de caille dans un pétale de rose, ou d'une sauce de piments et noix. Elles ouvrent l'appétit, mais sont aussi un commentaire métaphorique sur les personnages. Le mélange de ces recettes avec le récit produit un roman à la saveur différente, inhabituelle, à la fois vivant et sensuel, drôle et enflammé, doux-amer et délicieux. À l'instar du chocolat et du pain du jour des Rois de Tita, il est difficile de résister à ce récit original et alléchant. **LE**

Histoire du siège de Lisbonne

José Saramago

1922 (Portugal)
Première parution | 1989
Titre original | *História do Cerco de Lisboa*
Prix Nobel de littérature | 1998

Comme dans tous ses romans extraordinaires, Saramago utilise ici le minimum de ponctuation. Le résultat, proche de la musique sérielle de Schönberg, réinvente le roman historique, et rend toutes les autres tentatives dans ce sens maladroites et lourdes. Comme par magie, Saramago transporte le lecteur en plein cœur d'un autre monde.
Raimundo Silva, correcteur dans une maison d'édition lisboète, décide sur un coup de tête d'insérer une négation dans un texte d'histoire, réécrivant ainsi le passé du Portugal : pendant le siège de Lisbonne au XIIe siècle, les croisés ne sont pas venus aider le roi du Portugal à combattre les Sarrasins. Mais au lieu de lui valoir un renvoi de son emploi, son acte d'insubordination attire l'attention de sa nouvelle supérieure, Maria Sara, de quinze ans sa cadette. Elle le persuade d'écrire cette nouvelle version de l'histoire et, alors qu'il commence à créer son récit révisionniste, ils tombent amoureux l'un de l'autre. Comme à son habitude, Saramago nous immisce dans cet amour par le biais de moments entraperçus de maladresse, d'humour et de tendresse.
Il n'y a pas, dans toute la littérature du XXe siècle, de meilleur exemple, et certainement pas de plus drôle, de ce que la romancière Christine Booke-Rose appelle une « histoire palimpseste », un roman qui offre une réécriture de l'histoire et donc une réinvention de notre monde. **PT**

Penser à respirer
Janice Galloway

1956 (Écosse)
Première parution | 1989
Langue originale | Anglais
Titre original | *The Trick is to Keep Breathing*

Récit honnête d'une crise psychologique féminine, *Penser à respirer* peut se révéler anéantissant et d'un humour triste. Lorsque l'amant de Joy Stones, la mal nommée, meurt dans un accident, elle pense sentir l'esprit de cet homme comme dans un nuage aromatique omniprésent jusqu'à ce qu'elle retrouve sous son lit un flacon d'after-shave renversé. Cette scène où l'héroïne se ment à elle-même est l'exemple parfait d'une féminité stéréotypée qui, dans une quête désespérée d'amour et d'intimité, est complice de sa propre oppression. Joy expérimente une espèce de mort dans la vie en même temps que lui lorsque, n'ayant été que la maîtresse de cet homme marié, elle se retrouve exclue des rituels de deuil. Angoissée, Joy devient anorexique et disparaît presque littéralement. Son corps lui semble lointain et fragmenté, au cours d'une expérience de fracture psychique intensifiée par un séjour en hôpital psychiatrique.

Incarnant la dépression de Joy, le roman se fragmente, se dissout et se reconstitue en une myriade de formes différentes : extraits de magazines, recettes, horoscopes, lettres et livres de développement personnel. En naviguant dans ce paysage textuel, le lecteur entrevoit la force destructrice du drame de Joy et la précarité de la condition de la femme dans le monde. Joy finit par retrouver une image d'elle cohérente lorsqu'elle prend conscience que la vie est une astuce qu'il faut apprendre à maîtriser. **CJ**

Le Grand Roman indien
Shashi Tharoor

1956 (Angleterre)
Première parution | 1989
Titre original | *The Great Indian Novel*
Prix des écrivains du Commonwealth | 1991

Le Grand Roman indien se donne comme mission de raconter « l'histoire d'une nation entière ». Pour accomplir pareille tâche, Shashi Tharoor a recours aux histoires épiques indiennes du Mahabharata, construisant son roman sur l'interaction des mythes anciens et des réalités politiques modernes de l'Inde. Il en ressort une odyssée éblouissante, sensible et souvent hilarante à travers une Inde du XXe siècle semi-imaginaire.

Raconté comme des mémoires par Ved Vayas à son scribe, Ganapathi, le roman accompagne les machinations politiques d'une famille qui semble avoir été créée en s'inspirant des leaders politiques indiens les plus célèbres et de créations mythologiques, de Nehru à Indira Gandhi en passant par Krishna, en l'espace de quelques pages seulement. Intelligent et conscient de l'image qu'il véhicule, le livre joue avec l'héritage culturel du roman indien en anglais : des personnages de *Route des Indes* et du classique de Kipling, rebaptisé *Le Livre du fiasco* (jeu de mots entre *bungle*, qui signifie fiasco en anglais, et *jungle*), vont et viennent au fil du roman. Malgré son humour ironique et ses allégeances politiques insaisissables, le roman traite son sujet avec respect et un regard critique et accentue à la fois l'importance de cette histoire de naissance nationale et le sentiment que, comme le dit Tharoor, « dans notre pays l'anodin est aussi important que le mystique ». **AB**

La Mélancolie de la résistance
László Krasznahorkai

1954 (Hongrie)
Première parution | 1989
Langue originale | Hongrois
Titre anglais | *Az ellenállás menakóliája*

La Mélancolie de la résistance est le premier ouvrage du romancier hongrois solitaire Lászlo Krasznahorkai, connu en France pour *Tango de Satan*, paru en 2000. Une petite ville hongroise, anonyme et pauvre, est complètement transformée lorsqu'un cirque débarque une nuit d'hiver avec le cadavre desséché d'une énorme baleine. Suite à l'installation de l'exposition sur la place centrale, une vague de suspicion et de paranoïa envahit la ville, et finit par déclencher émeutes et violence. Mais la baleine est en fait un cheval de Troie. Dans les coulisses, un affreux nain déformé plus connu comme le Prince ordonne la destruction de la ville et conduit avec machiavélisme ses habitants à la peur et au nihilisme. Deux personnages luttent contre cette marée d'agressions : Valuska, jeune homme naïf traité comme l'idiot du village par les gens du coin, et son mentor M. Eszter, étrange figure obsédée par l'idée de rendre un piano à ses harmonies « d'origine » par le biais d'intervalles mathématiques purs.

Œuvre à l'atmosphère dense, dérangeante et étrange, ce roman d'ombres longilignes, de froid mordant et de murmures sinistres, le tout dans une prose harmonieuse, peut être lu comme une allégorie des soulèvements en Europe de l'Est, ou comme une méditation sur la culture populaire et la formation d'une conscience sociale, ou comme une tentative pour libérer le gothique de l'emprise du kitsch. **SamT**

Les Vestiges du jour
Kazuo Ishiguro

1954 (Japon)
Première parution | 1989
Titre original | *Remains of the Day*
Adaptation cinématographique | 1993

À trente-quatre ans, Stevens est le majordome de Darlington Hall, un pur produit du système de classe britannique agonisant : précis, rigide et peu démonstratif. Son père, majordome également, lui a appris que la dignité est le secret de la grandeur. Il écrase toutes les passions dans l'œuf et fuit tout relâchement de la froide précision avec laquelle il dirige la maison. Quatre ans après la mort de Darlington, Stevens entreprend un voyage pour persuader l'ancienne gouvernante, Miss Kenton, de reprendre le travail pour un nouveau maître, un riche Américain du nom de Farraday. Farraday est aussi impétueux et familier que Stevens est posé et froid. Stevens n'est pas à l'aise dans la « badinerie ». Miss Kenton était auparavant aussi consciencieuse que Stevens, mais sa chaleur allait à l'encontre de la sévérité du majordome. Leurs querelles étaient insignifiantes et touchantes, explosions brusques qui sublimaient l'affection. Lorsqu'elle révèle que sa vie aurait pu être meilleure si elle avait épousé Stevens, celui-ci est profondément troublé mais réticent. Rien ne sera dit ou fait pour évoquer cette possibilité manquée.

Le voyage de Stevens lui donne l'opportunité de se souvenir. Il regrette l'époque de pompe et de décence et ressent de la mélancolie face à ce monde disparu. Il est à présent devenu un anachronisme, une tradition dépassée. Il va pourtant finir par reconnaître que, derrière le parfait gentleman qu'était Lord Darlington, se cachait un partisan du nazisme. Il reconnaît qu'il a fait confiance à qui ne le méritait pas, et n'a pas donné son affection à celle qui le méritait. Il retrouve également la dignité, mais trop tard, en l'honnêteté de Miss Kenton. Ce livre est parfois hilarant, parfois poignant. Ishiguro porte un regard impitoyable sur la société britannique, sans cruauté et avec une certaine affection. **GT**

London Fields
Martin Amis

1949 (Angleterre)
Première parution | 1989
Langue originale | Anglais
Titre original | *London Fields*

London Fields apparaît comme l'inversion de l'intrigue typique du thriller, où le personnage principal, Nicola Six, conspire avec le narrateur pour créer deux victimes potentielles, et ce au cœur d'une exploration de l'éventualité de la fin du monde. Nicola Six utilise les failles de ses soupirants éconduits – le pauvre Keith, à l'esprit criminel, et le riche Guy, tendre et candide – pour s'associer à une version sommairement féminisée de l'holocauste nucléaire. Le récit se déroule dans les dernières semaines du XXe siècle, alors que d'imposants nuages jaunes semblent annoncer une catastrophe écologique menaçante et que « Faith », l'épouse du président américain, lutte pour survivre. Ces évocations littérales de la fin du monde surgissent au cœur d'une crainte ambivalente de la mort de la culture. La forme profondément consciente du roman ne fait que renforcer cette peur. La dépendance esclavagiste de Keith face à une culture de masse appauvrissante s'oppose par des références moqueuses à la culture érudite et littéraire, notamment lors de la longue parodie d'un passage de *L'Arc-en-ciel* de Lawrence. Samson Young, le narrateur, agonise lentement au fil des pages et meurt lors du dénouement. Le lecteur ne sait plus vraiment qui est l'auteur du roman, et cette incertitude est caractéristique de l'ouvrage, qui plonge stoïquement dans la facette sombre de la vie urbaine sans jamais vraiment se réconcilier avec la critique. **NM**

Moon Palace
Paul Auster

1947 (États-Unis)
Première parution | 1989
Langue originale | Anglais
Titre original | *Moon Palace*

Moon Palace est une méditation sur les obstacles que peut rencontrer le sentiment de paternité. Le personnage principal, Marco Stanley Fogg, n'a jamais connu son père et a été élevé par sa mère jusqu'à sa mort alors qu'il avait onze ans à peine. Il emménage ensuite avec son oncle Victor. À la mort de ce dernier, Fogg hérite de son imposante collection de livres, qu'il vend pièce par pièce pour éviter l'expulsion et la ruine. Kitty Wu, la fille d'un père polygame et âgé, sauve Fogg et les deux jeunes gens tombent amoureux. Il commence à travailler en tant que biographe de Thomas Effing, peintre solitaire et étrange, mais cette période de stabilité est de courte durée. Un lien fort se forme entre les deux hommes et Effing devient le mentor spirituel adoptif de Fogg, qui finit par découvrir que le peintre n'est autre que son grand-père. Le testament d'Effing permet à Fogg de retrouver enfin son père biologique, avec qui il va nouer une relation intense mais brève. La grossesse de Kitty prend une dimension symbolique pour Fogg, qui y voit une occasion de racheter ses propres expériences, mais leur amour ne résiste pas au sentiment réciproque de trahison provoqué par le comportement dominateur de Fogg. Le jeune homme finit seul, mais avec une lucidité nouvelle. **AF**

Le Sexe des cerises
Jeanette Winterson

1959 (Angleterre)
Première parution | 1989
Langue originale | Anglais
Titre original | *Sexing the Cherry*

Situé dans le Londres du XVIIe siècle, *Le Sexe des cerises* met en scène une époque tumultueuse d'exploration et de révolution, qui est aussi celle de la découverte d'un fruit tropical à la forme perverse. La Femme aux chiens, une montagne de chair et d'os, vit le long de la Tamise, entourée de drôles de voisins, d'une meute de chiens et de son fils adoptif Jourdain, qu'elle élève comme s'il s'agissait du sien. En vertu de sa taille surhumaine et de ses profondes convictions éthiques, la Femme aux chiens règne en souveraine sur l'agitation anarchique de son univers, accomplissant par la force ce qu'elle n'accomplit pas par l'argumentation ou la persuasion. Elle en vient à regretter d'avoir baptisé le jeune Jourdain d'après le nom d'un cours d'eau lorsqu'il se toque d'aventures après avoir vu l'exposition de bananes de l'explorateur Tradescant. Jourdain finit par s'embarquer dans une expédition aussi métaphysique que géographique. La partie finale du roman, censée se dérouler « quelques années plus tard », voit la réincarnation de Jourdain et de la Femme aux chiens en un marin de la Marine royale et une scientifique de l'environnement devenue activiste, qui retrouvent alors le lien qui les unissait.
Le style caractéristique de Winterson est ici à son apogée. Avec ses histoires de princesses danseuses, ou de « nettoyeurs de mots » chargés de délivrer les villes de leurs citoyens logomaniaques, le récit complexifie les notions de réalité et de fantaisie jusqu'à les dissoudre. Mythe, fable et conte de fées sont cannibalisés pour donner naissance à un genre nouveau. **AF**

Vies cruelles
Lorrie Moore

1957 (États-Unis)
Première parution | 1990
Langue originale | Anglais
Titre original | *Like Life*

Vies cruelles fut accueilli chaleureusement par la critique à sa parution, et ce n'est un secret pour personne que Moore façonne ses histoires comme un tailleur de pierres précieuses cisèle au burin. Dans ce recueil, la plupart des huit nouvelles se déroulent dans le Midwest, innocent coin de l'Amérique moins enclin à l'autoanalyse qu'à la chasse et au déblaiement de la neige. « On y trouvait des gymnases mais pas d'ironie… les gens prenaient les choses littéralement, sans drogues. » Ce sont les histoires d'individus qui voient, ahuris, la vie se dérouler si facilement pour les autres. « Parfois, elle pensait qu'elle ne faisait qu'essayer de s'amuser, d'autres fois elle se rendait compte qu'elle était terriblement confuse. »
Mary sort avec deux hommes, ce qui semble osé et tellement moderne. Et c'est ainsi qu'elle peint les choses à ses amis envieux dans ses cartes postales. Mais elle perd lentement la raison, ne portant plus que du blanc et s'asseyant dans des parcs pour lire la « poésie de Bible ». Harry est un dramaturge qui donne l'œuvre de sa vie à un producteur de télévision, prédateur par enthousiasme naïf et désir de succès.

Zoe est professeur dans une petite université de l'Illinois, où ses cheveux sombres font supposer qu'elle vient d'Espagne. Elle essaie de s'y sentir chez elle, comme les autres, et s'achète un tapis oriental. La vendeuse lui explique que les pictogrammes signifient « Paix » et « Vie éternelle », mais comment en être sûre ? Comment savoir s'ils ne disent pas simplement « Bruce Springsteen » ? Hantée par l'incertitude, il ne lui reste qu'une solution, rendre le tapis. Ce sont des personnages fragiles, drôles et touchants par leur familiarité. Le titre original de ce second recueil de nouvelles de Moore, ne pouvait être plus approprié. On y rit à gorge déployée, de reconnaissance, mais jamais de moquerie. **GT**

Le Bouddha de banlieue
Hanif Kureishi

1954 (Angleterre)
Première parution | 1990
Langue originale | Anglais
Titre original | *The Buddha of Suburbia*

Le Bouddha de banlieue est une comédie irrévérencieuse qui prend souvent pour cible le politiquement correct, tout en accompagnant la vie de son narrateur de dix-sept ans, Karim Amir, dans une banlieue de Londres des années 1970. Eva, la maîtresse de son père Haroon, un fonctionnaire, encourage ce dernier à suivre des voies moins conventionnelles, et il finit par assumer le statut de gourou New Age, un « Bouddha de banlieue ». Sa liaison a un effet dévastateur sur Margaret, l'épouse britannique de Haroon, mère de Karim, qui s'isole de plus en plus et sombre dans la dépression. Le soutien que reçoit Margaret de ses sœurs s'avère inestimable et l'attention que lui porte son beau-frère totalement inutile, mais leurs attitudes révèlent leur condescendance voilée. Tout au long de la désintégration du mariage de ses parents, Karim reçoit, quant à lui, le soutien de ses amis. Jamilla, une jeune femme volontaire et assurée, met au défi bien des traditions de son éducation orientale, et sa relation physique avec Karim se prolonge après ses fiançailles avec un autre homme. Charlie, le fils d'Eva, est également un personnage important. Leur relation sexuelle ouvre les yeux de Karim sur l'esprit de l'époque mais ne va finalement pas plus loin que l'amitié. Le roman aborde les nombreux aspects troubles de l'identité qu'implique le passage à l'âge adulte. Karim expérimente les drogues et explore sa bisexualité. Ce roman a été adapté avec succès par la BBC. **JW**

Lignes d'ombre
Amitav Ghosh

1956 (Inde)
Première parution | 1990
Langue originale | Anglais
Titre original | *The Shadow Lines*

Vainqueur du prix Sahitya Akademi, le plus prestigieux prix littéraire en Inde, *Lignes d'ombre* raconte l'histoire de trois générations et s'étend de Calcutta au Caire, de Londres à Dacca. Le narrateur anonyme va et vient dans le temps et l'espace pour explorer les vies entremêlées de sa famille bengali et de la famille anglaise Price, qui se connaissent depuis le temps de l'Empire britannique des Indes. Si le mystère central est lié au destin de Tridib, cousin (et mentor) du narrateur, dans la ville de Dacca en 1964 (l'année de la partition du Bangladesh), les détails et effets de sa tragédie s'étendent sur plus de vingt ans et déteignent sur la vie de tous les autres personnages du roman. Les souvenirs et les histoires de ceux-ci sont finement enche-

vêtrés, et *Lignes d'ombre* apparaît comme le microcosme d'une nation déchirée par la politique, dénonçant ainsi les frontières (les lignes d'ombre), à la fois physiques et métaphoriques, qui peuvent séparer les individus.
Né à Calcutta en 1956, Amitav Ghosh est l'un des auteurs indiens écrivant en anglais les plus respectés aujourd'hui. Il a reçu le prix Arthur C. Clarke, le prix Pushcart et le prix Médicis du roman étranger, entre autres. Bien que ses ouvrages précédents parlent également d'exil, de diaspora et de l'écartèlement culturel, *Lignes d'ombre* offre une analyse élaborée et très approfondie de ces thèmes dans une prose puissante et pourtant subtile. Ghosh est aussi l'auteur de nombreux romans, essais et récits de voyage. **BJ**

Midnight Examiner
William Kotzwinkle

1938 (États-Unis)
Première parution | 1990
Langue originale | Anglais
Titre original | *The Midnight Examiner*

Howard Halliday est éditeur aux Éditions Caméléon, qui publient entre autres « torchons » *Bottoms* (« Derrières »), *Knockers* (« Nichons »), *Brides Tell All* (« Les mariées racontent tout ») et *Midnight Examiner* (« L'examinateur de minuit »). Dopé par des tablettes de caféine à la menthe et par son amour pour Amber Adams, éditrice de la section Beauté, il emmène son équipe dans un périple endiablé à travers les eaux troubles de l'édition.
Howard rêve d'un vrai travail. Tout comme son équipe d'excentriques. Il y a Fernando, le graphiste obsédé par son chef-d'œuvre, *Grandes Femmes*. Nathan Feingold tire sur les pigeons – et sur l'équipe – des fléchettes trempées dans de la sauce piquante avec son fusil à pompe. Forrest Crumpacker est forcé de diriger le nouveau magazine religieux, et ordonné évêque de force. Hattie Flyer est défigurée par la gamme de cosmétiques vendue par leurs magazines. Hipp O'Hopp, abruti par l'alcool, veut dénicher une femme chinoise et l'épouser pour ne pas finir seul sur le trottoir avec sa bouteille. Ensemble, ils passent leurs journées à trouver des titres tapageurs. Et leurs nuits à boire. Lorsque l'ancien mannequin Mitzi Mouse tue « accidentellement » un grand caïd lors du tournage d'un film pornographique, les forces du Caméléon viennent à sa rescousse. Armés de boomerangs, du fusil à pompe de Nathan et d'une canne à pêche, et avec l'aide précieuse de la magie porte-poisse de Madame Véronique, ils engagent le combat. Une farce burlesque et tendre, irrésistible. **GT**

À propos de courage
Tim O'Brien

1946 (États-Unis)
Première parution | 1990
Langue originale | Anglais
Titre original | *The Things They Carried*

Bien que ce texte sur la guerre du Viêtnam soit prétendument une œuvre de fiction, O'Brien et son narrateur à la première personne, « Tim O'Brien », ne cessent de jouer avec le lecteur sur la possibilité d'atteindre la vérité grâce à des descriptions soignées. O'Brien a déjà écrit des souvenirs de guerre (*If I Die in a Combat Zone*, 1973), mais il joue ici avec les conventions sur lesquelles nous nous appuyons habituellement pour distinguer la fiction des mémoires et le fait de l'interprétation. La page de copyright affirme que les « incidents, noms et personnages » du livre sont « imaginaires » tout en admettant le dévouement « affectueux » d'O'Brien aux « hommes de la Compagnie Alpha », juxtaposition étonnante lorsque l'on s'aperçoit que ces « hommes » sont les personnages principaux du récit. Cette tension imprègne le texte tandis que « Tim O'Brien » essaie laborieusement de trouver la meilleure façon de transmettre son expérience au Viêtnam. Un récit de guerre doit-il être littéralement vrai pour être un « récit de guerre authentique » ? Le récit d'O'Brien passe de la tristesse profonde à l'autodérision, à l'humour noir, et ainsi de suite. Cette incertitude face au récit crée chez le lecteur un sentiment d'anxiété et de méfiance qui était, selon l'auteur, la condition existentielle des soldats au Viêtnam. O'Brien utilise la dissonance entre l'expérience et la description aux dépens de ses lecteurs, qui se retrouveront peut-être à rêver du luxe trompeur et du confort facile d'un récit non critique, tout comme « O'Brien » et ses soldats rêvent de rentrer chez eux. **AF**

La Musique du hasard
Paul Auster

1947 (États-Unis)
Première parution | 1990
Titre original | *The Music of Chance*
Adaptation cinématographique | 1993

L'héritage considérable que laisse son père à Jim Nashe lui permet de disparaître de la circulation, laissant sa fille aux soins de sa sœur lorsqu'il quitte brusquement son poste de pompier pour partir sans but à travers le pays. S'il envisage la liberté en vivant sans attaches ni relations significatives avec autrui, l'expérience que va faire Nashe de cette vie le plonge dans un étrange état de stupeur. Lorsqu'il aperçoit un jeune garçon sérieusement blessé sur le bord de la route, allant contre ses instincts, il lui offre de l'emmener. Or, Jack Pozzi est un joueur de poker professionnel qui essaie d'atteindre le château d'un couple d'étranges millionnaires auxquels il espère soutirer autant d'argent que possible. Lorsque l'impensable arrive – les millionnaires sortent victorieux de la partie –, Nashe et Pozzi abandonnent leur liberté pour payer leurs dettes. À travers leurs réactions opposées face à un même destin, Auster explore le concept de la liberté et se demande si l'autodétermination est suffisante pour l'atteindre. Malgré le sentiment de vide que ressent Nashe tant qu'il a le luxe d'être totalement libre de responsabilités, il redécouvre la valeur de l'action délibérée grâce au travail forcé. L'effort physique lui amène non point le désespoir, mais un sentiment nouveau de maîtrise de soi et, plutôt que de poursuivre vainement son accomplissement sur l'autoroute, il le crée lui-même. Pozzi, lui, se renferme dans une rage rancunière qui déclenche une réaction en chaîne et finit par détruire leurs univers à tous deux. **AF**

Stone Junction
Jim Dodge

1945 (États-Unis)
Première parution | 1990
Langue originale | Anglais
Titre original | *Stone Jonction*

Stone Junction : une grande œuvrette alchimique raconte la vie de Daniel Pearce, né en 1966 et fils d'Analee, une adolescente fugueuse de seize ans. Le roman de Dodge est une farce animée et antiautoritaire qui tient le lecteur en haleine tout en offrant une analyse sérieuse des marges de la société américaine. D'une cabane isolée au cœur de la forêt, Daniel et Analee atterrissent dans une organisation connue sous le nom d'AMH (Association de magiciens et hors-la-loi). Daniel grandit et est placé sous la garde d'une série de professeurs excentriques qui lui offrent une éducation peu orthodoxe. Il apprend la méditation, la survie dans la nature, le sexe, les drogues, l'imposture, le poker, et à forcer des coffres-forts. Une seconde intrigue interrompt toutefois son apprentissage : sa mère est mystérieusement tuée lors d'une mission de l'AMH alors qu'il n'a que quatorze ans. Les deux récits se rejoignent lorsque Daniel apprend le don d'invisibilité du Grand Volta. Au point culminant du roman, Daniel est chargé de voler un mystérieux diamant de trois kilos dans un complexe de haute sécurité. Mais comme dans tous les mystères, les choses ne sont pas ce qu'elles semblent. D'après Dodge, *Stone Junction* est une célébration provocatrice de la tradition de la prestidigitation et du banditisme à une époque où vivre et communiquer en marge de la société devient difficile. **SamT**

Entre toutes les femmes
John McGahern

1934-2006 (Irlande)
Première parution | 1990
Langue originale | Anglais
Titre original | *Amongst Women*

Les méditations lyriques de John McGahern sur la vie rurale irlandaise sont enfantées longuement et amoureusement, et surgissent tous les dix ou douze ans. *Entre toutes les femmes* raconte l'histoire des relations de pouvoir au sein d'une famille paysanne, dans le contexte historique de la promesse contrariée d'un État irlandais indépendant.

Michael Moran, ancien agent de l'IRA ayant combattu dans la guerre anglo-irlandaise, se sent détaché de l'Irlande indépendante qu'il a aidé à créer. Refusant de jouer un rôle dans ce nouvel ordre politique et social, il trône en patriarche dominateur dans sa ferme, Great Meadow. Luke, son fils aîné, fuit vers l'Angleterre, loin de l'autorité impérieuse de Moran. Ses autres enfants, trois filles et un fils, reviennent régulièrement à Great Meadow. Sa seconde épouse Rose et ses filles aiment profondément Moran, mais ses sautes d'humeur et son orgueil entravent leurs aspirations. Il retient ses filles pour protéger l'unité de la famille. La lutte entre l'épouse, les filles et le patriarche est passionnante et voit le pouvoir de Moran diminuer en même temps que la vie qui l'habite. Malgré son autoritarisme et sa morosité, c'est un homme tourmenté et complexe en pleine crise existentielle. Le récit est orné d'un langage poétique et de descriptions de la fragilité très humaines. Il est à la fois l'expression d'une condition postcoloniale, du changement générationnel et de la métamorphose des relations entre les deux sexes dans une Irlande rurale et catholique. **RMcD**

Zigzag Movie
Elmore Leonard

1925 (États-Unis)
Première parution | 1990
Titre original | *Get Shorty*
Adaptation cinématographique | 1995

Si Hollywood a influencé l'écriture de Leonard, ce n'est pas simplement parce qu'il a débuté sa carrière en écrivant des westerns. Cette influence ne peut pas non plus se mesurer au fait que ses personnages parlent de cinéma avec passion. Comme ils s'imaginent tous jouant des

rôles et que leur relation avec ces rôles est déterminée par leur interaction avec le cinéma, les romans de Leonard baignent dans cet univers cinématographique dès les premières lignes.
Spécialisé dans le recouvrement de dettes, Chili Palmer, dans la lignée des héros « durs à cuire » de Leonard, suit à Hollywood un blanchisseur qui a escroqué une compagnie aérienne. Il accepte alors de poursuivre une autre dette importante, due par un producteur hollywoodien. Comprenant rapidement que tous jouent un rôle, Chili se réinvente en producteur qui tente de vendre une version scénarisée des événements mêmes du roman. L'arnaque qui en résulte, impliquant trafiquants de drogue, chauffeurs de limousines et acteurs, est par-dessus tout traitée avec une touche d'humour pleine d'assurance. Ironie digne de Leonard lui-même, la version cinématographique deu livre, *Get Shorty*, une histoire sur la stupidité et la vacuité des réalisateurs hollywoodiens, est devenue l'adaptation de Leonard qui connut le plus grand succès sur grand écran. **AP**

L'Enfant de chienne
Pavlos Matesis

1931 (Grèce)
Première parution | 1990
Langue originale | Grec
Titre original | *I mitera tou skilou*

L'histoire grecque moderne est méconnue : *L'Enfant de chienne* met en scène deux femmes à cette époque. Rarau, une actrice qui souffre de fréquents accès de folie, narre l'histoire de sa famille pendant l'occupation allemande de la Grèce, lorsque sa mère cède aux avances d'un officier italien pour sauver ses enfants de la famine. Avec la « soi-disant libération », ces femmes (« les collaboratrices ») seront publiquement humiliées et châtiées. Sa mère ne prononcera plus jamais un mot. Rarau l'emmène à Athènes, où elles deviennent d'abord mendiantes, ce qui ne dérange pas Rarau, puisque cela l'aide à s'habituer à la scène. Plus tard, elle obtient énormément de succès en tant que figurante au théâtre. À la fin du roman, elle prétend être heureuse.
L'Enfant de chienne est un livre unique en son genre, dans le sens où il ose parler de la Grèce de manière antipatriotique et blasphématoire. Dieu est renié à plusieurs reprises au cours du roman : « Où était-Il quand mes enfants mouraient de faim ? » Et il en va de même pour la Grèce, la « soi-disant nation ». Rarau est folle, une narratrice peu fiable, mais il existe un proverbe grec qui s'y adapte bien : la vérité sort de la bouche des enfants et des fous. Elle raconte l'histoire de son pays avec une naïveté désarmante, et présente par la même occasion au lecteur une mosaïque quasi surréelle de personnages et d'incidents. Matesis ne ressent pas le besoin de glorifier son pays ou son personnage principal : les aimer ainsi fait preuve de suffisamment d'honnêteté. **CSe**

Vertiges
W. G. Sebald

1944 (Allemagne)-2001 (Angleterre)
Première parution | 1990
Langue originale | Allemand
Titre original | *Schwindel, Gefühle*

Vertiges est le premier roman publié par le désormais célèbre W. G. Sebald. Il défie les conventions du genre, associant éléments de fiction, reportage, récit de voyage, autobiographie et essai photographique pour créer une forme littéraire différente et sans précédent. Divisé en quatre parties, le récit retrace les voyages du narrateur à travers l'Italie et le sud de l'Allemagne, un pèlerinage spirituel dont l'objectif est de réveiller les morts pour que les vivants puissent les interroger sur le sens de la vie.

Malgré ses digressions et ses méandres, de nombreux thèmes clés émergent des descriptions que fait le narrateur des vies, des amours et des pertes de Stendhal, Giacomo Casanova et Franz Kafka, entre autres. Le principal de ces thèmes est la nature chimérique et peu fiable de la mémoire, sa tendance à inventer et même obscurcir le passé autant qu'elle le remémore. Le génie de *Vertiges* réside dans l'enchevêtrement habile de plusieurs fils conducteurs, ses révélations époustouflantes des mystérieuses coïncidences et points de recoupement qui unissent des vies, des lieux et des époques distincts. S'il y a effectivement une atmosphère décidément sinistre dans les voyages hallucinatoires du narrateur, le roman possède également des moments d'espièglerie et d'humour évidents, une facette méconnue de la prose de Sebald. *Vertiges* est enrichi par les nombreuses reproductions de peintures, diagrammes, dessins et documents qui parsèment le livre. **CG-G**

American Psycho
Bret Easton Ellis

1964 (États-Unis)
Première parution | 1991
Langue originale | Anglais
Titre original | *American Psycho*

American Psycho est, avant tout, un livre laid. Il s'agit d'une description extrêmement visuelle de la violence obscène, entrecoupée de chroniques sur la musique de Phil Collins et Whitney Houston, et de descriptions répétitives et infinies de la mode des années 1980. Son héros, Patrick Bateman, est un psychopathe qui travaille à Wall Street. Il y conduit des réunions d'affaires, fréquente des restaurants de luxe et commet viols et meurtres. Le roman ne fait aucune différence entre ces activités. La dépravation, suggère le récit, est si finement imbriquée dans l'essence même de la vie contemporaine qu'il est devenu impossible de la déceler ou de la dépeindre, de savoir où s'arrête le capitalisme et où commence la brutalité.

Aucune tentative de juger moralement Bateman n'est faite. L'extrémisme de la violence, ajouté à la façon neutre dont elle est décrite, donne une dimension étrange, éthérée, à l'écriture. Tandis que Bateman lutte pour comprendre la raison pour laquelle il agit ainsi, il se montre incapable d'appréhender sa propre misère, ou sa propre confusion mentale. Résultat : le roman donne naissance à un besoin de certitude éthique, d'une certaine perspective lucide sur une culture devenue illisible et impensable. Un besoin qui évoque une certaine innocence, même au cœur de la dépravation et, ne serait-ce que pour cela, *American Psycho* doit continuer à être lu. **PB**

Les Lois
Connie Palmen

1955 (Pays-Bas)
Première parution | 1991
Langue originale | Néerlandais
Titre original | *De wetten*

Marie Deniet, jeune provinciale catholique qui a perdu la foi et l'a remplacée par une adoration du langage et des idées, dresse un inventaire narratif de ses relations avec les sept hommes qui ont compté dans sa vie. Chacun d'eux lui procure un récit qui contribue à la définir. Ils sont eux-mêmes définis par leurs histoires en tant qu'astrologue, épileptique, philosophe, prêtre, physicien, artiste et psychiatre. Soutenue par la confiance qu'elle accorde au pouvoir des mots, Marie entreprend de mettre de l'ordre dans son existence et de dissiper le chaos de futilité qui menace un monde ayant perdu son paradis. Sa progression à travers un univers qui semble devoir beaucoup à la raison et à l'esprit humain est interrompue et rendue illusoire par les complications qui se cachent derrière l'amour d'un homme. La désintégration de son rêve d'amour avec le sculpteur Lucas Asbeek apprend à Marie que les contes sont bien différents de la réalité, que le langage n'est pas la divinité toute-puissante qui a remplacé son Dieu disparu, et que la vie en dehors des limites prédéterminées d'une histoire peut apporter force et indépendance.

À une époque où l'artifice semble fournir la matière des toiles sur lesquelles nous tissons tous nos propres petites réalités, remettre en question les possibilités de l'art et du langage revient à remettre en question le sens même de la vie, et forger un nouveau genre de réalité est une œuvre d'art. L'incapacité de Marie à succomber intégralement au charme de la validation par le langage et son retrait douloureux des lois créées par les hommes qui ont donné naissance à son histoire coïncide avec sa prise de conscience que le langage ne donne de sens que lorsqu'il est utilisé comme terrain d'entente avec autrui, puisque « ce qui est individuel et seul n'a pas de sens ». **MW**

Meurtriers sans visage
Henning Mankell

1948 (Suède)
Première parution I 1991
Langue originale I Suédois
Titre original I *Mannen utan ansikte*

Un homme et son épouse sont brutalement assassinés. Il n'y a aucune trace du meurtrier, aucun motif plausible, et aucun témoin. Les rares pistes ne mènent à rien, mais quelque chose dit au détective Kurt Wallander de continuer à chercher... Dans ce premier roman mettant en scène celui qui deviendra le célèbre Wallander, le lecteur est invité dans les coulisses d'une petite ville du sud de la Suède qui, en y regardant de plus près, n'est pas aussi idyllique qu'il y paraît. La chasse au meurtrier se poursuit à un rythme endiablé et Wallander se retrouve très vite en train d'enquêter sur des groupes aux tendances racistes et xénophobes.

Écrit en 1991, *Meurtriers sans visage* reflète une société suédoise devant faire face à une crise économique, au chômage élevé, au populisme politique et à l'apparition, brève mais très médiatisée, d'un parti ouvertement xénophobe au Parlement. Les sous-entendus plus sombres qui sévissent dans la société sont reflétés par la peinture d'une petite ville morne et pluvieuse, de sa force de police découragée et de ses habitants globalement passifs. L'enquête et la société en général baignent dans la méfiance, et une polarisation croissante des opinions définit l'environnement dans lequel doit opérer Wallander. *Meurtriers sans visage* est la première d'une série de neuf enquêtes de Wallander et a révélé son auteur au public international. Lecture obligatoire en soi, ce livre mérite également notre attention comme témoignage de l'ascension fulgurante du roman policier moderne dans la Scandinavie de la fin du siècle, il annonce la déferlante de romans du genre, mené par Mankell et suivi de près par l'écrivain norvégien contemporain Karin Fossum. **TSu**

Tous les matins du monde
Pascal Quignard

1948 (France)
Première parution I 1991
Adaptation cinématographique I 1991

Rendu célèbre par le film d'Alain Corneau, ce roman a pour principale héroïne la musique. Au XVIIe siècle, le jeune Marin Marais rêve de grandeur, de fastes et des mondanités de la Cour. Musicien prometteur, il envisage son art comme moyen de son ascension sociale. Rénovateur incontesté de la viole, M. de Sainte-Colombe représente le parti inverse : janséniste austère, taciturne et volontiers mystique, ce veuf de génie nourrit le souvenir de sa femme disparue et, reclus dans sa maison de province où il a aménagé une cabane de répétition dans un mûrier, il s'absorbe corps et âme dans la composition. La reconnaissance sociale l'indiffère : « Votre palais est plus petit qu'une cabane et votre public est moins qu'une personne », dit-il au roi. Ses deux filles, Madeleine et Toinette, l'accompagnent lors des rares concerts qu'il consent à donner. Ce sont la rencontre et les relations complexes de Marin et de Sainte-Colombe que décrit Quignard dans ce roman à la langue classique et économe, le maître misanthrope et son élève incarnant deux approches opposées de la vie artistique et spirituelle, au-delà du talent qui les réunit. Le dépouillement du style et le goût des ellipses confèrent à ce roman historique un caractère parfois austère, presque monochrome. Plus accessible que d'autres œuvres de son auteur, il séduit par l'amour de la musique qu'il exprime de la première à la dernière page : « La musique est simplement là pour parler de ce dont la parole ne peut parler. En ce sens elle n'est pas tout à fait humaine. » **BQ**

Régénération
Pat Barker

1943 (Angleterre)
Première parution I 1991
Langue originale I Anglais
Titre original I *Regeneration*

Avec la « Trilogie Régénération », Pat Barker a élargi les limites thématiques et formelles de la fiction historique contemporaine. Le premier tome est un roman d'une grande perspicacité psychologique qui revisite le récit des événements de 1917 à l'hôpital de guerre de Craiglockhart, à Édimbourg, où sont impliqués le Dr Rivers, neurologue, et Siegfried Sassoon, soldat traumatisé et poète.

Dans sa « note de l'auteur », Pat Barker avertit que « les faits et la fiction sont si enchevêtrés dans ce livre que cela pourrait être utile que le lecteur sache ce qui est historique et ce qui ne l'est pas ». C'est cet enchevêtrement qui offre des perspectives frappantes. L'auteur utilise le roman pour suivre la progression de l'engagement complexe de Sassoon dans la voie du pacifisme et pour analyser la cruauté de la psychiatrie institutionnelle, incarnée par les terribles techniques utilisées par le Dr Lewis Yealland pour soigner des troubles hystériques. La navigation entre dialogues et réflexions intérieures suscite une sympathie nuancée à l'égard de Rivers. Le lecteur est poussé à s'associer à son combat pour réformer l'approche clinique de la « psychose traumatique du soldat ». Mais les symptômes fluctuants de ce désordre sont partout inscrits dans le paysage social inhospitalier qui accueille les malades. *Régénération* révèle l'héritage indélébile et multiple de la Grande Guerre et nous invite à revoir la relation entre autorité publique et souvenirs personnels. **DJ**

Typical
Padgett Powell

1952 (États-Unis)
Première parution | 1991
Langue originale | Anglais
Non traduit à ce jour en français

Padgett Powell, l'un des auteurs les plus imaginatifs de l'école des écrivains du Sud, célébré par ses pairs de Donald Barthelme à Saul Bellow, emmène ici le lecteur dans un tour de force stylistique. La voix de l'Amérique est au cœur de ces histoires. Le Sud des Budweiser et des fusils à l'arrière des pick-up. Powell capture la musique du langage, si coloré qu'il en devient poétique. Du flot d'excoriations du narrateur de *Typical*, qui a fini par accepter qu'il est « un salopard », à la tante Humpy de *Letter from a Dogfighter's Aunt, Deceased* (« Lettre à la tante d'un lutteur de chiens, décédée ») qui corrige la grammaire de sa famille d'outre-tombe, Powell explore l'âme du Sud, trop complaisante pour s'élever à nouveau. Dans *Mr. Irony*, un écrivain cherche sa voie sous la tutelle de Mr. Irony, thérapeute de l'autodérision. Le narrateur – l'écrivain – ne parvient finalement pas à maîtriser l'ironie et s'absente du récit. *Dr. Ordinary*, où chaque phrase commence par « Il trouva… », et *General Randicity*, où chaque phrase commence par « Il courait… », sont des morceaux de bravoure. Que de telles acrobaties techniques s'élèvent au-delà de la simple nouveauté pour donner naissance à de sublimes explorations de connaissance de soi sans regret témoigne du génie indubitable de Powell. **GT**

Amkoullel, l'enfant peul
Amadou Hampaté Bâ

1900 (Mali)-1991 (Côte d'Ivoire)
Première parution | 1991

« En Afrique, un vieillard qui meurt, c'est une bibliothèque qui brûle » : la maxime d'Amadou Hampaté Bâ a fait le tour du monde et constitue encore la meilleure carte de visite d'une œuvre qui s'étend à tous les genres et toutes les disciplines (histoire, sociologie, poésie, théologie), faisant de lui l'un des monuments des littératures africaines. Membre du Conseil exécutif de l'Unesco jusqu'en 1970, il consacre les dernières années de sa vie à ses recherches, au classement de ses gigantesques archives, et à l'écriture de deux tomes de mémoires qui paraîtront peu après sa mort, en mai 1991 : *Amkoullel, l'enfant peul* et *Oui mon commandant*. C'est cette enfance passée dans la savane d'Afrique de l'Ouest, avec ses couleurs, ses contrastes et ses cultures, qu'il décrit dans *Amkoullel*, son surnom de l'époque. Avec humour et nostalgie, il raconte l'enseignement rigoureux de l'école coranique et celui de l'école française, le départ de ses aînés pour la guerre qui fait rage en Europe, la présence occidentale, et la complexité politique et spirituelle d'un pays où les traditions séculaires et l'oralité rencontrent la modernité et l'écriture. Par-delà sa perspective documentaire et historique, *Amkoullel* est aussi le savoureux récit des aventures d'un petit Tom Sawyer africain dans le Mali du début du siècle. Pleins de vie, ces mémoires sont à la fois un témoignage exceptionnel sur l'Afrique et une illustration supplémentaire du merveilleux talent de conteur de Hampaté Bâ. **BQ**

Les Cygnes sauvages
Jung Chang

1952 (Chine)
Première parution | 1991
Langue originale | Anglais
Titre original | *Wild Swans : Three Daughters of China*

Dans ce roman, Jung Chang raconte comment trois générations de femmes de sa famille ont traversé les troubles politiques de la Chine du xxe siècle. Sa grand-mère, dont les pieds furent bandés selon une ancienne tradition chinoise, a été la concubine de l'empereur. Sa mère a lutté pour survivre pendant la révolution de Mao, avant de s'élever, tout comme le père de Jung Chang, à un poste important au sein du parti communiste, et d'être dénoncée pendant la Révolution culturelle. Chang, elle, est venue au monde communiste et a suivi Mao avec enthousiasme, avant que les excès de sa politique et les purges destructrices qui ont écrasé des millions d'innocents Chinois, dont ses parents, ne sèment le doute en elle. Lorsqu'elle travaille comme « docteur aux pieds nus », Chang voit de ses yeux les pires effets du règne de Mao et finit par s'enfuir en Grande-Bretagne en 1978.

Ces mémoires personnels sont écrits dans une prose puissante et délicate à la fois. Œuvre importante pour son analyse des effets des grands bouleversements historiques sur l'âme humaine, qui offre aussi une description vivante de la vie dans la Chine du xxe siècle, *Les Cygnes sauvages* couvrent une période particulièrement mouvementée de l'histoire de ce pays : la déchéance de la Chine impériale, la période d'occupation japonaise pendant la guerre, la montée du mouvement nationaliste, la guerre civile entre le Kuomintang et les communistes, la prise de pouvoir des communistes, le « Grand Bond en avant » de Mao (qui affama jusqu'à la mort des millions de Chinois), et finalement la Révolution culturelle, qui déracina l'identité de la nation et brisa son esprit collectif. Ces mémoires sont un livre révélateur, et le lecteur doit constamment se rappeler qu'ils décrivent la réalité et pas une fiction – un sentiment parfois terrifiant. **EF**

Arcadia
Jim Crace

1946 (Angleterre)
Première parution | 1992
Langue originale | Anglais
Titre original | *Arcadia*

Le millionnaire vieillissant du roman de Jim Crace est obnubilé par la vision d'une ville-jardin, idylle pastorale préservée au cœur d'un centre commercial moderne. Seul avec sa fortune le jour de son quatre-vingtième anniversaire, Victor décide de rendre hommage au marché aux fruits, vibrant et pourtant délabré, qui se trouve au centre de la ville, en construisant un dôme de verre à l'endroit où les marchands travaillent. Cette tentative pour réaliser une telle prouesse architecturale est observée par un reporter qui raconte avec sympathie comment le monument de Victor finit par être renversé par la communauté marchande qu'il idéalise, avec de fâcheuses conséquences. Crace offre ainsi un commentaire perspicace et sensible sur son effort vain pour ressusciter un environnement urbain par une simple remise à neuf de sa topographie.

Si Crace semble s'approprier avec ironie certaines conventions pastorales, il le fait dans le but d'évoquer le combat entre le paysage et le redéveloppement, la ruralité et la modernité commerciale. Le voyage d'Arcadia est raconté dans un style limpide qui demeure aussi sensuel que polémique. En invitant le lecteur à pénétrer dans cette « tension amicale mais congestionnée des rues qui séparaient la circulation et les piétons », les descriptions évanescentes de Crace le plongent dans un marché fourmillant de vie dont il remet ensuite en question l'esthétisation. Comme ailleurs dans son œuvre, Crace meuble un décor anonyme de telle façon qu'il le personnifie, comme si ce lieu imaginaire devenait un protagoniste du roman. Mais si le marché parvient à survivre à ces derniers, il n'en sort pourtant pas indemne. **DJ**

Marrakech Express
Esther Freud

1963 (Angleterre)
Première parution | 1992
Titre original | *Hideous Kinky*
Adaptation cinématographique | 1998

Ce roman semi-autobiographique est fondé sur l'expérience de l'auteur lors d'un voyage dans le nord de l'Afrique avec sa mère Bernardine Coverley, alors qu'elle avait entre quatre et six ans. Entremêlé aux descriptions vivantes de la vie sur la route, du désert et de sa galerie de personnages exotiques se trouve un récit touchant de ce que représente pour un enfant l'appartenance à une famille peu conventionnelle. Pour Esther Freud, fille de l'artiste Lucian et arrière-petite-fille du célèbre Sigmund, une enfance normale était peu probable. Ce roman évoque avec splendeur la vie de bohème qu'elle et sa sœur, la styliste Bella Freud, ont vécue sans le vouloir dans leur enfance, tout en aspirant à plus de stabilité. *Marrakech Express* raconte l'histoire de Julia, mère hippie qui voyage au Maroc en compagnie de ses filles Lucia et Béa. Dès le début, celles-ci décident que tous les monuments qu'elles aperçoivent peuvent être décrits par deux mots : hideux et farfelu (d'où le titre anglais du roman, *Hideous Kinky*). Les événements sont racontés par la petite Lucia, cinq ans, qui observe cet environnement exotique avec un sentiment mitigé. Un instant la voilà séduite par le vaste ciel du désert et la magie des rues colorées des marchés, l'instant suivant elle rêve d'une éducation normale, anglaise, avec ses inconvénients, comme l'école et les heures de coucher fixes. Tandis que leur mère, en quête d'épanouissement spirituel, s'immerge dans le soufisme, le désir ardent de stabilité des fillettes s'intensifie au cœur des sables mouvants du désert. Dans ce premier roman, Freud peint non seulement un tableau vivant et fascinant d'un pays qui fut La Mecque du mouvement hippie des années 1970, mais aussi une histoire touchante de l'enfance, avec une simplicité et une légèreté qui enchantent et émeuvent à la fois. **LE**

Mao II
Don DeLillo

1936 (États-Unis)
Première parution | 1991
Langue originale | Anglais
Prix PEN/Faulkner | 1992

Mao II tire son titre d'un portrait de Warhol et met en lumière le rôle des images dans l'interdépendance de l'individualisme, des traditions sociales et du terrorisme. L'histoire de l'engagement politique de plus en plus profond de l'écrivain solitaire Bill Gray s'ouvre sur un mariage en masse conduit par le révérend Sun Myung Moon. Le point de vue vacille constamment entre les futures mariées et les observateurs dans les gradins, invités ou pique-assiette. Bill a passé de nombreuses années dans un abri virtuel, terré dans un complexe et laissant le soin de ses affaires à un admirateur à l'insistance déconcertante, devenu administrateur. Lorsqu'il accepte de rencontrer la photographe Brita, puis de donner son soutien à un poète kidnappé à Beyrouth, il cesse d'écrire. Son retour à la vie finit par le mêler au combat du poète. *Mao II* évoque la figure du terroriste, surtout en ce qui concerne l'écrivain isolé, et la dynamique des foules. À l'instar de l'enlèvement métaphorique de Salman Rushdie par la fatwa de l'ayatollah Khomeiny en 1989, l'artiste n'est plus le contrepoint artistique du terroriste, mais son adversaire ou sa victime potentiels. L'isolement férocement protégé de Bill, en partie acte de résistance contre la culture de consentement de l'Amérique capitaliste, ressemble de plus en plus à un enlèvement terroriste du « moi ». Dans ce processus, le rêve irréalisable d'une autonomie totale partagé par l'écrivain et le terroriste est dénoncé. **AF**

Asphodel
H. D.

1886 (États-Unis)-1961 (Suisse)
Première parution | 1992
De son vrai nom | Hilda Doolittle
Non traduit à ce jour en français

Asphodel est une œuvre complexe, innovatrice et sous-estimée de la fiction moderniste, qui narre les tribulations européennes de Hermione Gart, jeune Américaine qui connaît un éveil sexuel et artistique dans les années qui précèdent la Première Guerre mondiale. Les thèmes du mariage, de l'infidélité et de l'illégitimité relient à la tradition littéraire jamesienne cette œuvre qui explore également une relation lesbienne manquée et une autre pleine d'espoir. H. D. a essayé d'empêcher la publication de ce roman autobiographique – écrit en 1922 et qui ne paraîtra que soixante-dix ans plus tard – en inscrivant « DÉTRUIRE » sur la page de titre du manuscrit, probablement à cause de son thème lesbien. Peut-être le traumatisme psychologique et la mort du premier enfant d'Hermione à sa naissance étaient-ils des thèmes trop proches de la réalité pour l'auteur.

Roman féministe, *Asphodel* raconte une histoire d'expatriation au féminin, une expérience infiniment différente de celle des jeunes expatriés hommes. Roman qui réécrit l'expérience psychologique de la guerre, il présente un paysage où les espaces intimes et extérieurs ont été violés. Si, pour les modernistes, le monde de l'esprit est le seul refuge sûr, où aller lorsque même cet espace intime a été violé par le traumatisme public de la guerre, et le traumatisme privé d'un enfant mort-né ? **VC-R**

Le Garçon boucher
Patrick McCabe

1955 (Irlande)
Première parution | 1992
Titre original | *The Butcher Boy*
Prix littéraire irlandais de fiction | 1992

Le Garçon boucher est aussi exaltant qu'horrible, aussi drôle que dérangeant. Le récit prend la forme d'un flash-back alors que Francie Brady est blotti dans sa cachette au fin fond des bois, tandis que toute la ville est après lui « à cause de ce qu'il a fait à Mrs. Nugent ». Dans la République irlandaise du début des années 1960, Francie est l'enfant négligé d'un père alcoolique et d'une mère suicidaire. Sa famille problématique est complètement différente de la « très comme il faut » Mrs. Nugent et de son fils gnangnan, Philip. L'imagination de Francie est saturée de bandes dessinées, de films américains, de télévision, et des bêtises qu'il fait avec son seul ami, Joe Purcell. La ville provinciale étouffante où il vit et sa vie de famille tordue le transforment en un individu privé d'amour, émotionnellement retardé et déséquilibré. Alors que Joe peut évoluer vers l'adolescence, Francie demeure sous-développé et enfantin, malgré son abandon prématuré de l'école pour travailler dans un abattoir, occupation appropriée pour un jeune garçon obsédé par le fait que Mrs. Nugent compare sa famille à des cochons. Comme un enfant répète ce qu'il entend, le roman recycle les clichés adultes à travers l'esprit d'un enfant perturbé. Francie absorbe et donne vie aux conversations banales et aux expressions idiomatiques d'une petite ville irlandaise, leur infusant énergie et menace. Le récit à la première personne se précipite avec une fluidité familière car, malgré la vie de famille dysfonctionnelle de Francie, sa vie intérieure est explosive et dynamique. Plus le monde extérieur le rejette, plus il recourt à son monde imaginaire, et la descente vers la folie et le crime, véritablement choquante, possède sa propre logique enfantine. Voilà une voix d'une originalité puissante, adroitement façonnée en un roman fascinant, troublant et drôle, sur une enfance traumatisée. **RMcD**

Smilla et l'amour de la neige
Peter Høeg

1957 (Danemark)
Première parution I 1992
Titre original I *Frøken Smillas fornemmelse for sne*
Adaptation cinématographique I 1996

Le jeune Esajas, six ans, est retrouvé étendu dans la neige, face contre terre, au pied d'un complexe d'appartements à Copenhague. Les autorités déclarent la mort accidentelle mais Smilla Jasperson, la voisine du garçon et sa mère de substitution, est convaincue que quelque chose de bien plus sinistre se cache derrière cette tragédie. Ayant appris à lire la neige et la glace, Smilla déduit des empreintes laissées par le garçon que ce dernier a sauté volontairement, ce qu'il n'aurait fait que s'il était poursuivi. L'enquête qui s'ensuit la mène jusqu'à la calotte polaire arctique où, passagère clandestine à bord d'un bateau de croisière, elle découvre petit à petit une conspiration à laquelle sont mêlés plusieurs membres de l'élite scientifique danoise, bien décidés à garder leur secret à tout prix. *Smilla et l'amour de la neige* est raconté à la première personne : on y jouit de la perspective d'une femme très intelligente dont le cran et le sens de l'humour abrasif donnent d'abord une fausse idée du terrible chagrin que lui cause la mort d'Esajas. Au fil du roman, on découvre la relation de Smilla et de l'enfant, en particulier le lien qui les unissait tous deux, Groenlandais expatriés forcés à vivre dans un Danemark homogène. Høeg offre une critique vive de la colonisation danoise du Groenland ainsi que des dommages incessants causés par les Danois aux peuples indigènes de ce pays.

L'éloquence avec laquelle Høeg entrelace une intrigue policière à d'étonnants portraits et des rêveries philosophiques place cet ouvrage parmi les grands romans de son époque. « La glace et la vie sont liées en bien des aspects », explique Smilla au début du récit, et le reste du roman joue habilement sur cette relation, juxtaposant les aventures en haute mer avec des méditations sur l'amour et la perte. **CG-G**

Le Club Dumas
Arturo Pérez-Reverte

1951 (Espagne)
Première parution I 1992
Langue originale I Espagnol
Titre original I *El club Dumas*

Le Club Dumas est le livre d'Arturo Pérez-Reverte préféré des critiques, car il s'agit sans doute de son œuvre la plus « métalittéraire » : le sujet tourne autour du petit monde des antiquaires spécialisés dans les livres anciens. En tout cas, ce tribut explicite à Alexandre Dumas contient quelques-uns, voire tous les ingrédients nécessaires pour transformer cette histoire de mystère et d'action en un excellent livre qui répond aux goûts du jour : un protagoniste plausible (l'antihéros Lucas Corso, antiquaire bibliophile et héritier fidèle des personnages sceptiques du roman policier traditionnel), des énigmes à foison (dont l'authentification d'un chapitre falsifié des *Trois Mousquetaires* et la recherche d'exemplaires d'une œuvre médiévale, *La Neuvième Porte*, brûlée ainsi que son éditeur lors de sa sortie en 1667), l'univers des assistants (la jeune beauté, Irène Adler, qui décide de prêter main-forte à Corso), et enfin le camp adverse (les méchants et très littéraires Balkan/Richelieu, Rochefort et Milady/Liana). Tout ce petit monde est mêlé à une enquête qui se déroule dans un cadre exotique et international. La segmentation intelligente de l'histoire procède par ellipses et insinuations pour augmenter le suspense et mélanger les pistes. Finalement, l'inclusion très habile d'informations érudites (que l'auteur a glanées dans l'univers des antiquaires spécialisés en livres anciens) satisfait les lecteurs auxquels on présente des difficultés à résoudre avant de les guider adroitement vers la solution. **JCA**

Écrit sur le corps
Jeanette Winterson

1959 (Angleterre)
Première parution I 1992
Langue originale I Anglais
Titre original I *Written on the Body*

Écrit sur le corps raconte l'histoire d'une sérieuse affaire de cœur du narrateur avec une femme mariée, Louise. Et même si, dans ce livre l'auteur évite d'aborder trop explicitement le thème de la sexualité qui caractérisait son premier roman, combien infamant, *Les oranges ne sont pas les seuls fruits* (1985), sa décision de rendre la préférence sexuelle du narrateur ambiguë a suscité de nombreux débats.

Différentes indications dans le texte, qui incluent d'ailleurs l'évidente bisexualité du narrateur et la complaisance du mari de Louise, suggèrent que le narrateur est du sexe féminin. Alors que ce livre peut, pour ces raisons, être considéré comme une réflexion pénétrante sur la sexualité féminine, le mystère qui entoure le sexe du narrateur pourrait aussi indiquer un ébranlement radical des postulats quant à la préférence sexuelle.

Le roman commence et finit par des réflexions plus poétiques sur l'amour, démontrant l'habileté de Winterson, qui peut écrire à la fois une narration irrésistible sur les vicissitudes de l'amour et du sexe, mais aussi des phrases avec la précision et la beauté de la poésie. Elle partage le réalisme magique du roman contemporain avec Angela Carter (*La Passion de l'Ève nouvelle*) et avec Salman Rushdie (*Les Enfants de minuit*). L'histoire se veut une réflexion poétique et philosophique sur le corps, un palimpseste complexe et entremêlé de qui nous sommes. **SJD**

The Crow Road
Iain Banks

1954 (Écosse)
Première parution I 1992
Langue originale I Anglais
Non traduit à ce jour en français

Ce livre de Iain Banks commence par l'un des paragraphes les plus mémorables de la littérature moderne : « Ce fut le jour où ma grand-mère explosa. J'étais assis dans le crématorium en train d'écouter mon oncle Hamish ronfler tranquillement en harmonie avec la *Messe en si mineur* de Bach, et je pensais que c'était toujours la mort qui me ramenait à Gallanach. » C'est Prentice McHoan, fils cadet d'une famille influente d'Écosse, qui parle et sa narration emplit la plus grande partie du livre, le reste étant conté à la troisième personne et retraçant la saga des familles McHoan, Watt et Urvill. Quittant l'université, Prentice retourne au bercail, ou plutôt chez son oncle Hamish, après s'être fâché avec son père à propos de la foi.

Un autre de ses oncles, Rory, a disparu depuis huit ans et le mystère de son destin imprègne fortement le récit. Prentice endosse dès lors le rôle du détective faillible qui doit trouver un sens à tout ce qui est arrivé aux générations précédentes et rassembler toutes les pièces pour présenter une vérité unique. *The Crow Road* est un roman sur la mort : la relation du désir avec la mort, le corps vivant et mort, l'exhumation de secrets enterrés. À la fin du livre, Prentice trouve en lui-même les vérités perdues d'une génération et la fragilité de la mémoire. **EF**

Memories of Rain
Sunetra Gupta

1965 (Inde)
Première parution I 1992
Langue originale I Anglais
Non traduit à ce jour en français

Le premier roman de Sunetra Gupta a été salué par les critiques, qui ont comparé sa prose poignante à celle de Virginia Woolf. L'action de *Memories of Rain* se déroule sur un week-end, pendant lequel Moni, épouse d'origine bengali d'un écrivain anglais, se prépare à fuir l'angoisse calme de son mariage malheureux pour retourner en Inde avec sa fille.

À l'instar de la Mrs. Dalloway de Woolf, Moni s'affaire aux préparatifs d'une fête, mais son esprit erre sans cesse entre les souvenirs du début timide de sa relation avec son mari, Anthony, et ceux de son adaptation difficile à la vie de Londres. La passion de la jeunesse contraste douloureusement avec l'amour déclinant d'Anthony, qui se transforme en indifférence coupable, et son infidélité à peine voilée est à l'origine du désespoir de Moni. Bien que l'histoire soit racontée du point de vue de Moni la plupart du temps, la technique du « flot de conscience » (qui rappelle encore Woolf) confond épouse et maîtresse, passé et présent, réalité et imaginaire, tandis que le rythme profondément lyrique des passages descriptifs est accentué par des morceaux choisis de poèmes du poète bengali Rabindranath Tagore, entremêlés au texte dans une traduction de l'auteur. L'analyse d'une liaison sur le déclin et l'exploration d'une forme particulièrement féminine d'expression se retrouvent dans la juxtaposition de deux cultures. Le poids littéraire des écrivains indiens de la diaspora ne cesse de croître, et le début élégant et stimulant de Gupta en est un remarquable exemple. **VB**

Le Patient anglais
Michael Ondaatje

1943 (Sri Lanka)
Première parution | 1992
Titre original | *The English Patient*
Adaptation cinématographique | 1996

Michael Ondaatje est un prosateur remarquable, et dans *Le Patient anglais*, des phrases merveilleusement habiles coulent sans effort, saisissantes dans leur perfection. Ce roman séduit par la richesse sans fin de sa langue, mais aussi grâce à une histoire pleine de tristesse et de tragédie.

Le contexte est celui de la fin de la Seconde Guerre mondiale et le roman voyage entre une Italie ravagée par la guerre et le désert africain d'avant-guerre, qui habite la mémoire de Ladislaus de Almásy, le « patient anglais » du titre, affreusement brûlé. Défiguré et mourant, il est soigné par une jeune infirmière, Hana, dans une villa désertée, en partie en ruine. Un jeune soldat indien du génie de l'armée britannique, Kip, s'introduit dans la vie de cet étrange couple. Tout comme Caravaggio, un charmant voleur italo-canadien brisé par ses expériences de la guerre. Même si l'horreur celle-ci est loin, elle reste centrale, tandis qu'Hana et Kip esquissent une histoire d'amour. Les personnages sont chaleureux, humains, tendres, même si leur sens moral est faible, ambigu et fragilisé.

Dans l'une des scènes les plus belles du livre, la paix irréelle de la villa est brisée par la nouvelle du bombardement d'Hiroshima et par le départ de Kip, choqué par cette nouvelle. Le traumatisme et la terrible tension que subit chacun des personnages sont décrits. Division et unité, allié et ennemi, les limites sont confuses et indistinctes, s'entremêlant comme les sables mouvants des souvenirs du patient anglais. Ce roman est une performance de virtuose et sa lecture procure un plaisir sans fin. **DR**

Le Secret de la joie
Alice Walker

1944 (États-Unis)
Première parution | 1992
Langue originale | Anglais
Titre original | *Possessing the Secret of Joy*

Le Secret de la joie est une défense passionnée de la féminité, du corps féminin face à l'horrible violence de la mutilation. Le roman tourne autour de l'histoire de Tashi, qui appartient à un peuple africain fictif, les Olinkas. À l'âge adulte, Tashi décide de se faire exciser, ou, comme elle dit, « baigner ». Pour les Olinkas, le « bain » ne représente pas uniquement l'excision du clitoris, mais aussi la suppression des lèvres génitales et la fermeture par suture du vagin.

Tashi montre son allégeance à la tradition des Olinkas et son ardente dévotion à une culture menacée. Mais petit à petit, elle commence à penser que la mutilation génitale est le symptôme d'une oppression générale et transculturelle de la femme par l'homme. En dramatisant le choix de Tashi entre sa nation et sa sexualité, Walker trace un ensemble d'oppositions troublantes : les puissantes revendications d'allégeance à un nationalisme africain ne peuvent être réconciliées avec les revendications de féminisme. Le roman recherche une compréhension universelle de la souffrance féminine due à une violente culture patriarcale et veut susciter une horreur universelle devant la forme prise par cette souffrance. La possibilité d'une résistance universelle à l'oppression patriarcale est le véritable « secret de la joie ». Malgré ses difficultés, ce roman est inoubliable en tant que poème de résistance contre les cultures misogynes de l'Afrique et de l'Occident. **PB**

Un cœur si blanc
Javier Marías

1951 (Espagne)
Première parution | 1992
Langue originale | Espagnol
Titre original | *Corazón tan blanco*

Ce roman débute par le compte rendu documenté d'un suicide et s'achève par une méditation sur les mystères intraduisibles du genre divin.

Javier Marías n'est pas étranger aux implications du bilinguisme. Il était chargé de cours d'espagnol à Oxford, et sa carrière n'a été qu'un dialogue constant entre ses deux « moi » : son moi anglophile et anglophone et son autre « moi », né à Madrid et de tempérament méditerranéen. Juan, le narrateur d'*Un cœur si blanc*, est traducteur de son état. Son histoire laisse entendre qu'une grande partie de sa vie a été sujette à une interprétation imparfaite ou incorrecte. Et nous lecteurs, nous sommes encore plus perdus. Car pour rendre encore plus précaire notre situation difficile, l'auteur permet à Juan d'écouter d'importantes conversations à travers les portes, émaillant sa narration de conjectures. Marías évite cependant les sentiers battus du postmodernisme en offrant en lieu et place un réalisme urbain qui nous permet de reconnaître plus facilement ses observations sur les actes littéraux et métaphoriques de traduction que nous devons effectuer dans notre vie quotidienne.

Finalement, c'est le besoin humain du langage comme source de soulagement qui prend le dessus. Marías montre que, même dans les situations domestiques les plus intimes, il y a suffisamment de récits pour tout un monde d'expériences divergentes. **ABI**

The Triple Mirror of the Self
Zulfikar Ghose

1935 (Pakistan)
Première parution | 1992
Langue originale | Anglais
Non traduit à ce jour en français

La question de l'origine nationale et de l'identité n'est jamais simple dans l'œuvre de Ghose. Dans *The Triple Mirror of the Self*, son roman le plus achevé, les thèmes de l'exil, de la migration, de la perte d'identité se transforment en un voyage mythique dans le temps et l'espace. Divisé en trois sections, le récit commence dans la jungle de l'Amérique du Sud, où d'étranges personnages se sont réunis pour former une communauté pseudo-primitive d'exilés et de laissés-pour-compte. Alors que les montagnes sud-américaines se transforment en celles de l'hindu Kuch, le roman change de bord et nous embarque sur un navire à destination de l'Europe, avant de découvrir une université aux États-Unis, puis de se retrouver en Inde avant 1947. Là, un jeune homme apprend les difficiles leçons sur l'identité musulmane au sein d'un groupe d'amis bientôt séparés par la « partition ».

The Triple Mirror of the Self explore notre façon de considérer notre identité nationale quand on supprime notre nation. Par sa prose rêveuse et évocatrice et sa chronologie délibérément obscure, Ghose encourage le lecteur à estomper les lignes de démarcation par la voie d'une seule vie extraordinaire. *The Triple Mirror of the Self* suggère qu'une identité cohérente n'est rien d'autre qu'une série de réflexions infinies. Pour Ghose, l'interaction de ces réflexions montre ce qu'il y a de plus beau et de plus valable dans l'expérience humaine. **AB**

Indigo
Marina Warner

1946 (Angleterre)
Première parution | 1992
Langue originale | Anglais
Titre original | *Indigo*

Romancière, critique littéraire, historienne, Marina Warner est un caméléon de la plume et *Indigo* en est la preuve, qui navigue entre le XVe siècle, époque à laquelle des Anglais firent la conquête d'une île imaginaire des Caraïbes, avec de nombreuses références à *La Tempête* de Shakespeare, et le XXe siècle, où l'on retrouve leurs héritiers ; il survole au passage différentes facettes de l'histoire anglaise.

L'auteur dénonce aussi les implications sinistres du colonialisme et l'asservissement d'Ariel et Caliban par Prospero. Elle fait pour cela revivre la sorcière Sycorax, mentionnée comme la mère de Caliban dans *La Tempête*. Elle est la femme sage de l'île, son herboriste, savante dans l'art d'extraire l'indigo et de teindre les habits. Quand les Britanniques, se méprenant sur le compte de la population locale, la déciment pratiquement, la fille de Sycorax échappe à la mort.

Autre portrait, celui de Miranda : née à Londres et descendante du gouverneur colonial de l'île, celle-ci finira par s'installer dans cette île des Caraïbes dramatiquement détruite avec l'aide de sa famille. L'auteur parvient à brosser un portrait poignant du combat de Miranda pour comprendre et accepter ses proches. Mais tandis que l'histoire se déroule dans une même famille, le message est plus large : l'héritage du colonialisme et de ses crimes ne disparaît pas, mais fait partie de l'histoire de notre culture ainsi que de ceux qui en souffrirent. **JC**

La Découverte du ciel
Harry Mulisch

1927 (Pays-Bas)
Première parution | 1992
Langue originale | Néerlandais
Titre original | *De Ontdekking van de Hemel*

Harry Mulisch reste un écrivain prolifique et une figure prééminente de la littérature néerlandaise du XXe siècle. *La Découverte du ciel* est un livre à part, dont le thème aborde la défaillance de l'humanité dans son alliance avec Dieu. L'une de ses prémisses dit que la méthode scientifique est une supercherie de Lucifer parfaitement réussie. Tandis que la narration avance, deux hommes extrêmement talentueux se rencontrent par hasard lors d'une nuit noire et deviennent amis : l'astronome Max Delius et le linguiste Onno Quist. Plus tard, lors d'un voyage à Cuba, ils « fécondent » ensemble et de manière répétitive une jeune violoncelliste du nom d'Ada Brons, que chacun d'eux avait aimé auparavant, mais à des moments différents. Elle a un accident et meurt, tandis que son bébé lui survit. Celui-ci, Quinton Quist, a comme mission de retrouver les Dix Commandements et de les ramener au ciel, parce que l'humanité est incapable d'accomplir la volonté de Dieu sur terre. Entre-temps, Delius fait une découverte astronomique incroyable, mais meurt écrasé par une météorite. Si l'intrigue manque de naturel, c'est à cause de l'intervention des anges, ou plus précisément des démiurges, qui forgent le plan de créer un être humain qui pourrait réclamer les tablettes bibliques. Cette réussite monumentale et controversée, appréciée pour sa vision cosmique et son ton comique, s'est forgé une réputation internationale, et on peut la considérer comme un exemple contemporain de création mythique. **ES**

Oncle Petros et la conjecture de Goldbach
Apostolos Doxiadis

1953 (Australie)
Première parution | 1992
Langue originale | Grec
Titre original | *O Theios Petros kai i Eikasia tou Goldbach*

L'auteur raconte dans ce roman comment son oncle, un mathématicien grec très doué du nom de Petros Papachristou, devint obsédé par la résolution de la conjoncture de Goldbach, l'un des grands problèmes mathématiques. À la recherche d'une preuve, oncle Petros jette aux orties une carrière prometteuse de professeur de mathématiques et, à la fin du roman, on ignore s'il a résolu le problème. Le narrateur, un jeune homme, hérite de la fascination de son oncle pour la « conjecture », mais uniquement comme une excuse pour élaborer une fiction. En même temps et d'une manière charmante, il décrit ce que chacun expérimente au moins une fois dans sa vie, à savoir un face-à-face avec des questions existentielles majeures. L'intrigue se dénoue comme un problème mathématique, amenant le lecteur dans un conte sur la vie, l'amour et le sacrifice avec l'oncle Petros bataillant contre l'irrationnel humain, l'isolement et la perte d'idéal. Doxiadis est un conteur de talent et un mathématicien doué qui sait comment présenter les mathématiques de manière facile et fascinante. Son livre allie fiction et faits dans une égale mesure grâce à une pléthore d'événements inattendus, un langage imagé, une intrigue intelligente et une pointe d'ironie. Sa réussite est de parvenir à vulgariser les mathématiques et la science, même pour ceux que celles-ci mystifiaient, et de démontrer que chacun peut trouver des défis intéressants dans les domaines les plus inattendus. **PMy**

Avant la nuit
Reinaldo Arenas

1943 (Cuba)-1990 (États-Unis)
Première parution | 1992
Langue originale | Espagnol
Titre original | *Antes que anochezca*

Écrite contre la montre et publiée *post mortem*, l'autobiographie d'Arenas est une critique furieuse du régime de Fidel Castro. Mais avant tout, elle révèle les circonstances qui influencent la vie d'un intellectuel homosexuel dans un monde marqué par la répression. Sexe, politique et écriture sont intimement liés dans une histoire linéaire d'une franchise tonitruante et d'un incroyable dynamisme. De son enfance à Cuba à son envol pour New York où il sait qu'il va bientôt mourir, l'homosexualité est la base de toute son expérience, qu'il perd en même temps qu'il perd ses illusions sur la révolution. Cette dernière révèle la perversion morale du système politique : elle constitue un mécanisme de rébellion collective, elle est le prétexte qui conduit le protagoniste en prison, et elle lui ouvre enfin le chemin vers la liberté grâce à l'exode à partir du port de Mariel.

Arenas nous parle de sa détention, de son évasion, de sa vie clandestine, presque onirique, dans un parc, de sa terrible incarcération, de sa défaite, de la dénonciation de son œuvre, de la surveillance qui s'ensuivit et de son envol final. Tout fut pis parce que l'écriture était sa vie. Ce voyage secret retrace son parcours, d'une enfance littéraire mais sans lecture à ses conférences internationales, décrivant ses premiers triomphes dans une atmosphère révolutionnaire, ses relations avec Virgilio Piñera, Lezama Lima et ses compagnons de la « génération perdue », et ses efforts continuels pour sauver ses textes avant de mourir. **DMG**

Le Maître des illusions
Donna Tartt

1963 (États-Unis)
Première parution | 1992
Langue originale | Anglais
Titre original | *The Secret History*

Le premier roman de Dona Tartt acheté par Knopf pour 450 000 dollars après une guerre d'enchères et alors que l'auteur était encore à l'université devint un best-seller et en fit, à son regret, une star. Les critiques n'étaient guère impressionnés : ils trouvèrent le livre pesant, prétentieux, avec des personnages mal campés. D'une certaine manière, ils le prirent trop au sérieux, ou encore pas assez au sérieux.

Le narrateur, Richard Papen, raconte son histoire comme si elle était toujours en cours, alors qu'il rappelle les événements d'un passé lointain. Il laisse derrière lui, en Californie, son adolescence insatisfaite pour s'inscrire à Hampden, une université du Vermont petite mais très huppée. Là, il est captivé par un groupe de cinq jeunes gens riches, détachés des contingences et étudiants en lettres classiques, et par leur lunatique directeur d'études, Julian Morrow. Peu à peu, il intègre la clique. Il apprend que le groupe, composé de Henry, Francis, Bunny, Charles et Camilla, essaye d'organiser une bacchanale qui débouchera sur la mort de Bunny. Le reste du roman esquisse la lente dislocation du groupe sous la pression de la peur, du remords et de l'écœurante connaissance de soi.

Le Maître des illusions étudie l'effondrement de vies à jamais ruinées par une arrogance adolescente. Mais il parle aussi de charisme : le lecteur est séduit, comme Richard, par le charmant et dissolu Francis, par la sublime sensibilité de Julian, par la maîtrise de soi éthérée des jumeaux et surtout par Henry, tour à tour bienveillant et chaleureux, distant et sombre, mais finalement toujours opaque. Avec son étrange composition, le roman noir mélancolique de Tartt est de la bonne camelote littéraire pour les « intellectuels » : le récit conserve son emprise jusqu'à la dernière page, voire plus loin. **PMy**

Les Tribulations de Maqroll le gabier
Álvaro Mutis

1923 (Colombie)
Première parution | 1993
Titre original | *Empresas y tribulaciones de Maqroll el Gaviero*

Il s'agit, sous ce titre global, d'une saga de sept romans, publiés entre 1986 et 1993. Maqroll est un héros sur terre et sur mer dans la tradition des héros de Conrad ou d'Hugo Pratt, sur le fil de ce qui est conventionnel, en dehors du temps et de l'espace. Il multiplie les expériences : dans *La Neige de l'amiral*, il transporte des rondins ou gère un bar dans les montagnes ; dans *Ilona vient avec la pluie*, il codirige un bordel, ou restaure un vieux navire à vapeur dans *La Dernière Escale du Tramp Steamer* ; ailleurs, il prend part à un trafic d'armes et dans *Écoute-moi, Amirbar*, il essaie de faire redémarrer la production d'une vieille mine. Bien d'autres aventures sont racontées et Maqroll rencontre dans ses voyages d'innombrables personnages, parmi lesquels Ilona, la fille de Trieste, et le Libanais Abdul Basus. Chaque rencontre de ce voyage, élégiaque et quasi magique, est une réunion et une prédiction de départ. Toute chose est inévitable, mais aussi évitable (sauf la mort). Maqroll est un philosophe qui alterne désillusion et plaisir du voyage, un lecteur infatigable, un auteur de journal remarquable, un auteur de lettres, un poète invocatoire, et par-dessus tout, un héros littéraire. Il laisse un dossier incomplet de documents et de déclarations ironiques, fragmentaires, unifiés par la fiction de Mutis. L'ensemble de l'œuvre est une bande dessinée verbale éblouissante, qui à tout moment paraît pouvoir être étoffée. **DMG**

Je me souviens de Babylone
David Malouf

1934 (Australie)
Première parution | 1993
Langue originale | Anglais
Titre original | *Remembering Babylon*

Je me souviens de Babylone est situé au milieu du XIXe siècle, dans le Queensland et raconte l'histoire d'un bébé anglais jeté par-dessus bord lors de la traversée du bateau qui l'amenait d'Angleterre en Australie. Ce naufragé, Gemmy, est recueilli et élevé par un peuple aborigène pendant seize ans, avant de retourner vers la civilisation grâce à une petite communauté de fermiers écossais immigrants.

La première apparition de Gemmy dans le roman se déroule alors qu'il est coincé contre une clôture par un jeune Écossais de onze ans : Lachlan Beatie, qui brandit un bâton. Cette entrée en matière, soigneusement imaginée par Malouf, le place entre les colons européens et le territoire des Aborigènes. En effet, son rôle en tant que « créature du milieu » ou « objet b-b-britannique » autoproclamé, et sa compréhension de la vie aborigène et son alliance avec celle-ci, mettent en relief la principale préoccupation du roman, à savoir le problème identitaire du sujet colonial.

La présence de Gemmy au sein de cette communauté est si menaçante et sa connaissance de « l'autre » si bien rendue que les colons sont forcés de questionner leur propre sens inhérent de supériorité. Les colons qui s'allient à Gemmy sont rejetés par leur communauté. Quant au départ forcé de Gemmy, il invite les lecteurs à se souvenir de Babylone, le berceau de la civilisation, qui fournit et motivation et justification pour le projet colonial qui l'a créé. **JSD**

Le Conquérant du monde
Bharati Mukherjee

1940 (Inde)
Première parution | 1993
Langue originale | Anglais
Titre original | *The Holder of the World*

Dans ce sixième roman de Bharati Mukherjee, un Américain né en Inde, le récit est raconté par Beigh Masters, un chasseur de trésors qui essaie de trouver la trace d'un diamant légendaire dans l'Inde des Moghols. Beigh découvre l'histoire de Hannah Easton, la maîtresse américaine d'un rajah indien. Née dans un trou perdu de la Nouvelle-Angleterre en 1670, Hannah connaît une éducation strictement puritaine à Salem avant de devenir l'épouse laissée à terre, en Angleterre, d'un marin. Désireuse d'aventures, elle se retrouve enfermée derrière les murs de la Ville Blanche en Inde moghole, avant d'être enlevée par un rajah hindou. Hannah se retrouve piégée par chacune des cultures qu'elle côtoie. C'est seulement quand Hannah devient la maîtresse du rajah qu'elle obtient la liberté d'agir comme elle l'entend et non pas comme la société le lui dicte.

Les investigations de Beigh sur la vie d'Hannah à travers les objets, les journaux, les photos, contrastent avec la simulation par ordinateur de son partenaire Venn, qui use des accessoires modernes pour simuler un jour récent. La conclusion que l'investigation de Beigh crée une évocation plus riche et plus valide du passé est soulignée quand Beigh met ses pas dans ceux du monde d'Hannah grâce à une simulation par ordinateur. *Le Conquérant du monde* est une narration vibrante sur la migration et l'aliénation qui croise les limites du temps et de la culture. **CIW**

Les Vierges suicidées
Jeffrey Eugenides

1960 (États-Unis)
Première parution | 1993
Langue originale | Anglais
Titre original | *The Virgin Suicides*

Les Vierges suicidées sont à la fois roman policier, roman d'apprentissage et tragédie. Elles démarrent par une prémisse si choquante que c'en est presque inconcevable, malgré son inspiration supposée de faits réels. Le narrateur adulte se rappelle « l'année des suicides », où les cinq filles de la famille Lisbon se suicidèrent l'une après l'autre. Le roman réunit « les preuves », journaux et notes intimes des filles, souvenirs rassemblés par le narrateur, interviews effectuées à l'époque des événements racontés – et pourtant l'atmosphère est emplie de confusion.

Certains aspects de la vie des filles Lisbon semblent conspirer pour en faire une mystification. Les gamins du voisinage ont toujours romancé leurs vies alors que d'autres voisins ont créé une toile de fond de rumeurs sur les excentricités familiales. Après le premier suicide, les quatre filles restantes sont isolées à l'école, leurs pairs et professeurs témoignant d'une pitié malencontreuse. Le narrateur ne parvient pas à éclaircir le mystère qui entoure les filles et l'éternel silence qu'elles se sont infligé. Ne parvenant pas à s'écarter de sa propre interprétation de l'état mental des filles, le narrateur ne peut que faire allusion à son propre rôle dans leur mort. L'idée que les suicides ne sont que des passages à l'acte physique traduisant leur effacement social complet… est renforcé par la paranoïa de leur mère, madame Lisbon, à propos de la rectitude et de la souillure spirituelles.

L'hystérie accompagnant la maladie de l'orme livre ici une métaphore quant à la crainte hypocondriaque d'une pandémie au sein même de la culture de banlieue en Amérique, où tuer quelque chose de sain vaut mieux que la possibilité effarante d'une contamination. **AF**

La Mémoire des pierres
Carol Shields

1935 (États-Unis)-2003 (Canada)
Première parution | 1993
Titre original | *The Stone Diaries*
Prix Pulitzer | 1995

La Mémoire des pierres est un roman panoramique, une odyssée impérieuse qui fait son chemin à travers les procès, les joies mineures et l'ennui qui jonchent la vie longue de presque un siècle de Daisy Goodwill. Le roman commence par sa tragique naissance en 1905, dans le Manitoba rural et se termine par sa mort en Floride. L'histoire est découpée en chapitres, chacun d'une décennie, qui retracent enfance, mariage, re-mariage, maternité, indépendance, chagrins, vieillesse et mort. Sur tout ce temps on entrevoit à travers cette fenêtre sur la vie de Daisy la face changeante du XXe siècle, et l'évolution de la situation de la femme dans la société.

Le roman déroule une narration complexe, écrite comme une autobiographie, mais le récit nous alerte quant à un possible manque de véracité à chaque pas. De multiples versions de la vie de Daisy sont proposées, certaines d'avant sa naissance, d'autres après sa mort, vues par une grande variété de personnages. Mais à travers les différents points de vue, à travers des sections entières de lettres et d'articles de journaux à propos de jardinage, il manque un point de vue : celui de Daisy. Il s'agit d'un roman sur la difficulté de trouver son identité et, en considérant la situation de la femme, sur la complication de notre propre définition par et auprès des autres.

À travers les décades, deux symboles reflètent des triomphes modestes et des dévastations ordinaires : l'absolue rigidité de la pierre et la croissance irrationnelle des plantes. Mais les plantes gagnent. Alors que deuil, chagrin ossifié ou vieillesse seraient considérés comme des culs-de-sac par d'autres histoires, Carol Shields nous offre à chaque fois le renouveau. Elle nous montre que la vie, d'une manière surprenante, trouve toujours moyen de fleurir. Il y a de la dignité dans l'ordinaire. Il y a de l'espoir. **GT**

Un garçon convenable
Vikram Seth

1952 (Inde)
Première parution | 1993
Langue originale | Anglais
Titre original | *A Suitable Boy*

« Toi aussi tu épouseras un garçon que j'aurai choisi », annonce Madame Rupa Mehra à sa plus jeune fille, Lata. Cependant Lata n'est pas convaincue et le cœur de l'histoire concerne la décision qu'elle doit prendre. Va-t-elle satisfaire aux vœux de sa mère en épousant Haresh Khanna, le plus « convenable » des hommes qui la courtisent ? Celui-ci est le gérant d'une usine de chaussures introduit par un ami de la famille. Va-t-elle épouser le poète Aurit, le frère de son beau-frère, qui lui propose le mariage après être devenu son ami pendant les vacances universitaires ? Ou va-t-elle défier sa mère et épouser le moins convenable de tous, Khabir, compagnon d'étude musulman dont elle est tombée amoureuse ? L'histoire de la recherche du mari idéal suit la vie

de quatre familles pendant l'année 1951, quatre ans après l'indépendance de l'Inde. Le livre a comme toile de fond l'adoption de la législation sur la réforme agraire, les fêtes religieuses comme celles de Pul Mela et les grandes tensions entre hindous et musulmans.
Pourquoi lire un aussi long livre, d'à peine cinquante pages de moins que *Guerre et Paix* ? Dans le roman de Seth, il n'y a aucune des puissantes méditations de Tolstoï, ni d'intention particulière d'une grande œuvre épique. Au lieu de cela, sa prose a une touche de légèreté et se meut sans effort au milieu d'une grande variété de personnages. Le roman embrasse le monde frivole de l'élite anglicisée, les tensions dans les universités et les milieux politiques, et l'écrasante pauvreté des villages et bas quartiers. Étonnamment, le roman est un exemple remarquablement achevé d'une narration pleine de réserve et de sobriété. Il évite les excès malgré son énorme champ d'action et il montre un respect pour les personnages et les détails que l'on trouve plutôt rarement chez les auteurs modernes. **ABi**

Testament à l'anglaise
Jonathan Coe

1961 (Angleterre)
Première parution | 1993
Langue originale | Anglais
Titre original | *What a Carve Up!*

Dans ce quatrième roman irrésistible, Michael Owen est l'infortuné biographe de la famille Winshaw, une galerie de monstres dont la cupidité et le manque de scrupules leur permirent d'en profiter et donc d'avoir rendu possible le climat « thatchérien » des années 1980 en Grande-Bretagne. Alors que le lecteur passe des épisodes formatifs de la vie de Michael à ses comptes rendus de l'ascension des Winshaw vers des situations de pouvoir et d'influence, il découvre que la famille a dessiné le cours de sa vie de manière inimaginable et avec une certaine envergure. À la fin, c'est un Michael traumatisé qui est transporté à la maison Winshaw où eux et lui vivent une farce appelée *What a Carve Up!* dans laquelle les rêves de Michael sont réalisés et en retour les Winshaw reçoivent leur dû.
Les critiques ont dit du roman de Coe qu'il était postmoderne, sans doute parce qu'ils avaient à l'esprit son badinage métatextuel. Mais il se situerait tout aussi bien dans la tradition du réalisme social victorien dans lequel les destinées personnelles et les contextes sociopolitiques sont entrelacés dans des situations que nous révèle le récit. De nombreux romans de Coe racontent des histoires policières déguisées qui débutent avec des éléments sans liens entre eux et que Coe finit par relier très élégamment. Dans ce roman, la fin de l'histoire est aussi satisfaisante que ses ruses littéraires sont délicieuses, mais ne vous laissez pas berner pour autant : à vrai dire ce roman est une furieuse satire sociale. **PMy**

Petite philosophie de l'amour
Alain de Botton

1969 (Suisse)
Première parution | 1993
Langue originale | Anglais
Titre original | *On Love*

Ce livre est une histoire d'amour minutieusement moderne et une œuvre délicieusement originale qui allie habilement qualités intellectuelles et émotionnelles, philosophiques et romanesques. Avec des références à Wilde, Heidegger, Hegel, Marx, Nietzsche, Kant, Platon, Mill, Wittgenstein, Héraclite, Freud et Flaubert, entre autres, *Petite philosophie de l'amour* est une œuvre intellectuelle sans pudeur. Mais le narrateur utilise son érudition pour réfléchir avec humour et intelligence sur ce que l'on ressent quand on tombe amoureux parce que supposément on était censé être fait l'un pour l'autre ; sur la manière dont nous idéalisons l'être aimé ; sur le thème de la séduction ; sur le manque d'authenticité quand on veut être celui que l'on pense que l'être aimé veut que l'on soit ; sur la disjonction entre l'esprit et le corps quand on fait l'amour ; sur l'insécurité de l'amant quand l'autre lui retourne son affection ; et sur le fait qu'être amoureux révèle autant sur soi-même et n'est autre que le miroir dans lequel on se voit. Ces réflexions sont mêlées à l'histoire d'amour du narrateur avec une femme du nom de Chloé, qu'il rencontre lors d'un vol Paris-Londres. Ce n'est pas un roman pour le romantique incurable, mais il s'agit plutôt d'une dissertation philosophique percutante et soutenue, qui exerce l'irrésistible séduction des histoires d'amour bien racontées. **SJD**

Les Jumelles
Tessa de Loo

1946 (Pays-Bas)
Première parution | 1993
Langue originale | Néerlandais
Titre anglais | *De Tweeling*

Les jumelles Anna et Lotte ont été séparées dans leur prime enfance, par la mort de leurs parents, puis par la maladie et les vendettas familiales et enfin par la Seconde Guerre mondiale. Elles se retrouvent accidentellement à l'âge de soixante-quatorze ans dans un hôtel de remise en forme. Cette rencontre inattendue provoque des émotions contraires chez les deux femmes. Anna, la sœur allemande, maltraitée dans son enfance par sa famille adoptive et qui a perdu, à cause de la guerre et des circonstances, tous ceux qui pouvaient l'ancrer et lui donner un sentiment d'appartenance, embrasse avec ferveur sa parente retrouvée. Lotte au contraire, élevée aux Pays-Bas, porte une haine tenace envers son ancienne patrie et accueille les avances de sa sœur avec suspicion et dédain.

L'auteur donne la parole aux millions d'Allemands coupables devant le tribunal de l'Histoire d'avoir entériné passivement le génocide. Via Anna, elle trace le portrait du citoyen ordinaire, très différent de celui agréé par l'histoire. Des questions de portée éthique plus vaste sont posées. Quelle part de notre énergie et de nos ressources devrions-nous garder pour nous-mêmes et quelle part devrions-nous sauver pour les autres, même si nous sommes dans une situation personnelle critique face à l'adversité ? Peut-on ranimer l'affection et renouveler les liens de l'enfance après un demi-siècle de négligence et d'incompréhension ? Ce roman ne donne pas de réponses claires, mais les problèmes qu'il expose restent à l'esprit longtemps après qu'on a refermé le livre. **MWd**

Looking for the Possible Dance
A. L. Kennedy

1965 (Écosse)
Première parution | 1993
Langue originale | Anglais
Non traduit à ce jour en français

Looking for the Possible Dance (« En quête d'une danse ») est une histoire quotidienne de vie, d'amour et de sacrifice dans le monde pesant des relations entre hommes et femmes. En exposant la résistance de Margaret aux limitations des rôles de la femme comme fille, épouse et maîtresse, elle démontre la fragilité des hommes dans leur dépendance désespérée et pleine de ressentiment vis-à-vis des femmes, une dépendance qui suscite en eux haine et amour.

Lors d'un trajet en train entre Glasgow et Londres, Margaret se remémore les événements qui l'ont amenée à ce moment précis. Son père possessif mais qu'elle adorait est décédé. Elle a perdu son boulot au foyer municipal à cause de son chef qui s'est imaginé une affaire de cœur non réciproque avec elle et a forgé de fausses accusations à son encontre. Son amant Colin a été estropié dans une attaque par un gang du coin qui l'a sauvagement crucifié dans un entrepôt pour le punir d'avoir démasqué des usuriers. Ayant d'abord refusé de l'épouser, Margaret doit décider si elle va reprendre cette relation selon ses termes à lui, et payer de retour son sacrifice public par le sien. Dans une conclusion ambiguë, l'auteur renvoie son héroïne chez elle, terminant son voyage de découverte d'elle-même là où il a commencé. Un amour inquiet et une angoisse constante coexistent en Margaret, la suspendant dans cette narration finement écrite de devoir et de désir. Seule la danse lui offre un aperçu d'harmonie sociale, mais même cette affirmation de possibles nouvelles relations lui est refusée. La réalité présente et abrutissante est sous-tendue par la violence, que ce soit la brutalité des relations entre hommes en public ou la coercition privée des relations hommes-femmes. Dans ce roman, la danse de la vie procure peu d'opportunités pour échapper à la routine quotidienne. **CJ**

Les Chemins de feu
Sebastian Faulks

1953 (Angleterre)
Première parution | 1993
Langue originale | Anglais
Titre original | *Birdsong*

Les Chemins de feu sont une histoire d'amour. Le livre, mélange de faits et de fiction, est né de la peur que la conscience collective n'oublie la Première Guerre mondiale. D'une certaine manière, il tient la promesse : « Nous nous en souviendrons », et les soldats fictifs de Faulks donnent une identité aux « disparus » de la guerre – les morts et ceux « jamais retrouvés ». Par le biais d'une manipulation qui ne cache pas sa sentimentalité, Faulks sollicite une sympathie à fendre le cœur. Il redéfinit l'héroïsme en présentant la vaillance non comme une bravade, mais comme la peur et l'endurance paralysante d'une souffrance qui ne rime à rien.

Les notes de Stephen Wraysford, contenues dans ses calepins de guerre, sont retrouvées par sa petite-fille Elizabeth en 1978. En lisant son récit, Elizabeth revit le passé de son grand-père et trouve sa propre identité. L'intensité explicite de la passion sexuelle de Stephen pour sa maîtresse Isabelle sert d'expérience sexuelle par procuration pour ceux qui, comme Weir, l'ami de Stephen, moururent sans avoir expérimenté le sexe. Et l'horreur des tranchées est marquée au fer rouge dans la conscience des lecteurs pour donner par procuration une identité nationale à une génération qui n'a jamais combattu. En entrevoyant comment nous pourrions réagir dans des situations extrêmes, *Les Chemins de feu* permettent aux lecteurs d'apprendre, comme Elizabeth, plus de choses sur eux-mêmes. Mais le roman n'est pas nationaliste, Stephen étant ainsi sauvé par un soldat allemand avec lequel il pleure sur « la singularité amère de la vie ». Finalement, il soutient que toute tentative de dire la vérité sur la guerre se situe au-delà du langage, car cette vérité est trop insupportable à dire et à comprendre. **AR**

Nœuds et dénouements
E. Annie Proulx

1935 (États-Unis)
Première parution | 1993
Titre original | *The Shipping News*
Prix Pulitzer | 1994

Quoyle, un journaliste new-yorkais de trente-six ans, a une vie traumatisante et stressante : ses parents se sont suicidés et sa femme est morte dans un accident de voiture. Sa tante a toujours voulu retrouver le pays de ses ancêtres et elle convainc Quoyle de déménager avec elle à Terre-Neuve. Il surmonte sa peur de l'eau et devient le correspondant maritime d'un journal local. Une série d'événements étranges obsèdent Quoyle. Dans la ville, il remarque une femme agréable dont l'enfant souffre du syndrome de Down. Ils établissent des liens amicaux qui les conduisent presque à l'intimité. Les ancêtres de Quoyle, qui ne vivaient pas loin, étaient réputés être des pirates et des assassins. Il visite leurs tombes et, en revenant, trouve une valise contenant une tête.

À la fin, c'est le triomphe de la vie sur la mort, quand Doyle survit à un naufrage et que son ami Jack échappe à la noyade. *Nœuds et dénouements* était censé être un roman « qui finit bien », expérience nouvelle pour son auteur après un premier roman trop noir. Mais cette fin heureuse n'est ni euphorique, ni facile : il semble que la seule forme de bonheur qu'Annie Proulx puisse accorder à ses personnages soit l'absence de traumatisme et de souffrance. La résolution de ce roman étrange et troublant est emplie d'un certain malaise. **EF**

Cekani na tmu, Cekani na svetlo
Ivan Klima

1931 (Tchécoslovaquie)
Première parution | 1993
Titre anglais | *Waiting for the dark, waiting for the light*
Non traduit à ce jour en français

Que veut-on dire par libre ? Comment peut-on faire face à un monde où les limites anciennes ont disparu ? Et laquelle des nombreuses vies que nous vivons, des choix que nous faisons, des identités que nous adoptons, est réellement notre vrai « moi » ? Klima, qui fut lui-même amplement censuré pendant la guerre froide, étudie ces grandes questions avec une sûreté stylistique dans le trait et une puissante perspicacité. Son imagination surréaliste, presque magico-réaliste, se mélange à une satire habile et à un humour noir. Tandis que l'expérience traitée – la révolution de velours de 1989 – est évidemment tchèque, le cadre du livre est transnational et ses messages sont universels.

Ce roman raconte l'histoire de Pavel, un cameraman qui a la phobie de l'engagement et qui travaille pour un régime réducteur et corrompu. Il tord quotidiennement le cou à la vérité et rêve d'une liberté où ses talents et sa propre vérité auraient les brides lâchées. Plusieurs narrations s'entremêlent dans le récit de Pavel : un président dans un labyrinthe imaginaire, une pièce de théâtre abstraite que Pavel espère écrire un jour, un conte troublant d'un amour perdu il y a longtemps, voire un drame en forme de prise d'otage. Mais le cœur du roman concerne Pavel lui-même : compromis, médiocre, sans but, imparfait… mais finalement très humain. **TSu**

La Découverte de la saucisse au curry
Uwe Timm

1940 (Allemagne)
Première parution I 1993
Langue originale I Allemand
Titre original I *Die Entdeckung der Currywurst*

Dans *La Découverte de la saucisse au curry*, Uwe Timm, auteur prolifique à succès, a concentré de la matière pour une œuvre quatre fois plus longue. Il distille des sujets provocants – la fin de la Seconde Guerre mondiale, l'adultère, le nazisme – jusqu'à leur essence émotionnelle : le symbole apparemment inconséquent mais cependant puissant de l'intégration culturelle dans l'Allemagne d'après-guerre, à savoir la saucisse au curry que l'on trouve partout.
L'étude de Timm sur l'invention de cette friandise jaillit de ses souvenirs d'enfance, lorsqu'il mangeait de la saucisse au stand de fast-food de Lena Brücker. Celle-ci clame qu'elle en est l'inventeur authentique, mais avant de révéler tous les détails de sa découverte culinaire, elle est obligée de raconter son passé pour y arriver. Le narrateur, Tim, prétend que sa seule motivation pour interroger Lena Brücker est de résoudre l'énigme de la saucisse, alors qu'en réalité il s'agit d'un moyen de clarifier les énigmes de la guerre, des devoirs, de l'amour. Notre rencontre avec la recette accidentelle de la saucisse est précédée par l'affaire de cœur entre Brücker et Bremer, un soldat fugitif qui se cache des autorités nazies.
Les grands thèmes habilement traités donnent à cette nouvelle un parfum auquel on ne peut déroger, et auquel la saucisse fournit l'assaisonnement épicé. **ABI**

Disappearance
David Dabydeen

1955 (Guyana)
Première parution I 1993
Langue originale I Anglais
Non traduit à ce jour en français

Le narrateur, un jeune ingénieur guyanais, est envoyé à Dunsmere Cliff, sur les côtes du Kent, pour superviser la construction d'un mur qui empêchera le village de s'effondrer dans la mer. Sérieux et contemplatif, il loge chez une vieille Anglaise colérique, fascinée par l'Afrique où elle a passé une grande partie de sa vie. Alors que la vieille dame s'informe sur les ancêtres africains de son locataire, la question centrale du roman – est-il possible un jour d'être quitte de son passé ? – déclenche le trouble du narrateur. Il commence à appréhender la nature du village, découvrant que, sous son apparence bien anglaise, se cache une violence latente reliée à son passé impérial. Il en résulte une méditation puissante sur la condition de l'Angleterre, considérée comme un pays de monuments et de récits patriotiques qui servent finalement à indiquer ce qui a disparu ou ce qui n'a jamais été vraiment reconnu : les combats de l'Empire, la violence qui a créé de grands travaux publics et la mort des esclaves.

Ce roman utilise des épigraphes empruntées au philosophe Jacques Derrida et à l'ancien Premier ministre, Margaret Thatcher ; ne serait-ce que pour cela, il mérite sans doute notre attention. Mais c'est dans la manière dont Dabydeen inclut l'idée théorique – l'absence joue plus que la présence dans l'élaboration du récent sentiment national britannique – que ce roman assez bref acquiert une résonance qui transcende sa touche de légèreté. **ABi**

Le Fleuve sacré
Shusaku Endo

1923-1996 (Japon)
Première parution | 1993
Langue originale | Japonais
Titre original | *Fukai kawa*

À la fin de sa vie, au moment où il écrivait ce roman, Endo était considéré dans son pays, comme une célébrité culturelle et par certains comme la conscience morale et spirituelle de la nation. *Le Fleuve sacré* résume les conflits personnels et les réflexions publiques de toute une vie. Le fleuve du titre est le Gange, dans le nord de l'Inde, visité par un groupe de touristes japonais qui vivent toutes sortes de crises. L'un est un vétéran de la Seconde Guerre mondiale hanté par les souvenirs des horreurs de la campagne de Birmanie ; l'autre est un homme d'affaires guidé par la culpabilité et croyant à la réincarnation de sa femme morte du cancer. L'intérêt religieux d'Endo trouve son expression dans la personne d'Otsu, Japonais catholique rejeté par l'Église officielle européenne et qui a suivi sa propre version de la foi en Inde. Et puis il y a Misuko, une femme qui cherche le pardon pour avoir autrefois séduit Otsu dans une tentative frivole de miner sa foi. Alors qu'il présente ses observations sur l'Inde et ses croyances dans une perspective japonaise, Endo reste préoccupé par le souci de sa vie : le Japon et le catholicisme. Sa critique du matérialisme est sévère, comme l'est son rejet de la hiérarchie catholique en Europe dans sa prétention à définir et contrôler la foi chrétienne. Endo propose une vision de la religion qui serait compréhensive, tolérante et ouverte à tous. Tous ses personnages majeurs trouvent une forme de réconciliation, d'auto-acceptation ou d'accomplissement. **RegG**

La vie est un caravansérail
Emine Özdamar

1946 (Turquie)
Première parution | 1992
Titre original | *Leben ist eine Karawanserai hat zwei Türen aus einer kam ich rein aus der anderen ging ich raus*

Ce livre au titre peu conventionnel (*La vie est un caravansérail Il a deux portes J'entrais par l'une Je sortais par l'autre*) brise toutes les conventions. Cette suite de phrases sans ponctuation qui martèle le récit nous tombe dessus dès que nous commençons à lire. La première phrase continue ainsi : « D'abord je vis les soldats j'étais debout dans le ventre de ma mère au milieu des blocs de glace… » *La vie est un caravansérail* n'est pas une autobiographie courante ; on passe de la protagoniste dans le ventre de sa mère au wagon dans lequel se trouve la mère, entourée de soldats, et cela aussi facilement que le livre change de styles, de registres, de perspectives.

Le mariage du style et du thème est absolu : tandis que la narration raconte la manière de construire nouvellement l'identité féminine dans un contexte politique et social défavorable, les expériences stylistiques désorientent, puis arrivent à créer une espèce de logique propre, poétique et provocante. Les limites des catégories linguistiques sont réinventées avec fluidité, tandis que les notions de subjectivité, de nationalité et de sexe sont redéfinies. Le livre est merveilleusement anarchique : aussi bien dans les joyaux verbaux qui interrompent sa propre texture narrative (de la prière arabe qui étaye le texte, demandant protection et pardon, au rendu des sons d'une pomme croquée, à la James Joyce), que dans son ouverture et sa pugnacité. **MS**

La Mandoline du capitaine Corelli
Louis de Bernières

1954 (Angleterre)
Première parution | 1994
Titre original | *Captain Corelli's Mandolin*
Adaptation cinématographique | 2001

Louis de Bernières écrit dans la grande tradition de Gabriel García Márquez – d'amples et vastes narrations qui englobent tout un monde, évoquent et dépeignent une communauté et les interrelations de la naissance à la mort de ses habitants qui vivent vieux. Technique qui produit des romans de grande profondeur et envergure, remplis d'humour.

Le premier récit de *La Mandoline du capitaine Corelli* met l'accent sur Pélagie et son père, le docteur Iannis, habitants de l'île grecque de Céphalonie. Le roman a pour toile de fond les horreurs de la Seconde Guerre mondiale, l'occupation italienne et allemande, et décrit l'amour qui naît entre Pélagie et un Italien doué pour la musique, le capitaine Corelli. Il est empli d'une multitude de personnages, et ses soixante-treize sections sont racontées à partir de multiples perspectives, qui vont de la narration omnisciente aux lettres secrètes, des écrits historiques de Iannis aux délires mégalomanes imaginaires de Mussolini. Avec la combinaison de toutes ces narrations, le roman peut à première vue sembler légèrement aliénant. Cependant, une fois dans sa vitesse de croisière, le lecteur est pris dans une narration à facettes multiples qui témoigne avec sagacité et humour de la voie que peut prendre la vie d'individus disparates, des vies à la fois infiniment séparées et cependant intimement entremêlées. Malgré la richesse des descriptions historiques, cette œuvre ne prétend pas être un recueil scolaire des événements mondiaux sur lesquels s'appuient les histoires personnelles. Elle s'abstient plutôt de prétendre à l'objectivité de l'histoire officielle et évoque, mieux qu'aucun recueil historique, l'horreur, le chagrin et les étranges petits miracles qui arrivent pendant la guerre « aux petites gens qui sont pris dedans… ». **SJD**

How Late It Was, How Late
James Kelman

1946 (Écosse)
Première parution | 1994
Prix Booker | 1994
Non traduit à ce jour en français

How Late It Was, How Late (« Il était si tard, si tard ») est un roman sur l'aliénation. Primé en 1994 par le prix Booker, il fut taxé de « vandalisme littéraire » par le journal *The Times*, point culminant de la

consternation publique. En conséquence, il n'en devint que plus fameux, plus pour son « mauvais » langage que pour la remarquable innovation de sa forme et de son style.
Raconté du point de vue d'un chômeur de Glasgow, ce livre conte l'histoire de Sammy Samuels, qui se réveille aveugle après avoir été battu par la police et lutte ensuite pour naviguer à travers le labyrinthe de la ville et de l'État-providence en essayant de réclamer des indemnités pour sa « dysfonction », tout en méditant sans cesse sur sa fâcheuse situation. La sensibilité kafkaïenne du récit évoque une administration hermétique faisant preuve d'une autorité oppressive et arbitraire. Cependant, pour Kelman, l'instrument de cette horreur est le langage lui-même. Dans un autre mouvement libertaire, le texte alterne la voix narrative entre la première et la troisième personne, effaçant la frontière entre narrateur et personnage, et éliminant cette hiérarchie linguistique traditionnelle. Sammy est à la fois le narrateur et l'objet de la narration, sujet et objet, une identité instable qui signale une crise dans l'idée de soi qu'a Sammy, un sens de l'aliénation qui s'amplifie par la répétition des mots, des actions et des événements. Sammy est donc prisonnier du moment présent, dénué de sens, de direction et d'opportunité d'agir. Dans le contexte écossais post-industriel, cette situation rappelle une crise plus typiquement masculine. Cependant, le roman résiste aux forces déshumanisantes de la société avec une énorme complexité émotionnelle, une grande perspicacité intellectuelle et un humour désarmant. **CJ**

Sestra
Jáchym Topol

1962 (Tchécoslovaquie)
Première parution | 1994
Langue originale | Tchèque
Titre original | *Sestra*

Jáchym Topol est une des voix tchèques les plus courageuses et vibrantes, qui aient émergé après la révolution de velours de 1989. Fils du dramaturge Josef Topol, Topol fut le plus jeune signataire de la « Charte 77 » des dissidents tchèques et participa toute sa vie d'adulte à la clandestinité artistique et politique de son pays. *Sestra* (« La Sœur ») est peut-être la seule œuvre littéraire à donner à la période postrévolutionnaire un traitement soutenu. C'est l'une des premières œuvres à expérimenter complètement l'usage du tchèque familier, faisant ses délices de l'argot et de profanations d'un langage interdit pendant les décennies de l'occupation soviétique. *Sestra* peut être lu comme une déclaration d'indépendance pour l'imaginaire tchèque moderne.
Le roman débute dans les premiers jours de la révolution avec le compte rendu des vols aériens de réfugiés est-allemands fuyant Prague et institue son premier narrateur, une âme aliénée et poétique du nom de Potok, qui se mêle à une bande de semi-criminels qui recherchent des opportunités de business au milieu de cette énergie chaotique d'une nouvelle ère. À partir de là, le temps « explose ». *Sestra* est un voyage fantastique à travers l'histoire de l'Europe, naviguant entre des passages de sobre réalisme social, de nouveaux événements, des séquences de rêve échevelées et une mythologie ésotérique. C'est une expérience difficile pour le lecteur qui n'est pas familier de la culture tchèque, mais elle reflète les incertitudes

aiguës de ce moment postrévolutionnaire, incertitudes morales, sociales, politiques, économiques, linguistiques et religieuses. Parallèlement à ce mouvement et ce flux, il y a une histoire d'amour émouvante, celle de Potok qui cherche et trouve sa « sœur », son âme sœur. Il s'agit vraiment d'une œuvre belle, déroutante et constamment inventive. **SamT**

Pereira prétend
Antonio Tabucchi

1943 (Italie)
Première parution | 1994
Titre original | *Sostiene Pereira: una testimonianza*
Adaptation cinématographique | 1996

L'histoire est racontée au narrateur par Pereira, l'éditeur des pages culturelles du journal *Lisboa*. L'amour de Tabucchi pour le Portugal est tangible dans les descriptions de Lisbonne, étincelant sous le soleil ou frissonnant sous la brise de l'océan. Nous sommes à l'été 1938 et, tandis que des dictatures sont déjà bien établies dans le reste de l'Europe, le Portugal est encore en train d'assister aux premières manifestations du régime Salazar. *Pereira prétend* est le récit de la force des mots et de la façon dont ceux-ci peuvent responsabiliser politiquement et ethniquement un peuple. Au début, Pereira est présenté comme un veuf neurasthénique plutôt lourd, qui intériorise les choses et parle à la photo de sa femme décédée. Guère touché par l'érosion de la démocratie et les protestations réduites au silence sous la dictature de Salazar, Pereira est préoccupé par ses craintes quant à l'état de son cœur et ses inquiétudes intellectuelles à propos de la mort. Dès le début, l'odeur de la mort imprègne le roman. Quand Pereira découvre un essai philosophique sur le sujet, il s'éveille aux échos de l'extermination collective des juifs et aux humiliations infligées aux travailleurs. L'assassinat violent de Monteiro par les sbires de la police de Salazar convainc Pereira de prendre position. La mort est une métaphore politique pour l'absence de liberté. Symboliquement, de la mort naît la vie comme naît la décision de Pereira de se battre pour elle. Le roman se termine sur la transformation de Pereira qui se sent plus jeune et plus léger et décidé à combattre la répression politique par l'utilisation des mots. Avant de fuir le Portugal, son dernier article dans le journal *Lisboa* ne concerne pas une critique de livres timide, mais une accusation courageuse de la responsabilité gouvernementale dans la mort de son ami Monteiro. **RPi**

Chroniques de l'oiseau à ressort
Haruki Murakami

1949 (Japon)
Première parution | 1994
Langue originale | Japonais
Titre original | *Nejimaki-dori kuronikuru*

Le narrateur de *Chroniques de l'oiseau à ressort* a quitté il y a peu son travail. Toru Okadu passe désormais ses journées à la maison dans une banlieue de Tokyo, tandis que sa femme part travailler. Et puis une série d'événements étranges interrompent sa vie : le chat disparaît, il reçoit des coups de fil érotiques sinistres d'une femme qu'il ne connaît pas, il hérite d'une boîte vide d'un vieux diseur de bonne aventure. Et un jour, sa femme ne rentre pas.

Le roman prend la forme d'une quête ambiguë, avec de nombreux indices intrigants. Okadu rencontre une adolescente qui, comme lui, n'a pas grand-chose à faire de ses journées. Une amitié platonique naît

entre eux. Elle lui indique un jardin avec un puits asséché. Un vieux soldat lui raconte comment il a passé plusieurs jours au fond d'un puits en Mongolie durant la guerre. Okadu décide d'aller méditer au fond du puits dans le jardin, là où les limites de la réalité deviennent floues.
Murakami a déclaré que « la plupart des romanciers japonais s'adonnent à la beauté du langage. J'aimerais changer cet état de choses. Le langage est… un instrument de communication ». Son style plat est plus remarquable encore en japonais, mais se prête néanmoins facilement à la traduction. **TEJ**

Le Voyage de Felicia
William Trevor

1928 (Irlande)
Première parution | 1994
Titre original | *Felicia's Journey*
Adaptation cinématographique | 1999

Dans *Le Voyage de Felicia*, William Trevor greffe une nouvelle forme littéraire sur l'un de ses thèmes les plus constants : la relation historique pesante entre son Irlande natale et l'Angleterre qui l'adopta. Dans ce thriller psychologique qui a pour cadre les Midlands anglais, il lance Felicia, une jeune fille irlandaise innocente, dans les griffes de Mr. Hilditch, un célibataire anglais d'âge moyen, peu en prise avec la réalité. Felicia, qui est enceinte, a échappé à sa famille paternaliste, catholique et républicaine pour retrouver à Birmingham le père de son enfant. Incapable de le retrouver, elle se voit proposer aide et gîte par Mr. Hilditch. Le contraste entre l'Anglais pervers, méchant et manipulateur, et sa supposée victime, la jeune et naïve Irlandaise, n'échappe clairement pas aux arrière-pensées politiques et historiques. Tandis qu'un sombre pressentiment augmente chez le lecteur, un jeu du chat et de la souris se développe entre les deux protagonistes, et Felicia est inconsciemment aidée à échapper à Mr. Hilditch grâce à l'attention persistante de Miss Calligary, une missionnaire indienne zélée. Alors que le roman se concentre sur la désintégration de l'esprit de Hilditch, Felicia devient une clocharde anonyme dépendant de la générosité des humains. Elle assume son aura comme celle d'une religieuse et personnifie le sacrifice altruiste, dont le don mystérieux de bonté a toujours fasciné Trevor. **UD**

La Terre
Park Kyong-ni

1926-2008 (Corée du Sud)
Première parution | 1969-1994
Langue originale | Coréen
Titre original | *Toji*

Cette saga en cinq parties raconte l'histoire tragique de quatre générations de la famille Choi, de riches propriétaires terriens, de 1897 à 1945. Elle révèle dans son développement de nombreux aspects peu connus de la vie et de l'histoire de la Corée.
Dans la première partie (1897-1908), Pak décrit la chute de la famille Choi, la saisie de sa propriété par Cho Joon-ku, un parent éloigné et l'enfance de Seo-hee, l'une des filles de la famille, qui voyage par la suite vers Jendao, dans la province de Jilin en Chine, avec quelques villageois qui haïssent Cho Joon-ku. La deuxième partie (1911-1917) parle de la vie de Seo-hee et de son succès à Jendao. Elle épouse Gilsang, un ancien serviteur de la famille Choi, avant de rentrer chez elle. Le lecteur est confronté au mouvement pour l'indépendance de la Corée et aux conflits au sein de

la communauté coréenne expatriée. Dans la troisième partie (1919-1929), Seo-hee réussit à chasser Cho Joon-ku. En même temps, la narration décrit les problèmes prédominants et les difficultés des intellectuels coréens sous la férule coloniale des Japonais. Dans la quatrième partie (1930-1939), on voit grandir Hwan-kuk et Yoon-kuk, les fils de Seo-hee. Park explore la façon dont la Corée élabore une plus grande connaissance de soi alors que de l'oppression japonaise naît un désordre croissant dans la société. La cinquième partie (1940-1945) montre comment les Coréens luttent pour leur libération. Elle atteint son apogée avec la nouvelle de la reddition des Japonais. **Hoy**

La Vierge des assassins
Fernando Vallejo

1942 (Colombie)
Première parution | 1994
Titre original | *La virgen de los sicarios*
Adaptation cinématographique | 2000

Après avoir passé trente ans à l'étranger, Fernando, écrivain et grammairien, retourne à Medellín, une ville dégradée par la violence. Il y tombe amoureux d'Alexis, l'un de ces jeunes tueurs à gages devenus des objets sexuels dangereux, exhibés dans les fêtes d'une certaine bourgeoisie cynique. Le Pygmalion fatigué et misanthrope découvre une pureté terrifiante quoique fascinante dans cet enfant assassin. Il parcourt la ville en sa compagnie et s'aperçoit que la mort marque sa route, car Alexis règle tous les conflits à coups de revolver.

Fernando a écrit l'une des proses les plus brillantes des derniers temps, dans tous les registres, de la liturgie catholique à l'argot très brutal utilisé par les narco-assassins, en passant par l'horreur grotesque et irrationnelle. Avoir tué un chien blessé est le seul crime et le seul acte de pitié qu'il veut bien admettre. Quand la fin approche, Alexis meurt en protégeant Fernando, qui est dévasté. Cependant, il lui faut peu de temps pour remplacer son amant par Wilmar, dont il ignore qu'il est le meurtrier d'Alexis. Quand il le découvre, et avant de savoir ce qu'il adviendra de leur relation, Wilmar est tué par des balles anonymes.

Ce monologue sur l'amour, la mort et son mépris du monde vise explicitementun étranger ignorant en enfer, comme un contrepoint nécessaire pour justifier le côté didactique et ironique du narrateur. Le livre révèle l'une des voix les plus puissantes de la fiction hispano-américaine d'aujourd'hui. **DMG**

L'Amour harcelant
Elena Ferrante

Née en Italie
Première parution | 1995
Langue originale | Italien
Titre original | *L'amore molesto*

Racontée dans un style très observateur d'une grande rudesse, cette histoire se déroule dans Naples, séduisante mais hostile, dont les rues chaotiques et suffocantes deviennent un des thèmes centraux. Après la mort prématurée et mystérieuse de sa mère, Dalia, une illustratrice originaire de Naples et qui vivait à Bologne depuis des années retourne donc dans sa ville natale. Elle ne peut pas croire que sa mère, dont elle se souvient comme d'une femme positive et exubérante, ait pu se suicider. Chercher la vérité sur sa mère devient inévitablement une recherche de la vérité sur sa famille et sur elle-même et du nœud de mensonges et d'émotions qui les liait.

La reconstruction des derniers jours de sa mère met en lumière des événements oubliés de la vie de Dalia, la forçant à réinterpréter son passé. Elle se rappelle comment sa relation avec sa mère s'écroula après que son père agressif et possessif l'eut accusée d'avoir une relation extramaritale. Mais Dalia n'est pas prête à affronter toute la vérité sur sa mère et sur elle-même. C'est pour cette raison, alors que le mystère des derniers jours de sa mère paraît être résolu, que Dalia décide de retourner à Bologne et d'abandonner Naples, ses rues et ses nœuds insupportables de mensonges et de vérités.
Le roman de Ferrante a été chaleureusement accueilli pour sa manière d'allier subtilité psychologique et usage effectif d'un langage simple, pour une prose perspicace et une analyse lucide des rapports mère-fille dans la société italienne contemporaine. **LB**

Journal de la nuit
Petros Markaris

1937 (Turquie)
Première parution | 1995
Langue originale | Turc
Titre original | *Nychterino deltio*

Journal de la nuit est le premier livre de Petros Markaris d'une série « mystère » où officie l'inspecteur de police athénien Costas Haritos. Un crime passionnel apparemment simple dans la communauté des immigrants albanais d'Athènes devient bien plus complexe quand une journaliste de la télévision, Yanna Karayoryi, s'y intéresse. Quand elle est assassinée un peu avant de faire une révélation, l'inspecteur s'embarque dans une investigation qui va le conduire à dévoiler un réseau de trafic d'enfants.

Même si Haritos, notre narrateur, n'est pas un personnage agréable, le lecteur finira par sympathiser avec son point de vue agressif et pessimiste. À l'âge de cinquante ans, des changements dans son petit monde l'ont rendu difficile et cynique. Il savait où il en était quand la Grèce vivait sous la dictature militaire et avant que sa fille ne quitte la maison. Maintenant, il n'aura plus de promotion parce qu'il ne sait comment se comporter dans le monde complexe de la Grèce démocratique. À la maison, sa relation avec sa femme est inconfortable : à présent qu'ils sont tous les deux seuls, ils ne savent comment gérer leur couple.
Dans ce récit tortueux et parfois démesurément complexe, Markaris offre à ses lecteurs une vue d'ensemble sur la société grecque contemporaine, survolant les relations de Haritos avec sa femme et sa fille, la congestion du trafic athénien, la corruption des hommes politiques grecs, anciens et nouveaux, et l'héritage de la chute du communisme. **CIW**

C'est fini
Lydia Davis

1947 (États-Unis)
Première parution | 1995
Langue originale | Anglais
Titre original | *The End of the Story*

C'est fini commence à la fin de l'histoire d'amour, quand cela fait le plus mal. Puis un an passe : la narratrice sans nom, écrivain et professeur à l'université, nous raconte ses vaines tentatives pour « le » retrouver dans une ville étrangère. En le traquant jusqu'à sa dernière adresse connue, elle découvre des noms peu familiers au-dessus de la sonnette. En rendant hommage à Proust (dont l'auteur est la distinguée traductrice), la narratrice passe le roman à sonner à la porte du passé dans le vain espoir de trouver de l'autre côté la vérité. L'espoir est d'autant plus urgent qu'elle écrit un roman sur cette histoire d'amour. *C'est fini* est comme beaucoup de romans contemporains : il parle beaucoup de lui-même, du processus de sa propre fabrication. Cependant, il ne s'agit pas d'un roman qui cherche à subvertir les modes conventionnels du récit en partant d'une certaine perspective, consciente et supérieurement ironique. Au contraire, il s'agit de l'étrange paradoxe que tous les écrivains (et bien sûr les non-écrivains) rencontrent, c'est-à-dire le fait que la véritable tentative de clarifier notre expérience peut finir par l'obscurcir. Donc, à la longue, la narratrice doute de l'apparente solidité de sa mémoire. La simplicité cristalline et la précision de la prose de Lydia Davis ne font qu'intensifier ce sentiment profond que la vie et l'amour sont insaisissables. Son roman nous montre soigneusement que nous pouvons raconter nos histoires seulement après qu'elles ont eu lieu, c'est-à-dire après les avoir perdues. **JC**

Love's Work
Gillian Rose

1947-1995 (Angleterre)
Première parution | 1995
Langue originale | Anglais
Non traduit à ce jour en français

Sigmund Freud décrit l'amour et le travail comme les fondements du bonheur humain. Le texte autobiographique du philosophe et théoricien social Gillian Rose, *Love's Work*, les entrelace pour explorer l'amour du travail (le travail de la pensée ou philosophie), ainsi que le travail et le fonctionnement de l'amour. Le livre débute avec la première rencontre entre Rose et Edna, une New-Yorkaise âgée de quatre-vingt-dix ans, qui vit avec un cancer depuis l'âge de seize ans. *Love's Work* commence donc avec l'exploration du sens de la survie et la nécessité de vivre avec « scepticisme ». La contradiction, la différence et les moyens de les surmonter sont au cœur du livre et résident, pour Rose, dans la relation entre protestantisme et judaïsme (la religion de sa famille), dans l'appel à l'introspection ou à une règle qui force à l'obéissance mais non pas à la croyance. C'est une histoire à propos d'« éducation », mais de celle où les sens de ce terme sont continuellement testés. C'est tard dans le livre que Rose révèle au lecteur, et alors qu'elle écrit ce roman, qu'elle est atteinte d'un cancer avancé. Elle a déjà décrit la destruction causée par l'histoire d'amour malheureuse qu'elle devait pourtant vivre « pour avoir une chance de survie… J'entends le grondement et le grésillement et je sais que c'est moi ». Le lecteur, confronté à ses idées préconçues à propos de cette maladie, est amené à réfléchir sur de nouvelles façons de vivre et de mourir, sur la comédie de la vie et sur la tragédie de la philosophie, et sur le fait qu'elles sont inséparables. **LM**

L'Équilibre du monde
Rohinton Mistry

1952 (Inde)
Première parution | 1995
Titre original | *A Fine Balance*
Prix des écrivains du Commonwealth | 1996

L'Équilibre du monde a comme cadre l'Inde du milieu des années 1970. Deux tailleurs, Ishvar et son neveu Omprakash, quittent leur petit village dans des circonstances tragiques pour aller travailler à la

ville. Leur employeur est la veuve Dina Dalal, qui fournit aussi un logis à l'ami étudiant de son fils, Manek. Ces quatre vies s'entremêlent et une timide amitié les lie au milieu du chaos de l'état d'urgence de 1975.
L'envergure épique du roman confronte une impitoyable brutalité de classe et de caste, alors que les protagonistes sont abandonnés, vulnérables, aux caprices de la pauvreté et de la discrimination. Il s'agit d'un roman historique qui recrée méticuleusement l'Inde d'Indira Gandhi, et l'auteur utilise ce contexte pour présenter une vision paradoxalement humaine de l'inhumanité.
L'Équilibre du monde est un livre non sentimental à l'humour noir ; il mène le lecteur dans un monde vicieux, et parfois carnavalesque, de pauvreté et de profonde impuissance. Son dénouement navrant est l'un des plus choquants de la littérature du XXe siècle. Peut-être que l'exploit le plus grand de Mistry réside dans la peinture perspicace de l'impitoyable brutalité. Ce qui nous est donné à lire est une histoire à fendre le coeur de vies déchirées non pas à cause de faiblesses individuelles, mais par l'inégalité institutionnelle et les horreurs d'un pouvoir corrompu. Ce roman est beau et dévastateur, et son génie repose dans le refus de laisser le lecteur échapper soit au pathos, soit au cynisme. **PMcM**

Le Liseur
Bernhard Schlink

1944 (Allemagne)
Première parution | 1995
Langue originale | Allemand
Titre original | *Der Vorleser*

Tombé malade en rentrant de l'école, le jeune Michael Berg, âgé de quinze ans, est aidé par Hanna Schmitz, conductrice de tramway de deux fois son âge. Lorsqu'il retourne la voir pour la remercier, une relation passionnée et éphémère naît entre eux. Déchiré entre sa jeunesse et son désir pour Hanna, Michael est néanmoins dévasté lorsqu'elle disparaît mystérieusement. Bien que l'histoire d'amour ait été courte, l'expérience affecte fondamentalement la manière dont il façonne sa propre identité. Michael est anéanti quand, des années plus tard, il rencontre Hanna, accusée à un procès de criminels de guerre nazis. Comme il observe son refus de se défendre, il prend lentement conscience qu'elle cache un secret qu'elle considère comme plus humiliant que le meurtre. En tant qu'étudiant en droit et ancien amant, Michael doit essayer de concilier les horribles crimes dont on accuse Hanna avec le souvenir de la femme qu'il a aimée.
Schlink, lui-même professeur de droit et juge en activité, s'attaque aux questions éthiques complexes qui inévitablement surgissent après le traumatisme du génocide. Mais plutôt que de mettre l'accent sur les victimes, Schlink met en lumière les héritiers du nazisme. *Le Liseur* demande à ses lecteurs de considérer jusqu'à quel point on peut tenir la génération d'après-guerre pour responsable des péchés de leurs pères et mères, et si pareilles atrocités peuvent être réparées. Est-ce que diaboliser les nazis vise à punir leur comportement, ou est-ce une mesure égoïste qui sert à créer une fausse division entre eux et nous ? **BJ**

Santa Evita
Tomás Eloy Martínez

1934-2010 (Argentine)
Première parution | 1995
Langue originale | Espagnol
Titre original | *Santa Evita*

Santa Evita raconte l'histoire de l'investigation menée pour savoir ce qui était arrivé au corps d'Evita Perón (1919-1952) dans les années qui suivirent sa mort. Embaumée tout de suite après son décès, la dépouille mortelle quitte l'Argentine quand le caudillo veuf est exilé en 1955. Elle devient un phénomène étrange et embarrassant pour le nouveau régime. Kidnappée, multipliée en répliques exactes, envoyée en Europe, plus tard retrouvée et renvoyée dans son pays, elle hérite d'une histoire posthume confuse et intangible. Les pérégrinations du cadavre passé à la légende sont relevées par le narrateur, qui est explicitement identifié comme l'auteur, ultime gardien du corps, prisonnier de la même malédiction qui émane de cette femme décédée.

Documentaire de fiction, récit d'aventures et de mystère, hagiographie hétérodoxe, ce roman est aussi l'œuvre d'un écrivain qui veut exorciser une obsession. Comme un embaumeur, il veut arrêter la détérioration d'un corps et de son histoire. Il critique l'Argentine, la considérant comme une nation nécrophile, et dévoile ses visées allégoriques dès les premières pages, parfois via des attaques parodiques qui révèlent la frontière fragile entre fiction et réalité. L'écriture ne dissimule pas que la transcription des interviews ou les citations et commentaires de sources fictionnelles ou historiques sont manipulés. Le récit expérimente différents moyens de représentation (comme des scripts, des conversations, des lettres) et accepte l'idée de réécriture et de création d'une impossible fin. Il développe à cet effet l'effigie d'une future Eva, non corrompue et régénérée pour toujours. **DMG**

Morvern Callar
Alan Warner

1964 (Écosse)
Première parution | 1995
Titre original | *Morvern Callar*
Adaptation cinématographique | 2002

C'est un peu avant Noël et il y a quelque chose dans la cuisine que Morvern Callar préférerait ignorer : le cadavre de son petit ami. Sa première réaction est, on le comprend, d'appeler une ambulance, mais elle fume d'abord une cigarette, s'éloigne de son corps et s'en va pour une nuit trouble d'alcool, de drogue et de sexe. Tout cela est typique de notre héroïne. Warner décrit au lecteur les retombées de ce suicide et les réactions complexes de Morvern à ce sujet. Nous découvrons alors une succession brillamment excentrique de laissés-pour-compte des West Highlands, vautrés dans leur apathie, et « le Port », une ville côtière rêvée où ils sont tous à la dérive.

C'est donc clairement le roman de Morvern, et – tout comme dans l'adaptation cinématographique de Lynne Ramsay – c'est sa voix sans passion et ses goûts musicaux éclectiques qui dominent. Warner ne prétend pas offrir un aperçu de l'âme de Morvern, qui est guidée par son propre sens de la morale : c'est ce qui la maintient au-dessus des drogués, banlieusards et désespérés qu'elle rencontre dans ses pérégrinations. Elle s'adapte simplement aux situations qui se présentent. Elle tire avantage des circonstances et trouve une perspective différente quant à sa vie et à ceux qui sont autour d'elle. S'inspirant de l'hédonisme impénitent de la culture rave du début des années 1990, des vacances au Club Med et du tourisme britannique, ce texte fut déterminant pour une génération. La vitalité de cette voix puissante et originale n'est donc pas une surprise. **MD**

L'Inconsolé
Kazuo Ishiguro

1954 (Japon)
Première parution | 1995
Langue originale | Anglais
Titre original | *The Unconsoled*

Peu de livres sont aussi hypnotiques que *L'Inconsolé* de Kazuo Ishiguro. Le texte est orienté vers le sentiment mystérieux pour nous, en tant que lecteurs, mais aussi pour le narrateur, Ryder, d'une situation de déjà-vu. Le roman commence par l'entrée de Ryder dans un hôtel d'une ville d'Europe centrale où il se rend pour donner un concert, certainement le plus important de sa vie. Ryder est sécurisé par le fait qu'il est le plus grand pianiste de sa génération, mais il souffre d'accès sévères et troublants d'amnésie.

La ville obsédée de musique dans laquelle il se trouve est autant une cité de l'esprit qu'un espace physique : alors qu'il en parcourt les rues, il rencontre des gens qu'il connaît intimement et, de la même manière, des personnes semblent le connaître. Son passé fait continuellement intrusion dans le présent. Par touches surréalistes adroites, Ishiguro permet au monde fictif du roman de déborder de ses limites. L'espace devient compressé et dilaté, le temps perd son sens, et Ryder se retrouve coincé dans une situation dont il sait qu'il est le seul à connaître la solution, mais il n'a aucune idée de ce qu'elle peut être. La narration joue des tours à Ryder et aux lecteurs, alliant son sens limité de son propre passé et les événements autour de lui grâce à une narration presciente à la troisième personne qui lui permet apparemment d'impossibles aperçus. Une performance de virtuose que ce texte original et captivant, qui demande à ses lecteurs un engagement et qui vaut vraiment la peine. **MD**

Captive
Margaret Atwood

1939 (Canada)
Première parution | 1996
Langue originale | Anglais
Titre original | *Alias Grace*

Captive, œuvre lyrique, est une fiction historique basée sur l'histoire d'une servante, Grace Marks, l'une des criminelles les plus connues du Canada. Grace raconte son histoire, de son enfance en Irlande à sa vie dans les basses classes du Canada, en passant par sa condamnation pour avoir assassiné son employeur en 1843, à l'âge de seize ans. Le narrateur est le Dr Simon Jordan, spécialiste des maladies mentales engagé par un groupe de réformateurs et de spiritualistes en quête de pardon pour la jeune femme. Alors qu'il emmène Grace toujours plus près de ce jour dont elle ne se souvient pas, il finit par apprendre les relations tendues qui existaient entre son employeur, James Kinnear, et sa gouvernante et maîtresse, Nancy, et l'étrange conduite de James McDermott, le collègue serviteur de Grace.

Margaret Atwood inclut des éléments de commentaires sociaux et féministes, explorant la relation entre sexe et violence dans une société historiquement réprimée. Elle reflète aussi dans les réactions des gens à propos de Grace l'ambiguïté de l'époque à propos de la nature de la femme. Certaines parties de la société pensaient que, la femme étant faible, Grace devait être une victime forcée à un acte désespéré. D'autres pensaient que les femmes étaient intrinsèquement plus mauvaises que les hommes. Cette dichotomie entre la femme démoniaque et la femme pathétique est incarnée par le personnage de Grace qui, ayant passé du temps dans un asile de fous, prétend n'avoir aucun souvenir de ce meurtre. **EF**

La Mitraillette d'argile
Victor Pelevine

1962 (Russie)
Première parution | 1996
Langue originale | Russe
Titre original | *Chapaev i Pustota*

Le principal personnage de ce roman se nomme Piotr, camarade de Tchapaïev, héros soviétique de la guerre civile connu par un film de propagande de 1930 à l'origine de toute une série de blagues irrévérencieuses. Buvant beaucoup et vivant une vie turbulente dans ce début des années 1920, Piotr a des rêves récurrents dus à l'alcool et à la cocaïne, lesquels, par un retour en arrière, l'amènent, ainsi que l'intrigue, dans un asile de fous postsoviétique, où les récits de trois compagnons sont révélés pendant leur thérapie. Pour couronner le tout, il y a une vision bouddhiste dans laquelle Tchapaïev est un maître spirituel qui explore les sens et la dissolution de la réalité.

La Mitraillette d'argile tisse ensemble les différents fils et personnages d'une manière tout à fait arbitraire. Son langage et ses motivations, empruntés diversement à la vie quotidienne postsoviétique, à une idéologie dépassée, à l'histoire, à la littérature, à la philosophie zen et à la culture pop, peuvent sembler incongrus. Ils font cependant tous partie d'une intrigue construite avec l'absurde rigueur d'une pièce de théâtre pour enfants, dans laquelle tous les détails doivent être pris en compte et chaque élément doit être inséré dans une tapisserie de l'étrange, de l'exagéré et de la désillusion, assurant un sentiment de signification globale.

Le charme du livre réside dans la manière ludique dont il refuse et pourtant aime la pensée, ainsi que dans la joie intense de l'invention qu'il transmet. **DG**

Infinite Jest
David Foster Wallace

1962-2008 (États-Unis)
Première parution | 1996
Langue originale | Anglais
Non traduit à ce jour en français

Par où commence-t-on un livre de plus de mille pages dont les quatre-vingt-seize dernières contiennent près de quatre cents notes détaillées ? Un synopsis de l'intrigue est – condamné à l'imperfection. Le cadre d'*Infinite Jest* (« L'Éternelle Rigolade ») est un futur proche et c'est aussi le titre d'un film réalisé par le cinéaste inclassable d'avant-garde James O. Incandenza. Quand le film et son cinéaste disparaissent, toutes sortes d'individus sinistres, d'agences gouvernementales et de gouvernements étrangers essaient de retrouver leurs traces. Le chaos qui s'ensuit fait intervenir les drogués en cure de désintoxication d'une clinique de Boston, Emmet House, et l'académie de tennis d'Enfield. Le premier lieu permet à Wallace d'explorer la place centrale de l'addiction dans la culture de consommation et celle des narcotiques dans cette culture. Le second est une vision extraordinaire d'une école de sport chaude comme une serre, qui produit des enfants pour une industrie qui ne tiendra pas compte de la plupart d'entre eux.

Infinite Jest attaque en une impitoyable satire les vaines prédilections de la culture américaine contemporaine, tout en se délectant de ces mêmes prédilections. Inventif, linguistiquement original, extravagant dans les détails et badin, ce livre est celui que vous devriez emmener sur une île déserte. **MD**

Argent brûlé
Ricardo Piglia

1940 (Argentine)
Première parution | 1997
Langue originale | Espagnol
Titre original | *Plata quemada*

Suivant son épigraphe – la question brechtienne préoccupante que Ricardo Piglia aime à répéter (« Qu'est-ce que le braquage d'une banque comparé à l'ouverture d'une banque ? ») –, *Argent brûlé* teint le lecteur avec la couleur de l'argent le plus sale. Le roman est un exercice de fiction documentaire ou de reportage, inspiré par un événement réel qui choqua la société argentine : le braquage de la banque de Buenos Aires en septembre 1965, réalisé par des délinquants avec la complicité de politiciens et la police. Le récit de la violence, de la corruption et de la tricherie se termine à Montevideo dans un siège furieux et sanglant.

Piglia a écrit ce roman tout de suite après les événements, mais il attendit trente ans avant de le mettre sous presse, intervalle pendant lequel le lien entre faits et fiction s'affaiblit. La reconstruction des circonstances du braquage, la relation entre les hommes et la toile de fond sociale qui nourrit l'action sont établies dans un exercice de style soutenu. Les événements sont presque toujours perçus à partir de la perspective d'un personnage qui revient dans les romans de Piglia : Emilio Renzi, un jeune journaliste à cette époque qui, faisant confiance aux déclarations des témoins oculaires, confirme ce poème épique qui finit en cendres. Loin d'être un compte rendu froid des événements, l'histoire évoque une période trouble qui s'enfonçait de plus en plus profondément dans la violence et la corruption. **DM**

The Ghost Road
Pat Barker

1943 (Angleterre)
Première parution | 1996
Langue originale | Anglais
Non traduit à ce jour en français

The Ghost Road (« La Route des morts ») est la partie finale de la trilogie de Pat Barker sur la guerre mondiale, entamée en 1991 avec *Régénération* et poursuivie en 1993 avec *The Eye in the Door* (« L'Œil dans la porte »). Cette œuvre a modifié la manière d'écrire sur la guerre, en ouvrant de nouvelles perspectives sur le sujet par des investigations sur les patients traumatisés, le rôle de la femme ouvrière, les homosexuels, les organisations protestataires et les officiels gouvernementaux sur le front intérieur.

L'introduction de personnages fictifs parmi des figures bien établies, comme les poètes de la guerre Siegfried Sassoon et Wilfred Owen, a amené le livre à être l'objet de critiques. Mais la trilogie essaie de faire le portrait des complexités inhérentes à notre attitude face à « tout » combat. Dans *The Ghost Road*, elle renvoie son protagoniste sur le front occidental et permet à ce dispositif familier qu'est le journal en temps de guerre de discuter des réponses face au combat direct. Le texte est un exemple clair des valeurs sociales tardives imposées dans les circonstances de la guerre, plus spécifiquement dans les réponses libérales quant au traumatisme et à l'homosexualité. Mais Barker reconnaît ce fait et dessine le portrait des hommes à la guerre, de façon complexe, voire moderne. Il se peut que ce ne soit pas exact historiquement, mais Barker élargit la vision conventionnelle de la boue, du sang et des pavots dans une version qui suggère sa complexité. **EMcCS**

La Mémoire en fuite
Anne Michaels

1958 (Canada)
Première parution | 1996
Langue originale | Anglais
Titre original | *Fugitive Pieces*

La Mémoire en fuite, qui a été encensée par la critique, et raconte la vie d'un jeune juif, Jakob, sauvé d'une ville polonaise pendant l'Holocauste et emmené par un lettré grec, Athos, sur l'île de Zakynthos. Là, dans un refuge en haut d'une colline, il est entouré par la botanique, les artefacts géologiques et la poésie classique. Jakob s'imprègne de connaissances tandis qu'il pleure ses parents assassinés et sa sœur perdue.

Dès le départ, ce roman marque sa différence. Écrite par un poète déjà reconnu, la prose de ce livre est d'une riche texture, sonore et rythmée. Anne Michaels utilise le vocabulaire de l'archéologie, de la géologie et de la littérature pour construire un sentiment unique d'une histoire personnelle et politique, tandis que nous assistons à la relation qui se développe entre Jakob et son sauveur. Nous suivons Jakob et Athos dans leur voyage au Canada. Toujours hanté par la mort de sa famille, Jakob poursuit une carrière littéraire, encouragé par Athos. La clé de sa rédemption intervient grâce à sa poésie et à l'éveil tardif des possibilités sensuelles de son corps. Dans la dernière partie du roman, les répercussions des traumatismes émotionnels subis par Jakob tout au long de sa vie apparaissent dans les effets de rédemption de sa poésie sur un lecteur. L'auteur montre l'enclenchement des vies à travers les cultures par le passage d'une connaissance écrite, qui a le pouvoir de guérir. Elle ne se soustrait pas à la notion complexe que la beauté s'applique de manière égale à la dévastation et à l'amour. **AC**

La Folie Foucault
Patricia Duncker

1951 (Jamaïque)
Première parution | 1996
Langue originale | Anglais
Titre original | *Hallucinating Foucault*

La Folie Foucault est un roman sombre et tragique, merveilleux, romantique et amusant. Comme ses personnages, ce livre est singulier, dérangeant et séduisant. Même s'il couvre des thèmes comme la mort, la sexualité, le crime et la folie, il est avant tout un récit sur l'amour, à la fois pour les livres et pour les gens. Il s'agit de la disjonction surréaliste entre l'auteur et son œuvre et la folie du lecteur, qui aime les deux à la fois et pourtant distinctement. La narration rétrospective est à la première personne et raconte l'histoire d'un jeune étudiant qui écrit sa thèse de doctorat sur l'œuvre d'un auteur français homosexuel (fictif), Paul Michel. Un peu avant, alors qu'il effectue des recherches, le narrateur est plongé dans une histoire d'amour avec

une germaniste captivante, qui pousse le narrateur à se rendre en France pour trouver Michel. Celui-ci a été enfermé dans des institutions psychiatriques depuis un violent accès de folie après la mort en juin 1984 de Michel Foucault. Ce faisant, le narrateur s'embarque dans une histoire d'amour qui changera sa vie pour toujours, si ce n'est son œuvre.
Récit écrit de main de maître, *La Folie Foucault* laisse ses lecteurs avec ce sentiment profond de perte qui naît quand les lignes finales d'un livre indiquent l'éjection d'un monde qui les a captivés et retenus. Lire le premier roman de Duncker, récit de l'amour qui peut exister entre lecteur et auteur, ne peut qu'être le début d'une histoire d'amour personnelle avec son œuvre. **SJD**

Une comédie légère
Eduardo Mendoza

1943 (Espagne)
Première parution | 1996
Langue originale | Espagnol
Titre original | *Una comedia ligera*

Dix ans après *La Cité des prodiges*, Eduardo Mendoza revient au roman en grand, avec son ironie légère et invisible. Mendoza agit, pense et souffre avec ses personnages comme s'il vivait dans quelque chose comme une confusion dramatique, peut-être une comédie légère qui finit par être mise en pièces par un meurtrier. Le roman policier de type thriller est secondaire, parce qu'il est introduit principalement pour secouer les certitudes et pour créer une atmosphère de fin d'époque. Le roman traverse la cité de Barcelone de place en place, et les banlieues grossières et la sophistication des loisirs des bourgeois créent une riche parodie de la société barcelonaise des années 1950, de sa police, de ses phalangistes, du marché noir et des « idiots » de bonne famille.
Les délicates comédies du protagoniste, Carlos Prullàs, avec ses jeux de mots et ses inventions théâtrales, semblent destinées à un autre auditoire et à une autre époque, alors que les temps nouveaux, comme son bon ami Gaudet le déclare, demandent un théâtre différent « de réalisme social et d'avant-gardisme ». Sans le savoir, le monde du théâtre incarne la secousse imminente qui définira le futur. Il révèle aussi la fin d'une époque et l'impossibilité de Prullàs à évoluer : « Tout était prêt pour le changement radical de la société. » Un changement irréversible dans sa vie va jeter une ombre de mélancolie sur l'hédonisme et la tranquillité de ces doux jours d'été. **JGG**

Un parfum de cèdre
Ann-Marie MacDonald

1958 (Canada)
Première parution | 1996
Langue originale | Anglais
Titre original | *Fall on Your Knees*

Earle Birney, pionnier de la poésie moderne au Canada, a déclaré que son pays souffrait d'un manque caractérisé de fantômes : « La seule chose qui nous hante, c'est l'absence de fantômes. » Dans *Un parfum de cèdre*, son premier roman, Ann-Marie MacDonald fait beaucoup pour rétablir la balance.
Le cadre du livre se situe en Nouvelle-Écosse, sur l'île du Cap-Breton, et l'histoire est celle de la famille Piper, qui commence quand James Piper, un pauvre accordeur de piano d'origine gaélique, s'enfuit avec Materia Mahmoud, la fille d'une riche famille libanaise. Les racines de la famille sont aussi variées que les quarante « eth-

nies » qui peuplent l'île et leur isolement aussi profond que celui du Canada.
Les quatre filles Piper sont l'axe central de l'histoire. Kathleen, l'aînée, hésite à prendre sa place sur la scène mondiale en tant que diva de l'opéra et nous offre un austère mélange d'amour familial et de meurtre. Mercedes est la « sainte », née pour se sacrifier pour les autres. Frances, qui se proclame la brebis noire de la famille, a peur de ne pas être aimée par celle-ci. Lilly, dont l'histoire commence avant sa naissance, est le produit du secret de la famille, peuplant le roman de ses fantômes.
Récit inquiétant d'amour familial, de péché, de culpabilité et de rédemption, ce livre nous confronte à l'espace culturel vierge hérité du Canada par une inquisition distinctement freudienne de la relation entre familier et peu familier, à travers la constante renégociation de la géographie et de l'identité. **JSD**

Soie
Alessandro Baricco

1958 (Italie)
Première parution | 1996
Langue originale | Italien
Titre original | *Seta*

Hervé Joncour quitte sa petite ville de Lavilledieu et commence des voyages réguliers au Japon, pour trouver des œufs de vers à soie à ramener en Europe où l'industrie de la soie commence à prospérer. Nous sommes en 1861 et, comme l'auteur nous le dit, c'est l'année où Flaubert écrit *Salammbô*, où l'électricité est encore un projet lointain et où, de l'autre côté de l'océan, Lincoln est aux prises avec une guerre civile.
Les voyages d'Hervé sont ritualisés par leur répétition et ses rendez-vous avec des personnages inconnus qui fournissent au Français des œufs contre des pépites d'or. Aucun dialogue n'accompagne ces gestes répétés, dans les mêmes lieux, les mêmes jours de l'année. Hervé s'habitue de plus en plus aux longs silences des gens qu'il rencontre et assiste aux guerres que les pays européens livrent au Japon dans une tentative d'ouvrir les frontières du commerce de la soie. Il décrit les conséquences de la guerre avec simplicité. Mais, impalpable comme la soie, l'amour envahit Hervé, qui échange des œillades furtives avec une mystérieuse femme asiatique aux traits occidentaux. Celle-ci lui écrit un message d'amour secret qu'il rapporte avec lui à Lavilledieu, toujours le même jour du même mois. L'amour devient rêve, une urgence à explorer alors que le voyage d'Hervé prend fin. Le souvenir de cet amour éthéré et le désir d'interpréter le message, le seul témoignage précieux qu'il lui reste de l'Orient, sont comme une caresse pour Hervé, même quand sa femme meurt. **RPi**

Le Dieu des petits riens
Arundhati Roy

1961 (Inde)
Première parution | 1997
Titre original | *The God of Small Things*
Prix Booker | 1997

Campé dans le Kerala des années 1960, ce livre récompensé par le prix Booker suit la famille Ammu au travers d'événements ordinaires et tragiques, en mettant plus particulièrement l'accent sur ses faux jumeaux, Estha et Rahel. La mort accidentelle par noyade d'un cousin anglais en visite va avoir un effet essentiel sur leurs jeunes vies. Le roman est raconté de façon non linéaire grâce à un méli-mélo de rencontres et de descriptions éclatantes, racontées dans une prose exquise. Le lecteur reconstitue un monde enfantin, entrecoupé de tragédies adultes et de leur effet sur Velutha, l'ami marin des jumeaux qui appartient à la caste des intouchables. La prose de l'auteur est clairement rythmée et poétique, et l'effet global est unique dans sa sensualité.

Les préoccupations politiques du roman tournent autour de la notion de qui décide de « qui doit être aimé et dans quelle proportion », avec des transgressions imaginatives visant non pas tellement à choquer le lecteur mais à l'émouvoir. Championne de la cause des opprimés, Arundhati Roy se sent concernée par le peu de pouvoirs de l'être humain, des pouvoirs qui sont choquants dans leur aptitude à rédimer et à détruire. Elle ne sacrifie ni la structure, ni la complexité, ni sa merveilleuse prose pour transmettre ses croyances. **AC**

Margot en de engelen
Kristien Hemmerechts

1955 (Belgique)
Première parution | 1997
Non traduit à ce jour en français
Titre anglais | *Margot and the Angels*

À une époque où nombre d'auteurs mâles sont tombés en proie à la séduction du réalisme magique et du postmodernisme ludique, des femmes écrivains de grand talent continuent à nous rappeler la puissance du roman à explorer les relations humaines et la vie émotionnelle, dans le contexte de la réalité quotidienne contemporaine. L'œuvre de Kristien Hemmerechts nous démontre qu'une telle approche superficiellement traditionnelle peut nous mener, jusqu'à un territoire innovant.

Margot est une adolescente fugitive. Elle quitte sa maison aux Pays-Bas sans explication, demandant à ses parents de ne pas chercher à la contacter. Elle se retrouve dans la ville portuaire de Hull en Angleterre. Hemmerechts esquisse les différents impacts de cette décision sur son père et sa mère, qui finalement décident de la rechercher. Margot finit par s'impliquer dans une secte alors que l'intrigue du livre évolue vers sa conclusion menaçante.

Écrivant avec une grande économie de style, Kristien Hemmerechts met à nu le romantisme et les autodésillusions de ses personnages. Le père de Margot, par exemple, est un homme qui a toujours prêché que prendre sa vie en main est une vertu, mais la déclaration d'indépendance de sa fille le projette dans une tourmente émotionnelle. Les désirs physiques des personnages féminins sont définis d'une manière très terre à terre, comme l'est leur aspiration à échapper aux besoins du corps.

La prose de l'auteur fait preuve des vertus traditionnelles d'équilibre, de contrôle, de clarté, et son intrigue est solidement charpentée. Cependant, dans sa façon de voir la vie, il y a un manque profond de complaisance : elle s'efforce de modifier notre façon d'appréhender la façon dont pensent, vivent et ressentent les « gens ordinaires ». **RegG**

La Vie des insectes
Victor Pelevine

1962 (Russie)
Première parution | 1997
Langue originale | Russe
Titre original | *Zhizn' Nasekomyk*

Il s'agit d'un ensemble bizarre de saynètes interconnectées sur la vie dans un quartier pauvre de Crimée sur la mer Noire, où les gens se changent d'humains en insectes et vice versa. En fait, la transformation de l'homme en insecte ne fait pas partie du récit, mais plutôt d'un changement d'appareil optique de la part du narrateur. Il faut parfois un peu de temps au lecteur pour comprendre à travers quelle lentille il regarde à tel moment et cela produit un effet à la fois troublant et amusant.

En utilisant et en bouleversant le genre de la fable, Pelevine nous livre un portrait de la société russe contemporaine dont l'éventail s'étend de la satire, comme dans les négociations de joint-venture entre moustiques russes et américains assoiffés d'argent, à l'invention d'une mythologie complète pour bousiers et au portrait surprenant et poignant de la vie intime d'une fourmi ordinaire. Ce roman comporte de nombreuses allusions intrigantes, des sous-entendus doubles, des allégories et des métaphores incongrues mais soigneusement construites. Mais il y a plus dans ce roman qu'une pure badinerie intellectuelle : un compte rendu concret et désenchanté de la condition humaine. D'une certaine manière et inexplicablement, à la fin du roman, le lecteur est convaincu d'avoir appris quelque chose de vrai à propos de la vie en Russie postsoviétique. L'absurde acquiert vraisemblance, sans doute parce que l'absurdité est nécessaire pour briser la difficulté du langage à décrire le monde. **DG**

Dora Bruder
Patrick Modiano

1945 (France)
Première parution | 1997

À la fin des années 80, Modiano tombe sur un encart paru le 31 décembre 1941 dans *Paris-Soir*, à la rubrique « D'hier à aujourd'hui » : « On recherche une jeune fille, Dora Bruder, 15 ans, 1 m 55, visage ovale, yeux gris-marron… » Ses parents, qui ont passé l'annonce, résident à l'époque au 41, boulevard Ornano, à Paris, un quartier que l'auteur a souvent traversé dans sa jeunesse. Hanté par cette annonce désormais sans objet, il commence une enquête obsessionnelle qui, lentement, lui permet de rassembler des informations sur Dora Bruder : la date de sa naissance, la profession de son père, réfugié juif d'Europe de l'Est, les raisons qui l'ont conduite à s'enfuir de l'internat religieux où on l'avait inscrite à quatorze ans… Il dépouille inlassablement des archives, consulte des registres, note des dates et des noms, retrouve des témoins, se rend sur les lieux qu'a connus la jeune fille, arrache un par un des fragments de sa vie à l'oubli : « Il faut longtemps pour que resurgisse à la lumière ce qui a été effacé. » L'histoire de Dora se confond peu à peu avec la sienne propre, les fils se rejoignant dans un étrange réseau d'échos et de coïncidences. Patrick Modiano revient encore sur les années d'occupation qui précèdent sa naissance et qu'il désigne comme « sa préhistoire » ; fascinante dans son travail obsessionnel d'exhumation du passé et de résurrection du Paris d'hier, bouleversante par la part d'intimité qu'elle dévoile avec sobriété, cette enquête à la fois dérisoire et universelle est sans doute l'un des plus beaux livres de Patrick Modiano. **BQ**

Jack Maggs
Peter Carey

1943 (Australie)
Première parution | 1997
Langue originale | Anglais
Titre original | *Jack Maggs*

Jack Maggs est un roman historique complexe qui comporte des thèmes liés à la littérature, à la finance et aux émotions.

Dans le Londres de 1837 – année importante car elle marque l'accession au trône de la reine Victoria et le passage de Charles Dickens du journalisme à la fiction –, le criminel déporté Jack Maggs revient d'Australie, risquant l'exécution. Il adopte le déguisement d'un serviteur pour traquer le jeune homme dont il a fait la fortune de loin. En même temps, il tape dans l'œil de Tobias Oates, un jeune journaliste en devenir « à la Dickens », qui découvre les secrets de Maggs et qui finalement les cannibalise pour ses propres écrits de fiction.

Jack Maggs est en fait une réécriture créative des thèmes principaux du roman de Dickens, *Les Grandes Espérances*. Le roman de Carey est comme une variation musicale sur le matériel de Dickens. Mais ce n'est pas un simple acte de « karaoké » littéraire victorien ; Carey sonde la distance entre réécriture et texte original afin de poser des questions sur les sources de l'art et le déterminisme de l'intrigue littéraire – si les événements arrivent d'une certaine façon dans le texte original, nous pouvons nous demander : « Sont-ils condamnés à apparaître de nouveau de la même manière ? » Oates écrit de façon parasitaire sur la vie de Maggs ; de même Carey parasite Dickens, défiant ses lecteurs de sentir, même s'ils prennent plaisir à lire ce roman, ce que pourrait être le coût de ce plaisir. **BT**

Outremonde
Don DeLillo

1936 (États-Unis)
Première parution | 1997
Langue originale | Anglais
Titre original | *Underworld*

Outremonde, roman encyclopédique, raconte à rebours le commencement du XXIe siècle jusqu'aux années 1950, aux débuts de la guerre froide. Raconté comme l'histoire privée du personnage central, Nick Shay, ou comme l'histoire publique de la guerre froide, la narration met en lumière les connexions cachées qui ont régi la seconde moitié du XXe siècle. Dans une prose qui coule de source, souple et impeccable, la narration creuse à travers les décennies, à la fois du côté de l'espace voilé du secret personnel de Nick, mais aussi du côté des endroits inconscients et noirs d'où émerge l'histoire même de l'après-guerre. L'une des choses les plus remarquables de ce roman, c'est sa quête pour une voix universelle qui pourrait révéler les secrets de l'histoire conduite de manière répétitive à ces moments historiques, politiques et personnels dont on ne peut parler sans les trahir.

Écrit à la fin d'un siècle et d'un millénaire, *Outremonde* présente une manière de comprendre notre passé collectif. Il examine les rouages ésotériques qui régissent notre culture et articulent les connexions entre les mécanismes manifestes et les mécanismes cachés des pouvoirs étatiques. En même temps, son intuition des forces invisibles qui continuent à conduire l'histoire vers la rédemption ou l'annihilation regarde vers l'avant, vers un nouveau millénaire. **PB**

Délire d'amour
Ian McEwan

1948 (Angleterre)
Première parution | 1997
Langue originale | Anglais
Titre original | *Enduring Love*

Le journaliste scientifique Joe Rose a planifié un pique-nique idyllique avec sa femme Clarissa dans la campagne anglaise. Au-dessus de leurs têtes, un ballon à air chaud rencontre quelques problèmes :

ils observent le pilote qui se prend la jambe dans le filin de l'ancre, et l'autre passager, un jeune garçon, qui a trop peur de sauter pour se sauver. C'est par cet événement catalyseur que commence le récit de McEwan. Alors que Joe et quatre autres hommes se ruent pour aider à sécuriser la nacelle, un coup de vent projette quatre d'entre eux vers le ciel. Joe et deux autres lâchent prise et tombent sains et saufs sur le sol, tandis que le quatrième se balance dans les airs, et tombe finalement dans un champ proche où il meurt.

La vie de tous ces hommes est affectée par l'incident et l'on suit Joe alors qu'il essaie de donner un sens au souvenir et à sa culpabilité devant la mort de cet étranger (le jeune garçon a atterri sain et sauf). Ses sentiments se compliquent quand Jed Parry, l'un des sauveteurs, commence à être obsédé par Joe et le traque à coup de lettres, de coups de fil et de confrontations. L'esprit scientifique de Joe est embrouillé par toutes les hypothèses tournant autour de l'aventure, ce qui provoque frustration et chaos dans sa vie auparavant bien ordonnée, et menace sa relation avec Clarissa et sa confiance en lui. Confiance, obsession et doute sont les thèmes centraux du livre : alors que Clarissa commence à douter de la version des faits de Joe, le lecteur n'est jamais certain de ce qui s'est vraiment passé. **EF**

Crossfire
Miyabe Miyuki

1960 (Japon)
Première parution | 1998
Langue originale | Japonais
Titre original | *Kurosufaia*

Dans ce troisième roman traduit de Miyabe Miyuki, cet auteur prolifique très populaire au Japon expose des univers intérieurs complexes et une mystérieuse et intransigeante métropole : Tokyo avant et après le cyberpunk. *Crossfire* utilise la structure et le vocabulaire de l'intrigue policière pour créer un univers dans lequel les valeurs sont incertaines, la raison n'a pas sa place et un monde où les gens se côtoient au quotidien sans jamais se connaître vraiment.

L'histoire déchirante de la jeune Junko Aoki, née avec le pouvoir de créer et de contrôler le feu et qui l'utilise impunément pour venger des crimes non résolus, est racontée en parallèle de celle de Chikako Ishizu, détective d'une cinquantaine d'années spécialisée dans la traque des pyromanes et s'impliquant de plus en plus dans cette affaire. Tandis que les deux femmes et leurs complices mâles traumatisés sillonnent le désert urbain de Tokyo la moderne, Miyabe explore en douceur les thèmes du bien et du mal, de la justice et de l'injustice, de la punition et de la vengeance. Elle met en exergue le vide et l'isolement qui habitent la capitale millénaire et préfigure un tournant dans la culture japonaise, issue des lendemains troubles de la Seconde Guerre mondiale et débouchant sur la criminalité sombre et ordinaire d'une cité dans laquelle les mœurs d'antan étaient depuis longtemps sur le déclin.

La pyromanie d'Aoki est merveilleusement imaginée, toute sa complexité subtilement exprimée, sa solitude et son isolement évoqués de manière poignante, de même que le travail pénible au quotidien de son chasseur, la morne Ishizu. Ce roman est exquis à la fois par sa simplicité et par sa complexité captivantes qui entraînent inexorablement le lecteur vers le drame final… **TSu**

Les Yeux dans les arbres
Barbara Kingsolver

1955 (États-Unis)
Première parution | 1998
Langue originale | Anglais
Titre original | *The Poisonwood Bible*

Situé au Congo, ce roman est narré par Orelanna Price et ses quatre filles et raconte l'histoire de son mari, Nathan Price, un pasteur baptiste d'un fanatisme redoutable. Kingsolver avait habité au Congo pendant son enfance, mais ce n'est que plus tard, déjà adulte, qu'elle prit connaissance de la situation politique qui avait bouleversé le Congo alors qu'elle y vivait, quand les États-Unis ont saboté l'indépendance du pays. Elle écrivit ce livre pour aborder et rendre publics les problèmes de cette époque.
Les quatre enfants du missionnaire – Rachel, Ruth May, Leah et l'enfant handicapée et muette, Adah – réagissent différemment au travail de leur père, mais quand le chef religieux du village lâche des serpents venimeux dans leur maison, les filles tentent de persuader leur père de les laisser partir. Il refuse et, lorsque Ruth May est tuée, sa mère quitte le village avec les trois filles restantes. Rachel aura trois maris et héritera d'un hôtel au Congo, Leah épouse le professeur du village et se consacre à l'indépendance de l'Afrique, Adah devient épidémiologiste. La mère vivote, tenaillée par le remords. Chacune des narratrices lutte avec un sentiment de culpabilité lié à la mort de Ruth May, mais aussi à leur rôle dans la ruine du pays et, sur une plus grande échelle, au rôle de l'Occident dans son passé colonialiste. Le titre anglais du roman est inspiré par l'arbre à poison, un arbre africain vénéneux que Nathan Price est sommé de ne pas toucher. Il ne tient pas compte de cette exhortation et subit des enflures douloureuses. Kingsolver nous livre ainsi un message parfaitement clair au sujet du fanatisme religieux de Price. **EF**

Veronika décide de mourir
Paulo Coelho

1947 (Brésil)
Première parution | 1998
Langue originale | Portugais
Titre original | *Veronika decide morrer*

Veronika est une jeune femme normale qui mène une vie normale. Pourtant, elle décide de mettre fin à ses jours et laisse un mot dans lequel elle déplore l'ignorance mondiale de la situation géographique de la Slovénie. Alors qu'elle reprend connaissance à Villete, l'hôpital psychiatrique de Ljubljana, elle apprend qu'elle n'a plus qu'une semaine à vivre, car son cœur est maintenant endommagé. Le roman esquisse le changement d'attitude de Veronika : face à cette mort qu'elle souhaitait tant, elle s'aperçoit que certaines facettes de son monde font que sa vie mérite d'être vécue. À Villete, elle s'épanouit. Les fous n'ayant pas de normes comportementales, elle prend la liberté de se comporter comme elle l'entend et de découvrir l'amour avec Édouard, que ses parents ont interné parce qu'il veut être un artiste. Le personnage d'Édouard est un des nombreux éléments qui rattachent Coelho lui-même au monde fictif de son roman. D'ailleurs, il intervient dans la narration du troisième chapitre, nous révélant les séjours qu'il a lui aussi passés dans des asiles psychiatriques brésiliens, interné par ses parents à cause de ses prédilections artistiques. C'est son expérience directe de cet univers qui confère au roman une simplicité absolue. Les détails sur la thérapie par électrochocs, par choc insulinique ou sur les autres divers traitements infligés aux fous, nous font réviser notre conception de la santé mentale.

Dans un monde où l'uniformité, la conformité et l'isolement ne font que croître, ce roman reflète bien son époque – la fin du XXe siècle – avec son mélange de sentiment religieux universel, son accent sur l'autodéveloppement et son idée que la vie peut avoir un sens tant que l'on n'adopte pas des mœurs sociales étouffantes pour l'esprit de l'homme. **CK**

L'Hérétique
Miguel Delibes

1920-2010 (Espagne)
Première parution | 1998
Langue originale | Espagnol
Titre original | *El hereje*

Le point de départ de ce roman est le 31 octobre 1517, jour où Martin Luther placarde sur une porte de l'église de Wittenberg, en Allemagne, ses quatre-vingt-quinze thèses sur les abus papaux et la vente d'indulgences par le clergé. C'est aussi le jour de naissance de Cipriano Salcedo à Valladolid, en Espagne. Ce roman historique est marqué par l'intolérance de l'Église catholique et la répression exercée à Valladolid en réaction à la naissance du luthéranisme castillan.

Salcedo, bourgeois catholique tourmenté par sa conscience, est au centre du récit. Ni sa doctrine religieuse ni les prêtres chargés de son éducation ne fournissent de réponses satisfaisantes aux questions théologiques qu'il se pose. Il ne le sait pas, mais ces questions relèvent de la Réforme : pourquoi doit-il, lui, confesser ses péchés à un prêtre ? pourquoi est-ce que la messe le distrait au lieu de l'exalter ? pourquoi doit-il expier ses péchés au purgatoire – le Christ n'a-t-il pas souffert suffisamment pour toute l'humanité ? Ses efforts pour définir sa relation avec Dieu sont en partie ignorés par une société qui devient de plus en plus fanatique. Il se sent marginalisé et sa solitude l'amène à fraterniser avec une communauté de réformés qui lui procure un sentiment d'appartenance, mais cela aura des conséquences dévastatrices.

L'Hérétique est une plaidoirie convaincante en faveur des droits à la liberté de religion et de la tolérance, message particulièrement poignant aujourd'hui. En 1999, l'œuvre gagna le Prix national de la Narration en Espagne. **AK**

Les Particules élémentaires
Michel Houellebecq

1958 (La Réunion)
Première parution | 1998
Adaptation cinématographique | 2006

Voilà le roman qui a propulsé sur l'avant-scène mondiale la triste vision qu'a l'auteur de ce monde. La civilisation occidentale a échoué et les êtres humains sont misérables et solitaires, à peine capables de communiquer ou de ressentir une émotion. Houellebecq décrit la montée d'une société moderne oisive à travers son analyse culturelle et persuasive. Il conclut que l'obligation de poursuivre le plaisir personnel et le bonheur est répressive et douloureuse.

Les personnages principaux de cette œuvre, Michel et Bruno, sont deux frères que la vie sépare jusqu'à leur cinquantaine. Michel est un scientifique brillant mais souffrant de sa solitude affective, Bruno un libertin incorrigible. Le sexe est l'arène dans laquelle se déroule la trame du roman. Michel n'est pas capable d'avoir une relation sexuelle, tandis que Bruno s'éclate dans des camps de vacances New Age et des clubs de rencontres. Houellebecq greffe sur ce thème sa dissertation sur les utopies et les échecs passagers de l'acte sexuel. La suprématie de l'impératif biologique mène à des conclusions sur les hommes et les femmes. Les femmes symbolisent notre mortalité et se sacrifient volontairement : les hommes sont condamnés à subir le destin que leur réservent leurs impulsions glandulaires. Ceci n'est guère une élégie à l'humanité – Houellebecq est impatient de voir sa fin. Mais est-ce vraiment ce que pense l'auteur ? **DH**

The Talk of the Town
Ardal O'Hanlon

1965 (Irlande)
Première parution | 1998
Langue originale | Anglais
Non traduit à ce jour en français

À la lecture de ce roman, on ne saurait accuser Ardal O'Hanlon, comique connu pour son rôle dans la série télévisée *Father Ted*, de faire du remplissage opportuniste ou de rechercher une gravité artificielle. Son récit reproduit l'ambiance et les rituels du quotidien dans une petite ville irlandaise des années 1980 à travers le vécu de son narrateur, Patrick Scully, jeune homme de dix-neuf ans. Au début, Scully rentre passer le week-end chez lui, avant de reprendre son travail ingrat comme agent de la sécurité pour une bijouterie de Dublin. Lors de son trajet en autobus, les méandres cyniques de son esprit nous donnent un premier aperçu des désenchantements de sa vie.

Certaines esquisses sont des bijoux comiques, notamment quand Scully se fait dépuceler contre un mur à l'extérieur d'une boîte de nuit, alors qu'il s'entretient avec un ami qui urine de l'autre côté du mur. Mais l'humour est étayé par un sombre désespoir. Le langage au rythme enlevé est reproduit dans un style familier. Le récit déploie avec habileté deux perspectives parallèles. La narration de Scully à la première personne est émaillée d'extraits du journal de sa petite amie, Francesca, lesquels discréditent sa version des événements et nous révèlent les vrais sentiments de Francesca pour un ami de Scully, Xavier « Balls » O'Reilly. La claustrophobie dont souffre Scully le perturbe et son incapacité à affronter ses problèmes le mène à un délire de folie et de violence. **RMcD**

Trilogie sale de La Havane
Pedro Juan Gutiérrez

1950 (Cuba)
Première parution | 1998
Langue originale | Espagnol
Titre original | *Trilogía sucia de La Habana*

Ces soixante récits basés sur la vie des pauvres forment une fresque continue et livrent une vision apocalyptique de la vie à La Havane au début des années 1950. Ils sont presque tous racontés par un seul narrateur, Pedro Juan, écrivain cynique. Dégourdi, érudit et coquin, il observe tout de son nid d'aigle, un grenier au centre de La Havane. Que ce soit à pied, à bicyclette ou en autobus, il recherche les opportunités de participer à tout ou de lutter contre tout. Mais tout se réduit à la misère et à la détresse. Et tout se résume au sexe : l'unique nourriture pour le corps et l'unique soulagement moral dans cette triste capitale où la consommation modérée d'alcool est une vertu parce qu'elle minimise les troubles organiques et psychologiques.

Mais apparaissent dans cette trilogie les signes d'une éthique grandissante : les paroxysmes de détresse sont suivis par de nouvelles formes d'espoir, sans doute l'unique élément qui ne se dégrade pas dans cet univers. La faculté de voir plus loin (l'avantage d'un objectif en apparence inutile, ou les utopies privilégiées outremer) et la volonté de survivre dans des situations de plus en plus extrêmes font de ces personnages des surhommes. Utilisant un style dit antilittéraire (mais réussi, avec son économie de phrases, son jargon risqué et sa force visionnaire), Gutiérrez a construit un paysage urbain jusqu'alors absent de la littérature hispano-américaine. **DMG**

Les Détectives sauvages
Roberto Bolaño

1953 (Chili)-2003 (Espagne)
Première parution | 1998
Langue originale | Espagnol
Titre original | *Los detectives salvajes*

La parution des *Détectives sauvages* ébranla la scène littéraire internationale. L'ouvrage a été comparé aux grands romans hispano-américains du XXe siècle et largement primé. Cet ouvrage de Bolaño raconte un long périple, une quête qui brasse les éléments d'une odyssée homérique, une diaspora générationnelle et un délire beatnik.

Le roman débute dans la ville de Mexico, en 1976 ; et le journal d'un adolescent raconte le tournant que prend sa vie quand sa passion pour la littérature l'amène à se joindre à un groupe d'avant-garde fantasmagorique. Les fondateurs du groupe sont Arturo Belano et Ulises Lima, ainsi que les détectives sauvages qui, la veille du nouvel an 1976, commencent une quête désespérée, à la recherche d'une énigmatique Mexicaine disparue juste après la révolution. C'est le début d'un périple de vingt ans qui les amènera à parcourir les cinq continents. Racontée à la première personne, la narration est faite à partir de perspectives variées. En cours de route, une large gamme de personnages nous sont présentés – et c'est un des atouts majeurs du roman.

Avant cet ouvrage, Bolaño était une figure culte pour un cercle restreint d'admirateurs. Depuis, ses ventes se sont multipliées. À l'époque, Bolaño était gravement malade et le savait. Pendant les cinq dernières années de sa vie, il écrivit avec frénésie, laissant derrière lui un héritage monumental. **CA**

Disgrâce
J. M. Coetzee

1940 (Afrique du Sud)
Première parution | 1999
Titre original | *Disgrace*
Prix Nobel de littérature | 2003

Après l'apartheid en Afrique du Sud, des structures auparavant immuables s'effondrent et de nombreux Blancs appartenant à la population autrefois dominante sont contraints de s'adapter. David Lurie est un professeur de cinquante-deux ans dans une université du Cap. La fin du racisme institutionnalisé le dérange moins que la nouvelle culture adoptée dans le pays, qui dévalorise la dévotion qu'il a nourrie toute sa vie pour la littérature, en particulier le romantisme. Convoqué à comparaître devant un conseil de discipline pour avoir séduit une étudiante, il ne peut pas se résoudre à faire son mea-culpa en public et démissionne, affrontant un futur inconnu. Le récit de Coetzee débute comme une satire du monde universitaire, puis prend des nuances plus sombres avec la visite de Lurie à sa fille Lucy dans sa petite ferme dans l'est de la région du Cap. Lors d'une attaque de la ferme par trois hommes noirs, Lucy est violée et Lurie brûlé. La consternation qu'il éprouve face à cet univers nouveau est exacerbée par le refus de sa fille de rendre son viol public et d'avorter du bébé qui en résulte. Il réagit en se consacrant à un refuge qui recueille les chiens abandonnés de la région pour les euthanasier et en travaillant sur un opéra qui empire au fur et à mesure qu'il le développe. En froid avec sa fille, il espère néanmoins rétablir son « droit de visite ».

Le portrait du nouvel ordre social et politique évoqué dans *Disgrâce* suscita de vives polémiques en Afrique du Sud. Pourtant, la position que prend le livre sur la question éthique est plus provocatrice que ne l'est le réalisme douloureux avec lequel il traite certains des problèmes du pays. Le dévouement de Lurie pour les animaux et pour la création musicale représenterait-il une sorte de rédemption pour lui, après une vie sexuelle dissolue ? **DA**

Je ne suis pas là
Slavenka Drakulić

1949 (Yougoslavie)
Première parution | 1999
Langue originale | Croate
Titre original | *Kao da me nema*

Les observations de la journaliste Slavenka Drakulić sur l'histoire récente des Balkans sont parmi les plus perspicaces et les plus impartiales. Son roman *Je ne suis pas là* se situe en Bosnie, en 1992 et 1993. Le récit nous rapporte les horreurs endurées par S., professeur de descendance mixte serbe et bosnienne, lorsque des forces serbes envahissent son village. S. passe des mois dans un camp de concentration pour femmes serbes où elle subit des violences physiques et sexuelles continues. Le roman culmine avec son arrivée en Scandinavie comme réfugiée, enceinte, sans domicile et hésitante sur la prochaine naissance de son fils, conçu lors d'un viol collectif au camp. De plus, elle ne trouve personne capable d'écouter son récit sans la juger.

Écrit dans un style dépouillé mais qui n'épargne pas le lecteur, sans fioritures littéraires, ce roman est obsédant. La simplicité du style contraste avec la complexité de la morale, car le livre établit des liens convaincants entre la guerre, la masculinité, la violence sexuelle et le corps de la femme, sans pour autant aboutir à des conclusions simplistes. Ce qui frappe le plus, c'est le refus du roman de noircir la Serbie dans les descriptions de la guerre : par ailleurs, l'emploi d'initiales pour identifier les personnages contribue au traitement très subtil des questions de nationalité et de religion. Le lecteur est invité à observer les personnages sous leur propre éclairage, comme des individus capables d'une rationalité flexible, mais aussi d'une irrationalité terrifiante. **SamT**

Une terrasse sur le Gange
Pankaj Mishra

1969 (Inde)
Première parution | 1999
Langue originale | Anglais
Titre original | *The Romantics*

Ce premier roman est le compte rendu superbement construit d'un jeune Indien, de la vision intellectuelle qu'il développe au contact de la culture occidentale et de ses efforts pour comprendre l'Inde moderne. Samar, jeune étudiant brahmane, part vivre parmi des expatriés anglais et français à Bénarès, la cité sainte

hindoue. Sa connaissance de son pays est aussi maigre que celle des Occidentaux en quête d'illumination qui l'entourent : il s'imprègne de Schopenhauer, Flaubert, Tourgueniev et Proust, ce qui le conduit à voir l'Inde avec les yeux d'un étranger.
L'immersion de Samar dans la communauté d'expatriés de Bénarès lui procure une éducation romantique limitée. L'univers de Samar est tiré de ses lectures et Mishra capture avec précision et humour la discordance entre sa vision idéalisée et la réalité de son environnement. Le roman contient d'excellents passages comiques fournis par les efforts de Samar pour comprendre le monde par le biais de ses lectures. Par exemple, lorsque Catherine, une jeune femme française dont il tombe amoureux, lui confie qu'elle est venue à Bénarès pour se distancier le plus possible de ses parents « bourgeois », il est étonné : il confesse n'avoir rencontré ce mot que dans les textes marxistes. Une liaison avec Catherine met un terme à son innocence sexuelle et sa naïveté est chamboulée par Rajesh, agitateur universitaire. En quittant Bénarès pour devenir professeur, Samar part serein. Son expérience du monde est ténue, mais il a une meilleure connaissance de son pays. **ABi**

À la recherche de Klingsor
Jorge Volpi

1968 (Mexique)
Première parution I 1999
Langue originale I Espagnol
Titre original I *En busca de Klingsor*

La Seconde Guerre mondiale touche à sa fin. Francis P. Bacon est un physicien américain devenu espion pour l'armée. Il a reçu pour mission de découvrir l'identité de Klingsor, un homme supposé avoir contrôlé la direction de la recherche scientifique dans l'Allemagne nazie. Bacon recrute les services du mathématicien allemand Gustav Links et de la mystérieuse Irène, dont il tombe amoureux. Links est le narrateur du livre et son récit couvre sa vie et celle de Bacon. C'est sur ces bases que Volpi engage le lecteur dans une exploration du climat scientifique et politique des années 1930 à 1940. En traquant Klingsor, Bacon et Links font la connaissance des plus illustres physiciens de l'époque : Schrödinger, Bohr et le suspect principal, Werner Heisenberg. Volpi accélère l'intrigue de son thriller d'espionnage jusqu'à son dénouement dévastateur : parallèlement, il examine des questions plus sérieuses, comme la relativité, la certitude et la chance, s'imaginant les personnalités et les difficultés des physiciens qui luttèrent pour développer la première bombe atomique.
Au contraire de nombreux romans d'une telle envergure, *À la recherche de Klingsor* n'est jamais sérieux ni moralisateur. Son rythme se marie parfaitement au développement de l'intrigue tout en permettant au lecteur de se familiariser avec l'opinion scientifique du moment. Volpi prétend écrire des thrillers pour se détendre, mais son investigation du jeu, de la chance et de la rage démontre une ambition qui dépasse largement la simple relaxation. **OR**

Le Musée des redditions sans correction
Dubravka Ugresic

1949 (Yougoslavie)
Première parution I 1999
Langue originale I Croate
Titre original I *Muzej bezuvjetne predaje*

Quand Roland le morse meurt le 21 août 1961, le contenu de son estomac est exhibé au zoo de Berlin. La nar-

ratrice en donne la liste détaillée et tente d'y déceler une quelconque structure ou logique cachée. Cela devient une des métaphores centrales de ce roman sur l'exil, le souvenir et la perte. Les marchés aux puces de Berlin, le contenu d'un vieux sac à main, des albums de photos, une série d'événements apparemment hasardeux, tous sont décrits dans une prose mélancolique et sobre.
À travers des récits étroitement liés et des rencontres avec de nombreux artistes et amis, l'auteur crée un effet de collage construit sur de multiples couches de significations et d'interconnexions. Les personnages qu'elle décrit lui permettent d'analyser la relation entre mémoire et identité et les différents moyens utilisés pour faire face à l'absence des deux. Dubravka Ugresic s'exila en 1993. Les guerres et le carnage qui suivirent dressèrent des amis les uns contre les autres, ravivèrent les haines du passé et obligèrent des milliers de personnes à fuir leur pays.
Ce roman tente de traduire le sentiment croissant et constant de perte et de dépaysement que cause l'exil, ainsi que la disparition de tout ce que l'on considère comme son foyer. La narration postmoderne touche tour à tour au réalisme magique, aux annotations de journal intime, à la prose de dissertation et même à une recette de soupe au cumin. Par analogie transposée, l'auteur se compare ainsi à une pièce exposée en musée, car c'est ainsi que tous ceux qui ont laissé derrière eux leurs racines – une maison, un pays – doivent se considérer. Elle fait plusieurs fois allusion à deux types d'exilés : ceux avec photos (qui les relient au passé) et ceux qui n'en possèdent pas. Ugresic tente de renouer avec son passé en créant et en explorant ses propres attaches. **JM**

Stupeur et tremblements
Amélie Nothomb

1967 (Japon)
Première parution | 1999
Adaptation cinématographique | 2003

Personne n'a jamais prétendu qu'il serait facile de jeter un pont entre l'Orient et l'Occident. Dans ce roman sur une employée belge travaillant pour une compagnie japonaise dont l'activité va des fibres optiques canadiennes au soda de Singapour, l'auteur traite avec malice et satire les problèmes d'adaptation dans ce village planétaire.
Stupeur et tremblements retrace les expériences vécues par Amélie lorsqu'elle débuta son contrat d'un an en bas de l'échelle d'une gigantesque société japonaise. Ayant passé une partie de son enfance au Japon, elle est à la fois japonaise et étrangère, mais sa familiarité avec le Japon lui fait autant de tort que sa nationalité étrangère (elle est punie parce qu'elle comprend le japonais). Elle est rétrogradée encore et encore à des postes chaque fois plus humiliants, passant du service des photocopies au nettoyage des toilettes utilisées uniquement par elle-même et par sa supérieure immédiate, Fubuki Mori, une femme dangereusement orgueilleuse et d'une beauté remarquable, pour laquelle Amélie développe un béguin autodestructeur.
Nothomb ne se borne pas à vitupérer, dans cette attaque en règle, contre ce qu'elle dépeint comme étant les relations de travail démentes qui régnaient dans les compagnies japonaises : elle y démontre aussi une certaine sympathie pour ceux qui se conforment à leur sens de l'honneur et de la tradition. Ce roman à la fois satirique et profond ridiculise l'Orient et l'Occident, mais fait preuve d'une certaine tendresse pour les petites manies de chaque individu. **JuS**

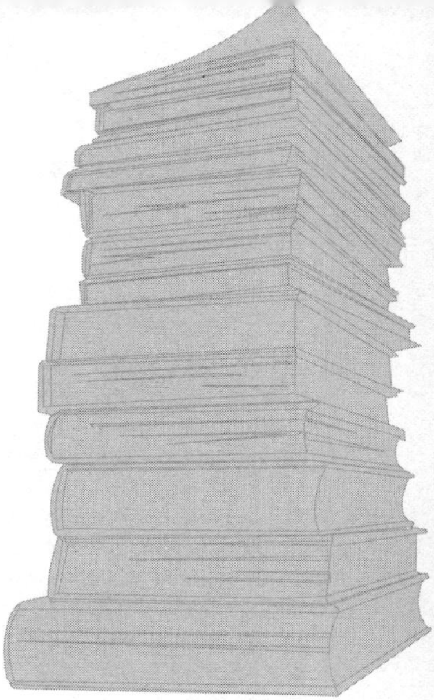

XXIe siècle

Bartleby & Cie
Enrique Vila-Matas

1948 (Espagne)
Première parution | 2000
Langue originale | Espagnol
Titre original | *Bartleby y compañía*

Avec son *Abrégé d'histoire de la littérature portative* (1985), Vila-Matas s'établit comme un auteur culte. Ce roman, primé en France comme le meilleur essai de l'an 2000, lui permit d'asseoir sa réputation. Il utilise le mystérieux protagoniste de Bartleby, le scribe de Herman Melville, comme emblème des écrivains qui, à un certain moment, préfèrent s'abstenir de publier leur œuvre et cèdent à la tentation de dire « Non ». Afin d'étudier cet énigmatique « syndrome Bartleby », l'auteur invente un alter ego : Marcelo, un employé de bureau solitaire inspiré par Kafka et Pessoa. Pendant l'été de l'année 1999, Marcelo commence à tenir un journal dans lequel il inscrit des cas d'écrivains « touchés par le Mal » du silence, dans des « notes de bas de page commentant un texte invisible ». Le roman est construit autour de quatre-vingt-six notes d'essai, toutes de la plume de Marcelo, dans lesquelles apparaît une fascinante ribambelle de créateurs inhibés et secrets, qui préfèrent ne pas écrire ou rester anonymes : Socrate, Rimbaud, Juan Rolfo, Salinger, Thomas Pynchon, B. Traven, Robert Walser... La réalité et la fiction envahissent réciproquement le territoire de l'autre, comme le font aussi le texte et les notes de bas de page, la narration et l'essai, car la dissolution des catégories littéraires conventionnelles est l'un des objectifs esthétiques de l'auteur, sinon son objectif principal. De cette subversion systématique résulte une fusion fascinante entre l'imaginaire, l'écriture et la lecture dans laquelle le lecteur s'immerge volontiers. **DRM**

Harmonia Caelestis
Péter Esterházy

1950 (Hongrie)
Première parution | 2000
Langue originale | Hongrois
Titre original | *Harmonia caelestis*

Le nom vous paraît familier ? Esterházy est un descendant du clan aristocratique le plus illustre de la Hongrie. Et il ne vous laissera pas l'oublier. Dix ans après la fin du communisme en Europe centrale, dans laquelle la famille Esterházy vivotait, *Harmonia Caelestis* représente un effort surhumain pour réécrire les chroniques de celle-ci. L'effort est de poids : même l'édition de poche de 900 pages fait 750 grammes. Mais il pèse aussi par l'envergure de ses anecdotes, de ses jugements et de ses aperçus.
Harmonia Caelestis se divise en deux moitiés très différentes. Si la deuxième partie nous livre les « confessions d'une famille Esterházy » sous forme de compte rendu de l'auteur sur ses ancêtres immédiats, la première moitié est un catalogue espiègle, capricieux et plutôt déjanté de « phrases numérotées tirées de la vie de la famille Esterházy ». Ici un unique protagoniste assume des identités historiques aussi variées que nombreuses et issues de plusieurs siècles. Il s'agit sans aucun doute d'un livre très bizarre, comparable peut-être avec certains des passages les plus hallucinants d'*Ulysse*. *Harmonia Caelestis* peut paraître par moments oppressivement vieux jeu, « macho », hiérarchique et volontaire, mais le génie anarchique de son imagination compense largement ces faiblesses. **MS**

Sous la peau
Michel Faber

1960 (Pays-Bas)
Première parution I 2000
Langue originale I Anglais
Titre original I *Under the Skin*

Ce premier roman de Michel Faber est centré sur la vie et le travail de son principal personnage féminin, Isserley, qui arpente les Highlands écossais à bord de sa vieille Corolla à la recherche d'auto-stoppeurs bien roulés et musclés. On ne saurait révéler ce qui la pousse à faire cela sans déflorer le livre dont l'impact provient d'une orchestration de descriptions superbes, de déceptions malignes, de suspense et de révélations macabres. Disons qu'après avoir lu ce roman, le lecteur est amené à examiner le caractère arbitraire des distinctions que nous faisons entre les hommes et les animaux, ainsi que l'éthique d'une culture industrielle qui massacre les animaux à grande échelle pour que nous puissions en consommer la chair. La lecture de ce roman convaincra même les carnivores les plus endurcis de la nécessité de faire face à des questions complexes, comme la bestialité, l'humanité, le capitalisme et les droits des animaux. À la fois thriller et livre de science-fiction, c'est aussi un portrait lyrique de la lutte d'une femme pour comprendre le monde dans lequel elle vit.

Pour Isserley, la beauté saisissante de la nature compense l'âpreté de sa vie et de son travail, mais c'est au prix de beaucoup de sacrifices et de douleurs qu'elle est enfin libre de l'apprécier. On devine ici le désir mélancolique de Faber de savourer la nature et son sentiment, privilège que nous pourrions perdre pour de bon sous la houlette du capitalisme global. *Sous la peau* est un roman touchant, éthique et d'une grande originalité. Il vous obsédera longtemps. **SJD**

La Tache
Philip Roth

1933 (États-Unis)
Première parution I 2000
Titre original I *The Human Stain*
Prix PEN/Faulkner I 2000

Philip Roth réunit deux préoccupations courantes – un héros avec un secret et une liaison entre un homme et une femme sensiblement plus jeune – dans le personnage de Coleman Silk, ex-boxeur dont la vie nous est racontée par un voisin, Nathan Zuckerman. Coleman Silk est vilipendé par son département universitaire après de fausses accusations de racisme. Il se réfugie chez lui, découvre le Viagra et débute une liaison avec Faunia, une bonne illettrée qui pleure la mort de ses enfants et qui est poursuivie par son ex-mari, un vétéran violent du Viêtnam. À travers des flash-back de son enfance dans le Bronx, le lecteur découvre que Silk cache un énorme secret : malgré sa peau claire, c'est un Noir qui a rejeté le racisme dont il a été victime. Sa libération – personnelle et sexuelle – après sa liaison avec Faunia est étonnante et Nathan Zuckerman, après avoir été simplement un observateur curieux, commence à développer des liens d'amitié avec Silk.

Ce livre est intéressant dans le répertoire de Roth par sa caractérisation du personnage féminin. Sur un plan plus basique, il traite de lourds secrets, de présomptions et de perceptions. À première vue, Coleman Silk est l'archétype de l'homme déchu, mais l'enjeu dépasse les simples paraboles. L'auteur porte un regard sournois sur les politiques sociales de l'Amérique, remplies d'a priori, de honte et d'hypocrisie, ainsi que sur la tache infligée à la vie par l'humanité. Ce livre, ostensiblement focalisé sur les éléments noirs et blancs, est en fait composé de mille nuances de gris. **EF**

Sourires de loup
Zadie Smith

1975 (Angleterre)
Première parution | 2000
Langue originale | Anglais
Titre original | *White Teeth*

Sourires de loup débute avec le suicide manqué et la renaissance d'Archie Jones, vétéran de guerre, petit bureaucrate pas très intéressant, incapable de prendre une décision sans jouer à pile ou face. Après l'échec de son suicide, il se retrouve par hasard à une fête de nouvel an. Il y rencontre un ange édenté, une déesse jamaïcaine du nom de Clara. Témoin de Jéhovah, elle sera son salut. Ils mettent au monde Irie, exemple d'une nouvelle sorte d'Anglais multiethnique, sans racines et désenchanté. « Irie » signifie « pas de problème » en jamaïcain. L'ironie est voulue.
Samad Iqbal est un serveur bengali dans un restaurant indien. Lui aussi vétéran de guerre, il a connu Archie à l'armée et il a également une jeune épouse. Traditionaliste, il essaie de trouver sa place dans cette Angleterre d'après-guerre. Ses fils jumeaux ne lui facilitent pas la tâche. Il se voit obligé de kidnapper l'un des deux pour le ramener de force au Bangladesh, évitant ainsi qu'il ne devienne trop anglais. *Sourires de loup* décrit l'Angleterre postcoloniale sur plusieurs décennies. Ce récit parle d'immigration, d'assimilation et d'hybridité. S'y recoupent la religion, la tradition, la politique et la fin d'un monde.
Sourires de loup est un début magistral pour cet écrivain de vingt-quatre ans qui nous régale d'un éventail de personnages vibrants, chacun avec sa signature personnelle. Smith sait lire dans l'âme de ses personnages qu'elle esquisse avec humour et compassion. La maturité et l'envergure de son talent semblent presque surnaturelles. **GT**

Froides Fleurs d'avril
Ismail Kadaré

1936 (Albanie)
Première parution | 2000
Langue originale | Albanais
Titre original | *Lulet e ftohta të marsit*

Froides Fleurs d'avril se passe dans l'Albanie contemporaine et raconte l'histoire de Mark Gurabardhi, un artiste qui lutte pour survivre après la chute du régime communiste. Ce roman est structuré autour d'oppositions telles que mouvement et immobilité, sommeil et insomnie, et est parsemé de signes d'une renaissance, signes qui sont à chaque fois confrontés à des talismans présageant la mort, dont l'exemple le plus puissant est le Kanun, ou « livre de sang », récemment sorti du placard et qui a réglementé le meurtre rituel en Albanie depuis le Moyen Âge.
Ces oppositions créent des ondes de choc frappantes. Certains aspects de l'Europe contemporaine cohabitent avec des histoires et des rituels qui viennent de loin dans la mémoire culturelle albanaise. Ces oppositions suggèrent un point mort, une impasse entre une histoire mythique en faillite et un présent également en faillite. Mark se sent aussi mal à l'aise avec le passé de son pays qu'avec l'Albanie moderne dominée par le capitalisme global. Cette impasse cauchemardesque est décrite de manière saisissante, mais dans la prose subtilement poétique de Kadaré, de nouvelles possibilités se profilent : un nouvel art et une nouvelle Albanie, pour le moment sans langage propre. **PB**

Le Démon et mademoiselle Prym
Paulo Coelho

1947 (Brésil)
Première parution | 2000
Langue originale | Portugais
Titre original | *O demônio e a Senhorita Prym*

Le Démon et mademoiselle Prym conclut la trilogie « Et le septième jour ». Chaque livre est construit autour d'une semaine dans la vie de gens ordinaires soudain confrontés à l'amour, la mort ou le pouvoir. Obligés de faire face à leurs conflits personnels, ils doivent faire des choix déterminants pour leur futur.
Dans *Le Démon et mademoiselle Prym*, un inconnu débarque dans Viscos, village de France décrit comme le paradis sur terre mais aussi comme morne et sans intérêt. Cette contradiction reflète l'opinion de l'auteur selon laquelle nous sommes maîtres de nos attitudes, embellissant la réalité pour la rendre plus acceptable ou refusant de trouver le bonheur même dans les situations les plus parfaites. Surgit dans ce village un inconnu, le Démon du titre. Il a pour mission de découvrir en une semaine la réponse à la question suivante : les êtres humains sont-il essentiellement bons ou mauvais ? Il trouve son Ève en la personne de Chantal Prym, serveuse dans un bar local, et la pousse à faire le mal. En accueillant le mystérieux inconnu, tout le village devient complice. Ce roman illustre comment des actions momentanées peuvent altérer le restant de notre vie et nous oblige à examiner nos réactions face à ces moments cruciaux. Dans un monde qui n'hésite pas à condamner les régimes assassins et les « axes du Mal », il nous rappelle notre humanité et notre capacité individuelle pour le bien comme pour le mal. **LE**

La Fête au bouc
Mario Vargas Llosa

1936 (Pérou)
Première parution | 2000
Langue originale | Espagnol
Titre original | *La fiesta del chivo*

Les livres sur les dictateurs ne sont pas une denrée rare en Amérique latine. Mario Vargas Llosa, dans *La Fête au bouc*, entraîne ses lecteurs dans la rue pour y partager avec eux les espoirs des conspirateurs, le dîner des victimes et même les taches sur les pantalons de Rafael Trujillo, dans son exposé du dernier jour d'une dictature tyrannique qui dura trente et une années en République dominicaine.
Le roman dénoue trois récits entremêlés. Celui d'Urania représente la relation politique entre la République dominicaine et le reste du monde après la guerre froide et fait état de la mémoire collective des citoyens dominicains, de leurs souffrances, de leur foi aveugle dans le régime et de leur complicité avec ce régime qui les a tant compromis. Le deuxième récit est celui des conspirateurs, qui étaient avant des fidèles de Trujillo. Finalement, il y a le récit de Trujillo lui-même, obsédé par son problème urinaire qui perturbe la discipline de son personnage public. Même lui doit se plier à des compromis.
Llosa a un jour déclaré qu'en faisant le portrait d'un dictateur, il dépeignait tous les dictateurs. Mais ses enquêtes minutieuses dans les rues dominicaines, interrogeant des individus en chair et en os pour son roman, donnent une intensité et une véracité perturbantes à son œuvre. Il ajoute un brin de psychologie humaine au texte littéraire du dictateur. **JSD**

Je n'ai pas peur
Niccolò Ammaniti

1966 (Italie)
Première parution | 2001
Langue originale | Italien
Titre original *Io non ho paura*

Je n'ai pas peur, le livre de Niccolò Ammaniti, se situe dans le sud de l'Italie durant l'ardente canicule de 1978. Le narrateur, Michele Amitrano, est maintenant adulte, mais il revient sur le passé, à une époque où il avait neuf ans et où il habitait Acqua Traverse, un village tapi dans un paysage désolé.

C'est l'été et il règne une chaleur implacable, collante et insupportable pour tous sauf pour un petit groupe de jeunes garçons qui passent la journée à explorer les alentours à bicyclette. Comme presque tous les jeunes hommes qui sont les personnages principaux des romans d'Ammaniti, Michele est d'une sensibilité exacerbée, à la fois innocente et mûrie, qui le démarque de la logique mesquine et irréfléchie du troupeau. Alors que « Skull » gagne le respect des autres garçons en tant que chef de bande, les contraignant à une ribambelle de forfaits, Michele ne veut pas se prêter à ce qui prend la tournure d'une tyrannie juvénile. Cependant, il prend sur lui le forfait d'un autre garçon et accepte d'explorer une ferme abandonnée. Sur les lieux, il découvre quelque chose dans la masure qui va bouleverser son monde ; avec ce revirement, le récit quitte abruptement l'univers relativement innocent de l'enfance pour plonger dans celui des adultes, sinistre et incompréhensible.

Je n'ai pas peur est le roman qui décrit le mieux le passage de l'enfance à l'âge adulte, sans pour autant présenter ce passage ni comme une renonciation nécessaire de « choses puériles » en faveur d'une maturité croissante, ni comme une célébration naïve de l'innocence enfantine face à la cruauté de l'adulte. Ammanati suggère plutôt que les enfants et les adultes ont plus d'affinités qu'on ne leur en prête d'habitude. Mais le roman développe cette philosophie avec subtilité, sur le dos de ce qui est en premier lieu une histoire passionnante. **FF**

Expiation
Ian McEwan

1948 (Angleterre)
Première parution | 2001
Langue originale | Anglais
Titre original | *Atonement*

Première partie du roman : été 1935, Briony Wallis, une adolescente de quinze ans, tente de diriger ses trois cousins dans une pièce de théâtre de sa composition pour célébrer le retour au bercail de son frère aîné, Léon. La vie de ces enfants de bourgeois dans une période d'entre-deux-guerres devrait être idyllique, mais certains événements vont préoccuper Briony. Elle surprend un moment de tension sexuelle entre sa sœur aînée, Cecilia, et le fils de la gouvernante, Robbie Turner, dont les études médicales sont financées par le père de Briony. Briony présume que Robbie essaie d'imposer ses avances à Cecilia : lorsqu'elle intercepte une lettre à Cecilia où Robbie lui déclare sa passion, elle conclut que Robbie est un scélérat. Quand sa cousine Lola est mystérieusement agressée, Briony accuse Robbie, qui est alors arrêté et emprisonné. Le cœur brisé par l'emprisonnement de son amant et lui vouant toujours son entière confiance, Cecilia part à Londres pour devenir infirmière.

Deuxième partie du roman : cinq ans plus tard. Robbie, dans l'armée, subit les horreurs et les souffrances des évacuations de Dunkerque. Dans la troisième partie du roman, Briony est une infirmière de guerre à Londres et commence enfin à pouvoir vivre avec le remords d'avoir mal agi envers Robbie et Cecilia, lesquels vivent finalement ensemble.

Dans l'épilogue, McEwan dépeint Briony comme une romancière âgée qui revisite son passé, laissant planer l'ombre du doute quant à la véracité de ce qu'elle raconte et soulevant la possibilité que l'auteur a peut-être du mal à renoncer à contrôler les réactions de ses lecteurs. Il nous parle d'amour, de confiance et de guerre, mais aussi des plaisirs, des souffrances et des défis de l'écrivain avec son fardeau de culpabilité et surtout, la tentation dangereuse d'interpréter les choses à la place de son lecteur. **EF**

Les Soldats de Salamine
Javier Cercas

1962 (Espagne)
Première parution | 2001
Langue originale | Espagnol
Titre original | *Soldados de Salamina*

Il n'est pas facile d'expliquer comment une œuvre réussit à emballer à la fois le public et des personnes du poids de Mario Vargas Llosa et George Steiner. Certainement, la perspicacité de cette nouvelle analyse des deux camps de la guerre civile espagnole, écrite simultanément au passé et dans le présent, et moins innocente qu'elle ne paraît, y est pour beaucoup.

Le narrateur commence par le récit de la vie d'un chef phalangiste, Rafael Sánchez Mazas, mais l'ouvrage finit par devenir une fable morale, ainsi qu'une réflexion sur l'instinct vertueux qui motive un milicien à épargner Mazas lorsqu'il le trouve pendant la guerre (Mazas continua de se battre jusqu'en 1945, quand il entra dans Paris aux côtés des chars d'assaut des forces de libération). Les efforts de l'auteur pour comprendre en toute objectivité la nature des liens entre ces deux hommes s'ajoute à une autre aventure, plus secrète : la maturation morale et personnelle du narrateur. Il porte le même nom que l'auteur, Javier Cercas, et sa recherche des raisons qui poussent les deux camps à se battre lui procure à la longue une meilleure compréhension du monde et de lui-même. La tension du récit n'a de cesse d'augmenter jusqu'au dénouement explosif et sentimental. En retrouvant enfin le milicien qui épargna la vie de Rafael Sánchez Mazas et pensant avoir appris quelque chose de fondamental, le narrateur entretient secrètement une conviction, pour ensuite la réfuter. Il croit que l'instinct vertueux peut être un don de la part d'individus épousant des convictions politiques à l'opposé des nôtres, même si, dans ce cas précis, le milicien avance des raisons à la fois morales et politiques pour expliquer son acte. **JGG**

Austerlitz
W. G. Sebald

1944 (Allemagne)-2001 (Angleterre)
Première parution | 2001
Langue originale | Allemand
Titre original | *Austerlitz*

Ce roman commence avec la rencontre fortuite du narrateur anonyme avec l'éponyme Austerlitz dans une gare d'Anvers. Les deux commencent à discuter de la relation entre l'architecture et la période historique, discussion qui dure plusieurs heures et qui sera reprise à intervalles réguliers, car les deux hommes continuent de se rencontrer par hasard pendant plusieurs années. Le contact reste froid et distant jusqu'au jour où Austerlitz décide de partager avec le narrateur l'histoire de sa vie, une histoire dont il essaye de se souvenir. Austerlitz a été élevé au Pays de Galles sous le nom de Daffyd Elais par un pasteur austère et sa femme, qui lui ont caché sa vraie identité et sa petite enfance auprès de sa famille biologique à Prague. Évacué au Pays de Galles avant la Seconde Guerre mondiale, c'est là que la vie disloquée et amnésique de Daffyd Elias commença.

Le roman retrace les efforts d'Austerlitz pour pénétrer dans le fin fond de sa mémoire, cherchant à se réapproprier une époque perdue dans la pénombre de la Seconde Guerre mondiale – une époque rendue inaccessible par les horreurs perpétrées par les nazis. Le style narratif calque fidèlement le processus de la mémoire alors que celle-ci fouille dans la nuit des souvenirs enfouis pour trouver des indices personnels et culturels.

Les phrases sont longues, étirant leurs mots en de longues chaînes délicates pour sonder les ténèbres, offrant un aperçu magique de la noirceur du XXe siècle et révélant des informations historiques jusque-là cachées du public. En lisant ce roman, on remonte le temps. **PB**

L'Histoire de Pi
Yann Martel

1963 (Espagne)
Première parution | 2001
Langue originale | Anglais
Titre original | *Life of Pi*

Ce roman qui a remporté le Man Booker Prize en 2002 raconte l'histoire de Pi Patel, le fils du directeur du zoo de Pondichéry, en Inde. Pi est un fanatique religieux, bien qu'il ne soit pas sûr de la religion qu'il veuille adopter. Comme des abeilles attirées par le miel, les différentes thèses religieuses trouvent chez lui une oreille sympathique, si bien qu'il pratique simultanément les religions chrétienne, musulmane et hindoue. Désireux de commencer une nouvelle vie au Canada, son père plie bagages et embarque sa famille et sa ménagerie à bord d'un cargo. Après un naufrage terrifiant, Pi se retrouve seul à la dérive dans l'océan Pacifique, sur un canot de sauvetage qu'il partage avec un zèbre blessé, une hyène, un orang-outang qui a le mal de mer et un tigre du Bengale du nom de Richard Parker. Richard Parker en finit avec les autres animaux et Pi doit alors faire usage de tout son savoir zoologique, de sa présence d'esprit et de sa foi pour rester en vie. Affamés et exposés aux éléments, les deux survivants partagent le canot pendant deux cent vingt-sept jours. Pi nous fait le bilan de ce voyage pénible, mais son récit recèle aussi une exploration des forces et faiblesses de la religion et de l'écriture et de la différence entre les faits et la fiction. Pi réalise qu'il lui faut apprendre à devenir le maître du tigre et l'interaction entre les deux est source de riches métaphores sur la spiritualité et sur la foi. Le message profond du livre est que Pi doit affronter sa face cachée, sa peur et son désespoir et surmonter l'accablement causé par sa situation. Après la disparition de Richard Parker et le sauvetage de Pi, l'auteur nous offre une fin inattendue : Pi rassure les fonctionnaires en leur donnant une version plus crédible de sa survie. Il est convaincu que c'est la version qu'ils veulent entendre, prouvant encore une fois combien la frontière entre vérité et fiction est ténue. **EF** moins une œuvre curieusement positive, gaie même, mordant à pleines dents dans la vie avec sa curiosité exubérante et de grande envergure. **PMcM**

Les Corrections
Jonathan Franzen

1959 (États-Unis)
Première parution | 2001
Titre original | *The Corrections*
Prix du National Book Award | 2001

Ce troisième roman de Jonathan Franzen est déterminant par son ambition. C'est un livre qui se veut important et qui martèle sans gêne et souvent avec hargne l'importance du roman en lui-même et de la littérature dans toute sa gloire fragile.
L'importance du roman aux yeux de Franzen provient de sa capacité intrinsèque à raconter une histoire, n'importe laquelle : le genre du roman permet de rendre visible ce flot de connexions et d'ensembles qui constitue une vie, tandis que la vie elle-même, assaillie par les distractions et affaiblie par l'oubli, cache les neuf dixièmes, sinon plus, de ce qui la modèle et la sustente.
Les Corrections demandent autant à leur lecteur qu'à l'auteur. L'ambition qui le pousse à fondre puis à fusionner les relations, carrières et folies entremêlées d'une famille américaine du Midwest est une ambition que le lecteur devra aussi épouser pour venir à bout des pages qui le laissent avec l'impression schizophrène d'avoir simultanément la gueule de bois et de planer.
Le rythme du livre est effréné : il détaille avec une minutie encyclopédique les différents aspects de la vie américaine, aux significations très variées mais toujours irréfutables et nombreuses. D'où sa capacité à reproduire la polyphonie haute en couleur de l'histoire.
Le livre parut en Amérique une semaine avant l'horreur du 11 septembre et de nombreux éléments du livre donneraient à croire que les États-Unis se plaisent à flirter avec la mort. *Les Corrections* restent néanmoins une œuvre curieusement positive, gaie même, mordant à pleines dents dans la vie avec sa curiosité exubérante et de grande envergure. **PMcM**

Plateforme
Michel Houellebecq

1947 (La Réunion)
Première parution | 2001

Bilan à la Swift de la décadence occidentale, *Plateforme* nourrit aussi son récit de la pensée de Baudrillard et de Comte et prend l'apparence d'un essai. Houellebecq cherche ici à justifier la prostitution dans le tiers-monde, fondée sur les forces du marché. Préfacé par une citation de Balzac : « Plus sa vie est infâme, plus l'homme y tient ; elle est alors une protestation, une vengeance de tous les instants », le livre traite aussi de la quête de rédemption par l'amour à laquelle se livre Michel.
Michel, célibataire d'une cinquantaine d'années, découvre l'assassinat de son père. Ce fait n'apporte rien à l'intrigue, mais permet à Michel de démissionner de son emploi peu édifiant au ministère de la Culture et de se faire plaisir en voyageant à l'étranger. Son penchant pour les prostituées thaïes, déjà émoustillé par ses visites à des filles de joie à Paris, est aussi exacerbé que son dédain pour les touristes plus conventionnels. Il rencontre Valérie et, de retour à Paris, commence une liaison avec elle. Il apprend qu'elle travaille pour le compte d'une grande agence de voyage et développe alors avec elle et son patron, Jean-Yves, la « plateforme » du titre du roman : une agence de voyage spécialisée dans le tourisme sexuel.
Pour Houellebecq, les Européens modernes méritent à peine de survivre, car loin de créer des empires ou de « civiliser »

le monde, ils ne font que redistribuer les richesses amassées par leurs prédécesseurs. En l'absence de principes plus concrets, un échange sexuel doit en bonne et due forme être suivi d'un échange pécuniaire : dans cet échange n'interviennent ni la race, ni l'aspect physique, ni l'âge, ni l'intelligence, ni la distinction. Magistralement ironique, obscène et dangereux, ce roman vient à bon escient provoquer le libéralisme orthodoxe et la moralité islamique, comme le démontre sa conclusion. **DH**

Neige
Orhan Pamuk

1952 (Turquie)
Première parution I 2002
Titre original I *Kar*
Prix Nobel de Littérature I 2006

Lorsque Ka, un poète, retourne en Turquie après des années d'exil politique en Allemagne, il est envoyé par son quotidien comme journaliste à Kars, ville lointaine aux confins du pays. Il a pour mission de couvrir les élections municipales – les Islamistes fondamentalistes sont donnés gagnants – et d'investiguer une épidémie soudaine de suicides commis par des jeunes femmes revendiquant leur droit de porter le voile. Alors qu'une tempête de neige empêche tout contact avec le monde extérieur, la tension monte dans la ville entre les laïcs et les fondamentalistes, jusqu'à ce qu'éclate une violente émeute. Ka arrive à Kars avec la mentalité de quelqu'un qui a longtemps vécu en Occident après avoir été élevé par une famille turque laïque et occidentalisée. Pris dans le sillon des événements qui se déroulent autour de lui, il va pourtant, dans l'accalmie qui suit la tempête, quitter cette ville en homme fondamentalement transformé, au cœur brisé.

Neige est un thriller politique intense. Le lecteur est bombardé par les opinions diverses des fondamentalistes, laïcs, écrivains, chefs religieux et « jeunes femmes à tchador » que rencontre Ka. Le livre traite non seulement des conflits entre les différents groupes politiques et culturels de la Turquie, mais aussi de la césure fondamentale entre l'Occident et l'Orient, de la nature de la croyance religieuse et de la création artistique.
Orhan Pamuk considère *Neige* comme « son premier et son dernier roman politique ». Paru en Turquie en 2002, son roman souleva la polémique parmi ses compatriotes, certains critiques considérant Pamuk trop occidentalisé pour pouvoir peindre un portrait objectif de son pays. Malgré tout, le portrait honnête qu'il fait de la complexité politique et culturelle de la Turquie lui a valu la reconnaissance internationale. **CIW**

L'espoir est une chose ridicule
Aleksandar Hemon

1964 (Yougoslavie)
Première parution I 2002
Langue originale I Anglais
Titre original I *Nowhere Man*

Aleksandar Hemon quitte Saravejo pour les États-Unis en 1992 et se met à écrire dans sa langue adoptive trois ans plus tard. Un aspect remarquable de son écriture est son utilisation très originale de la langue anglaise. Comme ses antécédents post-coloniaux, son écriture repousse les limites de l'anglais et remet en cause l'autorité culturelle des formes d'usage de la langue.
Ce premier roman de Hemon comprend six récits interconnectés, chacun avec son

propre style. Ces différentes voix narratives remémorent différents moments dans la vie de Josef Pronek : à Saravejo avant la guerre en Yougoslavie, en Ukraine et à Chicago. Leur éventail s'étend de l'idiome emprunté, érudit et parsemé de citations shakespeariennes de l'étudiant de troisième cycle, à l'anglais imparfait de Josef, alors qu'il tente de se faire comprendre dans sa langue adoptive.

Salman Rushdie pensait que la traduction était un mouvement physique qui nous transportait d'une culture à une autre. Hemon illustre de façon frappante la tension suscitée par les efforts que doit faire Josef pour se faire comprendre. Les mots lui échappent au compte-goutte, telle une distillation imparfaite d'idées.

Les passages du livre les plus frappants sont ceux qui forcent le lecteur à réévaluer la langue anglaise parce que le sens littéral des mots a été élargi par un contexte inhabituel. L'auteur arrive ainsi à étonner ceux qui parlent un anglais correct, surpris par leur propre langue. En nous invitant à réfléchir sur son choix de mots, Hemon nous oblige à reconsidérer les frontières de la langue. **LC**

Tout est illuminé
Jonathan Safran Foer

1977 (États-Unis)
Première parution | 2002
Langue originale | Anglais
Titre original | *Everything Is Illuminated*

Ce premier roman de Jonathan Safran Foer, à la fois ambitieux et frappant, a joui de l'approbation du public et des critiques. C'est l'histoire d'un jeune auteur américain et juif, appelé lui aussi Jonathan, qui part en Ukraine avec une vieille photo en main à la recherche d'Augustine, une femme qui a peut-être sauvé son grand-père pendant l'occupation nazie. Le roman s'échafaude autour de lettres rétrospectives envoyées à Jonathan par Alex Perchov, un adolescent ukrainien que Jonathan avait embauché comme traducteur et guide. L'anglais primitif d'Alex ainsi que son usage erroné d'un dictionnaire sont restitués par un exploit d'innovation linguistique époustouflant. Mais si ses erreurs et ses mots utilisés mal à propos par d'autres sont souvent hilarants, Alex est loin d'être un nigaud ; au fur et à mesure du récit, il acquiert dignité et sagesse. Ces lettres sont interrompues par des épisodes bizarres, emplis de réalisme magique ; ils racontent l'histoire du village ancestral (ou *shtetl*) de Jonathan, depuis sa fondation au début du XIXe siècle jusqu'au drame de la Solution finale.

Tout est illuminé est un tissu délibéré de faits véridiques et de fantaisie – une vision audacieuse de l'Holocauste et de son héritage révélé à travers des traductions erronées, des déformations du destin, des conversations dont on se souvient à moitié, des amitiés fragiles et une variété de narrateurs. C'est un roman profondément préoccupé par les aspects politiques de la mémoire et par la façon dont nous négocions notre relation avec le passé en fonction des contraintes présentes. Un roman qui parle de secrets anciens, d'ignorance et de connaissance, d'innocence et d'expérience, d'expiation et de culpabilité. À la fois drôle et sobrement dévastateur, cet ouvrage annonce sans doute l'éclosion d'une voix nouvelle importante dans la fiction contemporaine. **SamT**

Kafka sur le rivage
Haruki Murakami

1949 (Japon)
Première parution | 2002
Langue originale | Japonais
Titre original | *Umibe no Kafuka*

Murakami est né à Tokyo d'un père bouddhiste et d'une mère commerçante. Il passa son enfance à absorber la littérature japonaise que ses parents enseignaient tous deux, mais son pôle d'intérêt est plutôt la littérature américaine. Dans la majorité de ses œuvres, il réussit à se réconcilier avec le tiraillement qu'il éprouve entre l'Occident et l'Orient.

Kafka sur le rivage peut être décrit comme une fiction psycho-analytique du réalisme magique. Un père annonce à son fils de quinze ans, Kafka Tamura, une prophétie œdipienne : Kafka tuera son père et couchera avec sa mère et sa sœur. Kafka s'enfuit de chez son père pour se soustraire à cette prédiction, et pour rechercher sa mère, enfuie avec sa sœur alors qu'il était enfant. Le monde de Kafka est imprégné par une histoire parallèle concernant un simple d'esprit âgé du nom de Nakata. Les deux ne se rencontrent jamais, mais leurs chemins de vie sont mêlés.

Le roman explore la relation entre événements de la vie et périodes dans le temps, les connexions entre esprits et musique, le baume guérisseur du pardon, les réalités du rêve, la violence, l'amour, la mémoire et la perte. Murakami nous confronte avec un monde plein d'événements inexplicables, dans lequel les personnes communiquent avec les chiens et les chats, les poissons tombent du ciel, et des personnages de l'envergure d'un Johnny Walker ou d'un Colonel Sanders influencent le destin des autres.

Par sa prose nuancée et son attention pour les détails, Murakami harmonise les tons d'un univers chaotique et surréaliste en une sorte de méditation zen. *Kafka sur le rivage* est une œuvre qui tente de se réconcilier avec le monde moderne en mariant la pensée orientale et occidentale de manière à mieux explorer et mettre en exergue nos attitudes envers les mystères du temps, de la vie et de la mort. **PM**

Un nom pour un autre
Jhumpa Lahiri

1967 (Angleterre)
Première parution | 2003
Prix Pulitzer | 1999
Titre anglais | *The Namesake*

Ashima et Ashoke Ganguli, récemment mariés, abandonnent leur vie traditionnelle à Calcutta pour une ville proche de Boston dans le Massachusetts, où ils espèrent vivre le rêve américain. Mais ils ne souhaitent pas abandonner leur culture bengalie, surtout Ashima, qui résiste à l'assimilation et tente de maintenir des liens avec l'Inde. Avec la naissance de leur fils, Gogol (ainsi nommé en hommage à l'écrivain russe), et de leur fille, Sonia, leurs espoirs de pouvoir respecter les traditions de leur ancien univers s'estompent, car leurs enfants sont d'abord américains, avant d'être bengalis.

Pendant que les parents s'accrochent au passé, les enfants essaient de s'accommoder du sentiment schizophrène éprouvé par ceux qui sont nés au sein d'une société qui les marginalise. *Un nom pour un autre* emploie une prose directe et percutante pour décrire l'expérience des immigrés et illustrer le choc des cultures qui peut diviser les générations d'une seule famille. Somme toute, le « chez-soi » est un microcosme de l'individu.

Un nom pour un autre fut un best-seller, primé par le Book of the Year Award par le

New York Times et par le *New York Magazine Book*. Ce premier roman de Jhumpa Lahiri avait été longtemps attendu, car son premier ouvrage, un recueil de nouvelles publiées sous le titre de *L'Interprète des maladies* (1999), avait été couronné par le prix Pulitzer en 2002 – rarement accordé à un premier ouvrage ou à un recueil de nouvelles – et par le PEN/Hemingway et avait été traduit en vingt-neuf langues. **BJ**

Le Bouc Hémisphère
DBC Pierre

1961 (Australie)
Première parution | 2003
Titre original | *Vernon God Little*
Prix Booker | 2003

Récompensé en 2003, *Le Bouc Hémisphère* est une comédie noire. Le livre se situe dans la ville de Martirio (qui veut dire « martyre » en espagnol), « capitale du Texas de la sauce barbecue » – une ville ordinaire, peuplée de gens ordinaires et égocentriques. Notre héros, Vernon, un adolescent de quinze ans, a survécu dans son lycée à un massacre exécuté par son meilleur ami, Jésus. L'attention grandissante des médias et de la police à son égard le transforme progressivement dans l'opinion publique en complice du crime plutôt qu'en rescapé.

Vernon est impuissant. Il n'a pas la maturité requise pour prendre la situation en main ; il doit obéir aux adultes qui l'encadrent – sa mère, ses professeurs, la police – et sa confiance en eux est trahie maintes et maintes fois. L'auteur joue constamment sur le deuxième prénom de Vernon, Gregory, le transformant en « Vernon *Gone-to-hell* (descendu en enfer) Little » et « Vernon *Gonzalez* Little », ce qui reflète à chaque fois l'état d'esprit de Vernon. Dans le Corridor de la Mort, à la fin du livre, Vassale, l'assassin à la hache, lui dit : « Tu es le Dieu. Assume-le. » Ce n'est que lorsque Vernon accepte la responsabilité de de ce qui lui arrive qu'il peut influencer le cours de sa vie et devenir « Vernon *God* (Dieu) Little ».

Ce roman s'attaque à tous les maux traditionnels de l'Amérique contemporaine – les armes à feu, l'aliénation des adolescents, les familles dysfonctionnelles, le système judiciaire – tout en peignant un portrait effarant de la manière dont les médias arrivent à déformer les événements pour servir leurs intérêts. L'humour noir du récit dérive de temps à autre sous le poids de tant de cibles, devenant tantôt puéril, tantôt rocambolesque, mais l'intrigue est menée à un tel rythme et avec tant de retournements que cette argutie mineure semble de peu d'intérêt. **CIW**

Le Successeur
Ismail Kadaré

1936 (Albanie)
Première parution | 2003
Langue originale | Albanais
Titre original | *Pasardhësi*

Primé par le prix Man Booker International en 2006, ce roman d'Ismail Kadaré situé à Tirana s'inspire de la mort de Mehmet Shehu, « Successeur » du « Guide », le dictateur communiste Enver Hoxha, qui régna sur l'Albanie pendant cinquante ans et dut renoncer au pouvoir en 1981. La famille du « Successeur » ayant été arrêtée ou éradiquée, la mort de ce dernier n'a pas été élucidée : a-t-il été assassiné ou s'est-il suicidé ? Le mystère entourant sa mort a subsisté à cause de la peur persistante de la plupart des Albanais à chercher quoi que ce soit.

Kadaré décrit cette réticence dans une prose limpide, précise et sobre qui accroît la tension soulevée par le meurtre. Ses personnages sont consumés par une paranoïa alimentée par la tension et la peur : Suzanna, la fille du Successeur, traumatisée par la rupture de ses fiançailles avec Genc, précipitée par les liens de ce dernier avec l'ancien régime ; le pathologiste, qui craint qu'en pratiquant l'autopsie du Successeur, il ne signe sa propre mort ; l'architecte qui construit la demeure du Successeur, et qui vient à réaliser qu'elle est plus grande que celle du Guide.

L'amalgame de peur politique et d'isolement géographique permet à Kadaré de mettre en avant son lectorat albanais. Il fait passer son message par le biais d'une vieille tante surnaturelle, espionne ou fantôme, qui apparaît aux membres de la famille du Successeur après la mort de ce dernier. Ses prophéties sont aussi importantes que le passé que les Albanais doivent connaître pour exorciser leur peur. **JSD**

La Dame n° 13
José Carlos Somoza

1959 (Cuba)
Première parution | 2003
Langue originale | Espagnol
Titre original | *La dama número trece*

Les romans de José Carlos Somoza ont épousé des genres littéraires très variés, du mystère à la fiction érotique, de la fantaisie futuriste au thriller scientifique. Mais pour Somoza, les conventions d'un genre littéraire ne sont qu'un outil pour développer un jeu littéraire autour de questions sur la philosophie (*La Caverne des idées*), l'art (*The Art of Murder*) ou le pouvoir de la poésie (*La Dame n° 13*, un roman qui appartient au genre de la terreur).

Un professeur de littérature, Salomon Rulfo, souffre de cauchemars répétés dans lesquels il assiste à un meurtre dans une maison familière, pendant qu'une femme le supplie de lui venir en aide. Malgré les tentatives de son médecin pour le rassurer, il est convaincu que cette femme va de fait être assassinée. Rulfo décide de s'introduire dans la maison, pour renouer avec le contexte de son cauchemar. À partir de là, il entre dans une nouvelle réalité, dans laquelle « la langue humaine n'est pas inoffensive » et les personnes ne subissent pas de simples malheurs, mais vivent sous l'emprise d'une malédiction.

Somoza écrit avec une verve convaincante ; ici, il persuade ses lecteurs de mettre de côté leurs croyances et les éblouit par une succession vertigineuse de sabbats de sorcières dans des cadres somptueux. Le résultat, une fois de plus, est un roman aussi excitant qu'intelligent. **SR**

Tout ce que j'aimais
Siri Hustvedt

1955 (États-Unis)
Première parution | 2003
Langue originale | Anglais
Titre original | *What I Loved*

Le temps passé du titre présage déjà le sentiment de perte avec lequel Léo Hertzberg, historien d'art d'âge mûr, examine les liens familiaux que son meilleur ami, Bill Wechsler et lui-même, ont créés et perdus au cours de leur amitié longue de vingt-cinq ans.

Léo avait été séduit par un portrait peint par Bill dans sa jeunesse. Intitulée *Autoportrait*, cette immense peinture d'une jeune femme avait motivé Bill à faire la connaissance de l'artiste inconnu. Lors d'une discussion très intellectuelle dans

le studio de Bill, celui-ci finit par donner la « permission » à Léo de supposer que l'ombre esquissée dans ce portrait est la sienne, et cette invitation à l'intimité amorce leur affection fraternelle. Dans les années qui suivent, les hommes partagent des parallèles incertains mais significatifs. Bill et sa femme Lucille emménagent dans un loft au-dessus de Léo et sa femme Erica ; plus tard, la deuxième épouse de Bill, un mannequin du nom de Violet, emménage aussi. Les deux familles voient naître leurs bébés, deux petits garçons, à quelques semaines d'intervalle. Les deux les perdront – le petit Matt Hertzberg, en avance pour son âge, meurt encore enfant dans un accident de bateau et Mark Wechsler sombre peu à peu dans une démence insolite mais inexorable, l'esclavage « de l'art de l'horreur » et dans le chaos.
Les créations artistiques de Bill sont à la frontière de l'intelligible. Les interprétations attentives de Léo leur prêtent une faculté d'expression plus accessible, tout en mettant à l'épreuve les limites de l'interprétation. **AF**

Une histoire d'amour et de ténèbres
Amos Oz

1939 (Jérusalem)
Première parution | 2003
Langue originale | Hébreu

Une histoire d'amour et de ténèbres est le premier roman autobiographique d'Amos Oz et il lui a valu de nombreux prix, dont le Goethe Cultural Award et une nomination au Prix Nobel de Littérature. Commençant avec sa naissance et terminant avec la mort de sa mère trois mois avant sa bar mitzvah, Oz nous dévoile son enfance et son adolescence, la vie de ses parents et les racines familiales. Il conjugue avec virtuosité son histoire intime, qui couvre cinq générations de sa famille, avec la plus grande histoire – le sort des Juifs de l'Europe de l'Est du XVIIIe au XXe siècle, le mouvement sioniste, le mandat britannique en Palestine, le siège de Jérusalem, la Guerre d'Indépendance et la création d'Israël.
L'histoire est celle de la mère d'Oz, Fania. Oz fait sans cesse allusion à son suicide tout au long du récit. Il digère mal la compulsion inhérente de sa famille à bâillonner toute émotion : « Depuis le jour du décès de ma mère jusqu'au jour du décès de mon père vingt ans plus tard, nous n'avons jamais parlé d'elle. Pas un seul mot à son égard. C'est comme si elle n'avait jamais existé. » Ce n'est que dans les toutes dernières pages de ses mémoires qu'Oz réussit à briser « les mille ans de ténèbres qui nous séparaient tous » et qu'il nous raconte enfin les derniers jours de sa mère. C'est en ce moment poignant du récit que l'ingéniosité littéraire de l'auteur prend sa pleine ampleur. S'inspirant des souvenirs de sa tante et de son oncle, Oz entrevoit la mort de sa mère « comme le reflet d'une vieille lune qu'une vitre répercute sur la surface d'un lac, duquel la mémoire puise, non pas le reflet lui-même, qui n'existe plus, mais ses os blanchis. ». Et il en (re)construit une description évocatrice, émouvante et éloquente. **IW**

Ton visage demain
Javier Marías

1948 (États-Unis)
Première parution | 2002–2004
Langue originale | Espagnol
Titre original | *Tu rostro mañana*

Même sans le troisième volume attendu de *Ton visage demain*, les deux premiers volumes, *Fièvre et lance* et *Danse et rêve*, concrétisent le génie de l'auteur qui arbore le style magistral d'un Juan Benet. Javier Marías insiste sur le fait que *Ton visage demain* n'est pas une trilogie mais un roman en trois volumes, et de fait, la comparaison avec *À la recherche du temps perdu* de Proust est inévitable. Sans quitter les axes principaux de son roman – le poids de l'incertitude dans nos vies ou la méfiance envers ce que l'on présume connaître –, Javier Marías a fait preuve d'une imagination fertile dans les nouveaux thèmes qu'il explore, comme celui du passé.

Ce roman décrit les comptes rendus tendancieux de la guerre civile espagnole (citant notamment le cas d'Andreu Nin, tué par les communistes) et la vie des espions britanniques pendant la Seconde Guerre mondiale, qui provenaient des plus hautes sphères des universités britanniques. « Ne racontez jamais rien à personne » est la phrase par laquelle commence ce récit mémorable. C'est une réflexion sur l'impossibilité, pour un protagoniste dont le métier est de discerner la possible sincérité, de connaître la loyauté des individus.

Le roman emploie la spéculation comme technique narrative et le style, toujours labyrinthique, est comme un voile fin tissé par les méditations du narrateur en quête de certitudes. **JGG**

Cartographie des nuages
David Mitchell

1969 (Angleterre)
Première parution | 2004
Langue originale | Anglais
Titre original | *Cloud Atlas*

Cartographie des nuages est un trésor de paraboles entrelacées. Divisé en six sections qui couvrent plusieurs siècles, il nous promène du journal intime d'un explorateur du Pacifique au XIXe siècle jusqu'aux mémoires post-apocalyptiques de Zachry, un berger. Chaque section est un testament qui défie nos notions du temps et de l'espace. Ainsi, dans la deuxième, un musicien appauvri, Robert Frobisher, trouve le journal de l'explorateur et l'envoie avec une lettre à son amant, Rufus Sixsmith ; dans la troisième, Sixsmith nous est présenté cette fois comme un conseiller scientifique qui veut sonner l'alerte à propos du réacteur d'un conglomérat nucléaire ; le compte-rendu de la jeune journaliste qui enquête sur son assassinat tombe entre les mains de Timothy Cavendish, éditeur fauché qui fuit les créanciers de la pègre. Pendant que Cavendish se cache dans une maison de repos, Mitchell embarque ses lecteurs pour un voyage à travers le temps.

Mitchell se rappelle qu'à un moment, il avait pensé concevoir *Cartographie des nuages* comme une poupée russe. Et si on interrompait le récit A en plein milieu avec le récit B, qui révèlerait que le récit A n'était qu'un artefact… ? Combien de fois pourrait-on répéter cette astuce ? Il nous rappelle qu'Italo Calvino avait réussi à échafauder ainsi douze couches d'intrigues superposées sans jamais revenir en arrière pour continuer une intrigue interrompue. Mitchell en revanche fait marche arrière, laissant *Cartographie des nuages* revenir à travers la séquence à rebours comme un boomerang. Mitchell renoue avec son originalité contagieuse. **DJ**

L'Essaim
Frank Schätzing

1957 (Allemagne)
Première parution I 2004
Titre original I *Der Schwarm*
Prix Golden Feather I 2005

L'éco-thriller de Frank Schätzing commence au large de la côte péruvienne, où un pêcheur pense à son futur et le péril posé par les flottilles de chalutiers qui déciment les réserves mondiales de pêche par le monde. Peu après, il disparaît dans les profondeurs de l'océan. S'ensuivent d'autres mystérieux présages : des attaques de baleines, la découverte d'étranges vers pélagiques et des épidémies dévastatrices. Il s'agit en fait d'une attaque sur l'humanité. Dirigée par le Yrr, un organisme marin unicellulaire d'une intelligence supérieure, la Nature va finalement déclencher un immense tsunami qui dévastera l'Europe.
La parution de *L'Essaim* a coïncidé avec nombre de désastres naturels. Sous la houlette du Commandant Li, conseiller du Président, les États-Unis lancent une mission pour entrer en contact avec le Yrr. Alors que les scientifiques européens préconisent la diplomatie pour apaiser le Yrr, Li projette de l'éradiquer pour établir la domination de l'Homme sur terre. Dans une épreuve de force qui entraîne le naufrage du *SS Independence* ainsi que la mort de Li, le contact avec le Yrr est finalement établi et les hostilités se calment. L'épilogue présente cette trêve comme une dernière chance accordée à l'humanité pour éviter sa destruction.
On a vanté les mérites de ce roman pour son cadre scientifique solide, quoiqu'il y ait eu des allégations de plagiat de sites Internet scientifiques. Hollywood en a acquis les droits cinématographiques en 2006. **FG**

Suite française
Irène Némirovsky

1903 (Ukraine)-1942 (Pologne)
Première parution I 2004
Langue originale I Français
Prix Renaudot I 2004

Comme toutes les grandes œuvres littéraires, *Suite française* brille par l'acuité et la délicatesse avec lesquelles les fragilités, les désirs et les triomphes du cœur humain y sont dévoilés. La défaite de la France au début de la Seconde Guerre mondiale procure le contexte tumultueux dans lequel Irène Némirovsky met à nu sa distribution de personnages attachants, mais combien imparfaits.
Némirovsky trace la vie intime et publique de plusieurs individus et familles en choc. Ci et là, les fils de l'histoire se recoupent alors que se déroule l'exode paniqué et précipité de Paris. Le deuxième volet du livre quitte Paris pour suivre la vie d'un village sous l'occupation allemande. Même ici cependant, l'auteur poursuit le thème de l'exode avec la lutte journalière des habitants pour et contre une réaffirmation de la normalité dans une existence marquée par l'incertitude.
Le vécu de l'auteur, elle-même exilée, fille talentueuse de riches Juifs européens et qui trouva la mort à Auschwitz, a beaucoup contribué à l'immense intérêt suscité par le livre – comme d'ailleurs le talent littéraire de l'auteur, redécouvert lorsque le manuscrit de *Suite française* fut trouvé et publié un demi-siècle plus tard. Le battage

médiatique pourrait dissuader d'aucuns de le lire. Mais cette œuvre est bien plus qu'une péripétie intéressante de l'industrie de l'édition ; elle mérite d'être lue pour le témoignage éloquent qu'elle fait d'événements et d'émotions pris sur le vif lorsque l'auteur les captura sous sa plume. **RMa**

Le Maître
Colm Tóibín

1955 (Irlande)
Première parution | 2004
Langue originale | Anglais
Titre original | *The Master*

Le Maître couvre une tranche de vie de Henry James entre 1895, année qui vit l'échec de sa pièce de théâtre *Guy Domville*, et 1899, année clôturée par la visite de son frère William et de sa famille à Lamb House, la maison que James aimait tant. Dans ce roman, le temps occupe une place secondaire, car c'est l'espace qui prime, plus spécifiquement l'espace qu'occupent les chambres et les maisons. Le livre crée un univers de la conscience « à la manière de James » sans jamais tomber dans le pastiche.

Le Maître décrit de manière colorée et détaillée nombre de scènes et d'événements : le voyage de James en Irlande, ses négociations pénibles avec des domestiques incompétents, la période surréaliste qui suivit le suicide de son amie Constance Woodson. Tóibín se fraye un chemin dans la tête de James par le biais de rêves et de souvenirs qui retracent son enfance et son adolescence, ainsi qu'une série de pertes qui marquèrent sa vie. Il tente aussi de démontrer comment James transformait les expériences en matériel pour sa fiction. Le roman s'attaque de manière à la fois subtile et musclée à la nature du désir de James, inséparable de l'homosexualité, mais qui ne peut se définir simplement par l'homosexualité.

Publié alors que de nombreux romanciers puisent dans des sources biographiques, *Le Maître* définit une nouvelle collusion entre la biographie et la fiction qui transforme les deux **LM**

Blanche et Marie
Per Olov Enquist

1934 (Suède)
Première parution | 2004
Langue originale | Suédois
Titre original | *Boken om Blanche och Marie*

Ce roman raconte les vies de Blanche Wittman, patiente infortunée de J.-M. Charcot (et peut-être sa maîtresse) à l'hôpital de la Salpêtrière à Paris, et de Marie Curie, la scientifique polonaise. Détentrice de deux prix Nobel, celle-ci découvrit le radium. Blanche quitte la Salpêtrière pour devenir son assistante ; amputée d'un bras et de deux jambes suite au contact prolongé avec le radium, elle remplit trois cahiers de notes, se posant la question de la nature de l'amour, une question qui reste ouverte jusqu'à la fin.

Enquist se met dans la peau de ses personnages tout en restant résolument objectif ; s'il leur permet de s'exprimer à travers lui comme un ventriloque, il n'en réclame pas moins sa présence dans le texte avec force. S'exprimant à la première personne, il discute de son obsession concernant l'ouvrage en cours, de son inspiration et des sources utilisées. Au hasard des pages, il fait un zoom sur certains détails ou moments, pour revenir ensuite à un regard panoramique ; il réussit ainsi des instantanés intimes et fragmentaires de la vie de ses personnages.

Le texte est à la fois compulsif et opaque et il n'est guère facile de juger ce qui est historique de ce qui est le fruit de l'imagination fertile du romancier. Roman troublant et fin, *Blanche et Marie* marque une distanciation avec le rejet du traitement violent et exagéré de l'histoire par nombre de romanciers postmodernistes et le début d'une approche plus calme, plus tendre, mais aussi plus ouverte à l'intégration des faits historiques dans un roman. **LL**

2666
Roberto Bolaño

1953 (Chili)-2003 (Espagne)
Première parution | 2004
Langue originale | Espagnol
Titre original | *2666*

Si le titre était une date, il suggérerait inévitablement une œuvre posthume. Le roman, écrit juste avant que Bolaño ne meure, sème une graine de malice et les cinq parties du récit transforment cette graine en rêve insaisissable, celui d'un écrivain, Benno von Archimboldi.

Dans la première partie, quatre critiques littéraires le recherchent dans leurs textes tandis que leurs vies s'entremêlent ; finalement, ils devinent sa présence à Santa Teresa, une version déguisée de Ciudad Juárez.

Dans la seconde partie, cette même cité est le cloître dans lequel le philosophe Amalfitano enseigne, lit, rappelle à sa femme qu'elle l'a quitté et se demande comment rejoindre Rosa, sa fille adolescente.

Dans la troisième, un journaliste sportif du nom de Fate arrive à Santa Teresa pour couvrir un match de boxe mais se retrouve enquêtant sur des crimes perpétrés contre des femmes. Ce fil conducteur nous mène à la quatrième partie, la plus noire du roman : une succession implacable et épuisante de meurtres.

Dans la dernière partie, Archimboldi réapparaît sous la forme d'un écrivain allemand qui a traversé le XXe siècle pour se retrouver finalement à Santa Teresa.

Dans cette œuvre, Bolano relève un défi qui reste inaccessible pour le lecteur pressé par le temps : il démontre qu'il est un écrivain hors pair qui peut écrire comme il l'entend, alliant réflexion rigoureusement abstraite et action haletante, le tout cacheté de sa signature caractéristique de gaucher. **DMG**

La Ligne de beauté
Alan Hollinghurst

1954 (Angleterre)
Première parution | 2004
Titre original | *The Line of Beauty*
Prix Booker | 2004

La Ligne de beauté est le quatrième roman de Hollinghurst et, d'après l'auteur, son écriture a été « fondée sur la présomption de la gaieté de la position narrative ». Il raconte la vie londonienne des années 1980 vue par les yeux de Nick Guest, un jeune homme séduit, au sens littéral, par la découverte de l'homosexualité et par le luxe de la vie de la haute société anglaise sous Margaret Thatcher.

Installé chez un politicien, Nick mène une vie de parasite. Il est l'amant du fils d'un magnat libanais ; plein aux as, drogué à la cocaïne, il a la vie facile. Tous les coups du milieu homosexuel sont décrits sans pudeur ici et cette crudité est soulignée par l'obsession que Nick entretient envers Henry James, qui dut cacher son homosexualité. Hollinghurst, lui, peut la revendiquer.

Le sida jette une note sombre vers la fin du récit, avec son lot de souffrances et de trahisons qui gagne le devant de la scène tandis que le piège de l'intrigue est mis en place. Mais le ton n'est ni désespéré ni tragique.

Mise à part son orientation sexuelle, *La Ligne de beauté* est un roman conventionnel dans la tradition littéraire anglaise, écrit dans une prose raffinée et précise qui définit avec exactitude les personnages et les différents registres sociaux du langage.

Plein d'humour et habilement mené, il livre les plaisirs promis à tout lecteur prêt à suivre l'auteur dans son acceptation sans réserves de l'homosexualité. **RegG**

La Loi de l'accident
Ali Smith

1962 (Écosse)
Première parution | 2005
Titre original | *The Accidental*
Prix Whitbread Novel of the Year | 2005

La famille Smart passe des vacances tranquilles dans le Norfolk, en Angleterre, lorsqu'une inconnue captivante, Ambre, débarque comme une vague de perturbations qui ballotte leurs vies intimes. Au début, chaque personnage se trouve confronté à une sorte d'impasse et ce n'est que par le biais d'Ambre qu'ils trouvent enfin une manière de s'en sortir. Le récit est raconté tour à tour par chaque membre de la famille – ainsi que par un narrateur mystérieux – révélant comment l'équilibre délicat de leur vie est bouleversé par la lunatique Ambre, qui les oblige à contempler leur situation d'un autre œil. Ambre se lie d'amitié avec Astrid, une fille de douze ans qu'elle convainc de regarder le monde sans les distorsions imposées par l'objectif de son bien-aimé appareil photographique. Elle captive le père, Michel, un conférencier adultère, mais ne le désire pas charnellement, ce qui réveille en lui son aptitude à douter de lui-même. Elle met en lumière aussi la barrière protectrice que sa femme, Eve, écrivain bloqué, a érigée autour d'elle. Mais c'est sur Magnus, un adolescent tourmenté, que ses charmes auront le plus d'effet. À l'insu de sa famille, Magnus est au bord du suicide jusqu'à ce qu'Ambre le séduise – et le sauve.

On trouve incorporée dans les récits de *La Loi de l'accident* une histoire du cinéma et le roman illumine les fissures invisibles que le temps fait naître en catimini même dans les relations les plus intimes. L'intérêt thématique du livre est dans les identités secrètes et les vies intimes cachées ; la déception, peut-être, de la fiction. Le troisième livre d'Ali Smith – son deuxième à être sélectionné pour le Prix Booker – se déroule plus lentement que ses autres romans, mais sa manière de camper les personnages est mémorable et elle explore les thèmes de la véracité et de la répercussion avec éloquence. **EH**

Le Goût de la mère
Edward St. Aubyn

1960 (Angleterre)
Première parution | 2005
Titre original | *Mother's Milk*
Finaliste Prix Booker | 2006

Le Goût de la mère reprend le relais là où St. Aubyn avait arrêté *Some Hope*, sa trilogie satirique sur les machinations de la haute société anglaise. Entre temps, le père de Patrick Melrose est mort, laissant Eleanor, la mère de Patrick atteinte de la maladie d'Alzheimer, aux prises avec une lente désagrégation. Patrick tente de minimiser les répercussions de cette dégénérescence en s'opposant au souhait exprimé par sa

mère de déshériter sa famille et de laisser la maison de vacances en France à un charlatan « New Age » et doux rêveur. Seamus, le nouveau propriétaire de la maison, s'attire l'antipathie instinctive des jeunes fils de Patrick lorsqu'il s'y installe.
Patrick emmène alors sa famille en Amérique, où il se retrouve face à face avec les sujets de son mépris et de sa dérision. St. Aubyn peint un portrait sardonique du pays de George W. Bush, qu'il représente comme un monstre repu d'indulgence, d'intimité factice et d'un manque de scepticisme salutaire. Dans ce contexte, l'alcoolisme pathétique de Patrick refait surface comme la meilleure arme défensive de ce 'cinquantenaire malgré lui' contre un monde qui à la fois l'élude et l'agresse.
Un des talents considérables de St. Aubyn est son aptitude à condenser caractérisation et description en un aphorisme piquant et concis. A propos des échecs répétés d'un personnage mineur qui voudrait un fils et un héritier, il note succinctement : « Trois filles plus tard, il se retira dans son étude. » Il est clair qu'il a puisé dans son propre passé familial pour décrire la famille Melrose et il l'admet sans détours quand il est interviewé. Sa quête de libération personnelle, même approximative, contrainte par la classe sociale et les circonstances, par le biais de la satire et du personnage de Patrick, nous donne un livre rythmé et agréable, sélectionné pour le Prix Booker. **DTu**

Les Arpenteurs du monde
Daniel Kehlmann

1975 (Allemagne)
Première parution | 2005
Langue originale | Allemand
Titre original | *Die Vermessung der Welt*

Ce roman concerne deux grands esprits allemands, le mathématicien Carl Gauss (1777-1855) et l'explorateur Alexander von Humboldt (1769-1859). Leurs deux vies comportent dès le départ des similarités et des différences. Gauss est d'extraction pauvre mais son génie est très tôt évident ; Humboldt est noble et dès le début éduqué pour la grandeur. Ils représentent deux approches très différentes du monde de leur époque. Carl Gauss voit peu du monde physique, mais voyage beaucoup dans son esprit (il étudie le champ magnétique invisible de la Terre, un jeu de patience solitaire). Von Humboldt voyage dans des contrées lointaines, essayant de voir et de saisir tout ce qui est possible du monde physique.
Le style de Kehlmann est presque une esquisse ; il apporte les détails importants du récit, mais laisse beaucoup à l'imagination. Il ne parcourt pas lentement et méthodiquement les biographies, mais s'attarde sur certaines parties (pas toujours les plus évidentes) et passe sur beaucoup d'autres, faisant subtilement le portrait de l'effet contraignant de la gloire sur ses sujets. Les deux hommes sont des « insulaires » (aidés en cela par quelques embellissements de Kehlmann), vivant dans leur propre monde, obsédés par les connaissances à acquérir. Kehlmann lui-même est fasciné par l'obsession de ses deux personnages et par ce que ces deux grands esprits sont prêts à faire pour arriver au but. Chacun est à sa manière enfermé dans son propre univers : Gauss évite le contact social et von Hum-

boldt est largement ignorant des autres. *Les Arpenteurs du monde* font le portrait de deux figures historiques avec entrain, une extraordinaire érudition et un humour madré. **LB**

La Mer
John Banville

1945 (Irlande)
Première parution | 2005
Titre original | *The Sea*
Prix Booker | 2005

« La mémoire n'aime pas le mouvement, mais préfère garder les choses tranquilles. » Cette perception se trouve au cœur du dernier roman de Banville. *La Mer* raconte l'histoire du deuil de Max Morden et du voyage qui s'en suit, comme une tentative de Morden, historien d'art avec un sens visuel acéré, pour reconquérir le passé comme une œuvre d'art. Son chagrin devant la mort de sa femme le pousse à chercher une scène d'amour originale, ainsi qu'une perte, une sorte de drame original qui subsiste comme une preuve contre cette vague de fond qu'est l'érosion du temps.

La prose de Banville a quelque chose de miraculeux et le miracle ici est sa capacité à utiliser des mots pour produire des images, pour trouver, sous le mouvement du quotidien, une attitude, un regard ou une forme qui semblent soudainement et magiquement présents.

Le roman décrit la laideur de la mort et de la décrépitude du corps, et évoque l'expérience du deuil avec intensité. Mais si ce roman concerne la mort et l'humiliation persistante de mourir, il traite avant tout de la puissance du souvenir et de l'art, pour saisir quelque chose qui ne meurt pas, quelque chose d'aussi immunisé contre la mort que l'innocence. Le livre est imbibé d'images et de phrases tirées d'œuvres de Bonnard, Whistler et Vermeer, Shakespeare, Proust et Beckett.

Le voyage de Morden vers sa prime enfance est un hommage à l'art. Lire ce roman, c'est ressentir à la fois ce qu'est mourir et se trouver débarrassé du mouvement du temps. **PB**

L'Élégance du hérisson
Muriel Barbery

1969 (France)
Première parution | 2006
Prix des libraires 2007, Prix des bibliothèques pour tous, Prix Rotary International, Prix Georges Brassens

Renée Michel n'est pas celle que l'on croit. Pour les riches habitants du 7, rue de Grenelle, la concierge qui officie depuis des années est une femme sans histoire qui respecte tous les archétypes de la gardienne d'immeuble : d'une apparence banale, elle sait être serviable et bourrue à la fois. Mais sous ses airs un peu rudes, Renée, cinquante-quatre ans, cache des habitudes assez déconcertantes. Du fond de sa loge, elle entretient un goût prononcé pour la littérature russe, s'interroge sur la nature même de la phénoménologie et nourrit son grand appétit pour le cinéma japonais, la peinture hollandaise ou les moments suspendus, ces purs instants de grâce où tout, parfois, peut basculer.

Paloma, elle, se cache aussi. Elle a 12 ans et vit chez ses parents dans un des très chics appartements alentours. Enfant surdouée et révoltée, elle a pour grand projet de mettre fin à ses jours et de brûler l'appartement familial. Avec esprit et humour, elle rapporte scrupuleusement ses pensées profondes dans un journal et entreprend de découvrir le secret des mouvements immobiles. Car, pour Paloma, la vie adulte ne connaît qu'une seule destination, celle du bocal à poissons, lieu vide et absurde où règnent les faux-semblants. Le reste de l'immeuble est principalement peuplé de bourgeois ignorants et figés dans leurs préjugés. L'arrivée d'un nouveau locataire, un riche veuf japonais, raffiné et élégant, va venir troubler ce monde aux apparences trompeuses.

L'Élégance du hérisson est une promenade philosophique, une réflexion sur le sens de la vie, qui offre au lecteur des sensations multiples et inattendues. Ce roman, à l'écriture élégante et vivante, légère et grave à la fois, nous emporte avec entrain dans un monde riche, subtil et drôle. On tombe sous le charme de ce hérisson ! **SL**

Dans tes yeux
M.J. Hyland

1968 (Angleterre)
Première parution | 2006
Titre original | *Carry Me Down*
Finaliste Prix Booker | 2006

Dans tes yeux est écrit à la première personne par John Egan, un garçon de 11 ans qui vit en Irlande au début des années 1970. Cette approche narrative de plus en plus prisée des lecteurs oblige M. J. Hyland à travailler avec un vocabulaire limité, ce qui donne de la précision et évite des effets de style exagérés. Le style de Hyland capture bien les problèmes, curiosités et peurs de ce jeune dans une famille qui se désintègre, ainsi que sa découverte de soi. La préoccupation majeure du roman est le grand thème de la vérité que le jeune John reflète. Autodidacte et secret, il pense détenir un talent pour déceler la vérité et il consacre beaucoup de temps et d'énergie à essayer de le prouver. Cela l'amène à tenir un registre de mensonges, dans lequel il note tous les faux renseignements et les compromis qu'il doit gérer.

Il prend note quand on lui ment de ses symptômes physiques et pousse les autres jusqu'aux limites de leur patience et de leur bonne volonté, ostensiblement pour tester leur honnêteté.

Mais son aptitude à tout systématiser de manière abstraite et son travail de limier lui font défaut face à la duplicité de sa famille. Peu versé dans la tessiture émotionnelle de leurs mensonges, John leur arrache des confessions et les assujettit à des missions de vengeance.

Il ne remarque jamais le décalage qui existe entre ses motivations et ses actions et ne soupçonne pas la duplicité dont il fait preuve au même titre que ceux-là même qu'il attaque.

Ce roman sur le développement émotionnel dresse l'innocence contre la fourberie et révèle un monde intermédiaire trouble, plein d'intérêts divergents. **DTu**

Contre le jour
Thomas Pynchon

1937 (États-Unis)
Première parution | 2006
Langue originale | Anglais
Titre original | *Against the Day*

Après la combinaison complexe de réalité et de fiction qui caractérisait *Mason et Dixon*, *Contre le jour* marque l'émergence de ce que l'on pourrait appeler le style tardif de Pynchon. Complexe mais vivement accessible, dépourvue de l'expérimentation formelle de « *L'Arc-en-ciel de la gravité* », cette œuvre vaste et contrastée se déroule principalement pendant les deux décennies de turbulence géopolitique qui ont précédé la Première Guerre mondiale.

La turbulence est une métaphore appropriée étant donné l'une des trames de l'intrigue centrale – les exploits délurés 'à la Jules Vernes' des « potes de la chance », ces aventuriers du globe qui sillonnent les cieux dans un dirigeable commandé par l'infatigable Randolph St. Cosmo. Cette structure nébuleuse permet à Pynchon de nous emmener par de merveilleux détours visiter Hollywood à l'époque des films muets, l'Islande, les Balkans, Göttingen, la toundra sibérienne et les arrière-salles où se tenaient à Londres des séances de spiritualisme à la fin de l'époque victorienne.
À bien des égards, *Contre le jour* a tous les attributs des premiers romans de Pynchon – sa fascination pour les cosmologies étranges, les cultures populaires fragiles, et les traditions hors-la-loi ; son mépris pour les maquignonnages des grandes entreprises ; une relation épineuse entre le temps « historique » et le temps « narratif » ; son penchant bizarre pour les animaux parlants et les chansons obscènes. Pourtant, on y trouve aussi nombre de nouveaux développements, notamment l'évocation de l'anarchisme et de la violence politique de la fin du siècle. Impossible à résumer, *Contre le jour* est radicalement unique, mais clairement reconnaissable comme l'œuvre d'un des plus grands et des plus mystérieux artistes littéraires. **SamT**

La Perte en héritage
Kiran Desai

1971 (Inde)
Première parution | 2006
Langue originale | Anglais
Prix Booker | 2006

Cette histoire multigénérationnelle se déroule en Inde et à New York, avec à l'arrière plan la Grande-Bretagne et le spectre de son passé colonial qui jette des ombres tentaculaires sur le présent. A Kalimpong, Sai, une orpheline adolescente, vit avec son grand-père, un juge à la retraite éduqué à Cambridge. Bien que délaissée, Sai est chouchoutée par le cuisinier dont le fils, Biju, vivote à New York où il a émigré. Le récit se partage entre les deux endroits, entrelaçant des histoires humaines avec la politique du néo-colonialisme bourgeois, de la mondialisation, du multiculturalisme et de l'insurrection terroriste.
Le juge et Biju nous font connaître leur expérience d'émigrés, expériences divergentes du fait de leur classe sociale et de leur contexte historique et géographique différents. Pourtant, l'un comme l'autre ont été fortement conditionnés à croire fermement dans la supériorité de l'Occident. Le sentiment d'exil que le Juge a intériorisé provient de l'humiliation de son expérience coloniale, qui est à l'origine de la haine qu'il couve envers sa culture. L'expérience de Biju de la dislocation culturelle des défavorisés de New York est également destructrice. Desai dramatise les tensions ethniques locales à travers la romance impossible entre Sai et son précepteur Gyan, qui rejoint les insurgés népalais.
Toutefois la vision pessimiste du roman sur un possible futur multiracial est parsemée de pointes d'humour pénétrant. L'évolution de la sensibilité à l'époque moderne est articulée par l'amusante supériorité de ceux qui lisent Jane Austen et qui comparent la BBC et CNN.
Dans ce roman traitant essentiellement du désir et de l'appartenance, Desai capture les nuances de ses personnages imparfaits avec tendresse et affection. **KDS**

L'Autre Moitié du soleil
Chimamanda Ngozi Adichie

1977 (Nigeria)
Première parution | 2006
Langue originale | Anglais
Titre original | *Half of a Yellow Sun*

La guerre civile qui sévit au Biafra de 1967 à 1970 est le sujet du deuxième roman d'Adichie. Elle fut déclenchée par la sécession de l'est du Nigeria par l'ethnie Igbo et aboutit à une famine qui tua des millions de gens après un blocus par le gouvernement nigérian. Cette conflagration réveille peu de souvenirs aujourd'hui, mais à l'époque, ce fut un dossier brûlant qui amena John Lennon, écoeuré, à rendre son titre honorifique de Membre de l'Ordre de l'Empire Britannique.

L'Autre Moitié du soleil, livre magnifique et impartial, représente un grand pas en avant pour Adichie. Son premier livre, L'Hibiscus pourpre, suscita en 2003 beaucoup d'intérêt, mais ses horizons étaient nécessairement limités par le fait qu'il est écrit à la première personne et que son protagoniste a 15 ans.

L'Autre Moitié du soleil fut l'occasion pour Adichie de tisser un récit de grande envergure à travers les yeux de trois personnages différents au long de presque une décennie : le jeune domestique Ugwu, la belle Olanna, à l'éducation anglaise, et Richard, un Anglais très amoureux de la sœur jumelle d'Olanna avec qui elle est en froid. Il est clair qu'Adichie écrit pour un marché international, mais elle réussit à évoquer pour les béotiens les menus détails de la vie au Nigeria sans jamais tomber dans la lourdeur. Par ailleurs, elle n'est pas didactique, concédant avec candeur l'existence de snobisme dans les rangs des Igbos assiégés, par exemple lorsque Olanna est dégoûtée de voir des œufs de cafard chez une parente. **LD**

L'Homme qui tombe
Don DeLillo

1936 (États-Unis)
Première parution | 2007
Langue originale | Anglais
Titre original | *Falling Man*

Le titre du livre de Don DeLillo, *L'Homme qui tombe*, fait allusion à la photo d'un homme en costume tombant la tête la première des tours jumelles du World Trade Centre le 11 septembre 2001. Pourtant cette image n'est présente qu'indirectement dans le livre. L'homme qui tombe qui est au cœur de la narration de DeLillo est un artiste de la rue qui se pend par le pied au bout d'une corde dans des endroits en vue de New York, imitant la pose de l'homme photographié – une jambe raide, une jambe recroquevillée, les bras le long du corps, tête baissée dans un plongeon mortel.

Le livre raconte deux histoires, dont le pivot central est cette image de l'homme en chute libre. L'histoire principale suit la pénible adaptation d'une famille new-yorkaise à la vie après les attaques. La narration de cette récupération post-traumatique est émaillée de brefs épisodes qui dramatisent la préparation des attaques, racontée du point de vue des terroristes du 11 septembre.

Ces deux histoires convergent à la fin du roman, au moment de l'impact catastrophique entre avion et tour, entre l'avant et l'après, entre l'Orient et l'Occident.

Mais si l'homme suspendu évoque l'horreur indélébile du 11 septembre, le roman indique aussi la beauté inhérente de sa suspension immobile. C'est par le biais de la poétique de ce geste interrompu que le roman signale un nouveau compromis entre l'avant et l'après, entre « nous » et « eux ». **PB**

La Brève et Merveilleuse Histoire d'Oscar Wao
Junot Díaz

1968 (République dominicaine)
Première parution | 2007
Titre original | *The Brief Wondrous Life of Oscar Wao*
Prix Pulitzer | 2008

Le premier roman de Junot Díaz ne nous apprend pas grand-chose de plus sur l'histoire d'Oscar, fan de science-fiction, qui tombe systématiquement amoureux de femmes qu'il ne pourra jamais avoir. Les aventures de ce jeune homme solitaire ont d'abord fait l'objet, pendant sept longues années, d'une série publiée dans le *New Yorker*. En revanche, l'intrigue détaille le destin tragique de la sœur d'Oscar, de sa mère et de son grand-père qui, pour avoir défié le cruel dictateur dominicain Rafael Trujillo, semble bien être à l'origine des terribles souffrances qui frappent les membres de sa famille sur plusieurs générations.

D'après le narrateur – Yunior, un autre Américain d'origine dominicaine – ces événements douloureux sont le résultat d'une malédiction, un *fukú*, superstition qui remonte à l'arrivée des premiers Européens sur l'île d'Haïti et qui explique tous les malheurs des Yankees. Dans l'histoire d'Oscar Wao (interprétation erronée d'« Oscar Wilde »), le *fukú* est responsable de la mort du grand-père d'Oscar, Abelard, et de deux de ses trois filles. Ce mauvais sort est également à l'origine des souffrances de la mère d'Oscar, vendue et maintenue en esclavage pendant les dix plus belles années de sa vie, et qui restera à jamais malheureuse en amour. Ce même *fukú* pousse Oscar à se consumer dans des amours impossibles et finira par le conduire à sa perte, après une vie courte et désespérée.

Les pages qui reviennent sur les années passées en République dominicaine sous le régime dictatorial imposé par Trujillo sont les plus captivantes. Elles nous sont relatées par Díaz dans un style délibérément désinvolte et une langue savoureuse, généreusement émaillée d'argot dominicain et de références à la science-fiction, pour notre plus grand plaisir et sans doute pour la plus grande satisfaction complice de la diaspora dominicaine. **PC**

La Femme de midi
Julia Franck

1970 (Allemagne)
Première parution | 2007
Titre original | *Die Mittagsfrau*
Prix du Livre allemand | 2007

La Femme de midi, qui a permis à Julia Franck, en 2007, de remporter le Prix du Livre allemand, raconte l'histoire d'Hélène, qui, au début du XXe siècle, quitte Bautzen, en Saxe, pour se retrouver en Poméranie, occupée à la fin de la Seconde Guerre mondiale, après un bref passage par le Berlin des années folles. L'histoire de cette vie, qui couvre les deux guerres et la montée du national-socialisme, coïncide avec une page importante de l'histoire de l'Allemagne.

Le titre du roman fait référence à une vieille légende saxonne : une mystérieuse créature apparaît à l'heure la plus chaude de la journée, au moment de la moisson, et condamne à mort les êtres humains qu'elle rencontre, à moins qu'ils ne sachent répondre immédiatement à la question qu'elle leur pose. Cette métaphore traduit le thème principal du roman et, partant, de la vie de son héroïne, dans la mesure où le lecteur assiste impuissant à la pétrification progressive des sentiments que peuvent induire la répression et le silence. La fin tragique d'une histoire d'amour avec un étudiant en philosophie assez charismatique plonge Hélène dans une forme d'amnésie. Son travail d'infirmière ne fait rien pour la sortir d'une apathie émotionnelle. Cet état second la conduit à épouser un sympathisant du régime nazi, qui falsifie les papiers de la jeune femme pour cacher ses origines juives, et lui donne le prénom d'Alice. Le prologue et l'épilogue nous font connaître le point de vue du fils d'Hélène, abandonné par sa mère au moment où elle fuit la Poméranie, à la fin de la guerre, pour retourner à Berlin. Peter représente les millions d'Allemands qui ont dû réapprendre à vivre après l'obscurantisme de la période nazie – l'absence physique de la mère symbolisant à l'évidence un passé inaccessible et réprimé. **KKr**

Les Retrouvailles
Anne Enright

1962 (Irlande)
Première parution | 2007
Titre original | *The Gathering*
Man Booker Prize | 2007

Anne Enright a écrit trois romans *La Perruque de mon père* (1995), *L'Air de quoi ?* (2000), et *The Pleasure of Eliza Lynch* (2002), avant de travailler à ce quatrième ouvrage qui lui vaudra en 2007 une récompense prestigieuse, le Man Booker Prize.
Les Hegarty forment une grande famille, mais l'intrigue du roman s'articule autour du personnage de Veronica, encore très choquée par la mort de son frère Liam. Liam s'est noyé à Brighton, après avoir lutté pendant des années contre l'alcoolisme, et l'essentiel du roman est construit autour de retours en arrière à travers lesquels Veronica tente de trouver les motifs de ce suicide.
En découvre-t-elle la cause ? Rien n'est moins sûr. Le suicide de Liam commence peut-être, ou peut-être pas, par un incident survenu un été, alors que Veronica et son frère étaient en vacances chez leur grand-mère. L'explication pourrait avoir sa source dans le triangle amoureux auquel la grand-mère se trouve associée. C'est cette ambiguïté des « histoires mouvantes et des rêves éveillés » qu'Anne Enright traduit par une prose fluide, alliée à une étonnante capacité à faire passer la narration d'un personnage à un autre, et qui est la marque d'une grande romancière.
Le paysage psychologique intérieur forme un contraste frappant avec les descriptions violemment corporelles. Chez Veronica, l'expérience du deuil passe par des émotions et des réactions physiques que la jeune femme évoque comme « un sentiment confus, à mi-chemin entre la diarrhée et les rapport sexuels, une douleur presque génitale ». Les thèmes de l'amour et de la mort s'entremêlent au niveau même du corps, laissant une cicatrice ineffaçable, qui continue de nous faire souffrir longtemps après que ceux que nous aimons nous ont quittés. **JSD**

Kieron Smith, Boy
James Kelman

1946 (Écosse)
Première parution | 2008
Langue originale | Anglais
Non traduit à ce jour en français

Kieron Smith, Boy marque une nouvelle période dans la carrière de James Kelman, et suggère un developpement dans l'écriture contemporaine. Le roman présente une certaine resemblance avec

un précédent ouvrage de l'auteur, paru en 2004, *Faut être prudent au pays de la liberté*, dans le sens où les deux romans sont virtuellement dépourvus d'intrigue, et que tous deux sont étroitement confinés dans l'esprit d'un narrateur solitaire. Dans le premier cas, le narrateur appartient à une lignée que Kelman connaît bien : c'est un Écossais issu de la classe ouvrière et qui se trouve en porte-à-faux par rapport à son environnement. Pour *Kieron Smith, Boy*, Kelman se met dans la peau d'un enfant qui raconte l'histoire de sa famille, partie du centre de Glasgow pour se retrouver dans un lotissement de banlieue.
Ce recours à une voix d'enfant situe *Kieron Smith, Boy* dans une longue tradition de récits d'enfance, mais Kelman donne à cette voix des accents sans précédent, qui ont pour conséquence une réinvention de la forme romanesque. En traduisant par des mots la pensée du jeune Kieran Smith, la prose de Kelman instaure une intense et bouleversante intimité avec l'imagination fertile du personnage aux prises avec l'outrance habituelle de l'adolescence. À la lecture de ce roman, on ne peut s'empêcher de s'interroger sur les raisons qui poussent ce garçon à partager avec nous ses pensées les plus intimes. Comment expliquer le miracle de cette télépathie sans retenue ? Répondre à cette question reviendrait à reconnaître que Kelman a su forger un langage capable de nouer une relation personnelle entre le lecteur et le narrateur et qui, dans sa perfection poétique, suggère une nouvelle manière de rendre compte du cheminement de l'esprit. **PB**

Chez nous
Marilynne Robinson

1947 (États-Unis)
Première parution | 2008
Langue originale | Anglais
Titre original | *Home*

Dans *Chez nous*, les événements formant la trame du deuxième roman de Robinson, *Gilead*, sont cette fois-ci décrits du point de vue de la famille Boughton. L'auteur montre ainsi qu'elle est bien l'une des plus extraordinaires romancières d'aujourd'hui en mariant harmonieusement rigueur intellectuelle et compassion devant les faiblesses humaines.
L'intrigue est minimaliste. À trente-huit ans, après des fiançailles rompues, Glory Boughton revient habiter chez son père malade, le révérend Boughton. Peu après son arrivée, son frère Jack, le mouton noir de la famille, annonce lui aussi son retour. L'arrivée du fils prodigue comble de joie le vieil homme mais les péchés de Jack sont trop graves pour que le révérend mourant lui accorde son pardon, et la frustration marque les derniers mots adressés à ce fils « chéri comme l'on chérit une blessure ». Jack s'en va et Glory reste seule héritière de la demeure familiale qu'elle entretient en attendant le jour où le fils métis de Jack l'habitera à son tour.
Chez nous a pour décor une petite ville du Midwest américain des années 1950 et pour toile de fond le mouvement des droits civiques. C'est une réflexion profonde et poignante sur le pouvoir et les limites de la foi et du pardon, l'attente et la perte ou encore l'isolement spirituel d'individus apparemment prédestinés à être des étrangers où qu'ils aillent – surtout quand ils veulent revenir au foyer.
Poétique et dépouillée, la prose de Robinson dissèque de façon impitoyable les êtres meurtris en quête de grâce, mais son

approche des implications théologiques et humaines de chaque geste, de chaque rencontre, laisse entrevoir une sorte de transcendance. **JHu**

Le Tigre blanc
Aravind Adiga

1974 (Inde)
Première parution | 2008
Titre original | *The White Tiger*
Man Booker Prize | 2008

Le Tigre blanc, premier roman d'Aravind Adiga, a fait sensation au moment de sa publication. Il a été couvert d'éloges et a fait d'Adiga le deuxième plus jeune auteur à avoir remporté le Man Booker Prize.
Si le livre a reçu toutes ces louanges, c'est autant pour l'histoire qu'il raconte que pour le caractère unique du personnage principal et pour le ton de la narration. Par son nom et sa caste, Balram Halway devrait être fabricant de bonbons dans le petit village de l'Inde profonde où il est né. Mais rien de ce qui concerne Balram n'est typique. C'est un entrepreneur dans l'âme et, au fur et à mesure que se déroule l'histoire, racontée au Premier ministre chinois Wen Jiabao dans une série de lettres imaginaires, nous découvrons ce que signifie ce genre de parcours dans l'Inde d'aujourd'hui.
Ce n'est pas le pays magnifique dont parle Salman Rushdie, exotique, magique et si souvent idéalisé par les lecteurs occidentaux. Au contraire, c'est une Inde sombre, sale, corrompue et en pleine expansion, tout comme la Chine, tandis que l'Occident stagne. C'est l'histoire d'une Inde démystifiée, l'histoire d'un homme qui essaie de fuir l'impasse dans laquelle se retrouve, selon Balram, la grande majorité de la population indienne, tous ceux qui se laissent abuser et réduire en esclavage par leurs propres compatriotes. La seule façon de lutter contre le caractère impitoyable des oppresseurs est de manifester une cruauté encore plus grande. Comme le fait remarquer Balram, « Seul un homme prêt à voir sa famille détruite... peut prendre son envol. »
Le Tigre blanc dévoile les attitudes dépassées et les injustices profondément enracinées qui continuent de faire fonctionner la société indienne. C'est un livre de colère, qui réussit pourtant à être très drôle. Quelque chose est sur le point de craquer. **PC**

Cost
Roxana Robinson

1946 (États-Unis)
Première parution | 2008
Langue originale | Anglais
Non traduit à ce jour en français

Au moment où elle commence à écrire *Cost*, une histoire de drogue qui explore avec finesse la complexité des émotions et des relations familiales, Roxana Robinson a déjà écrit trois romans ainsi que trois recueils de nouvelles et une biographie de Georgia O'Keeffe.
Le personnage principal, Julia Lambert, enseigne les beaux-arts à l'université Columbia de New York. Elle a deux grands fils, Steven et Jack, et des parents âgés. Au début du roman, Julia reçoit ses parents dans sa maison d'été du Maine. Elle se sent très frustrée par son comportement envers eux, qu'elle qualifie elle-même d'infantile. Et c'est dans cet espace tendu que Steven fait son apparition, alors qu'il rentre chez lui. En chemin, Steven est passé chez son jeune frère, Jack, et a découvert qu'il se droguait à l'héroïne. C'est autour de la découverte

de cette addiction, et des réactions et interventions de la famille, que se construit l'intrigue où nous voyons les représentants de chaque génération vivre leurs propres angoisses devant la mort de Jack.

Ce sont les personnages qui donnent son énergie et sa dimension conflictuelle au roman. Roxana Robinson a déclaré qu'elle rédigeait leur biographie avant de commencer à écrire, et c'est manifeste dans *Cost*. La qualité du roman provient de l'intensité du paysage intérieur de chacun des protagonistes, décrit dans une langue soignée. On qualifie souvent Roxana Robinson de « chroniqueuse de la classe privilégiée des Américains protestants blancs », et la promotion de *Cost* se fera certainement sur le thème de l'héroïnomanie. Se limiter à l'une ou l'autre de ces facettes relèverait de la tromperie car *Cost* parle avant tout de la profondeur de l'anxiété humaine et fait prendre conscience au lecteur que la perte de sa famille peut aussi être un élément moteur. **JSD**

Un arrière-goût de rouille
Philipp Meyer

1974 (États-Unis)
Première parution | 2009
Langue originale | Anglais
Titre original | *American Rust*

Le premier roman de Philipp Meyer présente sous forme de plusieurs récits à la première personne la nature brutale de la vie de Buell, petite ville industrielle sur le déclin de Pennsylvanie. Étrange et intelligent, Isaac English a vingt ans. Avec son ami Billy Poe, footballeur star de son lycée, il a décidé de rester à Buell après ses études bien qu'ayant la possibilité de partir. Quatre mille dollars volés à son père handicapé vont cependant permettre à Isaac de rêver d'aller étudier l'astrophysique en Californie. À la sortie de la ville, ils rencontrent trois SDF : Poe ne résiste pas à l'envie de se battre et l'un des trois hommes trouve la mort. Les conséquences de cet acte sont vues sous divers angles : celui d'Isaac et Poe, bien sûr, mais aussi de Grace, la mère d'Isaac, Bud Harris, chef de la police et amoureux de longue date de Grace, ou encore de Lee, la sœur d'Isaac. Le lecteur pénètre ainsi au cœur d'un monde où la crise économique a fait du libre arbitre une illusion.

Au cours des deux décennies vécues par les deux protagonistes, la région de Mon Valley a perdu quelque 150 000 emplois. *Un arrière-goût de rouille* jouit d'une intrigue solide, mais sa véritable force réside dans sa description des conséquences du coup porté à la classe ouvrière, à quelque niveau que ce soit : démoralisation aliénante de l'homme qui veut travailler mais ne le peut pas, familles condamnées génération après génération à vivre dans des caravanes pas chauffées, communautés incapables de payer pour les services les plus fondamentaux et subsistant dans un paysage de carcasses rouillées que nul ne peut se permettre de démolir. À une époque où des milliers de postes industriels mieux payés sont détruits aux États-Unis, ce roman visionnaire constitue une mise en accusation brutale du coût humain d'un capitalisme moribond. **JHu**

Invisible
Paul Auster

1947 (États-Unis)
Première parution | 2009
Langue originale | Anglais

Dans son dernier roman en date, Paul Auster reprend le thème des études universitaires avec le personnage d'Adam

Walker qui, au printemps de l'année 1967, termine sa seconde année à l'université de Columbia. Au cours d'une soirée, il fait la connaissance d'un mystérieux Français, Rudolf Born, et de sa séduisante petite amie, Margot. Professeur de sciences politiques et deux fois plus âgé qu'Adam, Berg s'intéresse à lui et l'initie à un monde à la fois passionnant et dangereux, compétitif et masculin. Ce qui ressemble tout d'abord à une fantaisie littéraire rappelant les films de Bertolucci, va se terminer de manière brutale avec un événement qui transformera la vie d'Adam et l'obligera à se confronter à tout jamais à la part obscure de sa personnalité. Après être entrés de plain-pied dans l'histoire de Walker, nous sommes complètement désorientés par la seconde partie du roman : ce que nous avons lu n'est pas une fiction mais bien le récit par Walker d'événements survenus au printemps 1967. Quarante ans après, il tente toujours de comprendre ce qui s'est passé et se fait aider par un ancien condisciple, aujourd'hui romancier à succès, pour trouver les mots lui permettant d'exorciser ses fantômes.
Auster avance en terrain connu. Une fois encore, il empile des strates de récit, passant d'un personnage et d'un point de vue à l'autre, mais *Invisible* est empreint d'une grande profondeur d'émotion, née d'une richesse et d'une sensibilité parfois absentes dans ses autres livres. Alors que nous suivons Walker au cours de l'été et de l'automne 1967 et passons de New York à Paris, les frontières entre fiction et mémoires deviennent floues, à tel point qu'il nous faut nous demander à quel récit nous croyons vraiment. **PC**

The Children's Book
A. S. Byatt

1936 (Angleterre)
Première parution | 2009
Langue originale | Anglais
Non traduit à ce jour en français

L'action de *The Children's Book* couvre vingt-cinq années, de la fin de l'ère victorienne à celle de la première guerre mondiale. Avec ses centaines de personnages, ce roman ambitieux associe une analyse sociale incisive des formes multiples de l'utopisme fin de siècle (fabianisme, quakérisme, anarchisme, néo-paganisme ou encore mouvements pour le droit de vote) à une description passionnante des facettes les plus noires de l'enfance. L'intensité de la jeunesse – sentiment onirique de ne faire qu'un avec la nature mais aussi expérience puissante et troublante de la sexualité infantile et du complexe d'Œdipe – est associée par Byatt au développement de la société anglaise ou allemande à l'orée de la Grande Guerre.
Le roman commence par la découverte d'un enfant sauvage, Philip Warren, qui se cache dans les sous-sols du musée de South Kensington après s'être enfui d'une petite ville vivant de la poterie. Recueilli par un auteur de contes de fées modernes, Olive Wellwood, il est envoyé en apprentissage chez Benedict Fludd, maître-céramiste. La maison Wellwood reflète la vie de famille chère aux Fabianistes : cette demeure rurale du Kent du plus pur style Arts and Crafts est peuplée d'enfants d'origines diverses mais elle accueille aussi rebelles, artistes et financiers. En revanche, celle de Fludd est une parodie cauchemardesque de la vie domestique où un patriarche, vrai génie torturé, brise autant d'œuvres qu'il en crée, ignore sa femme malade et en-

tretient des relations incestueuses avec ses filles. Des secrets se dévoilent peu à peu et l'on comprend que les horreurs de la maison Fludd ne sont pas moins présentes dans celle de Wellwood parce que l'art et la famille reposent tous deux sur la trahison, pour toujours et de manière inéluctable. **JHu**

Collaborateurs

Vance Adair (VA) est chargé de cours dans le Département d'études anglaises de l'université de Stirling.

Rhalou Allerhand (RA), journaliste, a étudié la littérature anglaise. C'est aussi un auteur de fiction.

Jordan Anderson (JA) est étudiant de troisième cycle au King's College de Londres et diplômé de l'université de Harvard.

Carlos G. Aragón (CA) est étudiant en doctorat à l'université de Birmingham.

Susanna Araujo (SA)

Derek Attridge (DA) a publié divers ouvrages sur l'œuvre de James Joyce. Il enseigne à l'université de York dans le Département de littérature anglaise.

Sally Bayley (SB)

Lorenzo Bellettini (LB) termine son doctorat à l'université de Cambridge. Il préside aussi le club de création littéraire de cette université.

Alvin Birdi (ABi) a enseigné à l'université de Manchester et de Middlesex. Il termine actuellement un doctorat sur Samuel Beckett et J.M Coetzee à l'université du Sussex.

Laura Birrell (LBi)

Andrew Blades (ABl) débute son doctorat. Il est aussi de théâtre pour le magazine *Stage*.

Maria-Dolores Albiac Blanco (M-DAB) enseigne la littérature espagnole à l'université de Saragosse et a publié divers ouvrages.

Vicki Blud (VB) se spécialise dans la littérature médiévale et la théorie critique.

Anna Bogen (AB) est étudiante en doctorat à l'université du Sussex. Elle a publié des articles sur la littérature enfantine, le roman d'apprentissage du XIXe siècle, et Virginia Woolf.

Dr. Peter Boxall (PB) est maître de conférences en littérature anglaise à l'université du Sussex.

Dr. Kate Briggs (KB) est chercheuse en lettres modernes attachée au Trinity College de Dublin.

Marko Cindric (MCi)

Monika Class (MC) est étudiant en doctorat au Balliol College, à Oxford, et rédige une thèse sur les auteurs britanniques du XIXe siècle.

Josh Cohen (JoC)

Liam Connell (LC) enseigne la littérature à l'université du Hertfordshire.

Jennifer Cooke (JC) termine sa thèse. Elle est aussi enseignante, écrit et publie des nouvelles.

Clare Connors (CC) enseigne la littérature anglaise au Queen's College d'Oxford.

Vybarr Cregan-Reid (VC-R)

Abi Curtis (AC) termine son doctorat à l'université du Sussex. Elle a publié des ouvrages de littérature et de poésie.

Ulf Dantanus (UD) est directeur d'études du programme Gothenburg à l'université du Sussex.

Jean Demerliac (JD), écrivain et éditeur indépendant, a participé à certains projets multimédias de la Bibliothèque nationale de France.

Sarah Dillon (SJD)

Lucy Dixon (LD) a étudié la littérature anglaise et l'afrikaans à l'université de Stellenbosch. Elle est actuellement directrice de la communication pour la maison d'édition John Murray, à Londres.

Matthew Dimmock (MatD) est maître de conférences en littérature anglaise à l'université du Sussex.

Margaret Anne Doody (MD) enseigne la littérature à l'université aux États-Unis. Elle a écrit six romans et de nombreux ouvrages de critique littéraire.

Jenny Doubt (JSD) a obtenu sa maîtrise en littérature postcoloniale à l'université du Sussex. Elle compte parmi les rédacteurs fondateurs de la revue *Transgressions*, une publication littéraire sur le XXe siècle.

Lizzie Enfield (LE)

Lisa Fishman (LF)

Anna Foca (AF)

Seb Franklin (SF)

Daniel Mesa Gancedo (DMG) est maître de conférences en littérature latino-américaine à l'université de Saragosse.

Andrzej Gasiorek (AG) enseigne dans le Département de littérature anglaise du XXe siècle à l'université de Birmingham.

Diana Gobel (DG) a obtenu son doctorat d'histoire russe à Oxford, et travaille comme correctrice indépendante, documentaliste et traductrice.

Richard Godden (RG) enseigne la littérature américaine au sein du Département d'études américaines de l'université du Sussex.

Jordi Gracia (JGG) enseigne la littérature espagnole à l'université de Barcelone, où il se consacre surtout à la littérature du XXe siècle.

Reg Grant (RegG) est écrivain-journaliste indépendant. Il connaît particulièrement la littérature moderne européenne, notamment la littérature française de l'après-guerre.

Frederik Green (FG) est étudiant en doctorat en langues et littératures d'Asie de l'Est à l'université de Yale. Il s'intéresse essentielement à la littérature chinoise et japonaise.

Christopher C. Gregory-Guider (CG-G) enseigne la culture et la littérature du XXe siècle à l'université du Sussex.

Eleanor Gregory-Guider (EG-G) vit dans le Sussex. Elle a obtenu sa maîtrise en littérature et histoire à l'université du Texas ainsi qu'une maîtrise en études du XVIIIe siècle à l'université de York.

Agnieszka Gutthy (AGu) est maître de conférences en espagnol au sein du Département de langues et littératures étrangères de la Southeastern Louisiana University.

Andrew Hadfield (AH) enseigne la littérature de la Renaissance, la littérature contemporaine et la théorie littéraire à l'université du Sussex.

Friederike Hahn (FH) termine actuellement sa maîtrise d'études shakespeariennes au King's College de Londres. Elle est aussi bénévole au Shakespeare's Globe Theatre.

Esme Floyd Hall (EH), écrivain, vit et travaille à Brighton. Elle a publié trois ouvrages et a contribué à divers journaux et magazines, dont le supplément Style du *Sunday Times.*

James Harrison (JHa), écrivain et éditeur, ne lit que des livres à couverture cartonnée écrits en gros caractères avec des lignes très espacées.

Doug Haynes (DH) enseigne la littérature américaine à l'université du Sussex. Il est spécialiste de l'écriture de la fin du XXe siècle.

Thomas Healy (TH) est professeur d'études de la Renaissance au Birkbeck College, à l'université de Londres. C'est l'auteur de trois études critiques et l'éditeur de deux recueils d'essais.

Margaret Healy (MH) enseigne la littérature anglaise à l'université du Sussex. Elle s'intéresse à la littérature de la Renaissance, à la médecine et à la théorie culturelle du corps.

Jon Hughes (JH) est maître de conférences au Royal Holloway, à l'université de Londres. Auteur d'une monographie sur l'œuvre de Joseph Roth, il a publié divers articles au sujet de la littérature et du cinéma allemand et autrichien du XXe siècle.

Rowland Hughes (RH) est maître de conférences dans le Département de littérature anglaise à l'université du Hertfordshire, où il enseigne la littérature de la Renaissance à nos jours. Il s'intéresse à la littérature américaine des XVIIIe et XIXe siècles.

Haewon Hwang (HH)

Bianca Jackson (BJ), étudiante en doctorat, a participé à la création de *Transgressions*, revue interdisciplinaire qui traite des arts et des lettres.

David James (DJ) est directeur d'études adjoint dans le Département de littérature anglaise à l'université du Sussex, où il a rédigé une thèse.

Dr. Meg Jensen (MJ) dirige le Département de création littéraire de l'université de Kingston, où elle enseigne aussi la littérature anglaise et américaine des XIXe et XXe siècles.

Iva Jevtic (IJ)

Carole Jones (CJ), qui vit à Dublin et à Londres, enseigne au Trinity College. Elle a publié des articles au sujet de la littérature écossaise et de la représentation des hommes et de la masculinité dans la littérature contemporaine.

Gwenyth Jones (GJ) vit à Londres, où elle vient d'obtenir son doctorat sur la littérature de Budapest et enseigne la littérature hongroise.

Thomas Jones (TEJ) est rédacteur à la *London Review of Books*.

Hannah Jordan (HJ) est journaliste indépendante et critique. Elle écrit actuellement un roman pour enfants.

Jinan Joudeh (JLSJ) a étudié la littérature anglaise et américaine à l'université de Duke, à l'université du Sussex et à Yale.

Lara Kavanagh (LK) termine actuellement sa maîtrise en littérature du XXe siècle au King's College.

Christine Kerr (CK) a reçu son doctorat à l'université du Sussex. Elle a enseigné la littérature anglaise en Europe, Afrique et Asie, et est désormais professeur au Champlain College à Montréal.

Kumiko Kiuchi (KK) est étudiante en doctorat de littérature anglaise à l'université du Sussex. Elle a obtenu sa maîtrise et l'un de ses masters au Japon. Elle s'intéresse au modernisme, à la philosophie du langage et à l'œuvre de Samuel Beckett.

Joanna Kosty (JK)

Andrea Kowalski (AK), journaliste, travaille à la BBC. En 2000, elle a obtenu sa maîtrise à l'Institut d'études latino-américaines (ILAS) de Londres.

Karl Lampl (KL) a étudié à l'université de Vienne. Après avoir rejoint le Canada, il s'est installé à Montréal où il a obtenu son diplôme à l'université de Concordia, au sein de laquelle il enseigne les langues et la littérature.

Laura Lankester (LL) a obtenu une maîtrise en littérature anglaise au University College de Londres. Elle travaille actuellement pour une maison d'édition londonienne et écrit des critiques.

Anthony Leaker (AL) étudie la littérature américaine et européenne du XXe siècle. Il a enseigné à l'université à Paris.

Vicky Lebeau (VL) est maître de conférences en littérature à l'université du Sussex.

Hoyul Lee (Hoy)

Ann-Lien Lievens (ALL)

Maria Lopes da Silva (ML) est spécialiste de la théorie critique ainsi que de la littérature portugaise, brésilienne et afro-lusophone. Elle a obtenu sa maîtrise à l'université de Cambridge et termine actuellement son doctorat.

Sophie Lucas (SL)

Graeme Macdonald (GM) est maître de conférences à l'université de Warwick, en Angleterre, et enseigne la littérature du XIXe et du XXe siècle au sein du Département d'anglais.

Heidi Slettedahl Macpherson (HM) enseigne la littérature nord-américaine à l'université du Lancashire Central.

Martha Magor (MaM)

Muireann Maguire (MuM)

José-Carlos Mainer (JCM) enseigne la littérature espagnole à l'université de Saragosse.

Peter Manson (PM)

Laura Marcus (LM) enseigne la littérature anglaise à l'université du Sussex. Elle a publié divers articles sur la littérature du XIXe et du XXe siècle.

Victoria Margree (VM) a obtenu son doctorat en littérature anglaise à l'université du Sussex, où elle enseigne, ainsi qu'à l'université de Brighton.

Nicky Marsh (NM) est directrice du Centre de poétique culturelle à l'université de Southampton. Ses articles ont été publiés dans diverses revues.

Louise Marshall (LMar) est maître de conférences en littérature de la restauration et du XVIIIe siècle à l'université du pays de Galles. Elle s'intéresse particulièrement au théâtre.

Rosalie Marshall (RMa) a une maîtrise de français et d'études scandinaves, et est retournée à l'université pour obtenir son doctorat en littérature française des Caraïbes.

Andrew Maunder (AM)

Maren Meinhardt (MM) est rédactrice au supplément littéraire du *Times*, où elle est chargée des sciences et de la psychologie.

Dr. Ronan McDonald (RM) enseigne à l'université de Reading.

Dr. Patricia McManus (PMcM) enseigne la littérature anglaise et l'histoire culturelle à l'université du Sussex. Elle écrit actuellement un ouvrage sur le roman anglais entre 1920 et 1940.

Geoffrey Mills (GMi) a étudié la littérature anglaise à l'université de Reading et à Londres. Il enseigne actuellement dans le Worcestershire. Il écrit de la poésie et de la prose.

Drew Milne (DM) occupe la chaire de théâtre et poésie Judith E. Wilson à l'université de Cambridge.

Jacob Moerman (JaM)

Pauline Morgan (PMB) a terminé une thèse en doctorat sur Elizabeth Bowen à l'université du Sussex.

Jonathan Morton (JM), professeur d'Histoire, vit à Oxford. Il a étudié l'histoire, la littérature anglaise et la création littéraire à Norwich.

Domingo Ródenas de Moya (DRM) enseigne la littérature espagnole et européenne à l'université Pompeu Fabra, à Barcelone.

Alan Munton (AMu) est archiviste à l'université de Plymouth, et maître de conférences en littérature anglaise.

Robin Musumeci (RMu)

Salvatore Musumeci (SMu) a obtenu sa maîtrise d'histoire à Trinity College (Connecticut). Il termine actuellement sa thèse de doctorat à l'université de Londres.

Paul Myerscough (PMy) est rédacteur à la *London Review of Books*.

Stratos C. Myrogiannis (SMy) a obtenu sa maîtrise à l'université de Thessalonique, en Grèce, et commencé son doctorat sur le siècle des Lumières en Grèce à Cambridge en 2005.

María Ángeles Naval (MAN) enseigne au sein du Département de philologie espagnole à l'université de Saragosse.

Stephanie Newell (SN) enseigne la littérature post-coloniale à l'université du Sussex. Elle est spécialiste de la littérature d'Afrique occidentale et de la culture populaire africaine.

Deborah Parsons (DPa) enseigne la littérature anglaise des XIXe et XXe siècles à l'université de Birmingham.

Julian Patrick (JP) est professeur de littérature anglaise et de littérature comparée à l'université de Toronto.

Ruth Patrick (RLP) a une maîtrise en littérature et langue anglaise à l'université de Manchester et travaille depuis comme rédactrice à Londres.

Andrew Pepper (AP) enseigne la littérature anglaise et américaine à l'université Queens de Belfast.

Irma Perttula (IP) étudie le grotesque et le carnavalesque dans la littérature finlandaise, domaine qu'elle enseigne à l'université d'Helsinki.

Roberta Piazza (RPi) enseigne les langues modernes à l'université du Sussex, notamment la traduction ainsi que la littérature italienne et européenne.

David Punter (DP) est professeur de littérature anglaise à l'université de Bristol, où il est aussi directeur de recherche à la faculté des arts. Il a publié de nombreux articles et ouvrages sur la littérature de style gothique et romantique.

Robin Purves (RP) enseigne la littérature anglaise à la University of Central Lancashire. Il a publié des articles sur la littérature française du XIXe siècle, la philosophie et l'écriture contemporaine.

Vincent Quinn (VQ)

Bernard Quiriny (BQ) est enseignant à Dijon à l'université de Bourgogne et journaliste. Il dirige la rubrique littéraire du mensuel *Chronic'art* et collabore au *Magazine littéraire*.

Santiago del Rey (SR) est rédacteur, journaliste culturel et critique littéraire.

Vera Rich (VR), auteur et traductrice, est spécialiste de la littérature ukrainienne et biélorusse.

Oscar Rickett (OR), écrivain-journaliste.

Dr. Ben Roberts (BR) enseigne à l'université de Bradford.

Dr. Anne Rowe (AR) enseigne à l'université de Kingston. C'est aussi la directrice européenne de l'association Iris Murdoch.

Nicholas Royle (NWOR) est professeur de littérature anglaise à l'université du Sussex.

David Rush (DR)

Martin Ryle (MR) enseigne la littérature et la culture anglaises à l'université du Sussex, et s'intéresse particulièrement à la littérature irlandaise et contemporaine. Il a écrit des études critiques sur George Gissing et Michel Houellebecq.

Darrow Schecter (DSch) enseigne actuellement l'histoire de la pensée à la faculté des lettres de l'université du Sussex. Il a publié des ouvrages sur l'histoire de la pensée européenne et la théorie politique.

Tobias Selin (TSe)

Christina Sevdali (CSe) termine son doctorat en linguistique à l'université de Cambridge. Elle possède aussi un diplôme en littérature grecque moderne et ancienne.

Elaine Shatenstein (ES) est critique littéraire indépendante, chroniqueuse de presse et journaliste.

John Shire (JS) est écrivain et photographe. Ses nouvelles ont été publiées dans des publications britanniques et américaines.

Tom Smith (TS) enseigne à la faculté de commerce international de l'université de sciences appliquées de Furtwangen. Ses nouvelles ont été publiées dans de nombreux magazines et anthologies.

Daniel Soar (DSoa) est rédacteur à la *London Review of Books*.

Matthew Sperling (MS)

David Steuer (DS)

Simon Stevenson (SS) est maître assistant à l'université nationale de Dong Hwa, à Taiwan, où il enseigne la littérature et la théorie littéraire.

Esther MacCallum Stewart (EMcCS)

Luis Sundqvist (LS)

Céline Surprenant (CS) est maître de conférences en français à l'université du Sussex.

Theodora Sutcliffe (TSu), journaliste et rédactrice publicitaire, écrit aussi de la fiction.

Julie Sutherland (JuS) a obtenu son doctorat en études anglaises à l'université de Durham.

Keston Sutherland (KS) est maître de conférences en littérature anglaise à l'université du Sussex.

Bharat Tandon (BT), directeur d'études en lettres au Jesus College de Cambridge, enseigne la littéraire anglaise et américaine.

Jenny Bourne Taylor (JBT) enseigne la littérature anglaise à l'université du Sussex.

Philip Terry (PT)

Samuel Thomas (SamT) a obtenu son doctorat en littérature anglaise à l'université du Sussex. Il s'intéresse à l'œuvre de Thomas Pynchon, à la théorie critique de l'école de Francfort et à la littérature de l'Europe de l'Est.

Sophie Thomas (ST) enseigne la littérature du XVIIIe et du XIXe siècle à l'université du Sussex.

Dale Townshend (DaleT) est chercheur au sein du Département d'études anglaises à l'université de Stirling.

David Towsey (DT) enseigne la littérature au Hertford College d'Oxford, ainsi qu'au sein du Département de formation permanente de l'université d'Oxford. Il a publié divers articles au sujet de la théorie littéraire et de la littérature romantique.

Garth Twa (GT), réalisateur primé, est l'auteur d'un recueil de nouvelles, *Durable Beauty*, et écrit actuellement son deuxième livre, *My Ice Age*.

Miriam van der Valk (MvdV) a obtenu sa maîtrise de philosophie à l'université d'Amsterdam, et est spécialiste de la théorie de la psychanalyse et du féminisme.

Cedric Watts (CW) est chercheur et professeur à l'université du Sussex. Parmi ses publications, on compte des ouvrages sur Shakespeare, Keats, Cunninghame Graham, Conrad, et Graham Greene.

Claire Watts (ClW), auteur et rédactrice, possède un diplôme en littérature française de l'université de Londres.

Manuela Wedgwood (MW)

Andrea Weisl (AW)

Juliet Wightman (JW) enseigne les études anglaises à l'université de Stirling. Elle s'intéresse à la relation entre le langage et la violence, avec des références à la littérature et au théâtre de la renaissance.

Ilana Wistinetzki (IW) a reçu sa maîtrise en littérature chinoise classique à l'université de Yale en 2000.

Tara Woolnough (TW) travaille à Londres. Elle a une maîtrise en lettres classiques et un mastère et travaille désormais dans l'édition.

Marcus Wood (MW)

Heba Youssef (HY) est candidate au doctorat et directrice d'études adjointe à l'université du Sussex. Elle s'intéresse particulièrement à la littérature postcoloniale et au nationalisme.

Rowan Yapp (RY) est éditrice chez John Murray Publishers. Elle a obtenu une maîtrise en littérature anglaise à Oxford et un mastère en anthropologie et développement à la London School of Economics.

Index des auteurs

Cet index renvoie aux titres des auteurs faisant l'objet d'une notice dans le recueil. Les titres figurant en langue anglaise sont ceux qui n'ont pas été traduits en français à ce jour.

N

Composition
NORD COMPO

Achevé d'imprimer en Italie
par Grafica Veneta
le 7 décembre 2012.

Dépôt légal Octobre 2012.
EAN 9782290057506
OTP : L21EPBN000269. B002

ÉDITIONS J'AI LU
87, quai Panhard-et-Levassor, 75013 Paris

Diffusion France et étranger : Flammarion